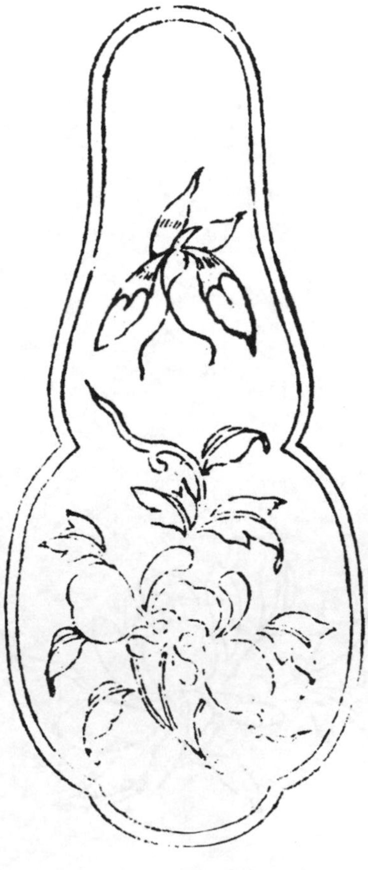

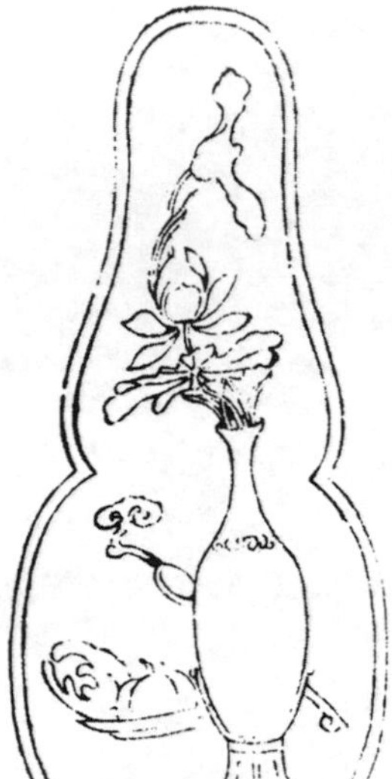

每日讀詩詞

唐詩鑑賞辭典

第三卷

此情可待成追憶

程千帆　等著

雍裕之　盧仝　劉叉　**賈島**　無可　姚合　徐凝　張祜　劉皂　皇甫松　朱慶餘　李德裕

李賀　韓琮　項斯　許渾　**杜牧**　雍陶　**溫庭筠**　陳陶　趙嘏　馬戴　**李商隱**　李群玉

劉駕　曹鄴　劉滄　李頻　崔珏　司馬札　薛逢　崔櫓　方干　高駢　鄭畋　張孜　于濆　**羅隱**

皮日休　**陸龜蒙**　高蟾　武昌妓　**韋莊**　黃巢　聶夷中　司空圖　來鵠　錢珝　張喬　章碣

薛媛　曹松　崔道融　**韓偓**　**吳融**　張蠙　葛鴉兒　金昌緒　于武陵　魚玄機　**鄭谷**　齊己

杜荀鶴　羅虬　貫休　崔塗　秦韜玉　景雲　唐彥謙　王駕　李洞　盧汝弼　花蕊夫人

張泌　捧劍僕　孟賓于　湘驛女子　安邑坊女　無名氏

目錄

雍陶

李商隱 2239

撰稿人（以姓氏筆畫為序）

王　松　王運熙　王啟興　王季思　王治芳　王思宇　王振漢　文達三　孔壽山　左成文
朱世英　安　旗　馬君驊　馬茂元　李　琳　李元洛　李廷先　李敬一　李景白　吳小如
吳小林　吳文治　吳企明　吳汝煜　吳調公　吳翠芬　杜　超　何慶善　何國治　余恕誠
宋　廓　沈　暉　沈祖棻　沈熙乾　宛敏灝　宛新彬　汪湧豪　林東海　林家英　周　海
周汝昌　周篤文　周振甫　周嘯天　周錫炎　周錫韍　周溶泉　尚永亮　金程宇　施紹文
施蟄存　姚奠中　胡　同　胡國瑞　俞平伯　孫　靜　孫藝秋　孫其芳　袁行霈　倪其心
徐　燕　徐永年　徐永端　徐竹心　徐傳禮　徐應佩　徐定祥　徐培均　高志忠　唐永德
范之麟　范民聲　曹　旭　曹慕樊　陶光友　陶道恕　陶慕淵　張志岳　張明非　張秉戍
張金海　張錫厚　張燕瑾　陳長明　陳永正　陳邦炎　陳志明　陳伯海　陳邇冬　陳貽焮
常振國　崔　閩　程千帆　傅如一　傅庚生　傅經順　傅思鈞　黃寶華　黃清士　黃清發
馮偉民　馮鐘芸　喬象鍾　湯貴仁　絳　雲　賈文昭　葛曉音　趙慶培　趙孝思　趙其鈞
褚斌杰　廖仲安　劉文忠　劉永年　劉學鍇　劉樹勛　劉逸生　劉惠芳　劉德重　蔡義江
蔡厚示　鄧光禮　鄭慶篤　鄭國銓　賴漢屏　霍松林　閻昭典　錢仲聯　韓小默　蕭哲庵
蕭滌非　龐　堅　饒芃子

每日讀詩詞

唐詩鑑賞辭典

啟動文化

凡　例

一、《唐詩鑑賞辭典》於一九八三年首次出版，本套書以其為基礎，全新增修校勘，共收唐代一百九十多位詩人的詩作一千一百餘篇，並搭配唐人詩意的書畫作品四十餘幅。

二、本套書正文中詩人的排列，大致以生年先後為序；生年無考的，則按在世年代先後為序。同一詩人的作品，一般依《全唐詩》篇目次序排列，必要時按作品編年順序略作調整。

三、本套書由一百三十餘位學者、專家及詩人，就其專長分別撰寫賞析文章。原則上採用一首詩一篇賞析文章，也有少數難以分割的組詩或唱和酬贈之作，則幾首詩合在一起分析，並於文末括注撰稿人姓名。

四、詩中疑難詞句，一般在賞析文章中略作解釋，或於原詩末酌加注釋。

五、本套書對唐詩版本流傳中出現的異文，擇善而從，一般不作校勘說明，必要時只在注釋或賞析文章中略作交代。

六、本套書涉及古代史部分的歷史紀年，一般用舊紀年，括注公元紀年。括注內的公元紀年，一般省略「年」字。

七、每位作家的首篇作品正文前，均附有其小傳，無名氏從略。

雍裕之

【作者小傳】唐代宗前期人。《全唐詩》存其詩一卷。（《唐詩紀事》卷五二、《唐才子傳》卷五）

自君之出矣　雍裕之

自君之出矣，寶鏡為誰明？
思君如隴水，長聞嗚咽聲。

〈自君之出矣〉是樂府舊題，題名取自東漢末年徐幹〈室思〉詩句。〈室思〉第三章云：「自君之出矣，明鏡暗不治。思君如流水，無有窮已時。」自六朝至唐代，擬作者不少，如南朝宋代劉裕、劉義恭、顏師伯，陳朝陳後主，隋代陳叔達等，均有擬作，唐代作者尤多，見於宋郭茂倩《樂府詩集》。凡所擬作，不僅題名取自徐詩，技法也仿照徐詩。雍裕之這首詩（宋陳應行《吟窗雜錄》載辛弘智〈自君之出矣〉與此詩同，並收入《全唐詩》），模仿的痕跡尤為明顯。這首詩表現了思婦對外出未歸的丈夫的深切懷念，其手法高明之處在於立意委婉，設喻巧妙，所以含蓄有味。

自從夫君外出，思婦獨守空閨，成日價相思懷念；平日梳妝打扮，都是為了讓他看了滿意，而今他走了，便不必再去對鏡簪花了，這寶鏡為誰明呢？意思是寶鏡既不為誰明，也就自然不明了，是「明鏡暗不治」的進一層說法，比李咸用〈自君之出矣〉「鸞鏡空塵生」說得更為委婉。這種表達方式，不只是徐幹〈室思〉的繼承和發展，其源可上溯到《詩經．衛風．伯兮》：「自伯之東，首如飛蓬。豈無膏沐，誰適為容？」妝扮美容，只是為丈夫；丈夫不在，何必梳妝？這就是漢司馬遷〈報任少卿書〉所說的「女為悅己者容」，正表現了古代女子對於丈夫的忠貞。

思念夫君，就像隴頭的流水，長流無極；聽到隴水嗚咽的流聲，真叫人肝腸斷絕，感傷悲泣。在徐幹〈室思〉中，只是說「思君如流水，無有窮已時」，是一般化的說法；雍裕之則將「流水」具體化為隴水，這就使人聯想起北朝無名氏的〈隴頭歌辭〉：「隴頭流水，流離山下。念吾一身，飄然曠野。」「隴頭流水，鳴聲嗚咽。遙望秦川，心肝斷絕。」這首歌刻畫了一個漂泊他鄉的遊子的形象。「思君如隴水，長聞嗚咽聲」，因為暗用了〈隴頭歌辭〉，便使所思念的夫君在外的情況，有了一個比較具體的內容，即在外過著淒涼漂泊的生活；這個「思」字，便更帶有強烈的感情色彩，簡直要聲淚俱下了。

除了「隴頭流水」的聯想之外，這裡還保存著徐幹〈室思〉「思君如流水」這一巧妙的比喻。這種比喻是將感情物化，即以有形的物體的形象來比喻無形的內心的情思。以流水喻思君之情，可以兼含多種意思：第一，以水流不斷，比喻日夜思君，如「無有窮已時」即取此義；第二，以水流無限，比喻思婦情長。如李白「請君試問東流水，別意與之誰短長」（〈金陵酒肆留別〉），以流水之長比喻情意之長，即取此義；第三，以流水嗚咽，比喻情意淒切。如果說前二義可以在流不斷與思不斷、水無限與情無限之間直接找到「相似點」，那麼水流嗚咽與情意淒切便很難直接找到「相似點」，必須加以聯想，由流水聯想到水聲，由水聲聯想到嗚咽哭泣之聲，由嗚咽聲再聯想到感情之淒切。這是超越「相似點」的比喻，是不似之似，修辭學上稱為「曲喻」。李賀〈天上謠〉「銀浦流雲學水聲」，即屬此類比喻。由於〈自君之出矣〉後兩句的比喻十分巧妙，不僅化無形為有形，增加了詩的形象性，而且具有多種含意，這就提供了廣闊的聯想天地，使人讀了感到餘味無窮。(林東海)

江邊柳　雍裕之

嫋嫋古堤邊，青青一樹煙。
若為絲不斷，留取繫郎船。

古人常借詠柳以賦別，此詩也不脫離情舊旨，但構思新穎，想像奇特而又切合情景。

詩的一、二句，寥寥幾筆，繪出了一幅美麗的古堤春柳圖。古堤兩旁，垂柳成行，晴光照耀，通體蒼翠，蓊蓊鬱鬱，嫋嫋婷婷，遠遠望去，恰似一縷縷煙霞在飄舞。「嫋嫋」、「青青」，連用兩個疊字，一寫江邊柳的輕柔婀娜之態，一寫其蔥蘢蒼翠之色，洗練而鮮明。前人多以「翠柳如煙」、「楊柳含煙」、「含煙惹霧」等來形容柳之輕盈和春之穠麗，這裡徑以「一樹煙」稱之，想像奇特，造語新穎。只此三字，便勾出了柳條婆娑婀娜之狀，烘托出春光的綺麗明媚，並為下面寫離情作了反襯。

三、四兩句直接寫離情。詠柳惜別，詩人們一般都從折枝相贈上著想，如「傷見路傍楊柳春，一重折盡一重新。今年還折去年處，不送去年離別人」（施肩吾〈折楊柳〉）；「曾栽楊柳江南岸，一別江南兩度春。遙憶青青江岸上，不知攀折是何人？」（白居易〈憶江柳〉）等等。雍裕之卻不屑作經人道過語，而從折枝上翻出新意。「若為絲不斷，留取繫郎船」，詩人筆下的女主人公不僅沒有折柳贈別，倒希望柳絲綿綿不斷，以便把情人的船兒繫住，永不分離。這一方面是想得奇，道人之所未道，把惜別這種抽象的感情表現得十分具體、深刻而不一般化；同時，這種想像又是很自然的，切合江邊柳這一特定情景。試想，大江中，船隻來往如梭；堤岸上，煙柳絲絲弄碧；柳蔭下畫船待發，枝枝柔條正拂在那行舟上。景以情合，情因景生，此時此刻，萌發出「繫郎船」的天真幻想，是何等合情合理，自然可信。這裡沒有一個「別」字、「愁」字，但痴情到要用柳條兒繫住郎船，則離愁之重，別恨之深，自是不言而喻了。這裡也沒有一個「江」字、「柳」字，而江邊柳「遠映征帆近拂堤」（溫庭筠〈楊柳八首〉其五）的獨特形象，亦是鮮明如畫。至此，「古堤邊」三字才有了著落，全詩也渾然一體了。

中唐戴叔倫寫過一首〈堤上柳〉：「垂柳萬條絲，春來織別離。行人攀折處，閨妾斷腸時。」由「絲」而聯想到「織」，頗為新穎，但後兩句卻未能由此加以生發，而落入了窠臼；它沒有寫出堤上柳與別處柳的不同之處，如果把題目換成路邊柳、樓頭柳也一樣適用。其原因蓋在於作者的描寫，脫離了彼時彼地的特定情境。兩相比較，我們就更感覺到雍裕之的這首〈江邊柳〉，確是匠心獨運、高出一籌了。（徐定祥）

柳絮　雍裕之

無風纔到地，有風還滿空。
緣渠偏似雪，莫近鬢毛生。

翻開《全唐詩》，詠楊花、柳絮的篇章甚多，這首〈柳絮〉卻與眾不同：它既沒有刻意描摹柳絮的形態，也沒有借柳絮抒寫惜別傷春之情，而是以凝練準確的語言，概括出柳絮最主要的特徵，求神似而不重形似，簡潔鮮明，富有風趣。

柳絮「似花還似非花」（宋蘇軾〈水龍吟・次韻章質夫楊花詞〉），極為纖細、輕靈，無風時慢悠悠地落到地面，一遇上風，哪怕是和煦的微風，也會漫天飛舞。它的這種性狀是很難描述的。薛濤說「二月楊花輕復微」（〈柳絮〉），並沒說清是怎麼個輕法。雍裕之從風和柳絮的關係上落筆，並對比了柳絮在「無風」和「有風」時兩種不同的狀態，只十個字，就將柳絮的特徵給具體地描繪出來了，這不能不說是狀物的高手。

詩的第三句寫柳絮的顏色。柳絮不僅其輕飛亂舞之狀像雪，而且其色也似雪。所以東晉謝道韞早就以柳絮喻雪花，贏得了「詠絮才」的美名。可見要描繪柳絮的顏色，還是以白雪為喻最為恰切。但如果僅指出其「偏似雪」，那就是重複前人早就用過的比喻，顯得淡而無味，所以詩人緊接著補上第四句：「莫近鬢毛生」。這一筆補得出人意表，十分俏皮。自來人們多以霜雪喻白髮，這裡因為柳絮似雪，遂徑以柳絮隱喻白髮，這已不落窠臼；不僅如此，詩人又從詠物進而表現人的情思：人們總是希望青春永駐，華髮遲生，而柳絮似雪，雪又像白髮，所以儘管柳絮似乎輕盈可愛，誰也不希望它飛到自己的頭上來。這一句在全詩中起了畫龍點睛的作用，寫出了人物的思想感情。這也可以說是託物言志、借物抒懷的又一格吧。

這首詩通篇無一字提及柳絮，但讀完全詩，那又輕又白的柳絮，似乎就在我們眼前飛舞，它是那樣具體，那樣鮮明，似乎一伸手就可捉摸。全詩二十個字，如同一則精心編製的謎語。由於準確地道出了柳絮的特徵，那謎底叫人一猜就著。於此可見詩人體察事物之細，藝術提煉功夫之深。（徐定祥）

農家望晴

雍裕之

嘗聞秦地西風雨，為問西風早晚回？
白髮老農如鶴立，麥場高處望雲開。

正當打麥曬場的時候，忽然變了風雲。一時風聲緊，雨意濃。秦地（今陝西一帶）西風則雨，大約出自當時農諺。提起這樣的農諺，顯然與眼前天氣變化有關。「嘗聞」二字，寫人們對天氣變化的關切。這樣，開篇一反絕句平直敘起的常法，入手就造成緊迫感，有烘托氣氛的作用。

在這個節骨眼上，天氣好壞關係一年收成。一場大雨，將會使多少人家的希望化作泡影。所以詩人懇切地默禱蒼天不要下雨。這層意思在詩中沒有直說，而用了形象化的語言，賦西風以人格，盼其早早回去，彷彿它操有權柄似的。「為問西風早晚回？」「早晚回」，即「何時回」。這怯生生的一問，表現的心情是焦灼的。

後二句是從生活中直接選取一個動人的形象來描繪：「白髮老農如鶴立，麥場高處望雲開。」給人以深刻的印象。首先，這樣的人物最能集中體現古代農民的性格：他們默默地為社會創造財富，飽經磨難與打擊，經常掙扎在生死線上，卻頑強地生活著，永不絕望。其次，「如鶴立」三字描繪老人「望雲開」的姿態極富表現力。「如鶴」的比喻，自然與白髮有關，「鶴立」的姿態給人一種持久、執著的感覺。這一形體姿態，能恰當表現出人物的內心活動。最後是「麥場高處」這一背景細節處理對突出人物形象起到不容忽視的作用。「麥場」，對於季節和「農家望晴」的原因是極形象的說明。而「高處」，對於老人「望雲開」的迫切心情則更是具體微妙的一個暗示。透過近乎繪畫的語言來表述，較之直接的敘寫，尤為含蓄，有力透紙背之感。

此詩選取收割時節西風已至、大雨將來時的一個農家生活片斷，集中刻畫一個老農望雲的情節。透過這一「望」，可以使人聯想到農家一年半載的辛勤，想到白居易〈觀刈麥〉所描寫過的那種勞動情景；也可以使人想到嗷嗷待哺的農家兒孫和等著收割者的無情的「收租院」等等，此詩潛在含義是很深刻的。由於七絕體小，意象須集中，須使人窺斑見豹。此詩不同於〈觀刈麥〉的鋪陳抒寫手法，只集中寫一「望」字，也是「體實施之」的緣故。

此詩對農民有同情，但沒有同情的話；對農民有歌頌，但也沒有歌頌的話，讀者卻不難感到由衷的同情與歌頌就在不言之中。（周嘯天）

盧仝

【作者小傳】（約七七五～八三五）自號玉川子，范陽（今河北涿州市）人。年輕時隱居少室山，家境貧困，刻苦讀書，頗有拯世濟民之志，但終生未能仕進。盧仝居東都，韓愈為河南令，愛其詩，厚禮之。甘露之變時，因留宿宰相王涯家，與王同時遇害。其詩對當時腐敗的朝政與民生疾苦均有所反映，風格奇特，近於散文。有《玉川子詩集》。（《新唐書》卷一七六、《唐才子傳》卷五）

走筆謝孟諫議寄新茶

盧仝

日高丈五睡正濃，軍將打門驚周公①。口云諫議送書信，白絹斜封三道印。
開緘宛見諫議面，手閱月團三百片。聞道新年入山裡，蟄蟲驚動春風起。
天子須嘗陽羨茶②，百草不敢先開花。仁風暗結珠琲瓃③，先春抽出黃金芽。
摘鮮焙芳旋封裹，至精至好且不奢。至尊之餘合王公，何事便到山人家。
柴門反關無俗客，紗帽籠頭④自煎喫。碧雲引風吹不斷，白花浮光凝碗面。

一碗喉吻潤，兩碗破孤悶。三碗搜枯腸，唯有文字五千卷。

四碗發輕汗，平生不平事，盡向毛孔散。五碗肌骨清，六碗通仙靈。

七碗喫不得也，唯覺兩腋習習清風生。

蓬萊山，在何處？玉川子，乘此清風欲歸去。

山上群仙司下土，地位清高隔風雨。

安得知百萬億蒼生命，墮在巔崖受辛苦！

便為諫議問蒼生，到頭還得蘇息否？

〔註〕①周公：指夢。孔子說：「甚矣吾衰也，久矣，吾不復夢見周公！」（《論語．述而》）後世就把見周公作為睡夢的代稱。②陽羨茶：陽羨，古屬常州。宋沈括《夢溪筆談》：「古人論茶，唯言陽羨、顧渚、天柱、蒙頂之類。」張芸叟云：「有唐茶品，以陽羨為上。」（《茶事拾遺》）③珠琲瓃（音同貝雷）：琲，貫珠；瓃，玉名。④紗帽籠頭：紗帽最初只用於官員貴冑，隋唐時已成為士大夫的普通服飾。有時亦指一般人的紗巾之類。宋葛長庚〈茶歌〉：「文正范公對茶笑，紗帽籠頭煎石銚」；明文徵明〈煎茶〉：「山人紗帽籠頭處，禪榻風花遶鬢飛。」

盧仝，自號玉川子。這首詩就是同唐陸羽《茶經》齊名的玉川茶歌。

全詩可分為四段，第三段是作者著力之處，也是全詩重點及詩情洋溢之處。第四段忽然轉入為蒼生請命，轉得乾淨利落，卻仍然保持了第三段以來的飽滿酣暢的氣勢。

第一段六句，寫孟諫議遣人送新茶。頭兩句說：送茶軍將的叩門聲，驚醒了他日高三丈時的濃睡。軍將是受孟諫議派遣來送信和新茶的，他帶來了一包白絹密封並加了三道泥印的新茶。讀過信，親手打開包封，並且點視了三百片圓圓的茶餅。密封、加印以見孟諫議之重視與誠摯；開緘、手閱以見作者之珍惜與喜愛。字裡行間流溢兩人的互相尊重與真摯友誼。

第二段十句，寫茶的採摘與焙製，以烘托所贈之茶是珍品。

頭兩句說採茶人的辛苦。接著兩句，天子要嘗新茶，百花因之不敢先茶樹而開花。又接著說帝王的「仁德」之風，使茶樹先萌珠芽，搶在春天之前就抽出了金色的嫩蕊。以上四句，著重渲染珍品的「珍」。以下四句，說像這樣精工焙製、嚴密封裹的珍品，本應是天子王公們享受的，現在竟到這山野人家來了。在最後那個感嘆句裡，既有微諷，也有自嘲。

以上兩段，全用樸素的鋪敘，給人以親切之感。詩中雖然出現了「天子」、「仁風」、「至尊」、「王公」等字樣，但並無諂媚之容，而在「何事」一句中，卻把自己和他們區別開來，把自己劃入野人群中。

作為一個安於山林、地位卑微的詩人，他有一種坦直淡泊的胸襟。盧仝一生愛茶成癖。茶對他來說，不只是一種口腹之欲，茶似乎給他創造了一片廣闊的天地，似乎只有在這片天地中，他那顆對人世冷暖的關注之心，才能略有寄託。第三段十五句寫飲茶，其中的七碗茶，就是展現他內心風雲的不平文字。

反關柴門，家無俗客，這是一種極為單純樸素的精神生活所要求的必要環境。只有在這種環境中，才能擺脫可厭的世俗，過他心靈的生活。「紗帽」，這裡指一般人用的紗巾之類。紗帽籠頭，自煎茶吃，這種平易淡泊的外觀，並不說明他內心平靜。讀完全詩，才會見到他內心熾熱的一面。

「碧雲」，指茶的色澤；「風」，謂煎茶時的滾沸聲。「白花」，煎茶時浮起的泡沫。在茶癖的眼裡，煎茶自是一種極美好的享受，這裡也不單純是為了修飾字面。以下全力以赴寫飲茶，而所飲之茶就像一陣春雨，使他內心世界一片蔥翠。在這裡，他集中了奇特的詩情，並打破了句式的工穩。在文字上作到了「深入淺出」，或說「險入平出」。七碗相連，如珠走阪，氣韻流暢，愈進愈美。

「一碗喉吻潤，兩碗破孤悶」，看似淺直，實則沉摯。第三碗進入素食者的枯腸，已不易忍受了，而茶水在腸中搜索的結果，卻只有無用的文字五千卷！似已想入非非了，卻又使人平添無限感慨。

第四碗也是七碗中的要緊處。看他寫來輕易，筆力卻很厚重。心中鬱積，發為深山狂嘯，使人有在奇癢處著力一搔的快感。

飲茶的快感竟至於「喫不得也」的程度，可以說是匪夷所思了。這，雖也容或有之，但也應該說這是對孟諫議這位飲茶知音所送珍品的最高讚譽。同時，從結構上說，作者也要用這第七碗茶所造成的飄飄欲仙的感覺，轉入下文為蒼生請命的更明確的思想。這是詩中「針線」，看他把轉折處連縫得多麼熨帖。

第四段十句，寫為蒼生請命。蓬萊山是海上仙山。盧仝自擬為暫被謫落人間的仙人，現在想借七碗茶所引起的想像中的清風，返回蓬萊。因為那些高高在上的群仙，哪知下界億萬蒼生的死活，所以想回蓬萊山，替孟諫議這位朝廷的言官去問一下下界蒼生的事，問一問他們究竟何時才能夠得到蘇息的機會！

這首詩寫得揮灑自如，宛然毫不費力，從構思、語言、描繪到誇飾，都恰到好處，能於酣暢中求嚴緊，有節制，盧仝那種特有的別致的風格，獲得完美的表現。（孫藝秋）

月蝕詩

盧仝

新天子即位五年，歲次庚寅，斗柄插子，律調黃鐘①。
森森萬木夜殭立，寒氣贔屭頑無風。爛銀盤從海底出，出來照我草屋東。
天色紺滑凝不流，冰光交貫寒曈曨。初疑白蓮花，浮出龍王宮。
八月十五夜，比並不可雙。此時怪事發，有物吞食來。
輪如壯士斧斫壞，桂似雪山風拉摧。百鍊鏡，照見膽，平地埋寒灰。
火龍珠，飛出腦，卻入蚌蛤胎。摧環破璧眼看盡，當天一搭如煤炲②。
磨蹤滅跡須臾間，便似萬古不可開。不料至神物，有此大狼狽。
星如撒沙出，爭頭事光大。奴婢炷暗燈，揜菼如玳瑁③。
今夜吐焰長如虹，孔隙千道射戶外。玉川子，涕泗下，中庭獨自行。
念此日月者，太陰太陽精。皇天要識物，日月乃化生。

走天汲汲勞四體，與天作眼行光明。此眼不自保，天公行道何由行？
吾見陰陽家有說，望日蝕月月光滅，朔月掩日日光缺。
兩眼不相攻，此說吾不容。又孔子師老子云：五色令人目盲。
吾恐天似人，好色即喪明。幸且非春時，萬物不嬌榮。
青山破瓦色，綠水冰崢嶸。花枯無女豔，鳥死沉歌聲。
頑冬何所好？偏使一目盲。傳聞古老說，食月蝦蟆精。
徑圓千里入汝腹，汝此痴骸阿誰生？可從海窟來？便解緣青冥。
恐是眶睫間，揜塞所化成。黃帝有二目，帝舜重瞳明。
二帝懸四目，四海生光輝。吾不遇二帝，滉瀁不可知。
何故瞳子上，坐受蟲豸欺？長嗟白兔擣靈藥，恰似有意防姦非。
藥成滿臼不中度，委任白兔夫何為？憶昔堯為天，十日燒九州。

金爍水銀流，玉燭④丹砂焦。六合烘為窯⑤，堯心增百憂。

帝見堯心憂，勃然發怒決洪流。

立擬沃殺九日妖，天高日走沃不及，但見萬國赤子䲡䲡⑥生魚頭。

此時九御導九日，爭持節幡麾幢旒。駕車六九五十四頭蛟螭虬，掣電九火輈。

汝若蝕開齱齵⑦輪，御轡執索相爬鉤，推蕩轟訇入汝喉。

紅鱗焰鳥燒口快，翎鬣倒側聲醆鄒⑧。

撐腸拄肚礧傀⑨如山丘，自可飽死更不偷。不獨填飢坑，亦解堯心憂。

恨汝時當食，藏頭擫腦不肯食；不當食，張唇哆觜食不休。

食天之眼養逆命，安得上帝請汝劉⑩！

嗚呼！人養虎，被虎齧；天媚螟，被螟瞎。乃知恩非類，一一自作孽。

吾見患眼人，必索良工訣。想天不異人，愛眼固應一。

安得常娥氏，來習扁鵲術？手操舂喉戈⑪，去此睛上物。
其初猶朦朧，既久如抹漆⑫。但恐功業成，便此不吐出。
玉川子又涕泗下，心禱再拜額榻砂土中。
地上蟣虱臣仝告愬帝天皇：臣心有鐵一寸，可刳妖蟆痴腸。
上天不為臣立梯磴，臣血肉身，無由飛上天，揚天光。
封詞付與小心風，颰排閶闔⑬入紫宮。密邇玉几前擘坼，奏上臣仝頑愚胸。
敢死横干天，代天謀其長。東方蒼龍角，插戟尾捭風⑭。
當心開明堂，統領三百六十鱗蟲，坐理東方宮。
月蝕不救援，安用東方龍？南方火鳥赤潑血，項長尾短飛跋躠⑮，
頭戴丹冠高逵枿⑯。月蝕鳥宮十三度，鳥為居停主人不覺察。
貪向何人家？行赤口毒舌。毒蟲頭上喫卻月，不啄殺。

虛眨鬼眼明突窬⑰，烏罪不可雪。西方攫虎立踦踦⑱，斧為牙，鑿為齒。
偷犧牲，食封豕⑲。大蟆一臠，固當軟美。見似不見，是何道理？
爪牙根天不念天，天若准擬錯准擬⑳。
北方寒龜被蛇縛，藏頭入殼如入獄，蛇筋束緊束破殼。
寒龜夏鱉一種味，且當以其肉充臛㉑。
死殼沒信處，唯堪支床腳，不堪鑽灼與天卜。
歲星㉒主福德，官爵奉董秦㉓。忍使黔婁生㉔，覆尸無衣巾。
天失眼不弔，歲星胡其仁？熒惑㉕矍鑠翁，執法大不中。
月明無罪過，不糾蝕月蟲。年年十月朝太微㉖，支盧㉗謫罰何災凶。
土星與土性相背，反養福德生禍害㉘。到人頭上死破敗，今夜月蝕安可會？
太白㉙真將軍，怒激鋒鋩生。恆州陣斬酈定進，項骨脆甚春蔓菁。

天唯兩眼失一眼，將軍何處行天兵？辰星任廷尉㉚，天律自主持。
人命在盆底，固應樂見天盲時。天若不肯信，試喚皋陶㉛鬼一問。
一如今日，三台文昌宮㉜，作上天紀綱。
環天二十八宿，磊磊尚書郎，整頓排班行。
劍握他人將，一四太陽側，一四天市傍㉝。
操斧代大匠，兩手不怕傷。弧矢㉞引滿反射人，天狼呀啄明煌煌㉟。
痴牛與騃女㊱，不肯勤農桑。徒勞含淫思，旦夕遙相望。
蚩尤㊲簸旗弄旬朔，始搥天鼓㊳鳴瑲琅。枉矢㊴能蛇行，眊目森森張。
天狗㊵下舐地，血流何滂滂！譎險萬萬黨，架構何可當？
眯目釁成就，害我光明王。請留北斗一星相北極，指麾萬國懸中央。
此外盡掃除，堆積如山岡，贖我父母光。

當時常星沒，殞雨如迸漿。似天會事發，叱喝誅奸強。
何故中道廢？自遺今日殃。善善又惡惡㊶，郭公㊷所以亡。
願天神聖心，無信他人忠。玉川子詞訖，風色緊格格。
近月黑暗邊，有似動劍戟。須臾痴蟆精，兩吻自決坼。
初露半箇璧，漸吐滿輪魄。眾星盡原赦，一蟆獨誅磔。
腹肚忽脫落，依舊掛穹碧。光彩未蘇來，慘淡一片白。
奈何萬里光，受此吞吐厄。再得見天眼，感荷天地力。
或問玉川子：孔子修《春秋》，二百四十年，月蝕盡不收。
今子咄咄詞，頗合孔意不？玉川子笑答：或請聽逗留。
孔子父母魯，諱魯不諱周。書外書大惡，故月蝕不見收。
予命唐天，口食唐土。唐禮過三，唐樂過五。

小猶不說，大不可數。災沴無有小大瘉㊸，安得引衰周，研覈其可否？日分晝，月分夜，辨寒暑。一主刑，一主德，政乃舉。孰為人面上，一目偏可去？願天完兩目，照下萬方土，萬古更不瞽。萬萬古，更不瞽，照萬古。

〔註〕①「斗柄」二句：《淮南子．時則訓》：「仲冬之月，招搖（即搖光）指子。……律中黃鐘。」斗柄，即北斗星中的第五至七星玉衡、開陽、搖光，排列之形如斗杓，故稱。子，十二時辰之一，以記星次。黃鐘，十二律之一。②煤炲（音同抬）：亦作煤炱。《呂氏春秋．任數》：「嚮者煤炱入甑中，棄食不祥。」高誘註：「煤炱，煙塵之煤也。」③揜菼（音同掩坦）：指光線昏闇。玳瑁：一種海龜，其殼有黑色塊斑。④熠（音同炒）：《廣韻．巧韻》：「熠，熬也。」同「炒」。⑤窯：《說文解字．穴部》：「窯，燒瓦灶也。」⑥䲅䲅（音同集）：亦作䱺䱺，簇集貌。⑦齱（音同鄒）齵（音同偶，陽平聲）：《說文解字．齒部》：「齵，齒不正也。」亦形容參差不齊。一作「齟齬」。⑧醆（音同盞）鄒：擬聲詞。⑨礧（音同磊）傀：同礧磈。山石堆積高低不平貌。⑩劉：殺戮。⑪舂喉戈：《史記．魯周公世家》：「獲長翟喬如，富父終甥舂其喉，以戈殺之。」舂（音同沖），衝擊。⑫抹漆：謂眼之瞳仁黑如點漆。⑬颰（音同拔）：遼釋行均《龍龕手鑑．風部》：「颰，疾風貌也。」閶闔（音同昌盍）：天門。⑭捭（音同擺）風：分開風。⑮跋躠（音同薩）：形容行動遲緩困難。⑯逵枒（音同奎聶）：分叉昂起。⑰窔窬（音同月穴）：孔穴幽深貌。⑱踦踦（音同基）：獨自佇立貌。⑲封豕：大豬。⑳准擬：希望，打算。㉑臛（音同霍）：肉羹。㉒歲星：木星。《晉書．天文志》：「歲星以德。」㉓董秦：指董賢、秦宮。董為西漢時哀帝之幸臣，秦為東漢時權臣大將軍梁冀之奴，皆以媚上得寵，顯耀一時。㉔黔婁：戰國時齊國高士，修身清節，不求進於諸侯，魯恭公欲以為相，辭不受。齊王又以黃金百斤聘為師，亦不就。卒，尸橫草席，衣服不完，覆以布被，覆頭則足見，覆足則頭見。見晉皇甫謐《高士傳》、漢劉向《列女傳》。㉕熒惑：火星。《晉書．天文志》：「熒惑有禮。」㉖太微：星官名，三垣之一，古以為天庭。《楚辭．遠遊》：「問大微之所居。」王逸註：「博訪天庭在何處也。『大』一作『太』。」㉗支盧：謂紀功。盧，盧弓，黑弓。古時諸侯有大功，則天子賜彤弓、盧弓，以之象征伐之權。㉘「反養」句：謂土星與其本性相背。《晉書．天文志》：「填（土）星有福。」㉙太白：金星。《晉書．天文志》：

「太白兵強。」㉚辰星：水星。《晉書．天文志》：「辰星陰陽和。」廷尉：官名，古時九卿之一，秦始置，為司法官，後世改名為大理寺卿。㉛皋陶（音同高窯）：舜時掌刑法的賢臣。㉜三台文昌：二星官名。《晉書．天文志》：「三台六星，兩兩而居，起文昌，列抵太微。」又：「文昌六星，在北斗魁前，天之六府也，主集計天道。」㉝天市：天市垣，星官名。《晉書．天文志》：「在房、心東北，主權衡，主聚眾。」㉞弧矢：星官名。《晉書．天文志》：「弧九星，在狼東南，天弓也，主備盜賊，常向於狼。弧矢動移不如常者，多盜賊，胡兵大起。……天弓張，天下盡兵。」㉟天狼：星官名。《晉書．天文志》：「狼為野將，主侵掠。」㊱痴牛：指牽牛，星官名，即牛郎星。《晉書．天文志》：「牽牛六星，天之關梁，主犧牲事。」駮女：指織女，星官名。《晉書．天文志》：「織女三星，在天紀東端，天女也，主果蓏絲帛珍寶也。」㊲蚩尤：即蚩尤旗，星名。古人認為是妖星。《晉書．天文志》：「妖星。……六曰蚩尤旗，類彗而後曲，象旗。……主伐枉逆，主惑亂，所見之方下有兵，兵大起；不然，有喪。」㊳天鼓：即河鼓，星官名。《晉書．天文志》：「河鼓三星，……在牽牛北，天鼓也，主軍鼓，主鈇鉞。」㊴枉矢：星名。《晉書．天文志》：「枉矢，類流星，色蒼黑，蛇行，望之如有毛，……見則謀反之兵合射所誅，亦為以亂伐亂。」㊵天狗：星名。《晉書．天文志》：「天狗，狀如大奔星，色黃，有聲，其止地，類狗。……見則四方相射，千里破軍殺將。」㊶善善又惡惡：獎善嫉惡，好惡分明。《荀子．彊國》：「彼先王之道也，一人之本也，善善惡惡之應也，治必由之。」按：此句應理解為否定句，即不善善又惡惡。㊷郭公：春秋時失地之君。《春秋．莊公二十四年》：「冬，戎侵曹，……赤歸於曹。郭公。」《公羊傳》：「郭公者何？失地之君也。」又，也可代指北齊後主高緯。宋郭茂倩《樂府詩集．雜歌謠辭．邯鄲郭公歌》解題引《樂府廣題》謂高緯「雅好傀儡，謂之郭公。時人戲為〈郭公歌〉，及將敗，果營邯鄲。高、郭聲相近，……後敗於鄴林，盡如歌言。」唐李延壽《北史．齊本紀下》謂其即位後「隔以正人，閉其善道，……罕接朝士，不親政事，一日萬機，委諸凶族」。㊸災沴（音同立）：氣不和而生的災害。痡：病，引申為災難。

中唐詩歌創作成就卓著，是唐詩的第二個繁榮期，以韓愈等為代表的尚奇、重主觀的一派與白居易等為代表的尚俗、重客觀的一派雙峰並峙，成為當時詩壇的主流。而盧仝作為韓派詩人的一員，其代表作〈月蝕詩〉自成一體，呈現出明顯的怪誕風格，為開拓詩美的新世界作出了獨特的、不可替代的貢獻。

按照現代文藝理論，怪誕作為一個風格術語，有其特定的意義：怪誕反映出「作品與反應中對立面未解決的衝突」（Philip J.Thomson，菲利普．湯姆森《論怪誕》）和「矛盾的反常」（Wolfgang Kayser，沃爾夫岡．凱澤爾《美人和野獸：文學藝術中的怪誕》）。從怪誕的結構上看，怪誕將不大相同、各自矛盾的東西糅合在一起，形成一種無法消解的衝突；從怪誕的效應上看，怪誕既使讀者覺得滑稽可笑，又使讀者覺得惶恐不安，兩種感受交織成一種不知所措的焦慮心理狀態。從怪誕的意義上看，怪誕是以畸變、扭曲的方式對人間邪惡事物進行揭露和打擊。讀一下盧仝的〈月蝕詩〉，我們發覺它在文本結構和讀者反應上都存在怪誕性，頗不同於一般的奇詭、怪異。

關於〈月蝕詩〉的主題，《新唐書・韓愈傳》附盧仝小傳云：「（仝）嘗為〈月蝕詩〉以譏切元和逆黨。」按《舊唐書・宦官傳・王守澄傳》：「（元和末）憲宗疾大漸，內官陳弘慶等弑逆。……文宗即位，……文宗以元和逆黨尚在，其黨大盛，心常憤惋，端居不怡。」「元和逆黨」當指陳弘慶為代表的作亂宦官。但〈月蝕詩〉明言「新天子即位五年」，韓愈〈月蝕詩效玉川子作〉亦稱「元和庚寅斗插子」，即月蝕事在元和五年（八一〇），可知《新唐書》之說實非。不過，詩為宦官擅權而發，顯然無疑。宋洪邁《容齋續筆》、清沈欽韓《韓集補注》皆謂詩因吐突承璀而作，是有文本依據的。不過，詩中也言及藩鎮作亂等事，故將之視為一首傷時刺惡之作更恰當些。

〈月蝕詩〉是以蝦蟆蝕月為原型題材的長詩。蝦蟆蝕月的傳說，很早就流行，《史記・龜策列傳》就有「月為刑而相佐，見食於蝦蟆」的記載。寫蝦蟆蝕月的詩，並非始自盧仝，李白〈古風五十九首〉其二「蟾蜍薄太清，蝕此瑤臺月」即是一例。但盧仝的〈月蝕詩〉以妖蟆、邪星象徵黑暗腐朽勢力，具有很大的涵蓋面，予人極其豐富的聯想，進而可以由此對邪惡事物產生某種哲理化的認識。並且，〈月蝕詩〉具有的怪誕風格使它的神話原型也具有一種特殊性。〈月蝕詩〉除了蝦蟆蝕月的神話傳說外，還有著上古救災誅惡神話故事的原型，但是，我們看到，上古的救災誅惡神話都是英雄神話，女媧補天、大禹治水、黃帝擒蚩尤、羿射九日，無一不具有超凡的力量。而在〈月蝕詩〉中，雖然最後妖蟆遭磔，明月重光，但究竟是什麼樣的英雄，以什麼樣的手段立此功勞，卻不得而知。作者告訴我們的，只是「近月黑暗邊，有似動劍戟」，「再得見天眼，感荷天地力」，迴避了誅殺妖蟆這一問題。而根據作者在詩中表現出的不可羈勒的豐富想像力，這一幕應該可以鮮明地刻畫出來。因此，〈月蝕詩〉又是一個無英雄的擬神話。

盧仝生活的時代，藩鎮割據叛亂與宦官擅權驕縱，是李唐王朝的兩大禍患。僅在盧仝寫作〈月蝕詩〉的前幾年，作亂的藩鎮就有：順宗永貞元年（八〇五）八月劍南西川行軍司馬劉辟，憲宗元和二年十月鎮江軍節度使李錡，元和四年十月成德軍節度使王承宗。而德宗貞元十二年（七九六）六月以中官竇文場、霍仙鳴為左右神策護軍中尉監，貞元十九年六月以右神策中尉副使孫榮光為中尉，元和元年十一月以內常侍吐突承璀為神策護軍中尉，則表明了宦官的氣焰日熾。我們可以體會出作者在〈月蝕詩〉中反映的思想是：對藩鎮、宦官等黑暗勢力的猖獗深感憂憤並企盼能迅速改變這種狀況，但由於黑暗勢力的根深蒂固，儘管顯意識中對光明戰勝黑暗深信不疑，而潛意識中對改變的可能性並不樂觀，內心隱隱有一種悲劇感。

〈月蝕詩〉共一千六百多字，可分五大段，均以含「玉川子」三字的句子形成自然的分界。其第二段、第三段是全詩的主要部分，所占篇幅也最多，詩人發揮了千奇百怪的想像力，一系列誇張、荒幻、畸變、扭曲如同夢魘與譫妄產物的意象紛至沓來，形成了全詩怪誕結構的骨架，前無古人的怪誕效果由此產生。

下面我們逐段分析一下原詩。詩的第一段寫月蝕景象。原來的清輝皎皎，變成一片黑暗，連屋中的如豆寒燈，相形之下，竟也「吐焰長如虹」。先看這幾句：「森森萬木夜殭立，寒氣贔屭頑無風。爛銀盤從海底出，出來照我草屋東。天色紺滑凝不流，冰光交貫寒曈曨。初疑白蓮花，浮出龍王宮。八月十五夜．比並不可雙。」清孫之騄註：「贔屭（音同必夕），用力貌，言寒氣壯猛逼人。」寒氣慄烈卻無一絲朔風吹動，萬木森森殭立如無生命，見出陰森死寂、詭祕慘怖，環境意象不祥而令人恐懼。但接著的四韻八句，卻又都是描寫明月的皎潔可愛，堪與八月十五中秋之夜的團圓之月比美。「冰光交貫寒曈曨」與「寒氣贔屭頑無風」，同樣都有一個

「寒」字，但前者狀皓月清輝如晶瑩澄澈之冰，後者狀猛惡獰厲、砭肌刺骨之嚴寒，可謂大異其趣。而「爛銀盤從海底出」，「白蓮花浮出龍王宮」的意象，目擊與遐想並存，都屬於「優美」的審美範疇，兩者都給人一種溫馨明秀的感覺。按《神異經》云：「北方異國有銀盤，大五十丈，中有明珠，大數丈，照千里。」可見「銀盤」一詞除了比喻圓月外，還涉及某種神仙境界的美妙聯想。又，佛教的主要經典有《妙法蓮花經》，佛座亦名蓮臺，佛國可稱蓮界，表明蓮花與佛教有著密切關係，而白蓮花尤其象徵明慧聖潔，莊嚴吉祥。而龍王在佛教中，也是禎祥福祉的代表。這樣，我們看到，月出意象的吉祥而令人欣悅與環境意象的陰森而令人驚懼極不和諧，形成一種使人難以適應的反差，對這種矛盾的異常，必然產生忐忑不安的焦慮心理，這就形成一個怪誕結構。

又：「輪如壯士斧斫壞，桂似雪山風拉摧。百鍊鏡，照見膽，平地埋寒灰。火龍珠，飛出腦，卻入蚌蛤胎。」按正常情理構思，斫壞月輪與吞食之一樣，都是毀滅光明，散布黑暗的罪惡行為，這樣的行為主體，應該使用一個貶義的名詞。但詩中「壯士」一詞並非貶義，用在句子中，很是反常，英勇的壯士卻揮斧斫壞美麗的月輪，給人一種啼笑皆非的感覺。這與吳剛伐桂不同，吳剛伐桂，樹創隨合，並沒有斫毀月桂。另外，與蝕月蝦蟆可以類比的拉摧月中桂者——也就是侵害明月者，自然也是惡物，本來也應該使用一個貶義的名詞，而在詩中卻用了「雪山」一詞。我們知道，盧仝此詩受佛教的影響頗深，前面說到的「白蓮花」、「龍王宮」諸詞語即是例證。佛經中的雪山，指的是喜馬拉雅山。因此，「雪山」一詞在佛教中具有褒義的象徵性，不宜當作貶義詞，作者用在上述句子中，也頗覺不調和。「輪如壯士斧斫壞，桂似雪山風拉摧」，好像是說反話，但嘲笑、譏刺的氣息被荒唐、扭曲的感受壓倒，讀者乍一見，不免如墜霧中，既困惑又惶恐不安，並且感到滑稽可笑。

再看接下去的幾句。「百鍊鏡，照見膽，平地埋寒灰」，表面上看，明鏡平白無故被埋沒在死灰之中而失去璀璨的光彩，這完全是悲劇性的。但如果知道了明鏡照膽典故的出處，你就會另有想法。按晉葛洪《西京雜記》云：「有方鏡，廣四尺，高五尺九寸，表裡有明。人直來照之，影則倒見；以手捫心而來，則見腸胃五臟。……又女子有邪心，則膽張心動。秦始皇常以照宮人，膽張心動者則殺之。」可見明鏡照膽多少含有些恐怖的意味。這又削弱了明鏡埋灰喻明月被食的悲劇性（唐歐陽詢《藝文類聚》「《釋名》曰：『月，闕也。滿則缺也。』晦，灰也。月死為灰，月光盡似之也」），內在的矛盾令人不安，引發出怪誕感。

接下去「火龍珠，飛出腦，卻入蚌蛤胎」，也是月蝕景象的比喻。按鳩摩羅什譯《大智度論·初品中十方菩薩來釋論第十五之餘》卷第十云：「金出山石沙、赤銅中，真珠出魚腹中、竹中、蛇腦中，龍珠出龍腦中，珊瑚出海中石樹，生貝出蟲甲中，銀出燒石，餘琉璃、頗梨等，皆出山窟中，如意珠出自佛舍利。」而按中國古代傳說，蚌生珠如人孕胎，故常以蚌胎喻珍珠。如高適〈和賀蘭判官望北海作〉詩云：「日出見魚目，月圓知蚌胎。」並且蚌胎還用以比喻事物的精華。這樣，「火龍珠，飛出腦，卻入蚌蛤胎」的意象，直觀上並沒有給人留下什麼悲劇性的感覺。但實際上「龍珠入蚌」比喻明月被食失去光輝，表現這種悲劇性才是詩句的真正用意，而這層意義卻被掩藏在語義結構的深層。並且，「龍珠出腦」的典故出自佛經，與中國上古傳說不同。按《莊子·列禦寇》云「夫千金之珠，必在九重之淵而驪龍頷下」，以「龍珠出腦」的佛典與「蚌胎」這樣的常典組成句子，就不像同用佛典組成的句子如「初疑白蓮花，浮出龍王宮」那麼自然。

「奴婢炷暗燈，揜菼如玳瑁」，形容燈火昏黑用玳瑁為比，也頗可玩味。玳瑁殼黑，但它在古代被視為珍寶，如初唐李嶠〈床〉詩云：「玳瑁千金起，珊瑚七寶妝。」因此用它作喻體就不像上文用「煤炲」作喻體那麼自然，這裡褒貶意義淆亂了。讀者深入探究，便會感到不和諧。總之，這幾句詩意義上的種種矛盾與差異，可激發出特殊的心理感受，即對深層、表層含義的混雜不知所措，惶恐不安與滑稽可笑糾纏在一起的焦慮心理。因此，我們可以說這裡也有怪誕結構。

詩的第二段寫月蝕的成因。先設想月蝕有兩種可能，然後予以否定，最後指出罪魁禍首為「蝦蟆精」，譴責其「食天之眼養逆命」，蓋以「天媚蟆，被蟆瞎」喻人主之輕信小人，為其所愚。先看這幾句：「吾見陰陽家有說，望日蝕月月光滅，朔月掩日日光缺。兩眼不相攻，此說吾不容。」作者在詩中列數蝕月原因的幾種可能性。「日月相蝕」說是第一種傳說，首先被否定了。但按正常語義邏輯順序，應是「吾見陰陽家有說，望日蝕月月光滅，朔月掩日日光缺。此說吾不容，日月不相攻。」「此說」指代前面所說的「日月相蝕」，「兩眼不相攻」是作者自己的意見，也是對「吾不容」的說明。而按詩中語序，最後二句位置顛倒，表層結構的語義成了「兩眼不相攻」作為「此說」的同位前置賓語，而為「吾不容」，意思全反過來了。「攻」屬「東韻」，「容」屬「冬韻」，古體中可以互叶。因此作者採用這樣的語序不是為了趁韻，而是有意無意借機造成一種畸變引起怪誕效果。

再看接下去幾句：「又孔子師老子云：五色令人目盲。吾恐天似人，好色即喪明。幸且非春時，萬物不嬌榮。青山破瓦色，綠水冰崢嶸。花枯無女豔，鳥死沉歌聲。頑冬何所好，偏使一目盲。」作者否定了蝕月原因的第二種傳說——「好色目盲」說。可是，如果認真想一想，我們會覺得奇怪：前面第一段中明明已經寫下「此時怪事發，有物吞食來」，揭示出月蝕是月為某物所食，那麼舉出「日月相蝕」說而否定之，尚有意義；「好色目盲」說則明顯與「有物吞食來」牴牾，不須辯駁，已知其非。照理說不必引述，但作者在這裡卻津津樂道，反覆形容，最後又鄭重其事地表示懷疑與否定。至此，一種荒謬可笑的感受油然而生，在這種感受的背後又有一種對作者詭祕莫測、隨心所欲的發揮惶恐不安的潛在情緒。這又是怪誕效應在作祟。

作者在第二段中還寫道：「憶昔堯為天，十日燒九州。金爍水銀流，玉燭丹砂焦。六合烘為窯，堯心增百憂。帝見堯心憂，勃然發怒決洪流。立擬沃殺九日妖，天高日走沃不及，但見萬國赤子鱡鱡生魚頭。」上古有羿射九日的神話故事。《楚辭．天問》云：「羿焉彃日？烏焉解羽？」《淮南子．本經訓》亦云：「逮至堯之時，十日並出……堯乃使羿誅鑿齒於疇華之野，殺九嬰於凶水之上，繳大風於青丘之澤，上射十日而下殺猰貐，斷修蛇於洞庭，禽封豨於桑林。」「六合烘為窯，堯心增百憂」的結果，本應是令羿「上射十日」；詩中並沒有用這個盡人皆知的典故，竟說是天帝為解堯憂而怒發大水，欲淹殺九日妖而未能成功。堯時固然有洪水為災，《尚書．堯典》中就有「湯湯洪水方割，蕩蕩懷山襄陵，浩浩滔天」的記載，但洪水是天帝淹日妖造成的水災這種說法，顯然是作者的異想天開，是作者杜撰了一個令人瞠目結舌的神話故事硬嵌進作品中。將十日為災與洪水為災聯繫起來，隱含著對天帝——對應於現實人間世界，便是君主——平庸無能、舉措失當的諷刺與批評。而在表層結構上，這一組意象具有明顯的怪誕性。天帝不分青紅皂白，濫施淫威，生民才受旱災荼毒又遭水災禍害，在波浪中載沉載浮，只露出一個個腦袋；九日妖水淹不及，仍然為禍。這些意象，都含有不可否認的滑稽性，又具有不容忽視的恐懼性。讀者對結果的凶險不祥的壓抑感、痛苦感與對過程的戲謔感、諧趣感組成一種無法消除的緊張矛盾的心理狀態。這仍是怪誕風格的體現。

詩的第三段寫天上眾星官或不司其職，對月蝕聽之任之，或以權謀私，壞亂紀綱。他們的冷漠邪險，腐朽昏聵，助紂為虐，不忠不義，以繁複密集的意象表現出來，詭譎突兀，令讀者目不暇接，幾有窒息之感。這可以說是一幅當時的百官群醜圖，其中充滿著怪誕意味。詩人首先寫的是東方蒼龍、南方朱雀、西方白虎、北方玄武四象，顯然受到《楚辭．招魂》「魂兮歸來，東方不可以託些，長人千仞，惟魂是索些……」一段的影響，而想像超卓，尤出人意表。蒼龍、朱雀、白虎的形象都很有威風，或雄強，或獰厲，或猛惡，但龜蛇合體的玄武的形象卻是「藏頭入殼如入獄」，十分窩囊。這樣的描寫，有意造成不對稱、不和諧，具有明顯的怪誕效應。

接著是寫木、火、土、金、水五星一段，其他四星皆受不仁、不糾、不福、不刑之責，唯獨金星卻被讚為「真將軍」，稱賞其「怒激鋒鋩生」，實在反常得很，與前面獨狀玄武之委瑣雖褒貶有異，但作用則是相同的。這裡「恆州陣斬酈定進，項骨脆甚春蔓菁」兩句也值得注意。按《新唐書·憲宗紀》云：「（元和四年）十月辛巳，成德軍節度使王承宗反，……癸未，左神策軍護軍中尉吐突承璀為左右神策，河陽，浙西、宣歙、鎮州行營兵馬招討處置使以討之。……五年正月己巳，左神策軍大將軍酈定進及王承宗戰，死之。」恆州，是成德軍的治所，即今河北正定縣。蔓菁，即蕪菁，俗稱大頭菜，可作蔬菜。初讀這幾句，會有這樣的想法：酈定進為討伐叛逆而戰死沙場，按理應當受到悼念與嘉許；而現在從字面上看，「項骨脆甚春蔓菁」傳達的卻是調侃、嘲諷的語義，非常不敬，這實在令人困惑。一向對亂臣賊子深惡痛絕的作者，怎麼會冷嘲熱諷起拋頭顱、灑熱血的忠勇將領？實際上，這種似非而是的表現手法也是怪誕風格的一種體現，作者要真正攻擊的人物絕不是酈定進，而是吐突承璀。吐突承璀是唐憲宗寵信的宦官，當時詔命他為統帥討伐王承宗，受到眾諫官、御史反對，但憲宗僅將官名稍作改動，仍讓他率禁軍出征。作者在此借酈定進之陣亡譴責吐突承璀作為主帥指揮無方，損兵折將，罪責難逃。「太白真將軍，怒激鋒鋩生」，似應視為對吐罕承璀的一種「反諷」。昔王元啟評韓愈〈月蝕詩效玉川子作〉，論及盧仝〈月蝕詩〉時說：「（盧仝）又云：『恆州陣斬酈定進。』愚謂〈月蝕詩〉刺時之作，只應借蝦蟆寄諷，不宜徑述時事，致失比興之體。」（錢仲聯《韓昌黎詩繫年集釋》引）此論似是而非。蓋〈月蝕詩〉並非傳統的比興體所能範圍，作為一個具有怪誕結構系統的文本，內含互相衝突抵觸的成分其實是很正常的事。這裡真實的當時人名與虛幻的想像情景共存，令人感受到一種不調和，正是怪誕化的手法。

再看下面，詩人繼續列舉弧矢、天狼、牽牛、織女、蚩尤旗、天鼓、枉矢、天狗等星，謂邪而不正，應「盡掃除」之，只「留北斗一星相北極」，以「贖我父母光（指日月之光）」。他認為「叱喝誅奸強」之事不應「中道廢」，不「善善又惡惡」，必然招致「郭公」之亡。這裡「弧矢」等星皆與兵亂等凶象有關，而牽牛、織女則非，放在一起，頗覺不協調。更有甚者，作者竟不顧歷代牛郎織女愛情的美麗傳說，指斥其「不肯勤農桑」，「徒勞含淫思」。這種改變事物的固有褒貶屬性的奇特筆法，無疑也具有怪誕性。

第四段最短，寫妖蟆遭「誅磔」，月蝕消歇，「天眼」重見。詩人雖「感荷天地力」，但對「光彩未蘇來，慘淡一片白」的景象並非欣喜若狂，而是感嘆「奈何萬里光，受此吞吐厄」。

第五段是全詩的總結，闡述了〈月蝕詩〉的主旨。詩人先解釋自己的「咄咄詞」並非不合孔子修《春秋》之意。因為古人認為「日蝕，國君；月蝕，將相當之」，「月蝕，常也；日蝕，為不臧也」（《史記．天官書》），故歷代正史如《漢書．五行志》等只記日蝕，不記月蝕。詩人有感於此，遂有「或問」之假設。提到《春秋》，顯然是因為《孟子．滕文公下》曾說過「孔子成《春秋》，而亂臣賊子懼」的話，而〈月蝕詩〉正是刺亂臣賊子之作。他認為日月乃天的兩眼，各有功用，絕沒有只重日蝕不重月蝕之理，雖《春秋》「書大惡」而「月蝕不見收」可以理解，但大唐禮樂文明遠過衰周，古人陳例應當破除。詩的結尾表達了對朝廷以月蝕為誡，刑德並修，善政齊舉的希望，俱見詩人的一片丹忱。

此詩散文化的傾向十分明顯，句式以五言、七言為主，雜以三言、四言、六言、九言、十一言句，寫來開闔自如，奇氣縱橫。其淵源可以上溯到《楚辭》，而憤懣焦慮之情與荒幻詭異之勢則自具面目，那種獨特的怪誕風格別具一格，尤引人注目。韓愈讀〈月蝕詩〉，「稱其工」（《新唐書．韓愈傳》附盧仝小傳），並仿其體作〈月蝕詩效玉川子作〉。宋王觀國讚韓作能「約之以禮」（《學林》卷八），明李東陽稱其能「斷去疵纇，摘其精華」（《麓堂詩話》）。其實，比之盧仝原作，韓詩在驚心動魄的張力、鏤腎劌肝的措語、眩目搖神的異彩、蕩腑迴腸的奇氣等方面都是遠遜的。七百多年前，宋嚴羽在《滄浪詩話》中說：「玉川之怪，長吉之瑰詭，天地間自欠此體不得。」確實，〈月蝕詩〉不但是唐代詩壇的一朵奇葩，也是詩歌史上的一大奇觀。（龐堅）

劉叉

【作者小傳】自稱彭城子。性剛直任俠。曾為韓愈門客。後歸齊、魯，不知所終。其詩風格獷放，能突破傳統格式，但也有險怪、晦澀之病。有《劉叉詩集》。《全唐詩》存其詩二十七首。（《新唐書》卷一七六、《唐才子傳》卷五）

冰柱

劉叉

師干久不息，農為兵兮民重嗟。
騷然縣宇①，土崩水潰，畹中無熟穀，壟上無桑麻。
王春判序②，百卉茁甲含葩。有客避兵奔遊僻，跋履險阨至三巴。
貂裘蒙茸已敝縷，鬢髮蓬舥③。
雀驚鼠伏，寧遑安處，獨臥旅舍無好夢，更堪走風沙！
天人一夜剪瑛琭④，詰旦⑤都成六出花。南畝未盈尺，纖片亂舞空紛拏⑥。

旋落旋逐朝暾化⑦，簷間冰柱若削出交加。
或低或昂，小大瑩潔，隨勢無等差。
始疑玉龍下界來人世，齊向茅簷布爪牙。又疑漢高帝，西方來斬蛇。
人不識，誰為當風杖莫邪。鏘鏗冰有韻，的皪⑧玉無瑕。
不為四時雨，徒於道路成泥柤⑨。不為九江浪，徒為汨沒天之涯。
不為雙井水，滿甌泛泛烹春茶。不為中山漿⑩，清新馥鼻盈百車。
不為池與沼，養魚種芰成霪霔⑪；不為醴泉與甘露，使名異瑞世俗誇。
特稟朝澈氣，潔然自許靡間其邇遐。森然氣結一千里，滴瀝聲沉十萬家。
明也雖小，暗之大不可遮。勿被曲瓦，直下不能抑群邪。
奈何時逼，不得時在我目中，倏然漂去無餘步⑫。
自是成毀任天理，天於此物豈宜有忒賒。

反令井蛙壁蟲變容易，背人縮首競呀呀。
我願天子回造化，藏之韞櫝⑬翫之生光華。

〔註〕①縣宇：指全國。②序：時序，季節。③舥（音同趴）：聯舟為橋叫舥。此處形容鬢髮蓬亂之狀。④瑛琭（音同英祿）：瑛，玉光；琭，玉貌。此處皆作「玉」解。⑤詰旦：明朝、翌晨。⑥紛拏（音同拿）：彼此牽連。⑦朝暾（音同吞）：朝陽，早晨的陽光。暾，初升的太陽。⑧的皪（音同第立）：光亮鮮明的樣子。⑨柤（音同楂）：木欄杆。⑩中山漿：中山，地名，今河北定縣地。漿，酒。傳說古時中山人狄希能造千日酒，飲之千日始醒。見《搜神記》。⑪霔，通「澍」。⑫些：「些」的異體字，「少」的意思。⑬韞櫝（音同蘊獨）：韞，收藏；櫝，木匣。《論語．子罕》：「有美玉於斯，韞櫝而藏諸？求善賈而沽諸？」

從唐德宗貞元末到憲宗元和時期，以韓愈為首的一派詩人，一反大曆以來圓熟浮麗的詩風，走上險怪幽僻一路。如韓愈的〈陸渾山火和皇甫湜用其韻〉和盧仝的〈月蝕詩〉等都足以代表這種詩風。劉叉也是這一詩派的著名人物，以〈冰柱〉、〈雪車〉二詩為最有名，而〈冰柱〉詩尤奇譎奔放，寄託遙深，為後世所稱揚。

全詩可分為三段。

從首句到「更堪走風沙」為第一段。在這一段裡，詩人首先揭露了當時的社會現實：干戈不息，民不聊生。安史亂後，接著出現藩鎮割據的局面，而吐蕃也多次出兵騷擾西南邊疆。詩裡所說的「騷然縣宇，土崩水潰，畹中無熟穀，壟上無桑麻」，反映了當時因戰禍連綿而造成的田園荒蕪景象。詩人為了躲避兵災，逃向四川，而四川也非樂土。旅途是艱辛的，漫長的，而在兵荒馬亂中跋山涉川，不僅要忍受風霜勞頓之苦，還要時時提防惡人的侵害。「貂裘蒙茸已敝縷，鬢髮蓬舥，雀驚鼠伏」，寫出了旅途中的狼狽情景，為下文借寫冰柱抒發感喟作了鋪墊。

從「天人一夜剪瑛琭」到「直下不能抑群邪」為第二段。這一段是全詩的主要部分，描繪了冰柱的奇麗景色。在一夜大雪之後，房簷間的冰柱垂掛下來，大大小小，高高低低，一樣的晶瑩潔白，玉色瓊輝。它不是冰柱，而是天上玉龍的爪牙；它不是冰柱，而是漢高帝的斬蛇寶劍！這兩個奇特的比喻，不僅寫出了冰柱的風神，還為下文寫它的不為世用張勢：它不能化為及時雨，使田禾滋壯；而只能化為泥漿，使道路艱難。它不能化為九江的波浪，奔向大海；而只能浸沒於峽谷，沉淪於天涯。它不能化為雙井名泉，煮茗煎茶；它不能化為中山美醞，芳香四溢。它不能蓄而為池，積而為沼，養魚種芰；它不能為甘泉，不能為飴露，使這特異的祥瑞徵兆為世俗讚誇。它只能憑著它的清澈之氣，孤潔自賞，自凝自消。它的光彩雖不大，卻無法掩遮；它負著曲瓦，不能施展神鋒，鏟除奸邪。這一大段的描繪，句句是在寫冰柱，卻句句關合到詩人自己。詩人的懷才不遇的激憤之情，剛傲不羈的性格，全面地顯示了出來。

從「奈何時逼」到末句為第三段。這一段寫冰柱消失以後的感慨。天晴凍解，冰柱消失，杳無蹤跡。萬物的成與毀是天決定的，它對於冰柱不會特加恩澤，卻反而使那些井蛙壁蟲，順生易長，背著人，縮著頭，聒噪不休。希望天子能回造化之力，把冰柱珍藏在櫃子裡，使它永遠放出光輝。這一段比上一段更深一層，拿容易消失的冰柱和最易繁衍的蛙蟲對比，揭示出當時政治上的小人橫行、賢士在野的情況。最後詩人把理想寄託在皇帝身上，希望他能挽轉形勢，重用賢才。詩的最後兩句是畫龍點睛，點出了詩的主題，就是說只要皇帝能重用賢士，排斥奸邪，就能消弭戰禍，天下太平。

這首詩在藝術上很有特色，以冰柱入詩，題材新奇。更奇的是對冰柱的形象描寫，把冰柱擬人化，句句是寫冰柱，也是句句在表露自己的懷才不遇。他用玉龍的爪牙，劉邦的斬蛇寶劍來比喻冰柱，貼切而新鮮，為修辭手法創一特例。就詩體來說，這首詩是句子長短不一的雜言體，抒寫較自由，適宜於表現較複雜的思想感情。用這種詩體，不可避免的是多議論，散文化。劉叉的這首詩顯然是受〈月蝕詩〉的影響，而又加以發展，顯得更為奇譎奔放。

這首詩的最大特色是在用韻方面。它用的是麻韻，麻韻字的音是響亮的，高亢的，但韻字卻比較少，因有「險韻」之稱。這首詩共二十七韻，全屬麻韻，中間的「舥」字，「柤」字很少人用過。「邪」字用了兩次，前一個音「牙」，是劍名；後一個音「霞」，是姦邪之「邪」的另一讀，音義不同，故得同用。用麻韻寫古體詩，一韻到底的很罕見。本詩在抒寫中一氣貫下，縱橫自如，在描繪冰柱一段，連用了六個「不為」排句，氣勢浩蕩，鬱結於胸中的不平之氣，噴薄而出。「特稟朝澈氣，潔然自許靡間其邇遐」兩句，拗折多姿；「森然氣結一千里，滴瀝聲沉十萬家」兩句，對仗整飭。這些句式的變化是和感情的起伏跌宕密切相連的，句子或長或短，或對仗，或散行，而最後都能很自然地落到韻腳上來，毫無生拼硬湊的毛病。用險韻而不覺其險，顯示出詩人的才華，為唐代詩壇增添了光彩。宋代蘇軾在〈雪後書北臺壁二首〉其二的末兩句是：「老病自嗟詩力退，空吟〈冰柱〉憶劉叉。」可以看出他對於劉叉的〈冰柱〉是很讚賞的。（李廷先）

偶書

劉叉

日出扶桑一丈高，人間萬事細如毛。
野夫怒見不平處，磨損胸中萬古刀。

這是一首詩風粗獷，立意奇警的抒懷詩。奇就奇在最後一句：「磨損胸中萬古刀」。

這是一把什麼樣的刀，又為什麼受到磨損呢？

詩中說，每天太陽從東方昇起，人世間紛繁複雜的事情便一一發生。韓愈亦有「事隨日生」（〈答殷侍御書〉）之句，意同。當時正是唐代宦官專權，藩鎮割據，外族侵擾的混亂時期。作者經常看到許多不合理的事情：善良的人受到欺壓，貧窮的人受到勒索，正直的人受到排斥，多才的人受到冷遇。每當這種時候，作者便憤懣不平，怒火中燒，而結果卻不得不「磨損胸中萬古刀」。

作者是個富有正義感的詩人。元辛文房《唐才子傳》說他在少年時期「尚義行俠，傍觀切齒，因被酒殺人亡命，會赦乃出，更改志從學。」這位少時因愛打抱不平而鬧過人命案的人物，雖改志從學，卻未應舉參加進士考試，繼續過著浪跡江湖的生活。他自幼形成的「尚義行俠」的秉性，也沒有因「從學」而有所改變，而依然保持著傲岸剛直的性格。只是鑑於當年殺人亡命的教訓，手中那把尚義行俠的有形刀早已棄而不用，而自古以來迭代相傳的正義感、是非感，卻仍然珍藏在作者胸懷深處，猶如一把萬古留傳的寶刀，刀光熠爍，氣衝斗牛。然而因為社會的壓抑，路見不平卻不能拔刀相助，滿腔正義怒火鬱結在心，匡世濟民的熱忱只能埋藏心底而無法傾瀉。這是何等苦痛的事情！他胸中那把無形的刀，那把除奸佞、斬邪惡的正義寶刀，只能任其銷蝕，聽其磨損，他的情緒又是多麼激憤！作者正是以高昂響亮的調子，慷慨悲歌，唱出了自己的心聲。

這首詩用「磨損的刀」這一最普通、最常見的事物，比喻胸中受到壓抑的正義感，把自己心中的複雜情緒和俠義、剛烈的個性鮮明地表現出來，藝術手法可謂高妙。在唐代詩人的作品中，還沒有看到用「刀」來比喻人的思想感情的。這種新奇的構思和警辟的比喻，顯示了劉叉詩的獨特風格。（李廷先）

姚秀才愛予小劍因贈

劉叉

一條古時水，向我手心流。
臨行瀉贈君，勿薄細碎讎。

這是劉叉在贈劍給友人時寫的一首小詩。詩之獨特處，在於通篇以水比劍。本來以明澈的秋水比喻閃閃發亮的劍光，古人早已有之。如東漢袁康《越絕書》說：「泰阿（寶劍名），觀其釽巍巍翼翼如流水之波。」後來也有以水比劍以至直接將劍稱呼為水的。如李賀詩：「先輩匣中三尺水，曾入吳潭斬龍子。」（〈春坊正字劍子歌〉）劉叉這首詩不只是在一、二句詩中將水與劍相比擬，而是把水劍的比喻作為一個基本構思貫通全篇，更是別開生面。

「一條古時水，向我手心流。」說得很口語化，而頗有詩味：詩人不直說這是一把古代傳下的明晃晃的寶劍，而說成「一條古時水」；不直說寶劍「拿」在我手裡，而是循著「水」的比喻拈出一個「流」字，說一條水向我手中流來，從而使得原來處於靜態中的事物獲得了一種富有詩意的動感。這種從對面著墨的寫法，較之平鋪直敘多了一層曲折，因而也就多了一種風趣。

第三句還是循著以「水」比劍的基本構思鍊字。劍既似「水」，所以不是一般的「奉贈」、「惠贈」，而是扣緊「水」字，選用了「瀉贈」。我們彷彿看到了一條流動著的「水」，流到詩人手裡，又瀉入朋友掌中。

如果直說成「我把劍送給你」，那就情韻全失，索然無味了。

以上三句寫贈劍，末句是在贈劍時的殷勤囑咐。「薄」，是迫近的意思。這一句是說不要為了私人的小仇小怨用這把劍去作無謂的爭鬥，弦外之音是應該用它來建立奇功殊勛。白居易在〈李都尉古劍〉詩中寫道：「願快直士心，將斷佞臣頭；不願報小怨，夜半刺私讎。勸君慎所用，無作神兵羞。」可以用來幫助理解末句沒有明白說出的這一層意思。（陳志明）

賈島

【作者小傳】（七七九～八四三）字浪仙，一作閬仙，范陽（今河北涿州市）人。初落拓為僧，名無本，後還俗，屢舉進士不第。曾任長江主簿，人稱賈長江。其詩喜寫荒涼枯寂之境，頗多寒苦之辭。以五律見長，注重詞句錘鍊，刻苦求工。與孟郊齊名，有「郊寒島瘦」之稱。有《長江集》。（《新唐書》本傳、《唐才子傳》卷五）

劍客　賈島

十年磨一劍，霜刃未曾試。
今日把示君①，誰有不平事②？

〔註〕①「示」一作「似」、「事」。②「有」一作「為」。

賈島詩思奇僻。這首〈劍客〉卻率意造語，直吐胸臆，給人別具一格的感覺。詩題一作〈述劍〉。詩人以劍客的口吻，著力刻畫「劍」和「劍客」的形象，託物言志，抒寫自己興利除弊的政治抱負。

這是一把什麼樣的劍呢？「十年磨一劍」，是劍客花了十年工夫精心磨製的。側寫一筆，已顯出此劍非同一般。接著，正面一點：「霜刃未曾試」。寫出此劍刃白如霜，閃爍著寒光，是一把鋒利無比卻還沒有試過鋒芒的寶劍。說「未曾試」，便有躍躍欲試之意。現在得遇知賢善任的「君」，便充滿自信地說：「今日把示君，誰有不平事？」今天將這把利劍拿出來給你看看，告訴我，天下誰有冤屈不平的事？一種亟欲施展才能，幹一番事業的壯志豪情，躍然紙上。

顯然，「劍客」是詩人自喻，而「劍」則比喻自己的才能。詩人沒有描寫自己十年寒窗，刻苦讀書的生涯，也沒有表白自己出眾的才能和宏大的理想，而是透過巧妙的藝術構思，把自己的意想，含而不露地融入「劍」和「劍客」的形象裡。這種寓政治抱負於鮮明形象之中的表現手法，確是很高明的。

全詩思想性與藝術性綰合得自然而巧妙。語言平易，詩思明快，顯示了賈島詩風的另外一種特色。（吳企明）

題李凝幽居

賈島

閒居少鄰並，草徑入荒園。鳥宿池邊樹①，僧敲月下門。過橋分野色，移石動雲根。暫去還來此，幽期不負言。

〔註〕①一作「池中樹」。

這詩以「鳥宿池邊樹，僧敲月下門」一聯著稱。全詩只是抒寫了作者走訪友人李凝未遇這樣一件尋常小事。首聯「閒居少鄰並，草徑入荒園」，詩人用很經濟的手法，描寫了這一幽居的周圍環境：一條雜草遮掩的小路通向荒蕪不治的小園；近旁，亦無人家居住。淡淡兩筆，十分概括地寫了一個「幽」字，暗示出李凝的隱士身份。

頷聯「鳥宿池邊樹，僧敲月下門」，是歷來傳誦的名句。「推敲」兩字還有這樣的故事：一天，賈島騎在驢上，忽然得句「鳥宿池邊樹，僧敲月下門」，初擬用「推」字，又思改為「敲」字，在驢背上引手作推敲之勢，不覺一頭撞到京兆尹韓愈的儀仗隊，隨即被人押至韓愈面前。賈島便將作詩得句、下字未定的事情說了，韓愈不但沒有責備他，反而立馬思之良久，對賈島說：「作『敲』字佳矣。」這樣，兩人竟做起朋友來。這一「推敲」故事傳為文壇佳話，實際上卻是子虛烏有。因為韓愈和賈島在此之前早就相識了。不過這一虛構倒也頗能為賈島的苦吟鍊字傳神寫照。這兩句詩，粗看有些費解。難道詩人連夜晚宿在池邊樹上的鳥都能看到嗎？其實，這

賈島〈題李凝幽居〉——明刊本《唐詩畫譜》

正見出詩人構思之巧，用心之苦。正由於月光皎潔，萬籟俱寂，因此老僧（或許即指作者）一陣輕微的敲門聲，就驚動了宿鳥，或是引起鳥兒一陣不安的躁動，或是鳥從窩中飛出轉了個圈，又棲宿巢中了。作者抓住了這一瞬即逝的現象，來刻畫環境之幽靜，響中寓靜，有出人意料之勝。倘用「推」字，當然沒有這樣的藝術效果了。

頸聯「過橋分野色，移石動雲根」，是寫回歸路上所見。過橋是色彩斑斕的原野；晚風輕拂，雲腳飄移，彷彿山石在移動。「石」是不會「移」的，詩人用反說，別具神韻。這一切，又都籠罩著一層潔白如銀的月色，更顯出環境的自然恬淡，幽美迷人。

尾聯「暫去還來此，幽期不負言」兩句是說，我暫時離去，不久當重來，不負共同歸隱的約期。前三聯都是敘事與寫景，最後一聯點出詩人心中幽情，托出詩的主旨。正是這種幽雅的處所，悠閒自得的情趣，引起作者對隱逸生活的嚮往。

詩中的草徑、荒園、宿鳥、池樹、野色、雲根，無一不是尋常所見景物；閒居、敲門、過橋、暫去等等，無一不是尋常的行事。然而詩人偏於尋常處道出了人所未道之境界，語言質樸，冥契自然，而又韻味醇厚。（施紹文）

憶江上吳處士① 賈島

閩國揚帆去，蟾蜍虧復圓②。秋風生渭水③，落葉滿長安。
此地聚會夕，當時雷雨寒。蘭橈殊未返④，消息海雲端。

〔註〕①處士：隱居林泉不仕的人。②「虧復圓」一作「缺復團」。蟾蜍：蝦蟆。此處是月的代稱。《太平御覽・天部四・月》引張衡《靈憲》曰：「羿請不死藥於西王母，羿妻姮娥竊以奔月，託身於月，是為蟾蜍。」③一作「吹渭水」。④蘭橈（音同撓）：用木蘭樹做的槳，代指船。殊：這裡作「猶」字解。

這首詩「秋風生渭水，落葉滿長安」一聯，是賈島的名句，為後代不少名家引用。如宋代周邦彥〈齊天樂・正宮秋思〉詞中的「渭水西風，長安亂葉，空憶詩情宛轉」，元代白樸《梧桐雨》雜劇中的「傷心故園，西風渭水，落日長安」，都是化用這兩句名句而成的，可見其流傳之廣，影響之深。

詩是為憶念一位到福建一帶去的姓吳的朋友而作。開頭說，朋友坐著船前去福建，很長時間了，卻不見他的消息。接著說自己居住的長安已是深秋時節。強勁的秋風從渭水那邊吹來，長安落葉遍地，顯出一派蕭瑟的景象。

為什麼要提到渭水呢？因為渭水就在長安郊外，是送客出發的地方。當日送朋友時，渭水還未有秋風；如今渭水吹著秋風，自然想起分別多時的朋友了。

此刻，詩人憶起和朋友在長安聚會的一段往事：「此地聚會夕，當時雷雨寒」——他那回在長安和這位姓吳的朋友聚首談心，一直談到很晚。外面忽然下了大雨，雷電交加，震耳炫目，使人感到一陣寒意。這情景還歷歷在目，一轉眼就已是落葉滿長安的深秋了。

結尾是一片憶念想望之情。由於朋友坐的船還沒見回來，自己也無從知道他的消息，只好遙望遠天盡處的海雲，希望從那兒得到吳處士的一些消息了。

這首詩中間四句言情謀篇都有特色。在感情上，既說出詩人在秋風中懷念朋友的淒冷心情，又憶念兩人往昔過從之好；在章法上，既向上挽住了「蟾蜍虧復圓」，又向下引出了「蘭橈殊未返」。其中「渭水」、「長安」兩句，是此日長安之秋，是此際詩人之情，又在地域上映襯出「閩國」離長安之遠（回應開頭），以及「海雲端」獲得消息之不易（暗藏結尾）。細針密縷，處處見出詩人行文構思的縝密嚴謹。「秋風」二句先敘述離別處的景象，接著「此地」二句逆挽一筆，再倒敘昔日相會之樂，行文曲折，而且筆勢也能提挈全詩。全詩把題目中的「憶」字反覆勾勒，筆墨厚重飽滿，是一首生動自然而又流暢的抒情佳品。（劉逸生）

雪晴晚望 賈島

倚杖望晴雪，溪雲幾萬重。樵人歸白屋，寒日下危峰。
野火燒岡草，斷煙生石松。卻回山寺路，聞打暮天鐘。

賈島長安應舉落第，與從弟釋無可寄居長安西南圭峰草堂寺。這首詩大約寫於此時。詩中展現了時景常情，又寫得獨行踽踽，空山寒寂。其〈戲贈友人〉詩云：「一日不作詩，心源如廢井。筆硯為轆轤，吟詠作縻綆。朝來重汲引，依舊得清冷。書贈同懷人，詞中多苦辛。」這首詩即體現出清冷的詩風。

詩題四字概括揭示了全詩內容。詩中有雪，有晴，有晚，有望，畫面就在「望」中一步步舒展於讀者面前。「倚杖望晴雪，溪雲幾萬重。」起筆即點出「望」字。薄暮時分，雪霽天晴，詩人乘興出遊，倚著手杖向遠處眺望。遠山近水，顯得更加秀麗素潔。極目遙天，在夕陽斜照下，溪水上空升騰起魚鱗般的雲朵，幻化多姿，幾乎多至「萬重」！

「樵人歸白屋，寒日下危峰。」「歸」、「下」二字勾勒出山間的生氣和動態。在遍山皚皚白雪中，有採樵人沿著隱隱現出的一線羊腸小道，緩緩下山，回到白雪覆蓋下的茅舍。白屋的背後則是冷光閃閃、含山欲下的夕陽。山峰在晚照中顯得更加雄奇。樵人初歸白屋，寒日欲下危峰，在動靜光色的摹寫中，透出了如他的詩風那種清冷。

詩人視線又移向另一角度。那邊是「野火燒岡草，斷煙生石松」。遠處山岡上，野草正在燃燒。勁松鬱鬱蒼蒼，日暮的煙靄似斷斷續續生於石松之間，而傲立的古松又衝破煙霧聳向雲天。「野火」、「斷煙」是一聯遠景，它一明一暗，隨著時間的推移而變化。「岡草」貌似枯弱，而生命力特別旺盛，「野火」豈能燒盡？「石松」堅操勁節，形象高大純潔，「斷煙」又怎能遮掩？

詩人飽覽了遠近高低的雪後美景，夜幕漸漸降臨，不能再盤桓延佇了。「卻回山寺路，聞打暮天鐘。」在這充滿山野情趣的詩境中，騁目娛懷的歸途上，詩人清晰地聽到山寺響起清越的鐘聲，平添了更濃郁的詩意。這一收筆，吐露出詩人心靈深處的隱情。賈島少年為僧，後雖還俗，但屢試不第，仕途偃蹇。此時在落第之後，棲身荒山古寺，暮遊之餘，恍如倦鳥歸巢，聽到山寺晚鐘，禁不住心潮澎湃。「悟已往之不諫，知來者之可追，實迷途其未遠，覺今是而昨非」（晉陶淵明〈歸去來兮辭〉），詩人頓萌瞿曇歸來之念了。

為什麼這樣理解「聞打暮天鐘」？就在寫這首詩的圭峰草堂寺裡，賈島曾寫過一首〈送無可上人〉，為無可南遊廬山西林寺贈別：「圭峰霽色新，送此草堂人。麈尾同離寺，蛩鳴暫別親。獨行潭底影，數息樹邊身。終有煙霞約，天臺作近鄰。」儘管此後賈島並未去天臺山再度為僧，與無可結近鄰，但在寫詩當時，無疑是起過這種念頭的。這應是「聞打暮天鐘」一語含義的絕好參證。同時，作者在那首詩「獨行潭底影，數息樹邊身」之下自註云：「二句三年得，一吟雙淚流。知音如不賞，歸臥故山秋。」這幾句在表現苦吟孤傲之中也明言有「歸臥故山」的思想。

「聞打暮天鐘」作為詩的尾聲，又起著點活全詩的妙用。前六句逶迤寫來，景色全是靜謐的，是望景。七句一轉，緊接著一聲清脆的暮鐘，由視覺轉到了聽覺。這鐘聲不僅驚醒默默賞景的詩人，而且鐘鳴谷應，使前六句所有景色都隨之飛動起來，整個詩境形成了有聲有色，活潑潑的局面。讀完末句，回味全詩，總覺繪色繪聲，餘韻無窮。（馬君驊）

暮過山村

賈島

數里聞寒水，山家少四鄰。怪禽啼曠野，落日恐行人。
初月未終夕，邊烽不過秦。蕭條桑柘外，煙火漸相親。

賈島以「幽奇寒僻」的風格著稱，這一首詩充分體現了他的創作特色。

起句從聽覺形象寫起。一個秋天的黃昏，詩人路過一座山村，遠遠便聞到山澗的潺潺流水聲：「數里聞寒水」。在「數里」的範圍內能清晰地聽到細微的水聲，可見山區的寂靜淒冷。而映在眼簾的是稀稀落落的人家——「山家少四鄰」。這一聽覺形象和視覺形象相互襯托，生動地渲染出山村的蕭索而冷落的氛圍。首聯點題，作者用淡墨勾勒出一幅荒涼的山村遠景。

頷聯，重點描摹山區蕭騷陰森的景象：「怪禽啼曠野，落日恐行人。」「怪禽」大概是鵂鶹一類的鳥。這種怪禽在荒漠淒寂的曠野上鳴叫，本來就令人聞而驚惶不安；剛好又碰上夕陽下山，山區漸漸暗黑下來，孤單的行人此時此刻自然更加感到不寒而慄。這兩句詩寫聲寫色，聲色均駭人聽聞。詩的境界幽深險僻，自是賈島本色。

詩人從數里外的曠野走向山村，一路行來，時間不知不覺地過去，夜幕悄悄地拉開。頸聯轉寫夜景：「初月未終夕，邊烽不過秦。」邊烽，指邊境的烽火。唐代邊烽有兩種：一種是報邊境有事的緊急烽火，一種是報平安的烽火。秦，指今陝西南部一帶。這兩句的意思是說，初升的月亮高懸天空，烽火點燃起來，沒有越過秦地，表明這一地區平安無事，山區更顯得闃靜、安謐。這時候詩人逐漸走近山莊。

尾聯即寫接近山村時的喜悅感受：「蕭條桑柘外，煙火漸相親。」詩人經過蕭疏荒涼的山區曠野，終於隱隱約約地看到山村人家宅邊常種的桑柘樹和茅舍上升起的裊裊輕煙，內心不禁感到無比的溫暖與親切，先前的驚懼心情漸漸平靜下來，轉而產生一種歡欣喜悅的感情。結句「煙火漸相親」，寫得極富生活情趣與韻味。詩人對生活的感受相當敏銳，體驗深刻，又著意鍊句，因此，詩裡的心理刻畫也顯得細緻入微而耐人尋味。

詩的布局以「寒水」開始，「煙火」告終，中間歷敘曠野中的「怪禽」、「落日」、「初月」、「邊烽」，給人的感受是由寒而暖，從惶恐而至欣慰。山區景物採用移步換景法描繪，隨著時間的推移，而不斷變動，詩人的情緒也跟著波浪式起伏與發展。這樣，詩的格局便顯得有波瀾，有開闔，寓變化多樣於章法井然之中。

詩的形象寫得險怪寒瘦，境界幽深奇異，在中唐詩歌中確實別具一格。明胡應麟推崇「浪仙之幽奇」為「五言獨造」（《詩藪·內編》卷四）。從風格這一角度上看，這一評語也說得中肯。（何國治）

寄韓潮州愈　賈島

此心曾與木蘭舟，直到天南潮水頭。隔嶺篇章來華岳，出關書信過瀧流。
峰懸驛路殘雲斷，海浸城根老樹秋。一夕瘴煙風卷盡，月明初上浪西樓。

賈島初為僧，好苦吟，由於著名的「推敲」故事，博得當時文苑巨擘韓愈的賞識而還俗應舉，所以他與韓愈感情深摯。元和十四年（八一九），憲宗迎佛骨，韓愈上〈論佛骨表〉切諫，觸怒皇帝，貶為潮州（治今廣東潮州）刺史。赴任途中遇姪孫韓湘，寫了一首〈左遷至藍關示姪孫湘〉，抒發自己的激憤之情。此詩傳到京師，賈島讀後有感而作這首〈寄韓潮州愈〉詩。

詩一開頭就表達了與韓愈不同尋常的交契，流露了一種深情的眷念和神往的心曲。作者說，我的心早與您同乘蘭舟，水宿風餐，一直流到嶺南韓江潮水的盡頭了。兩句筆力奇橫，體現了忠臣遭斥逐，寒士心不平，甘願陪同貶官受苦的深厚友情。

中二聯直抒別後景況。「篇章」即指韓愈〈左遷至藍關示姪孫湘〉一詩。作者說，你這一腔忠憤的「篇章」隔著秦嶺傳到京師（「華岳」指代長安），我怎能不內心共鳴，馳書慰問？當出關驛馬馳過瀧流，謫貶中的知友就可得到片紙慰藉了。這一聯，表明二人正是高山流水，肝膽相照。

韓詩說：「雲橫秦嶺家何在？雪擁藍關馬不前。」賈島則報以「峰懸驛路殘雲斷，海浸城根老樹秋」。這是互訴衷曲之語。「懸」、「浸」二字，一高一下，富於形象。望不到盡頭的驛路，盤山而上，好像懸掛在聳入雲霄的峰巒上。這是途中景況。潮州濱海，海潮浸到城根，地卑溼濕，老樹為之含秋。這是到任後的景況。「峰懸驛路」是寫道路險阻；「海浸城根」則說處境悽苦。「殘雲斷」內含人雖隔斷，兩心相連之意；「老樹秋」則有「樹猶如此，人何以堪」之慨。在物景烘托中透露作者深沉的關切心情。

寫到第三聯，已把堅如磐石的友情推到絕頂，詩的境界也達到了高峰。第四聯則宕開一筆，別開生面：「一夕瘴煙風卷盡，月明初上浪西樓。」南方山林間濕熱蒸鬱，能致人疾疫的瘴氣，總有一天會像風卷殘雲那樣一掃而光。到那時，皓月東升，銀光朗照在潮州浪西樓上，整個大地也將變成瓊玉般的銀裝世界了。月光如洗，天下昭然，友人無辜遭貶的冤屈，自將大白於天下。這裡針對韓愈「好收吾骨瘴江邊」一語，一反其意，以美好的憧憬結束全詩。

此詩首聯寫意，次聯寫實，三聯寫懸想，尾聯寫祝願；而通篇又以「此心」二字為契機，抒寫了深摯的友情。八句詩直如清澄的泉水，字字句句均從丹田流出。詩的語言酷似韓愈〈左遷至藍關示姪孫湘〉一詩的和詩，真是「同心之言，其臭如蘭」（《周易．繫辭上》）。（馬君驊）

題興化園亭　賈島

破卻千家作一池，不栽桃李種薔薇。
薔薇花落秋風起，荊棘滿庭君始知。

唐孟棨《本事詩．怨憤》說：「（賈島）時方下第，或謂執政惡之，故不在選。怨憤尤極，遂於庭內題詩。」文宗時裴度進位中書令，大肆修造興化寺亭園。此詩反映了中唐「富者兼地數萬畝，貧者無容足之居」（唐陸贄《陸宣公奏議．論兼并之家私斂重於公稅》）的社會現實。

俗語說，整紙畫鼻，臉面可知。詩的開頭，便運用了這樣的構思方法。「破卻千家作一池」，池，只不過是興化寺園亭中的一個小小局部，卻要「破卻千家」；那麼整個園亭究竟要「破卻」多少人家？它的規模之大不是可想而知了嗎！整個園亭中的假山真水，奇樹異花，幽徑畫廊，自然是景隨步移，筆難盡述。但詩人對那些卻一概從略，而只抓住「不栽桃李種薔薇」一點。這一點抓得好。第一，它反映了貧富的心理殊異。在食不果腹、家無壟畝的貧者看來，那麼好的土地，種成莊稼該有多好？即使為了觀賞，起碼該種桃李。桃李春華秋實，能看能吃，卻棄之不種，薔薇華而不實，無補於用，卻偏偏要種，豈非一怪？其實，這種「怪」事在奢靡的上層社會所在多有，如聶夷中的〈公子行〉：「種花滿西園，花發青樓道。花下一禾生，去之為惡草。」同樣是反映耕者與有閒階級心理的迴別。這「怪」字的背後，顯然暗藏著一個「奢」字。第二，這一句也是為表現詩的題旨張本。漢韓嬰《韓詩外傳》卷七說：「夫春樹桃李，夏得陰其下，秋得食其實。春樹蒺藜，夏不可採其葉，秋得其刺焉。」這大概便是詩的題旨所本。而詩的妙處卻在於，作者接「種薔薇」的茬兒，將題旨拈連帶出：「薔薇花落秋風起，荊棘滿庭君始知。」表面是寫秋後將出現的園景，實則指出了聚斂定要出現的後果；以「種花」拈連「栽刺」，擬聚斂定有的可悲下場，自然而又貼切。最後一句，蘊藉含蓄，諷諭之意，溢於言外。

本篇以家常語，從眼前物中提煉出譏誚聚斂、諷嘲權貴的題旨，是很難得的。在藝術上，巧而不華，素淡中寓深意，也是本詩的可取之處。（傅經順）

尋隱者不遇　賈島

松下問童子，言師採藥去。
只在此山中，雲深不知處。

賈島是以「推敲」兩字出名的苦吟詩人。一般認為他只是在用字方面下工夫，其實他的「推敲」不僅著眼於錘字鍊句，在謀篇構思方面也是同樣煞費苦心的。此詩就是一個例證。

這首詩的特點是寓問於答。「松下問童子」，必有所問，而這裡把問話省略了，只從童子所答「師採藥去」這四個字而可想見當時松下所問是「師往何處去」。接著又把「採藥在何處」這一問句省掉，而以「只在此山中」的童子答辭，把問句隱括在內。最後一句「雲深不知處」，又是童子答覆對方採藥究竟在山前、山後、山頂、山腳的問題。明明三番問答，至少須六句方能表達的，賈島採用了以答句包賅問句的手法，精簡為二十字。這種「推敲」就不在一字一句間了。

然而，這首詩的成功，不僅在於簡練；單言繁簡，還不足以說明它的妙處。詩貴善於抒情。這首詩的抒情特色是在平淡中見深沉。一般訪友，問知他出，也就自然掃興而返了。但這首詩中，一問之後並不罷休，又繼之以二問三問，其言甚繁，而其筆則簡，以簡筆寫繁情，益見其情深與情切。而且這三番答問，逐層深入，表達感情有起有伏。「松下問童子」時，心情輕快，滿懷希望；「言師採藥去」，答非所想，一墜而為失望；「只在此山中」，在失望中又萌生了一線希望；及至最後一答——「雲深不知處」，就惘然若失，無可奈何了。

然而詩的抒情要憑藉藝術形象，要講究色調。從表面看，這首詩似乎不著一色，白描無華，是淡妝而非濃抹。其實它的造型自然，色彩鮮明，濃淡相宜。鬱鬱青松，悠悠白雲，這青與白，這松與雲，它的形象與色調恰和雲山深處的隱者身份相符。而且未見隱者先見其畫，青翠挺立中隱含無限生機；而後卻見茫茫白雲，深邃杳靄，捉摸無從，令人起秋水伊人無處可尋的浮想。從造型的遞變，色調的先後中也映襯出作者感情的與物轉移。

詩中隱者採藥為生，濟世活人，是一個真隱士。所以賈島對他有高山仰止的欽慕之情。詩中白雲顯其高潔，蒼松贊其風骨，寫景中也含有比興之義。唯其如此，欽慕而不遇，就更突出其悵惘之情了。（沈熙乾）

無可

【作者小傳】僧人。本姓賈。范陽（今河北涿縣）人。賈島從弟。工詩，多為五言，與賈島齊名。亦擅書法。《全唐詩》存其詩二卷。（《唐才子傳》卷六、《金石萃編》卷六六《關中金石志》）

秋寄從兄賈島　無可

暝蟲喧暮色，默思坐西林。聽雨寒更徹，開門落葉深。
昔因京邑病，並起洞庭心。亦是吾兄事，遲回共至今。

無可俗姓賈，為賈島堂弟，詩名亦與島齊。幼時，二人俱為僧（島後還俗），感情深厚，詩信往還，時相過從。這首詩便是無可居廬山西林寺時，為懷念賈島而作，可能即以詩代柬，寄給賈島的。

詩的前半首從黃昏到深夜，再到次日清晨，著重狀景，景中寓情。後半首回憶往事，感慨目前，著重攄情，情與景融。

首兩句以興體起筆，物與人對照鮮明。西林寺在廬山香爐峰西南風景絕佳處。東晉高僧慧遠居東林寺，其弟慧永居西林寺，恰巧他們也俗姓賈。無可到廬山，長居西林寺，深念賈島，也許與此有些淵源。這二句寫暮色蒼茫，草蟲喧叫；作者靜坐禪房，沉思不語。一喧一默，一動一靜，相映益彰。

三、四句寫無可蒲團趺坐，晨夕見聞。在蒼苔露冷、菊徑風寒的秋夜，蛩聲淒切、人不成寐的五更，聽覺是最靈敏的。詩人只聽得松濤陣陣，秋雨瀟瀟，一直聽到更漏滴殘（「徹」）。奇妙的是，天亮開門一看，並未下雨，唯見積得很厚的滿庭落葉（「深」）。這真是妙事妙語。宋魏慶之在《詩人玉屑》中說：「唐僧多佳句，其琢句法比物以意，而不指言一物，謂之象外句。如無可上人詩曰『聽雨寒更盡（盡字，據別本異文），開門落葉深』，是落葉比雨聲也。」所謂「象外句」，「超以象外，得其環中」（唐司空圖《二十四詩品・雄渾》），即跳出字面物象之外，才能得其個中三昧。「聽雨寒更徹，開門落葉深」二句，寫的是「落葉」，而偏說是「聽雨」，意思又不在「聽雨」，而是寫長夜不眠，懷念賈島。這個象外句要比直寫深入兩層。

五、六句轉入往事回憶。曩昔，兄弟二人同在京城長安時，賈島屢試不第，積憂成疾，曾與無可相約，仍回山皈依佛門。一個「病」字，齊下雙管。一寫賈島名落孫山的憂憤之病；一寫朝廷昏庸，不識人才，國事不可救藥之病。兩病相加，怎能不起泛舟洞庭、歸隱漁樵之心！當年無可離京時，賈島〈送無可上人〉詩云：「終有煙霞約，天臺作近鄰。」這應是無可此聯詩「昔因京邑病，並起洞庭心」的最好注腳。

事實上賈島此後並沒有赴「煙霞約」。因而無可說：「亦是吾兄事，遲回共至今。」「吾兄事」應指賈島浮沉宦海、迷航不悟之事。島雖不第而塵心未泯，苦苦干祿，也只做了個長江主簿。這在高蹈逃禪的無可看來，早應遁跡，太「遲回」了，可「吾兄」仍是追逐名祿，豈不自惹煩愁！從「共」字看，無可此刻還是期望賈島能夠同赴「煙霞約」，捨筏登岸的。

後半首的前塵回顧與前半首的眼前即景如何協調統一呢？「落葉」二字成為前後的關鎖支點。首二句寫暮色、蟲喧、默思、靜坐，是為聽落葉作勢。三、四句寫置身於深山、深寺、深秋、深夜之中，金風掃落葉，直似一派狂飆驟雨。這是正面寫聽落葉。後四句是寫聽落葉的餘波，也是聽落葉的襟懷。常言說「落葉歸根」，無可深更聽落葉，不能不想到他與從兄賈島的「煙霞約」、「洞庭心」；惜賈島至今尚浪跡塵俗，葉雖落而不得歸根，那麼，後四句所表述的情懷就自然地奔瀉而出。我們不妨說這首詩實質寫的是「聽落葉有懷」，通首詩的詩眼就落在「落葉」上。（馬君驊）

姚合

【作者小傳】（約七七五～約八四六）吳興（今浙江湖州）人。唐憲宗元和進士，授武功主簿。官祕書少監。世稱姚武功或姚少監，其詩作也稱「武功體」。所作詩篇多寫個人日常生活和自然景色，喜為五律，刻意求工，頗類賈島，故有「姚賈」之稱。其詩為南宋江湖派詩人所師法。有《姚少監詩集》。又編有《極玄集》。（新、舊《唐書》、《唐才子傳》卷六）

閒居

姚合

不自識疏鄙，終年住在城。過門無馬跡，滿宅是蟬聲。
帶病吟雖苦，休官夢已清。何當學禪觀，依止古先生？

姚合極稱賞王維的詩，特別追求王詩中的一種「靜趣」。此詩就反映了這個傾向。

首兩句：「不自識疏鄙，終年住在城。」姚合自稱「野性多疏惰」（〈閒居遣懷十首〉其八）。一個性格疏懶，習於野性的人，認為不適宜為官臨民，這在旁觀者看是很清楚的，而自己偏不了解這點。終年住在城裡，絲竹亂耳，案牘勞形，求靜不得，求閒不能，皆由於自己的「不自識」。本不樂於城市，今終年住在城裡，總得自己尋個譬解。古人說，大隱隱於市，因此認為在城市亦算是隱居。「縣去帝城遠，為官與隱齊。」（〈武功縣中作三十首〉其二）自己作這樣一番解釋，是明心跡，也見心安理得了。這兒寫身處縣城，卻透露了心地的靜趣。

景況也確是這樣：「過門無馬跡，滿宅是蟬聲。」第二聯寫的正是適應自己疏鄙之性的境地，從首二句一氣貫注而來。沒有馬跡過門，就是表明來訪者稀少，為官很清閒。蟬聲聒噪，充滿庭院，是因無人驚擾，反覺鬧中處靜；寫的滿耳聲音，卻從聲音中暗透一個「靜」字。上句寫出清閒，下句寫出清靜。正是於有聲處見無聲，反感靜意籠罩。

在這清閒、清靜的城中一隅，詩人是「帶病吟雖苦，休官夢已清」。這第三聯從「病」寫性情。病，帶點小病，舊時往往成為士大夫的風雅事；病而不廢吟詠，更顯得閒情雅致。現今「休官」，連小小的職務也不擔任之後，真是夢境也感到很清閒，很清靜了。寫來步步幽深，益見靜境。唐人由於受佛家思想影響，有所謂更高一層的境界，就是把生活逃遁於「禪」。所以第四聯作者自問：「何當學禪觀，依止古先生？」何時能摒除一切縈心的俗務，求古先生（指佛）學這種禪觀呢？觀，即觀照。妄念既除，則心自朗然無所不照。這樣的境界，就是禪觀（即禪理、禪道），是清閒、清靜的更高一境。借禪理說心境，表現了詩人對當時吏治腐敗、社會黑暗的鄙視厭惡之情，成功地描摹了作者所追求的靜趣的境界。

姚合是寫五律的能手。他刻意苦吟，層層寫來，一氣貫注；詩句平淡文雅，樸直中寓工巧，而又暢曉自然，所以為佳。（施紹文）

窮邊詞二首（其一） 姚合

將軍作鎮古汧州，水膩山春節氣柔。
清夜滿城絲管散，行人不信是邊頭。

題一作〈邊詞〉。「窮邊」，意思是極遠的邊地。原詩二首，這是第一首。詩寫邊鎮的昇平景象，藉以讚揚邊鎮守將的防守之功。作者在唐憲宗元和十年（八一五），曾以記室從「隴西公」鎮涇州（今屬甘肅），詩或作於此時。汧（音同千）州，今為陝西千縣。唐自天寶以後，西北疆土大半陷於吐蕃。汧州離長安並不算遠，但在作者眼中卻成了「窮邊」，國力就可想而知了。

全詩主要在寫景象，借景象來顯示將軍防守之功，並不著眼於直接歌功頌德。

首句「將軍作鎮古汧州」，點明本詩頌揚的對象。下面三句詩即介紹了將軍擔任鎮守之職後，古汧州出現的繁榮景象。

詩人著意渲染了春日的山、水、節氣和清夜的絲管，使人感到這裡不再有邊地的荒涼，不再有邊地的戰火氣息，耳濡目染的都是欣欣向榮的太平景象。「水膩山春節氣柔」，「水膩」，是說水滑潤如油，自是春水的柔美形態，和夏水的洶湧浩蕩有別。用「膩」字形容春水，自然也含了詩人的讚美之意。「山春」二字簡潔地描繪出群山萬壑山花爛漫的無限春色。「節氣柔」，是說節氣柔和，風雨以時。這句的意思是：春光柔媚，山清水秀；而明麗的春光，則正是「節氣柔」的結果。這是總寫春日白天的邊鎮風光。入夜以後的邊鎮，又是一番景象。詩人只用了「滿城絲管」四字來描繪它，這是用了誇張的手法。絲管之聲不是只從高門大戶中傳出，而是大街小巷滿城蕩漾。一個「散」字用得極妙，把萬家歡樂，沒有邊警之擾的景象烘托了出來。絲管之聲發自「清夜」，又說明邊鎮在歡樂中清靜而有秩序，雖然歡樂，卻不擾攘。因此，地雖是「窮邊」，景卻是美景。難怪從內地來的客人看到這種春意盎然、歌舞昇平的景象，竟然不相信這是邊塞之地。這種太平景象的出現，應該歸功於「作鎮」的將軍。但是詩人卻沒有對將軍致邊地於太平之功直接讚美一詞，只是把讚美之情暗含於對美景的讚揚之中，用筆顯得非常委婉。

結句寫行人的感想，仍然避免自己直說譽詞。「行人不信」，似乎是作為客觀現象來寫，然而，來來往往的行人不也包括詩人自己嗎？那種由衷的讚美之情寫得蘊藉有味。（孫其芳）

徐凝

【作者小傳】睦州（今浙江建德）人。與元稹、白居易友善。工詩善書，長於七絕。《全唐詩》存其詩一卷。（《唐才子傳》卷六、《宣和書譜》卷十）

憶揚州

徐凝

蕭娘①臉下難勝淚，桃葉②眉頭易得愁。
天下三分明月夜，二分無賴是揚州。

〔註〕①蕭娘：南朝以來，詩詞中男所戀女子常稱蕭娘，女所戀男子則稱蕭郎。②桃葉：《古今樂錄》：「桃葉歌者，晉王子敬之所作也。桃葉，子敬妾名，緣於篤愛，所以歌之。」這裡用以代指所思念的佳人。

說是「憶揚州」，實際上是一首懷人的作品。所以詩人並不著力描寫這座「綠揚城郭」的宜人風物，而是以離恨千端的綿綿情懷，追憶當日的別情。不寫自己的殷切懷念，而寫遠人的別時音容，以往日遠人之情重，襯出今日自己情懷之不堪，是深一層寫法。

前兩句，所謂「相見時難別亦難」（李商隱〈無題〉），極寫當日別離景象，「蕭娘」、「桃葉」均代指所思；

愁眉、淚眼似是重複，而以一「難」一「易」出之，便不覺其煩，反而有反覆留連、無限縈懷之感。當日的愁眉，當日的淚眼，以及當日的慘痛心情，都作成今日無窮的思念。於此思念殷切之際，唯覺一片惆悵，無可訴說之人，於是，抬頭而見月，但此月偏偏又是當時揚州照人離別之月，更加助愁添恨。雖然時光沖淡了當日的悽苦，卻割不斷纏綿的思念。這種掙不斷、解不開的心緒，本與明月無關，奈它曾照離人淚眼，似是有情，而今宵偏照愁人又似無動於衷，卻又可憎。於深夜抬頭望月時，本欲解脫此一段愁思，卻想不到月光又來纏人，故曰「明月無賴」。

古人律絕的結尾處，有時用一種叫做「一筆蕩開」的方法，往往會產生一種「寄意無窮」的效果。這首詩所不同的，是它不在第四句用，而在第三句時即已「蕩開」。曰愁眉，曰淚眼，雖作者餘情未盡，而他事已不必增添，於是忽然攬入一輪明月，以寫無可奈何之態，可謂詩思險譎。這兩句看似將全詩截為兩段，實則欲斷不斷，題中用「憶」字，將全詩連貫起來，依然是「剪不斷，理還亂」的「別是一般滋味」（南唐李煜〈相見歡．無言獨上西樓〉）。

張泌的〈寄人〉：「別夢依依到謝家，小廊迴合曲欄斜。多情只有春庭月，猶為離人照落花。」與〈憶揚州〉幾乎寫同一內容。而在寫法上，卻是春蘭秋菊，各占一時之選。張詩的謝家、曲欄，同於徐詩的愁眉、淚眼，意指所思之人。後兩句，也同樣以夜月寄懷。一個說春月「多情」，一個說明月「無賴」。雖語言各異而詩意相同。

「無賴」二字，本有褒貶兩義，這裡因明月惱人，有抱怨意。但後世因驚賞這對揚州明月的新奇形象，就離開了作者原意，把它截下來只作為描寫揚州夜月的傳神警句來欣賞，這時的「無賴」二字又成為愛極的昵稱了。這也是形象有時會大於作者構思的一例。

本來月光普照，遍及人寰，並不偏寵揚州。而揚州的魅力，也非僅在月色。詩為傳神，有時似乎違反常理，卻能深入事理骨髓。「三分」、「無賴」的奇幻設想，也有它的淵源與影響。「三分明月」，使人想起謝靈運的名言。他說：「天下才有一石，曹子建獨占八斗，我得一斗，天下共分一斗。」（宋無名氏〈釋常談〉）此後宋人蘇軾的〈水龍吟·次韻章質夫楊花詞〉：「春色三分，二分塵土，一分流水。」也並不遜色。這些數目字，都是不可以常理論的，而它的藝術效果卻是驚人的。以徐凝此詩而論，後世讀者讀此詩後，對揚州的嚮往如醉如痴，致使「二分明月」成為揚州的代稱。至如「月色無賴」，後世如宋王安石「春色惱人眠不得，月移花影上欄杆」（〈夜直〉）中的「春色惱人」即與之同一機杼。

〈憶揚州〉是一首懷人詩，但標題卻不明題懷人，而偏曰懷地。這是因為詩人把揚州明月寫到了入神的地步，並用「無賴」之「明月」，把揚州裝點出無限風姿，與〈憶揚州〉的標題吻合無間，因而把讀者的注意力引向嚮往揚州的美好。這也許是作者有意的安排。無論如何，這種大膽的藝術構思所產生的效果，是不能不使人為之驚嘆的。（孫藝秋）

張祜

【作者小傳】（約七八五～約八五二）祜或誤作祐。字承吉，貝州清河（今屬河北）人。初寓姑蘇，後至長安，為元稹排擠，曾漫遊各地，晚至淮南。愛丹陽曲阿地，遂隱居以終。詩多寫落拓不遇的情懷和隱居生活，對時政亦有所諷諫。又以宮詞著名。有《張承吉文集》。（《唐詩紀事》卷五二、《唐才子傳》卷六）

觀徐州李司空獵① 張祜

曉出郡城東②，分圍淺草中。紅旗開向日，白馬驟迎風。

背手抽金鏃，翻身控角弓。萬人齊指處，一雁落寒空。

〔註〕①詩題一作《觀魏博何相公獵》，何相公即魏博節度使何進滔。《舊唐書》說他「為魏帥十餘年，大得民情。」②「郡城」一作「禁城」。

詩的起聯兩句敘事：「曉出郡城」，點明圍獵時間；「分圍淺草」，寫出壯闊場面。兩句為全詩鋪寫了一個背景，畫面開朗，色彩鮮麗。

頷聯「紅旗開向日，白馬驟迎風」，色彩對比鮮明耀目；「白馬迎風」，氣宇何等軒昂！「開」、「驟」

二字氣勢闊大，神采飛動。

總括詩的前半部分，一至三句，是以朝霞滿天，晨風拂煦，綠草如茵，紅旗向日，作為人物亮相之前的壯麗場景；緊接而來的「白馬驟迎風」一句，是英雄人物躍馬出場，施展渾身「帥」勁的亮相動作。由此而下，此詩便將寫作重心轉到這位驍勇騎士當眾顯露獵射飛雁，矯健靈活的傑出身手上去。

「背手抽金鏃」，是正面描寫騎士背手取箭的動作。著一「抽」字，手勢的利落可知；加之「背手」而「抽」，又可見身段之靈巧。「翻身控角弓」，彎弓名之曰「控」，這就進一步展現了射者臂力強勁的架勢；「控」之而再來一個「鷂子翻身」的漂亮動作，造型又是多麼健美！

對於這位英雄射手的真正的評價，當然不是停留在一招一式的動作表面。關鍵所在，畢竟還有待於亮出他那百步穿楊的驚人絕技。果然，剎那之間，就在圍觀的人群中間，突然爆發出一陣哄然的歡呼，並且一齊指向遙遠的天空。原來藍天高處，一隻帶箭的鴻雁，垂著雙翅，直向地面墜落下來。宋蘇東坡詞云：「高處不勝寒」（〈水調歌頭〉）。此處「寒空」之「寒」，雖有點出時令的作用，但主要在渲染高飛鴻雁的凌絕蒼穹，從而加強了一箭高高命中的神異氣氛。

全詩至此，戛然而止。由於射雁成功而出現的歡聲雷動的熱烈場面，自可留給讀者去想像了。

此詩在取材方面，乾淨利索地只寫場面中的一個人物，而且又只寫此一馬上英雄的一個手勢與一個身段，並以剎那之間雁落寒空的獨特鏡頭使之迸發異彩。取材之精確，描寫線條之明快，確乎令人隨同「萬人齊指」而為之歡呼叫絕。（陶慕淵）

宮詞二首（其二） 張祜

故國三千里，深宮二十年。
一聲〈何滿子〉，雙淚落君前。

一般以絕句體裁寫的篇幅短小的宮怨詩，總是只揭開生活畫圖的一角，讓讀者從一個片斷場景看到宮人悲慘的一生；同時往往寫得委婉含蓄，一些內容留待讀者自己去想像，去玩味。這首詩卻與眾不同。它展示的是一幅生活全圖，而且是直敘其事，直寫其情。

詩總共只有二十個字。作者在前半首裡，以舉重若輕、馭繁如簡的筆力，把一個宮人遠離故鄉、幽閉深宮的整個遭遇濃縮在短短十個字中。首句「故國三千里」，是從空間著眼，寫去家之遠；次句「深宮二十年」，是從時間下筆，寫入宮之久。這兩句詩，不僅有高度的概括性，而且有強烈的感染力；不僅把詩中女主角的千愁萬恨一下子集中地顯示了出來，而且是加一倍、進一層地表達了她的愁恨。一個少女不幸被選入宮，與家人分離，與外界隔絕，失去幸福，失去自由，本來已經夠悲慘了，何況家鄉又在三千里之外，歲月已有二十年之長，這就使讀者感到其命運更加悲慘，其身世更可同情。與這兩句詩相似的有柳宗元〈別舍弟宗一〉詩中「一身去國六千里，萬死投荒十二年」一聯，也是以距離的遙遠、時間的久長來表明去國投荒的分外可悲。這都是以加一倍、進一層的寫法來增加詩句的重量和深度。

後半首詩轉入寫怨情，以一聲悲歌、雙淚齊落的事實，直截了當地寫出了詩中人埋藏極深、蓄積已久的怨情。這後兩句詩也以強烈取勝，不以含蓄見長。過去一些詩論家有詩貴含蓄、忌直貴曲的說法，其實並不是絕對的。應當說，一首詩或曲或直，或含蓄或強烈，要服從它的內容。這首詩的前半首已經把詩中人的處境之悲慘寫到了極點，為逼出怨情蓄足了力量，因而在下半首中就勢必讓詩中人的怨情噴薄而出，一瀉為快了。這樣才能使整首詩顯得強烈有力，更能收到打動讀者的藝術效果。這裡，特別值得拈出的一點是：有些宮怨詩把宮人產生怨情的原因寫成是由於見不到皇帝或失寵於皇帝，那是不可取的；這首詩反其道而行之，它所寫的怨情是在「君前」，在詩中人的歌舞受到皇帝賞識的時候迸發出來的。這種怨情，聯繫前兩句看，絕不是由於不得進見或失寵，而是對被奪去了幸福和自由的抗議，正是劉皂在〈長門怨三首〉其二中所說，「不是思君是恨君」。

這首詩還有兩個特點。一是：四句詩中，前三句都是沒有謂語的名詞句。明謝榛在《四溟詩話》中曾指出，詩句中「實字多，則意簡而句健」，而他所舉的「皆用實字」的例句，就是「名詞」句。這首詩之所以特別簡括凝練、強烈有力，與運用這種特殊的詩句結構有關。另一特點是：四句詩中，以「三千里」表明距離，以「二十年」表明時間，以「一聲」寫歌唱，以「雙淚」寫泣下，句句都用了數目字。而數字在詩歌中往往有其特殊作用，它能把一件事情、一個問題表達得更清晰、更準確，給讀者以更深刻的印象，也使詩句特別精練有力。這首詩的這兩個藝術形式上的特點，與它的內容互為表裡，相得益彰。

與張祜同時的詩人杜牧非常欣賞這首詩，在一首酬張祜的詩中有「可憐故國三千里，虛唱歌詞滿六宮」（〈酬張祜處士見寄長句四韻〉）句。這說明，張祜的這首詩道出了宮人的辛酸，講出了宮人要講的話，當時傳入宮中，曾為宮人廣泛歌唱。（陳邦炎）

贈內人　張祜

禁門宮樹月痕過，媚眼唯看宿鷺窠①。
斜拔玉釵燈影畔，剔開紅焰救飛蛾。

〔註〕①一作「燕窠」。

唐代選入宮中宜春院的歌舞妓稱「內人」。她們一入深宮內院，就與外界隔絕，被剝奪了自由和人生幸福。這首詩題為〈贈內人〉，其實並不可能真向她們投贈詩篇，不過借此題目來馳騁詩人的遐想和遙念而已。這是一首宮怨詩，但詩人匠心獨運，不落窠臼，既不正面描寫她們的淒涼寂寞的生活，也不直接道出她們的愁腸萬轉的怨情，只從她們中間一個人在月下、燈畔的兩個頗為微妙的動作，折射出她的遭遇、處境和心情。

詩的首句「禁門宮樹月痕過」，乍看是一個平平常常的寫景句子，而詩人在用字遣詞上卻是費了一番斟酌的。「禁門宮樹」，點明地點，但門而曰「禁門」，樹而曰「宮樹」，就烘托出了宮禁森嚴、重門深閉的環境氣氛。「月痕過」，點明時間，但月而曰「月痕」，就給人以暗淡朦朧之感，而接以一個「過」字，更有深意存乎其間，既暗示即將出場的月下之人在百無聊賴之中佇立凝望已久，又從光陰的流逝中暗示此人青春的虛度。

第二句「媚眼唯看宿鷺窠」，緊承上句所寫的禁門邊月過樹梢之景，引出了地面上仰首望景之人。「媚眼」兩字，說明望景之人是一位女性，而且是一位美貌的少女。《詩經．衛風．碩人》就曾以「美目盼兮」四個字傳神地點出了莊姜之美。但可憐這位美貌的少女，空有明媚的雙目，卻看不到禁門外的世界。此刻在月光掩映下，她正在看什麼呢？原來正在看宿鷺的窠巢，不僅是看，而且是「唯看」。這是因為，在如同牢獄的宮禁中，環境單調得實在沒有東西可看，她無可奈何地唯有把目光投向那高高在宮樹之上的鷺窠；也可能因為，周圍可看的景物雖多，而唯有樹梢的鷺窠富有生活氣息，所以吸引住了她的視線。這裡，詩人沒有進一步揭示她在「唯看宿鷺窠」時的內心活動，這是留待讀者去想像的。不妨假設，此時月過宮樹，飛鳥早已投林，她在凝望鷺窠時會想：飛鳥還有歸宿，還有「家庭」，它們還可以飛出禁門，在廣大的天地中遊翔，而自己何時才能飛出牢籠，重回人間呢？一雙媚眼所注，是充滿了對自由的渴望，對幸福的憧憬的。

詩的下半首又變換了一個場景，把鏡頭從戶外轉向戶內，從宮院的樹梢頭移到室內的燈光下，現出了一個斜拔玉釵、撥救飛蛾的近景。前一句「斜拔玉釵燈影畔」，是用極其細膩的筆觸描畫出了詩中人的一個極其優美的女性動作，顯示了這位少女的風姿。後一句「剔開紅焰救飛蛾」，是說明「斜拔玉釵」的意向所在，顯示了這位少女的善良心願。這裡，詩人也沒有進一步揭示她的內心活動，而讀者自會這樣設想：如果說她看到飛鳥歸巢會感傷自己還不如飛鳥，那麼，當她看到飛蛾投火會感傷自己的命運好似飛蛾，而剔開紅焰，救出飛蛾，既是對飛蛾的一腔同情，也是出於自我哀憐。

這是一首造意深曲、耐人尋味的宮怨詩，在藝術構思和表現手法上有其與眾不同的特色。（陳邦炎）

集靈臺二首（其二）　張祜

虢國夫人承主恩，平明騎馬入宮門。
卻嫌脂粉汙顏色，淡掃蛾眉朝至尊。

集靈臺在驪山之上，為祀神之所。

楊貴妃得寵於唐玄宗，楊氏一門皆受封爵。據《舊唐書．楊貴妃傳》所載，其大姐封韓國夫人，三姐封虢國夫人，八姐封秦國夫人，「並承恩澤，出入宮掖，勢傾天下」。這首詩透過虢國夫人朝見唐玄宗的描寫，譏諷他們之間的曖昧關係和楊氏專寵的氣焰。

首句中「承主恩」三字已暗示諷意。因為虢國夫人並非玄宗嬪妃，居然「承主恩」，實為不正常之怪事。第二句「平明騎馬入宮門」，是對「承主恩」的具體描繪。「平明」是天已大亮之時，此刻本非朝見皇帝的時辰，虢國夫人卻能上朝，不是皇帝特寵，哪得如此．宮門乃是禁地，豈是騎馬之所在，虢國夫人卻能騎馬而入，不是皇帝特準，又哪能如此！因此，「平明騎馬入宮門」，看似平淡的敘述語氣，卻耐人尋味。平明之時，宮門禁苑的騎馬之舉，是多麼異乎尋常地違背朝廷常規，虢國夫人和玄宗的荒唐也就不言而自明了。第三句「卻嫌脂粉汙顏色」，筆鋒突然轉到虢國夫人的容貌上來了。脂粉本是使婦女更增美色的化妝品，而虢國夫人「卻嫌脂粉」，豈非又是怪事？一查，據南唐樂史《楊太真外傳》說：「虢國不施妝粉，自炫美豔，常素面朝天。」

原來她自信自己天然美色勝似脂粉妝飾，也正是為了在皇帝面前炫耀爭寵，這與以濃妝豔抹取悅於君王實為異曲同工。第四句「淡掃蛾眉朝至尊」是「卻嫌脂粉汙顏色」的結果。「朝至尊」與一、二兩句相呼應，又坐實到朝見上來。三、四兩句從字面上看，純係誇耀虢國夫人超乎常人的美色；但是透過「卻嫌脂粉」的「淡掃蛾眉」，含而不露地勾畫出了虢國夫人那輕佻風騷、刻意承歡的形象。尤其是這一形象與「至尊」這個堂皇的名號相連，使人感到一種莫可名狀的辛辣的諷刺意味。

本詩最大的特點就是含蓄。它似褒實貶，欲抑反揚，以極其恭維的語言進行十分深刻的諷刺，藝術技巧是頗高超的。（唐永德）

題金陵渡　張祜

金陵津渡小山樓，一宿行人自可愁。
潮落夜江斜月裡，兩三星火是瓜洲①。

〔註〕①瓜洲：在今江蘇邗江縣南，大運河入長江口，與鎮江市相對。本為江中沙洲，沙漸長，狀如瓜字，故名。

這是張祜漫遊江南時寫的一首小詩。

「金陵津渡小山樓」，此「金陵」指古之京口，即今江蘇鎮江，非指南京（詳見宋人王楙《野客叢書》卷二十「北固甘羅條」）。「小山樓」是詩人當時寄居之地。首句點題，輕靈妥帖。

「一宿行人自可愁」，點明羈旅之愁。「行人」的身份，是「愁」之所自；「一宿」的時間，見出「愁」之深長。用一「可」字，毫不費力。「可」當作「合」解，而比「合」字輕鬆。這一句是全詩主意所在。

「潮落夜江斜月裡」，詩人佇立在小山樓上眺望夜江，只見天邊月已西斜，江上寒潮初落。一團漆黑的夜江之上，本無所見，而詩人卻在朦朧的西斜月光中，觀賞到潮落之景。用一「斜」字，好極，既有景，又點明了時間——將曉未曉的落潮之際；與上句「一宿」呼應，這不清楚地告訴我們行人那一宿羈愁旅意不曾成寐的情形嗎？所以，此句與第二句自然地溝通。詩人用筆輕靈而細膩，在精工鏤刻中，又不顯斧鑿之痕，顯得那麼渾成無跡。

落潮的夜江浸在斜月的光照裡，在煙籠寒水的背景上，忽見遠處有幾點星火閃爍，詩人不由脫口而出：「兩三星火是瓜洲。」將遠景一點染，這幅美妙的夜江畫也告完成。試看「兩三星火」，用筆何其空靈，動人情懷處正不須多，「兩三」足矣。「一寸二寸之魚，三竿兩竿之竹」（北周庾信〈小園賦〉），宜乎以少勝多，點染有致，然而也是實景。那「兩三星火」點綴在斜月朦朧的夜江之上，顯得格外明亮。那是什麼地方？詩人用「是瓜洲」三字作了回答。這個地名與首句「金陵渡」相應，達到首尾圓合。

這首詩的境界，清美之至，寧靜之至。但細味那兩三星火與斜月、夜江明暗相襯的情景，自有一種淡淡的愁緒輕輕透出。

若把「星火」換上〈楓橋夜泊〉詩的「漁火」好不好呢？不好。因為「江楓漁火」是近景，看得清；「兩三星火」是遠景，看不分明：只見星星點點，如何知是漁火？是燈光？唯其如此，卻更惹人想像。〈楓橋夜泊〉用的是重筆，此首純用輕筆，兩者也有不同。（錢仲聯、徐永端）

縱遊淮南　張祜

十里長街市井連，月明橋上看神仙。
人生只合揚州死，禪智山光好墓田。

江蘇揚州是一座古代名城，自從隋堤的楊柳開始在東風裡垂縷飄綿以後，雖經歷兵燹，卻無法奪去這芍藥之鄉的繁榮秀麗。歷代有多少才華富贍的詩人和藝術家，在這水木清華的城市，度過了他們藝術上的黃金時代，用生花妙筆把這座藝術城市渲染得彩色繽紛，令人神往。有一個時期，揚州在人們的心目中，簡直是一所人間樂園。唐代揚州詩壇，不但有杜牧寫揚州的許多名章俊句，還有徐凝的〈憶揚州〉為之增輝。但有誰知道揚州竟還是人生最好的死所！這是詩人張祜縱遊淮南之後的「發現」。這首〈縱遊淮南〉以出語驚人造成了強烈的藝術效果。

「十里長街市井連」，實際上也就是杜牧的「春風十里揚州路」（〈贈別二首〉其一），但不及杜詩之豐神飽滿。「月明橋上看神仙」，所謂神仙，唐人慣以代稱妓人。所以，這一句實際也與杜牧「二十四橋明月夜，玉人何處教吹簫」（〈寄揚州韓綽判官〉）意境相仿。總的說來，這兩句只是籠統地記述揚州城的所謂綠楊城郭、紅袖樓臺而已。

第三句忽發奇想：「人生只合揚州死」。以其設想之奇險而出人意外，讀之拍案叫絕，驚嘆不已。這句詩是全篇中之警策。這句詩如換一種說法：「揚州好得要死」，直是極平常語，淡而寡味。但這裡用死事入詩，且又是作者現身說法，所以造成了極為傳神的誇張效果。

第三句為揚州景物傳神，第四句則只是第三句的具體補充。「禪智山光好墓田」，禪智山，當指當日江都縣西的蜀岡（一名崑岡）。這裡所產的茶，很像四川有名的「蒙頂」茶，所以叫「蜀岡」，看來也當因禪智寺得名。據《寶祐志》：禪智寺，「舊在江都縣北五里，本隋煬帝故宮」。既是煬帝故宮，其山光水色之秀美，自可想見。故宮遺址而作「好墓田」，全然詩家口吻。細玩詩意，除極讚揚州風物這層意思外，對隋煬帝亦或略帶微諷。

全詩語言曉暢易懂，而寫揚州魅力深入骨髓。「人生只合揚州死」，雖僅七字，足為揚州風姿傳神。（孫藝秋）

劉皂

【作者小傳】咸陽（今屬陝西）人。長期旅居并州。唐憲宗元和中，假孝義尉，因忤西河守而棄職。《全唐詩》存其詩五首。（《宣室志》卷五）

長門怨（其一） 劉皂

雨滴長門秋夜長，愁心和雨到昭陽。
淚痕不學君恩斷，拭卻千行更萬行。

長門，漢宮名，漢武帝的陳皇后失寵後居於此。相傳司馬相如曾為陳皇后作了一篇〈長門賦〉，悽婉動人。實際上，〈長門賦〉是後人假託司馬相如之名而作的。自漢以來古典詩歌中，常以「長門怨」為題發抒失寵宮妃的哀怨之情。

劉皂〈長門怨〉組詩共三首，此乃其一。詩借長門宮裡失寵妃嬪的口吻來寫，全篇不著一「怨」字，但句句在寫怨，情景交融，用字精工，將抽象的感情寫得十分具體、形象，不失為宮怨詩中的佳篇。

首句「雨滴長門秋夜長」，透過寫環境氣氛，烘托人物的內心活動。詩人著意選擇了一個秋雨之夜。夜幕沉沉，重門緊閉，雨聲淅瀝，寒氣襲人，這是多麼寂寞淒清的難眠之夜啊！長門宮裡的女子，天天度日如年，夜夜難以成眠，更哪堪這秋風秋雨之夜！「滴」字用得好，既狀秋雨連綿之形，又繪秋雨淅瀝之聲，繪形繪聲，渲染了淒涼的氣氛；內心本就愁苦的妃嬪，耳聽滴滴答答的雨水聲，不由得產生一種「秋夜長」的感覺。這裡，由景而生情，情和景有機地融合在一起了。

「愁心和雨到昭陽」，昭陽，殿名，漢成帝皇后趙飛燕所住的地方，後世泛指得寵宮妃所居之處，與冷宮長門形成對照。長門宮裡的妃嬪輾轉反側，思緒紛繁，很自然地想起昭陽殿裡的種種情景來。她們想了些什麼，詩人沒有點破，但聯繫「愁心」二字看，最基本的還是怨恨。昭陽殿如今依舊金碧輝煌，皇帝仍然在那裡尋歡作樂，所不同的是昭陽殿的主人已經更換，皇帝又有了新歡，過去得寵的人們被擱置一邊，她們被損害的心只有伴著秋雨才能飛到昭陽，這是何等可悲的命運啊！著一「和」字，蘊含豐富，有秋雨引發愁思，愁思伴隨秋雨之意，愁心和秋雨完全糅合在一起了。

三、四兩句是全詩感情的凝聚點。詩中女子由往日的歡娛想到今日的淒涼，再由今日的淒涼想到今後悲慘的結局，撫今追昔，由彼及此，不禁哀傷已極，淚如雨下。「淚痕不學君恩斷，拭卻千行更萬行」，後一句當然是誇張，但這是緊承前一句來的，突出地表現了一個幽禁深宮，怨愁滿懷，終日以淚洗面的失寵妃嬪的形象。「不學」二字，將失寵宮妃之淚痕不斷與君恩已斷聯繫起來，對比鮮明，感情強烈，把皇帝的寡恩無情給揭露出來了，熔議論、抒情於一爐，直率而又委婉。這一筆不僅增強了藝術感染力，而且提高了作品的思想性，不僅寫出了怨，而且也寫出了怒。白居易的〈後宮詞〉有云：「紅顏未老恩先斷，斜倚熏籠坐到明。」正面抉示主題，宣洩人物感情，寫得很直率。劉皂的「淚痕不學君恩斷」，其直率有如白詩，其餘味卻勝於白詩。（劉永年）

旅次朔方 劉皂

客舍并州已十霜，歸心日夜憶咸陽。
無端更渡桑乾水，卻望并州是故鄉。

在許多詩集中，這首詩都歸在賈島名下，其實是錯誤的。因為賈島是范陽（今北京大興）人，不是咸陽（今陝西咸陽）人；而在賈島自己的作品以及有關這位詩人生平的文獻中，從無他在并州（治今山西太原西南）作客十年的記載。又此詩風格沉鬱，與賈詩之以清奇僻苦見長者很不相類。唐令狐楚所編《御覽詩》認為它出於德宗貞元間詩人劉皂之手。雖然今天對劉皂的生平也不詳知，但憲宗元和與德宗貞元時代相接，《御覽詩》的記載應當是可信的。因此，我們定其為劉作。

此詩題目，或作〈渡桑乾〉，或作〈旅次朔方〉。前者無須說明，後者卻要解釋一下。朔方始見《尚書·堯典》，即北方；但同時又是一個地名，始見《詩經·小雅·出車》。西漢置朔方刺史部（當今內蒙古自治區及陝西省的一部分，所轄有朔方郡），與并州刺史部（當今山西省）相鄰。桑乾河並不流經朔方刺史部或朔方郡，所以和朔方之地無關。并州在唐時是河東道，桑乾河由東北而西南，流經河東道北部，橫貫蔚州北部，雲、朔等州南部。這些州，當今雁北地區。由此可見，詩題朔方，乃係泛稱，用法和三國魏曹植〈送應氏〉「我友之朔方，親昵並集送」一樣。而劉皂客舍十年之并州，具體地說，乃是并州北部桑乾河以北之地。

詩的前半寫久客并州的思鄉之情。十年是一個很久的時間，十年積累起的鄉愁，對於旅人來說，顯然是一個沉重的負擔。所以每天每夜，無時無刻不想回去。無名氏〈雜詩〉云：「浙江輕浪去悠悠，望海樓吹望海愁。莫怪鄉心隨魄斷，十年為客在他州。」雖地理上有西北與東南之異，但情緒相同，可以互證。後半寫久客回鄉的中途所感。詩人由山西北部（并州、朔方）返回咸陽，取道桑乾流域。「無端」，即沒來由。「更渡」，即再渡。這「無端更渡」四字，乃是關鍵，要細細體會。十年以前，初渡桑乾，遠赴并州，是為的什麼呢？詩中沒有說。而十年以後，更渡桑乾，回到家鄉，又是為的什麼呢？詩中說了，說是沒來由，也就是自己也弄不清楚是怎麼一回事。果真如此嗎？不過是極其含蓄地流露出當初為了博取功名，圖謀出路，只好千里迢迢，跑到并州作客，而十年過去，一事無成，終於仍然不得不返回咸陽家鄉這種極其抑鬱難堪之情罷了。但是，出乎詩人意外的是，過去只感到十年的懷鄉之情，對於自己來說，是一個沉重的負擔，而萬萬沒有想到，由於在并州住了十年，在這久客之中，又不知不覺地對并州也同樣有了感情。事實上，它已經成為詩人心中第二故鄉，所以當再渡桑乾，而回頭望著東邊愈去愈遠的并州的時候，另外一種思鄉情緒，即懷念并州的情緒，竟然出人意外地、強烈地湧上心頭，從而形成了另外一個沉重的負擔。前一矛盾本來似乎是唯一的，而「無端更渡」以後，一矛盾就突了出來。這時，作者和讀者才同樣感到，「憶咸陽」不僅不是唯一的矛盾，而且「憶咸陽」和「望并州」在作者心裡，究竟哪一邊更有分量，也難於斷言了。

以空間上的并州與咸陽，和時間上的過去與將來交織在一處，而又以現在桑乾河畔中途所感穿插其中，互相映襯，宛轉關情。每一個有久客還鄉的生活經驗的人，讀到這首詩，請想一想吧，難道自己不曾有過這種非常微妙同時又非常真實的心情嗎？（沈祖棻、程千帆）

皇甫松

【作者小傳】字子奇，號檀欒子，睦州新安（今浙江淳安）人。散文家皇甫湜之子。《全唐詩》存其詩詞十三首。（《唐摭言》卷十）

採蓮子（其二）　皇甫松

船動湖光灩灩秋①，貪看年少信船流。
無端隔水拋蓮子，遙被人知半日羞。

〔註〕①灩灩：水面閃光的樣子。

這首清新雋永的〈採蓮子〉，為我們描繪了一幅江南水鄉的風物人情畫，富有民歌風味。

詩題〈採蓮子〉，可是作者沒有描寫採蓮子的過程，又沒有描寫採蓮女的容貌服飾，而是透過採蓮女的眼神、動作和一系列內心獨白，表現她熱烈追求愛情的勇氣和初戀少女的羞澀心情。

「船動湖光灩灩秋」，「灩灩秋」，指湖光蕩漾中映出的一派秋色。水波映出秋色，一湖清澈透明的秋水可以想見。「秋」字，不僅寫出湖水之色，更點明了採蓮季節。「湖光」映秋，怎會泛起「灩灩」之波呢？是因為秋風乍起綠波間？還是因為水鳥掠過湖面？都不是，而是因為「船動」。這裡，作者沒有交代是什麼「船」，也沒有交代船怎樣「動」，因而對讀者來說，這些都還是謎。

直到第二句，作者才透過「貪看年少」點明詩篇寫的是個採蓮女子，同時透過「信船流」，交代船動的原因。原來有一位英俊少年把採蓮女吸引住了，她出神地凝視著意中人，以致船兒隨水飄流而動。這種大膽無邪的目光和「信船流」的痴情憨態，把採蓮女純真熱情的鮮明個性和對愛情的熾烈渴求，表現得神形畢肖。

湖水灩灩起波，姑娘心裡也蕩起層層波瀾。突然，姑娘抓起一把蓮子，向那岸上的小夥子拋擲過去。這個充滿戲謔、挑逗和愛慕的一擲，進一步活靈活現地表現出江南水鄉姑娘大膽熱情的性格。南朝以來，江南地區流行的情歌，常不直接說出「愛戀」、「相思」之類的字眼，而用同音詞構成雙關隱語來表示。「蓮」諧音「憐」，有表示愛戀之意。姑娘採用了傳統的諧音包含的雙關隱語，巧妙地表露自己的情思，饒有情趣，富有江南民歌的特色。

那麼，蓮子拋中沒有？小夥子是惱是喜？可有什麼表示？這些作者都故意避開了，留給讀者以想像的空間，而把筆鋒深入到採蓮女的內心。沒想到拋蓮子的逗情舉動遠遠被人看見了，多難為情啊！姑娘紅著臉，低著頭，羞慚了大半天，心裡埋怨自己太冒失了，為什麼不等沒人時再拋呢？這「無端」兩字透露出姑娘複雜而細膩的心理狀態。「半日羞」的窘態，則展現了一個初戀少女特有的羞怯，詩中主人翁的形象因而更豐滿可愛。

這首詩清新爽朗，音調和諧，既有文人詩歌含蓄委婉、細膩華美的特點，又有民歌裡那種大膽直率的樸實風格，自然天成，別有情趣，頗見作者純圓渾熟的藝術造詣。（曹旭）

朱慶餘

【作者小傳】名可久，以字行，越州（治今浙江紹興）人。唐敬宗寶曆進士，官祕書省校書郎。其詩辭意清新，描寫細緻，為張籍所賞識。內容則多描寫個人日常生活。有《朱慶餘詩集》。（《唐詩紀事》卷四六、《唐才子傳》卷六）

宮詞　朱慶餘

寂寂花時閉院門，美人相並立瓊軒。
含情欲說宮中事，鸚鵡前頭不敢言。

在一般宮怨詩，特別是以絕句體裁寫的宮怨詩裡，大多只讓一位女主角在極端孤獨之中出場。在這首詩裡，我們卻看見兩位女主角同時出場，相依相並，立在軒前。而就在這樣一幅動人的雙美圖中，詩人以別出心裁的構思，巧妙而曲折地托出了怨情，點出了題旨。

詩從寫景入手。它的首句「寂寂花時閉院門」，既是以景襯情，又是景中見情。就以景襯情而言，它是以春花盛開之景從反面來襯托這首詩所要表達的美人幽怨之情，從而收到清王夫之在《薑齋詩話》中所說的「以樂景寫哀」，「倍增其哀」的藝術效果。就景中見情而言，它雖然寫的是「花時」，卻在重門深閉的環境之中，給人以「寂寂」之感，從而在本句中已經把哀情注入了樂景，對景中人的處境和心情已經作了暗示。這樣，在第二句中把兩位主角引進場時，就只要展示一幅「美人相並立瓊軒」的畫面，而不必再費筆墨去寫她們被關閉在深宮中的淒涼處境和寂寞愁苦的心情了。

看了上半首詩，也許讀者會猜測：詩人之所以使雙美並立，大概是要讓她們互吐衷曲，從她們口中訴出怨情吧。可是，接著看下去，詩人卻並沒有讓這兩位女主角開口。讀者從「含情欲說宮中事」這第三句詩中看到的，只是一個含情不吐、欲說還休的場面。而且，所含之情是什麼情，欲說之事是什麼事，也沒有去點破它。讀者也許還會猜測：既然「含情」，既然「欲言」，大概最後總要讓她們盡情一吐，暢所欲言吧。可是，讀到終篇，看了「鸚鵡前頭不敢言」一句，這才知道：原來這幅雙美圖始終是一幅無聲的畫，而這兩位畫中人之始而欲言，終於無言，既不是因為感情微妙到難以言傳，也不是因為事情隱祕到羞於出口，只是有所畏忌而「不敢言」。那麼，其所含之情自是怨情，欲言之事絕非樂事，就不言而喻了。

詩人留給讀者自己去想像的還不止以上這些。這首詩還有一個言外不盡之意。它最後說，兩位美人之「不敢言」是因為在「鸚鵡前頭」。而誰都知道，鸚鵡雖會學舌，並不會告密，其實沒有什麼可怕。這顯然是一個託辭。從這一託辭，讀者自會看到：在這幅以「花時」、「瓊軒」、「美人」、「鸚鵡」組成的風光旖旎的畫圖背後，卻是一個羅網密布的恐怖世界，生活在其中的宮人不但被奪去了青春和幸福，就是連說話的自由也沒有的。這首別開生面的宮怨詩，表達的正是這樣一個重大主題，揭露的正是這樣一幕人間悲劇。（陳邦炎）

閨意獻張水部

朱慶餘

洞房昨夜停紅燭，待曉堂前拜舅姑。
妝罷低聲問夫婿：畫眉深淺入時無？

以夫妻或男女愛情關係比擬君臣以及朋友、師生等其他社會關係，乃是中國古典詩歌中從《楚辭》就開始出現並在其後得到發展的一種傳統表現手法。此詩也是用這種手法寫的。

這首詩又題為〈近試上張籍水部〉。這另一個標題可以幫助讀者明白詩的作意。唐代應進士科舉的士子有向名人行卷的風氣，以希求其稱揚和介紹於主持考試的禮部侍郎。朱慶餘此詩投贈的對象，是官水部郎中的張籍。張籍當時以擅長文學而又樂於提拔後進與韓愈齊名。朱慶餘平日向他行卷，已經得到他的賞識，臨到要考試了，還怕自己的作品不一定符合主考的要求，因此以新婦自比，以新郎比張，以公婆比主考，寫下了這首詩，徵求張籍的意見。

古代風俗，頭一天晚上結婚，第二天清早新婦才拜見公婆。此詩描寫的重點，乃是她去拜見之前的心理狀態。首句寫成婚。洞房，這裡指新房。停，安置。停紅燭，即讓紅燭點著，通夜不滅。次句寫拜見。由於拜見是一件大事，所以她一絕早就起了床，在紅燭光照中妝扮，等待天亮，好去堂前行禮。這時，她心裡不免有點嘀咕，自己的打扮是不是很時髦呢？也就是，能不能討公婆的喜歡呢？因此，後半便接寫她基於這種心情而產生的言行。在用心梳好妝，畫好眉之後，還是覺得沒有把握，只好問一問身邊丈夫的意見了。由於是新娘子，當然帶點羞澀，而且，這種想法也不好大聲說出，讓旁人聽到，於是這低聲一問，便成為極其合情合理的了。這種寫法真是精雕細琢，刻畫入微。

僅僅作為「閨意」，這首詩已經是非常完整、優美動人的了；然而作者的本意，在於表達自己作為一名應試舉子，在面臨關係到自己政治前途的一場考試時所特有的不安和期待。應進士科舉，對於當時的知識分子來說，乃是和女孩兒出嫁一樣的終身大事。如果考取了，就有非常廣闊的前途，反之，就可能蹭蹬一輩子。這也正如一個女子嫁到人家，如果得到丈夫和公婆的喜愛，她的地位就穩定了，處境就順當了，否則，日子就很不好過。詩人的比擬來源於現實的社會生活，在當時的歷史條件之下，很有典型性。即使今天看來，我們也不能不對他這種一箭雙鵰的技巧感到驚嘆。

朱慶餘呈獻的這首詩獲得了張籍明確的回答。在〈酬朱慶餘〉中，他寫道：

越女新妝出鏡心，自知明豔更沉吟。齊紈未足時人貴，一曲菱歌敵萬金。

由於朱的贈詩用比體寫成，所以張的答詩也是如此。在這首詩中，他將朱慶餘比作一位採菱姑娘，相貌既美，歌喉又好，因此，必然受到人們的讚賞，暗示他不必為這次考試擔心。

首句寫這位姑娘的身份和容貌。她是越州的一位採菱姑娘。這時，她剛剛打扮好，出現在鏡湖的湖心，邊採菱邊唱著歌。次句寫她的心情。她當然知道自己長得美豔，光彩照人。但因為愛好的心情過分了，卻又沉吟起來。（沉吟，本是沉思吟味之意，引申為暗自忖度、思謀。）朱慶餘是越州（治今浙江紹興）人，越州多出美女，鏡湖則是其地的名勝。所以張籍將他比為越女，而且出現於鏡心。這兩句是回答朱詩中的後兩句，「新妝」與「畫眉」相對，「更沉吟」與「入時無」相對。後半進一步肯定她的才藝出眾，說：雖然有許多其他姑娘，身上穿的是齊地（今山東省）出產的貴重絲綢製成的衣服，可是那並不值得人們的看重，反之，這位採菱姑娘的一串珠喉，才真抵得上一萬金哩。這是進一步打消朱慶餘「入時無」的顧慮，所以特別以「時人」與之相對。朱的贈詩寫得好，張也答得妙，可謂珠聯璧合，千年來傳為詩壇佳話。（沈祖棻）

李德裕

【作者小傳】（七八七～八五〇）字文饒，趙郡贊皇（今屬河北）人。父吉甫，唐憲宗元和初宰相。德裕幼有壯志，苦心力學。牛僧孺、李宗閔執政時，因黨爭受打擊。武宗時，拜太尉，封衛國公。當政六年，頗有政績。宣宗大中初年，牛黨執政，貶潮州司馬，繼又貶崖州（今廣東瓊山縣南）司戶參軍。卒於任所。有《李文饒文集》（又作《會昌一品集》）。《全唐詩》存其詩一卷。（新、舊《唐書》本傳）

長安秋夜

李德裕

內官①傳詔問戎機，載筆金鑾夜始歸。
萬戶千門皆寂寂，月中清露點朝衣。

〔註〕①一作「內宮」。

李德裕是唐武宗會昌年間名相，為政六年，內制宦官，外復幽燕，定回鶻，平澤潞，有重大政治建樹，曾被李商隱譽為「萬古之良相」（〈太尉衛公會昌一品集序〉）。在唐朝那個詩的時代，他同時又是一位詩人。這首〈長安秋夜〉頗具特色，因為這不僅是李德裕的詩，而且是詩的李德裕。它像是一則宰輔日記，反映著他從政生活的一個片斷。

中晚唐時，強藩割據，天下紛擾。李德裕堅決主張討伐叛鎮，為武宗所信用，官拜太尉，總理戎機。「內官傳詔問戎機」，表面看不過從容敘事。但讀者卻感覺到一種非凡的襟抱、氣概。因為這經歷，這口氣，都不是普通人所能有的。大廈之將傾，全仗棟梁的扶持，關係非輕。一「傳」一「問」，反映出皇帝的殷切期望和高度信任，也間接顯示出人物的身份。

作為首輔大臣，肩負重任，不免特別操勞，有時甚至忘食廢寢。「載筆金鑾夜始歸」，一個「始」字，感慨係之。句中特別提到的「筆」，那絕不是一般的「管城子」，它草就的每一筆都將舉足輕重。「載筆」云云，口氣是親切的。寫到「金鑾」，這絕非對顯達的誇耀，而是流露出一種「居廟堂之高」者重大的責任感。

在朝堂上，決策終於擬定，他如釋重負，退朝回馬。當來到首都的大道上，已夜深人定，偌大長安城，坊裡寂無聲息，人們都沉入夢鄉。月色撒在長安道上，更給一片和平寧謐的境界增添了詩意。面對「萬戶千門皆寂寂」，他也許感到一陣輕快；同時又未嘗不意識到這和平景象要靠政治統一、社會安定來維持。一方面是「萬戶千門皆寂寂」（顯言）；一方面則是一己之不眠（隱言），對照之中，間接表現出一種政治家的博大情懷。《漢書·郊祀志》有「作建章宮，度為千門萬戶」之語，此處的「萬戶千門」，亦特指宮中。

秋夜，是下露的時候了。他若是從皇城回到宅邸所在的安邑坊，那是有一段路程的。他感到了涼意：不知什麼時候朝服上已經綴上亮晶晶的露珠了。這個「露點朝衣」的細節很生動，大約也是紀實吧，但寫來意境很美、很高。五代南唐李煜詞云「歸時休放燭花紅，待踏馬蹄清夜月」（〈玉樓春〉），多麼善於享樂啊！雖然也寫月夜歸馬，也很美，但境界則較卑。這一方面是嚴肅作息，那一方面卻是風流逍遙，情操迥別，就造成彼此詩詞境界的差異。露就是露，偏寫作「月中清露」，這想像是浪漫的，理想化的。「月中清露」，特點在高潔，正是作者情操的象徵。那一品「朝衣」，再一次提醒他隨時不忘自己的身份。他那一種以天下為己任的自尊自豪感盎然紙上。此結可謂詞美、境美、情美，為詩中人物點上了一抹「高光」。

如果我們把這首絕句當作一齣轟轟烈烈戲劇的主角出臺的四句唱詞看，也許更有意思。一位兢兢業業的無雙國士的形象活脫脫出現在人們眼前，這是有理想色彩的詩人自我形象。他唱的句句是眼前景、眼前事，毫不裝腔作勢，但你只覺得它豪邁高遠，表現出一位秉忠為國的大臣的氣度。「大用外腓」是因為「真體內充」。正因為作者胸次廣、感受深，故能「持之非強，來之無窮」（司空圖《二十四詩品·雄渾》）。（周嘯天）

謫嶺南道中作

李德裕

嶺水爭分路轉迷，桄榔椰葉暗蠻溪。愁衝毒霧逢蛇草，畏落沙蟲避燕泥。
五月畬田①收火米，三更津吏報潮雞。不堪腸斷思鄉處，紅槿花中越鳥啼。

〔註〕①畬（音同魚）田：新田。

這首七言律詩，是李德裕在唐宣宗李忱即位後貶嶺南時所作。

詩的首聯描寫在貶謫途中所見的嶺南風光，有鮮明的地方色彩。第一句寫山水，嶺南重巒疊嶂，山溪奔騰湍急，形成不少的支流岔道。再加上山路盤旋，行人難辨東西而迷路。這裡用一「爭」字，不僅使動態景物描繪得更加生動，而且也點出了「路轉迷」的原因，好像道路紆曲，使人迷失方向是「嶺水」故意「爭分」造成的。這是作者的主觀感受，但又是實感，所以詩句倍有情致。第二句緊接上句進一步描寫山間景色，桄榔（音同光郎）、椰樹布滿千山萬壑，層林疊翠，鬱鬱蔥蔥，一派濃郁的南國風光。這一句中用一「暗」字，突出桄榔、椰樹等常綠喬木的茂密，遮天蔽日，連溪流都為之陰暗。這一聯是從山水林木等方面選擇最具有地方特色的景物來寫。

頷聯宕開一筆，寫在謫貶途中處處提心吊膽的情況：害怕遇到毒霧，碰著蛇草；更擔心那能使中毒致死的沙蟲，連看見掉落的燕泥也要畏避。這樣細緻的心理狀態的刻畫，有力地襯托了嶺南地區的荒僻險惡。從藝術表現技巧來看，這種襯托的手法，比連續的鋪陳展敘、正面描繪顯得更有變化，也增強了藝術感染力。清人沈德潛認為這一聯「語雙關」（《唐詩別裁集》），和柳宗元被貶柳州後所作的〈嶺南江行〉一詩中的「射工巧伺遊人影，颶母偏驚旅客船」一樣，都是言在此而意在彼，詩中的毒霧、蛇草、沙蟲等等都有所喻指。這樣講也不無道理。

頸聯轉向南方風物的具體描寫，在寫景中表現出一種十分驚奇的異鄉之感。五月間嶺南已經在收穫稻米，潮汛到來的時候，三更時分雞就會叫，津吏也就把這消息通知旅行的人，這一切和北方是多麼不同啊！這兩句為尾聯抒發被謫貶瘴癘之地的深切思鄉之情作鋪墊。

尾聯是在作者驚嘆嶺南環境艱險，物產風俗大異於秦中之後，引起了身居異地的懷鄉之情，更加上聽到在鮮豔的紅槿花枝上越鳥啼叫，進而想到飛鳥都不忘本，依戀故土，何況有情之人！如今自己遷謫遠荒，前途茫茫，不知何日能返回故鄉，思念家園，情不能已，到了令人腸斷的地步。這當中也深深地含蘊著被排擠打擊、非罪謫貶的憤懣。最後一句是暗用《古詩十九首．行行重行行》中「越鳥巢南枝」句意，十分貼切而又意味深長。這一聯是這首抒情詩的結穴之處，所表達的感情異常深摯。

全詩寫景抒情互相交替，顯得靈活多變而不呆滯，景中寓情，情中有景，情景交融，是晚唐的抒情名篇。（王啟興）

登崖州城作

李德裕

獨上高樓望帝京，鳥飛猶是半年程。
青山似欲留人住①，百匝千遭繞郡城。

〔註〕①此句一作「青山也恐人歸去」。

李德裕是傑出的政治家，武宗李炎朝會昌年間任宰相，在短短的秉政六年中，外攘回紇，內平澤潞，扭轉了長期以來唐王朝積弱不振的混亂局面。可惜宣宗李忱繼位之後，政局發生變化，白敏中、令狐綯當國，一反會昌時李德裕所推行的政令。他們排除異己，嫉賢害能，無所不用其極；而李德裕則更成為與他們勢不兩立的打擊、陷害的主要對象。其初外出為荊南節度使；不久，改為東都留守；接著左遷太子少保，分司東都；再貶潮州司馬；最後，終於將他竄逐到海南，貶為崖州司戶參軍。這詩便是在崖州（治今海南瓊山市東南）時所作。

這首詩，同柳宗元的〈與浩初上人同看山寄京華親故〉頗有相似之處：都是篇幅短小的七言絕句，作者都是遷謫失意的人，寫的同樣是以山作為描寫的背景。然而，它們所反映的詩人的心情卻不同，表現手法及其意境、風格也是迥然各別的。

作為身繫安危的重臣元老李德裕，即使處於炎海窮邊之地，他那眷懷故國之情，仍然鍥而不捨。宋王讜《唐語林》卷七云：「李衛公（李德裕封衛國公）在珠崖郡（即崖州），北亭謂之望闕亭。公每登臨，未嘗不北睇悲咽。題詩云……」他登臨北睇，主要不是為了懷念鄉土，而是出於政治的嚮往與感傷。「獨上高樓望帝京」，詩一開頭，這種心情便昭然若揭，因而全詩所抒之情，和柳詩之「望故鄉」是有所區別的。「鳥飛猶是半年程」，極言去京遙遠。這種藝術上的誇張，其中含有濃厚的抒情因素。人哪能像鳥那樣自由地快速地飛翔！可是即使是鳥吧，也要半年才能飛到。這裡，深深透露了依戀君國之情，和屈原在〈九章．哀郢〉裡說的「哀故都之日遠」，同一用意。

再說，雖然同在遷謫之中，李德裕的處境和柳宗元卻是不相同的。

柳宗元之在柳州，畢竟還是一個地區的行政長官，只不過因為他曾經是王叔文的黨羽，棄置邊陲，不加重用而已。他思歸不得，但北歸的這種可能性還是有的；否則他就不會乞援於「京華親故」了。而李德裕之在崖州，則是白敏中、令狐綯等人必欲置之死地而後快所採取的一個決定性的步驟。在殘酷無情的派系鬥爭中，他是失敗一方的首領。那時，他已落入政敵所布置的彌天羅網之中。歷史的經驗，現實的遭遇，使他清醒地意識到自己必然會貶死在這南荒之地，斷無生還之理。沉重的陰影壓在他的心頭，於是在登臨看山時，著眼點便在於山的重疊阻深。「青山似欲留人住，百匝千遭繞郡城。」這「百匝千遭」的繞郡群山，不正成為四面環伺、重重包圍的敵對勢力的象徵嗎？人到極端困難、極端危險的時刻，由於一切希望已經斷絕，對可能發生的任何不幸，思想上都有了準備，心情往往反而會平靜下來。不詛咒這可惡的窮山僻嶺，不說人被山所阻隔，卻說「山欲留人」，正是「事到艱難意轉平」的變態心理的反映。

詩中只說「望帝京」，只說這「望帝京」的「高樓」遠在群山環繞的天涯海角，通篇到底，並沒有抒寫政治的憤慨，遷謫的哀愁，語氣是優游不迫，舒緩而寧靜的。然而正是在這優游不迫、舒緩寧靜的語氣之中，包孕著無限的憂鬱與感傷。它的情調是深沉而悲涼的。（馬茂元）

李賀

【作者小傳】（七九〇～八一六）字長吉，福昌（今河南宜陽）人。唐皇室遠支，家世早已沒落，生活困頓。曾官奉禮郎。因父名「晉肅」音近「進士」，遭讒須避諱，被迫不得應進士科考試。早歲即工詩，見知於韓愈、皇甫湜，並和沈亞之交善，死時僅二十七歲。其詩表現出自己政治上不得志的悲憤，對各種社會現實問題也有所諷刺、揭露。善於熔鑄辭采，馳騁想像，運用神話傳說，創造出新奇瑰麗的詩境。有些作品情調陰鬱低沉，語言過於雕琢。有《昌谷集》。（新、舊《唐書》本傳、《唐才子傳》卷五）

李憑箜篌引

李賀

吳絲蜀桐張高秋，空山①凝雲頹不流。江娥啼竹素女愁②，李憑中國③彈箜篌。
崑山玉碎鳳凰叫，芙蓉泣露香蘭笑。十二門前④融冷光，二十三絲動紫皇⑤。
女媧錬石補天處，石破天驚逗秋雨。夢入神山教神嫗⑥，老魚跳波瘦蛟舞。
吳質⑦不眠倚桂樹，露腳斜飛濕寒兔。

〔註〕①空山：宋本作「空白」。②江娥：即「湘娥」，亦稱「湘妃」、「湘夫人」，傳說為舜之二妃。晉張華《博物志》：「舜崩，二妃啼，以涕揮竹，竹盡斑。」素女：傳為古之樂伎，善於鼓瑟。《史記．封禪書》：「太帝使素女鼓五十弦瑟，悲，帝禁不止，故破其瑟為二十五弦。」③中國：即國中，此指京城長安。④據漢《三輔黃圖》引《三輔決錄》曰：「長安城，面三門，四面十二門。」⑤二十三絲：代指箜篌。紫皇：據《太平御覽．道部》引《秘要經》曰：「太清九宮皆有僚屬，其最高者稱太皇、紫皇、玉皇。」⑥神嫗：傳說中善彈箜篌的仙人，可能源自晉干寶《搜神記》卷四所載：「永嘉中，有神見兗州，自稱樊道基。有嫗，號成夫人。夫人好音樂，能彈箜篌，聞人絃歌，輒便起舞。」⑦即吳剛。

此詩大約作於唐憲宗元和六年（八一一）至元和八年，當時，李賀在京城長安，任奉禮郎。李憑是梨園弟子，因善彈箜篌，名噪一時。「天子一日一迴見，王侯將相立馬迎」（顧況〈李供奉彈箜篌歌〉），身價之高，似乎遠遠超過盛唐時期的著名歌手李龜年。他的精湛技藝，受到詩人們的熱情讚賞。李賀此篇想像豐富，設色瑰麗，藝術感染力很強。清人方扶南把它與白居易的〈琵琶行〉、韓愈的〈聽穎師彈琴〉相提並論，推許為「摹寫聲音至文」（見清方扶南《李長吉詩集批注》卷一）。

詩的起句開門見山。「吳絲蜀桐」寫箜篌構造精良，藉以襯托演奏者技藝的高超，寫物亦即寫人，收到一箭雙雕的功效。「高秋」一語，除了表明時間是九月深秋，還含有「秋高氣爽」的意思，與「深秋」、「暮秋」之類相比，更富含蘊。二、三兩句寫樂聲。詩人故意避開無形無色、難以捉摸的主體（箜篌聲），從客體（「空山凝雲」之類）落筆，以實寫虛，亦真亦幻，極富表現力。優美悅耳的弦歌聲一經傳出，空曠山野上的浮雲便頹然為之凝滯；彷佛在俯首諦聽；善於鼓瑟的湘娥與素女，也被這樂聲觸動了愁懷，潸然淚下。「空山」句移情於物，把雲寫成具有人的聽覺功能和思想感情，似乎比「天若有情天亦老」（〈金銅仙人辭漢歌〉）更進一層。它和下面的「江娥」句互相配合，互相補充，極力烘托箜篌聲神奇美妙，具有「驚天地，泣鬼神」的魅力。第四句「李憑中國彈箜篌」，用「賦」筆點出演奏者的名姓，並且交代了演奏的地點。前四句，詩人故意突破按順序交代人物、時間、地點的一般寫法，另作精心安排，先寫琴，寫聲，然後寫人，時間和地點一前一後，穿插其中。這樣，突出了樂聲，有著先聲奪人的藝術力量。

五、六兩句正面寫樂聲，而又各具特色。「崑山」句是以聲寫聲，著重表現樂聲的起伏多變；「芙蓉」句則是以形寫聲，刻意渲染樂聲的優美動聽。「崑山玉碎鳳凰叫」，那箜篌，時而眾弦齊鳴，嘈嘈雜雜，彷彿玉碎山崩，令人不遑分辨；時而又一弦獨響，宛如鳳凰鳴叫，聲振林木，響遏行雲。「芙蓉泣露香蘭笑」，構思奇特。帶露的芙蓉（即荷花）是屢見不鮮的，盛開的蘭花也確實給人以張口欲笑的印象。它們都是美的化身。詩人用「芙蓉泣露」摹寫琴聲的悲抑，而以「香蘭笑」顯示琴聲的歡快，不僅可以耳聞，而且可以目睹。這種表現方法，真有形神兼備之妙。

從第七句起到篇終，都是寫音響效果。先寫近處，長安十二道城門前的冷氣寒光，全被箜篌聲所消融。其實，冷氣寒光是無法消融的，因為李憑箜篌彈得特別好，人們陶醉在他那美妙的弦歌聲中，以至連深秋時節的風寒露冷也感覺不到了。雖然用語浪漫誇張，表達的卻是一種真情實感。「紫皇」是雙關語，兼指天帝和當時的皇帝。詩人不用「君王」而用「紫皇」，不單是遣詞造句上追求新奇，而且是一種巧妙的過渡手法，承上啟下，比較自然地把詩歌的意境由人寰擴大到仙府。以下六句，詩人憑藉想像的翅膀，飛向天庭，飛上神山，把讀者帶進更為遼闊深廣、神奇瑰麗的境界。「女媧鍊石補天處，石破天驚逗秋雨」，樂聲傳到天上，正在補天的女媧聽得入了迷，竟然忘記了自己的職守，結果石破天驚，秋雨傾瀉。這種想像是何等大膽超奇，出人意料，而又感人肺腑。一個「逗」字，把音樂的強大魅力和上述奇瑰的景象緊緊聯繫起來了。而且，石破天驚、秋雨霶霈的景象，也可視作音樂形象的示現。

第六聯，詩人又從天庭描寫到神山。那美妙絕倫的樂聲傳入神山，教令神嫗也為之感動不已；樂聲感物至深，致使「老魚跳波瘦蛟舞」。詩人用「老」和「瘦」這兩個似乎乾枯的字眼修飾魚龍，卻有著完全相反的藝術效果，使音樂形象更加豐滿。老魚和瘦蛟本來羸弱乏力，行動艱難，現在竟然伴隨著音樂的旋律騰躍起舞，這種出其不意的形象描寫，使那無形美妙的箜篌聲浮雕般地呈現在讀者的眼前了。

以上八句以形寫聲，攝取的多是運動著的物象，它們聯翩而至，新奇瑰麗，令人目不暇接。結末兩句改用靜物，作進一步烘托：成天伐桂、勞累不堪的吳剛倚著桂樹，久久地立在那兒，竟忘了睡眠；玉兔蹲伏一旁，任憑深夜的露水不停地灑落在身上，把毛衣浸濕，也不肯離去。這些飽含思想感情的優美形象，深深印在讀者心中，就像皎潔的月亮投影於水，顯得幽深渺遠，逗人情思，發人聯想。

這首詩的最大特點是想像奇特，形象鮮明，充滿浪漫主義色彩。詩人致力於把自己對於箜篌聲的抽象感覺、感情與思想借助聯想轉化成具體的物象，使之可見可感。詩歌沒有對李憑的技藝作直接的評判，也沒有直接描述詩人的自我感受，有的只是對於樂聲及其效果的摹繪。然而縱觀全篇，又無處不寄託著詩人的情思，曲折而又明朗地表達了他對樂曲的感受和評價。這就使外在的物象和內在的情思融為一體，構成可以悅目賞心的境界。

（朱世英）

示弟

李賀

別弟三年後，還家一日餘。醁醽今夕酒①，緗帙②去時書。
病骨猶能在，人間底事無？何須問牛馬，抛擲任梟盧！

〔註〕①醁醽（音同錄靈）：亦作「醽醁」、「酃淥」、「淥酃」，美酒名。宋胡三省《資治通鑑注》載，衡陽縣「縣東二十里有酃湖，其水湛然綠色，取以釀酒，甘美，謂之酃淥。」「今夕」一作「今日」。②緗帙：黃色的包書布。

這首詩作於元和八年（八一三）。清人方扶南說：「此當是以父名晉肅不得舉進士而歸。」（《李長吉詩集批注》）

前四句寫歸家後的心情。首二句點明時間。「別弟三年後，還家一日餘。」失意歸來，不免悲傷怨憤；和久別的親人團聚，又感到欣喜寬慰。三、四句「醁醽今夕酒，緗帙去時書」，表現的正是詩人這種悲喜交織的複雜心情。弟弟不因「我」落泊歸來而態度冷淡，仍以美酒款待。手足情深，互訴衷腸，自有一種無法用言語表達的樂趣。可是一看到行囊裡裝的仍是離家時帶的那些書籍，又不禁悲從中來。這裡雖隻字未提名場失意，而仕途蹭蹬的景況，已透過對具體事物的點染，委婉地顯示出來了。詩人善於捕捉形象，執簡馭繁，手法是十分高妙的。

後四句抒發感慨。「病骨猶能在」寫自己；「人間底事無」寫世事。意思是說儘管我身體不好，病骨支離，現在能活著回來，就是不幸中的大幸了；至於人世間，什麼卑鄙齷齪的勾當沒有呢？！詩人一方面顧影自憐，抒發了沉淪不遇的感慨，另一方面又指摘時弊，表達了憤世嫉俗的情懷。這兩種感情交織在一起，顯得異常沉痛。

末二句是回答弟弟關於考試得失的問話。「牛馬」和「梟盧」是古代賭具「五木」（一名「五子」）上的名色，賭博時，按名色決定勝負。「何須問牛馬，抛擲任梟盧」，意思是說，我應試作文，如同「五木」在手，一擲了事，至於是「梟」是「盧」，是成是敗，聽之任之而已，何必過問呢！其實當時「梟」（負采）、「盧」（勝采）早見分曉，失敗已成定局，詩人正是悲憤填膺的時候，卻故作通達語。這是悲極無淚的一種表現：表面上愈是裝得「冷靜」、「達觀」，悲憤的情懷就愈顯得深沉激越。

清黎簡說：「昌谷於章法每不大理會，然亦有井然者，須細心尋繹始見。」（《李長吉集評》）這首詩，當是李賀詩中「章法井然」的一個例子，音韻和諧，對仗亦較工穩。全詩各聯出句（上句）和對句（下句）的意思表面相對或相反，其實相輔相成：一者顯示悲苦，一者表示欣慰，但其思想感情的基調都是憂傷憤激。詩人裝作不介意仕途的得失，自我解嘲，流露出的正是隱藏在內心深處的極大痛苦。（朱世英）

詠懷二首（其二） 李賀

長卿懷茂陵①，綠草垂石井。彈琴看文君，春風吹鬢影。

梁王②與武帝，棄之如斷梗。惟留一簡書，金泥泰山頂③。

〔註〕①茂陵：漢武帝墓，在今陝西興平東南。②梁王：指梁孝王劉武。劉武和漢景帝劉啟是同母弟兄。《史記・司馬相如列傳》：「會景帝不好辭賦，是時梁孝王來朝，從遊說之士齊人鄒陽、淮陰枚乘、吳莊忌夫子之徒，相如見而說之，因病免，客遊梁。梁孝王令與諸生同舍。」③據《漢書・武帝紀第六》，武帝曾於元封元年（前一一〇）登封泰山。金泥：水銀和金屑和成的泥，用以塗封玉牒（祭告天地的文章）。

李賀因不得舉進士，賦閒在昌谷家中，儘管家鄉山水清幽，又能享受天倫之樂，卻難以排遣苦悶的情懷，因而借司馬相如的遭遇，發抒自己的感慨。

司馬相如，字長卿，是西漢著名文學家。景帝時任武騎常侍，武帝時拜孝文園令（管理皇帝墓園），都是閒散官職，與他的才華、抱負極不相稱。他悶悶不樂，終於棄官而去，閒居茂陵家中。

這首詩分兩部分。前四句寫茂陵家園的周圍環境和司馬相如悠閒自得的生活情趣。「綠草垂石井」五字，勾勒出一幅形態逼真、情趣盎然的畫面，烘托出清幽雅潔的氛圍：修長的綠草從石井欄上披掛下來，靜靜地低垂著，點出這兒遠隔塵囂，甚至連風的干擾也沒有，真是安謐幽靜極了。

「彈琴看文君，春風吹鬢影。」在茂陵賦閒的日子裡，司馬相如不僅有清幽秀美的景物可供賞心悅目，還有愛妻卓文君朝夕相伴。面對知音的妻子，用琴聲傾訴心曲，望著她那在春風吹拂下微微晃動的美麗鬢影，怎能不陶然欲醉！

司馬相如才智過人，有著遠大的抱負，為什麼竟僻處一隅以閒散為樂呢？後四句說明這是當權者不重視人才造成的結果。他在世時才氣縱橫，梁王與武帝卻「棄之如斷梗」，把他當成斷殘的草梗棄置不用；而他去世以後，「惟留一簡書，金泥泰山頂」，漢武帝才把他遺留下來的那篇〈封禪書〉奉為至寶，躬行實踐，登泰山而祭天，至梁父而祭地。《史記．司馬相如列傳》：「司馬相如既卒五歲，天子始祭后土。八年……封於泰山，至梁父（山名，為泰山支脈）禪肅然。」「金泥泰山頂」，那儀式和場面是何等地莊嚴肅穆，顯示出〈封禪書〉的價值和威力。而「惟留一簡書」的「惟」字又揭示了這種景況的淒涼可悲：難道滿腹經綸的司馬相如，其全部價值只在於這篇〈封禪書〉嗎？他那學富五車的大才和這筆少得可憐的精神遺產是多麼地不相稱啊！作者詞斟句酌，用最經濟的筆墨從各個側面充分而準確地反映了司馬相如生前的落寞和死後的虛榮。

這首詩旨在抒發自己的怨憤之情，卻從描寫司馬相如的閒適生活入手，欲抑先揚。前後表達的感情迴然不同，猶如築堤蓄水，故意造成高低懸殊的形勢，使思想感情的流水傾瀉而下，跌落有聲，讀來自有一種韻味。（朱世英）

詠懷二首（其二）　李賀

日夕著書罷①，驚霜落素絲。鏡中聊自笑，詎是南山期②！
頭上無幅巾③，苦蘗已染衣。不見清溪魚，飲水得相宜④？

〔註〕①著書：明姚佺、清姚文燮本均作「看書」，此據王琦《李長吉歌詩匯解》本。②南山期：長壽的意思。語本《詩經．小雅．天保》：「如南山之壽，不騫不崩。」③幅巾：又稱「襆頭」，是一種裹頭的綢布，風行於東漢。當時王公名士，頭裹幅巾，以示儒雅。④相宜：宋吳正子本作「自宜」，此亦據王琦本。

在這首詩裡，李賀比較具體地描述了自己賦閒在家的生活和思想狀況。清人方扶南說：「此二（指〈詠懷二首〉）作不得舉進士歸昌谷後，嘆授奉禮郎之微官。前者言去奉禮，後者言在昌谷。」（《李長吉詩集批注》）這話與詩歌的內容是吻合的。全詩嘆「老」嗟貧，充滿憂傷絕望的情緒，顯然是遭遇不幸以後的作品。

「日夕著書罷，驚霜落素絲。」傍晚著書完畢，發現頭上白髮忽然像霜似的落下一絲，感到很震驚，不禁感慨萬千。「著書」大約就是寫詩。據前人記載，李賀每天都要騎著毛驢外出遊覽，遇有所得，便寫在紙上，投入身邊錦囊中。晚上在燈下取出，「研墨疊紙足成之，投他囊中，非大醉及弔喪日，率如此」（李商隱〈李長吉小傳〉）。可見他是個非常勤奮的詩人。當然，他成天苦吟，主要是為了排遣沉淪不遇的苦悶。他未老先衰、兩鬢染霜的原因就在於此。

三、四句寫自己看到白髮以後的反應。儘管表面顯得很輕鬆，卻掩藏不了內心深沉的痛苦：「鏡中聊自笑，詎是南山期！」——端詳著鏡中早衰的容顏，不禁暗自發笑：像我這樣終日愁苦，年紀輕輕就生了白髮，哪會有南山之壽哩！顯然，詩人這時已由「早衰」想到「早死」，流露出悲觀絕望的情緒。他的笑，不過是一種無可奈何的苦笑而已。

後四句寫鄉居時的貧苦生活：頭上不戴帽子，也不裹「幅巾」，任憑風吹日曬；身上穿著用苦蘗（音同播）染的黃衣，與鄉野之人無異。「苦蘗」通稱「黃蘗」，詩人不用「黃蘗」字，而用「苦」字，暗示通身皆苦，苦不堪言。它寫衣著，兼寫生活和心情，熔敘事、狀物、言情諸種表現手法於一爐，使客觀和主觀和諧地統一起來，做到示之以物，同時動之以情。

寫到極苦處，忽然宕開一筆，故意自寬自解：「不見清溪魚，飲水得相宜？」——那些生活在清溪裡的魚兒，除了水，什麼可吃的東西也沒有，可它們還是怡然自得，盡情嬉戲。同魚兒相比，我還有什麼不滿足的呢！這裡形式上是轉折，意義上是發展、深化，詩人表現出的超然態度，有力地烘托了他的悲苦情懷。相反而實相成的哲理，用在詩歌創作上，產生一種異乎尋常的表現力。（朱世英）

雁門太守行

李賀

黑雲壓城城欲摧，甲光向日金鱗開。角聲滿天秋色裡，塞上燕脂凝夜紫。
半卷紅旗臨易水，霜重鼓寒聲不起。報君黃金臺上意，提攜玉龍①為君死。

〔註〕①玉龍，代指寶劍。

「雁門太守行」係樂府舊題。李賀生活的時代藩鎮叛亂此伏彼起，發生過重大的戰爭。如史載，元和四年（八〇九），王承宗的叛軍攻打易州和定州，愛國將領李光顏曾率兵馳救。元和九年，他身先士卒，突出、衝擊吳元濟叛軍的包圍，殺得敵人人仰馬翻，狼狽逃竄。

從有關〈雁門太守行〉這首詩的一些傳說和材料記載推測，可能是寫平定藩鎮叛亂的戰爭。

詩共八句，前四句寫日落前的情景。首句既是寫景，也是寫事，成功地渲染了敵軍兵臨城下的緊張氣氛和危急形勢。「黑雲壓城城欲摧」，一個「壓」字，把敵軍人馬眾多，來勢凶猛，以及交戰雙方力量懸殊，守軍將士處境艱難等等，淋漓盡致地揭示出來。次句寫城內的守軍，以與城外的敵軍相對比。忽然，風雲變幻，一縷日光從雲縫裡透射下來，映照在守城將士的甲衣上，只見金光閃閃，耀人眼目。此刻他們正披堅執銳，嚴陣以待。這裡借日光來顯示守軍的陣營和士氣，情景相生，奇妙無比。據說宋王安石曾批評這句說：「方黑雲壓城時，豈有向日之甲光也？」明楊慎聲稱自己確乎見到此類景象，指責王安石說：「宋老頭巾不知詩。」（《升庵詩話》）其實藝術的真實和生活的真實不能等同起來。敵軍圍城，未必有黑雲出現；守軍列陣，也未必就有日光前來映照助威。詩中的黑雲和日光，是詩人用來造境造意的手段。

三、四句分別從聽覺和視覺兩方面鋪寫陰寒慘切的戰地氣氛。時值深秋，萬木搖落，在一片死寂之中，那角聲嗚嗚咽咽地鳴響起來。顯然，一場驚心動魄的戰鬥正在進行。「角聲滿天」，勾畫出戰爭的規模。敵軍依仗人多勢眾，鼓噪而前，步步緊逼。守軍並不因勢孤力弱而怯陣，在號角聲的鼓舞下，他們士氣高昂，奮力反擊。戰鬥從白晝持續到黃昏。詩人沒有直接描寫車轂交錯、短兵相接的激烈場面，只對雙方收兵後戰場上的景象作了粗略然而極富表現力的點染：鏖戰從白天進行到夜晚，晚霞映照著戰場，那大塊大塊的胭脂（燕脂）般鮮紅的血跡，透過夜霧凝結在大地上，呈現出一片紫色。這種黯然凝重的氛圍，襯托出戰地的悲壯場面，暗示攻守雙方都有大量傷亡，守城將士依然處於不利的地位，為下面寫友軍的援救作了必要的鋪墊。

後四句寫馳援部隊的活動。「半卷紅旗臨易水」，「半卷」二字含義極為豐富。黑夜行軍，偃旗息鼓，為的是「出其不意，攻其不備」；「臨易水」既表明交戰的地點，又暗示將士們具有「風蕭蕭兮易水寒，壯士一去兮不復還」（戰國荊軻〈易水秋〉）那樣一種壯懷激烈的豪情。接著描寫苦戰的場面：馳援部隊一迫近敵軍的營壘，便擊鼓助威，投入戰鬥。無奈夜寒霜重，連戰鼓也擂不響。面對重重困難，將士們毫不氣餒。「報君黃金臺上意，提攜玉龍為君死。」黃金臺是戰國時燕昭王在易水東南修築的，傳說他曾把大量黃金放在臺上，表示不惜以重金招攬天下士。詩人引用這個故事，寫出將士們報效朝廷的決心。

一般說來，寫悲壯慘烈的戰鬥場面不宜使用表現穠豔色彩的詞語，而李賀這首詩幾乎句句都有鮮明的色彩。其中如金色、胭脂色和紫紅色，非但鮮明，而且穠豔，它們和黑色、秋色、玉白色等等交織在一起，構成色彩斑斕的畫面。詩人就像一個高明的畫家，特別善於著色，以色示物，以色感人，不只勾勒輪廓而已。他寫詩，絕少運用白描手法，總是借助想像給事物塗上各種各樣新奇濃重的色彩，有效地顯示了它們的多層次性。有時為了使畫面變得更加鮮明，他還把一些性質不同甚至互相矛盾的事物糅合在一起，讓它們並行錯出，形成強烈的對比。例如用壓城的黑雲暗喻敵軍氣焰囂張，借向日之甲光顯示守城將士雄姿英發，兩相比照，色彩鮮明，愛憎分明。李賀的詩篇不只奇詭，亦且妥帖。奇詭而又妥帖，是他詩歌創作的基本特色。這首詩，用穠豔斑駁的色彩描繪悲壯慘烈的戰鬥場面，可算是奇詭的了；而這種色彩斑斕的奇異畫面卻準確地表現了特定時間、特定地點的邊塞風光和瞬息變幻的戰爭風雲，又顯得很妥帖。唯其奇詭，愈覺新穎；唯其妥帖，則倍感真切；奇詭而又妥帖，從而構成渾融蘊藉、富有情思的意境。這是李賀創作詩歌的絕招，他的可貴之處，也是他的難學之處。（朱世英）

蘇小小墓　李賀

幽蘭露，如啼眼。無物結同心，煙花不堪剪。

草如茵，松如蓋，風為裳，水為珮。

油壁車，夕相待①。冷翠燭，勞光彩。

西陵下②，風吹雨。

〔註〕①一作「久相待」。②西陵：地名，在今杭州，錢塘江之西。

李賀的「鬼」詩，總共只有十來首，不到他全部作品的二十分之一。然而「鬼」字卻與他結下了不解之緣，被人目為「鬼才」、「鬼仙」。這些詩表現了什麼樣的思想感情，應當怎樣評價，也成了一樁從古至今莫衷一是的筆墨公案。其實，李賀是透過寫「鬼」來寫人，寫現實生活中人的感情。這些「鬼」，「雖為異類，情亦猶人」，絕不是那些讓人談而色變的惡物。〈蘇小小墓〉是其中有代表性的一篇。

蘇小小是南齊時錢塘名妓。李紳在〈真娘墓〉詩序中說：「嘉興縣前有吳妓人蘇小小墓，風雨之夕，或聞其上有歌吹之音。」全詩由景起興，透過一派淒迷的景象和豐富的聯想，刻畫出飄飄忽忽、若隱若現的蘇小小鬼魂形象。

前四句直接刻畫蘇小小的形象。一、二兩句寫她美麗的容貌：那蘭花上綴著晶瑩的露珠，像是她含淚的眼睛。這裡抓住心靈的窗戶眼睛進行描寫，一是讓人透過她的眼睛，想見她的全人之美，二是表現她的心境。蘭花是美的，帶露的蘭花更美。但著一「幽」字，境界迥然不同，給人以冷氣森森的感覺。它照應題中「墓」字，引出下面的「啼」字，為全詩定下哀怨的基調，為鬼魂活動創造了氣氛。三、四兩句寫她的心境：生活在幽冥世界的蘇小小，並沒有「歌吹」歡樂，而只有滿腔憂怨。她生前有所追求，古樂府〈蘇小小歌〉云：「我乘油壁車，郎乘青驄馬。何處結同心？西陵松柏下。」但身死之後，她的追求落空了。死生懸隔，再沒有什麼東西可以綰結同心；墳上那萋迷如煙的野草花，也不堪剪來相贈，一切都成了泡影。這種心緒，正是「啼」字的內在根據。僅用四句一十六字，形神兼備地刻畫出蘇小小鬼魂形象，表現出詩人驚人的才華。

中間六句寫蘇小小鬼魂的服用：芊芊綠草，像是她的茵褥；亭亭青松，像是她的傘蓋；春風拂拂，就是她的衣袂飄飄；流水叮咚，就是她的環珮聲響。她生前乘坐的油壁車，如今還依然在等待著她去赴「西陵松柏下」的幽會。這一部分，暗暗照應了前面的「無物結同心」。用一個「待」字，更加重了景象、氣氛的淒涼：車兒依舊，卻只是空相等待，再也不能乘坐它去西陵下，實現自己「結同心」的願望了。物是人非，觸景傷懷，徒增哀怨而已。

最後四句描繪西陵之下淒風苦雨的景象：風淒雨零之中，有光無焰的鬼火，在閃爍著暗淡的綠光。這一部分緊承「油壁車，夕相待」而來。翠燭原為情人相會而設。有情人不能如約相會，翠燭豈不虛設？有燭而無人，更顯出一片淒涼景象。「翠燭」寫出鬼火的光色，加一「冷」字，就體現了人的感覺，寫出人物內心的陰冷；「光彩」是指「翠燭」發出的光焰，說「勞光彩」，則蘊涵著人物無限哀傷的感嘆。不是麼，期會難成，希望成灰，翠燭白白地在那裡發光，徒費光彩而一無所用。用景物描寫來渲染哀怨的氣氛，同時也烘托出人物孤寂幽冷的心境，把那種悵惘空虛的內心世界，表現得淋漓盡致。

這首詩以景起興，透過景物幻出人物形象，把寫景、擬人融合為一體。寫幽蘭，寫露珠，寫煙花，寫芳草，寫青松，寫春風，寫流水，筆筆是寫景，卻又筆筆在寫人。寫景即是寫人。用「如」字、「為」字，把景與人巧妙地結合在一起，既描寫了景物，創造出鬼魂活動的環境氣氛，同時也就塑造出了人物形象，使讀者睹景見人。詩中美好的景物，不僅烘托出蘇小小鬼魂形象的婉媚多姿，同時也反襯出她心境的索寞淒涼，收到了一箭雙雕的藝術效果。這些景物描寫都圍繞著「何處結同心，西陵松柏下」這一中心內容，因而詩的各部分之間具有內在的有機聯繫，人物的內心世界也得到集中的、充分的揭示，顯得情思脈絡一氣貫穿，具有渾成自然的特點。

這首詩的主題和意境顯然都受屈原《九歌·山鬼》的影響。從蘇小小鬼魂蘭露啼眼、風裳水珮的形象上，不難找到山鬼「被薜荔兮帶女蘿」、「既含睇兮又宜笑」的影子；蘇小小那「無物結同心，煙花不堪剪」的堅貞而幽怨的情懷，同山鬼「折芳馨兮遺所思」、「思公子兮徒離憂」的心境有一脈神傳；西陵下風雨翠燭的境界，與山鬼期待所思而不遇時「靁填填兮雨冥冥」、「風颯颯兮木蕭蕭」的景象同樣淒冷。由於詩人採用以景擬人的手法，他筆下的蘇小小形象，比之屈原的山鬼，更具有空靈縹緲、有影無形的鬼魂特點。她是那樣地一往情深，即使身死為鬼，也不忘與所思綰結同心。她又是那樣地牢落不偶，死生異路，竟然不能了卻心願。她懷著纏綿不盡的哀怨在冥路遊蕩。在蘇小小這個形象身上，即離隱躍之間，我們看到了詩人自己的影子。詩人也有他的追求和理想，就是為挽救多災多難的李唐王朝做一番事業。然而，他生不逢時，奇才異能不被賞識，他也是「無物結同心」！詩人使自己空寂幽冷的心境，透過蘇小小的形象得到了充分流露。在綺麗穠豔的背後，有著哀激孤憤之思，透過淒清幽冷的外表，不難感觸到詩人熾熱如焚的肝腸。鬼魂，只是一種形式，它所反映的，是人世的內容；它所表現的，是人的思想感情。（張燕瑾）

夢天

李賀

老兔寒蟾泣天色，雲樓半開壁斜白。玉輪軋露濕團光，鸞珮相逢桂香陌。
黃塵清水三山下，更變千年如走馬。遙望齊州九點煙，一泓海水杯中瀉。

在這首詩中，詩人夢中上天，下望人間。也許是有過這種夢境，也許純然是浪漫主義的構想。

開頭四句，描寫夢中上天。

「老兔寒蟾泣天色」——古代傳說，月裡住著玉兔和蟾蜍。句中的「老兔寒蟾」指的便是月亮。幽冷的月夜，陰雲四合，空中飄灑下來一陣凍雨，彷彿是月裡玉兔寒蟾在哭泣似的。

「雲樓半開壁斜白」——雨飄灑了一陣，又停住了，雲層裂開，幻成了一座高聳的樓閣；月亮從雲縫裡穿出來，光芒射在雲塊上，顯出了白色的輪廓，有如屋牆受到月光斜射一樣。

「玉輪軋露濕團光」——下雨以後，水氣未散，天空充滿了很小的水點。玉輪似的月亮在水氣上面輾過，它所發出的一團光都給打濕了。

以上三句，都是詩人夢裡漫遊天空所見的景色。

第四句則寫詩人自己進入了月宮。「鸞珮」是雕著鸞鳳的玉，這裡代指仙女。這句是說：在桂花飄香的月宮小路上，詩人和一群仙女遇上了。

李賀〈夢天〉——明刊本《唐詩畫譜》

這四句，開頭是看見了月亮；轉眼就是雲霧四合，細雨飄飄；然後又看到雲層裂開，月色皎潔；然後詩人飄然走進了月宮：層次分明，步步深入。

下面四句，又可以分作兩段。「黃塵清水三山下，更變千年如走馬。」是寫詩人同仙女的談話。這兩句可能就是仙女說出來的。「黃塵清水」，換句常見的話就是「滄海桑田」；「三山」原指傳說中的蓬萊、方丈、瀛洲三座神山，這裡卻是指東海上的三座山。它原來有一段典故。東晉葛洪的《神仙傳》卷三記載說：仙女麻姑有一回對王方平說：「接待以來，已見東海三為桑田；向到蓬萊，水又淺於往昔，會時略半也。豈將復還為陵陸乎？」這就是說，人間的滄海桑田，變化很快。「山中方七日，世上已千年。」古人往往以為「神仙境界」就是這樣。所以詩人以為，人們到了月宮，回過頭來看人世，就會看出「千年如走馬」的迅速變化了。

最後兩句，是詩人「回頭下望人寰處」（白居易〈長恨歌〉）所見的景色。「齊州」指中國。中國古代分為九州，所以詩人感覺大地上的九州有如九點「煙塵」。「一泓」等於一汪水，這是形容東海之小如同一杯水打翻了一樣。以上這四句，詩人盡情馳騁幻想，彷彿他真已飛入月宮，看到大地上的時間流逝和景物的渺小。浪漫主義的色彩是很濃厚的。

李賀在這首詩裡，透過夢遊月宮，描寫天上仙境，以排遣個人苦悶。天上眾多仙女在清幽的環境中，你來我往，過著一種寧靜的生活。而俯視人間，時間是那樣短促，空間是那樣渺小，寄寓了詩人對人事滄桑的深沉感慨，表現出冷眼看待現實的態度。想像豐富，構思奇妙，用比新穎，體現了李賀詩歌變幻怪譎的藝術特色。（劉逸生）

天上謠

李賀

天河夜轉漂迴星，銀浦流雲學水聲。玉宮①桂樹花未落，仙妾採香垂珮纓。
秦妃②卷簾北窗曉，窗前植桐青鳳小；王子吹笙鵝管長③，呼龍耕煙種瑤草。
粉霞紅綬藕絲裙，青洲步拾蘭苕春。東指羲和④能走馬，海塵新生石山下。

〔註〕①玉宮，即月宮。②蕭史與弄玉，見《列仙傳》：「蕭史者，秦穆公時人也。善吹簫……穆公有女，字弄玉，好之，公遂以女妻焉。日教弄玉作鳳鳴，居數年，吹似鳳聲，鳳凰來止其屋。公為作鳳台，夫婦止其上，不下數年。一旦，皆隨鳳凰飛去。」③鵝管，代指笙。王子晉吹笙，見《列仙傳》：「王子喬者，周靈王太子晉也。好吹笙，作鳳凰鳴。遊伊洛之間，道士浮丘公接以上嵩高山三十餘年……乘白鶴駐山頭，望之不得到。」④羲和御日，見《太平御覽．天部三．日上》，《淮南子》注：「日乘車駕以六龍，羲和御之。日至此而薄于虞泉，羲和至此而回六螭，即六龍也。」

在一個晴朗的夜晚，詩人遊目太空，被璀璨的群星所吸引，於是張開想像的翅膀，飛向那美麗的天庭。

詩共十二句，分成三個部分。開頭兩句寫天河。天河，絢爛多姿，逗人遐想，引導他由現實世界進入幻想世界。天河在轉動，迴蕩著的流星，泛起縷縷銀光。星雲似水，沿著「河床」流淌，凝神諦聽，彷彿潺潺有聲。這些是詩人站在地面上仰望星空的所見所感，寫實之中糅有一些虛構成分，顯示了想像的生發過程。

中間八句具體描述天庭的景象，陸續展示了四個各自獨立的畫面。畫面之一是：月宮裡的桂樹花枝招展，香氣襲人。仙女們正在採摘桂花，把它裝進香囊，掛在衣帶上。「花未落」意即「花不落」。仙樹不枯，仙花不落，它與塵世的「馨香易銷歇，繁華會枯槁」（魏晉〈古詩三首〉）形成鮮明的比照。畫面之二是：秦妃當窗眺望曉色。秦妃即弄玉，相傳為秦穆公的女兒，嫁給了蕭史，學會吹簫。一天，夫妻二人「皆隨鳳凰飛去」，成了神仙。此時，晨光熹微，弄玉正捲起窗簾，觀賞窗外的晨景。窗前的梧桐樹上立著一隻小巧的青鳳。它顯然就是當年引導他們夫婦昇天的那隻神鳥。弄玉昇天已有一千餘年，而紅顏未老。那青鳳也嬌小如故。時間的推移，沒有在她（牠）們身上留下任何痕跡，這是天庭的神奇之處。然而，天宮歲月也並非毫無變化。它有晨昏之別，仙人也有夙興夜寐的生活習慣，這些又似與人世無異。畫面之三是神奇的耕牧圖景。仙人王子晉吹著細長的笙管，驅使神龍翻耕煙雲，播種瑤草，多麼悠閒自在！畫面之四是：穿著豔麗服裝的仙女，漫步青洲，尋芳拾翠。青洲是傳說中的仙洲，山川秀麗，林木繁密，始終保持著春天的景色。來這兒踏青的仙女，採摘蘭花，指顧言談，十分舒暢。上述各個互不連綴，然而卻顯得和諧統一的畫面，都以仙人活動為主體，以屋宇、花草、龍鳳等等為陪襯，突出天上閒適的生活和優美的環境，以與人世相對比。這正是詩歌的命意所在。

人間怎樣呢？末兩句用雄渾的筆墨作了概略的點染。在青洲尋芳拾翠的仙女，偶然俯首觀望，指點說：羲和駕著日車奔馳，時間過得飛快，東海三神山周遭的海水新近又乾了，變成陸地，揚起塵土來了。這就是人們所常說的「滄海變桑田」。詩人借助具體的形象，表現了塵世變化之大和變化之速。對比之下，天上那種春光永駐、紅顏不老的狀況，就顯得特別可貴。

這是一首遊仙詩。李賀虛構了一個盡善盡美的仙境，顯然有所寄託。詩人心懷壯志而生不逢時，寶貴的青春年華被白地浪費了，這叫他怎不憤恨不已？「逝將去女，適彼樂土。」（《詩經・魏風・碩鼠》）對美好生活的嚮往，正是對當時社會現實和個人境遇不滿的曲折表現。

這首詩想像富麗，具有濃烈的浪漫氣息。詩人運用神話傳說，創造出種種新奇瑰麗的幻境來。詩中所提到的人物和鋪敘的某些情節，都是神話傳說中的內容。但詩人又借助於想像，把它們加以改造，使之更加具體鮮明，也更加新奇美麗。像「王子吹笙鵝管長，呼龍耕煙種瑤草」，不僅使王子吹的笙有形可見，而且鮮明地展示了「龍耕」的美妙境界。這是詩人幻想的產物，卻又是某種實體的反照。詩人寫子虛烏有的幻境，實際是把世間的人情物態塗上神奇的色彩。例如蘭桂芬芳，與人間無異而桂花不落，蘭花常開，卻又是天上特有的景象；仙妾採香，秦妃捲簾，她們的神情舉止與常人沒有什麼不同，但仙妾採摘的是月宮裡不落的桂花，秦妃身邊有嬌小的青鳳相伴，而且她（牠）們都永不衰老，這又充滿神話色彩。詩人運用這種手法，巧妙地把神和人結合起來，把理想和現實結合起來，使抽象的理想成為可以觀照的物象，因而顯得深刻雋永，而又有生氣灌注。這首詩，全詩十二句，句句都有物象可見，詩人用精心選擇的動詞把某些物象聯繫起來，使之構成情節，並且分別組合為六個不同的畫面。它們雖無明顯的連綴跡象，但彼此色調諧和，氣韻相通。這種「合而若離，離而實合」的結構方式顯得異常奇妙。

詩歌首尾起落較大。開頭二句是詩人仰望星空所得的印象，結末二句則是仙人俯視塵寰所見的情景。前者從現實世界進入幻想世界，後者又從幻想世界回到現實世界，一起一落，首尾相接，渾然一體。

詩的題目是〈天上謠〉。「謠，聲逍遙也。」（《爾雅．釋樂》孫炎註）意即用韻比較自由，聲音富於變化，吟誦起來，輕快優美。這首詩的腳韻換了五次，平仄交互，時清時濁。各句平仄的排列有的整飭，有的參差錯落，變化頗大。這種於參差中見整飭的韻律安排，顯得雄峻鏗鏘。（朱世英）

浩歌

李賀

南風吹山作平地，帝遣天吳①移海水。王母桃花千遍紅，彭祖巫咸幾回死？
青毛驄馬參差錢，嬌春楊柳含細煙。箏人勸我金屈卮②，神血未凝身問誰？
不須浪飲丁都護，世上英雄本無主。買絲繡作平原君③，有酒唯澆趙州土。
漏催水咽玉蟾蜍，衛娘髮薄不勝梳。羞見秋眉換新綠④，二十男兒那刺促⑤！

〔註〕①帝：天帝。天吳：水神，《山海經．海外東經》：「朝陽之谷，神曰天吳，是為水伯……其為獸也，八首人面，八足八尾，皆青黃。」。②金屈卮（音同支）：一種有彎柄的金屬酒杯。③平原君：趙國人，名勝。戰國時代以養士著名的四公子之一。下句的「趙州」，即指趙國。④「羞見」一作「看見」。秋眉：衰白的眉毛。「新綠」一作「深綠」，少年人黑中帶綠的眉毛。⑤刺促，局促不安、勞碌不休。

春晴之日，李賀隨同朋友們騎馬來到郊外遊覽。眼前山含秀氣，水泛新綠，桃花攢簇如火，柳枝搖曳似煙。

詩人在悅目賞心之餘，不禁神馳物外，感慨萬端。從秀麗的山姿水態，想到它們難免發生滄海桑田的變化；從嬌豔的紅桃綠柳，想到人生的短暫易逝。一者悲悼好景不長，一者慨嘆年命難久。詩歌所表達的正是這樣一種特殊的境遇和情懷。

詩題〈浩歌〉本於《楚辭．九歌．少司命》：「望美人兮未來，臨風怳兮浩歌。」「浩歌」是大聲唱歌的意思。

一般說來，寫作這樣的詩宜從敘事寫景入手。但詩人不屑於蹈襲故常，偏從虛處落筆。一開始，就把想像的世界展現在讀者面前：「南風吹山作平地，帝遣天吳移海水。」幻象紛呈，雄奇詭譎，卻又把滄海桑田的「意」婉曲而又鮮明地表達出來了。宋人劉辰翁評這首詩說：「從『南風』起一句便不可及，佚蕩宛轉，真俠少年之度。」（引自姚佺《李長吉昌谷集句解定本》）詩人用豪放的筆觸，雄奇的景象，抒發自己淒傷的情懷，真是既「佚蕩」，又「宛轉」，字裡行間充溢著一種驚世駭俗的英氣。所謂「俠少年之度」，指的就是這種非凡的氣度。

三、四兩句，一寫仙界，一寫塵世。傳說王母種的桃樹，「三千年一開花，三千年一生實」。彭祖和巫咸則是世間壽命最長的人。當王母的桃樹開花千遍的時候，彭祖和巫咸也不知死了多少次了。兩相比照，見出生命的短促。長壽的彭祖和巫咸尚且不能久留人世，何況我們這些尋常之輩呢！這裡有兩個對比：一是把仙人與凡人相比，一是把凡人中的長壽者與普通人相比。前者見於字面，後者意在言外。這樣層層比照、烘托，「人生幾何」的命意更加顯豁。

五至八句寫春遊時的情景，用的是反襯手法。先著力烘托春遊的盛況。「青毛」句寫馬。馬的毛色青白相間，構成錢形花紋的名叫「連錢驄」，是名貴之馬。騎在這樣的馬上，飽覽四周的景色，真是愜意極了。初春的楊柳籠含淡淡的煙靄。眼前的一切是那麼柔美，那麼逗人遐想。後來大家下馬休憩，縱酒放歌，歡快之至！而當歌女手捧金杯前來殷勤勸酒的時候，詩人卻沉浸在冥思苦想之中了。他想到春光易老，自己的青春年華也將逝如流水。「神血未凝身問誰」描述的正是這樣一種意緒。「神血未凝」即精神和血肉不能長期凝聚，它是生命短促的婉曲說法。「身問誰」是「身向誰」的意思。全句的大意是韶光易逝而知己難逢，自己的才能和抱負何時方能施展？等到神血兩離，生命終結，一切都將化為烏有，那是多麼可怕而又痛心的事啊！

接著詩歌又由抑轉揚，借古諷今，指摘時弊，抒發憤世嫉俗的情懷。「丁都護」，或者像清王琦所說，實有其人，並且是這次郊遊宴樂的參與者（見《李長吉歌詩匯解》）；或者當時有「丁都護嗜酒」的傳說，詩人藉以表達勸誡之意。「不須浪飲丁都護」，既是勸人，也是戒己，意思是不要因為自己懷才不遇就浪飲求醉，而應當面向現實，認識到世道淪落，英雄不受重用乃勢所必然，不足為怪。詩人愈是這樣自寬自慰，憤激之情就愈顯得濃烈深沉。「世上」句中「無主」的「主」，影射人主，亦即當時的皇帝，以發洩對朝政的不滿。「買絲」云云，與其說是敬慕和懷念平原君，毋寧說是抨擊昏庸無道、埋沒人才的當權者。表面寫「愛」，實際寫「恨」，恨自己沒有機會施展才能和抱負，以致虛擲了黃金般的青春年華。

結束四句的內容與前面各個部分都有聯繫，具有一定的概括性。「玉蟾蜍」是古代的一種漏壺。銅壺滴漏，聲音幽細，用「咽」字來表現它，十分準確。另外，詩人感時傷遇，悲抑萬端，這種內在的思想感情也借助「咽」字曲曲傳出，更是傳神。「衛娘」原指衛后衛子夫。傳說她髮多而美，深得漢武帝的寵愛。這裡的「衛娘」代指妙齡女子，或即侑酒歌女。全句的意思是：別看她現在黑髮如雲，美不可言，隨著歲月的流逝，這滿頭黑髮會漸漸變白變少，直至無法梳理。它透過具體的形象，揭示了「紅顏易老」的無情規律。末二句急轉直下，表示要及時行樂。「羞見秋眉換新綠」有兩層意思：一是不要辜負眼前這位侑酒歌女的深情厚誼；二是不願讓自己的青春年華白白流逝。既然世上沒有像平原君那樣識才愛士的賢哲，又何必作建功立業的非非之想。如今面對歌女、美酒、寶馬、嬌春，就縱情開懷暢飲吧。一個年方二十的男兒，正值風華正茂之時，怎能這般局促偃蹇！很顯然，這種及時行樂的思想，是從憤世嫉俗的感情派生出來的，是對黑暗現實發出的悲憤控訴。

這首暢敘胸臆的詩篇，造語奇，造境也奇，使人感到耳目一新。詩人騎馬踏青，面對大好的春光，本應產生舒適歡暢的感受。但偏偏就在此時，一種與外界景物格格不入的憂傷情緒像雲霧般在心頭冉冉昇起。這種把歡樂和哀怨、明麗和幽冷等等矛盾的因素糅合起來的現象，在李賀的詩歌裡是屢見不鮮的，它使詩歌更具有神奇的魅力。此詩在結構上完全擺脫了由物起興、以事牽情的程式。它先寫「興」，寫由景物引起的神奇幻象；接著寫春遊，色彩穠豔，氣韻沉酣，與前面的幻覺境界迥然不同，但又是產生那種幻覺的物質基礎。詩人故意顛倒它們的先後次序，造成悲抑的氣氛和起落的形勢。後面從「神血」句起都是抒發身世之悲的筆墨。它們與開頭相適應，有力地表達了悲憤的情懷。全詩活而不亂，黏而不滯，行文的迴環曲折與感情的起落變化相適應，迷離渾化，達到了藝術上完美的統一。（朱世英）

秋來

李賀

桐風驚心壯士苦①，衰燈絡緯②啼寒素。誰看青簡一編書，不遣花蟲粉空蠹？

思牽今夜腸應直，雨冷香魂弔書客。秋墳鬼唱鮑家詩③，恨血千年土中碧④！

〔註〕①壯士：指有才有志的人。②絡緯：蟲名，即紡織娘。③鮑家詩：指南朝宋文學家鮑照的作品。前綴以「秋墳」與「鬼唱」，概由「鮑家詩」的輓歌性質引申出「鬼唱」，又由「鬼唱」推衍出「秋墳」。清王琦在《李長吉歌詩匯解》中說：「鬼唱鮑家詩，或古有其事，唐宋以後失傳。」④土中碧：用萇弘碧血典。《莊子》中記載：「萇弘死於蜀，藏其血三年，化而為碧。」

本篇寫秋天來臨時詩人的愁苦情懷。

「日月擲人去，有志不獲騁」（晉陶潛〈雜詩十二首〉其二），這原是古往今來有才智之士的共同感慨。詩人對於時光的流逝表現了特異的敏感，以致秋風吹落梧桐樹葉子的聲音也使他驚心動魄，無限悲苦。這時，殘燈照壁，又聽得牆腳邊絡緯哀鳴；那鳴聲，聽來彷彿是在織著寒天的布，提醒人們秋深天寒，歲月將暮。詩開頭一、二句點出「秋來」，抒發由此而引出的由「驚」轉「苦」的感受，首句「驚心」說明詩人心裡震動的強烈。第二句「啼寒素」，這個「寒」字，既指歲寒，更指聽絡緯啼聲時的心寒，在感情上直承上句的「驚」與「苦」。

這一、二兩句是全詩的引子。一個「苦」字給全詩定下了基調，籠罩以下六句。

「誰看青簡一編書，不遣花蟲粉空蠹？」上句正面提問，下句反面補足。面對衰燈，耳聽秋聲，詩人感慨萬端，我們彷彿聽到他發出一聲長長的嘆息：「自己寫下的這些嘔心瀝血的詩篇，又有誰來賞識而不致讓蠹魚白白地蛀蝕成粉末呢？」情調感傷，與首句的「苦」字相呼應。

五、六句緊接上面兩句的意思。詩人輾轉反側，徹夜無眠，深深為世無知音、英雄無主的憂憤愁思所纏繞折磨，似乎九曲迴腸都要拉成直的了。詩人痛苦地思索著，思索著，在衰燈明滅之中，彷彿看到賞識自己的知音就在眼前：在灑窗冷雨的淅瀝聲中，一位古代詩人的「香魂」前來弔問我這個「書客」來了。這兩句，詩人的心情極其沉痛，用筆又極其詭譎多姿。習慣上以「腸迴」、「腸斷」表示悲痛欲絕的感情，李賀卻一空依傍，自鑄新詞，採用「腸直」的說法。愁思縈繞心頭，把紆曲百結的心腸牽直，形象地寫出了詩人愁思的深重、強烈，可見他用語的新奇。憑弔之事只見於生者之於死者，他卻反過來說鬼魂前來憑弔自己這個不幸的生者，更是石破天驚的詩中奇筆。

「雨冷香魂弔書客」，詩人畫出了一幅多麼淒清幽冷的畫面，而且有畫外音。在風雨淋涔之中，彷彿隱隱約約聽到秋墳中的鬼魂，在唱著鮑照當年抒發「長恨」的詩，他的遺恨就像萇弘的碧血那樣永遠難以消釋！表面上是說鮑照，實際上則是借他人之酒杯，澆自己胸中的塊壘。志士才人懷才不遇，正是千古同恨！

此詩上半篇採用的是習見的由景入情的寫法，下半篇則是全詩最有光彩的部分。「思牽今夜腸應直」，在牽腸情思的引發下，一個又一個恍惚迷離的幻象在眼前頻頻浮現，創造出了富有浪漫主義色彩的以幻象寫真情的獨特境界。詩人深廣的悲憤與瑰麗奇特的藝術形象之間達到了極其和諧的統一。在用韻上，後半篇也與前半篇不同。前半篇雖然悲苦、哀怨，但還能長歌當哭，痛痛快快地唱出，因而所選用的韻字正好是聲調悠長、切合抒寫哀怨之情的去聲字「素」與「蠹」。至後半篇，與抒寫傷痛已極的感情相適應，韻腳也由哀怨、悠長的去聲字一變而為抑鬱短促的入聲字「客」與「碧」。

這是一首著名的「鬼」詩。其實，詩所要表現的並不是「鬼」，而是抒情詩人的自我形象。香魂來弔、鬼唱鮑詩、恨血化碧等等形象出現，主要是為了表現詩人抑鬱未伸的情懷。詩人在人世間找不到知音，只能在陰冥世界尋求同調，不亦悲乎！（陳志明）

秦王飲酒

李賀

秦王騎虎遊八極，劍光照空天自碧。羲和敲日玻璃聲，劫灰飛盡古今平。
龍頭瀉酒邀酒星，金槽琵琶夜棖棖①。洞庭雨腳來吹笙，酒酣喝月使倒行。
銀雲櫛櫛瑤殿明，宮門掌事報一更。花樓玉鳳聲嬌獰，海綃紅文香淺清。
黃娥跌舞千年觥②，仙人燭樹蠟煙輕，青琴③醉眼淚泓泓。

〔註〕①棖棖（音同成）：撥動、觸動，此處指演奏琵琶。②黃娥，一作「黃鵝」。千年觥：觥（音同公），盛酒器。千年觥即祝壽酒。
③青琴：漢司馬相如〈上林賦〉：「若夫青琴、宓妃之徒，絕殊離俗，妖冶閑都。」此處代指妃嬪。

這首詩是李賀的代表作之一，也是唐詩寶庫中一顆散發出異彩的明珠。

李賀寫詩，題旨多在「筆墨蹊徑」（清《箋註評點李長吉歌詩》提要）之外。他寫古人古事，大多用以影射當時的社會現實，或藉以表達自己鬱悶的情懷和隱微的意緒。沒有現實意義的詠古之作，在他的集子裡是很難找到的。這首詩題為〈秦王飲酒〉，卻「無一語用秦國故事」（清王琦《李長吉詩歌匯解》），因而可以判定它寫的不是秦始皇。詩共十五句，分成兩個部分，前面四句寫武功，後面十一句寫飲酒，可見重點放在飲酒上。詩人筆下的飲酒場面是「恣飲沉湎，歌舞雜沓，不卜晝夜」（清姚文燮《昌谷集注》）。詩中的秦王既勇武豪雄，戰功顯赫，又沉湎於歌舞宴樂，過著腐朽的生活，是一位功與過都比較突出的君主。唐德宗李适正是這樣的人。他即位以前，曾以兵馬元帥的身份平定史朝義之亂，又以關內元帥的頭銜出鎮咸陽，抗擊吐蕃；即位後，見禍亂已平，國家安泰，便縱情享樂。這首詩是借寫秦始皇的恣飲沉湎，隱含對德宗的諷諭之意。

前四句寫秦王的威儀和他的武功，筆墨經濟，形象鮮明生動。首句的「騎虎」二字極富表現力。虎為百獸之王，生性凶猛，體態威嚴，秦王騎著牠周遊各地，誰不望而生畏？它把抽象的、難於捉摸的「威」變成具體的浮雕般的形象，使之深深地銘刻在讀者的腦子裡。次句借用「劍光」顯示秦王勇武威嚴的身姿，十分傳神，卻又如羚羊掛角，香象渡河，無形跡可求。「劍光照空天自碧」，運用誇張手法，開拓了境界，使之與首句中的「遊八極」相稱。第三句「羲和敲日玻璃聲」，註家有的解釋為「日月順行，天下安平之意」；有的說是形容秦王威力大，「直如羲和之可以驅策白日」。羲和，御日車的神。因為秦王劍光照天，天都為之改容，羲和畏懼秦王的劍光，驚惶地「敲日」逃跑了。第四句正面寫秦王的武功。由於秦王勇武絕倫，威力無比，戰火撲滅了，劫灰蕩盡了，四海之內呈現出一片昇平的景象。

天下太平，秦王洋洋得意，不再勵精圖治，而是沉湎於聲歌宴樂之中，過著花天酒地的生活。從第五句起都是描寫秦王尋歡作樂的筆墨。「龍頭瀉酒邀酒星」極言酒喝得多。一個「瀉」字，寫出了酒流如注的樣子；一個「邀」字，寫出了主人的殷勤。「金槽琵琶夜棖棖」形容樂器精良，聲音優美；「洞庭雨腳來吹笙」描述笙的吹奏聲飄忽幽冷，綿延不絕。「酒酣喝月使倒行」是神來之筆，有情有景，醉態可掬，氣勢凌人。這位秦王飲酒作樂，鬧了一夜，還不滿足。他試圖喝月倒行，阻止白晝的到來，以便讓他盡情享樂，作無休無止的長夜之飲。這既是顯示他的威力，又是揭示他的暴戾恣睢。

「銀雲櫛櫛瑤殿明，宮門掌事報一更。」五更已過，空中的雲彩變白了，天已經亮了，大殿裡外通明。掌管內外宮門的人深知秦王的心意，出於討好，也是出於畏懼，謊報才至一更。過去的本子都作「一更」，清呂種玉〈言鯖〉引作「六更」，「六更」似太直，不如「一更」含義豐富深刻，具有諷刺意味。儘管天已大亮，飲宴並未停止，衣香清淺，燭樹煙輕，場面仍是那樣的豪華綺麗，然而歌女歌聲嬌弱，舞伎舞步踉蹌，妃嬪淚眼泓泓，都早已不堪驅使了。在秦王的威嚴之下，她們只得強打著精神奉觴上壽。「青琴醉眼淚泓泓」，詩歌以冷語作結，氣氛為之一變，顯得跌宕生姿，含蓄地表達了惋惜、哀怨、譏誚等等複雜的思想感情，使讀者感到餘意無窮。（朱世英）

南園十三首（其二） 李賀

花枝草蔓眼中開，小白長紅越女腮。
可憐日暮嫣香落①，嫁與春風不用媒。

〔註〕①嫣香：指嬌豔的花朵。

〈南園十三首〉是李賀辭官回鄉居住昌谷（今河南宜陽）家中所作。南園與〈昌谷北園新筍四首〉提到的「北園」同為詩人的家園。這組詩為了解、研究李賀居鄉期間的思想和生活提供了第一手資料，因而十分可貴。

這是一首描摹南園景色，慨嘆春暮花落的小詩。前兩句寫花開。春回大地，南園百花競放，豔麗多姿。首句的「花枝」指木本花卉，「草蔓」指草本花卉，「花枝草蔓」概括了園內所有的花。其中「花枝」高昂，「草蔓」低垂，一者剛勁，一者柔婉，參差錯落，姿態萬千。李賀寫詩構思精巧，包孕密緻，於此可見一斑。次句「小白長紅」寫花的顏色，意思是紅的多，白的少。「越女腮」是由此產生的聯想，把嬌豔的鮮花比作越地美女的面頰，賦予物以某種人的素質，從而顯得格外精神。

後兩句寫花落。日中花開，眼前一片奼紫嫣紅，真是美不勝收。可是好景不長，到了「日暮」，百花凋零，落紅滿地。「可憐」二字表達了詩人無限惋惜的深情。是惜花、惜春，也是自傷自悼。李賀當時不過二十來歲，正是年輕有為的時期，卻不為當局所重用，猶如花盛開時無人欣賞。想到紅顏難久，容華易謝，不免悲從中來。

落花不再春，待到花殘人老，就再也無法恢復舊日的容顏和生氣。末句用擬人的手法寫花落時身不由己的狀態。「嫁與春風不用媒」，委身於春風，不須媒人作合，沒有任何阻攔，好像兩廂情願。其實，花何嘗願意離開本枝，隨風飄零，只為盛時已過，無力撐持，春風過處，便不由自主地墜落下來。這句的「嫁」字與第二句中的「越女腮」相映照，愈發顯得悲苦酸辛。當時盛開，顏色鮮麗，宛如西施故鄉的美女。而今「出嫁」，已是花殘人老，非復當時容顏，撫今憶昔，倍增悵惘。結句婉曲深沉，製造了濃烈的悲劇氣氛。

這首七言絕句，以賦筆為主，兼用比興手法，清新委婉，風格別具，是不可多得的抒情佳品。（朱世英）

南園十三首（其五）　李賀

男兒何不帶吳鉤①，收取關山五十州②？
請君暫上凌煙閣③，若箇書生萬戶侯？

〔註〕①宋沈括《夢溪筆談》「吳鉤，刀名也。刃彎，今南蠻用之，謂之葛黨刀。」②關山五十州：指當時唐代中央政府不能控制的地區。《資治通鑑》憲宗元和七年（八一二）載李絳云：「今法令所不能制者，河南北五十餘州；犬戎腥膻，近接涇隴，烽火屢驚。加之水旱時作，倉廩空虛……」③凌煙閣：在長安，唐太宗貞觀十七年（六四三）在閣上畫開國功臣二十四人。

這首詩由兩個設問句組成，頓挫激越，而又直抒胸臆，把家國之痛和身世之悲都淋漓酣暢地表達出來了。第一個設問是泛問，也是自問，含有「國家興亡，匹夫有責」的豪情。「男兒何不帶吳鉤」，起句峻急，緊連次句「收取關山五十州」，猶如懸流飛瀑，從高處跌落而下，顯得氣勢磅礴。「帶吳鉤」指從軍，身佩軍刀，奔赴疆場，那氣概多麼豪邁！「收取關山」是從軍的目的，山河破碎，民不聊生，詩人怎甘蟄居鄉間，無所作為呢？因而他嚮往建功立業，報效國家。一、二兩句，十四字一氣呵成，節奏明快，與詩人那昂揚的意緒和緊迫的心情十分契合。首句「何不」二字極富表現力，它不只構成了特定句式（疑問），而且強調了反詰的語氣，增強了詩句傳情達意的力量。詩人面對烽火連天、戰亂不已的局面，焦急萬分，恨不得立即身佩寶刀，奔赴沙場，保衛家邦。「何不」云云，反躬自問，有勢在必行之意，又暗示出危急的軍情和詩人自己焦慮不安的心境。

此外，它還使人感受到詩人那鬱積已久的憤懣情懷。李賀是個書生，早就詩名遠揚，本可以才學入仕，但這條進身之路被「避父諱」這一封建禮教無情地堵死了，使他沒有機會施展自己的才能。「何不」一語，表示實在出於無奈。次句一個「取」字，舉重若輕，有破竹之勢，生動地表達了詩人急切的救國心願。然而「收取關山五十州」談何容易？書生意氣，自然成就不了收復關山的大業，而要想擺脫眼前悲涼的處境，又非經歷戎馬生涯，殺敵建功不可。這一矛盾，突出表現了詩人憤激不平之情。

「請君暫上凌煙閣，若箇書生萬戶侯？」詩人問道：封侯拜相，繪像凌煙閣的，哪有一個是書生出身？這裡詩人又不用陳述句而用設問句，牢騷的意味顯得更加濃郁。看起來，詩人是從反面襯托投筆從戎的必要性，實際上是進一步抒發了懷才不遇的憤激情懷。由昂揚激越轉入沉鬱哀怨，既見出反襯的筆法，又見出起伏的節奏，峻急中作迴蕩之姿。就這樣，詩人把自己複雜的思想感情表現在詩歌的節奏裡，使讀者從節奏的感染中加深對主題的理解、感受。

李賀〈南園〉組詩，多就園內外景物諷詠，以寫其生活與感情。但此首不借所見發端，卻憑空寄慨，於豪情中見憤然之意。蓋只是同時所作，拉雜匯編，不能以題目限的。（朱世英）

南園十三首（其六）

李賀

尋章摘句老雕蟲①，曉月當簾掛玉弓。
不見年年遼海上，文章何處哭秋風？

〔註〕①雕蟲：雕蟲小技，表示輕視辭章。語出漢揚雄《法言》：「童子雕蟲篆刻……壯夫不為也。」

慨嘆讀書無用、懷才見棄，是這首絕句的命意所在。

詩的前兩句描述艱苦的書齋生活，其中隱隱地流露出怨艾之情。首句，說我的青春年華就消磨在這尋章摘句的雕蟲小技上了。此句詩意，好像有點自卑自賤，頗耐人尋繹。李賀向以文才自負，曾把自己比作「漢劍」，「自言漢劍當飛去」（〈出城寄權璩、楊敬之〉），抱負遠大。可是，現實無情，使他處於「天荒地老無人識」（〈致酒行〉）的境地。「雕蟲」之詞出於李賀筆下，顯然是憤激之辭。句中的「老」字用作動詞，有終老紙筆之間的意思，包含著無限的辛酸。

次句用白描手法顯現自己刻苦讀書、發奮寫作的情狀：一彎殘月，低映簷前，抬頭望去，像是當簾掛著的玉弓；天將破曉，而自己還在孜孜不倦地琢句謀篇。這裡，詩人慘淡苦吟的精神和他那只有殘月作伴的落寞悲涼的處境形成鮮明的比照，暗示性很強。

讀書為何無用？有才學為何不能見用於世？三、四句遒勁悲愴，把個人遭遇和國家命運聯繫起來，揭示了造成內心痛苦的社會根源，表達了鬱積已久的憂憤情懷。「遼海」指東北邊境，即唐河北道屬地。從元和四年（八〇九）到元和七年，這一帶割據勢力先後發生兵變，全然無視朝廷的政令。唐憲宗曾多次派兵討伐，屢戰屢敗，弄得天下疲憊，而藩鎮割據的局面依然如故。國家多難，民不聊生，這是詩人所以要痛哭流涕的原因之一；由於戰亂不已，朝廷重用武士，輕視儒生，以致斯文淪落，這是詩人所以要痛哭流涕的原因之二。末句的「文章」指代文士，實即作者自己。「哭秋風」不是一般的悲秋，而是感傷時事、哀悼窮途的文士之悲。此與屈原的「悲迴風（「迴風」即秋風）之搖蕙兮，心冤結而內傷。……魚葺鱗以自別兮，蛟龍隱其文章」（〈九章·悲迴風〉）頗有相似之處。時暗君昏則文章不顯，這正是屈原之所以「悲迴風」、李賀之所以「哭秋風」的真正原因。

這首詩比較含蓄深沉，在表現方法上也顯得靈活多變。首句敘事兼言情，滿腹牢騷透過一個「老」字傾吐出來，鍊字的功夫極深。次句寫景，亦即敘事、言情，它與首句相照應，活畫出詩人勤奮的書齋生活和苦悶的內心世界。「玉弓」一詞，暗點兵象，為「遼海」二句伏線，牽絲帶筆，曲曲相關，見出文心之細。第三句只點明時間和地點，不言事（戰事）而事自明，頗具含蓄之致。三、四兩句若即若離，似斷實續，結構非常精巧；詩人用隱晦曲折的手法揭示了造成斯文淪落的社會根源，從而深化了主題，加強了詩歌的感染力量。（朱世英）

南園十三首（其七）　李賀

長卿牢落悲空舍，曼倩詼諧取自容①。
見買若耶溪水劍②，明朝歸去事猿公③。

〔註〕①晉夏侯湛〈東方朔畫贊〉：「大夫諱朔，字曼倩……明節不可以久安也，故詼諧以取容。潔其道而穢其跡，清其質而濁其文。」②若耶溪水劍：若耶溪在今浙江紹興境內，春秋時歐冶子曾以溪底所出銅鑄成利劍。事見《吳越春秋》：「今吳王無道，殺君謀楚，故『湛盧』入楚……歐冶死矣。雖傾城量金，珠玉盈河，猶不能得此寶。」③猿公：《吳越春秋》載，越王句踐曾聘請一位善劍的處女到王都去。女在途中遇一老翁，自稱袁公，與女以竹竿試劍術。後來老翁飛上樹梢，化為白猿。

這是一首述懷之作。前兩句寫古人，暗示前車可鑑；後兩句寫自己，宣稱要棄文習武，易轍而行。

首句描述司馬相如窮愁潦倒的境況。這位大辭賦家才氣縱橫，早年因景帝「不好辭賦」，長期沉淪下僚，後依梁孝王，廁身門下，過著閒散無聊的生活。梁孝王死後，他回到故鄉成都，家徒四壁，窮窘不堪，「家貧無以自業」（《漢書．司馬相如傳》）。「空舍」，正是這種情況的寫照。李賀以司馬相如自況，出於自負，更出於自悲。次句寫東方朔。這也是一位很有才能的人，他見世道險惡，在宮廷中，常以開玩笑的形式進行諷諫，以避免直言悖上。結果漢武帝只把他當作俳優看待，而在政治上不予信任。有才能而不得施展，詼諧取容，怵惕終生，東方朔的遭遇是斯文淪喪的又一個例證。詩人回顧歷史，瞻望前程，不免感到茫然。

三、四句直接披露懷抱，表示要棄文習武。既然歷來斯文淪喪，學文無用，倒不如買柄利劍去訪求名師，學習武藝，或許還能有一番作為。詩人表面顯得很冷靜，覺得還有路可走，其實這是他在屢受挫折，看透了險惡世道之後發出的哀嘆。李賀的政治理想並不在於兵戈治國，而是禮樂興邦。棄文習武的違心之言，只不過是反映理想幻滅時痛苦而絕望的反常心理。

這首詩，把自己和前人糅合在一起，把歷史和現實糅合在一起，把論世和述懷糅合在一起，結構新奇巧妙。詩歌多處用典或引用古人古事據以論世，或引用神話傳說藉以述懷。前者是因，後者是果，四句一氣呵成，語意連貫，所用的典故都以各自顯現的形象融入整個畫面之中，無今無古，無我無他，顯得渾化蘊藉，使人有諷詠不盡之意。（朱世英）

南園十三首（其十三）　李賀

小樹開朝逕，長茸溼夜煙。柳花驚雪浦，麥雨漲溪田。

古刹疏鐘度，遙嵐破月懸①。沙頭敲石火，燒竹照漁船。

〔註〕①破月：即殘月。

這是一首詩，也是一幅畫。詩人以詩作畫，採用移步換形的方法，就像繪製動畫片那樣，描繪出南園一帶從早到晚的水色山光，旖旎動人。

首二句寫晨景。夜霧逐漸消散，一條蜿蜒於綠樹叢中的羊腸小道隨著天色轉明而豁然開朗。路邊的蒙茸細草沾滿了露水，溼漉漉的，分外蒼翠可愛。詩歌開頭從林間小路落筆，然後由此及彼，依次點染。顯然，它展示的是詩人清晨出遊時觀察所得的印象。

三、四句寫白晝的景色。詩人由幽靜、逼仄的林間小道來到空曠的溪水旁邊。這時風和日暖，晨露已晞，柳絮紛紛揚揚，飄落在溪邊的淺灘上，白花花的一片，像是鋪了一層雪。陽春三月，鶯飛草長，詩人沿途所見多是綠的樹，綠的草，綠的田園。到了這裡，眼前忽地出現一片銀白色，不禁大為驚奇。驚定之後，也就盡情欣賞起這似雪非雪的奇異景象來。

詩人觀賞了「雪浦」之後，把視線移向溪水和它兩岸的田壟。因為不久前下過一場透雨，溪水上漲了，田裡的水也平平滿滿的。春水豐足是喜人的景象，它預示著將會有一個好的年景。

前四句，都是表現自然景物，只有第三句中的「驚」字寫人，透露出「詩中有人」，有人的觀感，有人的情思。這種觀感和情思把詩歌所展示的各種各樣的自然景物融成一片。

後四句寫夜晚的景色。五、六兩句對仗工切，揉磨入細。「古刹疏鐘度」寫聲，「遙嵐破月懸」寫色。其中「古刹」和「遙嵐」一實一虛，迥然不同，然而又都含有「遠」的意思。謂之「古刹」，說明建造時間已很久長；稱作「遙嵐」，表示山與人相距甚為遙遠。兩兩比照、映襯，融入和諧統一的畫面之中，便覺自然真切，意境遙深。

末二句寫船家夜漁的情景。在山村灘多水淺的小河邊，夜間漁人用竹枝紮成火把照明。魚一見光亮，就慢慢靠近，愣頭愣腦地聽人擺弄。「沙頭敲石火」描寫捕魚人在河灘擊石取火，「燒竹照漁船」緊接上句，交代擊石取火是為了替漁船照明。儘管並沒有直接提到打魚的事，但字句之間已作了暗示，讓讀者透過想像予以補充。

這首詩前六句主要描摹自然景物，運筆精細，力求形肖神似，像是嚴謹密緻的工筆山水畫。末二句正面寫人的活動，用墨省儉，重在寫意，猶如輕鬆淡雅的風俗畫。兩者相搭配，相映襯，情景十分動人。而且詩中的山嵐、溪水、古刹、漁船，乃至一草一木都顯得寥蕭淡泊，有世外之意。想來是詩人的情致滲透到作品的形象裡，從而構成這樣一種特殊的意蘊，反映了詩人「老去溪頭作釣翁」（〈南園十三首〉其十）的歸隱之情。當然，這不過是他仕進絕望的痛苦的另一種表現罷了。（朱世英）

金銅仙人辭漢歌 并序

李賀

魏明帝青龍元年八月①，詔宮官牽車西取漢孝武捧露盤仙人，欲立置前殿。宮官既拆盤，仙人臨載，乃潸然淚下。唐諸王孫李長吉②，遂作〈金銅仙人辭漢歌〉。

茂陵劉郎秋風客，夜聞馬嘶曉無跡。畫欄桂樹懸秋香，三十六宮土花碧。
魏官牽車指千里，東關酸風射眸子。空將漢月出宮門，憶君清淚如鉛水。
衰蘭送客咸陽道③，天若有情天亦老。攜盤獨出月荒涼，渭城已遠波聲小。

〔註〕①一本作「青龍九年」，皆誤。據南朝宋裴松之《三國志》注引《魏略》，青龍五年三月改為景初元年四月，「是歲，徙長安諸鐘簴、駱駝、銅人、承露盤。」②李賀是唐宗室鄭王之後，故自稱「唐諸王孫」。③咸陽：秦都城名，漢改為渭城縣，離長安不遠。咸陽道：此指長安城外的道路。

據近人朱自清《李賀年譜》推測這首詩大約是元和八年（八一三），李賀因病辭去奉禮郎職務，由京赴洛，途中所作。其時，詩人「百感交並，故作非非想，寄其悲於金銅仙人耳」。

詩中的金銅仙人臨去時「潸然淚下」表達的主要是亡國之慟。此詩寫作時間距唐王朝的覆滅（九〇七）尚有九十餘年，詩人何以產生興亡之感呢？這要聯繫當時的社會狀況以及詩人的境遇來理解、體味。自從玄宗天寶末年爆發安史之亂以後，唐王朝一蹶不振。憲宗雖號稱「中興之主」，但實際上他在位期間，藩鎮叛亂此伏彼起，西北邊陲烽火屢驚，國土淪喪，瘡痍滿目，民不聊生。詩人那「唐諸王孫」的貴族之家也早已沒落衰微。面對這嚴酷的現實，詩人的心情很不平靜，急盼著建立功業，重振國威，同時光耀門楣，恢復宗室的地位；卻不料進京以後，到處碰壁，仕進無望，報國無門，最後不得不含憤離去。〈金銅仙人辭漢歌〉所抒發的正是這樣一種交織著家國之痛和身世之悲的凝重感情。

詩共十二句，大體可分成三個部分。前四句慨嘆韶華易逝，人生難久。漢武帝當日煉丹求仙，夢想長生不老。結果，還是像秋風中的落葉一般，倏然離去，留下的不過是茂陵荒冢而已。儘管他在世時威風無比，稱得上是一代天驕，可是，「夜聞馬嘶曉無跡」，在無窮無盡的歷史長河裡，他不過是偶然一現的泡影而已。詩中直呼漢武帝為「劉郎」，表現了李賀傲兀不羈的性格和不受封建等級觀念束縛的可貴精神。

「夜聞」句承上啟下，用誇張的手法顯示生命短暫，世事無常。它是上句的補充，使「秋風客」的形象更加鮮明、豐滿，也為下句展示悲涼幽冷的環境氣氛作了必要的鋪墊。漢武帝在世時，宮殿內外，車馬喧闐。如今物是人非，畫欄內高大的桂樹依舊花繁葉茂，香氣飄逸，三十六宮卻早空空如也，慘綠色的苔蘚布滿各處，荒涼冷落的面貌令人目不忍睹。

以上所寫是金銅仙人的「觀感」。金銅仙人是漢武帝建造的，矗立在神明臺上，「高二十丈，大十圍」（《三輔故事》），異常雄偉。魏明帝景初元年（二三七），它被拆離漢宮，運往洛陽，後因「重不可致」，而被留在霸城。東晉習鑿齒《漢晉春秋》說：「魏帝徙盤，盤拆，聲聞數十里，金狄（即銅人）或泣，因留於霸城。」李賀故意去掉史書上「銅人重不可致，留於霸城」（《三國志》注引《魏略》）的情節，而將「金狄或泣」的神奇傳說加以發揮，並在金銅仙人身上注入自己的思想感情。這樣，物和人，歷史和現實便融為一體，從而幻化出美麗動人的藝術境界來。

中間四句用擬人法寫金銅仙人初離漢宮時的悽婉情態。金銅仙人是劉漢王朝由昌盛到衰亡的「見證人」，眼前發生的滄桑巨變早已使他感慨萬端，神慘色淒。而今自己又被魏官強行拆離漢宮，此時此刻，興亡的感觸和離別的情懷一齊湧上心頭。「魏官」二句，從客觀上烘托金銅仙人依依不忍離去的心情。「指千里」言道路遙遠。從長安遷往洛陽，千里迢迢，遠行之苦加上遠離之悲，實在教人不堪忍受。「東關」句言氣候惡劣。此時關東霜風淒緊，直射眸子，不僅眼為之「酸」，亦且心為之「酸」。它含有「馬後桃花馬前雪，出關爭得不回頭」（清徐蘭〈出關〉）的意味，表現出對漢宮、對長安的深切依戀之情。句中「酸」、「射」二字，新奇巧妙而又渾厚凝重。特別是「酸」字，透過金銅仙人的主觀感受，把彼時彼地風的尖利、寒冷、慘烈等情形，生動地顯現出來。這裡，主觀的情和客觀的物已完全糅合在一起，含義極為豐富。

詩人時而正面摹寫銅人的神態，時而又從側面落筆，描繪銅人四周的景物，給它們塗上一層憂傷的色調。兩種手法交互運用，使詩意開闔動蕩，變幻多姿，而又始終圍繞著一個「愁」字，於參差中見整飭，色調統一，題旨鮮明。「魏官」二句，側重描寫客體；「空將」二句則改寫主體，用第一人稱，直接抒發金銅仙人當時的思想感情：在魏官的驅使下離別漢宮，作千里之行。伴隨著「我」的唯有天上舊時的明月而已。事情發生在三國時期而稱月為「漢月」，它抒發的顯然是一種懷舊的感情，正如清王琦《李長吉歌詩匯解》所詮釋的：「因革之間，萬象為之一變，而月體始終不變，仍似漢時，故曰『漢月』。」金銅仙人親身感受過武帝的愛撫，親眼看到過當日繁榮昌盛的景象。對於故主，他十分懷念，對於故宮，也有著深厚的感情。而今坐在魏官牽引的車子上，漸行漸遠，眼前熟悉而又荒涼的宮殿即將隱匿不見，撫今憶昔，不禁潸然淚下。「憶君」句中「淚如鉛水」，比喻奇妙非凡，繪聲繪色地寫出了金銅仙人當時悲痛的形容——淚水涔涔，落地有聲。這種感懷舊事、恨別傷離的神情與人無異，是「人性」的表現；而「鉛水」一詞又與銅人的身份相適應，婉曲地顯示了他的「物性」。這些巧妙的表現手法，成功地塑造出金銅仙人這樣一個物而人，物而神，獨一無二，奇特而又生動的藝術形象來。

末四句寫出城後途中的情景。此番離去，正值月冷風淒，城外的「咸陽道」和城內的「三十六宮」一樣，呈現出一派蕭瑟悲涼的景象。這時送客的唯有路邊的「衰蘭」，而同行的舊時相識也只有手中的承露盤而已。「衰蘭」一語寫形兼寫情，而以寫情為主。蘭花之所以衰枯，不只因為秋風肅殺，對它無情摧殘，更是愁苦的情懷直接造成。這裡用衰蘭的愁映襯金銅仙人的愁，亦即作者本人的愁，它比〈開愁歌〉中的「我當二十不得意，一心愁謝如枯蘭」，更加婉曲，也更為新奇。

蘭花的衰枯是情使之然。凡是有情之物都會衰老枯謝。別看蒼天日出月沒，光景常新，終古不變；假若它有情的話，也照樣會衰老。「天若有情天亦老」這一句設想奇偉，宋司馬光稱為「奇絕無對」（《續詩話》）。它有力地烘托了金銅仙人（實即作者自己）艱難的處境和悽苦的情懷，意境遼闊高遠，感情執著深沉，真是千古名句。

尾聯進一步描述金銅仙人恨別傷離的情緒。他不忍離去，卻又不得不離去，而且隨著時間的推移，離開故都越來越遠。這時，望著天空中荒涼的月色，聽著那越來越小的渭水流淌聲，心裡有種說不出來的滋味。「渭城」句從對面落筆，用「波聲小」反襯出銅人漸漸遠去的身影。一方面波聲渺遠，另一方面，道阻且長。它借助於事物的聲音和形態，委婉而深沉地表現出金銅仙人「思悠悠，恨悠悠」（白居易〈長相思〉）的離別情懷，而這正是當日詩人在仕進無望、被迫離開長安時的心境。

這首詩是李賀的代表作品之一。它設想奇創，而又深沉感人；形象鮮明，而又變幻多姿。怨憤之情溢於言外，卻並無怒目圓睜、氣峻難平的表現。遣詞造句奇峭而又妥帖，剛柔相濟，恨愛互生，參差錯落而又整飭綿密。這確是一首既有獨特風格，而又諸美同臻的詩作，在李賀的集子裡，也找不出幾首類似的作品來。（朱世英）

馬詩二十三首（其四） 李賀

此馬非凡馬，房星本是星。
向前敲瘦骨，猶自帶銅聲。

這首詩寫馬的素質好，但遭遇不好。用擬物的手法寫人，寫自己，是一種「借題發揮」的婉曲寫法。

首句開門見山，直言本意，肯定並且強調詩歌所表現的是一匹非同尋常的好馬。起句平直，實在沒有多少詩味。

次句「房星本是星」，乍看起來像是重複第一句的意思。「房星」指馬，句謂房星原是天上的星宿，也就是說這匹馬本不是塵世間的凡物。如果這句的含義僅限於此，與首句幾乎一模一樣，那就犯了重沓的毛病。詩只四句，首句平平，次句又重複，那麼這首詩就有一半索然無味，沒有價值。但如細細咀嚼，便會發現第二句別有新意，只是意在言外，比較隱晦曲折。《晉書．天文志》中有這樣一段話：「（房四星）亦曰天駟，為天馬，主車駕……房星明，則王者明。」把「房星」和「王者」直接聯繫起來，就是說馬的處境如何與王者的明暗、國家的治亂息息相關。既然馬的素質好遭遇不好，那麼，王者不明，政事不理的狀況就不言而喻了。這是一種「滲透法」，透過曲折引申，使它所表達的實際意義遠遠超過字面的含義。

三、四句寫馬的形態和素質。如果說前二句主要是判斷和推理，缺乏鮮明生動的形象，那麼，後二句恰恰相反，它們繪聲繪影，完全借助形象表情達意。李賀寫詩，善於捕捉形象，狀難見之景如在目前，這兩句就是突出的例子。「瘦骨」寫形，表現馬的處境；「銅聲」寫質，反映馬的素質。這匹馬瘦骨嶙峋，顯然境遇不好。在常人的眼裡，牠不過是匹筋疲力盡的凡馬，只有真正愛馬並且善於相馬的人，才不把牠當作凡馬看待。「向前敲瘦骨，猶自帶銅聲。」儘管牠境遇惡劣，被折騰得不成樣子，卻仍然骨帶銅聲。「銅聲」二字，讀來渾厚凝重，有立體感。它所包含的意思也很豐富：銅聲悅耳，表明器質精良，從而生動地顯示了這匹馬骨力堅勁的美好素質，使內在的東西外現為可聞、可見、可感、可知的物象。「素質」原很抽象，「聲音」也比較難於捉摸，它們都是「虛」的東西。以虛寫虛，而又要化虛為實，的確很不容易，而詩人只用了短短五個字就做到了，形象化技法之高妙，可說已達到爐火純青的程度。尤其可貴的是，詩歌透過寫馬，創造出物我兩契的深遠意境。

詩人懷才不遇，景況淒涼，恰似這匹瘦馬。他寫馬，不過是婉曲地表達出鬱積心中的怨憤之情。（朱世英）

馬詩二十三首（其五）　李賀

大漠沙如雪，燕山月似鉤。
何當金絡腦，快走踏清秋。

〈馬詩〉是透過詠馬、贊馬或慨嘆馬的命運，來表現志士的奇才異質、遠大抱負及不遇於時的感慨與憤懣，其表現方法屬比體。而此詩在比興手法運用上卻特有意味。

一、二句展現出一片富於特色的邊疆戰場景色：連綿的燕山山嶺上，一彎明月當空；平沙萬里，在月光下像鋪上一層白皚皚的霜雪。這幅戰場景色，一般人也許只覺悲涼肅殺，但對於志在報國之士卻有異乎尋常的吸引力。「燕山月似鉤」與「曉月當簾掛玉弓」（〈南園十三首〉其六）匠心正同。「鉤」是一種彎刀，與「玉弓」均屬武器，從明晃晃的月牙聯想到武器的形象，也就含有思戰鬥之意。作者所處的貞元、元和之際，正是藩鎮極為跋扈的時代，而「燕山」暗示的幽州薊門一帶又是藩鎮肆虐為時最久、為禍最烈的地帶，所以詩意是頗有現實感慨的。思戰之意也有針對性。平沙如雪的疆場寒氣凜凜，但牠是英雄用武之地。所以這兩句寫景乍看是運用賦法，實啟後兩句的抒情，又具興義。

三、四句借馬以抒情：什麼時候才能披上威武的鞍具，在秋高氣爽的疆場上馳騁，建樹功勛呢？〈馬詩〉其一云：「龍脊貼連錢，銀蹄白踏煙。無人織錦韂，誰為鑄金鞭？」「無人織錦韂」二句的慨嘆與「何當金絡腦」

表達的是同一個意思，就是企盼把良馬當作良馬對待，以效大用。「金絡腦」、「錦韉」、「金鞭」統屬貴重鞍具，都是象徵馬受重用。顯然，這是作者熱望建功立業而又不被賞識所發出的嘶鳴。

此詩與〈南園十三首〉其五「男兒何不帶吳鉤」都是寫同一種投筆從戎、削平藩鎮、為國建功的熱切願望。但〈南園〉是直抒胸臆，此詩則屬寓言體或比體。直抒胸臆，較為痛快淋漓；而用比體，則覺婉曲耐味。而詩的一、二句中，以雪喻沙，以鉤喻月，也是比；從一個富有特徵性的景色寫起以引出抒情，又是興。短短二十字中，比中見興，興中有比，大大豐富了詩的表現力。從句法上看，後二句一氣呵成，以「何當」領起作設問，強烈傳出無限企盼意，且有唱嘆味；而「踏清秋」三字，聲調鏗鏘，詞語搭配新奇，蓋「清秋」草黃馬肥，正好馳驅，冠以「快走」二字，形象暗示出駿馬輕捷矯健的風姿，恰是「所向無空闊，真堪託死生。驍騰有如此，萬里可橫行」（杜甫〈房兵曹胡馬〉）。所以字句的鍛鍊，也是此詩藝術表現上不可忽略的成功因素。（周嘯天）

馬詩二十三首（其二十三）　李賀

武帝愛神仙，燒金得紫煙。
廄中皆肉馬，不解上青天。

這是一首耐人玩味的諷刺小品。詩人借古喻今，用詼諧、辛辣的筆墨表現嚴肅、深刻的主題。

前二句寫漢武帝煉丹求仙的事。武帝一心想長生不老，命方士煉丹砂為黃金以服食，耗費了大量錢財。結果怎樣呢？所得的不過是一縷紫煙而已。「得」字，看似平常，卻極有分量，對煉丹求仙的荒誕行徑作了無情的鞭撻和辛辣的嘲諷，深得「一字褒貶」之妙。

後兩句寫馬，緊扣詩題。「廄中皆肉馬，不解上青天」，迫切希望能飛昇成仙的漢武帝，不豢養能夠「拂雲飛」、「捉飈風」（形容馬奔跑起來輕捷如飛，可以追風逐雲。語出〈馬詩二十三首〉其十五、十六）的天馬，而讓不中用的「肉馬」充斥馬廄。用「肉馬」形容馬平庸低劣，非常精當。由於是「御馬」，吃住條件優越，一個個餵得肥大笨重。這樣的馬在地面上奔跑都有困難，怎麼可以騎著牠上天呢！這兩句寓意頗深，除暗示武帝求天馬上青天的迷夢破滅外，還隱喻當時有才有識之士被棄置不用，而平庸無能之輩，一個個受到拔擢，竊據高位，擠滿朝廷。試問：依靠這些人怎麼可能使國家蒸蒸日上，實現清明的政治理想？

此詩集中地諷刺了當時最高統治者迷信昏庸，所用非人，穎鋒內藏，含蘊豐富，而又出之以「嬉笑」，讀來使人感到輕鬆爽快，這在李賀作品中是很少見的。（朱世英）

老夫採玉歌　李賀

採玉採玉須水碧，琢作步搖徒好色。老夫飢寒龍為愁，藍溪水氣無清白。
夜雨岡頭食蓁子①，杜鵑口血老夫淚。藍溪之水厭生人，身死千年恨溪水。
斜山柏風雨如嘯，泉腳掛繩青裊裊②。村寒白屋念嬌嬰，古臺石磴懸腸草。

〔註〕①即榛子。②「裊裊」一作「褭褭」。

這首詩是寫採玉民工的艱苦勞動和痛苦心情。唐代長安附近的藍田縣以產玉著名，縣西三十里有藍田山，又名玉山。它的溪水中出產一種名貴的碧玉，叫藍田碧。但由於山勢險峻，開採這種玉石十分困難，民工常常遇到生命危險。〈老夫採玉歌〉便是以這裡為背景。

首句重疊「採玉」二字，表示採了又採，沒完沒了地採。「水碧」就是碧玉。頭兩句是說民工不斷地採玉，不過是雕琢成貴婦的首飾，徒然為她們增添一點美色而已。「徒」字表明了詩人對於這件事的態度，既嘆惜人力的徒勞，又批評統治階級的驕奢，一語雙關，很有分量。

從第三句開始專寫一個採玉的老漢。他忍受著飢寒之苦，下溪水採玉，日復一日，就連藍溪裡的龍也被騷擾得不堪其苦，藍溪的水氣也渾濁不清了。「龍為愁」和「水氣無清白」都是襯托「老夫飢寒」的，龍猶如此，水猶如此，人何以堪！

下面兩句就「飢寒」二字作進一步的描寫：夜雨之中留宿山頭，其寒冷可想而知；以榛子充飢，其飢餓可想而知。「夜雨岡頭食蓁子」這一句把老夫的悲慘境遇像圖畫似地展現在讀者面前，具有高度的藝術概括力。「杜鵑口血老夫淚」，是用杜鵑啼血來襯托和比喻老夫淚，充分表現了老夫內心的悽苦。

七、八句寫採玉的民伕經常死在溪水裡，好像溪水厭惡生人，必定要致之死地。而那些慘死的民伕，千年後也消不掉對溪水的怨恨。「恨溪水」三字意味深長，正如清王琦所說：「夫不恨官吏，而恨溪水，微詞也。」（《李長吉歌詩匯解》）這種寫法很委婉，對官府的恨含蓄在字裡行間。

接下來作者描繪了令人驚心動魄的一幕：山崖間，柏林裡，風雨如嘯；泉水從山崖上流下來形成一條條小瀑布，採玉人身繫長繩，從斷崖絕壁上懸身入水，只見那繩子在狂風暴雨中搖曳著、擺動著。那是多麼危險的情景啊！就在這生命攸關的一剎那，採玉老漢看到古臺石級上的懸腸草；這草又叫思子蔓，不禁使他想起寒村茅屋中嬌弱的兒女，自己一旦喪命，他們將怎樣為生呢！

早於李賀的另一位唐代詩人韋應物寫過一首〈採玉行〉，也是取材於藍溪採玉的民工生活，詩是這樣的：「官府徵白丁，言採藍溪玉。絕嶺夜無家，深榛雨中宿。獨婦餉糧還，哀哀舍南哭。」對比之下，李賀此篇立意更深，用筆也更鋒利，特別是對老夫的心理有很細緻的刻畫。

〈老夫採玉歌〉是李賀少數以現實社會生活為題材的作品之一。它既以現實生活為素材，又富有浪漫主義的奇想。如「龍為愁」、「杜鵑口血」，是奇特的藝術聯想。「藍溪之水厭生人，身死千年恨溪水」二句，更是超越常情的想像。這些詩句渲染了濃郁的感情色彩，增添了詩的浪漫情趣，體現了李賀特有的瑰奇豔麗的風格。

從結構上說，詩一開頭就揭露統治階級強徵民工採玉，是為了「琢作步搖徒好色」，語含譏刺。接著寫老夫採玉的艱辛，最後寫暴風雨中生命危殆的瞬間，他思念兒女的愁苦心情，把詩情推向高潮。這種寫法有震撼人心的力量，給讀者以深刻難忘的印象，頗見李賀不同凡響的藝術匠心。（袁行霈）

南山田中行

李賀

秋野明，秋風白，塘水漻漻①蟲嘖嘖。雲根苔蘚山上石，冷紅泣露嬌啼色。荒畦九月稻叉牙，蟄螢低飛隴徑斜。石脈水流泉滴沙，鬼燈如漆點松花。

〔註〕①漻漻（音同寥）：清澈狀。

詩人用富於變幻的筆觸描繪了這樣一幅秋夜田野圖：它明麗而又斑駁，清新而又幽冷，使人愛戀，卻又叫人憂傷，突出地顯示了李賀詩歌的獨特風格和意境。

詩歌開頭三句吸收古代民間歌謠起句形式，運用了「三、三、七」句法。連出兩個「秋」字，語調明快輕捷；長句連用兩個疊音詞，一清一濁，有抑有揚，富於節奏感。讀後彷佛置身空曠的田野，皓月當空，秋風萬里，眼前塘水深碧，耳畔蟲聲輕細，有聲有色，充滿詩情畫意。

四、五句寫山。山間雲繞霧漫，岩石上布滿了苔蘚；嬌弱的紅花在冷風中瑟縮著，花瓣上的露水一點一點地滴落下來，宛如少女悲啼時的淚珠。寫到這裡，那幽美清朗的境界驀然升起一縷淡淡的愁雲，然後慢慢向四周鋪展，輕紗般籠罩著整個畫面，為它增添了一種迷幻的色調。

六、七句深入一層，寫田野景色：「荒畦九月稻叉牙，蟄螢低飛隴徑斜。」深秋九月，田裡的稻子早就成熟了，枯黃的莖葉橫七豎八地丫叉著；幾隻殘螢緩緩地在斜伸的田埂上低飛，拖帶著暗淡的青白色的光點。

八、九句再深入一層，展示了幽冷淒清甚至有點陰森可怖的境界：從石縫裡流出來的泉水滴落在沙地上，發出幽咽沉悶的聲響；遠處的燐火閃爍著綠熒熒的光，像漆那樣黝黑發亮，在松樹的枝椏間遊動，彷彿松花一般。泉水是人們喜愛的東西，看著泉水流淌，聽著它發出的聲響，會產生輕鬆歡快的感覺。人們總是愛用「清澈」、「明淨」、「淙淙」、「潺潺」、「叮咚」之類的字眼來形容泉水。李賀卻選用「滴沙」這樣的詞語，描摹出此處泉水清幽而又滯澀的形態和聲響，富有藝術個性，色調也與整個畫面和諧一致。末句描寫的景是最幽冷不過的了。「鬼燈如漆」，陰森森地令人毛骨悚然；「點松花」三字，又多少帶有生命的光彩，使讀者在承受「鬼氣」重壓的同時，又獲得某種特殊的美感，有一種幽冷清絕的意趣。（朱世英）

羅浮山人與葛篇① 李賀

依依宜織江雨空，雨中六月蘭臺風②。博羅老仙③時出洞，千歲石床啼鬼工。
蛇毒濃凝洞堂濕，江魚不食銜沙立。欲剪湘中一尺天，吳娥莫道吳刀澀。

〔註〕①羅浮：山名。《藝文類聚》：「《羅浮山記》曰，羅浮者，蓋總稱焉。羅，羅山也；浮，浮山也。二山合體，謂之羅浮。」按：山在今廣東省增城、博羅二縣境。山人：隱居山林的人。②蘭臺風：指使人感到舒暢的風。宋玉〈風賦〉：「楚襄王遊於蘭臺之宮，宋玉、景差侍。有風颯然而至，王乃披襟而當之，曰：『快哉，此風！寡人所與庶人共者耶？』」……「故其風中人，狀直憯憯惏慄，清涼增欷。清清冷冷，愈病析酲，發明耳目，寧體便人。」③博羅老仙：即羅浮山人。因山在博羅縣，故稱。

詩歌稱頌羅浮山人所織的葛布精細光潔，巧奪天工。

開頭二句有「江雨空」、「蘭臺風」等字眼，像是描述天氣，其實不然。「江雨」謂織葛的經線，光麗纖長，空明疏朗，比喻得出奇入妙。「依依」形容雨線排列得整齊貼近，所以「宜織」。以這個副詞「宜」字綰連「織」和「雨」，所織的為雨線之意便明白易解。「織」字把羅浮山人同葛聯繫起來，緊緊地扣住詩題。次句則以「六月蘭臺風」寫出葛布的疏薄涼爽。「雨中」二字承上句來，再一次點明以「江雨」喻葛之意。這種綺麗而離奇的想像，正是李賀詩的本色。

三、四句運用對比手法，進一步烘托羅浮山人織葛的技術高明。「博羅老仙時出洞」（「時」，一本作

「持」），山人不時走出洞來，把織成的葛布拿給前來求取的人。句中的「時」，暗示他織得快，織得好，葛布剛剛斷匹就被人拿走，頗有供不應求之勢。下句「千歲石床啼鬼工」就是由此引起的反響。「石床」原指山洞中形狀如床的岩石，這裡指代山人所用織機。「千歲」，表明時間之久，也暗示功夫之深。清姚文燮說：「千歲石床，言非尋常機杼，不惟人力難致，即奇巧如鬼工，亦為之驚啼不及也。」（《昌谷集注》）

五、六兩句描述天氣炎熱，為末二句剪葛為衣作鋪墊。詩人寫暑熱，不提火毒的太陽，不提汗流浹背的工人，也不提枯焦的禾苗，而是別出心裁地選擇了洞蛇和江魚：「蛇毒濃凝洞堂濕，江魚不食銜沙立。」蛇洞由於溽暑熏蒸，毒氣不散，以致愈來愈濃，凝結成水滴似的東西，黏糊糊的，整個洞堂都布滿了。洞裡的蛇該是怎樣地窒悶難受！江裡的魚熱得無法容身，不吃東西，嘴裡銜著沙粒，直立起來，彷彿要逃離那滾熱的江水。洞堂和江水本來是最不容易受暑熱侵擾的地方，如今熱成這個樣子，其他地方就可想而知了。這裡，詩人奇特的想像和驚人的藝術表現力，可真有鬼斧神工之妙。

酷熱的天氣，使人想起葛布，想起那穿在身上產生涼爽舒適感覺的葛衣。尤其希望能夠得到羅浮山人所織的那種細軟光潔如「江雨空」，涼爽舒適如「蘭臺風」的葛布。要是用這種葛布裁製一件衣服穿在身上該有多好！「欲剪湘中一尺天」，與開頭二句遙相呼應，「湘中一尺天」顯然指的是猶如湘水碧波一般柔軟光潔的葛布。有人說這句脫胎於杜甫的「焉得并州快剪刀，剪取吳淞半江水」（〈戲題王宰畫山水圖歌〉）。李賀寫詩，是力求不蹈襲前人的，這裡偶爾翻用，手法也空靈奇幻，別具新意。請看末句：「吳娥莫道吳刀澀」。詩人不寫吳娥如何裁剪葛布，如何縫製葛衣，而是勸說吳娥「莫道吳刀澀」。這是為什麼呢？一個「澀」字蘊意極為精妙。「澀」有吝惜意，這裡指刀鈍。面對這樣精細光滑的葛布，吳娥不忍下手裁剪，便推說「吳刀澀」。這一曲筆，比直說刀剪快，詩意顯得更加迴蕩多姿、含蓄雋永了。

李賀一生從未到過博羅一帶，這首詩的題材可能是虛構的，也可能是根據傳聞加工而成的。詩從頭到尾緊緊扣住主題。開頭寫織葛，結尾寫裁葛。無論是寫織葛還是寫裁葛，都圍繞一個中心，那就是表現葛布質地優良，稱頌織葛的羅浮山人技藝高超。詩人涉想奇絕，筆姿多變，運意構思，都顯示出特有的「虛荒誕幻」（杜牧〈李賀集序〉）的藝術特色。（朱世英）

致酒行

李賀

零落棲遲一杯酒，主人奉觴客長壽。主父西遊困不歸，家人折斷門前柳。
吾聞馬周昔作新豐客，天荒地老無人識。空將牋上兩行書，直犯龍顏請恩澤。
我有迷魂招不得，雄雞一聲天下白。少年心事當拏雲，誰念幽寒坐嗚呃。

憲宗元和初，李賀帶著剛剛踏進社會的少年熱情，滿懷希望打算迎接進士科考試。不料朝廷竟以避父「晉肅」名諱（音近「進士」）為理由，剝奪了他的考試資格。這意外打擊使詩人終生坎壈。不平則鳴，從此「懷才不遇」成了他作品中的一個重要主題，他的詩也因而帶有一種哀憤的特色。但這首困居異鄉感遇的〈致酒行〉，音情高亢，表現明快，別具一格。

「致酒行」即勸酒致詞之歌。詩分三層，每層四句。

從開篇到「家人折斷門前柳」四句一韻，為第一層，寫勸酒場面。先總說一句，「零落棲遲」（潦倒游息）與「一杯酒」連綴，略示以酒解愁之意。不從主人祝酒寫起，而從客方（即詩人自己）對酒興懷落筆，突出了客方悲苦憤激的情懷，使詩一開篇就具「浩蕩感激」（明高棅《唐詩品彙》引宋劉辰翁語）的特色。接著，詩境從「一杯酒」而轉入主人持酒相勸的場面。他首先祝客人身體健康。「客長壽」三字有豐富潛臺詞：憂能傷人，折人之壽，而「留得青山在，不怕沒柴燒」啊！七字畫出兩人的形象，一個是窮途落魄的客人，一個是心地善良的主人。緊接著，似乎應繼續寫主人的致詞了。但詩筆就此帶住，以下兩句作穿插，再申「零落棲遲」之意，命意婉曲。「主父西遊困不歸」，是說漢武帝時主父偃的故事。主父偃西入關，鬱鬱不得志，資用匱乏，屢遭白眼（見《漢書．主父偃傳》）。作者以之自比，「困不歸」中寓無限辛酸之情。「家人折斷門前柳」，「折斷」，這裡是「折盡」的意思。古人除了折柳贈別的習慣，還有折柳表示思念的風俗。透過家人的望眼欲穿，寫出自己的久羈異鄉之苦，這是從對面落墨。引古自喻與對面落墨同時運用，都使詩情曲折生動有味。經此二句頓宕，再繼續寫主人致詞，詩情就更為搖曳多姿了。

「吾聞馬周昔作新豐客」到「直犯龍顏請恩澤」是第二層，為主人致酒之詞。「吾聞」二字領起，是對話的標誌；同時透過換韻，與上段劃分開來。這幾句主人的開導寫得很有意味，他抓住上進心切的少年心理，甚至似乎看穿詩人引古自傷的心事，有針對性地講了另一位古人一度受厄但終於否極泰來的奇遇：唐初名臣馬周，年輕時受地方官吏侮辱，在去長安途中投宿新豐，逆旅主人待他比商販還不如。其處境狼狽豈不比主父偃更甚？為了強調這一點，詩中用了「天荒地老無人識」的生奇誇張造語，那種抱荊山之玉而「無人識」的悲苦，以「天荒地老」四字來表達，可謂無理而極能盡情。馬周一度困厄如此，以後卻時來運轉，因替他寄寓的主人、中郎將常何代筆寫條陳，太宗大悅，予以破格提拔。「空將牋上兩行書，直犯龍顏請恩澤」即言其事。主人的話到此為止，只稱引古事，不加任何發揮。但這番語言很富於啟發性。他說馬周只憑「兩行書」即得皇帝賞識，言外之意似是：政治出路不特一途，囊錐終有出頭之日，科場受阻豈足悲觀！事實上馬周只是為太宗偶然發現，這裡卻說成「直犯龍顏請恩澤」，主動自薦，似乎又慫恿少年要敢於進取，創造成功的條件。這四句真是以古事對古事，話中有話，極盡循循善誘之意。

「我有迷魂招不得」至篇終為第三層，直抒胸臆作結。「聽君一席話，勝讀十年書」，主人的開導使「我」

這個「有迷魂招不得」者，茅塞頓開。作者運用擅長的象徵手法，以「雄雞一聲天下白」寫主人的開導生出奇效，使自己心胸豁然開朗。這「雄雞一聲」是一鳴驚人，「天下白」的景象是多麼光明璀璨！這一景象激起了詩人的豪情，於是末二句寫道：少年正該壯志凌雲，怎能一蹶不振！老是唉聲嘆氣，那是誰也不會來憐惜你的。「誰念幽寒坐嗚呃」，「幽寒坐嗚呃」五字，語亦獨造，形象地畫出詩人自己「咽咽學楚吟，病骨傷幽素」（〈傷心行〉）的苦態。「誰念」句，同時也就是一種對舊我的批判。末二句音情激越，頗具興發感動的力量，使全詩具有積極的思想色彩。

〈致酒行〉以抒情為主，卻運用主客對白的方式，不作平直敘寫。詩中涉及兩個古人故事，卻分屬賓主，清毛先舒《詩辯坻》說：「主父、賓王（馬周字）作兩層敘，本俱引證，更作賓主詳略，誰謂長吉不深於長篇之法耶？」這篇的妙處，還在於它有情節性，饒有興味。另外，詩在鑄詞造句、闢境創調上往往避熟就生，如「零落棲遲」、「天荒地老」、「幽寒坐嗚呃」尤其是「雄雞一聲」句等等，或語新，或意新，或境奇，都對表達詩情起到積極作用，堪稱李長吉式的錦心繡口。（周嘯天）

長歌續短歌

李賀

長歌破衣襟，短歌斷白髮。秦王不可見，旦夕成內熱①。
渴飲壺中酒，飢拔隴頭粟。淒淒②四月闌，千里一時綠。
夜峰何離離③，明月落石底。徘徊沿石尋，照出高峰外④。
不得與之遊，歌成鬢先改。

〔註〕①內熱：內心灼熱，此處形容焦急煩悶。《後漢書．劉陶傳》：「每聞羽書告急之聲，心灼內熱，四體驚悚。」②一作「淒涼」。③離離：此處形容群峰攢簇的樣子。④照：代指明月。

詩題〈長歌續短歌〉是從古樂府〈長歌行〉、〈短歌行〉化出的。關於「長歌」、「短歌」的命意有兩種說法：一是「言人壽命長短，各有定分，不可妄求」；一是「歌聲有長短，非言壽命也」（宋郭茂倩《樂府詩集》）。從傳留下來的歌詞看，長歌或短歌都是悲歌，用以抒發哀婉淒傷的感情。

開頭二句緊扣詩題，有愁苦萬分，悲歌不已的意思。「破」、「斷」二字，用得很奇特，但細細想來，也都入情入理。古人有「長歌當哭」的話，長歌當哭，淚灑胸懷，久而久之，那衣襟自然會破爛。杜甫有「白頭搔更短，渾欲不勝簪」（〈春望〉）的詩句，人到煩惱之至，無計可施的時候，常常會下意識地搔爬頭皮，白髮越搔越稀。這首詩的「斷」可能就是由杜詩的「短」生發出來的。

三、四句寫進見「秦王」的願望不能實現，因而內心更加鬱悶，像是烈火中燒，熾熱難熬。「秦王」當指唐憲宗。清王琦說：「時天子居秦地，故以秦王為喻。」（《李長吉歌詩匯解》）李賀在世時，憲宗還能有所作為，曾採取削藩措施，重整朝政，史家有「中興」之譽。李賀對這樣的君主是寄託希望的。他在考進士受到排擠打擊之後，幻想自己能像馬周受知於唐太宗那樣，直接去見皇帝，以實現他的政治思想。據史書，馬周曾為中郎將常何上書「陳便宜二十餘事」（《舊唐書．馬周傳》），為唐太宗所器重，後授監察御史。李賀〈致酒行〉有「吾聞馬周昔作新豐客，天荒地老無人識。空將牋上兩行書，直犯龍顏請恩澤」等句。

五、六句具體描述自己苦悶的心情與清貧的生活，與開頭二句相照應、相補充。「渴飲壺中酒」，渴是「內熱」的表現，飲酒的目的在於平息內熱，消愁解悶；「飢拔隴頭粟」，為求見「秦王」不惜捱餓，靠從地裡拔粟充飢。

七、八句寫景。「淒淒四月闌，千里一時綠」，初夏（四月）已盡，盛夏來臨，草木蔥翠，生氣勃勃，原不會有淒涼之感的。然而「綠肥紅瘦」，萬花搖落，又不禁為之感嘆。下面的「千里」句，故意用歡樂的色調映襯悽苦的情懷，頗有「春物與愁客，遇時各有違」（孟郊〈春愁〉）的意味。這樣反覆渲染，有一唱三嘆之妙。詩人述懷從景物落筆，寄情於景，意味深長。

後六句採用借喻、擬人等修辭手法，表面上寫景物，實際上寫人事。「夜峰何離離，明月落石底。」夜間的峰巒一個挨一個地排列著，黝黑而高，竟把那明朗的月亮遮得無影無蹤，真叫人納悶。「我」沿著那崎嶇的石徑四處尋覓，忽而發現它在高峰之外。峰巒阻隔，高不可攀，心中異常痛苦，因而慷慨悲歌，鬢髮也在不知不覺中變得更加蒼白，真是憂傷催人老啊！「夜峰」、「明月」等句喻意微婉。「明月」借喻唐憲宗，「夜峰」

指代他身邊的卿相們，意思是憲宗為一些大臣所包圍，閉目塞聰，就像月亮為峰巒所阻隔，雖有明光，卻不能下達。這些表明詩人深知當時朝廷的弊病，欲向憲宗陳述便宜，以匡時救弊，然而「山」高「月」遠，投告無門，只有暗自憂傷而已。

杜牧在〈李賀集序〉中評李賀詩曰：「蓋〈騷〉之苗裔，理雖不及，辭或過之。〈騷〉有感怨刺懟，言及君臣理亂，時有以激發人意。乃賀所為，得無有是？」這首詩在立意和表現方法的運用上，都與〈離騷〉很相似。「夜峰何離離，明月落石底」，寄託遙深。詩人把自己的意志和情緒融化在生動的比喻和深邃的意境中，含蓄雋永，優美動人，頗得〈離騷〉的神髓。（朱世英）

昌谷北園新筍四首（其二） 李賀

斫取青光寫楚辭，膩香春粉黑離離。

無情有恨何人見？露壓煙啼千萬枝。

昌谷（今河南宜陽）是李賀的家鄉，那兒有青山碧水，茂林修竹。特別是竹，幾乎遍地都是。「竹香滿淒寂，粉節塗生翠」（〈昌谷詩〉）。李賀十分愛竹，在摩挲觀賞之餘，寫了不少詠竹的詩句，有時還直接把詩寫在竹上，以寄託自己的情思。

詩的前兩句描述自己在竹上題詩的情景，語勢流暢而又含蘊深厚。句中的「青光」指代竹皮，同時把竹皮的顏色和光澤清楚地顯現出來；「楚辭」代指作者自己創作的歌詩。詩人從自身的生活感受聯想到屈原的遭遇，這裡因借「楚辭」含蓄地表達了鬱積心中的怨憤之情。首句短短七個字，既有動作，又有情思，蘊意十分豐富。次句運用了對比映照的手法：新竹散發出濃烈的芳香，竹節上下布滿白色粉末，顯得生機勃勃，俊美可愛；可是題詩的地方青皮剝落，墨汁淋漓，使竹的美好形象受到汙損。這裡，詩人巧妙地以「膩香春粉」和「黑離離」這一對矛盾的形象，表現內心的幽憤。

後兩句著重表達怨恨的感情。「無情有恨」，似指在竹上題詩的事。詩人毀損了新竹俊美的容顏，可說是「無情」的表現，而這種「無情」乃是鬱積心中的怨憤無法抑制所致。對此，清姚文燮有一段很精彩的評述：

「良材未逢，將殺青以寫怨；芳姿點染，外無眷愛之情，內有沉鬱之恨。」（《昌谷集注》）詩人曾以「龍材」自負，希望自己能像新筍那樣，「一夜抽千尺」（〈昌谷北園新筍四首〉其一），直上青雲，結果卻無人賞識，僻處鄉里，與竹為鄰。題詩竹上，就是為了排遣心中的怨恨。然而無情也好，有恨也好，卻無人得見，無人得知。「無情有恨何人見？」這裡用疑問句，而不用陳述句，使詩意開闔動盪，變化多姿。末句含蓄地回答了上句提出的問題，措語微婉，然而感情充沛。它極力刻畫竹的愁慘容顏：煙霧繚繞，面目難辨，恰似傷心的美人掩面而泣；而壓在竹枝竹葉上的積露，不時地向下滴落，則與哀痛者的垂淚無異。表面看起來，是在寫竹的愁苦，實則移情於物，把人的怨情變成竹的怨情，從而創造出物我相契、情景交融的動人境界來。

這是一首詠物詩。從頭至尾寫竹，卻又無處沒有詩人自己的面目精神在。竹的愁顏宛如人的愁顏，竹的哀情也與人的哀情相通。寫竹又似寫人，其旨趣在有意無意之間，撲朔迷離，使人捉摸不定，然而風神高雅，興寄深微，遠非一般直抒胸臆的詩篇可比。

此詩通篇採用「比」、「興」手法，移情於物，借物抒情。就表現手法而言，寫竹的形態是實，人的感情是虛；而從命意來說，則正好相反，寫人的感情是實，竹的形態是虛。因為詩人寫竹，旨在表達自己心中鬱積已久的哀怨之情。讀者在領悟了詩的題旨以後，竹的形象就與詩人自己直接抒情的形象疊合起來，不再是獨立自在的實體。這樣寫，有實有虛，似實而虛，似虛而實，兩者並行錯出，無可端倪，給人以玩味不盡之感。（朱世英）

感諷五首（其五）　李賀

石根秋水明，石畔秋草瘦。侵衣野竹香，蟄蟄①垂葉厚。
岑中②月歸來，蟾光掛空秀③。桂露④對仙娥，星星下雲逗。
淒涼梔子落，山璺⑤泣清漏。下有張仲蔚，披書案將朽。

〔註〕①蟄蟄：群集貌。此形容竹葉攢簇。②岑，高山。《說文解字．山部》：「岑，山小而高。」③空秀：一作「雲秀」。④桂露：一作「秋露」。⑤璺（音同問）：玉石上的裂痕。

這是詩人秋天居住在昌谷（今河南宜陽）家中，有感於讀書無成，僻處一隅的詠懷之作。詩共十二句，前十句全是寫景。這些景物，有的明麗芳香，有的淒涼幽冷，彼此色調很不一致。作者把它們放在一起，構成特殊的情境，以與自己當時的處境和心境相適應。這是李賀詩歌「奇詭」的一種表現。

首二句寫石。「石根秋水明」，呈現在讀者面前的是一派澄明雅潔的秋光水色；「石畔秋草瘦」，又使人聯想起霜風淒緊，草木枯凋的肅殺氣象。秋水澄明，秋草枯瘦，這景象明麗而又晦澀，柔媚而又瘦硬，說不上是妍是媸，是榮是枯，叫人愛又不是，恨又不是，喜又不是，悲又不是。這類奇異的景物，正是作者當時欲進不得、欲退不能的矛盾心情的曲折反映。

三、四句寫竹。「侵衣野竹香」，野竹叢生，香侵衣袖，使人愛不忍離。「蟄蟄垂葉厚」，形容竹葉攢簇。傍晚時分，暮色沉沉，濃密的竹葉加深了夜的灰暗色調，則不免使人感到陰森可怖。四句起落頻繁，轉折急驟，迷離恍惚，變化莫測。

中間四句寫空中景色。皎潔的月亮從東山昇起，高高地掛在湛藍的夜空，顯得娟秀可愛。月中的桂樹映襯著嫦娥苗條的身影，星星躲在雲彩的下邊，眨巴著眼睛在互相逗樂。這一切多麼美麗，多麼迷人！可惜都在天上，遠離人間，可望而不可即。於是筆鋒一轉，又回到人間，繼續寫眼前昌谷的景物。「淒涼梔子落，山璺泣清漏。」在嚴霜的摧殘下，梔子花凋落了。泉水從岩石的縫隙裡一點一滴艱難地擠出來，發出幽咽的聲響，彷彿傷心人的啜泣。寫到這裡，繁星閃爍，皓月千里的澄明境界突然化為烏有，取而代之的是眼前幽冷淒清的場景。這兩句對上是轉折，對下是鋪墊。

結束二句寫人事。張仲蔚原是古之隱士，他博學有文才，「好作詩賦」，然而窮困不堪，「所居蓬蒿沒人」（晉摯虞《三輔決錄注》）。顯然，作者是以張仲蔚自況，說自己成年累月在昌谷攻讀詩書，書案都快朽爛了，還是一事無成。「案將朽」三字極為沉痛，把自己滿肚子的委屈一股腦兒傾吐出來。

這首詩的表現方法比較奇特。它不像一般諷諭詩那樣，以敘事為主，中間穿插議論，抒發感慨；而是著力寫景，渲染環境氣氛，透過種種具體生動的形象，曲折地表達自己的情懷。詩人筆下的景物，有的明麗芳香，有的枯瘦冷澀。把這些色調極不協調的景物放在一起，顯得既生硬，又瑰麗，既蕪雜（相互矛盾），又鮮明（彼此輝映），從而產生一種極不尋常的藝術魅力。它生動地再現了特定時間（秋夜）、特定地點（昌谷）的景色，真實地反映了詩人的處境和心情。

李賀對自己的家鄉昌谷有著深厚的感情。然而他畢竟是一個有著雄心壯志的人，不願局促一隅，碌碌無為。

他日夜攻讀，希圖見用於時，卻不料竟像張仲蔚那樣潦倒終生，不為世用。這怎不使他深感憂傷怨憤！詩歌運用對比映照的手法，新奇美妙的形象，把這種複雜的思想感情準確、生動地表現出來。前人評論李賀的歌詩，往往只看到它「奇詭」的一面，其實，奇詭而又妥帖，變幻莫測而又能盡情盡意，才是它真正的特色。李賀歌詩的可貴之處也在於此。（朱世英）

開愁歌① 李賀

秋風吹地百草乾，華容碧影生晚寒。我當二十不得意，一心愁謝如枯蘭。
衣如飛鶉馬如狗②，臨歧擊劍生銅吼。旗亭③下馬解秋衣，請貰宜陽④一壺酒。
壺中喚天雲不開，白晝萬里閒淒迷。主人勸我養心骨，莫受俗物相填豗⑤。

〔註〕①題下自註：「華（花）下作。」「華下」，舊本作「筆下」，誤。②飛鶉：形容衣衫襤褸。《荀子．大略》：「子夏家貧，衣若縣鶉。」馬如狗：形容馬極瘦小。《後漢書》：「車如雞栖馬如狗。」③旗亭：此指酒肆。④貰（音同世）：賒欠。宜陽：地名，即福昌縣，在今河南省。⑤填豗：明胡震亨《唐音統籤》云：「『豗』即『𠩺』字，音灰，相擊也。『填』，寫俗物填塞心胸之意也。」

這首詩在描摹客觀景物時，直接抒發了詩人愁苦憤悶的情懷，有如決堤而出的洪水，滔滔汩汩，一瀉千里。開頭二句寫景。秋風蕭瑟，草木乾枯，傍晚時分，寒氣襲人，路旁的花樹呈現出愁慘的容顏。很顯然，詩人把自己的心理因素融合在外界的景物之中，使外在景物增添了生命的光彩，帶有一種神祕的誘惑力。

三、四句寫情。秋氣肅殺，滿目蕭條，詩人觸景生情，直抒胸臆，表達了深沉的痛苦。李賀二十一歲應河南府試。初試告捷，猶如雛鷹展翅，滿以為從此便可扶搖直上，不料有人以李賀「父名晉肅，子不得舉進士」（韓愈〈諱辯〉）為由，阻撓他參加進士考試。「我當二十不得意，一心愁謝如枯蘭」，正是這種抑鬱悲憤心境的寫照。這裡的「枯蘭」是由眼前的秋花引起的聯想，用它來形容受到沉重打擊之後憂傷絕望的「心」，奇特而又妥帖，形象鮮明，含義深厚。蘭花素雅，象徵詩人高潔的胸懷；蘭花枯謝，則是他那顆被揉碎了的心的生動外現。

中間四句進一步描述詩人愁苦憤懣的情懷。「衣如飛鶉馬如狗」寫衣著和坐騎，用漫畫式的誇張手法，顯示自己窮困不堪的處境，筆墨清新，形象突出。「臨歧擊劍」句，寫行動而重在抒情。擊劍不是為了打鬥，而是為了發洩心中的怨氣。「吼」字是擬物，也是擬人。劍本來是不會「吼」的，這裡用猛獸的咆哮聲來比擬擊劍人心底的「怒吼」。如此輾轉寄託，把抽象的感情變成具體的物象，不斷地撼動著讀者的心靈。句首的「臨歧」二字，含有哭窮途的意思。站在十字路口，不知走哪條路好。事實上眼前沒有一條路可以通向理想境界了，這怎能不使人悲憤填膺！

「臨歧擊劍」，愁苦憤懣已極，怎樣才能解脫呢？唯一的辦法只有求救於酒，以酒澆愁。可是詩人身無分文，怎麼辦呢？於是下馬脫下「秋衣」，拿到酒店換酒。這兩句進一步表現詩人窮愁潦倒的生活境況。試想，秋天的傍晚，寒氣侵膚，詩人竟在這時脫衣換酒，可見已經窮困到什麼樣的地步！衣不可脫而非脫不可，酒可不喝而非喝不行，可見已經苦悶到什麼樣的程度！

衣服當了，酒也喝上了，心中的愁苦是否解除了呢？沒有。「壺中喚天雲不開，白晝萬里閒淒迷。」醉後呼天，天也不應，浮雲蔽日，白晝如冥，看不到一點希望的光亮，怎不叫人憂心如焚！寫到這裡，痛苦、絕望已經到了登峰造極的程度。

結尾二句，詩意一折，寫酒店主人好言勸慰，要他注意保重身體，不要讓俗物填塞心胸。感情憤懣到了極致，語氣卻故作跌落緩和之勢。這二句，既起了點題的作用（詩題「開愁」，含有排解愁悶之意），同時深化了詩歌所表達的憤世嫉俗思想，顯得深沉有力而又迴蕩多姿。（朱世英）

楊生青花紫石硯歌

李賀

端州石工巧如神，踏天磨刀割紫雲。傭刓抱水含滿脣，暗灑萇弘冷血痕。

紗帷晝暖墨花春，輕漚漂沫松麝薰。乾膩薄重立脚匀，數寸光秋無日昏。

圓毫促點聲靜新：——孔硯寬碩何足云！

一塊紫色而帶青花的端州（治今廣東肇慶）石硯，何以如此獲得李賀的讚賞？原來端硯石質堅實、細潤，發墨不損毫，利於書寫，且造型美，雕琢精，唐代已享盛名，大書法家柳公權論硯時曾說「端溪石為硯至妙」（宋朱翌《猗覺寮雜記》）。端硯以紫色者尤為世所重，唐代李肇《國史補》說：「端州紫石硯，天下無貴賤通用之。」青花，即硯上的「鴝鵒眼」。它本是石上的一處青筋，可說是石病，但偏偏為人寶視。現在楊生正有這麼一塊青花紫石硯，無怪乎李賀要欣然命筆，一氣寫下這首筆飽墨酣的讚美詩了。

詩一開頭，就把贊辭獻給青花紫石硯的採製者端州石工，稱他們「巧」技賽過「神」功。「巧」、「神」這等字眼，用在這裡，卻力透紙背。

接著，用神奇的彩筆描繪採石工人的工作。唐代開採端硯石的「硯坑」，只有西江羚羊峽南岸爛柯山（一稱斧柯山）的下巖（一名水巖，後稱老坑）、中巖、上巖和山背的龍巖，其中僅下巖石有「青花」。楊生此硯，應是下巖所產的「青花紫石」。據宋無名氏《端溪硯譜》說：「下嵓（通巖）之中，有泉出焉，雖大旱未嘗涸。」

又云：「（下崖）北壁石，蓋泉生其中，非石生泉中，則潤可知矣。」採石工人則在巖穴之下、浸淋之中操作。可見「踏天磨刀割紫雲」一句中的「踏天」，不是登高山，而是下洞底，踏的是水中天。你看：燈光閃爍於水面，岩石的倒影反映於水面，是不是水面如天幕，倒影似凝雲？開石用錘鑿，李賀既以石為「雲」，自然就說用「刀割」了。「天」而可「踏」，「雲」而可「割」，把端州石工的勞動寫「神」了。

「傭刓抱水含滿脣」，「傭」是說把石塊磨治整齊，「刓（音同完）」是說在石面上雕刻成型。「脣」是硯脣，盛水處。此句寫磨製雕刻石硯，極言工技之精。

「暗灑萇弘冷血痕」，寫紫石硯上的青花。明潘之淙《書法離鉤》說：「端溪石……色青黑，細潤如玉，有青花如箸頭大，似碧石青瀅。」唐人吳淑〈硯賦〉說：「重點滴之青花」，人們所重，即石中隱含有聚散的青花。《莊子．外物》：「萇弘死於蜀，藏其血，三年化而為碧。」這裡以「萇弘冷血痕」形容硯上青花。清代朱彝尊云：「沉水觀之，若有蘋藻浮動其中者，是日青花。」（《曝書亭集．說硯》）青花在水中才顯出它的美，故前句用「抱水」，此用「暗灑」二字，言「萇弘冷血痕」般的青花。

「紗帷晝暖墨花春，輕漚漂沫松麝薰」，寫置硯於書齋之中，試墨於日暖之候。試墨時用水不多，輕磨幾下，已墨香盈室。此似寫墨之佳——是最好的「松煙」和「麝香」所製；而實則寫硯之佳，容易「發墨」。

「乾膩薄重立腳勻」，仍是寫硯。硯以「扣之無聲，磨墨亦無聲」（明潘之淙《書法離鉤》）為佳。這塊硯，石質乾（不滲水）而膩（細潤），硯體薄（平扁）而重（堅實穩重），硯品極佳。故磨墨時，硯腳緊貼案上，不側不倚，磨墨其上，平穩勻稱。

「數寸光秋無日昏」，寫墨的色澤皎潔如秋陽之鏡，明淨無纖毫昏翳。「數寸」言硯體不大。《硯譜》云「惟斧柯山出者，大不過三四指」，正合「數寸」。故末句的「寬碩」，適與此相對。

「圓毫促點聲靜新」，是說筆舔墨圓潤飽滿，硯不傷毫，驅使點畫，紙上微有細靜清新之聲，蓋非言硯有聲也。此句由墨寫到筆，但還是歸結到硯之美。

以上對青花紫石硯贊詞已足，而意猶未盡，乃天外忽來一句——「孔硯寬碩何足云」。「寬碩」各本多作「寬頑」，似不如「寬碩」與上文「數寸」相對為勝。孔子名丘字仲尼，後人稱其出生地為尼山，好事者取尼山石為硯，藉以「尊聖」。然尼山硯實不堪用，徒有其名，故李賀結語謂「何足云」，與起句「端州石工巧如神」意思暗對。一起一結，似無意，實有意。詩人心中的天平，稱人稱硯，都是有所輕重的。

通篇寫硯：硯質，硯色，硯型，硯體，硯品，硯德。而硯之為用，又離不開墨、筆、紙，尤其是墨，故亦涉及。它們雖作陪客，卻借這幾位佳賓來襯出了主人之美。全詩一句接一句，一路不停，絡繹而下，如垂纓絡，字句精練，語言跳躍，無一費辭，無一澀筆。若非諳熟硯中三昧，絕難有此酣暢淋漓、妥切中肯之歌。（陳邇冬）

苦晝短

李賀

飛光飛光，勸爾一杯酒。
吾不識青天高，黃地厚；唯見月寒日暖，來煎人壽。
食熊則肥，食蛙則瘦。神君何在？太一安有？
天東有若木，下置銜燭龍。
吾將斬龍足，嚼龍肉，使之朝不得迴，夜不得伏。
自然老者不死，少者不哭。何為服黃金，吞白玉？
誰是任公子①，雲中騎碧驢②？劉徹茂陵多滯骨，嬴政梓棺費鮑魚。

〔註〕①任公子：語出《莊子．外物》：「任公子為大鉤巨緇，五十犗以為餌，蹲乎會稽，投竿東海，旦旦而釣，期年不得魚。已而大魚食之……」此處借指為神仙。②一作「誰似」、「白驢」。

這是一首議論性很強的歌行體詩。全詩分為三部分。

詩的前十句（「飛光飛光」至「太一安有」）是第一部分，慨嘆時光流逝，生命短促。其中前六句開門見山，感嘆時光流逝，點明「苦晝短」之意。時間是無形的，也是無情的。但我們的詩人卻把它人格化了，不僅有形，而且有情。「飛光飛光」，叫得何等親切！呼為「飛光」，照應題目的「晝短」二字，以見時光流逝之快，也表現了詩人對「晝短」的感嘆。這裡，詩人把高天厚地等等情事都置之不論，只是拈出他感受最深的人壽短促一點來談。「唯見」時光，雖然轉瞬即逝，卻是真實的。因為「月寒日暖」的溫度變化，使詩人時時感到光陰的流逝，感到光陰的珍貴。時光呵，你停下來喝一杯酒吧！這就是詩人要向時光勸酒的原因。「少年心事當拏雲，誰念幽寒坐嗚呃！」（〈致酒行〉）詩人酬君報國的壯志不能實現，深深感到年華流逝是在消耗人的生命。一個「煎」字，表現出對生命的可貴和虛度光陰的痛苦。前六句寫得語奇意奇，勢如萬仞突起，崛峭破空。古人云，李賀詩「每首工於發端，百錬千磨，開門即見」（清黎簡《李長吉集評》）。這種評論是很準確的。

後四句感嘆生命短促，是說人的胖瘦，壽命的長短，同飲食的好壞有關；無論貧者富者，都要靠食物維持生存；有生必有死，世上根本就沒有神君、太一之類保佑人長生不老的神仙。照應「來煎人壽」一句，是時光流逝的又一種表現。

「天東有若木」至「吞白玉」是第二部分，寫如何解除「晝短」的痛苦。既然沒有神仙可以保佑長生，要想延長壽命，就只有靠自己的努力。若木、燭龍本是兩個互不相干的神話傳說，詩人加以改造，賦予新意，說在天的東面有一株大樹名叫若木，它的下面有一條銜燭而照的神龍，能把幽冥無日之國照亮。詩人作了一個大膽的設想，把燭龍殺而食之，使晝夜不能更替，自然就可以為人們解除生死之憂了，又何必要「服黃金，吞白玉」呢？

詩的最後四句是第三部分，是說求仙不是解除「晝短」之苦的辦法，想靠求仙致長生的人，終歸也死了，對求仙的荒唐愚昧行為進行了批判和諷刺。

服金吞玉也是枉然，世上不存在什麼長生不死的神仙，哪裡有什麼白日飛昇、成仙了道的事情呢？傳說中騎碧驢昇天的任公子無可考知，即使是秦皇漢武這樣的一代雄主，他們求仙長生的夢想也全都落了空，遭到了歷史的嘲笑。據記載，漢武帝好神仙之道，曾經祈禱於名山大川以求神仙，調甘露，飲玉屑，奉祠神君太一以求長生，等等。《漢武帝內傳》說：劉徹（漢武帝）死後，梓棺響動，香霧繚繞，得到屍骨飛化的結果。李賀卻說「劉徹茂陵多滯骨」，墓中遺留下來的，只是他的一堆濁骨凡胎，徹底否定了神仙昇化之說。「多滯骨」三字，諷刺是很深刻的。秦始皇信神仙、求長生的荒唐行為也很多。他曾派遣方士入海求仙，也曾使人尋不死之藥，還曾隱祕行蹤，以求一遇仙人……但也只能是枉費心機。死後耗費大量的鮑魚，還是難以掩飾屍體的腐臭。這個「費」字用得犀利如刀，表現了詩人對求仙行為的嘲笑和蔑視，把他們愚妄無知的行為，鞭撻得入骨三分，感情色彩很強烈。

李賀否定神仙長生之說，並不是單純地對人生問題進行空泛探討，它更是具有深刻意義的對現實的針砭。當時，唐憲宗李純「晚節好神仙，詔天下求方士」（《資治通鑑》），為了追求長生不老之藥，竟然到了委任方士柳泌為台州刺史的荒唐地步。皇帝如此，上行下效，求仙服藥，追求長生，成了從皇帝到大臣的普遍風氣。李賀以如此鮮明的態度大唱反調，表現出詩人的正義感和勇氣。

此詩佳處，不在景致，不在藻飾，而純以意勝。詩韻隨內容而轉換，每一部分的最後一韻既完成本部分的意思，又承上啟下，銜接渾成，文思縝密。詩人透過豐富的想像和大膽的幻想，創造了獨特的詩的意境。不僅包籠天地，役使造化，而且驅遣幽明，把神仙鬼魅都納入詩行。詩人把「食熊則肥，食蛙則瘦」等日常生活現象，同若木、燭龍一類神話傳說結合起來，用了「食」、「嚼」等帶有人間煙火味的生動貼切的動詞，形成了一種既有生活氣息，又有神祕色彩的獨特的藝術氛圍。再加上青天、黃地、黃金、白玉、碧驢等五色陸離的色彩，真是「鯨呿鰲擲，牛鬼蛇神，不足為其虛荒誕幻也」（杜牧〈李賀集序〉）。而詩人的議論、詩人的感情，全都寄寓於這些瑰詭的形象之中，使詩人對生活的認識，似虛而實，形疏而密，讓讀者置身於這神奇的藝術王國，體味詩人的感情，領會詩人的傾向。

儘管詩人對神仙長生之說的批判深透盡致，卻又能留有餘意，讓人玩味無窮。詩歌以帶有強烈感情色彩的呼號句開始，以「劉徹茂陵多滯骨，嬴政梓棺費鮑魚」這樣的感嘆句結束；中間敘述句與反問句交替使用，造成感情上的波瀾起伏，迴旋跌宕；隨著感情的變化，語言長短不拘，參差錯落，隨意變態而頗有情致。方拱乾《昌谷集註序》說：「所命止一緒，而百靈奔赴，直欲窮人以所不能言，並欲窮人以所不能解。」李賀正是調動了一切藝術手段，以他獨特的方式，來表達他對生活的獨特感受和獨特認識的。（張燕瑾）

將進酒

李賀

琉璃鍾，琥珀濃，小槽酒滴真珠紅。烹龍炮鳳玉脂泣，羅幃繡幕圍香風①。

吹龍笛，擊鼉鼓；皓齒歌，細腰舞。況是青春日將暮，桃花亂落如紅雨。

勸君終日酩酊醉，酒不到劉伶②墳上土！

〔註〕①「羅幃」一作「羅屏」；「香風」一作「春風」。②劉伶：竹林七賢之一，嗜酒，著有〈酒德頌〉，曾謂：「天生劉伶，以酒為名。一飲一斛，五斗解酲。」（《晉書．劉伶傳》）

〈將（音同腔）進酒〉原為漢樂府短簫鐃歌的曲調，題目意譯即「勸酒歌」。

李賀這首詩以精湛的藝術技巧表現了詩人對人生的深切體驗。其藝術特色主要可分以下三點來談。

一、多用精美名物，辭采瑰麗，且有豐富的形象暗示性，詩歌形式富於繪畫美。

此詩用大量篇幅烘托及時行樂情景，作者似乎不遺餘力地搬出華豔辭藻、精美名物。前五句寫筵宴之華貴豐盛：杯是「琉璃鍾」，酒是「琥珀濃」、「真珠紅」，廚中肴饌是「烹龍炮鳳」，宴庭陳設為「羅幃繡幕」。其物象之華美，色澤之瑰麗，令人心醉，無以復加。它們分別屬於形容（「琉璃鍾」形容杯之名貴）、誇張（「烹龍炮鳳」是對廚肴珍異的誇張說法）、借喻（「琥珀濃」、「真珠紅」借喻酒色）等修辭手法，對渲染宴席上歡樂沉醉氣氛效果極強。炒菜油爆的聲音氣息本難入詩，也被「玉脂泣」、「香風」等華豔辭藻詩化了。運用這麼多辭藻，卻又令人不覺堆砌、累贅，只覺五彩繽紛，興會淋漓，奧妙何在？乃是因詩人懷著對人生的深深眷戀，詩中聲、色、香、味無不出自「真的神往的心」（魯迅，勃洛克《十二個》後記），故辭藻能為作者所使而不覺繁複了。

以下四個三字句寫宴上歌舞音樂，在遣詞造境上更加奇妙。吹笛就吹笛，偏作「吹龍笛」，形象地狀出笛聲之悠揚有如瑞龍長吟——乃非人世間的音樂；擊鼓就擊鼓，偏作「擊鼉鼓」，蓋鼉（音同駝）皮堅厚可蒙鼓，著一「鼉」字，則鼓聲洪亮如聞。繼而，將歌女唱歌寫作「皓齒歌」，也許受到「誰為發皓齒」（三國魏曹植〈雜詩七首〉其四）句的啟發，但效果大不同。曹詩「皓齒」只是「皓齒」，而此句「皓齒」借代佳人，又使人由形體美見歌聲美，或者說將聽覺美通轉為視覺美。將舞女起舞寫作「細腰舞」，「細腰」同樣代美人，又能具體生動顯示出舞姿的曲線美，一舉兩得。「皓齒」、「細腰」各與歌唱、舞蹈特徵相關，用來均有形象暗示功用，能化陳辭為新語。僅十二字，就將音樂歌舞之美妙寫得盡態極妍。

「行樂須及春」（李白〈月下獨酌四首〉其二），如果說前面寫的是行樂，下兩句則意味「須及春」。鑄詞造境愈出愈奇：「桃花亂落如紅雨」。這是用形象的語言說明「青春將暮」，生命沒有給人們多少歡樂的日子，須要及時行樂。在桃花之落與雨落這兩種很不相同的景象中達成聯想，從而創出紅雨亂落這樣一種比任何寫風雨送春之句更新奇、更為驚心動魄的境界，這是需要多麼活躍的想像力和多麼敏捷的表現力！想像與聯想活躍到匪夷所思的程度，正是李賀形象思維的一個最大特色。他如「黑雲壓城城欲摧」（〈雁門太守行〉）、「銀浦流雲學水聲」（〈天上謠〉）、「義和敲日玻璃聲」（〈秦王飲酒〉）等等例子不勝枚舉。真是「時花美女，不足為其色也……牛鬼蛇神，不足為其虛荒誕幻也」（杜牧〈李賀集序〉）。

由於詩人稱引精美名物，運用華豔辭藻，同時又綜合運用多種修辭手法，使詩歌具有了色彩、線條等繪畫形式美。

二、筆下形象在空間內作感性顯現，不用敘寫語言，不作理性說明，而自成完整意境。

詩中寫宴席的詩句，也許使人想到前人名句如「葡萄美酒夜光杯，欲飲琵琶馬上催」（王翰〈涼州詞二首〉其一），「蘭陵美酒鬱金香，玉碗盛來琥珀光」（李白〈客中作〉），「紫駝之峰出翠釜，水精之盤行素鱗。犀箸厭飫久未下，鸞刀縷切空紛綸」（杜甫〈麗人行〉），相互比較一下，能更認識李賀的特點。它們雖然都在稱引精美名物，但李賀「不屑作經人道過語」（清王琦《李長吉歌詩匯解序》）。他不用「琥珀光」形容「蘭陵美酒」——如李白所作那樣，而用「琥珀濃」取代「美酒」一辭，自有獨到面目。更重要的區別還在於，名物與名物間，絕少「欲飲」、「盛來」、「厭飫久未下」等等敘寫語言，只是在空間內把物象一一感性呈現（即不作理性說明）。然而，「琉璃鍾，琥珀濃，小槽酒滴真珠紅」，諸物象並不給人脫節的感覺，而自有「盛來」、「欲飲」、「厭飫」之意，即能形成一個宴樂的場面。

這手法與電影「蒙太奇」（鏡頭剪輯）語言相近。電影不能靠話語敘述，而是透過一些基本視像、具體畫面、鏡頭的銜接來「造句謀篇」。雖純是感性顯現，而畫面與畫面間又有內在邏輯聯繫。如前舉詩句，杯、酒、滴酒的槽床……相繼出現，就給人酒宴進行著的意念。

省略敘寫語言，不但大大增加形象的密度，同時也能啟迪讀者活躍的聯想，使之能動地去填補、豐富那物象之間的空白。

三、結構奇突，有力表現了主題。

此詩前一部分是大段關於人間樂事的瑰麗誇大的描寫，結尾二句猛作翻轉，出現了死的意念和「墳上土」

的慘淡形象。前後似不協調而正具有機聯繫。前段以人間樂事極力反襯死的可悲，後段以終日醉酒和暮春之愁思又回過來表露了生的無聊，這樣，就十分生動而真實地將詩人內心深處所隱藏的死既可悲而生亦無聊的最大的矛盾和苦悶揭示出來了。總之，這個樂極生悲、龍身蛇尾式的奇突結構，有力表現了詩歌的主題。這又表現了李賀構思上不落窠臼的特點。（周嘯天）

官街鼓

李賀

曉聲隆隆催轉日，暮聲隆隆呼月出。漢城黃柳映新簾，柏陵飛燕埋香骨。磓碎①千年日長白，孝武秦皇聽不得。從君翠髮蘆花色，獨共南山守中國。幾回天上葬神仙，漏聲相將無斷絕②。

〔註〕①磓（音同墜），通「硾」，磓碎即擊碎。②一作「斷緣」。

「官街鼓」又稱「鼕鼕鼓」，是一種報時信號。唐制：左右金吾衛左右街使，掌分察六街徼巡，日暮，鼓八百聲而門閉。五更二點，鼓自內發，諸街鼓承振，坊市門皆啟，鼓三千撾，辨色而止。（見《新唐書·百官志》）

這首詩題目是〈官街鼓〉，主旨卻在驚痛時光的流逝。李賀把自己不具形的思想情感對象化、具體化，創造了「官街鼓」這樣一個藝術形象。官街鼓是時間的象徵，那貫串始終的鼓點，正像是時光永不留駐的腳步聲。

詩開始就描繪出一幅離奇的畫面：宏觀宇宙，日月跳丸，循環不已。畫外傳來咚咚不絕的鼓聲。這樣的描述，既誇張，又富於奇特的想像。一、二句描述鼓聲，展示了日月不停運轉的驚人圖景；三、四句轉入人間圖景的描繪：宮牆內，春天的柳枝剛由枯轉榮，吐出鵝黃的嫩芽，宮中卻傳出美人死去的消息。這樣，官街鼓給讀者的印象就十分驚心動魄了。它正是「月寒日暖，來煎人壽」的「飛光」（〈苦晝短〉）的形象的體現。

第五、六句用對比手法再寫鼓聲：千年人事灰飛煙滅，就像是被鼓點「磓碎」，而「日長白」——宇宙卻永恆存在。可秦皇漢武再也聽不到鼓聲了，與永恆的時光比較，他們的生命多麼短促可悲！這裡專提「孝武（即漢武帝）秦皇」，是因為這兩位皇帝都曾追求長生，然而他們未遂心願，不免在鼓聲中消滅。值得玩味的是，官街鼓乃唐制，本不關秦漢，「孝武秦皇」當然「聽不得」；而詩中卻把鼓聲寫得自古已有之，而且永不消逝，秦皇漢武一度聽過，只是眼前不能再聽。可見詩人的用心，並非在謳詠官街鼓本身，而是著眼於這個藝術形象所象徵的事物——那永恆的時光、不停的逝川。

七、八兩句分詠人生和官街鼓，再一次對比：儘管你「高堂明鏡悲白髮，朝如青絲暮成雪」（李白〈將進酒〉），日趨衰老；然而官街鼓永遠不老，只有它「獨共南山守中國」。這兩句因省略較多，曾引起紛歧的解說。但仔細玩味，它們是分詠兩個對立面。「君」字乃泛指世人，可以包含「孝武秦皇」，卻未必專指二帝。透過兩次對比，進一步突出了人生有限與時間無限的矛盾之不可克服。

詩寫到這裡，意思似乎已表達得淋漓盡致了。但詩人並沒有就此擱筆，最後兩句突發異想道：天上的神仙也不免一死，不死的只有官街鼓。它的鼓聲與漏聲相繼不斷萬古長存。這裡仍用對比，卻不再用人生與鼓聲比，而以神仙與鼓聲比：天上神仙已死去幾回而隆隆鼓聲卻始終如一，連世人希羨的神仙壽命與鼓聲比較也是這樣短促可悲，那麼人生的短促就更不在話下了。這樣，一篇之中凡三致意。最後神仙難逃一死的想像不但翻空出奇，而且閃爍著詩人對世界、對人生的深沉慨嘆和真知灼見。

〈官街鼓〉反覆地、淋漓盡致地刻畫和渲染生命有涯、時光無限的矛盾，有人認為意在批判神仙之說。這評價是很不夠的。從李賀生平及其全部詩歌看，他慨嘆人生短促，時光易逝，其中應含有「志士惜日短」（晉傅玄〈雜詩〉）的成分。他懷才不遇，眼看生命虛擲，不免對此特別敏感，特別痛心。此詩藝術上的一個顯著特色是，透過異常活躍的想像，把抽象的時間和報時的鼓點發生聯想，巧妙地創造出「官街鼓」這個象徵的形象。賦無形以有形，化無聲為有聲，抽象的概念轉化為可感的形象，讓讀者透過形象的畫面，在強烈的審美活動中深深體味到詩人的思想感情。（周嘯天）

韓琮

【作者小傳】字成封。唐穆宗長慶進士。初為陳許節度判官，後歷中書舍人、湖南觀察使等職。《全唐詩》存其詩一卷。（《唐詩紀事》卷五八、《唐才子傳》卷六）

晚春江晴寄友人　韓琮

晚日低霞綺，晴山遠畫眉。
春青河畔草，不是望鄉時。

這首小詩主要寫景，而情隱景中，驅遣景物形象，傳達了懷鄉、思友的感情。在暮春三月的晴江之上，詩人仰視，有落日與綺霞；遙望，有遠山如眉黛；俯察，有青青的芳草。這些物態，高低遠近，錯落有致。情，就從中生發出來。

首句鍊在「低」字。在生活中可觀察到，日低時才見晚霞，日愈落下，霞的位置亦愈低，就是「落霞」。一個「低」字寫出此刻晚日沉沉，含山欲墜；落霞經晚日的金光從下面映射，更顯得色彩斑爛，極為綺麗。晚日與綺霞，兩者相互映襯，相得益彰。次句「遠」字傳神。青山一抹，宛如美人畫眉的翠黛。這一美景，全從

「遠」字得來。近處看山，便非這種色調。第三句「青」字最見匠心。這裡「春」下單著一個「青」字，別有韻味。這個「青」與宋王安石「春風又綠江南岸」（〈泊船瓜洲〉）的「綠」同一杼軸。王安石的「綠」，由「過」、「到」、「入」、「滿」等經幾次塗改方始得來，足見錘鍊功力。韓琮在此錬得「青」字，早於王安石幾百年，應該說是「先得我心」。正是這個「青」字使全句飛動起來，春風喚醒了沉睡的河畔，吹「青」了芳草，綠油油，嫩茸茸，青氈似地沿著河畔伸展開去。這一盎然春意，多靠「青」字給人們帶來信息。全詩著力點最終落在末句「望」字上。「望」字承前啟後，肩負著雙重任務。前三句的景是在詩人一望中攝取的。由望景聯想到望鄉，望鄉自不免懷舊，所以詩題不僅標出「晚春江晴」，而且綴以「寄友人」。然而詩人為什麼不說「正是望鄉時」，偏說「不是望鄉時」？望景懷鄉，望景懷人，本是常情，但詩人故意不直陳，而以反意出之。正如宋辛棄疾在〈醜奴兒·書博山道中壁〉下片中所說的：「而今識盡愁滋味，欲說還休，欲說還休，卻道天涼好個秋。」辛詞不言愁而愁益深，此詩不言望鄉而望鄉之情彌切矣。

全詩四句，有景有情。前三句重筆狀景，景是明麗的，景中的情是輕鬆的；末一句收筆言情，情是惆悵的，情中的景則是迷惘的。詩中除晚日、遠山都與鄉情相關外，見春草而動鄉情更多見於騷客吟詠，如《楚辭·招隱士》「王孫遊兮不歸，春草生兮萋萋」，白居易〈賦得古原草送別〉「又送王孫去，萋萋滿別情」等都是。韓琮此詩從「晚日」、「遠山」寫到「春草」，導入「望鄉」，情與景協調一致，顯得很自然。明代謝榛在《四溟詩話》中說：「景乃詩之媒，情乃詩之胚，合而為詩。」斯言可於這首小詩中得到默契。（馬君驊）

暮春滻水送別① 韓琮

綠暗紅稀出鳳城，暮雲樓閣古今情。

行人莫聽宮前水，流盡年光是此聲。

〔註〕①清酈道元《水經注》：「滻水出京兆藍田谷，北入于灞。」

歷來送別詩多言離愁別恨，甚至涕泗交流。韓琮此詩則匠心獨運，撇開柔情，著重「古今情」。這就不落俗套，別具新意。

「綠暗紅稀出鳳城」。序值春杪，已是葉茂枝繁，故說「綠暗」；也已花飛卉謝，故說「紅稀」。詩人選用「暗」、「稀」二字，意在以暗淡色彩，隱襯遠行客失意出京，氣氛沉鬱。「鳳城」，指京城。友人辭「鳳城」而去，作者依依惜別，心情很不平靜。

「暮雲樓閣古今情」。當此驪歌唱晚，夕陽銜山之際，引領遙天，「渭北春天樹，江東日暮雲」（杜甫〈春日憶李白〉），悠然聯想李、杜二人的深情；瞻望宮殿（「樓閣」一本作「宮闕」），「白日麗飛甍，參差皆可見」（南朝齊謝朓〈晚登三山還望京邑〉），油然興起「居廟堂之高則憂其民，處江湖之遠則憂其君」（宋范仲淹〈岳陽樓記〉）的感慨。暮雲中的樓閣又映襯著帝京的繁華，也將慨然勾起「冠蓋滿京華，斯人獨憔悴」（杜甫〈夢李白二首〉其二）的惆悵。總之，作者此時腦際翻騰著種種激情——契闊離別之情，憂國憂民之情，以及壯志未酬之情，而這些複雜交織的心情，又都從魏闕灑滿斜暉的暮景下透出，隱然有夕陽雖好，已近黃昏，唐室式微，搖搖欲墜之感。歷代興亡，茫茫百感，一時交集，萃於筆端，俱由這「古今情」三字含蘊了。

還是這個「古今情」逗出了三、四句的抒情。「行人莫聽宮前水，流盡年光是此聲。」「行人」指面前送別的遠行之人。「宮前水」即滻水。滻水源出藍田縣西南秦嶺，北流匯諸水，又東流入灞水，滻、灞合流繞大明宮而過，再入渭水東去，故云。這「不舍晝夜，逝者如斯」的宮前水，潺潺，湲湲，充耳引起遠行人的客愁，所以詩人特地提醒說：「行人莫聽宮前水」。「聽」字表明不忍聽又無法不聽，只好勸其莫聽，何以故？答曰：「流盡年光是此聲」。古往今來，多少有才之人，為跨越宮前水求得功名，而皓首窮經，輕擲韶華；古往今來，多少有為之人，為跨越宮前水干祿仕進，而拜倒皇宮階下，屈辱一生；古往今來，又有多少有志之人，馳騁沙場，立下不朽功勛，終因庸主不察，奸臣弄權，致使「馮唐易老，李廣難封」（王勃〈滕王閣序〉），而空死牖下。正是這條宮前水，不僅流盡了千千萬萬有才、有為、有志者的大好年光，而且也流盡了腐朽沒落、日薄西山的唐王朝的國運。正如宋辛棄疾在〈南鄉子．登京口北固亭有懷〉中說的：「千古興亡多少事，悠悠，不盡長江滾滾流。」辛詞汪茫，韓詩杳渺，其長吁浩嘆，則異曲同工。

這首送別詩之所以不落窠臼，而寫得蘊藉含蓄，凝重深沉，在於作者排除了歧路霑巾的常態，把錯綜複雜的隱情，友情，人世滄桑之情，天下興亡之情，一股腦兒概括為「古今情」，並巧妙地用「綠暗」、「紅稀」、「暮雲」、「宮前水」等衰颯形象掬出，收到了融情於景的藝術效果。詩的結構也是圍繞「古今情」為軸線，首句蓄勢，次句輕點，三、四句濃染。詩意內涵深廣，韻味悠長，令人讀後回味無窮。（馬君驊）

駱谷晚望

韓琮

秦川如畫渭如絲，去國還家一望時。
公子王孫莫來好，嶺花多是斷腸枝。

韓琮於宣宗時出為湖南觀察使，大中十二年（八五八）被都將石載順等驅逐，此後失官，無聞。此詩當是其失位還鄉之作。

駱谷在陝西周至西南，谷長四百餘里，為關中通漢中的交通孔道，是一處軍事要隘。詩人晚望於此，有感而吟此詩。

此為緣景遣懷詩。這類詩率多景為賓，情為主，以景起興，以情結景。它借助眼前實景，抒發內心幽情，越突出景物的瑰麗，越反襯心情的悽婉，細讀自見堂奧。

「秦川如畫渭如絲，去國還家一望時。」川，平川。「秦川」，指秦嶺以北古秦地，即今陝西中部，渭水流域大平原。詩人登上駱谷，晚霞似錦，殘陽如血，遠嶺近巒，濃妝淡抹，眼前展現一幅錦山繡水的美麗畫面。「如畫」二字把莽莽蒼蒼的遼闊秦川描繪得斜陽掩映，沃野千里，平疇閃光，叢林生輝。這是廣袤的大景。「如絲」二字又把浩浩滔滔的東流渭水狀寫得長河落日，浮光耀金，萬丈白練，飄浮三秦。這是綿長的遠景。大景與遠景交錯，山光與水色競美，蔚為壯觀。然而這些美景都是詩人站在駱谷「一望」中攝取的，又是在辭帝京、返故里的背景下「一望」見到的。句中特著「去國還家」四字，隱隱透露了詩人是失官還鄉，因而被壯麗河山所激發的豪情，一刹那間又被愁懷淹沒了。下兩句便將此情毫不掩飾地抒寫出來。

「公子王孫莫來好，嶺花多是斷腸枝。」《楚辭·招隱士》：「王孫遊兮不歸，春草生兮萋萋。」是說王孫出遊，樂而忘返，辜負了家鄉的韶華美景。韓琮反其意而用之，借「公子王孫」來指代宦遊人，實即自指，說自己這次「去國還鄉」還不如「莫來好」。對於遭逐淪落的詩人，這種心境是可以理解的。《漢樂詩集·隴頭歌辭》所寫「隴頭流水，鳴聲幽咽，遙望秦川，肝腸斷絕」，正可移來為韓琮寫照。韓琮的詩情正是由此歌生發。他雖面臨如畫如絲的秦川渭水，心裡只覺得「嶺花多是斷腸枝」了。據歷史記載，韓琮被石載順驅逐之後，唐宣宗不唯不派兵增援，支持韓琮消滅叛將，反而另派右金吾將軍蔡襲代韓為湖南觀察使，把韓琮這個逐臣拋棄了，怎不倍增其斷腸之慨！

「莫來好」是與「斷腸枝」相因果的。本來「嶺花」並無所謂「斷腸枝」，只因作者成為斷腸人，「嶺花」才幻成了「斷腸枝」。斷腸人對斷腸枝，自然不如莫來好了。

全詩二十八字，並無驚人警語，而自有一種形象意蘊，令人迴腸蕩氣，原因在詩家慣用的以樂景寫哀的對比反襯手法，在這裡得到了長足的發揮。你看，起句寫美景，景美得撲人眉宇；收句寫愁腸，腸愁得寸寸欲斷。同一詩境，效果迥異，令人讀來自入彀中。試一口誦心維，景乎，情乎，樂乎，悲乎，似都渾然莫辨了。其點化契機，仍然是「莫來好」三字所導入的一種閒愁美，哀傷美。樂景固然給人以美感，哀景同樣給人以美感。在特定詩境下，先樂後哀，樂中生悲，會更使詩味濃郁，咀嚼甜美。此詩得之。（馬君驊）

項斯

【作者小傳】字子遷，台州樂安（今浙江仙居）人。唐武宗會昌進士，官丹徒縣尉。詩風清麗，為張籍、楊敬之所知賞。有《項斯詩集》。（《唐文拾遺》卷四七、《唐才子傳》卷七）

山行

項斯

青櫪林深亦有人，一渠流水數家分。山當日午回峰影，草帶泥痕過鹿群。
蒸茗氣從茅舍出，繅絲①聲隔竹籬聞。行逢賣藥歸來客，不惜相隨入島雲②。

〔註〕①繅（通繅，音同搔）絲，煮繭抽絲。②島雲，形容山中白雲如島。

項斯除做過小官丹徒縣尉外，長期身居草野，很熟悉山野風光。這首〈山行〉，便是寫山村野景。由於詩人觀察入微，體驗深刻，詩寫得清新，細膩，貼切，逼真。讀來如聞如見，引人入勝。

「青櫪林深亦有人，一渠流水數家分。」起筆展示山間佳境——有景，有人，有村落。「亦」、「分」二字下得活脫。「亦」字表明此處櫪木（「櫪」同「櫟」，落葉喬木）雖已蔚成深林，但並非杳無人煙，而是「亦有人」。有人必有村，可詩人並不正面說「亦有村」，卻說一條溪水被幾戶人家分享著，這就顯得出語不凡。這裡一片櫪林，一條溪水，幾戶人家，一幅恬美的山村圖都從十四字繪出。

次聯寫景更細。詩人用「點染法」，選取「山當日午」、「草帶泥痕」兩種尋常事物，寫出極不尋常的詩境來。乍看「山當日午」，似乎平淡無奇，可一經「回峰影」渲染，那一渠流水，奇峰倒影，婆娑蕩漾的美姿，立刻呈現目前。同樣，「草帶泥痕」，也是平常得很，可一經「過鹿群」渲染，那群鹿競奔、蹄落草掩的喜人景象，立刻如映眼簾。「點染」本為中國畫的技法，一點一染，淡濃、遠近、深淺不同，景象更活現紙上。詩中「點染法」的妙用，效果亦然。它在平凡中見奇特，奇特又出於平凡，兩者互為因果，相輔相成。試想，單說「山當日午」、「草帶泥痕」當然是索然無味，即使單說「回峰影」、「過鹿群」也未免平淡少興。只有前用四字先「點」，而後用三字加「染」，於是這一聯的兩幅畫面頓時為讀者展示出富有動態的美的境界。

在第三聯裡，詩人準確地捕捉暮春山村最具特色的物事——烘茶與抽繭來開拓詩的意境。巧妙的是，詩人並未直說山村農民如何忙碌於撿茶、分茶、炒茶和煮繭、退蛹、抽絲，而只是說從茅舍升出裊裊炊煙中聞到了蒸茗的香味，隔著竹籬聽到了繅絲聲音，從而使讀者自己去領略農事豐收的盛景。這裡，詩人創造的意境因借助於通感作用，使讀者倍感親切。

按照詩意發展，尾聯似應寫詩人走進山村了，但是不然：「行逢賣藥歸來客，不惜相隨入島雲。」當詩人走著走著，邂逅賣藥材回來的老者，便隨同這位年老的藥農一道進入那煙靄茫茫的深山島雲中去。這一收筆，意味深長，是詩旨所在。詩人為什麼不投身熱氣騰騰的製茶抽絲的山村，而遁跡空寂的雲山？「不惜」二字隱隱透露了他的苦衷。項斯生當唐末亂世，自覺懷才不遇，壯志莫酬，他在另一首詩裡寫道：「獻賦才何拙，經時不恥歸」（〈歸家山行〉）。這裡說的「不恥歸」，同樣表現了詩人不惜謝絕仕途而甘隱山林的心情。「不惜相隨入島雲」，作為末句似收而未收，餘韻繞梁。

這首詩的特點是構思奇巧，移步換形，環繞山中之行，層次分明地寫出作者在村裡村外的見聞。寫景，景物明麗；抒情，情味雋永；造境，境界深邃：委實是一首佳作。（馬君驊）

許渾

【作者小傳】字用晦，一作仲晦，潤州丹陽（今屬江蘇）人。唐文宗大和進士，官虞部員外郎，睦、郢二州刺史。自少苦學多病，喜愛林泉。其詩長於律體，多登高懷古之作。有《丁卯集》。（《唐詩紀事》卷五六、《唐才子傳》卷七）

秋日赴闕，題潼關驛樓　許渾

紅葉晚蕭蕭，長亭酒一瓢。殘雲歸太華，疏雨過中條。
樹色隨關迥，河聲入海遙。帝鄉明日到，猶自夢漁樵①。

〔註〕①此詩題一作〈行次潼關，驛逢魏扶東歸〉，首句作「南北斷蓬飄」，末二句作「勞歌此分首，風急馬蕭蕭」。

潼關，在今陝西省潼關縣境內，當陝西、山西、河南三省要衝，是從洛陽進入長安必經的咽喉重鎮，形勢險要，景色動人。歷代詩人路經此地，往往要題詩紀勝。直到清末，譚嗣同還寫下他那「河流大野猶嫌束，山入潼關不解平」（〈潼關〉）的名句。可知它在詩人們心目中的位置了。

許渾從故鄉潤州丹陽（今屬江蘇）第一次到長安去，途經潼關，也為其山川形勢和自然景色所深深吸引，興會淋漓，揮筆寫下了這首「高華雄渾」（高步瀛《唐宋詩舉要》引清吳汝綸語）的詩作。

開頭兩句，作者先勾勒出一幅秋日行旅圖，把讀者引入一個秋濃似酒、旅況蕭瑟的境界。「紅葉晚蕭蕭」，用寫景透露人物一縷縷悲涼的意緒；「長亭酒一瓢」，用敘事傳出客子旅途況味，用筆乾淨利落。此詩一本題作〈行次潼關，驛逢魏扶東歸〉，可以幫助我們了解詩人何以在長亭送別、借瓢酒消愁的原委。

然而詩人沒有久久沉湎在離愁別苦之中。中間四句筆勢陡轉，大筆勾畫四周景色，雄渾蒼茫，全然是潼關的典型風物。騁目遠望，南面是主峰高聳的西嶽華山；北面，隔著黃河，又可見連綿蒼莽的中條山。殘雲歸岫，意味著天將放晴；疏雨乍過，給人一種清新之感。從寫景看，詩人拿「殘雲」再加「歸」字來點染華山，又拿「疏雨」再加「過」字來烘托中條山，這樣，太華和中條就不是死景而是活景，因為其中有動勢——在浩茫無際的沉靜中顯出了一抹飛動的意趣。

詩人把目光略收回來，就又看見蒼蒼樹色，隨關城一路遠去。關外便是黃河，它從北面奔湧而來，在潼關外頭猛地一轉，徑向三門峽衝去，翻滾的河水咆哮著流入渤海。「河聲」後續一「遙」字，傳出詩人站在高處遠望傾聽的神情。眼見樹色蒼蒼，耳聽河聲洶洶，真繪聲繪色，給人耳聞目睹的真實感覺。

這裡，詩人連用四句景句，安排得如巨鰲的四足，缺一不可，絲毫沒有臃腫雜亂，使人生厭之感。三、四兩句，又見其另作〈秋霽潼關驛亭〉詩頷聯，完全相同，可知是詩人偏愛的得意之筆。

「帝鄉明日到，猶自夢漁樵」。照理說，離長安不過一天路程，作為入京的旅客，總該想著到長安後便要如何如何，滿頭滿腦盤繞「帝鄉」去打轉子了。可是許渾卻出人意外地說：「我仍然夢著故鄉的漁樵生活呢！」含蓄表白了自己並非專為追求名利而來。這樣結束，委婉得體，優游不迫，是頗顯出自己身份的。（劉逸生）

金陵懷古

許渾

玉樹歌殘王氣終，景陽兵合戍樓空。松楸遠近千官塚，禾黍①高低六代宮。石燕②拂雲晴亦雨，江豚③吹浪夜還風。英雄一去豪華盡，唯有青山似洛中。

〔註〕①禾黍：《詩經．王風．黍離》小序說：「周大夫行役，至于宗周，過故宗廟宮室，盡為禾黍。閔周室之顛覆，彷徨不忍去而作是詩也。」②石燕：《湘中記》：「零陵有石燕，得風雨則飛翔，風雨止還為石。」③江豚：《南越志》：「江豚如豬，居水中，每於浪間跳躍，風輒起。」

金陵是孫吳、東晉和南朝的宋、齊、梁、陳的古都，隋唐以來，由於政治中心的轉移，無復六朝的金粉繁華。金陵的盛衰滄桑，成為許多後代詩人寄慨言志的話題。一般詠懷金陵的詩，多指一景一事而言，許渾這首七律則「渾寫大意」，「涵概一切」（俞陛雲《詩境淺說》），具有高度的藝術概括性。

詩以追述隋兵滅陳的史事發端，寫南朝最後一個小朝廷，在陳後主所製樂曲〈玉樹後庭花〉的靡靡之音中覆滅。公元五八九年，隋軍攻陷金陵，〈玉樹後庭花〉曲猶未盡，金陵卻已末日來臨，隋朝大軍直逼景陽宮外，城防形同虛設，陳後主束手就擒，陳朝滅亡。這是金陵由盛轉衰的開始，全詩以此發端，可謂善抓關鍵。

頷聯描寫金陵的衰敗景象。「松楸（音同秋）」，墳墓上的樹木。詩人登高而望，遠近高低盡是松楸荒塚，殘宮禾黍。南朝的繁榮盛況，已成為歷史的陳跡。

前兩聯在內容安排上採用了逆挽的手法：首先追述對前朝歷史的遙想，然後補寫引起這種遙想的眼前景物。這就突出了陳朝滅亡這一金陵盛衰的轉捩點及其蘊含的歷史教訓。

頸聯用比興手法概括世間的風雲變幻。這裡，「拂」字、「吹」字寫得傳神，「亦」字、「還」字寫得含蓄。「拂雲」描寫石燕掠雨穿雲的形象，「吹浪」表現江豚興風鼓浪的氣勢。「晴亦雨」意味著「陰固雨」，「夜還風」顯見得「日已風」。「江豚」和「石燕」，象徵歷史上叱咤風雨的人物，如尾聯所說的「英雄」。這兩句透過江上風雲晴雨的變化，表現人類社會的干戈起伏和歷代王朝的興亡交替。

尾聯照應開頭，抒發了詩人對於繁華易逝的感慨。「英雄」，指曾佔據金陵的歷代帝王。金陵和洛陽都有群山環繞，地形相似，所以李白〈金陵三首〉其三有「山似洛陽多」的詩句。「唯有青山似洛中」，就是說今日的金陵除去山川地勢與六朝時依然相似，其餘的一切都大不一樣了。江山不改，世事多變，令人感慨萬千。

這首懷古七律，在選取形象、錘鍊字句方面很見功力。例如中間兩聯，都以自然景象反映社會的變化，手法和景物卻大不相同：頷聯採取賦的寫法進行直觀的描述，頸聯借助比興取得暗示的效果；松楸、禾黍都是現實中司空見慣的植物，石燕和江豚則是傳說裡面神奇怪誕的動物。這樣，既寫出各式各樣豐富多彩的形象，又烘托了一種神祕莫測的浪漫主義氣氛。至於鍊字，以首聯為例：「殘」和「空」，從文化生活和軍事設施兩方面反映陳朝的腐敗，一文一武，點染出陳亡之前金陵城一片沒落不堪的景象；「合」字又以泰山壓頂之勢，表現隋朝大軍兵臨城下的威力；「王氣終」則與尾聯的「豪華盡」前後相應，抒寫金陵繁華一去不返、人間權勢終歸於盡的慨嘆，讀來令人不禁悵然。（趙慶培）

登洛陽故城

許渾

禾黍離離半野蒿，昔人城此豈知勞？水聲東去市朝變，山勢北來宮殿高。
鴉噪暮雲歸古堞，雁迷寒雨下空壕。可憐緱嶺登仙子，猶自吹笙醉碧桃。

洛陽，是有名的古城，東漢、曹魏、西晉、北魏曾建都於此。隋煬帝時，在舊城以西十八里營建新城，武則天時又加擴展，成為唐代的東都，而舊城由此蕪廢。許渾這首詩是憑弔故城感懷。

登臨送目，一片荒涼頹敗的圖景展現在眼前：禾黍成行，蒿草遍野，再也不見舊時城市的風貌。「禾黍離離」，是從《詩經．王風．黍離》篇開首「彼黍離離」一句脫化而來。原詩按傳統解說，寫周王室東遷後故都的傾覆，藉以寄託亡國的哀思。這裡加以化用，也暗含對過去王朝興滅更替的追思。

由城市的衰敗，詩人轉念及當年興建時的情景。「城此」的「城」，這裡作動詞，「築城」的意思。「豈知勞」的「知」，這裡有「管得上」的意思。人民世世代代不辭艱辛，用雙手修建起這座城市，任其棄置廢毀，豈不令人痛惜？

詩人的聯想活動接著向更廣闊的方面展開。「水聲東去」，既是寫的實景（故洛城緊靠洛水北岸），又有雙關寓意。《論語》記載孔子有一次經過河邊，望著滔滔不息的河水嘆息道：「逝者如斯夫，不捨晝夜！」詩人也是由腳下奔流向東的洛水，生發出光陰流逝、人世滄桑之感：昔日繁華的街市，隆盛的朝會，熙來攘往的人群，多少悲歡離合的情事，都在這嘩嘩不停的水聲中變幻隱現，而終歸煙消雲散。想到這一切，真叫人思潮洶湧，起伏難平！

如果說，「水聲」是動景，「山勢」就是靜景，動靜搭配，以滄桑之感暗中聯繫。洛陽城北有芒山，一作邙山，綿亙四百餘里，成為古都的天然屏障，居高臨下，可以俯瞰全城。東漢梁鴻〈五噫歌〉云：「陟彼北芒兮，噫！顧瞻帝京兮，噫！宮闕崔巍兮，噫！民之劬勞兮，噫！遼遼未央兮，噫！」而今，城市雖已不復當年繁盛景象，而那殘存的宮殿卻還高聳著，彷彿在給歷史作見證。用靜物這麼一襯托，人事變遷之迅速就感受得格外強烈。這一聯表面看來是寫景，實際上概括了上下千年社會歷史的巨大變化，蘊含著詩人內心無窮的悲慨，歷來為人傳誦。

第三聯由奔馳的想像折回現實，就眼前景物進一步點染氣氛。「暮雲」、「寒雨」、「古堞」（城上的矮牆）、「空壕」，合組成一幅淒清的畫面。空寂之中，幾聲鴉噪，數點雁影，更增添了蕭瑟的情味。

結末又從世事無常推想到神仙的永存。緱（音同鉤）嶺，即緱氏山，在今河南偃師東南，距洛陽約百里。傳說東周靈王好吹笙的太子晉修仙得道，在緱氏山頭騎鶴昇天而去。後人紛紛擾擾，可有誰能像王子晉那樣逍遙自在地超脫於塵世變遷之外呢？詩人無法解決這個矛盾，只能用一聲嘆息來收束全篇。

許渾生活在唐王朝走向沒落的晚唐時代。他追撫山河陳跡，俯仰今古興廢，蒼莽歷落，感慨深沉，其中隱隱寄寓著一層現實幻滅的悲哀。本篇起得蒼涼，接得開闊，對偶工整，句法圓活，在其懷古詩中亦稱名作。可惜的是後半篇比較薄弱。頸聯雖然刻畫工細，但未能翻出新意，缺少轉折波瀾之勢。結尾更落入俗套，調子也嫌低沉無力。（陳伯海）

咸陽城西樓晚眺

許渾

一上高城萬里愁，蒹葭楊柳似汀洲。溪雲初起日沉閣，山雨欲來風滿樓。
鳥下綠蕪秦苑夕，蟬鳴黃葉漢宮秋。行人莫問當年事①，故國東來渭水流②。

〔註〕①一作「前朝事」。②此句一作「渭水寒聲晝夜流」。

這首詩題目有兩種不同文字，今採此題，而棄「咸陽城東樓」的題法。何也？一是醒豁，二是合理。看來「西」字更近乎情理——而且「晚眺」也是全詩一大關目。

同為晚唐詩人的李義山，有一首〈安定城樓〉，與許丁卯這篇，不但題似，而且體同（七律），韻同（尤部）。這還不算，再看李詩頭兩句：「迢遞高城百尺樓，綠楊枝外盡汀洲。」這實在是巧極了，都用「高城」，都用楊柳，都用「汀洲」。然而，一比之下，他們的筆調，他們的情懷，就不一樣了。義山一個「迢遞」，一個「百尺」，全在神超；而丁卯一個「一上」，一個「萬里」，端推意遠。神超多見風流，意遠兼懷氣勢。

「一」上高城，就有「萬」里之愁懷，這正是巧用了兩個不同意義的「數字」而取得了一種獨特的藝術效果。萬里之愁，其意何在呢？詩人筆下分明逗露——「蒹葭楊柳似汀洲」。一個「似」字，早已道破，此處並無什麼真的汀洲，不過是想像之間，似焉而已。然而為何又非要擬之為汀洲不可？須知詩人家在潤州丹陽（今屬江蘇），他此刻登上咸陽城樓，舉目一望，見秦中河湄風物，居然略類江南。於是筆鋒一點，微微唱嘆。萬里之愁，正以鄉思為始。蓋蒹葭秋水，楊柳河橋，本皆與懷人傷別有連。愁懷無際，有由來矣。

以上單說句意。若從詩的韻調丰采而言，如彼一個起句之下，著此「蒹葭楊柳似汀洲」七個字，正是「無意氣時添意氣，不風流處也風流」。再從筆法看，他起句將筆一縱，出口萬里，隨後立即將筆一收，回到目前。萬里之遙，從何寫起？一筆挽回，且寫眼中所見，瀟瀟灑灑，全不呆滯，而筆中又自有萬里在。仿批點家一句：此開合擒縱之法也。

話說詩人正在憑欄送目，遠想慨然——也不知過了多久，忽見一片雲生，暮色頓至；那一輪平西的紅日，已然漸薄溪山——不一時，已經隱隱挨近西邊的寺閣了——據詩人自己在句下註：「南近磻溪，西對慈福寺閣。」形勢了然。卻說雲生日落，片刻之間，「天地異色」，那境界已然變了，誰知緊接一陣涼風，吹來城上，頓時吹得那城樓越發空空落落，蕭然凜然。詩人憑著「生活經驗」，知道這風是雨的先導，風已颯然，雨勢迫在眉睫了。

景色遷動，心情變改，捕捉在那一聯兩句中。使後來的讀者，都如身在樓城之上，風雨之間，遂為不朽之名作。何必崇高巨麗，要在寫境傳神。令人心折的是，他把「雲」、「日」、「雨」、「風」四個同性同類的「俗」字，連用在一處，而四者的關係是如此地清晰，如此地自然，如此地流動，卻又頗極錯綜輝映之妙，令人並無一絲一毫的「合掌」之感，——也並無組織經營、舉鼎絕臏之態。雲起日沉、雨來風滿，在「事實經過」上是一層推進一層，井然不紊；然而在「藝術感覺」上，則又分明像是錯錯落落，「參差」有致。「起」之與「沉」，當句自為對比，而「滿」之一字本身亦兼虛實之趣——曰「風滿」，而實空無一物也；曰空空落落，而益顯其愁之「滿樓」也。「日」、「風」兩處，音調小拗，取其峭拔，此為詩人喜用之句格。

那麼，風雨將至，「形勢逼人」，詩人是「此境凜乎不可久留」，趕緊下樓匆匆回府了呢？還是怎麼？看來，他未被天時之變「嚇跑」，依然登臨縱目，獨倚危欄。

何以知之？你只看它兩點自明：前一聯，雖然寫得聲色如新，氣勢兼備，卻要體味那個箭已在弦，「引而不發，躍如也」（《孟子·盡心上》）的意趣。詩人只說「欲」來，筆下精神，全在虛處。而下一聯，鳥下平蕪，蟬吟高樹，其神情意態，何等自在悠閒，哪裡是什麼「暴風雨」的問題？

講到此處，不禁想起，那不知名氏（一說李白）的一首千古絕唱〈憶秦娥〉：「……樂遊原上清秋節，咸陽古道音塵絕。音塵絕，西風殘照，漢家陵闕。」詩人許渾，也正是在西風殘照裡，因見漢闕秦陵之類而引起了感懷。

咸陽本是秦漢兩代的故都，舊時禁苑，當日深宮，而今只綠蕪遍地，黃葉滿林，唯有蟲鳥，不識興亡，翻如憑弔。「萬里」之愁乎？「萬古」之愁乎？

行人者誰？過客也。可泛指古往今來是處征人遊子，當然也可包括自家在內。其日莫問，其意卻正是欲問，要問，而且「問」了多時了，正是說他所感者深矣！

「故國東來渭水流」，大意是說，我聞咸陽古地名城者久矣，今日東來，至此一覽——而所見無幾，唯「西風吹渭水」（唐呂巖〈促拍滿路花〉），繫人感慨矣。

結句可謂神完氣足。氣足，不是氣盡，當然也不是語盡意盡。此一句，正使全篇有「狀難寫之景，如在目前；含不盡之意，見於言外」（宋歐陽修《六一詩話》）的好處，確有悠悠不盡之味。渭水之流，自西而東也，空間也，其間則有「城」、「樓」、「草」、「木」、「汀洲」……其所流者，自古及今也，時間也，其間則有「起」、「沉」、「下」、「鳴」、「夕」、「秋」……三字實結萬里之愁，千載之思，而使後人讀之不禁同起無窮之感。如此想來，那麼詩人所說的「行人」，也正是空間的過客和時間的過客的統一體了。（周汝昌）

汴河亭 許渾

廣陵花盛帝東遊，先劈崑崙一派流。百二①禁兵辭象闕，三千宮女下龍舟。
凝雲鼓震星辰動，拂浪旗開日月浮。四海義師歸有道，迷樓②還似景陽樓。

〔註〕①百二：《史記．高祖本紀》：「秦，形勝之國，帶河山之險，縣（懸）隔千里，持戟百萬，秦得百二焉。」宋裴駰《史記集解》引蘇林曰：「秦地險固，二萬人足當諸侯百萬人也。」詩中「百二禁兵」，指煬帝的衛兵。②迷樓：煬帝晚年，尤沉迷女色，浙人項升為造迷樓。可參看羅隱〈迷樓賦〉及宋傳奇《迷樓記》。

隋煬帝楊廣為了東遊廣陵（今江蘇揚州），不惜傾全國民力財力開鑿一條運河，即今通濟渠。其東段叫汴河，汴河之濱築有行宮，即「汴河亭」。這首〈汴河亭〉詩，當是作者在南遊中經過汴河時寫的。詩寫得筆力勁健，氣勢雄壯，語言華美，意境闊大，且感慨深沉，譏諷無情。詩人對隋煬帝這個歷史亡靈的鞭撻，實際上是針對晚唐政治腐敗，統治者生活奢靡的現實而發的。

這首詩在藝術表現上有三個特點：

一是在寫景敘事上的「示觀」描寫。所謂「示觀」，就是透過藝術想像把未曾見過的事物描繪得栩栩如生，如臨其境。許渾經過二百年前修築的煬帝的行宮汴河亭時，不由得感慨萬千，浮想聯翩，煬帝當年那種窮奢極欲的情景彷彿呈現在眼前。這就是詩的前三聯所描寫的內容：煬帝為了東遊廣陵賞花玩樂，將那從崑崙山流下來的黃河水分引鑿渠，修了一條運河；運河一修成，「百二禁兵」即皇帝衛兵就跟著皇帝辭別了宮廷，「三千宮女」也伴隨著皇帝下到龍舟；一路上鼓聲震天，旌旗如林，浩浩蕩蕩，奔赴廣陵。這一切，詩人都只是「想見」而並未親見，但卻寫得這般情景生動，使讀者猶如親見，這就是作者進行的「示觀」描寫及其產生的藝術效果。

二是詩的意境的動態描繪。詩中「劈崑崙」、「下龍舟」、「星辰動」、「日月浮」等句中的「劈」、「下」、「動」、「浮」，以及「遊」、「震」、「拂」、「開」等字，都是動詞，因而就賦予全詩意境以活動的體態，形成了駿馬走阪之勢，給人以形象飛動之感。特別引人注意的是，詩人在進行這種動態描寫時，能夠在史實的基礎上進行合理的虛構和誇張。像頸聯「凝雲鼓震星辰動，拂浪旗開日月浮」兩句，其中的「鼓震」、「旗開」當是歷史事實，但是鼓聲能上入雲霄，把行雲擋住並使星辰搖動；旗幟能「拂浪」，在旌旗閃動時又能使人看到波浪中日月的浮影；這卻分明是詩人的創造性想像，是虛構和誇張。詩的首聯、頷聯本來已經寫得很活脫，很有氣魄，再加上這樣一個頸聯，就更顯得造形生動，氣象雄豪，簡直是把煬帝東遊的那種赫赫聲勢、巍巍壯觀的豪華盛況活靈活現地展現在人們眼前。這兩句詩實是全篇的「警策」。

三是「卒章顯其志」（白居易〈新樂府序〉）。許渾這首詩也巧妙地運用了白居易的這種寫法。詩的前三聯基本上是冷靜地客觀地寫景敘事，單看這三聯幾乎看不出作者的傾向所在；只是到了最後一聯，「四海義師歸有道，迷樓還似景陽樓」，才忽然筆鋒一轉，把對事件的評判，寫詩的旨意，一下子袒露了出來。詩人「顯志」的方式也很別致。他筆下的末聯不是前三聯所創造的形象的自然延伸，也不是對煬帝東遊景象的直接批判，而是另起爐灶，凌空一躍，一下子躍到「義師」、「迷樓」上去了，對煬帝遊蕩荒淫所招致的亡國後果作了嚴肅的評論和無情的嘲諷。但又不是直言指斥，而是把煬帝為了淫樂而修的「迷樓」與南朝陳後主的「景陽樓」相比，把人們的視線和思緒又拉回到眼前的汴河亭，觸景生情，發人深思，無限感慨都在意象之外。這樣的結尾是很有韻味的。（賈文昭）

塞下曲 許渾

夜戰桑乾北，秦兵半不歸。
朝來有鄉信，猶自寄寒衣。

〈塞下曲〉是以邊塞風光和邊塞戰爭為題材的新樂府辭。許渾的〈塞下曲〉是同題詩中最短小的一首。前兩句僅用十個字描寫了發生在桑乾河北的夜戰。這次夜戰的結果，使得半數左右的戰士再沒有回來。在成千上萬的犧牲者中，有一位戰士，在他犧牲的次日早晨還有家信寄來，信中告訴他禦寒的衣服已經寄出。這是一個在戰爭年代很普通、也很真實的悲劇。

詩用純客觀的敘事，真實地反映現實。表面看來，作者對詩中的邊塞戰爭既不歌頌，也未詛咒；但從他描寫戰爭造成的慘重傷亡看，他是十分同情在戰爭中犧牲的戰士，是不贊成這場戰爭的。由於許渾生活在中唐時代，唐帝國已日益走下坡路，邊塞詩多染上了時代的感傷情緒。此詩基調是悽婉、哀傷的。

這首詩，在藝術表現上一個顯著的特點是運用「以少總多」的手法來反映現實。詩人在成千上萬的犧牲戰士中，選擇了一個戰士的典型性的情節，即「朝來有鄉信，猶自寄寒衣」來突出犧牲戰士的悲劇，使人對犧牲者和家屬寄予深刻的同情，這實際上是對製造這場戰爭的統治者的無聲譴責。

詩純用白描手法，四句詩純是敘事，不發任何議論，而傾向性卻從作者提煉出來的典型事件上，自然流露出來。藝術風格顯得自然、平淡、質樸。但平淡並不淺露，思想深刻，很耐人尋味；又能平中見奇，善作苦語，奇警動人。「朝來有鄉信，猶自寄寒衣」，令人不忍卒讀，也不忍回味，悲劇的氣氛很濃。（劉文忠）

謝亭送別

許渾

勞歌一曲解行舟，紅葉①青山水急流。
日暮酒醒人已遠，滿天風雨下西樓。

〔註〕①一作「紅樹」。

這是許渾在宣城（今安徽宣州）送別友人後寫的一首詩。謝亭，又叫謝公亭，在宣城北面，南齊詩人謝朓任宣城太守時所建。他曾在這裡送別朋友范雲，後來謝亭就成為宣城著名的送別之地。李白〈謝公亭〉詩說：「謝公離別處，風景每生愁。客散青天月，山空碧水流。」反覆不斷的離別，使優美的謝亭風景也染上一層離愁了。

第一句寫友人乘舟離去。古代有唱歌送行的習俗。「勞歌」，本指在勞勞亭（舊址在今南京市南面，也是一個著名的送別之地）送客時唱的歌，後來遂成為送別歌的代稱。勞歌一曲，纜解舟行，從送別者眼中寫出一種匆遽而無奈的情景氣氛。

第二句寫友人乘舟出發後所見江上景色。時值深秋，兩岸青山，霜林盡染。滿目紅葉丹楓，映襯著一江碧綠的秋水，顯得色彩格外鮮豔。這明麗之景乍看似與別離之情不大協調，實際上前者恰恰是對後者的有力反襯。景色越美，越顯出歡聚的可戀，別離的難堪，大好秋光反倒成為添愁增恨的因素了。南朝梁江淹〈別賦〉說：「春草碧色，春水綠波，送君南浦，傷如之何！」借美好的春色反襯別離之悲，與此同一機杼。這也正是清王夫之所揭示的「以樂景寫哀，以哀景寫樂，一倍增其哀樂」（《薑齋詩話》）的藝術辯證法。

這一句並沒有直接寫到友人的行舟。但透過「水急流」的刻畫，舟行的迅疾自可想見，詩人目送行舟穿行於夾岸青山紅葉的江面上的情景也宛然在目。「急」字暗透出送行者「流水何太急」的心理狀態，也使整個詩句所表現的意境帶有一點逼仄憂傷、騷屑不寧的意味。這和詩人當時那種並不和諧安閒的心境是相一致的。

詩的前後聯之間有一個較長的時間間隔。朋友乘舟走遠後，詩人並沒有離開送別的謝亭，而是在原地小憩了一會。別前喝了點酒，微有醉意，朋友走後，心緒不佳，竟不勝酒力睡著了。一覺醒來，已是薄暮時分。天色變了，下起了雨，四望一片迷濛。眼前的江面，兩岸的青山紅葉，都已經籠罩在濛濛雨霧和沉沉暮色之中。朋友的船呢？此刻更不知道隨著急流駛到雲山霧嶂之外的什麼地方去了。暮色的蒼茫黯淡，風雨的迷濛淒清，酒醒後在朦朧彷彿中追憶別時情景所感到的悵惘空虛，使詩人此刻的情懷特別淒黯孤寂，感到無法承受這種環境氣氛的包圍，於是默默無言地獨自從風雨籠罩的西樓上走了下來。（「西樓」即指送別的謝亭，古代詩詞中「南浦」、「西樓」都常指送別之處。）

第三句極寫別後酒醒的悵惘空寂，第四句卻並不接著直抒離愁，而是宕開寫景。但由於這景物所特具的淒黯迷茫色彩與詩人當時的心境正相契合，因此讀者完全可以從中感受到詩人的蕭瑟淒清情懷。這樣借景寓情，以景結情，比起直抒別情的難堪來，不但更富含蘊，更有感染力，而且使結尾別具一種不言而神傷的情韻。

這首詩前後兩聯分別由兩個不同時間和色調的場景組成。前聯以青山紅葉的明麗景色反襯別緒，後聯以風雨淒其的黯淡景色正襯離情，筆法富於變化。而一、三兩句分別點出舟發與人遠，二、四兩句純用景物烘托渲染，則又異中有同，使全篇在變化中顯出統一。（劉學鍇）

客有卜居不遂薄遊汧隴因題

許渾

海燕西飛白日斜，天門遙望五侯家。
樓臺深鎖無人到，落盡東風①第一花。

〔註〕①一作「春風」。

如果不看詩題，上面這首許渾的絕句會被看作一首寫景詩。它寫的是在落花時節、日斜時光，遙望王侯第宅，所見到的樓臺層疊、重門深閉之景。但聯繫詩題看，它顯然是一首因事而題的託諷詩。它採用借物取喻，託景見意的手法，收到了言微旨遠、節短音長的效果。

詩的第一句「海燕西飛白日斜」，表面寫日斜燕飛之景，實際寫在長安「卜居不遂」之客。宋周邦彥〈滿庭芳·夏日溧水無想山作〉詞「年年，如社燕，飄流瀚海，來寄修椽」幾句，也是以燕喻人。但周詞中的「燕」還有修椽可寄，而許詩所寫的「燕」則因無椽可寄而孤飛遠去。據唐張固《幽閒鼓吹》記述，白居易應舉時曾謁見顧況，顧看了白的名字，開玩笑說，「米價方貴，居亦弗易。」這一傳說未必可信，卻可以說明，在唐代想卜居長安是很難的。詩中之客既「卜居不遂」，只得「薄遊汧隴」，而汧水和隴州在長安西方，所以詩句以「海燕西飛」影射此行。

與這第一句詩形成對照的是第三句「樓臺深鎖無人到」。兩句詩合起來，自然呈現出一個極不公平、極不合理的社會現象，這就是：一方面，來到長安的貧士尋不到一片棲身之地；另方面，重樓閒閉，無人居住。根據一些記載，當時的長安城內，高樓深院的甲第固比比皆是，長期廢置的大宅也所在多有。白居易的〈秦中吟十首〉曾對此加以揭露和抨擊。如〈傷宅〉詩說：「誰家起甲第，朱門大道邊。豐屋中櫛比，高牆外迴環。累累六七堂，簷宇相連延。一堂費百萬，鬱鬱起青煙。」又〈凶宅〉詩說：「長安多大宅，列在街西東。往往朱門內，房廊相對空。……風雨壞簷隙，蛇鼠穿牆墉。」這些詩句都是徑陳其事，直指其失。但許渾的這首絕句，因為總共只有四句，不可能這樣鋪敘，就化繁為簡，化實為虛。在這句中只從樓臺的寂寥景色顯示白詩中所描述的事實。它雖然不及白詩那樣鮮明強烈，卻有含蓄之妙、空靈之美。

緊接第三句的末句「落盡東風第一花」，可說是第三句的補充和延伸。它把第三句所寫的那樣一個樓臺深鎖、空無一人的景象烘托得倍加寂寥，起了深化詩境、加強詩意的作用。這句表現的花開花謝、空負東風的意境，有點像明湯顯祖《牡丹亭》中所說的「原來奼紫嫣紅開遍，似這般都付與斷井頹垣」。曲詞隱含無限的惆悵和幽怨，這句詩同樣是悵怨之情浮現紙面。這裡，不僅樓臺任其廢置，無人居住，而且名花也空自飄落，無人觀賞，就更令人惋惜不盡了。

一首託諷詩，雖是意在彼而言在此，把本事、本意寓藏在對景物的描摹中，但作者總要在字裡行間向讀者傳情示意，或明或暗地點出他的真正意圖。這首詩，除了透過詩題表明寫作動機外，詩中透露消息的主要是第二句「天門遙望五侯家」。句中的「遙望」二字顯露了西去之客在臨行前的依戀、悵惘、憤懣之情；「天門」二字則點出遙望之地在京城，望到的就是禁門外的景色。而句中的「五侯家」，在全詩中是承上啟下的關捩。承上，是說上句暗指的西去汧隴之客此時視線所投向的是五侯之家，他的悵憤不平之氣所投向的也是五侯之家；啟下，是說在下兩句中出現的空鎖的樓臺是屬於五侯的，落盡的名花也是屬於五侯的。「五侯」，用東漢桓帝時同日封宦官五人為侯事，這裡作宦官的代稱。聯繫唐代歷史，自從安史亂後，宦官的權勢越來越大，後來，連軍隊的指揮、皇帝的廢立等大權也落到他們的手裡。韓翃的〈寒食〉：「春城無處不飛花，寒食東風御柳斜，日暮漢宮傳蠟燭，輕煙散入五侯家。」也是一首託諷詩。兩詩都以「五侯家」三字點明作者所要諷刺的對象，其所揭露的都是成為唐代政治上一大禍患的宦官專權問題。

在許渾這首詩中，所寫的時間既是白日斜，季節又是花落盡。全詩的色調是暗淡的，情調是低沉的，這是「卜居不遂、薄遊汧隴」之客的黯然心情的反映，也可以看作唐王室衰敗沒落的寫照。（陳邦炎）

途經秦始皇墓　許渾

龍盤虎踞樹層層，勢入浮雲亦是崩。
一種青山秋草裡，路人唯拜漢文陵。

秦始皇統一了中國，推動了經濟、文化的發展，是作出了巨大歷史貢獻的。但他又是一個暴君，實行專制主義，給人民帶來深重的苦難，受到後人譴責。許渾這首詩抒寫了他行經秦始皇墓時的感想。

秦始皇墓位於陝西臨潼縣東約五公里的下河村附近，南依驪山，北臨渭水。它建成於公元前二一〇年，墳丘為土築，經二千年的風雨剝蝕，現存高四十三米，周長二千米。陵墓落成之初，墳上「樹草木以象山」（《史記·秦始皇本紀》）。在山光水色的映照下，在空曠的平地上托起的這座山一樣的巨大墳塋，這就正如首句形容的那樣，給人以「龍盤虎踞」之感。詩人在墓前駐足，目光從墓基轉向墓頂，見到的是層層綠樹，直上雲天。眼前的高墳，不正好象徵著秦始皇生前煊赫的聲勢嗎？「勢入浮雲亦是崩」，覆亡之迅速與秦始皇在位時不可一世的聲勢，恰恰形成極富於諷刺性的鮮明對照。詩人將無比豐富的歷史內容熔鑄在這簡短的七個字裡。一個「崩」字，聲如裂帛，宣告了秦皇已死，秦朝已亡，似乎言盡意絕，下文難以為繼了。然而詩人忽一轉筆：「一種青山秋草裡，路人唯拜漢文陵。」詩作旋即別開生面，令人稱絕。這兩句與前兩句似斷而實連，詩意從「崩」字悄悄引出，不著痕跡地進一步寫出了秦始皇形象在後人心目中的徹底崩塌。同樣是青山秋草，路人卻只向漢文帝陵前參拜。

漢文帝謙和、仁愛與儉樸，同秦始皇的剛愎、兇殘與奢靡正好是強烈的對比。對於仁君和暴君，人們自會作出自己的評判。末句一個「唯」字，鮮明地指出了這一點。後兩句表面看來似乎把筆墨蕩開，從秦始皇寫到了漢文帝，從詩人自己寫到了「路人」，實際上卻有形愈鬆而意愈緊的效果，在輕淺疏淡的筆墨中顯示出了厚重的力量。（陳志明）

杜牧

【作者小傳】（八〇三～八五三）字牧之，京兆萬年（今陝西西安）人。杜佑孫。唐文宗大和進士，曾為江西觀察使、宣歙觀察使沈傳師和淮南節度使牛僧孺的幕僚，歷任監察御史，黃、池、睦諸州刺史，後入為司勛員外郎，官終中書舍人。以濟世之才自負。詩文中多指陳時政之作。寫景抒情的小詩，多清麗生動。其詩在晚唐成就頗高，後人稱杜甫為「老杜」，稱其為「小杜」。又與李商隱並稱「小李杜」。有《樊川文集》。（新、舊《唐書》本傳、《唐才子傳》卷六）

河湟　杜牧

元載①相公曾借箸②，憲宗皇帝亦留神。旋見衣冠就東市③，忽遺弓劍④不西巡。

牧羊驅馬雖戎服，白髮丹心盡漢臣。唯有涼州歌舞曲，流傳天下樂閒人。

〔註〕①元載：字公輔，唐代宗時宰相，曾任西州刺史。大曆八年（七七三）上書代宗，對西北邊防措施多所籌策。大曆十二年，因事被捕下獄，詔令自殺。②借箸：《史記·留侯世家》載，張良在劉邦吃飯時進策說：「臣請借前箸為大王籌之。」③衣冠就東市：指漢景帝時晁錯任御史大夫，他對於削藩鞏固中央集權有很好的意見，卻被皇帝聽信讒言，倉卒錯殺，「錯衣朝衣斬東市」。④忽遺弓劍：《水經注·河水篇》：「陽周縣故城南橋山……山上有黃帝冢故也，帝崩，惟弓劍存焉，故世稱黃帝仙矣。」

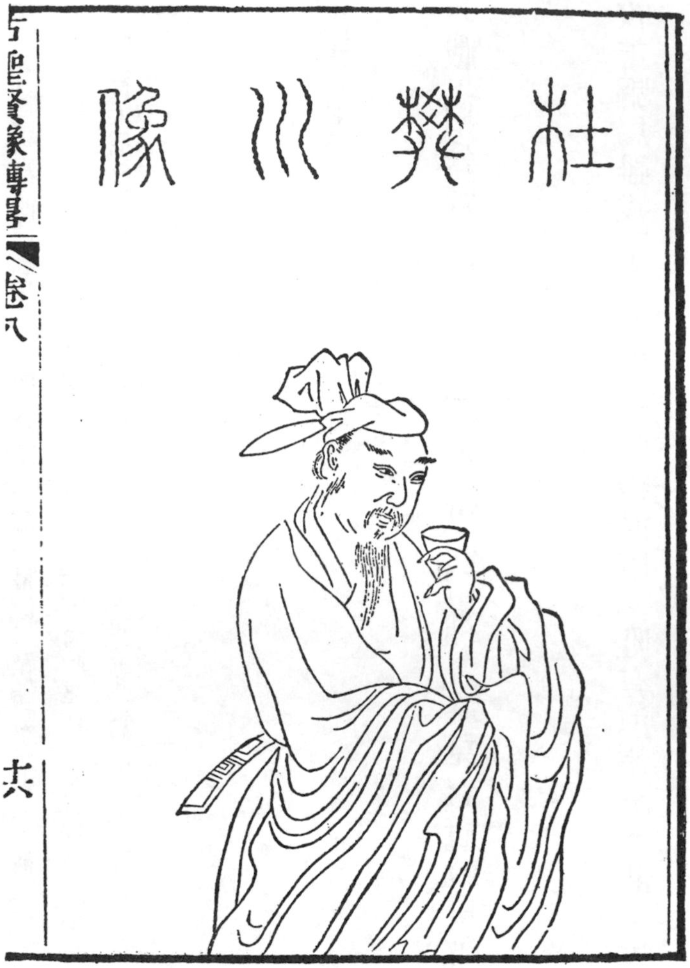

杜牧像——清刊本《古聖賢像傳略》

安史之亂爆發後，駐守在河西、隴右的軍隊東調平叛，吐蕃乘機進占了河湟地區，對唐朝政府造成了極大的威脅。杜牧有感於晚唐的內憂外患，熱切主張討平藩鎮割據，抵禦外族侵侮，因此對收復失地極為關心，先後寫了好幾首詩，〈河湟〉便是其中的一首。

河湟本指湟水與黃河合流處的一片地方，這裡用以指吐蕃統治者自唐肅宗以來占領的河西、隴右之地。詩以「河湟」為題，十分醒目，寓主旨於其中，起到籠罩全篇的作用。

詩可分為兩層。前四句說：宰相元載對西北邊事多所策劃，卻不為代宗所用，反遭不測；憲宗也曾銳意收復河隴，卻不及西征，齎志以歿。這裡一連使用了三個典故。「借箸」，用漢張良的故事。不僅以之代「籌劃」一詞，而且含有將元載比作張良之意，從而表明作者對他的推重。「衣冠就東市」，是用漢晁錯的故事。意在說明元載的主張和遭遇與晁錯頗為相似，暗示元載留心邊事，有經略之策。杜牧比之晁錯，足見對他的推重和惋惜。「忽遺弓劍」採用黃帝乘龍昇仙的傳說，借指憲宗之死，並暗切憲宗好神仙，求長生之術。這裡，作者對憲宗被宦官所殺採取了委婉的說法，流露出對其猝然而逝的嘆惋。以上全用敘述，不著議論，但作者對河湟遲遲不能收復的感慨卻溢於言表。

後四句用強烈的對照描寫，表達了作者鮮明的愛憎。河湟百姓儘管身著異族服裝，「牧羊驅馬」，處境是那樣艱難屈辱；但他們的心並沒有被征服，白髮丹心，永為漢臣。而統治者又怎麼樣呢？作者不用直書的手法，而是抓住那些富貴閒人陶醉於原從河湟傳來的輕歌曼舞這個細節，便將他們的醉生夢死之態揭露得淋漓盡致。

此詩前四句敘元載、憲宗事，採用分承的方法，第三句承首句，第四句承次句。這樣寫不僅加強了慨嘆的語氣，且顯得跌宕有致。第三聯正面寫河湟百姓的浩然正氣。「雖」和「盡」兩個虛字用得極好，一抑一揚，筆勢拗峭勁健。最後一聯卻又不直抒胸臆，而是將滿腔抑鬱不平之氣故意以曠達幽默的語氣出之，不僅加強了諷刺的力量，而且使全詩顯得抑揚頓挫，餘味無窮。這首詩，寫得勁健而不枯直，闊大而亦深沉，正如明人楊慎《升庵詩話》所說：「律詩至晚唐，李義山而下，惟杜牧之為最。宋人評其詩豪而豔，宕而麗，於律詩中特寓拗峭，以矯時弊。」這首〈河湟〉鮮明地體現出這種特色。（張明非）

過勤政樓　杜牧

千秋佳節名空在，承露絲囊世已無①。
唯有紫苔偏稱意，年年因雨上金鋪。

〔註〕① 承露絲囊：《續齊諧記》載：「弘農鄧紹，嘗八月旦入華山採藥，見一童子執五綵囊，承柏葉上露，皆如珠，滿囊。紹問：『用此何為？』答曰：『赤松先生取以明目。』言終便失所在。今世人八月旦作眼明袋，此遺象也。」另《荊楚歲時記》：「八月十四日……以錦綵為眼明囊，遞相餉遺。」從這段記載知道，此詩中的「承露囊」，可能就是當時人們借赤松子的「承露囊」而取名的。

勤政樓原是唐玄宗用來處理朝政、舉行國家重大典禮的地方，建於開元八年（七二〇），位於長安城興慶宮的西南角，西面題曰「花萼相輝之樓」，南面題曰「勤政務本之樓」。

開元十七年八月五日，唐玄宗為慶賀自己的生日，在此樓批准宰相奏請，定這一天為千秋節，布告天下。並以馬百匹，盛飾分左右，舞於勤政樓下；又於樓中賜宴設酺，「群王當以是日進萬壽酒，王公戚里進金鏡綬帶，士庶以結絲承露囊」（宋王溥《唐會要》）。千秋節也就成了一年一度的佳節。然而由於玄宗晚年「勤政務本」早成空話，到安史之亂爆發，只得被迫退位。唐王朝江河日下，千秋節也隨之徒有虛名了，甚至連當年作為贈送禮物的承露絲囊也見不到了。詩的第一句說佳節空在，是總論，第二句說絲囊已無，則是抓住了「承露囊」這個千秋節最有代表性的物品來進一步補襯，使得「名空在」三字具體著實了。

詩的後兩句寫詩人移情於景，感昔傷今。「唯有紫苔偏稱意，年年因雨上金鋪。」「金鋪」，是大門上的一種裝飾物，常常做成獸頭或龍頭的形狀，用以銜門環。用銅或鍍金做的叫金鋪，用銀做的叫銀鋪。「紫苔」是苔蘚的一種，長在陰暗潮濕的地方。這兩句詩從表面看，寫的是景，是「勤政樓」的實景；但細細體味，就會感到這十四個字，字字都飽蘸了詩人感昔傷今的真實情感，慨嘆曾經百戲雜陳的樓前，經過一個世紀的巨大變化，竟變得如此凋零破敗。可以想像，當杜牧走過這個前朝遺址時，所看到的是雜草叢生，人跡稀少，重門緊閉的一片淒涼景象。詩人不寫別的，偏偏從紫苔著筆。這是因為紫苔那無拘無束，隨處生長，自得其樂的樣子深深地觸動了他此時慘淡失意的心情。失意之心對得意之物，自然格外敏感，體味也就更加深刻了。作者以紫苔見意，又從紫苔說開去，用紫苔的滋長反襯唐朝的衰落，小中見大，詞淺意深，令人回味。說紫苔上了金鋪，是一種誇張的手法。當年威嚴可畏的龍頭獸首，而今綠銹滿身，如同長滿了青苔一般，這就進一步烘托了勤政樓被人遺忘而常年冷落的淒涼衰敗的景象。這裡，「偏稱意」三字寫得傳神。「偏」，說明萬物凋零，獨有紫苔任情滋蔓，好像是大自然的偏寵，使得紫苔竟那樣稱心愜意。這筆法可謂婉曲迴環，寫景入神了。

這首詩是詩人在極度感傷之下寫成的，全詩卻不著一個「悲」字。從詩的整體看，詩人主要採用明賦暗比的方法。前兩句寫的是今日之衰，實際上使人緬懷的是當年之盛；後兩句寫的是今日紫苔之盛，實際上使人愈加感到「勤政樓」今日之衰。一衰一盛，一盛一衰，對比鮮明，文氣跌宕有致，讀來回味無窮。（絳雲）

念昔遊三首（其二）　杜牧

十載飄然繩檢外，樽前自獻自為酬。
秋山春雨閒吟處，倚遍江南寺寺樓。

杜牧曾因仕途失意，長期漂泊南方。〈念昔遊〉是若干年後追憶那次遊蹤而寫的組詩。詩的前兩句，描寫他十年浪跡江南，不受拘束的生活。漫長的生涯中，詩人只突出了一個「自獻自為酬」的場面。兩個「自」字，把他那種自斟自飲，自得其樂，獨往獨來，不受拘束，飄然於繩檢之外的神態勾畫出來了。這神態貌似瀟灑自得，實際上隱約地透露出一肚皮不合時宜的憤世之感。

詩的後兩句正面寫到〈念昔遊〉的「遊」字上，但是並沒有具體描寫江南的景色。「秋山春雨」只是對江南景色一般的概括性的勾勒，然而爽朗的秋山和連綿的春雨也頗富於江南景致的特徵。「春」、「秋」二字連用，同前面的「十載」相呼應，暗示出漂泊江南時日之久。詩人寄情山水，徜徉在旖旎風光之中，興會所至，不免吟詩遣興。寫遊蹤又突出江南的寺院，正如作者在〈江南春〉中所說的，「南朝四百八十寺，多少樓臺煙雨中」，風光尤勝之故。「倚樓」關切吟詩。「倚遍江南寺寺樓」，並烘托出遊歷的地域之廣，也即是時間之長，又回應開頭「十載」。

詩人到處遊山玩水，看來似乎悠然自在，內心卻十分苦悶。這首憶昔詩，重點不在追述遊歷之地的景致，而是借此抒發內心的情緒。愈是把自己寫得無憂無慮，無拘無束，而且是年復一年，無處不去，就愈顯示出他的百無聊賴和無可奈何。詩中沒有一處正面發洩牢騷，而又處處讓讀者感到有一股怨氣，妙就妙在這「言外之意」或「弦外之音」上面。（唐永德）

念昔遊三首（其三）　杜牧

李白題詩水西寺，古木回巖樓閣風。
半醒半醉遊三日，紅白花開山雨中。

「水西寺」即天宮水西寺，是宣州涇縣（今屬安徽）水西山中很有名的一座寺院。寺中「凡十四院，其最勝者日華巖院，橫跨兩山，廊廡皆閣道，泉流其下」（《江南通志》）。李白曾到此遊覽，並題有〈遊水西簡鄭明府〉一詩。杜牧此詩開門見山，提到李白在此題詩一事。李白詩中云：「清湍鳴迴溪，綠竹繞飛閣；涼風日瀟灑，幽客時憩泊。」描寫了這一山寺佳境。杜牧將此佳境凝練為「古木回巖樓閣風」，正抓住了水西寺的特點：橫跨兩山的建築，用閣道相連，四周皆是蒼翠的古樹、綠竹，凌空的樓閣之中，山風習習。多麼美妙的風光！

李白一生坎坷蹭蹬，長期浪跡江湖，寄情山水。杜牧此時不但與李白的境遇相彷，而且心緒也有些相似。李白身臨佳境日「幽客時憩泊」；杜牧面對勝景日「半醒半醉遊三日」，都是想把政治上失意後的苦悶消釋在可以令人忘憂的美景之中。三、四句合起來，可以看到這樣的場面：在濛濛的雨霧中，山花盛開，紅白相間，幽香撲鼻；似醉若醒的詩人，漫步在這一帶有濃烈的自然野趣的景色之中，顯得多麼陶然自得。

此詩二、四兩句寫景既雄俊清爽，又纖麗典雅。詩人是完全沉醉在這如畫的山景裡了嗎？還是借大自然的景致來蕩滌自己胸中之塊壘呢？也許兩者都有。（唐永德）

過華清宮絕句三首（其一） 杜牧

長安回望繡成堆，山頂千門次第開。
一騎紅塵妃子笑，無人知是荔枝來。

本題共三首，是杜牧經過驪山華清宮時有感而作。華清宮是唐玄宗開元十一年（七二三）修建的行宮，玄宗和楊貴妃曾在那裡尋歡作樂。後代有許多詩人寫過以華清宮為題的詠史詩，而杜牧的這首絕句尤為精妙絕倫，膾炙人口。此詩透過送荔枝這一典型事件，鞭撻了玄宗與楊貴妃驕奢淫逸的生活，有著以微見著的藝術效果。

起句描寫華清宮所在地驪山的景色。詩人從長安「回望」的角度來寫，猶如電影攝影師，在觀眾面前先展現一個廣闊深遠的驪山全景：林木蔥蘢，花草繁茂，宮殿樓閣聳立其間，宛如團團錦繡。「繡成堆」，既指驪山兩旁的東繡嶺、西繡嶺，又是形容驪山的美不勝收，語意雙關。

接著，鏡頭向前推進，展現出山頂上那座雄偉壯觀的行宮。平日緊閉的宮門忽然一道接著一道緩緩地打開了。接下來，又是兩個特寫鏡頭：宮外，一名專使騎著驛馬風馳電掣般疾奔而來，身後揚起一團團紅塵；宮內，妃子嫣然而笑了。幾個鏡頭貌似互不相關，卻都包蘊著詩人精心安排的懸念。「千門」因何而「開」？「一騎」為何而「來」？「妃子」又因何而「笑」？詩人故意不忙說出，直至緊張而神祕的氣氛憋得讀者非想知道不可時，才含蓄委婉地揭示謎底：「無人知是荔枝來」。「荔枝」兩字，透出事情的原委。《新唐書・楊貴妃傳》：「妃嗜荔枝，必欲生致之。乃置騎傳送，走數千里，味未變已至京師。」明於此，那麼前面的懸念頓然而釋，那幾個鏡頭便自然而然地聯成一體了。

清吳喬《圍爐詩話》說：「詩貴有含蓄不盡之意，尤以不著意見、聲色、故事、議論者為最上。」杜牧這首詩的魅力就在於含蓄、精深。詩不明白說出玄宗的荒淫好色，貴妃的恃寵而驕，而形象地用「一騎紅塵」與「妃子笑」構成鮮明的對比，就收到了比直抒己見強烈得多的藝術效果。「妃子笑」三字頗有深意。春秋時周幽王為博妃子一笑，點燃烽火，導致國破身亡。當我們讀到這裡時，不是很容易聯想到這個盡人皆知的故事嗎？「無人知」三字也發人深思。其實「荔枝來」並非絕無人知，至少「妃子」知，「一騎」知，還有一個詩中沒有點出的皇帝更是知道的。這樣寫，意在說明此事重大緊急，外人無由得知。這就不僅揭露了皇帝為討寵妃歡心無所不為的荒唐，也與前面渲染的不尋常的氣氛相呼應。全詩不用難字，不使典故，不事雕琢，樸素自然，寓意精深，含蓄有力，是唐人詠史絕句中的佳作。（張明非）

過華清宮絕句三首（其二） 杜牧

新豐綠樹起黃埃，數騎漁陽探使回。
霓裳一曲千峰上，舞破中原始下來。

唐玄宗時，安祿山兼任平盧、范陽、河東三鎮節度使後伺機謀反，玄宗卻對他十分寵信。皇太子和宰相楊國忠屢屢啟奏，方派中使輔璆琳以賜柑為名去探聽虛實。琳受安祿山厚賂，回來後盛讚他的忠心。玄宗輕信謊言，自此更加高枕無憂，恣情享樂了。「新豐綠樹起黃埃，數騎漁陽探使回」，正是描寫探使從漁陽經由新豐飛馬轉回長安的情景。這探使身後揚起的滾滾黃塵，是迷人眼目的煙幕，又象徵著叛亂即將爆發的戰爭風雲。

詩人從「安史之亂」的紛繁複雜的史事中，只攝取了「漁陽探使回」的一個場景，是頗具匠心的。它既揭露了安祿山的狡黠，又暴露了玄宗的糊塗，有「一石二鳥」的妙用。

詩的前兩句表現了空間的轉換，後兩句「霓裳一曲千峰上，舞破中原始下來」，則表現了時間的變化。前後四句所表現的內容本來是互相獨立的，但經過詩人巧妙的剪接使使之具有互為因果的關係，暗示了兩件事之間的內在聯繫。而從全篇來看，從「漁陽探使回」到「霓裳千峰上」，是以華清宮來聯結，銜接得很自然。這樣寫，不僅以極儉省的筆墨概括了一場重大的歷史事變，更重要的是揭示出事變發生的原因，詩人的構思是很精巧的。

將強烈的諷刺意義以含蓄出之，尤其是「霓裳一曲千峰上，舞破中原始下來」兩句，不著一字議論，便將玄宗的耽於享樂、執迷不悟刻畫得淋漓盡致。說一曲霓裳可達「千峰」之上，而且竟能「舞破中原」，顯然這是極度的誇張，是不可能的事，但這樣寫卻並非不合情理。因為輕歌曼舞縱不能直接「破中原」，中原之破卻實實在在是由統治者無盡無休的沉醉於歌舞造成。而且，非這樣寫不足以形容歌舞之盛，非如此誇張不能表現統治者醉生夢死的程度以及由此產生的國破家亡的嚴重後果。此外，這兩句詩中「千峰上」同「下來」所構成的鮮明對照，力量千鈞的「始」字的運用，都無不顯示出詩人在遣詞造句方面的深厚功力，有力地烘托了主題。正是深刻的思想內容與完美的表現手法，使之成為膾炙人口的名句。全詩到此戛然而止，更顯得餘味無窮。（張明非）

沈下賢 杜牧

斯人清唱何人和，草徑苔蕪不可尋。
一夕小敷山下夢，水如環珮月如襟。

這是唐宣宗大中四年（八五〇），杜牧任湖州（治今浙江湖州）刺史時，追思憑弔中唐著名文人沈亞之的詩作。亞之字下賢，吳興（即湖州）人，唐憲宗元和十年（八一五）登進士第，工詩能文，善作傳奇小說。他的〈湘中怨解〉、〈異夢錄〉、〈秦夢記〉等傳奇，幽緲頑豔，富於神話色彩和詩的意境，在當時別具一格。李賀、杜牧、李商隱對他都很推重。杜牧這首極富風調美的絕句，表達了他對亞之的仰慕。

首句「斯人清唱何人和」，以空靈夭矯之筆詠嘆而起。「斯人」，指題中的沈下賢。「清唱」，指沈的詩歌，著一「清」字，其詩作意境的清迥拔俗與文辭的清新秀朗一齊寫出。全句亦讚亦嘆，既盛讚下賢詩歌的格清調逸，舉世無與比肩；又深慨其不為流俗所重，並世難覓同調。

沈下賢一生沉淪下僚，落拓不遇。其生平事跡，早就不為人知。當杜牧來到下賢家鄉吳興的時候，其舊日的遺跡已不復存留。「草徑苔蕪不可尋」，這位「吳興才人」的舊居早已青苔遍地，雜草滿徑，淹沒在一片荒涼之中了。生前既如此落寞，身後又如此淒清，這實在是才士最大的悲哀，也是社會對他們最大的冷落。「清唱」既無人和，遺跡又不可尋，詩人的憑弔悲慨之意，景仰同情之感，已經相當充分地表達出來。三、四兩句，就從「不可尋」進一步引發出「一夕小敷山下夢」來。

小敷山又叫福山，在浙江湖州烏程縣西南二十里，是沈下賢舊居所在地。舊居遺跡雖「草徑苔蕪不可尋」，但詩人的懷想追慕之情卻悠悠不盡，難以抑止，於是便引出「夢尋」來——「一夕小敷山下夢，水如環珮月如襟」。詩人的夢魂竟在一天晚上來到了小敷山下，在夢境中浮現的，只有鳴聲琮琤的一脈清流和潔白澄明的一彎素月。這夢境清寥高潔，極富象徵色彩。「水如環珮」，是從聲音上設喻。柳宗元〈小石潭記〉：「隔篁竹，聞水聲，如鳴珮環。」月下聞水之清音，可以想見其清瑩澄澈。「月如襟」，是從顏色上設喻，足見月色的清明皎潔。這清流與明月，似乎是這位前輩才人修潔的衣飾，令人宛見其清寥的身影；又像是他那清麗文采和清迥詩境的外化，令人宛聞其高唱的清音孤韻；更像是他那高潔襟懷品格的象徵，令人宛見其孤高寂寞的詩魂。「襟」，古代指衣的交領，引申為襟懷。杜牧〈題池州弄水亭〉詩云：「光潔疑可攬，欲以襟懷貯。」光潔的水色可攬以貯懷，如水的月光自然也可作為高潔襟懷的象徵了。所以，這「月如襟」，既是形況月色皎潔如襟，又是象徵襟懷皎潔如月。這樣地迴環設喻，彼此相映，融比興、象徵為一體，在藝術上確是一種創造。李賀的〈蘇小小墓〉詩，借「草如茵，松如蓋，風為裳，水為珮」的想像，畫出了一個美麗深情的芳魂；杜牧的這句詩，則畫出了一個高潔的詩魂。前者更注重形象的描繪，後者則更側重於意境與神韻，對象不同，筆意也就有別。

這是交織著深情仰慕和深沉悲慨的追思憑弔之作。它表現了沈下賢的生前寂寞、身後淒清的境遇，也表現了他的詩格與人格。但通篇不涉及沈下賢的生平行事，也不作任何具體的評讚，而是借助於詠嘆、想像、幻夢和比興、象徵，構成空靈蘊藉的詩境，讓讀者透過這種境界，在自己心中想像出沈下賢的高標逸韻。全篇集中筆墨反覆渲染一個「清」字：從「清唱何人和」的寂寞到「草徑苔蕪」的淒清，到「水如環珮月如襟」的清寥夢境，一意貫串，筆無旁騖。這樣把避實就虛和集中渲染結合起來，才顯得虛而傳神。（劉學鍇）

長安秋望

杜牧

樓倚霜樹外，鏡天無一毫。
南山與秋色，氣勢兩相高。

這是一曲高秋的讚歌。題為〈長安秋望〉，重點卻並不在最後的那個「望」字，而是讚美遠望中的長安秋色。「秋」的風貌才是詩人要表現的直接對象。

首句點出「望」的立足點。「樓倚霜樹外」的「倚」，是倚立的意思，重在強調自己所登的高樓巍然屹立的姿態；「外」，是「上」的意思。秋天經霜後的樹，多半木葉黃落，越發顯出它的高聳挺拔；而樓又高出霜樹之上，在這樣一個立足點上，方能縱覽長安高秋景物的全域，充分領略它的高遠澄潔之美。所以這一句實際上是全詩的出發點和基礎，沒有它，也就沒有「望」中所見的一切。

次句寫望中所見的天宇。「鏡天無一毫」，是說天空明淨澄潔得像一面纖塵不染的鏡子，沒有一絲陰翳雲彩。這正是秋日天宇的典型特徵。這種澄潔明淨到近乎虛空的天色，又進一步表現了秋空的高遠寥廓，同時也寫出了詩人當時那種心曠神怡的感受和高遠澄淨的心境。

「南山與秋色，氣勢兩相高。」第三句轉筆寫到遠望中的終南山。將它和「秋色」相比，說遠望中的南山，它那峻拔入雲的氣勢，像是要和高遠無際的秋色一賽高低。

南山是具體有形的個別事物，而「秋色」卻是抽象虛泛的，是許多帶有秋天景物特點的具體事物的集合與概括，二者似乎不好比擬。而此詩卻別出心裁地用南山襯托秋色。秋色是很難描寫的，它存在於秋天的所有景物裡，而且不同的作者對秋色有不同的觀賞角度和感受，有的取其淒清蕭瑟，有的取其明淨澄潔，有的取其高遠寥廓。這首詩的作者顯然偏於欣賞秋色之高遠無極，這是從前兩句的描寫中可以明顯看出的。但秋之「高」卻很難形容盡致（在這一點上，和寫秋之「淒」、之「清」很不相同），特別是它那種高遠無極的氣勢更是只可意會，難以言傳。在這種情況下，以實托虛便成為有效的藝術手段。具體有形的南山，襯托出了抽象虛泛的秋色，讀者透過「南山與秋色，氣勢兩相高」的詩句，不但能具體地感受到「秋色」之「高」，而且連它的氣勢、精神和性格也若有所悟了。

這首詩的好處，還在於它在寫出長安高秋景色的同時寫出了詩人的精神性格。它更接近於寫意畫。高遠、寥廓、明淨的秋色，實際上也正是詩人胸懷的象徵與外化。特別是詩的末句，賦予南山與秋色一種峻拔向上的動態。這就更鮮明地表現出了詩人的性格氣質，也使全詩在躍動的氣勢中結束，留下了充分的想像餘地。

晚唐詩往往流於柔媚綺豔，缺乏清剛遒健的骨格。這首五言短章卻寫得意境高遠，氣勢健舉，和盛唐詩人王之渙的〈登鸛雀樓〉有神合之處，儘管在雄渾壯麗、自然和諧方面還不免略遜一籌。（劉學鍇）

將赴吳興登樂遊原一絕　杜牧

清時有味是無能，閒愛孤雲靜愛僧。
欲把一麾江海去，樂遊原上望昭陵。

在唐人七絕中，也和在整個古典詩歌中一樣，以賦、比二體寫成的作品較多，興而比或全屬興體的較少。杜牧這首詩採用了「託事於物」的興體寫法，稱得上是一首「言在此而意在彼」、「言已盡而意有餘」的名篇。

這首詩是作者於宣宗大中四年（八五〇）將離長安到吳興（即湖州，今浙江湖州市）任刺史時所作。樂遊原在長安城南，地勢高敞，可以眺望，是當時的遊覽勝地。

杜牧不但長於文學，而且具有政治、軍事才能，渴望為國家作出貢獻。當時他在京城裡任吏部員外郎，投閒置散，無法展其抱負，因此請求出守外郡。對於這種被迫無所作為的環境，他當然是很不滿意的。詩從安於現實寫起，反言見意。武宗、宣宗時期，牛李黨爭正烈，宦官擅權，中央和藩鎮及少數民族政權之間都有戰鬥，何嘗算得上「清時」？詩的起句不但稱其時為「清時」，而且進一步指出，既然如此，沒有才能的自己，倒反而可以借此藏拙，這是很有意趣的。次句承上，點明「閒」與「靜」就是上句所指之「味」。而以愛孤雲之閒見自己之閒，愛和尚之靜見自己之靜，這就把閒靜之味這樣一種抽象的感情形象地顯示了出來。

第三句一轉。漢代制度，郡太守一車兩幡。幡即旌麾之類。唐時刺史略等於漢之太守。這句是說，由於在京城抑鬱無聊，所以想手持旌麾，遠去江海。（湖州北面是太湖和長江，東南是東海，故到湖州可云去江海。）第四句再轉。昭陵是唐太宗的陵墓，在長安西邊醴泉縣的九山。古人離開京城，每每多所眷戀。如曹植詩：「顧瞻戀城闕，引領情內傷。」（〈贈白馬王彪〉）杜甫詩：「無才日衰老，駐馬望千門。」（〈至德二載，甫自京金光門出，問道歸鳳翔。乾元初，從左拾遺移華州掾，與親故別，因出此門有悲往事〉）都是傳誦人口之句。但此詩寫登樂遊原不望皇宮、城闕，也不望其他已故皇帝的陵墓，而獨望昭陵，則是別有深意的。唐太宗是唐代、也是古代社會中傑出的皇帝。他建立了大唐帝國，文治武功，都很煊赫；而知人善任，唯賢是舉，則是他獲得成功的重要因素之一。詩人登高縱目，西望昭陵，就不能不想起當前國家衰敗的局勢，自己閒靜的處境來，而深感生不逢時之可悲可嘆了。詩句雖然只是以登樂遊原起興，說到望昭陵，戛然而止，不再多寫一字，但其對國家的熱愛，對盛世的追懷，對自己無所施展的悲憤，無不包括在內。寫得既深刻，又簡練；既沉鬱，又含蓄，真所謂「稱名也小，取類也大」（南朝劉勰《文心雕龍．比興》）。（沈祖棻）

潤州二首（其二） 杜牧

向吳亭東千里秋，放歌曾作昔年遊。青苔寺裡無馬跡，綠水橋邊多酒樓。
大抵南朝皆曠達，可憐東晉最風流。月明更想桓伊在，一笛聞吹出塞愁。

這是杜牧遊覽江南時寫的詩。潤州，治所在今江蘇鎮江。向吳亭在丹陽縣（今屬江蘇）南面。首句起勢恢弘。詩人登上向吳亭，極目東望，茫茫千里，一片清秋景色，給人一種極荒忽無際的感覺。詩人的萬端思緒，便由登覽而觸發，大有紛至沓來之勢。

詩從眼前的景色寫起，再一筆宕開，追憶起昔年遊覽的情形。「放歌」二字可見當年酣舞狂歌的賞心樂事，如今舊地重遊，恰逢惹愁的高秋季節，神往之中隱含著往事不再的悲哀。這一聯，一景一情，寫詩人初上亭來的所見、所感，並點出時間、地點、事由。

頷聯沒有續寫昔年遊覽的光景，而是以不盡盡之，把思路從昔年拉回到眼前，承首句寫詩人下亭遊覽時所見的景物。潤州係東晉、南朝時的重鎮，也是當時士人們嬉遊的繁華都會。「青苔」二句，一寫先朝遺寺的荒涼冷落，一寫河邊酒樓盛景依舊，對仗十分工整。從寫法上看，本來是寺裡長滿青苔，橋下蕩漾綠水，詩人卻故意顛倒語序，把鮮明的色彩放在句頭，突出一衰一盛的對比，形象地反映了潤州一帶風物人情的滄桑變化，這就為下一聯抒發思古之情創造了條件。

頸聯再轉，讓思路從眼前出發，漫遊時空，飛躍到前代。詩人由眼前的遺寺想到東晉、南朝，又由酒樓想到曾在這裡嬉遊過的先朝士人，巧妙地借先朝士人的生活情事而寄慨。東晉、南朝的士人，曠達風流曾為一時美談，可是他們在歷史的舞臺上都不過是匆匆的過客而已，只留下虛名為後人所企羨。中間兩聯由覽物而思古，充滿著物在人空的無限哀婉之意。

詩人似乎長時間地沉浸在遐想中，直到日落月出，江面傳來一聲愁笛，才把他從沉思中喚醒。詩用「月明」表明時間的推移，以見沉思之久。「更想」的「更」字，則有無限低迴往復多情之意。然而這一聯的妙處，尤在其意境的深遠。秋夜月明，清冷淒迷，忽然傳來〈出塞〉曲的悲怨笛聲，又給詩增添了一層蒼涼哀切的氣氛。詩人由笛聲而更想到東晉「盡一時之妙，為江左第一」（《晉書》）的吹笛好手桓伊，他要借桓伊的笛聲來傳達心中的無限哀愁。豐富的想像，把時隔數百載的人事勾連起來，使歷史與現實，今人與古人，眼前的景物與心中的情事，在時空上渾然融成一體。因此，詩雖將無窮思緒以一「愁」字了結，卻給人以跌宕迴環、悠悠不已之感。

這首詩所抒發的，不過是古代知識分子因不得志所產生的人生無常的悲慨，但在藝術上卻很有特色。詩忽而目前，忽而昔年，忽而往古，忽而現在，忽而雜糅今古；忽而為一己哀愁，忽而為千古情事，忽而熔二者於一爐：揮灑自如，放縱不羈，在時空上和感情的表達上跳躍性極大。前人評杜牧的詩「氣俊思活」（明周履靖《騷壇祕語》），於此可見一斑。（張金海）

題揚州禪智寺 杜牧

雨過一蟬噪，飄蕭松桂秋。青苔滿階砌，白鳥故遲留。
暮靄生深樹，斜陽下小樓。誰知竹西路，歌吹是揚州。

唐文宗開成二年（八三七），杜牧的弟弟杜顗患眼病寄居揚州禪智寺。當時，杜牧任監察御史，分司東都洛陽，得知消息，即攜眼醫石公集赴揚州探視（見杜牧〈上宰相求湖州第二啟〉）。唐制規定：「職事官假滿百日，即合停解。」杜牧因假逾百日而離職。此詩著意寫禪智寺的靜寂，和詩人憂弟病、傷前程的黯然心境不無關係。

「雨過一蟬噪，飄蕭松桂秋。」從「蟬」和「秋」這兩個字來看，其時當為初秋。那時蟬噪本已嘶啞，「一蟬噪」，就更使人覺得音色的淒咽；在風中搖曳的松枝、桂樹也露出了蕭瑟秋意。詩人在表現這一耳聞目睹的景象時，用意遣詞都十分精細。「蟬噪」反襯出禪智寺的靜，靜中見鬧，鬧中見靜。秋雨秋風則烘托出禪智寺的冷寂。

接著，詩人又從視覺角度寫靜。「青苔滿階砌，白鳥故遲留。」臺階長滿青苔，則行人罕至；寺內白鳥徘徊，不願離去，則又暗示寺的空寂人稀。青苔、白鳥，似乎是所見之物，信手拈來，卻使人倍覺孤單冷落。

「暮靄生深樹，斜陽下小樓。」從明暗的變化寫靜。禪智寺樹林茂密，陽光不透，夕陽西下，暮靄頓生。於濃蔭暮靄的幽暗中見靜。「斜陽下小樓」，從暗中見明來反補一筆，頗得錦上添花之致。透過暮靄深樹，看到一抹斜陽的餘暉，使人覺得禪智寺冷而不寒，幽而不暗。然而，這畢竟是「斜陽」，而且是已「下小樓」的斜陽。這種反襯帶來的效果卻是意外的幽，格外的暗，分外的靜。

至此，詩人透過不同的角度展示出禪智寺的幽靜，似乎文章已經做完。然而，忽又別開生面，把熱鬧的揚州拉出來作陪襯：「誰知竹西路，歌吹是揚州。」禪智寺在揚州的東北，靜坐寺中，秋風傳來遠處揚州的歌吹之聲，詩人感慨係之：身處如此歌舞喧鬧、市井繁華的揚州，卻只能在靜寂的禪智寺中淒涼度日，「冠蓋滿京華，斯人獨憔悴」（杜甫〈夢李白二首〉其二）的傷感油然而生，不可遏止，寫景中暗含著詩人多少身世感受、淒涼情懷。

這首詩寫揚州禪智寺的靜，開頭用靜中一動襯托，結尾用動中一靜突出，一開篇，一煞尾，珠聯璧合，相映成趣，藝術構思是十分巧妙的。（湯貴仁）

江南春 杜牧

千里鶯啼綠映紅，水村山郭酒旗風。
南朝四百八十寺，多少樓臺煙雨中。

這首〈江南春〉，千百年來素負盛譽。四句詩，既寫出了江南春景的豐富多彩，也寫出了它的廣闊、深邃和迷離。

「千里鶯啼綠映紅，水村山郭酒旗風。」詩一開頭，就像迅速移動的電影鏡頭，掠過南國大地：遼闊的千里江南，黃鶯在歡樂地歌唱，叢叢綠樹映著簇簇紅花；傍水的村莊，依山的城郭，迎風招展的酒旗，一一在望。迷人的江南，經過詩人生花妙筆的點染，顯得更加令人心旌搖蕩了。搖蕩的原因，除了景物的繁麗外，恐怕還由於這種繁麗，不同於某處園林名勝，僅僅局限於一個角落，而是由於這種繁麗是鋪展在大塊土地上的。因此，開頭如果沒有「千里」二字，這兩句就要減色了。但是，明代楊慎在《升庵詩話》卷八中說：「千里鶯啼，誰人聽得？千里綠映紅，誰人見得？若作十里，則鶯啼綠紅之景，村郭、樓臺、僧寺、酒旗，皆在其中矣。」對於這種意見，清代何文煥在《歷代詩話考索》中曾駁斥道：「即作十里，亦未必盡聽得著，看得見。題云〈江南春〉，江南方廣千里，千里之中，鶯啼而綠映焉，水村山郭，無處無酒旗，四百八十寺，樓臺多在煙雨中也。此詩之意既廣，不得專指一處，故總而命曰〈江南春〉。詩家善立題者也。」何文煥的說法是對的，這是出於文學藝術典型概括的需要。同樣的道理也適用於後兩句。「南朝四百八十寺，多少樓臺煙雨中。」從前兩句看，鶯鳥啼鳴，紅綠相映，酒旗招展，應該是晴天的景象，但這兩句明明寫到煙雨，是怎麼回事呢？這是因為千里範圍內，各處陰晴不同，也是完全可以理解的。

還需要看到的是，詩人運用了典型化的手法，把握住了江南景物的特徵。江南特點是山重水複，柳暗花明，色調錯綜，層次豐富而有立體感。詩人在縮千里於尺幅的同時，著重表現了江南春天掩映相襯、豐富多彩的美麗景色。詩的前兩句，有紅綠色彩的映襯，有山水的映襯，村莊和城郭的映襯，有動靜的映襯，有聲色的映襯。但光是這些，似乎還不夠豐富，還只描繪出江南春景明朗的一面。所以詩人又加上精彩的一筆：「南朝四百八十寺，多少樓臺煙雨中。」金碧輝煌、屋宇重重的佛寺，本來就給人一種深邃的感覺，現在詩人又特意讓它出沒掩映於迷濛的煙雨之中，這就更增加了一種朦朧迷離的色彩。這樣的畫面和色調，與「千里鶯啼綠映紅，水村山郭酒旗風」的明朗絢麗相映，就使得這幅「江南春」的圖畫變得更加豐富多彩。「南朝」二字更給這幅畫面增添悠遠的歷史色彩。「四百八十」是唐人強調數量之多的一種說法。詩人先強調建築宏麗的佛寺非止一處，然後再接以「多少樓臺煙雨中」這樣的唱嘆，就特別引人遐想。

這首詩表現了詩人對江南景物的讚美與神往。但有的研究者提出了「諷刺說」，認為南朝皇帝在歷史上是以佞佛著名的，杜牧的時代佛教也是惡性發展，而杜牧又有反佛思想，因之末二句是諷刺。其實，解詩首先應該從藝術形象出發，而不應該作抽象的推論。杜牧反對佛教，並不等於對歷史上遺留下來的佛寺建築也一定討厭。他在宣州，常常去開元寺等處遊玩。在池州也到過一些寺廟，還和僧人交過朋友。著名的詩句，像「九華山路雲遮寺，青弋江村柳拂橋」（〈宣州送裴坦判官往舒州，時牧欲赴官歸京〉），「秋山春雨閒吟處，倚遍江南寺寺樓」（〈念昔遊三首〉其二），都說明他對佛寺樓臺還是欣賞、留連的。當然，在欣賞的同時，偶爾浮起那麼一點歷史感慨也是可能的。（余恕誠）

題宣州開元寺水閣，閣下宛溪，夾溪居人　杜牧

六朝文物草連空，天淡雲閒今古同。鳥去鳥來山色裡，人歌人哭水聲中。
深秋簾幕千家雨，落日樓臺一笛風。惆悵無因見范蠡，參差煙樹五湖東。

這首七律寫於唐文宗開成年間。當時杜牧任宣州（治今安徽宣州）團練判官。宣州城東有宛溪流過，城東北有秀麗的敬亭山，風景優美。南朝詩人謝脁曾在這裡做過太守，杜牧在另一首詩裡稱為「詩人小謝城」（〈自宣州赴官入京，路逢裴坦判官歸宣州，因題贈〉）。城中開元寺（本名永樂寺），建於東晉時代，是名勝之一。杜牧在宣州期間經常來開元寺遊賞賦詩。這首詩抒寫了詩人在寺院水閣上，俯瞰宛溪，眺望敬亭山時的古今之慨。

詩一開始寫登臨覽景，勾起古今聯想，造成一種籠罩全篇的氣氛：六朝的繁華已成陳跡，放眼望去，只見草色連空。那天淡雲閒的景象，倒是自古至今，未發生什麼變化。這種感慨固然由登臨引起，但聯繫詩人的經歷看，還有更深刻的內在因素。詩人此次來宣州已經是第二回了。八年前，沈傳師任宣歙觀察使（治宣州）的時候，他曾在沈的幕下供職。這兩次的變化，如他自己所說：「我初到此未三十，頭腦釤利筋骨輕。」「重遊鬢白事皆改，唯見東流春水平。」（同上〈自宣州赴官入京……〉）這自然要加深他那種人世變易之感。這種心情滲透在三、四兩句的景色描寫中：敬亭山像一面巨大的翠色屏風，展開在宣城的近旁，飛鳥來去出沒都在山色的掩映之中。宛溪兩岸，百姓臨河夾居，人歌人哭，摻合著水聲，隨著歲月一起流逝。這兩句似乎是寫眼前景象，

寫「今」，但同時又和「古」相溝通。飛鳥在山色裡出沒，固然是向來如此，而人歌人哭，也並非某一片刻的景象。「歌哭」語出《禮記．檀弓》：「晉獻文子成室，晉大夫發焉。張老曰：『美哉輪焉！美哉奐焉！歌於斯，哭於斯，聚國族於斯。』」「歌哭」言喜慶喪弔，代表了人由生到死的過程。「人歌人哭水聲中」，宛溪兩岸的人們就是這樣世世代代聚居在水邊。這些都不是詩人一時所見，而是平時積下的印象，在登覽時被觸發了。

接下去兩句，展現了時間上並不連續卻又每每使人難忘的景象：一是深秋時節的密雨，像給上千戶人家掛上了層層的雨簾；一是落日時分，夕陽掩映著的樓臺，在晚風中送出悠揚的笛聲。兩種景象，一陰，一晴，一朦朧，一明麗，在現實中是難以同時出現的。但當詩人面對著開元寺水閣下這片天地時，這種雖非同時，然而卻是屬於同一地方獲得的印象，匯集複合起來了，從而融合成一個對宣城、對宛溪的綜合而長久性的印象。這片天地，在時間的長河裡，就是長期保持著這副面貌吧？這樣，與「六朝文物草連空」相映照，那種文物不見、風景依舊的感慨，自然就愈來愈強烈了。客觀世界是持久的，歌哭相迭的一代代人生卻是有限的。這使詩人沉吟和低迴不已，於是，詩人的心頭浮動著對范蠡的懷念，無由相會，只見五湖方向，一片參差煙樹而已。五湖指太湖及與其相屬的四個小湖，因而也可視作太湖的別名。從方位上看，它們是在宣城之東。春秋時范蠡曾輔助越王句踐打敗吳王夫差，功成之後，為了避免越王的猜忌，乘扁舟歸隱於五湖。他徜徉在大自然的山水中，為後人所豔羨。詩中把宣城風物描繪得很美，很值得留連，而又慨嘆六朝文物已成過眼雲煙，大有無法讓人生永駐的感慨。這樣，遊於五湖享受著山水風物之美的范蠡，自然就成了詩人懷戀的對象了。

詩人的情緒並不高，但把客觀風物寫得很美，並在其中織入「鳥去鳥來山色裡」、「落日樓臺一笛風」這樣一些明麗的景象，詩的節奏和語調輕快流走，給人爽利的感覺。明朗、健爽的因素與低迴惆悵交互作用，在這首詩裡體現出了杜牧詩歌的所謂拗峭的特色。（余恕誠）

宣州送裴坦判官往舒州，時牧欲赴官歸京　杜牧

日暖泥融雪半銷，行人芳草馬聲驕。九華山路雲遮寺，青弋江村柳拂橋。
君意如鴻高的的，我心懸旆正搖搖。同來不得同歸去，故國逢春一寂寥！

這首詩在寫景上很成功，從中可以領略到古代詩詞中寫景的種種妙用。

此詩作於唐文宗開成四年（八三九）春，在宣州（治今安徽宣州）做官的杜牧即將離任，回京任職。他的朋友、在宣州任判官的裴坦要到舒州（治今安徽潛山）去，詩人便先為他送行，並賦此詩相贈。且看它是怎樣著筆的吧：

「日暖泥融雪半銷，行人芳草馬聲驕。」詩一出手，就用明快的色調，簡潔的筆觸，勾畫出一幅「春郊送別圖」：一個初春的早晨，和煦的太陽照耀著大地，積雪大半已消融，解凍的路面布滿泥濘。經冬的野草茁出了新芽，原野上一片青蔥。待發的駿馬興奮地踢著蹄，打著響鼻，又不時仰頭長嘶，似乎在催促主人上路……這兩句詩不只是寫景而已，它還交代了送行的時間、環境，渲染了離別時的氛圍。

三、四兩句又展示了兩幅美景：「九華山路雲遮寺，青弋江村柳拂橋。」一幅是懸想中雲霧繚繞的九華山路旁，寺宇時隱時現。九華山是中國佛教四大名山之一，有「佛國仙城」之稱。山在池州青陽（今屬安徽）西南，為宣州去舒州的必經之處。「九華山路」暗示裴坦的行程。一幅是眼前綠水環抱的青弋江村邊，春風楊柳，

輕拂橋面。青弋江在宣城西，江水紺碧，景色優美。「青弋江村」，點明送別地點。「雲遮寺」、「柳拂橋」，最能體現地方風物和季節特色，同時透出詩人對友人遠行的關切和惜別時的依戀之情。這裡以形象化描繪代替單調冗長的敘述，語言精練優美，富有韻味。兩句一寫山間，一寫水邊，一寫遠，一寫近，靜景中包含著動態，畫面形象而鮮明，使人有身臨其境的感覺。

以上四句透過寫景，不露痕跡地介紹了環境，交代了送行的時間和地點，暗示了事件的進程，手法是十分高妙的。後面四句，借助景色的襯托，抒發惜別之情，更見詩人的藝術匠心。

「君意如鴻高的的，我心懸旆正搖搖。」敘寫行者與送行者的不同心境。「的的」，是鮮明的樣子。裴坦剛中進士不久，春風得意，躊躇滿志，像鴻雁那樣展翅高飛。所以，儘管在離別的時刻，也仍然樂觀、開朗。而杜牧的心情是兩樣的。他宦海浮沉，不很得意。現在要與好友離別，臨歧執手，更覺「心搖搖然如懸旌而無所終薄」（《史記·蘇秦傳》），一種空虛無著、悵然若失的感覺油然而生。

最後兩句把「送裴坦」和自己將要「赴官歸京」兩重意思一齊綰合，寫道：「同來不得同歸去，故國逢春一寂寥！」兩人原來是一起從京城到宣州任職的，現在卻不能一同回去了；想到在這風光明媚的春日裡，隻身回到京城以後，將會感到多麼寂寞啊！

詩的前半部分環境描寫與後半部分詩人惆悵心情構成強烈對比：江南的早春，空氣是那樣清新，陽光是那樣明亮，芳草是那樣鮮美，人（裴坦）是那樣倜儻風流，熱情自信，周圍一切都包孕著生機，充滿了希望。而自己呢？並沒有因此感到高興，反而受到刺激，更加深了內心的痛苦。這裡是以江南美景反襯人物的滿腹愁情。花鳥畫中有一種「背襯」的技法，就是在畫絹的背面著上潔白的鉛粉，使正面花卉的色彩越發嬌豔動人。這首詩寫景入妙，也正是用的這種「反襯」手法。（周錫䪖）

登池州九峰樓①寄張祜　杜牧

百感衷來不自由，角聲孤起夕陽樓。碧山終日思無盡，芳草何年恨即休。
睫在眼前長不見，道②非身外更何求？誰人得似張公子，千首詩輕萬戶侯③！

〔註〕①九峰樓：一作九華樓。清《一統志》云：「在貴池縣九華門上，唐建。」②道：指宇宙的本體及其規律，這裡有「真理」的意思。③萬戶侯：食邑萬戶的列侯。這裡比喻高官厚祿。

宋人計有功的《唐詩紀事》卷五二載：「杜牧之守秋浦，與祜遊，酷吟其〈宮詞〉。亦知樂天有非之之論。乃為詩曰：睫在眼前人不見，道非身外更何求？誰人得似張公子，千首詩輕萬戶侯。」可知此詩係有感於白居易之非難張祜而發。唐穆宗長慶年間（八二一～八二四），白居易為杭州刺史，張祜請他貢舉自己去長安應進士試。白居易出題面試，把張祜置於徐凝之下，使頗有盛名的張祜大為難堪。杜牧事後得知，也很憤慨。武宗會昌五年（八四五）秋天，張祜從丹陽（今屬江蘇）寓地來到池州（治今安徽貴池）看望出任池州刺史的杜牧。兩人遍遊境內名勝，以文會友，交誼甚洽。此詩即作於此次別後。詩人把自己對白居易的不滿與對張祜的同情、慰勉和敬重，非常巧妙而有力地表現了出來。

這首詩純乎寫情，旁及景物，也無非為了映托感情。第一句用逆挽之筆，傾瀉了滿腔感喟。眾多的感慨一齊湧上心頭，已經難於控制了。「角聲」句勢遒而意奇，為勾起偌多感嘆的「誘因」。這一聯以先果後因的倒裝句式，造成突兀、警聳的藝術效果。「孤起」二字，警醒俊拔，高出時流甚遠。一樣的斜陽畫角，用它一點染，氣格便覺異樣，似有一種曠漠、淒咽的情緒汩汩從行間流出。角聲本無所謂孤獨，是岑寂的心境給它抹上了這種感情色彩。彳亍舊地，獨憑欄杆，自然要聯想到昔日同遊的歡樂，相形之下，更顯得獨遊的淒黯了。

三、四句承上而來，抒發別情。對面的青山——前番是把臂同遊的處所；夾道的芳草——伴隨著友人遠去天涯。翠峰依舊，徒添知己之思；芳草連天，益增離別之恨。離思是無形的，把它寄寓在路遠山長的景物中，便顯得豐滿、具體，情深意長了。「芳草」又是賢者的象徵。《楚辭．九章．思美人》云：「惜吾不及古人兮，吾誰與玩此芳草。」即以之比有德君子。詩人正是利用這種具有多層意蘊的詞語暗示讀者，引發出豐富的聯想來，思致活潑，宛轉關情。

五、六兩句思筆俱換，由抽繹心中的懷想，轉為安慰對方。目不見睫，喻人之無識，這是對白居易的微詞。「道非身外」，稱頌張祜詩藝之高，有道在身，又何必向別處追求呢？這是故作理趣語，來慰藉自傷淪落的詩友。自此，詩的境界為之一換，格調也迥然不同，可見作者筆姿的靈活多變。七、八句就此更作發揮。「誰人得似」即無人可比之意，推崇之高，無以復加。末句「千首詩輕萬戶侯」補足「誰人得似」句意，大開大合，結構嚴謹。在杜牧看來，張祜把詩歌看得比高官厚祿更重，有誰及得上他的清高豁達呢？

這首詩結響遒勁，由後向前，層層揭起，恰似倒捲簾櫳，一種如虹意氣照徹全篇，化盡涕洟，並成酣暢。這種旋折迴蕩的藝術腕力，是很驚人的。

一首詩裡表現出這麼複雜的感情，有紛拏的棖觸，綿渺的情思，氣類的感憤，理趣的闡發和名士所特具的灑脫與豪縱。風骨錚錚，窮極變化。喜怒言笑，都是杜牧的自家面目。小杜的俊邁、拗峭，深於感慨的詩風，於此也可略窺究竟了。（周篤文）

九日齊山登高　杜牧

江涵秋影雁初飛，與客攜壺上翠微。塵世難逢開口笑①，菊花須插滿頭歸。
但將酩酊酬佳節，不用登臨恨落暉②。古往今來只如此，牛山何必獨霑衣③？

〔註〕①《莊子．盜跖》：「人上壽百歲，中壽八十，下壽六十，除病瘦、死喪、憂患，其中開口而笑者，一月之中不過四五日而已矣。」
②一作「歎落暉」。③一作「淚霑衣」。

這首詩是唐武宗會昌五年（八四五）杜牧任池州（治今安徽貴池）刺史時的作品。

「江涵秋影雁初飛，與客攜壺上翠微。」重陽佳節，詩人和朋友帶著酒，登上池州城東南的齊山。江南的山，到了秋天仍然是一片縹青色，這就是所謂翠微。人們登山，彷彿是登在這一片可愛的顏色上。由高處下望江水，空中的一切景色，包括初飛來的大雁的身影，都映在碧波之中，更顯得秋天水空的澄肅。詩人用「涵」來形容江水彷彿把秋景包容在自己的懷抱裡，用「翠微」這樣美好的詞來代替秋山，都流露出對於眼前景物的愉悅感受。這種節日登臨的愉悅，給詩人素來抑鬱不舒的情懷，注入了一股興奮劑。

「塵世難逢開口笑，菊花須插滿頭歸。」他面對著秋天的山光水色，臉上浮起了笑容，興致勃勃地折下滿把的菊花，覺得應該插個滿頭歸去，才不辜負這一場登高。詩人意識到，塵世間像這樣開口一笑，實在難得。在這種心境支配下，他像是勸客，又像是勸自己：「但將酩酊酬佳節，不用登臨恨落暉。」——斟起酒來喝吧，只管用酩酊大醉來酬答這良辰佳節，無須在節日登臨時為夕陽西下，為人生遲暮而感慨、怨恨。這中間四句給人一種感覺：詩人似乎想用偶然的開心一笑，用節日的醉酒，來掩蓋和消釋長期積在內心的鬱悶。但鬱悶仍然存在著，塵世終歸是難得一笑，落暉畢竟就在眼前。於是，詩人進一步安慰自己：「古往今來只如此，牛山何必獨霑衣？」春秋時，齊景公遊於牛山，北望國都臨淄流淚說：「若何滂滂去此而死乎！」（《晏子春秋．諫上》）詩人由眼前所登池州的齊山，聯想到齊景公的牛山墜淚，認為像「登臨恨落暉」所感受到的那種人生無常，是古往今來盡皆如此的。既然並非今世才有此恨，又何必像齊景公那樣獨自傷感流淚呢？

從詩中可以看出情懷的鬱結，但詩人倒不一定是故意用曠達的話，來表現他的苦悶，而是在登高時交織著抑鬱和欣喜兩種情緒。詩人主觀上未嘗不想用節日登高的快慰來排遣抑鬱。篇中「須插」、「但將」、「不用」以及「何必」等詞語的運用，都可以清楚地讓人感受到詩人情感上的掙扎。至於實際上並沒有真正從抑鬱中掙扎出來，那是另一回事。

詩人的愁悶何以那樣深、那樣難以驅遣呢？除了因為杜牧自己懷有很高的抱負而在晚唐的政治環境中難以得到施展外，還與這次和他同遊的人，也就是詩中所稱的「客」有關。這位「客」不是別人，正是詩人張祜，他比杜牧年長，而且詩名早著。穆宗時令狐楚賞識他的詩才，曾上表推薦，但由於受到元稹的排抑，未能見用。這次張祜從丹陽（今屬江蘇）特地趕來拜望杜牧。杜牧對他的被遺棄是同情的，為之憤憤不平。因此詩中的抑鬱，實際上包含了兩個人懷才不遇、同病相憐之感。這才是詩人無論怎樣力求曠達，而精神始終不佳的深刻原因。

詩人的曠達，在語言情調上表現為爽利豪宕；詩人的抑鬱，表現為「塵世難逢開口笑」、「不用登臨恨落暉」、「牛山何必獨霑衣」的悽惻低迴，愁情拂去又來，愈排遣愈無能為力。這兩方面的結合，使詩顯得爽快健拔而又含思悽惻。（余恕誠）

齊安郡①中偶題二首（其二）　杜牧

兩竿落日溪橋上，半縷輕煙柳影中。
多少綠荷相倚恨，一時回首背西風。

〔註〕①齊安郡：唐天寶元年（七四二）改黃州為齊安郡。治所在今湖北新洲。

這首詩標明「偶題」，應是一首即景抒情之作。詩人在秋風乍起的季節，日已偏西的時光，把偶然進入視線的溪橋上、柳岸邊、荷池中的景物，加以剪裁和點染，組合成一幅意象清幽、情思蘊結的畫圖。在作者的妙筆下，畫意與詩情是完美地融為一體的。

首句「兩竿落日溪橋上」，點明時間和地點。時間是「兩竿落日」，則既非在紅日高照之下，也非在暮色蒼茫之中。在讀者眼前展開的這幅畫中的光線和亮度是柔和宜目的。地點是「溪橋上」，則說明詩人行吟之際，既非漫步岸邊，也非泛舟溪面。這為後三句遠眺岸上柳影，俯視水上綠荷定了方位。

次句「半縷輕煙柳影中」，寫從溪橋上所見的岸柳含煙之景。詩人的觀察極其細微，用詞也極其精確。這一句中的「半縷輕煙」與上句中的「兩竿落日」，不僅在字面上屬對工整，而且在理路上有其內在聯繫。正因日已西斜，望中的岸柳才會含煙；又因落日究竟還有兩竿之高，就不可能是朦朧彌漫的一片濃煙，只可能是若有若無的「半縷輕煙」；而且，這「半縷輕煙」不可能浮現在日光照到之處，只可能飄蕩在「柳影」籠罩之中。

前兩句詩純寫景物，但從詩人所選中的落日、煙柳之景，讀者自會感到：畫面的景色不是那麼明快，而是略帶暗淡的；詩篇的情調不是那麼開朗，而是略帶感傷的。這是為引逗出下半首的綠荷之「恨」而安排的合適的環境氣氛。

三、四兩句「多少綠荷相倚恨，一時回首背西風」，寫從溪橋上所見的荷葉受風之狀。這兩句詩，除以問語「多少」兩字領起，使詩句呈現與所寫內容相表裡的風神搖曳之美外，上句用「相倚」兩字托出了青蓋亭亭、簇擁在水面上的形態，而下句則在「回首」前用了「一時」兩字，傳神入妙地攝取了陣風吹來，滿溪荷葉隨風翻轉這一刹那間的動態。在古典詩詞中，可以摘舉不少寫風荷的句子，其中最為人所熟知的是宋人周邦彥〈蘇幕遮‧燎沉香〉詞「葉上初陽乾宿雨，水面清圓，一一風荷舉」幾句。近代王國維在《人間詞話》中稱讚這幾句詞是「真能得荷之神理者」。而如果只取其一點來比較，應當說，杜牧的這兩句詩把風荷的形態寫得更為飛動，不僅筆下傳神，而且字裡含情。

這裡，詩人既在寫景之時「隨物以宛轉」（南朝梁劉勰《文心雕龍‧物色》），刻畫入微地曲盡風荷的形態、動態；又在感物之際「與心而徘徊」（同上），別有所會地寫出風荷的神態、情態。當然，風荷原本無情，不應有恨。風荷之恨是從詩人的心目中呈現的。詩人把自己的感情貫注到風荷之中，帶著自己感情色彩去看風荷「相倚」、「回首」之狀，覺得它們似若有情，心懷恨事，因而把對外界物態的描摹與自我內情的表露，不期而然地融合為一。這裡，表面寫的是綠荷之恨，實則物中見我，寫的是詩人之恨。

那麼，這首詩中的詩人之恨是什麼呢？

南唐中主李璟有首〈攤破浣溪沙〉詞，下半闋換頭兩句「細雨夢回雞塞遠，小樓吹徹玉笙寒」，歷來為人所傳誦。王國維在《人間詞話》中卻認為，這兩句不如它的上半闋開頭兩句「菡萏香銷翠葉殘，西風愁起綠波間」，並讚賞其「大有眾芳蕪穢，美人遲暮之感」。而原詞接下來還有兩句是：「還與韶光共憔悴，不堪看。」這幾句詞以及王國維的贊語，正可以作杜牧這兩句詩的注腳。聯繫杜牧的遭遇來看，其所表現的就是這樣一種芳時不再、美人遲暮之恨。杜牧是一個有政治抱負和主張的人，而不幸生在唐王朝的沒落時期，平生志事，百無一酬，這時又受到排擠，出為外官，懷著壯志難酬的隱痛，所以在他的眼底、筆下，連眼前無情的綠荷，也彷彿充滿哀愁了。（陳邦炎）

齊安郡後池絕句　杜牧

菱透浮萍綠錦池，夏鶯千囀弄薔薇。
盡日無人看微雨，鴛鴦相對浴紅衣。

這是一首畫面優美、引人入勝的小詩。它把讀者引入一座幽靜無人的園林，在絲雨的籠罩下，有露出水面的菱葉，鋪滿池中的浮萍，有穿葉弄花的鳴鶯，花枝離披的薔薇，還有雙雙相對的浴水鴛鴦。詩人把這些生機盎然、雜呈眼底的景物，加以剪裁，組合成詩，使人好似看到了一幅清幽而妍麗的畫圖。詩的首句「菱透浮萍綠錦池」和末句「鴛鴦相對浴紅衣」，描畫的都是池面景，點明題中的「後池」。次句「夏鶯千囀弄薔薇」，描畫的是岸邊景。這是池面景的陪襯，而從這幅池塘夏色圖的布局來看，又是必不可少的。至於第三句「盡日無人看微雨」，雖然淡淡寫來，卻是極為關鍵的一句，它為整幅畫染上一層幽寂、迷濛的色彩。句中的「看」字，則暗暗托出觀景之人。四句詩安排得錯落有致，而又融會為一個整體，給人以悅目賞心的美感。

這首詩之使人產生美感，還因為它的設色多彩而又協調。南朝梁劉勰在《文心雕龍·物色》中指出「摛表五色，貴在時見」，並舉「《雅》詠棠華，或黃或白，〈騷〉述秋蘭，綠葉紫莖」為例。這首絕句在色彩的點染上，交錯使用了明筆和暗筆。「綠錦池」、「浴紅衣」，明點綠、紅兩色；「菱」、「浮萍」、「鶯」、「薔薇」，則透過物體暗示綠、黃兩色。出水的菱葉和水面的浮萍都是翠綠色，夏鶯的羽毛是嫩黃色，而初夏開放的薔薇花也多半是黃色。就整個畫面的配色來看，第一句在池面重疊覆蓋上菱葉和浮萍，好似織成了一片綠錦。第二句則為這片綠錦繡上了黃鳥、黃花。不過，這樣的色彩配合也許素淨有餘而明豔不足，因此，詩的末句特以鴛鴦的紅衣為畫面增添色澤，從而使畫面更為醒目。

這首詩還運用了以動表靜、以聲響顯示幽寂的手法。它所要表現的本是一個極其靜寂的環境，但詩中不僅有禽鳥浴水、弄花的動景，而且還讓薔薇叢中傳出一片鶯聲。這樣寫，並沒有破壞環境的靜寂，反而顯得更靜寂。這是因為，動與靜，聲與寂，看似相反，其實相成。王籍〈入若耶溪〉詩「蟬噪林逾靜，鳥鳴山更幽」二句，正道破了這一奧祕。

這首詩通篇寫景，但並不是一首單純的寫景詩，景中自有人在，自有情在。三、四兩句是全篇關目。第三句不僅展示一個「盡日無人」的環境，而且隱然還有一位盡日看雨之人，其百無聊賴的情狀是可以想見的。句中說「看微雨」，其實，絲雨紛紛，無可寓目，可寓目的應是菱葉、浮萍、池水、鳴鶯、薔薇。而其人最後心目所注卻是池面鴛鴦的相對戲水。這對鴛鴦更映襯出看雨人的孤獨必然使他見景生情，生發許多聯想、遐想。可與這首詩參讀的有清焦循〈秋江曲〉：「早看鴛鴦飛，暮看鴛鴦宿。鴛鴦有時飛，鴛鴦有時宿。」兩詩妙處都在不道破注視鴛鴦的人此時所想何事，何懷何情，而篇外之意卻不言自見。對照兩詩，杜牧的這首詩可能更空靈含蓄，更有若即若離之妙。（陳邦炎）

題齊安城樓　杜牧

嗚軋江樓角一聲，微陽瀲瀲落寒汀。
不用憑欄苦回首，故鄉七十五長亭。

唐時每州都有一個郡名，因高祖武德元年改隋郡為州，玄宗天寶元年又改州為郡，肅宗時復改為州，所以有這種情況。「齊安」是黃州（治今湖北新洲）的郡名，詩當作於武宗會昌初作者出守黃州期間。

這首宦遊思鄉之作，讚許者幾乎異口同聲地稱引其末句。明人楊慎說：「大抵牧之詩，好用數目垛積，如『南朝四百八十寺』、『二十四橋明月夜』、『故鄉七十五長亭』是也。」（《升庵詩話》）清王漁洋更說：「唐詩如『故鄉七十五長亭』、『紅闌四百九十橋』，皆妙，雖『算博士』何妨！……高手驅使自不覺也。」（《帶經堂詩話》）說它數字運用頗妙，確不乏見地。茲再予申論如下。

此詩首句「嗚軋（一作「嗚咽」）江樓角一聲」，「一聲」兩字很可玩味。本是暮角聲聲，斷而復連，只寫「一聲」也就是第一聲，顯然是強調它對詩中人影響甚著。他一直高踞城樓，俯臨大江，憑欄回首，遠眺通向鄉關之路。正出神之際，忽然一聲角嗚，使他不由驀然驚醒，這才發現天色已晚，夕陽已沉沒水天之際。這就寫出一種「苦回首」的情態。擬聲詞「嗚軋」，用在句首，正造成似晴空一聲雷的感覺。

由於寫「一聲」就產生一個特殊的情節，與「吹角當城漢月孤」（李益〈聽曉角〉）一類寫景抒情詩句同中有異。嗚咽的角聲又造成一種淒涼氣氛，那「瀲瀲」的江水，黯淡無光的夕陽，水中的汀洲，也都帶有幾分寒意。「微」、「寒」等字均著感情色彩，寫出了望鄉人的主觀感受。

暮色蒼茫，最易牽惹鄉思離情。詩人的故家在長安杜陵，長安在黃州西北。「回首夕陽紅盡處，應是長安。」（宋張舜民〈題岳陽樓二首．其一賣花聲〉）「微陽瀲瀲落寒汀」，正是西望景色。而三句卻作轉語說：「不用憑欄苦回首」。似是自我勸解。因為「故鄉七十五長亭」，即使回首又豈能望盡這迢遞關山？這是否定的語勢，實際上形成唱嘆，起著強化詩情的作用。

按唐時計量，黃州距長安二千二百五十五里（《通典》卷一八三），古時三十里一驛，每驛有亭，驛站恰合「七十五」之數。但這裡的數字垛積還別有妙處，它以較大數目寫出「何處是歸程，長亭更短亭」（李白〈菩薩蠻〉）的家山遙遠的情景，修辭別致；而只見歸程，不見歸人，意味深長。從音節（頓）方面看，由於運用數字，使末句形成「二三二」的特殊節奏（通常應為「二二三」），聲音的拗折傳達出憑欄者情緒的不平靜，又是一層妙用。

唐代有的詩人也喜堆垛數字，如駱賓王，卻不免被譏為「算博士」（唐張鷟《朝野僉載》）。考其原因，乃因其數字的運用多是為了屬對方便，過露痕跡，用得又太多太濫，也就容易惹人生厭。而此詩數字之設，則出於表達情感的需要，是藝術上的別出心裁，所以驅使而令人不覺，真可誇口「雖『算博士』何妨」！（周嘯天）

初冬夜飲　杜牧

淮陽多病偶求歡，客袖侵霜與燭盤。
砌下梨花一堆雪，明年誰此憑欄杆？

唐武宗會昌二年（八四二），杜牧四十歲時，受當時宰相李德裕的排擠，被外放為黃州刺史，其後又轉池州（治今安徽貴池）、睦州（治今浙江建德）等地。此詩可能作於睦州。

「淮陽多病偶求歡」，淮陽，指西漢汲黯。汲黯因剛直敢言，屢次切諫，數被外放。在出任東海太守時，他雖臥病不視事，而能大治。後又拜為淮陽太守，他流著淚對漢武帝說：「臣常有狗馬病，力不能任郡事。」（《漢書·汲黯傳》）要求留在京師，但遭拒絕。汲黯最後就死於淮陽。詩人以汲黯自比，正是暗示自己由於耿介直言而被排擠出京的。「偶求歡」的「歡」，指代酒。漢焦贛《易林·坎之兌》：「酒為歡伯，除憂來樂。」「歡伯」遂為酒的別稱。這裡暗點詩題「飲」字，表明詩人愁思鬱積，難以排遣，今夜只能借酒澆愁，以求得片刻慰藉。這一句語意沉痛而措辭委婉。第二句「客袖侵霜與燭盤」，進一步抒寫作客他鄉的失意情懷。天寒歲暮，秉燭獨飲，弔影自傷，憤悱無告，更覺寂寞悲涼。「霜」，在這裡含風霜、風塵之意，不僅與「初冬」暗合，更暗示作者心境的孤寒。「客袖」已見鄉思之切，「侵霜」更增流徙之苦。只此四字，概括了多年來的遊宦生涯，飽含了多少辛酸！「燭盤」，則關合題面中的「夜飲」，真是語不虛設。寥寥七字，勾勒出一個在燭光下自斟自飲、幽獨苦悶的詩人形象。

上兩句寫室內飲酒，第三句忽然插入寫景——「砌下梨花一堆雪」，是頗具匠心的。看來詩人獨斟獨飲，並不能釋憂解愁。於是他罷酒輟飲，憑欄而立，但見朔風陣陣，暮雪紛紛，那階下積雪像是堆簇著的潔白的梨花。這裡看似純寫景色，實則情因景生，寓情於景，包孕極為豐富。詩人燭下獨飲，本已孤淒不堪，現在茫茫夜雪更加深了他身世茫茫之感，他不禁想到明年此時又不知身在何處！「明年誰此憑欄杆？」這一問，凝聚著詩人流轉無定的困苦，思念故園的情思，仕途不遇的憤慨，壯志難酬的隱痛，是很能發人深思的。

此詩首句用典，點明獨酌的原因，透露出情思的抑鬱，有籠蓋全篇的作用。次句承上實寫夜飲，在敘事中進一步烘托憂傷悽婉的情懷。第三句一筆宕開，用寫景襯墊一下，不僅使全詩頓生波瀾，也使第四句的慨嘆更其沉重有力。妙在最後又以問語出之，與前面三個陳述句相映照，更覺音情頓挫，唱嘆有致，使結尾有如「撞鐘」，清音不絕。明徐獻忠說：「牧之詩含思悲悽，流情感慨，抑揚頓挫之節，尤其所長。」（明胡震亨《唐音癸籤》卷八引）玩味此詩，庶幾如此。（徐定祥）

早雁　杜牧

金河秋半虜弦開，雲外驚飛四散哀。仙掌月明孤影過，長門燈暗數聲來。
須知胡騎紛紛在，豈逐春風一一回。莫厭瀟湘少人處，水多菰米岸莓苔。

唐武宗會昌二年（八四二）八月，北方的回鶻烏介可汗率眾向南騷擾。北方邊地各族人民流離四散，痛苦不堪。杜牧當時任黃州（治今湖北新洲）刺史，聽到這個消息，對邊地人民的命運深為關注。八月是大雁開始南飛的季節，詩人目送征雁，觸景感懷，因以「早雁」為題，託物寓意，以描寫大雁四散驚飛，喻指飽受騷擾、流離失所的邊地人民而寄予深切同情。

首聯想像鴻雁遭射四散的情景。金河，在今內蒙古自治區呼和浩特市南，這裡泛指北方邊地。「虜弦開」，是雙關挽弓射獵和發動軍事騷擾活動。這兩句生動地展現出一幅邊塞驚雁的活動圖景：仲秋塞外，廣漠無邊，正在雲霄展翅翱翔的雁群忽然遭到胡騎的襲射，立時驚飛四散，發出淒厲的哀鳴。「驚飛四散哀」五個字，從情態、動作到聲音，寫出一時間連續發生的情景，層次分明而又貫串一氣，是非常真切凝練的動態描寫。

頷聯續寫「驚飛四散」的征雁飛經都城長安上空的情景。漢代建章宮有金銅仙人舒掌托承露盤，「仙掌」指此。清涼的月色映照著宮中孤聳的仙掌，這景象已在靜謐中顯出幾分冷寂；在這靜寂的畫面上又飄過孤雁縹緲的身影，就更顯出境界之清寥和雁影之孤孑。失寵者幽居的長門宮，燈光黯淡，本就充滿悲愁淒冷的氣氛；

在這種氛圍中傳來幾聲失群孤雁的哀鳴，就更顯出境界的孤寂與雁鳴的悲涼。「孤影過」，「數聲來」，一繪影，一寫聲，都與上聯「驚飛四散」相應，寫的是失群離散、形單影隻之雁。兩句在情景的描寫、氣氛的烘染方面，極細膩而傳神。透過這幅清冷孤寂的孤雁南征圖，可以隱約感受到那個衰頹時代悲涼的氣氛。詩人特意使驚飛四散的征雁出現在長安宮闕的上空，似乎還隱寓著微婉的諷慨。它讓人感到，居住在深宮中的皇帝，不但無力，而且也無意拯救流離失所的邊地人民。月明燈暗，影孤啼哀，整個境界，正透出一種無言的冷漠。

頸聯又由征雁南飛遙想到它們的北歸，說如今胡人的騎兵射手還紛紛布滿金河一帶地區，明春氣候轉暖時節，你們又怎能隨著和煦的春風一一返回自己的故鄉呢？大雁秋來春返，故有「逐春風」而回的設想，但這裡的「春風」似乎還兼有某種比興象徵意義。據《資治通鑑》載，回鶻侵擾邊地時，唐朝廷「詔發陳、許、徐、汝、襄陽等兵屯太原及振武、天德，俟來春驅逐回鶻」。朝廷上的「春風」究竟能不能將流離異地的征雁吹送回北方呢？大雁還在南征的途中，詩人卻已想到它們的北返；正在哀憐它們的驚飛離散，卻已想到它們異日的無家可歸。這是對流離失所的邊地人民無微不至的關切。「須知」、「豈逐」，更像是面對邊地流民深情囑咐的口吻。兩句一意貫串，語調輕柔，情致深婉。這種深切的同情，正與上聯透露的無言的冷漠形成鮮明的對照。

流離失所、欲歸不得的征雁，何處是它們的歸宿？——「莫厭瀟湘少人處，水多菰米岸莓苔。」瀟湘指今湖南中部、南部一帶。相傳雁飛不過衡陽，所以這裡想像它們在瀟湘一帶停歇下來。菰米，是一種生長在淺水中的多年生草本植物的果實（嫩莖叫茭白）。莓苔，是一種薔薇科植物，子紅色。這兩種東西都是雁的食物。詩人深情地勸慰南飛的征雁：不要厭棄瀟湘一帶空曠人稀，那裡水中澤畔長滿了菰米莓苔，盡堪作為食料，不妨暫時安居下來吧。詩人在無可奈何中發出的勸慰與囑咐，更深一層地表現了對流亡者的深情體貼。由南征而想到北返，這是一層曲折；由北返無家可歸想到不如在南方尋找歸宿，這又是一層曲折。透過層層曲折轉跌，詩人對邊地人民的深情繫念也就表達得愈加充分和深入。「莫厭」二字，擔心南來的征雁也許不習慣瀟湘的空曠孤寂，顯得蘊藉深厚，體貼備至。

這是一首託物寓慨的詩，通篇採用比興象徵手法。表面上似乎句句寫雁，實際上，它句句寫時事，句句寫人。風格婉曲細膩，清麗含蓄。而這種深婉細膩又與輕快流走的格調和諧地統一在一起，在以豪宕俊爽為主要特色的杜牧詩中，是別開生面之作。（劉學鍇）

屏風絕句 杜牧

屏風周昉畫纖腰，歲久丹青色半銷。
斜倚玉窗鸞髮女，拂塵猶自妒嬌嬈。

周昉是約早於杜牧一個世紀，活躍在盛唐、中唐之際的畫家。他善畫仕女，精描細繪，層層敷色。頭髮的鉤染，面部的暈色，衣著的裝飾，都極盡工巧之能事。相傳〈簪花仕女圖〉是他的手筆。杜牧此詩所詠的「屏風」上當是周昉所作的一幅仕女圖。

「屏風周昉畫纖腰」，「纖腰」二字是有特定含義的詩歌語彙，能給人特殊的詩意感受。它既是美人的同義語，又能給人以字面意義外的形象感，使得一個亭亭玉立、豐滿而輕盈的美人宛然若在。實際上，唐代繪畫雕塑中的女子，大都體型豐腴，並有周昉畫美人多「穠麗豐肥」（元夏文彥《圖繪寶鑑》卷二）的說法。倘把「纖腰」理解為楚宮式的細腰，固然呆相；若硬要按事實改「纖腰」作「肥腰」，那就更只能使人瞠目了。

說到「畫纖腰」，尚未具體描寫，出人意外，下句卻成「歲久丹青色半銷」——由於時間的侵蝕，屏風人物畫已非舊觀了。這似乎是令人遺憾的一筆，但作者卻因此巧妙地避開了對畫中人作正面的描繪。

「荷馬顯然有意要避免對物體美作細節的描繪，從他的詩裡幾乎沒有一次偶然聽說到海倫的胳膊白，頭髮美——但是荷馬卻知道怎樣讓人體會到海倫的美。」（Gotthold Ephraim Lessing，德國萊辛《拉奧孔》）杜牧這裡寫畫中人，也有類似的手段。他從畫外引入一個「鸞髮女」。鸞即鳳凰，「鸞髮女」當是一貴家少女。從「玉窗」、「鸞髮」等詞，暗示出她的「嬌嬈」之態。但斜倚玉窗、拂塵觀畫的她，卻完全忘記她自個兒的「嬌嬈」，反在那裡「妒嬌嬈」（即妒忌畫中人）。「斜倚玉窗」，是從少女出神的姿態寫畫中人產生的效果，而「妒」字進一步從少女心理上寫出那微妙的效果。它竟能叫一位妙齡嬌嬈的少女悵然自失。「還有什麼比這段敘述能引起更生動的美的印象呢？凡是荷馬（按：此處請讀作杜牧）不能用組成部分來描寫的，他就使我們從效果上去感覺到它。詩人呵，替我把美所引起的熱愛和歡欣（按：也可是妒忌）描寫出來，那你就把美本身描繪出來了。」（《拉奧孔》）

從美的效果來寫美，漢代民間敘事詩〈陌上桑〉就有成功的運用。然而杜牧〈屏風絕句〉依然有其獨創性。〈陌上桑〉中「耕者忘其犁，鋤者忘其鋤。來歸相怨怒，但坐觀羅敷」，是從異性相悅的角度，寫普通人因見美人而驚訝自失；「拂塵猶自妒嬌嬈」，則從同性相「妒」的角度，寫美人見更美者而驚訝自失。二者頗異其趣，但各有千秋。此外，杜牧寫的是畫中人，而畫，又是「丹青色半銷」的畫，可它居然仍有如此魅力（詩中「猶自」二字，語帶讚嘆），則周昉之畫初成時，曾給人何等新鮮愉悅的感受呢！這是一種「加倍」手法，與後來宋代王安石「低徊顧影無顏色，尚得君王不自持」（〈明妃曲二首〉其一）的名句機心暗合。它使讀者從想像中追尋畫的舊影，比直接顯現更雋永有味。

詩和畫有共同的藝術規律，也有各自不同的特點。一般說來，直觀形象的逼真顯現是畫之所長，詩之所短。所以，「手如柔荑，膚如凝脂，領如蝤蠐，齒如瓠犀，螓首蛾眉」，窮形盡相的描寫並不見佳；而「巧笑倩兮，美目盼兮」俱見（《詩經．衛風．碩人》），從動態寫來，便有畫所難及處；而從美的效果來寫美，更是詩之特長。〈屏風絕句〉寫畫而充分發揮了詩的特長，就是它藝術上的主要成功之所在。（周嘯天）

赤壁 杜牧

折戟沉沙鐵未銷，自將磨洗認前朝。
東風不與周郎便，銅雀春深鎖二喬。

這首詩是作者經過赤壁（即今湖北武漢赤磯山）這個著名的古戰場，有感於三國時代的英雄成敗而寫下的。詩以地名為題，實則是懷古詠史之作。

發生於漢獻帝建安十三年（二〇八）十月的赤壁之戰，是對三國鼎立的歷史形勢起著決定性作用的一次重大戰役。其結果是孫、劉聯軍擊敗了曹軍，而三十四歲的孫吳軍統帥周瑜，乃是這次戰役中的頭號風雲人物。

詩篇開頭借一件古物來興起對前朝人物和事跡的慨嘆。在那一次大戰中遺留下來的一支折斷了的鐵戟，沉沒在水底沙中，經過了六百多年，還沒有被時光銷蝕掉，現在被人發現了。經過自己一番磨洗，鑑定了它的確是赤壁戰役的遺物，不禁引起了「懷古之幽情」。由這件小小的東西，詩人想到了漢末那個分裂動亂的時代，想到那次重大意義的戰役，想到那一次生死搏鬥中的主要人物。這前兩句是寫其興感之由。

後兩句是議論。在赤壁戰役中，周瑜主要是用火攻戰勝了數量上遠遠超過己方的敵人，而其能用火攻則是因為在決戰的時刻，恰好颳起了強勁的東風，所以詩人評論這次戰爭成敗的原因，只選擇當時的勝利者——周郎和他倚以致勝的因素——東風來寫，而且因為這次勝利的關鍵，最後不能不歸到東風，所以又將東風放在更主要的地位上。但他並不從正面來描摹東風如何幫助周郎取得了勝利，卻從反面落筆：假使這次東風不給周郎以方便，那麼，勝敗雙方就要易位，歷史形勢將完全改觀。因此，接著就寫出假想中曹軍勝利，孫、劉失敗之後的局面。但又不直接鋪敘政治軍事情勢的變遷，而只間接地描繪兩個東吳著名美女將要承受的命運。如果曹操成了勝利者，那麼，大喬和小喬就必然要被搶去，關在銅雀臺上，以供他享受了。（銅雀臺在鄴縣，鄴是曹操封魏王時魏國的都城，故地在今河北臨漳西。）

後來的詩論家對於杜牧在這首詩中所發表的議論，也有一番議論。宋人許顗《彥周詩話》云：「杜牧之作〈赤壁〉詩……意謂赤壁不能縱火，為曹公奪二喬置之銅雀臺上也。孫氏霸業，繫此一戰。社稷存亡，生靈塗炭都不問，只恐被捉了二喬，可見措大不識好惡。」這一既淺薄而又粗暴的批評，曾經引起許多人的反對。如清《四庫全書總目提要》云：「（許）譏杜牧〈赤壁〉詩為不說社稷存亡，惟說二喬。不知大喬，孫策婦，小喬，周瑜婦，二人入魏，即吳亡可知。此詩人不欲質言，故變其詞耳。」這話說得很對。正因為這兩位女子，並不是平常的人物，大喬是東吳前國主孫策的夫人，當時國主孫權的親嫂，小喬則是正在帶領東吳全部水陸兵馬和曹操決一死戰的軍事統帥周瑜的夫人。她們雖與這次戰役並無關係，但她們的身份和地位，代表著東吳作為一個獨立政治實體的尊嚴。東吳不亡，她們絕不可能歸於曹操；連她們都受到凌辱，則東吳社稷和生靈的遭遇也就可想而知了。所以詩人用「銅雀春深鎖二喬」這樣一句詩來描寫在「東風不與周郎便」的情況之下，曹操勝利後的驕恣和東吳失敗後的屈辱，正是極其有力的反跌，不獨以美人襯托英雄，與上句周郎互相輝映，顯得更有情致而已。

詩的創作必須用形象思維，而形象性的語言則是形象思維的直接現實。如果按照許顗那種意見，我們也可以將「銅雀春深鎖二喬」改寫成「國破人亡在此朝」，平仄、韻腳雖然無一不合，但一點詩味也沒有了。用形象思維觀察生活，別出心裁地反映生活，乃是詩的生命。杜牧在此詩裡，透過「銅雀春深」這一富於形象性的詩句，即小見大，這正是他在藝術處理上獨特的成功之處。

另外，有的詩論家也注意到了此詩過分強調東風的作用，又不從正面歌頌周瑜的勝利，卻從反面假想其失敗，如清何文煥《歷代詩話考索》云：「牧之之意，正謂幸而成功，幾乎家國不保。」清王堯衢《古唐詩合解》也說：「杜牧精於兵法，此詩似有不足周郎處。」這些看法，都是值得加以考慮的。杜牧有經邦濟世之才，通曉政治軍事，對當時中央與藩鎮、漢族與吐蕃的鬥爭形勢，有相當清楚的了解，並曾經向朝廷提出過一些有益的建議。如果說，孟軻在戰國時代就已經知道「天時不如地利，地利不如人和」（《孟子．公孫丑下》）的原則，而杜牧卻還把周瑜在赤壁戰役中的巨大勝利，完全歸之於偶然的東風，這是很難想像的。他之所以這樣地寫，恐怕用意還在於自負知兵，借史事以吐其胸中抑鬱不平之氣。其中也暗含有阮籍登楚漢廣武戰場時所發出的「時無英雄，使豎子成名」（《晉書．阮籍傳》）那種慨嘆在內，不過出語非常隱約，不容易看出來罷了。（沈祖棻）

泊秦淮 杜牧

煙籠寒水月籠沙，夜泊秦淮近酒家。
商女①不知亡國恨，隔江猶唱〈後庭花〉。

〔註〕①商女：歌女，一說是商人的妻女。

建康（今江蘇南京）是六朝都城，秦淮河穿過城中流入長江，兩岸酒家林立，是當時豪門貴族、官僚士大夫享樂遊宴的場所。唐王朝的都城雖不在建康，然而秦淮河兩岸的景象卻一如既往。

有人說作詩「發句好尤難得」（宋嚴羽《滄浪詩話》）。這首詩中的第一句就是不同凡響的，那兩個「籠」字就很引人注目。「煙」、「水」、「月」、「沙」四者，被兩個「籠」字和諧地融合在一起，繪成一幅極其淡雅的水邊夜色。它是那麼柔和幽靜，而又隱含著微微浮動流走的意態；筆墨是那樣輕淡，可那迷濛冷寂的氣氛又是那麼濃。首句中的「月」、「水」，和第二句的「夜泊秦淮」是相關聯的，所以讀完第一句，再讀「夜泊秦淮近酒家」，就顯得很自然。但如果就詩人的活動來講，該是先有「夜泊秦淮」，方能見到「煙籠寒水月籠沙」的景色，不過要真的掉過來一讀，反而會覺得平板無味了。現在這種寫法的好處是：首先它創造出一個很具有特色的環境氣氛，給人以強烈的吸引力，造成先聲奪人的藝術效果，這是很符合藝術表現的要求的。其次，一、二句這麼處理，就很像一幅畫的畫面和題字的關係。平常人們欣賞一幅畫，往往是先注目於那精彩的畫面（這就猶如

「煙籠寒水月籠沙」），然後再去看那邊角的題字（這便是「夜泊秦淮」）。所以詩人這樣寫也是頗合人們藝術欣賞的習慣。

「夜泊秦淮近酒家」，看似平平，卻很值得玩味。這句詩內裡的邏輯關係是很強的。由於「夜泊秦淮」才「近酒家」。然而，前四個字又為上一句的景色點出時間、地點，使之更具有個性，更具有典型意義，同時也照應了詩題；後三個字又為下文打開了道路，由於「近酒家」，才引出「商女」、「亡國恨」、「後庭花」，也由此才觸動了詩人的情懷。因此，從詩的發展和情感的抒發來看，這「近酒家」三個字，就像啟動了閘門，那江河之水便汩汩而出，滔滔不絕。這七個字承上啟下，網絡全篇，詩人構思的細密、精巧，於此可見。

商女，是侍候他人的歌女。她們唱什麼是由聽者的趣味而定，可見詩說「商女不知亡國恨」，乃是一種曲筆，真正「不知亡國恨」的是那座中的欣賞者——貴族、官僚、豪紳。〈後庭花〉，即〈玉樹後庭花〉，據說是南朝荒淫誤國的陳後主所製的樂曲。這靡靡之音，早已使陳朝壽終正寢了。可是，如今又有人在這衰世之年，不以國事為懷，反用這種亡國之音來尋歡作樂，這怎能不使詩人產生歷史又將重演的隱憂呢！「隔江」二字，承上「亡國恨」故事而來，指當年隋兵陳師江北，一江之隔的南朝小朝廷危在旦夕，而陳後主依然沉湎聲色。「猶唱」二字，微妙而自然地把歷史、現實和想像中的未來串成一線，意味深長。「商女不知亡國恨，隔江猶唱〈後庭花〉」，於婉曲輕利的風調之中，表現出辛辣的諷刺、深沉的悲痛、無限的感慨，堪稱「絕唱」。這兩句表達了較為清醒的知識分子對國事懷抱隱憂的心境，又反映了官僚貴族正以聲色歌舞、紙醉金迷的生活來填補他們腐朽而空虛的靈魂，而這正是衰敗的晚唐現實生活中兩個不同側面的寫照。（趙其鈞）

秋浦途中　杜牧

蕭蕭山路窮秋雨，淅淅溪風一岸蒲。
為問寒沙新到雁，來時還下杜陵無？

秋浦，即今安徽貴池，唐時為池州州治所在。武宗會昌四年（八四四）杜牧由黃州（治今湖北新洲）刺史移任池州刺史，正是涼秋九月，與「窮秋」句合。此詩似即為這次行役而發。二年前，杜牧受李德裕排擠，由比部員外郎外放黃州刺史，現在又改調池州，轉徙於僻左小邑間。這對於渴望刷新朝政，幹一番事業的詩人來說，自然是痛苦的。他的這種心緒，也曲折地表現在這首詩中。

這首七絕以韻取勝，妙在如淡墨一點，而四圍皆到。詩人把自己的感情密含在風景的描寫中，並不明白說出，卻能給人以深至的回味。一、二兩句採用對起之格，這在絕句中是不多的。它這樣用是為了排比刷色，增強景物的描繪性。寥寥幾筆，就把山程水驛、風雨淒迷的行旅圖畫生動地勾勒出來了。起句對仗，在絕句裡宜活脫而不板滯；像「兩箇黃鸝鳴翠柳，一行白鷺上青天」（杜甫〈絕句四首〉其三），雖然色彩鮮活，卻跡近合掌，不是當行的家數。這裡卻不同，它筆勢夭矯，如珠走盤，有自然流轉之致。「蕭蕭」、「淅淅」兩個擬聲詞，在這裡是互文，兼言風雨。並著「一岸蒲」三字以寫風，蓋風不可見，借蒲葉的搖動有聲而始見，給人一種身臨其境的感覺。

絕句講究出神奇於百鍊，起別趣於寸心，要能曲折迴環，窮極變化。這首詩的頭兩句在外圍刷色，展示出一幅風雨淒其的畫面，下一步該如何發展、深入，掀起感情的漩渦呢？詩人把目光轉向了飛落寒汀的鴻雁。三、四兩句以虛間實，故設一問，陡然地翻起波瀾，可謂筆力奇橫，妙到毫巔。從構思方面說，它意味著：第一，沿著飛鴻的來路，人們的思想從眼前的實景延伸到遙遠的天邊，擴展了詩的畫面；第二，問及禽鳥，痴作一喻，顯見出旅程的孤獨與岑寂來；第三，寄情歸雁，反襯出詩人有家歸不得的流離之苦。這些意蘊沒有直接說出，而是寓情於景，令人於恬吟密詠中體味而得。有不著一字，盡得風流的妙趣。第三句轉折得好，第四句就如順水下船一樣，自然湊泊，有著無限的風致。「杜陵」，在長安西南，詩人朝夕難忘的老家——樊川，就在那裡。「來時還下杜陵無？」輕聲一問，就把作者對故鄉、對親人的懷念，就把他宦途的棖觸、羈旅的愁思，宛轉深致地表現出來了。

透過景物的描寫，蘊藉而含蓄地抒寫懷抱，表現情思，這是杜牧絕句的擅勝之處。明徐獻忠云：「牧之詩含思悲悽，流情感慨，抑揚頓挫之節，尤其所長。」（明胡震亨《唐音癸籤》卷八引）持較本詩，可謂忖度皆合了。（周篤文）

題桃花夫人廟

杜牧

細腰宮裡露桃新，脈脈無言幾度春。
至竟息亡緣底事？可憐金谷墜樓人！

晚唐人好為詠史絕句，卻不易作好。清人吳喬在《圍爐詩話》中提出詠史詩兩條標準，一是思想內容要「出己意」，一是藝術表現要「用意隱然」——有含蓄的詩味。他舉為範例的作品之一是杜牧的「息嬀詩」，就是這首〈題桃花夫人廟〉。

息嬀是春秋時息君夫人（息，古國名，故地在今河南息縣西南），故稱息夫人，又稱桃花夫人。據《左傳．莊公十四年》載，因蔡哀侯向楚王稱讚了息夫人的美貌，導致楚滅息國。息夫人被擄進楚宮，後來生二子，即堵敖與成王。但她始終不說話。楚王追問其故，她答道：「吾一婦人而事二夫，縱弗能死，其又奚言？」息夫人的不幸遭際及她無言的抗議，在舊時一向被傳為美談，唐時還有祭祀她的「桃花夫人廟」。

「細腰宮裡露桃新，脈脈無言幾度春。」這兩句用詩歌形象概括了息夫人的故事。這裡沒有敘述，事件是透過描繪的語言和具體意象表現的。「細腰宮」即楚宮，它是根據「楚王好細腰，宮中多餓死」（《後漢書．馬廖傳》）的傳說翻造的，也就間接指刺了楚王的荒淫。這比直言楚宮自多一層含意。息夫人的不幸遭遇，根源也正繫於楚王的荒淫。這裡，敘事隱含造語之中。在這「楚王葬盡滿城嬌」（李商隱〈夢澤〉）的「細腰宮」內，桃花又開了。

「桃新」意味著春來，挑起下文「幾度春」三字：時光多麼容易流逝，然而時光又是多麼難挨啊。「桃生露井上」本屬成言（《宋書·樂志》），而「露桃」卻翻出新的意象，似暗喻「看花滿眼淚」（王維〈息夫人〉）的桃花夫人的嬌面（比較白居易〈長恨歌〉「梨花一枝春帶雨」）。「無言」是本事中主要情節，古語又有「桃李無言」，這是另一層雙關。「無言」加上「脈脈（含情）」，形象生動，表達出夫人的故國故君之思及失身的悲痛。而在無可告訴的深宮，可憐只有「無言」的桃花作她苦衷的見證了。兩句中，桃花與桃花夫人，景與情，難解難分，水乳交融，意境優美，詩味雋永。

詩人似乎要對息夫人一掬同情之淚了。及至第三句突然轉折，由脈脈含情的描述轉為冷冷一問時，讀者才知道那不過是欲抑先揚罷了。「至竟（到底）息亡緣底事？」息國滅亡不正為夫人的顏色嗎？她的忍辱苟活，縱然無言，又豈能無咎無愧？這一問是對息夫人內心創傷的深刻揭示。這一點在息夫人對楚王問中原有所表現，卻一向未被人注意。

末句從對面著墨，引出另一個女子來。那就是晉代豪富石崇家的樂妓綠珠（「金谷」即石家名園）。權貴孫秀因向石崇求綠珠不得，矯詔收崇下獄。石崇臨捕時對綠珠嘆道：「我今為爾得罪。」綠珠含淚回答：「當效死於官前。」遂墜樓而死。其事與息媯頗類，但綠珠對權勢的反抗是那樣剛烈，相形之下息夫人只見懦弱了。這裡既無對綠珠的一字贊語，也無對息媯的一字貶詞，只是深情一嘆：「可憐金谷墜樓人！」然而褒貶俱在此中，令人覺得語意深遠。此句之妙，清趙翼《甌北詩話》說得透澈：「以綠珠之死，形（即反襯）息夫人之不死，高下自見。而詞語蘊藉，不顯露譏訕（即「用意隱然」），尤得風人之旨耳。」

此外，直接對一個古代的弱女子進行指斥也不免過苛之嫌，而詩人把指責轉化為對於強者的頌美，不但使讀者感情上容易接受，也使詩意昇華到更高的境界。它意味著：軟弱的受害者誠然可憫，怎及得敢於以一死抗爭者令人欽敬。

綜上所述，此詩對人所熟知的息夫人故事重作評價，見解可謂新穎獨到，同時又「不顯露譏訕」，形象生動，饒有唱嘆之音，富於含蓄的詩美。揆之吳喬的兩條標準，故宜稱為詠史絕句的範作。（周嘯天）

題烏江亭

杜牧

勝敗兵家事不期，包羞忍恥是男兒。
江東子弟多才俊，卷土重來未可知。

杜牧於武宗會昌中官池州（治今安徽貴池）刺史時，過烏江亭，寫了這首詠史詩。「烏江亭」即現在安徽和縣東北的烏江浦，舊傳是項羽自刎之處。

項羽潰圍來到烏江，亭長建議渡江，他愧對江東父兄，羞憤自殺。這首詩針對項羽兵敗身亡的史實，批評他不能總結失敗的教訓，惋惜他的「英雄」事業歸於覆滅，同時暗寓諷刺之意。

首句直截了當地指出勝敗乃兵家之常這一普通常識，並暗示關鍵在於如何對待的問題，為以下作好鋪墊。「事不期」，是說勝敗的事，不能預料。

次句強調指出只有「包羞忍恥」，才是「男兒」。項羽遭到挫折便灰心喪氣，含羞自刎，怎麼算得上真正的「男兒」呢？「男兒」二字，令人聯想到自詡為力能拔山，氣可蓋世的西楚霸王，直到臨死，還未找到自己失敗的原因，只是歸咎於「時不利」而羞憤自殺，實有愧於他的「英雄」稱號。

第三句「江東子弟多才俊」，是對亭長建議「江東雖小，地方千里，眾數十萬人，亦足王也」（《史記．項羽本紀》）的藝術概括。人們歷來欣賞項羽「無面見江東父兄」一語，認為表現了他的氣節。其實這恰好反映了他的剛愎自用，聽不進亭長忠言。他錯過了韓信，氣死了范增，確是愚蠢得可笑。然而在這最後關頭，如果他能面對現實，「包羞忍恥」，採納忠言，重返江東，再整旗鼓，則勝負之數，或未易量。這就又落腳到了末句。

「卷土重來未可知」，是全詩最得力的句子。其意蓋謂如能做到這樣，還是大有可為的；可惜的是項羽卻不肯放下架子而自刎了。這樣就為上面一、二兩句提供了有力的依據。而這樣急轉直下，一氣呵成，令人想見「江東子弟」「卷土重來」的情狀，是頗有氣勢的。同時，在惋惜、批判、諷刺之餘，又表明了「敗不餒」的道理，也是頗有積極意義的。

議論不落傳統說法的窠臼，是杜牧詠史詩的特色。諸如「東風不與周郎便，銅雀春深鎖二喬」（〈赤壁〉），「南軍不袒左邊袖，四老安劉是滅劉」（〈題商山四皓廟〉），都是反說其事，筆調都與這首類似。宋人胡仔在《苕溪漁隱叢話．後集》卷十五中謂這首詩：「好異而叛於理……項氏以八千人渡江，敗亡之餘，無一還者，其失人心為甚，誰肯復附之？其不能卷土重來，決矣。」清人吳景旭在《歷代詩話》中則反駁胡仔，說杜牧正是「用翻案法，跌入一層，正意益醒」。其實從歷史觀點來看，胡氏的指責不為無由，而這首詩借題發揮，宣揚百折不撓的精神，是可取的。（陶道恕）

寄揚州韓綽判官　杜牧

青山隱隱水迢迢，秋盡江南草未凋①。
二十四橋明月夜，玉人何處教吹簫？

〔註〕①江南：南北朝時，南朝與北朝隔江對峙，因稱南朝及其統治下的地區為江南。《南齊書·魏虜傳》：「（拓跋宏）甚重齊人，常謂其臣下曰：『江南多好臣。』」揚州地屬南朝，故稱「江南」。唐時仍沿用其稱。「草未凋」一作「草木凋」。

揚州之盛，唐世豔稱，歷代詩人為它留下了多少膾炙人口的詩篇。這首詩風調悠揚，意境優美，千百年來為人們傳誦不衰。韓綽不知何人，杜牧集中贈他的詩共有兩首，另一首是〈哭韓綽〉，看來兩人友情甚篤。杜牧於文宗大和七年至九年間（八三三～八三五）曾在淮南節度使牛僧孺幕中作推官，後來轉為掌書記。這首詩當作於他離開揚州以後。

此詩首句從大處落墨，化出遠景：青山逶迤，隱於天際；綠水如帶，迢遞不斷。「隱隱」和「迢迢」這一對疊字，不但畫出了山清水秀、綽約多姿的維揚風貌，而且隱約暗示著詩人與友人之間山遙水長的空間距離，那抑揚的聲調中彷彿還蕩漾著詩人思念舊遊之地的似水柔情。宋代歐陽修的〈踏莎行·候館梅殘〉「離愁漸遠漸無窮，迢迢不斷如春水」、「平蕪盡處是青山，行人更在春山外」，正道出了杜牧這句詩的言外之意。此時雖然時令已過了深秋，江南的草木卻還未凋落，風光依舊旖旎秀媚。正由於詩人不堪晚秋的蕭條冷落，因而格外眷戀江南的青山綠水，越發懷念遠在熱鬧繁華之鄉的故人了。

江南佳景無數，詩人記憶中最美的印象則是在揚州「月明橋上看神仙」（張祜〈縱遊淮南〉）的景致。豈不聞「天下三分明月夜，二分無賴是揚州」（徐凝〈憶揚州〉），更何況當地名勝二十四橋上還有神仙般的美人可看呢？二十四橋，一說揚州城裡原有二十四座橋，一說即吳家磚橋，因古時有二十四位美人吹簫於橋上而得名。「玉人」，既可藉以形容美麗潔白的女子，又可比喻風流俊美的才郎。從寄贈詩的作法及末句中的「教」字看來，此處玉人當指韓綽。元稹《鶯鶯傳》「疑是玉人來」句可證中晚唐有以玉人喻才子的用法。詩人本是問候友人近況，卻故意用玩笑的口吻與韓綽調侃，問他當此秋盡之時，每夜在何處教妓女歌吹取樂。這樣，不但韓綽風流倜儻的才貌依稀可見，兩人親昵深厚的友情得以重溫，而且調笑之中還微微流露了詩人對自己「十年一覺揚州夢，贏得青樓薄倖名」（〈遣懷〉）的感喟，從而使此詩平添了許多風韻。杜牧又長於將這類調笑寄寓在風調悠揚、清麗俊爽的畫面之中，所以雖寫豔情卻並不流於輕薄。

這首詩巧妙地把二十四美人吹簫於橋上的美麗傳說與「月明橋上看神仙」的現實生活融合在一起，因而在客觀上造成了「玉人」又是指歌妓舞女的恍惚印象，讀之令人如見月光籠罩的二十四橋上，吹簫的美人披著銀輝，宛若潔白光潤的玉人，彷彿聽到嗚咽悠揚的簫聲飄散在已涼未寒的江南秋夜，迴蕩在青山綠水之間。這樣優美的境界早已遠遠超出了與朋友調笑的本意，它所喚起的聯想不是風流才子的放蕩生活，而是對江南風光的無限嚮往：秋盡之後尚且如此美麗，當其春意方濃之時又將如何迷人？這種內蘊的情趣，微妙的思緒，「可言不可言之間」的寄託，「可解不可解之會」的指歸（清葉燮《原詩》），正是這首詩成功的奧祕。（葛曉音）

題木蘭廟

杜牧

彎弓征戰作男兒，夢裡曾經與畫眉。
幾度思歸還把酒，拂雲堆上祝明妃。

這首詠史詩，是杜牧於武宗會昌年間任黃州（治今湖北新洲）刺史時，為木蘭廟題的。廟在湖北黃岡西一百五十里處的木蘭山。木蘭是一個民間傳說人物，據說是北魏時期的譙郡人（有的說是黃州或宋州人）。黃州人為木蘭立廟，可見是認木蘭為同鄉的。

詩人一開頭就用一個「作」字，把北朝民歌〈木蘭詩〉的詩意高度概括出來。這個「作」字很傳神，它既突出地顯示了木蘭的特殊身份，又生動地描繪出這位女英雄女扮男裝「彎弓征戰」的非凡本領。要不，「同行十二年」，夥伴們怎麼竟「不知木蘭是女郎」呢？

接著詩人又借取〈木蘭詩〉「當窗理雲鬢」的意境，把「理雲鬢」換成「畫眉」，把木蘭終究是女孩兒的本色完整地表現了出來：「夢裡曾經與畫眉」。「與」相當於「和」。它啟發人們去想像木蘭「夢裡」的情思。她只是在夢鄉裡，才會和女伴們一起對鏡梳妝；只是為了「從此替爺征」才竭力克制著自己，並非不愛「畫眉」。詩人運用一真一夢、一主一輔的襯托手法，借助夢境，讓木蘭脫下戰袍，換上紅妝，運筆尤為巧妙。這固然有「古辭」作依據，卻表現出詩人的創新。

第三句詩人進而發揮想像，精心刻畫了木蘭矛盾的內心世界：木蘭在戰鬥中固然很有英雄氣概，但在日常生活中卻不免「幾度思歸還把酒」。「幾度」二字，恰如其分地表現出這種內心矛盾的深刻性。作為一個古代的少女，木蘭有這樣一些感情，一點也不奇怪。難得的倒是詩人善於揭示其心靈深處的思歸之情，更增強了真實感。

最後問題落在「還把酒」上。是對景排愁？還是對月把酒？都不是，而是到「拂雲堆」上「把酒祝明妃」。拂雲堆，在今內蒙古自治區的烏喇特西北。堆上有神祠。明妃，即自請和番的王昭君。木蘭和昭君都是女性。她們來到塞上，一個從軍，一個「和戎」，處境和動機固然有別，但同樣都是為了紓國家之急。而這等大事卻竟然由女兒家來承擔，自不能不令人感慨係之。「社稷依明主，安危托婦人。」這是唐代詩人戎昱〈詠史〉中的名句，和杜牧這首詩是比較合拍的。

王昭君和親，死留青冢，永遠博得後世的同情。木蘭為了安靖邊烽，萬里從戎，一直受到人們讚美。詩人透過「把酒」「祝明妃」，把木蘭對明妃的敬慕之情暗暗地透露出來，把木蘭內心的矛盾統一起來，運用烘托手法，使木蘭和昭君靈犀一點，神交千載，倍覺委婉動人。這無疑也正是本詩值得特別稱許之處。（陶道恕）

贈別二首（其二）　杜牧

娉娉褭褭①十三餘，荳蔻梢頭二月初。

春風十里揚州路，卷上珠簾總不如。

〔註〕①一作「裊裊」。

文學藝術要不斷求新，因陳襲舊是無出息的。即使形容取喻，也貴獨到。從這個角度看看杜牧〈贈別〉，也不能不承認他作詩的「天才」。

此詩是詩人贈別一位相好的歌妓的，從同題另一首（「多情卻似總無情」）看，彼此感情相當深摯。不過那一首詩重在「惜別」，這一首卻重在讚頌對方的美麗，引起惜別之意。第一句就形容了一番：「娉娉褭褭」是身姿輕盈美好的樣子，「十三餘」則是女子的芳齡。七個字中既無一個人稱，也不沾一個名詞，卻能給讀者完整、鮮明生動的印象，使人如目睹那美麗的倩影。其效果不下於「翩若驚鴻，婉若游龍，榮曜秋菊，華茂春松」（曹植〈洛神賦〉）那樣具體的描寫。全詩正面描述女子美麗的只這一句。就這一句還避實就虛，其造句真算得空靈入妙。

第二句不再寫女子，轉而寫春花，顯然是將花比女子。「荳蔻」產於南方，其花成穗時，嫩葉捲之而生，穗頭深紅，葉漸展開，花漸放出，顏色稍淡。南方人摘其含苞待放者，美其名曰「含胎花」，常用來比喻處女。

而「二月初」的荳蔻花正是這種「含胎花」，用來比喻「十三餘」的小歌女，是形象優美而又貼切的。而花在枝「梢頭」，隨風顫裊者，當尤為可愛。所以「荳蔻梢頭」又暗自照應了「娉娉裊裊」四字。這裡的比喻不僅語新，而且十分精妙；又似信手拈來，寫出人似花美，花因人豔，說它新穎獨到是不過分的。一切「如花似玉」、「傾國傾城」之類比喻形容，在這樣的詩句面前都會黯然失色。而杜牧寫到這裡，似乎還是一個開始，他的才情尚未發揮盡致哩！

當時詩人正要離開揚州，「贈別」的對象就是他在幕僚失意生活中結識的一位揚州的歌妓。所以第三句寫到「揚州路」。唐代的揚州經濟文化繁榮，時有「揚一益（成都）二」之稱。「春風」句意興酣暢，渲染出大都會富麗豪華氣派，使人如睹十里長街，車水馬龍，花枝招展……這裡歌臺舞榭密集，美女如雲。「珠簾」是歌樓房櫳設置，「卷上珠簾」則看得見「高樓紅袖」。而揚州路上不知有多少珠簾，所有簾下不知有多少紅衣翠袖的美人，但「卷上珠簾總不如」！這裡「卷上珠簾」四字用得很不平常，它不但使「總不如」的結論更形象，更有說服力；而且將揚州珠光寶氣的繁華氣象一併傳出。詩用壓低揚州所有美人來突出一人之美，有眾星拱月的效果。明楊慎《升庵詩話》云：「書生作文，務強此弱彼，謂之『尊題』。」杜牧此處的修辭就是「尊題格」。但由於前兩句美妙的比喻，這裡「強此弱彼」的寫法顯得自然入妙。

杜牧此詩，從意中人寫到花，從花寫到春城鬧市，從鬧市寫到美人，最後又烘托出意中人。二十八字揮灑自如，遊刃有餘，真俊爽輕利之至。別情人不用一個「你（君、卿）」字；讚美人不用一個「女」字；甚至沒有一個「花」字、「美」字，「不著一字」而能「盡得風流」（司空圖《二十四詩品·含蓄》）。語言空靈清妙，貴有個性。（周嘯天）

贈別二首（其二）　杜牧

多情卻似總無情，唯覺樽前笑不成。
蠟燭有心還惜別，替人垂淚到天明。

這一首抒寫詩人對妙齡歌女留戀惜別的心情。

齊、梁之間的江淹曾經把離別的感情概括為「黯然銷魂」（〈別賦〉）四字。但這種感情的表現，卻因人因事的不同而千差萬別；這種感情本身，也不是「悲」、「愁」二字所能了得。杜牧此詩不用「悲」、「愁」等字，卻寫得坦率、真摯，道出了離別時的真情實感。

詩人同所愛不忍分別，又不得不分別，感情是千頭萬緒的。「多情卻似總無情」，明明多情，偏從「無情」著筆；著一「總」字，又加強了語氣，帶有濃厚的感情色彩。詩人愛得太深、太多情，以至使他覺得，無論用怎樣的方法，都不足以表現出內心的多情。別筵上，淒然相對，像是彼此無情似的。越是多情，越顯得無情，這種情人離別時最真切的感受，詩人把它寫出來了。「唯覺樽前笑不成」，要寫離別的悲苦，他又從「笑」字入手。一個「唯」字表明，詩人是多麼想面對情人，舉樽道別，強顏歡笑，使所愛歡欣！但因為感傷離別，卻擠不出一絲笑容來。想笑是由於「多情」，「笑不成」是由於太多情，不忍離別而事與願違。這種看似矛盾的情態描寫，把詩人內心的真實感受，說得委婉盡致，極有情味。

題為「贈別」，當然是要表現人的惜別之情。然而詩人又撇開自己，去寫告別宴上那燃燒的蠟燭，借物抒情。詩人帶著極度感傷的心情去看周圍的世界，於是眼中的一切也就都帶上了感傷色彩。這就是南朝梁劉勰所說的：「屬采附聲，亦與心而徘徊」（《文心雕龍·物色》）。蠟燭本是有燭芯的，所以說「蠟燭有心」；而在詩人的眼裡燭芯卻變成了「惜別」之心，把蠟燭擬人化了。它那徹夜流溢的燭淚，就是在為男女主人的離別而傷心了。「替人垂淚到天明」，「替人」二字，使意思更深一層。「到天明」又點出了告別宴飲時間之長，這也是詩人不忍分離的一種表現。

詩人用精練流暢、清爽俊逸的語言，表達了悱惻纏綿的情思，風流蘊藉，意境深遠，餘韻不盡。就詩而論，表現的感情還是很深沉、很真摯的。杜牧為人剛直有節，敢論列大事，卻也不拘小節，好歌舞，風情頗張。本詩亦可見此意。（張燕瑾）

南陵道中 杜牧

南陵水面漫悠悠，風緊雲輕欲變秋。
正是客心孤迴處，誰家紅袖憑江樓？

這首詩收入《樊川外集》，題一作「寄遠」。杜牧在文宗開成年間曾任宣州（治今安徽宣州）團練判官，南陵是宣州屬縣，詩大約就寫於任職宣州期間。

題稱「南陵道中」，沒有點明是陸路還是水程。從詩中描寫看，理解為水程似乎切當一些。

前兩句分寫舟行所見水容天色。「漫悠悠」，見水面的平緩，水流的悠長，也透露出江上的空寂。這景象既顯出舟行者的心情比較平靜容與，也暗透出他一絲羈旅的孤寂。一、二兩句之間，似有一個時間過程。「水面漫悠悠」，是清風徐來，水波不興時的景象。過了一會，風變緊了，雲彩因為風的吹送變得稀薄而輕盈，天空顯得高遠，空氣中也散發著秋天的涼意。「欲變秋」的「欲」字，正表現出天氣變化的動態。從景物描寫可以感到，此刻旅人的心境也由原來的相對平靜變得有些騷屑不寧，由原來的一絲淡淡的孤寂進而感到有些清冷了。這些描寫，都為第三句的「客心孤迴」作了準備。

正當旅人觸物興感、心境孤迴的時候，忽見岸邊的江樓上有紅袖女子正在憑欄遙望。三、四兩句所描繪的這幅圖景，色彩鮮明，饒有畫意，不妨當作江南水鄉風情畫來欣賞。在客心孤迴之時，意緒本來有些索寞無聊，流目江上，忽然望見這樣一幅美麗的圖景，精神為之一爽，羈旅的孤寂在一時間似乎沖淡了不少。這是從「正是」、「誰家」這樣開合相應、搖曳生姿的語調中可以感覺出來的。但這幅圖景中的憑樓而望的紅袖女子，究竟是懷著閒適的心情覽眺江上景色，還是像溫庭筠〈望江南〉詞中所寫的那位等待丈夫歸來的女子那樣，「梳洗罷，獨倚望江樓」，在望穿秋水地歷數江上歸舟呢？這一點，江上舟行的旅人並不清楚，自然也無法向讀者交代，只能渾涵地書其即目所見。但無論是閒眺還是望歸，對旅人都會有所觸動而引起各種不同的聯想。在這裡，「紅袖憑江樓」的形象內涵的不確定，恰恰為聯想的豐富、詩味的雋永創造了有利的條件。這似乎告訴我們，藝術形象或圖景內涵的多歧，不但不是缺點，相反地還是一種優點。因為它使詩的意境變得更富含蘊、更為渾融而耐人尋味，讀者也從這種多方面的尋味、聯想中得到藝術欣賞上的滿足。當然，這種不確定仍然離不開「客心孤迥」這樣一個特定的情景，因此儘管不同的讀者會有不同的聯想體味，但總的方向是大體相近的。這正是藝術的豐富與雜亂、含蓄與晦澀的一個重要區別。（劉學鍇）

遣懷　杜牧

落魄江湖①載酒行，楚腰纖細掌中輕。
十年一覺揚州夢，贏得青樓薄倖名②。

〔註〕①一作「江南」。②薄：近人張相《詩詞曲語辭匯釋》：「薄，猶云薄情也。……然普通使用之義，則為所歡之稱，猶之冤家，恨之深正見其愛之深也。杜牧〈遣懷〉：『十年一覺揚州夢，贏得青樓薄倖名。』知已為妓女對於游婿之名稱矣。」

這首詩，是杜牧追憶在揚州當幕僚時那段生活的抒情之作。

詩的前兩句是昔日揚州生活的回憶：潦倒江湖，以酒為伴；秦樓楚館，美女嬌娃，過著放浪形骸的浪漫生活。「楚腰纖細掌中輕」，運用了兩個典故。楚腰，指美人的細腰。「楚靈王好細腰，而國中多餓人」（《韓非子·二柄》）。掌中輕，指漢成帝皇后趙飛燕，「體輕，能為掌上舞」（見《白孔六帖》）。從字面看，兩個典故，都是誇讚揚州妓女之美；但仔細玩味「落魄」兩字，可以看出，詩人很不滿於自己沉淪下僚、寄人籬下的境遇，因而他對昔日放蕩生涯的追憶，並沒有一種愜意的感覺。為什麼這樣說呢？請看下面：「十年一覺揚州夢」，這是發自詩人內心的慨嘆，好像很突兀，實則和上面二句詩意是連貫的。「十年」和「一覺」在一句中相對，給人以「很久」與「極快」的鮮明對比感，愈加顯示出詩人感慨情緒之深。而這感慨又完全歸結在「揚州夢」的「夢」字上：往日的放浪形骸，沉湎酒色；表面上的繁華熱鬧，骨子裡的煩悶抑鬱，是痛苦的回憶，又有醒悟後的感傷……這就是詩人所「遣」之「懷」。忽忽十年過去，那揚州往事不過是一場大夢而已，最後只「贏得青樓薄倖名」！「贏得」二字，調侃之中含有辛酸、自嘲和悔恨的感情。這是進一步對「揚州夢」的否定，可是寫得卻是那樣貌似輕鬆而又詼諧，實際上詩人的精神是很抑鬱的。十年，在人的一生中不能算短暫，自己又幹了些什麼，留下了什麼呢？這是帶著苦痛吐露出來的詩句，非再三吟哦，不能體會出詩人那種意在言外的情緒。

前人論絕句嘗謂：「多以第三句為主，而第四句發之。」（明胡震亨《唐音癸籤》卷三）杜牧這首絕句，可謂深得其中奧妙。這首七絕用追憶的方法入手，前兩句敘事，後兩句抒情。三、四兩句固然是「遣懷」的本意，但首句「落魄江湖載酒行」卻是所遣之懷的原因，不可輕輕放過。前人評論此詩完全著眼於作者「繁華夢醒，懺悔豔遊」（喻守真《唐詩三百首詳析》），是不全面的。詩人的「揚州夢」生活，是與他政治上不得志有關。因此這首詩除懺悔之意外，大有前塵恍惚如夢，不堪回首之意。（唐永德）

悵詩　杜牧

自是尋春去校遲，不須惆悵怨芳時。
狂風落盡深紅色，綠葉成陰子滿枝。

這首詩一作〈嘆花〉：「自恨尋芳到已遲，往年曾見未開時。如今風擺花狼藉，綠葉成陰子滿枝。」關於此詩，有一個傳說故事：杜牧遊湖州，識一民間女子，年十餘歲。杜牧與其母相約過十年來娶。後十四年，杜牧始出為湖州刺史，女子已嫁人三年，生二子。杜牧感嘆其事，故作此詩。這個傳說不一定可靠，但此詩以嘆花來寄託男女之情，是大致可以肯定的。它表現的是詩人在浪漫生活不如意時的一種惆悵懊喪之情。

全詩圍繞「嘆」字著筆。前兩句是自嘆自解，抒寫自己尋春賞花去遲了，以至於春盡花謝，錯失了美好的時機。首句的「春」猶下句的「芳」，指花。而開頭一個「自」字富有感情色彩，把詩人那種自怨自艾，懊悔莫及的心情充分表達出來了。「校」同「較」。第二句寫自解，表示對春暮花謝不用惆悵，也不必怨嗟。詩人明明在惆悵怨嗟，卻偏說「不須惆悵」；明明是痛惜懊喪已極，卻偏要自寬自慰。這在寫法上是騰挪跌宕，在語意上是翻進一層，越發顯出詩人惆悵失意之深，同時也流露出一種無可奈何、懊惱至極的情緒。

後兩句寫自然界的風風雨雨使鮮花凋零，紅芳褪盡，綠葉成陰，結子滿枝，果實累累，春天已經過去了。似乎只是純客觀地寫花樹的自然變化，其實蘊含著詩人深深惋惜的感情。

本詩主要用「比」的手法。通篇敘事賦物，即以比情抒懷，用自然界的花開花謝，綠樹成陰子滿枝，暗喻少女的妙齡已過，結婚生子。但這種比喻不是直露、生硬的，而是若即若離，婉曲含蓄的。即使不知道與此詩有關的故事，只把它當作別無寄託的詠物詩，也是出色的。隱喻手法的成功運用，又使本詩顯得構思新穎巧妙，語意深曲蘊藉，耐人尋味。（吳小林）

山行

杜牧

遠上寒山石徑斜，白雲生處有人家。

停車坐①愛楓林晚，霜葉紅於二月花。

〔註〕①坐：因為。

這首詩描繪的是秋之色，展現出一幅動人的山林秋色圖。詩裡寫了山路、人家、白雲、紅葉，構成一幅和諧統一的畫面。這些景物不是並列地處於同等地位，而是有機地聯繫在一起，有主有從，有的處於畫面的中心，有的則處於陪襯地位。簡單來說，前三句是賓，第四句是主，前三句是為第四句描繪背景、創造氣氛，起鋪墊和烘托作用的。

「遠上寒山石徑斜」，寫山，寫山路。一條彎彎曲曲的小路蜿蜒伸向山頭。「遠」字寫出了山路的綿長，「斜」字與「上」字呼應，寫出了高而緩的山勢。

「白雲生處有人家」，寫雲，寫人家。詩人的目光順著這條山路一直向上望去，在白雲飄浮的地方，有幾處山石砌成的石屋石牆。這裡的「人家」照應了上句的「石徑」。——這一條山間小路，就是那幾戶人家上上下下的通道吧？這就把兩種景物有機地聯繫在一起了。有白雲繚繞，說明山很高。詩人用橫雲斷嶺的手法，讓這片片白雲遮住讀者的視線，卻給人留下了想像的餘地：在那白雲之上，雲外有山，定會有另一種景色吧？

杜牧〈山行〉——明刊本《唐詩畫譜》

對這些景物，詩人只是在作客觀的描述。雖然用了一個「寒」字，也只是為了逗出下文的「晚」字和「霜」字，並不表現詩人的感情傾向。它畢竟還只是在為後面的描寫蓄勢——勾勒楓林所在的環境。

「停車坐愛楓林晚」便不同了，傾向性已經很鮮明，很強烈了。那山路、白雲、人家都沒有使詩人動心，這楓林晚景卻使得他驚喜之情難以抑制。為了領略這山林風光，竟然顧不得驅車趕路，停下車來欣賞。前兩句所寫的景物已經很美，但詩人愛的卻是楓林。透過前後映襯，已經為描寫楓林鋪平墊穩，蓄勢已足，於是水到渠成，引出了第四句，點明喜愛楓林的原因。

「霜葉紅於二月花」，把第三句補足，一片深秋楓林美景具體展現在我們面前了。詩人驚喜地發現在夕暉晚照下，楓葉流丹，層林如染，真是滿山雲錦，如爍彩霞，它比江南二月的春花還要火紅，還要豔麗呢！難能可貴的是，詩人透過這一片紅色，看到了秋天像春天一樣的生命力，使秋天的山林呈現一種熱烈的、生機勃勃的景象。

詩人沒有像一般古代文人那樣，在秋季到來的時候，哀傷嘆息；他歌頌的是大自然的秋色美，體現出了豪爽向上的精神，有一種英爽俊拔之氣拂拂筆端，表現了詩人的才氣，也表現了詩人的見地。這是一首秋色的贊歌。

第四句是全詩的中心，是詩人濃墨重彩、凝聚筆力寫出來的。不僅前兩句疏淡的景致成了這豔麗秋色的襯托，即使「停車坐愛楓林晚」一句，看似抒情敘事，實際上也起著寫景襯托的作用：那停車而望、陶然而醉的詩人，也成了景色的一部分，有了這種景象，才更顯出秋色的迷人。而一筆重寫之後，戛然便止，又顯得情韻悠揚，餘味無窮。（張燕瑾）

秋夕 杜牧

銀燭①秋光冷畫屏，輕羅小扇撲流螢。
天階②夜色涼如水，坐看③牽牛織女星。

〔註〕①一作「紅燭」。②一作「天街」或「瑤階」。③一作「臥看」。

這詩寫一個失意宮女的孤獨生活和淒涼心情。

前兩句已經描繪出一幅深宮生活的圖景。在一個秋天的晚上，白色的蠟燭發出微弱的光，給屏風上的圖畫添了幾分暗淡而幽冷的色調。這時，一個孤單的宮女正用小扇撲打著飛來飛去的螢火蟲。「輕羅小扇撲流螢」，這一句十分含蓄，其中含有三層意思：第一，古人說腐草化螢，雖然是不科學的，但螢總是生在草叢塚間那些荒涼的地方。如今，在宮女居住的庭院裡竟然有流螢飛動，宮女生活的淒涼也就可想而知了。第二，從宮女撲螢的動作可以想見她的寂寞與無聊。她無事可做，只好以撲螢來消遣她那孤獨的歲月。她用小扇撲打著流螢，一下一下地，似乎想驅趕包圍著她的陰冷與索寞，但這又有什麼用呢？第三，宮女手中拿的輕羅小扇具有象徵意義。扇子本是夏天用來揮風取涼的，秋天就沒用了，所以古詩裡常以秋扇比喻棄婦。相傳漢成帝妃班婕妤為趙飛燕所譖，失寵後住在長信宮，寫了一首〈怨歌行〉：「新裂齊紈素，鮮潔如霜雪。裁為合歡扇，團團似明月。出入君懷袖，動搖微風發。常恐秋節至，涼飇奪炎熱。棄捐篋笥中，恩情中道絕。」此說未必可信，但後來詩詞中出現團扇、秋扇，便常常和失寵的女子聯繫在一起了。如王昌齡的〈長信秋詞五首〉其三「奉帚平明金殿開，且將團扇共裴回」，王建的〈雜曲歌辭．宮中調笑〉「團扇，團扇，美人病來遮面」，都是如此。杜牧這首詩中的「輕羅小扇」，也象徵著持扇宮女被遺棄的命運。

第三句，「天階夜色涼如水」。「天階」指皇宮中的石階。「夜色涼如水」暗示夜已深沉，寒意襲人，該進屋去睡了。可是宮女依舊坐在石階上，仰視著天河兩旁的牽牛星和織女星。民間傳說，織女是天帝的孫女，嫁與牽牛，每年七夕渡河與他相會一次，有鵲為橋。漢代〈古詩十九首〉中的「迢迢牽牛星」，就是寫他們的故事。宮女久久地眺望著牽牛織女，夜深了還不想睡，這是因為牽牛織女的故事觸動了她的心，使她想起自己不幸的身世，也使她產生了對於真摯愛情的嚮往。可以說，滿懷心事都在這舉首仰望之中了。

宋代梅聖俞說：「必能狀難寫之景，如在目前，含不盡之意，見於言外，然後為至矣。」（宋歐陽修《六一詩話》引）這兩句話恰好可以說明此詩在藝術上的特點。一、三句寫景，把深宮秋夜的景物十分逼真地呈現在讀者眼前。「冷」字，形容詞當動詞用，很有氣氛。「涼如水」的比喻不僅有色感，而且有溫度感。二、四兩句寫宮女，含蓄蘊藉，很耐人尋味。詩中雖沒有一句抒情的話，但宮女那種哀怨與期望相交織的複雜感情見於言外，從一個側面反映了古代婦女的悲慘命運。（袁行霈）

金谷園　杜牧

繁華事散逐香塵，流水無情草自春。
日暮東風怨啼鳥，落花猶似墜樓人①。

〔註〕①一作「墮樓人」。

金谷園故址在今河南洛陽西北，是西晉富豪石崇的別墅，繁榮華麗，極一時之盛。唐時園已荒廢，成為供人憑弔的古跡。據《晉書．石崇傳》記載：石崇有妓日綠珠，美而豔。孫秀使人求之，不得，矯詔收崇。崇正宴於樓上，謂綠珠日：「我今為爾得罪。」綠珠泣日：「當效死於官前。」因自投於樓下而死。杜牧過金谷園，即景生情，寫下了這首詠春弔古之作。

面對荒園，首先浮現在詩人腦海的是，金谷園繁華的往事，隨著芳香的塵屑消散無蹤。「繁華事散逐香塵」這一句蘊藏了多少感慨。晉王嘉《拾遺記》謂：「(石崇）屑沉水之香如塵末，布象床上，使所愛者踐之，無跡者賜以真珠百琲，有跡者節其飲食，令身輕弱。」此即石崇當年奢靡生活之一斑。「香塵」，細微飄忽，去之迅速而無影無蹤。金谷園的繁華，石崇的豪富，綠珠的香消玉殞，亦如香塵飄去，雲煙過眼，不過一時而已。正如宋蘇東坡詩云：「事如春夢了無痕」（〈正月二十日，與潘、郭二生出郊尋春，忽記去年是日同至女王城作詩，乃和前韻〉）。可嘆乎？亦可悲乎？還是觀賞廢園中的景色吧：「流水無情草自春」。水，指東南流經金谷園的金水。不管人世間的滄桑，流水照樣潺湲，春草依然碧綠，它們對人事的種種變遷，似乎毫無感觸。這是寫景，更是寫情，尤其是「草自春」的「自」字，與杜甫〈蜀相〉中「映階碧草自春色」的「自」字用法相似。

傍晚，正當詩人對著流水和春草遐想的時候，忽然東風送來鳥兒的叫聲。春日鳥鳴，本是令人心曠神怡的賞心樂事。但是此時——紅日西斜，夜色將臨；此地——荒蕪的名園，再加上傍晚時分略帶涼意的春風，在沉溺於弔古之情的詩人耳中，鳥鳴就顯得淒哀悲切，如怨如慕，彷彿在表露今昔之感。日暮、東風、啼鳥，本是春天的一般景象，著一「怨」字，就蒙上了一層淒涼感傷的色彩。此時此刻，一片片惹人感傷的落花又映入詩人的眼簾。詩人把特定地點（金谷園）落花飄然下墜的形象，與曾在此處發生過的綠珠墜樓而死聯想到一起，寄寓了無限情思。一個「猶」字滲透著詩人多少追念、憐惜之情！綠珠，作為權貴們的玩物，她為石崇而死是毫無價值的，但她的不能自主的命運不是同落花一樣令人可憐麼？詩人的這一聯想，不僅是「墜樓」與「落花」外觀上有可比之處，而且揭示了綠珠這個人和「花」在命運上有相通之處。比喻貼切自然，意味雋永。

一般懷古抒情的絕句，都是前兩句寫景，後兩句抒情。這首詩則是句句寫景，景中寓情，四句蟬聯而下，渾然一體。（唐永德）

清明① 杜牧

清明時節雨紛紛，路上行人欲斷魂。
借問酒家何處有，牧童遙指杏花村。

〔註〕①此詩由於《樊川文集》不收，僅首見於《後村千家詩》，《千家詩》繼之，故近人多疑其偽。但宋初樂史《太平寰宇記》卷九十，已有「杏花村在（江寧）縣理西，相傳杜牧之沽酒處」之記，可見至少在五代時就已將此詩的作者定為杜牧了。偽詩之說尚無確鑿的根據。

這一天正是清明佳節。詩人小杜，在行路中間，可巧遇上了雨。清明，雖然是柳綠花紅、春光明媚的時節，可也是氣候容易發生變化的時期，甚至時有「疾風甚雨」。但這日的細雨紛紛，是那種「天街小雨潤如酥」（韓愈〈早春呈水部張十八員外二首〉其一）的雨。——這也正是春雨的特色。這「雨紛紛」，傳達了那種「做冷欺花，將煙困柳」（宋史達祖〈綺羅香·詠春雨〉）的淒迷而又美麗的境界。

這「紛紛」在此自然毫無疑問是形容那春雨的意境的；可是它又不止是如此而已，它還有一層特殊的作用，那就是，它實際上還形容著那位雨中行路者的心情。

且看下面一句：「路上行人欲斷魂」。「行人」，是出門在外的行旅之人。那麼什麼是「斷魂」呢？在詩歌裡，「魂」指的多半是精神、情緒方面的事情。「斷魂」，是竭力形容那種十分強烈，可是又並非明白表現在外面的很深隱的感情。在古代風俗中，清明節是個色彩情調都很濃郁的大節日，本該是家人團聚，或遊玩觀賞，或上墳掃墓；而今行人孤身趕路，觸景傷懷，心頭的滋味是複雜的。偏偏又趕上細雨紛紛，春衫盡濕，這又平添了一層愁緒。因而詩人用了「斷魂」二字；否則，下了一點小雨，就值得「斷魂」，那不太沒來由了嗎？——這樣，我們就又可回到「紛紛」二字上來了。本來，佳節行路之人，已經有不少心事，再加上身在雨絲風片之中，紛紛灑灑，冒雨趲行，那心境更是加倍的淒迷紛亂了。所以說，「紛紛」是形容春雨，可也形容情緒——甚至不妨說，形容春雨，也就是為了形容情緒。這正是古典詩歌裡情在景中、景即是情的一種絕藝，一種勝境。

前二句交代了情景，接著寫行人這時湧上心頭的一個想法：往哪裡找個小酒店才好。事情很明白：尋到一個小酒店，一來歇歇腳，避避雨，二來小飲三杯，解解料峭中人的春寒，暖暖被雨淋濕的衣服——最要緊的是，借此也就能散散心頭的愁緒。於是，向人問路了。

是向誰問路的呢？詩人在第三句裡並沒有告訴我們，妙莫妙於第四句：「牧童遙指杏花村」。在語法上講，「牧童」是這一句的主語，可它實在又是上句「借問」的賓詞——它補足了上句賓主問答的雙方。牧童答話了嗎？我們不得而知，但是以「行動」為答覆，比答話還要鮮明有力。我們看《小放牛》這齣戲，當有人向牧童哥問路時，他將手一指，說：「您順著我的手兒瞧！」是連答話帶行動——也就是連「音樂」帶「畫面」，兩者同時都使觀者獲得了美感。如今詩人手法卻更簡捷，更高超：他只將「畫面」給予讀者，而省去了「音樂」——不，不如說是包括了「音樂」。讀者欣賞了那一指路的優美「畫面」，同時也就隱隱聽到了答話的「音樂」。

「遙」，字面意義是遠。然而這裡不可拘守此義。這一指，已經使我們如同看到，隱約紅杏梢頭，分明挑出一個酒簾——「酒望子」來了。若真的距離遙遠，就難以發生藝術聯繫；若真的就在眼前，那又失去了含蓄無盡的興味：妙就妙在不遠不近之間。《紅樓夢》裡大觀園中有一處景題作「杏簾在望」，那「在望」的神情，正是由這裡體會脫化而來，正好為杜郎此句作注腳。「杏花村」不一定是真村名，也不一定即指酒家。這只需要說明指往這個美麗的杏花深處的村莊就夠了，不言而喻，那裡是有一家小小的酒店在等候接待雨中行路的客人的。

詩只寫到「遙指杏花村」就戛然而止，再不多費一句話。剩下的，行人怎樣地聞訊而喜，怎樣地加把勁兒趲上前去，怎樣地興奮地找著了酒店，怎樣地欣慰地獲得了避雨、消愁兩方面的滿足和快意……這些，詩人就都「不管」了。他把這些都付與讀者的想像，為讀者開拓了一處遠比詩篇語文字句所顯示的更為廣闊得多的想像餘地。這就是藝術的「有餘不盡」。

這首小詩，一個難字也沒有，一個典故也不用，整篇是十分通俗的語言，寫得自如之極，毫無經營造作之痕。音節十分和諧圓滿，景象非常清新、生動，而又境界優美，興味隱躍。詩由篇法講也很自然，是順序的寫法。第一句交代情景、環境、氣氛，是「起」；第二句是「承」，寫出了人物，顯示了人物的淒迷紛亂的心境；第三句是一「轉」，然而也就提出了如何擺脫這種心境的辦法；而這就直接逼出了第四句，成為整篇的精彩所在——「合」。在藝術上，這是由低而高，逐步上升，高潮頂點放在最後的手法。所謂高潮頂點，卻又不是一覽無餘，索然興盡，而是餘韻邈然，耐人尋味。這些，都是詩人的高明之處，也就是值得我們學習繼承的地方吧！（周汝昌）

雍陶

【作者小傳】字國鈞，成都人。唐文宗大和進士，歷任侍御史、國子毛詩博士、簡州刺史。與當時著名詩人賈島、殷堯藩、姚合等友善。詩多紀遊贈別之作，律詩語言精煉，工於對仗。《全唐詩》存其詩一卷。（《唐詩紀事》卷五六、《唐才子傳》卷七）

題情盡橋　雍陶

從來只有情難盡，何事名為情盡橋。
自此改名為折柳，任他離恨一條條。

雍陶在唐宣宗大中八年（八五四）出任簡州刺史。簡州的治所在陽安（今四川簡陽西北）。據說一天雍陶送客到城外情盡橋，向左右問起橋名的由來。回答說：「送迎之地止此。」他聽後，很不以為然，隨即在橋柱上題了「折柳橋」三字，並寫下了這首七言絕句。

這詩即興而作，直抒胸臆，筆酣墨暢，一氣流注。第一句「從來只有情難盡」，即從感情的高峰上瀉落。詩人以一種無可置疑的斷然口氣立論，道出了萬事有盡情難盡的真諦。「從來」二字似不經意寫出，含蘊卻極為豐富，古往今來由友情、愛情織成的種種悲歡離合的故事，無不囊括其中。第二句「何事名為情盡橋」，順著首句的勢頭推出。難盡之情猶如洪流淹過橋頭，順勢將「情盡橋」三字沖刷而去。

前兩句是「破」，後兩句是「立」。前兩句過後，詩勢略一頓挫，好像見到站在橋頭的詩人沉吟片刻，很快唱出「自此改名為折柳」的詩句來。折柳贈別，是古代習俗。詩人認為改名為「折柳橋」，最切合人們在此橋送別時的情景了。接著，詩又從「折柳」二字上蕩開，生出全詩中最為痛快淋漓，也最富於藝術光彩的末句——「任他離恨一條條」。「離恨」本不可見，詩人卻化虛為實，以有形之柳條寫無形之情愫，使人想見一個又一個河梁送別的纏綿悱惻的場面。

詩的發脈處在「情難盡」三字。由於「情難盡」，所以要改掉「情盡橋」的名稱，改為深情的「折柳橋」；也是由於「情難盡」，所以寧願他別情傷懷，離恨條條，也勝於以「情盡」名橋之使人不快。「情難盡」這一感情線索貫穿全篇，故給人以一氣呵成的和諧的美感。（陳志明）

題君山

雍陶

煙波①不動影沉沉，碧色全無②翠色深。
疑是③水仙梳洗處，一螺青黛鏡中心。

〔註〕①一作「風波」。②一作「全微」。③一作「應是」。

八百里洞庭，煙波浩渺。歷來詩人都寫它的闊大壯盛的氣象，留下了「氣蒸雲夢澤，波撼岳陽城」（孟浩然〈臨洞庭湖贈張丞相〉）、「吳楚東南坼，乾坤日夜浮」（杜甫〈登岳陽樓〉）等名句。而雍陶的這首絕句，卻別出心裁，以纖巧輕柔的筆觸，描繪了一幅「泓澄湛凝綠，物影巧相況」（韓愈〈岳陽樓別竇司直〉）的精細圖景，並融入美麗的神話傳說，結構成新巧而又清麗的篇章。

這首描繪洞庭君山的詩，起筆就很別致。詩人不是先正面寫君山，而是從君山的倒影起筆：「煙波不動影沉沉」。「煙波不動」寫湖面風平浪靜；「影」，是寫那倒映在水中的君山之影；「沉沉」，是寫山影的凝重。「碧色全無翠色深」，碧是湖色，翠是山色，凝視倒影，當然是只見翠山不見碧湖了。這兩句以波平如鏡的湖水，以淺碧與深翠色彩的對比，映襯出君山倒影的鮮明突出。這是一幅靜謐的湖山倒影圖。這種富有神祕色彩的寧靜，很容易引發詩人的遐思。所以三、四句筆鋒一轉，將湘君、湘夫人的神話傳說，融合在湖山景物的描繪中。古代神話傳說，舜妃湘君姊妹化為湘水女神而遨遊於洞庭湖山之上。君山又名湘山，即得名於此。所以「疑是水仙梳洗處」這一句，在彷彿之間虛寫一筆：洞庭君山大概是水中女仙居住梳洗的地方吧？再以比擬的手法輕輕點出：「一螺青黛鏡中間」。這水中倒影的君山，多麼像鏡中女仙青黛色的螺髻。

洞庭君山以她的秀美，吸引著不少詩人為之命筆。「遙望洞庭山水翠，白銀盤裡一青螺。」（〈望洞庭〉）劉禹錫這兩句詩，以青螺來形容，刻畫了遙望水面白浪環繞之中的君山的情景。雍陶這一首，則全從水中的倒影來描繪，來生發聯想，顯得更為輕靈秀潤。起筆兩句，不僅湖光山色倒影逼真，而且筆勢凝斂，重彩描畫出君山涵映水中的深翠的倒影。繼之詩情轉向虛幻，將神話傳說附會於君山倒影之中，以意取勝，寫得活脫輕盈。這種「鏡花水月」、互相映襯的筆法，構成了這首小詩新巧清麗的格調，從而使君山的秀美，形神兩諧地呈現在讀者的面前。（左成文）

城西訪友人別墅　雍陶

澧水橋西小路斜，日高猶未到君家。
村園門巷多相似，處處春風枳殼花。

這首隨筆式的小詩，寫的是春郊訪友的感受。作者從平常的題材中，發掘出不平常的情致；用新鮮的構思，揭示了村園春色特有的美。作品本身就像詩中寫到的枳（音同止）殼花（即「枳樹花」，亦稱「枳花」），色彩淡素而又清香襲人，不失為一篇別具風姿的佳品。

「澧（音同里）水橋西小路斜」，扣緊詩題，展開情節。「澧水橋西」交代詩題中的「城」，是指唐代的澧州城（今湖南北部的澧縣），「澧水」就從城旁流過。句中省略了主人公的動作，透過對「橋西小路」的描繪，告訴我們，詩人已經出了城，過了橋，緩步走在向西曲折延伸的鄉間小路上。

「日高猶未到君家」，緊承上句，表現他訪友途中的心情。「日高」兩個字，寫出旅人的體會，表現了詩人的奔波和焦急。詩人趕路時間之長，行程之遠，連同他不辭勞頓地彳亍在鄉間小路上的情景，都濃縮在「日高」二字中，足見詩人用字的精練。接著又用了「猶未」二字，更把他會友急切的心情突出地刻畫了出來。

全詩已寫了一半，還沒有涉及友人的住所，似乎有點讓人著急。最後兩句「村園門巷多相似，處處春風枳殼花」，依然沒有提到「君家」，而是一味地表現進入友人居住的村莊後，一邊尋訪，一邊張望的所見、所感。這就不能不引起人們的疑惑：〈城西訪友人別墅〉，該不是擬錯了題吧？

原來詩人注意的是一座座帶有圍籬庭院的村舍，連同它們坐落其中的一條條村巷，想從中尋到友人的別墅。可是，它們形狀如此相似，竟然像一個模子刻出來似的！「多相似」，並不是純客觀的描述，而是包含了觀察、判斷，甚至還充滿了新奇和驚訝。這意味著作者是初次接觸這種類型的農村，並且是初次拜訪這位深居農村的友人。他並不熟悉這裡的環境，也不知道「友人別墅」的確切位置。從「多相似」的感嘆聲中，還可以想像出作者穿村走巷、東張西望的模樣，和找不到友人別墅時焦急與迷惘的神情。

雖然由於尋友心切，首先注意的是「門巷」，可是張望之中，一個新的發現又吸引了他的視線：真美啊！家家戶戶的籬邊屋畔，到處都種植著城裡罕見的枳樹，潔白而清香的枳樹花正在春風的吹拂下，盛開怒放！現在，不知是春風催發了枳花的生機，還是枳花增濃了春意。久居城市的作者，在訪友過程中，意外地欣賞到這種自然脫俗的村野風光，怎麼能不被它吸引呢？

三、四兩句寫得曲折而有層次，反映了作者心情的微妙轉換：由新奇、迷惘變成驚嘆、讚美。一種從未領略過的郊園春景展現在他眼前，使他忘掉了一切——他陶然心醉了，完全沉浸在美好的遐想之中。

那麼，詩中難道真的絲毫沒有涉及友人和他的別墅？當然不是，只是沒有直接出現而已。其實，從那門巷相似而又枳花滿村的環境中，從那樸素、劃一，洋溢著閒野情趣的畫面中，不是也多少可以看出友人及其別墅的投影麼！而且，在這投影之中，誰能說，它沒有包含作者對於別墅主人恬然自適的高雅情懷的讚賞？

這首詩表現形式上的特點，是巧妙地運用以境寫人的烘托手法。詩人沒有像其他訪友篇什，把主要筆墨花在描寫抵達友人居處後的見聞，也沒有渲染好友相逢時的情景。在這首詩裡，被訪的友人壓根兒沒有露面，他的別墅是什麼樣子也沒有直接描寫，詩人寫到踏進友人村莊尋訪就戛然而止，然而，就從這個自然而優美的村野風光中，也能想像到這位友人的風采。這種寫法清新別致，更耐人尋味。（范之麟）

天津橋春望　雍陶

津橋春水浸紅霞，煙柳風絲拂岸斜。
翠輦不來金殿閉，宮鶯銜出上陽花。

唐代的東都洛陽（今屬河南），是僅次於京都長安（今陝西西安）的大城市。它前當伊闕，後據邙山，洛水穿城而過，有「天漢（銀河）之象」（《太平寰宇記》卷三）。城南洛水上的天津橋即據此而得名。天津橋一帶，高樓四起，垂柳成陰，景色宜人。唐朝帝王為了享樂，皆頻幸東都。高宗一生先後到洛陽七次。上元年間，他下令於天津橋北，跨洛水興建上陽宮，雕甍繡闥，金碧輝煌。武則天更改東都為神都，終其一朝，除回長安住過兩年外，均在此度過。她營造明堂，擴建宮苑，將上陽宮修葺得更加豪華富麗，作為自己的寢宮。開元年間，玄宗也曾五次來洛陽，每次至少住一年左右。可以說，洛陽城繁華熱鬧之際，正是唐帝國全盛之時。安史之亂，洛陽兩遭兵燹，破壞嚴重，而唐朝也自此一蹶不振。玄宗天寶以後，帝王不復東幸，舊日宮苑，遂日漸荒廢了。所以，洛陽城的興廢，在一定程度上反映了唐王朝的盛衰。

雍陶生活在晚唐。此時，唐王朝國勢日衰，社會危機日益嚴重。詩人來到天津橋畔，目睹宮闕殘破的景象，撫今思昔，不無盛衰興亡之感，於是，揮筆寫下了這首七絕。

天津橋下，春水溶溶，絢爛的雲霞倒映在水中；天津橋畔，翠柳如煙，枝枝柔條斜拂水面，縷縷遊絲隨風飄揚。這自然界的美好春光，不減當年，令人心醉。然而，山河依舊，人事已非。透過茂密的樹叢向北望去，儘管昔日高大威嚴的宮殿至今猶存，可是，那千官扈從、群臣迎駕的盛大場面，已不能再見到了。宮殿重門緊閉，畫棟雕梁也失去了燦爛的色澤。當年曾經是日夜歡歌的上陽宮，而今一片寂寥，只有宮鶯銜著一片殘花飛出牆垣。面對著這番情景，詩人怎能不心潮起伏，感慨萬千！

這首詩通篇寫景，不言史事，不發議論，靜觀默察，態度似乎很悠然。然而，正是在這種看似冷靜的描寫中，蘊藏著作者弔古傷今的沉鬱的感情。詩的一、二兩句，作者先繪出一幅津橋春日圖，明媚綺麗，引人入勝；三、四句轉寫金殿閉鎖，宮苑寂寥，前後映襯，對照鮮明。人們從這種強烈的對比中，很自然地感受到自然界的春天歲歲重來，而大唐帝國的盛世卻一去不復返了。這正是以「樂景寫哀」，因而「倍增其哀」（清王夫之《薑齋詩話》）的手法，較之直抒胸臆，具有更強烈的藝術效果。全詩處處切合一「望」字。「金殿閉」是詩人「望」中所見，但苑內的荒涼之狀，畢竟是「望」不到的，於是第四句以宮鶯不堪寂寞，飛出牆外尋覓春光，從側面烘托出上陽宮裡淒涼冷落的景象。這一細節，是詩人「望」中所見，因而落筆極為自然，但又曲折地表達了作者難以訴說的深沉感慨，含而不露，淡而有韻，堪稱全詩最精彩的一筆。（徐定祥）

溫庭筠

【作者小傳】（?～八六六）原名岐，字飛卿，太原（今屬山西）人。每入試，押官韻，八叉手而成八韻，時號溫八叉。薄於行，無檢幅，仕途不得意，官止國子助教。其詩辭藻華麗。與李商隱齊名，號「溫李」。原有集，已散佚，後人輯有《溫庭筠詩集》、《金奩集》。（新、舊《唐書》本傳、《唐才子傳》卷八）

達摩支曲　溫庭筠

擣麝成塵香不滅，拗蓮作寸絲難絕。紅淚文姬洛水春，白頭蘇武天山雪。
君不見無愁高緯花漫漫，漳浦宴餘清露寒。
一旦臣僚共囚虜，欲吹羌管先汍瀾。
舊臣頭鬢霜華早，可惜雄心醉中老。萬古春歸夢不歸，鄴城風雨連天草。

「達摩支」，又稱「泛蘭叢」，樂府曲名。這是一首入律的七言古風，借詠嘆北齊後主高緯荒淫奢侈、亡國殞身故事，對腐敗的晚唐朝廷進行針砭。全詩十二行，以韻腳轉換為標誌，分為三層。

「擣麝成塵香不滅，拗蓮作寸絲難絕。」「絲」諧「思」音，取相思之意。這兩個比喻句，與李商隱「春蠶到死絲方盡，蠟炬成灰淚始乾」（〈無題．相見時難別亦難〉）同一機杼。「擣麝成塵」，「拗蓮作寸」，顯示所受戕害凌遲之難忍。但儘管如此，仍然「香不滅」、「絲難絕」，尤見情意綿邈，之死靡它。然而這所詠相思，卻非兒女私情。三、四兩句「紅淚文姬洛水春，白頭蘇武天山雪」，均為倒文，意思是：文姬紅淚如洛水春汛，蘇武白頭似天山雪峰。東漢女詩人蔡文姬，戰亂中為胡人所虜，身陷匈奴十二年，她的〈胡笳十八拍〉有「十拍悲深兮淚成血」句，「紅淚」當由此來；又，文姬河南人，故有洛水之喻。漢武帝時出使匈奴的蘇武被無理扣留一十九載，在塞外牧羊，備受艱辛。天山與洛水，一在塞北，一在中原，兩句互文見義，同是身在匈奴、心在漢朝的意思；紅淚如渙渙春水，白頭似皚皚雪山，則以富於浪漫色彩的奇想，極寫苦戀父母之邦的浩茫心事。以上是詩的第一層，借比喻、典故，渲染故國之思，是進入正題前的序曲。

第二層四句：「君不見無愁高緯花漫漫，漳浦宴餘清露寒。一旦臣僚共囚虜，欲吹羌管先汍瀾。」運用對比手法，寫高緯縱慾亡國，是全詩的主體。「君不見」，是七言古詩的句首語，用在首句或關鍵處，起呼告及引起注意的作用。北齊後主高緯，五六五至五七七年在位，是一個極荒唐的昏君，曾作「無愁之曲」，自彈琵琶而歌，侍和者百餘人，時稱「無愁天子」。北周攻齊，高緯和兒子高恆出逃，為周軍所獲，押送長安，從臣韓長鸞等亦被俘。後來北周以謀反為名，將他們一齊處死。這一層，前兩句寫齊亡以前。「無愁」，譏諷高緯臨危苟安，終日耽於淫樂；「花漫漫」，形容豪華奢靡，一片花花世界。齊都鄴城（今河南安陽）臨漳水，故云「漳浦」；宴餘夜深，清露生寒，既表現宮廷飲宴之無度，又借宴後的沉寂反襯宴時的熱鬧，令人想像那燈紅酒綠、鼓樂喧闐的狂歡場面和主醉臣酣、文恬武嬉的末世景象，終究不無終了之時。後兩句寫齊亡之後，高緯君臣在長安為北周階下囚，終日忍辱飲恨，往事不堪回首；偶以羌笛尋樂，也只是徒然引起漳浦舊夢，曲未成而淚先流。「汍瀾」，流淚貌，承「紅淚文姬洛水春」行文，意謂高緯在北國的處境比蔡文姬在匈奴更加難堪。

第三層前兩句「舊臣頭鬢霜華早，可惜雄心醉中老」，照應「白頭蘇武天山雪」，寫北齊遺民的亡國之恨。多少鄴都舊臣，空懷復國之心，苦無回天之力，只好深居醉鄉，借酒澆愁，一任歲月蹉跎，早生華髮，豈不可嘆可憐！後兩句「萬古春歸夢不歸，鄴城風雨連天草」，暗示憂勞興國、逸豫亡身的道理，萬古皆然，對晚唐統治者敲起警鐘。年復一年，代復一代，自然界的春天歲歲如期歸來，鄴城繁華的春夢卻一去不返，唯見連天荒草在淒風冷雨中飄搖，與當年「無愁高緯花漫漫，漳浦宴餘清露寒」的盛況互相映襯，令人油然而興今昔滄桑的慨嘆，並從中悟出盛衰興亡之理。全詩以景物描寫作尾聲，含有餘音不盡的妙趣。

這首七古在藝術上的一個顯著特點，是緣情造境，多方烘托。詩的主旨在於揭示高緯亡齊的歷史教訓，而歌詠本事的詩句卻只有六句；其餘六句，開頭四句和結尾二句都是為渲染亡國之恨而層層著色的：先以麝碎香存、藕斷絲連的比興，寫相思的久遠；再用蔡文姬、蘇武羈留匈奴的典故，寫故國之思的痛切；而在敘述北齊亡國的血淚遺事之後，更越世代而下，以「鄴城風雨連天草」的衰敗景象，抒寫後人的嘆惋感傷。這樣反覆地烘托渲染，從時間、空間、情思各方面擴展意境，大大豐富了詩的形象，增強了抒情色彩和感染力量。（趙慶培）

過陳琳墓　溫庭筠

曾於青史見遺文，今日飄蓬過此墳①。詞客有靈應識我，霸才無主始憐君。
石麟埋沒藏春草，銅雀荒涼對暮雲。莫怪臨風倍惆悵，欲將書劍學從軍。

〔註〕①一作「古墳」。

這是一首詠懷古跡之作，表面上是憑弔古人，實際上是自抒身世遭遇之感。陳琳是漢末著名的建安七子之一，擅長章表書記。初為大將軍何進主簿，曾向何進獻計誅滅宦官，不被採納；後避難冀州，袁紹讓他典文章，曾為紹起草討伐曹操的檄文；袁紹敗滅後，歸附曹操，操不計前嫌，予以重用，軍國書檄，多出其手。陳琳墓在今江蘇邳縣，這首詩就是憑弔陳琳墓有感而作。

「曾於青史見遺文，今日飄蓬過此墳。」開頭兩句用充滿仰慕、感慨的筆調領起全篇，說過去曾在史書上拜讀過陳琳的文章，今天在飄流蓬轉的生活中又正好經過陳琳的墳墓。古代史書常引錄一些有關軍國大計的著名文章，這類大手筆，往往成為文家名垂青史的重要憑藉。「青史見遺文」，不僅點出陳琳以文章名世，而且寓含著歆慕尊崇的感情。第二句正面點題。「今日飄蓬」四字，暗透出詩中所抒的感慨和詩人的際遇分不開，而這種感慨又是緊密聯繫著陳琳這位前賢來抒寫的。不妨說，這是對全篇主旨和構思的一個提示。

「詞客有靈應識我，霸才無主始憐君。」頷聯緊承次句，「君」、「我」對舉夾寫，是全篇託寓的重筆。

「詞客」，指以文章名世的陳琳；「識」，這裡含有真正了解、相知的意思。上句是說，陳琳靈魂有知，想必會真正了解我這個飄蓬才士吧。這裡蘊含的感情頗為複雜。其中既有對自己才能的自負自信，又暗含才人惺惺相惜的意思。清紀昀評道：「此一聯有異代同心之感，實則彼此互文，『應』字極兀傲，『始』字極沉痛。」（高步瀛《唐宋詩舉要》引）這是很有見地的。詩人在一首書懷的長詩〈病中書懷呈友人〉中曾慨嘆道：「有氣干牛斗，無人辨轆轤（即鹿盧，一種寶劍）。」他覺得自己就像一柄氣衝斗牛而被沉埋的寶劍，不為世人所知。一個傑出的才人，竟不得不把真正了解自己的希望寄託在早已作古的前賢身上，正反映出他見棄於當時的寂寞處境和「舉世無相識」（王維〈寄荊州張丞相〉）的沉重悲慨。因此，「應」字便不單是自負，而且含有世無知音的自傷與憤鬱。下句「霸才」，猶蓋世超群之才，是詩人自指。陳琳遇到曹操那樣一位豁達大度、愛惜才士的主帥，應該說是「霸才有主」了。而詩人自己的際遇，則與陳琳相反，「霸才無主」四字正是自己境遇的寫照。「始憐君」的「憐」，是憐慕、欣羨的意思。這裡實際上暗含著一個對比：陳琳的「霸才有主」和自己的「霸才無主」的對比。正因為這樣，才對陳琳的際遇特別欣羨。這裡，流露了生不逢時的深沉感慨。

「石麟埋沒藏春草，銅雀荒涼對暮雲。」腹聯分承三、四句，從「墓」字生意。上句是墓前即景，下句是墓前遙想。年深日久，陳琳墓前的石麟已經埋藏在萋萋春草之中，更顯出古墳的荒涼寥落。這是寄託自己對前賢的追思緬懷，也暗示當代的不重才士，任憑一代才人的墳墓蕪沒荒廢。由於緬懷陳琳，便進而聯想到重用陳琳的曹操，想像到遠在鄴都的銅雀臺，現在想必也只剩下荒涼的遺跡，在遙對黯淡的暮雲了。這不僅是對曹操這樣一位重視賢才的明主的追思，也是對那個重才的時代的追戀。「銅雀荒涼」，正象徵著一個重才時代的消逝。而詩人對當前這個棄賢毀才時代的不滿，也就在不言中了。

「莫怪臨風倍惆悵，欲將書劍學從軍。」文章無用，霸才無主，只能棄文就武，持劍從軍，這已經使人不勝感慨；而時代不同，今日從軍，又焉知不是無所遇合，再歷飄蓬。想到這裡，怎能不臨風惆悵，黯然神傷呢？這一結，將詩人那種因「霸才無主」引起的生不逢時之感，更進一步地表現出來了。

全詩貫串著詩人自己和陳琳之間不同的時代、不同的際遇的對比，即霸才無主和霸才有主的對比，青史垂名和書劍飄零的對比，文采斐然，寄託遙深，不下李商隱詠史佳作。就詠懷古跡一體看，不妨視為杜甫此類作品的嫡傳。（劉學鍇）

經五丈原

溫庭筠

鐵馬雲雕共絕塵①，柳營高壓漢宮春。天清殺氣屯關右，夜半妖星照渭濱。
下國臥龍空寤主，中原得鹿②不由人。象床寶帳③無言語，從此譙周是老臣。

〔註〕①此詩異文甚多，一併列出：鐵馬雲「雕」「久」絕塵，柳營高壓漢「營」春。天「晴」殺氣屯關右，夜半妖星照渭濱。下國臥龍空「誤」主，中原「逐」鹿不「因」人。象床「錦」帳無言語，從此譙周是「舊」臣。②得鹿：語出《史記．淮陰侯列傳》。蒯通對漢高祖云：「秦失其鹿，天下共逐之，於是高材疾足者先得焉。」比喻在奪取政權的鬥爭中獲得勝利。③象床寶帳：祠廟中神龕裡的陳設。

這是一首詠史詩。詩題表明詩人是路過五丈原時因懷念諸葛亮而作。五丈原在今陝西岐山縣南斜谷口西側。據《三國志．蜀書．諸葛亮傳》記載：蜀後主建興十二年（二三四）春，諸葛亮率兵伐魏，在此屯兵，與魏軍相持於渭水南岸達一百多天，八月，遂病死軍中。一代名相，壯志未酬，常引起後人的無窮感慨。杜甫曾為此寫道：「出師未捷身先死，長使英雄淚滿襟！」（〈蜀相〉）溫庭筠也出於這種惋惜的心情，寫了這首詩。

詩開頭氣勢凌厲。蜀漢雄壯的鐵騎，高舉著繪有熊虎和鷙鳥的戰旗，以排山倒海之勢，飛速北進，威震中原。「高壓」一詞本很抽象，但由於前有「鐵馬」、「雲雕」、「柳營」等形象做鋪墊，便使人產生一種大軍壓境恰似泰山壓頂般的真實感。「柳營」這個典故，把諸葛亮比作西漢初年治軍有方的周亞夫，表現出敬慕之情。三、四兩句筆挾風雲，氣勢悲愴。「天清殺氣」，既點明秋高氣爽的季節，又暗示戰雲密布，軍情十分緊急。

在這樣關鍵的時刻，災難卻降臨到諸葛亮頭上。相傳諸葛亮死時，其夜有大星「赤而芒角」（晉孫盛《晉陽秋》），墜落在渭水之南。「妖星」一詞具有鮮明的感情色彩，表達了詩人對諸葛亮齎志以歿的無比痛惜。

前四句全是寫景，詩行與詩行之間跳躍、飛動。首聯寫春，頷聯便跳寫秋。第三句寫白晝，第四句又轉寫夜間。僅用幾組典型畫面，便概括了諸葛亮最後一百多天裡運籌帷幄，未捷身死的情形，慷慨悲壯，深沉動人，跌宕起伏，搖曳多姿。溫庭筠詩本以側豔為工，而此篇能以風骨遒勁見長，確是難得。

後四句純是議論，以歷史事實為據，悲切而中肯。「下國」，指偏處西南的蜀國。諸葛亮竭智盡忠，卻無法使後主劉禪從昏庸中醒悟過來，他對劉禪的開導、規勸又有什麼用呢？一個「空」字包蘊著無窮感慨。「不由人」正照應「空寤主」。作為輔弼，諸葛亮鞠躬盡力，然而時勢如此，叫他怎麼北取中原，統一中國呢！詩人對此深為嘆惋。諸葛亮一死，蜀漢國勢便江河日下。可是供奉在祠廟中的諸葛亮像已無言可說，無計可施了。這是詩人從面前五丈原的諸葛亮廟生發開去的。譙周是諸葛亮死後蜀後主的寵臣，在他的慫恿下，後主降魏。「老臣」兩字，本是杜甫對諸葛亮的讚譽：「兩朝開濟老臣心」（〈蜀相〉），用在這裡，諷刺性很強。詩人暗暗地把譙周誤國降魏和諸葛亮匡世扶主作了比較，讀者自然可以想像到後主的昏庸和譙周的卑劣了，難怪清沈德潛為此句旁批說：「誚之比於痛罵。」（《唐詩別裁集》）詩人用「含而不露」的手法，反而收到了比痛罵更強烈的效果。

整首詩內容深厚，感情沉鬱。前半以虛寫實，從虛擬的景象中再現出真實的歷史畫面；後半夾敘夾議，卻又和一般抽象的議論不同。它用歷史事實說明了褒貶之意。末尾用譙周和諸葛亮作對比，進一步顯示了諸葛亮繫蜀國安危於一身的獨特地位，也加深了讀者對諸葛亮的敬仰。（蔡厚示）

贈少年　溫庭筠

江海相逢客恨多，秋風葉下洞庭波。
酒酣夜別淮陰市，月照高樓一曲歌。

這首詩大意寫浪跡江湖的詩人，在秋風蕭瑟的時節與一位少年相遇，彼此情味相投，但只片刻幸會，隨即就分手了。詩人選擇相逢又相別的瞬間場面來表現「客恨」，自然地流露出無限的離恨別情，給人以頗深的藝術感染。

如果認為詩中的「客恨」只是一般的離愁別恨，那還未免皮相。清代徐增認為溫庭筠此詩是寫其「不遇」和「俠氣高歌」（《而庵說唐詩》卷六）。這首小詩確是借客遊抒寫作者落拓江湖的「不遇」之感。客遊他鄉，忽遇友人，本當使人高興，但由於彼此同有淪落江湖、政治失意之感，故覺頗多苦恨。尤其在這金風起浪、落葉蕭蕭的秋天，更容易觸動遊子的愁腸了。「秋風葉下洞庭波」，是化用屈原《九歌．湘夫人》「嫋嫋兮秋風，洞庭波兮木葉下」的詩句，描繪南方蕭索的秋色，藉以渲染「客恨」，並非實指。它和下文的「夜別淮陰市」一樣，都是借意，不可呆讀。

詩的前半融情入景，「客恨」的含意還比較含蓄。後半借酒消愁，意思就顯露得多了。「酒酣夜別淮陰市，月照高樓一曲歌。」「淮陰市」，固然點出話別地點，但主要用意還是借古人的酒杯澆胸中的塊壘。這裡顯然是暗用漢代淮陰侯韓信的故事。韓信年少未得志時，曾乞食漂母，受辱胯下，貽笑於淮陰一市；而後來卻征戰沙場，成為西漢百萬軍中的統帥。溫庭筠也是才華出眾，素有大志，但因其恃才傲物，終不為世用，只落得身世飄零，頗似少年韓信。故「酒酣夜別淮陰市」句，正寓有以韓信的襟抱期待自己，向昨天的恥辱告別之意。所以最後在高樓對明月，他和少年知音放歌一曲，以壯志共勉，正表達了一種豪放不羈的情懷。

這首詩善於用典寄託懷抱，且不著痕跡，自然地與寫景敘事融為一體，因景見情，含蓄雋永。暗用韓信故事來自述懷抱之後，便引出「月照高樓一曲歌」的壯志豪情。「月照高樓」明寫分別地點，是景語，也是情語。四個字點染了高歌而別的背景，展現著一種壯麗明朗的景色。它不同於「月上柳梢」的纏綿，也有別於「曉風殘月」的悲涼，而是和慷慨高歌的情調相吻合，字裡行間透露出一種豪氣。這正是詩人壯志情懷的寫照。詩貴有真情。溫庭筠多纖麗藻飾之作，而本篇卻以峻拔爽朗的面目獨標一格，令人耳目一新。（閻昭典）

蔡中郎墳 溫庭筠

古墳零落野花春，聞說中郎有後身。

今日愛才非昔日，莫抛心力作詞人。

溫庭筠的七律〈過陳琳墓〉，是寄慨遙深、文采斐然的名作，他的這首〈蔡中郎墳〉則不大為人注意。其實，這兩首詩雖然內容相近，藝術上卻各有千秋，不妨參讀並賞。

蔡中郎，即東漢末年著名文人蔡邕，曾官左中郎將，死後葬在毗陵尚宜鄉互村（毗陵即今常州）。這首詩就是寫詩人過蔡中郎墳時引起的一段感慨。

首句正面寫蔡中郎墳。蔡邕卒於漢獻帝初平三年（一九二），到溫庭筠寫這首詩時，已歷六七百年。歷史的風雨，人世的變遷，使這座埋葬著一代名士的古墳已經荒涼殘破不堪，只有那星星點點不知名的野花點綴在它的周圍。野花春的「春」字，形象地顯示出逢春而發的野花開得熱鬧繁盛，一片生機。由於這野花的襯托，更顯出古墳的零落荒涼。這裡隱隱透出一種今昔滄桑的感慨；這種感慨，又正是下文「今日愛才非昔日」的一條引線。

第二句暗含著一則故實。南朝梁殷芸《小說》卷三記載：張衡死的那個月，蔡邕的母親剛好懷孕。張、蔡二人，才貌非常相似，因此人們都說蔡邕是張衡的後身。這原是人們對先後輝映的才人文士傳統繼承關係的一種迷信傳說。詩人卻巧妙地利用這個傳說進行推想：既然張衡死後有蔡邕作他的後身，那麼蔡邕死後想必也會有後身了。這裡用「聞說」這種活泛的字眼，正暗示「中郎有後身」乃是出之傳聞推測。如果單純詠古，這一句似乎應當寫成「聞說中郎是後身」或者「聞說張衡有後身」。現在這樣寫，既緊扣題內「墳」字，又巧妙地將詩意由弔古引向慨今。在全詩中，這一句是前後承接過渡的樞紐，詩人寫來毫不著力，可見其藝術功力。

「今日愛才非昔日，莫拋心力作詞人。」這兩句緊承「中郎有後身」抒發感慨，是全篇主意。蔡邕生當東漢末年政治黑暗腐朽的時代，曾因上書議論朝政闕失，遭到誣陷，被流放到朔方；遇赦後，又因宦官讎視，亡命江湖；董卓專權，被迫任侍御史，卓被誅後，蔡邕也瘐死獄中。一生遭遇，其實還是相當悲慘的。但他畢竟還參與過校寫「熹平石經」這樣的大事，而且董卓迫他為官，也還是因為欣賞他的文才。而今天的文士，則連蔡邕當年那樣的際遇也得不到，只能老死戶牖，與時俱沒。因此詩人十分感慨：對不愛惜人才的當局者來說，蔡邕的後身生活在今天，即使用盡心力寫作，又有誰來欣賞和提拔呢？還是根本不要去白白拋擲自己的才力吧。

這兩句好像寫得直率而刻露，但這並不妨礙它內涵的豐富與深刻。這是一種由高度的概括、尖銳的揭發和絕望的憤激所形成的耐人思索的藝術境界。熟悉蔡邕所處的時代和他的具體遭遇的人，都不難體味出「今日愛才非昔日」這句詩中所包含的深刻的悲哀。如果連蔡邕的時代都算愛才，那麼「今日」之糟踐人才便不問可知了。正因為這樣，末句不是單純慨嘆地說「枉拋心力作詞人」，而是充滿憤激地說「莫拋心力作詞人」。詩中講到「中郎有後身」，看來詩人是隱然以此自命的，但又不明說。這樣，末句的含意就顯得很活泛，既可理解為告誡自己，也可理解為泛指所有懷才不遇的士人，內涵既廣，藝術上亦復耐人尋味。這兩句詩是對那個糟踐人才的時代所作的概括，也是當時廣大文士憤激不平心聲的集中表露。（劉學鍇）

咸陽值雨

溫庭筠

咸陽橋上雨如懸，萬點空濛隔釣船。
還似洞庭春水色，曉雲①將入岳陽天。

〔註〕①一作「晚雲」。

這是一首對雨即景之作，明快、跳蕩，意象綿渺，別具特色。咸陽橋，又名便橋，在長安北門外的渭水之上，是通往西北的交通孔道。古往今來，有多少悲歡離合、興廢存亡的歷史在這裡幕啟幕落。然而詩人此番雨中徜徉，卻意度閒適，並無愁眉鎖眼之態，筆墨染出，是一派清曠迷離的山水圖景。

首句入題。「咸陽橋」點地，「雨」點景，皆直陳景物，用語質樸。句末鍊出一個「懸」字，便將一種雨腳綿延如簾箔之虛懸空際的質感，形象生動地傳出，健捷而有氣勢，讀來令人神往。接下一句，詩人把觀察點從橋頭推向遠處的水面，從廣闊的空間來描寫這茫茫雨色。這是一種挺接密銜的手法。「萬點」言雨陣之密注。「空濛」二字最有分量，烘托出雲行雨施、水氣蒸薄的特殊氛圍，點出這場春雨所引起的周圍環境的色調變化來。用筆很像國畫家的暈染技法，淡墨抹出，便有無限清蔚的佳致。這種煙雨霏霏的景象類似江南水鄉的天氣，是詩人著力刻畫的意境，並因而逗出下文的聯翩浮想，為一篇轉換之關鍵。「釣船」是詩中實景，詩人用一個「隔」字，便把它推到迷濛的煙雨之外，若隱若現，似有似無，像是要融化在設色清淡的畫面裡一樣，有超於象外的遠致。

前兩句一起一承，圍繞眼前景物生發，第三句縱筆遠揚，轉身虛際，出人意外地從咸陽的雨景，一下轉到了洞庭的春色。論地域，天遠地隔，論景致，晴雨不侔。那麼這兩幅毫不相干的水天圖畫是如何繫聯起來的呢？實現這種轉化的媒介，乃是存在於二者之間的某種共同點——即上面提到的煙水空濛的景色。這在渭水關中也許是難得一見的雨中奇觀，但在洞庭澤國，卻是一種常見的色調。詩人敏感地抓住這一點，發揮藝術的想像，利用「還似」二字作有力的兜轉，就把它們巧妙地聯到一起，描繪出一幅壯闊飛動、無比清奇的圖畫來。洞庭湖為海內巨浸，氣蒸波撼，吞天無際。在詩人看來，瀰漉的曉雲好像是馱載著接天的水氣飄進了岳陽古城的上空。這是何等壯觀的景象呵！「將入」二字，真可說是筆挾雲濤了。

當然，作者著意描寫巴陵湖畔的雲容水色，其目的在於用它來烘托咸陽的雨景，使它更為突出。這是一種借助聯想，以虛間實，因賓見主的借形之法，將兩種似乎無關的景物，從空間上加以聯繫，構成了本詩的藝術特色。（周篤文）

瑤瑟怨　溫庭筠

冰簟銀床夢不成，碧天如水夜雲輕。
雁聲遠過瀟湘去，十二樓中月自明。

詩的題目和內容都很含蓄。瑤瑟，是玉鑲的華美的瑟。瑟聲悲怨，相傳「泰帝使素女鼓五十弦瑟，悲，帝禁不止，故破其瑟為二十五弦」（《漢書．郊祀志》）。在古代詩歌中，它常和別離之悲聯結在一起。題名「瑤瑟怨」，正暗示詩所寫的是女子別離的悲怨。

頭一句正面寫女主人公。「冰簟銀床」，指冰涼的竹席和銀飾的床。「夢不成」三字很可玩味。它不是一般地寫因為傷離念遠難以成眠，而是寫她尋夢不成。會合渺茫難期，只能將希望寄託在本屬虛幻的夢寐上；而現在，難以成眠，竟連夢中相見的微末願望也落空了。這就更深一層地表現出別離之久遠，思念之深摯，會合之難期和失望之強烈。一覺醒來，才發覺連虛幻的夢境也未曾有過，伴著自己的，只有散發著秋天涼意和寂寞氣息的冰簟銀床。這種意境，似乎比在冰簟銀床上輾轉反側更雋永有情韻。我們彷彿可以聽到女主人公輕輕的嘆息。

第二句不再續寫女主人公的心情，而是宕開寫景。展現在面前的是一幅清寥淡遠的碧空夜月圖：秋天的深夜，長空澄碧，月華似水，只偶爾有幾縷飄浮的雲絮在空中輕輕掠過，更顯出夜空的澄潔與空闊。這是一個空鏡頭，境界清麗而略帶寂寥。它既是女主人公活動的環境和背景，又是她眼中所見的景物。不僅襯托出了人物皎潔輕柔的形象，而且暗透出人物清冷寂寞的意緒。孤居獨處的人面對這清寥的景色，心中縈迴著的也許正是「碧海青天夜夜心」（李商隱〈嫦娥〉）一類的感觸吧。

「雁聲遠過瀟湘去」，這一句轉而從聽覺角度寫景，和上句「碧天」緊相承接。夜月朦朧，飛過碧天的大雁是不容易看到的，只是在聽到雁聲時才知道有雁飛過。在寂靜的深夜，雁叫更增加了清冷孤寂的情調。「雁聲遠過」，寫出了雁聲自遠而近，又由近而遠，漸漸消失在長空之中的過程，也從側面暗示出女主人公凝神屏息，傾聽雁聲南去而若有所思的情狀。古有湘靈鼓瑟和雁飛不過衡陽的傳說，所以這裡有雁去瀟湘的聯想，但同時恐怕和女主人公心之所繫有關。雁足傳書。聽到雁聲南去，女主人公的思緒也被牽引到南方。大約正暗示女子所思念的人在遙遠的瀟湘那邊。

「十二樓中月自明」。前面三句，分別從女主人公所感、所見、所聞的角度寫，末句卻似撇開女主人公，只畫出沉浸在明月中的「十二樓」。宋裴駰《史記集解．孝武本紀》引應劭曰：「崑崙縣圃五城十二樓，仙人之所常居也。」詩中用「十二樓」，或許藉以暗示女主人公是女冠者流，或許藉以形容樓閣的清華，點明女主人公的貴家女子身份。「月自明」的「自」字用得很有情味。孤居獨處的離人面對明月，會勾起別離的情思，團圓的期望，但月本無情，仍自照臨高樓。「玉戶簾中卷不去，擣衣砧上拂還來。」（張若虛〈春江花月夜〉）詩人雖只寫了沉浸在月光中的高樓，但女主人公的孤寂、怨思，卻彷彿融化在這似水的月光中了。這樣以景結情，更增添了悠然不盡的餘韻。

這首寫女子別離之怨的詩頗為特別。全篇除「夢不成」三字點出人物以外，全是景物描寫。整首詩就像是幾個組接得很巧妙的寫景鏡頭。詩人要著重表現的，並不是女主人公的具體心理活動、思想感情，而是透過景物的描寫、組合，渲染一種和主人公相思別離之怨和諧統一的氛圍、情調。冰簟、銀床、秋夜、碧空、明月、輕雲、南雁、瀟湘，以至籠罩在月光下的玉樓，這一切，組成了一幅清麗而含有寂寥哀傷情調的畫圖。整個畫面的色調和諧地統一在輕柔朦朧的月色之中。讀了這樣的詩，對詩中人物的思想感情也許只有一個朦朧的印象，但那具有濃郁詩意的情調、氣氛卻將長時間留在記憶中。

回到詩題。「瑤瑟怨」是否僅僅暗示女子的別離之怨呢？仔細尋味，似同時暗示詩的內容與「瑟」有關。「夜中不能寐，起坐彈鳴琴」（三國魏阮籍〈詠懷八十二首〉其一），寫女主人公夜間彈琴（瑟）抒怨也是可能的。如果說溫詩首句是寫「夜中不能寐」，那麼後三句可能就是暗寫「起坐彈鳴琴（瑟）」了。不過，寫得極含蓄，幾乎不露痕跡。它把彈奏時的環境氣氛，音樂的意境與感染力，曲終時的情景都融化在鮮明的畫面中。彈瑟時正好有雁飛向南方，就像是因瑟聲的動人引來，又因不勝清怨而飛去一樣。曲終之後，萬籟俱寂，唯見月照高樓，流光徘徊。彈奏者則如夢初醒，悵然若失。這樣理解，詩的抒情氣氛似乎更濃一些，題面與內容也更相稱一些。

（劉學鍇）

過分水嶺

溫庭筠

溪水無情似有情，入山三日得同行。
嶺頭便是分頭處，惜別潺湲一夜聲。

化無情之物為有情，往往是使平凡事物富於詩意美的一種藝術手段。這首短詩，很能說明這一點。

詩中所寫的分水嶺，大約是今陝西略陽縣東南的嶓冢山。這是秦蜀或秦梁間往來必經之地，在唐代是著名的交通要道，故一般徑稱分水嶺而不必冠以所在地。題稱〈過分水嶺〉，實際上寫的是在過分水嶺的行程中與溪水的一段因緣，以及由此引起的詩意感受。

首句就從溪水寫起。溪水是沒有感情的自然物，但眼前這條溪水，卻又似乎有情。在這裡，「無情」是用來引出「有情」，突出「有情」的。「有情」二字，是一篇眼目，下面三句都是圍繞著它來具體描寫的。「似」字用得恰到好處，它暗透出這只是詩人時或浮現的一種主觀感覺。換成「卻」字，便覺過於強調、坐實；改成「亦」字，又不免掩蓋主次，使「無情」與「有情」平分秋色。只有這個「似」字，語意靈動輕妙，且與全詩平淡中見深情的風格相統一。這一句在點出「有情」的同時，也就設置了懸念，引導讀者去注意下面的解答。

次句敘事，暗點感到溪水「似有情」的原因。嶓冢山是漢水與嘉陵江的分水嶺，因為山深，所以「入山三日」方能到達嶺頭。山路蜿蜒曲折，緣溪而行，故而行旅者感到這溪水一直在自己側畔同行。其實，入山是向上行，而水流總是向下，溪流的方向和行人的方向並不相同，但溪水雖不斷向相反方向流逝，而其潺湲聲卻一路伴隨。因為深山空寂無人，旅途孤孑無伴，這一路和旅人相伴的溪水便變得特別親切，彷彿是有意不離左右，以它的清澈面影、流動身姿和清脆聲韻來慰藉旅人的寂寞。我們從「得同行」的「得」字中，可以體味到詩人在寂寞旅途中邂逅良伴的欣喜；而感於溪水的「有情」，也於「得」字中見出。

「嶺頭便是分頭處，惜別潺湲一夜聲。」在「入山三日」，相伴相依的旅程中，「溪水有情」之感不免與日俱增，因此當登上嶺頭，就要和溪水分頭而行的時候，心中便不由自主地湧起依依惜別之情。但卻不從自己方面來寫，而是從溪水方面來寫，以它的「惜別」進一步寫它的「有情」。嶺頭處是旅途中的一個站頭，詩人這一晚就在嶺頭住宿。在寂靜的深山之夜，耳畔只聽到嶺頭流水，仍是潺湲作響，徹夜不停，彷彿是在和自己這個同行三日的友伴殷勤話別。這「潺湲一夜聲」五字，暗補「三日同行」時日夕所聞。溪聲仍是此聲，而當將別之際，卻極其自然地感覺這溪水的「潺湲一夜聲」如同是它的深情的惜別之聲。在這裡，詩人巧妙地利用了分水嶺的自然特點，由「嶺頭」引出旅人與溪水的「分頭」，又由「分頭」引出「惜別」，因惜別而如此體會溪聲。聯想的豐富曲折和表達的自然平易，達到了和諧的統一。寫到這裡，溪水的「有情」已經臻於極致，詩人對溪水的深情也自在不言中了。

分水嶺下的流水，潺湲流淌，千古如斯。看到過這條溪水的旅人，何止萬千，但似乎還沒有人從這個平凡景象中發現美，發現詩。由於溫庭筠對羈旅行役生活深有體驗，對朋友間的情誼分外珍重，他才能發現溪水這樣的伴侶，並賦予它一種動人的人情美。這裡，與其說是客觀事物的詩意美觸發了詩人的感情，不如說是詩人把自己美好的感情移注到了客觀事物身上。化無情為有情，前提是詩人自己有情。（劉學鍇）

處士盧岵山居

溫庭筠

西溪問樵客，遙識主人家①。古樹老連石，急泉清露沙。

千峰隨雨暗，一逕入雲斜。日暮鳥飛散，滿山蕎麥花。

〔註〕①一作遙「指」「楚」人家。

這首詩沒有直接寫盧岵（音同戶），也沒有直接寫作者的心情，而是只寫盧岵處士山居的景色。透過山居景色的描寫，反映其人品的高潔及作者的景慕之情。

一、二兩句是說先向砍柴的人打聽盧岵山居的所在地，然後遠遠地認準方向走去。透過「問樵客」、「遙識」的寫法，暗示出盧岵山居的幽僻。作者不稱砍柴的人為「樵子」、「樵夫」，而稱之為「樵客」，意味著這個砍柴者並不是俗人，這對於詩的氣氛也起著一定的渲染作用。

三、四兩句寫一路所見，是近景。古樹老根纏石，彷彿它天生是連著石頭長起來的。湍急清澈的泉水，把水面上的浮土、樹葉沖走了，露出泉底的沙子來，更顯得水明沙淨。這兩句形象地描繪了幽僻山徑中特有的景物和色彩。而與此相應，作者用的是律詩中的拗句，「老」字和「清」字的平仄對拗，在音節上也加強了高古、清幽的氣氛。

五、六兩句寫入望的遠景。「千峰」言山峰之多，因在雨中顯得幽暗，看不清楚。「一徑入雲斜」和「千峰隨雨暗」相對照，見得那通往盧岵山居小路的高峻、幽深，曲曲彎彎一直通向煙雲深處。這兩句改用協調的音節，一方面是為了增加變化，一方面也是和寫遠景的闊大相適應的。

七、八兩句又改用拗句的音節，仍是和通篇突出山居景物的特殊色彩相適應的。而寫景物的特殊色彩又是為了寫人，為了襯托古樸高潔的「處士」形象。

蕎麥是瘠薄山地常種的作物，初秋開小白花。在日照強烈的白天裡，小白花不顯眼，等到日暮鳥散，才顯出滿山的蕎麥花一片潔白。蕎麥花既和描寫處士的山居風光相適應，同時，也說明處士的生活雖然孤高，也並非和人世完全隔絕；借此又點明了作者造訪的季節——秋天。

全詩的層次非常清楚，景物寫得雖多而錯落有致。更重要的是透過景物的特殊色彩，使讀者對盧岵處士生活的古樸和人品的孤高有一個深刻的印象。作者的這種比較特殊的表現手法，應該說是很成功的。（張志岳）

碧澗驛曉思　溫庭筠

香燈伴殘夢，楚國在天涯。

月落子規歇，滿庭山杏花。

在五、七言絕句中，五絕較為近古；前人論五絕，也每以「調古」為上乘。溫庭筠這首五絕，卻和崇尚真切、渾樸、古淡的「調古」之作迥然有別。它的意境和風格都更接近於詞，甚至不妨說它就是一種詞化的小詩。

碧澗驛所在不詳，據次句可知，是和詩人懷想的「楚國」相隔遙遠的一所山間驛舍。詩中所寫的，全是清晨夢醒以後瞬間的情思和感受。

首句寫旅宿者清晨剛醒時恍惚迷離的情景。乍醒時，思緒還停留在剛剛消逝的夢境中，彷彿還在繼續著昨夜的殘夢。在恍惚中，看到孤燈熒熒，明滅不定，更增添了這種恍在夢中的感覺。「殘夢」，正點題內「曉」字，並且透出一種迷惘的意緒。不用「孤燈」而用「香燈」這種綺麗的字面，固然和詩人的喜作綺語有關，但在這裡，似有暗示夢境的內容性質的意味，且與全詩柔婉的格調取得統一。「香燈」與「殘夢」之間，著一「伴」字，不僅透露出旅宿者的孤孑無伴，而且將夜夢時間無形中延長了，使讀者從「伴殘夢」的瞬間自然聯想到整個夢魂縈繞、孤燈相伴的長夜。

次句忽然宕開，寫到「楚國在天涯」，似乎跳躍很大。實際上這一句並非一般的敘述語，而是剛醒來的旅人此刻心中所想，而這種懷想又和夜來的夢境有密切關係。原來旅人夜來夢魂縈繞的地方就是遠隔天涯的「楚國」；而一覺醒來，唯見空室孤燈，頓悟此身仍在山驛，「楚國」仍遠在天涯，不覺悵然若失。這真是山驛夢回楚國遠了。溫庭筠是太原人，但在江南日久，儼然以「楚國」為故鄉。這首詩正是抒寫思楚之情的。

「月落子規歇，滿庭山杏花。」三、四兩句，又由心之所繫的天涯故國，轉回到碧澗驛的眼前景物：月亮已經落下去，「啼夜月，愁空山」（李白〈蜀道難〉）的子規也停止了淒清的鳴叫聲；在曉色朦朧中，驛舍的庭院正開滿了繁茂的山杏花。這兩句情寓景中，寫得非常含蓄。子規鳥又叫「思歸」、「催歸」，鳴聲有如「不如歸去」；特別是在空山月夜，啼聲更顯得淒清。這裡說「月落子規歇」，正暗透出昨夜一夕，詩人獨宿山驛，在子規的哀鳴聲中翻動著羈愁歸思的情景。這時，子規之聲終於停歇，一直為它所牽引的歸思也稍有收束，心境略趨平靜。就在這種情境下，詩人忽然瞥見滿庭盛開的山杏花，心中若有所觸。全詩也就在這但書即目所見與若有所感中悠然收住。對這景物所引起的感觸、聯想和記憶，則不著一字，任憑讀者去尋味。這境界是美的，但似乎帶有一點寂寞和憂傷。其中蘊含著一種愁思稍趨平靜時目遇美好景物而引起的淡淡喜悅，又好像在欣喜中仍不免有身處異鄉的陌生感和孤孑感。碧澗驛此刻已經是山杏盛開，遠隔天涯的「楚國」，想必也是滿目春色，繁花似錦了。詩人當日目接神遇之際，其感受與聯想可能本來就是渾淪一片，不甚分明，因此筆之於紙，也就和盤托出，不加點醒，構成一種朦朧淡遠的境界。這種表現手法，在溫詞中運用得非常普遍而且成功，像幾首〈菩薩蠻〉詞的「江上柳如煙，雁飛殘月天」（其二），「心事竟誰知？月明花滿枝」（其三），「花落子規啼，綠窗殘夢迷」（其六），「雨後卻斜陽，杏花零落香」（其十一）等句，都是顯例。對照之下，可以發現「月落子規歇，滿庭山杏花」兩句，無論意境、情調、語言和表現手法，都與詞非常接近。

這首詩幾乎通篇寫景（第二句從抒情主人公心中所想的角度去理解，也是寫景，而非敘事），沒有直接抒情的句子，也沒有多少敘事成分。圖景與圖景之間沒有勾連過渡，似續似斷，中間的空白比一般的詩要大得多。語言則比一般的詩要柔婉綺麗。這些，都更接近詞的作風。溫庭筠的小詩近詞，倒主要不是表明詞對詩的影響，而是反映出詩向詞演化的跡象。（劉學鍇）

商山早行

溫庭筠

晨起動征鐸，客行悲故鄉。雞聲茅店月，人跡板橋霜。
槲葉落山路，枳花明驛牆。因思杜陵夢，鳧雁滿迴塘。

這首詩之所以為人們所傳誦，是因為它透過鮮明的藝術形象，真切地反映了古代社會裡一般旅人的某些共同感受。商山，也叫楚山，在今陝西商縣東南。作者曾於唐宣宗大中末年離開長安，經過這裡。

首句表現「早行」的典型情景，概括性很強。清晨起床，旅店裡外已經叮叮噹噹響起了車馬的鈴鐸（音同奪）聲，旅客們套馬、駕車之類的許多活動已暗含其中。第二句固然是作者講自己，但也適用於一般旅客。「在家千日好，出外一時難」。古時一般人由於交通困難、人情澆薄等許多原因，往往安土重遷，怯於遠行。「客行悲故鄉」這句詩，很能夠引起讀者情感上的共鳴。

三、四兩句，歷來膾炙人口。宋代梅堯臣（字聖俞）曾經對歐陽修說：最好的詩，應該「狀難寫之景，如在目前，含不盡之意，見於言外」。歐陽修請他舉例說明，他便舉出這兩句和賈島的「怪禽啼曠野，落日恐行人」（〈暮過山村〉），並反問道：「道路辛苦，羈旅愁思，豈不見於言外乎？」（《六一詩話》）明李東陽在《懷麓堂詩話》中進一步分析說：「『雞聲茅店月，人跡板橋霜』，人但知其能道羈愁野況於言意之表，不知二句中不用一二閑字，止提掇出緊關物色字樣，而音韻鏗鏘，意象具足，始為難得。若強排硬疊，不論其字面之清濁，音韻之諧舛，而云我能寫景用事，豈可哉！」「音韻鏗鏘」，「意象具足」，是一切好詩的必備條件。李東陽把這兩點作為「不用一二閑字，止提掇出緊關物色字樣」的從屬條件提出，很可以說明這兩句詩的藝術特色。所謂「閑字」，指的是名詞以外的各種詞；所謂「提掇緊關物色字樣」，指的是代表典型景物的名詞的選擇和組合。這兩句詩可分解為代表十種景物的十個名詞：「雞」、「聲」、「茅」、「店」、「月」，「人」、「跡」、「板」、「橋」、「霜」。雖然在詩句裡，「雞聲」、「茅店」、「人跡」、「板橋」都結合為「定語加中心詞」的「偏正詞組」，但由於作定語的都是名詞，所以仍然保留了名詞的具體感。例如「雞聲」一詞，「雞」和「聲」結合在一起，不是可以喚起引頸長鳴的視覺形象嗎？「茅店」、「人跡」、「板橋」，也與此相類似。

古時旅客為了安全，一般都是「未晚先投宿，雞鳴早看天」（《增廣賢文》）。詩人既然寫的是早行，那麼雞聲和月，就是有特徵性的景物。而茅店又是山區有特徵性的景物。「雞聲茅店月」，把旅人住在茅店裡，聽見雞聲就爬起來看天色，看見天上有月，就收拾行裝，起身趕路等許多內容，都有聲有色地表現出來了。

同樣，對於早行者來說，「板橋」、「霜」和霜上的「人跡」。也都是有特徵性的景物。作者於雄雞報曉、殘月未落之時上路，也算得上「早行」了；然而已經是「人跡板橋霜」，這真是「莫道君行早，更有早行人」（《增廣賢文》）啊！

這兩句純用名詞組成的詩句，寫早行情景宛然在目，確實稱得上「意象具足」的佳句。

「槲（音同胡）葉落山路，枳（音同止）花明驛牆」。兩句，寫的是剛上路的景色。商縣、洛南一帶，枳樹、槲樹很多。槲樹的葉片很大，冬天雖乾枯，卻存留枝上；直到第二年早春樹枝將發嫩芽的時候，才紛紛脫落。而這時候，枳樹的白花已在開放。因為天還沒有大亮，驛牆旁邊的白色枳花，就比較顯眼，所以用了個「明」字。可以看出，詩人始終沒有忘記「早行」二字。

旅途早行的景色，使詩人想起了昨夜在夢中出現的故鄉景色：「鳧雁滿迴塘」。春天來了，故鄉杜陵，迴塘水暖，鳧雁自得其樂；而自己，卻離家日遠，在茅店裡歇腳，在山路上奔波呢！「杜陵夢」補出了夜間在茅店裡思家的心情，與「客行悲故鄉」首尾照應，互相補充；而夢中的故鄉景色與旅途上的景色又形成鮮明的對照。眼裡看的是「槲葉落山路」，心裡想的是「鳧雁滿迴塘」。「早行」之景與「早行」之情，都得到了完美的表現。（霍松林）

送人東歸

溫庭筠

荒戍落黃葉，浩然離故關。高風漢陽渡，初日郢門山。

江上幾人在，天涯孤櫂還。何當重相見，尊酒慰離顏。

詩題為「送人東歸」，所送何人不詳。看詩中地名都在今湖北省，可知是溫庭筠宣宗大中十三年（八五九）貶隨縣尉之後、懿宗咸通三年（八六二）離江陵東下之前的作品，很可能作於江陵，詩人時年五十左右。

關於本詩的發端，清人沈德潛曰：「起調最高。」（《唐詩別裁集》）試想：地點既傍荒涼冷落的古堡，時令又值落葉蕭蕭的寒秋，此時此地送友人遠行，那別緒離愁，將何以堪！然而出人意料，接下去詩思卻陡然一振：「浩然離故關」——友人此行，心浩然有遠志。氣象格調，自是不凡。

頷聯兩句互文，意為：初日高風漢陽渡，高風初日郢門山。「初日」，點明送別是在清晨。「漢陽渡」，長江渡口，在今湖北省武漢市；「郢門山」，位於湖北宜都縣西北長江南岸。兩地一東一西，相距千里，不會同時出現在視野之內，這裡統指荊山楚水，從而展示遼闊雄奇的境界，並以巍巍高山、浩浩大江、颯颯秋風、杲杲旭日，為友人壯行色。

頸聯仿效李白「孤帆遠影碧空盡，唯見長江天際流」（〈黃鶴樓送孟浩然之廣陵〉）而賦予兩重詩意：詩人一面目送歸舟孤零零地消失在天際，一面遙想江東親友大概正望眼欲穿，切盼歸舟從天際飛來。「幾人」，猶言「誰人」。「江上幾人在」，想像歸客將遇見哪些故人，受到怎樣的接待，是對友人此後境遇的關切；詩人早年曾久遊江淮，此處也寄託著對故交的懷念。

尾聯寫當此送行之際，開懷暢飲，設想他日重逢，更見惜別之情。

這首詩逢秋而不悲秋，送別而不傷別。如此離別，在友人，在詩人，都不曾引起更深的愁苦。詩人只在首句稍事點染深秋的蒼涼氣氛，便大筆揮灑，造成一個山高水長、揚帆萬里的遼闊深遠的意境，於依依惜別的深情之中，回應上文「浩然」，前後緊密配合，情調一致。結尾處又突然閃出日後重逢的遐想。論時間，一筆宕去，遙遙無期；論空間，則一勒而收，從千里之外的「江上」回到眼前，構思布局的縱擒開合，是很見經營的。（趙慶培）

蘇武廟　溫庭筠

蘇武魂銷漢使前，古祠高樹兩茫然。雲邊雁斷胡天月，隴上羊歸塞草煙。
回日樓臺非甲帳，去時冠劍是丁年。茂陵不見封侯印，空向秋波哭逝川。

蘇武是歷史上著名的堅持民族氣節的英雄人物。漢武帝天漢元年（前一〇〇）他出使匈奴，被扣留。匈奴多次逼降，他堅貞不屈。後被流放到北海牧羊，直至昭帝始元六年（前八一），才返回漢朝，前後長達十九年。這首詩就是作者瞻仰蘇武廟後追思憑弔之作。

首聯兩句分點「蘇武」與「廟」。漢昭帝時，匈奴與漢和親。漢使到匈奴後，得知蘇武尚在，乃詐稱漢朝皇帝射雁上林苑，得蘇武繫在雁足上的帛書，知武在某澤中，匈奴方才承認，並遣武回國。首句是想像蘇武初次會見漢使時的情景。蘇武在異域度過漫長歲月，歷盡艱辛，驟然見到來自漢朝的使者，表現出極為強烈、激動、複雜的感情。這裡有辛酸的追憶，有意外的驚愕，悲喜交加，感慨無窮，種種情緒，一時奔集，難以言狀，難以禁受。詩人以「魂銷」二字概括，筆墨精練，真切傳神。第二句由人到廟，由古及今，描繪眼前蘇武廟景物。「古祠高樹」，寫出蘇武廟蒼古肅穆，渲染出濃郁的歷史氣氛，透露出詩人崇敬追思之情。李白〈蜀道難〉：「蠶叢及魚鳧，開國何茫然。」「茫然」即渺然久遠之意。「古祠高樹兩茫然」，是說祠和樹都年代杳遠。這就為三、四兩句轉入對蘇武當年生活的追思緬想創造了條件。

「雲邊雁斷胡天月，隴上羊歸塞草煙。」這是兩幅圖畫。上一幅是望雁思歸圖。在寂靜的夜晚，天空中高懸著一輪帶有異域情調的明月。望著大雁從遙遠的北方飛來，又向南方飛去，一直到它的身影逐漸消失在南天的雲彩中。這幅圖畫，形象地表現了蘇武在音訊隔絕的漫長歲月中對故國的深長思念和欲歸不得的深刻痛苦。下一幅是荒塞歸牧圖。在昏暗的傍晚，放眼遠望，只見籠罩在一片荒煙中的連天塞草，和丘隴上歸來的羊群。這幅圖畫，形象地展示了蘇武牧羊絕塞的單調、孤寂生活，概括了幽禁匈奴十九年的日日夜夜，環境、經歷、心情相互交觸，渾然一體。

頸聯遙承首句，寫蘇武「回日」所見所感。《漢武故事》載：武帝「以琉璃、珠玉、明月、夜光錯雜天下珍寶為甲帳，其次為乙帳。甲以居神，乙以自御」。上句說蘇武十九年後歸國時，往日的樓臺殿閣雖然依舊，但武帝早已逝去，當日的「甲帳」也不復存在，流露出一種物是人非、恍如隔世的感慨，隱含著對武帝的追思。史載蘇武「始以強壯出，及還，鬚髮盡白」（《漢書．蘇武傳》）。李陵〈答蘇武書〉中也有「丁年（壯年）奉使，皓首而歸」之句。下句說回想當年戴冠佩劍，奉命出使的時候，蘇武還正當壯盛之年。「甲帳」、「丁年」巧對，向為詩評家所稱。此聯先說「回日」，後述「去時」，清沈德潛認為「與『此日六軍同駐馬』（李商隱〈馬嵬〉）一聯，俱為逆挽法，律詩得此，化板滯為跳脫矣」（《唐詩別裁集》）。其實，由「回日」憶及「去時」，以「去時」反襯「回日」，更增感慨。一個歷盡艱苦、頭白歸來的愛國志士，目睹物在人亡的情景，想到當年出使的情況，能不感慨欷歔嗎？

「茂陵不見封侯印，空向秋波哭逝川。」末聯集中抒寫蘇武歸國後對武帝的追悼。漢宣帝賜蘇武爵關內侯，食邑三百戶。武帝已經長眠茂陵，再也見不到完節歸來的蘇武封侯受爵了，蘇武只能空自面對秋天的流水哭弔已經逝去的先皇。史載李陵勸降時，蘇武曾說：「武父子亡功德，皆為陛下所成就，位列將，爵通侯，兄弟親近，常願肝腦塗地。今得殺身自效，雖蒙斧鉞湯鑊，誠甘樂之。」回國後，昭帝「詔武奉一太牢謁武帝園廟」（《漢書．蘇武傳》）。這種故君之思，是融忠君與愛國為一體的感情。最後一筆，把一個帶著歷史局限的愛國志士的形象，更真實感人地展現在我們面前。

晚唐國勢衰頹，民族矛盾尖銳。表彰民族氣節，歌頌忠貞不屈，心向故國，是時代的需要。杜牧〈河湟〉詩云：「牧羊驅馬雖戎服，白髮丹心盡漢臣。」溫庭筠這首詩，正塑造了一位「白髮丹心」的漢臣形象。（劉學鍇）

陳陶

【作者小傳】字嵩伯，自稱三教布衣，長江以北人。唐宣宗大中初南遊，足跡遍於江南、嶺南等地。後隱居南昌西山。有《陳嵩伯詩集》。《全唐詩》存其詩二卷，其中混有南唐陳陶及他人作品。（《郡齋讀書志》卷四、《唐才子傳》卷八）

隴西行四首（其二） 陳陶

誓掃匈奴不顧身，五千貂錦喪胡塵。
可憐無定河邊骨①，猶是春閨夢裡人。

〔註〕①無定河：黃河中游支流，在今陝西北部。

〈隴西行〉是樂府相和歌辭瑟調曲舊題，內容寫邊塞戰爭。隴西，即今甘肅寧夏隴山以西的地方。陳陶的〈隴西行〉共四首，此其二。詩反映了唐代長期的邊塞戰爭給人民帶來的痛苦和災難。

首二句以精練概括的語言，敘述了一個慷慨悲壯的激戰場面。唐軍誓死殺敵，奮不顧身，但結果五千將士全部喪身「胡塵」。「誓掃」、「不顧」，表現了唐軍將士忠勇敢戰的氣概和獻身精神。漢代羽林軍穿「貂錦」（錦衣貂裘），這裡借「貂錦」指精鋭部隊。部隊如此精良，戰死者達五千之眾，足見戰鬥之激烈和傷亡之慘重。

接著，筆鋒一轉，逼出正意：「可憐無定河邊骨，猶是春閨夢裡人。」這裡沒有直寫戰爭帶來的悲慘景象，也沒有渲染家人的悲傷情緒，而是匠心獨運，把「河邊骨」和「春閨夢」聯繫起來，寫閨中妻子不知征人戰死，仍然在夢中想見已成白骨的丈夫，使全詩產生震撼心靈的悲劇力量。知道親人死去，固然會引起悲傷，但確知親人的下落，畢竟是一種告慰。而這裡，長年音訊杳然，人早已變成無定河邊的枯骨，妻子卻還在夢境之中盼他早日歸來團聚。災難和不幸降臨到身上，不但毫不覺察，反而滿懷著熱切美好的希望，這才是真正的悲劇。

明代楊慎《升庵詩話》認為，此詩化用了漢代賈捐之〈議罷珠崖疏〉「父戰死於前，子鬥傷於後，女子乘亭鄣，孤兒號於道，老母、寡妻飲泣巷哭，遙設虛祭，想魂乎萬里之外」的文意，稱它「一變而妙，真奪胎換骨矣」。賈文著力渲染孤兒寡婦遙祭追魂，痛哭於道的悲哀氣氛，寫得沉痛而富有情致。文中寫家人「設祭」、「想魂」，顯然已知征人戰死。而陳陶詩中的少婦則深信丈夫還活著，絲毫不疑其已經死去，幾番夢中相逢。倒是李華的〈弔古戰場文〉中的「其存其歿，家莫聞知。人或有言，將信將疑，悁悁心目，寢寐見之」幾句，設想與之相近。而此詩則感情更深摯，景況更淒慘，因而也更能使人一灑同情之淚。

這詩的跌宕處全在三、四兩句。「可憐」句緊承前句，本題中之義；「猶是」句蕩開一筆，另闢新境。「無定河邊骨」和「春閨夢裡人」，一邊是現實，一邊是夢境；一邊是悲哀淒涼的枯骨，一邊是年輕英俊的戰士：虛實相對，榮枯迥異，造成強烈的藝術效果。一個「可憐」，一個「猶是」，包含著多麼深沉的感慨，凝聚了詩人對戰死者及其家人的無限同情。

明王世貞《藝苑卮言》讚賞此詩後二句「用意工妙」，但指責前二句「筋骨畢露」，後二句為其所累。其實，首句寫唐軍將士奮不顧身「誓掃匈奴」，給人留下了深刻的印象。而次句寫五千精良之兵，一旦之間喪身於「胡塵」，確實令人痛惜。征人戰死得悲壯，少婦的命運就更值得同情。所以這些描寫正是為後二句表現少婦思念征人張本。可以說，若無前二句明白暢達的敘述描寫作鋪墊，想亦難見後二句「用意」之「工妙」。（閻昭典）

趙嘏①

【作者小傳】（約八〇六～八五二）字承祐，山陽（今江蘇淮陰）人。唐武宗會昌進士。官渭南尉。善七律，筆法清圓熟練，時有警句。有《渭南集》。另有《讀史編年詩》，今殘存於敦煌遺書中。（《唐詩紀事》卷五六、《唐才子傳》卷七）〔註〕①嘏，音同古。

長安秋望

趙嘏

雲物淒清拂曙流，漢家宮闕動高秋。殘星幾點雁橫塞，長笛一聲人倚樓。

紫豔半開籬菊靜，紅衣落盡渚蓮愁。鱸魚正美不歸去①，空戴南冠學楚囚②。

〔註〕①「鱸魚」句：《晉書‧張翰傳》：「翰因見秋風起，乃思吳中菰菜、蓴羹、鱸魚膾，曰：『人生貴得適志，何能羈宦數千里，以要名爵乎？』遂命駕而歸。」②南冠、楚囚：《左傳‧成公九年》：「楚子重侵陳以救鄭。晉侯觀於軍府，見鍾儀，問之曰：『南冠而縶者，誰也？』有司對曰：『鄭人所獻楚囚也。』」後以「南冠」、「楚囚」為囚徒的代稱。

這首七律，透過詩人望中的見聞，寫深秋拂曉的長安景色和羈旅思歸的心情。

首聯總攬長安全景。在一個深秋的拂曉，詩人憑高而望，眼前淒冷清涼的雲霧緩緩飄遊，全城的宮觀樓閣都在腳下浮動，景象迷濛而壯闊。詩中「淒清」二字，既屬客觀，亦屬主觀，秋意的清冷，實襯心境的淒涼。正是這兩個字，為全詩定下了基調。

頷聯寫仰觀。「殘星幾點」是目見，「長笛一聲」是耳聞；「雁橫塞」取動勢，「人倚樓」取靜態。景物描寫見、聞、動、靜的安排，頗見匠心。寥落的殘星，南歸的雁陣，這是秋夜將曉時天空中最具特徵的景象；高樓笛聲又為之作了饒有情韻的烘托。晨曦初見，西半天上還留有幾點殘餘的星光，北方空中又飛來一行避寒的秋雁。詩人的注意力正被這景象所吸引，忽聞一聲長笛悠然傳來，循聲望去，在那遠處高高的樓頭，依稀可見有人背倚欄杆吹奏橫笛。笛聲那樣悠揚，那樣哀婉，是在喟嘆人生如晨星之易逝呢，還是因見歸雁而思鄉里、懷遠人？吹笛人喲，你只管抒寫自己內心的衷曲，卻可曾想到你的笛音竟這樣地使聞者黯然神傷嗎？這一聯是趙嘏的名句。據宋計有功《唐詩紀事》卷五十六記載，詩人杜牧對此讚嘆不已，因稱趙嘏為「趙倚樓」。杜牧如此激賞，恐怕就是由於它選景典型、韻味清遠的緣故。

頸聯寫俯察。夜色褪盡，晨光大明，眼前景色已是歷歷可辨：竹籬旁邊紫豔的菊花，一叢叢似開未開，儀態十分閒雅靜穆；水塘裡面的蓮花，一朵朵紅衣脫落，只留下枯荷敗葉，滿面愁容。紫菊半開，紅蓮凋謝，正是深秋時令的花事。以「靜」賦菊，以「愁」狀蓮，都是移情於物，擬物作人，不僅形象傳神，而且含有濃厚的主觀色彩。目睹眼前這憔悴含愁的枯荷，追思往日那紅豔滿塘的蓮花，使人不禁生出紅顏易老、好景無常的傷感；而籬畔靜穆閒雅的紫菊，儼然一派君子之風，更令人憶起「采菊東籬下」（晉陶淵明〈飲酒二十首〉其五）的陶靖節，油然而起歸隱三徑之心。——寫菊而冠以「籬」字，取意就在於此吧？

上面三聯所寫清晨的長安城中遠遠近近的秋色，無不觸發著詩人孤寂悵惘的愁思；末聯則抒寫胸懷，表示詩人毅然歸去的決心：家鄉鱸魚的風味此時正美，我不回去享用，卻囚徒也似的留在這是非之地的京城，所為何來！「鱸魚正美」，用西晉張翰事，表示故園之情和退隱之思；下句用春秋鍾儀事，「戴南冠學楚囚」而曰「空」，是痛言自己留居長安之無謂與歸隱之不宜遲。

詩中的景物不僅有廣狹、遠近、高低之分，而且體現了天色隨時間推移由暗而明的變化。特別是頷、頸兩聯的寫景，將典型景物與特定的心情結合起來，景語即是情語。雁陣和菊花，本是深秋季節的尋常景物，南歸之雁、東籬之菊又和思鄉歸隱的情緒，形影相隨。詩人將這些形象入詩，意在給人以豐富的暗示；加之以拂曙淒清氣氛的渲染，高樓笛韻的烘托，思歸典故的運用，使得全詩意境深遠而和諧，風格峻峭而清新。（趙慶培）

寒塘　趙嘏

曉髮梳臨水，寒塘坐見秋。
鄉心正無限，一雁度南樓。

清沈雄《古今詞話》引毛先舒論作詞云：「意欲層深，語欲渾成」，「大抵意層深者語便刻畫，語渾成者意便膚淺，兩難兼也」。這話對於近體詩也適用。此首一作司空曙詩。取句中二字為題，實寫客中秋思。常見題材寫來易落熟套，須看它運用逐層深入、層層加「碼」的手法，寫得別致。初讀此詩卻只覺寫客子對塘聞雁思鄉而已，直是渾成，並不見「層深」。大抵作者如蠶吐絲，只任自然；而說詩者須剝繭抽絲，層次自見。

前二句謂早起臨水梳髮，因此（「坐」）在塘邊看到寒秋景色。但如此道來，便無深意。這裡兩句句法倒裝，則至少包含三層意思：一是點明時序，深秋是容易觸動離情的季節，與後文「鄉心」關合；二是暗示羈旅困頓，到塘邊梳洗，以水為鏡；三是由句式倒裝形成「梳髮見秋」意，令人聯想到「寧羞白髮照清水」（李白〈梁甫吟〉）、「不知明鏡裡，何處得秋霜」（李白〈秋浦歌十七首〉其十五）的名句，這就暗含非但歲華將暮，而人生也進入遲暮。十字三層，言淺意深。

上言秋暮人老境困，三句更加一層，點出身在客中。而「鄉心」字面又由次句「見秋」引出，故自然而不見有意加「碼」。客子心中蘊積的愁情，因秋一觸即發，化作無邊鄉愁。「無限」二字，頗有分量，絕非浮泛之辭。鄉愁已自如許，然而末句還要更加一「碼」：「一雁度南樓」。初看是寫景，意關「見秋」，言外其實有「雁歸人未歸」意。寫人在難堪時又添新的刺激，是絕句常用的加倍手法。韋應物〈聞雁〉云：「故園眇何處？歸思方悠哉。淮南秋雨夜，高齋聞雁來。」就相當於此詩末二句的意境。「歸思後說聞雁，其情自深。一倒轉說，則近人能之矣。」（清沈德潛《唐詩別裁集》評韋應物〈聞雁〉）「一雁」的「一」字，極可人意，表現出清冷孤獨的意境，如寫「群雁」便乏味了。前三句多用齒舌聲：「曉」、「梳」、「水」、「見秋」、「鄉心」、「限」，讀來和諧且有切切自語之感，有助表現淒迷心情。末句則不復用之，更覺調響驚心。此詩末句膾炙人口，宋詞「漸一聲雁過南樓也，更細雨，時飄灑」（陳允平〈塞垣春〉），即從此句化出。

此詩兼層深與渾成，主要還是作者生活感受深切，又工吟詠。「初非措意，直如化工生物，筍未生而苞節已具，非寸寸為之也。若先措意，便刻畫愈深，愈墮惡境矣。」（清王又華《古今詞論》引毛先舒語）此理又不可不知。

（周嘯天）

江樓感舊

趙嘏

獨上江樓思渺然，月光如水水如天。
同來望月人何處？風景依稀似去年。

這是一首情味雋永、淡雅洗練的好詩。

在一個清涼寂靜的夜晚，詩人獨自登上江邊的小樓。「獨上」，透露出詩人寂寞的心境；「思渺然」三字，又使人彷彿見到他那凝神沉思的情態。這就啟逗讀者，詩人在夜闌人靜的此刻究竟「思」什麼呢？對這個問題，詩人並不急於回答。第二句，故意將筆蕩開去從容寫景，進一層點染「思渺然」的環境氣氛。登上江樓，放眼望去，但見清澈如水的月光，傾瀉在波光蕩漾的江面上。因為江水是流動的，月光就更顯得熠熠閃動。「月光如水」，波柔色淺，宛若有聲，靜中見動，動愈襯靜。詩人由月而望到水，只見月影倒映，恍惚覺得幽深的蒼穹在腳下浮湧，意境顯得格外幽美恬靜。整個世界連同詩人的心，好像都融化在無邊的迷茫恬靜的月色水光之中。這一句，詩人巧妙地運用了疊字迴環的技巧，一筆包蘊了天地間景物，將江樓夜景寫得那麼清麗絕俗。

這樣迷人的景色，一定使人盡情陶醉了吧？然而，詩人卻道出了一聲低沉的感喟：「同來望月人何處？風景依稀似去年。」「同來」與第一句「獨上」相應，巧妙地暗示了今昔不同的情懷。原來詩人是舊地重遊。去年也是這樣的良夜，詩人結侶來遊，憑欄倚肩，共賞江天明月，那是怎樣地歡快！曾幾何時，人事蹉跎，昔日伴侶不知已經漂泊何方，而詩人卻又輾轉隻身來到江樓。面對依稀可辨的風物，縷縷懷念和悵惘之情，正無聲地啃齧著詩人孤獨的心。讀到這裡，我們才豁然開朗，體味到篇首「思渺然」的深遠意蘊，詩人江樓感舊的旨意也就十分清楚了。

短小的絕句律詩，一般不宜寫得太實，而應「實則虛之」，這才會有餘情餘味。這首詩，詩人運筆自如，賦予全篇一種空靈神遠的美感，使讀者產生無窮的聯想。詩中沒有確指登樓的時間是春天還是秋天，去年的另一「望月人」是男還是女，是家人、情人還是友朋，「同來」是指點江山還是互訴情衷，離散是因為世亂飄蕩還是情有所阻。這一切都隱藏在詩的背後。讀者完全可以展開自己想像的翅膀，在詩人提供的廣闊天空裡自由飛翔，充分領略這首小詩的幽韻和醇美。（徐竹心）

馬戴

【作者小傳】字虞臣。唐武宗會昌進士。在太原幕府中任掌書記，以直言獲罪，貶為龍陽尉。得赦回京，官終國子博士。與賈島、姚合為詩友。擅長五律。《全唐詩》存其詩二卷。（《唐詩紀事》卷五四、《唐才子傳》卷七）

落日悵望 馬戴

孤雲與歸鳥，千里片時間。念我何留滯①，辭家久未還。
微陽下喬木，遠燒入秋山②。臨水不敢照，恐驚平昔顏！

〔註〕①一作「一何滯」。②一作「遠色隱秋山」。

清沈德潛評此詩云：「意格俱好，在晚唐中可云軒鶴立雞群矣。」（《唐詩別裁集》）這裡所說的「意」，是指詩的思想感情，全詩以鄉愁為主題，曲折地表現了詩人的坎坷不遇，而不顯得衰颯；所謂「格」，主要地是指謀篇布局方面的藝術技巧。這首詩最突出的特色，可以說就是：情景分寫。情與景，是抒情詩的主要內涵；

情景交融，是許多優秀詩作的重要手段。然而此詩用情景分寫之法，卻又是另外一番景象。

開頭二句寫詩人在黃昏日落之時，滿懷惆悵地遙望鄉關。首先躍入眼簾的是仰視所見的景物：「孤雲與歸鳥，千里片時間。」晚雲孤飛於天際，歸鳥投宿於林間，憑著它們有形和無形的羽翼，雖有千里之遠也片時可達。詩以「千里」與「片時」作強烈比照，寫出雲、鳥的自由無礙和飛行之速；但是，這絕不是純客觀的景物描寫，而是詩人「悵望」所見，而且這種景物又是觸發詩人情思的契機和媒介：「念我何留滯，辭家久未還。」原來，詩人久客異地，他的鄉關之思早已深深地鬱積在胸中了。因此，頷聯由外界景物的描繪自然地轉入內心情感的直接抒發，不言惆悵而滿紙生愁，不言歸心似箭而實際上早已望穿秋水。

前面寫情之後，頸聯又變換筆墨寫景，景物描寫不但切合詩人眼前的情境，而且由近到遠，層次分明。夕陽從近處的樹梢往下沉落，它的餘暉返照秋山，一片火紅，像野火在遠遠的秋山上燃燒，漸漸地隱沒在山的後面。「入」字寫出夕照的逐漸暗淡，也表明了詩人佇望之久，憶念之殷。這種夕陽西下、餘暉返照之景，不但加重了詩人的鄉愁，而且更深一層地觸發了詩人內心深處感時傷逝的情緒。客中久滯，漸老歲華；日暮登臨，益添愁思；徘徊水邊，不敢臨流照影，恐怕照見自己顏貌非復平昔而心驚。其實詩人何嘗不知自己容顏漸老，其所以「臨水不敢照」者，怕一見一生悲，又增悵悶耳。「臨水不敢照，恐驚平昔顏！」尾聯充溢著一種惆悵落寞的心緒，以此收束，留下了裊裊餘音。

情景分寫確是此詩謀篇布局上的一個特點。這種寫法，細細玩味，是頗見匠心的。全篇是寫「落日悵望」之情，二句景，二句情，相間寫來，詩情就被分成兩步遞進：先是落日前雲去鳥飛的景象勾起鄉「念」，繼而是夕陽下山、迴光返照的情景喚起遲暮之「驚」，顯示出情緒的發展、深化。若不管格律，詩句稍顛倒次序可作：「孤雲與歸鳥，千里片時間。微陽下喬木，遠燒入秋山。念我何留滯，辭家久未還。臨水不敢照，恐驚平昔顏。」

如此前半景後半情，也是通常寫法，但顯得稍平，沒有上述那種層層遞進、曲達其意的好處。而「宿鳥歸飛急」（李白〈菩薩蠻〉）引起歸心似箭，緊接「辭家久未還」云云，既很自然，而又有速（千里片時）與遲（久留滯）對比，所以是「起得超脫，接得渾勁」（元方回《瀛奎律髓刊誤》紀昀批）。如改成前半景後半情格局（如上述），則又失去這層好處。

清李重華《貞一齋詩說》指出：「詩有情有景，且以律詩淺言之，四句兩聯，必須情景互換，方不複沓。」他所說的「情景互換」，就是「情景分寫」。當然，這種分寫絕不是分割，而是彼此獨立而又互相映襯，共同構成詩的永不凋敝的美。馬戴這一首望鄉之曲就是這樣，它的樂音越過一千多年的歷史長河遙遙傳來，至今仍然能挑響我們心中的弦索。（李元洛）

楚江懷古三首（其一） 馬戴

露氣寒光集，微陽下楚丘。猿啼洞庭樹，人在木蘭舟。

廣澤生明月，蒼山夾亂流。雲中君不見，竟夕自悲秋。

唐宣宗大中初年，原任山西太原幕府掌書記的馬戴，因直言被貶為龍陽（今湖南漢壽）尉。從北方來到江南，徘徊在洞庭湖畔和湘江之濱，觸景生情，追慕前賢，感懷身世，寫下了〈楚江懷古〉五律三章。這是其中第一篇。

近人俞陛雲在《詩境淺說》中說：「唐人五律，多高華雄厚之作，此詩以清微婉約出之，如仙人乘蓮葉輕舟，凌波而下也。」他以「清微婉約」四字標舉此詩的藝術風格，確實別具隻眼。

秋風搖落的薄暮時分，江上晚霧初生，楚山夕陽西下，露氣迷茫，寒意侵人。這種蕭瑟清冷的秋暮景象，深曲微婉地透露了詩人悲涼落寞的情懷。斯時斯地，入耳的是洞庭湖邊樹叢中猿猴的哀啼，照眼的是江上漂流的木蘭舟。「嫋嫋兮秋風，洞庭波兮木葉下」（《楚辭．九歌．湘夫人》），「船容與而不進兮，淹回水而凝滯」（《楚辭．九章．涉江》），詩人泛遊在湘江之上，對景懷人，屈原的歌聲彷彿在叩擊他的心弦。「猿啼洞庭樹，人在木蘭舟」，這是晚唐詩中的名句。一句寫聽覺，一句寫視覺；一句寫物，一句寫己。上句靜中有動，下句動中有靜。詩人傷秋懷遠之情並沒有直接說明，只是點染了一張淡彩的畫，氣象清遠，婉而不露，讓人思而得之。

黃昏已盡，夜幕降臨，一輪明月從廣闊的洞庭湖上升起，深蒼的山巒間夾瀉著汩汩而下的亂流。「廣澤生明月，蒼山夾亂流」二句，描繪的雖是比較廣闊的景象，但它的情致與筆墨還是清微婉約的。同是用五律寫明月，張九齡的「海上生明月，天涯共此時」（〈望月懷遠〉），李白的「夢繞邊城月，心飛故國樓」（〈太原早秋〉），杜甫的「星垂平野闊，月湧大荒流」（〈旅夜書懷〉），都是所謂「高華雄厚」之作。而馬戴此聯的風調卻有明顯的不同，這一聯承上發展而來，是山水分設的寫景。但「一切景語，皆情語也」（王國維《人間詞話》），「廣澤生明月」的闊大和靜謐，曲曲反襯出詩人遠謫遐方的孤單離索；「蒼山夾亂流」的迷茫與紛擾，深深映照出詩人內心深處的撩亂徬徨。

夜已深沉，詩人尚未歸去，俯仰於天地之間，沉浮於湘波之上，他不禁想起楚地古老的傳說和屈原《九歌》中的「雲中君」。「屈宋魂冥寞，江山思寂寥」（〈楚江懷古三首〉其三），雲神無由得見，屈子也邈矣難尋，詩人自然更是感慨叢生了。「雲中君不見，竟夕自悲秋」，點明題目中的「懷古」，而且以「竟夕」與「悲秋」在時間和節候上呼應開篇，使全詩在變化錯綜之中呈現出和諧完整之美，讓人尋繹不盡。

清微婉約的風格，在內容上是由感情的細膩低迴所決定的，在藝術表現上則是清超而不質實，深微而不粗放，詞華淡遠而不豔抹濃妝，含蓄蘊藉而不直露奔迸。馬戴的這首〈楚江懷古〉，可說是晚唐詩歌園地裡一枝具有獨特芬芳和色彩的素馨花。（李元洛）

灞上秋居

馬戴

灞原風雨定，晚見雁行頻。落葉他鄉樹，寒燈獨夜人。
空園白露滴，孤壁野僧鄰。寄臥郊扉久，何年致此身？

此詩純寫閉門寥落之感。整首詩篇好似一幅形象鮮明、藝術精湛的畫卷。

我們把畫卷慢慢地打開，首先映入眼簾的是灞原上空蕭森的秋氣：撩人愁思的秋風秋雨直到傍晚才停歇下來，在暮靄沉沉的天際，接連不斷的雁群自北向南急急飛過。連番的風雨，雁兒們已經耽誤了不少行程，好不容易風停雨歇，得趕在天黑之前找到一個宿處。這裡用一個「頻」字，既表明了雁群之多，又使人聯想起雁兒們急於投宿的惶急之狀。古人每見雁回，易惹鄉思。

下面我們繼續打開畫卷，景象則由寥廓的天際漸漸地轉到地面，轉到詩中的主人。只見風雨中片片黃葉從樹上飄落下來，而寄居在孤寺中的一個旅客正獨對孤燈，默默地出神。「落葉他鄉樹」這句，很值得玩味。有句老話叫做「樹高千丈，葉落歸根」，詩人在他鄉看到落葉的情景，不能不有所感觸。自己羈留異地，何時才能回到故鄉東海（今江蘇連雲港市西南）呢？其心情之酸楚，完全滲透在這句詩的字裡行間。「寒燈獨夜人」，一個「寒」字，一個「獨」字，寫盡客中淒涼孤獨的況味。不難想像：一燈如豆，伴著一個孤寂的身影。夜已深了，寒意重重，在寒氣包圍中，燈光更顯得黯淡無力，而詩人孤獨悽苦的心情也隨之更進了一層。「寒」與

「獨」起著相互映襯的作用：由寒燈而顯出夜長難挨，因孤獨而更感到寒氣逼人。

五、六兩句讓畫卷再向下推移，它不僅顯示了更大的空間，更細的景物，而且出神入化，展現了詩人的心境。這時夜闌人靜，連秋蟲都已停止了歌唱，只有露珠滴落在枯葉上的響聲，一滴接著一滴，雖很微弱，卻很清晰。這句「空園白露滴」用的是以「動」烘托「靜」的手法，比寫無聲的靜更能表現環境的寂靜，露滴的聲音不但沒有劃破長夜的寂靜，反而更使人感到靜得可怕。試想，連露滴的聲音都可聽到，還有什麼比這更寂靜的呢？下一句「孤壁野僧鄰」同樣是用烘托的手法。明明要說的是自己孑然一身，孤單無依，卻偏說出還有一個鄰居，而這個鄰居竟是一個絕跡塵世，猶如閒雲野鶴的僧人。與這樣的野僧為鄰，詩人的處境的孤獨就顯得更加突出了。這兩句在寫景的同時進一步寫出了詩人的心境：秋夜孤房連露滴的聲音都可聽到，正說明他思潮起伏，長夜無眠；而所與為鄰的只有一個野僧，表明他正想到自己已經被拋出世外，不知何日才能結束這種生涯。正是因為這樣，所以詩的最後兩句也就與前面的描寫自然銜接起來，不顯得突兀。

最後兩句直接說出詩人的感慨：「寄臥郊扉久，何年致此身？」詩人為了求取官職來到長安，在灞上（又作「霸上」，位於長安東）已寄居多時，一直沒有找到進身之階，因而這裡率直道出了懷才不遇的苦境和進身希望的渺茫。

這首詩寫景，都是眼前所見，不假浮詞雕飾；寫情，重在真情實感，不作無病呻吟。因此，儘管題材並不新鮮，卻仍有相當強的藝術感染力。（王松）

出塞

馬戴

金帶連環束戰袍，馬頭衝雪度臨洮。
卷旗夜劫單于帳，亂斫胡兵缺寶刀。

這首〈出塞〉，除具有一般邊塞詩那種激越的詩情和那種奔騰的氣勢外，還很注意語言的精美，並善於在雄壯的場面中插入細節的描寫，醞釀詩情，勾勒形象，因而能夠神完氣足，含蓄不盡，形成獨特的藝術風格。

「金帶連環束戰袍，馬頭衝雪度臨洮。」「金帶連環」四字，極精美。「金」字雖是「帶」字的裝飾詞，但又不僅限於裝飾「帶」字。看似寫戰袍，目的卻在傳達將士的那種風神俊逸的丰姿。「馬頭衝雪」的「衝」字，也不只是一個單純的動詞。作者不用「帶雪」、「披雪」，而用「衝雪」，是要用這個動詞傳出人物一往無前的氣概和內心的壯烈感情。「金」字和「衝」字，都極簡練而又很含蓄，都為激揚的詩情塗上了一層莊嚴壯麗的色彩。在著重外形描寫時用一兩字透露人物內心的美，使人讀後感到詩情既激揚又精緻，沒有那種簡單粗獷，一覽無餘的缺點。

「卷旗夜劫單于帳，亂斫胡兵缺寶刀。」「卷旗」，避免驚動敵人，的是夜間劫營景象。因風疾所以捲旗，一以見戰事之緊急，再以見邊塞戰場之滾滾風塵。這豈止為景物描寫，作者正以戰旗之捲，寫出勇士夜赴戰場的決心與行動。

捲旗夜戰，正是短兵相接了，但實際上只是雷聲前的閃電，為下句作鋪墊。「亂斫胡兵缺寶刀」，才是全詩中最壯烈最動人的一幕。這場「亂斫胡兵」的血戰，場面是很激烈的。「缺寶刀」的「缺」用得好：言寶刀砍到缺了刃口，其肉搏拚殺之烈，戰鬥時間之長，最後勝利之奪得，都在此一字中傳出。作者在全詩二十八字中，極為精彩地處理了選材、順序與如何運用並積聚力量等重要問題。前三句，只是引臂掄錘，到第二十六字「缺」時，奮力一擊，流火紛飛。

讀宋代岳飛〈滿江紅〉「駕長車，踏破賀蘭山缺」，深感「缺」字韻押得險而有力，得高山危卵之勢。而馬戴在這首詩中的這個「缺」字，雖不當韻腳處，卻同樣使人驚賞不置。「亂斫」兩字雖很真切而且精闢，但，如無「缺」字，則不見作者扛鼎之力。這一個字所傳達的這一真實細節，使詩情達到了「傳神」境界，使全詩神采飛揚。

全詩結構緊密，首句以英俊傳人物風姿，次句以艱難傳人物苦心，第三句以驚險見人物之威烈，結句最有力，以壯舉傳神。至此，人物之豐神壯烈，詩情之飛越激揚均無以復加了。總之，此詩在藝術上處處見匠心，在古代戰歌中，不失為內容和形式完美結合的上乘之作。（孫藝秋）

李商隱

【作者小傳】（約八一三～約八五八）字義山，號玉谿生，懷州河內（今河南沁陽）人。唐文宗開成進士，曾任縣尉、祕書郎和東川節度使判官等職。因受牛李黨爭影響，被人排擠，潦倒終身。所作詠史詩多託古以諷；「無題」詩也有所寄寓，至其實際含義，諸家所釋不一。擅長律、絕，富於文采，具有獨特風格，然有用典太多、意旨隱晦之病。有《李義山詩集》。（新、舊《唐書》本傳、《唐才子傳》卷七）

錦瑟

李商隱

錦瑟無端五十絃①，一絃一柱思華年②。莊生曉夢迷蝴蝶，望帝春心託杜鵑。
滄海月明珠有淚，藍田日暖玉生煙。此情可待成追憶，只是當時已惘然。

〔註〕①五十絃：絃，通「弦」。一般說法，古瑟是五十條絃，後來有二十五絃或十七絃等不同的瑟。②柱：是調整絃的音調高低的「支柱」，用來把絃「架」住。它是可以移動的「活」柱，把它都用膠黏住了，瑟也就「死」了。有人把「柱」註成「繫絃」的柱，誤。「思」字應變讀去聲（音同四）。律詩中不許有一連三個平聲的出現。

這首〈錦瑟〉，是李商隱的代表作，愛詩的無不樂道喜吟，堪稱最享盛名；然而它又是最不易講解的一篇

李商隱像——清刊本《古聖賢像傳略》

難詩，自宋元以來，揣測紛紛，莫衷一是。

詩題「錦瑟」，是用了起句的頭二個字。舊說中，原有認為這是詠物詩的，但近來註解家似乎都主張：這首詩與瑟事無關，實是一篇借瑟以隱題的「無題」之作。我以為，它確是不同於一般的詠物體，可也並非只是單純「截取首二字」以發端比興而與字面毫無交涉的無題詩。它所寫的情事分明是與瑟相關的。

起聯兩句，從來的註家也多有誤會，以為據此可以判明此篇作時，詩人已「行年五十」，或「年近五十」，故爾云云。其實不然。「無端」，猶言「沒來由地」、「平白無故地」。此詩人之痴語也。錦瑟本來就有那麼多絃，這並無「不是」或「過錯」；詩人卻硬來埋怨它：錦瑟呀，你幹什麼要有這麼多條絃？瑟，到底原有多少條絃，到李商隱時代又實有多少條絃，其實都不必「考證」，詩人不過藉以遣詞見意而已。據記載，古瑟五十絃，所以玉谿寫瑟，常用「五十」之數，如「雨打湘靈五十絃」（〈七月二十八日夜與王鄭二秀才聽雨後夢作〉），「因令五十絲，中道分宮徵」（〈和鄭愚贈汝陽王孫家箏妓二十韻〉），都可證明。此在詩人原無特殊用意。

「一絃一柱思華年」，關鍵在於「華年」二字。「一絃一柱」猶言一音一節。瑟具絃五十，音節最為繁富可知；其繁音促節，常令聽者難以為懷。詩人絕沒有讓人去死摳「數字」的意思。他是說：聆錦瑟之繁絃，思華年之往事；音繁而緒亂，悵惘以難言。所設「五十絃」，正為「製造氣氛」，以見往事之千重，情腸之九曲。要想欣賞玉谿此詩，先宜領會斯旨，正不可膠柱而鼓瑟。宋詞人賀鑄說：「錦瑟華年誰與度？」（〈青玉案・橫塘路〉）金詩人元好問說：「佳人錦瑟怨華年！」（〈論詩三十首〉其十二）「華年」，正今語所謂美麗的青春。玉谿此詩最要緊的「主眼」端在華年盛景，所以「行年五十」這才追憶「四十九年」之說，實在不過是一種迂見罷了。

起聯用意既明，且看他下文如何承接。

頷聯的上句，用了《莊子・齊物論》的一則寓言典故，說的是莊周夢見自己身化為蝶，栩栩然而飛……渾忘自家是「莊周」其人了，後來夢醒，自家仍然是莊周，不知蝴蝶已經何往。玉谿此句是寫：佳人錦瑟，一曲繁絃，驚醒了詩人的夢景，不復成寐。「迷」含迷失、離去、不至等義。試看他在〈秋日晚思〉中說「枕寒莊蝶去」，「去」即離、逝，亦即他所謂「迷」者是。曉夢蝴蝶，雖出莊生，但一經玉谿運用，已經不止是一個「栩栩然」的問題了，這裡面隱約包涵著美好的情境，卻又是虛緲的夢境。本聯下句中的望帝，是傳說中周朝末年蜀地的君主，名叫杜宇。他後來禪位退隱，不幸國亡身死，死後魂化為鳥，暮春啼苦，至於口中流血，其聲哀怨淒悲，動人心腑，名為杜鵑。杜宇啼春，這與錦瑟又有什麼關聯呢？原來，錦瑟繁絃，哀音怨曲，引起詩人無限的悲感，難言的冤憤，如聞杜鵑之淒音，送春歸去。一個「託」字，不但寫了杜宇之託春心於杜鵑，也寫了佳人之託春心於錦瑟，手揮目送之間，花落水流之趣，詩人妙筆奇情，於此已然達到一個高潮。

看來，玉谿的「春心託杜鵑」，以冤禽託寫恨懷，而「佳人錦瑟怨華年」提出一個「怨」字，正是恰得其真實。玉谿之題詠錦瑟，非同一般閒情瑣緒，其中自有一段奇情深恨在。

律詩一過頷聯，「起」、「承」之後，已到「轉」筆之時。筆到此間，大抵前面文情已然達到小小一頓之處，似結非結，含意待申。在此下面，點筆落墨，好像重新再「起」似的。其筆勢或如奇峰突起，或如藕斷絲連，或者推筆宕開，或者明緩暗緊……手法可以不盡相同，而神理脈絡，是有轉折而又始終貫注的。當此之際，玉谿就寫出了「滄海月明珠有淚」這一名句來。

珠生於蚌，蚌在於海，每當月明宵靜，蚌則向月張開，以養其珠，珠得月華，始極光瑩……這是美好的民間傳統之說。月本天上明珠，珠似水中明月，淚以珠喻，自古為然，鮫人泣淚，顆顆成珠，亦是海中的奇情異景。如此，皎月落於滄海之間，明珠浴於淚波之界，月也，珠也，淚也，三耶一耶？一化三耶？三即一耶？在詩人筆下，已然形成一個難以分辨的妙境。我們讀唐人詩，一筆而能有如此豐富的內涵、奇麗的聯想的，捨玉谿生實不多覯。

那麼，海月、淚珠和錦瑟是否也有什麼關聯可以尋味呢？錢起的詠瑟名句不是早就說「二十五弦彈夜月，不勝清怨卻飛來」（〈歸雁〉）嗎？所以，瑟宜月夜，清怨尤深。如此，滄海月明之境，與瑟之關聯，不是可以窺探的嗎？

對於詩人玉谿來說，滄海月明這個境界，尤有特殊的深厚感情。有一次，他因病中未能躬與河東公的「樂營置酒」之會，就寫出了「只將滄海月，長壓赤城霞」（〈病中聞河東公樂營置酒口占寄上〉）的句子。如此看來，他對此境，一方面於其高曠皓淨十分愛賞，一方面於其淒寒孤寂又十分感傷：一種複雜的難言的悵惘之懷，溢於言表。

晚唐詩人司空圖，引過比他早的戴叔倫的一段話：「詩家之景，如藍田日暖，良玉生煙，可望而不可置於眉睫之前也。」（〈與極浦書〉）這裡用來比喻的八個字，簡直和此詩頸聯下句的七個字一模一樣，足見此一比喻，另有根源，可惜後來古籍失傳，竟難重覓出處。今天解此句的，別無參考，引戴語作解說，是否貼切，亦難斷言。晉代文學家陸機在他的〈文賦〉裡有一聯名句：「石韞玉而山輝，水懷珠而川媚。」藍田，山名，在今陝西藍田東南，是有名的產玉之地。此山為日光煦照，蘊藏其中的玉氣（古人認為寶物都有一種一般目力所不能見的光氣），冉冉上騰，但美玉的精氣遠察如在，近觀卻無，所以可望而不可置諸眉睫之下。——這代表了一種異常美好的理想景色，然而它是不能把握和無法親近的。玉谿此處，正是在「韞玉山輝，懷珠川媚」的啟示和聯想下，用「藍田日暖」給上句「滄海月明」作出了對仗，造成了異樣鮮明強烈的對比。而就字面講，「藍田」對「滄海」，也是非常工整的，因為「滄」字本義是青色。玉谿在辭藻上的考究，也可以看出他的才華和功力。

頸聯兩句所表現的，是陰陽冷暖，美玉明珠，境界雖殊，而悵恨則一。詩人對於這一高潔的感情，是愛慕的，執著的，然而又是不敢褻瀆，哀思嘆惋的。

尾聯攏束全篇，明白提出「此情」二字，與開端的「華年」相為呼應，筆勢未嘗閃遁。詩句是說：如此情懷，豈待今朝回憶始感無窮悵恨，即在當時早已是令人不勝惘惘了。——話是說的「豈待回憶」，意思正在：那麼今朝追憶，其為悵恨，又當如何！詩人用兩句話表出了幾層曲折，而幾層曲折又只是為了說明那種悵惘的苦痛心情。詩之所以為詩者在於此，玉谿詩之所以為玉谿詩者，尤在於此。

玉谿一生經歷，有難言之痛，至苦之情，鬱結中懷，發為詩句，幽傷要眇，往復低迴，感染於人者至深。他的一首送別詩中說：「庾信生多感，楊朱死有情；弦危中婦瑟，甲冷想夫箏！」（〈送千牛李將軍赴闕五十韻〉）則箏瑟為曲，常繫乎生死哀怨之深情苦意，可想而知。循此以求，我覺得如謂錦瑟之詩中有生離死別之恨，恐怕也不能說是全出臆斷。（周汝昌）

重過聖女祠

李商隱

白石巖扉碧蘚滋，上清淪謫得歸遲。一春夢雨常飄瓦，盡日靈風不滿旗。
萼綠華來無定所，杜蘭香去未移時。玉郎會此通仙籍，憶向天階問紫芝。

這是一首性質類似無題的有題詩。意境撲朔迷離，託寓似有似無，比有些無題詩更費猜詳。題內的「聖女祠」，或以為實指陳倉（今陝西寶雞市東）的聖女神祠，或以為託喻女道士居住的道觀。後一種說法可能比較接近實際。不過，詩中直接歌詠的還是一位「上清淪謫」的「聖女」以及她所居住的環境——聖女祠。因此，我們首先仍不妨從詩人所描繪的直接形象入手來理解詩意。

古代有不少關於天上神女謫降人間的傳說，因此詩人很自然地由眼前這座幽寂的聖女祠生出類似的聯想。「白石巖扉碧蘚滋，上清淪謫得歸遲。」——聖女祠前用白石建造的門扉旁已經長滿了碧綠的苔蘚，看來這位從上清洞府謫降到下界的聖女淪落在塵世已經很久了。首句寫祠前即目所見，從「白石」、「碧蘚」相映的景色中勾畫出聖女所居的清幽寂寥，暗透其「上清淪謫」的身份和幽潔清麗的風神氣質；門前碧蘚滋生，暗示幽居獨處，久無人跡，微逗「夢雨」一聯，同時也暗寓「歸遲」之意。次句是即目所見而引起的聯想，正面揭出全篇主意。「淪謫得歸遲」，是說淪謫下界，遲遲未能回歸天上。

頷聯從門前進而擴展到對整個聖女祠環境氣氛的描繪——「一春夢雨常飄瓦，盡日靈風不滿旗。」如絲春雨，悄然飄灑在屋瓦上，迷濛飄忽，如夢似幻；習習靈風，輕輕吹拂著簷角的神旗，始終未能使它高高揚起。詩人所看到的，自然只是一段時間內的景象。但由於細雨輕風連綿不斷的態勢所造成的印象，竟彷彿感到它們「一春」常飄，「盡日」輕揚了。眼前的實景中融入了想像的成分，意境便顯得更加悠遠，詩人凝望時沉思冥想之狀也就如在目前。單就寫景狀物來說，這一聯已經極富神韻，有畫筆難到之妙。不過，它更出色的地方恐怕還是意境的朦朧縹緲，能給人以豐富的聯想與暗示。金王若虛《滹南詩話》：「蕭閑云：『風頭夢，吹無跡。』蓋雨之至細，若有若無者，謂之夢。」這夢一般的細雨，本來就已經給人一種虛無縹緲、朦朧迷幻之感，再加上戰國楚宋玉〈高唐賦〉神女朝雲暮雨的故實，又賦予「夢雨」以愛情的暗示；因此，這「一春夢雨常飄瓦」的景象便不單純是一種氣氛渲染，而是多少帶上了比興象徵的意味。它令人聯想到，這位幽居獨處、淪謫未歸的聖女彷彿在愛情上有某種朦朧的期待和希望，而這種期待和希望又總是像夢一樣地飄忽、渺茫。同樣地，當我們聯繫「何處西南待好風」（〈無題二首〉其一．鳳尾香羅薄幾重）、「安得好風吹汝來」（〈留贈畏之三首〉其三）一類詩句來細加體味，也會隱隱約約感到「盡日靈風不滿旗」的描寫中暗透出一種好風不滿的遺憾和無所依託的幽怨。這種由縹緲之景、朦朧之情所融合成的幽渺迷濛之境，極富象外之致，卻又帶有不確定的性質，略可意會，而難以言傳。這是一種典型的朦朧美。儘管它不免給人以霧裡看花之感，但對於詩人所要表現的特殊對象——一位本身就帶有虛無縹緲氣息的「聖女」來說，卻又有其特具的和諧與適應。「神女生涯原是夢」（〈無題二首〉其二．重幃深下莫愁堂）。這夢一般的身姿面影、身世遭遇，夢一般的愛情期待和心靈嘆息，似乎正需要這夢一樣的氛圍來表現。

頸聯又由「淪謫」不歸、幽寂無託的「聖女」，聯想到處境與之不同的兩位仙女。據梁陶弘景《真誥．運象篇》說，萼綠華「年可二十，上下青衣，顏色絕整」，於晉穆帝昇平三年（三五九）夜降羊權家，從此經常往來，後授權尸解藥引其昇仙。另據唐杜光庭《墉城集仙錄》，杜蘭香本是漁父在湘江岸邊收養的棄嬰，長大後有青童靈人自天而降，攜其昇天而去。臨上天時蘭香對漁父說：「我仙女杜蘭香也，有過謫于人間，玄期有限，今將去矣。」萼綠華來無定所，蹤跡飄忽不定，說明並非「淪謫」塵世，困守一地；杜蘭香去未移時，說明終歸仙界，而不同於「聖女」之遲遲未歸。頷、頸兩聯，一用烘托，一用反襯，將「聖女」淪謫不歸，長守幽寂之境的身世遭遇從不同的側面成功地表現出來了。

「玉郎會此通仙籍，憶向天階問紫芝。」「玉郎」，是天上掌管神仙名冊的仙官。「通仙籍」，指取得登仙界的資格（古稱登第入仕為通籍）。尾聯又從「聖女」眼前淪謫未歸的處境轉出對將來的期盼。「憶」，思也，想往之意，貫上下二句。二句意謂：盼望能有職掌仙籍的玉郎與自己相會，幫助自己重登仙籍，以便在天階摘取紫芝。當時商隱幕主柳仲郢內徵為吏部侍郎，職掌官吏銓選。尾聯中的「玉郎」或即影指仲郢，希望他能幫助自己重登朝籍。

這首詩成功地塑造了一位淪謫不歸、幽居無託的聖女形象。有的研究者認為詩人是託聖女以自寓，有的則認為是託聖女以寫女冠。實際上聖女、女冠、作者，不妨說是三位而一體：明賦聖女，實詠女冠，而詩人自己的「淪謫歸遲」之情也就借聖女形象隱隱傳出。所謂「聖女祠」，大約就是女道觀的異名，這從七律〈聖女祠〉中看得相當清楚。所不同的，只是〈聖女祠〉借詠聖女而寄作者愛情方面的幽渺之思，而〈重過聖女祠〉則借詠聖女而寄其身世沉淪之慨罷了。「夢雨」一聯「作縹緲幽冥之語，而氣息自沉，故非鬼派。」（清施補華《峴傭說詩》）由於其中融合了詩人自己遇合如夢、無所依託的人生體驗，詩歌的意境才能在縹緲中顯出沉鬱。尾聯在回顧往昔中所透露的人間天上之感，也隱然有詩人的今昔之感寄寓在裡面。（劉學鍇）

霜月 李商隱

初聞征雁已無蟬，百尺樓高水接天。

青女素娥①俱耐冷，月中霜裡鬥嬋娟②。

〔註〕①青女：主霜雪的女神，見《淮南子．天文訓》：「至秋三月，地氣不藏，乃收其殺，百蟲蟄伏，靜居閉戶，青女乃出，以降霜雪。」高誘註：「青女，天神，青霄玉女，主霜雪也」。素娥：即月裡的嫦娥。謝莊〈月賦〉：「引玄兔於帝臺，集素娥於后庭。」《六臣註文選》李周翰註：「玄兔，月也，中有兔象，故以名焉。常娥竊藥奔月，因以為名，月色白，故云素娥。言照曜帝王之臺，后妃之庭。」②嬋娟：美好的容態。

文學作品，特別是詩歌，它的特點在於即景寓情，因象寄興。詩人不僅是寫生的妙手，而應該是隨物賦形的化工。最通常的題材，在傑出詩人的筆底，往往能夠創造出一種高超優美的意境。讀了李商隱的這首〈霜月〉，就會有這樣的感覺。

這詩寫的是深秋季節，在一座臨水高樓上觀賞霜月交輝的夜景。它的意思只不過說，月白霜清，給人們帶來了寒涼的秋意而已。這樣的景色，會使人心曠神怡。然而這詩所給予讀者的美感，卻大大超過了我們在類似的實際環境中所感受到的。詩的形象明朗單純，它的內涵是飽滿而豐富的。

秋天，草木搖落而變衰，眼裡看到的一切，都是萎約枯黃，黯然無色；可是清宵的月影霜痕，卻顯得分外光明皎潔。這秋夜自然景色之美意味著什麼呢？「青女素娥俱耐冷，月中霜裡鬥嬋娟。」儘管「瓊樓玉宇，高處不勝寒」（宋蘇軾〈水調歌頭〉），可是冰肌玉骨的絕代佳人，愈是在宵寒露冷之中，愈是見出霧鬢風鬟之美。她們的綽約仙姿之所以不同於庸脂俗粉，正因為她們具有耐寒的特性，經得起寒冷的考驗啊！

寫霜月，不從霜月本身著筆，而寫月中霜裡的素娥和青女；青女、素娥在詩裡是作為霜和月的象徵的。這樣，詩人所描繪的就不僅僅是秋夜的自然景象，而是勾攝了清秋的魂魄，霜月的精神。這精神是詩人從霜月交輝的夜景裡發掘出來的自然之美，同時也反映了詩人在混濁的現實環境裡追求美好、嚮往光明的深切願望；是他性格中高標絕俗、耿介不隨的一面的自然流露。當然，我們不能說，這耐寒的素娥、青女，就是詩人隱以自喻；或者說，它另有所實指。詩中寓情寄興，是不會如此狹隘的。清王夫之說得好：「興在有意無意之間。」（《薑齋詩話》）倘若刻舟求劍，理解得過於窒實，反而會縮小它的意義，降低它的美學價值。

宋范溫云：「義山詩，世人但稱其巧麗，至與溫庭筠齊名。蓋俗學只見其皮膚，其高情遠意，皆不識也。」他引了〈籌筆驛〉、〈馬嵬二首〉其二等篇來說明。（《潛溪詩眼》）其實，不僅詠史詩以及敘志述懷之作是如此，在更多的即景寄興的小詩裡，同樣可以見出李商隱的「高情遠意」。清葉燮是看到了這點的，所以他特別指出李商隱七言絕句，「寄託深而措辭婉」（《原詩》外篇下）。於此詩，也可見其一斑。

這詩在藝術手法上有一點值得注意：詩人的筆觸完全在空際點染盤旋，詩境如海市蜃樓，彈指即逝；詩的形象是幻想和現實交織在一起而構成的完美的整體。秋深了，樹枝上已聽不到聒耳的蟬鳴，遼闊的長空裡，時時傳來雁陣驚寒之聲。在月白霜清的宵夜，高樓獨倚，水光接天，望去一片澄澈空明。「初聞征雁已無蟬」二句，是實寫環境背景。這環境是美妙想像的搖籃，它會喚起人們絕俗離塵的意念。正是在這個搖籃裡，詩人的靈府飛進月地雲階的神話世界中去了。後兩句想像中的意境，是從前兩句生發出來的。（馬茂元）

蟬　李商隱

本以高難飽，徒勞恨費聲。五更疏欲斷，一樹碧無情。

薄宦梗猶泛①，故園蕪已平②。煩君最相警，我亦舉家清。

〔註〕①梗猶泛：《戰國策．齊策》：桃梗（桃木人）謂土偶人（泥人）曰：「子（你），西岸之土也，挺（塑起）子以為人。至歲八月，降雨下，淄水至，則汝殘矣。」土偶曰：「不然。吾，西岸之土也；吾殘，則復西岸耳。今子，東國之桃梗也，刻削子以為人。降雨下，淄水至，流子而去，則子漂漂者將何如耳。」《說苑．正諫》裡引「漂漂」作「泛泛」。②故園蕪已平：晉陶淵明〈歸去來兮辭〉：「田園將蕪胡不歸。」

古人有云：「昔詩人篇什，為情而造文。」（南朝梁劉勰《文心雕龍．情采》）這首詠蟬詩，就是抓住蟬的特點，結合作者的情思，「為情而造文」的。詩中的蟬，也就是作者自己的影子。

「本以高難飽，徒勞恨費聲」，首句聞蟬鳴而起興。「高」指蟬棲高樹，暗喻自己的清高；蟬在高樹吸風飲露，所以「難飽」，這又與作者身世感受暗合。由「難飽」而引出「聲」來，所以哀中又有「恨」。但這樣的鳴聲是白費，是徒勞，因為不能使它擺脫難飽的困境。這是說，作者由於為人清高，所以生活清貧，雖然向有力者陳情，希望得到他們的幫助，最終卻是徒勞的。這樣結合作者自己的感受來詠物，會不會把物的本來面貌歪曲了呢？比方蟬，本來沒有什麼「難飽」和「恨」，作者這樣說，不是不真實了嗎？詠物詩的真實，是作者感情的真實。作者確實有這種感受，借蟬來寫，只要「高」和「聲」是和蟬符合的，作者可以寫出他對「高」和「聲」的獨特感受來，可以寫「居高聲自遠」（虞世南〈詠蟬〉），也可以寫「本以高難飽」，這兩者對兩位不同的作者都是真實的。

接著，從「恨費聲」裡引出「五更疏欲斷」，用「一樹碧無情」來作襯托，把不得志的感情推進一步，達到了抒情的頂點。蟬的鳴聲到五更天亮時，已經稀疏得快要斷絕了，可是一樹的葉子還是那樣碧綠，並不為它的「疏欲斷」而悲傷憔悴，顯得那樣冷酷無情。這裡接觸到詠物詩的另一特色，即「無理而妙」（清賀裳《皺水軒詞筌》）。蟬聲的「疏欲斷」，與樹葉的「碧」兩者本無關涉，可是作者卻怪樹的無動於衷。這看似毫無道理，但無理處正見出作者的真實感情。「疏欲斷」既是寫蟬，也是寄託自己的身世遭遇。就蟬說，責怪樹的「無情」是無理；就寄託身世遭遇說，責怪有力者本可以依託蔭庇而卻「無情」，是有理的。詠物詩既以抒情為主，所以這種無理在抒情上就成了有理了。

接下去來一個轉折，拋開詠蟬，轉到自己身上。這一轉就打破了詠蟬的限制，擴大了詩的內容。要是局限在詠蟬上面，有的話就不好說了。「薄宦梗猶泛，故園蕪已平。」作者在各地當幕僚，是個小官，所以稱「薄宦」。經常在各地流轉，好像大水中的木偶到處漂流。這種不安定的生活，使他懷念家鄉。「田園將蕪胡不歸」（晉陶淵明〈歸去來兮辭〉），更何況家鄉田園裡的雜草和野地裡的雜草已經連成一片了，作者思歸就更加迫切。這兩句好像和上文的詠蟬無關，暗中還是有聯繫的。「薄宦」同「高難飽」、「恨費聲」聯繫，小官微祿，所以「難飽」、「費聲」。經過這一轉折，上文詠蟬的抒情意味就更明白了。

末聯「煩君最相警，我亦舉家清」，又回到詠蟬上來，用擬人法寫蟬。「君」與「我」對舉，把詠物和抒情密切結合，而又呼應開頭，首尾圓合。蟬的難飽正與我也舉家清貧相應；蟬的鳴叫聲，又提醒我這個與蟬境遇相似的小官，想到「故園蕪已平」，不免勾起賦歸之念。

詠物詩，貴在「體物為妙，功在密附」（《文心雕龍·物色》）。這首詠蟬詩，傳神空際，超超玄箸。（周振甫）

贈劉司戶

李商隱

江風揚浪動雲根，重碇危檣白日昏。已斷燕鴻初起勢，更驚騷客後歸魂。
漢廷急詔誰先入，楚路高歌自欲翻。萬里相逢歡復泣，鳳巢西隔九重門。

劉蕡，敬宗寶曆二年（八二六）進士，博學能文，性耿直，嫉惡如仇，有澄清天下之志。李商隱對他非常推崇。宣宗大中元年（八四七），詩人奉鄭亞之命出使南郡和鄭肅通好。次年正月南返時，與被貶去柳州（治今廣西柳州）的劉蕡在長沙一帶相遇，李商隱寫此詩相贈。

詩的開頭從相遇的地點黃陵廟寫起。黃陵廟在黃陵山上，相傳為舜妃葬處。山在湘江匯入洞庭的咽喉，山峰兀立，水勢奔騰。時間正是初春，漫天陰沉，加上江風浩浩，越發揚起了濁浪。看來好似「雲根」一般的岸邊山石和繫船石墩，受到浪花的猛烈衝擊。船上高高的桅杆，在江風中搖搖晃晃，分外顯得日暗天昏。這是湘江驚濤駭浪的實景，更是晚唐王朝政局動蕩和險惡的寫照。詩人運用傳統的比興手法，勾畫了劉蕡悲劇遭遇的社會背景。

頷聯表現劉蕡的坎坷遭際，字裡行間充滿同情。「已斷」句把劉蕡比做展翅萬里的北國鴻雁（劉蕡是燕人），剛剛要施展的雄圖偉略就很快夭折了。這是隱指劉蕡應試未第。唐文宗時代，劉蕡曾應詔試賢良方正能直言極諫科，在對策中切論宦官專橫誤國，應予誅滅，一時名動京師。但因遭宦官忌恨，未予錄取，初試鋒芒，就遭挫折。旋被令狐楚、牛僧孺召為從事，後授秘書郎，不久即遭宦官誣陷，貶為柳州司戶參軍。「更驚」句即指此番遭貶。詩人把劉蕡比做受讒而被放的屈原，遠貶南荒，難歸鄉土。前一「已」字，後一「更」字，緊湊有力地把劉蕡的生平遭際中兩件大事聯結起來，透過沉痛憤慨的筆調，表現了詩人對劉蕡的遭遇深致扼腕。

頸聯又借用歷史人物進一步抒寫對劉蕡的敬仰和同情。「漢廷急詔」用賈誼遭貶三年後又被漢文帝詔回長安，拜為梁懷王太傅的故事。這句是說，如果皇上急詔賢臣，以先生之才，應是首先被詔去的，還有誰可以比你先回朝廷的呢？這裡高度稱讚劉蕡具有賈誼的抱負和才華，相信他一定會受到重用，敬慕和勸慰之情溢於言表。「楚路高歌」用楚國狂人接輿的故事。而劉蕡身貶楚地，恰與接輿彷彿，借劉蕡的遭遇來抒發自己的滿腔憤激。「自欲翻」，體現了詩人對摯友的深切同情和理解。

結尾「萬里相逢歡復泣，鳳巢西隔九重門」，不僅是真摯深切的友誼之歌，更是對當時腐朽政治的憤激的控訴。兩位摯友在遠離家鄉、遠離帝京的地方不期而遇，其興奮和喜悅之情，是可想而知的。這是「歡」的來由。然而為什麼又「歡」而「復泣」呢？原來這意外相逢，恰同在他們患難之時：一個是得罪被貶；一個是長期受排擠而萬里投荒。大體相同的坎坷命運和對國運的憂切，又使他們不得不泣。「歡」不過是知音乍見時一剎那間的快事，而「泣」則是經過悲憤交加的長期醞釀。「歡」而復「泣」，感情複雜而沉痛，包含著個人的失意，但主要卻是為國運難扶而「泣」。末句中這一點表現得很顯豁。「鳳巢」，比喻賢臣在朝。晉皇甫謐《帝王世紀》說：「黃帝服齋于宮中，坐于元扈洛上，乃有大鳥……或止帝之東園，或巢阿閣。」現在賢臣一時都已星散，遠謫窮荒，備受排斥，「君門九重」，他們又如何可能竭忠盡智呢？詩人長期目擊黨爭的翻雲覆雨，又飽經天涯漂泊的生活，對唐王朝的黑暗現實的認識就更深切了。因而這首感情深摯的投贈之作，糅合了同情知友和憂時憤世之情。結尾的殷憂和憤懣，表面落在鳳巢西隔、急詔無從上，但實際更和首聯呼應。劉、李的遭遇，不都同是晚唐王朝「重碇危檣白日昏」的必然結果麼？

這首詩以感慨蒼涼的雄渾聲調和高昂挺拔的沉鬱氣勢，表現自己哀時憂國的情感。詩在憤激之中，寓有深諷；景語之中，滲透情語；由眼前江風的險惡聯想到國家的隱憂；從同是天涯淪落的遭遇引起了歡泣交加的複雜感情，「涵茹到人所不能涵茹」、「曲折到人所不能曲折」（清劉熙載《藝概．詩概》），寓哀愴憤激於深沉凝重之中，具有似矛盾而又統一的深厚蘊藉的獨特風格，可說是古典詩歌中的藝術珍品。（吳調公）

樂遊原 李商隱

向晚意不適，驅車登古原；
夕陽無限好，只是近黃昏。

詩人玉谿，另有一首七言絕句，寫道是：「萬樹鳴蟬隔斷虹，樂遊原上有西風；羲和自趁虞泉宿，不放斜陽更向東！」（〈樂遊原〉）那也是登上古原，觸景縈懷，抒寫情志之作。看來，樂遊原是他素所深喜、不時來賞之地。這一天的傍晚，不知由於何故，玉谿意緒不佳，難以排遣，他就又決意遊觀消散，命駕驅車，前往樂遊原而去。

樂遊原之名，我們並不陌生，原因之一是有一篇千古絕唱〈憶秦娥〉深深印在我們的「詩的攝像」寶庫中，那就是：「……樂遊原上清秋節，咸陽古道音塵絕。——音塵絕，西風殘照，漢家陵闕。」（李白〈憶秦娥〉）玉谿恰恰也說是「樂遊原上有西風」。何其若笙磬之同音也！那樂遊原，創建於漢宣帝時，本是一處廟苑，——應稱「樂遊苑」才是，只因地勢軒敞，人們遂以「原」呼之了。此苑地處長安的東南方，一登古原，全城在覽。

自古詩人詞客，善感多思，而每當登高望遠，送目臨風，更易引動無窮的思緒：家國之悲，身世之感，古今之情，人天之思，往往錯綜交織，所悵萬千，殆難名狀。陳子昂一經登上幽州古臺，便發出了「念天地之悠悠」（〈登幽州臺歌〉）的感嘆，恐怕是最有代表性的例子了。如若羅列，那真是如同晉陸士衡所說「若中原之有菽」（〈文賦〉）了吧。至於玉谿，又何莫不然。可是，這次他驅車登古原，卻不是為了去尋求感慨，而是為了排遣他此際的「向晚意不適」的情懷。知此前提，則可知「夕陽」兩句乃是他出遊而得到的滿足，至少是一種慰藉——這就和歷來的縱目感懷之作是有所不同的了。所以他接著說的是：你看，這無邊無際，燦爛輝煌，把大地照耀得如同黃金世界的斜陽，才是真的偉大的美；而這種美，是以將近黃昏這一時刻尤為令人驚嘆和陶醉！

我想不出哪一首詩也有此境界。或者，宋蘇東坡的「曲欄幽榭終寒窘，一看郊原浩蕩春」（〈正月二十一日病後述古邀往城外尋春〉）庶乎有神似之處吧？

可惜，玉谿此詩卻久被前人誤解，他們把「只是」解成了後世的「只不過」、「但是」之義，以為玉谿是感傷哀嘆，好景無多，是一種「沒落消極的心境的反映」，云云。殊不知，古代「只是」，原無此義，它本來寫作「祇是」，意即「止是」、「僅是」，因而乃有「就是」、「正是」之意了。別家之例，且置不舉，單是玉谿自己，就有好例。他在〈錦瑟〉篇中寫道：「此情可待（義即何待）成追憶，只是當時已惘然！」其意正謂：就是（正是）在那當時之下，已然是悵惘難名了。有將這個「只是當時」解為「即使是在當時」的，此乃成為假設語詞了，而「只是」是從無此義的，恐難相混。

細味「萬樹鳴蟬隔斷虹」，既有斷虹見於碧樹鳴蟬之外，則當是雨霽新晴的景色。玉谿固曾有言曰：「天意憐幽草，人間重晚晴。」（〈晚晴〉）大約此二語乃玉谿一生心境之寫照，故屢於登高懷遠之際，情見乎詞。那另一次在樂遊原上感而賦詩，指羲和日御而表達了感逝波，惜景光，綠鬢不居，朱顏難再之情——這正是詩人的一腔熱愛生活，執著人間，堅持理想而心光不滅的一種深情苦志。若將這種情懷意緒，只簡單地理解為是他一味嗟老傷窮，殘光末路的作品，未知其果能獲玉谿之詩心句意乎。毫釐易失，而賞析難公，事所常有，焉敢固必。願共探討，以期近是。（周汝昌）

落花

李商隱

高閣客竟去，小園花亂飛。參差連曲陌，迢遞送斜暉。
腸斷未忍掃，眼穿仍欲稀。芳心向春盡，所得是沾衣。

這首詠物詩作於武宗會昌六年（八四六）閒居永樂期間。當時，李商隱因娶王茂元之女一事已構怨於牛黨的令狐綯，境況很不如意。自然景物的變化極易觸發他的憂思羈愁，於是便借園中落花隱約曲折地吐露自己的心曲。

詩一起便寫落花景象，田蘭芳稱讚它發端「超忽」（清馮浩《玉谿生詩集箋注》引）。其實，「小園花亂飛」一句不過是人皆可道之景，手法平平，並不新奇；妙就妙在首聯兩句之間的聯繫。落花是一種自然現象，和客去本無必然的聯繫，但詩人卻說花是因客去才「亂飛」，這樣一來，「連落花亦看作有情矣！」（田蘭芳，同上）這種因果關係的描寫頗出人意表，卻又在情理之中。落花雖然早有，客在時卻渾然不覺，待到人去樓空，客散園寂，孤獨惆悵之情襲上心頭，詩人這才注意到滿園繽紛的落花，而且生出同病相憐的情思。兩句詩不單寫花，也兼寫人，含蓄蘊藉，耐人尋味。

三、四兩句承上，分別從不同角度進一步描寫落花「亂飛」的具體情狀。「參差」從空間著眼，寫落花飄拂紛飛，連接曲陌；「迢遞」句從時間著筆，寫落花連綿不斷，無盡無休。詩人是立於「高閣」向下俯視，所以園內景象盡收眼底。這兩句對落花本身的描繪顯得很客觀，但對「斜暉」的點染卻透露出作者的內心並不平靜。此時此刻，在他眼前出現的「落花」和「斜暉」已經不是常人眼裡的自然現象，而是同人一樣充滿感情，具有生命的事物，它們像是在同自己十分美好的青春和年華告別。詩人十分敏感地捕捉住這富有特徵的景象，使整個畫面籠罩在沉重黯淡的色調裡，透出了詩人心靈的傷感和悲哀。

五、六句在前面描寫的基礎上，直接抒發了詩人的情感。李商隱在作於同年的〈春日寄懷〉中傾吐自己的孤獨苦悶說：「縱使有花兼有月，可堪無酒又無人。」有花月相伴尚且不堪寂寞，何況春去花落，痛苦自不待言。所以，這裡的「腸斷未忍掃」，就不單是一般的憐花惜花之情，而是斷腸人又逢落花，自然倍覺傷情。「眼穿仍欲稀」一句寫出詩人的痴情和執著，他望眼欲穿，巴望花莫再落，卻事與願違，枝上殘留的花朵仍然越來越稀疏。

花朵用生命裝點了春天，無私地奉獻出自己的一片芳心，最終卻落得個凋零殘破、沾人衣裾的淒涼結局。這不又是詩人自身的寫照嗎？詩人素懷壯志，極欲見用於世，卻屢遭挫折，報效無門，所得只有悲苦失望，淚落沾衣而已。「芳心向春盡，所得是沾衣」兩句，語意雙關，低迴悽婉，感慨無限。

落花詩在唐詩中並不少見，但大多或單純表現憐花惜花的情緒，或消極抒發及時行樂的感慨，很少能像李商隱這樣把詠物與身世之慨結合得天衣無縫，表現的情感又是如此哀怨動人。清王士禛《帶經堂詩話》中提出詠物詩應該做到「不即不離」，就是既要切合於物，又要在詠物中表現作者的情思。李商隱的詠物詩很好地做到了這一點。他善於用那支充滿情思的彩筆，在體貼物情的同時，委婉曲折地透露心跡，而且又能緣情而異。譬如同是詠落花，詩人還有一首〈和張秀才落花有感〉，其中「落時猶自舞，掃後更聞香」兩句，用舞姿來形容飛動的落花，既形象鮮明又蓬勃富有生氣，對經久不滅的花香的描寫更表現了落花形象的美好和品格的高潔，創造了新鮮的意境。這是詩人借落花勉勵別人不要因落第而頹廢，和寄寓身世之哀的〈落花〉一詩，就顯得情趣迥異了。由此也可見出詩人的大家手筆。（張明非）

柳

李商隱

曾逐東風拂舞筵，樂遊春苑①斷腸天。
如何肯到清秋日，已帶斜陽又帶蟬！

〔註〕①樂遊春苑：指樂遊苑，又稱樂遊原。長安東南名勝。地勢很高，可俯瞰長安全城，是當時士女節日遊賞之處。

這是借詠柳自傷遲暮、傾訴隱衷的一首七絕，大致是宣宗大中五年（八五一）詩人在長安初應東川節度使柳仲郢之聘時所作。

詩寫的是秋日之柳，但詩人不從眼前寫起，而是先追想它春日的情景，然後再回到眼前的柳上來。春日細長低垂的柳枝，隨風輕颺，最易使人聯想起舞女的飄然舞姿。詩就抓住這個「舞」字，形象地表現春柳的婀娜多姿，同時，又把柳枝與熱鬧的舞筵結合起來，更加襯托了柳枝的歡樂。「拂舞筵」三字，彷彿使人看到柳枝同舞女一同翩翩起舞的場面，分不清誰是舞女，何為柳枝，意境是何等優美！本來是東風吹得柳枝飄動，詩中卻用一「逐」字，說柳枝在追逐東風，變被動為主動，形象更加生動，寫出柳枝的蓬勃生氣。下一句又緊接舞筵，從時、地兩個方面加重描繪，補明這不是一般的舞筵，而是春日樂遊苑上的舞筵。「斷腸天」指繁花似錦的春日，「斷腸」即銷魂，言花之色香使人心醉神搖。春風蕩漾，百花爭豔，長安樂遊苑上，士女如雲，舞筵上觥籌交錯，歌管迭奏，紅裙飄轉，綠袖翻飛，碧綠的柳枝，同舞女一道翩翩起舞。——真是繁華到了極點！

下面陡然一轉，回到眼前的秋柳，卻是完全相反的另一種景象。「清秋」，喻秋色已深；清秋又當斜陽，環境更加淒涼。「本以高難飽，徒勞恨費聲。」（李商隱〈蟬〉）臨近生命終結的秋蟬，鳴聲更加淒厲。本來是斜陽照著柳枝，秋蟬貼在柳枝之上哀鳴，詩中卻用兩個「帶」字，反說柳枝「帶著」它們。此與第一句中的「逐」字一樣，又使柳枝由被動變為主動，化客觀死景為活景，表現出秋日之柳的不幸。第三句既是反詰，又是感嘆，同時又是轉折。「肯」字或釋為「會」（見張相《詩詞曲語辭匯釋》），但如果解作肯不肯的「肯」，詩意似更深邃：既然到了秋天，如此蕭條，那你（柳）為何又肯捱到秋天來啊！言外是說不如不到秋天來，大有悲不欲生之痛。此處的轉折，用了「如何肯到」這樣頓挫有力的明轉，增強了對比感。春日之柳的繁盛，正反襯出秋日之柳的枯凋；春日愈是繁華得意，愈顯出秋日的零落憔悴。詩正是透過這種強烈的對比描繪，來表現對秋柳稀疏衰落的悲嘆之情。兩句中，虛字運用亦很精妙。第三句「如何」、「肯到」連用，可使反詰、感嘆語氣更加強烈。結句「已帶」、「又帶」，更是一層一層，向前推進。清紀昀說：「只用三四虛字轉折，冷呼熱喚，悠然絃外之音，不必更著一語也。」（《玉谿生詩說》）評論極為中肯。

此詩句句寫柳，而全篇不著一個「柳」字；句句是景，又句句是情；句句詠物，而又句句寫人。李商隱十六歲就「以古文出諸公間」（詩人自編《樊南甲集》序），青年時就考中進士，懷有「欲回天地入扁舟」（〈安定城樓〉）的遠大抱負。那時，他是那樣朝氣蓬勃，充滿幻想和信心，不正像曼舞於芳春、洋溢勃勃生意的楊柳嗎？然而由於黨爭傾軋，使他長期沉淪下僚，「一生襟抱未曾開」（崔珏〈哭李商隱〉）。詩人寫此詩時，妻子剛剛病故，自己不久又將隻身赴蜀，去過那使人厭倦的幕府生涯。悼念妻子，悲嘆前路，其心情之慘苦可知。詩中經歷今昔榮枯懸殊變化的秋柳，不正是詩人自傷遲暮、自嘆身世的生動寫照？近人張采田引馮浩之說云：「初承梓辟，假府主（指柳仲郢）姓以寄慨，意兼悼亡失意言之。遲暮之傷，沉淪之痛，觸物皆悲，故措辭沉著如許，有神無跡，任人領味，真高唱也。」又稱它「含思宛轉，筆力藏鋒不露。」（見《玉谿生年譜會箋》）雖然「假府主姓」之說未必可信，但具體的分析，卻是極為精闢的。（王思宇）

為有

李商隱

為有雲屏無限嬌，鳳城寒盡怕春宵。

無端嫁得金龜婿①，辜負香衾事早朝。

〔註〕①金龜婿：佩有金龜袋的夫婿。《新唐書・車服志》：「高宗給五品以上隨身魚銀袋，以防召命之詐……天授二年，改佩魚皆為龜。其後三品以上龜袋飾以金。」

這首詩大約寫作於武宗會昌六年（八四六）至宣宗大中五年（八五一）之間，即李德裕罷相以後，詩人妻王氏去世之前。這段時間李商隱個人和家庭的處境都十分困難。

詩歌描述的是一對宦家夫婦的怨情。開頭用「為有」二字把怨苦的緣由提示出來。「雲屏」，雲母屏風，指閨房陳設富麗；「無限嬌」稱代嬌媚無比的少婦。金屋藏嬌，兩情繾綣，當春風送暖，京城寒盡之時，便雙雙地怕起春宵來了。這個「怕」字用得蹊蹺。丈夫既富且貴，妻子年輕貌美，兩人處在雲屏環列的閨房之中，更兼暖香暗送，氣候宜人，理應有春宵苦短之感，怎麼會產生「怕」的心情呢？首句的「因」和次句的「果」顯然有抵牾之處，這就造成一種懸念，激發讀者去思考、探索。

三、四句透過少婦的口揭示「怕春宵」的原因。冬寒已盡，衾枕香暖，兩口子情意款洽，本應日晏方起；可是偏偏嫁了你這個身佩金龜的作官夫婿，天不亮就要起身去早朝，害得我一個人孤零零地守在閨房裡，實在不是滋味。這些似是枕畔之言，當丈夫正欲起身離去時，妻子對他說了這番話，像是埋怨自己，流露出類似「悔教夫婿覓封侯」（王昌齡〈閨怨〉）那樣一種痴情；又像是責怪丈夫，向他傾訴「孤鶴從來不得眠」（李商隱〈西亭〉）的苦衷。「無端」二字活畫出這位少婦嬌嗔的口吻，表達了她對丈夫、對春宵愛戀的深情。其實，妻子的苦惱也是丈夫的苦惱。前面的「為有」和「鳳城」二句就正面描述了丈夫的怨情。應當說他的「怕春宵」比妻子的更甚。除了留戀香衾，不願過早地離去，撇下如此嬌媚而又多情的妻子，讓她忍受春宵獨臥的痛苦；還怕聽妻子嗔怪的話，她那充滿柔情而又浸透淚水的怨言，聽了叫人不禁為之心碎。不願早起離去，又不得不早起離去。對於嬌妻，有內疚之意；對於早朝，有怨恨之情；對於愛情生活的受到損害，則有惋惜之感。「辜負」云云，出自妻子之口，也表達了丈夫的心意，顯得蘊藉深婉，耐人尋味。

這首詩的中心字眼是第二句裡的「怕」。怕什麼呢？三、四兩句的解答是「無端嫁得金龜婿，辜負香衾事早朝」。僅僅因為丈夫要早起上朝，就產生這麼大的怨氣？似乎有點不近情理。總之讀完全詩，由「怕」字造成的懸念並未完全消除，顯然，詩有言外之意，弦外之音。

清人馮浩的《玉谿生詩集箋注》把這首詩列入卷三不編年部分，詩末批了四個字：「言外有刺」。究竟「刺」的是什麼？他沒有明說。清屈復的《玉谿生詩意》則分析得比較具體，他說：「玉谿以絕世香豔之才，終老幕職，晨入暮出，簿書無暇，與嫁貴婿、負香衾何異？其怨也宜。」的確，李商隱一生長期沉淪幕府，落魄江湖，很不得志。原因不是他沒有才能，或有才能得不到賞識，而是不幸捲入牛李黨爭的漩渦之中，成了朋黨之爭的受害者。「莫近彈棋局，中心最不平」（李商隱〈無題．照梁初有情〉），當他認識到這一點時，已為時太晚，不可自拔。自從他投靠李黨的王茂元以後，一直受到牛黨的攻訐排擠，不僅長期沉淪下僚，不得施展自己的才能和抱負，而且被視為忘恩負義的宵小，人格上受到嚴重的汙辱。「無端嫁得金龜婿」所表達的正是這樣一種悔恨莫及的痛苦心情。

這首絕句含蓄深沉而又富於變幻。前兩句一起一承，一因一果，好像比較平直；但著一「怕」字，風波頓起，情趣橫生。後面兩句圍繞著「怕」字作進一步的解說，使意境更加開拓明朗。這樣寫，前後連貫，渾然一體。其中「為有」、「無端」等語委婉盡情，極富感染力。誠如近人喻守真所說：「此詩神韻，全在『為有』與『無端』四字。有這樣的嬌妻當然可愛，沒來由作了金龜婿，卻又可恨，一種閨房之樂，兩口怨情，全在這四字曲曲道出。」（《唐詩三百首詳析》）（朱世英）

十一月中旬至扶風界見梅花

李商隱

匝路亭亭豔，非時裛裛香。素娥惟與月，青女不饒霜①。
贈遠虛盈手，傷離適斷腸。為誰成早秀？不待作年芳。

〔註〕①素娥、青女見李商隱〈霜月〉註。「素娥」兩句，《瀛奎律髓刊誤》南宋方回批：「此謂梅花最宜月，不畏霜耳。添用素娥青女四字，則謂月若私之而獨憐，霜若挫之而莫屈者，亦奇。」似與原意不符。同書清紀昀批：「三、四愛之者虛而無益，妒之者實而有損。」似與原意較接近。

這首詩寫於何年，諸說不一，未有定論。從詩看，不像去涇原入王茂元幕時作，可能是宣宗大中五年（八五一）應東川節度使柳仲郢聘請為書記，入蜀時所作。扶風，在今陝西寶雞市東。作者的〈韓冬郎即席為詩相送，一座盡驚，他日余方追吟，連宵侍坐，裴回久之，句有老成之風，因成二絕寄酬兼呈畏之員外二首〉其二有「劍棧風檣各苦辛，別時冰雪到時春」句。他赴蜀，在這年冬天，有〈悼傷後赴東蜀辟至散關遇雪〉一詩。這首詩或者是在這年所作。

「匝路亭亭豔，非時裛裛香。」一開頭就奇峰突起，呈現異彩。裛裛（音同浥），香氣盛貌。雖然梅樹亭亭直立，花容清麗，無奈傍路而開，長得不是地方。雖然梅花清芬，香氣沁人，可是梅花過早地在十一月中旬開放，便顯得很不適時宜。這正是「情以物遷，辭以情發」（南朝梁劉勰《文心雕龍・物色》），作者的感情透過詠梅來表達。作者的品格才華，不正像梅花的「亭亭豔」、「裛裛香」嗎？作者牽涉到牛李黨爭中去，從而受到排擠，不正是生非其時嗎？長期過漂泊的遊幕生活，不正是處非其地嗎？

「素娥惟與月，青女不饒霜。」二句清怨淒楚，別開意境。同是月下賞梅，作者沒有發出「月明林下美人來」（明高啟〈梅花六首〉其二）的讚嘆，把梅花比作風姿姣好的美人；也沒有抒寫「月中霜裡鬥嬋娟」（李商隱〈霜月〉）一類的頌詞，讚美梅花傲霜的品格；而是手眼獨出，先是埋怨「素娥」（指月裡嫦娥）的「惟與月」，繼而又指責「青女」（主管霜的女神）的「不饒霜」。原來在作者眼裡，嫦娥讓月亮放出清光，並不是真的要給梅花增添姿色，就是沒有梅花，她也會讓月色皎潔的。嫦娥只是贊助月亮，並不袒佑梅花的。青女不是要使梅花顯出傲霜品格才下霜的，而是想用霜凍來摧折梅花，所以她絕不會因為梅花開放而寬恕一點，少下些霜。一種難言的怨恨，淡淡吐出，正與作者身世感受相映照。

寫到這裡，作者的感情已達到飽和。突然筆鋒一轉，對著梅花，懷念起朋友來了：「贈遠虛盈手，傷離適斷腸。」想折一把梅花來贈給遠方的朋友，可是仕途坎坷，故友日疏，即使折得滿把的梅花又有什麼用呢？連寄一枝梅花都辦不到，更覺得和朋友離別的可悲，所以就哀傷欲絕，愁腸寸斷了。「傷離」句一語雙關，既含和朋友離別而斷腸，又含跟梅花離別而斷腸，這就更加蘊蓄雋永。「為誰成早秀？不待作年芳。」梅花為了誰過早開花，而不等到報春才開花，成為新年時的香花呢？在這裡表達了他對梅花的悲痛，這種悲痛正是對自身遭遇的悲痛。聯繫到詩人很早就以文才著名，所以受到王茂元的賞識，請他到幕府裡去，把女兒嫁給他。王茂元屬於李德裕黨，這就觸怒了牛僧孺黨。在牛黨得勢時，他就受到排斥，不能夠進入朝廷，貢獻他的才學。不正像梅花未能等到春的到來而過早開放嗎？這一結，就把自傷身世的感情同開頭呼應，加強了全篇的感情力量。

作為詠物詩，最好的是「寫氣圖貌，既隨物以宛轉；屬采附聲，亦與心而徘徊」（南朝梁劉勰《文心雕龍．物色》）。

意思是依照事物的形貌來描繪，宛轉地把形貌生動地畫出來；同時，也是曲折地傳達出內心的感情。這首詩正是這樣。它寫梅花，是在特定環境、特定時間內開放的梅花，移用別處不得；同時又是作者身世的寫照。這兩者結合得這樣好，正像天衣無縫，看不出一點拼湊的痕跡，這就顯出作者的深厚功力。（周振甫）

悼傷後赴東蜀辟至散關遇雪

李商隱

劍外從軍遠，無家與寄衣。
散關三尺雪，回夢舊鴛機。

李商隱生活的年代，「牛李黨爭」激烈，他因娶李黨王茂元之女而得罪牛黨，長期遭到排抑，仕途潦倒。儘管如此，他與王氏始終情篤意深。宣宗大中五年（八五一）夏秋之交，王氏突然病逝，李商隱萬分悲痛。這年冬天，他應柳仲郢之辟，從軍赴東川（治今四川三臺縣）。痛楚未定，又要離家遠行，悽戚的情懷是可想而知的。這首詩，就寫於赴蜀途中。

起句「劍外從軍遠」，點明這次遠行的原因是「從軍」，即入節度使幕府。「劍外」，指劍閣之南蜀中地區。詩題「遇雪」而作，卻從遠寫起，著一「遠」字，不僅寫行程之遙，更有意讓人由「遠」思「寒」。隆冬之際，旅人孑然一身，行囊單薄，自然使人產生苦寒之思，又自然地使人盼望家中妻子寄棉衣來。可是，詩人的妻子已經不在人間，有誰寄棉衣呢？

第二句「無家與寄衣」，蘊意至深。一路風霜，萬般悽苦，都蘊含在這淡淡的一句詩中了。詩人善於用具體細節表達抽象的思念，用寄寒衣這一生活中的小事，傾瀉出自己心底悲痛的潛流和巨大的哀思。

「散關三尺雪」句是全詩的承轉之辭，上承「遇雪」詩題，給人「亂山殘雪夜，孤燈異鄉人」（孟浩然〈歲除夜有懷〉）的淒涼漂泊之感；同時，大雪奇寒與無家寄衣聯繫起來，以雪夜引出溫馨的夢境，轉入下文。我們不妨這樣聯想，也許因為大雪封山，道路阻絕，作者只能留宿散關驛舍。傷痛倦極，朦朧入睡，睡夢中見妻子正坐在舊時的鴛機上為他趕製棉衣。「回夢舊鴛機」，情意是多麼真摯悲切！清紀昀云：「回夢舊鴛機，猶作有家觀也。」（《玉谿生詩說》）用「有家觀」反襯「無家」喪妻的痛苦，以充滿溫馨希望的夢境反襯冰冷嚴酷的現實，更見詩人內心痛苦之深！至於夢中與妻子相見歡娛的情景和夢後倍覺哀傷的愁緒便略而不寫，留在紙外，讓讀者自己想像思索了。

此詩樸素洗練，而又深情綿邈。詩用層層推進、步步加深的手法，寫出淒涼寂寞的情懷和難言的身世之痛。從軍劍外，畏途思家，這是第一層；妻亡家破，無人寄禦寒之衣，傷別與傷逝之情交織一起，這是第二層；路途遇雪，行期阻隔，苦不堪言，這是第三層；「以樂景寫哀」，用溫馨歡樂的夢境反襯冰冷痛苦的現實，倍增其哀，這是第四層。詩至此，可以看出，在悼傷之情中，又包孕著行役的艱辛、路途的坎坷、傷別的愁緒、仕途蹭蹬的感嘆等複雜感情。短短二十字，概括如此豐富深沉的感情內容，可見李商隱高度凝練的藝術功力。（曹旭）

夜雨寄北

李商隱

君問歸期未有期，巴山夜雨漲秋池。
何當共剪西窗燭，卻話巴山夜雨時。

這首詩題一作〈夜雨寄內〉，「內」就是「內人」——妻子；今傳李詩各本題作〈夜雨寄北〉，「北」就是北方的人，可以指妻子，也可以指朋友。有人經過考證，認為它作於作者的妻子王氏去世之後，因而不是「寄內」詩，而是寫贈長安友人的。但從詩的內容看，按「寄內」理解，似乎更確切一些。

第一句一問一答，先停頓，後轉折，跌宕有致，極富表現力：「你問我回家的日期；唉，回家的日期嘛，還沒個準兒啊！」其羈旅之愁與不得歸之苦，已躍然紙上。接下去，寫了此時的眼前景：「巴山夜雨漲秋池」。那已經躍然紙上的羈旅之愁與不得歸之苦，便與夜雨交織，綿綿密密，淅淅瀝瀝，漲滿秋池，彌漫於巴山的夜空。然而此愁此苦，只是借眼前景而自然顯現；作者並沒有說什麼愁，訴什麼苦，卻從這眼前景生發開去，馳騁想像，另闢新境，表達了「何當共剪西窗燭，卻話巴山夜雨時」的願望。其構思之奇，真有點出人意外。然而設身處地，又覺得情真意切，字字如從肺腑中自然流出。「何當」（何時能夠）這個表示願望的詞兒，是從「君問歸期未有期」的現實中迸發出來的；「共剪……」、「卻話……」，乃是由當前苦況所激發的對於未來歡樂的憧憬。盼望歸後「共剪西窗燭」，則此時思歸之切，不言可知。盼望他日與妻子團聚，「卻話巴山夜雨時」，則此時「獨聽巴山夜雨」而無人共語，也不言可知。獨剪殘燭，夜深不寐，在淅淅瀝瀝的巴山秋雨聲中閱讀妻子詢問歸期的信，而歸期無準，其心境之鬱悶、孤寂，是不難想見的。作者卻跨越這一切去寫未來，盼望在重聚的歡樂中追話今夜的一切。於是，未來的樂，自然反襯出今夜的苦；而今夜的苦，又成了未來剪燭夜話的材料，增添了重聚時的樂。四句詩，明白如話，卻何等曲折，何等深婉，何等含蓄雋永，餘味無窮！

清姚培謙在《李義山詩集箋》中評〈夜雨寄北〉說：「『想得家中夜深坐，還應說著遠行人』（白居易〈邯鄲冬至夜思家〉），是魂飛到家裡去。此詩則又預飛到歸家後也，奇絕！」這看法是不錯的，但只說了一半。實際上是：那「魂」「預飛到歸家後」，又飛回歸家前的羈旅之地，打了個來回。而這個來回，既包含空間的往復對照，又體現時間的迴環對比。清桂馥在《札樸》卷六中說：「眼前景反作後日懷想，此意更深。」這著重空間方面而言，指的是此地（巴山）——彼地（西窗）——此地（巴山）的往復對照。清徐德泓在《李義山詩疏》中說：「翻從他日而話今宵，則此時羈情，不寫而自深矣。」這著重時間方面而言，指的是今宵——他日——今宵的迴環對比。在前人的詩作中，寫身在此地而想彼地之思此地者，不乏其例；寫時當今日而想他日之憶今日者，為數更多。但把二者統一起來，虛實相生，情景交融，構成如此完美的意境，卻不能不歸功於李商隱既善於借鑑前人的藝術經驗，又勇於進行新的探索，發揮獨創精神。

上述藝術構思的獨創性又體現於章法結構的獨創性。「期」字兩見，而一為妻問，一為己答；妻問促其早歸，己答嘆其歸期無準。「巴山夜雨」重出，而一為客中實景，緊承己答；一為歸後談助，遙應妻問。而以「何當」介乎其間，承前啟後，化實為虛，開拓出一片想像境界，使時間與空間的迴環對照融合無間。近體詩，一般是要避免字面重複的，這首詩卻有意打破常規，「期」字的兩見，特別是「巴山夜雨」的重出，正好構成了音調與章法的迴環往復之妙，恰切地表現了時間與空間迴環往復的意境之美，達到了內容與形式的完美結合。

宋人王安石〈與寶覺宿龍華院三絕句〉其三云：「與公京口水雲閒，問月『何時照我還？』邂逅我還還問月：『何時照我宿金山？』」宋人楊萬里〈聽雨〉云：「歸舟昔歲宿嚴陵，雨打疏篷聽到明。昨夜茅簷疏雨作，夢中喚作打篷聲。」這兩首詩俊爽明快，各有新意，但在構思謀篇方面受〈夜雨寄北〉的啟發，也是顯而易見的。（霍松林）

北齊二首　李商隱

一笑相傾國便亡，何勞荊棘始堪傷。
小憐玉體橫陳夜，已報周師入晉陽。

巧笑知堪敵萬機，傾城最在著戎衣。
晉陽已陷休回顧，更請君王獵一圍。

這兩首詩是透過諷刺北齊後主高緯寵幸馮淑妃這一荒淫亡國的史實，以借古鑑今的。兩首詩在藝術表現手法上有兩個共同的特點：

一、議論附麗於形象。既是詠史，便離不開議論。然而好的詩篇總是以具體形象感人，而不是用抽象的道理教訓讀者。議論不脫離生動的形象，是這兩首詩共同的優點。

第一首前兩句是以議論發端。「一笑」句暗用周幽王寵褒姒而亡國的故事，諷刺「無愁天子」高緯荒淫的生活。「荊棘」句引典照應國亡之意。晉時索靖有先識遠量，預見天下將亂，曾指著洛陽宮門的銅駝嘆道：「會見汝在荊棘中耳！」這兩句意思一氣蟬聯，謂荒淫即亡國取敗的先兆。雖每句各用一典故，卻不見用事痕跡，全在於意脈不斷，可謂巧於用典。但如果只此而已，仍屬老生常談。後兩句撇開議論而展示形象畫面。第三句描繪馮淑妃（「小憐」即其名）進御之夕，「花容自獻，玉體橫陳」，是一幅穢豔的春宮圖，與「一笑相傾」句映帶；第四句寫北齊亡國情景。公元五七七年，北周武帝攻破晉陽（今山西太原），向齊都鄴城進軍，高緯出逃被俘，北齊遂滅。此句又與「荊棘」映帶。兩句實際上具體形象地再現了前兩句的內容。淑妃進御與周師攻陷晉陽，相隔尚有時日。「已報」兩字把兩件事扯到一時，是著眼於荒淫失政與亡國的必然聯繫，運用「超前誇張」的修辭格，更能發人深省。這便是議論附麗於形象，透過特殊表現一般，是符合形象思維的規律的。

第一首是議論與形象互用，第二首的議論則完全融於形象，或者說議論見之於形象。「巧笑倩兮，美目盼兮」，是《詩經．衛風．碩人》中形容美女嫵媚表情。「巧笑」與「萬機」，一女與天下，輕重關係本來一目了然。說「巧笑」堪敵「萬機」，是運用反語來諷刺高緯的昏昧。「知」意為「哪知」，意味尤見辛辣。如說「一笑相傾國便亡」是熱罵，此句便是冷嘲，是不議論的議論。高緯與淑妃尋歡作樂的方式之一是畋獵，在高緯眼中，換著出獵武裝的淑妃風姿尤為迷人，所以說「傾城最在著戎衣」。這句仍是反語，有潛臺詞在。古來許多巾幗英雄，其颯爽英姿，確乎給人很美的感覺。但淑妃身著戎衣的舉動，不是為天下，而是輕天下。高緯迷戀的不是英武之姿而是忸怩之態。他們逢場作戲，穿著戎衣而把強大的敵國忘記在九霄雲外。據《北齊書》載：周師取平陽（晉陽），帝獵於三堆，晉州告急。帝將返，淑妃更請殺一圍，從之。在自身即將成為敵軍獵獲物的情況下，仍不忘追歡逐樂，還要再獵一圍。三、四句就這樣以模擬口氣，將帝、妃死不覺悟的淫昏性格刻畫得入木三分。儘管不著議論，但透過具體形象的描繪及反語的運用，即將議論融入形象之中，批判意味仍十分強烈。

二、強烈的對比色彩。在形象畫面之間運用強烈對比色彩，使作者有意指出的對象的特點更強調突出，引人注目，從而獲得含蓄有力的表現效果，是這兩首詩的又一顯著特點。

第一首三、四兩句把一個極豔極褻的鏡頭和一個極危急險惡的鏡頭組接在一起，對比色彩強烈，產生了驚心動魄的效果。單從「小憐玉體橫陳」的畫面，也可見高緯生活之荒淫，然而，如果它不和那個關係危急存亡的「周師入晉陽」的畫面組接，就難以產生那種「當局者迷，旁觀者清」的驚險效果，就會顯得十分平庸，說服力將大為削弱。第二首三、四句則把「晉陽已陷」的時局，與「更請君王獵一圍」的荒唐行徑作對比。一面是十萬火急，形勢嚴峻；一面卻是視若無睹，圍獵興濃。兩種畫面對照出現，令旁觀者為之心寒，從而有力地表明當事者處境的可笑可悲，不著一字而含蓄有力。這種手法的運用，也是詩人巧於構思的具體表現之一。（周嘯天）

憶梅

李商隱

定定住天涯，依依向物華。
寒梅最堪恨，長作去年花。

這是李商隱作幕梓州（治今四川三臺）後期之作。寫在百花爭豔的春天，寒梅早已開過，所以題為「憶梅」。一開始詩人的思緒並不在梅花上面，而是為留滯異鄉而苦。梓州離長安近三千里，以唐代疆域之遼闊而竟稱「天涯」，與其說是地理上的，不如說是心理上的。李商隱是在仕途抑塞、妻子去世的情況下應柳仲郢之辟，來到梓州的。獨居異鄉，寄跡幕府，已自感到孤孑苦悶，想不到竟一住數年，意緒之無聊鬱悶更可想而知。「定定住天涯」，就是這個痛苦靈魂的心聲。「定定」，猶「死死地」、「牢牢地」。詩人感到自己竟像是永遠地被釘死在這異鄉的土地上了。這裡，有強烈的苦悶，有難以名狀的厭煩，也有無可奈何的悲哀。清屈復說：「『定定』字俚語入詩卻雅。」（《玉谿生詩意》）這個「雅」，似乎可以理解為富於藝術表現力。

為思鄉之情、留滯之悲所苦的詩人，精神上不能不尋找慰藉，於是轉出第二句：「依依向物華。」「物華」，指眼前美好的春天景物。「依依」，形容面對美好春色時親切留連的意緒。詩人在百花爭豔的春色面前似乎暫時得到了安慰，從內心深處升起一種對美好事物無限依戀的柔情。一、二兩句，感情似乎截然相反，實際上「依依向物華」之情即因「定定住天涯」而生，兩種相反的感情卻是相通的。

「寒梅最堪恨，長作去年花。」三、四兩句，詩境又出現更大的轉折。面對奼紫嫣紅的「物華」，詩人不禁想到了梅花。它先春而開，到百花盛開時，卻早花凋香盡，詩人遺憾之餘，便不免對它怨恨起來了。由「向物華」而憶梅，這是一層曲折；由憶梅而恨梅，這又是一層曲折。「恨」正是「憶」的發展與深化，正像深切期待的失望會轉化為怨恨一樣。

但這只是一般人的心理。對於李商隱來說，卻有更內在的原因。「寒梅」先春而開、望春而凋的特點，使詩人很自然地聯想到自己：少年早慧，文名早著，科第早登；然而緊接著便是一系列不幸和打擊，到入川以後，已經是「剋意事佛，方願打鐘掃地，為清涼山行者」（〈樊南乙集序〉），意緒頗為頹唐了。這早秀先凋，不能與百花共享春天溫暖的「寒梅」，不正是詩人自己的寫照嗎？詩人在〈十一月中旬至扶風界見梅花〉詩中，也曾發出同樣的感嘆：「為誰成早秀？不待作年芳。」非時而早秀，「不待作年芳」的早梅，和「長作去年花」的「寒梅」，都是詩人不幸身世的象徵。正因為看到或想到它，就會觸動早秀先凋的身世之悲，詩人自然不免要發出「寒梅最堪恨」的怨嗟了。詩寫到這裡，黯然而收，透出一種不言而神傷的情調。

五言絕句，貴天然渾成，一意貫串，忌刻意雕鏤，枝蔓曲折。這首〈憶梅〉，「用意極曲折」（清紀昀《玉谿生詩說》），卻並不給人以散漫破碎、雕琢傷真之感，關鍵在於層層轉折都離不開詩人沉淪羈泊的身世。這樣，才能潛氣內轉，在曲折中見渾成，在繁多中見統一，達到有神無跡的境界。（劉學鍇）

贈柳

李商隱

章臺①從掩映，郢路②更參差。見說風流極，來當婀娜時。
橋迴行欲斷，堤遠意相隨。忍放花如雪，青樓③撲酒旗。

〔註〕①章臺：漢代京城長安街道名，街多柳樹，唐時稱為「章臺柳」。②郢（音同影）：即今湖北江陵，戰國時楚國建都於此。③青樓：古代歌舞宴飲之地。

〈贈柳〉，其實就是詠柳。詠而贈之，故題曰「贈」。前人認為此詩有本事（見清程夢星《重訂李義山詩集箋注》、姚培謙《李義山詩集箋注》、馮浩《玉谿生詩集箋注》、近人張采田《玉谿生年譜會箋》），馮浩並認為此詩「全是借詠所思」。由於年代久遠，別無旁證，已難考知。

李商隱對柳很有感情，他的詩集中，以柳為題的，多至十幾首。這一首同他別的詠柳詩不同，它的背景不是一地一處，而是非常廣闊的地域。「章臺從掩映，郢路更參差。」首聯就從京城長安到大江之濱的江陵，寫柳從北到南，無處不在，「掩映」、「參差」，秀色千里。

「掩映」、「參差」，是寫柳色或明或暗，柔條垂拂的繁茂景象，點出時間是在春天。由「從」（任從）到「更」的變化，把柳的蓬勃生機，渲染得更加強烈。次聯「風流」、「婀娜」，則是寫柳的體態輕盈。柔長的柳枝，千枝萬縷，春風吹拂，宛若妙齡女郎，翩躚起舞，姿態是非常動人的。「見說」是聽見別人說，包括古今之人對柳的讚賞。「來當」句是說自己見到眼前之柳的時候，正當其婀娜多姿之時，表現出詩人的欣喜之情。上面四句，從廣闊的背景上，對春柳作了生動具體的描繪，寫出了她嫵媚可愛的風姿。

下面接寫柳色綿延不斷。一到春天，路旁堤畔之柳籠煙罩霧，蔥蘢翠綠，望之令人心醉。詩人的目光，正是被這迷人的柳色所牽引，向前移去，直到橋邊；眼看柳色就要被隔斷，可是跨過橋去，向旁一彎，卻又順著長堤，向前延伸；最後雖然眼中已望不見柳，但心中彷彿仍然見到青青的柳色向遠方伸去。「行」作「行蹤」、「蹤跡」解。「意相隨」既指春柳傍隨長堤而去，也指詩人的心為柳所繫，緊隨不捨，最後直至青樓酒旗、柳花似雪之處。「青樓」、「酒旗」是人間繁華之地；飛花似雪是春柳盛極之時。「忍」即忍心之意，字裡透露出詩人的痛惜之情。花飛似雪，固然美極盛極，然而繁華已極，就意味著離凋謝不遠。兩句把春柳的繁華寫到極致，也把人的愛惜之情寫到極點。清紀昀評此詩云：「五、六句空外傳神，極為得髓。結亦情致不窮。」（《玉谿生詩說》）這四句，意境很美，言外之意不盡，很耐人尋味。

清代王士禛說：「詠物之作，須如禪家所謂不黏不脫，不即不離，乃為上乘。」（《帶經堂詩話》）此詩全篇八句，純用白描，篇中不著一個「柳」字，卻句句寫柳。而且，仔細玩味，又會發覺它們既是寫柳，又像是在寫人，字裡行間，彷彿晃動著一位窈窕女郎的倩影，風流韻致，婀娜多情，非常逗人喜愛。她也許是詩人的友人，也許就是詩人的情人，由於某種原因，他們分離了。詠柳即詠人，對柳之愛憐不捨，即對其所愛之人的依戀與思念。似彼似此，亦彼亦此，不即不離，正是此詩藝術表現的巧妙之處。（王思宇）

宿駱氏亭寄懷崔雍崔袞

李商隱

竹塢無塵水檻清，相思迢遞隔重城。
秋陰不散霜飛晚，留得枯荷聽雨聲。

一個深秋的夜晚，詩人旅宿在駱姓人家的園亭裡，寂寥中懷念起遠隔重城的朋友，和枯荷聽秋雨的意境，寫下了這首很有情韻的小詩。題中的崔雍、崔袞，是詩人的重表叔兼知遇者崔戎的兩個兒子。詩是和二崔告別後旅途中寄懷之作。

首句寫駱氏亭。「竹塢」，是竹林環抱蔭蔽的船塢；「水檻」，指傍水的有欄杆的亭軒，也就是題中的「駱氏亭」。清澄的湖水，翠綠的修竹，把這座亭軒映襯得格外清幽雅潔。「無塵」和「清」，正突出了駱氏亭的這個特點，可以想見詩人置身其間時頗有遠離塵囂之感。

幽靜清寥的境界，每每使人恬然自適；但對有所思念、懷想的人來說，又往往是牽引思緒的一種觸媒：或因境界的清幽而倍感孤寂，或因無良朋共賞幽勝而微感惆悵。一、二兩句，由清幽的景色到別後的相思，其間雖有跳躍，卻並不突兀，原因就在於景與情之間存在相反相成的內在聯繫。詩人眼下所宿的駱氏亭和崔氏兄弟所居的長安，中間隔著高峻的城牆。「迢遞」一詞有「高」、「遠」二義，這裡用「高」義。「重城」，即高城。由於「迢遞隔重城」，所以深深懷念對方；而思念之深，又似乎縮短了彼此間的距離。詩人的思念之情，宛如隨風飄蕩的遊絲，悠悠然越過高高的城牆，飄向友人所在的長安。「隔」字在這裡不只是表明「身隔」，而且曲折地顯示了「情通」。這正是詩歌語言在具體條件下常常具有的一種妙用。

第三句又回到眼前景物上來：「秋陰不散霜飛晚」。時令已屆深秋，但連日天氣陰霾，孕育著雨意，所以霜也下得晚了。詩人是旅途中暫宿駱氏亭，此地近一段時期的天氣，包括霜期之晚，自然是出之揣測，這揣測的根據就是「秋陰不散」與「留得枯荷」。這一句一方面是為末句伏根（由於「秋陰不散」，故有「雨」；由於「霜飛晚」，所以「留得枯荷」），另一方面又兼有渲染氣氛、烘托情緒的作用。陰霾欲雨的天色，四望一片迷濛，本來就因相思而耿耿不寐的人，心情不免更加黯淡，而這種心情又反過來更增加了相思的濃度。

末句是全篇的點睛之筆。但要領略詩句所蘊含的情趣，卻須注意從「秋陰不散」到盼「雨」的過程。秋夜聽雨打枯荷的況味，詩人想已不止一次地領略。淅瀝的秋雨，灑落在枯荷上，發出一片錯落有致的聲響，別具一種美的情趣。看來倒是「秋陰不散霜飛晚」的天氣特意作美了。枯荷給人一種殘敗衰颯之感，本無可「留」的價值；但自己這樣一個旅宿思友、永夜不寐的人，卻能因聆聽枯荷秋雨的清韻而略慰相思，稍解寂寥，所以反而深幸枯荷之「留」了。「留」、「聽」二字，寫情入微，其中就蘊含有這種不期而遇的意外喜悅。不說「望」而說「聽」，自然是因為夜宿的緣故，但主要的還是由於「聽雨」蘊含著一種特有的意境與神韻。這「聽雨」竟有一種特別的美感，久聽之後，這單調而淒清的聲音，卻又更增加了環境的寂寥，從而更加深了對朋友的思念。「梧桐樹，三更雨，不道離情正苦。一葉葉，一聲聲，空階滴到明。」（溫庭筠〈更漏子〉）其意境或庶幾與此相似吧？

這首詩雖然寫了秋亭雨前之景，而且寫得清疏秀朗，歷歷如畫，但它並不是一首寫景詩，而是一首抒情詩。「宿駱氏亭」所見所聞是「寄懷」的憑藉。清紀昀說：「『相思』二字微露端倪，『寄懷』之意全在言外。」

清何焯說：「下二句暗藏永夜不寐，相思可以意得也。」（均見《李義山詩集輯評》）都指出了本篇以景托情、寓情於景的特點。（劉學鍇）

風雨

李商隱

淒涼寶劍篇，羈泊欲窮年。黃葉仍風雨，青樓自管絃。
新知遭薄俗，舊好隔良緣。心斷新豐酒，銷愁斗幾千？

這首詩大約作於詩人晚年羈泊異鄉期間。這時，長期沉淪漂泊、寄跡幕府的詩人已經到了人生的窮途。這篇〈風雨〉，正像是這位飽受人世風雨摧殘的一代才人，在生命之火將要熄滅之前所唱出的一曲慷慨不平的悲歌。

「淒涼寶劍篇，羈泊欲窮年。」詩一開頭就在一片蒼涼沉鬱的氣氛中，展示出理想抱負與實際境遇的矛盾。〈寶劍篇〉（一名〈古劍篇〉，見第一卷頁一〇九）是唐代前期名將郭震（字元振）落拓未遇時所寫的託物寓懷之作。詩借古劍塵埋託寓才士不遇，在磊落不平中顯示出積極用世的熱情。後來郭震上〈寶劍篇〉，深得武后賞愛，終於實現匡國之志。這裡暗用此典。兩句意謂：自己儘管也懷有像郭震那樣的宏大抱負和用世熱情，卻沒有他那樣的際遇，只能將滿腔懷才不遇的悲憤，羈旅漂泊的淒涼託之於詩歌。首句中的「寶劍篇」，係借指自己抒發不遇之感的詩作，故用「淒涼」來形容。從字面看，兩句中「淒涼」、「羈泊」連用，再加上用「欲窮年」來突出淒涼羈泊生涯的無窮無已，似乎滿紙悲酸悽苦。但由於「寶劍篇」這個典故本身所包含的壯懷激烈的意蘊和郭震這位富於才略的歷史人物在讀者腦海中引起的聯想，它給人們的實際感受，卻是在羈旅漂泊的淒涼中蘊積著一股金劍沉埋的鬱勃不平之氣。

頷聯承上，進一步抒寫羈泊異鄉期間風雨淒涼的人生感受。上句觸物興感，實中寓虛，用風雨中飄零滿地的黃葉象徵自己不幸的身世遭遇，與下句實寫青樓管絃正形成一喧一寂的鮮明強烈對比，形象地展現出沉淪寒士與青樓豪貴苦樂懸殊、冷熱迥異的兩幅對立的人生圖景。兩句中「仍」、「自」二字，開合相應，極富神味。「仍」是「更」、「兼」之意。黃葉本已凋衰，再加風雨摧殘，其淒涼景象更令人觸目神傷。它不僅用加倍法寫出風雨之無情和不幸之重沓，而且有力地透出內心難以忍受的痛苦。「自」字既有轉折意味，又含「自顧」之意，畫出青樓豪貴得意縱恣，自顧享樂，根本無視人間另有憂苦的意態。它與「仍」字對應，正顯示出苦者自苦、樂者自樂那樣一種冷酷的社會現實和人間關係，而詩人對這種社會現實的憤激不平，也含蓄地表現了出來。

在羈泊異鄉的淒涼孤孑境況中，友誼的溫暖往往是對寂寞心靈的一種慰藉，頸聯因此自然引出對「新知」、「舊好」的憶念。但思憶的結果卻反而帶來更深的痛苦——「新知遭薄俗，舊好隔良緣。」新交的朋友遭到澆薄世俗的詆毀，舊日的知交也關係疏遠，良緣阻隔。註家對「新知」、「舊好」具體所指有過不同的猜測，實際上放空了看也許更符合實際。由於觸犯了朋黨間的戒律，詩人不但仕途上偃蹇不遇，坎壈終身，而且人格也遭到種種詆毀，被加上「放利偷合」、「詭薄無行」（《新唐書．李商隱傳》）一類罪名。在這種情況下，「舊好」關係疏遠，「新知」遭受非難便是必然的了。兩句中一「遭」一「隔」，寫出了詩人在現實中孑然孤立的處境，也蘊含了詩人對「薄俗」的強烈不滿。從「青樓自管絃」到「舊好隔良緣」，既是對自己處境的深一層描寫，也是對人生感受的深一層抒發。淒冷的人間風雨，已經滲透到知交的領域，茫茫人世，似乎只剩下冰涼的雨簾，再也找不到任何一個溫暖的角落了。

唯一能使淒涼的心得到暫時溫暖的便只有酒——「心斷新豐酒，銷愁斗幾千?」和首聯的「寶劍篇」一樣，這裡的「新豐酒」也暗含著一段唐初故實：馬周落拓未遇時，西遊長安，宿新豐旅舍。店主人只顧接待商販，對馬周頗為冷遇。馬周遂取酒獨酌。後來馬周也得到唐太宗賞識，拔居高位。詩人想到自己只有馬周當初未遇時的落拓，卻無馬周後來的幸遇，所以只能盼望著用新豐美酒一澆胸中塊壘。然而羈泊異鄉，遠離京華，即使想如馬周失意時取新豐美酒獨酌也不可得，所以說「心斷」。透過層層迴旋曲折，終於將詩人內心的鬱積苦悶發抒到極致。末句以問語作收，似結非結，正給人留下苦悶無法排遣，心緒茫然無著的印象。

題稱〈風雨〉，說明這首詩是寫羈泊異鄉時因目接淒風苦雨而引起的身世之感。但這「風雨」又是一個象徵性的題目。它象徵著包圍、壓抑、摧殘才智之士的冷酷的社會現實和社會氛圍。不過，這首詩的突出特點與優點，並不單純表現在它反映了人間風雨的淒冷，而是表現在它同時透露了詩人內在的用世熱情與生活熱情。首、尾兩聯，暗用郭震、馬周故事，不只是作為自己當前境遇的一種反襯，同時也表露出對唐初開明政治的嚮往和匡世濟時的強烈要求。即使是正面抒寫自己的孤孑、淒涼與苦悶，也都表現出一種憤鬱不平和掙脫苦悶的努力。這種環境的冷與內心的熱的相互映襯和矛盾統一，正是這首詩最顯著的藝術特色。(劉學鍇)

夢澤 李商隱

夢澤悲風動白茅，楚王葬盡滿城嬌。
未知歌舞能多少，虛減宮廚為細腰。

對生活現象挖掘愈深，概括就愈廣，作品就愈具普遍意義，因而也就愈能引發不同讀者多方面的感受和聯想。這是文藝創作和鑑賞的一條規律。這首〈夢澤〉可以為這條規律提供一個生動的例證。

這是詩人途經夢澤一帶的時候，因眼前景物的觸發，引起對歷史和人生的聯想和感慨，而寫下的一首詩。夢澤，這裡約指今湖南北部長江以南、洞庭湖以北的一片湖澤地區。宣宗大中元年（八四七）暮春，作者由長安赴桂林途中，曾行經這一帶。這首詩大約就寫在這個時候。

首句寫望中所見夢澤荒涼景象。茫茫湖澤荒野，極目所見，唯有連天的白茅。曠野上的悲風，吹動白茅，發出蕭蕭之聲。這曠遠迷茫，充滿悲涼肅殺氣氛的景象，本來就很容易引起人們懷古傷今的情感。加上這一帶原是楚國舊地，眼前的茫茫白茅又和歷史上楚國向周天子貢包茅的故事有著某種意念上的聯繫，因此，在詩人腦海裡就自然而然地映現出一連串楚國舊事的疊印鏡頭。而變得越來越清晰的，則是平常最熟悉的楚宮細腰故事。

楚靈王好細腰的故事，先秦兩漢典籍中多所記載。詩人在選擇、提煉這些歷史傳說材料時，選取了比較典型的「楚王好細腰，宮中多餓死」（《後漢書·馬廖傳》）的記載，但範圍卻由「宮中」擴展到「滿城」，為害的程度也由「多餓死」變成「葬盡」。這當然是為了突出「好細腰」的楚王這一癖好為禍之慘酷。但「葬盡滿城嬌」的想像卻和眼前「悲風動白茅」的蕭索荒涼景象分不開。今日這悲風陣陣、白茅蕭蕭的地下，也許正埋葬著當日為細腰而斷送青春與生命的女子的累累白骨呢！眼前的景象使詩人因歷史想像而引起的悲悽之感更加強烈了。

楚王的罪孽是深重的，是這場千古悲劇的製造者。但如果只從這一點上立意，詩意便不免顯得平常而缺乏新意和深意。作者的可貴之處，在於對這場悲劇有自己獨特的深刻感受與理解。三、四兩句，就是這種獨特感受的集中表現。

「未知歌舞能多少，虛減宮廚為細腰。」由於楚靈王好細腰，這條審美標準竟風靡一時，成了滿城年輕女子的共同追求目標。她們心甘情願地競相為造就纖細的腰肢而節食減膳，以便能在楚王面前輕歌曼舞，呈現自己綽約嬌柔的風姿，博得楚王的垂青和寵愛。她們似乎絲毫沒有想到，這是對自己青春的摧殘，是在慢性自戕中將自己推向墳墓；更沒有想到，「好細腰」的楚王是葬送自己青春與生命的罪魁禍首。就是那些終於熬成了細腰，在楚宮歌舞中「長得君王帶笑看」（李白〈清平調〉）的幸運者，也似乎一點都沒有意識到，這樣的細腰歌舞又能持續多久呢？今日細腰競妍，明日又焉知不成為地下的累累白骨！這自願而又盲目地走向墳墓的悲劇，比起那種純粹是被迫而清醒地走向死亡的悲劇（例如殉葬），即使不一定更深刻，卻無疑更能發人深省。因為前一種悲劇如果沒有人出來揭示它的本質，它就將長期地以各種方式不受阻礙地持續下去。這兩句中，「未知」、「虛減」，前呼後應，正是對盲目而自願的悲劇的點睛之筆。它諷刺入骨，也悲涼徹骨。這種諷刺之中有同情。但又不是一般地同情她們的處境與命運，而是同情她們作為悲劇人物所不應有的無知、愚蠢和靈魂的麻木。因此，這種同情之中又含有一種悲天憫人式的冷峻。

就這樣，詩人將用筆的重點放到這些被害而又自戕的女子身上，從她們的悲劇中發掘出這種類型和性質的悲劇深刻而內在的本質。因而這首以歷史上的宮廷生活為題材的小詩，在客觀上就獲得了遠遠超出這一題材範圍的典型性和普遍意義。人們從詩人所揭示的生活現象中可以聯想起許多類似的生活現象，從彌漫楚國宮廷上下，舉國皆受其害而不自知的「細腰風」中聯想起另一些風靡一時的現象，並進而從中得到啟迪，去思考它們的本質。清姚培謙說：「普天下揣摩逢世才人，讀此同聲一哭矣！」（《李義山詩集箋注》）清屈復也說：「制藝取士，何以異此！可嘆！」（《玉谿生詩意》）他們所說的，當然並不是〈夢澤〉的主題（它的實際主題應該是對「虛減宮廚為細腰」這種生活現象的本質的揭示），但作為對〈夢澤〉主題典型性與普遍意義的一種理解，卻是相當準確而深刻的。（劉學鍇）

寄令狐郎中　李商隱

嵩雲秦樹久離居，雙鯉迢迢一紙書。
休問梁園舊賓客，茂陵秋雨病相如。

這是武宗會昌五年（八四五）秋天，作者閒居洛陽時回寄給在長安的舊友令狐綯的一首詩。令狐綯當時任右司郎中，所以題稱「寄令狐郎中」。

首句嵩、秦分指自己所在的洛陽和令狐綯所在的長安。「嵩雲秦樹」化用杜甫〈春日憶李白〉中即景寓情的名句：「渭北春天樹，江東日暮雲。」雲、樹是分居兩地的朋友即目所見的景物，也是彼此思念之情的寄託。「嵩雲秦樹」之所以不能用「京華洛下」之類的詞語替代，正是因為後者只說明京、洛離居的事實，前者卻能同時喚起對他們相互思念情景的悠遠想像，在腦海中浮現出兩位朋友遙望雲樹、神馳天外的畫面。這正是詩歌語言所特具的意象美。

次句說令狐綯從遠方寄書存問。「雙鯉」，語出古樂府〈飲馬長城窟行〉：「客從遠方來，遺我雙鯉魚。呼兒烹鯉魚，中有尺素書。」這裡用作書信的代稱。上句平平敘起，這句款款承接，初讀只覺平淡，但和上下文聯繫起來細加吟味，卻感到在平淡中自含雋永的情味。久別遠隔，兩地思念，正當自己閒居多病、秋雨寂寥之際，忽得故交寄書殷勤存問，自然會格外感到友誼的溫暖。「迢迢」、「一紙」，從對比映襯中顯出對方情意的深長和自己接讀來書時油然而生的親切感念之情。

三、四兩句轉寫自己目前的境況，對來書作答。據《史記．司馬相如傳》，司馬相如曾為梁孝王賓客。作者從文宗大和三年（八二九）到開成二年（八三七），曾三居綯父令狐楚幕，得到令狐楚的知遇；開成二年應進士試時又曾得到令狐綯的推薦而登第，所以這裡以「梁園舊賓客」自比（梁園是梁孝王的宮苑，此喻指楚幕）。司馬相如晚年「稱病閒居……既病免，家居茂陵」，作者會昌二年因丁母憂而離祕書省正字之職，幾年來一直閒居。這段期間，他用世心切，常感閒居生活的寂寞無聊，心情悒鬱，身體多病，故以閒居病免的司馬相如自況。

這兩句寫得凝練含蓄，富於情韻。短短十四個字，將自己過去和令狐父子的關係、當前的處境心情、對方來書的內容以及自己對故交情誼的感念融匯在一起，內涵非常豐富。閒居多病，秋雨寂寥，故人致書問候，不但深感對方情意的殷勤，而且引起過去與令狐父子關係中一些美好情事的回憶（「梁園舊賓客」五字中就蘊著這種內容）。但想到自己落寞的身世、凄寂的處境，卻又深感有愧故人的存問，增添了無窮的感慨。第三句用「休問」領起，便含難以言盡、欲說還休的感愴情懷，末句又以貌似客觀描述，實則寓情於景的詩句作結，不言感慨，而感慨更深。

李商隱寫過不少寄贈令狐綯的詩，其中確有一部分篇什詞卑志苦，或跡近陳情告哀，或希求汲引推薦，表現了詩人思想性格中軟弱和庸俗的一面。但會昌年間他們的關係比較正常。這首詩中所反映的相互關係，就是比較平等而真誠的。詩中有感念舊恩故交之意，卻無卑屈趨奉之態；有感慨身世落寞之辭，卻無乞援望薦之意；情意雖談不上深厚濃至，卻比較真率誠懇。清紀昀說：「一唱三嘆，格韻俱高。」（《玉谿生詩說》）這個評語是比較合乎實際的。（劉學鍇）

哭劉蕡　李商隱

上帝深宮閉九閽，巫咸①不下問銜冤。黃陵別後春濤隔，湓浦書來秋雨翻。

只有安仁能作誄，何曾宋玉解招魂！平生風義兼師友，不敢同君哭寢門。

〔註〕① 巫咸，《楚辭章句．離騷》王逸註：「巫咸，古神巫也，當殷中宗之世降下也。」《史記．殷本紀》：「伊陟贊言于巫咸。巫咸治王家有成，作咸艾，作太戊。」

劉蕡是和李商隱同時的正直敢言的士人。文宗大和二年（八二八），他應賢良方正能直言極諫科考試，在對策中猛烈抨擊宦官亂政，要求「揭國柄以歸於相，持兵柄以歸於將」（《新唐書．劉蕡傳》），在士大夫中引起強烈反響。劉蕡因此遭到宦官忌恨，被黜不取。文宗開成二年（八三七），令狐楚任山南西道節度使，劉蕡和李商隱同在幕，兩人大概是這時結識的。大約在武宗會昌元年（八四一），宦官誣陷劉蕡，貶為柳州司戶參軍。直到懿宗大中元年，才從柳州內遷澧州。大中二年（八四八）春初，李商隱由江陵返回桂林鄭亞幕府途中，與已自柳州貶所內遷的劉蕡相遇，商隱曾作詩相贈。兩人旋即在黃陵（今湖南湘陰縣靠近湘江入洞庭處）分別。第二年秋天，劉蕡客死於潯陽。當時，李商隱正在長安，聽到噩耗後，一連寫了四首詩（另三首是五律）哭弔。這是其中的一首。

首聯寓言劉蕡被冤貶的情景：高高在上的天帝，安居深宮，重門緊閉，也不派遣巫咸到下界來了解銜冤負屈的情況。這幅超現實的上下隔絕、昏暗陰冷的圖景，實際上是對被冤貶的劉蕡所處的現實政治環境一種象徵性描寫。比起他另外一些詩句如「九重黯已隔」（〈行次西郊作一百韻〉）、「天高但撫膺」（〈哭劉司戶蕡〉）等，形象更加鮮明，感情也更加強烈。詩人的矛頭，直接指向昏瞶、冷酷的「上帝」，筆鋒淩厲，情緒激憤，使這首詩一開始就籠罩在一種急風驟雨式的氣氛中。

頷聯從去年春天的離別寫到今秋的突聞噩耗。大中二年初春，兩人在黃陵離別，以後就一直沒有再見面，故說「黃陵別後春濤隔」。第二年秋天，劉蕡的死訊從潯陽傳來，故說「溢浦書來秋雨翻」。這兩句融敘事、寫景、抒情為一體，具有鮮明而含蘊的意境和濃烈的感情色彩。「春濤隔」，不只形象地顯示了別後江湖阻隔的情景，而且含蓄地表達了因阻隔而引起的深長思念；「春濤」的形象，更賦予這種思念以優美豐富的聯想。「秋雨翻」，既自然地點明聽到噩耗的時間，又烘托出一種悲愴淒涼的氣氛，使詩人當時激憤悲慟與淒冷哀傷交織的情懷，透過具體可感的畫面形象得到極富感染力的表現。兩句一寫生離，一寫死別，生離的思念更襯出死別的悲傷。感情先由上聯的激憤沉痛轉為紆徐低徊，又由紆徐低徊轉為悲慟激憤，顯得波瀾起伏。

前幅由冤貶到死別，在敘事的基礎上融入濃厚的抒情成分。後幅轉為直接抒情。頸聯以擅長作哀誄之文的西晉作家潘岳（字安仁）和「憐哀屈原，忠而斥棄，愁懣山澤，魂魄放佚」（漢王逸《楚辭章句》）而作〈招魂〉的戰國楚辭賦家宋玉自喻，說自己只能寫哭弔的詩文深致哀悼，卻無法招其魂魄使之復生。兩句一正（「只有……能」）一反（「何曾……解」），相互映襯，有力地表達出詩人悲痛欲絕而又徒喚奈何的心情，下句尤顯得拗峭遒勁。

尾聯歸結到彼此間的關係，正面點出題中的「哭」字。劉蕡敢於和宦官鬥爭的精神和鯁直的品質，使他在士大夫和知識分子中獲得很高的聲譽和普遍的崇敬，當時有聲望的大臣牛僧孺、令狐楚出鎮襄陽、興元時，都辟劉蕡入幕，待之如師友。詩人和劉蕡之間，既有多年的友誼，而劉蕡的風采節概又足以為己師表，所以說「平生風義（情誼）兼師友」。《禮記·檀弓上》孔子曰：「師，吾哭諸寢；朋友，吾哭諸寢門之外。」詩人尊劉蕡如師，所以說不敢自居於劉蕡的同列而哭於寢門之外。這兩句，不但表達了詩人對劉蕡的深摯情誼和由衷欽仰，也顯示了這種情誼的共同思想、政治基礎。正因為這樣，這首哭弔朋友的詩，其思想意義就遠遠超越一般友誼的範圍，而具有鮮明的政治內容和強烈的政治批判色彩；詩人的悲痛、憤激、崇敬與同情也就不只屬於個人，而具有普遍的意義。清姚培謙說：「蓋直為天下慟，而非止哀我私也。」（《李義山詩集箋注》）這是深得作者之意的。直接抒情，易流於空泛、抽象，但由於詩人感情的深摯和表達的樸素真切，讀來只覺深沉凝重。清紀昀對李商隱的詩頗多指摘，但對這首詩卻譽為「一氣鼓蕩，字字沉鬱」（《玉谿生詩說》）。這個評語看來並不是溢美之詞。（劉學鍇）

哭劉司戶蕡　李商隱

路有論冤謫，言皆在中興。空聞遷賈誼，不待相孫弘。
江闊惟回首，天高但撫膺。去年相送地，春雪滿黃陵。

唐文宗大和二年（八二八），劉蕡應賢良方正能直言極諫科考試，在策文中痛斥宦官專權，引起強烈反響。考官懾於宦官威勢，不敢錄取。後來令狐楚、牛僧孺均曾表幕府，授祕書郎，以師禮待之。而宦官深恨，誣以罪，貶柳州（治今廣西柳州）司戶卒。對劉蕡貶謫而冤死，李商隱是極為悲痛的。

詩的前半寫劉蕡冤謫而死。詩先不寫自己的看法，而是從引述旁人的議論落筆。「言」指劉蕡應賢良方正試所作的策文。行路之人都在議論劉蕡遭貶柳州確是冤屈，都說他在賢良對策中的言論全是為著國家的中興。言「中興」而遭「冤謫」，可見蒙冤之深，難怪路人也在為之不平了。詩人借路人之口談論冤謫，當然比直說更加有力。這不但表現了人們對劉蕡的同情和敬重，也從側面反映了他們對宦官誣陷劉蕡的痛恨，對朝廷軟弱昏庸的譴責。

下面兩句接著引歷史人物，寫詩人對劉蕡之死的痛惜。「遷」在這裡是遷升之意（一說是貶謫之意，是以賈誼貶長沙喻劉蕡貶柳州，亦可通）。西漢賈誼因遭讒毀，貶為長沙王太傅，後來文帝又把他召回京城，任文帝愛子梁懷王太傅，常向他詢問政事。孫弘，即公孫弘，漢武帝時初為博士，一度免歸，後又舉為賢良文學，受到重用，官至丞相，封平津侯。「不待」即不及待。兩句是說：空自聽說昔年賈誼被召回朝廷，劉蕡卻被遠謫柳州，客死異鄉，不可能像公孫弘那樣再次被舉，受到重用了。此聯用典妥帖，清何焯特別稱第四句「最為精切」（《李義山詩集輯評》）。「空聞」、「不待」二語，頓挫有力，透出詩人深感悵惋痛惜之情。

詩人視劉蕡為「師友」，而他竟死於冤屈，怎能不使詩人傷心痛哭。五、六兩句，即扣住題面，寫詩人痛哭情狀。劉蕡最後似死在潯陽（今江西九江）。詩人是在長安作此詩的。遙隔大江，只有頻頻回首南望，望空灑淚；天高難問，沉冤難訴，死不復生，唯有捶胸痛哭。長慟之後，痛定思痛，詩人回想起一年前與劉蕡在黃陵（山名，在今湖南湘陰）相別的最後一面。那時，正當劉蕡冤謫柳州，天空陰暗，春雪淒寒。結尾兩句不但烘托著二人相別時的悲悽心情，且與詩人寫此詩時悲痛欲絕的心境亦融為一體，留下不盡的哀思。清紀昀說：「後四逆挽作收，絕好結法。」（《玉谿生詩說》）此論極是。

這首詩，整篇都浸透著詩人的淚水，貫穿著一個「哭」字：始則是嗚咽悲泣，隨後是放聲痛哭，繼而是仰天悲號，最後則又變為抽噎飲泣。讀完全詩，彷彿詩人的哭聲還縈繞在我們耳際。寫法上，詩人把敘述、議論、抒情三者結合在一起。前面四句全是敘述、議論，但敘述中含著很強的抒情色彩。後面四句抒情，而結聯於抒情中又含著敘述成分。如果全是敘述和議論，容易乾枯乏味；如純用抒情，又與此詩所寫的具體內容不太相合，難於寫出劉蕡的沉冤。此詩將這三者結合起來，使公義私情，都得到了充分的表現，從而增強了詩的感染力。

（王思宇）

杜司勳 李商隱

高樓風雨感斯文，短翼差池不及群。
刻意傷春復傷別，人間唯有杜司勳。

宣宗大中三年（八四九）春天，李商隱曾為當時同住長安，任司勛員外郎的詩人杜牧寫過兩首詩，對杜牧極表關切傾倒之意。這首七絕，專讚杜牧的詩歌創作。

首句「高樓風雨感斯文」，寫自己對杜牧詩歌別有會心的感受。「斯文」，即「此文」，指他當時正在吟誦的杜牧詩作。這是一個風雨淒淒的春日。詩人登上高樓，憑欄四顧，只見整個長安城都沉浸在迷茫的雨霧中。這風雨如晦的景象，正像包圍著他的昏暗淒迷的時代氛圍，不免觸動胸中鬱積的傷世憂時之感。正是在這種環境氛圍中，詩人對杜牧的詩作也就有了更深切的感受，因為後者就是「高樓風雨」的時代環境的產物。杜牧的「斯文」，不能確指，也不必確指，反正是感傷時世、憂愁風雨之作。杜牧的〈題敬愛寺樓〉說：「暮景千山雪，春寒百尺樓。獨登還獨下，誰會我悠悠？」就頗有高樓暮景、百感茫茫的味道。只不過他的「悠悠」之情並非沒有知音罷了。

次句「短翼差池不及群」，轉說自己，暗含杜牧。「差池」，語出《詩經．邶風．燕燕》：「燕燕于飛，差池其羽（形容燕飛時尾羽參差不齊之狀）。之子于歸，遠送于野。瞻望弗及，泣涕如雨。」這是一首送別詩。

李商隱用「差池」的字面，自然有暗寓「傷別」之情的意思。全句是說，自己正如風雨中艱難行進的弱燕，翅短力微，趕不上同群。這是自傷身世孤子，不能奮飛遠舉，也是自謙才力淺短，不如杜牧。這後一層意思，正與末句「唯有」相呼應。上句因「高樓風雨」興感而兼寫雙方，這句表面上似專寫自己。其實，「短翼差池」之恨又豈獨李商隱！他在〈贈司勛杜十三員外〉中深情勸勉杜牧：「心鐵已從干鏌利，鬢絲休嘆雪霜垂。」正說明杜牧同樣有壯心不遂之恨。這裡單提自己，只是一種委婉含蓄的表達方式。

「刻意傷春復傷別，人間唯有杜司勛。」三、四兩句極力推重杜牧的詩歌。「傷春」、「傷別」，即「高樓風雨」的憂時傷世之意與「短翼差池」的自慨身世之情，也就是這首詩的基本內容和主題。清何焯評一、二句說：「含下傷春」，「含下傷別」（《義門讀書記》）。這是正確的。「傷春」、「傷別」，不但概括了杜牧詩歌的主要內容與基本主題，而且揭示了它的重要風格特徵——帶有那個衰頹時代所特有的感傷情調。「刻意」二字，既強調其創作態度之嚴肅，又突出其運思寓意的深至，暗示他所說的「傷春傷別」，並非尋常的男女相思離別，而是「憂愁風雨」，「可惜流年」，傷心人別有懷抱。末句更以「唯有」二字，重筆勾勒，對杜牧在當時詩壇上的崇高地位，作了熱情的稱譽。

不過，這首詩的藝術感染力卻主要不取決於全面而準確的評論，而在於滲透在字裡行間的對詩友的深刻理解，深情讚嘆。正是這種內在的抒情因素，使它有別於一般的論詩絕句，而具有知音之歌的抒情詩品格。

這首詩之所以耐人咀嚼，還因為它蘊含著豐富的言外之意、弦外之音。詩人極力稱揚杜牧，實際上含有引杜牧為同調之意。「天荒地變心雖折，若比傷春意未多」（〈曲江〉），「曾苦傷春不忍聽，鳳城何處有花枝」（〈流鶯〉），「相見時難別亦難，東風無力百花殘」（〈無題〉），「人世死前唯有別，春風爭擬惜長條」（〈離亭賦得折楊柳二首〉其二），這些詩句表明，「刻意傷春復傷別」不但評杜，亦屬自道。何焯說：「高樓風雨，短翼差池，玉谿方自傷春傷別，乃彌有感於司勛之文也。」（《義門讀書記》）這是深得詩人用心的精到評論。同心相應，同氣相求，詩人在評杜、讚杜的同時，也就寄託了自己對時代和身世的深沉感慨，而在「刻意傷春復傷別，人間唯有杜司勛」的讚嘆中，似乎也包含著詩壇寂寞、知音稀少的弦外之音。（劉學鍇）

杜工部蜀中離席

李商隱

人生何處不離群？世路干戈惜暫分。雪嶺未歸天外使，松州猶駐殿前軍。座中醉客延醒客，江上晴雲雜雨雲。美酒成都堪送老，當壚仍是卓文君。

宣宗大中五年（八五一）冬，李商隱在東川節度使柳仲郢幕府任節度判官，被派往西川推獄，次年春，事畢回梓州（治今四川三臺縣，東川節度使駐地）。此詩為臨行前在餞別的宴席上所作。李商隱寫此詩時，正值巴南蓬州、果州的貧民爆發起義，朝廷派軍隊鎮壓，連年來唐王朝和吐蕃、黨項的關係也很緊張。此與杜甫當年離開成都時徐知道作亂、吐蕃侵擾、安史之亂還未平息的情況正相似。所以這首詩雖然寫的是作者當時之事和席上之感，但它不僅風格上模擬杜甫，而且口吻也像杜甫，就好像是代杜甫所作一樣，所以題作〈杜工部蜀中離席〉。

詩的首聯點出「離席」。人生哪裡沒有離別呢？劈頭一個反詰句，起得非常有力。這裡除了深重的感嘆之外，還隱含著這樣的意思：既然人生離別，在所難免，也許就只好以曠達處之吧？但下面緊接著一轉說，在這干戈遍地的時候，即使短暫的分離，其前程吉凶也難以預卜，也就不能不令人痛懷惜別之情了。這裡，上句是泛言，下句是特指，兩相對照，更見出後者的重壓。這兩句從「人生何處不離群」的普遍的概嘆，歸到「世路干戈」的特定的逆境，最後又落到「惜暫分」來，氣勢雄放，場面變化極大。清紀昀說它「大開大合，極龍跳虎臥之觀」（《玉谿生詩說》），是很中肯的。清何焯說：「起句尤似杜……一則干戈滿路，一則人麗酒濃，兩路夾寫出惜別，如此結構，真老杜正嫡也。」（《義門讀書記》）。

頷聯上承第二句「世路干戈」，寫邊境多事情勢，說朝廷派往雪嶺的使者還未歸來，松州還駐守著朝廷的軍隊。「雪嶺」指綿亙於今四川西北部的雪山，這一帶是唐和吐蕃的分界，當時的黨項也聚居在這裡。松州治今四川松潘縣，在雪山附近，唐於此置松州都督府。「殿前軍」指神策軍，是皇帝的禁衛部隊。唐代中葉以後，邊地將領為了得到優厚的給養賞賜，往往奏請遙隸神策軍。大中五年，剛剛以秦、原、安樂三州及石門等七關歸降朝廷不久的吐蕃宰相論恐熱，因要求為河渭節度使，朝廷不許，又欲為邊患；同年，白敏中奏平黨項，而次年黨項又擾邊。頷聯兩句，正是這種局勢的真實寫照：遠使久久未得歸回，可見矛盾一直沒有得到解決，局勢非常不穩定；而邊境屯駐大軍，也見出劍拔弩張的險境。這兩句縱筆千里，氣象闊大，非常簡潔地寫出邊界隱含的危機，飽含著詩人對國事的憂慮。

頸聯又由遠而近，正寫離席情景。「醉客」、「醒（讀平聲）客」用《楚辭·漁父》「眾人皆醉我獨醒」語意。「醒客」是作者自指；「醉客」指餞行席上的醉者，喻指其為渾渾噩噩、不關心國事的庸碌之輩。「延」是延請客人飲酒、乾杯。這兩句不但互相對仗，而且每句當中又自為對仗，即「醉客」對「醒客」，「晴雲」對「雨雲」，即所謂「當句對」，造句極工整巧妙，而富有音韻之美。從文意講，這兩句又都語意雙關：上句的「醉」、「醒」既明指飲酒而言，又暗指精神狀態而言；下句的「晴」、「雨」既指天氣而言——既然即將登程，這自然是席中人共同關心的——但同時也借喻社會的動亂不安，透露出詩人的無限憂慮與感慨。申言之，此一聯為關合全詩的樞紐。上句的「醒客」隱括了對上聯使節未歸、大軍雲屯的緊張形勢的清醒認識，「醉客」下啟末聯「美酒」「送老」，寓有明顯的譏諷。下句「晴雲」「雨雲」錯綜相雜，襯補上句席中醒者醉者相間之狀，同時象徵著形勢的變幻莫測與心情的忐忑不安，與「世路干戈」、「雪嶺」、「松州」勾連呼應。

末聯上承「醉客」，用漢代司馬相如與其妻卓文君故事，並切蜀中典故。意思是說，成都的美酒就足以伴人度過一生了，何況當壚賣酒的還是卓文君這樣的美女呢？兩句措辭深婉，表面看去像是讚美，實則是婉諷，而作者心情則極為沉痛。因為這諷刺並不淺露，不是戟手詈斥，借「醉者」之實際情況而生發，由雲雨相雜的氣氛而深化，至文君當壚、美酒送老的場面而達到極致，所以就含意無窮，令人讀過之後，久久縈繞腦際，為之痛惜不置。此聯或解作主人留客之語，則是引醉客的話寫其沉於酒色，也是諷刺。有人認為是寫作者嚮往成都美好生活，似與詩題「離席」及全詩情調不合。

此詩採用直賦其事的手法，將抒情、敘事緊緊融合在一起，氣勢宏大，情韻深厚，筆力雄健，結構上參差錯落，富於變化。詩的風格也蒼勁雄邁，頓挫有致，與詩人描寫愛情的「無題」詩隱微幽深、悽婉動情的風格有所不同，而與杜甫晚年許多感慨身世時局的沉鬱渾厚的七律如〈恨別〉、〈登樓〉、〈秋興八首〉等詩很相近。宋蔡居厚《蔡寬夫詩話》云：「王荊公（王安石）晚年亦喜稱義山（李商隱）詩，以為唐人知學老杜（杜甫）而得其藩籬者，惟義山一人而已。」又云每誦其「雪嶺未歸天外使，松州猶駐殿前軍」等句，以為「雖老杜無以過也」。可見這是一首立意學習杜甫，而實際上也確是深得杜甫神髓的作品。（王思宇）

籌筆驛

李商隱

猿鳥猶疑畏簡書，風雲長為護儲胥。徒令上將揮神筆，終見降王走傳車。管樂有才真不忝，關張無命欲何如？他年錦里經祠廟，梁父吟①成恨有餘。

〔註〕①梁父吟：即〈梁甫吟〉，樂府楚調曲名。言人死葬梁甫山，為輓歌，歌詞悲涼慷慨。今所傳古辭相傳為諸葛亮作。

籌筆驛在今四川廣元縣北，相傳三國時蜀漢諸葛亮出兵伐魏，曾駐此籌劃軍事。宣宗大中九年（八五五）李商隱罷梓州幕隨柳仲郢回長安，途經此驛，寫下這首詠懷古跡的詩篇。此詩同多數憑弔諸葛亮的作品一樣，頌其威名，欽其才智；同時藉以寄託遺恨，抒發感慨。不過本篇在表現手法上有其獨到之處，大要有三：議論以抑揚交替之法，襯托以賓主拱讓之法，用事以虛實結合之法。

詩寫諸葛亮之威、之智、之才、之功，不是一般的讚頌，而是集中寫個「恨」字。為突出「恨」字，作者用了抑揚交替的手法。首聯說猿鳥畏其軍令（簡書），風雲護其藩籬（儲胥），極寫其威嚴，一揚；頷聯卻言其徒有神智，終見劉禪（降王）投降，長途乘坐驛車，被送往洛陽，蜀漢歸於敗亡，一抑；頸聯出句（上句）稱其才真無愧於管仲、樂毅，又一揚；對句寫關羽、張飛無命早亡，失卻羽翼，又一抑。抑揚之間，似是「自相矛盾」，實則文意連屬，一以貫之。以其威智，霸業理應可成，然而時無英主，結果社稷覆亡，一恨；以其才略，出師理應告捷，然而時無良將，結果未捷身死，又一恨。仔細玩味，看似議論，實則抒情，一切議論都集中到「恨有餘」這一落腳點。末聯說，昔日經過錦里（成都城南）諸葛武侯廟時，吟哦諸葛亮的〈梁父吟〉，猶覺遺恨無窮。而所謂「恨」，既是寫諸葛亮之「遺恨」，又是作者隱然自喻。以一抑一揚的議論來表現「恨」的情懷，顯得特別宛轉有致。正如清何焯所說的：「議論固高，尤在抑揚頓挫處，使人一唱三嘆，轉有餘味。」（見清馮浩《玉谿生詩集箋注》引）

古典詩歌中，常有「眾賓拱主」之法。李商隱這首詩的首聯，用的就是這種手法。出句說，猿（一作「魚」）和鳥都畏懼諸葛亮的軍令，說明軍威尚存；對句說，風雲還在護衛諸葛亮的營壘，說明仍有神助。正如宋范溫《潛溪詩眼》所說的：「『簡書』蓋軍中法令約束，言號令嚴明，雖千百年之後，『魚鳥』猶畏之；『儲胥』蓋軍中藩籬，言忠誼貫神明，『風雲』猶為護其壁壘也。誦此兩句，使人凜然復見孔明風烈。」這裡沒有直接刻畫諸葛亮，只是透過猿（魚）鳥風雲的狀態來突出諸葛亮的善於治軍。猿鳥風雲的狀態在作者浪漫主義的想像中，是由諸葛亮引起的反應，這些都作為「賓」，用以突出諸葛亮軍威這個「主」。這些作為「賓」的自然景物，都賦予人類的某些特性，是擬人化，是帶象徵性的，是富於浪漫色彩的。漢樂府〈陌上桑〉以行者捋鬚，少年脫帽，耕者忘犁，鋤者忘鋤來突出羅敷的美貌，也屬賓主手法，雖有誇張，卻是寫實型的，與浪漫型有別。浪漫型的賓主手法，一般用於表現美人和音樂，李商隱大膽地將這種手法用來表現諸葛亮的軍威，收到了極好的藝術效果。猿鳥風雲，作為籌筆驛的實景，還起到渲染氣氛的作用，使人有肅穆之感；但是並不是單純的氣氛描寫，而是化實為虛，實景虛用，以賓拱主，直接突出「孔明風烈」這一主體。兩法合用，善於變化，這便使首聯饒有詩意。

李商隱好使事，宋人以才學為詩，應當說同李商隱的影響是分不開的。宋魏慶之《詩人玉屑》卷七云：「李商隱詩好積故實。」這是事實。他總是把古人羅致筆下，自由驅使，不問時代先後，都可以在他的詩境中同臺登場。皎然《詩式》說：「時久呼比為用事，呼用事為比。」清李重華《貞一齋詩說》也說：「比，不但物理，凡引一古人，用一故事，俱是比。」因為用事起到「比」的作用，所以一般能超越時空地「指揮」古人。〈籌筆驛〉一詩不同於一般用事之處，在於不僅超越時空，而且不問古今，虛實並用。「管樂有才真不忝，關張無命欲何如」，本題所詠乃諸葛亮，則此聯對句中的關羽、張飛為其同時人，是今；管仲是春秋時人，樂毅是戰國時人，遠在三國之前，是古。用事以古今成對，是比較罕見的；一般詩人用事都是以古對古，不敢打破古今界限，因為以古人對今人，弄不好會使人覺得不倫不類。但是李商隱卻有此詩膽，出句以古人比擬諸葛亮，對句實寫諸葛亮同時人關、張，即以古對今，以虛對實，而且對得頗為自然。其所以如此，是因為諸葛亮「每自比於管仲、樂毅」（《三國志．蜀書．諸葛亮傳》），故以管仲、樂毅直指諸葛亮便是很自然的事了。所以所謂「管樂」可以說雖「古」猶「今」，雖「虛」猶「實」，與關、張對舉，可稱為「奇」，然而卻又不足為奇。明胡應麟《詩藪．內編》卷四稱「用事之僻，始見商隱諸篇」。應當說，用事之奇，也是李商隱〈籌筆驛〉的一個特色。（林東海）

無題二首（其二）　李商隱

昨夜星辰昨夜風，畫樓西畔桂堂東。身無彩鳳①雙飛翼，心有靈犀一點通。隔座送鉤春酒暖，分曹射覆蠟燈紅。嗟余聽鼓應官去，走馬蘭臺類轉蓬。

〔註〕①一作「綵鳳」。

這是一首有作者自己直接出場的無題詩，抒寫對昨夜偶然相值，旋成間隔的意中人深切的懷想。原題二首，另一首是七絕，其中有「豈知一夜秦樓客（按：指蕭史與秦穆公之女弄玉之事），偷看吳王苑內花（按：清馮浩《玉谿生詩集箋注》指西施）」的詩句，看來詩人所懷想的對象可能是一位貴家女子。

開頭兩句由今宵情景引發對昨夜的追憶。這是一個美好的春夜：星光閃爍，和風習習，空氣中充溢著令人沉醉的溫馨氣息，一切都似乎和昨夜相彷彿。但昨夜在「畫樓西畔桂堂東」和所愛者相見的那一幕卻已經成為親切而難以追尋的記憶。詩人沒有去具體敘寫昨夜的情事，只是借助於星辰好風的點染，畫樓桂堂的映襯，烘托出一種溫馨旖旎，富於暗示性的環境氣氛，讀者自可意會。「昨夜」復迭，句中自對，以及上下兩句一氣蟬聯的句式，構成了一種圓轉流美，富於唱嘆之致的格調，使得對昨夜的追憶抒情氣氛更加濃郁了。

三、四兩句由追憶昨夜回到現境，抒寫今夕的相隔和由此引起的複雜微妙心理。兩句說，自己身上儘管沒有彩鳳那樣的雙翅，得以飛越阻隔，與對方相會，但彼此的心，卻像靈異的犀角一樣，自有一線相通。彩鳳比翼雙飛，常用作美滿愛情的象徵。這裡用「身無彩鳳雙飛翼」來暗示愛情的阻隔，可以說是常語翻新。而用「心有靈犀一點通」來比喻相愛的雙方心靈的契合與感應，則完全是詩人的獨創和巧思。犀牛角在古代被視為靈異之物，特別是它中央有一道貫通上下的白線（實為角質），更增添了神異色彩。詩人正是從這一點展開想像，賦予它以相愛的心靈奇異感應的性質，從而創造出這樣一個略貌取神，極新奇而貼切的比喻。這種聯想，帶有更多的象徵色彩。兩句中「身無」與「心有」相互映照、生發，組成一個包蘊豐富的矛盾統一體。相愛的雙方不能會合，本是深刻的痛苦；但身不能接而心則相通，卻是莫大的慰藉。詩人所要表現的，並不是單純的愛情間隔的苦悶或心靈契合的欣喜，而是間隔中的契合，苦悶中的欣喜，寂寞中的安慰。儘管這種契合的欣喜中不免帶有苦澀的意味，但它卻因身受阻隔而顯得彌足珍貴。因此它不是消極的嘆息，而是對美好情愫的積極肯定。將矛盾的感情的相互滲透和奇妙交融表現得這樣深刻細緻而又主次分明，這樣富於典型性，確實可見詩人抒寫心靈感受的才力。

五、六兩句乍讀似乎是描繪詩人所經歷的實境，但也不妨理解為因身受阻隔而激發的對意中人今夕處境的想像。「送鉤」、「射覆」，都是酒宴上的遊戲（前者是傳鉤於某人手中藏著讓對方猜，後者是藏物於巾盂之下讓人猜，不中者罰酒）；「分曹」，是分組的意思。在詩人的想像中，對方此刻想必就在畫樓桂堂之上參與熱鬧的宴會。宴席之上，燈紅酒暖，觥籌交錯，笑語喧譁，隔座送鉤，分曹射覆，氣氛該是何等熱烈！越是阻隔，渴望會合的感情便越熱切，對於相隔的意中人處境的想像便越加鮮明。「春酒暖」、「蠟燈紅」，不只是傳神地表現了宴會上融怡醉人的氣氛，而且傾注了詩人強烈的嚮往傾慕之情和「身無彩鳳雙飛翼」的感慨。詩人此刻處境的淒清寂寞自見於言外。這就自然引出末聯的嗟嘆來。

「似此星辰非昨夜，為誰風露立中宵？」（清黃景仁〈綺懷〉）在終宵的追懷思念中，不知不覺，晨鼓已經敲響，上班應差的時間要到了。可嘆的是自己正像飄轉不定的蓬草，又不得不匆匆走馬蘭臺（祕書省的別稱，當時詩人正在祕書省任職），開始寂寞無聊的校書生涯。這個結尾，將愛情間隔的悵惘與身世飄蓬的慨嘆融合起來，不但擴大了詩的內涵，而且深化了詩的意蘊，使得這首採用「賦」法的無題詩，也像他的一些有比興寓託的無題詩一樣，含有某種自傷身世的意味。

李商隱的無題往往著重抒寫主人公的心理活動，事件與場景的描述常常打破一定的時空次序，隨著心理活動的流程交錯展現。這首詩在這方面表現得相當典型。起聯明寫昨夜，實際上暗含由今宵到昨夜的情景聯想與對比；次聯似應續寫昨夜，卻突然回到今夕相隔的現境；頸聯又轉為對對方處境的想像，末聯則再回到自身。這樣大幅度的跳躍，加上實境虛寫（如次句），虛境實寫（如頸聯）等手法的運用，就使得這首採用賦法的無題詩也顯得斷續無端，變幻迷離，使讀者感到困惑了。其實，把它看成古代詩歌中的「意識流」作品，許多困惑和歧解原是不難解決的。（劉學鍇）

無題四首（其一）　李商隱

來是空言去絕蹤，月斜樓上五更鐘。夢為遠別啼難喚，書被催成墨未濃。
蠟照半籠金翡翠，麝熏微度繡芙蓉。劉郎已恨蓬山遠①，更隔蓬山一萬重！

〔註〕①劉郎：指入天台山而遇仙女的劉晨，晉干寶《搜神記》：「劉晨、阮肇入天台取穀皮，遠不得返。經十三日……出一大溪。溪邊有二女子，色甚美……因邀還家……至十日，求還，苦留半年。氣候草木是春時，百鳥啼鳴，更懷鄉，歸思甚苦。女遂相送，指示歸路。既還，鄉邑零落，已十世矣。」蓬山：蓬萊山，借指仙山。

《無題四首》，包括七律兩首，五律、七古各一首。體裁既雜，各篇之間在內容上也看不出有明顯的聯繫，似乎不一定是同時所作的有統一主題的組詩。

這首無題寫一位男子對遠隔天涯的所愛女子的思念。「夢為遠別」四字是一篇眼目。全詩就是圍繞著「夢」來抒寫「遠別」之情的。不過它沒有按照遠別——思念——入夢——夢醒的順序來寫，而是先從夢醒時的情景寫起，然後再將夢中和夢後、實境與幻覺糅合在一起抒寫，最後才點明蓬山重隔，歸結到遠別之恨。這樣的構思，不只是為了避免藝術上的平直，而且是為了更好地突出愛情阻隔的主題。

首句說當初遠別時對方曾有重來的期約，結果卻徒為「空言」——一去之後便杳無蹤影。這句凌空而起，似感突兀，下句宕開寫景，更顯得若即若離。這要和「夢」聯繫起來，才能領會它的韻味。經年遠別，會合無緣，夜來入夢，忽得相見。一覺醒來，蹤跡杳然，但見朦朧的斜月空照樓閣，遠處傳來悠長而淒清的曉鐘聲。夢醒後的空寂更證實了夢境的虛幻，也更加強了「來是空言去絕蹤」的感受。如果說第二句是夢醒後籠罩著一片空虛、孤寂、悵惘的氛圍，那麼第一句就是處在這種氛圍中的抒情主人公一聲長長的嘆息。

頷聯出句（上句）追溯夢中情景。夢境往往是人們美好願望的反映，遠別的雙方「枕上片時春夢中，行盡江南數千里」（岑參〈春夢〉），得以越過萬重蓬山的阻隔而相會；但夢境又畢竟離不開真實的現實，緊接著夢中短暫的歡聚而來的還是難堪的遠別和不能自制的悲泣。這樣的夢，正反映了遠別所造成的深刻的傷痛，也更強化了刻骨的相思。因此，夢醒之後不假思索而至的第一個衝動，就是給對方寫信。強烈的思念驅使著抒情主人公奮筆疾書，傾訴積愫，好像連他自己也不知其所以然，處於一種不由自主的狀態，這正是所謂「書被催成」。心情急切，墨未磨濃就寫起信來，這在日常生活中並不罕見，如果一般地說墨未濃而草成書信，也未見精彩。但「書被催成墨未濃」卻是極真切傳神的描寫。在急切心情下寫信的人當時是不會注意到「墨未濃」的，只是在「書被催成」之際，才會意外地發現這個事實。這樣的細節描寫，完全符合主人公當時的心境，很富生活實感。

夢醒書成之際，殘燭的黯淡餘光半照著用金線繡成翡翠鳥圖案的帷帳，芙蓉褥上似乎還依稀浮動著麝熏的幽香。頸聯對室內環境氣氛的描繪渲染，是實境與幻覺的交融，很富象徵暗示色彩。「金翡翠」、「繡芙蓉」，本來就是往昔美好愛情生活的象徵，在朦朧的燭光照映下，更籠罩上了一層如夢似幻的色彩。剛剛消逝的夢境和眼前所見的室內景物融成一片，恍惚中幾疑夢境是真實的存在，甚至還彷彿可以聞到飄散在被褥上的餘香——日夜思念的人此刻也許就近在咫尺吧？這自然只是一剎那間產生的幻覺。幻覺一經消失，隨之而來的就是室空人杳的寂寥和悵惘，往事不可復尋的感慨，「金翡翠」、「繡芙蓉」也就成了離恨的觸媒，索寞處境的反襯。

幻夢的徹底消失，使抒情主人公更清醒地意識到會合無緣的現實。末聯用劉晨重入天台山尋覓仙侶不遇的故事，點醒愛情間阻的主題。細味詩意，似是雙方本就阻隔不通，會合良難，後來對方又復遠去，會合的希望就更加渺茫了。這兩句本來應該是全篇抒情的出發點，現在卻成了它的歸宿。這是因為，只有透過前六句對遠別之恨和相思之苦的反覆描繪渲染，後兩句集中抒寫的天涯阻隔之恨才具有迴腸蕩氣的力量。

末聯所點出的情事，是可以成為敘事詩的題材的；即使寫成抒情詩，在別的詩人筆下，也可能含有較多敘事成分。但在這裡，生活原料已經被提煉、昇華到只剩下一杯濃郁的感情瓊漿，一切具體情事都消溶得幾乎不留痕跡。拿李商隱這類純粹抒情的愛情詩和元、白的敘事成分很濃的愛情詩略作比較，就不難發現它們的顯著區別。前者由於過分忽略必要的敘事，可能比較費解，但就其「精純」的程度而言，卻遠遠超過了元、白那些繪形繪色卻不免流於豔褻的愛情詩。（劉學鍇）

無題四首（其二）

李商隱

颯颯東風細雨來，芙蓉塘外有輕雷。金蟾齧鎖燒香入，玉虎牽絲汲井回。

賈氏窺簾韓掾少，宓妃留枕魏王才。春心莫共花爭發，一寸相思一寸灰！

這首無題寫一位深鎖幽閨的女子追求愛情而失望的痛苦，是一篇「刻意傷春」之作。

首聯描繪環境氣氛：颯颯東風，飄來細雨；芙蓉塘外，傳來陣陣輕雷。這裡，既隱隱傳出生命萌動的春天氣息，又帶有一些淒迷黯淡的色調，烘托出女主人公正在萌發躍動的春心和難以名狀的迷惘苦悶。這種「象外之致」，和詩歌語言的富於暗示性有密切關係。「東風細雨」，會使人自然聯想起「夢雨」的典故（按：可參考〈重過聖女祠〉鑑賞）和「東風飄兮神靈雨，留靈脩兮憺忘歸」「風颯颯兮木蕭蕭，思公子兮徒離憂。」（《楚辭．九歌．山鬼》）一類詩句；「芙蓉塘」即蓮塘，在南朝樂府和唐人詩作中，常常用作男女相悅傳情之所的代稱；「輕雷」則又暗用漢司馬相如〈長門賦〉：「雷殷殷而響起兮，聲象君之車音。」這一系列與愛情密切相關的詞語，所給予讀者的暗示和聯想是很豐富的。清紀昀說：「起二句妙有遠神，不可理解而可以意會。」（《玉谿生詩說》）所謂「遠神」，或許正是指這種富於暗示性的詩歌語言所構成的深遠的藝術意境，以及可以意會、難以言傳的朦朧美。

頷聯續寫女子居處的幽寂。「金蟾」，是一種蟾狀香爐；「鎖」指香爐的鼻紐，可以開啟放入香料；「玉虎」，是用玉石裝飾的虎狀轆轤，「絲」指井索。室內戶外，所見者唯閉鎖的香爐，汲井的轆轤，正襯托出女子幽居孤寂的情景和長日無聊、深鎖春光的惆悵。香爐和轆轤，在詩詞中也常和男女歡愛聯繫在一起。如南朝樂府〈楊叛兒〉：「歡作沉水香，儂作博山爐。」牛嶠〈菩薩蠻〉：「玉爐冰簟鴛鴦錦，粉融香汗流山枕。簾外轆轤聲，斂眉含笑驚。」所以它們同時又是牽動女主人公相思之情的事物，這從兩句分別用「香」、「絲」諧「相」、「思」可以明顯看出。總之，這一聯兼用賦、比，既表現女主人公深鎖幽閨的索寞，又暗示她內心的情絲時時被牽動。由於務求深隱，讀來不免感到晦澀。和上一聯對照，可以看出朦朧與晦澀，雖然貌似，實際上並不相同。

後幅是女主人公的內心獨白。頸聯出句（上句）用賈充女與韓壽的愛情故事。《世說新語．惑溺》載：晉韓壽貌美，大臣賈充辟他為掾（音同院，僚屬）。一次充女在簾後窺見韓壽，私相慕悅，遂私通。女以皇帝賜充之西域異香贈壽。被充發覺，遂以女妻壽。對句（下句）用甄后與曹植的愛情故事。《文選．洛神賦》李善註說：魏東阿王曹植曾求娶甄氏為妃，曹操卻將她許給曹丕。甄后被讒死後，曹丕將她的遺物玉帶金鏤枕送給曹植。植離京歸國途經洛水，夢見甄后對他說：「我本託心君王，其心不遂。此枕是我在家時從嫁前與五官中郎將（曹丕），今與君王。……」植感其事作〈感甄賦〉，後明帝改名〈洛神賦〉（句中「宓妃」即洛神，代指甄后）。由上聯的「燒香」引出賈氏窺簾，贈香韓掾；由「牽絲（思）」引出甄后留枕，情思不斷，前後幅之間藕斷絲連。這兩個愛情故事，儘管結局有幸有不幸，但在女主人公的意念中，無論是賈氏窺簾，愛韓壽之少俊，還是甄后情深，慕曹植之才華，都反映出青年女子追求愛情的願望是無法抑止的。如果把這兩句詩翻成女主人公的內心獨白，那就是——春心自共花爭發。

末聯陡轉反接，迸發出內心的鬱積與悲憤：嚮往美好愛情的心願（即所謂「春心」），切莫和春花爭榮競發，因為寸寸相思都化成了灰燼！這是深鎖幽閨、渴望愛情的女主人公相思無望的痛苦呼喊。這裡，有幻滅的悲哀，也有強烈的激憤不平。透過「春心莫共花爭發」的詩句，讀者實際感受到的卻是：春心，永遠無法抑止，也不會泯滅！詩中的女主人公，可能是一位幽閨少女；所謂「相思」也並不一定有具體的對象，或許竟是《牡丹亭》杜麗娘式的相思。唯其如此，就更能反映出古代有形的無形的束縛對青年男女美好愛情的禁錮與摧殘，女主人公的痛苦呼喊也就更具典型性。這一聯之所以具有震撼人心的力量，除了感情的強烈和富於典型性外，還由於它在藝術上的創造性。以「春心」喻愛情的嚮往，是平常的比喻；但把「春心」與「花爭發」聯繫起來，則不僅賦予「春心」以美好的形象，而且顯示了它的自然合理性。「相思」本是抽象的概念，詩人由香銷成灰生出聯想，創造出「一寸相思一寸灰」的奇句，不但化抽象為形象，而且用強烈對照的方式顯示了美好事物的被毀滅，使這首詩具有一種動人心弦的悲劇美。

李商隱寫得最好的愛情詩，幾乎全是寫失意的愛情。這和他失意沉淪的身世遭遇不無關係。自身的失意遭遇使他對現實生活中青年男女失意的愛情有特別深切的體驗，而當他在詩歌中抒寫這種失意的愛情時也就有可能融入自己的某些身世之感。像本篇和前一首，在蓬山遠隔、相思成灰的感慨中，是不是也有可能融入仕途間阻、政治上的追求屢遭挫折的感觸呢？（劉學鍇）

無題四首（其四）　李商隱

何處哀箏隨急管，櫻花永巷垂楊岸。東家老女嫁不售，白日當天三月半。
溧陽公主年十四，清明暖後同牆看。歸來輾轉到五更，梁間燕子聞長歎。

在李商隱的無題詩中，這首唯一的七古是別具一格的。

開頭兩句好像只是描寫環境，人物並沒有出場，但景物描寫中隱含著人物的感情活動。「哀箏隨急管」，不只表現出急管繁弦競逐的歡快、熱烈和喧鬧，也透露出聽者對音樂的那種撩撥心弦的力量的特殊感受。照一般的寫法，這兩句似乎應該寫成「櫻花永巷垂楊岸，哀箏急管相馳逐」，現在卻以「何處」發問領起，先寫聞樂，再寫樂聲從櫻花盛開的深巷、垂楊輕拂的河邊傳出，這就生動地表現了聽者聞樂神馳、按聲循蹤的情狀。明湯顯祖《牡丹亭》中傷春的杜麗娘有兩句唱詞：「良辰美景奈何天，賞心樂事誰家院！」用來解釋這兩句詩的意蘊，倒是非常恰切的。

三、四兩句寫「東家老女」婚嫁失時，自傷遲暮。戰國楚宋玉〈登徒子好色賦〉說：「臣里之美者，莫若臣東家之子（指女兒）。」可見東家老女之所以嫁不售，只是由於家境貧寒。這兩句的句法也很特別，先推出人物，再拉開一幅麗日當天，春光將暮（三月半）的圖景。不用任何說明，讀者自能想見容華絕世而婚嫁失時的東家老女，面對這幅圖景時那種觸目心驚的遲暮之感。清馮浩說第四句是「言遲暮也，神來奇句」（《玉谿生詩集箋注》），可能正是感到了它的這種奇妙的比興作用。

五、六兩句掉筆寫另一人物。歷史上的溧陽公主是梁簡文帝的女兒，嫁侯景，為景所寵。這裡不過借用這個名號作為貴家女子的代稱。同樣是陽春三月，麗日當天，一邊是年長難嫁，形單影隻；一邊卻是少年得意，夫婦同遊。這幅對比鮮明的圖景，顯示了兩種不同社會地位的人們截然相反的境遇。

結尾寫東家老女歸來後的情景。暮春三月、芳華將逝的景色，絲管競逐、賞心樂事的場面，貴家女子得意美滿的生活，益發觸動她的身世孤孑之感，增添內心的苦悶與哀怨。「臥後清宵細細長」（〈無題二首·重幃深下莫愁堂〉），在寂寥的長夜中，該有多少痛苦的回憶、焦急的思慮和無法掌握自己命運的感慨！這一切心理過程，都只用「輾轉到五更」一語輕輕帶過，用筆極簡。末句以不解人的感情的梁燕猶「聞長歎」，反襯東家老女的痛苦心情卻無人理解與同情，側面虛點，倍覺雋永而有餘味。

以美女的無媒難嫁，朱顏的見薄於時，寓才士不遇的感慨，屢見於歷代詩家的篇什。這首無題從內容到寫法，都很容易使我們聯想起三國魏曹植的〈美女篇〉、〈雜詩〉（南國有佳人）以及其他一些比興寓言體作品。不妨再看一下詩人的〈戲題樞言草閣三十二韻〉中一段寓意顯明的描寫：「榆莢亂不整，楊花飛相隨。上有白日照，下有東風吹。青樓有美人，顏色如玫瑰。歌聲入青雲，所痛無良媒。少年苦不久，顧慕良難哉！」這段文字，脫胎於曹植的〈美女篇〉，顯係託寓政治上的不遇。「無良媒」的「美人」和這首無題中「嫁不售」的「東家老女」，不正是同一類型的虛擬假託人物嗎？所不同的，只是這首無題中設置了一個對襯的「溧陽公主」，在鮮明的對比中更加突出寒士的落拓不遇和貴顯子弟的仕宦得意而已。清薛雪說：「此是一副不遇血淚，雙手掬出，何嘗是豔作。」（《一瓢詩話》）可謂知言。

李商隱的無題詩，以七律為主要形式。這類無題，以抒情的深細婉曲，意境的含蓄朦朧為主要特色，多取抒情主人公內心獨白的表達方式，很少敘寫事件、人物和客觀生活場景。這首七古無題卻不主抒情，不作心理刻畫，以第三人稱的表達方式，描寫出一幕有人物、有事件的生活場景，詩的旨意就寓含在生活場景之中。語言也明朗通俗，富於民歌風味，與七律無題那種華美而富於象徵暗示色彩的語言顯然有別。（劉學鍇）

端居

李商隱

遠書歸夢兩悠悠，只有空床敵素秋。
階下青苔與紅樹，雨中寥落月中愁。

這是作者滯留異鄉，思念妻子之作。題目「端居」，即閒居之意。

詩人遠別家鄉和親人，時間已經很久。妻子從遠方的來信，是客居異鄉寂寞生活的慰藉，但已很久沒有見到它的蹤影了。在這寂寥的清秋之夜，得不到家人音書的空廓虛無之感變得如此強烈，為寂寞所咬齧的靈魂便自然而然地想從「歸夢」中尋求慰藉。即使是短暫的夢中相聚，也總可稍慰相思。但「路遙歸夢難成」（南唐李煜〈清平樂．別來春半〉），一覺醒來，竟是悠悠相別經年，魂魄未曾入夢。「遠書歸夢兩悠悠」，正是詩人在盼遠書而不至，覓歸夢而不成的情況下，從心靈深處發出的一聲長長的嘆息。「悠悠」二字，既形象地顯示出遠書、歸夢的杳邈難期，也傳神地表現出希望兩皆落空時悵然若失的意態。而雙方山川阻隔，別後經年的時間、空間遠隔，也隱見於言外。

次句寫中宵醒後寂寥淒寒的感受。「素秋」，是秋天的代稱。但它的暗示色彩卻相當豐富。它使人聯想起潔白清冷的秋霜，皎潔淒寒的秋月，明澈寒冽的秋水，聯想起一切散發著蕭瑟清寒氣息的秋天景物。對於一個寂處異鄉，「遠書歸夢兩悠悠」的客子來說，這淒寒的「素秋」便不僅僅是引動愁緒的一種觸媒，而且是對毫無慰藉的心靈一種不堪忍受的重壓。然而，詩人可以用來和它對「敵」的卻「只有空床」而已。清代馮浩《玉谿生詩集箋注》引楊守智評說：「『敵』字險而穩。」這評語很精到。這裡本可用一個比較平穩而渾成的「對」字。但「對」只表現「空床」與「素秋」默默相對的寂寥清冷之狀，偏於客觀描繪。而「敵」則除了含有「對」的意思之外，還兼傳出空床獨寢的人無法承受「素秋」的清寥淒寒意境，而又不得不承受的那種難以言狀的心靈深處的淒愴，那種淒神寒骨的感受，更偏於主觀精神狀態的刻畫。試比較李煜的「羅衾不耐五更寒」（〈浪淘沙·簾外雨潺潺〉），便可發現這裡的「敵」字雖然下得較硬較險，初讀似感刻露，但細味則感到它在抒寫客觀環境所給予人的主觀感受方面，比「不耐」要深細、雋永得多，而且它本身又是準確而妥帖的。這就和離開整體意境專以雕琢字句為能事者有別。

三、四兩句從室內的「空床」移向室外的「青苔」、「紅樹」。但並不是客觀地描繪，而是移情入景，使客觀景物對象化，帶上濃厚的主觀色彩。寂居異鄉，平日很少有人來往，階前長滿了青苔，更顯出寓所的冷寂。紅樹，則正是暮秋特有的景象。青苔、紅樹，色調本來是比較明麗的，但由於是在夜間，在迷濛雨色、朦朧夜月的籠罩下，色調便不免顯得黯淡模糊。在滿懷愁緒的詩人眼裡，這「階下青苔與紅樹」似乎也在默默相對中呈現出一種無言的愁緒和清冷寥落的意態。這兩句中「青苔」與「紅樹」，「雨中」與「月中」，「寥落」與「愁」，都是互文錯舉。「雨中」與「月中」，似乎不大可能是同一夜間出現的景象。但當詩人面對其中的一幅圖景時（假定是月夕），自不妨同時在心中浮現起先前經歷過的另一幅圖景（雨夕）。這樣把眼前的實景和記憶中的景色交織在一起，無形中將時間的內涵擴展延伸了，暗示出像這樣地中宵不寐，思念遠人已非一夕。同時，這三組詞兩兩互文錯舉，後兩組又句中自對，又使詩句具有一種迴環流動的美。如果聯繫一開頭的「遠書」、「歸夢」來體味，那麼這「雨中寥落月中愁」的青苔、紅樹，似乎還可以讓我們聯想起相互遠隔的雙方「各在天一涯」（〈古

詩十九首〉其二）默默相思的情景。風雨之夕，月明之夜，胸懷愁緒而寥落之情難遣的，又豈只是作客他鄉的詩人一身呢。（劉學鍇）

二月二日

李商隱

二月二日江上行，東風日暖聞吹笙。花鬚柳眼各無賴，紫蝶黃蜂俱有情。
萬里憶歸元亮井，三年從事亞夫營。新灘莫悟遊人意，更作風簷夜雨聲。

宣宗大中五年（八五一）春夏間，李商隱的妻子王氏亡故。同年七月，他應東川節度使柳仲郢之辟，入幕任節度書記，於九月上旬撇下幼女稚子，隻身遠赴梓州（州治在今四川三臺），開始了他一生中最後也是時間最長的一次幕府生涯。「三年從事亞夫營」，到寫這首詩時，他在柳幕已經第三個年頭了。

蜀中風俗，二月二日為踏青節。詩的首句，開門見山，點明踏青節江上春遊。次句緊承，寫江行遊春的最初感覺和印象。和煦的東風，溫暖的旭日，固然都散發著融和的春意，就是那笙聲，也似乎帶著春回大地的暖意。笙簧畏潮濕，天寒吹久則聲澀而不揚，須以微火和香料暖笙。東風日暖，笙自然也簧暖而聲清了。可見「聞吹笙」並非泛語，它和「東風日暖」分別從聽覺和感覺寫出了踏青江行的感受——一種暖洋洋的春意。

頷聯從所見角度續寫江上春色。如果說「東風」句還是剛接觸外界事物時一種自然的感受，這一聯則是有意尋春、賞春了。花、柳、蜂、蝶，都是春天最常見的事物，是春天生命與活力的標誌，紅（花）、綠（柳）、黃、紫，更寫出了春天色彩的絢爛。但這一聯並非抒寫詩人對穠麗春色的留連陶醉，而是表現因美好春色而觸動的傷感，只是寫得特別委婉而已。「無賴」即「無心」，與「有情」相對。花、柳是沒有人的感覺和感情的

李商隱〈二月二日〉——明刊本《唐詩畫譜》

事物，它只按自然規律行事，春天來了，便吐蕊、長葉，在東風旭日中顯示出生命的活力，散發著春天的氣息，而不顧人的悲歡哀樂。蜂、蝶是有生命的動物，春到人間，便穿花繞柳，翩翩飛舞，像是滿懷喜悅宣告著春天的來臨，故說「有情」。然而，不管是無心的花柳，還是有情的蜂蝶，它們作為春色的標誌，生命活力的象徵，又都和失去了生命的春天的詩人形成鮮明對照。「無賴者自無賴，有情者自有情，於我總無與也」（清姚培謙《李義山詩集箋注》），其實還不只是「無與」，而且是一種刺激。細味「各」字、「俱」字，不難發覺其中所含的隱痛。要之，前兩聯極寫江間春色，寫物遂其情，正是為了要反襯出自己的沉淪身世與悽苦心境。清何焯說：「前半逼出憶歸，如此濃至，卻使人不覺。」（《義門讀書記》）這「不覺」正是詩的蘊藉處。

頸聯轉寫長期寄幕思歸。初讀似與前幅脫榫，但頷聯「俱」、「各」二字，已暗逗消息，而且前幅越是把春色、春意渲染得充分，就越能引渡到「雖信美而非吾土兮，曾何足以少留」（漢王粲〈登樓賦〉）這層意思上去，所以前後幅之間是形斷而神連。元亮井，用晉陶潛（字元亮）〈歸園田居五首〉其四：「井灶有遺處，桑竹殘朽株」；亞夫營，用漢周亞夫屯兵細柳營事，暗寓幕主的柳姓。雖用典，卻像隨手拈來，信口道出。他曾說自己「無文通（東漢高鳳字）半頃之田，乏元亮數間之屋」（〈上尚書范陽公啟〉），可見連歸隱躬耕的起碼物質條件也沒有。「萬里」、「三年」，表面上是寫空間的懸隔，時間的漫長，實際上正是抒寫欲歸不能的苦悶。對照著「三年已制思鄉淚，更入新年恐不禁」（〈寫意〉）、「三年苦霧巴江水，不為離人照屋梁」（〈初起〉）等詩句來體味，不難感到「三年從事亞夫營」之中所蘊含的羈泊天涯者的精神痛苦。

末聯回應「江上行」，寫新灘流水在羈愁者耳中引起的特殊感受。春江水漲，新灘流水在一般遊春者聽來，自然是歡暢悅耳的春之歌，但在思歸不得的天涯羈旅者耳中，卻像是午夜簷間風雨的淒其之聲，在不斷撩動自己的羈愁，所以有「新灘莫悟遊人（作者自指）意」的嗟嘆。本是聽者主觀感情作怪，卻說「新灘莫悟」，曲折而有致。馮浩說：「悟字入微。我方借此遣恨，乃新灘莫悟，而更作風雨淒其之態，以動我愁，真令人驅愁無地矣。」（《玉谿生詩集箋注》）可謂深得其旨。

李商隱許多抒寫身世之悲的詩篇，往往以深沉凝重的筆調，綺麗精工的語言，著意渲染出一種迷濛悲悽的環境氣氛。這首詩卻別具一格。它以樂境寫哀思，以美麗的春色反襯悽苦的身世，以輕快流走的筆調抒寫抑塞不舒的情懷，以清空如話的語言表現宛轉曲折的情思，收到了相反相成的藝術效果。（劉學鍇）

王十二兄與畏之員外相訪見招小飲時予以悼亡日近不去因寄

李商隱

謝傅門庭舊末行，今朝歌管屬檀郎。更無人處簾垂地，欲拂塵時簟竟床。
嵇氏幼男猶可憫，左家嬌女豈能忘？愁霖腹疾俱難遣，萬里西風夜正長。

宣宗大中五年（八五一）春夏之交，李商隱的妻子王氏病故。多年來在政治上飽受排擠壓抑的詩人，現在又失去了在憂患中相濡以沫的賢淑伴侶，精神上遭到極大打擊。這年秋天，商隱的內兄王十二（十二是排行）和連襟韓瞻（字畏之，時任尚書省某部員外郎）往訪商隱，邀他前往王家小飲。詩人因王氏亡故未久，心緒不佳，沒有應邀；過後寫了這首詩寄給王、韓二人，抒寫深切的悼亡之情，表明未能應約的原因。

「謝傅門庭舊末行，今朝歌管屬檀郎。」謝傅，即謝安，死後追贈為太傅。這裡借指岳丈王茂元。晉潘岳小字檀奴，後人或稱之為檀郎，唐人多用以指女婿。這裡借指韓瞻。兩句是說，過去我在王家門庭之中，曾忝居諸子婿行列之末，參與過家庭的宴會，而今天的歌吹宴飲之樂，卻只能屬於韓瞻了。李商隱娶的是王茂元的幼女，故謙稱「末行」。不過他最得茂元的賞愛。如果說，「舊末行」的身份所引起的是對往昔翁婿夫婦間家庭溫馨氣氛悵然若失的懷想，那麼，「今朝歌管」所帶給詩人的就只有無邊的孤孑與淒涼了。「歌管屬檀郎」，「屬」字慘然。在詩人的感覺中，自己與家庭宴飲之樂已經永遠絕緣了。

「更無人處簾垂地，欲拂塵時簟竟床。」頷聯頂上「歌管屬檀郎」，掉筆正面抒寫悼亡。對句（下句）化用西晉潘岳〈悼亡詩〉「輾轉眄枕席，長簟竟床空；床空委清塵，室虛來悲風」句意。兩句以重簾垂地、長簟竟床和清塵委積，渲染室空人亡，睹物思人。這原是悼亡詩中常用的手法和常有的意境，但在這裡卻不給人以蹈襲故常之感，而是在似曾相識中別具新意與深情，寫得極富神韻。它的奧妙大概就在「更無人處」與「簾垂地」、「欲拂塵時」與「簟竟床」之間各有一個短暫的停頓。正是這兩個停頓，顯出了頓挫曲折的情致，構成了特有的韻味。詩人在恍惚中，似乎感到妻子還在室內，不覺尋尋覓覓，下意識地到處搜尋那熟悉的身影，結果卻發現這原是已無人跡的空房，不禁發出「更無人處」的深沉嘆息。正在這時，眼光無意中落到悄然垂地的重簾上，這才恍然若有所悟，悵然若有所失。看到床上積滿了灰塵，不免習慣地去拂拭，但定睛一看，這竟是一張除了鋪滿的長席之外別無所有的空床！這後一個停頓，不但突出了詩人目擊長簟竟床時那種神驚心折之感，而且極為微妙地表現了詩人面對空床委塵而不忍拂拭的心理狀態，似乎那會拂去對亡妻辛酸而親切的記憶。句首的「欲」字，正傳出這種欲拂而未能的意態。由於在平易中寓有細微曲折，傳出恍惚悵惘之態，這兩句詩便顯得特別雋永有味。比較起來，潘岳原詩不免顯得意直而詞費了。

「嵇氏幼男猶可憫，左家嬌女豈能忘？」頸聯續寫幼女稚子深堪憫念，是對悼亡之情的深一層抒寫。三國魏嵇康之子嵇紹，未十歲而喪母；晉左思曾為他的女兒作〈嬌女詩〉，有「吾家有嬌女，皎皎頗白皙」之句。這裡分別以「嵇氏幼男」、「左家嬌女」借指自己的幼子袞師和女兒。「猶可憫」與「豈能忘」，互文兼指，不主一方。失去母親憐愛的孩子是可憐的，自己孑然一身，在寂寞淒涼中稍能得到慰藉的，也只有幼男嬌女。兩句並含有對自己孤孑淒涼處境的自傷。身在幽冥的妻子，想必更加繫念憐憫留在人間的幼男嬌女，經受著幽顯隔絕、無緣重見的痛苦，兩句又好像是對幽冥中的妻子所作的鄭重表白和深情安慰。憐念子女，自傷孤孑，悼念亡妻，這幾方面的感情內容都不露痕跡地包蘊在這看來有些近乎「合掌」的詩句中了。

「愁霖腹疾俱難遣，萬里西風夜正長。」末聯情景相生，在秋雨西風、漫漫長夜的背景下進一步抒寫因悼念亡妻而觸發的深長而複雜的內心痛苦。「愁霖」，指秋天連綿不斷的苦雨。「腹疾」，語本《左傳・昭公元年》「雨淫腹疾」，原指因霪雨而引起的腹瀉，這裡借指內心的隱痛。李商隱一生的悲劇遭遇和他的婚姻密切相關。由於他娶了王茂元的女兒，遭到朋黨勢力的忌恨，從此在仕途上一再受到排抑。這種遭遇使得詩人的婚姻家庭關係長久地籠罩著一層悲劇的陰影，造成他心靈上深刻的創傷和無法解脫的痛苦。如今，王氏雖已去世，早已種下的悲劇仍在繼續。綿綿秋雨，萬里西風，茫茫長夜，包圍著他的是無邊無際、無窮無盡的淒冷和黑暗，內心的痛苦也和這綿延不絕的秋雨一樣無法排遣，和這茫茫長夜一樣未有窮期。「西風」而說「萬里」，「夜」而說「正長」，都寫出了在黑暗的夜晚，外界環境作用於詩人的聽覺、感覺所引起的感受。由於在悼亡中織入了對時代環境和畸零身世的感受，這首悼亡詩的內涵就比一般的同類作品要豐富複雜，而它那種意餘言外的特點也就顯得分外突出了。錢良擇評這首詩說：「平平寫去，淒斷欲絕。」（清馮浩《玉谿生詩集箋注》引）頗能道出其平易而富感情含蘊的特點。（劉學鍇）

無題 李商隱

相見時難別亦難，東風無力百花殘。春蠶到死絲方盡，蠟炬成灰淚始乾。曉鏡但愁雲鬢改，夜吟應覺月光寒。蓬山此去無多路，青鳥殷勤為探看。

玉谿生的這首〈無題〉，全以首句「別」字為通篇主眼。南朝梁江淹〈別賦〉說：「黯然銷魂者，唯別而已矣！」他以此句領起一篇驚心動魄而又美麗的賦；而「黯然」二字，也正是玉谿此詩所表達的整個情懷與氣氛。

樂聚恨別，人之常情；離亭分首，河橋灑淚。——這是古代所常見描述的情景。離別之懷，非可易當；但如相逢未遠，重會不難，那麼分別自然也就無所用其魂銷淒黯了。玉谿一句點破說：唯其相見之不易，故而離別之尤難。——唯其暫會之已是罕逢，更覺長別之實難分捨。

古有成語，「別易會難」，意即會少離多。細解起來，人生聚會一下，常要費很大的經營安排，周章曲折，故為甚難；而臨到必須分手之時，只說得一聲「珍重」，從此就要海角天涯，風煙萬里了——別易之意，正謂匆促片刻之間，哽咽一言之際，便成長別，是其易可知矣。玉谿此句，實將古語加以變化運用，在含意上翻進了一層，感情綿邈深沉，語言巧妙多姿。兩個「難」字表面似同，義實有別，而其藝術效果卻著重加強了「別難」的沉重的力量。

下接一句，「東風無力百花殘」。好一個「東風無力」，只此一句，已令人置身於「閒愁萬種」（明王實甫《北西廂記》）、「如花美眷，似水流年」（明湯顯祖《牡丹亭》）的痛苦而又美麗的境界中了。

說者多謂此句接承上句，傷別之人，偏值春暮，倍加感懷。如此講詩，不能說是講錯了。但是詩人筆致，兩句關係，正在有意無意之間。必定將它扣死，終覺未免呆相。其實，詩是不好只講「邏輯」、「因果」的，還要向神韻丰姿去多作體會。蓋玉谿於首句之中已然是巧運了「邏輯性」，換言之，即是詩以「意」勝了。古體詩歌，既忌「詞障」，也忌「意障」，所以宋代楊萬里說詩必「去意」而後可（《誠齋集·頤菴詩集序》）。對於此旨，宜善於領會。就本篇而言，如果玉谿作詩，一味使用的是「邏輯」、「道理」，那玉谿詩的魅力就絕不會如此之迥異常流了。

百花如何才得盛開的？東風之有力也。及至東風力盡，則百卉群芳，韶華同逝。花固如是，人又何嘗不然。此句所詠者，固非傷別適逢春晚的這一層淺意，而實為身世遭逢、人生命運的深深嘆惋。得此一句，乃見筆調風流，神情燕婉，令誦者不禁為之擊節嗟賞。

一到頷聯，筆力所聚，精彩愈顯。春蠶自縛，滿腹情絲，生為盡吐；吐之既盡，命亦隨亡。絳蠟自煎，一腔熱淚，爇而長流；流之既乾，身亦成燼。有此痴情苦意，幾於九死未悔，方能出此驚人奇語，否則豈能道得隻字？所以，好詩是才，也是情，才情交會，方可感人。這一聯兩句，看似重疊，實則各有側重之點：上句情在纏綿，下句語歸沉痛，合則兩美，不覺其複，懇惻精誠，生死以之。老杜嘗說：「筆落驚風雨，詩成泣鬼神。」（〈寄李十二白二十韻〉）驚風雨的境界，不在玉谿；至於泣鬼神的力量，本篇此聯亦可以當之無愧了。

曉妝對鏡，撫鬢自傷，女為誰容，膏沐不廢——所望於一見也。一個「改」字，從詩的工巧而言是千錘百鍊而後成，從情的深摯而看是千迴百轉而後得。青春不再，逝水常東，怎能不悄然心驚，而唯恐容華有絲毫之退減？留命以待滄桑，保容以俟悅己，其苦情密意，全從一個「改」字傳出。此一字，千金不易。

「曉鏡」句猶是自計，「夜吟」句乃以計人，如我夜來獨對蠟淚熒熒，不知你又如何排遣？想來清詞麗句，又添幾多。——如此良夜，獨自苦吟，月已轉廊，人猶敲韻，須防為風露所侵，還宜多加保重……夫當春暮，百花已殘，豈有月光覺「寒」之理？此「寒」，如謂為「心境」所造，猶落紆曲，蓋正見其自保青春，即欲所念者亦善加護惜，勿自摧殘也。若以「常理」論之，玉谿下一「寒」字可謂無理已甚；若以「詩理」論之，玉谿下此「寒」字，亦千錘百鍊、千迴百轉而後得之者矣。

本篇的結聯，意致婉曲。「蓬山」，海上三神山也，自來以為可望而不可即之地，從無異詞，即玉谿自己亦言：「劉郎已恨蓬山遠」（〈無題四首〉其二）矣。而此處偏偏卻說：「蓬山此去無多路」。真耶？假耶？其答案在下一句已然自獻分明：試遣青鳥，前往一探如何？若果真是「無多路」，又何用勞煩青鳥之仙翼神翔乎？玉谿之筆，正是反面落墨，蓬山去此不遠乎？曰：不遠。——而此不遠者實遠甚矣！

「青鳥」，是西王母跟前的「信使」，專為她傳遞音訊。只此即可證明：有青鳥可供遣使的，當然是一位女性。玉谿的這首詩，通篇的詞意，都是為她而設身代言的。理解了這一點之後，再重讀各句——特別是「東風無力」一句和頷、頸兩聯，字字皆是她的情懷口吻、精神意態，而不是詩人自己在「講話」，便更加清楚了。

末句「為探看」，三字恰巧都各有不同音調的「異讀」，如讀不對，就破壞了律詩的音節之美。在此，「為」是去聲，「探」也是去聲（因為在詩詞中它讀平聲時更多，故須一加說明），而「看」是陰平聲。「探看」不是俗語白話中的連詞，「探」為主字，「看」是「試試看」的那個「看」字的意思。蓬山萬里，青鳥難憑——畢竟是否能找到他面前而且帶回音信呢？抱著無限的希望——可是也知道這只是一種願望和祝禱罷了。只有這，是春蠶和絳蠟的終身的期待。（周汝昌）

碧城三首（其二）　李商隱

碧城十二曲闌干，犀辟塵埃玉辟寒。閬苑有書多附鶴，女床無樹不棲鸞。
星沉海底當窗見，雨過河源隔座看①。若是曉珠明又定，一生長對水精盤。

〔註〕①看：此處讀陰平，不讀去聲。

「碧城三首」是李商隱詩最難懂的篇章之一，歷來解說紛紜。清姚培謙認為是「君門難進之詞」（《李義山詩集箋注》）；清朱彝尊謂，第三首末聯的「武皇」，唐人常用來指玄宗，當是諷刺唐明皇和楊貴妃；清紀昀認為三首都是寓言，然所寓之意則不甚可知。明代胡震亨則認為：「此似詠唐時貴主事。唐初公主多自請出家，與二教（指佛教、道教）人媟近。商隱同時如文安、潯陽、平恩、邵陽、永嘉、永安、義昌、安康諸主，皆先後丐為道士，築觀在外。史即不言他醜，於防閑復行召入，頗著微詞。」（以上均見《李義山詩集輯評》）清程夢星、馮浩，近人張采田等均贊同此說，認為朱氏之說未免迂曲。此外還有寫詩人自己戀愛事等說法。其實，第三首末聯云：「《武皇內傳》（即《漢武帝內傳》，多記武帝與女仙往來事）分明在，莫道人間總不知。」諷刺意味非常明顯；而「莫道」云云，又似非指明皇而言，因為他和楊貴妃的事，在唐代是人所共知的，李商隱之前，白居易的〈長恨歌〉、陳鴻的〈長恨歌傳〉，早就明白寫過；而且全詩三首的主人公都是女子，似以胡震亨說較為可信。

詩以第一首開頭二字為題，與「無題」詩同類。此首以仙女喻入道的公主，從居處、服飾、日常生活等方面，寫她們身雖入道，而塵心不斷，情欲未除。

首句寫居處。「碧城」即仙人住地。《太平御覽》引《上清經》：「元始（天尊）居紫雲之闕，碧霞為城。」「十二」指碧城，形容城闕之多，非必實數，詩人〈九成宮〉詩亦有「十二層城閬苑西」之句。碧霞為城，重疊輝映，曲欄圍護，雲氣繚繞，寫出天上仙宮的奇麗景象。次句寫仙女們服飾的珍貴華美。南朝梁任昉《述異記》：「卻塵犀，海獸也，其角辟（避）塵，致之於座，塵埃不入。」唐劉恂《嶺表錄異》：「辟塵犀為婦人簪梳，塵不著也。」清馮浩認為「玉德溫潤」，故云玉辟寒，「入道為辟塵，尋歡為辟寒。」（《玉谿生詩集箋注》）此處已微露旨意。

下面寫仙女的日常生活，寓意更加明顯。第二聯把仙女比作鸞鳥，說她們以鶴傳書。「閬苑」，傳說中仙人所居之處。唐杜光庭《墉城集仙錄》說西王母所居宮闕在「崑崙玄圃，閬風之苑，有金城千重，玉樓十二」。此處含蓄地點出傳書者為女性。《山海經·西山經》：「女床之山……有鳥焉，其狀如翟（即野雞）而五彩文，名曰鸞鳥，見則天下安寧。」清朱鶴齡《李義山詩箋注》引道源註云：「仙家以鶴傳書，白雲傳信。」這裡的「書」，實指情書。鸞鳳在古代詩文中常用來指男女情事，「閬苑」、「女床」亦與入道女冠關合，所以程夢星稱此聯是寫「處其中者，意在定情，傳書附鶴，居然暢遂，是樹棲鸞，是則名為仙家，未離塵垢」（《重訂李義山詩集箋注》）。此聯與首二句所寫居處服飾及身份均極其高貴，胡震亨指出非公主不能當，隱隱透出詩中所寫之人的身份。

第三聯表面上是寫仙女所見之景，實則緊接「傳書」，暗寫其由暮至朝的幽會。「星沉海底」，謂長夜將曉之際；雨腳能見，則必當晨曦已上之時。「河源」即黃河之源，此處指天河（銀河）。據宋代周密《癸辛雜識》引南朝梁宗懍《荊楚歲時記》載，漢代張騫為尋河（黃河）源，曾乘槎（木筏）直至天河，遇到織女和牽牛。又宋玉〈高唐賦并序〉寫巫山神女與楚懷王夢中相會，有「旦為朝雲，暮為行雨」之句。可見，詩中「雨過河源」是兼用了上述兩個典故，寫仙女的佳期幽會事。因為仙女住在天上，所以星沉雨過，當窗可見，隔座能看，如在目前。末聯的「曉珠」指太陽。《太平御覽》引《易參同契》：「日為流珠。」《唐詩鼓吹》也註說：「曉珠，謂日也。」「水精盤」即水晶盤。王昌齡〈甘泉歌〉云：「昨夜雲生拜初月，萬年甘露水晶盤。」這裡是指月亮。上聯隔座看雨，天色已明，情人將去，所以結聯以「曉珠」緊接上文；意思是說，如果太陽明亮而且不動，永不降落，那將終無昏黑之時，仙女們只好一生清冷獨居，無復幽會之樂了。反言之，如果昏夜不曉，即可長夜歡娛而無已時。詩用否定前者，肯定後者的方法，表現仙女對幽會的留戀不捨，諷刺極為尖刻。

此詩通篇都用隱喻，寫得幽晦深曲。本來是寫人間的入道公主，卻假託為天上的仙女；本來是寫幽期密約，表面看去卻不過是居處、服飾和周圍的景物。詩人不是直截了當地把所要表達的意思明白說出，而是採用象徵、暗示、雙關、用典等表現方法，乍一讀去，似覺恍惚迷離，難明所指。然而只要我們根據上引第三首末聯的暗示，綜合三首反覆體會，仍能曲徑通幽，捕捉到詩的旨趣。此詩想像極其豐富。詩把場景安排在天上，將道教傳說和古代優美神話引入詩中，不但很好地表現了詩的主題，而且使作品顯得極其瑰偉奇麗。特別是第三聯，設想之新奇，景象之壯美，可與李賀〈夢天〉媲美；而用典巧妙，詞意幽深，又與〈夢天〉之明白酣暢迥然有別。李商隱在詩歌創作上很受屈原的影響，他對「騷之苗裔」的李賀也很推崇。從這首詩也可看到他在學習奇詭生動的風格時表現出來的創造精神。（王思宇）

詠史　李商隱

北湖南埭水漫漫，一片降旗百尺竿。
三百年間同曉夢，鍾山何處有龍盤？

這首七絕〈詠史〉，是李商隱詠史詩中的傑作之一。

這首詩，因為是借三國孫權立國以至陳亡中建都金陵的幾個朝代紛紛代謝的史實來抒發感慨的，所以首句就突出了六朝故都的典型景色。「北湖」即玄武湖。「南埭（音同代）」即雞鳴埭，都是六朝帝王尋歡作樂的地方。可是經過了改朝換代，現在看去又是怎樣了呢？同一個「北湖」，同一個「南埭」，過去曾經看過彩舟容與，聽過笙歌迭唱，而今天，卻只剩下了汪洋一片。這裡，詩人懷著撫今感昔的情緒，把「北湖」、「南埭」這兩處名勝和漫漫湖水扣合起來寫，烘托出空虛渺茫之感。

第一句詩人是把六朝興廢之感用高度的藝術概括融匯到茫茫湖水的形象之中，而第二句「一片降旗百尺竿」，卻又是透過具體事物的特寫，形象地表現了六朝王運之終。劉禹錫〈西塞山懷古〉，有所謂「一片降幡出石頭」語，原指孫吳之亡；然而到了李商隱手裡，「一片降旗」卻又成為六朝歷代王朝末葉的總的象徵。「降旗」的典故原來和石頭城有關，不言而喻，也就扣合著「北湖」、「南埭」。但詩人寫了「降旗」不算，還用「百尺竿」作為進一步的襯托。「降旗」「一片」，分外可嗤；「竿」高「百尺」，愈見其辱。無論是從「一片」的廣度或者是從「百尺」的高度來說，透過形象來看歷史，六朝中的一些末代統治者，荒淫之深，昏庸之甚，無恥之極，都可想而知了。

第三句是一個轉捩，詩人突然一筆，囊括六朝三百年恥辱的歷史。從孫吳到陳亡的三百年時間不算太短，但六朝諸代，紛紛更迭，用誇張手法說來，恰好似凌晨殘夢，說什麼鍾山龍盤，形勢險要，又有什麼根據呢？鍾山即紫金山。傳說三國蜀諸葛亮看到金陵形勢之雄，曾說：「鍾山龍盤，石城虎踞，此帝王之宅。」（《太平御覽．敘京都下》引《吳錄》）然而在李商隱看來，三百年間，孫吳、東晉、宋、齊、梁、陳，曾先後定都於此，並沒有因此而免於亡國，可見「國之存亡，在人傑不在地靈」（清屈復《玉谿生詩意》卷七）。前二句的「北湖」、「南埭」已經為下文的「龍盤」之地伏根，而「一片降旗」偏偏就高高豎起在石頭城上，則更證明地險之不足憑了。這樣，結句就恰如水到渠成，呼之欲出。「鍾山何處有龍盤？」這一反問，粗看蘊意含蓄，發人深思；其實，詩人正是用反問的形式，加強了否定的語氣，確為一針見血的快語。這一快語之所以妙，就妙在作者是帶著形象來探索、來判斷的。詩人對「龍盤」王氣的思考，不但扣合著六朝的山；不但扣合著歷史上的「一片降旗」，還扣合著眼前的漫漫北湖；不但扣合著某一朝代的覆亡，還扣合著三百年滄桑。他的「王氣無憑論」，實際上是「三百年間」一場「曉夢」的絕妙的藝術概括，離不開感性的東西而又超越了感性的東西。

詩作熔寫景、議論於一爐，兼有含蓄與明快之勝；而且詩中議論富有韻味。詩人巧妙地使典型景象的層層揭示與深切意蘊的層層吐露相結合。他描寫了一幅飽經六朝興廢的湖山圖畫，而隱藏在畫面背後的意蘊，則是「龍盤」之險並不可憑。「水漫漫」是詩人從當今廢景來揭示意蘊；「一片降旗」是從古史興亡來揭示意蘊。「三百年間」則是把「一片降旗」所顯示的改朝換代，糅合為「曉夢」一場，渾然無跡，而又作為蓄勢，引出了早已盤旋在詩人心頭的深切的緬想和感觸——「鍾山何處有龍盤」的沉著明快之語，形成了詩的高峰。看來「龍盤」是無處尋覓的，六朝如此，正在走向衰亡的晚唐政權亦是如此。（吳調公）

日射

李商隱

日射紗窗風撼扉，香羅拭手春事違。
迴廊四合掩寂寞，碧鸚鵡對紅薔薇。

李商隱的抒情詩是以婉曲達意見長的。他常喜歡避開正面抒情，借助於環境景物的描繪來渲染氣氛，烘托情思。〈日射〉為我們提供了典型的例子。

詩寫的是空閨少婦的怨情。同類題材在唐人詩中並不少見，如王昌齡〈閨怨〉就是著名的一首：「閨中少婦不曾愁，春日凝妝上翠樓。忽見陌頭楊柳色，悔教夫婿覓封侯。」末句點明離愁，是直抒其情的寫法。可是本篇卻不一樣，它沒有一個字涉及怨情，只是在那位閨中少婦無意識地搓弄手中羅帕的動作中，微微逗露那麼一點兒百無聊賴的幽怨氣息。整首詩致力於氛圍的鋪寫烘染。那映射於紗窗上的明媚陽光、撼響門扉的風兒以及院子裡盛開的紅薔薇花，都表明季節已進入「春事違」（春光逝去）的初夏。而我們的主人公仍置身於空寂的庭園中，重門掩閉，迴廊四合，除了籠架上棲息的綠毛鸚鵡，別無伴侶。人事的孤寂寥落與自然風光的生趣盎然，構成奇異而鮮明的對比。這一切怎能不給予人物內心世界以強烈的刺激呢？作品儘管沒有直接抒述情感，但將足以引起情緒活動的種種物象和整個環境再現了出來，於是主人公面對韶華流逝傷感索寞的心理，也就不難窺測了。這種「盡在不言中」的表現手法，正體現了詩人婉曲達意的獨特作風。

通篇色彩鮮麗而情味淒冷，以麗筆寫哀思，有冷暖相形之妙。這也是李商隱詩歌的一個特點。（陳伯海）

李商隱〈日射〉——明刊本《唐詩畫譜》

隋宮

李商隱

紫泉宮殿鎖煙霞，欲取蕪城①作帝家。玉璽不緣歸日角②，錦帆應是到天涯。

於今腐草無螢火③，終古垂楊有暮鴉。地下若逢陳後主，豈宜重問〈後庭花〉！

〔註〕①蕪城：即廣陵城，故址在今江蘇省江都市境。因鮑照曾作〈蕪城賦〉，寫兵亂後揚州荒蕪之況，故稱蕪城。這裡僅用其字面。②日角：指人的額骨突出飽滿如日的樣子。古人迷信骨相之術，認為人的一生貴賤，存乎骨相。《舊唐書．唐儉傳》載：李淵起兵前，唐儉說他「日角龍庭」，必能取天下。詩中以「日角」指李淵。③杜牧〈揚州三首〉其二有「秋風放螢苑，春草鬥雞臺」之句，清《古今圖書集成》說：「螢苑，在隋苑東南三里……煬帝窮奢極侈，何所不有。唐去隋未遠，杜牧之『秋風放螢苑……』之句。未必傳譌也。」明張萱〈螢苑懷古〉詩序亦云：「隋煬帝晚年好宵征，命民間捕螢數萬斛，放之苑中，昭曜羅綺，皎如白晝。苑去城十里。」

題目〈隋宮〉，指的是隋煬帝楊廣在江都營建的行宮江都宮、顯福宮和臨江宮等。

首聯點題。詩人把長安的宮殿和「煙霞」聯繫起來，意在表明它巍峨壯麗，高聳入雲。王維的「雲裡帝城雙鳳闕」（〈奉和聖製從蓬萊向興慶閣道中留春雨中春望之作應制〉），白居易的「宮闕入煙雲」（〈登樂遊園望〉），都可作為例證。用「紫泉」（長安的一條水。本作「紫淵」，因避唐高祖李淵諱而改）代替長安，也是為了選取有色彩的字面與「煙霞」相映襯，從而烘托長安宮殿的雄偉壯麗。可是，這樣巍峨的宮殿，空鎖於煙霞之中，卻「欲取蕪城作帝家」，因為對於一味貪圖享樂、為所欲為的皇帝來說，在那裡更好玩。

首聯點出「欲取蕪城作帝家」，按照邏輯，頷聯就應該寫怎樣「取」蕪城作帝家了。然而詩人卻沒有這麼做，而是宕開一筆，以虛擬推想的語氣說：如果不是由於皇帝的玉印落到了李淵的手中，楊廣不會以遊幸江都為滿足，他的錦帆，大概一直要飄到天邊去吧！據史書記載：楊廣不僅開鑿了二千餘里的通濟渠，多次到江都去玩；還開鑿了八百餘里的江南河，「又擬通龍舟，並置驛宮」（唐杜寶《大業雜記》），準備到杭州去玩，只是未及實現罷了。所以這並不全是懸想之辭，而是把握了史實和人物性格的合理推斷，深刻地表現出楊廣的窮奢極欲導致了亡國的後果，而他還至死不悟。其用筆之靈妙，命意之深婉，真出人意料之外。

頸聯是公認的佳句，涉及楊廣逸遊的兩個故實。一個是放螢：楊廣曾在洛陽景華宮徵求螢火蟲數斛，「夜出遊山，放之，光遍巖谷」（《隋書．煬帝紀》）；還修了個「放螢苑」。另一個是栽柳：白居易在〈新樂府：隋堤柳〉中寫道：「大業年中煬天子，種柳成行夾流水；西至黃河東至淮，綠影一千三百里。大業末年春暮月，柳色如煙絮如雪；南幸江都恣佚遊，應將此柳繫龍舟。」這兩個故實，自成對偶，滿可以構成律詩中間的一聯。但李商隱卻不屑於作機械的排比，而是把「螢火」和「腐草」、「垂楊」和「暮鴉」聯繫起來，於一「有」一「無」的鮮明對比中感慨今昔，深寓荒淫亡國的歷史教訓。「於今腐草無螢火」，這不僅是說當年放螢的地方如今已成廢墟，只有「腐草」而已；更深一層的含意是，楊廣為了放螢夜遊，窮搜極捕，弄得螢火蟲斷了種。「終古垂楊有暮鴉」，當然渲染了亡國後的淒涼景象，但也另有深意。上句說於今「無」，自然暗示昔年「有」；下句說終古「有」，自然暗示當日「無」。當日楊廣「乘興南遊」，千帆萬馬，水陸並進，鼓樂喧天，旌旗蔽空；隋堤垂楊，暮鴉哪敢棲息！只有在楊廣被殺，南遊已成陳跡之後，日暮歸鴉才飛到隋堤垂楊上過夜。這兩句都包含著今昔對比，卻只表現對比的一個方面，讓讀者從這一方面去想像另一方面，既感慨淋漓，又含蓄蘊藉。這兩句詩，清代方東樹《昭昧詹言》說它「興在象外，活極妙極，可謂絕作」，是當之無愧的。

尾聯活用楊廣與陳後主陳叔寶夢中相遇的故實，以假設、反詰的語氣，把批判荒淫亡國的主題深刻地揭示出來。陳叔寶是歷史上另一個以荒淫亡國著稱的君主。他亡國後投降隋朝，和當時隋朝的太子楊廣很相熟。楊廣當了天子，乘龍舟遊江都的時候，夢中與死去的陳叔寶及其寵妃張麗華等相遇，請張麗華舞了一曲〈玉樹後庭花〉（見唐顏師古《隋遺錄》）。〈玉樹後庭花〉是陳叔寶所製的反映宮廷淫靡生活的舞曲，被後人斥為「亡國之音」。詩人在這裡特意提到它，其用意是：楊廣是目睹了陳叔寶荒淫亡國的事實的，卻不吸取教訓，既縱情龍舟之遊，又迷戀亡國之音，終於重蹈陳叔寶的覆轍，身死國滅，為天下笑。他如果在地下遇見陳叔寶的話，難道還好意思再請張麗華舞一曲〈後庭花〉嗎？問而不答，餘味無窮。楊廣當然不可能回答了，詩人是希望當時和以後的統治者作出回答的。（霍松林）

隋宮　李商隱

乘興南遊不戒嚴，九重誰省諫書函①？
春風舉國裁宮錦，半作障泥半作帆。

〔註〕①《隋書．煬帝紀》，大業十二年煬帝幸江都宮：「奉信郎崔民象以盜賊充斥，於建國門上表，諫不宜巡幸。上大怒，先解其頤，乃斬之……車駕次汜水，奉信郎王愛仁以盜賊日盛，諫上請還西京。上怒，斬之而行。」

這首七絕，透過精心的選材和獨創性的構思，只用寥寥二十八字，就在驚人的廣度和深度上揭露了隋煬帝楊廣荒淫害民的本質。

楊廣當政十四年，把絕大部分時間用於佚遊享樂。詩人舉南遊江都以概其餘，已經顯示了選材上的匠心；又從三次南遊江都中，抓住幾個典型事例，略作點化，就收到了借一斑以窺全豹的藝術效果。

開頭兩句先借南遊刻畫人物。第一句單刀直入，點明「南遊」。而以「乘興」作狀語，展現了楊廣貪圖享樂、不惜民力、驕橫任性、無所顧忌的性格特徵。「不戒嚴」是表現他既驕橫，又昏庸，錯誤地估計了形勢，輕忽地滿以為普天下的老百姓都畏威懷德，唯命是從。

一、二兩句前呼後應，結合得很緊密。在已經畫出的「乘興南遊不戒嚴」的輪廓上塗了飽含感情色彩的一筆：「九重誰省諫書函」！據史書記載：大業十二年（六一六），楊廣第三次南遊時，崔民象、王愛仁等先後因諫阻被殺。這充分說明楊廣南遊不得人心，一意孤行。詩人抓住這一點，說他在九重深宮中，哪裡管臣下奏上的諫書呢！那個獨夫的形象，就活生生地出現在我們面前了。

三、四兩句，正面寫南遊。一氣貫注，十分流暢；又層層深入，極富波瀾；而每一個層次，都可以喚起讀者的許多聯想，起到「一以當十」的作用。

楊廣南遊江都，水陸並進，僅就窮奢極侈，耗竭天下民力這一方面說，已經罄竹難書。只用兩句詩，怎麼寫法呢？詩人抓住了一種東西：「宮錦」。然後捨棄一切，又帶動一切。「宮錦」，這是統治者按皇宮的標準勒令人民織成的高級錦緞。如果從種桑、採葉、養蠶、繰絲算起，織成一匹，也要耗費人民不少血汗。詩人舉一端以概其餘，只說「裁（剪裁）宮錦」，而織宮錦及其以前的許多工序，都已暗含其中。作者又用「舉國」一詞，說明了「裁宮錦」的範圍。動用全國的勞力裁宮錦，則宮錦盈倉溢庫已不難想見。而這，就不能不使人慨嘆其對人民的剝削之重，壓迫之慘了。「春風」一詞，當然是與「乘輿」遙相呼應的。春風和煦，楊廣就動了遊興，要南幸江都。不僅如此。「春風」又和「舉國裁宮錦」連在一起，別有深意。它暗示春風一起，農民的農事倍增，一點兒也不能耽誤；而現在卻不得不荒廢農業——要為那個荒淫天子「裁宮錦」！

當然，只「春風舉國裁宮錦」一句，還不能說明問題的實質，下面就補出裁宮錦的目的：「半作障泥半作帆」。「舉國裁宮錦」，而用一半來作騎馬用的障泥，一半來作船帆。那麼只要馳騁想像，則舳艫相接，騎兵夾岸，錦帆錦韉，照耀川陸的景象，就歷歷如在目前。同時，連承受風力的船帆和障蔽泥土的馬韉都要用珍貴的宮錦裁製，則船多麼富麗，馬多麼華貴，人的衣服飲食器用多麼豪華奢侈，也就不言而喻了。

楊廣南遊江都如此鋪張浪費，會給人民帶來什麼災難呢？會給他自己造成什麼後果呢？詩人沒有明說，也用不著明說。言外之意，弦外之音，不難領會。（霍松林）

齊宮詞　李商隱

永壽兵來夜不扃，金蓮無復印中庭。
梁臺歌管三更罷，猶自風搖九子鈴。

這首詩題為「齊宮詞」，卻兼詠齊、梁兩代，乍看似不稱題，實則寓有深意，構思與表現手法都獨具一格。前兩句寫南齊亡國。齊廢帝寵潘妃，專為她修建永壽、玉壽、神仙等豪華宮殿；又鑿金為蓮花，貼放於地，令潘妃行走其上，說是「步步生蓮花」（《南史．齊本紀．廢帝東昏侯》）。永元三年（五〇一），雍州刺史蕭衍（即後來的梁武帝）率兵入建康，齊將為內應，夜開宮門，勒兵入殿。當晚廢帝在含德殿笙歌作樂方罷，臥未熟，兵至被斬。在實際生活中，上述情事是一個相當長的時間過程，這在絕句中是無法展開，也不必展開加以描寫的。詩人單刀直入，截取橫斷面，從兵來國亡之夜著筆，將「永壽」、「金蓮」等情事不露痕跡地融化在裡面，不僅簡捷緊湊地交代了南齊的覆亡，刻畫出了廢帝死到臨頭還茫然不覺、縱情享樂的荒淫昏聵面目，而且透露出亡國前的種種奢淫情況。雖只寫一夜情景，卻可窺見南齊亡國的原因、過程和歷史教訓。這種集中概括的寫法頗像戲劇作品把場景限制在一定時間、空間範圍，構成具有尖銳戲劇衝突的場面，透過幕前交代幕後一樣。將「含德殿」改為「永壽殿」，將夜開宮門改為「夜不扃（音同坰）」，這種細節上的改動，同樣出於集中、強烈地反映生活的需要。廢帝國亡身死，也不作平直的敘述，而以「金蓮無復印中庭」這種富於暗示性的詠嘆之筆輕輕帶出。「無復」一語，似諷似慨，寓諷於慨，意味深長。

後兩句轉寫梁臺（宮）歌管。「梁臺」實即不久前齊廢帝與潘妃荒淫享樂的齊宮，不過宮殿易主而已。「歌管三更」與「夜不扃」、「猶自」與「無復」呼應。在同樣的地點、同樣的時間，不同的角色正在演出相同的一幕。詩人既沒有對梁臺歌管作正面描寫，更不訴諸平板的敘述議論，而是抓住「九子鈴」這一細小事物加以巧妙而寓意深長的暗示。「九子鈴」是宮殿寺觀的飾物。《南史·齊本紀·廢帝東昏侯》載，齊廢帝曾剝取莊嚴寺的玉九子鈴來裝飾潘妃宮殿。這在廢帝的荒淫生活中雖只是小插曲，卻頗具典型意義。詩人特意讓九子鈴出現在「梁臺歌管三更罷」之時，不只是為了串連齊、梁兩代，更重要的是讓它發揮豐富的暗示作用。

以靜托喧，暗示梁臺歌管的喧鬧。由於篇幅所限，這裡正面描繪梁宮狂歡極樂之狀不易寫得充分，詩人虛點「梁臺歌管」，實寫歌管聲歇（「罷」）後寂靜中傳來的「風搖九子鈴」的聲響，這就巧妙地暗示出不久前的喧鬧。因為在喧天的歌管聲中是聽不到鈴聲的。作者〈吳宮〉詩：「吳王宴罷滿宮醉，日暮水漂花出城。」寫法與此相類。

以齊托梁，暗示梁臺新主荒淫依舊，無視亡齊的教訓。「九子鈴」是齊廢帝奢淫、荒唐行為的突出表現，這個亡齊遺物出現在梁宮歌管聲中，就像電影中的疊印一樣，把齊、梁兩代打成一片，意味深長地顯示出梁宮新主繼承的是亡齊舊衣缽，他們是一丘之貉。「猶自」一語，點醒此意。

以已經閉幕的一齣襯托正在串演的一齣，暗示梁臺的必然崩潰。「九子鈴」不僅是齊廢帝荒淫生活的見證，也是其亡國殞身的見證。和荒淫亡國聯結在一起的九子鈴，對於歌管依舊的新朝來說，乃是一個不祥的預兆。歌管既然依舊，「永壽兵來夜不扃」的一幕，「金蓮無復印中庭」的結局也必然重演。「荊棘銅駝，妙在從熱鬧中寫出」（清姚培謙《李義山詩集箋注》），「不見金蓮之跡，猶聞玉鈴之音；不聞於梁臺歌管之時，而在既罷之後。

荒淫亡國，安能一一寫盡，只就微物點出，令人思而得之」（清屈復《玉谿生詩意》），對這首詩構思的新穎精巧，表現的含蓄蘊藉，特別是暗示的成功運用，都作了精到的分析。

作者的微意似乎不止於此。如果僅僅是以古鑑今，向當時的統治者提供一個荒淫亡國的歷史教訓，專寫齊事即可達到目的，不必兼寫齊、梁。作者借同一齊宮串演齊、梁兩代統治者肆意荒淫的醜劇，特別是借九子鈴著重揭露梁臺新主重蹈亡齊舊轍，無視歷史教訓，其真正用意似乎是要透過「亡國敗君相繼」的歷史現象顯示某種規律性的東西。杜牧〈阿房宮賦〉的結尾說：「秦人不暇自哀而後人哀之，後人哀之而不鑑之，亦使後人而復哀後人也。」李商隱暗寓在藝術形象中沒有明白說出的旨意，杜牧恰像代他作了痛快淋漓的表達。著力寫「梁臺歌管」，正是給當代統治者畫像。（劉學鍇）

漢宮詞　李商隱

青雀西飛竟未回，君王長在集靈臺①。

侍臣最有相如渴，不賜金莖露一杯。

〔註〕① 集靈臺：指漢武帝為求仙而興造的建築物。據《三輔黃圖》載：「集靈宮、集仙宮、存仙殿、存神殿、望仙臺、望仙觀，俱在華陰縣界，皆武帝宮觀名也。」。唐亦有集靈臺，《舊唐書．玄宗本紀》：「新成長生殿名曰集靈臺，以祀天神。」。

這是一首富有社會意義的詠史詩。詩人展開想像的翅膀高高飛翔，巧妙地將神話傳說和歷史故事編織在一起，虛構出一種充滿浪漫色彩的藝術形象。

「青雀西飛竟未回，君王長在集靈臺。」「青雀」，即《山海經》中為西王母「所使」的青鳥（見《山海經》〈海內北經〉、〈大荒西經〉），詩裡借喻為替西王母與漢武帝之間傳遞音訊的使者。青鳥，這任重致遠的使者，向西方極樂世界飛去，卻竟然一去未回，杳無蹤跡。然而，異想昇天的漢武帝依然長久地守候在望仙臺（即集靈臺）上，等待佳音。

詩評家謂「七言詩第五字要響」，「所謂響者，致力處也」（宋胡仔《苕溪漁隱叢話．前集卷十三》引《呂氏童蒙訓》）。這首詩起句中的「竟」字便是響字，含意十分豐滿。它精警地表達出漢武帝迷信神仙的痴呆心理：一心滿以為青雀西飛定會帶來仙界好音，誰知一去竟然未回，這實在出乎他意料之外。詩人著一「竟」字，不是極其傳神地透露了他這種執迷不悟的心理狀態嗎？接著於「長在集靈臺」句中和盤托出他的求仙活動，便顯得有深厚的基礎和內在的動力。開首兩句詩，入木三分地揭露了武帝迷戀神仙的痴心妄想，寓揶揄嘲弄於輕描淡寫中，顯得委婉有致，極富幽默感。

然後詩人進一步刻畫漢武一心求仙而無意求賢的思想、行徑：「侍臣最有相如渴，不賜金莖露一杯。」文學侍臣司馬相如有消渴病（今稱糖尿病），水，對於這種病人之重要，可以說是「救命之水」。但是，漢武只祈求自己長生而全不顧惜人才的死活，就是一杯止渴救命的露水也不肯賜給相如。「金莖露」，是漢武帝在建章宮神明臺所立的金銅仙人承露盤接貯的「雲表之露」。結尾兩句詩人拈出一個表示極大量的副詞「最」與一個極小量的數詞「一」作對比，前後呼應，便十分準確地揭露出這個君王好神仙甚於愛人才的極端自私的靈魂。「最有相如渴」，卻「不賜金莖露一杯」，諷刺可謂辛辣而尖銳。詩裡的數詞已不僅表示量，而且還揭示質，蘊含深刻的思想意義。

〈漢宮詞〉雖然詠漢代事，但和唐代的現實生活密切相連。武宗於會昌五年（八四五），「築望仙臺於南郊」，還服食長生藥，「餌方士金丹，性加躁急，喜怒不常」（《資治通鑑》）。如果說，這首詩在諷刺漢武帝的迷信與昏庸這方面，寫得比較明顯而尖銳，那麼，在諷諭唐武宗的問題上，便顯得含蓄深隱，曲折而婉轉。李商隱常以司馬相如自況，如：「嗟予久抱臨邛渴，便欲因君問釣磯」（〈令狐八拾遺見招送裴十四歸華州〉）、「休問梁園舊賓客，茂陵秋雨病相如」（〈寄令狐郎中〉）、「相如未是真消渴，猶放沱江過錦城」（〈病中早訪招國李十將軍遇挈家遊曲江〉）等等。〈漢宮詞〉中的後一聯，也是有感於自己的身世和不滿唐武宗不重視人才吧。詩人用典可謂精巧貼切，靈活自然，使不便明言又不得不言的內容委婉地表達出來，讓辛辣的諷嘲披上一幅神話、歷史與現實巧妙織成的面紗，顯得情味雋永而富有迷人的藝術感染力。前人評「李商隱七絕，寄託深而措辭婉」（清葉燮《原詩》外篇下）。這一評語也正好道出了〈漢宮詞〉的藝術特色。（何國治）

馬嵬二首（其二）　李商隱

海外徒聞更九州①，他生未卜此生休。空聞虎旅鳴宵柝，無復雞人報曉籌。此日六軍同駐馬，當時七夕笑牽牛。如何四紀②為天子，不及盧家有莫愁③？

〔註〕①李商隱註：「鄒衍云：『九州之外，復有九州。』」②紀：古代以十二年為一紀。③南朝樂府〈河中之水歌〉，其中有「河中之水向東流，洛陽女兒名莫愁。莫愁十三能織綺，十四採桑南陌頭，十五嫁為盧家婦……」等句。

唐人詠馬嵬之變的詩很多，在藝術表現上雖然各有特色，但從思想傾向上看，其中的大多數，是把罪責歸給楊貴妃，而為唐玄宗辯護的。李商隱這首七律，卻在思想和藝術上都別開生面。

詩以「馬嵬」命題，重點是寫玄宗在馬嵬驛為「六軍」所逼，「賜」楊妃死。一開頭，夾敘夾議，先用「海外更（還有）九州」的故實概括了方士在海外仙山上尋見楊妃的傳說，而後用「徒聞」加以否定：玄宗聽說楊妃在仙山上還記著「願世世為夫婦」（陳鴻〈長恨歌傳〉）的密約，十分震悼；但這又有什麼用處？「他生」為夫婦的事，渺茫未卜；「此生」的夫婦關係，卻已經明明白白地完結了。怎樣完結的呢？這就很自然地拍到題上。而「徒聞」、「未卜」和「休」流露的譏諷語氣，又為下文定了基調。

中間兩聯，緊承「此生休」寫馬嵬之變，這當然是題中應有之義；值得注意的是寫法上的獨創性。

先看頷聯。長期做「太平天子」，沉湎於淫樂生活的唐玄宗及其寵妃，哪裡聽過軍營中報更的梆子聲呢！

在皇宮中，連公雞都不准養；安然高臥，自有專人幹公雞報曉的工作。詩人抓住最有特徵性的事物，只用「虎旅鳴宵柝（音同唾）」五個字，就烘托出逃難途中的典型環境，而主人公的狼狽神態和慌亂心情，也依稀可見。詩人還用宮廷中的「雞人報曉籌」反襯馬嵬驛的「虎旅鳴宵柝」，使昔樂今苦、昔安今危的不同處境和心境，躍然紙上。「虎旅鳴宵柝」，本來是為了巡邏和警衛，以保障皇帝和貴妃的安全。而冠以「空聞」二字，意義就適得其反。從章法上看，「空聞」上承「此生休」，下啟「六軍同駐馬」。「虎旅」雖「鳴宵柝」，卻不是為了保障皇帝和貴妃的安全，而是要發動兵變了。正因為如此，才「無復雞人報曉籌」。

頷聯和頸聯都是寫馬嵬所發生的悲劇的經過。用筆非常靈活，運用對比，時間和空間上都有很大的跳躍。頸聯「此日六軍同駐馬，當時七夕笑牽牛」，這是傳誦已久的名句。這裡只說「六軍同駐馬」，而「駐馬」的原因和結果都未涉及。然而和「七夕笑牽牛」相對照，那意義就豐富了，耐人尋味了。玄宗當年七夕和楊妃「密相誓心」（陳鴻〈長恨歌傳〉）的時候，譏笑牽牛、織女一年只能相見一次，而他們兩人，則是要「世世為夫婦」，永遠不分離的。可是當遇上「六軍不發」的時候，結果又怎樣呢？兩相映襯，楊妃「賜」死的結局，就不難於言外得之，而玄宗虛偽、自私的精神面貌，也暴露無遺。同時，「七夕笑牽牛」，這是對玄宗迷戀女色、荒廢朝政的典型概括，用來對照「六軍同駐馬」，就表現出二者的因果關係。沒有「當時」的荒淫，哪有「此日」的離散？行文至此，尾聯的一問已如箭離弦，眼看要一發破的了。

尾聯也包含強烈的對比。一方面是當了四十多年皇帝的唐玄宗保不住自己的寵妃。就章法上說，這是對前六句的總結。另一方面是作為普通百姓的盧家能夠保住既善「織綺」，又能「採桑」的妻子莫愁。就藝術構思說，這是由前一方面引起的聯想。這兩方面，各有深刻的社會意義，值得問一個「為什麼」。詩人又把這二者聯繫起來，發出了冷峻的詰問：為什麼當了四十多年皇帝的唐玄宗，還不如普通百姓能夠保住自己的妻子呢？

前六句詩，其批判的鋒芒都是指向唐玄宗的。用需要作許多探索才能作出全面回答的一問作結，更豐富了批判的內容。（霍松林）

富平少侯　李商隱

七國三邊未到憂，十三身襲富平侯。不收金彈拋林外，卻惜銀床在井頭。綵樹轉燈珠錯落，繡檀迴枕玉雕鎪。當關不報侵晨客，新得佳人字莫愁。

這是一首託古諷時之作。

漢張安世封富平侯，他的孫子張放幼年繼承爵位。但這首詩所詠內容卻不切張放行事，可見詩中的「富平少侯」不過是個假託性的人物。

首句「七國」喻藩鎮割據叛亂，「三邊」指邊患，「未到憂」即未知憂。這一句逆筆取勢，先指出其不知國家憂患為何物，次句再點醒「十三」襲位，這就有力地顯示出童昏無知與身居尊位的尖銳矛盾。如果先說少年襲位，再說不恤國事，內容雖完全相同，卻平直無奇，情味銳減，突現不出上述矛盾了。這種著意作勢的寫法，往往和作者所要突出強調的意旨密切相關。

頷聯寫少侯的豪侈遊樂。「不收金彈」用韓嫣事。晉葛洪《西京雜記》載：韓嫣好彈，以金作彈丸，所失者日有十餘。兒童聞嫣出彈，常隨之拾取彈丸。上句說他只求玩得盡興，貴重的金彈可以任其拋於林外，不去拾取。這當然是十足的豪侈。下句則又寫他對放在井上未必貴重的轆轤架（即所謂「銀床」，其實不一定用銀作成），倒頗有幾分愛惜。這就從鮮明對照中寫出了他的無知。宋劉克莊說此二句「曲盡貴公子之憨態。」（《後村詩話》）這確是很符合對象特點的傳神描寫，諷刺中流露出耐人尋味的幽默。

頸聯續寫其室內陳設的華侈。「綵樹」指華麗的燈柱，「繡檀」指精美的檀枕。鎪（音同搜），是刻鏤的意思。兩句意謂：華麗的燈柱上環繞著層層燈燭，像明珠交相輝耀；檀木的枕頭迴環鏤空，就像精美的玉雕。上一聯在「不收」、「卻惜」之中還可以感到作者的諷刺揶揄之意，這一聯則純用客觀描寫，諷刺之意全寓言外。所以頷、頸兩聯內容雖相近，讀來並不感重複。「燈」、「枕」暗渡到尾聯，針線細密，不著痕跡。

尾聯是全篇的點睛之筆。兩句是說，守門的人不給清晨到來的客人通報，因為少侯新得了一位佳人名叫莫愁。莫愁，傳為洛陽人，嫁盧家為婦。這裡特借「莫愁」的字面關合首句「未到憂」，以諷刺少侯沉湎女色，不憂國事；言外又暗諷其有愁而不知愁，勢必帶來更大的憂愁；今日的「莫愁」，即孕育著將來的深愁。詩人的這種思想感情傾向，全不說出，而是自然融合在貌似不動聲色的客觀敘述之中，筆致特別尖刻冷峭，耐人尋味。

作為一首諷刺腐朽而無知的貴族少年的詩，〈富平少侯〉自然也不失為佳作。但從製題和首尾兩聯看，詩中的「富平少侯」似乎不像一般貴族少年，而可能另有具體寓託。清馮浩說：「首七字最宜重看。」（《玉谿生詩集箋注》）並引清徐逢源根據唐敬宗少年繼位，「好奢好獵，宴遊無度，賜與不節，尤愛纂組雕鏤之物，視朝每晏」等情事，和漢成帝微行「每自稱富平侯家人」之事，推斷此詩係借諷敬宗，其說頗可信。因為所諷對象如為一般貴顯少年，則他們所關心的本來就是聲色犬馬，責備他們不憂「七國三邊」之事，未免無的放矢。必須是居其位當憂而不憂的，才以「未到憂」責之。所以首句即已暗露消息，所謂少侯，實即少帝。末句以「莫愁」暗諷其終將有愁，和〈陳後宮〉結句「天子正無愁」如出一轍，也暗示所諷者並非無知貴介，而是「無愁天子」一流。況且如刺一般貴族少年，完全可以顯言，不必託古以諷；更不必用「富平少侯」這樣生僻的題目，而詩中又偏不涉及富平少侯本人行事，故意弄得迷離惝怳。李商隱託古諷時、有特定諷刺對象的詠史詩，題目與內容往往若即若離，用事也古今駁雜，似乎是故意露出蛛絲馬跡，引導讀者去思索其中的寓託，本篇就是顯例。當然，託古諷時之作，所託之「古」與所諷之「今」往往但求大體相似，不必一一細符的。（劉學鍇）

離亭賦得折楊柳二首 李商隱

暫憑樽酒送無憀，莫損愁眉與細腰。
人世死前唯有別，春風爭擬惜長條？

含煙惹霧每依依，萬緒千條拂落暉。
為報行人休盡折，半留相送半迎歸。

這兩詩與杜牧〈贈別二首〉主題相同，即都為和心愛的姑娘分別時的傷離之作，但寫法各別。「離亭」，指分別時所在之地，「亭」即驛站。「賦得」某某，是古人詩題中的習慣用語，即為某物或某事而作詩之意。詩人在即將分離的驛站之中，寫詩來詠嘆折柳送別這一由來已久但仍然吸引人的風俗，以申其惜別之情。

第一首起句寫雙方當時的心緒。無憀（音同聊），即無聊。彼此相愛，卻活生生地拆散了，當然感到無聊，但又勢在必別，無可奈何，所以只好暫時憑藉杯酒，以驅遣離愁別緒。次句寫行者對居者的勸慰。既然事已至此，不能挽回，那又有什麼辦法呢？所希望於你的，就是好好保重身體。你本來已是眉愁腰細了，哪裡還再經得起損傷？這句先作一反跌，使得情緒鬆弛一下，正是為了下半首把它更緊地綳起來。第三句是一句驚心動魄的話。除了死亡，還有什麼比分別更令人痛苦的呢？這句話是判斷，是議論，然而又是多麼沉痛的抒情！第四句緊承第三句，針對第二句。既然如此，即使春風有情，又怎麼能因為愛惜長長的柳條，而不讓那些滿懷著「人世死前唯有別」的痛苦的人們去盡量攀折呢？這一句的「惜」字，與第二句的「損」字互相呼應。因為愁眉細腰，既是正面形容這位姑娘，又與楊柳雙關。以柳葉比美女之眉，柳身比美女之腰，乃是古典詩歌中的傳統譬喻。「莫損」，也有莫折之意在內。

第二首四句一氣直下，又與前首寫法不同。前半描寫楊柳風姿可愛，無論在煙霧之中，還是在夕陽之下，都是千枝萬縷，依依有情。而楊柳既然如此多情，難道它就只管送去行人，而不管迎來歸客？送行誠為可悲，而迎歸豈不可喜？因此，就又回到上一首的「莫損愁眉與細腰」，那一句雙關語上去了。就人來說，去了，還是可能來的，何必過於傷感以至於損了愁眉與細腰呢？就柳來說，既然管送人，也就得管迎人，又何必將它一齊折光呢？折掉一半，送人離去；留下一半，迎人歸來，豈不更好！

第一首先是用暗喻的方式教人莫折，然後轉到明明白白地說出非折不可，把話說得斬釘截鐵，充滿悲觀情調。但第二首又再來一個大翻騰，認為要折也只能折一半，把話說得宛轉纏綿，富有樂觀氣息。於文為針鋒相對，於情為絕處逢生。情之曲折深刻，文之騰挪變化，真使人驚嘆。（沈祖棻）

宮妓

李商隱

珠箔輕明拂玉墀，披香新殿鬥腰支。
不須看盡魚龍戲，終遣君王怒偃師。

這是一首歌詠宮廷生活而有所託諷的詩。題目「宮妓」，指唐代宮廷教坊中的歌舞妓。當時京城長安設有左、右教坊（管理宮廷女樂的官署，專管雅樂以外的音樂、歌舞、百戲的教習排練），左多善歌，右多工舞。唐高祖時，置內教坊於禁中；玄宗開元初，又置於蓬萊宮側。詩中所寫的宮妓，當是這種內教坊中的女樂。

「珠箔輕明拂玉墀，披香新殿鬥腰支。」前兩句描繪宮廷中的歌舞場面，正點題目。漢代未央宮有披香殿，是漢成帝的皇后趙飛燕歌舞過的地方。唐代慶善宮中也有披香殿，「新殿」或取義於此。但這裡主要是借這個色彩香豔而又容易喚起歷史聯想的殿名，來渲染宮廷歌舞特有的氣氛。對於披香殿前的歌舞，詩人並沒有作多少具體的鋪敘描繪，而是著重描寫了「珠箔輕明拂玉墀」的景象。「珠箔」，即珠簾；「玉墀」，指宮殿前臺階上的白石地面。輕巧透明的珠簾輕輕地拂著潔白的玉墀，這景象在華美中透出輕柔流動的意致，特別適合於表現一種輕歌曼舞的氣氛，使人感到它和那些「鬥腰支」的宮妓融為一個和諧的整體。「鬥腰支」三字，簡潔傳神，不僅畫出宮妓翩躚起舞的軟媚之態，而且傳出她們競媚鬥妍、邀寵取悅的心理狀態。同時，它還和下兩句中的「魚龍戲」、「偃師」，在競奇鬥巧這一點上構成意念上的聯繫。不妨說，它是貫通前後幅，暗透全詩主旨的一個詩眼。

「不須看盡魚龍戲，終遣君王怒偃師。」三、四兩句陡轉，集中託諷寓慨。「魚龍戲」，指古代百戲中由人裝扮成珍異動物進行種種奇幻的表演。《漢書．西域傳》「漫衍魚龍、角抵之戲以觀視之。」顏師古註云：「魚龍者，為舍利之獸，先戲於庭極；畢，乃入殿前激水，化成比目魚，跳躍漱水，作霧障日；畢，化成黃龍八丈，出水敖戲於庭，炫耀日光。」可見這是一種變幻莫測、炫人眼目的精彩表演。末句的「怒偃師」用了《列子．湯問》的一則故事：傳說周穆王西巡途中，遇到一位名叫偃師的能工巧匠。偃師獻上一個會歌舞表演的「假倡」（實際上是古代的機器人），「鎖（抑）其頤則歌合律，捧其手則舞應節，千變萬化，惟意所適」。穆王以為是真人，和寵姬盛姬一起觀賞它的表演。歌舞快結束時，假倡「瞬其目而招王之左右侍妾」。穆王大怒，要殺偃師，嚇得偃師立即剖解假倡，露出革木膠漆等製造假倡的原料，才得免禍。三、四兩句是說，等不到看完那出神入化的魚龍之戲，君王就要對善於機巧的「偃師」發怒了。

原故事中的偃師是一個善弄機巧的人物，然而他卻差一點因為弄巧而送命。這種機關算盡、反自招禍患的現象具有典型意義。詩人用偃師故事，著眼點正在於此。毫無疑問，詩中的宮妓和「偃師」的關係，相當於原故事中倡者和偃師的關係；而詩中所描繪的「鬥腰支」、「魚龍戲」，又正相當於原故事中倡者的歌舞，所突出的正是偃師的機巧。那麼，透過「不須」、「終遣」這兩個含意比較明顯的詞語，便不難看出，詩中所強調的正是善弄機巧的偃師到頭來終不免觸怒君王，自取其禍。如果把這首詩和〈夢澤〉、〈宮辭〉等歌詠宮廷生活而有所託諷的詩聯繫起來考察，便很容易發現「未知歌舞能多少，虛減宮廚為細腰」（〈夢澤〉），「莫向樽前奏〈花落〉，涼風只在殿西頭」（〈宮辭〉）和「不須看盡魚龍戲，終遣君王怒偃師」（〈宮妓〉）之間有著十分神似的弦外之音。宮廷歌舞，原是政治生活的一種託喻；而迎合邀寵、紅粉自埋的宮女，一時得寵、不憂將來

的嬪妃，和玩弄機巧、終自召禍的偃師，則正是畸形政治生活的畸形產物。在詩人看來，他們統統是好景不常的。（劉學鍇）

宮辭 李商隱

君恩如水向東流，得寵憂移失寵愁。

莫向樽前奏〈花落〉，涼風只在殿西頭。

這首宮怨詩，抓住宮嬪最切身的得寵失寵的問題，寫出她們的悲慘命運。

開頭一句用流水比君王的恩寵，構思非常巧妙。流水，則流動不定。君恩既如流水流動不定，宮女之得寵失寵也隨之變化不定。今日君恩流來，明日又會流去；宮女今日得寵，明日又會失寵；一旦失寵，君恩就如流水一去不返。所以無論失寵得寵，等待她們的，都是不幸。這就逼出了第二句宮女對自己命運的擔憂：得寵時害怕君王感情變化，恩寵轉移；而失寵時又愁腸欲斷，悲苦難言。這一句曲盡無餘地刻畫出宮女既患得寵又患失寵的矛盾痛苦的心理。句中疊用「寵」字，正說明君王的恩寵對宮女的關係重大。因為宮女的命運，完全操在君王手裡。

後兩句承接第二句，以失寵者的口吻警醒得寵者。〈花落〉即〈梅花落〉，是樂府橫吹曲中笛曲名。「樽前奏〈花落〉」，謂伴侍君王宴飲作樂。南朝梁江淹〈班婕妤詠扇〉詩云：「竊悲涼風至，吹我玉階樹。君子恩未畢，零落在中路。」婕妤，宮中女官名。班婕妤曾得漢成帝寵幸，後又失寵。詩中以班婕妤自比團扇，用涼風一至，團扇被廢，喻君恩斷絕。此詩末句即用〈詠扇〉詩意，意思是說：妳不要那麼得意地在君王的酒宴前演奏〈梅花落〉了，妳自己不就是一朵會凋零的花嗎？涼風近在殿的西邊，妳不久也將像花兒一樣被它無情地吹落的！〈花落〉語含雙關，既指曲名，又暗指花被涼風吹落，隱喻得寵者之恩寵難恃。

這首詩通篇全用議論。由於比喻、雙關運用得極其巧妙，就使它在議論中含著形象，所以讀來意味深長，比起明白直說，含蘊有味。清紀昀稱此詩「怨之至矣，而不失優柔之意，一唱三嘆，餘音未寂」（《玉谿生詩說》），正是指出了此詩含蓄的特色。（王思宇）

代贈二首（其一）　李商隱

樓上黃昏欲望休，玉梯橫絕月如鉤。
芭蕉不展丁香結，同向春風各自愁。

〈代贈〉，代擬的贈人之作。此題詩二首，這是第一首。詩以一女子的口吻，寫她不能與情人相會的愁思。詩中所寫的時間是春日的黃昏。詩人用以景托情的手法，從詩的主人公所見到的缺月、芭蕉、丁香等景物中，襯托出她的思想感情。

詩的開頭四字，就點明了時間、地點：「樓上黃昏」。後面「欲望休」三字則維妙逼肖地描摹出女子的行動：她舉步走到樓頭，想去望望遠處，卻又廢然而止。這裡，不僅看到了女子的姿態，而且也透露出她那無奈作罷的神情。「欲望休」一本作「望欲休」。「休」作「停止」、「罷休」之意。「欲望」，是想去望她的情人。但為何又欲望還休呢？

對此，詩人並不作正面說明，因為那樣容易流於顯露，沒有詩意；他用描繪周圍景物，來表現女子的情思。

南朝梁詩人江淹〈倡婦自悲賦〉寫漢宮佳人失寵獨居，有「青苔積兮銀閣澀，網羅生兮玉梯虛」之句。「玉梯虛」是說玉梯虛設，無人來登。此詩的「玉梯橫絕」，是說玉梯橫斷，無由得上，喻指情人被阻，不能來此相會。此連上句，是說女子渴望見到情人，因此想去眺望；但又驀然想到他必定來不了，只得止步。欲望還休，把女子複雜矛盾的心理活動和孤寂無聊的失望情態，寫得細微逼真。「月如鉤」一本作「月中鉤」，意同。它不僅烘托了環境的寂寞與淒清，還有象徵意義：月兒的缺而不圓，就像是一對情人的不得會合。

三、四句仍然透過寫景來進一步揭示女子的內心感情。第二句缺月如鉤是女子抬頭所見遠處天上之景；這兩句則是女子低頭所見近處地上景物。高下遠近，錯落有致。這裡的芭蕉，是蕉心還未展開的芭蕉，稍晚於詩人的錢珝〈未展芭蕉〉詩中的「芳心猶卷怯春寒」，寫的就是這種景象；這裡的丁香，也不是花瓣盛開的丁香，而是緘結不開的花蕾。它們共同對著黃昏時清冷的春風，哀愁無限。這既是女子眼前實景的真實描繪，同時又是借物寫人，以芭蕉喻情人，以丁香喻女子自己，隱喻二人異地同心，都在為不得與對方相會而愁苦。物之愁，興起、加深了人之愁，是「興」；物之愁，亦即人之愁，又是「比」。芭蕉丁香，既是詩人的精心安排，同時又是即目所見，隨手拈來，顯得那麼自然。

景與情、物與人融為一體，「比」與「興」融為一體，精心結撰而又毫無造作雕琢之跡，是此詩的極為成功之處。特別是最後兩句，意境很美，含蘊無窮，歷來為人所稱道，宋楊萬里《誠齋詩話》說絕句最難工，「難得四句全好者」，並特別標舉出來這首，非常讚賞。（王思宇）

楚吟　李商隱

山上離宮宮上樓，樓前宮畔暮江流。

楚天長短黃昏雨，宋玉無愁亦自愁。

這是借吟詠楚國之事表達作者思想感情的一首七絕。詩的前三句都是寫眼前所見的景色。頭兩句寫了四種景物。詩中的「山」指巫山，在今四川湖北兩省交界處。「離宮」是帝王正宮之外臨時居住的宮室，此處即指在今四川巫山縣西北的楚宮，即宋玉〈高唐賦并序〉所寫宋玉與楚襄王所遊之地。「江」即長江。這兩句採用頂針的句式，重疊「樓」、「宮」，加重加深其意，突出其主體地位，以扣緊題中「楚」字。頭一句由「山上」到「離宮」，再到宮上之樓，由下而上，一層一層，把讀者的目光引到最高點；次句又由樓而宮，由宮而江，由上而下，一層一層，把讀者的目光落到最低處，給人以明顯的立體感。「暮江流」的「流」字，又透露出時光流馳的無窮無盡。從此宮此樓出現之日，流到現在，以後還將流到永久永久。昔日的楚國已成陳跡，唯離宮依舊，暮江東流，景中充滿古今變遷和歲月易逝的慨嘆。

上面兩句，已寫出一派荒涼景象，第三句「楚天長短黃昏雨」，又用重筆再加渲染。這句取象構詞，意含雙關，構思非常巧妙。它既是實寫眼前之景，「黃昏雨」三字，又暗用宋玉〈高唐賦并序〉中巫山神女自稱「旦為朝雲，暮為行雨」的語意和所載楚襄王夢會神女事。「長短」，總之、反正之意。此句言楚天老是黃昏下雨，暗與襄王夢會神女之事關合。而上句之江特取「暮」江，此句之雨特寫「黃昏」之雨，則是意在渲染環境的淒涼。

以上三句，畫出了一幅「楚宮暮雨圖」。這裡，暮色淒迷，淒風苦雨灑落江上，楚宮一片荒涼，一切都牽動人的愁緒。所以結句說，當年宋玉對此情景，即使無愁，也會悲愁不已，點出全詩主旨。「無愁」和「亦自愁」對比成文，故為跌宕，更見出悲愁之深。因為前面三句已把悽婉哀愁的氣氛熏染得非常濃重，所以末句就顯得非常自然。這「愁」表面看去僅僅是因景而生，實則也是語含雙關。宋玉〈九辯〉說，楚國國勢危殆，賢才失路，「坎廩（困頓，不得志）兮貧士失職而志不平」，「余萎約（衰萎瘦損）而悲愁」。此與上句用「黃昏雨」暗指襄王荒淫腐敗，文意正是一貫。所以清何焯評論說：「長晷短景，但有夢雨，則賢者何時復近乎？此宋玉所以多愁也。」（《李義山詩集輯評》）是道著作者用意的。李商隱政治上極不得意，幾乎一生都在幕僚中度過。所以詩中的宋玉，其實就是作者的化身；詩中表現的，就是作者歲月蹉跎、壯志未酬的幽憤，對統治者不用賢才的憤懣，以及對唐王朝前途的憂慮。

此詩語言明白如話，藝術構思非常巧妙。詩中不實寫史事，不發議論，而是用圍繞主題的各種有代表意義的景物，構成一個特殊的環境，用它引起人的感受，以此寄託作者的思想感情。不但三、四兩句語含雙關，整首詩也意義雙關。以末句的「愁」來說，就有三層意思：宋玉因景而生之愁，宋玉感慨國事身世之愁，宋玉之愁亦即作者之愁。而這三者又統一在一起，不見半絲痕跡，意味深長無比。田蘭芳稱此詩「只在意興上想見」（清馮浩《玉谿生詩集箋注》引），馮浩說它「吐詞含味，妙臻神境，令人知其意而不敢指其事以實之」（同上），正是講它藝術構思的巧妙絕倫。（王思宇）

瑤池

李商隱

瑤池阿母綺窗開，〈黃竹〉歌聲動地哀。
八駿①日行三萬里，穆王何事不重來？

〔註〕①八駿：周穆王所乘的八匹駿馬。《穆天子傳》載其名為赤驥、盜驪、白義、踰輪、山子、渠黃、華騮、綠耳。

晚唐好幾個皇帝迷信神仙之道，服食丹藥，妄求長生，以至服金丹中毒死去。這首詩便是諷刺求仙之虛妄。瑤池是古代神話中仙人西王母居住的地方。詩中的「阿母」即西王母，《漢武帝內傳》中稱西王母為「玄都阿母」。據《穆天子傳》記載：周穆王西遊至崑崙山，遇西王母，西王母在瑤池設宴招待他。臨別，西王母作歌贈之曰：「白雲在天，山陵自出。道里悠遠，山川間之。將（希望）子無死，尚能復來。」穆王答歌曰：「比及三年，將復（返）而野（您的疆土）。」又載：穆王南遊，在去黃竹的路上，遇北風雨雪，有凍人，穆王作〈黃竹歌〉三章以哀民。

這首詩就是根據這個傳說來構思的。作者抓住西王母希望穆王「復來」，穆王也許諾復來這一點，虛構了一個西王母盼望穆王歸來的情節：西王母推開雕鏤彩飾的窗戶，眺望東方，卻不見穆王的影子，只聽見〈黃竹歌〉聲哀動大地。首句是仙境的綺麗風光，次句是人間的淒厲情景，形成強烈的對比。這個對比兼含著兩層意思：一是隱喻作歌之人已死，唯其歌聲徒留人間，仙境雖美，怎奈無緣得往，暗含著對求仙的嘲諷；一是用〈黃竹歌〉詩意，暗示人民在受凍受苦，而統治者卻在追求長生不死，希圖永遠享受，寄寓著對統治者求仙的譴責。

詩的末兩句是寫西王母不見穆王而產生的心理活動：穆王所乘的八駿飛馳神速，一天能行三萬里，如果要來，真易如反掌，可是他為什麼還沒有如約前來呢？西王母盛情邀請穆王重來，穆王也許諾重來，而且來也方便，乘上八駿瞬息就到，可是穆王卻終究沒有來。——不言穆王已死而其死自明。然而，西王母卻仍在開窗眺望，殷切等候哩！這就表明西王母希望周穆王不死，可是這個希望終於落空了。即令仙人如西王母，也不能挽救周穆王於一死，則人間那些所謂長生不老之術，自然更是靠不住了。——不言求仙之虛妄而其虛妄自見。

諷刺求仙，本來是頗費議論說理的主題，但此詩卻不著一字議論。作者的用意，完全融化在西王母的動作和心理活動中，以具體生動的形象來表露，構思極為巧妙。末句是西王母心中的問號，而不是由詩人直接提出的反詰之辭。因此，詩的諷刺雖然犀利尖刻，但表現方式卻是委婉的，不是直截了當的挖苦嘲笑。清紀昀評此詩說：「盡言盡意矣，而以詰問之詞吞吐出之，故盡而不盡。」（《玉谿生詩說》）正是由於末兩句不作正面指斥，所以此詩於明白酣暢中又具含蓄蘊藉之致，讀之覺餘味無窮。清葉燮稱「李商隱七絕，寄託深而措辭婉，實可空百代無其匹也」（《原詩》外篇下），此首即其一例。（王思宇）

韓冬郎即席為詩相送，一座盡驚。他日余方追吟「連宵侍坐徘徊久」之句，有老成之風，因成二絕寄酬，兼呈畏之員外二首（其一）

李商隱

十歲裁詩走馬成，冷灰殘燭動離情。
桐花萬里丹山路，雛鳳清於老鳳聲。

這首詩用一條長題說明作詩的緣由。冬郎，是晚唐詩人韓偓的小名。他的父親韓瞻，字畏之，是李商隱的故交和連襟。宣宗大中五年（八五一）秋末，李商隱離京赴梓州（治今四川三臺）入東川節度使柳仲郢幕府，韓偓才十歲，就能夠在別宴上即席賦詩，才華驚動一座。大中十年，李商隱返回長安，重吟韓偓題贈的詩句，追憶往事，寫了兩首七絕酬答。這是其中的第一篇。

酒宴上的蠟燭燒殘了大半，燭芯的灰燼也冷卻了。用「冷灰殘燭」，表明送別的筵宴已近尾聲，闔座的人觸動離情。正是在這樣的慘淡氣氛中，十歲的冬郎觸發了詩思，飛快地揮寫成送別的詩章。這就是本篇頭兩句對當年情景的追述。別宴的情況交代簡略，重點突出冬郎題詩，是為了主題的需要。

記事已畢，下面轉入評贊。怎樣才能不陷於一般的套語呢？詩人採用了比喻的手法，將韓瞻韓冬郎父子比作鳳凰，以「雛鳳清於老鳳聲」表明青出於藍，抽象的道理從而轉化為具體的形象。光這樣還不夠生動。詩人又聯想到，傳說中鳳凰產在丹山，牠愛棲息的是梧桐樹。經過想像的馳騁，便構成這樣一幅令人神往的圖景：

遙遠的丹山道上，美麗的桐花覆蓋遍野，花叢中不時傳來雛鳳清脆圓潤的鳴聲，應和著老鳳蒼亮的呼叫，顯得更為悅耳動聽。多麼富於詩情畫意的寫照！看了這幅圖畫，冬郎的崢嶸年少和俊拔詩才不都躍然紙上了嗎？

驅遣活生生的聯想和想像，將實事實情轉化為虛擬的情境、畫面，這可以說是李商隱詩歌婉曲達意的又一種表現形式。一首本來容易寫得平凡的寄酬詩，以「雛鳳聲清」的名句歷來傳誦不衰，除了詩人對後輩的真切情意外，跟這樣的表現形式是分不開的。（陳伯海）

板橋曉別

李商隱

回望高城落曉河，長亭窗戶壓微波。
水仙欲上鯉魚去，一夜芙蓉紅淚多。

這是一首和情人言別的詩。題中「板橋」，指唐代汴州（治今河南開封）城西的板橋店。這裡正像長安西邊的渭城一樣，是一個行旅往來頻繁的站頭，也是和親友言別的地方。李商隱這首詩，寫友人李郢與汴州的情人告別，南歸蘇州的情景，以它特有的奇幻絢麗色彩開闢了言別的一種新境界。

首句回望來路所見。「高城」，指汴州城。「曉河」，指破曉時分的銀河。回望汴州方向，原先斜貫中天，高懸在城頭上的銀河，此刻已經黯淡下去，西移垂地。在破曉時分微微發白的天幕背景下，正隱現出高城的朦朧暗影。這對情侶，曾經在這座高城中度過一段難忘的時日，所以分袂之際，不免懷著留戀和悵惘的心情翹首回望，彼此都感到剛剛逝去的日子彷彿是一場遙遠的夢，正像宋代秦觀在一首別詞中所寫的那樣：「多少蓬萊舊事，空回首、煙靄紛紛」（〈滿庭芳·山抹微雲〉）。「落曉河」，既明點題內「曉」字，又暗寓牛女期會已過，離別在即。而這對情侶在分離的前夜依依話別，徹夜不眠的情景也不難想見。

次句板橋即景。「長亭」，當是板橋上或板橋近旁一座臨水的亭閣。它既是昨夜雙方別前聚會之處，也是曉來分別之處。長亭的窗下，就是微微盪漾的波光。「壓」字畫出窗戶緊貼水波的情景。在朦朧曙色中，這隱現於波光水際的長亭彷彿是幻化出來的某種仙境樓閣，給這場離別塗上了一層奇幻神祕的傳奇色彩。那窗下搖漾的微波，一方面讓人聯想起昨夜一夕雙方蕩漾不已的感情波流，另一方面又連接著煙波渺渺的去路（板橋下面就是著名的通濟渠）。這兩方面合起來，也就是所謂「柔情似水，佳期如夢」（宋秦觀〈鵲橋仙・纖雲弄巧〉）。全句寫景，意境頗似牛女鵲橋，夜聚曉分，所以和首句所寫的「高城落曉河」之景自然融成一片。

如果說，一、二兩句還只是在寫景中微露奇幻神祕的色彩，那麼三、四兩句就完全進入了神話故事的意境。「水仙」句暗用琴高事。漢代《列仙傳》上說，琴高是戰國時趙人，行神仙道術，曾乘赤鯉來，留月餘復入水去。這裡把行者暗比作乘鯉凌波而去的水仙。行者是由水路乘舟南去的，板橋長亭之下此刻正停靠著待發的小舟。在前兩句所描繪的帶有奇幻色彩的景色引發下，這裡進一步生出浪漫主義的想像，將「方留戀處，蘭舟催發」（宋柳永〈雨霖鈴・寒蟬淒切〉）的現實場景幻化成「水仙欲上鯉魚去」的神話境界。所以這想像雖奇幻，卻又和眼前景吻合，顯得自然真實。《楚辭・九歌・河伯》中曾這樣描寫送別的場景：「子交手兮東行，送美人兮南浦。波滔滔兮來迎，魚鱗鱗兮媵予。」「水仙」句似受到它的啟發，只不過這首詩裡所描繪的境界帶有更多童話式的天真意趣罷了。

末句轉寫送者。「紅淚」暗用薛靈芸事。晉王嘉《拾遺記》上說，魏文帝美人薛靈芸離別父母登車上路，「以玉唾壺承淚，壺則紅色。既發常山，及至京師，壺中淚凝如血。」這裡將送行者暗喻為水中芙蓉，以表現她的美豔；又由紅色的芙蓉進而想像出它的淚也應該是「紅淚」。這種天真浪漫的想像，頗有些類似李賀〈金銅仙人辭漢歌〉中「憶君清淚如鉛水」的奇想。不過這句的好處似乎主要在筆意。它是從行者的眼中來寫送者，卻又不直接描繪送者在「曉別」時的情態，而是轉憶昨夜一夕這位芙蓉如面的情人泣血神傷的情景。這就不但從「曉別」寫出了夜來的傷離，而且從夜來的傷離進一步暗示了「曉別」的難堪。昨夜長亭窗戶之內，「蠟燭有心還惜別，替人垂淚到天明」（杜牧〈贈別二首〉其二）的情景，今朝板橋曉別之際，「執手相看淚眼，竟無語凝噎」（宋柳永〈雨霖鈴．寒蟬淒切〉）的黯然銷魂之狀也就都如在目前了。

喜歡從前代小說和神話故事中汲取素材，構成詩歌的新奇浪漫情調和奇幻絢麗色彩，是李商隱詩歌的一個特點。但像這首詩這樣，用傳奇的筆法來寫普通的離別，將現實與幻想融為一片，創造出色彩繽紛的童話式幻境，在送別詩中確屬少見。前人曾說「義山多奇趣」（宋張戒《歲寒堂詩話》），將平凡的題材寫得新奇浪漫，正是「奇趣」的一種表現。（劉學鍇）

銀河吹笙

李商隱

悵望銀河吹玉笙，樓寒院冷接平明。重衾幽夢他年斷，別樹羈雌昨夜驚。
月榭故香因雨發，風簾殘燭隔霜清。不須浪作緱山意①，湘瑟秦簫②自有情。

〔註〕①王子喬緱（音同鉤）山乘鶴，見《列仙傳》：「王子喬者，周靈王太子晉也。好吹笙，作鳳凰鳴。遊伊洛之間，道士浮丘公接以上嵩高山三十餘年。後求之於山上，見桓良曰：『告我家，七月七日待我於緱氏山巔。』至時，果乘白鶴駐山頭，望之不得到。」②湘瑟，指湘靈鼓瑟，語出《楚辭．遠遊》：「使湘靈鼓瑟兮，令海若舞馮夷」。秦簫，指秦穆公之女弄玉，見《列仙傳》：「簫史者，秦穆公時人也。善吹簫……穆公有女，字弄玉，好之，公遂以女妻焉。」

李商隱的愛情詩裡，〈銀河吹笙〉並不常為人們稱引，但它頗有一點特異之處，值得重視。

乍一讀來，只覺得此詩不太好懂。李商隱詩有時由於比興過於深曲，或用典冷僻，而造成理解上的困難。可是，這首詩沒有什麼隱喻手法，最後一聯用了王子喬緱山騎鶴仙去、湘靈鼓瑟、秦女（弄玉）吹簫三個典故，也很習見，文字並不艱深。而一句句連下來讀，仍覺詞意不很明白：一會兒說他年夢斷，一會兒又說昨夜鳥啼，不知哪裡的「月榭故香」，卻同眼前的「風簾殘燭」掛上了鉤，實境與假想混雜一起，給人以迷離惝怳的感覺。其實，掌握了詩人心理的變化，詩的脈絡還是不難找尋的。

那是在天色欲明未明時分，詩人已經起身。高空的銀河映入眼簾，一陣吹笙之聲傳來耳中，身上還感到黎明前的絲絲寒意。也許因為笙聲的觸發吧，昔日情事重又浮上心頭，而那美好的歡情已隨愛人的逝去，像一場幽夢永遠破滅了。惆悵之餘，詩人不由得轉念及窗外枝頭驚啼通宵的雌鳥，莫非牠也懷有跟自己一樣的失侶之痛嗎？由於憶念往事，從前與愛人相聚的故園臺榭，就閃現在腦海裡。園中那一樹繁花，想來已被近日雨水催發了，芳姿是多麼可愛呀！霎時間，幻景消失，只剩眼前風簾飄拂，殘燭搖焰，映照簾外一片清霜。夢醒了，愁思怎遣？追隨騎鶴吹笙的王子喬學道修仙去吧，說不定能擺脫這日夜縈繞心頭的世情牽累。咳，別妄想了！還是學湘靈鼓瑟、秦女吹簫，守著這一段痴情自我吟味吧。

以上是全詩大意的串繹。詩篇從當前所見所聞所感的物象興起，引出往日歡情的追憶和昨夜鳥啼的插念，再跳躍到遠隔異鄉的故園花開的想像，又折回眼前風簾殘燭的實景，最後更從有關神仙傳說激起的天外遐想，落腳到埋藏於自己衷懷的一片深情。時間和空間都跨越了，糅合了，各個意象間也不再有外在聯繫；貫串始終的只是一股意識的潛流，它瞬息萬變，撲朔迷離。這正是李商隱詩歌最叫人驚異的地方，也往往是最為隱晦費解的地方。

〈銀河吹笙〉絕非孤立的例子。詩人的一部分無題詩和某些仿效「長吉體」的歌行，都在不同程度上採用了這種構思方式，呈現出若干共同的特色，如：打破按時間、空間順序或事理邏輯來組織材料的傳統路子，遵循人的直覺心理的活動線索對時空作錯綜的反映；實境與虛境淆雜，意象間的綴合略去表面的過渡聯繫；以及由此而產生的詩句之間跳躍性大，甚至帶有一定的晦澀風格。這樣的詩歌不免有它的弊端，但從表現心理變化的細微曲折來說，又自有其長處。在萬紫千紅的詩歌百花苑裡，是不應吝惜給予一席地位的。（陳伯海）

夕陽樓

李商隱

花明柳暗繞天愁，上盡重城更上樓。
欲問孤鴻向何處，不知身世自悠悠。

這首詩寫於唐文宗大和九年（八三五）秋天。作者題下自註說：「在滎陽。是所知今遂寧蕭侍郎牧滎陽日作者。」滎陽即今河南鄭州，是李商隱的第二故鄉（原籍懷州）。今遂寧蕭侍郎，指當時被貶到遂州（屬劍南東道）的刑部侍郎蕭澣。蕭澣在大和七年三月到八年底，曾任鄭州刺史，夕陽樓就是他在鄭州任上所建。李商隱受蕭澣的器重與厚遇，所以稱蕭澣為「所知」。後蕭澣被貶逐到遠州。詩人登夕陽樓，觸景傷情，感慨無端，寫下這首情致深婉的小詩。

前兩句寫登樓遠望，觸景生愁。「花明柳暗」，本來是賞心悅目的美好景色，但在別有傷心懷抱的詩人眼裡，卻是惹愁牽恨之物。李商隱出身比較寒微，特別重視「知己」的理解和幫助。一年前，非常賞識和栽培他的崔戎在兗海觀察使任上溘然長逝；現在，另一位對他厚遇的知己蕭澣又被貶遠去，這就使詩人越發感到自己的孤孑無依。而他多次應試不第，也無疑更加重了落拓不遇的悲慨。再加上朝廷中李訓、鄭注專權，宦官勢熾，時代與個人身世的濃重陰影，使得這位敏感而重情的詩人更加多愁善感。「繞天愁」，不但寫出了愁緒的悠長與紛亂，而且與登高望遠的特定情境切合。一、二兩句，按實際生活次序，應是先登城上樓，後觸景生愁。現在這樣調換次序，一方面是為了要突出詩人登高望遠的無邊愁緒，另一方面也是為了使登城上樓的敘述帶上濃郁的抒情意味，顯出曲折頓挫之致。從「上盡」、「更上」這種強調的語氣中，似乎可以感受到一種不堪承受登高望遠所帶來的心理重壓的情緒。

三、四兩句專就望中所見孤鴻南征的情景抒慨。仰望天穹，萬里寥廓，但見孤鴻一點，在夕陽餘光的映照下孑然遠去。這一情景，連同詩人此刻登臨的夕陽樓，都很自然地使他聯想起被貶遠去、形單影隻的蕭澥，從內心深處湧出對蕭澥不幸遭際的同情和前途命運的關切，故有「欲問」之句。但方當此時，忽又頓悟自己的身世原來也和這秋空孤鴻一樣孑然無依、渺然無適，真所謂「不知身世自悠悠」了。這兩句詩的好處，主要在於它真切地表達了一種典型的人生體驗：一個同情別人不幸遭遇的人，往往沒有意識到他自己原來正是亟須人們同情的不幸者；而當他忽然意識到這一點時，竟發現連給予自己同情的人都不再有了。「孤鴻」尚且有關切牠的人，自己則連孤鴻也不如。這裡蘊含著更深沉的悲哀，更深刻的悲劇。清馮浩說三、四兩句「悽惋入神」（《玉谿生詩集箋注》），也許正應從這個角度去理解。而「欲問」、「不知」這一轉跌，則正是構成「悽惋入神」的藝術風韻的重要因素。宋謝枋得說：「若只道身世悠悠，與孤鴻相似，意思便淺。『欲問』、『不知』四字，無限精神。」（《疊山詩話》）這是深得詩人用意的獨具隻眼之評。李商隱七絕「寄託深而措辭婉」（清葉燮《原詩》外篇下）的特點在這裡正有鮮明的體現。（劉學鍇）

重有感

李商隱

玉帳牙旗得上游，安危須共主君憂。竇融表已來關右，陶侃軍宜次石頭。
豈有蛟龍愁失水？更無鷹隼與高秋！晝號夜哭兼幽顯，早晚星關雪涕收？

大和九年（八三五）十一月，宰相李訓、鳳翔節度使鄭注在唐文宗授意下密謀誅滅宦官。事敗，李、鄭先後被殺，連未曾預謀的宰相王涯、賈餗、舒元輿等也遭族滅，同時株連者千餘人，造成「流血千門，殭尸萬計」的慘禍，史稱「甘露之變」。事變後，宦官氣焰更加囂張，「迫脅天子，下視宰相，陵暴朝士如草芥」（《資治通鑑》）。開成元年（八三六）二、三月，昭義軍節度使劉從諫兩次上表，力辯王涯等無辜被殺，指斥宦官「擅領甲兵，恣行剽劫」，表示要「修飾封疆，訓練士卒，內為陛下心腹，外為陛下藩垣。如姦臣難制，誓以死清君側」（〈請王涯等罪名表〉），並派人揭露宦官仇士良等人的罪惡。一時宦官氣焰稍有收斂。作者有感於此事和朝廷依然存在的嚴重局勢，寫了這首詩。因為不久前已就甘露之變寫過〈有感二首〉，所以本篇題為「重有感」。這種標題，實際上類似無題。

首句「玉帳牙旗」，是說劉從諫握有重兵，為一方雄藩。昭義鎮轄澤、潞等州，鄰近京城長安，軍事上據有極便利的形勢，所以說「得上游」。這句重筆渲染，顯示劉的實力雄厚，條件優越，完全有平定宦官之亂的主客觀條件，以逼出下句，點明正意：在國家危急存亡之秋，作為一方雄藩理應與君主共憂患。（「安危」是偏義復詞，這裡偏用「危」義。）句中「須」字極見用意，強調的是義不容辭的責任。如改用「誓」字，就變成單純讚揚了。「須」字高屋建瓴，下面的「宜」、「豈有」、「更無」等才字字有根。

頷聯用了兩個典故。東漢初涼州牧竇融得知光武帝打算討伐西北軍閥隗囂，便整頓兵馬，上疏請示出師伐囂日期。這裡用來指劉從諫上表聲討宦官。東晉陶侃任荊州刺史時，蘇峻叛亂，京城建康危急。侃被討蘇諸軍推為盟主，領兵直抵石頭城下，斬蘇峻。這裡用來表達對劉從諫進軍平亂的期望。一聯中迭用兩件性質相類的事，同指一人，本來極易流於堆垛重複；但由於作者在運用時各有意義上的側重（分別切上表與進軍），角度又不相同（一切已然之事，一切未然之事），再加上在二句中用「已」、「宜」兩個虛字銜連呼應，這就不僅切合劉從諫雖上表聲言「清君側」，卻並未付諸行動的情況，而且將作者對劉既有所讚揚又有所不滿，既有所屬望又不免有些失望的複雜感情準確而細密地表達出來。不說「將次」，而說「宜次」，正透露出作者對劉的「誓以死清君側」的聲言並不抱過於樂觀的想法。「宜」字中有鼓勵，有敦促，也隱含著輕微的批評和責備。

頸聯中用了兩個比喻。「蛟龍愁失水」，比喻文宗受制於宦官，失去權力和自由。「鷹隼與（通「舉」）高秋」，比喻忠於朝廷的猛將奮起搏擊宦官。《左傳．文公十八年》：「見無禮於其君者，誅之，如鷹鸇之逐鳥雀也。」鷹隼之喻用其意。前者，是根本不應出現的，然而卻是既成的事實，所以用「豈有」表達強烈的義憤，和對這種局面的不能容忍；後者，是在「蛟龍失水」的情況下理應出現卻竟未出現的局面，所以用「更無（根本沒有）」表達深切的憂憤和強烈的失望。清紀昀說：「『豈有』、『更無』，開合相應。上句言無受制之理，下句解受制之故。」（《玉谿生詩說》）這是比較符合作者本意的。和上面的「須共」、「宜次」聯繫起來，不難體味出其中隱含著對徒有空言而無實際行動，能為「鷹隼」而竟未為「鷹隼」者的不滿與失望。

末聯緊承第六句。正因為「更無鷹隼與高秋」，眼下的京城仍然晝夜人號鬼哭，一片悲慘恐怖氣氛。究竟

在遠方的那人也應為春之將暮而傷感吧？如今蓬山遠隔，只有在殘宵的短夢中依稀可以相見了。

強烈的思念，促使他修下書札，侑以玉璫一雙，作為寄書的信物。這是奉獻給對方的一顆痛苦的心，但路途遙遙，障礙重重，縱有信使，又如何傳遞呢？「玉璫緘札何由達？萬里雲羅一雁飛。」且看窗外的天空，陰雲萬里，縱有一雁傳書，定能穿過這羅網般的雲天麼？

以上是這首詩大致包含的意境。男主人公的處境、活動、心情，基本上是清楚的。讀者所難於知道的，只是這種戀愛的具體對象和性質。據作品本身看，所愛的對方大約是由於某種不得已的原因，遠離而去了。這在戀愛和婚姻不由自主的古代社會是難免的。李商隱在他的組詩〈柳枝五首〉序中便曾述及洛陽有一個女子屬意於他，但不幸被「東諸侯取去」，而鑄成了憾事。〈春雨〉詩中推想對方「遠路應悲春晼晚」，又感到當時的環境如「萬里雲羅」，可見這種戀愛或許也是與受到「東諸侯」之類權勢者的阻隔有關。

李商隱在這首詩中，賦予愛情以優美動人的形象。詩借助於飄灑迷濛的春雨，融入主人公迷茫的心境、依稀的夢境，以及「春晼晚」、「萬里雲羅」等自然景象，烘托別離的寥落，思念的深摯，構成渾然一體的境界。「紅樓隔雨相望冷，珠箔飄燈獨自歸」一聯，前一句色彩（「紅」）和感覺（「冷」）互相對照。紅的色彩本來是溫暖的，但隔雨悵望反覺其冷；後一句珠箔本來是明麗的，卻出之於燈影前對雨簾的幻覺，極細微地寫出主人公寥落而又迷茫的心理狀態。末聯「玉璫緘札何由達？萬里雲羅一雁飛」，也富於象徵色彩。它很有創造性地借助於自然景象，把「錦書難託」（宋陸游〈釵頭鳳．紅酥手〉）的預感形象化了，並把抑鬱悵惘的情緒與廣闊的雲天融合成一片。凡此，都成功地表現出了主人公的生活、處境和感情，情景、色調和氣氛都令人久久難忘。這種真摯動人的感情和優美生動的形象結合在一起，構成一種藝術魅力，在它面前，人們是免不了要付出自己的同情的。（余恕誠）

楚宮　李商隱

湘波如淚色漻漻，楚厲迷魂逐恨遙。楓樹夜猿愁自斷，女蘿山鬼語相邀。
空歸腐敗猶難復，更困腥臊豈易招？但使故鄉三戶在，綵絲誰惜懼長蛟。

關於此詩的歷史背景和寓意，說法不一。近人張采田認為是宣宗大中二年（八四八）詩人由桂州（治今廣西桂林）鄭亞幕返長安途經潭州（治今湖南長沙）等地時作，專弔屈原，並無別的寓意。以張說較是。李商隱一生，政治上很不得意，生活道路非常坎坷，可以說此詩既弔屈原，也融進了對社會政治和個人身世的感慨。

這首詩不同於其他憑弔屈原的詩文，它沒有從屈原的人品才能和政治上的不幸遭遇著筆，通篇自始至終緊緊扣住屈原的「迷魂」來寫：首聯寫迷魂逐波而去，含恨無窮；頷聯寫迷魂長夜無依，淒涼無限；頸聯嘆迷魂之不易招；末聯贊迷魂終有慰藉。這樣圍繞迷魂來構思，內容集中，從各個方面、各個角度，反覆抒寫，從而使詩具有迴環唱嘆之致。

詩的前四句是以景寫情。屈原忠而見疑，沉湘殉國，此詩亦即從眼前所見之湘江起筆。「湘波如淚色漻漻，楚厲迷魂逐恨遙。」「漻漻（音同寥）」，水清深貌。「鬼無依則為厲」（清馮浩《玉谿生詩集箋注》），「楚厲」指屈原無依的冤魂。對著湘江，想起屈原的不幸遭遇，詩人傷悼不已。在詩人的眼中，清深的湘波，全都是淚水匯成。這「淚」有屈原的憂國憂民之淚，有後人悼念屈原之淚，也有詩人此時的傷心之淚。湘江淌著不盡的淚水，也在哀悼屈原。而在這如淚的湘波之中，詩人彷彿看到了屈原的迷魂。「逐恨遙」寫迷魂含著滿腔悲憤，隨波遠去。湘江流水無窮盡之時，屈原迷魂亦終古追逐不已，其恨亦千秋萬代永無絕期。「恨」字和「淚」字，融入詩人的強烈情感，既是對屈原的沉痛哀悼，也是對造成屈原悲劇的楚國統治者的強烈譴責。

頷聯又從湘江岸上的景物再加以烘托。這聯化用《楚辭・招魂》「湛湛江水兮上有楓，目極千里兮傷春心，魂兮歸來哀江南」，屈原《九歌・山鬼》「猿啾啾兮狖夜鳴，風颯颯兮木蕭蕭」、「若有人兮山之阿，披薜荔兮帶女蘿」等語意。「楓樹夜猿」，是說經霜的楓樹和哀鳴的愁猿，構成一幅淒涼的秋夜圖。「愁」，既是猿愁，也是迷魂之愁，而猿愁又更加重迷魂之愁。「斷」，即斷腸。下句的「女蘿山鬼」即以女蘿為帶的山鬼。「語相邀」既指山鬼間互相召喚，同時也指山鬼們召喚屈原的迷魂，境界陰森。長夜漫漫，楓影森森，迷魂無依，唯夜猿山鬼為伴。此聯景象淒迷，悲情如海，讀之使人哀婉欲絕。

下面四句似議似嘆，亦議亦嘆，抒發詩人內心的慨嘆。五、六兩句是說：即使屈原死後埋在地下，其屍也會空自歸於腐敗，魂也難以招回；何況是沉江而死，葬身於腥臊的魚蝦龜鱉之中，他的迷魂就更難招回了。「復」和「招」同義，都是招魂的意思。以上三聯，都是感傷悲慨；末聯情調一變，由悽惻婉轉變為激越高昂，以熱烈歌頌屈原的忠魂作結。這一聯糅合了《史記・項羽本紀》「楚雖三戶，亡秦必楚」的典故和南朝梁吳均《續齊諧記》楚人祭祀屈原的傳說。《續齊諧記》記載，屈原於五月五日投汨羅江而死，楚人每至此日，用竹筒貯米投水祭之。漢時，長沙有人白日忽見一人，自稱三閭大夫（屈原自稱，三閭大夫是他的官爵），說祭品「常年為蛟龍所竊。今若有惠，當以楝樹葉塞其上，以綵絲纏之，此二物蛟龍所憚。」此聯意思是說：只要楚人不絕，他們就一定會用綵絲粽葉包紮食物來祭祀屈原。

這首詩化用《楚辭》和屈原本人作品中的詞語和意境入詩，而不著一絲痕跡，讀來語如己出，別具風采。

詩人以景托情，以感嘆為議論，使全詩始終充滿了濃重的抒情氣氛；加以內容上反覆詠嘆這個特點，就使此詩「微婉頓挫，使人蕩氣迴腸」（清翁方綱《石洲詩話》評李商隱詩語），感人至深。（王思宇）

晚晴

李商隱

深居俯夾城，春去夏猶清。天意憐幽草，人間重晚晴。
並添高閣迥，微注小窗明。越鳥巢乾後，歸飛體更輕。

細膩地描畫晚晴景物，或許不算太難。但如果要在景物描寫中融入詩人獨特的感受與心境，特別是要不露痕跡地寓託某種積極的人生態度，使讀者在思想上受到啟示，這就需要詩人在思想境界和藝術功力上都「更上一層樓」。

首聯說自己居處幽僻，俯臨夾城（城門外的曲城），時令正值清和的初夏。乍讀似不涉題，上下兩句也不相屬，其實「俯夾城」的「深居」即是覽眺晚晴的立足點，而清和的初夏又進而點明了晚晴的特定時令，不妨說是從時、地兩方面把詩題具體化了——初夏憑高覽眺所見的晚晴。

此時詩人在桂林鄭亞幕供職，初夏多雨，嶺南尤然。久雨轉晴，傍晚雲開日霽，萬物頓覺增彩生輝，人的精神也為之一爽。這種景象與感受，本為一般人所習見、所共有。詩人的獨特處，在於既不泛泛寫晚晴景象，也不作瑣細刻畫，而是獨取生長在幽暗處不被人注意的小草，虛處用筆，暗寓晚晴，並進而寫出他對晚晴別有會心的感受。久遭雨潦之苦的幽草，忽遇晚晴，得以霑沐餘暉而平添生意，詩人觸景興感，忽生「天意憐幽草」的奇想。這就使作為自然物的「幽草」無形中人格化了，給人以豐富的聯想。詩人自己就有著類似的命運，故而很自然地從幽草身上發現自己。這裡託寓著詩人的身世之感。他為目前的幸遇欣慰的同時不期然地流露出對往昔厄運的傷感，或者說正由於有已往的厄運而倍感目前幸遇的可慰。這就自然引出「人間重晚晴」，而且賦予「晚晴」以特殊的人生含義。晚晴美麗，然而短暫，人們常在讚賞留連的同時對它的匆匆即逝感到惋惜與悵惘。然而詩人並不顧它的短暫，而只強調「重晚晴」。從這裡，可以體味到一種分外珍重美好而短暫的事物的感情，一種積極、樂觀的人生態度。

頷聯寫得渾融概括，深有託寓，頸聯則轉而對晚晴作工緻的描畫。這樣虛實疏密相間，詩便顯得弛張有致，不平板，不單調。雨後晚晴，雲收霧散，憑高覽眺，視線更為遙遠，所以說「並添高閣迥」（這高閣即詩人居處的樓閣）。這一句從側面寫晚晴，寫景角度由內及外，下句從正面寫，角度由外及內。夕陽的餘暉流注在小窗上，帶來了一線光明。因為是晚景斜暉，光線顯得微弱而柔和，故說「微注」。儘管如此，這一脈斜暉還是給人帶來喜悅和安慰。這一聯透過對晚景的具體描繪，寫出了一片明朗欣喜的心境，把「重」字具體化了。

末聯寫飛鳥歸巢，體態輕捷，仍是登高覽眺所見。「巢乾」、「體輕」切「晴」，「歸飛」切「晚」。宿鳥歸飛，通常是觸動旅人羈愁的，這裡卻成為喜晴情緒的烘托。古詩有「越鳥巢南枝」（漢〈古詩十九首〉）之句，這裡寫越鳥歸巢，帶有自況意味。如果說「幽草」是詩人「淪賤艱虞」（李商隱〈安平公詩〉）身世的象徵，那麼，「越鳥」似乎是眼前託身有所、精神振作的詩人的化身。

這裡要交代一下作者入桂幕前後的一些情況。李商隱自文宗開成三年（八三八）入贅涇原節度使王茂元（被視為李黨）以後，便陷入黨爭的狹谷，一直遭到牛黨的忌恨與排擠。宣宗繼立，牛黨把持朝政，形勢對他更加不利。他只得離開長安，跟隨鄭亞到桂林當幕僚。鄭亞對他比較信任，在幕中多少能感受到一些人情的溫暖；同時離開長安這個黨爭的漩渦，得以暫免時時遭受牛黨的白眼，精神上也是一種解放。正因為這樣，詩中才有幽草幸遇晚晴、越鳥喜歸乾巢之感。

作為一首有寓託的詩，〈晚晴〉的寫法更接近於「在有意無意之間」的「興」。詩人也許本無託物喻志的明確意圖，只是在登高覽眺之際，適與物接而觸發聯想，情與境偕，從而將一刹那間別有會心的感受融化在對晚晴景物的描寫之中，所以顯得特別自然渾成，不著痕跡。（劉學鍇）

安定城樓　李商隱

迢遞高城百尺樓，綠楊枝外盡汀洲。賈生年少虛垂涕，王粲春來更遠遊。
永憶江湖歸白髮，欲回天地入扁舟。不知腐鼠成滋味，猜意鵷鶵竟未休。

安定（治今甘肅涇川縣北），即唐代涇州治所。文宗大和九年（八三五），王茂元拜涇原節度使。開成三年（八三八），商隱赴其幕，還做了王的女婿。不久，商隱應博學宏詞科試，落選回涇州，登樓有感，寫此遣懷。

首二句登樓即景：登上高聳百尺的安定城樓，遠處綠楊樹邊的洲渚盡收眼底。按涇州城東有「善女湫」，廣袤數里（見《太平廣記》），汀洲殆指其地。登最高之樓，望最遠之處，高瞻遠矚，氣象萬千。即景所以生情，以下六句的豪情壯志、無窮感慨都由此生發。

三、四句先以兩位古人自比。漢代賈誼獻策之日，王粲作賦之年，都與作者一般年輕。賈誼上〈治安策〉，不為漢文帝所採納，因〈治安策〉開頭有「臣竊惟事勢，可為痛哭者一，可為流涕者二」之語，故謂「虛垂涕」；作者應博學宏詞科試而名落孫山，其心境與賈誼上書未售，同樣縈紆抑鬱。王粲避亂至荊州，依劉表；作者赴涇州，入王茂元幕，都屬寄人籬下。用兩位古人的古事，比自己當前的處境和心情，取擬於倫，十分貼切。這是第一層。

五、六句抒露志趣和抱負。作者的遭遇雖然困躓，可是他的凌雲之志，未稍減損。「江湖」、「扁舟」乃使用春秋時代范蠡的典故：范蠡佐越王句踐，「既雪會稽之恥」，「乃乘扁舟，浮於江湖」（《史記·貨殖列傳》）。意謂，自己早有歸隱江湖之志，但等回天撼地之日，旋乾轉坤之時，頭飄白髮，身入扁舟。「永憶江湖」，即懷淡於名利之心；「欲回天地」，即抱建立功業之志。兩者似相反，實相成。因為如果沒有「永憶江湖」的志趣，便成為爭名逐利的祿蠹巧宦，哪裡還會有「欲回天地」的宏願？在這裡，這個「永」字下得很好，這個字，有力地表達作者畢生的抱負。這兩句詩，既瀟脫，又遒勁。清代查慎行謂：「王半山（安石）最賞此聯，細味之，大有杜意。」（《查初白十二種詩評》）從詩的表達形式著眼，錘字堅實，結響凝固，功力固頗近杜詩；而更為關鍵的，這兩句詩反映了古代社會裡才志之士的積極向上思想，既懷著恬淡的心情，又有擔當事業的志氣，這與杜甫的胸襟懷抱，極為相似。因為王安石也從這兩句詩中照到自己的影子，所以擊節稱賞。這是第二層。

七、八句借莊子寓言表示自己敝屣功名利祿，正告他人不要妄加猜測。寓言謂：惠施相梁，生怕莊子爭奪他的相位，百般防範，唯恐不周。於是莊子去見惠施，坦率地對他說：鵷鶵（傳說中與鳳凰同類的鳥，莊子自比）非練實不食，非醴泉不飲，從來不會把鴟（鴞鷹，比惠施）的腐鼠（比相位）當美味而希羨！（見《莊子·秋水》）意為：你的位置我一向不屑一顧，你切莫杞人憂天，自相驚擾。這兩句詩，既闡明自己沒有患得患失的私心雜念，胸次光明磊落，淡泊寧靜，為上面「永憶江湖」句提供有力的論證；又表示對世間一切惡濁事物，睥睨蔑視，絕不妥協容忍；還尖銳地批判那些捧住權位不放的祿蠹，對他們盡調侃奚落的能事。據近人張采田《玉谿生年譜會箋》，作者應博學宏詞試被擯，是由於牛黨的打擊，誠如是，這兩句詩乃是有的放矢。這是第三層。

這首詩，筆力健舉，風骨清峻，結構嚴謹，而語句靈活變化，特別在使用典故方面，非常成功。由於賈誼、王粲的身世遭遇與作者有相似之處，抓住相似的典型事例——賈生垂涕，王粲遠遊，比擬自己的憂時羈旅之感，若合符節，而使一位奮發有為又遭受壓抑的少年志士形象躍然紙上。復次，作者的曲曲心事，本不可能用片言隻字表達出來，現在借助莊子寓言，不但足以表露他不汲汲於榮利的狷介品質，又反映他睥睨一切的精神狀態，還反擊了政敵的惡意中傷。如此用典，既靈活，又確切，既含蓄，又銳利，充分發揮了典故的功能。（黃清士）

天涯

李商隱

春日在天涯，天涯日又斜。
鶯啼如有淚，為濕最高花。

李商隱的這首絕句，「意極悲，語極豔，不可多得」（清馮浩《玉谿生詩集箋注》引楊致軒語），在表現手法上很有特色。

首句平直敘起，蘊藏著極深沉悽婉的感情。「春日」寫時光之美好，「天涯」喻飄零之遙遠；兩詞並用，便將旖旎的春光與羈旅的愁思交織在一起。第二句使用頂針格，重複「天涯」，再點題意。但兩個「天涯」含意不盡相同，前者是泛指遙遠的天邊，後者是特指具體的天邊，迴環重複，更見低迴纏綿之致。春日越是美好，落魄江湖，遠在天涯的詩人越是感到惆悵。「春日在天涯」已經使人黯然傷神；而「天涯日又斜」遞進一層，就更加渲染了在天涯海角，踽踽獨行，窮愁漂泊的悲涼氣氛。「日又斜」是說時間向晚，一天又將過去，這就給豔麗的春景籠罩了一層慵倦淒暗的陰影。繁花似錦的春光，與西沉的斜日，縱然掩映多姿，但無多時，終將淹沒於蒼茫暮色之中。日復一日，春天也終將落盡紅英，悄然歸去。韶光之易逝，繁花之必將凋謝，與詩人人生道路上的失意蹉跎，正復泯然相合。著一「又」字，則日暮途窮，茶然疲役之慨，寥落孤獨，空漠無依之痛，盡在言外。兩句既包含著對美好事物無限留戀珍惜之意，也包含著生命必將凋零之可悲。

轉句在宛曲迴環中見奇警，結句餘音嫋嫋，更為哀豔動人。「鶯啼」本來是非常宛轉悅耳的，可是由於此時此境，詩人卻覺得像在啼哭。這兩句意思是說：聲聲啼喚著的黃鶯兒呀，如果你有淚水的話，請為我滴在枝頭上那最高的花朵上吧！這是因為詩人蠟炬成灰，淚已流乾，只有託啼鶯寄恨了。詩中「啼」寫聽覺，看花寫視覺，「濕」是觸覺，為我而濕最高之花乃是意覺，這就把詩人敏銳的聯想和深切的感受寫出來了。詩人移情及物，使黃鶯感傷悲啼而垂淚；而淚水所濕之花，自然也淚痕斑斑，淒然欲絕。鶯花之嬌豔，最足以代表陽春的盛景，然而春歸花落，總不免於凋零寂滅。是鶯花為詩人而悲者，正所以自悲也。耐人品味的是，這「最高花」為什麼會引起詩人如此深情的關注呢？這是因為樹梢頂上的花，也就是開到最後的花，意味著春天已過盡，美好的事物即將消逝，鶯兒的啼聲也倍覺哀切了。再者，也因為樹梢頂上的花，上無庇護，風狂雨驟，嶢嶢者易折，這和人世間一切美好事物容易遭到損壞的命運多麼相似，和我們這位有才華、有抱負而潦倒終身的詩人的命運又是多麼相似！

李商隱所處的時代，唐王朝已經到了崩潰的前夕，詩人對國家和個人的前途深感絕望，因而生命的短暫，人生的空虛，使詩的傷感氣氛更加顯得沉重。詩人的悲痛已經遠遠超過了天涯羈旅之愁，深深浸透著人生挫傷和幻滅的痛苦。這種韻外之致，蕩氣迴腸，往往會令人不能自持，溺而忘返。這首豔而淒的絕句可以說既是春天的輓歌，也是人生的輓歌，更是詩人那個時代的輓歌。（宋廓）

日日　李商隱

日日春光鬥日光，山城斜路杏花香。
幾時心緒渾無事，得及遊絲百尺長？

李商隱善於抒寫日常生活中某種微妙的詩意感受。這首小詩，寫的就是爛漫春光所引起的一種難以名狀的意緒。題一作〈春光〉。

第一句語、意都顯得有些奇特。「春光」，泛指春天明媚妍麗，富於生命力的景象；而春天的麗日豔陽，本來就是使一切自然景象呈現出絢爛色彩和活躍生命力的動力與源泉。說「春光鬥日光」，似乎不大容易理解。但詩人對豔陽普照下一片爛漫春光的獨特感受，卻正是借「鬥」字生動地表達出來。麗日當空，春光爛漫，在詩人的感覺中，正像是春光與日光爭豔競妍。著一「鬥」字，將雙方互爭雄長的意態，方興未艾的趨勢，以及天地上下充溢著的熱烈氣氛全部傳出。作者〈霜月〉說：「青女素娥俱耐冷，月中霜裡鬥嬋娟。」將秋夜霜月交輝的景色想像為霜月之神競豔鬥妍，所表現的境界雖和「春光鬥日光」有別，而「鬥」字的表現力則同樣出色。不過「春光鬥日光」似乎還有另一層意蘊。「日光」，既指豔陽春日，又兼有時光之意。眼前這爛漫紛呈的春光又似乎日日與時光的腳步競賽，力求在這美好的時光尚未消逝之前呈現出它的全部美豔。這後一層意蘊，本身就包含著韶光易逝的輕微惆悵，暗逗下文意緒的紛擾不寧。

第二句實寫春光，微寓心緒。山城斜路之旁，杏花開得正盛，在豔陽映照下，正飄散出陣陣芳香。杏花的特點，是花開得特別繁，最能體現春光的爛漫，但遠望時這一片繁花卻微呈白色。這種色感又很容易觸動春日的無名惆悵。所以這「山城斜路杏花香」的景物描寫中所透露的，便不單純是對爛漫春光的陶醉，而且包含著一種難以言狀的繚亂不寧的百無聊賴的心緒。

三、四兩句由這種複雜微妙的意緒進一步引出「心緒渾無事」的企盼——什麼時候才能使心緒擺脫眼前這種繚亂不寧的狀態，能夠像這百尺晴絲一樣呢？「遊絲」，是春天飄蕩在晴空中的一種細絲。作為春天富於特徵的景象，它曾經被許多詩人反覆描繪過，如「百丈遊絲爭繞樹」（盧照鄰〈長安古意〉）、「落花遊絲白日靜」（杜甫〈題省中壁〉），或點綴熱烈的氣氛，或渲染閒靜的境界。但用作這樣的比喻，卻是李商隱的創造。今人錢鍾書在談到「曲喻」這一修辭手法時曾指出：古代詩人中「以玉谿最為擅此，著墨無多，神韻特遠。……『幾時心緒渾無事，得及遊絲百尺長』，執著緒字，雙關出百尺長絲也」（《談藝錄》）。心緒，是關於人的心理感情的抽象概念。「心緒渾無事」的境界，頗難直接形容刻畫。詩人利用「緒」字含有絲緒的意義這一點，將抽象的心緒形象化為有形的絲緒，然後又從絲緒再引出具體的遊絲。這樣輾轉相引，喻體似離本體很遠，但讀來卻覺得曲盡其妙。原因就在於這晴空中裊裊飄拂的百尺遊絲，不僅形象地表現了「心緒渾無事」時的輕鬆悠閒、容與自得，而且維妙維肖地表現出一種心靈上近乎真空的狀態，一種在心靈失重狀態下無所依託的微妙感受。再加上這「遊絲百尺長」的比喻就從眼前景中信手拈來，所以更顯得自然渾成，情境妙合。「幾時」、「得及」，突出了詩人對「心緒渾無事」的企盼，又反過來襯托出了現時繚亂不寧的心緒。

詩歌中個別句子表達一時觸發的微妙感受，比較常見，整首詩專寫這種感受的卻不多見。因此後者往往被人們泥解、實解。如這首詩，註家們就有「虛度春光」、「客子倦遊」一類的理解。而這樣理解的結果，往往使全詩語妙全失。（劉學鍇）

龍池　李商隱

龍池賜酒敞雲屏，羯鼓聲高眾樂停。
夜半宴歸宮漏永，薛王沉醉壽王醒。

被白居易在〈長恨歌〉中作為生死不渝的愛情樣板加以歌詠的李、楊愛情，若按歷史的本來面貌，原是以父奪子妻的醜劇開場的。楊玉環是楊玄琰的女兒，玄宗開元二十三年（七三五），冊封為壽王（玄宗子李瑁）妃。被玄宗看中，先度為女道士，納入宮中，天寶四載（七四五）正式冊立為貴妃。李瑁則另娶韋昭訓女為妃。這一穢行雖然可能是中晚唐詩人盡知的事實，但形諸歌詠的卻只有李商隱的這首〈龍池〉和另一首〈驪山有感〉。原因大約不出兩方面：一則事涉本朝帝王的亂倫惡跡，和一般的政治上的批評相比，更易觸犯忌諱，沒有足夠的詩膽不敢涉筆；二則事涉淫穢，正面著筆，弄不好便易成為單純展覽醜惡。這首詩的好處，正在於把尖銳大膽的揭露和含蓄不露的描寫很好地結合起來。它在構思上的一個顯著特點，就是避開正面描寫，選取宮廷日常生活的場景，側面著筆，對玄宗進行尖銳的諷刺。

前兩句描寫龍池宴飲的場面。龍池在興慶宮內，是玄宗和諸王、后妃遊宴的場所。「龍池賜酒」，表明這是玄宗在宮中所設的家宴，參加者除玄宗、諸王外，自然也包括過去曾經是壽王妃的宮中新寵楊貴妃在內。龍池之畔，雲屏高張，正顯出宴會的熱鬧豪華。宴會之上，少不了奏樂助興，然而卻非通常的絲管競逐，而是眾樂皆停，羯鼓高奏。這個細節描寫，是頗具深意的。羯鼓本出羯族，狀如漆桶，用兩杖敲擊，聲音急促高亢，破空透遠。唐玄宗特愛羯鼓，一次聽琴未畢，就叱琴師出去，說：「速召花奴（汝陽王李璡小名）將羯鼓來，為我解穢！」（唐南卓《羯鼓錄》）透過「羯鼓聲高眾樂停」這個細節，可以感受到帝王凌駕一切、主宰一切的專制淫威。他的意志、欲望是不可違抗的。這裡雖然沒有一字涉及玄宗霸占兒媳的醜行，但卻使人感到，這樣的事件是完全符合專制帝王的生活邏輯的。因此，這個細節描寫，便不只是單純的寫實，而兼有某種象徵暗示色彩了。

後兩句轉寫宴罷歸寢，薛、壽二王一醉一醒的情景。玄宗弟李業封薛王，開元二十二年卒，其子李瑁嗣位為薛王。按詩中所寫情況，薛王當指嗣王，但亦不必拘實詳核，詩人不過偶舉薛王作襯而已。薛王胸無隱痛，宴席之上自必開懷暢飲，宴罷歸來，自即沉醉酣睡。而壽王則身遭奪妻之痛，平日就已積鬱在胸，今日宴席之上，目擊王府舊歡已成宮中新寵，更不免受到強烈刺激。因此宴罷歸來，自然是伴著悠長的宮漏而徹夜無眠了。詩人寫壽王，只著一「醒」字，而包蘊極為豐富。這裡有回憶，有思念，有痛苦，有憤鬱，有羞辱，更有內心感情無法宣洩的強烈悲憤。這兩句就像是一個對比鮮明的特寫鏡頭，把壽王內心的痛苦與憤懣展示在我們面前。這種描寫本身，就是對玄宗的強烈譴責。

「我決不反對傾向詩本身……可是我認為傾向應當從場面和情節中自然而然地流露出來，而不應當把它特別指點出來。」（恩格斯〈給敏·考茨基的信〉）〈龍池〉正是傾向從場面和情節中自然流露出來的一例。全篇沒有一句直接譴責的話，也沒有一處正面敘寫玄宗穢行，但它借助典型的細節和場景描寫，卻收到了比正面描寫、直接譴責更強烈的藝術效果。這個經驗，是可供借鑑的。（劉學鍇）

淚　李商隱

永巷長年怨綺羅，離情終日思風波。湘江竹上痕無限，峴首碑前灑幾多？人去紫臺秋入塞，兵殘楚帳夜聞歌。朝來灞水①橋邊問，未抵青袍送玉珂②！

〔註〕①灞水：在長安城東面，過灞橋北流入渭河，唐代長安人常在橋邊送別。②青袍：古代讀書人穿的衣服，詩中用以指貧寒之士。玉珂：為貝製的馬絡頭上的飾物，詩中借指騎著駿馬的達官貴人。

這是一首自傷身世的七律，詩的具體寫作年份難以確指。有些註家認為是宣宗大中二年（八四八）冬為李德裕遭貶而作，將詩中的一些句子牽合李德裕和詩人的一些本事，不免牽強附會。（見清馮浩《玉谿生詩集箋注》和張采田《玉谿生年譜會箋》）

此詩寫法非常別致。前面六句，一句一事。首句寫宮人失寵。「永巷」是漢宮中幽閉有罪宮嬪之處。「怨綺羅」即綺羅（代指宮人）之怨。次句寫離別。「思風波」既指居者思念風波中的行人，也指風波中的行人思念居者。第三句寫娥皇、女英的故事。相傳舜南巡，死於蒼梧，舜之二妃娥皇、女英趕至南方，慟哭湘江邊，悲痛的淚水滴在竹上，留下了斑斑啼痕。第四句寫羊祜事。西晉羊祜鎮守襄陽，有惠政，死後百姓於峴山建廟立碑，歲時祭祀，望其碑者，無不墮淚（見《晉書·羊祜傳》）。第五句寫王昭君，即杜甫〈詠懷古跡五首〉其三「一去紫臺連朔漠」之意。「紫臺」即紫宮，就是宮廷。漢元帝與匈奴聯姻，王昭君被遣嫁匈奴（見《漢書·匈奴列傳》）。

第六句寫楚霸王項羽兵敗事。項羽被劉邦圍在垓下，兵少食盡，夜聞漢軍四面皆楚歌，乃驚起，飲帳中，悲歌慷慨，泣下數行（見《漢書·項羽傳》）。

這六件事情況不同，性質各異，但卻有一個共同之點，即都含著詩題的一個「淚」字：首句是失寵之淚，次句是別離之淚，三句是傷逝之淚，四句是懷德之淚，五句是身隱異域之淚，六句是英雄末路之淚。六件事，六種淚，彼此之間，並無什麼有機的聯繫，粗粗看去，好像只是一些故實的堆積。

然而，只要我們認真讀完最後一聯，就會發覺並非如此。末兩句意謂：清晨，我來到灞橋邊詢問不捨晝夜流逝的河水，才知道以上一切人間傷心事，哪裡比得上貧寒之士忍辱飲恨、陪送貴人的痛苦啊！為什麼呢？因為迎送貴人，必得強顏歡笑，這對才志之士，不是一種難堪的痛苦嗎？而且痛苦的淚水只能往肚裡流淌，這不更甚於以上六種「淚」嗎？詩到此，令人豁然開朗，原來詩的構思異常新奇獨特：前面六句，都是鋪墊陪襯，最後一聯，才是本旨。程夢星說：「此篇全用興體，至結處一點正義便住。」陳帆說：「首言深宮望幸；次言羈客離家；湘江峴首，則生死之傷也；出塞楚歌，又絕域之悲、天亡之痛也。凡此皆傷心之事，然自我言之，豈灞水橋邊，以青袍寒士而送玉珂貴客，窮途飲恨，尤極可悲而可涕乎！前皆假事為詞，落句方結出本旨。」（程夢星《重訂李義山詩集箋注》）正由於末聯一收，才把前面六事提挈起來，使它們都對末聯起著襯托作用。

使前六句和結尾二句聯繫起來的樞紐，是末句的「未抵」二字，它既把前面六種淚歸結在一點——同末句之淚對比之上，又把前面種種之淚一概抹倒，而把青袍寒士潛流心底之淚突出出來，把詩的主旨表現得更加充分。李商隱早年就有「欲回天地」（〈安定城樓〉）的遠大政治抱負，然而終其一生，都是為人幕僚。側身貴官之列，迎送應酬，精神上極其痛苦，這首詩就是詩人感傷身世的血淚的結晶。（王思宇）

流鶯

李商隱

流鶯漂蕩復參差，度陌臨流不自持。巧囀豈能無本意，良辰未必有佳期。

風朝露夜陰晴裡，萬戶千門開閉時。曾苦傷春不忍聽，鳳城何處有花枝？

這是李商隱託物寓懷、抒寫身世之感的詩篇。寫作年份不易確定。從詩中寫到「漂蕩」、「巧囀」和「鳳城」來看，可能是「遠從桂海，來返玉京」（李商隱〈上尚書范陽公啟〉）以後所作。宣宗大中三年（八四九）春，作者在長安暫充京兆府掾屬。「天官補吏府中趨，玉骨瘦來無一把」（〈偶成轉韻七十二句贈四同舍〉），便是他當時生活和心情的寫照。

「流鶯」，就是漂蕩流轉、無所棲托的黃鶯。詩的開頭兩句，正面重筆寫「流」字。「參差」，本是形容鳥兒飛翔時翅膀張斂振落的樣子，這裡用如動詞，猶張翅飛翔。「漂蕩復參差」，是說漂蕩流轉之後又緊接著再飛翔轉徙。「度陌」、「臨流」，則是在不停地漂蕩流轉中所經所憩，應上句「復」字。流鶯這樣不停地漂蕩、飛翔，究竟是為什麼呢？又究竟要漂蕩到何時何地呢？詩人對此不作正面交代，只輕輕接上「不自持」三字。這是全聯點眼，暗示出流鶯根本無法掌握自己的命運，彷彿是被某種無形的力量主宰著。用流鶯的漂蕩比喻詩人自己的轉徙幕府的生活，是比較平常的比興寓託；獨有這「不自持」三字，融和著詩人的獨特感受。詩人在桂林北返途中就發出過惘然的嘆息：「昔去真無奈，今還豈自知」（〈陸發荊南始至商洛〉）。「去真無奈」、「還豈自知」，正像是「不自持」的注腳。它把讀者的思緒引向「漂蕩復參差」的悲劇身世後面的社會原因，從而使詩的意境深化了。

漂蕩流轉，畢竟是流鶯的外在行動特點，接下來三、四兩句，便進一步透過對流鶯另一特點——「巧囀」的描寫，來展示它的內心苦悶。「巧囀豈能無本意，良辰未必有佳期。」流鶯那圓轉流美的歌吟中分明深藏著一種殷切的願望——希望在美好的三春良辰中有美好的期遇。然而，它那「巧囀」中所含的「本意」卻根本不被理解，因而雖然適逢春日芳辰也不能盼來「佳期」，實現自己的願望。如果說，流鶯的漂蕩是詩人飄零身世的象徵，那麼流鶯的巧囀便是詩人美妙歌吟的生動比喻。它的獨特之處，就在於強調巧囀中寓有不為人所理解的「本意」，這「本意」可以是詩人的理想抱負，也可以是詩人所抱的某種政治遇合的期望。這一聯和〈蟬〉的頷聯頗相似。但「五更疏欲斷，一樹碧無情」（〈蟬〉）所強調的是雖淒斷欲絕而不被同情，是所處環境的冷酷；而「巧囀」一聯所強調的卻是巧囀本意的不被理解，是世無知音的永嘆。「豈能」、「未必」，一縱一收，一張一弛，將詩人不為人所理解的滿腹委屈和良辰不遇的深沉傷感曲曲傳出，在流美圓轉中有迴腸蕩氣之致。可以說，這兩句詩本身就是深與婉的統一。

頸聯承上「巧囀」，仍寫鶯啼。「風朝露夜陰晴裡，萬戶千門開閉時。」這是「本意」不被理解，「佳期」不遇的流鶯永無休止的啼鳴：無論是颳風的早晨還是降露的夜晚，是晴朗的天氣還是陰霾的日子，無論是京城中萬戶千門開啟或關閉的時分，流鶯總是時時處處在啼囀歌吟。它彷彿執著地要將「本意」告訴人們，而且在等待著渺茫無日的佳期。這一聯是由兩個略去主、謂語的狀語對句構成的，每句中「風朝」與「露夜」、「陰」與「晴」、「萬戶」與「千門」、「開」與「閉」又各自成對，讀來別有一種既整飭又流美，既明暢又含蓄的風調。

末聯關合到詩人自身，點明「傷春」正意。「鳳城」借指長安，「花枝」指流鶯棲息之所。兩句是說，自己曾為傷春之情所苦，實在不忍再聽流鶯永無休止的傷春的哀鳴，然而在這廣大的長安城內，又哪裡能找到可以棲息的花枝呢？初唐詩人李義府〈詠烏〉云：「上林多少樹，不借一枝棲。」末句從此化出。傷春，就是傷佳期之不遇；佳期越渺茫，傷春的意緒就越濃重。三春芳辰就要在傷春的哀啼中消逝了，流鶯不但無計留春，而且連暫時棲息的一枝也無從尋覓。清馮浩說：「通體悽婉，點點杜鵑血淚矣。」（《玉谿生詩集箋注》）詩人借「不忍聽」流鶯的哀啼強烈地抒發了自己的「傷春」之情——抱負成空、年華虛度的精神苦悶。末句明寫流鶯，暗寓自身，讀來既像是詩人對無枝可棲的流鶯處境的關切，又像是詩人從流鶯哀啼聲中聽出的含意，更像是詩人自己的心聲，語意措辭之精妙，可謂臻於化境。（劉學鍇）

七月二十九日崇讓宅讌作①　李商隱

露如微霰②下前池，風過迴塘萬竹悲。浮世本來多聚散，紅蕖③何事亦離披？悠揚歸夢惟燈見，濩落④生涯獨酒知。豈到白頭長只爾，嵩陽松雪有心期。

〔註〕①讌（音同宴），通「醼」，宴飲之意。②霰（音同現）：指由水氣凝成的微細冰粒。③蕖（音同麴）：即芙蓉，也就是荷花。④濩（音同或）落：「濩」為雨水從屋簷流下之狀，「濩落」有空虛冷落的意思。

此詩清馮浩《玉谿生詩集箋注》、張采田《玉谿生年譜會箋》均定為唐武宗會昌元年（八四一）七月作，大致可信。崇讓宅是詩人岳父王茂元（時任忠武軍節度使、陳許觀察使）在東都洛陽崇讓坊的宅邸。此時詩人仕途失意，暫居岳父家，妻子仍在京城長安。

親朋會飲，本為樂事。但此詩所寫，卻不是宴飲之樂，而是由此觸發的詩人的幽恨悲情。

詩的前半寫初秋崇讓宅的景象。清池前橫，修竹環繞，地方可謂清幽已極。但詩中用「風」、「露」一加點染，立刻使之帶上濃重的悲涼氣氛。露凝如霰，表明露重天寒。下面接著再用風加重描寫。據《韋氏述征記》載，崇讓坊多大竹。詩人把主觀的強烈感情賦予客觀事物，所以見得風搖翠竹，颯颯作響，也像在悲泣一般。開頭兩句，是用環境的淒清，襯托詩人心境的淒涼。下面兩句，則是借環境景物，抒發人生的感慨。「浮世」即浮生，謂世事不定，生命短促。「聚散」雖兼含兩義，重點是在「散」（別離）上。從詩的後半看，這裡主要是對妻子而言，同時也兼指筵上之人，因為筵終席散，大家又當別去。它與下聯的「燈」、「酒」，關合詩題「讌」字。「離披」是零落分散的樣子。詩人在此以前，先是給人作幕僚，以後在朝廷作小官，繼而在縣里為吏，後來又作幕僚，顛沛流離，東西奔波，常與妻子分離。第三句的慨嘆，正是詩人坎坷經歷的沉痛總結。第四句上承首聯的「風」，意謂人生固然常多別離，池中的紅荷，為什麼也被風吹得零落紛披呢？不用直敘而用反詰，可以加強感嘆痛惜的語氣；對紅荷的痛惜，正是對人生難得團聚的痛惜。這一聯，「浮世」對「紅蕖」，「本來」對「何事」，對仗比較自由，清何焯說它是「變體」，清紀昀也說「三四對法活似江西派不經意詩」（《李義山詩集輯評》），可以說是李商隱對律詩的一個發展。

上面四句是即景生情，融情入景，下面四句則是直接發抒感慨。第五句上承第三句的「聚散」，寫對妻子的深切懷念。「悠揚」形容「歸夢」的幽長。「歸夢」又和「燈」聯繫起來，意味更加深長。夢自然使人聯想到夜，夜又使人聯想到燈。讀這句詩，彷彿看到一盞孤燈伴著詩人朦朧入夢的景象，幽微的燈光，好像在向人訴說詩人夢中與妻子相會的情景，比起簡單地直敘夢中思念來，意境更美，更富詩意。第六句上承第三句的「浮世」，是說因為失意無聊，所以只好以酒澆愁。句中用一「知」字，使酒帶上人情，似乎也在為詩人的坎坷遭遇痛惜不平。兩句中「惟」和「獨」，都起著一種強調、渲染的作用，表現出詩人的冷落、孤獨之感。失意之悲，別離之痛，鬱積在詩人胸中，終於宣洩出來：難道直到白頭都只是這樣下去嗎？歸隱嵩山之南的蒼松白雪之中，才是我的夙願啊！中嶽嵩山，是古代著名的學道隱居之地。「松雪」喻高潔的品格和節操。詩人於無可奈何之中想到歸隱山林，這不過是仕途坎坷、壯懷莫遂的幽憤而已。

錢良擇評此詩說：「情深於言，義山所獨。」（清馮浩《玉谿生詩集箋注》引）「情深」，確實是此詩的特色。詩人將「比」、「興」這兩種手法糅合在一起，用環境景物，烘托、渲染自己的思想感情。風露塘竹之悲，觸動、加深了人之悲；紅荷的離披，也象徵著人的別離；客中苦酒，像在悲嘆；寒夜孤燈，彷彿也在悽婉幽思；即使是嵩山的松雪，好像也在召喚著詩人歸去。總之，沒有一物不解人意，不含著深情。因情見景，情由景發，情景交融，互相深化，讀之撼動人心。（王思宇）

吳宮　李商隱

龍檻沉沉水殿清，禁門深掩斷人聲。
吳王宴罷滿宮醉，日暮水漂花出城。

題稱「吳宮」，但詩中所詠情事並不一定與歷史上的吳王夫差及吳宮生活有直接關聯，不過是借詠史的名義來反映現實。

一般寫宮廷荒淫生活的詩，不論時間背景是在白天或在夜間，也不論用鋪陳之筆還是用簡約之筆，總不能不對荒淫之狀作不同程度的正面描寫。這首詩卻自始至終，沒有一筆正面描繪吳宮華靡生活，純從側面著筆。這是一個很顯著的特點。

前兩句寫黃昏時分籠罩著整個吳宮的一片沉寂。「龍檻」，指宮中臨水有欄杆的亭軒類建築；「水殿」，是建在水邊或水中的宮殿。龍檻和水殿，都是平日宮中最熱鬧的遊賞宴樂之處，現在卻悄然不見人蹤，只見在沉沉暮色中隱現著的建築物的輪廓與暗影。「清」字畫出在平靜中紋絲不動的水面映照著水殿的情景，暗示了水殿的空寂清淨。第一句主要是從視覺感受方面寫出了吳宮的空寂，第二句則著重從聽覺感受方面寫出了它的沉靜。平日黃昏時分，正是宮中華燈初上，歌管相逐，舞姿蹁躚的時刻，現在卻宮門深閉，悄無人聲，簡直像一座無人居住的空殿。這是一種完全反常的死一般的沉寂，它引導讀者去探究底蘊，尋求答案。

第三句方點醒以上的描寫，使讀者恍然領悟吳宮日暮時反常的沉寂原來是「宴罷滿宮醉」的結果。而一經點醒，前兩句所描繪的沉寂情景就反過來引導讀者去充分想像在這之前滿宮的喧鬧歌吹、狂歡極樂和如醉如痴的場景。而且前兩句越是把死一般的沉寂描繪得很突出，讀者對瘋狂享樂場景的想像便越不受限制。「滿宮醉」三個字用筆很重。它不單是要交代宴罷滿宮酒醉的事實，更重要的是借此透出一種瘋狂的頹廢的享樂勁頭，一種醉生夢死的精神狀態。正是從這裡，詩人引出了一個含意深長的結尾。

「日暮水漂花出城」。這是一個似乎很平常的細節：日暮時的吳宮，悄無人聲，只有御溝流水，在朦朧中潺潺流淌，漂送著瓣瓣殘花流出宮城。這樣一個細節，如果孤立起來看，可能沒有多少實際意義；但把它放在「吳王宴罷滿宮醉」這樣一個背景上來描寫，便顯得很富含蘊而耐人咀嚼了。對於一座華美的宮城，人們是首先注意到它的巍峨雄偉的建築、金碧輝煌的色彩；即使在日暮時分，首先注意到的也是燈火輝煌、絲管競逐的景象。只有當吳宮中一片沉寂，暮色又籠罩著整個黑沉沉的宮城時，才會注意到腳下悄然流淌的御溝和漂在水面上的落花。如果說，一、二兩句寫吳宮黃昏的沉寂還顯得比較一般，著重於外在的描繪，那麼這一句就是傳神之筆，寫出了吳宮日暮靜寂的神韻和意境。而這種意境，又進一步反襯了「滿宮醉」前的喧鬧和瘋狂。順著這層意蘊再往深處體味，還會隱隱約約地感到，這「日暮水漂花出城」的景象中還包蘊著某種比興象徵的意味。在醉生夢死的瘋狂享樂之後出現的日暮黃昏的沉寂，使人彷彿感到覆亡的不祥暗影已經悄然無聲地籠罩了整個吳宮，而流水漂送殘花的情景則更使人感到吳宮繁華的行將消逝，感受到一種「流水落花春去也」（南唐李煜〈浪淘沙．簾外雨潺潺〉）的淒愴。清姚培謙說：「花開花落，便是興亡景象。」（《李義山詩集箋注》）他是領悟到了作者深寓在藝術形象中的微意的。

清劉熙載說：「絕句取徑貴深曲，蓋意不可盡，以不盡盡之。正面不寫寫反面；本面不寫寫對面、旁面，須如睹影知竿乃妙。」（《藝概．詩概》）這首詩正是「正面不寫」、「睹影知竿」的典型例證。（劉學鍇）

嫦娥

李商隱

雲母屏風燭影深，長河漸落曉星沉。
嫦娥應悔偷靈藥，碧海青天夜夜心。

這首詩題為「嫦娥」，實際上抒寫的是處境孤寂的主人公對於環境的感受和心靈獨白。

前兩句描繪主人公的環境和永夜不寐的情景。室內，燭光越來越黯淡，雲母屏風上籠罩著一層深深的暗影，越發顯出居室的空寂清冷，透露出主人公在長夜獨坐中黯然的心境。室外，銀河逐漸西移垂地，牛郎、織女隔河遙望，本來也許可以給獨處孤室的不寐者帶來一些遐想，而現在這一派銀河即將消失。那點綴著空曠天宇的寥落晨星，彷彿默默無言地陪伴著一輪孤月，也陪伴著永夜不寐者，現在連這最後的伴侶也行將隱沒。「沉」字正逼真地描繪出晨星低垂、欲落未落的動態，主人公的心也似乎正在逐漸沉下去。「燭影深」、「長河落」、「曉星沉」，表明時間已到將曉未曉之際；著一「漸」字，暗示了時間的推移流逝。索寞中的主人公，面對冷屏殘燭、青天孤月，又度過了一個不眠之夜。儘管這裡沒有對主人公的心理作任何直接的抒寫、刻畫，但借助於環境氛圍的渲染，主人公的孤清淒冷情懷和不堪忍受寂寞包圍的意緒卻幾乎可以觸摸到。

在寂寥的長夜，天空中最引人注目、引人遐想的自然是一輪明月。看到明月，也自然會聯想起神話傳說中的月宮仙子——嫦娥。據說她原是后羿的妻子，因為偷吃了西王母送給后羿的不死藥，飛奔到月宮，成了仙子。

「嫦娥孤棲與誰鄰？」（李白〈把酒問月〉）在孤寂的主人公眼裡，這孤居廣寒宮殿、寂寞無伴的嫦娥，其處境和心情不正和自己相似嗎？於是，不禁從心底湧出這樣的意念：嫦娥想必也懊悔當初偷吃了不死藥，以致年年夜夜，幽居月宮，下窮碧海，上徹青天，寂寥清冷之情難以排遣吧。「應悔」是揣度之詞，這揣度正表現出一種同病相憐、同心相應的感情。由於有前兩句的描繪渲染，這「應」字就顯得水到渠成，自然合理。因此，後兩句與其說是對嫦娥處境心情的深情體貼，不如說是主人公寂寞的心靈獨白。

這位寂處幽居、永夜不寐的主人公究竟是誰？詩中並無明確交代。詩人在〈和韓錄事送宮人入道〉詩中，曾把女冠比作「月娥孀獨」，在〈月夜重寄宋華陽姊妹〉詩中，又以「竊藥」喻指女子學道求仙。因此，說這首詩是代困守宮觀的女冠抒寫淒清寂寞之情，也許不是無稽之談。唐代道教盛行，女子入道成為風氣，入道後方體驗到宗教清規對正常愛情生活的束縛而產生精神苦悶。三、四兩句，正是對她們處境與心情的真實寫照。

但是，詩中所抒寫的孤寂感以及由此引起的「悔偷靈藥」式的情緒，卻融入了詩人獨特的現實人生感受，而含有更豐富深刻的意蘊。在黑暗汙濁的現實包圍中，詩人精神上力圖擺脫塵俗，追求高潔的境界，而追求的結果往往使自己陷於更孤獨的境地。清高與孤獨的孿生，以及由此引起的既自賞又自傷，既不甘變心從俗，又難以忍受孤孑寂寞的煎熬這種微妙複雜的心理，在這裡被詩人用精微而富於含蘊的語言成功地表現出來了。這是一種含有濃重傷感的美，在舊時代的清高文士中容易引起廣泛的共鳴。詩的典型意義也正在這裡。

孤棲無伴的嫦娥，寂處道觀的女冠，清高而孤獨的詩人，儘管仙凡懸隔，同在人間者又境遇差殊，但在高潔而寂寞這一點上卻靈犀暗通。詩人把握住了這一點，塑造了三位一體的藝術形象。這種藝術概括的技巧，是李商隱的特長。（劉學鍇）

憶住一師

李商隱

無事經年別遠公，帝城鐘曉憶西峰。
煙爐銷盡寒燈晦，童子開門雪滿松。

住一師是一個僧人。「遠公」即東晉廬山東林寺高僧惠遠（一作慧遠），是淨土宗的初祖。詩中用「遠公」來代稱住一師，可見住一師絕非平庸之輩，亦見詩人仰慕之情。「無事」即「無端」；無端而別，更使人悵恨。「鐘曉」，即曉鐘，是唐代京城長安清晨的一大特色。唐無名氏〈曉聞長樂鐘聲〉詩云：「漢苑鐘聲早，秦郊曙色分。霜凌萬戶徹，風散一城聞。」每天拂曉，宮中和各佛寺的鐘聲一齊長鳴，聲震全城。詩人由帝城的曉鐘，聯想到住一師所在的西峰佛寺的曉鐘，於是自然而然地想起相別經年的友人了。

接著，詩人重現了留存在記憶中最深刻感人的一個場景，含蓄地表達出對往日深摯情誼的追念。「煙爐（一作爐煙）銷盡」，寒燈晦暗，正是拂曉時佛殿的逼真寫照。小童推開山門，只見皚皚白雪，灑滿蒼翠的松枝。這兩句粗看似乎既未寫其人，也未寫其事，然而仔細吟味，卻是其人宛在，其事歷歷在目。清晨的鐘聲，把詩人帶到當年與住一師同在西峰時的情景中去。他們可能曾一處圍爐夜話，暢敘友情；也可能曾一起煮茗吟詩，共賞佳句；也可能曾一道焚香鼓琴，敲枰對弈……此時，煙爐裡香火已滅，點了一夜的燈燭逐漸暗淡。兩人忘了時間長，忘了天氣寒，待到小童開門一看，啊，白雪鋪天蓋地，真成了一片銀色世界！這西峰松雪圖，讓詩人重溫了昔日相聚時的歡樂，飽含著詩人深沉的憶念之情。清紀昀說它「格韻俱高」，並引清人田玉（香泉）評這兩句說：「只寫住師所處之境清絕如此，而其人益可思矣。所憶之情，言外縹緲。」（《玉谿生詩說》）詩人的構思，確實是很高妙的。

這首詩，境界極美，情致幽遠。清代田蘭芳稱此詩「不近不遠，得意未可言盡」（《李義山詩集輯評》），對這首詩極為讚賞。（王思宇）

微雨 李商隱

初隨林靄動，稍共夜涼分。窗迥侵燈冷，庭虛近水聞。

細雨 李商隱

帷飄白玉堂，簟卷碧牙床。楚女當時意，蕭蕭髮彩涼。

李商隱寫了不少詠物詩，不僅體物工切，摹寫入微，還能夠透過多方面的刻畫，傳達出物象的內在神韻。這裡以兩首題材相近的作品作一點分析比較。

前一首詠微雨。微雨是不易察覺的，怎樣才能真切地表現出來呢？詩中描寫全向虛處落筆，借助於周圍的有關事物和人的主觀感受作多方面的陪襯、渲染，捕捉到了微雨的形象。開頭兩句寫傍晚前後微雨始落不久的情景。「靄」，霧氣。「稍」，漸漸。微雨初起時，只覺得它隨著林中霧氣一起浮動，根本辨不清是霧還是雨；逐漸地，伴同夜幕降臨，它分得了晚間的絲絲涼意。後面兩句寫夜深後微雨落久的情景。「迥」，遠。「虛」，空。微雨久落後氣溫下降，人坐屋內，儘管遠隔窗戶，仍然感覺出寒氣透入戶內，侵逼到閃爍不定的燈火上；

同時，落久後空氣潮濕，雨點不免增重，在空寂的庭院裡，可以聽得見近處水面傳來細微的淅瀝聲。四句詩寫出了從黃昏到夜晚間微雨由初起到落久的過程，先是全然不易察覺，而後漸能察覺，寫得十分細膩而熨帖，但又沒有一個字直接刻畫到微雨本身，僅是從林靄、夜涼、燈光、水聲諸物象來反映微雨帶給人的各種感受，顯示了作者寫景狀物工巧入神的本領。下字也極有分寸，「初隨」、「稍共」、「侵」、「冷」、「虛」、「近」，處處扣住微雨的特點，一絲不苟。

〈微雨〉的妙處在於避免從正面鋪寫雨的形態，只是借人的感受作側面烘托，而〈細雨〉的筆法則全屬正面鋪寫，不過發揮了比喻及想像的功能，同樣寫得靈活而新鮮。

詩篇一上來打了兩個比方。「白玉堂」，指天宮。相傳中唐詩人李賀臨死時，看見天上使者傳天帝令召喚他上天給新建的白玉樓撰寫記文。「碧牙床」，喻指天空，蔚藍澄明的天空好像用碧色象牙雕塑成的臥床。這裡將細雨由天上灑落，想像為有如天宮白玉堂前飄拂下垂的帷幕，又像是從天空這張碧牙床上翻捲下來的簟席。帷幕、簟席都是織紋細密而質地輕軟的物件，用它們作比擬，既體現出細雨的密緻形狀，也描畫了細雨隨風飄灑的輕靈姿態。接下來，再借用神話傳說作進一步形容。「楚女」，指《楚辭．九歌．少司命》裡描寫的神女，詩中曾寫到她在天池沐浴後曝曬、梳理自己頭髮的神情：「與女沐兮咸池，晞女髮兮陽之阿」。「蕭蕭」，清涼的感覺。這裡說：想像神女當時的意態，那茂密的長髮從兩肩披拂而下，熠熠地閃著光澤，蕭蕭地傳送涼意，不就同眼前灑落的細雨相彷彿嗎？這個比喻不僅更為生動地寫出了細雨的諸項特徵，還特別富於韻致，逗人遐想。整首詩聯想豐富，意境優美，如「帷飄」、「簟卷」的具體形象，「白玉」、「碧牙」、「髮彩」的設色烘托，「蕭蕭」的清涼氣氛，尤其是神女意態的虛擬摹想，合成了一幅神奇譎幻、瑰麗多彩的畫面。比較起來，〈微雨〉偏於寫實作風，〈細雨〉則更多浪漫情味，從中反映出作者詠物的多樣化筆調。（陳伯海）

無題二首　李商隱

鳳尾香羅薄幾重，碧文圓頂夜深縫。扇裁月魄羞難掩，車走雷聲語未通。
曾是寂寥金燼暗，斷無消息石榴紅。斑騅只繫垂楊岸，何處西南待好風？
重幃深下莫愁堂，臥後清宵細細長。神女生涯原是夢，小姑居處本無郎。
風波不信菱枝弱，月露誰教桂葉香？直道相思了無益，未妨惆悵是清狂。

李商隱的七律「無題」，藝術上最成熟，最能代表其無題詩的獨特風貌。這兩首七律「無題」，內容都是抒寫青年女子愛情失意的幽怨，相思無望的苦悶，又都採取女主人公深夜追思往事的方式，因此，女主人公的心理獨白就構成了詩的主體。她的身世遭遇和愛情生活中某些具體情事，就是透過追思回憶或隱或顯地表現出來的。

第一首起聯寫女主人公深夜縫製羅帳。「鳳尾香羅」，是一種織有鳳紋的薄羅；「碧文圓頂」，指有青碧花紋的圓頂羅帳。李商隱寫詩特別講求暗示，即使是律詩的起聯，也往往不願意寫得過於明顯直遂，而留下一些內容讓讀者去玩索體味。像這一聯，就只寫主人公在深夜做什麼，而不點破這件事意味著什麼，甚至連主人公的性別與身份都不作明確交代。我們透過「鳳尾香羅」、「碧文圓頂」的字面和「夜深縫」的行動，可以推知主人公大概是一位幽居獨處的閨中女子。羅帳，在古代詩歌中常常用作男女好合的象徵。在寂寥的長夜中默默地縫製羅帳的女主人公，大概正沉浸在對往事的追憶和對會合的深情期待中吧。

接下來是女主人公的一段回憶，內容是她和意中人一次偶然的相遇——「扇裁月魄羞難掩，車走雷聲語未通。」對方驅車匆匆走過，自己因為羞澀，用團扇遮面，雖相見而未及通一語。從上下文所描寫的情況看，這次相遇不像是初次邂逅，而是「斷無消息」之前的最後一次照面。否則，不可能有深夜縫製羅帳，期待會合的舉動。正因為是最後一次未通言語的相遇，在長期得不到對方音訊的今天回憶往事，就越發感到失去那次機緣的可惜，而那次相遇的情景也就越加清晰而深刻地留在記憶中。所以這一聯不只是描繪了女主人公愛情生活中一個難忘的片斷，而且曲折地表達了她在追思往事時那種惋惜、悵惘而又深情地加以回味的複雜心理。起聯與頷聯之間，在情節上有很大的跳躍，最後一次照面之前的許多情事（比如她和對方如何結識、相愛等）統統省略了。

頸聯寫別後的相思寂寥。和上聯透過一個富於戲劇性的片斷表現瞬間的情緒不同，這一聯卻是透過情景交融的藝術手法概括地抒寫一個較長時期中的生活和感情，具有更濃郁的抒情氣氛和象徵暗示色彩。兩句是說，自從那次匆匆相遇之後，對方便絕無音訊。已經有多少次獨自伴著逐漸黯淡的殘燈度過寂寥的不眠之夜，眼下又是石榴花紅的季節了。「蠟炬成灰淚始乾」（〈無題．相見時難別亦難〉），「一寸相思一寸灰」（〈無題四首〉其二），那黯淡的殘燈，不只是渲染了長夜寂寥的氣氛，而且它本身就彷彿是女主人公相思無望情緒的外化與象徵。石榴花紅的季節，春天已經消逝了。在寂寞的期待中，石榴花紅給她帶來的也許是流光易逝、青春虛度的悵惘與傷感吧？「金燼暗」、「石榴紅」，彷彿是不經意地點染景物，卻寓含了豐富的感情內涵。把象徵暗示的表現手法運用得這樣自然精妙，不露痕跡，這確實是藝術上爐火純青境界的標誌。

末聯仍舊回到深情的期待上來。「斑騅」句暗用樂府〈神弦歌．明下童曲〉「陸郎乘斑騅……望門不欲歸」句意，大概是暗示她日夕思念的意中人其實和她相隔並不遙遠，也許此刻正繫馬垂楊岸邊呢，只是咫尺天涯，無緣會合罷了。末句化用三國魏曹植〈七哀詩〉「願為西南風，長逝入君懷」詩意，希望能有一陣好風，將自己吹送到對方身邊。李商隱的優秀的愛情詩，多數是寫相思的痛苦與會合的難期的；但即使是無望的愛情，也總是貫串著一種執著不移的追求，一種「春蠶到死絲方盡，蠟炬成灰淚始乾」（〈無題．相見時難別亦難〉）式的真摯而深厚的感情。希望在寂寞中燃燒，我們在這首詩中所感受到的也正是這樣一種感情。這是他的優秀愛情詩和那些缺乏深摯感情的豔體詩之間的一個重要區別，也是這些詩儘管在不同程度上帶有時代、階級的烙印，卻至今仍然能打動人們的一個重要原因。

比起第一首，第二首更側重於抒寫女主人公的身世遭遇之感，寫法也更加概括。一開頭就撇開具體情事，從女主人公所處的環境氛圍寫起。層帷深垂，幽邃的居室籠罩著一片深夜的靜寂。獨處幽室的女主人公自思身世，輾轉不眠，倍感靜夜的漫長。這裡儘管沒有一筆正面抒寫女主人公的心理狀態，但透過這靜寂孤清的環境氣氛，我們幾乎可以觸摸到女主人公的內心世界，感覺到那帷幕深垂的居室中彌漫著一層無名的幽怨。

頷聯進而寫女主人公對自己愛情遇合的回顧。上句用巫山神女夢遇楚王事，下句用樂府〈神弦歌．清溪小姑曲〉：「小姑所居，獨處無郎。」意思是說，追思往事，在愛情上儘管也像巫山神女那樣，有過自己的幻想與追求，但到頭來不過是做了一場幻夢而已；直到現在，還正像清溪小姑那樣，獨處無郎，終身無託。這一聯雖然用了兩個典故，卻幾乎讓人感覺不到有用典的痕跡，真正達到了驅使故典如同己出的程度。特別是它雖然寫得非常概括，卻並不抽象，因為這兩個典故各自所包含的神話傳說本身就能引起讀者的豐富想像與聯想。兩句中的「原」字、「本」字，頗見用意。前者暗示她在愛情上不僅有過追求，而且也曾有過短暫的遇合，但終究成了一場幻夢，所以說「原是夢」。後者則似乎暗示：儘管迄今仍然獨居無郎，無所依託，但人們則對她頗有議論，所以說「本無郎」，其中似含有某種自我辯解的意味。不過，上面所說的這兩層意思，都寫得隱約不露，不細心揣摩體味是不容易發現的。

頸聯從不幸的愛情經歷轉到不幸的身世遭遇。這一聯用了兩個比喻：說自己就像柔弱的菱枝，卻偏遭風波的摧折；又像具有芬芳美質的桂葉，卻無月露滋潤使之飄香。這一聯含意比較隱晦，似乎是暗示女主人公在生活中一方面受到惡勢力的摧殘，另一方面又得不到應有的同情與幫助。「不信」，是明知菱枝為弱質而偏加摧折，見「風波」之橫暴；「誰教」，是本可滋潤桂葉而竟不如此，見「月露」之無情。措辭婉轉，而意極沉痛。

愛情遇合既同夢幻，身世遭逢又如此不幸，但女主人公並沒有放棄愛情上的追求——「直道相思了無益，未妨惆悵是清狂。」即便相思全然無益，也不妨抱痴情而惆悵終身。在近乎幻滅的情況下仍然堅持不渝的追求，「相思」的銘心刻骨更是可想而知了。

中唐以後，以愛情、豔情為題材的詩歌逐漸增多。這類作品的共同特點是敘事的成分比較多，情節性比較強，人物、場景的描繪相當細緻。李商隱的愛情詩卻以抒情為主體，著力抒寫主人公的主觀感覺、心理活動，表現她（他）們豐富複雜的內心世界。而為了加強抒情的形象性、生動性，又往往要在詩中織入某些情節的片斷，在抒情中融入一定的敘事成分。這就使詩的內容密度大大增加，形成短小的體制與豐富的內容之間的矛盾。為了克服這一矛盾，他不得不大大加強詩句之間的跳躍性，並且借助比喻、象徵、聯想等多種手法來加強詩的暗示性。這是他的愛情詩意脈不很明顯，比較難讀的一個重要原因。但也正因為這樣，他的愛情詩往往具有蘊藉含蓄、意境深遠、寫情細膩的特點和優點，經得起反覆咀嚼與玩索。

無題詩究竟有沒有寄託，是一個複雜的問題。離開詩歌藝術形象的整體，抓住其中的片言隻語，附會現實生活的某些具體人事，進行索隱猜謎式的解釋，是完全違反藝術創作規律的。像清人馮浩那樣，將「鳳尾」首中的「垂楊岸」解為「寓柳姓」（指詩人的幕主柳仲郢），將「西南」解為「蜀地」，從而把這兩首詩說成是詩人「將赴東川，往別令狐，留宿，而有悲歌之作」（《玉谿生詩集箋注》），就是穿鑿附會的典型。但這並不妨礙我們從詩歌形象的整體出發，聯繫詩人的身世遭遇和其他作品，區別不同情況，對其中的某些無題詩作這方面的探討。就這兩首無題詩看，「重幃」首著重寫女主人公如夢似幻，無所依託，橫遭摧折的悽苦身世，筆意空靈概括，意在言外，其中就可能寓含或滲透作者自己的身世之感。熟悉作者身世的讀者不難從「神女」一聯中體味出詩人在回顧往事時深慨輾轉相依、終歸空無的無限悵惘。「風波」一聯，如單純寫女子遭際，顯得不著邊際；而從比興寄託角度理解，反而易於意會。作者地位寒微，「內無強近，外乏因依」（〈祭徐氏姊文〉），仕途上不僅未遇有力援助，反遭朋黨勢力摧抑，故借菱枝遭風波摧折，桂葉無月露滋潤致慨。他在一首託宮怨以寄慨的〈深宮〉詩中說：「狂飆不惜蘿陰薄，清露偏知桂葉濃。」取譬與「風波」二句相似（不過「清露」句與「月露」句託意正相反而已），也可證「風波」二句確有寄託。清何焯說這首無題「直露」本意（自傷不遇，《李義山詩集輯評》），是比較符合實際的。和「重幃」首相比，「鳳尾」首的寄託痕跡就很不明顯，因為詩中對女主人公愛情生活中的某些具體情事描繪得相當細緻（如「扇裁月魄」一聯），寫實的特點比較突出。但不論這兩首無題詩有無寄託，它們都首先是成功的愛情詩。即使我們完全把它們作為愛情詩來讀，也並不減低其藝術價值。（劉學鍇）

賈生

李商隱

宣室求賢訪逐臣，賈生才調更無倫。

可憐夜半虛前席，不問蒼生問鬼神。

賈誼貶長沙，久已成為詩人們抒寫不遇之感的熟濫題材。作者獨闢蹊徑，特意選取賈誼自長沙召回，宣室夜對的情節作為詩材。《史記．屈賈列傳》載：

賈生徵見。孝文帝方受釐（剛舉行過祭祀，接受神的福祐），坐宣室（未央宮前殿正室）。上因感鬼神事，而問鬼神之本。賈生因具道所以然之狀。至夜半，文帝前席（在坐席上移膝靠近對方）。既罷，曰：「吾久不見賈生，自以為過之，今不及也。」

在一般古代文人心目中，這大概是值得大加渲染的君臣遇合盛事。但詩人卻獨具隻眼，抓住不為人們所注意的「問鬼神」之事，翻出了一段新警透闢、發人深省的詩的議論。

「宣室求賢訪逐臣，賈生才調更無倫。」前幅純從正面著筆，絲毫不露貶意。首句特標「求」、「訪」（諮詢），彷彿熱烈頌揚文帝求賢意願之切、之殷，待賢態度之誠、之謙，所謂求賢若渴，虛懷若谷。「求賢」而至「訪逐臣」，更可見其網羅賢才已達到「野無遺賢」的程度。次句隱括文帝對賈誼的推服讚嘆之詞。「才調」，兼包才能風調，與「更無倫」的讚嘆配合，令人宛見賈生少年才俊、議論風發、華采照人的精神風貌，詩的形象感和詠嘆的情調也就自然地顯示出來。這兩句，由「求」而「訪」而讚，層層遞進，表現了文帝對賈生的推服器重。如果不看下文，幾乎會誤認為這是一篇聖主求賢頌。其實，這正是作者故弄狡獪之處。

第三句承、轉交錯，是全詩樞紐。承，即所謂「夜半前席」，把文帝當時那種虛心垂詢，凝神傾聽，以至於「不自知膝之前於席」（見《史記·商君列傳》秦孝公見商鞅事）的情狀描繪得維妙維肖，使歷史陳跡變成了充滿生活氣息、鮮明可觸的畫面。這種善於選取典型細節，善於「從小物寄慨」（《李義山詩集輯評》紀昀評〈齊宮詞〉語）的藝術手段，正是李商隱詠史詩的絕招。透過這個生動的細節的渲染，才把由「求」而「訪」而讚的那架「重賢」的雲梯升到了最高處；而「轉」，也就在這戲劇高潮中同時開始。不過，它並不露筋突骨，硬轉逆折，而是用詠嘆之筆輕輕撥轉——在「夜半虛前席」前加上「可憐」兩字。「可憐」，即可惜。不用感情色彩強烈的「可悲」、「可嘆」一類詞語，只說「可憐」，一方面是為末句——一篇之警策預留地步；另一方面也是因為在這裡貌似輕描淡寫的「可憐」，比劍拔弩張的「可悲」、「可嘆」更為含蘊，更耐人尋味。彷彿給文帝留有餘地，其實隱含著冷雋的嘲諷，可謂似輕而實重。「虛」者，空自、徒然之謂。雖只輕輕一點，卻使讀者對文帝「夜半前席」的重賢姿態從根本上產生了懷疑，可謂舉重而若輕。如此推重賢者，何以竟然成「虛」？詩人引而不發，給讀者留下了懸念，詩也就顯出跌宕波折的情致，而不是一瀉無餘。這一句承轉交錯的處理，精練，自然，和諧，渾然無跡。

末句方引滿而發，緊承「可憐」與「虛」，射出直中鵠的的一箭——「不問蒼生問鬼神」。鄭重求賢，虛心垂詢，推重嘆服，乃至「夜半前席」，不是為了詢求治國安民之道，卻是為了「問鬼神」的本原問題！這究竟是什麼樣的求賢，對賢者又究竟意味著什麼啊！詩人仍只點破而不說盡——透過「問」與「不問」的對照，讓讀者自己對此得出應有的結論。辭鋒極犀利，諷刺極辛辣，感慨極深沉，卻又極抑揚吞吐之妙。由於前幾句圍繞「重賢」逐步升級，節節上揚，第三句又盤馬彎弓，引而不發，末句由強烈對照而形成的貶抑便顯得特別有力。這正是通常所謂「抬得高，摔得重」。整首詩在正反、揚抑、輕重、隱顯、承轉等方面的藝術處理上，都蘊含著藝術的辯證法；而其新警含蘊、唱嘆有情的風格，也就透過這一系列成功的藝術處理，逐步顯示出來。

點破而不說盡，有論而無斷，並非由於內容貧弱而故弄玄虛，而是由於含蘊豐富，片言不足以盡意。詩有諷有慨，寓慨於諷，旨意並不單純。從諷的方面看，表面上似刺文帝，實際上詩人的主要用意並不在此。晚唐許多皇帝，大都崇佛媚道，服藥求仙，不顧民生，不任賢才，詩人矛頭所指，顯然是當時現實中那些「不問蒼生問鬼神」的統治者。在寓諷時主的同時，詩中又寓有詩人自己懷才不遇的深沉感慨。詩人夙懷「欲回天地」（〈安定城樓〉）的壯志，但偏遭衰世，沉淪下僚，詩中每發「賈生年少虛垂涕」（〈安定城樓〉）、「賈生兼事鬼」（〈異俗二首〉其二）之慨。這首詩中的賈誼，正有詩人自己的影子。概而言之，諷漢文實刺唐帝，憐賈生實亦自憫。（劉學鍇）

謁山

李商隱

從來繫日乏長繩，水去雲回恨不勝。
欲就麻姑買滄海①，一杯春露冷如冰。

〔註〕① 麻姑三見滄海桑田，見晉葛洪《神仙傳．王遠》中麻姑說：「接待以來，已見東海三為桑田，向到蓬萊，水又淺於往昔，會時略半也，豈將復還為陵陸乎。」

時間的流逝，使古往今來多少志士才人慷慨悲歌。李商隱這首詩，所吟詠慨嘆的儘管還是這樣一個帶有永恆性的宇宙現象，卻極富浪漫主義的奇思異想，令人耳目一新。

一開頭就把問題直截了當地提到人們面前。晉傅玄〈九曲歌〉說：「歲暮景邁群光絕，安得長繩繫白日？」長繩繫日，是古人企圖留駐時光的一種天真幻想。但這樣的「長繩」又到哪裡去找呢？傅詩說「安得」，已經透露出這種企望之難以實現；李詩更進一步，說「從來繫日乏長繩」，乾脆將長繩繫日的設想徹底否定了。

正因為時間的流逝無法阻止，望見逝川東去、白雲歸山的景象，不免令人感慨，中心悵恨，無時或已。由繫日無繩之慨，到水去雲回之恨，感情沉降到最低點，似乎已經山窮水盡，詩人卻由「恨」忽生奇想，轉出一片柳暗花明的新境。

「欲就麻姑買滄海」。麻姑是古代神話傳說中的女仙，她自稱曾在短時間內三見滄海變為桑田。這裡即因此而認定滄海歸屬於麻姑，並想到要向麻姑買下整個滄海。乍讀似覺這奇想有些突如其來，實則它即緣「繫日乏長繩」和「水去雲回」而生。在詩人想像中，「逝者如斯」的時間之流，最後都流注匯集於大海，因而這橫無際涯的滄海便是時間的總匯；買下了滄海，也就控制占有了全部時間，不致再有「水去雲回」之恨了。這想像，天真到接近童話的程度，卻又大膽得令人驚奇；曲折到埋沒意緒的程度，卻自有其幻想的邏輯。

末句更是奇中出奇，曲之又曲。滄海究竟能不能「買」？詩人不作正面回答，而是幻覺似地在讀者面前推出一個意味深長的形象——「一杯春露冷如冰」。剛剛還展現在面前的浩渺無際的滄海彷彿突然消失了，只剩下了一杯冰冷的春露。神話中的麻姑曾經發現，蓬萊仙山一帶的海水比不久前又淺了一半，大概滄海又一次要變成陸地了。詩人抓住這一點加以發揮，將滄海變桑田的過程縮短為一瞬間，讓人意識到這眼前的一杯春露，不過是浩渺的滄海倏忽變化的遺跡，頃刻之間，連這一杯春露也將消失不存了。這是對宇宙事物變化迅疾的極度誇張，也是對時間流逝之快的極度誇張。一個「冷」字，揭示出時間的無情、自然規律的冰冷無情和詩人無可奈何的失望情緒。詩中那種「欲就麻姑買滄海」的奇異而大膽的幻想，「一杯春露冷如冰」的奇幻而瑰麗的想像，卻充分體現出詩人的想像力和創造力。這種奇幻的想像和構思，頗似李賀，可以看出李賀對李商隱的影響。有人曾指出詩中買滄海的設想和李賀〈苦晝短〉中「天東有若木，下置銜燭龍。吾將斬龍足，嚼龍肉，使之朝不得迴，夜不得伏。自然老者不死，少者不哭」的意思差不多，而「一杯春露冷如冰」的詩句則是點化李賀〈夢天〉「一泓海水杯中瀉」的句子，這是非常精闢的比較分析。

題稱「謁山」，即拜謁名山之意。從詩中所抒寫的內容看，當是登高山望見水去雲回日落的景象有感而作。將一個古老的題材寫得這樣新奇浪漫，富於詩情，也許正可以借用和詩人同時的李德裕說的一句話來評價：「譬諸日月，雖終古常見，而光景常新，此所以為靈物也。」（〈文章論〉）（劉學鍇）

涼思

李商隱

客去波平檻，蟬休露滿枝。永懷當此節，倚立自移時。
北斗兼春遠，南陵寓使遲。天涯占夢數，疑誤有新知。

這是寫詩人初秋夜晚的一段愁思。

首聯寫愁思產生的環境。訪客已經離去，池水漲平了欄檻，知了停止噪鳴，清露掛滿樹枝，好一幅水亭秋夜的清涼圖景！但是，詩句的勝處不光在於寫景真切，它還細緻地傳達出詩人心理感受的微妙變化。如「客去」與「波平檻」，本來是互不相關的兩件事，為什麼要連在一起敘述呢？細細推敲，大有道理。大凡人在熱鬧之中，是不會去注意夜晚池塘漲水這類細節的。只有當客人告退、孤身獨坐時，才會突然發現：喲，怎麼不知不覺間面前的水波已漲得這麼高了！同樣，鳴蟬與滴露也是生活裡的常事，也只有在陡然清靜下來心緒無聊時，才會覺察到現象的變化。所以，這聯寫景實際上反映了詩人由鬧至靜後的特殊心境，為引起愁思作了鋪墊。

第二聯開始，詩人的筆觸由「涼」轉入「思」。「永懷」，即長想。「此節」，此刻。「移時」，歷時、經時。詩人的身影久久倚立在水亭欄柱之間，他凝神長想，思潮起伏。讀者雖還不知道他想的什麼，但已經感染到那種愁思綿綿的悲涼情味。

詩篇後半進入所思的內容。北斗星，因為它屹立天極，眾星圍繞轉動，古人常用來比喻君主，這裡指皇帝駐居的京城長安。「兼春」，即兼年，兩年。南陵，今安徽繁昌縣，唐時屬宣州。「寓」，託。兩句意思是：離開長安已有兩個年頭，滯留遠方未歸；而託去南陵傳信的使者，又遲遲不帶回期待的消息。處在這樣進退兩難的境地，無怪乎詩人要產生被棄置天涯、零丁無告的感覺，屢屢借夢境占卜吉凶，甚至猜疑所聯繫的對方有了新結識的朋友而不念舊交了。由於寫作背景難以考定，詩中所敘情事不很了了。但我們知道李商隱一生不得志，在朝只做過短短兩任小官，其餘時間都漂泊異鄉，寄人幕下。這首詩大約寫在又一次飄零途中，緬懷長安而不得歸，尋找新的出路又沒有結果，素抱難展，託身無地，只有歸結於悲愁抑鬱的情思。「涼思」一題，語意雙關：既指「思」由「涼」生，也意味著思緒悲涼。按照這樣的理解，「涼」和「思」又是通篇融貫為一體的。

此詩抒情採用直寫胸臆的方式，不像作者一般詩作那樣宛曲見意，但傾吐胸懷仍有宛轉含蓄之處，並非一瀉無餘。語言風格疏朗清淡，不假雕飾，也有別於李商隱一貫的精工典麗的作風，正適合於表現那種淒冷蕭瑟的情懷。大作家善於隨物賦形，不受一種固定風格的拘限，於此可見一斑。（陳伯海）

花下醉　李商隱

尋芳不覺醉流霞，倚樹沉眠日已斜。
客散酒醒深夜後，更持紅燭賞殘花。

如詩題所顯示的，這是一首抒寫對花的陶醉留連心理的小詩。

首句「尋芳不覺醉流霞」，寫出從「尋」到「醉」的過程。因為愛花，所以懷著濃厚的興味，殷切的心情，特地去「尋芳」；既「尋」而果然喜遇；既遇遂深深為花之美豔所吸引，留連稱賞，不能自已；留連稱賞之餘，竟不知不覺地「醉」了。這是雙重的醉。「流霞」，是神話傳說中一種仙酒。東漢王充《論衡．道虛》上說，項曼卿好道學仙，離家三年而返，自言：「口饑欲食，仙人輒飲我以流霞一杯。每飲一杯，數月不饑。」這裡用「醉流霞」，指為甘美的酒所醉。但從「流霞」這個詞語的字面，又可以想像出花的絢爛、光豔，想像出花的芳香和情態，加強了「醉」字的具體可感性。究竟是因為尋芳之前喝了酒此時感到了醉意，還是在尋芳的過程中因為心情陶然而對酒賞花？究竟是因迷於花而增添了酒的醉意，還是因醉後的微醺而更感到花的醉人魅力？很難說得清楚。可能詩人正是要借這含意雙關的「醉流霞」寫出生理的醉與心理的醉的相互作用和奇妙融合。「不覺」二字，正傳神地描繪出目眩神迷、身心俱醉而不自知其所以然的情態，筆意極為超妙。

次句「倚樹沉眠日已斜」進一步寫「醉」字。因迷花醉酒而不覺倚樹（倚樹亦即倚花，花就長在樹上，燦若流霞）；由倚樹而不覺沉眠；由沉眠而不覺日已西斜。敘次井然，而又處處緊扣「醉」字。醉眠於花樹之下，整個身心都為花的馥郁所包圍、所浸染，連夢也帶著花的醉人芳香。所以這「沉眠」不妨說正是對花的沉醉。這一句似從李白〈夢遊天姥吟留別〉「迷花倚石忽已暝」句化出，深一層寫出了身心俱醉的迷花境界。

醉眠花下而不覺日斜，似已達到迷花極致而難以為繼。三、四兩句忽又柳暗花明，轉出新境——「客散酒醒深夜後，更持紅燭賞殘花。」在倚樹沉眠中，時間不知不覺由日斜到了深夜，客人已經散去，酒也已經醒了，四周是一片夜的朦朧與沉寂。在這種環境氣氛中，一般的人是不會想到賞花的；即使想到，也會因露冷風寒、花事闌珊而感到意興索然。但對一個愛花迷花的詩人來說，這種環境氣氛，反倒更激起賞花的意趣。酒闌客散，正可靜中細賞；酒醒神清，與醉眼朦朧中賞花自別有一番風味；深夜之後，才能看到人所未見的情態。特別是當他想到日間盛開的花朵，到了明朝也許就將落英繽紛，殘紅遍地，一種對美好事物的深刻留連之情便油然而生，促使他抓住這最後的時機領略行將消逝的美，於是，便有了「更持紅燭賞殘花」這一幕。在夜色朦朧中，在紅燭的照映下，這行將凋謝的殘花在生命的最後瞬間彷彿呈現出一種奇異的光華，美麗得像一個五彩繽紛而又隱約朦朧的夢境。詩人也就在持燭賞殘花的過程中得到了新的也是最後的陶醉。夜深酒醒後的「賞」，正是「醉」的更深一層的表現，正如清姚培謙所說，「方是愛花極致」（《李義山詩集箋注》）。清人馬位說：「李義山詩『客散酒醒深夜後，更持紅燭賞殘花』，有雅人深致；蘇子瞻『只恐夜深花睡去，高燒銀燭照紅妝』，有富貴氣象。二子愛花興復不淺。」（《秋窗隨筆》）「雅人深致」與「富貴氣象」之評，今天我們也許有所保留，而歸結到「愛花興復不淺」，則是完全確切的。（劉學鍇）

正月崇讓宅

李商隱

密鎖重關掩綠苔，廊深閣迥此徘徊。先知風起月含暈，尚自露寒花未開。
蝙拂簾旌終輾轉，鼠翻窗網小驚猜。背燈獨共餘香語，不覺猶歌〈起夜來〉。

這是詩人悼念亡妻之作。崇讓宅是詩人的岳父、涇原節度使王茂元在東都洛陽崇讓坊的宅邸，詩人和妻子曾在此居住。詩人的妻子卒於宣宗大中五年（八五一）夏秋間。此詩作於大中十一年正月在洛陽時。

昔日回到崇讓宅，見到可愛的妻子，該是多麼幸福和歡樂。這次歸來，卻是觸目生悲。宅門牢牢上鎖，重重關閉，地上長滿青苔，說明久已無人居住，成了廢宅；因為寂無一人，迴廊樓閣非常冷落，顯得特別深迥；妻子已逝，無人與語，詩人只好在這裡獨自徘徊。夜幕降臨，月忽生暈，不但月光蒙上一層陰影，似有無限哀愁，而且月暈則多風，天氣也要變得更加寒冷；露寒風冷，春花也不綻開。詩的開頭兩聯，首聯扣住題中崇讓宅，寫其荒涼冷落，傷心慘目；頷聯扣住題中「正月」，寫「風露花月，不堪愁對」（清屈復《玉谿生詩意》）。這四句，用環境的淒涼，襯托出詩人心境的淒涼。清何焯說：「三、四覆裝，月暈多風比妻身亡，下句則曾未得富貴開眉也。」（《李義山詩集輯評》）也就是說，這兩句是兼用眼前之景，隱喻過去的情事。第三句是說妻子臨死之前，詩人已看出不祥的預兆；下句謂王氏婚後，詩人一直窮愁潦倒，生計艱辛，從未使妻子眉目舒展過一日，於內疚中含著深厚的傷悼之情。

上面四句寫室外，以下進入室內。

「簾旌」為簾端之帛，以其形狀似旌（旗），故稱，這裡即指簾子。「輾轉」、「驚猜」，都是詩人的活動。「輾轉」用《詩經·周南·關雎》「輾轉反側」語，指翻來覆去，不能入睡。「窗網」是張掛在窗外簷下以防鳥雀入室的絲織的網。「驚猜」句非常逼真地寫出了詩人的心理活動：深夜詩人全神貫注地懷念亡妻，忽聽到鼠翻窗網之聲，還以為是妻子到室中來了。「小」字形容心中微微一怔，措詞極有分寸。一「驚」、一「猜」，連下兩個動詞，體物精細入微。這兩句以動寫靜，因為如果在風雨喧囂的不寧靜的夜裡，是不會覺察出「蝙拂簾旌」、「鼠翻窗網」這樣微細的聲響的。而夜愈是寂靜，愈是使人感到寂寞孤獨，愈是加深加重對亡妻的憶念，因而才「輾轉」、「驚猜」，終夜不能成眠。

最後兩句，寫得更加沉痛。因為「驚猜」妻子來了，所以立刻翻身起來。然而卻又沒有見到妻子。此時詩人神智已經恍惚，還彷彿聽見她唱起〈起夜來〉的哀歌。「背燈」，狀詩人向室內四處尋找；「餘香」是亡妻所遺之香氣，聞著餘香，彷彿妻子猶在，故與之語。〈起夜來〉是樂府曲調名，《樂府解題》說：「〈起夜來〉，其辭意猶念疇昔思君之來也。」是妻子思念丈夫之辭。此詩不說自己憶念妻子，卻說亡妻思念自己，這樣從對方來說，其言更加沉痛，更見出自己的憶念之深沉，思情之慘苦。這兩句一字一淚，一字一血，讀之令人酸鼻。

悼亡詩，常用的寫法是睹物思人，由物見情，或者憶念往事，由事見情。此詩用的則是由景見情的手法。全詩從白天到夜晚，由門外到宅內，再到室中，透過種種環境的層層描寫，襯托出詩人悼念妻子的悲痛心情和複雜的內心活動，不敘一事，不發一句議論，情真而深，非常感人。近人張采田曾稱它「情深一往，讀之增伉儷之重，潘黃門（指潘岳，曾官黃門郎，所作〈悼亡詩三首〉頗有名）後絕唱也。」（《玉谿生年譜會箋》）（王思宇）

曲江①

李商隱

望斷平時翠輦過，空聞子夜鬼悲歌。金輿不返傾城色，玉殿猶分下苑波。
死憶華亭聞唳鶴，老憂王室泣銅駝。天荒地變心雖折，若比傷春意未多。

〔註〕①此詩主旨，舊有「專詠明皇、貴妃事」（張采田），「前四句追感玄宗與貴妃臨幸時事，後四句則言王涯等被禍」（朱鶴齡），「傷文宗崩後楊賢妃賜死」（馮浩）及「專言文宗」（程夢星）諸說，此取程說。

曲江，是唐代長安最大的名勝風景區，「開元中疏鑿，遂為勝境……花卉環周，煙水明媚。都人遊翫，盛於中和、上巳之節」（唐康駢《劇談錄．卷下．曲江》）。安史亂後荒廢。唐文宗頗想恢復昇平故事，於大和九年（八三五）二月派神策軍修治曲江。十月，賜百官宴於曲江。甘露之變發生後不久，下令罷修。李商隱這首詩，就是事變後第二年春天寫的。

曲江的興廢，和唐王朝的盛衰密切相關。杜甫在〈哀江頭〉中曾借曲江今昔抒寫國家殘破的傷痛。面對經歷了另一場「天荒地變」——甘露之變後荒涼滿目的曲江，李商隱心中自不免產生和杜甫類似的感慨。杜甫的〈哀江頭〉，可能對他這首詩的構思有過啟發，只是他的感慨已經寓有特定的現實內容，帶上了更濃重的悲涼的時代色彩。

一開始就著意渲染曲江的荒涼景象：放眼極望，平時皇帝車駕臨幸的盛況再也看不到了，只能在夜半時聽到冤鬼的悲歌聲。這裡所蘊含的並不是弔古傷今的歷史感慨，而是深沉的現實政治感喟。「平時翠輦過」，指的是事變前文宗車駕出遊曲江的情景；「子夜鬼悲歌」，則是事變後曲江的景象，這景象，荒涼中顯出淒厲，正暗示出剛過去不久的那場「流血千門，殭尸萬計」（唐劉從諫〈請王涯等罪名表〉）的慘酷事變。在詩人的感受中，這場大事變彷彿劃分了兩個時代：「平時翠輦過」的景象已經成為極望而不可再見的遙遠的過去，眼前面對的就是這幅黑暗、蕭森而帶有恐怖氣氛的現實圖景。「望斷」、「空聞」，從正反兩個方面暗寓了一場「天荒地變」。

三、四兩句承「望斷」句，說先前乘金輿陪同皇帝遊賞的美麗宮妃已不再來，只有曲江流水依然在寂靜中流向玉殿旁的御溝（曲江與御溝相通）。「不返」、「猶分」的鮮明對照中，顯現出一幅荒涼冷寂的曲江圖景，蘊含著無限滄桑今昔之感。文宗修繕曲江亭館，遊賞下苑勝景，本想恢復昇平故事。甘露事變一起，受制家奴，形同幽囚，翠輦金輿，遂絕跡於曲江。這裡，正寓有昇平不返的深沉感慨。下兩聯的「荊棘銅駝」之悲和「傷春」之感都從此生出。

第五句承「空聞」句。西晉陸機因被宦官孟玖所譖而受誅，臨死前悲嘆道：「華亭（陸機故宅旁谷名）鶴唳，豈可復聞乎？」（《晉書·陸機傳》）這裡用以暗示甘露事變期間大批朝臣慘遭宦官殺戮的情事，回應次句「鬼悲歌」。第六句承「望斷」句與頷聯。西晉滅亡前，索靖預見到天下將亂，指著洛陽宮門前的銅駝嘆息道：「會見汝在荊棘中耳！」（《晉書·索靖傳》）這裡藉以抒寫對唐王朝國運將傾的憂慮。這兩個典故都用得非常精切，不僅使不便明言的情事得到既微而顯的表達，而且加強了全詩的悲劇氣氛。兩句似斷實連，隱含著因果聯繫。

末聯是全篇結穴。在詩人看來，「流血千門，殭尸萬計」的這場天荒地變儘管令人心摧，但更令人傷痛的卻是國家所面臨的衰頹沒落的命運。（「傷春」一詞，在李商隱的詩歌語彙中占有特別重要的地位，曾被他用來概括自己詩歌創作的基本主題，這裡特指傷時感亂，為國家的衰頹命運而憂傷。）痛定思痛之際，詩人沒有把目光局限在甘露之變，而是更深入地去思索事件的前因後果，敏銳地覺察到這一歷史的鏈條所顯示的歷史趨勢。這正是本篇思想內容比一般的單純抒寫時事的詩深刻的地方，也是它的風格特別深沉凝重的原因。

這首詩在構思方面有一個顯著的特點：既借曲江今昔暗寓時事，又透過對時事的感受抒寫「傷春」之情。就全篇來說，「天荒地變」之悲並非主體，「傷春」才是真正的中心。儘管詩中正面寫「傷春」的只有兩句（六、八兩句），但實際上前面的所有描寫都直接間接地圍繞著這個中心，都透露出一種濃重的「傷春」氣氛，所以末句點明題旨，仍顯得水到渠成。

以麗句寫荒涼，以綺語寓感慨，是杜甫一些律詩的顯著特點。李商隱學杜，在這方面也是深得杜詩訣竅的。讀〈曲江〉，可能會使我們聯想起杜甫的〈秋興八首〉，儘管它們在藝術功力上還存在顯著的差別。（劉學鍇）

驕兒詩

李商隱

衮師我驕兒，美秀乃無匹。文葆未周晬①，固已知六七。
四歲知姓名，眼不視梨栗。交朋頗窺觀，謂是丹穴物②。
前朝尚器貌，流品方第一。不然神仙姿，不爾燕鶴骨。
安得此相謂？欲慰衰朽質。青春妍和月，朋戲渾甥姪。
繞堂復穿林，沸若金鼎溢。門有長者來，造次請先出。
客前問所須，含意不吐實。歸來學客面，闥敗秉爺笏③。
或謔張飛鬍，或笑鄧艾吃。豪鷹毛崱屴④，猛馬氣佶傈⑤。
截得青篔簹⑥，騎走恣唐突。忽復學參軍，按聲喚蒼鶻。
又復紗燈旁，稽首禮夜佛。仰鞭罥⑦蛛網，俯首飲花蜜。
欲爭蛺蝶輕，未謝柳絮疾。階前逢阿姊，六甲頗輸失。

凝走弄香奩，拔脫金屈戌。抱持多反倒，威怒不可律。
曲躬牽窗網，峈唾⑧拭琴漆。有時看臨書，挺立不動膝。
古錦請裁衣，玉軸亦欲乞。請爺書春勝⑨，春勝宜春日。
芭蕉斜卷箋，辛夷低過筆。爺昔好讀書，懇苦自著述。
憔悴欲四十，無肉畏蚤虱。兒慎勿學爺，讀書求甲乙⑩。
穰苴司馬法⑪，張良黃石術⑫。便為帝王師，不假更纖悉。
況今西與北，羌戎正狂悖。誅赦兩未成，將養如痼疾。
兒當速成大，探雛入虎穴。當為萬戶侯，勿守一經帙。

〔註〕①文葆，「葆」通「褓」，指有紋飾的襁褓。周晬，滿周歲。②丹穴物，指鳳凰。《山海經．南山經》：「丹穴之山，其上多金玉……有鳥焉，其狀如雞，五采而文，名日鳳皇。」③闖（音同偉），開門。笏（音同戶），古代官員見君王時的手板。④崱屴（音同仄立），高大險峻。⑤佶傈（音同吉力），健壯。⑥篔簹（音同勻當），修長的竹子。⑦罥（音同眷）：懸掛糾結。⑧峈（音同克），也作「喀」：吐。峈唾即吐口水。⑨春勝，春日書寫吉祥話的巾幡。⑩唐進士考試分為甲第、乙第。《新唐書．選舉志》：「凡進士，試時務策五道、帖一大經，經、策全通為甲第；策通四、帖過四以上為乙第。」⑪穰苴為春秋時齊國名將，官至大司馬，精通兵法，《史記．司馬穰苴列傳》：「齊威王使大夫追論古者司馬兵法而附穰苴於其中，因號日『司馬穰苴兵法』。」⑫據《史記．留侯世家》載，張良於下邳遇黃石公，獲贈《太公兵法》，黃石公說：「讀此則為王者師矣。」

西晉詩人左思寫過一首〈嬌女詩〉，描繪他的兩個小女兒活潑嬌憨的情態，生動逼真，富於生活氣息。杜甫的傑作〈北征〉中有一段描寫小兒女嬌痴情狀的文字，就明顯受到〈嬌女詩〉的啟發。李商隱這首〈驕兒詩〉，更是從製題、內容到寫法都有意學習〈嬌女詩〉，但它又自具機杼，不落窠臼，有自己的獨特面貌。

這首詩寫於宣宗大中三年（八四九）春天，詩人已經走過了一大段坎坷不平的人生道路，「憔悴欲四十」了（這一年他三十八歲）。自從文宗開成二年（八三七）登進士第，開成四年釋褐入仕以來，由於政治的腐敗，黨爭的牽累，他在仕途上屢遭挫折，直到這時，依然困頓沉淪，屈居縣尉、府曹一類卑職。

詩分三段。第一段從開頭到「欲慰衰朽質」，寫驕兒袞師的聰慧和親朋對他的誇獎。「袞師」兩句總提，「美」側重於外在的器宇相貌，「秀」側重於內在的靈秀聰敏。以下兩層即分承「秀」、「美」。「文葆」四句反用晉陶潛〈責子〉詩：「雍端年十三，不識六與七；通子垂九齡，但覓梨與栗。」順手接過陶潛責備兒子愚笨的事例，變作誇讚驕兒聰明靈秀的材料，驅使故典，如同己出。「交朋」六句，轉述親朋對袞師器宇相貌的誇獎，說他有神仙之姿，貴人之相（燕鶴骨），是第一流的人品。親朋的這種誇獎，不過是尋常應酬，但詩人卻似乎很相信它的真誠，不然不會那樣興會淋漓，連親朋的口吻都忠實地加以傳達。儘管接下去詩人又說：「安得此相謂？欲慰衰朽質。」似乎認為親朋的過分誇獎只是為了安慰自己這個蹉跎半生、衰朽無用的人，實際上在貌似自謙的口吻中流露的恰恰是對愛子的激賞。清田蘭芳評道：「不自信，正是自矜。」（清馮浩《玉谿生詩集箋注》引）這是很能揣摩作者心理的。但透過對愛子的這種激賞，我們也不難覺察其中隱含著詩人蹉跎潦倒的悲哀。末段自慨憔悴和對驕兒的希望都於此伏根。

第二段，從「青春妍和月」到「辛夷低過筆」，描寫驕兒的各種活動和天真活潑的情態。「青春」四句，先總寫「朋戲」的喧鬧，以下再具體寫袞師。「門有」四句，寫來客時袞師搶著要出去迎接（在好客之中可能隱含著某種不自覺的願望），但當客人問他想要什麼時，他卻隱藏內心真實的想法不說（出於懂事而產生的羞怯）。這和上段的「眼不視梨栗」一樣，都是對兒童心理神情的傳神描寫。「歸來」十二句，描繪袞師如何摹仿他在日常生活中所接觸到的各種有趣情事：捧著父親的手板摹仿客人急匆匆地進門，摹仿大鬍子張飛的形象和鄧艾口吃的神情（可能是摹仿說書人的表演），摹仿豪鷹和猛馬的氣勢和形狀，摹仿參軍戲裡參軍和蒼鶻的表演，摹仿大人在紗燈旁拜佛。摹仿是兒童的天性，詩人的驕兒在聰慧靈巧、活潑天真中顯出興趣廣泛、精力旺盛，有時還不免帶點滑稽和惡作劇的成分。這一節的句法也錯綜多變，既與所表現的生活內容（孩子的興趣不斷轉移變換）相適應，又使這段描寫不顯得平板沉悶。

「仰鞭」四句，寫驕兒舉鞭牽取蛛網、俯首吸吮花蜜為戲，形容其動作的輕捷。「蛺蝶」、「柳絮」是「飲花蜜」、「罥蛛網」產生的自然聯想。「階前」六句，集中描寫因「賽六甲」（比賽書寫六十甲子，也有說是賽「雙陸」的）而引起的一場風波：賽輸了「六甲」，就硬是要跑去弄翻姊姊的梳妝盒，拗脫了上面的鉸鏈；當阿姊要抱開他時，他死命掙扎，索性賴在地上，對他發怒威嚇也不能制止。這一節活動的場所又從室外移到室內，把小兒女玩耍嬉鬧的情景和袞師恃寵仗幼，故意耍賴撒潑的情狀描繪得維妙維肖，充分體現出題目中的那個「驕」字——既明寫袞師的驕縱，又暗透父親的驕寵。在詩人眼裡，孩子的耍賴撒潑也別有一番可愛的情趣。當讀到「威怒不可律」時，讀者也不禁要和在一旁觀賞這場趣劇的詩人一樣，露出會心的微笑。

「曲躬」十句，寫袞師進入書房後的活動：順手拉過窗紗，吐口唾沫拭琴，一動不動地注視著父親臨帖，要求用古錦裁作包書的書衣，用玉軸作書軸，遞過紙筆請父親在「春勝」上寫字。這些行動，既充滿孩童的天真稚氣，又表現出對書籍、文字、音樂的愛好，上承「丹穴物」的讚譽，下啟末段關於讀書的議論。其中像「唾拭琴漆」、「挺立不動膝」和「芭蕉斜卷箋，辛夷低過筆」（斜卷之箋如未展之芭蕉，低遞之筆如含苞之木筆花）

等句，都是絕妙的寫生。整個一大段描寫，雖然在孩子活動的場所和內容上略有線索可循，但並無嚴密的結構層次，似乎是有意用這種隨物賦形、散漫不拘的章法筆意，構成一種自由活潑的情趣，以適應所要表達的生活內容——兒童的天真與活力。以「青春妍和月」開始，以「芭蕉」、「辛夷」結束，中間似不經意地插入「蛺蝶」、「柳絮」等事物，使孩子的嬉戲在春意盎然的氣氛中展開，更襯托出孩子的生氣與活力。而在這一系列不斷變換的嬉戲畫面後，則隱藏著一個始終跟隨著活動中的驕兒的鏡頭，這就是詩人那雙充滿了愛憐之情的眼睛。

最後一段，抒寫因驕兒引起的感慨和對驕兒的期望。「爺昔」四句，慨嘆自己勤苦讀書著述，卻落得憔悴潦倒，困頓失意。「無肉畏蚤虱」，是幽默的雙關語，明說身體消瘦，暗喻遭到小人的攻訐。《南史．文學傳》載卞彬「仕既不遂，乃著蚤蝨蝸蟲蝦蟇等賦，皆大有指斥。」詩人自己也寫過一篇〈虱賦〉，其中有句說：「汝職惟齧，而不善齧。回臭而多，蹠香而絕。」這首詩裡的「蚤虱」大概正是指這種專門攻訐窮而賢者的小人。「兒慎」六句，告誡兒子不要再走自己走過的讀經書考科舉的道路，而要讀點兵書，學會輔佐帝王的真本事。「況今」八句，更進而聯繫到國家面臨的嚴重邊患，希望孩子迅速成長，為國平亂，立功封侯。這一段蘊含的思想感情頗為複雜。其中既有「文章憎命達，魑魅喜人過」（杜甫〈天末懷李白〉）式的牢騷不平，也有「請君暫上凌煙閣，若箇書生萬戶侯」（李賀〈南園十三首〉其五）一類的深沉感慨，更有徒守經帙，於國無益，於己無補的深切體驗與痛苦反省。詩人未必認為學文一定無用，也未必真正否定「讀書」、「著述」，但對死守經書、醉心科舉的道路確有所懷疑。

左思的〈嬌女詩〉止於描繪嬌女的活潑嬌憨，李商隱的〈驕兒詩〉則「綴以感慨」（清馮浩《玉谿生詩集箋注》）。有人曾批評這首詩「結處迂纏不已」（明胡震亨《唐音戊籤》），這種批評恰恰忽略了〈驕兒詩〉的創作背景、創作特色，把學習看成了單純的摹仿。和左思以尋常父輩愛憐兒女的心情觀察、描繪嬌女不同，李商隱是始終以飽經憂患、身世沉淪者的眼光來觀察、描繪驕兒的。驕兒的聰慧美秀、天真活潑，正與自己「憔悴欲四十，無肉畏蚤虱」的形象形成鮮明對照，從而加深了身世沉淪的感慨；而自己的困頓境遇又使他對驕兒將來的命運更加關注和擔憂：自己的現在會不會再成為孩子的將來？「兒慎勿學爺，讀書求甲乙」、「當為萬戶侯，勿守一經帙」的感慨和期望正是在這種心情下產生的。清屈復說：「胸中先有末一段感慨方作。」（《玉谿生詩意》）這是很精到的。正因為有末段，這首詩才不限於描摹小兒女情態，而是同時表現了詩人的憂國之情和對「讀書求甲乙」的生活道路的懷疑，抒發了困頓失意的牢騷不平，其思想價值也就超越了左思的〈嬌女詩〉。

詩選取兒童日常生活細節，純用白描，筆端充滿感情。輕憐愛撫之中時露幽默的風趣。但在它們的後面卻飽含著詩人的沉淪不遇之淚。全詩的風格，也許可以用「含淚的微笑」來形容吧。（劉學鍇）

李群玉

【作者小傳】（約八〇八～約八六〇）字文山，澧州（今湖南澧縣）人。善吹笙，工書法。舉進士不第，後以布衣遊長安，進詩於宣宗，授弘文館校書郎，不久去職。其詩善寫羈旅之情。有《李群玉詩集》。（《郡齋讀書志》卷十八、《唐才子傳》卷七）

黃陵廟　李群玉

小姑洲北浦雲邊，二女啼妝自儼然。野廟向江春寂寂，古碑無字草芊芊。
風迴日暮吹芳芷，月落山深哭杜鵑。猶似含顰望巡狩，九疑如黛隔湘川。

黃陵廟，在今湖南湘陰縣北洞庭湖畔。古代當地人民由於同情舜帝的兩個妃子娥皇和女英的不幸遭遇，給她們修了這座祠廟。

據《史記．五帝本紀》載，舜南巡狩，死於蒼梧，葬在江南的九疑山。《水經注．湘水》等又先後將故事發展成為娥皇、女英，因為追蹤舜帝，溺於湘水，遂「神遊洞庭之淵，出入瀟湘之浦」。這樣就給原來的傳說加深了神話與悲劇的色彩。後世人們更將湘竹上面的斑斑點點，想像成為二妃遠望蒼梧，臨江慟哭的淚痕。李群玉寫此詩，也是借助這一綿綿長恨的故事為背景。

此詩在構思上，是用黃陵廟的荒涼寂寞與廟中栩栩如生的二妃悲切的塑像作為對照，在結構上則以詩人憑弔黃陵廟的足跡為線索布局，從而步步深入地表現了二妃音容宛在，精誠不滅，而歲月空流，人世淒清的悲苦情緒。

首句「小姑洲北浦雲邊」，交代了祠廟的地點與位置。「浦雲邊」三字表明詩人從遠處走向黃陵廟時所見到的雲水相映頗為荒涼的景象，以及由此引起的漠漠層雲，江天寂寥，四周一片空空蕩蕩的感覺。第二句，詩人已進入祠廟瞻望，以特寫鏡頭顯出「啼妝儼然」的二妃塑像。這裡愈是寫出環境的蕭索，刻畫出二妃生動的形象，也就愈會喚起人們無限的哀思。

接下來詩人漫步祠外，只見「野廟向江春寂寂，古碑無字草芊芊」，進一步寫景抒情。「野廟向江」，著一「野」字，點染了環境的荒涼。「向江」，顯然暗示廟中二妃日夜面向蒼梧。此時周圍有的只是被風雨剝蝕了字跡的古老碑碣，萋萋的荒草和一片東風無語的寂寂春色。「寂寂」，是詩人的感受，也是對二妃悵惘心情的想像與描摹。

接寫詩人佇立平岡，愁思不已的所見所感：「風迴日暮吹芳芷，月落山深哭杜鵑」。暮色暗暗，那江上的香芷在晚風中搖曳生姿。香芷，這個湘、沅一帶特有的風物，既是黃陵廟前的現場景物，又暗暗關聯二妃美麗的神話。《楚辭·湘夫人》云：「沅有芷兮澧有蘭，思公子兮未敢言。」觸景生情，引人遐想。待到夜幕降臨，江畔月落，四周杜鵑啼血，如果二妃有知，聽著聲聲「不如歸去」，她們將會感到怎樣的悲戚！她們縱欲歸去，又能夠歸向何處呢？想到這裡，感傷之情油然而生。詩人再次步入廟中，抬頭凝望「啼妝儼然」的神像，「猶似含顰望巡狩，九疑如黛隔湘川」，彷彿看出她們蹙著眉黛，隔著湘水，仍在朝朝暮暮地遙望遠處不可企及的九疑山，默默無言地翹盼著舜帝的歸來！這樣的形象更加激起詩人內心的波瀾：事去千年，人世已非；恨重如山，心似金石啊！這裡的「猶似」二字，既把二妃的神態寫活了，流露出她們堅貞不渝、長恨綿綿的情懷，也寄寓了詩人無限的情思。此時此地，詩人佇立野廟，愁縈湘浦，目遇神追，依戀感懷，不能自已。其下「九疑如黛」的結句，以一「隔」字，包含多少欲哭無淚的憾恨。全詩到此，辭雖盡而意未盡，如餘音繞梁，回味無窮。就以詩中「月落山深哭杜鵑」中那一「哭」字來說，究竟是實寫杜鵑的啼血，二妃的飲泣，還是詩人自己的一掬同情的眼淚，抑或是三者合而有之，那就很難叫人分得清了。（陶慕淵）

放魚

李群玉

早覓為龍去，江湖莫漫遊。
須知香餌下，觸口是銛鉤！

這是詠物詩中一首富於哲理的佳作，篇幅短小，意味雋永。古詩中最早寫魚的詩句見於《詩經·衛風·碩人》。漢魏六朝樂府詩中的〈枯魚過河泣〉，則是以魚為抒寫對象的完整的全篇。唐代詠物詩不少，然而寫魚的專篇仍然不多，所以這首〈放魚〉是獨具一格的難能可貴之作。

這首詩，題材獨特，角度新穎。作者既入乎其內，深入地體察了魚的習性、情態和生活環境，作了準確而非泛泛的描寫；又出乎其外，由尺寸之魚聯想到廣闊的社會人生，言在此而意在彼，讓讀者受到詩中寓意的暗示和啟發。這首詩從題目上看，是寫詩人在將魚放生時對魚的囑咐，全詩以呼告式結撰成章。「早覓為龍去」，一開始就運用了一個和魚有關的典故，妙合自然。《水經注·河水》：「鱣，鮪也。出鞏穴，三月則上渡龍門，得渡者為龍矣，否則點額而還。」在古代富於浪漫色彩的神話傳說中，龍是一種有鱗有鬚，能興風作浪的神奇動物，因此，為龍或化龍歷來就象徵著飛黃騰達。但詩人運用這一典故卻另有新意，他是希望所放生之魚能尋覓到一個廣闊自由的沒有機心的世界。一個「早」字，更顯示詩人企望之殷切。接著以「江湖莫漫遊」句，順承而下。「漫遊」本是為魚所獨有的生活習性，但在這裡，「莫漫遊」和「早覓」的矛盾逆折，卻又讓讀者產生強烈的懸念：為什麼希望魚兒要早覓為龍，又勸其莫漫遊於江湖之中呢？這就自然無跡地引發了下文：「須知香餌下，觸口是銛鉤！」「香餌」與「銛鉤」也都是和魚的生活與命運緊密相關的事物。這兩句詩一氣奔注，分外醒人耳目。「銛（音同仙）」，是鋒利之意。「銛鉤」與「香餌」相對成文又對比尖銳，那怵目驚心的形象可以激發人們許多聯想。「須知」使詩人告誡的聲態更加懇切動人。而「觸口」則更描摹出那環生的險象，傳神地表現出詩人對魚的憐惜、擔心的情態。寥寥二十字，處處圍繞著題目「放魚」來寫，用語看似平易，運筆卻十分靈動而巧妙。

「寄託」是詠物詩的靈魂。這詩抒寫的是放魚入水的題材，但它又不止於寫放魚入水。詩人的目光絕沒有停留在題材的表面，而是在具體的特定事物的描繪中，寄寓自己對生活的某種體驗和認識，使讀者從所寫之物，聯想到它內蘊的所寄之意。詠嘆的是「放魚」這一尋常事物，但詩人卻手揮五弦，目送飛鴻，因而音流弦外，餘響無窮，使人不禁聯想到詩人自己和許多正直的人們的遭際而深感同情。正如陶明濬《詩說雜記》所指出的：「詠物之作，非專求用典也，必求其婉言而諷，小中見大，因此及彼，生人妙悟，乃為上乘也。」此詩可謂得其旨。

宋蘇東坡說：「賦詩必此詩，定非知詩人。」（〈書鄢陵王主簿所畫折枝二首〉）何況是詠物詩。這首〈放魚〉狀物形象，含蘊深遠，花蕾雖小卻香氣襲人，堪稱詠物詩中的佳作。（李元洛）

火爐前坐

李群玉

孤燈照不寐，風雨滿西林。
多少關心事，書灰到夜深。

這首詩寫得含蓄深遠，透露出作者的寂寞身世和內心的孤憤。

詩的起句寫室內情景：一盞孤燈，照著無法成眠的詩人。燈是「孤」燈，已經表現出那種寂寥的情境；而青燈照壁，夜不能寐，更隱隱透出一種莫名的愁情。這種在絕句中稱為「寫景陪起」的起句，在這裡起了渲染氣氛、烘托環境、刻畫內心情態的作用，並點明時間，勾畫出訴之於視覺的形象。第二句宕開一筆，由室內而室外，描繪出一個具有特徵的空間，構成訴之於聽覺的形象。「風雨滿西林」，風聲，雨聲，林濤聲，落木的蕭蕭聲，聲聲入耳。一個「滿」字，更筆酣墨飽地寫出了雨烈風狂的情狀。是西林的風雨聲撩人愁思，使詩人長夜不寐？還是滿林風雨象徵著詩人難以平息的心潮？從詩人情景交融之筆看來，恐怕是二者兼有吧。

第三句在絕句的寫作中是很重要的一環，元代楊載在《詩法家數》中說：「大抵起承二句固難，然不過平直敘起為佳，從容承之為是。至於宛轉變化工夫，全在第三句。若於此轉變得好，則第四句如順流之舟矣。」這首詩的第三句就有轉折得力、另開新境之妙。在前面兩句實以寫景之後，第三句出之以虛以寫情，使前面的形象描寫具有思想內涵的深度，並使全詩跌宕頓挫而逼出末句。在這裡，詩人點明「多少關心事」；然而，是家事？是國事？抑或家事而兼國事？他都沒有一字提到，只在第四句勾勒了「書灰到夜深」的詩人自己的形象。這一句其妙有三：一是點明「火爐前坐」的詩題；二是「夜深」照應起筆的「不寐」，開合有致；三是透過關於「書灰」動作的細節描寫，深入而含蓄地展示了人物的內心世界，創造了一個言有盡而意無窮的情境。「書灰」是活用「書空」的典故。《晉書．殷浩傳》記載，浩為中軍將軍，受命領兵去平定「胡中大亂」，中途將領叛亂，功敗垂成。桓溫就此「上疏罪浩」，「竟坐廢為庶人，徙於東陽之信安縣」。浩被黜放，「終日書空，作『咄咄怪事』四字而已』」。詩人未便明言的隱衷，也許可從此典推測一點消息吧。（李元洛）

引水行

李群玉

一條寒玉走秋泉，引出深蘿洞口煙。
十里暗流聲不斷，行人頭上過潺湲。

唐代詩歌題材豐富，內容廣闊，生動地反映出社會生活的千姿百態。但人民改造自然的努力，卻很少得到反映。像李白的〈秋浦歌十七首·其十四〉（爐火照天地）這種描繪壯美的工作場景的詩作，竟如空谷足音。這是古代文人的時代局限和階級局限所造成的。正因為這樣，李群玉的這首〈引水行〉便給人耳目一新的感覺。

詩裡描寫的是竹筒引水，多見於南方山區。鑿通腔內竹節的長竹筒，節節相連，把泉水從高山洞口引到需要灌溉或飲用的地方，甚至直接通到人家的水缸裡，叮咚之聲不絕，形成南方山區特有的富於詩意的風光。

一、二兩句寫竹筒引泉出洞。「一條寒玉」，是對引水竹筒的生動比喻。李賀曾用「削玉」形容新竹的光潔挺拔（見〈昌谷北園新筍四首〉其二），這裡用「寒玉」形容竹筒的碧綠光潔，可謂異曲同工。不說「碧玉」而說「寒玉」，是為了與「秋泉」相應，以突出引水的竹筒給人帶來的清然泠然的感受。「寒玉」「秋泉」，益見水之清洌，也益見竹之光潔。玉是固體，泉卻是流動的，「寒玉走秋泉」，彷彿不可能。但正是這樣，才促使讀者去尋求其中奧祕。原來這條「寒玉」竟是中空貫通的。泉行筒中，是看不見的，只能自聽覺得之。所以「寒玉走秋泉」的比喻本身，就蘊含著詩人發現竹筒引水奧祕的欣喜之情。

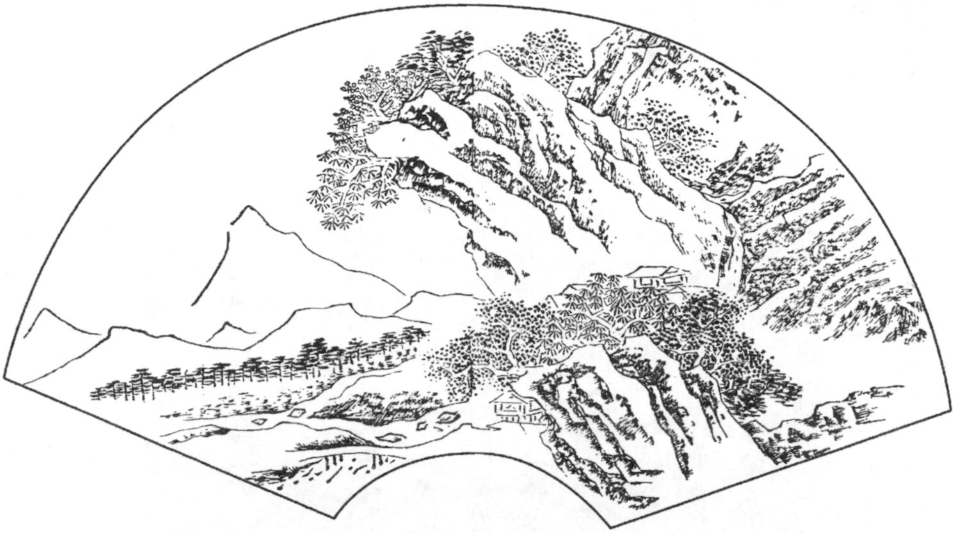

李群玉〈引水行〉——明刊本《唐詩畫譜》

「引出深蘿洞口煙。」這句是說泉水被竹筒從幽深的泉洞中引出。泉洞外面，常有藤蘿一類植物纏繞蔓生；洞口附近，常蒙著一層煙霧似的水氣。「深蘿洞口煙」描繪的正是這種景色。按通常順序，應先寫深蘿泉洞，再寫竹筒流泉，現在倒過來寫，是由於詩人先發現竹筒流泉，其聲淙淙，然後才按跡循蹤，發現它來自幽深的岩洞。這樣寫不但符合觀察事物的過程，而且能將最吸引人的新鮮景物先描繪出來，收到先聲奪人的效果。

「十里暗流聲不斷，行人頭上過潺湲。」竹筒引水，一般都是順著山勢，沿著山路，由高而低，蜿蜒而下。詩人的行程和竹筒的走向一樣，都是由山上向山下，所以多數情況下都和連綿不斷的竹筒相伴而行，故說「十里暗流聲不斷」。有時山路折入兩山峽谷之間，而渡槽則淩空跨越，這就成了「行人頭上過潺湲」。詩不是說明文，花費很大氣力去說明某一事物，即使再精確，也不見得有感人的力量。這兩句詩對竹筒沿山蜿蜒而下的描寫是精確的，但它絕不單純是一種客觀的不動感情的說明，而是充滿詩的情趣的生動描寫。關鍵就在於它寫出了山行者和引水竹筒之間親切的關係。十里山行，竹筒蜿蜒，泉流不斷，似是有意與行人相伴。行人在寂寥的深山中趕路，邂逅如此良伴，該會平添多少興味！「十里暗流聲不斷」，不只是寫竹筒流泉，而且寫出了詩人在十里山行途中時時側耳傾聽竹筒流泉的琤琤清韻的情景；「行人頭上過潺湲」，更生動地抒寫了詩人耳聞目接之際那種新奇、喜悅的感受。

竹筒引水，是古人巧妙地利用自然、改造自然的生動事例，改造自然的同時也為自然增添了新的景色，新的美。而這種景色本身，又是自然與人工的不露痕跡的和諧結合。它本就富於詩意，富於清新樸素的美感。但這種美的事物，能為文人所發現、欣賞並加以生動表現的卻不多。僅此一端，也足以使我們珍視這首〈引水行〉了。（劉學鍇）

黃陵廟

李群玉

黃陵廟前莎草春①，黃陵女兒茜裙新。
輕舟短棹②唱歌去，水遠山長愁殺人。

〔註〕①莎（音同梭）草：為常見野草，地下塊根稱香附子，供藥用。②一作「小楫」。

黃陵廟是舜的二妃娥皇、女英的祀廟，又叫湘妃祠，坐落在洞庭湖畔。這首詩雖然以「黃陵廟」為題，所寫內容卻與二妃故事並不相干。詩中描畫的是一位船家姑娘，流露了詩人對她的愛悅之情。

「黃陵廟前莎草春」，黃陵廟前，春光明媚，綠草如茵——這是黃陵女兒即將出現的具體環境。美麗的大自然彷彿正在等待以至是在呼喚著一位美麗姑娘的到來。莎草碧綠，正好映襯出船家姑娘的動人形象。

「黃陵女兒茜裙新」，一位穿著紅裙的年輕女子翩然來到，碧綠的莎草上映出了豔麗的紅裙。茜（音同倩），是一種紅色的植物染料，也用以指染成的紅色。「茜裙」，本已夠豔的了，何況又是「新」的。在莎草閃亮的綠色映襯下，不難想見這位穿著紅裙的女子嫵媚動人的身形體態。

「輕舟短棹唱歌去，水遠山長愁殺人」，是寫女子駕船而去。而船後還飄散著她的一串歌聲。詩人出神地凝望著，只見小船向著洞庭湖水面漸去漸遠，直至消失。「水遠山長」，形象地寫出詩人目送黃陵女兒划著短槳消失在遠水長山那邊的情景。「水遠山長」四字還像一面鏡子，從對面照出了悵然獨立、若有所失的詩人的形象。

〈黃陵廟〉採用了寫意的白描手法，完全擺脫了形似的摹擬刻畫，十分忠實於自己的感受。綠草映出的紅裙留給詩人的印象最深，他對黃陵女兒的描畫就只是抹上一筆鮮紅的顏色，而毫不顧及穿裙女子的頭腳臉面。登舟、舉槳與唱歌遠去最牽動詩人的情思，他就把「輕舟」、「短棹」、歌聲以及望中的遠水長山，一一攝入畫面。筆墨所及，無非是眼前景、心中事，不借助典故，也不追求花稍，文字不矯飾，樸實傳神，頗有「豪華落盡見真淳」（金元好問〈論詩三十首〉其四）之美。（陳志明）

贈人 李群玉

曾留宋玉舊衣裳，惹得巫山夢裡香。
雲雨無情難管領，任他別嫁楚襄王。

這首〈贈人〉詩，所贈之人雖不可考，但從內容可知，對方是一位失戀的多情男子。全詩借用戰國楚宋玉〈高唐賦〉與〈神女賦〉的典故寫出。

據〈高唐賦〉與〈神女賦〉：楚懷王在遊覽雲夢澤臺館時，曾經夢遇巫山神女。臨別時，神女告訴懷王，她「旦為朝雲，暮為行雨」。後人便根據神女的話，用「雲雨」來指代男女間的私情。後來宋玉陪侍楚襄王到雲夢澤遊覽，又都曾在夢中會過神女。〈贈人〉詩開頭兩句即用宋玉夢遇神女之事。詩人將失戀男子比成宋玉，將他所愛女子比成神女。首句以「衣裳」喻文采，暗示受贈者的文采風流一似宋玉。次句接著說，「惹得」神女動情而入夢。神女因宋玉之文采風流而生嚮往之情，入夢自薦。然而，美人的心是變化難測的，就說這位巫山神女吧，她先傾心於懷王，後來又鍾情於襄王，可見她的愛情是不專一的。「惹得」二字很有意味，也很有分寸感，又照顧到了對方的體面。後兩句議論，出語真誠，在曠達的勸說中見出對朋友的深情。「雲雨無情難管領」的說法儘管偏頗，但對於失戀中的朋友卻有很強的針對性，不失為一劑清熱疏滯的良藥。

寫詩向一位失戀的朋友進言，最易直露，也最忌直露。這首詩由於借用典故寫出，將對失戀友人的勸慰之情說得十分含蓄，委婉得體，給詩情平添了許多韻味。（陳志明）

鸂鶒

李群玉

錦羽相呼暮沙曲，波上雙聲戛哀玉。
霞明川靜極望中，一時飛滅青山綠。

這是一首吟詠的七言古詩。

鸂鶒（音同溪翅），是一種長有漂亮的彩色毛羽的水鳥，經常雌雄相隨，喜歡共宿，也愛同飛並游。它的好看的毛色給人以美感，它的成雙作對活動的習性，使人產生美好的聯想。

這詩兼有音樂與圖畫之美。一、二句好比是一支輕清悠揚的樂曲，三、四句好比是一幅明朗淨潔的圖畫。

「相呼」二字是前兩句之根。正是相呼之聲吸引了詩人的視聽，循聲望去，見到水邊沙窩上正有一對鸂鶒在鳴叫。次句即從「相呼」二字中生發。日暮時分彼此呼叫，原來是要相約飛去。隨著呼叫聲，雙雙在水波上展開了翅膀，在身後留下一串玉磬般的動聽音響。「雙聲」同時帶出雙飛的形象。

三、四句所寫的視覺形象，即從「雙聲」過渡而來。發出玉磬般音響的這一對鳥兒飛過水面，便進入了廣闊的視野之中。這時雲霞明麗，夕照中的水流顯得分外平靜，在水天光色中，雙飛的「錦羽」漸去漸遠，轉眼消失，再加注視，見到的是一片碧綠的青山。這兩句雖然純用畫筆，但也不妨想像在畫外還響著那哀玉般的鳴叫聲，只是隨著展翅遠去，鳴聲也愈來愈輕。詩人以「哀玉」寫鸂鶒之聲，又以明霞、靜川作背景映襯之形，流露了詩人對鸂鶒的喜愛之情。在空中飛去以至於消失，必然有一段較長的時間，然而詩人卻用「一時」來極言其短，恨其逝去之速。在「飛滅」之後，仍然目不轉睛，直到飛滅處顯現出了「青山綠」。這是一個令人悠然神往的境界。全詩著墨不多，卻能得其神韻。（陳志明）

書院二小松

李群玉

一雙幽色出凡塵，數粒秋煙二尺鱗。
從此靜窗聞細韻，琴聲長伴讀書人。

在古典詩歌中，或將蒼松聯想為飛龍，或賦貞松以比君子，這類詩篇數量不少。而李群玉的這首詩，卻別開生面，是其中富於獨創性而頗具情味的一首。

第一句是運用絕句中「明起」的手法，從題目的本意說起，不旁逸斜出而直入本題。句中的「一雙」，點明題目中的「二小松」。這一句，有如國畫中的寫意畫，著重在表現兩株小松的神韻。詩人用「幽色」的虛摹以引起人們的想像，以「出凡塵」極言它們的風神超邁，不同凡俗。如果說這一句是意筆，或者說虛寫，那麼，第二句就是工筆，是實寫。「數粒秋煙」，以「秋煙」比況小松初生的稚嫩而翠綠的針葉，這種比喻是十分新穎而傳神的，前人似乎沒有這樣用過；而以「粒」這樣的量詞來狀寫秋煙，新奇別致，也是李群玉的創筆，和李賀的「遙望齊州九點煙」（〈夢天〉）的「點」字，有同一機杼之妙。清《御定佩文齋廣羣芳譜．木譜》言松：「多節，盤根樛枝，皮麤（粗）厚，望之如龍鱗。」詩中的「二尺鱗」，如實形容松樹的外表，其中的「二尺」又照應前面的「數粒」，切定題目，不浮不泛，點明並非巨松而是「小松」。首二句，詩人扣緊題目中的「二小松」著筆，寫來情味豐盈，以下就要將「二小松」置於「書院」的典型環境中來點染了。

在詩人的筆下，松樹有遠離塵俗的天籟，如儲光羲〈雜詩五首其一：石子松〉詩的「冬春無異色，朝暮有清風」，如顧況〈千松嶺〉詩的「終日吟天風，有時天籟止。問渠何旨意，恐落凡人耳」。「從此靜窗聞細韻」，李群玉詩的第三句可能從前人詩句中得到啟發，但又別開生面。庭院裡的兩株小松，自然不會松濤澎湃，天籟高吟，而只能細韻輕送了。「細韻」一詞，在小松的外表、神韻之外，又寫出它特有的聲音，仍然緊扣題旨，而且和「靜窗」動靜對照，交相映發。「琴聲長伴讀書人」，結句的「琴聲」緊承第三句的「細韻」，並且將它具象化。「長伴讀書人」，既充分地抒發了詩人對小松愛憐、讚美的情感，同時也不著痕跡地補足了題目中的「書院」二字。這樣，四句詩脈絡一貫，句連意圓，構成了一個新穎而和諧的藝術整體。

松樹是詩歌中經常歌詠的題材，容易寫得落套，而此詩卻能翻出新意，別具情味，這就有賴於詩人獨到的感受和寫新繪異的功力了。（李元洛）

劉駕

【作者小傳】（八二二～?）字司南，江東人。唐宣宗大中進士，官國子博士。詩多用比興手法。不尚辭藻。與曹鄴為詩友，時稱「曹劉」。《全唐詩》存其詩一卷。（《唐摭言》卷四、《唐才子傳》卷七）

賈客詞

劉駕

賈客燈下起，猶言發已遲，高山有疾路，暗行終不疑。
寇盜伏其路，猛獸來相追。金玉四散去，空囊委路歧。
揚州有大宅，白骨無地歸。少婦當此日，對鏡弄花枝。

劉駕在唐代詩人中是被稱為能「以古詩鳴於時」的（見清沈德潛《唐詩別裁集》卷四）。賈（音同股）客，即商人。這首古詩敘寫賈客的悲慘遭際。

詩的第一段，透過「起」、「言」、「行」等動作，寫商人為了謀利，天不亮就起來趕路。從「暗行」照應「燈下起」，口口聲聲「發已遲」到「終不疑」，都可看出詩人鍊句是頗費斟酌的。

第二段承接上面，寫賈客「暗行」引出的後果。「猛獸來相追」，既寫出寇盜的凶殘，又自然地引出商人可悲的下場：「金玉四散去，空囊委路歧。」這裡不寫賈客性命如何，卻只說了錢財被搶光。其實寫錢就是側寫人，而且是更深刻地刻畫了人。

最後的一段，詩人運用了點睛之筆：「揚州有大宅，白骨無地歸。」古人認為客死異鄉是很可悲的，一般只有窮困潦倒的人才會遭此不幸。「揚州」是當時極為繁華的城市，死者家住揚州，有朱門大宅，竟落到如此下場，就令人驚愕了。僅此兩句，已使詩的意境更為深邃了。誰料詩人筆鋒一轉，出語驚人：「少婦當此日，對鏡弄花枝。」這一方屍骨已拋棄在荒山僻野，那一方尚對著鏡子梳妝打扮，等待賈客歸來。「當此日」三字把兩種相反的現象連接到一起形成對照，就更顯得賈客的下場可悲可嘆，少婦的命運可悲可憐。詩人這種抒發感想的方法很值得借鑑，這遠比直來直去地發一番議論要強得多。這四句詩彷彿在講客觀事實，並不帶絲毫主觀的色彩。詩人透過幾個很妥帖的意象來表現，以喚起讀者的進一步思索和聯想。這種技巧，在唐詩中是常見的。（宛新彬）

曹鄴

【作者小傳】字鄴之，一作業之，桂州陽朔（今屬廣西）人。唐宣宗大中進士，官祠部郎中、洋州刺史、吏部郎中等，唐僖宗乾符間卒。其詩多抒寫其政治上不得志的感慨。與劉駕為詩友，俱工古體，時稱「曹劉」。原有集，已散佚，宋人輯有《曹祠部集》。（《唐詩紀事》卷六十、《唐才子傳》卷七）

官倉鼠　曹鄴

官倉老鼠大如斗，見人開倉亦不走。
健兒無糧百姓饑，誰遣朝朝入君口？

這首詩如題所示，寫的是官倉裡的老鼠。在《史記．李斯列傳》中有這樣一則記載：「李斯者，楚上蔡人也。年少時，為郡小吏，見吏舍廁中鼠食不潔，近人犬，數驚恐之。斯入倉，觀倉中鼠，食積粟，居大廡之下，不見人犬之憂。於是李斯乃嘆曰：『人之賢不肖譬如鼠矣，在所自處耳。』」這首〈官倉鼠〉顯然從這裡受到了一些啟發。

詩的前兩句貌似平淡而又略帶誇張，形象地勾畫出官倉鼠不同凡鼠的特徵和習性。誰都知道，老鼠歷來是以「小」和「怯」著稱的。它們晝伏夜動，見人就跑，所以有所謂「獸之大者莫勇於虎，獸之小者莫怯於鼠」（唐李丹〈為崔中丞進白鼠表〉）的說法。然而官倉鼠卻非同一般：它們不僅「大」——「大如斗」；而且「勇」——「見人開倉亦不走」。官倉鼠何以能至於此呢？這一點，詩人並未多說，但讀者稍加思索，亦不難明白：「大」，是飽食積粟的結果；「勇」，是無人去整治它們，所以見人而不遁逃。

第三句突然由「鼠」寫到「人」：「健兒無糧百姓饑」。官倉裡的老鼠被養得又肥又大，前方守衛邊疆的將士和後方終年辛勞的百姓卻仍然在捱餓！詩人以強烈的對比，一下子就把一個令人怵目驚心的矛盾展現在讀者面前。面對這個人不如鼠的社會現實，第四句的質問就脫口而出了：是誰把官倉裡的糧食日復一日地供奉到老鼠嘴裡去的？

至此，詩的隱喻意很清楚了。官倉鼠是比喻那些只知道吮吸人民血汗的貪官汙吏；而這些兩條腿的「大老鼠」所吞食掉的，當然不僅僅是糧食，而是從人民那裡搜刮來的民脂民膏。尤其使人憤慨的是，官倉鼠作了這麼多孽，竟然可以有恃無恐，這又是誰在作後臺呢？「誰遣朝朝入君口？」詩人故執一問，含蓄不盡。「誰」字下得極妙，耐人尋思。它有意識地引導讀者去探索造成這一不合理現象的根源，把矛頭指向了最高統治者，主題十分鮮明。

這種以大老鼠來比喻、諷刺剝削者的寫法，早在《詩經·魏風·碩鼠》中就有。不過，在〈碩鼠〉中，詩人反覆冀求的是並不存在的「樂土」、「樂國」、「樂郊」；而〈官倉鼠〉卻能面對現實，引導人們去探求苦難的根源，在感情上也更加強烈。這不能不說是一種發展。

這首詩，從字面上看，似乎只是揭露官倉管理不善，細細體味，卻句句是對貪官汙吏的誅伐。詩人採用的是民間口語，然而譬喻妥帖，詞淺意深。他用「斗」這一糧倉盛器來比喻官倉鼠的肥大，既形象突出，又點出了鼠的貪心。最後一句，又把「鼠」稱為「君」，儼然以人視之而且尊之，諷刺性極強，深刻地揭露了這個是非顛倒的黑暗社會。（馮偉民）

劉滄

【作者小傳】字蘊靈，汶陽（今山東寧陽）人。唐宣宗大中進士。調華原縣尉，遷龍門縣令。其詩長於七律，多懷古之作。《全唐詩》存其詩一卷。（《唐才子傳》卷八）

經煬帝行宮

劉滄

此地曾經翠輦過①，浮雲流水竟如何？香銷南國美人盡，怨入東風芳草多。殘柳宮前空露葉，夕陽川上浩煙波。行人遙起廣陵思，古渡月明聞棹歌。

〔註〕①輦（音同碾）：皇帝坐的車。

這首詩借詠隋煬帝行宮，諷諭時政。首聯「此地」，即指煬帝行宮。煬帝於此玩美女，殺無辜，極盡荒淫殘暴之能事。但曾幾何時，一個廣袤四海的美好江山，便付諸東流了。開篇以反詰句陡峭而起：「此地曾經翠輦過，浮雲流水竟如何？」人言「浮雲流水」轉眼而逝，但能趕上隋煬帝敗亡的速度嗎？這「竟如何」三字，盡情地嘲弄了這個昏君的迅速亡國。這種寓嚴肅於調侃的筆法，最為警策。

頷聯轉入對煬帝罪行的控訴：「香銷南國美人盡，怨入東風芳草多。」此聯之妙，在於實景寓意。以實景論，它是寫行宮的破落、荒涼，宮內早已空無一人。從這情景中不也清楚地看到了煬帝的荒淫殘暴麼？「香銷」，香銷玉殞，蛾眉亡身；而且已是「南國美人盡」！為了滿足一己的淫欲，搜羅盡了而且也毀滅盡了南國的美女，真是罪惡滔天。「怨入」承上句，主要寫「美人」之怨。美人香銷，其怨隨東風入而化為芳草；芳草無涯，人怨無邊。這就把抽象的感情寫成了具體而真實可感的形象。如為一般郊野旅遊，「東風芳草」自然不失為令人心曠神怡之景；但此處為煬帝行宮，這斷瓦頹牆，芳草萋萋，卻是典型的傷痍之景；這萋萋的芳草，猶含美人怨魂的幽泣。「多」字更令人毛骨悚然。

頸聯寫出宮所見。煬帝喜柳，當年行宮之前，隋堤之上，自是處處垂柳掩映。而今呢？「殘柳宮前空露葉，夕陽川上浩煙波。」「空」，空有，無人欣賞；「露葉」，露珠泛光之葉。上句以殘柳「點綴」行宮，自見歷史對其暴政的嘲弄；「露葉」冠以「空」字，自見詩人慨嘆之情。下句，煙波浩浩，川水渺渺，空餘堤柳，龍舟安在？且各冠以「殘柳」和「夕陽」，給晚照之景籠上一層淒涼黯淡的色彩。這裡雖無一譏諷語，卻得思與景偕、物與神遊之妙。

尾聯回應詩題，卻不是直吐胸中塊壘。南宋沈義父《樂府指迷》說：「結句須要放開，含有餘不盡之意，以景結尾最好。」這「行人遙起廣陵思，古渡月明聞棹歌」，就是「以景結尾」。它既切合詠「煬帝行宮」之意，又扣緊諷晚唐當世之旨。「行人」，作者自指。詩人遊罷行宮，自然地想起這些廣陵（即揚州）舊事——由於煬帝的荒淫殘暴，激化了尖銳的社會矛盾，末次南遊，釀成全國性的大起義。不久隋朝即告滅亡。——但詩之妙，卻在於作者寫得含而不露，只寫詩人「遙起廣陵思」的情懷；所思內容，卻留待讀者去想像，去咀嚼。只見詩人沉思之際，在這古渡明月之下，又傳來了琅琅漁歌。棹歌的內容是什麼？作者亦不明言。但聯繫詩人喜談今古、深怨唐室的身世，自然地使人想到屈原〈漁父〉中的名句：「舉世皆濁兮我獨清，眾人皆醉兮我獨醒！」「滄浪之水清兮，可以濯吾纓；滄浪之水濁兮，可以濯吾足。」古賢和隱者的唱答，也正是詩人此刻的心聲；從而將詠古和諷今融為一體，以景語完成了詩的題旨。

此詩之可貴，在於詩人詠古別具一格，寫得清新自然，娓娓動聽，挹之而源不盡，咀之而味無窮。全詩共八句，句句是即景，句句含深意；景真、情長、意遠，構成了本詩特有的空靈浪漫風格。（傅經順）

李頻

【作者小傳】（?～八七六）字德新，睦州壽昌（今屬浙江）人。少時以詩著稱。唐宣宗大中進士，調校書郎，為南陵主簿，遷武功令。後為建州（今福建建甌）刺史，卒於官。其詩多五律。有《梨岳集》。《全唐詩》存其詩三卷。（《新唐書》本傳、《唐才子傳》卷七）

湖口送友人　李頻

中流欲暮見湘煙，岸葦無窮接楚田。去雁遠衝雲夢雪，離人獨上洞庭船。
風波盡日依山轉，星漢通霄向水懸①。零落梅花過殘臘，故園歸去又新年。

〔註〕①一作「向水連」。

這是一首送別詩。「湖」，指洞庭湖，詩人即在湘江入洞庭湖的渡口送別友人。全詩大半寫景，不見傷別字面，只是將一片離情融入景中。

一、二兩聯寫「湖口」所見：先是放眼湘江水岸，看到暮靄、蘆葦、田野；接著遠眺雲夢澤，但見飛雪、去雁；最後注目孤舟離人。詩的前三句，境界闊大，氣象雄渾。「中流欲暮見湘煙」，「中流」即江心，這是江面寬闊的地方，此時在暮靄的籠罩下更顯得蒼蒼莽莽。「岸葦無窮接楚田」，「楚田」即田野，春秋戰國時期湘江流域為楚地；「岸葦無窮」已有深遠之意，再與「楚田」相接，極寫其空曠廣袤。「去雁遠衝雲夢雪」，「雲夢」是有名的大澤，在洞庭湖以北的湖南、湖北境內，孟浩然曾以「氣蒸雲夢澤」（〈臨洞庭湖贈張丞相〉）來狀寫它的壯偉，這裡則以「雲夢雪」來表現同樣的境界。經過此番描畫之後，方才拈出第四句點題：「離人獨上洞庭船」。此句一出，景語皆成情語。飛雪暮靄，迷漫著一種淒冷壓抑的氛圍；四野茫茫，更顯出離人的伶仃；大雁孤飛，象徵著友人旅途的寂寞艱辛。作者或用正面烘托，或用反面映襯，或用比興之法，寄寓自己的傷別之情。這裡，詩人並沒有直接表達心緒，只是將幾組景物納入同一畫面之中，使它們發生內在的聯繫，透過畫面顯示特定的意境。這樣，既有壯闊生動的自然景象，又有深邃內在的個人情致，達到了情景交融的藝術境界。

第三聯：「風波盡日依山轉，星漢通霄向水懸。」此寫洞庭湖的景象，並非實寫，而是由「洞庭船」引發的想像，故而在時間上並不承上，「暮」、「雪」不見了。兩句是說，洞庭湖波翻浪湧，奔流不息，入夜，則星河璀璨，天色湖水連成一片。洞庭湖是浩瀚而美麗的，然而詩人此寫並不是出自對洞庭奇觀的激賞，風波之中，星漢之下，始終有著孤舟離人。因而，他對洞庭湖水的描繪，流露著對友人一路艱辛的關切；而有關星河高懸的遐想，則是對孤舟夜渡的遙念。詩人的這種情思同樣不是直接表達出來的，而是透過孤舟離人和洞庭景象這前後兩幅畫面的巧妙組接來加以體現的。

最後一聯：「零落梅花過殘臘，故園歸去又新年。」這是說友人歸去當及新年，而自己卻不能回去。「零落梅花」是詩人自況，也是一景。由臘月而想到梅花，由「殘」而冠以「零落」，取景設喻妙在自然含蓄。此聯固然表現了詩人的自傷之意，但同時也表現了念友之情，因為詩人之所以感到孤獨，完全是由友人的別離引起的，故而這種自傷正是對友人的依戀。

李頻以描寫自然景物見長，這首詩堪稱其代表作。全詩八句倒有七句寫景，湘江的暮靄，江岸的蘆葦、田野，雲夢的飛雪、大雁，渡口的孤舟、離人，洞庭的風波、星河，以及臘月的梅花，等等，真是紛至沓來，目不暇接。詩文有所謂「主賓」一說，主是中心，「無主之賓，謂之烏合」（清王夫之《夕堂永日緒論》）。在這首詩中，作者把孤舟離人放在中心的位置上，圍繞這個中心層層設景；又從孤舟離人逗出情思，把諸多景物有機地串聯起來。故而全詩顯得章法齊整，中心突出，而且融情入景，與一味作感傷語的送別詩不同，自有一番悠悠遠思的風韻。（周錫炎）

崔珏

【作者小傳】字夢之，清河（今屬河北）人，寄寓荊州（今湖北江陵）。唐宣宗大中進士。由幕府拜祕書省校書郎，為淇縣令。官至侍御史。《全唐詩》存其詩一卷。（《唐摭言》卷一一、《唐詩紀事》卷五八）

哭李商隱二首（其二）　崔珏

虛負凌雲萬丈才，一生襟抱未曾開。鳥啼花落人何在，竹死桐枯鳳不來。

良馬足因無主踠，舊交心為絕弦哀。九泉莫嘆三光隔，又送文星①入夜臺。

〔註〕①文星：文曲星的省稱，舊時謂此星主管文事。

這是一首情辭並茂的悼友詩。

李商隱是一代才人。崔珏說他有「才」且「凌雲萬丈」，可知其才之高；而冠以「虛負」二字，便寫出了對世情的不平。有「襟抱」且終生不泯，可知其志之堅，而以「未曾開」收句，便表現了對世事的鞭辟和對才人的嘆惜。首聯貌似平淡，實則包含數層跌宕，高度概括了李商隱坎坷仕途、懷才不遇的一生。

中間兩聯，承首聯而寫「哭」。李商隱有〈流鶯〉詩：「曾苦傷春不忍聽，鳳城何處有花枝？」以傷春苦啼的流鶯，因花落而無枝可棲，自喻政治上的失意。崔詩「鳥啼花落人何在」，則用「鳥啼花落」烘托成一幅傷感色調的虛景，喚起人們對李商隱身世的聯想，以虛托實，使「哭」出來的「人何在」三個字更實在，更有勁，悲悼的意味更濃。

第四句以「桐枯鳳死」暗喻李商隱的去世。《莊子．秋水》云：「夫鵷鶵發於南海而飛於北海，非梧桐不止，非練實（竹實）不食，非醴泉不飲。」足見其高貴。這鵷鶵即是鳳一類的鳥。李商隱在科第失意時，曾把排抑他的人比作嗜食腐鼠的鴟鳥，而自喻為鵷鶵。〈安定城樓〉：「不知腐鼠成滋味，猜意鵷鶵竟未休。」當時鳳在，就無桐可棲，無竹可食。如今竹死，桐枯，鳳亡，就更令人悲愴了。此句用字平易、精審，可謂一哭三嘆也。

「良馬足因無主踠（音同婉）」，良馬不遇其主，致使腿腳屈曲，步履維艱，這是喻示造成李商隱悲劇的根本原因，要歸之於壓制人才的黑暗的政治現實。一般人都為此深感悲憤，何況作為李商隱的舊交和知音呢？「舊交心為絕弦哀」，明哭一聲，哀得慟切。春秋時，俞伯牙鼓琴，只有鍾子期聞琴音而知雅意，子期死後，伯牙因痛失知音而絕弦罷彈。作者借此故事，十分貼切地表達了對亡友真摯的情誼和沉痛的哀思。

尾聯作者獨運匠心，採用了「欲進故退」的手法，蕩開筆觸，不說自己的悲哀，卻用勸慰的語氣說：「九泉莫嘆三光隔，又送文星入夜臺。」莫要悲嘆九泉之下見不到日月星三光吧，現在您的逝去，就是送入冥間的一顆光芒四射的「文星」啊！這是安慰亡友嗎？這是詩人自慰嗎？其實都不是。李商隱潦倒一生，鬱鬱而逝，人世既不達，冥間安可期？因此說，這只不過是作者極度悲痛的一種表達方式，是「反進一層」之法。

撼動人心的悲慟，是對著有價值的東西的毀滅。這首詩就是緊緊抓住了這一點，把譽才、惜才和哭才結合起來寫，由譽而惜，由惜而哭，以哭寓憤。譽得愈高，惜得愈深，哭得愈痛，感情的抒發就愈加濃烈，對黑暗現實的控訴愈有力，詩篇感染力就愈強。互為依存，層層相生，從而增強了作品的感染力。（崔閩、傅經順）

和友人鴛鴦之什①（其二）　崔珏

翠鬣紅毛舞夕暉，水禽情似此禽稀。暫分煙島猶回首，只渡寒塘亦並飛。

映霧盡迷珠殿瓦，逐梭齊上玉人機。採蓮無限蘭橈女，笑指中流羨爾歸。

〔註〕①什：《詩經》雅、頌十篇為一什，故詩章有篇什之稱。

這首詩很有特色，作者崔珏竟因此被譽為「崔鴛鴦」。

詩人詠鴛鴦，首先從羽色寫起。他以「翠鬣紅毛」這樣豔麗鮮明的字眼來形容鴛鴦，又著意把它放在夕暉斜照的背景下來寫，以夕暉的璀璨多彩來烘托鴛鴦羽色的五彩繽紛，這就把鴛鴦寫得更加美麗可愛了。「舞」字下得尤妙。它啟發讀者去想像鴛鴦浮波弄影、振羽歡鳴的種種姿態，雲錦、波光交融閃爍的綺麗景象。只此一字，使整個畫面氣勢飛動，意趣盎然。

然而，鴛鴦之逗人喜愛，並非僅僅因其羽色之美，而是因為它們習慣於雙飛並棲，雌雄偶居不離。這種習性，是一般水禽少有的。人們正是取其這一點，用以象徵忠貞不渝的愛情。所以，詩的第二句直接點明多情這一最重要的特徵。「水禽情似此禽稀」，一語破的，切中肯綮。以下各聯就緊緊抓住這一「情」字，從各方面加以表現。在結構上，此句既緊承首句，又開拓下文，是全篇轉換的樞紐。

第二聯正面描寫鴛鴦之多情、重情。鴛鴦棲息在內陸湖泊溪流中，其活動範圍並不大，迴旋餘地亦較小，但它們無時無刻不相依相守。你看，當它們飛向煙雲縈繞的小島時，難免一前一後，稍稍拉下了距離；然而，即使是這樣短暫的分離，鴛鴦也是難捨難分，前者頻頻回顧，後者緊緊相隨，表現出依依眷戀的深情。深秋水枯，池塘顯得更加狹小，但哪怕只是渡過這樣狹小的寒塘，它們也不願須臾離開，一定要相逐相呼，雙雙接翼齊飛。「暫分煙島猶回首，只渡寒塘亦並飛」，詩人從鴛鴦日常的飛鳴宿食中選擇這兩個最能表現其多情的細節，淡筆輕描，就把鴛鴦的習性表現得維妙維肖，淋漓盡致。這一聯對偶工整而又自然流利。「暫」與「猶」，「只」與「亦」四個虛詞，兩兩呼應，頓挫傳神，造成一種紆徐舒緩、一唱三嘆的效果，使鴛鴦的「情」顯得更加細膩纏綿、深摯感人。這一聯歷來為人稱道，成為傳頌不衰的名句。

正因為鴛鴦是幸福美好的象徵，人們常常以牠來寄託美好的理想和願望。因此衣飾什物常以鴛鴦命名，如鴛鴦枕、鴛鴦衾、鴛鴦盞、鴛鴦機等等。第三聯就是從人和鴛鴦的這種聯繫上生發聯想，進一步表現鴛鴦的情。一俯一仰成對組合的瓦叫鴛鴦瓦，是根據鴛鴦比翼雙飛的形狀製作、排列的，它們覆蓋於珠殿之上，絢麗美觀。「映霧盡迷珠殿瓦」，詩人想像鴛鴦在淡淡的晨霧中飛翔，透過五彩煙霞看見了鴛鴦瓦相依相並，不禁為之動情而迷戀不已。「逐梭齊上玉人機」，織有鴛鴦圖案的錦緞叫鴛鴦錦，是人們根據鴛鴦雙飛並棲的情狀精心織出來的，而詩人卻幻想是鴛鴦雙雙追逐著梭子，飛上了織機。構思奇特，處處突出一個「情」字。與上聯對照起來看，一寫眼前實景，從正面落筆；一則運實入虛，從側面烘托，前後映襯，虛實兼到，從而把鴛鴦的習性表現得既充分鮮明，又生動有趣。

以上六句直詠本題，尾聯則別開一境，宕出遠神。「採蓮無限蘭橈女，笑指中流羨爾歸。」詩人由想像回到實景。此刻，晚風初起，暮色漸濃，採蓮姑娘打槳歸來，陣陣笑聲掠過水面，驚起一對對鴛鴦，撲刺刺比翼而飛。此情此景，喚起姑娘們多少美好的嚮往，多少幸福的憧憬！正是「得成比目何辭死，願作鴛鴦不羨仙」

（盧照鄰〈長安古意〉）。「笑指」二字，十分傳神，使女伴們互相戲謔、互相祝願、嬌羞可愛的神態，呼之欲出，把人物的情和鴛鴦的「情」融為一體。這裡不似寫鴛鴦，卻勝似寫鴛鴦，有「不著一字，盡得風流」（司空圖《二十四詩品·含蓄》）之妙。就全詩布局看，這尾聯既與開篇緊相呼應，有如神龍掉首，又使「結句如撞鐘，清音有餘」（明謝榛《四溟詩話》）。青春的歡笑聲，不絕如縷，把讀者帶入了優美雋永的意境之中。（徐定祥）

司馬札

【作者小傳】唐宣宗大中時人。應舉不第，終生落拓。其詩對民生疾苦有所反映。詩風古樸。《全唐詩》存其詩一卷。（《直齋書錄解題》卷一九）

宮怨　司馬札

柳色參差掩畫樓，曉鶯啼送滿宮愁。
年年花落無人見，空逐春泉出御溝。

宮女幽禁深苑、葬送青春的痛苦遭遇，是詩人筆下常見的題材。這首詩題為「宮怨」，卻沒有出現宮女的形象，而是運用象徵手法，透過宮苑景物和環境氣氛的描寫，烘托、暗示出宮女的愁怨之情。

頭兩句抓住深宮寂寥、令人厭倦的特點，著眼於「柳色」和「鶯啼」，描繪柳掩畫樓、鶯啼曉日，表現出「深鎖春光一院愁」（劉禹錫〈和樂天春詞〉）的情境。「柳色參差」，用語精練，不僅寫出宮柳的柔條長短參差，而且表現出它在晨曦中的顏色明暗、深淺不一。「掩畫樓」，則寫出宮柳枝葉繁茂、樹蔭濃密。宮苑中綠蔭畫樓，鶯聲宛囀，本是一派明媚春光。但失去自由、失去愛情的宮女，對此卻別有一種感受。清晨，柳蔭中傳來一聲聲鶯啼，反引起宮女們心中無窮愁緒，整個宮苑充滿了淒涼悲愁的氣氛。暮春柳色掩映畫樓，透露出春愁鎖閉、美人遲暮之感。

後兩句寫落花，以宮花零落、隨水流逝的景象，象徵宮女青春空逝的痛苦與悲哀，借落花無情寫出宮女對命運的感嘆。宮花非不美，但年年自開自落，無人觀賞，無聲無息地凋零，飄入御溝隨流水逝去。在宮女看來，自己的命運與這落花又何其相似！「無人見」，寫出宮女被幽禁之苦；「逐春泉」，喻韶光的流逝。前面著一「空」字，表達了宮女在幽禁生活中白白消磨青春的哀怨之情。正如明代唐汝詢《唐詩解》所說：「因想己容色凋謝而人莫知，正如花之湮滅溝中耳！」

通篇全從景物著筆，以景傳情，託喻深微，用富有象徵意味的景物暗寫宮女的命運，含蓄蘊藉，意境深婉，別具一格。（閻昭典）

薛逢

【作者小傳】字陶臣，蒲州河東（今山西永濟）人。唐武宗會昌進士。初為萬年尉。歷官侍御史、尚書郎等職。曾兩度被貶。官終祕書監。《全唐詩》存其詩一卷。（新、舊《唐書》本傳、《唐才子傳》卷七）

宮詞

薛逢

十二樓中盡曉妝，望仙樓上望君王。鎖銜金獸連環冷，水滴銅龍晝漏長。雲髻罷梳還對鏡，羅衣欲換更添香。遙窺正殿簾開處，袍袴宮人掃御床。

宮怨是唐詩中屢見的題材。薛逢的這首〈宮詞〉，從望幸著筆，刻畫了宮妃企望君王恩幸而不可得的怨恨心理，情致委婉，有其獨特風格。

詩的首聯，即點明人物身份和全詩主旨：「十二樓中盡曉妝，望仙樓上望君王。」「十二樓」、「望仙樓」皆指宮妃的住處。《史記·封禪書》記，方士言「黃帝時為五城十二樓，以候神人於執期」；又，《舊唐書·武宗本紀》記，會昌五年（八四五）「神策奏修望仙樓及廊舍五百三十九間功畢」。詩中用「十二樓」、「望仙樓」代指宮妃的住所，非實指，是取其「候神」、「望仙」的涵義。這兩句是說，宮妃們在宮樓之上，一大早就著意梳妝打扮，像盼望神仙降臨一樣企首翹望著君王的恩幸。

頷聯透過對周圍環境的渲染，烘托望幸之人內心的清冷、寂寞：「鎖銜金獸連環冷，水滴銅龍晝漏長。」這兩句說，宮門上那獸形門環被緊緊鎖住，那龍紋漏壺水滴聲聲。上句「冷」字，既寫出銅質門環之冰涼，又顯出深宮緊閉之冷寂，映襯出宮妃心情的淒冷。下句「長」字，透過宮妃對漏壺中沒完沒了的滴水聲的獨特感受，刻畫出她晝長難耐的孤寂無聊的心境。

頸聯透過宮妃的著意裝飾打扮，進一步刻畫她百無聊賴的心理。「雲髻罷梳還對鏡，羅衣欲換更添香」，是說剛剛梳罷那濃密如雲的髮髻，又對著鏡子端詳，唯恐有什麼不妥帖之處；想再換一件新豔的羅衣，又給它加熏一些香氣。這一聯將宮妃那盼望中叫人失望、失望中又懷著希望的心理狀態，刻畫得十分逼真。「望」的時間越長，越叫人心情難堪：說是沒指望吧，又懷著某種期待；說是有希望吧，望眼欲穿，實在渺茫。罷梳復又對鏡，換衣重又添香，不過是心情煩亂無聊和想望之極的寫照。

末聯寫宮妃「望」極而怨的心情，不過這種怨恨表達得極其曲折隱晦：「遙窺正殿簾開處，袍袴宮人掃御床。」「袍袴」，指穿短袍繡的宮女。「遙窺」二字，表現了妃子複雜微妙的心理：我這尊貴的妃子成日價翹首空望，還倒不如那灑掃的宮女能接近皇帝！這兩句又表明，君王即將臨幸正殿，不會再來了。其中似乎有一種近乎絕望的哀怨隱隱地透露出來。

這首詩對人物心理狀態的描寫極其細膩、逼真。自首聯總起望幸之意後，下三聯即把這種「望」的心情融於對周圍環境的描畫、對人物動作的狀寫和對人物處境的反襯之中，生動地反映了宮妃們的空虛、寂寞、苦悶、傷怨的精神生活。（李敬一）

崔櫓

【作者小傳】荊南（今湖北荊州地區）人。唐宣宗大中進士，一說唐僖宗廣明進士。官棣州司馬。《全唐詩》存其詩十六首。（《唐詩紀事》卷五八、《唐才子傳》卷九）

三月晦日送客　崔櫓

野酌亂無巡，送君兼送春。

明年春色至，莫作未歸人。

古人把每月最後一天叫晦日。這一天，人們到野外遊玩、宴飲，臨水祓除不祥，故寫晦日宴遊的詩很多。這首詩題為〈三月晦日送客〉，說明詩的主旨不在宴遊，而在送客，是把送別規定在晦日這一特定時間裡，所以全詩始終把送別和送春聯繫起來寫。

首句寫野酌的情景。飲宴，有所謂「酒過三巡」的說法。「亂無巡」表明這次飲宴與一般飲宴不同，你一杯，我一杯，主客都很隨和，現在已到了酒酣耳熱、杯盤狼藉的時候。為什麼會這樣呢？第二句便點明，是因為「送君兼送春」。知己朋友，相聚多時，一旦別離，自是依依難捨，怎能不頻頻舉杯，殷勤相勸？何況今天恰恰是暮春的最後一天，又是送春的日子呢！只一「兼」字，便把惜別、傷春自然地黏合在一起，從而表現出雙重悵惘之情。這裡送君是主體，送春是陪襯。但因為是在送春的時候來送君，傷春之意都融合到送別之情裡面去了，這就大大加強了送君的離情別緒。古典詩詞中也不乏以春末景物來渲染離情的佳篇。如「楊花落盡子規啼，聞道龍標過五溪」（李白〈聞王昌齡左遷龍標，遙有此寄〉）、「揚子江頭楊柳春，楊花愁殺渡江人」（鄭谷〈淮上與友人別〉）等等，至於宋人蘇軾的「細看來，不是楊花，點點是離人淚」（〈水龍吟·次韻章質夫楊花詞〉），就更加纏綿了。崔櫓在這裡沒有具體描寫落花、柳絮之類，而是將送別、送春直接聯繫在一起；看起來很顯露，實際上容易引起讀者聯想、揣摩和玩味，從而把惋惜、悵惘之情表現得濃烈而深摯。

接下去，作者匠心獨運，把依依難捨之情，幻化成美好的希望，希望和春天一同離去的友人，也能和明年的春光一道歸來。「明年春色至，莫作未歸人。」這裡沒有直接寫送別場景，而一幅執手相送、頻頻叮嚀的畫面，清晰地浮現在我們面前。其友情之真摯，讀者自能領會。再仔細體味，這話中還有話。春天是美好的，朋友們應該歡聚，所以希望友人明年春日再來；但現在不正是春天麼？為什麼卻要別離呢？惋惜中又含有挽留之意，這又為「送君兼送春」作了補筆，增強了感情的濃度。這真是只有高手才能得之。就此詩的結構而言，三、四句與一、二句之間的跳躍，由送春想到迎春，由別離想到重聚，亦能切合情景，脈絡分明。清人徐增說：「作詩用意用字，須要一時興會湊泊得好。此作雖淺，然卻有致。」（《而庵說唐詩》）說此詩淺露，未必妥當，但指出其「有致」，信是如此。（徐定祥）

華清宮三首（其一、其三）　崔櫓

草遮回磴絕鳴鑾，雲樹深深碧殿寒。
明月自來還自去，更無人倚玉闌干。

門橫金鎖悄無人，落日秋聲渭水濱。
紅葉下山寒寂寂，濕雲如夢雨如塵。

兩詩都極寫天寶之亂以後華清宮的荒涼景色，而其作意則在於緬懷唐帝國先朝的隆盛，感嘆現在的衰敗，有很濃重的感傷情緒。

前一首起句寫驪山磴道。用石頭修得非常工緻整齊的迴環磴道，也就是當日皇帝來時乘坐御鑾經過的地方。御鑾既不重來，鑾上鈴鐺的鳴聲也就絕響了。鳴鑾既經絕響，磴道自然也就荒草叢生。次句寫山中宮殿。皇帝不來，宮殿當然空著。樹木長得更高了，高入雲端，故稱「雲樹」；更茂密了，故曰「深深」。被這深深雲樹包圍起來的皇宮，雖然在花卉林木掩映之下，依然呈現一片碧綠，也許還更碧綠了，但由於空著，就充滿了寒冷的氣氛。只這一「寒」字，就把宮中富貴繁華，珠歌翠舞，錦衣玉食一掃而空。後半轉入夜景，寫人事更變之後，多情明月，雖然依舊出沒其間，但空山寒殿，已經無人玩賞。傳說唐玄宗和楊貴妃在天寶十載（七五一）七月七日夜半在驪山盟誓，「願世世為夫婦」。詩人想像他們一定也曾如同元稹在〈連昌宮詞〉中所寫的「上皇（玄宗）正在望仙樓，太真（楊妃）同憑闌干立」一樣，在月光之下，共倚玉石欄杆；但現在卻只餘明月，自去自來，而先帝貴妃，俱歸寂寞，玉欄杆縱存，卻更無人倚了。

後一首起句點明空山宮殿，門戶閉鎖，悄然無人。以下三句，都就此生發，寫離宮荒涼寥落的景色。宮在渭水之濱，由於宮中悄然無人，故詩人經過，所見唯有落日，所聞唯有秋聲（指被秋風吹動的一切東西所發出的音響）。而山頭紅葉，也由於氣候的變冷，飄落到了山下，帶來了寂靜的寒意。「紅」與「落日」配色，「葉」與「秋聲」和聲。而夕陽西沉之後，卻又下起雨來。含雨的雲浮遊天際，像夢一般迷離；而雲端飄落的雨絲，卻又像灰塵一般四處隨風飄散。繪聲繪色，極為逼真。

「情在詞外曰『隱』，狀溢目前曰『秀』。」（宋張戒《歲寒堂詩話》引劉勰云）崔櫓這兩首詩，純屬描寫，而能「狀溢目前」，不著議論，自然「情在詞外」，可以算得上隱秀之作。（沈祖棻）

方干

【作者小傳】（？～約八八八）字雄飛，門人私謚玄英先生。新定（今浙江建德）人。舉進士不第，隱居會稽鏡湖。唐僖宗咸通至中和間，以詩著名江南。多應酬之作，也有些詩篇抒寫羈旅之思及閒適出世思想。有《玄英先生集》。（《唐詩紀事》卷六三、《唐才子傳》卷七）

題報恩寺上方① 方干

來來先上上方看，眼界無窮世界寬。巖溜噴空晴似雨，林蘿礙日夏多寒。

眾山迢遞皆相疊，一路高低不記盤。清峭關心惜歸去，他時夢到亦難判。

〔註〕①上方：住持僧居住的內室，這裡借指佛寺。

為寺院題詩，卻不從寺院本身著筆，只是盡情描寫山林美景和奇趣，抒發對眼前風光的留戀和讚嘆，自然把讀者引入一個「清峭」深邃的意境。

詩人一開始就坦露自己驚喜的心情和寬廣的胸懷。「來來先上上方看，眼界無窮世界寬。」他站在山頂寺院，好像在召喚後來的遊人：來啊，來啊，請先到頂峰的佛堂來吧！這裡你盡可以擴展視野，放眼看這世界是多麼寬闊廣大！字裡行間表現出詩人興致勃勃，意氣飛揚。「來來」、「先上」，語言通俗，帶有鮮明強烈的感情色彩。

接著，詩人擷取了四個最具美感的鏡頭——懸巖飛瀑，林蘿綠蔭，迢遞群峰，盤旋山道，藝術地再現了報恩寺的無限風光。

先寫巖上瀑布的動態：「巖溜噴空晴似雨」。巖上的飛泉懸瀑，凌空迸射，水珠四濺，化為一片迷濛的雲煙，宛如在朗朗晴日，掛起一幅白色的雨簾。「噴空」，狀水勢之大，飛瀉之急，遣詞有力，把巖溜寫活了。「晴似雨」，使景色空濛縹緲，分外清幽蒨麗，給人們多少神思異想。

接著寫林蘿的靜態：「林蘿礙日夏多寒」。林間的藤蘿，纏樹繞枝，遮空蔽日，形成了濃密的樹蔭。置身其間，一陣陣爽人的涼意，沁肌侵骨。哪裡還有什麼盛夏的炎威，溽暑的煩惱！

再寫群山的遠姿：「眾山迢遞皆相疊」。步出林蔭，縱目瞭望，遙遠的群山，重巒疊嶂，點點峰尖，如碧海浪湧。這是一幅立體感很強的畫圖，令人遊目騁懷，開拓心胸。只有居高臨下，放眼天邊，才能把群山寫得這樣形神俱活，氣勢磅礴。

然後寫山道的由近而遠：「一路高低不記盤」。登臨高處，回顧來時走過的山間盤旋小路，綿延起伏，曲折迴環。「卻顧所來徑」（李白〈下終南山過斛斯山人宿置酒〉），又引起多少的遐想。剛才上山時，只覺得左繞右轉，上下攀緣，奇趣無窮，再也記不清經過了多少次的盤旋，才登臨到這個群山的絕頂。這一句回首總括了山路的艱險，景色的蒼茫渺遠。

最後，詩人深情地寫道：「清峭關心惜歸去，他時夢到亦難判。」這上方的美景久久地縈繞著詩人的心，可惜眼下就要歸去了，真有些留戀難捨。「清峭」一詞，總括前二聯的景物：「清」，指「巖溜」、「林蘿」；「峭」，指「眾山」、「一路」，用詞貼切不移。今日一別，何時還能重遊呢？將來在夢中重遊此地恐怕也要難捨難分呀！全詩在無限的依戀中結束，讀者卻久久沉浸在一種留連忘返、情難自已的況味之中。

這首詩情景交融，妙合無垠。那情是觸景而生，情中有景；那景是緣情而生，景中含情。題寺詩卻以情景取勝，又很少有所謂佛家禪味，足見詩人寬廣的胸次、深細的體察和靈活多變的筆致。（徐竹心）

旅次洋州寓居郝氏林亭　方干

舉目縱然非我有，思量似在故山時。鶴盤遠勢投孤嶼，蟬曳殘聲過別枝。涼月照窗攲枕倦，澄泉繞石泛觴遲。青雲未得平行去，夢到江南身旅羈。

這首詩，是詩人旅居洋州時寫的。洋州，治所在今陝西洋縣，在漢水北岸。

首句以「非我有」扣詩題「旅次」，說明舉目所及都是異地之景，托出自己落泊失意、他鄉作客的境遇，透露出一種悲涼的情調。次句寫詩人觸景而起對家鄉的懷念。身處異地而情懷故鄉，不難想見其失意之狀和內心的苦澀。「舉目」、「思量」是詩人由表及裡的自我寫照，抬首低眉之間，蘊含著深沉的感傷。

第二聯寫鶴從高空向孤嶼盤旋而下，蟬鳴未止，拖著尾聲飛向別的樹枝。詩人寫景寄情，即以鶴、蟬自況，前者脫俗，後者清高。這是說自己空有才學，不能凌雲展翅，占枝高鳴，卻落得個異地依人、他鄉為客的境地，猶如這鶴投孤嶼、蟬過別枝一般。一個「投」字，一個「過」字，一個「孤」字，一個「別」字，寄寓著懷才不遇的身世之慨，自怨自艾，自悲自嘆，卻又無可奈何。

「鶴盤遠勢投孤嶼，蟬曳殘聲過別枝。」這兩句前人十分稱道，被認為是「齊梁以來未有此句」（五代何光遠《鑑誡錄》）。從寫景角度而言，詩人眼耳並用，繪形繪聲，傳神逼真，對蟬聲的描寫更有獨到之處。駱賓王詩「西陸蟬聲唱」（〈詠蟬〉），許渾詩「蟬鳴黃葉漢宮秋」（〈咸陽城西樓晚眺〉），都寫蟬在通常情況下的鳴叫；而方干此詩，則是蟬在飛行過程中的叫聲，不僅蟬有動勢，而且聲有特色：詩人捕捉的是將止而未止的蟬聲，這種鳴叫有獨特的聲響和音色，能誘發讀者的想像。一「曳」字用得新穎別致，摹狀精切傳神，前所罕見。

第三聯：「涼月照窗攲（音同淒）枕倦，澄泉繞石泛觴遲。」前一句寫月夜獨處。一個「涼」字，一個「倦」字，極寫詩人的冷寂淒清，孤獨無聊。後一句變換場景，寫飲宴泛觴的場面。泛觴是一種遊戲，古時候，園林中常引水流入石砌的曲溝中，宴會時，把酒杯放置水面，任其漂浮，飄到誰的面前，就該誰飲酒。飲宴遊戲，高朋滿座。詩人置身於這熱烈氣氛之中，卻神遊於此情此景之外，他對著那在水池中慢慢流動的酒杯呆呆地出神，顯出一副寡言少歡的神態。「泛觴遲」的「遲」字，既寫景，又出情。

這一聯，以月明之夜和宴樂之時為背景，用反襯的手法，表現詩人的自我形象。上下兩句場景雖然不同，人物形象如一，顯示出難以消解的情懷，卻又藏而不露。

直到第四聯，作者才將內心的隱痛和盤托出：「青雲未得平行去，夢到江南身旅羈。」遺憾啊，仕途多阻，未能平步青雲；雖然做夢都夢到江南故鄉，而此身卻在異地作客。末句以「身旅羈」和首句的「非我有」相照應，又回扣詩題的「旅次」二字，結構嚴謹。

從全詩的藝術風格來看，這一聯顯得過分率直而欠含蓄。不過，由於有了前面一系列的鋪墊和渲染，倒也使人覺得情真意切。大概方干對自己功名不就，耿耿於懷，如鯁在喉，但求一吐為快吧。（周錫炎）

題君山① 方干

曾於方外見麻姑，聞說君山自古無。
元是崑崙山頂石，海風吹落洞庭湖。

〔註〕①此詩一作程賀〈詠君山〉，「自古」作「此本」，「元」作「云」。

洞庭湖中有一座奇秀的青山，傳說它是湘君曾遊之地，故名君山，又名湘山、洞庭山。由於美麗的湖光山色與動人的神話傳說，它激發過許多詩人的想像，寫下許多美麗篇章。其中多有為人傳誦的名句，如「遙望洞庭山水翠，白銀盤裡一青螺」（劉禹錫〈望洞庭〉），「疑是水仙梳洗處，一螺青黛鏡中心」（雍陶〈題君山〉）等等，巧比妙喻，盡態極妍，異曲同工。

而方干這首〈題君山〉寫法上全屬別一路數，他採用了「遊仙」的格局。

「曾於方外見麻姑」，就像訴說一個神話。詩人告訴我們，他曾神遊八極之表，奇遇仙女麻姑。這個突兀的開頭似乎有些離題，令人不知它與君山有什麼關係。其實它已包含匠心。方外神仙正多，單單遇上麻姑，就有意思了。據晉葛洪《神仙傳·王遠》，麻姑雖看上去「年十八九許」，卻是三見滄海變作桑田，所以她知道的新鮮事兒一定不少。

「聞說君山自古無」，這就是麻姑對詩人提到的新鮮事。次句與首句的起承間，有一個跳躍。讀者不難用想像去填補，那就是詩人向麻姑打聽君山的來歷。人世之謎甚多，單問這件，也值得玩味。你想，那煙波浩渺的八百里瓊田之中，兀立著這座玲瓏的君山。泛舟湖面，「四顧疑無地，中流忽有山」（許棠〈過洞庭湖〉），這個發現使人驚喜不置；同時又感到這奇特的君山，必有一個不同尋常的來歷，從而困惑不已。詩人也許就是帶著這問題去方外求教的呢。

詩中雖然無一字正面實寫君山的形色，純從虛處落墨，閒中著色，卻傳達出了君山給人的奇異感受。「君山自古無」，這說法既出人意表，很新鮮，又坐實了人們的揣想。寫「自古無」，是為引出「何以有」。不一下子說出山的來歷，似乎是故弄玄虛，其效果與「且聽下回分解」略同。

「元是崑崙山頂石，海風吹落洞庭湖。」這真是不說則已，一鳴驚人。原來君山是崑崙頂上的一塊靈石，被巨大的海風吹落洞庭的。崑崙山，在古代傳說中是神仙遨遊之所，上有瑤池閬苑，且多美玉。古人常用「崑岡片玉」來形容世上罕有的珍奇。詩中把「君山」設想為「崑崙山頂石」，用意正在於此。「海風吹落」云云，想像奇瑰。作者〈題寶林寺禪者壁〉云：「臺殿漸多山更重，卻令飛去即應難。」題下自註：「山名飛來峰。」可見此詩的想像顯然受到「飛來峰」一類傳說的影響。

全詩運用奇特想像，從題外落筆，神化君山來歷，間接表現出君山的奇美。這就是所謂「超以象外，得其環中」（唐司空圖《二十四詩品・雄渾》）。

「遊仙」一體，起自晉人，後世多仿作，但大都借「仙境」以寄託作者思想感情。而運用這種方式來歌詠山水，間接表現自然美，不能不說是方干的創造。由盛唐詩的興發情至，轉入更多的意匠經營，這是中晚唐詩的一個趨向。其不及盛唐之處在此，而其勝於盛唐之處亦在此。（周嘯天）

高駢

【作者小傳】（八二一～八八七）字千里，幽州（今北京）人。世代為禁軍將領。懿宗時，歷官荊南節度觀察使等職。僖宗時任淮南節度使、江淮鹽鐵轉運使、諸道行營都統等職，鎮壓黃巢軍。後擁兵揚州，割據一方，終為部將畢師鐸所殺。《全唐詩》存其詩一卷。（新、舊《唐書》本傳、《唐才子傳》卷九）

山亭夏日　高駢

綠樹陰濃夏日長，樓臺倒影入池塘。
水精簾動微風起，滿架薔薇一院香。

這是一首描寫夏日風光的七言絕句。

首句起得似乎平平，但仔細玩味「陰濃」二字，不獨狀樹之繁茂，且又暗示此時正是夏日午時前後，烈日炎炎。日烈，「樹陰」才能「濃」。這「濃」除有樹蔭稠密之意外，尚有深淺之「深」意在內，即樹蔭密而且深。《紅樓夢》裡描寫大觀園夏日中午景象，謂「赤日當空，樹陰匝地」，即此意。夏日正午前後最能給人以「夏日長」的感覺。宋楊萬里〈閒居初夏午睡起二絕句〉其一說「日長睡起無情思」，就是寫的這種情趣。因此，「夏日長」

是和「綠樹陰濃」含蓄地聯在一起的，絕非泛泛之筆。

第二句「樓臺倒影入池塘」寫詩人看到池塘內的樓臺倒影。「入」字用得極好：夏日午時，晴空驕陽，一片寂靜，池水清澈見底，映在塘中的樓臺倒影，當屬十分清晰。這個「入」字就正好寫出了此時樓臺倒影的真實情景。

第三句「水精簾動微風起」是詩中最含蓄精巧的一句。此句可分兩層意思來說。其一，烈日照耀下的池水，晶瑩透澈；微風吹來，水光瀲灩，碧波粼粼。詩人用「水精簾動」來比喻這一景象，美妙而逼真——整個水面猶如一掛水晶做成的簾子，被風吹得泛起微波，在蕩漾的水波下則是隨之晃動的樓臺倒影，多美啊！其二，觀賞景致的詩人先看見的是池水波動，然後才感覺到起風了。夏日的微風是不會讓人一下子感覺出來的，此時看到水波才會覺著，所以說「水精簾動微風起」。如果先寫「微風起」，而後再寫「水精簾動」，那就味同嚼蠟了。

正當詩人陶醉於這夏日美景的時候，忽然飄來一陣花香，香氣沁人心脾，詩人精神為之一振。詩的最後一句「滿架薔薇一院香」，又為那幽靜的景致，增添了鮮豔的色彩，充滿了醉人的芬芳，使全詩洋溢著夏日特有的生氣。「一院香」，又與上句「微風起」暗合。

詩寫夏日風光，純乎用近似繪畫的手法：綠樹蔭濃，樓臺倒影，池塘水波，滿架薔薇，構成了一幅色彩鮮麗、情調清和的圖畫。這一切都是由詩人站立在山亭上所描繪下來的。山亭和詩人雖然沒有在詩中出現，然而我們卻彷彿看到了那座山亭和那位悠閒自在的詩人。（唐永德）

鄭畋

【作者小傳】（八二五～八八三）字臺文，滎陽（今屬河南）人。唐武宗會昌進士。任祕書省校書郎、中書舍人。後黜為節度使，又貶梧州刺史。唐僖宗即位，召還兵部侍郎，後拜相。《全唐詩》存其詩十六首。（新、舊《唐書》本傳、《唐詩紀事》卷五六）

馬嵬坡

鄭畋

玄宗回馬楊妃死，雲雨難忘日月新。
終是聖明天子事，景陽宮井又何人。

「馬嵬坡」即馬嵬驛，在今陝西興平縣西。天寶十五載（七五六）六月，安祿山叛軍攻破潼關，危及長安，玄宗倉皇出逃。經過馬嵬坡時，扈從部隊因怨憤而譁變，自行處死姦相楊國忠，並要求玄宗殺死楊貴妃。這就是歷史上有名的馬嵬之變。

此詩首句的「玄宗回馬」，指大亂平定、兩京收復之後，成了太上皇的玄宗從蜀中回返長安。其時距「楊妃死」已很久了。兩下並提，意謂玄宗能重返長安，正是以犧牲楊妃換來的。一存一歿，意味深長。玄宗割捨貴妃固然使局勢得到轉機，但內心的矛盾痛苦一直貫穿於他的後半生。儘管山河重光（「日月新」），也不能使他忘懷死去的楊妃，這就是所謂「雲雨難忘」。「雲雨難忘」與「日月新」對舉，可喜與長恨相兼，寫出了玄宗複雜矛盾的心理。句中「雲雨」指男女私情，「日月」指歲月，字面映帶甚工。

詩的後兩句特別耐人玩味。「終是聖明天子事」，有人說這是表彰玄宗在危亡之際識大體，有決斷，堪稱「聖明」；但從末句「景陽宮井又何人」來看，並非如此。「景陽宮井」用的是陳後主的故事。當隋兵打進金陵，陳後主和他的寵妃張麗華藏在景陽宮井內，一同作了隋兵的俘虜。同是帝妃情事，又同當干戈逼迫之際，可比性極強，取擬精當。玄宗沒有落到陳後主這步田地，是值得慶幸的；但要說「聖明」，也僅僅是比陳後主「聖明」一些而已。「聖明天子」揚得很高，卻以昏昧的陳後主來作陪襯，就頗有幾分諷意。只不過話說得微婉，耐人玩味罷了。

但就此以為詩人對玄宗毫無同情，也不盡然。唐時人對楊妃之死，頗有深責玄宗無情無義者。鄭詩又似為此而發。上聯已暗示馬嵬賜死，事出不得已，雖時過境遷，玄宗仍未忘懷雲雨舊情。所以下聯「終是聖明天子事」，「終是」的口吻，似是要人們諒解玄宗當日的處境。

清吳喬《圍爐詩話》說：「古人詠史但敘事而不出己意，則史也，非詩也；出己意、發議論而斧鑿錚錚，又落宋人之病」；「用意隱然，最為得體」。此詩對玄宗有所婉諷，亦有所體諒，可謂能「出己意」又「用意隱然」，在詠史詩中不失為佳作。（周嘯天）

張孜

【作者小傳】京兆（今陝西西安）人。懿宗、僖宗時處士。耽酒如狂。初作多不善，後頗有傷時之作，為時人所稱。《全唐詩》存其詩一首。（《唐詩紀事》卷六七）

雪詩

張孜

長安大雪天，鳥雀難相覓。其中豪貴家，擣椒泥四壁。
到處爇紅爐，周迴下羅幕。暖手調金絲，蘸甲①斟瓊液。
醉唱玉塵②飛，困融香汗滴。豈知飢寒人，手腳生皴劈。

〔註〕①蘸（音同站）甲：酒斟滿，捧觴必蘸指甲，故古人稱斟滿酒為蘸甲。②玉塵：指雪。南朝梁何遜〈和司馬博士詠雪〉：「若逐微風起，誰言非玉塵。」

張孜生當唐末政治上極其腐朽的懿宗、僖宗時代。他寫過一些抨擊時政，反映社會現實的詩篇，遭到當權者的追捕，被迫改名換姓，渡淮南逃。他的詩大都散佚，僅存的就是這一首〈雪詩〉。

詩分三層：頭兩句為一層，點明時間、地點、環境；中八句為一層，揭露了「豪貴家」徵歌逐舞的豪奢生活；後兩句為一層，寫「飢寒人」的貧苦。

詩以「長安」開頭，表明所寫的內容是唐朝京都的見聞。「大雪天」，說明季節、天氣。雪大到何種程度呢？詩人形象地用「鳥雀難相覓」來說明。大雪紛飛，迷茫一片，連鳥雀也迷失了方向，真是冰天雪地的景象。這就為後面的描寫、對比安排了特定環境。

以下，以「其中」二字過渡，從大雪天的迷茫景象寫到大雪天「豪貴家」的享樂生活。「擣椒泥四壁」，是把花椒擣碎，與泥混合，塗抹房屋四壁。漢未央宮有椒房殿，乃皇后所居之室。這裡寫「豪貴家」以椒泥房，可以想見室內的溫暖、芳香與華麗。

「到處爇（音同若）紅爐」兩句，寫室內的陳設。既然是「豪貴家」，他們陳設之富麗，器物之精美，自不待言，但詩中一一撇開，僅選擇了「紅爐」、「羅幕」兩件設施。「紅爐」可以驅寒，「羅幕」用以擋風。紅爐「爇（燃燒）」而「到處」，言其多也；羅幕「下」而「周迴（周圍）」，言其密也。這表明室外雪再大，風再猛，天再寒，而椒房之內，仍然春光融融一片。

「暖手調金絲」四句，寫「豪貴家」徵歌逐舞、酣飲狂歡的筵席場面：歌女們溫軟的纖手彈奏著迷人的樂曲，姬妾們斟上一杯杯瓊漿美酒。室外雪花紛飛狂舞，室內人們也在醉歌狂舞，直至人疲身倦，歌舞仍然無休無止，一滴滴香汗從佳人們的俊臉上流淌下來……

詩的結尾，筆鋒一轉，「手腳生皴（音同村）劈」，寫「飢寒人」的手腳因受凍裂開了口子。這兩句扣住大雪天「鳥雀難相覓」這一特定環境，是作者的精心安排。在這大雪飛揚、地凍天寒的日子裡，「飢寒人」還在勞作不已，為生活而奔走，為生存而掙扎。這就提出了一個發人深省的社會問題。「豈知」，很有分量，不僅是責問，簡直是痛斥。作者憤怒之情，表露無遺。

〈雪詩〉在前二句環境烘托之後，把豪門貴族的糜爛生活，繪出三幅圖畫：富家椒房圖、羅幕紅爐圖、弦歌宴飲圖。前兩幅是靜狀，後一幅是動態，都寫得色彩穠麗，生動逼真。而在篇末，「豈知」一轉，翻出新意，揭示貧富懸殊、階級對立的社會現實，擴展、深化了主題思想。對比是〈雪詩〉在藝術手法上的一個顯著的特色。這種對比，是深深植根於現實生活的，和詩的內容取得了高度的和諧與統一。全詩用入聲韻，讀來給人一種急切悲憤而又鬱結難伸之情，感人肺腑。（蕭哲庵）

于濆①

【作者小傳】字子漪，京兆長安（今陝西西安）人。唐懿宗咸通進士，終泗州判官。與劉駕、曹鄴等皆不滿當時拘守聲律和輕浮豔麗的詩風，曾作〈古風〉三十篇以矯時弊，號為「逸詩」。詩今存四十餘篇，頗多反映當時社會矛盾之作。有《于濆詩集》。（《唐詩紀事》卷六一、《唐才子傳》卷八）〔註〕①濆，音同焚。

辛苦吟

于濆

壟上扶犁兒，手種腹長飢。窗下投梭女，手織身無衣。我願燕趙姝，化為嫫母姿。一笑不值錢，自然家國肥。

這首詩前四句表現下層人民的飢寒，後四句表現上層社會的糜費；兩相對照，深刻地反映了當時社會中的不合理現象。全詩用的是對比手法，不僅將下層與上層情況作了鮮明的一般性對照，而且又分別用了不同的特殊對比手法，具體表現下層和上層的情況：前半首用的是「推理對比」，後半首用的是「轉化對比」。

前四句說，在田地裡扶犁耕種的男兒，理應有飯吃，吃得飽，但是實際上卻捱餓；在窗牖下投梭織布的婦女，理應有衣穿，穿得暖，但是實際上卻在受凍。情理本應如此，而實際卻正相反，情理與實際形成強烈的對比；這種情理並非直接表現出來的，只寫出條件，由讀者推理，然後與實際情形對照，可稱之為「推理對比」。

透過這種對比，讀者會對不合理現象發出「豈有此理」的感嘆。既能以理服人，又能以情動人，頗有藝術效果。

推理對比，早就有此傳統。《淮南子．說林訓》說：「屠者羹藿，為車者步行，陶者用缺盆，匠人處狹廬，為者不必用，用者弗肯為。」這裡就包含了推理對比。這手法在詩歌中普遍運用，如孟郊〈織婦辭〉「如何織紈素，自著藍縷衣」，杜荀鶴〈蠶婦〉「年年道我蠶辛苦，底事渾身著苧麻」，都是表現用者不肯為，為者不得用。宋張俞〈蠶婦〉云：「昨日到城郭，歸來淚滿巾。遍身羅綺者，不是養蠶人。」這首詩歷來膾炙人口。它之所以能如此耐人尋味，也正在於採用了以理服人、以情動人的推理對比手法。表現生活中衣、食、住、行各方面的不合理現象，多用此法。〈辛苦吟〉就用此法表現了食、衣兩方面的不合理情況。

後四句說，我希望燕地趙地的美女，都變成面目醜陋而德行賢惠的嫫母；那麼，她們的笑，就不可能再那樣值錢，也就再不至於有一笑千金的揮霍現象了。這樣於國於家都有利，國和家都會好起來。古時傳說燕、趙（在今河北省）出美人，這裡以美人之錦衣玉食，一笑千金，典型地表現出上層生活的靡費；詩人對此現象十分不滿，因而浪漫地提出這樣的假設：但願有朝一日，燕、趙所出美人，轉化為黃帝的妃子嫫母：貌美轉化為貌醜，無德轉化為有德，笑值千金轉化為笑不值錢。到那個時候，社會上富者窮奢極侈，貧者衣食無著的現象，也許可望有所改變吧。詩人馳騁想像，從現實的境界轉化為理想的境界。巧妙地用兩種境界形成鮮明對比，這種手法可稱之為「轉化對比」。詩人有意透過浪漫的想像來構成這種轉化對比，藉以批判上層社會的腐敗。

轉化對比也是傳統的對比手法。「滄海桑田」是自然界的轉化對比，通常被用來說明古今人事轉化的對比；李白〈登金陵鳳凰臺〉「吳宮花草埋幽徑，晉代衣冠成古丘」，則是直接表現古今人事的轉化：「吳宮花草」變為「幽徑」，「晉代衣冠」成了「古丘」，這也是一種轉化對比。此詩透過想像中的轉化，來構成轉化對比，同樣能使所表現的形象鮮明而又突出，所抒發的感情宛轉而又強烈，富有藝術感染力。（林東海）

古宴曲

于濆

雉扇合蓬萊，朝車回紫陌。重門集嘶馬，言宴金張宅①。
燕娥奉卮酒②，低鬟若無力。十戶手胼胝，鳳凰釵一隻。
高樓齊下視，日照羅衣色。笑指負薪人，不信生中國。

〔註〕①金、張為漢朝兩個世家。見《漢書．金日磾傳》：「夷狄亡國，羈虜漢庭，而以篤敬寤主，忠信自著，勒功上將，傳國後嗣，世名忠孝，七世內侍，何其盛也！」《漢書．張湯傳》：「安世子孫相繼，自宣、元以來為侍中、中常侍、諸曹散騎、列校尉者凡十餘人。功臣之世，唯有金氏、張氏，親近寵貴，比於外戚。」②卮（音同支），古代盛酒的器具。

這是一首以寫宴會為中心的詩，主旨在於諷刺過著奢華生活的達官貴人們對於民生疾苦的驚人的無知。題目中用了一個「古」字，詩作中用了漢朝著名的官僚世族金、張兩個大姓，都是以漢寓唐，借古事以寫時事的意思。

開頭四句寫朝罷赴宴。首句中的「雉扇」，即「雉尾扇」，用野雞毛製成的宮扇，是帝王儀仗的一種。頭兩句寫退朝，從皇帝與臣子兩面寫出：蓬萊宮中的儀仗已經收起來了，大路上滾動著朝罷歸來的車子。三、四句寫朝罷無事，便聚集到一起宴飲取樂。在開頭這四句中，不直接寫人，但有車馬，有重門，又上朝，又宴飲，可以想見其中活動的人物既富且貴的氣派。

中間四句寫宴飲席上的盛況。「燕娥」，燕地的美女。宴席上有侍女把酒侍候。「低鬟」是低頭之意。「低鬟若無力」是極寫捧酒美女嬌羞婀娜的儀態。由「低鬟」，又寫到鬟髻上鳳凰花飾的金釵。「胼胝」指手掌上磨成老繭。詩人彷彿指著金釵在說：別看它小，那是十戶人家辛勤工作的血汗結晶啊！這四句用筆十分乾淨：寫宴席，只寫了送酒的美女；寫美女，除了表明她的身份，讓她捧上酒器以外，只寫了她低鬟時所見的那一枝金釵。由金釵足以想見美女之高雅，由捧酒美女之高雅也就更可想見座客之高貴與宴席之豐盛了。這種「烘雲托月」的側面描寫，是運用得很成功的。

末四句寫宴罷後的消遣。酒醉飯飽，不免要遊目騁懷一番。一個「齊」字，表明憑欄下視的是許多人。陽光下，他們的羅綺華服顯得格外耀眼。當樵夫從高樓附近經過時，貴官們帶笑指點著議論起來，不相信國中竟然還有這樣的窮苦百姓。最後這四句將全詩推到了一個新的思想境界，詩人在展示了這些上層官僚養尊處優的生活之後，又進而揭示了他們精神世界的極端空虛與愚昧無知。在藝術上，這末四句也是全詩最有光彩的地方。詩人讓人物現身說法，登臺表演：讓「手胼胝」的樵夫出現在畫面上，讓滿座高朋一齊湧向樓頭。詩人唯恐藝術效果不佳，還布置了聚光燈——「日照」，讓這一幫達官貴人們在光天化日下亮相、表演。在「日照」下，讀者不僅見到了這些人耀眼的服飾，而且還從他們的言談舉止中看透了他們卑劣的靈魂。

〈古宴曲〉在藝術結構上達到了很高的水平。作品以時間為主線，順序寫出朝罷赴宴、燕娥捧酒、登樓下視三個畫面；同時又以空間為副線，由遠及近寫來。朝罷赴宴由遠景轉為近景，至燕娥捧酒進一步推成特寫，然後又將鏡頭搖過，轉換成登樓下視的畫面。全詩以四句為一個單位，逐步推進，最後形成高潮，以人物現身說法的輕快筆法表現了作品嚴肅的諷刺性的主題。（陳志明）

里中女

于濆

吾聞池中魚，不識海水深；吾聞桑下女，不識華堂陰。
貧窗苦機杼，富家鳴杵砧。天與雙明眸，只教識蒿簪。
徒惜越娃貌，亦蘊韓娥音①。珠玉不到眼，遂無奢侈心。
豈知趙飛燕，滿髻釵黃金。

〔註〕①韓娥音：《列子．湯問》：「昔韓娥東之齊，匱糧。過雍門，鬻歌假食。既去，而餘音繞樑欐，三日不絕。」

于濆是晚唐一位現實主義詩人。他寫過不少關心民生疾苦，反映社會現實以及揭露統治階級罪行的詩篇，〈里中女〉就是其中的一首。「里」，指野里。「里中女」，即窮鄉僻壤的女子。

詩的開頭，富於民歌比興色彩。詩以「池魚」比「桑女」、「海水」比「華堂」，表明貧苦的桑下女不理解富貴人家的生活，自然而貼切。民歌往往重複詠唱。詩中「吾聞」、「不識」重出，音節流美，自然地表露出作者的同情之心。

五、六句中「苦機杼」扣「桑下女」，「鳴杵砧」扣「華堂陰」，形成了鮮明對照，揭示了富貴人家與桑下女截然不同的生活狀況。「機杼」，織布工具。「杵砧」，擣衣工具。「苦機杼」的「苦」，反映了桑下女那種「雞鳴入機織，夜夜不得息」（〈孔雀東南飛〉）的辛勞情景，然而桑下女的工作成果，卻全給富貴人家剝奪了去。「鳴杵砧」的「鳴」字，既形象地表現擣衣之聲，又暗示富貴人家不養蠶，不織布，反而遍身羅綺，有做不完的衣服。這是當時社會的真實寫照。晚唐時期，朝政日非，國勢日微，賦斂日重，人民終歲勞苦，不得溫飽，而豪門貴族「繒帛如山積」（白居易〈秦中吟十首．重賦〉），「銜杯吐不歇」（鄭遨〈傷農〉）。「苦機杼」與「鳴杵砧」對照，正深刻地反映了這種罪惡的社會現實。

以下是透過形象進行議論。作者以「天與雙明眸，只教識蒿簪」慨嘆桑下女天生一對明亮的眼睛，但因為她貧苦，只能見到野蒿製成的簪子，見不到精緻的束髮工具。「明」字妙，突出了桑下女天真活潑、聰明伶俐的神態。「只教」，一個轉折，點出女工不能享受自己的工作成果——精緻的工藝品，一生只見識過粗賤的飾物，顯露出作者的不平之意。

接著，以「越娃」（西施）「韓娥」這兩個形象的比喻，承接「雙明眸」，並在「越娃」、「韓娥」之上，冠以「徒惜」：惜桑下女有西施之貌，而幽處野里；有韓娥之音，而湮沒無聞。「惜」而徒然，表明了作者的無限感慨與無可奈何的心情。

「珠玉不到眼」兩句，從字面看，並無難解之處。「遂」字很重要，它將兩個否定詞「不」與「無」緊密聯結起來，貫通上下文，以表明桑下女具有一顆純潔而質樸的心，而這顆心又是「珠玉不到眼」使然的。

結尾兩句，與「華堂」、「富家」照應，並與桑下女恰成對比，反映了作者對統治者的不滿。這是全詩精神的結穴處。趙飛燕是漢成帝的皇后，受寵幸，尚豪奢。「滿髻釵黃金」，「釵」作動詞用，是說趙飛燕髮髻上插滿了黃金製成的裝飾品。這些裝飾品從何而來？美人「豈知兩片雲，戴卻數鄉稅」（鄭遨〈富貴曲〉），不正是從千萬個「桑下女」式的人民身上榨取的嗎？這就提醒人們：統治者驕奢淫逸的生活凝聚著人民的血和汗。作者不便說明當代，所以假託「趙飛燕」。這與白居易〈繚綾〉中「織者何人衣者誰？越溪寒女漢宮姬」的手法是相似的。清紀昀認為，古人為詩，「不廢議論」，只是「不著色相」（《瀛奎律髓刊誤》紀昀批王安石〈登大茅山頂〉語）而已。〈里中女〉就是這樣。此詩意在揭露貧富懸殊的社會現實，然而這個意思，不是直言的、抽象的、概念化的，而是透過各種藝術手法和形象語言來表達的，是富於情韻的。（蕭哲庵）

羅隱

【作者小傳】（八三三～九一〇）字昭諫，杭州新城（今浙江富陽）人。本名橫，以十舉進士不第，乃改名。在唐僖宗咸通、乾符中，與羅鄴、羅虬合稱「三羅」。光啟中，入鎮海軍節度使錢鏐幕，後遷節度判官、給事中等職。其詩頗有諷刺現實之作，多用口語，故少數作品能流傳於民間。有詩集《甲乙集》，清人輯有《羅昭諫集》。（《舊五代史》本傳、《唐才子傳》卷九）

贈妓雲英　羅隱

鍾陵醉別十餘春，重見雲英掌上身。
我未成名君未嫁，可能俱是不如人？

羅隱一生懷才不遇。他「少英敏，善屬文，詩筆尤俊拔」（元辛文房《唐才子傳》），卻屢次科場失意。此後轉徙依託於節鎮幕府，十分潦倒。羅隱當初以寒士身份赴舉，路過鍾陵縣（今江西進賢），結識了當地樂營中一個頗有才思的歌妓雲英。約莫十二年光景，他再度落第路過鍾陵，又與雲英不期而遇。見她仍隸名樂籍，未脫風塵，羅隱不勝感慨。更不料雲英一見面卻驚詫道：「怎麼羅秀才還是布衣！」羅隱便寫了這首詩贈她。

這首詩為雲英的問題而發，是詩人的不平之鳴。但一開始卻避開那個話題，只從敘舊平平道起。「鐘陵」句回憶往事。十二年前，作者還是一個英敏少年，正意氣風發；歌妓雲英也正值妙齡，色藝雙全。「酒逢知己千杯少」，當年彼此互相傾慕，歡會款洽，都可以從「醉」字見之。「醉別十餘春」，顯然含有對逝川的痛悼。十餘年轉瞬已過，作者是老於功名，一事無成，而雲英也該人近中年了。

首句寫「別」，第二句則寫「逢」。前句兼及彼此，次句則側重寫雲英。相傳漢代趙飛燕「體輕，能為掌上舞」（《白孔六帖》），於是後人多用「掌上身」來形容女子體態輕盈美妙。從「十餘春」後已屬半老徐娘的雲英猶有「掌上身」的風采，可以推想她當年是何等美麗出眾了。

如果說這裡嘖嘖讚美雲英的綽約風姿是一揚，那麼，第三句「君未嫁」就是一抑。如果說首句有意迴避了雲英所問的話題，那麼，「我未成名」顯然又回到這話題上來了。「我未成名」由「君未嫁」舉出，轉得自然高明。宋人論詩最重「活法」——「種種不直致法子」（近人陳衍《宋詩精華錄》卷三《晚風》），其實此法中晚唐詩已有大量運用。如此詩的欲就先避、欲抑先揚，就不直致，有活勁兒。這種委婉曲折、跌宕多姿的筆法，對於表現抑鬱不平的詩情是很合宜的。

既引出「我未成名君未嫁」的問題，就應說個所以然。但末句仍不予正面回答，而用「可能俱是不如人」的假設、反詰之詞代替回答，促使讀者去深思。它包含豐富的潛臺詞：即使退一萬步說，「我未成名」是「不如人」的緣故，可「君未嫁」又是為什麼？難道也為「不如人」麼？這顯然說不過去（前面已言其美麗出眾）。反過來又意味著：「我」又何嘗「不如人」呢？既然「不如人」這個答案不成立，那麼「我未成名君未嫁」原因到底是什麼，讀者也就可以體味到了。此句讀來深沉悲憤，一語百情，是全詩不平之鳴的最強音。

此詩以抒作者之憤為主，引入雲英為賓，以賓襯主，構思甚妙。絕句取徑貴深曲，用旁襯手法，使人「睹影知竿」（《藝概・詩概》），最易收到言少意多的效果。此詩的賓主避就之法就是如此。讚美雲英出眾的風姿，也暗況作者有過人的才華。讚美中包含著對雲英遭遇的不平，連及自己，又傳達出一腔傲岸之氣。「俱是」二字蘊含著「同是天涯淪落人」（白居易〈長恨歌〉）的深切同情。不直接回答自己何以長為布衣的問題，使對方從自身遭際中設想體會它的答案，語意簡妙，啟發性極強。如不以雲英作陪襯，直陳作者不遇於時的感慨，即使費辭亦難討好；引入雲英，則雙管齊下，言少意多了。

從文字風格看，此詩寓憤慨於調侃，化嚴肅為幽默，亦諧亦莊，耐人尋味。（周嘯天）

黃河

羅隱

莫把阿膠向此傾，此中天意固難明。解通銀漢應須曲，才出崑崙便不清。

高祖誓功衣帶小，仙人占斗客槎輕。三千年後知誰在？何必勞君報太平！

這首〈黃河〉，不是真要賦詠黃河，而是借事寓意，抨擊和譏諷唐代的科舉制度。

一開頭，作者就用黃河無法澄清作比喻，暗示當時的科舉考試的虛偽性，揭露官場正和黃河一樣混濁，即使把用來澄清濁水的阿膠都傾進去，也無濟於事。接著又用「天意難明」四字，矛頭直指最高統治者。

下面兩句，作者進一步描畫科舉場中的黑暗。李白詩有「君不見黃河之水天上來」（〈將進酒〉）之句。黃河古來又有九曲之稱，如劉禹錫〈浪淘沙九首〉其一詞：「九曲黃河萬里沙」。詩人巧妙地把這兩層意思聯繫起來，馳騁想像，寫道：「解通銀漢應須曲」。表面上是說黃河所以能夠通到天上去，是因為它河道曲折。可是「銀漢」在古人詩詞中又常用來指代皇室或朝廷，所以這句的真實意思是說，能夠通到皇帝身邊去的（指透過科舉考試取得高官顯位），必是使用「曲」的手段，即不正當的手段。唐代科舉考試，特別是到晚唐，主要不是在考查學問，而是看士子有沒有投靠巴結當權人物的本領，正直的人肯定是要失敗的。

古人誤以為黃河發源於崑崙山，所以作者說它「才出崑崙便不清」。這也是有寓意的。「崑崙」同「銀漢」一樣，是指朝廷豪門貴族甚至當朝皇帝。因為那些被提拔薦引做了官的士子，都是與貴族、大臣私下裡勾結，一出手就不乾不淨，正如黃河在發源地就已經混濁了一樣。

五、六兩句，包含了兩個典故。第五句是指漢高祖在平定天下、大封功臣時的誓詞，誓詞裡說：「使河如帶，泰山若礪。」翻譯出來就是：要到黃河像衣帶那麼狹窄，泰山像磨刀石那樣平坦，你們的爵位才會失去（那意思就是永不失去）。第六句說的是漢代張騫奉命探尋黃河源頭。據說他坐了一隻木筏，溯河直上，不知不覺到了一個地方，看見有個女子正在織布，旁邊又有個放牛的男子。張騫後來回到西蜀，拿這事請教善於占卜的嚴君平。君平說，你已經到了天上牛郎、織女兩座星宿的所在了。

作者借用這兩個典故，同樣也有寓意。上句是說，自從漢高祖大封功臣以來（恰巧，唐代開國皇帝也叫「高祖」），貴族們就世代簪纓，富貴不絕，霸占著朝廷爵祿，好像真要等到黃河細小得像衣帶時才肯放手。下句又說，貴族霸占爵位，把持朝政，有如「仙人占斗」。（天上的北斗，古代天文學屬於紫微垣，居於天北極的周圍。古人用以象徵皇室或朝廷。）他們既然占據了「北斗」，那麼，要到天上去的「客槎」（指考試求官的人），只要經他們的援引，自然飄飄直上，不須費力了。

由此可見，詩人雖然句句明寫黃河，卻又是句句都在暗射王朝，罵得非常尖刻，比喻也十分貼切。這和羅隱十次參加科舉考試失敗的痛苦經歷有著密切的關係。

傳說「黃河千年一清，至聖之君以為大瑞」（東晉王嘉《拾遺記·高辛》），而詩人說，三千年黃河才澄清一次，誰還能夠等得著呢？於是筆鋒一轉，不無揶揄地說：既然如此，就不勞駕您預告這種好消息了！換句話說，黃河很難澄清，朝廷上的烏煙瘴氣同樣也是改變不了的。這是對唐王朝表示絕望的話。此後，羅隱果真回到家鄉杭州，在錢鏐幕下做官，再不到長安考試了。

這首詩藝術上值得稱道的有兩點：第一，詩人拿黃河來諷諭科舉制度，這構思就很巧妙；其次，句句緊扣黃河，而又句句別有所指，手法也頗為高明。詩人對唐王朝科舉制度的揭露，痛快淋漓，切中要害，很有代表性。詩中語氣激烈，曾有人說它是「失之大怒，其詞躁」（劉鐵冷《作詩百法》），即不夠「溫柔敦厚」。這是沒有理解羅隱當時的心情才作的「中庸之論」。（劉逸生）

西施

羅隱

家國興亡自有時，吳人何苦怨西施。
西施若解傾吳國，越國亡來又是誰？

歷來詠西施的詩篇多把亡吳的根由歸之於女色，客觀上為統治者開脫或減輕了罪責。羅隱這首小詩的特異之處，就是反對這種傳統觀念，破除了「女人是禍水」的論調，閃射出新的思想光輝。

「家國興亡自有時，吳人何苦怨西施。」一上來，詩人便鮮明地擺出自己的觀點，反對將亡國的責任強加在西施之類婦女身上。這裡的「時」，即時會，指促成家國興亡成敗的各種複雜因素。「自有時」表示吳國滅亡自有其深刻的原因，而不應歸咎於西施個人，這無疑是正確的看法。有人認為這裡含有宿命論成分，其實是出於誤解。「何苦」，勸解的口吻中含有嘲諷意味：你們自己誤了國家大事，卻想要歸罪一個弱女子，真是何必呢！當然，挖苦的對象並非一般吳人，而是吳國統治者及其幫閒們。

「西施若解傾吳國，越國亡來又是誰？」後面這兩句巧妙地運用了一個事理上的推論：如果說，西施是顛覆吳國的罪魁禍首，那麼，越王並不寵幸女色，後來越國的滅亡又能怪罪於誰呢？尖銳的批駁透過委婉的發問語氣表述出來，絲毫不顯得劍拔弩張，而由於事實本身具有堅強的邏輯力量，讀來仍覺鋒芒逼人。

羅隱反對嫁罪婦女的態度是一貫的。僖宗廣明年間（八八〇～八八一），黃巢軍攻入長安，皇帝倉皇出逃四川，至光啟元年（八八五）才返回京城。詩人有〈帝幸蜀〉一首絕句記述這件事：「馬嵬山色翠依依，又見鑾輿幸蜀歸。泉下阿蠻應有語，這回休更怨楊妃。」「阿蠻」即「阿瞞」的通假，是唐玄宗的小名。前一回玄宗避安史之亂入蜀，於馬嵬坡縊殺楊妃以杜塞天下人口；這一回僖宗再次釀成禍亂奔亡，可找不到新的替罪羊了。詩人故意讓九泉之下的玄宗出來現身說法，告誡後來的帝王不要諉過於人，諷刺是夠辛辣的。聯繫〈西施〉作比照，一詠史，一感時，題材不同，而精神實質並無二致。這樣看來，〈西施〉的意義又何止為歷史作翻案而已！（陳伯海）

自遣① 羅隱

得即高歌失即休，多愁多恨亦悠悠。
今朝有酒今朝醉，明日愁來明日愁。

〔註〕①此詩作者一作權審。

羅隱仕途坎坷，十舉進士而不第，於是作〈自遣〉。這首詩表現了他在政治失意後的頹唐情緒，其中未必不含一點憤世嫉俗之意。這首詩歷來為人傳誦，除反映了古代知識分子一種典型的人生觀外，尤其不容忽視的，是詩在藝術表現上頗有獨到之處。

這首先表現在詩歌形象性的追求上。乍看來，此詩無一景語，而全屬率直的抒情。但詩中所有情語都不是抽象的抒情，而能夠給人一個具體完整的印象。如首句說不必患得患失，倘若直說便抽象化、概念化。而寫成「得即高歌失即休」那種半是自白、半是勸世的口吻，尤其是仰面「高歌」的情態，則給人生動具體的感受。情而有「態」，便形象化。次句不說「多愁多恨」太無聊，而說「亦悠悠」（「悠悠」，不盡，意謂太難熬受），也就收到具體生動之效，不特是趁韻而已。同樣，不說得過且過而說「今朝有酒今朝醉，明日愁來明日愁」，更將「得即高歌失即休」一語具體化，一個放歌縱酒的曠士形象呼之欲出。這，也就是此詩造成的總的形象了。僅指出這一點還不夠，還要看到這一形象具有獨特個性。只要將此詩與同含「及時行樂」意蘊的唐無名氏所歌

〈金縷曲〉相比較，便不難看到。那裡說的是花兒與少年，所以「莫待無花空折枝」，頗有不負青春、及時努力的意味；而這裡取象於放歌縱酒，更帶遲暮的頹喪。「今朝有酒今朝醉」，總使人感到一種內在的淒涼、憤嫉之情。二詩彼此並不雷同。此詩的情感既有普遍性，其形象又個性化，所以具有典型意義。

此詩藝術表現上更其成功之處，則在於複迭中求變化，從而形成絕妙的詠嘆調。一是情感上的複迭變化。首句先括盡題意，說得時誠可高興，失時亦不必悲傷；次句則是首句的補充，從反面說同一意思：倘不這樣，「多愁多恨」，是有害無益的；三、四句則又回到正面立意上來，分別推進了首句的意思：「今朝有酒今朝醉」就是「得即高歌」的反覆與推進，「明日愁來明日愁」則是「失即休」的進一步闡發。總之，從頭至尾，詩情有一個迴旋和升騰。二是音響即字詞上的複迭變化。首句前四字與後三字意義相對，而二、六字（「即」）複迭；次句是緊縮式，意思是多愁悠悠，多恨亦悠悠，形成同意反覆。三、四句句式相同，但三句中「今朝」兩字複迭，四句中「明日愁」竟然三字複迭，但前「愁」字屬名詞，後「愁」字乃動詞，詞性亦有變化。可以說，每一句都是複迭與變化並行，而每一句具體表現又各各不同。把複迭與變化統一的手法運用得盡情盡致，在小詩中似乎是最突出的。

由於上述兩個方面的獨到，宜乎千年以來一些窮愁潦倒的人沉飲「自遣」時，於古人偌多解愁詩句中，唯獨最容易記起「今朝有酒今朝醉」來。（周嘯天）

鸚鵡

羅隱

莫恨雕籠翠羽殘，江南地暖隴西寒。
勸君不用分明語，語得分明出轉難。

三國時的名士禰衡有一篇〈鸚鵡賦〉，是託物言志之作。禰衡為人恃才傲物，先後得罪過曹操與劉表，到處不被容納，最後又被遣送到江夏太守黃祖處，在一次宴會上即席賦篇，假借鸚鵡以抒述自己託身事人的遭遇和憂讒畏譏的心理。羅隱的這首詩，命意亦相類似。

「莫恨雕籠翠羽殘，江南地暖隴西寒。」「隴西」，指隴山（六盤山南段別稱，延伸於陝西、甘肅邊境）以西，舊傳為鸚鵡產地，故鸚鵡亦稱「隴客」。詩人在江南見到的這頭鸚鵡，已被人剪了翅膀，關進雕花的籠子裡，所以用上面兩句話來安慰它：且莫感嘆自己被拘囚的命運，這個地方畢竟比你的老家要暖和多了。話雖這麼說，「莫恨」其實是有「恨」，所以細心人不難聽出其弦外之音：儘管現在不愁溫飽，而不能奮翅高飛，終不免叫人感到遺憾。羅隱生當唐末紛亂時世，雖然懷有匡時救世的抱負，但屢試不第，流浪大半輩子，無所遇合，到五十五歲那年投奔割據江浙一帶的錢鏐，才算有了安身之地。他這時的處境，跟這頭籠中鸚鵡頗有某些相似。這兩句詩分明寫他那種自嘲而又自解的矛盾心理。

「勸君不用分明語，語得分明出轉難。」鸚鵡的特點是善於學人言語，後面兩句詩就抓住這點加以生發。

詩人以告誡的口吻對鸚鵡說：你還是不要說話過於明白吧，明白的話語反而難以出口呵！這裡含蓄的意思是：語言不慎，足以招禍；為求免禍，必須慎言。當然，鸚鵡本身是無所謂出語招禍的，顯然又是作者的自我比況。據傳羅隱在江東很受錢鏐禮遇。但禰衡當年也曾受過恩寵，而最終仍因忤觸黃祖被殺。何況羅隱在長期生活中養成的憤世嫉俗的思想和好為譏刺的習氣，一時也難以改變，在這種情況下，詩人對錢鏐產生某種疑懼心理，完全是可理解的。

這首詠物詩，不同於一般的比興託物，而是借用向鸚鵡說話的形式來吐露自己的心曲，勸鸚鵡實是勸自己，勸自己實是抒洩自己內心的悲慨，淡淡說來，卻耐人咀嚼。（陳伯海）

金錢花　羅隱

占得佳名繞樹芳，依依相伴向秋光。
若教此物堪收貯，應被豪門盡劚①將。

〔註〕①劚（音同築）：同「斸」，掘、砍。

這是一首託物寄意的詩。「金錢花」即旋覆花，夏秋開花，花色金黃，花朵圓而覆下，中央呈筒狀，形如銅錢，嬌美可愛。詩題〈金錢花〉，然而其主旨並不在詠花。

起句「占得佳名繞樹芳」，一開頭，詩人就極口稱讚花的名字起得好。「占得佳名」，用字遣詞，值得細細玩味。「繞樹芳」三字則不僅傳神地描繪出金錢花柔弱美麗的身姿，而且告訴人們，它還有沁人心脾的芳香呢！這一句，作者以極為讚賞的口吻，寫出了金錢花的名稱、形態、香氣，引人矚目。

「依依相伴向秋光」，與上一句意脈相通。金錢花一朵挨著一朵，叢叢簇簇，就像情投意合的伴侶，卿卿我我，親密無間，給人以悅目怡心、美不勝收之感。金黃色的花朵又總是迎著陽光開放，色澤鮮麗，嬌美動人。作者把金錢花寫得多麼楚楚動人，可親可愛。

光就上兩句看，詩人似乎只在欣賞花草。然一讀下文，便知作者匠心獨運，旨意全在引起後邊兩句議論：「若教此物堪收貯，應被豪門盡劚將。」金錢花如此嬌柔迷人，如果它真的是金錢可以收藏的話，那些豪門權貴就會毫不憐惜地把它全部掘盡砍光了！這二句，出言冷雋，恰似一把鋒利的匕首，一下戳穿了剝削者殘酷無情、貪得無厭的本性。由此可見，作者越是渲染金錢花的姿色和芳香，越能反襯出議論的力量。前後鮮明的對照，突出了詩的主旨。而後二句中作者故意欲擒先縱，先用了一個假設的口氣，隨後一個「盡」字，予以堅決肯定。詩意跌宕，顯得更加有力。

羅隱的詩，筆鋒犀利潑辣，善於把冷雋的諷刺與深沉的憤怒有機地結合在一起，堪稱別具一格。此詩就表現出這個特色。（施紹文）

柳

羅隱

灞岸晴來送別頻，相偎相倚不勝春。
自家飛絮猶無定，爭解垂絲絆路人？

這首詠柳七絕是寫暮春晴日長安城外、灞水岸邊的送別情景的。不過它不是寫自己送別，而是議論他人送別；不是議論一般的夫妻或親友離別相送，而是有感於倡女送別相好的纏綿情景。而這一切，又不是以直寫的方式出現，而是運用比興的手法，託物寫人，借助春柳的形象來表現。因而較之一般的送別詩，這首詠柳詩在思想和藝術上都很有新意。

詩題曰〈柳〉，即是詠柳，因而通篇用賦，但又有比興。它的比興手法用得靈活巧妙，若即若離，亦比亦興。首句即景興起，賦而興，以送別帶出柳：晴和的春日，灞水橋邊，一批又一批的離人，折柳送別。次句寫柳條依拂，相偎相倚，比喻顯豁，又興起後兩句的感慨。「相偎相倚」，寫出春風中垂柳婀娜姿態，更使人想見青年男女臨別時親昵、難捨的情景。他們別情依依，不勝春意纏綿。然而他們不像親友，更不類夫妻，似乎是熱戀的情侶，還彷彿彼此明白別後再無會期，要享盡這臨別前的每刻春光。明眼人一看便知，這是倡女送別相好客人。後二句，感慨飛絮無定和柳條纏人，賦柳而喻人，點出暮春季節，點破送別雙方的身份。詩人以「飛絮無定」，暗喻這種女子自身的命運歸宿都掌握不了，又以「垂絲絆路人」，指出她們不能、也不懂得那些過路客人的心情，用纏綿的情絲是留不住的。「爭」，通「怎」。末句一作「爭把長條絆得人」，語意略同，更直截點出她們是青樓倡女。總起來說，詩意是在調侃這些身不由己的倡女，可憐她們徒然地賣弄風情，然而詩人的態度是同情的，委婉的，有一種難名的感喟在其中。

在唐代，士子和倡女是繁華都市中的兩種比較活躍的階層。他們之間的等級地位迥別，卻有種種聯繫，許多韻事；更有某種共同命運，類似遭遇。白居易〈琵琶行〉裡那位「老大嫁作商人婦」的長安名妓和身為「江州司馬」的長安才子白居易本人，有著「同是天涯淪落人」的類似遭遇和命運。在這首〈柳〉中，羅隱有意無意地在嘲弄他人邂逅離別之中，流露一種自我解嘲的苦澀情調。詩人雖然感慨倡女身不由己，但他也懂得自己的命運同樣不由自主，前途「可能俱是不如人」（羅隱〈贈妓雲英〉）。所以在那飛絮無定、柳絲纏人的意象中，寄託的不只是倡女自家與所別路人的命運遭遇，而是包括詩人自己在內的所有「天涯淪落人」的不幸，是一種對人生甘苦的深沉的喟嘆。

這首詩句句賦柳，而句句比人，暗喻貼切，用意明顯，同時由比而興，引出議論。所以賦柳，喻人，描寫，議論，筆到意到，渾然融合，發人興味。在唐人詠柳絕句中，亦自獨具一格。（倪其心）

雪

羅隱

盡道豐年瑞，豐年事若何？
長安有貧者，為瑞不宜多。

有一類詩，剛接觸時感到質木無文，平淡無奇，反覆涵泳，卻發現它自有一種發人深省的藝術力量。羅隱的〈雪〉就是這樣的作品。

題目是〈雪〉，詩卻非詠雪，而是發了一通雪是否瑞兆的議論。絕句長於抒情而拙於議論，五絕篇幅極狹，尤忌議論。作者偏用其短，看來是有意造成一種特殊的風格。

瑞雪兆豐年。辛勤工作的農民看到飄飄瑞雪而產生豐年的聯想與期望，是很自然的。但眼下是在繁華的帝都長安，這「盡道豐年瑞」的聲音就頗值得深思。「盡道」二字，語含譏諷。聯繫下文，可以揣知「盡道豐年瑞」者是和「貧者」不同的另一世界的人們。這些安居深院華屋，身襲蒙茸皮裘的達官顯宦、富商大賈，在酒酣飯飽，圍爐取暖，觀賞一天風雪的時候，正異口同聲地大發瑞雪兆豐年的議論，他們也許會自命是悲天憫人，關心民生疾苦的仁者呢！

正因為是此輩「盡道豐年瑞」，所以接下去的是冷冷的一問：「豐年事若何？」即使真的豐年，情況又怎樣呢？這是反問，沒有作答，也無須作答。「盡道豐年瑞」者自己心裡清楚。唐代末葉，苛重的賦稅和高額地租剝削，使農民無論豐歉都處於同樣悲慘的境地。「二月賣新絲，五月糶新穀」（聶夷中〈傷田家〉），「六月禾未秀，官家已修倉」（聶夷中〈田家二首〉其二），「山前有熟稻，紫穗襲人香。細獲又精舂，粒粒如玉璫。持之納於官，私室無倉箱」（皮日休〈正樂府十篇：橡媼歎〉）。這些詩句對「事若何」作出了明確的回答。但在這首詩裡，不道破比道破更有力量。它好像當頭一悶棍，打得那些「盡道豐年瑞」者啞口無言。

三、四兩句不是順著「豐年事若何」進一步抒感慨，發議論，而是回到開頭提出的雪是否為瑞的問題上來。因為作者寫這首詩的主要目的，並不是抒寫對貧者雖處豐年仍不免凍餒的同情，而是向那些高談豐年瑞者投一匕首。「長安有貧者，為瑞不宜多。」好像在一旁冷冷地提醒這些人：當你們享受著山珍海味，在高樓大廈中高談瑞雪兆豐年時，恐怕早就忘記了這帝都長安有許許多多食不果腹、衣不蔽體、露宿街頭的「貧者」。他們盼不到「豐年瑞」帶來的好處，卻會被你們津津樂道的「豐年瑞」凍死。一夜風雪，明日長安街頭會出現多少「凍死骨」啊！「為瑞不宜多」，彷彿輕描淡寫，略作詼諧幽默之語，實際上這裡面蘊含著深沉的憤怒和熾烈的感情。平緩從容的語調和犀利透骨的揭露，冷雋的諷刺和深沉的憤怒在這裡被和諧地結合起來了。

雪究竟是瑞兆，還是災難，離開一定的前提條件，是很難辯論清楚的，何況這根本不是詩的任務。詩人無意進行這場辯論。他感到憎惡和憤慨的是，那些飽暖無憂的達官貴人們，本與貧者沒有任何共同感受、共同語言，卻偏偏要裝出一副對豐年最關心，對貧者最關切的面孔，因而他抓住「豐年瑞」這個話題，巧妙地作了一點反面文章，扯下了那些「仁者」的假面具，讓他們的尊容暴露在光天化日之下。

詩裡沒有直接出現畫面，也沒有任何形象的描繪。但讀完全詩，詩人自己的形象卻鮮明可觸。這是因為，詩中那些看來缺乏形象性的議論，不僅飽含著詩人的憎惡、蔑視、憤激之情，而且處處顯示出詩人幽默詼諧、憤世嫉俗的性格。從這裡可以看出，對詩歌的形象性是不宜作過分偏狹的理解的。（劉學鍇）

綿谷迴寄蔡氏昆仲

羅隱

一年兩度錦江遊，前值東風後值秋。芳草有情皆礙馬，好雲無處不遮樓。山將別恨和心斷，水帶離聲入夢流。今日因君試回首，澹煙喬木隔綿州。

詩題一作〈魏城逢故人〉。詩中提到錦江、綿州、綿谷三個地名。錦江在今四川成都市的南面；由成都向東北方向行進，首先到達綿州（今四川綿陽縣）；再繼續東北行，便可到達綿谷（今四川廣元縣）。詩題中的「蔡氏昆仲」，是羅隱遊錦江時認識的兩兄弟。在羅隱離開錦江，經過綿州回到綿谷以後，蔡氏兄弟還在成都。這首詩追憶昔遊，抒發對友人的懷念之情。

首聯以賦體敘事，字裡行間流露喜悅之情。錦江是名勝之地，能去遊一次，已是很高興、很幸福了，何況是「一年兩度」，又是在極適於遊覽的季節。兩個「值」字，蘊含際此春秋佳日之意。這兩句所攜帶的感情，直灌全篇。

頷聯具體寫錦江遊蹤，極寫所見之美，寫景之筆濡染著濃烈的感情色彩。「芳草有情皆礙馬，好雲無處不遮樓」，深得錦江美景的神韻，是全詩中最富有詩意的句子。這兩句分別承「前值東風」與「後值秋」而來，寫出詩人對錦江風物人情的留戀。明明是詩人多情，沉醉於大自然的迷人景色，卻偏將人的感情賦予碧草白雲。春遊錦城時，錦江畔春草芊眠，詩人為之留連忘返；詩中卻說連綿不盡的芳草，好像友人一樣，對自己依依有情，似乎有意絆著馬蹄，不讓離去。秋遊錦城時，秋雲舒卷，雲與樓相映襯而景色更美，故稱「好雲」。詩人為之目搖神移，而詩人卻說，是那美麗的雲彩也很富有感情，為了殷勤地挽留自己，有意把樓臺層層遮掩。「凝馬」、「遮樓」，不說有人，而自見人在。用筆簡練含蓄，給人以豐富的想像餘地。「凝」字、「遮」字，用筆迂迴，有從對面將人寫出之妙，而且很帶了幾分俏皮的味道。就像把「可愛」說成「可憎」或「討厭」一樣，這裡用了「凝」與「遮」描述使人神往不已的開心事，正話反說，顯得別有滋味。這兩句詩，詩人以情取景，以景寫情，物我交融，意態瀟灑嫻雅，達到了神而化之的地步。

頸聯寫告別錦江山水的離愁別恨，極言別去之難。在離人眼裡，錦江的山好像因我之離去，而牽繞著別恨，錦江之水也似乎帶著離情，發出咽泣之聲。美麗多情的錦城啊，真使人魂牽夢繞，肝腸寸斷！

中間二聯分別透過寫錦江的地上芳草、空中好雲、山脈、河流的可愛和多情，以表達對蔡氏兄弟的友情，寄託對他們的懷念。作者只說錦城的草、雲、山、水的美好多情，而不直說蔡氏兄弟的多情，含蓄而有韻味。末聯又因寄書蔡氏兄弟之便，再抒發對錦江的留戀之情。詩人把中間二聯「芳草」、「好雲」、「斷山」、「流水」的纏綿情意，都歸落到對友人的懷念上去，說今天因為懷念你們，回頭遠望錦城，只見遠樹朦朧，雲遮霧繞。用喬木高聳、淡煙迷茫的畫面寄寫自己的情思，結束全篇，情韻悠長，餘味無窮。

這首詩感情真摯，形象新穎，結構嚴整工巧，堪稱是一件精雕細琢、玲瓏剔透的藝術精品。（陳志明）

蜂

羅隱

不論平地與山尖，無限風光盡被占。
採得百花成蜜後，為誰辛苦為誰甜？

蜂與蝶在詩人詞客筆下，成為風韻的象徵。然而小蜜蜂畢竟與花蝴蝶不同，牠是為釀蜜而勞苦一生，積累甚多而享受甚少。詩人羅隱著眼於這一點，寫出這則寄慨遙深的詩的「動物故事」。僅其命意就令人耳目一新。此詩藝術表現上值得注意的有三點：

一、欲奪故予，反跌有力。此詩寄意集中在末二句的感喟上，慨蜜蜂一生經營，除「辛苦」而外並無所有。然而前兩句卻用幾乎是矜誇的口吻，說無論是平原田野還是崇山峻嶺，凡是鮮花盛開的地方，都是蜜蜂的領地。這裡作者運用極度的副詞、形容詞——「不論」、「無限」、「盡」等等，和無條件句式，極稱蜜蜂「占盡風光」，似與題旨矛盾。其實這只是正言欲反、欲奪故予的手法，為末二句作勢。俗話說：抬得高，跌得重。所以末二句對前二句反跌一筆，說蜂採花成蜜，不知究屬誰有，將「盡占」二字一掃而空，表達效果就更強。如一開始就正面落筆，必不如此有力。

二、敘述反詰，唱嘆有情。此詩採用了夾敘夾議的手法，但議論並未明確發出，而運用反詰語氣道之。前二句主敘，後二句主議。後二句中又是三句主敘，四句主議。「採得百花」已示「辛苦」之意，「成蜜」二字已具「甜」意。但由於主敘主議不同，末二句有反覆之意而無重複之感。本來反詰句的意思只是：為誰甜蜜而自甘辛苦呢？卻分成兩問：「為誰辛苦」？「為誰甜」？亦反覆而不重複。言下辛苦歸自己、甜蜜屬別人之意甚顯。而反覆詠嘆，使人覺感慨無窮。詩人矜惜憐憫之意可掬。

三、寓意遙深，可以兩解。此詩抓住蜜蜂特點，不做作，不雕繪，不尚辭藻，雖平淡而有思致，使讀者能從這則「動物故事」中若有所悟，覺得其中寄有人生感喟。有人說此詩實乃嘆世人之勞心於利祿者；有人則認為是借蜜蜂歌頌辛勤的勞動者，而對那些不勞而獲的剝削者以無情諷刺。兩種解會似相齟齬，其實皆允。因為「寓言」詩有兩種情況：一種是作者為某種說教而設喻，寓意較淺顯而確定；另一種是作者懷著濃厚感情觀物，使物著上人的色彩，其中也能引出教訓，但「寓意」就不那麼淺顯和確定。如此詩，大抵作者從蜂的「故事」看到那時苦辛人生的影子，但他只把「故事」寫下來，不直接說教或具體比附，創造的形象也就具有較大靈活性。而現實生活中存在著不同意義的苦辛人生，與蜂相似的主要有兩種：一種是所謂「終朝只恨聚無多，及到多時眼閉了」（《紅樓夢》第一回〈好了歌〉）；一種是「運鋤耕斸侵星起」而「到頭禾黍屬他人」（張碧〈農父〉）。這就使得讀者可以在兩種意義上作不同的理解了。可見，「寓言」的寓意並非一成不變。（周嘯天）

感弄猴人賜朱紱

羅隱

十二三年就試期，五湖煙月奈相違。

何如學取孫供奉，一笑君王便著緋。

「弄猴人」是馴養猴子的雜技藝人。宋畢仲詢《幕府燕閑錄》云：「唐昭宗播遷，隨駕伎藝人止有弄猴者。猴頗馴，能隨班起居。昭宗賜以緋袍，號『孫供奉』。故羅隱有詩云云。」唐昭宗逃難，隨駕的伎藝人只有一個耍猴的。這猴子馴養得很好，居然能跟皇帝隨朝站班。唐昭宗很高興，便賞賜猴子五品官職，身穿紅袍（「賜朱紱」），並給以稱號叫「孫供奉」（「孫」是「猢猻」的「猻」字諧音，意謂猴子任供奉御用的官職）。羅隱這首詩，就是有感此事而作。題係《全唐詩》編者所擬，據本事當為《感猴賜朱紱》。

昭宗賞賜猴子孫供奉官職這件事本身就很荒唐無聊，說明這個大唐帝國的末代皇帝昏庸已極，亡國之禍臨頭，不急於求人才，謀國事，仍在賞猴戲，圖享樂。對羅隱來說，這件事卻是一種辛辣的諷刺。他寒窗十年，讀書赴考，十試不中，依舊布衣。與猴子的寵遇相比，他不免刺痛於心，於是寫這首詩，用自己和猴子的不同遭遇作鮮明對比，以自我諷嘲的方式發感慨，洩憤懣，揭露抨擊皇帝的昏庸荒誕。

詩的前二句概括詩人仕途不遇的辛酸經歷，嘲笑自己執迷不悟。他十多年來一直應進士舉，辛辛苦苦遠離家鄉，進京趕考，但一次也沒有考中，一個官職也沒有得到。「五湖煙月」是指詩人的家鄉風光，他是餘杭（今屬浙江杭州）人，所以舉「五湖」概稱。「奈相違」是說為了趕考，只得離開美麗的家鄉。反過來說，倘使不趕考，他就可在家鄉過安逸日子。所以這裡有感慨、怨恨和悔悟。後二句便對唐昭宗賞賜猴子孫供奉官位事發感慨，自嘲不如一隻猴子，譏刺皇帝只要取樂弄猴，拋棄才人志士。「一笑君王便著緋」，既痛刺唐昭宗的癥結，也刺痛自己的心事：昏君不可救藥，國亡無可挽回，有許多憂憤在言外。

顯然，這是一首嬉笑怒罵的諷刺詩。詩人故意把辛酸當笑料，將荒誕作正經，以放肆嬉笑進行辛辣嘲罵。他雖然寫的是自己的失意遭遇，但具有一定典型意義；雖然取笑一件荒唐事，但主題思想是嚴肅的，詩人心情是鬱憤的。（倪其心）

皮日休

【作者小傳】（約八三八～約八八三）字逸少，後改襲美，襄陽竟陵（今湖北天門）人。早年住鹿門山，自號鹿門子、間氣布衣等。唐懿宗咸通進士，曾任太常博士。後陷黃巢軍，任翰林學士。舊史說他因故為巢所殺。一說巢兵敗後為唐室所害。或謂巢敗後流落江南病死。詩文與陸龜蒙齊名，人稱「皮陸」。部分詩篇，暴露時弊，反映民生狀況，繼承了白居易新樂府的傳統。有《皮子文藪》。（《唐詩紀事》卷六四、《唐才子傳》卷八）

正樂府十篇：橡媼歎

皮日休

秋深橡子熟，散落榛蕪岡。傴傴黃髮媼，拾之踐晨霜。
移時始盈掬，盡日方滿筐。幾曝復幾蒸，用作三冬糧。
山前有熟稻，紫穗襲人香。細獲又精舂，粒粒如玉璫。
持之納於官，私室無倉箱。如何一石餘，只作五斗量！
狡吏不畏刑，貪官不避贓。農時作私債，農畢歸官倉。

自冬及於春，橡實誑飢腸。吾聞田成子①，詐仁猶自王。
吁嗟逢橡媼，不覺淚霑裳。

〔註〕① 田成子：名陳恆，又名田常，是春秋時齊簡公相。他以大斗出貸、小斗收取，獲得齊人擁護。後來，田成子殺齊簡公，立簡公之弟平公，田成子為相。後田成子的後人奪齊國王位而自立（事見《史記．田敬仲完世家》）。作者是說，田成子假仁假義，卻還不失為王，而現在的官吏只知殘害百姓，連假仁假義都沒有了。

〈橡媼歎〉是皮日休的一篇代表作。詩人透過對「橡媼」這一老婦進行具體描寫，深刻地揭示了唐末的社會現實。詩人把他對人民的深厚感情，不加修飾、不事雕琢地流注筆端，使作品質樸無華，自然動人。

首先描寫老婦拾橡子為食的艱辛生活。一開始詩人就用四句詩勾勒出一幅老婦深山拾橡子的圖畫：深秋季節，正是橡子熟的時候，一個黃髮駝背的老婦人，爬上草木叢生的山岡，踏著晨霜，來拾橡子。「黃髮」，說明人已經很老了，再加上生活的重擔，壓得她彎腰曲背。深秋早晨，風冷霜寒，拾一點橡實，她要付出多少艱辛！緊接著，又細細描繪她拾橡子的過程。「移時始盈掬，盡日方滿筐」，由「盈掬」到「滿筐」，她要花費一整天工作。拾來橡實經過幾番蒸曬，整個冬天全靠它充飢。

為什麼黃髮老婦要以橡實充飢？是因山區土地瘠薄，還是因災荒歉收？詩人先不作正面回答，他筆墨一新，用四句詩寫出了一派豐收美景：新稻初熟，紫穗飄香。「襲人香」三字，描寫出秋風習習，送來陣陣稻香的喜人情景。「紫穗襲人香」，一句詩色香俱全，是一幅農村秋景的寫意畫，充滿了生活氣息。農民用辛勤的汗水換來了稻穀的豐收。他們仔細收割，避免帶進雜質；又精心舂米，舂好的米，粒粒都像玉耳墜般的圓潤晶瑩。

一面是豐收美景，一面是橡實充飢的現實，這兩種截然不同的景象，又怎麼會同時發生呢？詩人筆鋒又一轉，寫出了橡媼身受的三種壓迫：一是租稅之苛重。農民的全部收穫，除了「納於官」之外，竟一無所餘。豐年尚且如此，荒年就更不堪設想了。二是貪官汙吏的勒索。他們趁豐收之年大撈一把。「如何一石餘，只作五斗量！」官吏從中剝削比官稅還要多！這「如何」二字，表現了農民出乎意料的驚詫心理。三是「私債」的剝削。晚唐社會「狡吏不畏刑，貪官不避贓」，他們利用「農時」以官糧放私債，「農畢」自己獲得厚利，再把本錢歸回「官倉」。國家的官糧竟變成了官吏殘農害民、大飽私囊的本錢。這三重剝削奪了農民的口中食，農民只好「自冬及於春，橡實誑飢腸」。橡實本不是食糧，卻硬要當作食糧吞下肚去。一個「誑」字，我們彷彿聽到了農民的轆轆腸鳴！面對人民的悲慘境遇，面對統治者的殘酷剝削，詩人按捺不住自己的激情，他直接出面發表感慨了。當時的統治者連假仁假義這層偽裝都不要了，一心只想從人民身上刮取更多的財富。透過橡媼的遭遇，詩人感到了現實的可悲可懼，於是「不覺淚霑裳」了。在詩的結尾幾句中，詩人用對比的手法，把批判的矛頭，直接指向統治者。他沒有把統治者同古聖先賢進行對比，而是同被人唾罵的田成子進行對比，說他們連田成子都不如，意思更深了一層。

描寫拾橡老婦的苦難生活時，側重刻畫人物的形體外貌和行為過程，讓人同情，催人淚下；揭示造成這種惡果的根源時，則側重在刻畫人物的心理情緒，讓人憤怒，使人扼腕。詩人是用事實講話，用真摯熱烈的感情打動讀者的。（張燕瑾）

館娃宮懷古五絕（其二）　皮日休

綺閣飄香下太湖，亂兵侵曉上姑蘇。

越王大有堪羞處，只把西施賺得吳。

館娃宮以西施得名，是春秋時期吳王夫差建造的宮殿，故址在今蘇州市西南靈岩山上。夫差和西施的故事，見東漢趙曄《吳越春秋》和東漢袁康《越絕書》。吳敗越後，相傳越王採納大夫文種的建議，把苧蘿山「鬻薪」女子西施獻於吳王，「吳王大悅」。伍子胥力諫，吳王不聽。後越師襲吳，乘勝滅了吳國。此詩是皮日休在蘇州任職時，因尋訪館娃宮遺跡而作。

「綺閣飄香下太湖」，這句完全從側面著筆。它寫館娃宮，僅僅用一個「綺」字狀「閣」，用一個「飄」字寫「香」；這樣，無須勾畫服飾、相貌，一個羅縠輕飄、芳香四溢的裊娜倩影，便自在其中了。特別是「下」字很有分量。從「綺閣」裡散溢出來的麝熏蘭澤，由山上直飄下太湖，那位迷戀聲色的吳王如何沉溺其中，不能自拔，以至對越王的復仇行動，連做夢也沒有想到，就不言而喻了。

「亂兵侵曉上姑蘇」，這句省去越王臥薪嘗膽等過程，單寫越兵夤夜乘虛潛入這一重要環節。「亂兵」，指吳人眼中原已臣服現又「犯上作亂」的越軍。「侵曉」，即凌晨。吳王志滿意得，全無戒備。越軍出其不意進襲，直到爬上姑蘇臺，吳人方才察覺。一夜之間，吳國事實上就亡了。這是何等令人心悸的歷史教訓啊！

前二句對起，揭示了吳越的不同表現：一個通宵享樂，一個摸黑行軍；一邊輕歌曼舞，一邊短兵長戟。在鮮明對比中，蘊含著對吳王夫差荒淫誤國的不滿。

然而詩人不去指責吳王，卻把矛頭指向了越王。

三、四句就句踐亡吳一事，批評句踐只送去一個美女，便賺來一個吳國，「大有堪羞」之處。這是很有意思的妙文。吳越興亡的史實，諸如越王十年生聚，臥薪嘗膽；吳王沉湎酒色，殺伍子胥，用太宰嚭，凡此種種，詩人哪得不知。難道吳越的興亡真就是由西施一個女子來決定的麼？顯然不是。但寫詩忌直貴曲，如果三、四句把筆鋒直接對準吳王，雖然痛快，未免落套；所以詩人故意運用指桑罵槐的曲筆。他的觀點，不是浮在字句的表面，要細味全篇的構思、語氣，才會領會詩的意蘊。詩人有意造成錯覺，明嘲句踐，暗刺夫差，使全詩蕩漾著委婉含蓄的弦外之音，發人深思，給人以有餘不盡的情味，從藝術效果說，要比直接指斥高明得多了。（陶道恕）

春夕酒醒

皮日休

四弦才罷醉蠻奴①，酃醁②餘香在翠爐。
夜半醒來紅蠟短，一枝寒淚作珊瑚。

〔註〕①蠻奴：也可指歌舞伎，如羅鄴「江船吹笛舞蠻奴」（〈自遣〉）。此處「蠻奴」，是皮日休的自稱。在宋代以前，男女尊卑，皆可自稱「奴」。《通典》：「襄陽，春秋以來楚地也。」當時中原地區諸國稱楚為「荊蠻」。日休，襄陽人，故自稱「蠻奴」。②酃醁（音同靈錄）：酒名。唐虞世南《北堂書鈔》引《吳錄》：湘東酃縣有酃水，能釀美酒，因以水為酒名。據說唐初宰相魏徵善治酒，名曰「酃醁」。

本詩寫詩人酒醒後剎那間的觀感。

伴酒的樂聲停了，赴宴的人們散了；詩人不勝酒力，醉倒了。當他一覺醒來，那翡翠色的燙酒水爐，還在散發著誘人的香味。詩人睜開朦朧睡眼，呵，照明的紅蠟已經燒短了，剩下那麼孤零零的一枝，若明若暗地閃爍著微弱的光。蠟脂融化著，點點滴滴，像淒涼的眼淚，不停地流，凝聚起來，竟化作了美麗多姿的珊瑚模樣。

詩從「四弦才罷」、蠻奴醉倒落筆，不正面描寫宴會場面，但宴會氣氛的熱烈，歌伎奏樂的和諧悅耳，朋友們舉杯痛飲的歡樂，詩人一醉方休的豪興，無不透過語言的暗示作用流露出來，給讀者以想像酒宴盛況的餘地。這種側面透露的寫法，比正面直述既經濟而又含蓄有力。「蠻奴」上著一「醉」字，煞是妙極：既刻畫了詩人暢飲至醉的情懷，又表明酒質實在醇美，具有一股誘人至醉的力量。這「醉」字還為下文的「醒」渲染了醉眼朦朧的環境、氣氛。當詩人一覺醒來，「翠爐」的酒氣仍然撲鼻，「餘香」誘人。這個細節，不僅寫出了醽醁質量高、香味歷時不散的特點，而且點出了詩人嗜酒的癖性。在古代，不得志的正直之士，往往和酒結下不解之緣。這裡，詩人雖只暗示自己嗜酒，但卻掩飾不住內心的愁。手法可謂極盡含蓄、曲折之能事。

詩的後兩句，寫酒醒所見景象：「短」字，繪出紅蠟殘盡的淒清況味；「一枝」，點明紅蠟處境孤獨；「寒淚」的形象則使人彷彿看到那消融的殘燭，似乎正在流著傷心的淚水。詩人運用擬人手法，不僅把「紅蠟」寫得形神畢肖，而且熔鑄了自己半生淒涼的身世之感，物我一體，情景交融。這時作者已進入中年，壯志未酬，人生道路不正像這一枝短殘的紅蠟嗎？

明胡震亨謂：皮日休「未第前詩，尚樸澀無采。第後遊松陵，如〈太湖〉諸篇，才筆開橫，富有奇豔句矣」（《唐音癸籤》卷八）。我們將這首中舉後寫的〈春夕酒醒〉與得第前寫的〈閒夜酒醒〉作比較，不難發現風格上的迥異。〈閒夜酒醒〉大概是隱居於襄陽鹿門山時所作。詩寫道：「醒來山月高，孤枕群書裡。酒渴漫思茶，山童呼不起。」也是寫酒後醒來孤獨之感。詩雖「樸澀無采」，但語言清新，風格雋爽，意境幽豁，自不失為情韻飛揚的好詩。〈春夕酒醒〉卻完全是另一種風格。「四弦」的樂聲，醽醁的「餘香」，「翠爐」、「紅蠟」的色彩，「珊瑚」的美麗多姿，辭藻華麗，斐然多彩，正表現出「才筆開橫」、文辭「奇豔」的特色。（鄧光禮）

汴河懷古二首（其二）　皮日休

盡道隋亡為此河，至今千里賴通波。

若無水殿龍舟事，共禹論功不較多？

汴河，亦即通濟渠。隋煬帝時，發河南淮北諸郡民眾，開掘了名為通濟渠的大運河。自洛陽西苑引谷、洛二水入黃河，經黃河入汴水，再循春秋時吳王夫差所開運河故道引汴水入泗水以達淮水。故運河主幹在汴水一段，習慣上也呼之為汴河。隋煬帝開大運河的動機，不外乎滿足一己的淫樂，大量耗費民脂民膏，成為他最著的暴行。唐詩中有不少作品是吟詠這個歷史題材的，大都指稱隋亡於大運河云云。

此詩第一句就從這種論調說起，而以第二句反面設難，予以辯駁。詩中說：很多追究隋朝滅亡原因的人都歸咎於運河，視為一大禍根，然而大運河的開鑿使南北交通顯著改善，對經濟聯繫與政治統一有莫大好處，歷史作用深遠。用「至今」二字，以表其造福後世時間之長；說「千里」，以見因之得益的地域之廣；「賴」字則表明其為國計民生之不可缺少，更帶讚許的意味。此句強調大運河的百年大利，一反眾口一詞的論調，使人耳目一新。這就是唐人詠史懷古詩常用的「翻案法」。翻案法可以使議論新奇，發人所未發，但要做到不悖情理，卻是不容易的。

大運河固然有利於後世，但隋煬帝的暴行還是暴行，皮日休是從兩個不同角度來看開河這件事的。當年運河竣工後，隋煬帝率眾二十萬出遊，自己乘坐高達四層的「龍舟」，還有高三層、稱為浮景的「水殿」九艘，此外雜船無數。船隻相銜長達二百餘里，僅挽大船的人幾近萬數，均著彩服，水陸照耀，所謂「春風舉國裁宮錦，半作障泥半作帆」（李商隱〈隋宮〉），其奢侈靡費實為史所罕聞。第三句「水殿龍舟事」即指此而言。作者對隋煬帝的憎惡是十分明顯的。然而他並不直說。第四句忽然舉出大禹治水的業績來相比，甚至用反詰句式來強調：論起功績來，煬帝開河不比大禹治水更多些嗎？這簡直荒謬離奇，但由於詩人的評論，是以「若無水殿龍舟事」為前提的。僅就水利工程造福後世而言，兩者確有可比之處。然而「若無」云云這個假設條件事實上是不存在的，極盡「水殿龍舟」之侈的煬帝終究不能同躬身治水，「三過家門而不入」的大禹相與論功，流芳千古。故作者雖用了翻案法，實際上只為大運河洗刷不實的「罪名」，而煬帝的罪反倒更加坐實了。這種把歷史上暴虐無道的昏君與傳說中受人景仰的聖人並提，是欲奪故予之法。說煬帝「共禹論功不較多」，似乎是最大恭維獎許，但有「若無水殿龍舟事」一句的限制，又是徹底的褫奪。「共禹論功」一抬，「不較多」再抬，高高抬起，把分量重重地反壓在「水殿龍舟事」上面，對煬帝的批判就更為嚴正，斥責更為強烈。這種手法的運用，比一般正面抒發效果更好。

作者生活的時代，政治腐敗，已走上亡隋的老路，對於歷史的鑑戒，一般人的感覺已很遲鈍了，而作者卻有意重提這一教訓，是寓有深意的。此詩以議論為主，在形象思維、情韻等方面較李商隱〈隋宮〉一類作品不免略遜一籌；但在立意的新穎、議論的精闢和「翻案法」的妙用方面，自有其獨到處，仍不失為晚唐詠史懷古詩中的佳品。（周嘯天）

陸龜蒙

【作者小傳】（?～約八八一）字魯望，姑蘇（今江蘇蘇州）人。曾任蘇、湖二州從事，後隱居甫里，自號江湖散人、甫里先生，又號天隨子。與皮日休齊名，人稱「皮陸」。詩以寫景詠物為多。有《甫里集》。（《新唐書》本傳、《唐才子傳》卷八）

別離

陸龜蒙

丈夫非無淚，不灑離別間。杖劍對尊酒，恥為遊子顏。
蝮蛇一螫手，壯士即解腕。所志在功名，離別何足嘆。

這首詩，敘離別而全無依依不捨的離愁別怨，寫得慷慨激昂，議論滔滔，形象豐滿，別具一格。

「丈夫非無淚，不灑離別間。」下筆挺拔剛健，調子高昂，一掃送別詩的老套，生動地勾勒出主人公性格的堅強剛毅，真有一種「直疑高山墜石，不知其來，令人驚絕」（清沈德潛《說詩晬語》卷上語）的氣勢，給人以難忘的印象。

「杖劍對尊酒，恥為遊子顏。」彩筆濃墨描畫出大丈夫的壯偉形象。威武瀟灑，胸懷開闊，風度不凡，氣宇軒昂，彷彿是壯士奔赴戰場前的杖劍壯別，充滿著豪情。

頸聯運用成語，描述大丈夫的人生觀。「蝮蛇螫手，壯士解腕」，本意是說，毒蛇咬手後，為了不讓蛇毒攻心而致死，壯士不惜把自己的手腕斬斷，以去患除毒，保全生命。作者在這裡形象地體現出壯士為了事業的勝利和理想的實現而不畏艱險、不怕犧牲的大無畏精神。頸聯如此拓開，有力地烘托出尾聯揭示的中心思想。「所志在功名，離別何足嘆。」尾聯兩句，總束前文，點明壯士懷抱強烈的建功立業的志向，為達此目的，甚至不惜「解腕」。那麼，眼前的離別在他的心目中自然不算一回事了，哪裡值得嘆息呢！

此詩以議論為詩，由於詩中的議論充滿感情色彩，「帶情韻以行」（清沈德潛《說詩晬語》），所以寫得生動、鮮明、激昂、雄奇，給人以壯美的感受。（何國治）

和襲美〈春夕酒醒〉

陸龜蒙

幾年無事傍江湖，醉倒黃公舊酒壚。
覺後不知明月上，滿身花影倩人扶①。

〔註〕①倩人扶：倩，請人幫忙。此句即「請人扶」。

這是一首閒適詩。「閒適詩」的特點，向例是以自然閒散的筆調寫出人們無牽無掛的悠然心情，寫意清淡，但也反映了生活的一個方面。同時，有些佳作，在藝術上不乏可資借鑑之處。「襲美」，是詩人皮日休的表字。陸龜蒙和皮日休是好友，兩人常相唱和。此詩是寫詩人酒醉月下花叢的閒適之情。

起句「幾年無事傍江湖」，無所事事，浪跡江湖，在時間和空間方面反映了「汎若不繫之舟」（《莊子·列禦寇》）的無限自在。第二句中的「黃公舊酒壚」，典出南朝宋劉義慶《世說新語·傷逝》，原指西晉時竹林七賢飲酒的地方，詩人借此表達自己放達縱飲的生活態度，從而標榜襟懷的高遠。

「覺後不知明月上」，是承前啟後的轉接，即前承「醉倒」，後啟歸去倩人攙扶的醉態。此處所云「不知」，情態十分灑脫。下句「滿身花影倩人扶」是全篇中傳神妙筆，寫出了月光皎潔、花影錯落的迷人景色。一個「滿」字，自有無限情趣在其中。融「花」、融「月」、融「影」、融「醉人」於渾然一體，化合成了春意、美景、詩情、高士的翩翩韻致。

這首詩著意寫醉酒之樂，寫得瀟灑自如，情趣盎然。詩人極力以自然閒散的筆調抒寫自己無牽無掛、悠然自得的心情。然而，以詩人冠絕一時的才華，而終身沉淪，只得「無事傍江湖」，像三國魏阮籍、嵇康那樣「醉倒黃公舊酒壚」，字裡行間似仍不免透露出一點內心深處的憂憤之情。（陶慕淵）

和襲美〈木蘭後池三詠·白蓮〉

陸龜蒙

素蘤①多蒙別豔欺，此花端合在瑤池。

無情有恨何人覺，月曉風清欲墮時。

〔註〕① 蘤：古「花」字。這裡的素，就是素質的意思。

詠物詩，描寫的是客觀存在的具體的事物形象；然而這形象在藝術上的再現，則是詩人按照自己的主觀感覺描繪出來的，多少總帶有一種抒情的意味。以抒情的心理詠物，這樣，物我有情，兩相浹洽，才能把它活生生地寫到紙上，才是主客觀的統一體。陸龜蒙的這首〈白蓮〉，對我們有所啟發。

鮮紅的夏天太陽，照耀著透出波面的蓮花，明鏡裡現出一片丹霞。豔麗的色彩，是有目共賞的。蓮花紅多而白少，人們一提到蓮花，總是欣賞那紅裳翠蓋，又誰注意這不事鉛華的白蓮！然而「清水出芙蓉，天然去雕飾」（李白〈經亂離後天恩流夜郎憶舊遊書懷贈江夏韋太守良宰〉），真正能夠見出蓮花之美的，應該是在此而不在彼。從這個意義來說，那紅蓮不過是「別豔」罷了。「素蘤多蒙別豔欺」，白蓮，她凌波獨立，不求人知，獨自寂寞地開著，好像是「無情的」。可是秋天來了，綠房露冷，素粉香消，她默默地低著頭，又似乎有無窮的幽恨。倘若在「月曉風清」朦朧的曙色中去看這將落未落的白蓮，你會感到她是多麼富有一種動人的意態！她簡直是縞袂素巾的瑤池仙子的化身，和俗卉凡葩有著天人之別了。

這詩是詠白蓮的，全詩從「素蘤多蒙別豔欺」一句生發出新意；然而它並沒有黏滯於色彩的描寫，更沒有著意於形狀的刻畫，而是寫出了花的精神。特別後兩句，詩人從不即不離的空際著筆，把花寫得若隱若現，栩栩如生。花，簡直融化在詩的意境裡；花，簡直人格化，個性化了。

一首短短的詠物小詩，能夠達到這樣的境界，是和詩人的生活情感分不開的。陸龜蒙處在唐末動亂的年代裡，隱居在江南的水鄉甫里（在今江蘇吳江境內）。他對當時黑暗的政治有所不滿，雖退隱山林，然其《笠澤叢書》中的小品文，「並沒有忘記天下，正是一塌糊塗的泥塘裡的光彩和鋒鏟」（魯迅〈小品文的危機〉）。因此，他對出汙泥而不染、淡雅高潔的白蓮，有著一種特殊的愛好；而這種心情的自然流露，就使我們讀了這詩後，感到此中有人，呼之欲出。（馬茂元）

新沙

陸龜蒙

渤澥①聲中漲小堤，官家知後海鷗知。
蓬萊有路教人到，應亦年年稅紫芝。

〔註〕①渤澥（音同謝）：即渤海。

這首詩反映的是當時尖銳的社會政治問題——官府對農民敲骨吸髓的賦稅剝削，但取材和表現手法都不落窠臼。詩人不去寫官府對通都大邑、良田膏沃之地的重賦苛斂，也不去寫官府對普通貧苦農民的殘酷壓榨，而是選取了渤海邊上新淤積起來的一片沙荒地。

詩的開頭一句，描繪的是這樣一幅圖景：渤海岸在經年累月的漲潮落潮聲中，逐漸淤壘起一線沙堤，堤內形成了一片沙荒地。這短短七個字，反映的是一個長期、緩慢而不易察覺的大自然的變化過程。這裡的慢，與下句的快；這裡的難以察覺，與下句的纖毫必悉，形成了鮮明的對照，使詩的諷刺意味特別強烈。

海鷗一直在大海上飛翔盤旋，對海邊的情況是最熟悉的；這片新沙的最早發現者照理說必定是海鷗。然而海鷗的眼睛卻敵不過貪婪地注視著一切剝削機會的「官家」，他們竟搶在海鷗前面盯住了這片新沙。這當然是極度的誇張。這誇張既匪夷所思，卻又那樣合乎情理。它的幽默之處還在於：當官府第一個發現新沙，並打算榨取賦稅時，這片新沙還是人跡未到的不毛的斥鹵之地呢。連剝削對象都還不存在，就打起榨取賦稅的如意算盤，這彷彿很可笑，但對官家本質的揭露，又何等深刻！

一個歌唱家一開始就「高唱入雲」，是很危險的。因為再扶搖直上，就會撕裂聲帶。這首詩的第二句，語調雖似平淡，誇張卻已到極度。如下面仍用此法揭露官家剝削本性，是很不容易的。詩人沒有迴避藝術上的困難，也不採取撕裂聲帶的笨法，而是把誇張與假設推想之辭結合起來，翻空出奇，更上一層。

「蓬萊有路教人到，應亦年年稅紫芝。」蓬萊仙境，傳說有紫色的靈芝，服之可以長生。在常人眼裡，蓬萊是神仙樂園，不受塵世一切約束，包括賦稅的苛擾，那裡的紫芝，自然也可任憑仙家享用，無須納稅。但在詩人看來，這些都不過是天真的幻想。蓬萊仙境之所以還沒有稅吏的足跡，僅僅是由於煙濤微茫，仙凡路隔；如果有路讓人可到，那麼官家想必也要年年去收那裡的紫芝稅呢。這種假設推想，似乎純屬荒唐悠謬之談。但在這荒唐悠謬的外殼中卻包含著嚴峻的歷史真實——官家搜刮的觸鬚無處不到，根本就不可能有什麼逃避賦稅的淨土樂園。

這首詩高度的誇張，尖刻的諷刺，是用近乎開玩笑的幽默口吻表達出來的。話說得輕鬆、平淡，彷彿事情本就如此，毫不足怪。但，這絲毫也不減弱它的藝術力量。相反地，人們倒是從這裡感受到一種鄙視諷刺對象醜惡本質的精神力量，分外覺得諷刺的深刻與冷峻。（劉學鍇）

懷宛陵舊遊　陸龜蒙

陵陽佳地昔年遊，謝朓青山李白樓。
唯有日斜溪上思，酒旗風影落春流。

這是一首山水詩，但不是即地即景之作，而是詩人對往年遊歷的懷念。宛陵是漢代設置的一個古縣城，隋時改名宣城（即今安徽宣州）。它三面為陵陽山環抱，前臨句溪、宛溪二水，綠水青山，風景佳麗。南齊詩人謝朓曾任宣城太守，建有高樓一座，世稱謝公樓，唐代又名疊嶂樓。盛唐詩人李白也曾客遊宣城，屢登謝公樓暢飲賦詩。大概是太白遺風所致，謝公樓遂成酒樓。陸龜蒙所懷念的便是有著這些名勝古跡的江南小城。

清人沈德潛很欣賞這詩的末句，評曰：「佳句，詩中畫本。」（《唐詩別裁集》）此評不為無見，但其佳不只在描摹山水如畫，更在於融化著詩人深沉的感慨。通觀全詩，前二句是平敘宛陵舊遊的懷念，說自己從前曾到陵陽山的那個好地方遊歷，那裡有謝朓、李白的遊蹤遺跡。後二句是回憶當年留下的最深刻的印象：傍晚，在句溪、宛溪旁緩步獨行，夕陽斜照水面，那疊嶂樓的倒影映在水中，它那酒旗彷彿飄落在春天流水中。那情景，最惹人思緒了。為什麼惹起思緒？惹起了什麼思緒？詩人沒有說，也無須說破。前二句既已點出了詩人仰慕的謝朓、李白，後二句描摹的這幀山水圖所蘊含的思緒感慨，不言而喻，是與他們的事跡相聯繫的。

謝朓出任宣城太守時，很不得意，「江海雖未從，山林於此始」（〈始之宣城郡〉）。李白客遊宣城，也是牢騷滿腹，「抽刀斷水水更流，舉杯銷愁愁更愁」（〈宣州謝朓樓餞別校書叔雲〉）。然而謝朓畢竟還有逸興，李白更往往是豪遊，青青的陵陽山上，那幢謝朓所築、李白酣飲的高樓，確令人思慕嚮往。而自己一介布衣，沒沒無聞，雖然也遊過這陵陽佳地，卻不能為它再增添一分風韻雅勝。於個人，他愧對前賢；於時世，他深感沒落。因此，回想當年舊遊，只有那充滿迷惘的時逝世衰的情景，給他難忘的深刻印象。這就是西斜的落日，流去的春水，晚風中飄搖的酒旗，流水中破碎的倒影，構成一幅詩意的畫境，惹引無限感慨的思緒。由此可見，這首懷念舊遊的山水詩，實質上是詠懷古跡、感時傷世之作。

這首詩的特色顯然在於鍊詞鑄句，融情入景，因而風物如畫，含蓄不盡。前二句點出時間、地點，顯出名勝、古跡，抒發了懷念、思慕之情，語言省淨，含意豐滿，形象鮮明，已充分顯示詩人老到的藝術才能。後二句深入主題，突出印象，描寫生動，以實見虛，在形似中傳神，堪稱「畫本」，而重在寫意。李商隱〈錦瑟〉中「此情可待成追憶，只是當時已惘然」的那種無望的迷惘，在陸龜蒙這首詩裡得到了十分相似的表露。也許這正是本詩的時代特色。詩歌朝著形象地表現某種印象、情緒的方向發展，在晚唐是一種相當普遍的趨勢，這詩即其一例。（倪其心）

高蟾

【作者小傳】河朔（今河北一帶）人。唐僖宗乾符（或作咸通）進士。曾官御史中丞。《全唐詩》存其詩一卷。（《新唐書．藝文志四》、《唐才子傳》卷九）

下第後上永崇①高侍郎

高蟾

天上碧桃和露種，日邊紅杏倚雲栽。
芙蓉生在秋江上，不向東風怨未開。

〔註〕①永崇：唐時長安的坊名。

關於此詩有一段本事，見元辛文房《唐才子傳》：「（高蟾）初累舉不上，題詩省牆間曰：『冰柱數條搘白日，天門幾扇鎖明時。陽春發處無根蒂，憑仗東風次第吹。』怨而切。是年人論不公，又下第。上馬侍郎（《全唐詩》作「高侍郎」）云（詩從略）。」晚唐科舉場上弊端極多，詩歌中有大量反映，此詩就是其中著名的一首。

唐代科舉尤重進士，因而新進士的待遇極優渥，每年曲江會，觀者如雲，極為榮耀。此詩一開始就用「天上碧桃」、「日邊紅杏」來作比擬。「天上」、「日邊」，象徵著得第者「一登龍門則聲價十倍」（李白〈與韓荊州書〉），地位不尋常；「和露種」、「倚雲栽」比喻他們有所憑恃，特承恩寵；「碧桃」、「紅杏」，鮮花盛開，意味著他們春風得意，前程似錦。這兩句不但用詞富麗堂皇，而且對仗整飭精工，正與所描摹的得第者平步青雲的非凡氣象悉稱。《鏡花緣》第八十回寫打燈謎，有一條花名謎的謎面就借用了這一聯現成詩句。謎底是「凌霄花」。非常貼切。「天上碧桃」、「日邊紅杏」所以非凡，不就在於其所處地勢「凌霄」嗎？這裡可以體會到詩句暗含的另一重意味。唐代科舉慣例，舉子考試之前，先得自投門路，向達官貴人「投卷」（呈獻詩文）以求薦舉，否則沒有被錄取的希望。這種所謂推薦、選拔相結合的辦法後來弊端大啟，晚唐尤甚。高蟾下第，自慨「陽春發處無根蒂」（〈春〉），可見當時靠人事「關係」成名者大有人在。這正是「碧桃」在天，「紅杏」近日，方得「和露」、「倚雲」之勢，又豈是僻居於秋江之上無依無靠的「芙蓉」所能比擬的呢？

第三句中的秋江芙蓉顯然是作者自比。作為取譬的意象，芙蓉是由桃杏的比喻連類生發出來的。雖然彼此同屬名花，但「天上」、「日邊」與「秋江」之上，所處地位極為懸殊。這種對照，與晉左思〈詠史〉名句「鬱鬱澗底松，離離山上苗」（〈詠史八首〉其二）類似，寄託貴賤之不同乃是「地勢使之然」。這裡還有一層寓意。秋江芙蓉美在風神標格，與春風桃杏美在顏色妖豔不同。《唐才子傳》稱「蟾本寒士……性倜儻離群，稍尚氣節。人與千金無故，即身死不受」，又說「其胸次磊塊」等等。秋江芙蓉孤高的格調與作者的人品是統一的。末句「不向東風怨未開」，話裡帶刺。表面只怪芙蓉生得不是地方（生在秋江上），不是時候（正值東風），卻暗寓自己生不逢辰的悲慨。與「陽春發處無根蒂，憑仗東風次第吹」（〈春〉）同樣「怨而切」，只不過此詩全用比體，寄興深微。

詩人向「大人物」上書，不卑不亢，毫無脅肩諂笑的媚態，這是較為難得的。說「未開」而非「不開」，這是因為芙蓉開花要等到秋高氣爽的時候。這裡似乎表現出作者對自己才具的自信。不妨順便說一句，高蟾在作詩後的第二年終於蟾宮折桂，如願以償了。(周嘯天)

武昌妓

續韋蟾句　武昌妓

悲莫悲兮生別離，登山臨水送將歸。
武昌無限新栽柳，不見楊花撲面飛。

韋蟾是晚唐詩人，唐宣宗大中年間登進士第，官至尚書左丞。有一次他察訪鄂州（治今湖北武漢武昌），離去時當地官員為他設宴餞行。席間韋蟾用箋書寫《文選》中「悲莫悲兮生別離」（屈原《九歌．少司命》）、「登山臨水（兮）送將歸」（宋玉〈九辯〉）二句集成的聯語，請座上賓僚續成完詩。一位歌妓見箋應聲口占二句，首先續成，滿座無不叫絕。按這首詩的本事，正確的擬題應是〈續韋蟾集文選句〉（今題是後人所加）。

清沈德潛《唐詩別裁集》稱此詩道：「上二句集得好，下二句續得好。」這兩句話也評得好，只不過囫圇一些，值得進一步賞析。

先說「集得好」。熟讀古典的人，觸景生情時，往往會有古詩人名句來到心間，如同己出，此外再難找到更為理想的詩句來取代。但將不同出處的詩句集成新作，很難渾成佳妙。韋蟾二句「集得好」，首先在於他取用自然，於當筵情事極切合。祖餞的賓僚那樣重情，而將離者亦復依依不捨，都由這兩個名句很好地表達出來。

其次，是取用中有創新。集句為聯語一般取自近體詩，但詩人卻遠從《楚辭》借來兩句。這兩句原來並不整齊。「悲莫悲兮生別離」本非嚴格意義的七言句，因為「兮」字是句中語氣詞，很虛，用作七言則將虛字坐實。而「登山臨水兮送將歸」共八字，集者隨手刪卻一字，便成標準的七言詩句。這種「配套」法，不拘守現成，已含化用意味。再者，這兩個古老的詩句一經拾掇，不但語氣連貫，連平仄也大致協調（單論二四六字，上句為「仄平仄」，下句為「平仄平」）。既存古意，又居然新聲，可謂語自天成，妙手偶得。

「悲莫悲兮生別離，登山臨水送將歸」，這是送行者的語氣，自當由祖筵者來續之。但這二句出自屈宋大手筆，集在一起又是那樣渾成；而送別情意，俱盡言中，續詩弄不好就成狗尾續貂。這裡著不得任何才力，得全憑一點靈犀，所以一個慧心的歌女比十個飽學的文士更中用。

再說「續得好」。歌妓續詩的好處也首先表現在不刻意：集句抒當筵之情，續詩則詠目前之景。但集句是「賦」，續詩卻出以「興」語。「詩不患無情，而患情之肆」（明陸時雍《詩鏡總論》），「善詩者就景中寫意」（清方東樹《昭昧詹言》引）。由於集句已具送別之情意，語似盡露。採用興法以景結情，恰好是一種補救，使意與境珠完璧合。「武昌」、「新柳」、「楊花」，不僅點明時間、地點、環境，而且渲染氣氛，使讀者即景體味當筵者的心情。這就使不盡之意，復見於言外。其次，它好在景象優美，句意深婉。以楊柳寫離情，詩中通例；而「楊花撲面飛」，境界卻獨到，簡直把景寫活了。一向膾炙人口的宋詞名句「春風不解禁楊花，濛濛亂撲行人面」（晏殊〈踏莎行〉）即脫胎於此。「新栽柳」尚飛花撲人，情意依依，座中故人又豈能無動於衷！同時楊花亂飛也有春歸之意，「才始送春歸，又送君歸去」（宋王觀〈卜算子〉），難堪是加倍的。「（君）不見」、「無限」等字，對於加強唱嘆之情，亦有點染之功。七絕短章，特重風神，這首詩在這方面表現得頗為突出。（周嘯天）

韋莊

【作者小傳】（約八三六～九一〇）字端己，長安杜陵（今陝西西安東南）人。唐昭宗乾寧進士，後仕蜀，官至吏部侍郎兼平章事。工詩，所作〈秦婦吟〉甚有名，人稱「秦婦吟秀才」。有《浣花集》。另輯有《又玄集》。（《唐詩紀事》卷六八、《唐才子傳》卷十）

憶昔　韋莊

昔年曾向五陵遊，子夜歌清月滿樓。銀燭樹前長似晝，露桃花裡不知秋。

西園公子①名無忌，南國佳人號莫愁②。今日亂離俱是夢，夕陽唯見水東流！

〔註〕①西園公子：指三國魏文帝曹丕及其弟曹植等。曹氏有西園，曹丕為公子時嘗夜宴文士於此，其〈芙蓉池作詩〉有「乘輦夜行遊，逍遙步西園」之句，曹植〈公讌詩〉也說：「公子敬愛客，終宴不知疲。清夜遊西園，飛蓋相追隨。」②莫愁：梁武帝蕭衍有「河中之水向東流，洛陽女兒名莫愁」（〈河中之水歌〉）之句。另外，樂府詩〈莫愁樂〉云：「莫愁在何處，莫愁石城西。」《舊唐書·音樂志》：「〈莫愁樂〉，出於〈石城樂〉。石城有女子名莫愁，善歌謠。」歷來註家均以為莫愁是傳說中善歌謠的少女名。

韋莊本來住在長安附近，後來移居虢州（治今河南靈寶市）。黃巢軍攻破長安時，他正來京城應試，目擊這座古都的興替盛衰，撫今傷昔，寫下了這首「感慨遙深，婉而多諷」的七律。「感慨遙深」指其思想感情，「婉而多諷」言其情韻風調。

此詩藝術上主要有兩點特色：

一是用典使事，使詩意委婉深曲。首句「五陵」，是長安城外唐代貴族聚居之地。詩中「五陵」不單指代長安，也泛指當時貴族社會。次句的〈子夜歌〉是樂府古曲，歌詞多寫男女四時行樂之情，詩人以此諷刺豪門貴族一年四季追歡逐樂、笙歌達旦的奢靡生活。分明諷其沉湎聲色，卻用「月滿樓」為襯景，把諷意深藏在溶溶月色中，不露聲色。三句「銀燭樹前長似晝」，取南朝梁費昶〈思公子〉「夕宴銀為燭」詩意，寫王公豪富之家酒食徵逐，晝夜不分，也是意存鞭撻，而賦色清麗，辭意似依違於美刺之間。四句「露桃花裡不知秋」，語出王昌齡〈春宮曲〉「昨夜風開露井桃」，借王龍標詩語，筆鋒暗指宮廷，斥其沉迷酒色以至春秋不辨，同樣辭旨微婉，蘊藉不吐。第三聯「西園公子名無忌，南國佳人號莫愁」，於對仗工絕之外，尤見使事之巧，盡委婉深曲之能事。「西園公子」指魏文帝曹丕及其弟曹植等，至於「無忌」，卻是戰國時代魏國公子信陵君的名號。韋莊巧妙地把曹魏之「魏」與戰國七雄之「魏」牽合在一起，由此引出「無忌」二字。但又不把「無忌」作專名看待，僅取其「無所忌憚」之意。這句詩的實際意思是指斥王孫公子肆無忌憚。詩人把這層真意寄寓在兩個歷史人物的名號中。由於曹丕和信陵君都是歷史上值得稱道的風流人物，因此，讀起來倒像對那些王孫公子放蕩不羈的行為津津樂道，而容易忽略其微諷的深意。下聯「莫愁」同此手法，用傳說中一位美麗歌女的名字，慨嘆浮華女子不解國事蜩螗，深寓「隔江猶唱〈後庭花〉」（杜牧〈泊秦淮〉）的沉痛。由於巧妙地使事用典，全詩但見花月管弦，裘馬脂粉，真意反而朦朧，如霧裡看花，隱約縹緲，不見色相。感慨之詩意借婉而多諷的風調而顯得更為深沉，更加耐人咀嚼。

二是借助於雙關、象徵、暗示等多種修辭手法的錯綜運用，傳出弦外之音和味外之味。「子夜歌」是樂府古調名，也含有「半夜笙歌」的微意，語意雙關。「銀燭樹前」則暗示貴族生活的豪華奢侈。「露桃花裡」象徵紅袖青螺；「不知秋」又用雙關手法，含有不知末日將臨的深意。「無忌」、「莫愁」，均取雙關。「俱是夢」的「夢」字，綰上三聯，既慨嘆往昔繁華，如夢如煙；又有雙關「醉生夢死」之意。結句「夕陽唯見水東流」，從修辭角度看，「夕陽」象徵唐末國運已如日薄西山，「水東流」象徵唐王朝崩潰的大勢如碧水東去，頹波難挽；從詩的色彩看，則見殘陽慘淡，照著滔滔逝水，暮色蒼茫中，萬物蕭瑟。有此一結句，無限愴懷，頓生紙墨。有此一結句，就使詩情更為飽滿、淒愴。水流無已，此恨綿綿，都包含在這七個字中，這正是全詩結穴之處。

全詩以「昔年」領起，前六句緊扣題旨「憶」字，描繪昔日繁華景象。末聯一跌，頓起波瀾，發為變徵之音，結出無限感慨。由於前六句色彩穠麗，人們很容易產生錯覺：似乎韋莊是在回味、留戀亂前長安貴族豪右那種燈紅酒綠的生活。其實，韋莊出身於早已破落的大族之家，那時他是沒有資格進入詩中描繪的那種上流社會的。詩中隱含著對上層統治階層醉生夢死、競逐奢靡的批判，抒發了他對社稷傾危的感嘆。只是由於用語華豔，給全詩蒙上了一層粉紅色的輕紗，使人乍讀之難察幽隱，細品之卻有深意。這種曲曲傳情、意在言外的構思，形成了「婉而多諷」的情韻風調。以華綺側豔之辭，寄感慨遙深之志，是晚唐詩風的特徵之一。韋莊這首詩，正體現了這一特徵。（賴漢屏）

送日本國僧敬龍歸

韋莊

扶桑已在渺茫中，家在扶桑東更東。
此去與師誰共到？一船明月一帆風。

晚唐時期，日本因唐朝國內動亂，於文宗開成三年（八三八）停止派出遣唐使。原先隨遣唐使船來華學佛求經的請益僧和學問僧，此後便改乘商船往來。唐朝的商船船身小，行駛輕快，船主又積累了豐富的氣象知識和航海經驗，往返中國與日本一般只需三晝夜至六七晝夜，而且極少遇難漂流。這導致日唐之間交通頻繁，日本僧人的入唐比在遣唐使時代更加容易（見日本木宮泰彥著、胡錫年譯《日中文化交流史》第三章〈遣唐使廢止以後的日唐交通〉）。敬龍便是這些僧人中的一個。他學成歸國時，韋莊為他寫詩送行。

全詩只在「送歸」上落筆，體現了對異國友人的關心與惜別之情。

「扶桑已在渺茫中，家在扶桑東更東。」敬龍此番歸國，行程遼遠，里程不易概指。雖然《梁書．扶桑國傳》說過「扶桑在大漢國東二萬餘里」，後來沿用為日本的代稱，若寫詩也是這樣指實，便缺少意趣。詩人採用「扶桑」這個名字，其意則指古代神話傳說東方「日所出處」的神木扶桑。六朝人托名東方朔所撰《海內十洲記》：「扶桑在碧海之中，又有椹樹，長者數千丈，大二千餘圍，樹兩兩同根偶生，更相依倚。」《新唐書．東夷傳》云：「（日本）使者自言，國近日所出，以為名。」其境已渺茫難尋。這還不夠，下面緊接著說敬龍的家鄉還在扶桑的東頭再東頭。說「扶桑」似有邊際，「東更東」又沒有了邊際；不能定指，則其「遠」的意味更可尋思。首句「已在」是給次句奠基，次句「更在」才是意之所注處。說「扶桑」已暗藏「東」字，又加上「東更東」，再三疊用兩明一暗的「東」字，把敬龍的家鄉所在地寫得那樣遠不可即，又神祕，又惹人嚮慕。那邊畢竟是朋友的家鄉，而且他正要揚帆歸去，為此送行贈詩，不便作留難意、惜別情、愁苦語，把這些意思藏在詩句的背後，於是下文轉入祝友人行程一帆風順的話頭。

「此去與師誰共到？一船明月一帆風。」船行大海中，最怕橫風暴雨，大霧迷航。過去遣唐使乘坐的大船，常因風暴在海上漂流，甚至失事；能夠到達的，也往往要在數十日或者數月的艱苦航程之後。這些往事傳聞，韋莊是心知的，所以就此起意，祝朋友此行順利。用一個「到」字，先祝他平安抵達家鄉；「明月」示晴，排除霧雨；「帆風」謂順，勿起狂飆。——行程中不生災障。「誰」字先墊出「與師共到」之人，由下句的朗月、順風再為挑明，並使「風」、「月」得「誰」字而人格化了。「共」字，一方面捏合「風」、「月」與「師」三者，連同「船」在一起，逗出海行中美妙之景、舒暢之情；另一方面，又結合「到」字，說「共到」，使順風朗月的好景貫徹全程，陪同直抵家鄉。兩句十四個字，渾然一體，表達了良好的祝願與誠摯的友情，饒有詩意。

詩人如此祝願，也並非僅僅由於主觀願望，故作安慰語。它是有客觀事實作基礎的，這就是晚唐時兩國之間海上航行相對地便利與安全的事實。它印入了詩人心底，寫出來自然而然就是這樣的詩句。（陳長明）

金陵圖 韋莊

誰謂傷心畫不成？畫人心逐世人情。
君看六幅南朝事，老木寒雲滿故城。

這是一首題畫之作。詩人看了六幅描寫南朝史事的彩繪，有感於心，揮筆題下了這首詩。畫家是什麼人，已不可考。他畫的是南朝六代（東吳、東晉、宋、齊、梁、陳）的故事，因為這六代均建都於金陵（今江蘇南京）。這位畫家並沒有為南朝統治者粉飾昇平，而是寫出它的淒涼衰敗。他在畫面繪出許多老木寒雲，繪出危城破堞，使人看到三百年間的金陵，並非什麼鬱鬱蔥蔥的帝王之州，倒是使人產生傷感的古城。這真是不同於一般的歷史組畫。

比韋莊略早些時的詩人高蟾寫過一首〈金陵晚望〉：

曾伴浮雲歸晚翠，猶陪落日泛秋聲。
世間無限丹青手，一片傷心畫不成。

結尾兩句，感慨深沉。高蟾預感到唐王朝危機四伏，無可挽回地正在走向總崩潰的末日，他為此感到苦惱，而又無能為力。他把這種潛在的危機歸結為「一片傷心」；而這「一片傷心」，在一般畫家筆下是無法表達出來的。

韋莊顯然是讀過高蟾這首〈金陵晚望〉的。當他看了這六幅南朝故事的彩繪之後，高蟾「一片傷心畫不成」的詩句，似乎又從記憶中浮現。「真個是畫不成麼？」你看這六幅南朝故事，不是已把「一片傷心」畫出來了嗎！於是他就提起筆來，好像針對高蟾反駁道：「誰謂傷心畫不成？畫人心逐世人情。」為什麼就畫不成社會的「一片傷心」呢？只是因為一般的畫家只想迎合世人的庸俗心理，專去畫些粉飾昇平的東西，而不願意反映社會的真實面貌罷了。

詩人在否定了「傷心畫不成」的說法後，舉出了一個出色的例證來：「君看六幅南朝事，老木寒雲滿故城。」請看這幅〈金陵圖〉吧，畫面上古木枯凋，寒雲籠罩，一片淒清荒涼。南朝六個小朝廷，哪一個不是昏庸無道，最後向敵人投降而結束了它們的短命歷史的？這就是三百年間金陵慘淡現實的真實寫照。

將高蟾的〈金陵晚望〉和本篇作一比較，頗耐人尋味。一個感嘆「一片傷心畫不成」，一個反駁說，現在不是畫出來了麼！其實，二人都是借六朝舊事抒發對晚唐現實的深憂，在藝術上有異曲同工之妙。（劉逸生）

陪金陵府相中堂夜宴　韋莊

滿耳笙歌滿眼花，滿樓珠翠勝吳娃①。因知海上神仙窟，只似人間富貴家。
繡戶夜攢紅燭市，舞衣晴曳碧天霞。卻愁宴罷青娥散②，揚子江頭月半斜。

〔註〕①吳娃：《文選．左思〈吳都賦〉》：「幸乎館娃之宮。」李善註：「吳俗謂好女為娃。」②青娥：指年輕貌美的女子。曹松〈夜飲〉詩：「席上未知簾幕曉，青娥低語指東方。」

詩題中的金陵，指潤州，即今江蘇省鎮江市，非指南京。唐人喜稱鎮江為丹徒或金陵。如李德裕曾出任浙西觀察使（治所潤州），其〈鼓吹賦．序〉云：「余往歲剖符金陵。」「府相」，對東道主周寶的敬稱，其時周寶為鎮潤州的鎮海軍節度使同平章事。「中堂」，大廳。此詩是詩人參加周寶的盛大宴會，有感而作。

起二句連用三個「滿」字，筆酣意深。滿耳的笙簫吹奏，滿眼的花容月貌，滿樓的紅粉佳麗，佩戴著炫目的珠寶翡翠，真比吳娃還美，若非仙宮似的富貴人家，哪得如此。

頷聯「因知海上神仙窟，只似人間富貴家」，正以此意承接首聯歌舞喧闐、花團錦簇的豪華場面。可詩人匠心獨運，以倒說出之，便覺語新意奇。本來神話中的仙境，人間再美也是比不上的。而詩人卻倒過來說，即使「海上神仙窟」，也只能像這樣的「人間富貴家」。淡淡一語，襯托出周寶府中驚人的豪奢。清沈德潛評此詩時說：「只是說人間富貴，幾如海上神仙，一用倒說，頓然換境。」（《唐詩別裁集》）

頸聯「攢」、「曳」二字絲絲入扣。雕飾精美的門庭，燈燭輝煌，像是紅燭夜市一般。歌女們翩翩起舞，彩衣像牽曳著碧空雲霞。輕歌曼舞，輕盈搖曳之姿畢現。「夜攢」益顯其滿堂燈火，「晴曳」更襯出錦繡華燦。「夜」和「晴」又把周寶夜以繼日，沉湎於歌舞聲色之中的場面寫了出來。

詩吟至此，已把爭妍鬥豔、溢彩流光的相府夜宴寫到絕頂了，收筆幾乎難以為繼。而詩人別具心裁，毫鋒陡然轉到了宴會場外的靜夜遙天：「卻愁宴罷青娥散，揚子江頭月半斜。」一個「愁」字，點出了清醒的詩人並未被迷人的聲色所眩惑，而是別抱深沉的情懷。酒闌人散，月已半斜，徘徊揚子江頭，西望長安，北顧中原，兵戈滿天地，山河殘破，人何以堪！傷時，懷鄉，憂國，憂民，盡在一個「愁」字中含蘊了。

「月半斜」之「半」，既是實景，又寓微言。這時黃巢軍縱橫馳騁大半個中國，地方藩鎮如李克用等也擁兵叛唐，僖宗迭次出奔，唐王朝搖搖欲墜。只有東南半壁暫得喘息，然而握有重兵的周寶卻整日沉湎酒色。這個局面，豈不正是殘月將落，良宵幾何！

全詩用四分之三的篇幅重筆濃墨極寫閥閱之家窮奢極欲、歌舞夜宴的富貴氣象，而主旨卻在尾聯，詩眼又濃重地點在一個「愁」字上。一「愁」三「滿」，首尾相應，產生強烈的對比作用。三「滿」正是為了襯托出深「愁」。「愁」，是這首詩通前徹後的中心軸線。（馬君驊）

臺城

韋莊

江雨霏霏江草齊，六朝如夢鳥空啼。
無情最是臺城柳，依舊煙籠十里堤。

這是一首憑弔六朝古跡的詩。臺城，舊址在今江蘇南京市雞鳴山南，本是三國時代吳國的後苑城，東晉成帝時改建。從東晉到南朝結束，這裡一直是朝廷臺省（中央政府）和皇宮所在地，既是政治中樞，又是帝王荒淫享樂的場所。中唐時期，昔日繁華的臺城已是「萬戶千門成野草」（劉禹錫〈金陵五題．臺城〉）；到了唐末，這裡就更荒廢不堪了。

弔古詩多觸景生情，借景寄慨，寫得比較虛。這首詩則比同類作品更空靈蘊藉。它從頭到尾採取側面烘托的手法，著意造成一種夢幻式的情調氣氛，讓讀者透過這層隱約的感情帷幕去體味作者的感慨。這是一個值得注意的特點。

起句不正面描繪臺城，而是著意渲染氛圍。金陵瀕江，故說「江雨」、「江草」。江南的春雨，密而且細，在霏霏雨絲中，四望迷濛，如煙籠霧罩，給人以如夢似幻之感。暮春三月，江南草長，碧綠如茵，又顯出自然界的生機。這景色既具有江南風物特有的輕柔婉麗，又容易勾起人們的迷惘悵惘。這就為下一句抒情作了準備。

「六朝如夢鳥空啼」。從首句描繪江南煙雨到次句的六朝如夢，跳躍很大，乍讀似不相屬。其實不僅「江雨霏霏」的氛圍已暗逗「夢」字，而且在霏霏江雨、如茵碧草之間就隱藏著一座已經荒涼破敗的臺城。鳥啼草綠，春色常在，而曾經在臺城追歡逐樂的六朝統治者卻早已成為歷史上來去匆匆的過客，豪華壯麗的臺城也成了供人憑弔的歷史遺跡。從東吳到陳，三百多年間，六個短促的王朝一個接一個地衰敗覆亡，變幻之速，本來就給人以如夢之感；再加上自然與人事的對照，更加深了「六朝如夢」的感慨。「臺城六代競豪華」（劉禹錫〈金陵五題：臺城〉），但眼前這一切已蕩然無存，只有不解人世滄桑、歷史興衰的鳥兒在發出歡快的啼鳴。「鳥空啼」的「空」，即「隔葉黃鸝空好音」（杜甫〈蜀相〉）的「空」，它從人們對鳥啼的特殊感受中進一步烘托出「夢」字，寓慨很深。

「無情最是臺城柳，依舊煙籠十里堤。」楊柳是春天的標誌。在春風中搖蕩的楊柳，總是給人以欣欣向榮之感，讓人想起繁榮興茂的局面。當年，十里長堤，楊柳堆煙，曾經是臺城繁華景象的點綴；如今，臺城已經是「萬戶千門成野草」，而臺城柳色，卻「依舊煙籠十里堤」。這繁榮茂盛的自然景色和荒涼破敗的歷史遺跡，終古如斯的長堤煙柳和轉瞬即逝的六代豪華的鮮明對比，對於一個身處末世、懷著亡國之憂的詩人來說，該是多麼令人怵目驚心！而臺城堤柳，卻既不管人間興亡，也不管面對它的詩人會引起多少今昔盛衰之感，所以說它「無情」。說柳「無情」，正透露出人的無限傷痛。「依舊」二字，深寓歷史滄桑之慨。它暗示了一個腐敗的時代的消逝，也預示歷史的重演。堤柳堆煙，本來就易觸發往事如煙的感慨，加以它在詩歌中又常常被用作抒寫興亡之感的憑藉，所以詩人因堤柳引起的感慨也就特別強烈。「無情」、「依舊」，通貫全篇寫景，兼包江雨、江草、啼鳥與堤柳；「最是」二字，則突出強調了堤柳的「無情」和詩人的感傷悵惘。

詩人憑弔臺城古跡，回顧六朝舊事，免不了有今之視昔，亦猶後之視今之感。亡國的不祥預感，在寫這首詩時是縈繞在詩人心頭的。如果說李益的〈汴河曲〉在「行人莫上長堤望，風起楊花愁殺人」的強烈感喟中，還蘊含著避免重演亡隋故事的願望，那麼本篇則在如夢似幻的氣氛中，流露了濃重的傷感情緒。這正是唐王朝覆亡之勢已成，重演六朝悲劇已不可免的現實在弔古詩中的一種折光反映。

這首詩以自然景物的「依舊」暗示人世的滄桑，以物的「無情」反托人的傷痛，而在歷史感慨之中即暗寓傷今之意。思想情緒雖不免有些消極，但這種虛處傳神的藝術表現手法，仍可以借鑑。（劉學鍇）

與東吳生相遇 韋莊

十年身事各如萍，白首相逢淚滿纓。老去不知花有態，亂來唯覺酒多情。
貧疑陋巷春偏少，貴想豪家月最明。且對一尊開口笑，未衰應見泰階平。

原詩題下註：「及第後出關作。」詩人從唐僖宗中和三年（八八三）流落江南起，直到昭宗乾寧元年（八九四）擢第，歷十二年。其間戰亂頻仍，詩人顛沛流離，所以這首詩劈頭便感慨萬端地說：「十年身事各如萍」。詩人用隨風飄泊的水上浮萍，刻畫了自己流離失所的「十年身事」。「各」字表明東吳生與自己同是天涯淪落人，自不免同病相憐。

「白首相逢淚滿纓」。按理，這時韋莊已登第，祿食有望，似不該與故人淚眼相對；但自己在外漂泊多年，已是五十九歲的人了，因此，遇故人便再也忍不住涕泗滂沱，淚滿冠纓。

三、四句是揮淚敘舊的辛酸語。回想當年大家歡聚一起觀花飲酒的情景，別是一番滋味在心頭。如今詩人為痛苦折磨得衰老、麻木，似乎已不感覺到花兒是美麗的了，再也沒有賞花的逸興了。而酒與詩人卻變得多情起來，因為亂世顛沛，年華蹉跎，只好借酒澆愁啊！細味詩意，字字酸楚。

五、六句是痛定思痛的激憤語。亂離社會，世態炎涼，「貧」與「貴」，「陋巷」與「豪家」，一邊是啼饑號寒，一邊是燈紅酒綠，相距何其懸遠。有才華的人偏被壓在社會最下層，沾不到春風雨露；尸位素餐者偏是高踞豪門，吟風弄月。詩句是對上層統治者飽含淚水的控訴，也是對自己「十年身事」的不平鳴。

淚乾了，憤悶傾吐了，詩人轉而強作笑顏：「且對一尊開口笑，未衰應見泰階平。」「且對」一作「獨對」，據題意以「且對」為允。「泰階」，星名。古人認為泰階星現，預兆風調雨順，民康國泰。這兩句是說：趁未衰之年，暫拼一醉，而破涕為笑，這是聊以解嘲；期望今後能河清海晏，國泰民安，這是自許和自慰。詩人就是懷著這樣美好的願望而開懷一笑。這一笑，既透露著老當益壯的激情，也透露著期望社稷郅治的心理。

全詩以「淚」始，以「笑」結，前後照應，關鎖嚴密。「淚」是回顧，「笑」是前瞻。「淚滿纓」說明詩人遭遇十年辛苦不尋常；「開口笑」說明詩人滿懷信心向前看。一淚一笑，總括全詩，字挾風霜，聲振金石。（馬君驊）

古離別

韋莊

晴煙漠漠柳毿毿①，不那②離情酒半酣。
更把玉鞭雲外指，斷腸春色在江南。

〔註〕①毿毿（音同三）：原意為細長狀，此指柳葉紛披下垂貌。②不那：同「不奈」，即無奈。

寫文藝作品的人，大抵都懂得一種環境襯托的手法：同樣是一庭花月，在歡樂的時候，它們似乎要為人起舞；而當悲愁之際，它們又好像替人垂淚了。韋莊這首〈古離別〉，跳出了這種常見的比擬，用優美動人的景色來反襯離愁別緒，卻又獲得和諧統一的效果。

晴煙漠漠，楊柳毿毿，日麗風和，一派美景。作者沒有把和摯友離別時的春天故意寫成一片黯淡，而是如實地寫出它的穠麗，並且著意點染楊柳的風姿，從而暗暗透出了在這個時候分別的難堪之情。第二句轉入「不那離情酒半酣」，一下子構成一種強烈的反跌，使滿眼春光都好像黯然失色，有春色越濃所牽起的離情別緒就越強烈的感覺。「酒半酣」三字也下得好，不但帶出離筵別宴的情景，讓人看出在柳蔭之下置酒送行的場面，並且巧妙地寫出人物此時的內心感情。因為假如酒還沒有喝，離別者的理智還可以把感情勉強抑制；如果喝得太多，感情又會完全控制不住；只有酒到半酣的時候，別情的無可奈何才能給人以深切的體味。「酒半酣」之於「不那」，起著深化人物感情的作用。

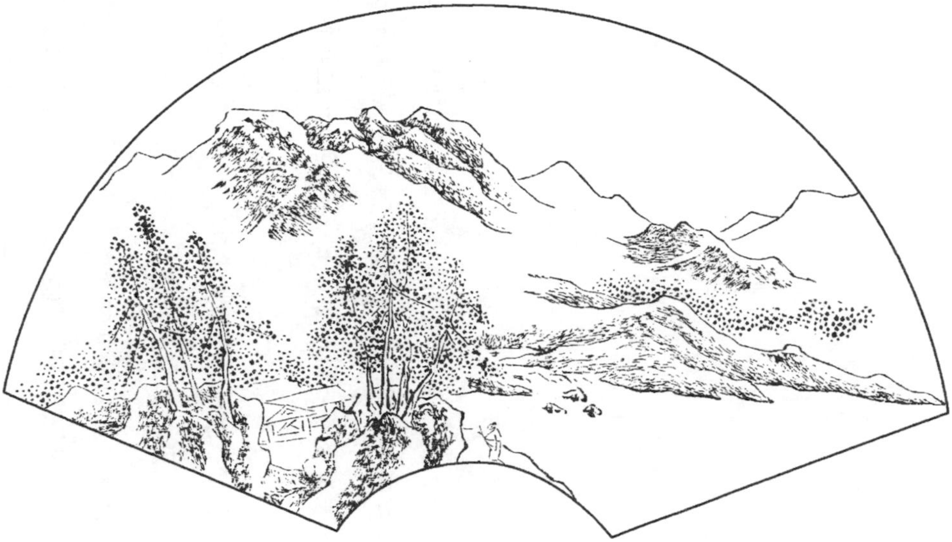

韋莊〈古離別〉——明刊本《唐詩畫譜》

三、四兩句再進一層。此地明媚春光，已使人如此不奈離情，那麼此去江南，江南春色更濃，更要使遠行人斷腸了。所以臨別時，送行者用馬鞭向南方指點著，饒有深意地說出「斷腸春色在江南」的話。常建〈送宇文六〉詩說：「花映垂楊漢水清，微風林裡一枝輕。即今江北還如此，愁殺江南離別情。」李嘉祐〈夜宴南陵留別〉詩也說：「雪滿庭前月色閑，主人留客未能還。預愁明日相思處，匹馬千山與萬山。」結尾都是深一層的寫法。前代文藝評論家稱之為「厚」，也就是有深度。「厚」，就能夠更加飽滿地完成詩的主題。

這首詩色調鮮明，音節諧美，淺而不露，淡而有韻，予人以一種清新的美感。淡淡的晴煙，青青的楊柳，襯托著道旁的離筵別酒，彷彿一幅詩意盎然的設色山水。詩中人臨別時揚鞭指點的動作，又使這幅畫圖顯得栩栩如生。讀著它，很容易聯想起宋元畫家所畫的小品，風格和情致都相當接近。（劉逸生）

秦婦吟

韋莊

中和癸卯春三月，洛陽城外花如雪。東西南北路人絕，綠楊悄悄香塵滅。
路旁忽見如花人，獨向綠楊陰下歇。鳳側鸞欹鬢腳斜，紅攢黛斂眉心折。
借問女郎何處來？含嚬①欲語聲先咽。回頭斂袂謝行人，喪亂漂淪何堪說！
三年陷賊留秦地，依稀記得秦中事。君能為妾解金鞍，妾亦與君停玉趾。
前年庚子臘月五，正閉金籠教鸚鵡。斜開鸞鏡懶梳頭，閑憑雕欄慵不語。
忽看門外起紅塵，已見街中擂金鼓。居人走出半倉皇，朝士歸來尚疑誤。
是時四面官軍入，擬向潼關為警急；皆言博野自相持，盡道賊軍來未及。
須臾主父②乘奔至，下馬入門痴似醉。適逢紫蓋去蒙塵，已見白旗來匝地。
扶羸攜幼競相呼，上屋緣牆不知次。南鄰走入北鄰藏，東鄰走向西鄰避；
北鄰諸婦咸相湊，戶外崩騰如走獸。轟轟輥輥③乾坤動，萬馬雷聲從地湧。

火迸金星上九天，十二官街煙烘烔④。日輪西下寒光白，上帝無言空脈脈。
陰雲暈氣若重圍，宦者流星如血色。紫氣潛隨帝座移，妖光暗射臺星拆。
家家流血如泉沸，處處冤聲聲動地。舞伎歌姬盡暗捐，嬰兒稚女皆生棄。
東鄰有女眉新畫，傾國傾城不知價。長戈擁得上戎車，回首香閨淚盈把。
旋抽金線學縫旗，才上雕鞍教走馬。有時馬上見良人，不敢回眸空淚下。
西鄰有女真仙子，一寸横波剪秋水。妝成只對鏡中春，年幼不知門外事。
一夫跳躍上金階，斜袒半肩欲相耻。牽衣不肯出朱門，紅粉香脂刀下死。
南鄰有女不記姓，昨日良媒新納聘。瑠璆⑤階上不聞行，翡翠簾間空見影。
忽看庭際刀刃鳴，身首支離在俄頃。仰天掩面哭一聲，女弟女兄同入井。
北鄰少婦行相促，旋拆雲鬟拭眉綠。已聞擊托壞高門，不覺攀緣上重屋。
須臾四面火光來，欲下迴梯梯又摧。煙中大叫猶求救，樑上懸屍已作灰。

妾身幸得全刀鋸，不敢踟躕久回顧。旋梳蟬鬢逐軍行，強展蛾眉出門去。
舊里從茲不得歸，六親自此無尋處。一從陷賊經三載，終日驚憂心膽碎。
夜臥千重劍戟圍，朝餐一味人肝膾。鴛幃縱入豈成歡？寶貨雖多非所愛。
蓬頭面垢猶⑥眉赤，幾轉橫波看不得。衣裳顛倒言語異，面上誇功雕作字。
柏臺多士盡狐精，蘭省諸郎皆鼠魅。還將短髮戴華簪，不脫朝衣纏繡被；
翻持象笏作三公，倒佩金魚為兩史。朝聞奏對入朝堂，暮見喧呼來酒市。
一朝五鼓人驚起，呼嘯喧爭如竊語。夜來探馬入皇城，昨日官軍收赤水；
赤水去城一百里，朝若來兮暮應至。凶徒馬上暗吞聲，女伴閨中潛生喜。
皆言冤憤此時銷，必謂妖徒今日死。逡巡走馬傳聲急，又道官軍全陣入；
大彭小彭相顧憂，二郎四郎抱鞍泣。沉沉數日無消息，必謂軍前已銜璧⑦；
簸旗掉劍卻來歸，又道官軍悉敗績。四面從茲多厄束，一斗黃金一升粟。

尚讓廚中食木皮，黃巢機上刲[8]人肉。東南斷絕無糧道，溝壑漸平人漸少。
六軍門外倚殭屍，七架營中填餓殍。長安寂寂今何有，廢市荒街麥苗秀。
採樵斫盡杏園花，修寨誅殘御溝柳。華軒繡轂皆銷散，甲第朱門無一半。
含元殿上狐兔行，花萼樓前荊棘滿。昔時繁盛皆埋沒，舉目淒涼無故物。
內庫燒為錦繡灰，天街踏盡公卿骨。來時曉出城東陌，城外風煙如塞色。
路旁時見遊奕軍[9]，坡下寂無迎送客。霸陵東望人煙絕，樹鎖驪山金翠滅。
大道俱成棘子林，行人夜宿牆匡月。明朝曉至三峰路，百萬人家無一戶。
破落田園但有蒿，催殘竹樹皆無主。路旁試問金天神，金天無語愁於人。
廟前古柏有殘枿[10]，殿上金爐生暗塵。「一從狂寇陷中國，天地晦冥風雨黑；
案前神水咒不成，壁上陰兵驅不得。閑日徒歆奠饗恩，危時不助神通力。」
「我今愧恧拙為神，且向山中深避匿；寰中簫管不曾聞，筵上犧牲無處覓。

旋教魘鬼傍鄉村，誅剝生靈過朝夕。」妾聞此語愁更愁，天遣時災非自由。
神在山中猶避難，何須責望東諸侯！前年又出楊震關⑪，舉頭雲際見荊山。
如從地府到人間，頓覺時清天地閑。陝州主帥忠且貞，不動干戈唯守城。
蒲津主帥能戢兵⑫，千里晏然無戈聲。朝攜寶貨無人問，夜插金釵唯獨行。
明朝又過新安東，路上乞漿逢一翁。蒼蒼面帶苔蘚色，隱隱身藏蓬荻中。
問翁「本是何鄉曲？底事寒天霜露宿？」老翁蹔⑬起欲陳詞，卻坐支頤仰天哭。
「鄉園本貫東畿縣，歲歲耕桑臨近甸；歲種良田二百廛，年輸戶稅三千萬。
小姑慣織褐絁袍，中婦能炊紅黍飯。千間倉兮萬絲箱，黃巢過後猶殘半。
自從洛下屯師旅，日夜巡兵入村塢；匣中秋水拔青蛇，旗上高風吹白虎。
入門下馬若旋風，罄室傾囊如卷土。家財既盡骨肉離，今日垂年一身苦。
一身苦兮何足嗟，山中更有千萬家。朝飢山上尋蓬子，夜宿霜中臥荻花。」

妾聞此父傷心語，竟日闌干淚如雨。出門唯見亂梟鳴，更欲東奔何處所？

仍聞汴路舟車絕，又道彭門自相殺；野色徒銷戰士魂，河津半是冤人血。

適聞有客金陵至，見說「江南風景異。自從大寇犯中原，戎馬不曾生四鄙；

誅鋤竊盜若神功，惠愛生靈如赤子。城壕固護教金湯，賦稅如雲送軍壘。」

奈何四海盡滔滔，湛然一境平如砥。避難徒為闕下人，懷安卻羨江南鬼。

願君舉棹東復東，詠此長歌獻相公。

〔註〕①嚬：音同頻，通「顰」，皺眉。②主父：古時妻對夫的稱呼。③輥：音同滾，翻轉滾動。④烔：音同桐，火勢茂密狀。⑤瑠璆：同「琉璃」。⑥狵：音同龐，通「尨」，雜亂。⑦兵敗時口中銜璧，作為降禮。《左傳．僖公六年》：「蔡穆侯將許僖公以見楚子於武城，許男面縛銜璧……『昔武王克殷，微子啟如是，武王親釋其縛，受其璧而祓之。』」⑧刲：音同虧，刺割。⑨遊奕軍：游弋巡邏的軍隊。⑩枿：音同聶，樹木砍伐後殘餘的樹樁。⑪即潼關。東漢楊震時稱「關西孔子楊伯起」，為弘農華陰人，故稱楊震關。⑫戢：音同集，收斂兵器。戢兵即止兵不發。⑬蹔：同「暫」。

〈秦婦吟〉無疑是古代詩史上極富才氣的文人長篇敘事詩之一。長詩誕生的當時，民間就廣有流傳，並被製為幛子懸掛；作者則被呼為「秦婦吟秀才」，與白居易曾被稱為「長恨歌主」並稱佳話。其風靡一世，盛況可想而知。然而這首「不僅超出韋莊《浣花集》中所有的詩，在三唐歌行中亦為不二之作」（俞平伯）的〈秦婦吟〉，卻厄運難逃。由於政治避忌的緣故，韋莊本人晚年即諱言此詩，「蜀相韋莊應舉時，遇黃寇犯闕，著〈秦婦吟〉一篇，內一聯云：『內庫燒為錦繡灰，天街踏盡公卿骨。』爾後公卿亦多垂訝，莊乃諱之。……他日撰家戒，內不許垂〈秦婦吟〉幛子，以此止謗」（五代孫光憲《北夢瑣言》）。後來此詩不載於《浣花集》，顯然出於作者割愛，致使宋、元、明、清歷代徒知其名，不見其詩。至近代，〈秦婦吟〉寫本復出於敦煌石窟，也緣天幸。

從唐僖宗廣明元年（八八〇）冬到中和三年（八八三）春，即黃巢軍進駐長安的兩年多時間裡，唐末農民起義發展到高潮，同時達到了轉捩點。由於農民領袖戰略失策和李唐王朝官軍的瘋狂鎮壓，鬥爭空前殘酷，人民蒙受著巨大的苦難和慘重的犧牲。韋莊本人即因應舉羈留長安，兵中弟妹一度相失，又多日臥病，他便成為這場震撼神州大地的社會巨變的目擊者。經過一段時間醞釀，在他離開長安的翌年，即中和三年，在東都洛陽創作了這篇堪稱他平生之力作的史詩。在詩中，作者虛擬了一位身陷兵中復又逃離的長安婦女「秦婦」對邂逅的路人畢敘其親身經歷，從而展現了那一大動蕩的艱難時世之面面觀。〈秦婦吟〉既是一篇詩體小說，又具有紀實性質。

全詩共分五大段。首段自「中和癸卯春三月」至「妾亦與君停玉趾」，敘詩人與一位從長安東奔洛陽的婦人（即秦婦）於途中相遇，為全詩引子；二段自「前年庚子臘月五」至「六親自此無尋處」，為秦婦追憶黃巢軍攻陷長安前後的情事；三段自「一從陷賊經三載」至「天街踏盡公卿骨」，寫秦婦在圍城軍中三載怵目驚心的種種見聞；四段自「來時曉出城東陌」至「河津半是冤人血」，寫秦婦東奔途中所見所聞所感；末段自「適聞有客金陵至」至「詠此長歌獻相公」，透過道聽途說，對相對安定的江南寄予一線希望，為全詩結尾。

〈秦婦吟〉用了大量篇幅敘述了黃巢軍初入長安引起的騷動。毫無疑問，在這裡，作者完全站在李唐王朝的立場，是以十分讎視的心理看待的。即使是描述事實方面也不無偏頗，攻其一點而不及其餘。根據正史記載，黃巢進京時引起坊市聚觀，可見大體上做到秩序井然。黃巢軍頭領尚讓慰曉市人的話是：「黃王為生靈，不似李家不恤汝輩，但各安家。」（《舊唐書．黃巢傳》）而軍眾遇窮民於路，竟行施遺，惟憎官吏，黃巢稱帝後又曾下令軍中禁妄殺人。當然，難免混有汙穢和鮮血，加之隊伍龐大，禁令或不盡行，像《新唐書．黃巢傳》所記載「富家皆跣而驅，賊酋閱甲第以處，爭取人妻女亂之，捕得官吏悉斬之，火廬舍不可貲，宗室侯王屠之無類矣」的破壞紀律的行為。而韋莊抓住這一端，極力渲染：

「適逢紫蓋去蒙塵，已見白旗來匝地。扶羸攜幼競相呼，上屋緣牆不知次。南鄰走入北鄰藏，東鄰走向西鄰避；北鄰諸婦咸相湊，戶外崩騰如走獸。轟轟啹啹乾坤動，萬馬雷聲從地湧。火迸金星上九天，十二官街煙烘炯。……家家流血如泉沸，處處冤聲聲動地。舞伎歌姬盡暗捐，嬰兒稚女皆生棄……」

「秦婦」的東西南北鄰里遭到燒殺擄掠，幾無一倖免。彷彿世界末日到了，整個長安城就只有殺聲與哭聲。在這些描寫中，仍有值得讀者注意的所在。那就是，在風暴席捲之下，長安人民的惶惶不可終日的仇視恐懼心理，得到了相當生動的再現。在他們眼中，一切都糟得很，不僅黃巢軍的暴行令人髮指，就連他們的一舉一動，包括沿襲朝廷之制度，也是令人作嘔的：

「衣裳顛倒言語異，面上誇功雕作字。柏臺多士盡狐精，蘭省諸郎皆鼠魅。還將短髮戴華簪，不脫朝衣纏繡被；翻持象笏作三公，倒佩金魚為兩史。」

詩句於嘲罵中表現的對黃巢軍的仇視心理，可謂入木三分。這段文字從另一個角度，生動地反映出黃巢進入長安後的失策，寫出黃巢軍是怎樣惑於帝王將相的觀念，在統治階級未曾肅清之際就忙於加官賞爵，作繭自縛，鑽進怪圈，因而具有深刻的意義。由此我們發現詩中涉及這方面的內容相當豐富。它還寫到了黃巢軍是怎樣常處三面包圍之中，與官軍進行拉鋸戰，雖經艱苦之奮鬥而未能解圍；他們又是怎樣陷入危境，自顧不暇，致使關輔人民餓死溝壑，析骸而食；以及他們內部藏納的異己分子是如何時時在祈願他們的失敗，盼望恢復失去的天堂。而這些生動形象的史的圖景，是正史中不易看到的，它們體現出作者的才力。

正如上文所說，〈秦婦吟〉是一個動亂時代之面面觀，它的筆鋒所及，又遠不止於黃巢軍一面，同時還涉及了統治者內部。韋莊在描寫自己親身體驗，思考和感受過的社會生活時，將批判的鋒芒指向了李唐王朝的官軍和割據的軍閥。〈秦婦吟〉揭露的官軍罪惡大要有二：其一是搶掠民間財物不遺餘力，如後世所謂「寇來如梳，兵來如篦」。詩中借由亂前納稅大戶，亂後淪為乞丐的新安老翁之口控訴說：

「千間倉兮萬絲箱，黃巢過後猶殘半。自從洛下屯師旅，日夜巡兵入村塢；匣中秋水拔青蛇，旗上高風吹白虎。入門下馬若旋風，罄室傾囊如卷土。家財既盡骨肉離，今日垂年一身苦。一身苦兮何足嗟，山中更有千萬家……」

其二便是殺人甚至活賣人肉的勾當。這一層詩中寫得較隱約，近人陳寅恪、俞平伯據有關史料與詩意互參，發明甚確，扼要介紹如次。據《舊唐書·黃巢傳》，「時京畿百姓皆砦於山谷，累年廢耕耘。賊坐空城，賦輸無入，穀食騰踴，米斗三十千。官軍皆執山砦百姓鬻於賊為食，人獲數十萬」。〈秦婦吟〉則寫道：「尚讓廚中食木皮，黃巢機上刲人肉」，「夜臥千重劍戟圍，朝餐一味人肝膾」。而這些人肉的來源呢？詩中借華岳山神（金天神）的引咎自責來影射諷刺山東藩鎮，便透漏了個中消息：「閑日徒歆奠饗恩，危時不助神通力。……寰中簫管不曾聞，筵上犧牲無處覓。旋教魘鬼傍鄉村，誅剝生靈過朝夕。」俞平伯釋云：「筵上犧牲」，指三牲供品；「無處覓」，就得去找。往哪裡去找？「鄉村」，史所謂「山砦百姓」是也。「誅剝」，殺也。「誅剝生靈過朝夕」，以人為犧也，直譯為白話，就是靠吃人過日子。以上云云，正與史實相符。黃巢破了長安，珍珠雙貝有的是——秦婦以被擄之身猶曰「寶貨雖多非所愛」，其他可知——卻是沒得吃。反之，在官軍一方，雖乏金銀，「人」

源不缺。「山中更有千萬家」，新安如是，長安亦然。以其所有，易其所無，於是官軍大得暴利。凡此兩端（搶掠與販人），均揭露出官軍及軍閥與人民對立的本質，而韋莊晚年「北面親事之主」王建及其僚屬，亦在此詩指控之列，因此陳寅恪謂作者於〈秦婦吟〉其所以諱莫如深，乃緣「本寫故國亂離之慘狀，適觸新朝宮闈之隱情……志希免禍。以生平之傑構，古今之至文，而竟垂戒子孫，禁其傳布。」（〈韋莊秦婦吟校箋〉），是得其情實的。

韋莊能寫出如此具有現實主義傾向的巨作，誠非偶然。他早歲即與老詩人白居易同寓下邽，可能受到白氏濡染；又心儀杜甫，寓蜀時重建草堂，且以「浣花」命集。〈秦婦吟〉一詩正體現了杜甫、白居易兩大現實主義詩人對作者的影響，在藝術上且有青出於藍之處。

杜甫沒有這種七言長篇史詩，唯白居易〈長恨歌〉可以譬之。但〈長恨歌〉浪漫主義傾向較顯著，只集中表現兩個主人公的悲歡離合。〈秦婦吟〉純乎寫實，其椽筆馳騖所及，時間跨度達兩三年之久，空間範圍兼及東、西兩京，所寫為歷史的滄桑巨變。舉凡乾坤之反覆，階級之升降，人民之塗炭，靡不見於詩中。如此宏偉壯麗的畫面，元、白亦不能有，唯杜甫（五言古體）有之。但杜詩長篇多政論，兼及抒情。〈秦婦吟〉則較近於純小說的創作手法，諸如秦婦形象的塑造，黃巢軍入城的鋪陳描寫，金天神的虛構，新安老翁的形容……都是如此。這比較杜甫敘事詩，可以說是更進一步了。

在具體細節的刻畫上，詩人摹寫現實的本領也是強有力的。如從「忽看門外紅塵起」到「下馬入門痴似醉」一節，透過街談巷議的情景和一個官人的倉皇舉止，將黃巢軍入長安之迅雷不及掩耳之勢和由此引起的社會震動，描繪得十分逼真。戰爭本身是殘酷的，尤其在古代戰爭中，婦女往往被作為一種特殊戰利品，而遭到非人的待遇。所謂「馬邊懸男頭，馬後載婦女」（漢蔡琰〈悲憤詩〉）。〈秦婦吟〉不但直接透過一個婦女的遭遇來展示戰亂風雲，而且還用大量篇幅以秦婦聲口畢述諸鄰女伴種種不幸，畫出大亂中長安女子群像，具有一定的價值。其中「旋抽金線學縫旗，才上雕鞍教走馬」二句，透過貴家少婦的生活不變，「路上乞漿逢一翁」一段，透過因破落而被骨肉遺棄的富家翁的遭遇，使人對當時動亂世情窺斑見豹。後文「還將短髮戴華簪」數句雖屬漫畫筆墨，又足見黃巢將領迷戀富貴安樂，得意忘形，鬧劇中有足悲者。從「昨日官軍收赤水」到「又道官軍悉敗績」十數句，既見黃巢軍之頑強，又見其志氣實力之日漸衰竭……凡此刻畫處，皆力透紙背；描摹處，皆情態畢見。沒有十分的藝術功力，焉足辦此。

〈秦婦吟〉還著重環境氣氛的創造。從「長安寂寂今何有」到「天街踏盡公卿骨」十二句，寫兵燹後的長安被破壞無遺的狀況，從坊市到宮室，從樹木到建築，曲曲道來，纖毫畢見，其筆力似在白居易〈長恨歌〉、元稹〈連昌宮詞〉描寫安史之亂導致破壞的文字之上。尤其「內庫燒為錦繡灰，天街踏盡公卿骨」，竟使時人垂訝，堪稱警策之句。「長安寂寂今何有，廢市荒街麥苗秀」，洛陽呢，「東西南北路人絕，綠楊悄悄香塵滅」，而一個婦人在茫茫宇宙中踽踽獨行，「朝攜寶貨無人問，夜插金釵唯獨行」。到處是死一般的沉寂，甚至比爆發還可怕。這些描寫較之漢魏古詩「出門無所見，白骨蔽平原」（王粲〈七哀詩三首〉其一）一類詩句表現力更強，更細緻成功地創造了一種恐怖氣氛。

〈秦婦吟〉在思想內容上是複雜而豐富的，藝術上則有所開創，在古代敘事詩中堪稱扛鼎之作，使得此詩在杜甫「三吏三別」、白居易〈長恨歌〉之後，為唐代敘事詩樹起了第三座豐碑。（周嘯天）

黃巢

【作者小傳】（?～八八四）曹州冤句（今山東菏澤）人。鹽商出身。曾到長安應試，未舉。唐僖宗乾符二年起義，廣明元年在長安建大齊國，登皇帝位，年號金統。傳戰敗自殺。《全唐詩》存其詩三首。其中〈自題像〉一首，係元稹詩混入者。（新、舊《唐書》本傳）

題菊花

黃巢

颯颯西風滿院栽，蕊寒香冷蝶難來。
他年我若為青帝，報與桃花一處開。

唐末詩人林寬有這樣兩句詩：「莫言馬上得天下，自古英雄盡解詩。」（〈歌風臺〉）古往今來，確有不少能「解詩」的英雄，唐末黃巢就是其中突出的一個。自從東晉陶淵明「採菊東籬下，悠然見南山」（〈飲酒二十首其五〉）的名句一出，菊花就和孤標傲世的高士、隱者結下了不解之緣，幾乎成了文人孤高絕俗精神的一種象徵。黃巢的菊花詩，卻完全脫出了同類作品的窠臼，表現出全新的思想境界和藝術風格。

第一句寫滿院菊花在颯颯秋風中開放。「西風」點明節令，逗起下句；「滿院」極言菊花之多。說「栽」而不說「開」，是避免與末句重韻，同時「栽」字本身也給人一種挺立勁拔之感。寫菊花迎風霜開放，以顯示

黃巢〈題菊花〉——明刊本《唐詩畫譜》

其勁節，這在文人的詠菊詩中也不難見到；但「滿院栽」卻顯然不同於文人詩中菊花的形象。無論是表現「孤標傲世」之情，「孤高絕俗」之態或「孤子無伴」之感，往往脫離不了一個「孤」字。黃巢的詩獨說「滿院栽」，是因為在他心目中，這菊花是勞苦大眾的象徵，與「孤」字無緣。

菊花迎風霜開放，固然顯出它的勁節，但時值寒秋，「蕊寒香冷蝶難來」，卻是極大的憾事。在颯颯秋風中，菊花似乎帶著寒意，散發著幽冷細微的芳香，不像在風和日麗的春天開放的百花，濃香競發，因此蝴蝶也就難得飛來採掇菊花的幽芳了。在舊文人的筆下，這個事實通常引起兩種感情：孤芳自賞與孤子不偶。作者的感情有別於此。在他看來，「蕊寒香冷」是因為菊花開放在寒冷的季節，他自不免為菊花的開不逢時而惋惜、而不平。

三、四兩句正是上述感情的自然發展，揭示環境的寒冷和菊花命運的不公平。作者想像有朝一日自己作了「青帝」（司春之神），就要讓菊花和桃花一起在春天開放。這一充滿強烈浪漫主義激情的想像，集中地表達了作者的宏偉抱負。統觀全詩，寓意是比較明顯的。詩中的菊花，是當時社會上千千萬萬處於底層的人民的化身。作者既讚賞他們迎風霜而開放的頑強生命力，又深深為他們所處的環境、所遭的命運而憤激不平，立志要徹底加以改變。所謂「為青帝」，不妨看作建立政權的形象化表述。作者想像，到了那一天，廣大勞苦大眾就都能生活在溫暖的春天裡。值得注意的是，這裡還體現了樸素的平等觀念。因為在作者看來，菊花和桃花同為百花之一，理應享受同樣的待遇，菊花獨處寒秋，蕊寒香冷，實在是天公極大的不公。因此他決心要讓菊花同桃花一樣享受春天的溫暖。不妨認為，這是詩化了的平等思想。

這裡還有一個靠誰來改變命運的問題。是祈求天公的同情與憐憫，還是「我為青帝」，取而代之？其間存在著做命運的奴隸和做命運的主人的區別。詩的作者說：「我為青帝。」這豪邁的語言，正體現了推翻舊政權的決心和信心。而這一點，也正是古代文人所不能超越的鐵門檻。

這首詩所抒寫的思想感情是非常豪壯的，它使生活在封建社會中的文人學士表達自己胸襟抱負的各種豪言壯語都相形失色。但它並不流於粗豪，仍不失含蘊。這是因為詩中成功地運用了比興手法，而比興本身又融合著作者對生活的獨特感受與理解的緣故。（劉學鍇）

菊花　黃巢

待到秋來九月八，我花開後百花殺。
衝天香陣透長安，滿城盡帶黃金甲。

這首詩的題目，《全唐詩》作〈不第後賦菊〉，大概是根據明代郎瑛《七修類稿》引《清暇錄》關於此詩的記載。但《清暇錄》只說此詩是黃巢落第後所作，題為「菊花」。

重陽節有賞菊的風俗，相沿既久，這一天也無形中成了菊花節。這首菊花詩，其實並非泛詠菊花，而是遙慶菊花節。因此一開頭就是「待到秋來九月八」，意即等到菊花節那一天。不說「九月九」而說「九月八」，是為了與「殺」、「甲」叶韻。這首詩押入聲韻，作者要借此造成一種斬截、激越、凌厲的聲情氣勢。「待到」二字，似脫口而出，其實分量很重。因為作者要「待」的那一天，是天翻地覆、扭轉乾坤之日，因而這「待」是充滿熱情的期待，是熱烈的嚮往。而這一天，又絕非虛無縹緲，可望而不可即，而是如同春去秋來、時序更遷那樣，一定會到來的，因此，語調輕鬆，跳脫，充滿信心。

「待到」那一天又怎樣呢？照一般人的想像，無非是菊花盛開，清香襲人。作者卻接以石破天驚的奇句——「我花開後百花殺」。菊花開時，百花都已凋零，這本是自然界的規律，也是人們習以為常的自然現象。這裡特意將菊花之「開」與百花之「殺」（凋零）並列在一起，構成鮮明的對照，以顯示其間的必然聯繫。作者親切地稱菊花為「我花」，顯然是把它作為廣大被壓迫人民的象徵，那麼，與之相對立的「百花」自然是喻指反動腐朽的統治集團了。這一句斬釘截鐵，形象地顯示了作者果決堅定的精神風貌。

三、四句承「我花開」，極寫菊花盛開的壯麗情景：「衝天香陣透長安，滿城盡帶黃金甲。」整個長安城，都開滿了帶著黃金盔甲的菊花。它們散發出的陣陣濃郁香氣，直衝雲天，浸透全城。這是菊花的天下，菊花的王國，也是菊花的盛大節日。想像的奇特，設喻的新穎，辭采的壯偉，意境的瑰麗，都可謂前無古人。菊花，在文人筆下，最多不過把它作為勁節之士的化身，讚美其傲霜的品格；這裡卻賦予它戰士的戰鬥風貌與性格，把黃色的花瓣設想成戰士的盔甲，使它從幽人高士之花成為戰士之花。正因為這樣，作者筆下的菊花也就一變過去那種幽獨淡雅的靜態美，顯現出一種豪邁粗獷，充滿戰鬥氣息的動態美。它既非「孤標」，也不止「叢菊」，而是花開滿城，佔盡秋光，散發出陣陣濃郁的戰鬥芳香，所以用「香陣」來形容。「衝」、「透」二字，分別寫出其氣勢之盛與浸染之深，生動地展示出軍隊攻佔長安，主宰一切的勝利前景。

黃巢的兩首菊花詩，無論意境、形象、語言、手法都使人一新耳目。藝術想像和聯想是要受到作者世界觀和生活實踐的制約的。沒有黃巢那樣的革命抱負、戰鬥性格，就不可能有「我花開後百花殺」這樣的奇語和「滿城盡帶黃金甲」這樣的奇想。把菊花和帶甲的戰士聯結在一起，賦予它一種戰鬥的美，這只能來自戰鬥的生活實踐。「自古英雄盡解詩」（林寬〈歌風臺〉），也許正應從這個根本點上去理解吧。（劉學鍇）

聶夷中

【作者小傳】（八三七～？）字坦之，河南中都（今河南沁陽）人。家境貧寒。唐懿宗咸通末進士，任華陰縣尉，仕途不得意。其詩多為五言，〈傷田家〉、〈公子行〉等，描繪農民疾苦和豪族生活的淫奢，語言通俗，為晚唐詩中優秀之作。原有集，已散佚。《全唐詩》存其詩為一卷。（《唐詩紀事》卷六一、《唐才子傳》卷九）

傷田家

聶夷中

二月賣新絲，五月糶新穀。醫得眼前瘡，剜卻心頭肉。

我願君王心，化作光明燭。不照綺羅筵，只照逃亡屋。

唐末廣大農村破產，農民遭受的剝削更加慘重，至於顛沛流離，無以生存。在這樣的嚴酷背景上，產生了可與李紳〈憫農二首〉前後輝映的聶夷中〈傷田家〉。清沈德潛甚至將此詩與柳宗元〈捕蛇者說〉並論，以為「言簡意足，可匹柳文」（《唐詩別裁集》）。

開篇就揭露古代社會農村一種典型「怪」事：二月蠶種始生，五月秧苗始插，哪有絲賣？哪有穀糶（音同跳，出賣糧食）？居然「二月賣新絲，五月糶新穀」。這乃是「賣青」——將尚未產出的農產品預先賤價抵押。

正用血汗餵養、栽培的東西，是一年衣食，是心頭肉呵，但被挖去了。兩言賣「新」，令人悲酸。賣青是迫於生計，而首先是迫於賦斂。一本將「父耕原上田，子劚山下荒。六月禾未秀，官家已修倉」四句與此詩合併，就透露出個中消息。這使人聯想到民謠：「新禾不入箱，新麥不登場。殆及八九月，狗吠空垣牆。」（〈高宗永淳中童謠〉）明年衣食將何如，已在不言之中。緊接二句用一個形象比喻：「醫得眼前瘡，剜卻心頭肉。」它通俗、平易、恰切。「眼前瘡」固然比喻眼前急難，「心頭肉」固然比喻絲穀等農家命根，但這比喻所取得的驚人效果絕非「顧得眼前，顧不了將來」的概念化表述能及萬一。「挖肉補瘡」，這是何等慘痛的形象！唯其能入骨三分地揭示那血淋淋的現實，叫人一讀就銘刻在心，永誌不忘。誠然，挖肉補瘡，自古未聞，但如此寫來最能盡情，既深刻又典型，因而成為千古傳誦的名句。

「我願君王心」以下是詩人陳情，表達改良現實的願望，頗合新樂府倡導者提出的「惟歌生民病，願得天子知」（白居易〈寄唐生〉）的精神。這裡寄希望於君主開明固然有其歷史局限性，但作者用意主要是諷刺與譎諫。「我願君王心，化為光明燭」，即委婉指出當時君王之心還不是「光明燭」；望其「不照綺羅筵，只照逃亡屋」，即客觀反映其一向只代表豪富的利益而不恤民病，不滿之意見於言外，妙在運用反筆揭示皇帝昏聵，世道不公。「綺羅筵」與「逃亡屋」構成鮮明對比，反映出兩極分化的尖銳階級對立的社會現實，增強了批判性。它形象地暗示出農家賣青破產的原因，又由「逃亡」二字點出其結果必然是：「殫其地之出，竭其廬之入，號呼而轉徙，飢渴而頓踣」，「非死即徙爾」（〈捕蛇者說〉）。其中充滿作者對田家的同情，可謂「言簡意足」。

明胡震亨論唐詩，認為聶夷中等人「洗剝到極淨極省，不覺自成一體」，而「夷中詩尤關教化」（《唐音癸籤》）。從此詩即可看出。其所以如此，與語言的樸素凝練同取材造境的典型都是分不開的。（周嘯天）

司空圖

【作者小傳】（八三七～九〇八）字表聖，泗州（今屬江蘇）人。唐懿宗咸通進士，官至知制誥、中書舍人。後隱居中條山王官谷，自號知非子、耐辱居士。其詩多表現閒適生活情趣。《二十四詩品》一書舊題其所撰，對清人詩論頗有影響。有《司空表聖文集》（即《一鳴集》）。又有《司空表聖詩集》，係明人所輯。（新、舊《唐書》本傳、《唐才子傳》卷八）

退居漫題七首（其一、其三）　司空圖

花缺傷難綴，鶯喧奈細聽。惜春春已晚，珍重草青青。

燕語曾來客，花催欲別人。莫愁春已過，看著又新春。

這兩首五絕詩題既名曰「退居」，當然是歸隱後的作品。司空圖曾親身經歷黃巢軍的動蕩，目睹黃巢軍占領長安，深感唐王朝國勢衰危，於是跑到家鄉中條山（在今山西省南部）王官谷，過起「身外都無事，山中久避喧」（〈退居漫題七首〉其四）那種表面閒散而內心並不平靜的林泉生活。這兩首詩都表達了詩人對唐王朝春光遲暮的感傷，但憂慮和孤寂中並不使人感到消沉。

先看第一首。前兩句對仗極其工穩。抒寫傷春，不是籠統點明惆悵的情懷，也不是泛泛描繪春意闌珊，而是先從表現春光已晚的典型景色著筆：一是花，二是鶯。落紅滿地，花瓣殘缺，這固然是春光消逝的象徵。然而詩人偏偏把「花缺」的客觀圖景，和有感於「花缺」的心情融合起來，從而深化一層，表明目擊了這一幅圖景的詩人，所感到的實已無法將殘花重新彌補的悲傷。與此類似，黃鶯巧囀中透露出哀怨蕭瑟的聲音，往往成為歷來詩人抒寫抑鬱特別是春怨的標誌：「打起黃鶯兒，莫教枝上啼」（金昌緒〈春怨〉）；「曾苦傷春不忍聽，鳳城何處有花枝」（李商隱〈流鶯〉）。司空圖在這裡卻別開蹊徑：既不像金昌緒用怨憤之情抱怨它啼叫時驚人好夢，更不像李商隱因為怕引起自己傷春的情緒而不忍去聆聽。相反地，因為自己退居深谷，長期度著「疏煙泛泬寥」（〈牛頭寺〉）的歲月，心境寂寞孤獨之極，所以喧鬧的鶯聲反而使他感到親切，並且不自禁地側耳諦聽。而參差巧囀的鶯聲又恰似吐露著「花缺傷難綴」的愁情，這更引起詩人的共鳴，而把黃鶯引為寂寞生活中的同調了。「奈細聽」相當於「耐細聽」。它表示三層意思：樂意聽；別有會心地去聽；聽後深切領會到彼此同感的傷春之情。因此這「惜春」之「春」，就不僅僅指王官谷大自然的春天，也是自傷詩人自己韶華已去的春天，同時還暗喻著唐王朝繁華事散的春天，涵蘊相當豐富。

「花缺」句以沉著見長，是深穩之筆。「鶯喧」句以委婉見長，是渟蓄之筆。儘管二者各有不同，但這兩種各具審美特徵的暮春景物——作為圖畫美的殘花和作為音樂美的鶯啼，卻都統一到詩人傷春之感的渾然天成的意境之中，畫龍點睛地表達他為「家山牢落」（〈丁未歲歸王官谷〉）而百感叢生的深切感受。

也許因為頭兩句情緒太傷感了吧，後兩句作一轉折，詩情稍稍振起，彷彿詩人於無可奈何中的自遣、自慰和自勵。「惜春春已晚」總結了以上殘花和啼鶯的情境，表示春天行將別去，雖欲「惜春」，勢已無從。但是，詩人並沒有就此淒然欲絕。無可奈何花落去，尚有野草色青青。要珍重啊！這一結句，是突破重重失望萌發的希望，使全詩的意境突然增添了亮色，表明詩人身處亂世，仍能自保高潔的情懷。後來朱全忠的部下柳璨一度矯詔要他入朝參預政事，他有意裝成年老昏瞶，誤墮朝笏，終獲詔許還山，不為裹脅。詩的情調是感傷的，但其風骨卻是挺拔的。詩人因不得已而無所作為，但卻又有點不甘於無所作為。

後一首寫的還是春暮之感。開頭兩句也是對仗，不過描寫手法卻別具一格。第一首前兩句對仗一暗一明交相輝映，後一首卻是利用兩度時間來互為對襯。春燕歸來，梁上作棲，呢喃細語，轉眼都成往事。你看，「曾」字用得多麼傳神！爛漫春光，一陣陣催著百花開放，然而，這正是催著百花與春光同逝，終於與賞花人作別。花開是催，花謝是催。暮春催走了殘花，而花謝則更帶去春光。這裡的「欲別」是說花正在被催走，亦即欲別而未別之時。這該是多麼使人難堪啊！一邊是回憶曾經帶來過春天的燕子，一邊卻又懸想著即將來臨的與春天的別離。時間的互襯，把春光渲染得來去匆匆，使人深感惋惜與憂慮。

同前一首一樣，這裡「莫愁」一折，也有著峰迴路轉、灑落挺拔的情趣，使人看到希望和信心。「莫愁春已過，看著又新春」，這可以說是司空圖詩論中「生氣遠出，不著死灰」（《二十四詩品·精神》）的實例。

這兩首小詩始終無頹萎之氣，能使讀者翛然遠矚，寄希望於前程，為迎接新的春天而更相信青春必能永保。從司空圖的大部分詩歌看來，他的情調往往傾向於消沉和抑鬱，但也有一部分作品表現為「不堪寂寞對衰翁」（〈重陽山居〉）的磊落之氣；而這兩首詩恰可以說是兩種心情交織而亮色較為顯著的典型。表面看來，這兩首詩前後兩部分的情調互不相同，然而從詩人感情變幻起伏的匯歸來說，卻又完全統一。唯其春暮，所以分外惜春，而惜春的根本目的卻是期待「新春」的來臨。（吳調公）

來鵠

【作者小傳】（？～約八八三）豫章（今江西南昌）人。唐懿宗咸通間舉進士不第，隱居山澤。後客死揚州。其詩多寫旅居飄流、窮愁困苦的生活，亦有關注民意疾苦之作。《全唐詩》存其詩一卷。（《唐詩紀事》卷五六、《唐才子傳》卷八）

雲　來鵠

千形萬象竟還空，映水藏山片復重。
無限旱苗枯欲盡，悠悠閒處作奇峰。

夏雲形狀奇特，變幻不常。「夏雲多奇峰」（晉〈四時詠〉），是歷來傳誦的名句。但這首詩的作者似乎對悠閒作態的夏雲頗為憎厭，這是因為作者的心境本來就並不悠閒，用意又另有所屬的緣故。

首句撇開夏雲的各種具體形象，用「千形萬象」四字一筆帶過，緊接著下了「竟還空」這幾個感情分量很重的詞語。原來，詩人是懷著久旱盼甘霖的焦急心情注視著風雲變幻。對他說來，夏雲的千姿百態並沒有實際意義，當然也就想不到要加以描寫。對事物關心的角度不同，描寫的方式也自然有別。這一句對夏雲的描寫儘管抽象，卻完全符合詩人此時的感情。它寫出一個過程：雲不斷幻化出各種形象，詩人也不斷重複著盼望、失望，最後，雲彩隨風飄散，化為烏有，詩人的希望也終於完全落空。「竟還空」三字，既含有事與願違的深深失望，也含有感到被作弄之後的一腔怨憤。

次句寫「竟還空」後出現的情形。雲彩雖變幻以至消失，但切盼甘霖者仍在尋覓它的蹤影。它彷彿故意與人們捉迷藏：到處尋覓不見，驀然低頭，卻發現它的倒影映入水中；猛然抬頭，則又見它原來就隱藏在山後。又好像故意在你面前玩戲法：忽而輕雲片片，忽而重重疊疊。這就進一步寫出了雲的容與悠閒之狀，怡然自得之情，寫出了它的故作姿態。而經歷過失望，體驗過被作弄的滋味的詩人，面對弄姿自媚的雲，究竟懷著一種什麼樣的感情，也就可想而知了。

「無限旱苗枯欲盡，悠悠閒處作奇峰。」第三句是全詩的背景，按自然順序，似應放在首句。詩人把它安排在這裡，一方面是使這首篇幅很狹的小詩也有懸念，有波瀾；另一方面（也是更重要的）是讓它在感情發展的關節點上出現，以便與第四句形成鮮明尖銳的對照，取得更加強烈的藝術效果。第三句明顯地蘊含著滿腔的焦慮、怨憤，提得很高，出語很重，第四句放下去時卻很輕，表面上幾乎不帶感情。一邊是大片旱苗行將枯死，亟盼甘霖，一邊卻是夏雲高高在上，悠閒容與，化作奇峰在自我欣賞。正是在跌宕有致的對比描寫中，詩人給雲的形象添上了畫龍點睛的一筆，把憎厭如此夏雲的感情推向了高潮。

一首不以描摹刻畫為能事、有所託寓的詠物詩，總是能以它的生動形象啟發人們去聯想，去思索。這首詩，看來並不單純是抒寫久旱盼雨、憎厭旱雲的感情。詩中「雲」的形象，既具有自然界中夏雲的特點，又概括了社會生活中某一類人的特徵。那千變萬化，似乎給人們以灑降甘霖希望的雲，其實根本就無心解救乾枯的旱苗。當人們焦急地盼它降雨時，它卻「悠悠閒處作奇峰」呢。不言而喻，這正是舊時代那些看來可以「解民倒懸」，實際上「不問蒼生」的權勢者的尊容。它的概括性是很高的，直到今天，我們還會感到詩裡所描繪的人格化了的「雲」是似曾相識的。

古代詩歌中詠雲的名句很多，但用農民的眼光、感情來觀察、描繪雲的，卻幾乎沒有。來鵠的這一首〈雲〉，也許算得上最富人民性的詠雲之作。（劉學鍇）

錢珝

【作者小傳】字瑞文。錢起曾孫。唐僖宗廣明進士。乾寧初官至中書舍人。後貶撫州司馬。工詩，尤擅絕句。《全唐詩》存其詩一卷。（《新唐書》錢徽傳附、《唐才子傳》卷九）

江行無題（百首選一） 錢珝

咫尺愁風雨，匡廬不可登。
只疑雲霧窟，猶有六朝僧。

此詩以「咫尺愁風雨，匡廬不可登」作為開頭，隨手將題目中「江行」的意思鑲嵌在內，但沒有明說，只是從另一角度隱隱化出，用的是「暗起」的寫作手法。

「咫」是八寸。「咫尺」，形容距離極近。「匡廬」即指廬山。近在咫尺，本是極易登臨，說「不可登」，是什麼原因呢？這是江行遇雨所致，船至廬山腳下，卻為風雨所阻，不能登山。「不可登」三字寫出了使人發愁的「風雨」之勢，「愁」字則透出了詩人不能領略名山風光的懊惱之情。「不可登」，不僅表示了地勢的由下而上，而且，也描摹了江舟與山崖之間隔水仰望的空間關係。詩人僅僅用了十個字，即道出當時當地的特定場景，下筆非常簡巧。

一般說來，描寫高山流水的詩歌，作者多從寫形或繪色方面去馳騁彩筆；此詩卻另闢蹊徑，以引人入勝的想像開拓了詩的意境：「只疑雲霧窟，猶有六朝僧。」廬山為南朝佛教勝地，當時山中多名僧大師寄跡其間。這些往事陳跡，成了詩人聯想的紐帶。仰望高峰峻嶺，雲霧繚繞，這一副奇幻莫測的景象，不能不使詩人浮想翩翩：那匡廬深處，煙霞洞窟，也許仍有六朝高僧在隱身棲息吧。此種跡近幻化、亦真亦妄的浪漫情趣，更增添了匡廬的神奇色彩。廬山令人神往的美景很多，詩人卻「只疑」佛窟高僧，可見情致的高遠和詩思的縹緲了。

第三句中的「疑」字用得極好，寫出了山色因雲雨籠罩而給人的或隱或現的感覺，從而使讀者產生意境「高古」的聯想。「只疑」和「猶有」之間，一開一闔，在虛幻的想像中滲入似乎真實的判斷，更顯得情趣盎然。

本詩以疑似的想像，再現了詩人內心的高遠情致。寫法上，似用了國畫中的「潑」寫技法，以淡淡的水墨來渲染煙霧迷濛的雲水，虛虛實實，將廬山寫得撲朔迷離，從而取代了正面寫山的有形筆墨，確可視為山水詩中別具神情的一首佳作。（陶慕淵）

未展芭蕉　錢珝

冷燭無煙綠蠟乾，芳心猶卷怯春寒。

一緘書札藏何事，會被東風暗拆看。

豐富而優美的聯想，往往是詩歌創作獲得成功的重要因素，特別是詠物詩，詩意的聯想更顯得重要。首句從未展芭蕉的形狀、色澤設喻。由未展芭蕉的形狀聯想到蠟燭，這並不新穎；「無煙」與「乾」也是很平常的形容。值得一提的是「冷燭」、「綠蠟」之喻。點燃的蠟燭通常給人的感覺是紅亮、溫暖，這裡則說未燃的蠟燭「綠」、「冷」，不僅造語新穎，而且表達出詩人的獨特感受。「綠蠟」給人以翠脂凝綠的美麗聯想。《紅樓夢》第十八回賈寶玉題怡紅院詩寫蕉葉，原用「綠玉春猶卷」，薛寶釵建議改「玉」為「蠟」，出處即是錢珝此詩。「冷燭」一語，則使人感到那緊緊捲縮的蕉燭上面似乎籠罩著一層早春的寒意。

「芳心猶卷怯春寒」。捲成燭狀的芭蕉，最裡一層俗稱蕉心。詩人別開生面，賦予它一個美好的名稱──「芳心」。這是巧妙的暗喻：把未展芭蕉比成芳心未展的少女。從表面看，和首句「冷燭」、「綠蠟」之喻似乎脫榫，其實，無論從形象上、意念上，兩句都是一脈相通的。「蠟燭有心還惜別」（杜牧〈贈別二首〉其二）。「有心惜別」的蠟燭本來就可用以形容多情的少女，所以蕉心──燭心──芳心的聯想原很自然。「綠蠟」一語所顯示的翠脂凝綠、亭亭玉立的形象，也容易使人聯想到美麗的女性。在詩人想像中，這在料峭春寒中捲縮著「芳心」的芭蕉，彷彿是一位含情脈脈的少女，由於寒意襲人的環境的束縛，只能暫時把自己的情懷隱藏在心底。上一句還只是以物喻物，從未展芭蕉的外在形狀、色澤上進行描摹刻畫，求其形似；這一句則透過詩意的想像與聯想，把未展芭蕉人格化了，達到了人、物渾然一體的神似境界。句中的「猶」字、「怯」字，都極見用意。「猶」字不只明寫目前的「芳心未展」，而且暗寓將來的充分舒展，與末句的「會被東風暗拆」遙相呼應。「怯」字不僅生動地描繪出未展芭蕉在早春寒意包圍中捲縮不舒的形狀和柔弱輕盈的身姿，而且寫出了它的感覺與感情，而詩人的細意體貼、深切同情也自然流注於筆端。

三、四兩句卻又另外設喻。古代的書札捲成圓筒形，與未展芭蕉相似，所以這裡把未展芭蕉比作未拆封的書札。從第二句以芳心未展的少女設喻過渡到這一句以緘封的書札設喻，似乎又不相連屬，但讀時卻感到渾然一片。這奧妙就在「藏」字上。書札緊緊封緘著，它的內容——寫信者的一片「芳心」就深藏在裡面，好像不願意讓人知道它的奧祕。這和上句的「芳心猶卷」在意念上完全相通，不過上句側重於表現客觀環境的束縛，這一句則側重於表現主觀上的隱藏不露。未曾舒展的少女情懷和包蘊著深情的少女書札，本來就很容易引起由此及彼的聯想。但三、四兩句並非用另一比喻簡單地重複第二句的內容，而是透過「藏何事」的設問和「會被東風暗拆看」的遙想，展示了新的意境，抒發了更美好的情思。在詩人想像中，這未展芭蕉像是深藏著美好情愫的密封的少女書札，嚴守著內心的祕密。然而，隨著寒氣的消逝，芳春的到來，和煦的東風總會暗暗拆開「書札」，使美好的情愫呈露在無邊的春色之中。既然如此，又何必深藏內心的奧祕，不主動地坦露情懷，迎接東風，歡呼春天的到來呢？這後一層意思，詩人並沒有點明，讀者卻不難理會。句中的「會」字，下得毫不著力，卻讓人感到芭蕉由怯於春寒而「不展」，到被東風吹開，是順乎自然規律的；而「暗」字則極精細地顯示出這一變化過程是在不知不覺中進行的。這兩個詞語，對深化詩的意境有重要的作用。

詩意的想像與聯想，歸根結蒂還是來源於對生活的細心體察和深切體驗。如果錢珝對生活中受到環境束縛，心靈上受到禁錮的少女缺乏了解與同情，那麼他是無論如何不會產生上面那一系列詩意的聯想的，也絕不會從單調的未展芭蕉身上發現含情不展的少女的感情與氣質的。（劉學鍇）

張喬

【作者小傳】字伯遷，一作松年，池州青陽（今屬安徽）人。唐懿宗咸通進士。後隱九華山。《全唐詩》存其詩二卷。（《唐詩紀事》卷七十、《唐才子傳》卷十）

書邊事

張喬

調角斷清秋，征人倚戍樓。春風對青冢，白日落梁州。
大漠無兵阻，窮邊有客遊。蕃情似此水，長願向南流。

唐朝自肅宗以後，河西、隴右一帶長期被吐蕃所占。宣宗大中五年（八五一）沙州民眾起義首領張議潮，在出兵收取瓜、伊、西、甘、肅、蘭、鄯、河、岷、廓十州後，派遣其兄張議潭奉沙、瓜等十一州地圖入朝，宣宗因以張議潮為歸義軍節度使；其後，吐蕃將尚延心亦以河、渭州降唐，其地又全歸唐朝所有。自此，唐代西部邊塞地區才又出現了一度和平安定的局面。本詩的寫作背景大約是在上述情況之後。

詩篇一展開，呈現在讀者面前的就是一幅邊塞軍旅生活的安寧圖景。首句「調角斷清秋」，「調角」即吹角，角是古代軍中樂器，相當於軍號；「斷」是盡或佔盡的意思。這一句極寫在清秋季節，萬里長空，角聲迴蕩，悅耳動聽。而一個「斷」字，則將角聲音韻之美和音域之廣傳神地表現出來；「調角」與「清秋」，其韻味和色調恰到好處地融而為一，構成一個聲色並茂的清幽意境。這一句似先從高闊的空間落筆，勾勒出一個深廣的背景，渲染出一種宜人的氣氛。次句展現「征人」與「戍樓」所組成的畫面。你看那征人倚樓的安閒姿態，多像是在傾聽那悅耳的角聲和欣賞那迷人的秋色呵！不用「守」字，而用「倚」字，微妙地傳達出邊關安寧、征人無事的神旨。

頷聯「春風對青冢，白日落梁州」，「春風」，並非實指，而是虛寫。「青冢」，是漢朝王昭君的墳墓。這使人由王昭君和親的事跡聯想到目下邊關的安寧，體會到民族團結正是人們長期的夙願，而王昭君的形象也會像她墓上的青草在春風中搖蕩一樣，長青永垂。「梁州」，當指「涼州」。唐梁州為今陝西南鄭一帶，非邊地，而曲名〈涼州〉也有作〈梁州〉的，故云。涼州，地處今甘肅省內，曾一度被吐蕃所占。王昭君的墓在今內蒙古呼和浩特市南，與涼州地帶一東一西遙遙相對。傍晚時分，當視線從王昭君的墓地又移到涼州時，夕陽西下，餘暉一片，正是一派日麗平和的景象。令人想見，即使在那更為遙遠廣闊的涼州地帶，也是十分安定的。

頸聯「大漠無兵阻，窮邊有客遊」，「大漠」和「窮邊」，極言邊塞地區的廣漠；而「無兵阻」和「有客遊」，在「無」和「有」、「兵」和「客」的對比中，寫明邊關地區，因無蕃兵阻撓，所以才有遊客到來。這兩句對於前面的景物描寫起到了點化作用。

末聯兩句「蕃情似此水，長願向南流」，運用生動的比喻，十分自然地抒寫出了作者的心願，使詩的意境更深化一步。「此水」不確指，也可能指黃河。詩人望著這滔滔奔流的河水，思緒聯翩。他想：蕃情能像這大河一樣，長久地向南流入中原該多好啊！這表現出詩人渴望民族團結的願望。

全詩抒寫詩人於邊關的所聞、所見、所望、所感，意境高闊而深遠；氣韻直貫而又有抑揚頓挫；運筆如高山流水，奔騰直下，而又迴旋跌宕。正如近人俞陛雲在《詩境淺說》中所說：「此詩高視闊步而出，一氣直書，而仍頓挫，亦高格之一也。」（陶光友）

河湟舊卒

張喬

少年隨將討河湟，頭白時清返故鄉。
十萬漢軍零落盡，獨吹邊曲向殘陽。

湟水源出青海，東流入甘肅與黃河匯合。湟水流域及與黃河合流的一帶地方稱「河湟」。詩中「河湟」指吐蕃統治者從唐肅宗以來所進佔的河西隴右之地。宣宗大中三年（八四九），吐蕃宰相論恐熱以秦、原、安樂三州及石門等七關歸唐；五年，張義潮略定瓜、伊等十州，遣使入獻圖籍，於是河湟之地盡復。近百年間的戰爭給人民造成巨大痛苦。此詩所寫的「河湟舊卒」，就是當時久戍倖存的一個老兵。詩透過這個人的遭遇，反映出了那個動亂時代的影子。

此詩敘事簡淡，筆調亦閒雅平和，意味很不易一時窮盡。首句言「隨將討河湟」似乎還帶點豪氣；次句說「時清返故鄉」似乎頗為慶幸；在三句所謂「十萬漢軍零落盡」的背景下尤見生還之難能，似乎更可慶幸。末了集中為人物造像：那老兵在黃昏時分吹笛，似乎還很悠閒自得呢。

以上說的都是「似乎」如此，當讀者細玩詩意卻會發現全不如此。通篇詩字裡行間，尤其是「獨吹邊曲向殘陽」的圖景中，流露出一種深沉的哀傷。「殘陽」二字所暗示的日薄西山的景象，會引起一位「頭白」老人什麼樣的感觸？那幾乎是氣息奄奄、朝不慮夕的一個象徵。一個「獨」字又交代了這個老人目前處境，暗示出他從軍後家園所發生的重大變故，使得他垂老無家。這個字幾乎抵得上古詩〈十五從軍征〉的全部內容：少小從軍，及老始歸，而園廬蒿藜，身陷窮獨之境。從「少年」到「頭白」，多少年的殷切盼望，俱成泡影。

而此人畢竟是生還了，更多的邊兵有著更其悲慘的命運，他們暴骨沙場，是永遠回不到家園了。「十萬漢軍零落盡」，就從側面落筆，反映了唐代人民為戰爭付出的慘重代價。這層意思卻是〈十五從軍征〉所沒有的，它使此絕句所表達的內容更見深廣。這層意思透過倖存者的傷悼來表現，更加耐人玩味。而這傷悼沒明說出，是透過「獨吹邊曲」四字見出的。邊庭的樂曲，足以勾起征戍者的別恨、鄉思，他多年來該是早已聽膩了。既已生還故鄉，似不當更吹，然而卻偏要吹，可見舊恨未消。這大約是回家後失望無聊情緒的自然流露吧！他西向邊庭（「向殘陽」）而吹之，又當飽含對於棄骨邊地的故人、戰友的深切懷念，這又是日暮之新愁了。「十萬漢軍零落盡」，而倖存者又陷入不幸之境，則「時清」二字也值得玩味了，那是應加上引號的。

可見此詩句意深婉，題旨與〈十五從軍征〉相近而手法相遠。古詩鋪敘豐富詳盡，其用意與好處都易看出；而「作絕句必須涵括一切，籠罩萬有，著墨不多，而蓄意無盡，然後可謂之能手，比古詩當然為難」（陶明濬《詩說雜記》）。此詩即以含蓄手法抒情，從淡語中見深旨，故能短語長事，愈讀愈有味。（周嘯天）

章碣

【作者小傳】睦州桐廬（今屬浙江）人，後遷居錢塘（今浙江杭州）。唐僖宗乾符進士。其詩多為七律，頗有憤激之音。《全唐詩》存其詩一卷。（《唐詩紀事》卷六一、《唐才子傳》卷九）

焚書坑

章碣

竹帛煙銷帝業虛，關河空鎖祖龍居①。
坑灰未冷山東亂②，劉項原來不讀書。

〔註〕①祖龍：《史記·秦始皇本紀》：「今年祖龍死。」《史記集解》引蘇林說：「祖，始也。龍，人君象。謂始皇也。」②山東：崤函以東，一說指太行山以東的地區，即戰國末年秦以外六國的地盤。

這首詩就秦末動亂的局面，對秦始皇焚書的暴虐行徑進行了辛辣的嘲諷和無情的譴責。

秦始皇三十四年（前二一三），採納丞相李斯的奏議，下令在全國範圍內搜集焚毀儒家《詩》、《書》和百家之書，令下之後三十日不燒者，罰作築城的苦役，造成歷史上一場文化浩劫。

焚書坑據傳是當年焚書的一個洞穴，舊址在今陝西省臨潼縣東南的驪山上。章碣或者到過那裡，目之所觸，感慨係之，便寫了這首詩。

詩一開始就接觸主題。首句用略帶誇張的語言揭示矛盾：竹帛化為灰煙消失了，秦始皇的帝業也就跟著滅亡了，好像當初在焚書坑裡焚燒的就是他的嬴氏天下。這一句夾敘夾議，明敘暗議，有實有虛。「竹帛煙銷」是實寫，有形象可見。「竹帛」是古代寫書的材料，這裡指書。「帝業虛」是虛寫。這種虛實相間的表現手法極富韻致。

次句就「帝業虛」之意深進一層，說是雖然有關河的險固，也保衛不住秦始皇在都城中的宮殿。「關河」主要指函谷關與黃河，當然也包括其他關隘、河流，如散關、蕭關、涇河、渭河、崤山、華山等。漢賈誼〈過秦論〉：「秦地被山帶河以為固，四塞之國也。」說「關河」，便概括一切可以倚恃的地理險阻。秦都咸陽四周雖有這許多關山河川包圍著，但仍然鎖守不住，所以〈過秦論〉又說：「秦人阻險不守，關梁不闔，長戟不刺，強弩不射。楚師深入，戰於鴻門，曾無藩籬之艱。」再堅固的「籬笆」也擋不住起義軍隊的長驅直入。詩以「關河空鎖祖龍居」一句總括了整個秦末動亂以至秦朝滅亡的史實，言簡意深；並且以形象示現，把「帝業虛」這個抽象的概念寫得有情有景，帶述帶評，很有回味。「祖龍」指秦始皇。這裡不用「始皇」而用「祖龍」，絕非單純追求用典，而是出於表情達意的需要。《史記．秦始皇本紀》記載一項傳說：始皇三十六年，有神人對秦使者說：「今年祖龍死。」使者回報始皇，始皇聽了，好久不講話，過後自作解釋說：「祖龍者，人之先也。」秦始皇一心要做子孫萬代諸「龍」之祖。而今江山易主，「祖龍」一詞正話反用，又添新意，成了對秦始皇的絕妙諷刺，而且曲折有文采，合乎詩歌用語韻味。

第三句點題，進一步用歷史事實對「焚書」一事做出評判。秦始皇和李斯等人把「書」看成是禍亂的根源，以為焚了書就可以消災弭禍，從此天下太平。結果適得其反，嬴秦王朝很快陷入風雨飄搖、朝不保夕的境地。

「未冷」云云是誇張的言辭，旨在突出焚書行為的乖謬，實際上從焚書到陳勝、吳廣在大澤鄉首舉義旗，前後相隔整整四年時間。

末句抒發議論、感慨。山東之亂持續了一個時期，秦王朝最後亡於劉邦和項羽之手。這兩人一個曾長期在市井中廝混，一個出身行伍，都不是讀書人。可見「書」未必就是禍亂的根源，「焚書」也未必就是鞏固「子孫帝王萬世之業」（〈過秦論〉）的有效措施。說「劉項原來不讀書」，而能滅亡「焚書」之秦，全句純然是揶揄調侃的口吻，包含著極為辛辣的諷刺意味。從「竹帛」寫起，又以「書」作結，首尾相接如環，顯得圓轉自然。

議論性的詩歌，既要剖析事理，又要顯示意象，委實很不容易。這首詩採用了近乎喜劇的表現手法：揭示矛盾，使秦始皇處於自我否定的地位。這樣寫表面似乎很委婉，很冷靜，其實反對的態度和憎惡的感情十分鮮明。如果說這就是「怨而不怒」的表現，那麼，它也不失為一種成功的藝術手法。（朱世英）

東都望幸

章碣

懶修珠翠上高臺，眉月連娟恨不開。
縱使東巡也無益，君王自領美人來。

詩貴真，也貴新：真則可信，新則可愛。俗話說：「寧吃鮮桃一顆，不吃爛桃一筐。」對於詩，又何嘗不是如此？

晚唐詩人章碣這首七絕，是顆鮮桃。它同詩人其他多數詩篇一樣，寫得頗為新、巧。詩的頭兩句寫：居住「東都」（洛陽）的宮女們懶得梳妝打扮，佩戴珠翠，登上高臺，盼望皇帝臨幸；她們那雙像初月一樣美的彎眉，也因為怨恨而緊鎖著。她們為什麼這樣神情黯然，滿懷怨恨呢？後兩句詩作了回答：原來她們知道，即使皇帝從長安東巡到洛陽來，也是要領著他的「美人」來的。也就是說：她們盼望臨幸的願望是要落空的。

從字面上看，這首詩寫的是「宮怨」，是東都宮女對君王的怨恨；實際上，這是一首隱喻詩，它的主旨不是「宮怨」，而是「士怨」，即準備應試的知識分子對主考官的怨恨。

章碣在唐僖宗乾符年間（八七四～八七九）進士及第，登第之前曾有過落第的經歷。這首詩當是親身感受，且實有所指的。據五代王定保《唐摭言》記載：「邵安石，連州人也。高湘侍郎南遷歸闕，途次連江，安石以所業投獻遇知，遂挈至輦下。湘主文，安石擢第，詩人章碣賦〈東都望幸〉詩刺曰（詩從略）。」由此可知，這首詩是譏刺主考官高湘的。詩中的宮女，喻士人；「君王」，喻主考官；「美人」，喻走主考官後門的應試者。詩中所寓的真正含意是：準備應試的士人都滿懷怨恨，因為主考官把自己的「美人」領來了，他們登第的希望落空了。不過，這首詩雖然譏刺的是某一個具體人，實則具有普遍意義，是對中晚唐時期科舉制度的揭露。

全詩文情自然，比擬切至，妙用隱喻，而能使人心領神會，感到含蓄有味。詩的語言也頗有特色。三、四兩句自然流暢，猶如口語。一、二兩句瑰麗多姿，雕飾工巧。「懶修珠翠」、「眉月連娟」等寥寥幾字，把宮女姣美的形貌和懶洋洋的情態描繪得維妙維肖。愈寫出宮女之美，愈顯出「君王」之惡，是富有表現力的。

詩中形象優美，除別有寓意外，仍然具有作為宮怨詩的完整的意境。方干〈贈進士章碣〉詩云：「織錦雖云用舊機，抽梭起樣更新奇。」這首小詩用的雖是傳統的比興手法，卻寫得新穎別致，也可以說是「用舊機」織出的新「錦」吧。（賈文昭）

薛媛

【作者小傳】濠梁（今河南開封）人，南楚材之妻。唐懿宗咸通前在世。善書畫，工詩文。《全唐詩》存其詩一首。（《雲溪友議》卷上）

寫真寄外

薛媛

欲下丹青筆，先拈寶鏡寒。已驚顏索寞，漸覺鬢凋殘。
淚眼描將易，愁腸寫出難。恐君渾忘卻，時展畫圖看。

薛媛是晚唐濠梁（今安徽鳳陽）人南楚材妻。楚材離家遠遊。潁（今河南許昌）地長官愛楚材風采，欲以女妻之。楚材欲允婚，命僕回濠梁取琴書等物。「善書畫，妙屬文」（見唐范攄《雲溪友議》卷上）的薛媛，覺察丈夫意向，對鏡自畫肖像，並寫了上面這首詩以寄意。楚材內心疚愧，終與妻團聚。

這詩表達了詩人對遠離久別丈夫的真摯感情，隱約透露了她憂慮丈夫「別倚絲蘿」的苦衷。刻畫心理活動既細緻入微，又具體形象：時而喃喃自語，時而如泣如訴，詩情畫意，躍然紙上。

詩一開頭，就透過手的動作來展示心理活動。她提起「丹青」畫筆，正想下筆作畫。然而，她猶疑了。怎麼畫呢？還是「先拈寶鏡」，照照容顏吧。可是一「拈寶鏡」，卻給她帶來一股「寒」意。「寶鏡」為什麼「寒」？是冰涼的鏡體給人一種「寒」的感覺呢，還是詩人的心境寒涼呢？一「寒」字，既狀物情，又發人意。

頷聯進一步寫詩人對鏡自憐：她心中已自感玉容憔悴，而今細細端詳，發覺鬢髮也開始有點稀疏了。「驚」是因為「顏索寞」而引起的心理活動。「已驚」表明平素已有所感觸，而今日照鏡，更驚覺青春易逝。「顏索寞」，明顯易見；「鬢凋殘」細微難察，用「漸覺」一語，十分確當，寫出她愈來愈苦這一心理狀態。

「淚眼描將易，愁腸寫出難。」「淚眼」代指詩人的肖像，「愁腸」指心靈的痛苦。一「易」一「難」，互為映襯。這裡用欲抑先揚的手法，在矛盾對比中，刻畫懷念丈夫的深情。明湯顯祖《牡丹亭》第十四齣〈寫真〉杜麗娘自畫肖像時說過兩句話：「三分春色描來易，一段傷心寫出難。」當是脫胎於此。

尾聯點出寫真寄外的目的。詩人辭懇意切地叮囑丈夫：想你大概把我完全忘光了吧！送上這張畫，讓你時時看看我。「恐」，猜想，是詩人估量丈夫時的心理狀態。「渾」，全也。一「恐」一「渾」，準確地描繪出自己微妙的感情活動。本來，僕人回家取琴書等物時，詩人察覺丈夫已有「別倚絲蘿」，把糟糠之情全「忘卻」的意向。但她在詩中卻避免了作正面的肯定，而用了估量、猜測的口吻，這就不致傷害丈夫的自尊心，而且給他留下回心轉意的餘地。一「恐」字，把詩人既疑慮又體諒丈夫的感情，委婉曲折地吐露出來，可謂用心良苦。末句，直陳胸臆，正面規勸丈夫：「時展畫圖看」。遙應首句，語短情長。

此詩對人物的神態動作描寫和心理活動的刻畫是很出色的。它也從側面透露出古代婦女的不幸和痛苦。（鄧光禮）

曹松

【作者小傳】字夢徵，舒州（今安徽潛山）人。早年棲居洪都西山，後往依建州刺史李頻。唐昭宗天復元年七十餘歲中進士，授校書郎。詩多紀遊之作。風格學賈島，取境幽深，工於鑄字鍊句。《全唐詩》存其詩二卷。（《唐詩紀事》卷六五、《唐才子傳》卷十）

己亥歲（二首選一）　曹松

澤國江山入戰圖，生民何計樂樵蘇。

憑君莫話封侯事，一將功成萬骨枯。

此詩題作〈己亥歲〉，題下註：「僖宗廣明元年。」按「己亥」為廣明前一年即乾符六年（八七九）的干支，詩大約是在廣明元年追憶去年時事而作。「己亥歲」這個醒目的詩題，就點明了詩中所寫的是活生生的社會政治現實。

安史之亂後，戰爭先在河北，後來蔓延入中原。到唐末又發生大規模農民起義，唐王朝進行窮凶極惡的鎮壓，大江以南也都成了戰場。這就是所謂「澤國江山入戰圖」。詩句不直說戰亂殃及江漢流域（「澤國」），而只說這一片河山都已繪入「戰圖」，表達委婉曲折。讓讀者透過一幅「戰圖」，想像到兵荒馬亂、鐵和血的現實，這是詩人運用形象思維的一個成功例子。

隨戰亂而來的是生靈塗炭。打柴為「樵」，割草為「蘇」。「樵蘇」生計本來艱辛，無樂可言。然而，「寧為太平犬，勿為亂世民」，在流離失所，掙扎於生死線上的「生民」心目中，能平平安安打柴割草以度日，也就快樂了。只可惜這種「樵蘇」之樂，今亦不可復得。用「樂」字反襯「生民」的不堪其苦，耐人尋味。

古代戰爭以取首級之數計功，戰爭造成了殘酷的殺戮，人民的大量死亡。這是血淋淋的現實。詩的前兩句雖然筆調輕描淡寫，字裡行間卻有斑斑血淚。這就自然逼出後兩句沉痛的呼告。

「憑君莫話封侯事，一將功成萬骨枯。」這裡「封侯」之事，是有現實針對性的：乾符六年（即「己亥歲」）鎮海節度使高駢就以在淮南鎮壓黃巢軍的「功績」，受到封賞，無非「功在殺人多」（劉商〈行營即事〉）而已。令人聞之髮指，言之齒冷。無怪詩人閉目搖手道「憑君莫話封侯事」了。一個「憑」字，意在「請」與「求」之間，語調比言「請」更軟，意謂：行行好吧，可別提封侯的話啦。詞苦聲酸，全由此一字推敲得來。

末句更是一篇之警策：「一將功成萬骨枯。」它詞約而義豐。與「可憐白骨攢孤冢，盡為將軍覓戰功」（張蠙〈弔萬人冢〉）之句相比，字數減半而意味倍添。它不僅同樣含有「將軍誇寶劍，功在殺人多」（劉商〈行營即事〉）的現實內容；還更多一層「士卒塗草莽，將軍空爾為」（李白〈戰城南〉）的意味，即言將軍封侯是用士卒犧牲的高昂代價換取的。其次，一句之中運用了強烈對比手法：「一」與「萬」、「成」與「枯」的對照，令人怵目驚心。「骨」字極形象駭目。這裡的對比手法和「骨」字的運用，都很接近「朱門酒肉臭，路有凍死骨」（杜甫〈自京赴奉先縣詠懷五百字〉）的驚人之句。它們從不同側面揭示了歷史的本質，具有很強的典型性。前三句只用意三分，詞氣委婉；而此句十分刻意，擲地有聲，相形之下更覺字字千鈞。（周嘯天）

南海旅次

曹松

憶歸休上越王臺，歸思臨高不易裁。為客正當無雁處，故園誰道有書來。
城頭早角吹霜盡，郭裡殘潮蕩月回。心似百花開未得，年年爭發被春催。

曹松是舒州（治所在今安徽潛山）人，因屢試不第，長期流落在今福建、廣東一帶。這首詩就是他連年滯留南海（郡治在今廣東廣州）時的思歸之作。

作者以翻騰起伏的思緒作為全詩的結構線索，在廣州的獨特地理背景的襯托下，著力突出登高、家信、月色、春光在作者心中激起的反響，來表現他羈留南海的萬縷歸思。

首聯「憶歸休上越王臺，歸思臨高不易裁」，從廣州的著名古跡越王臺落筆；但卻一反前人的那種「遠望當歸」的傳統筆法，獨出心裁地寫成「憶歸休上」，以免歸思泛濫，不易裁斷。如此翻新的寫法，脫出窠臼，把歸思表現得十分婉曲深沉。清金聖歎稱讚這兩句「忽然快翻『遠望當歸』舊語，成此嶄新妙起」（《貫華堂選批唐才子詩》甲集七言律），是說得不錯的。

頷聯「為客正當無雁處，故園誰道有書來」，詩人巧妙地運用了鴻雁南飛不過衡山回雁峰的傳說，極寫南海距離故園的遙遠，表現他收不到家書的沮喪心情。言外便有嗟怨客居過於邊遠之意。南唐李煜的「雁來音信無憑」（〈清平樂·別來春半〉），是寫見雁而不見信的失望；而曹松連雁也見不到，就更談不上期待家書了，因此對句用「誰道有書來」的反問，來表現他的無限懊惱。

頸聯「城頭早角吹霜盡，郭裡殘潮蕩月回」，展示了日復一日喚起作者歸思的淒清景色。出句寫晨景，是說隨著城頭淒涼的曉角聲晨霜消盡；對句寫晚景，是說伴著夜晚的殘潮明月復出。這一聯的描寫使我們想起唐詩中的有關詩句：「三奏未終天便曉，何人不起望鄉愁」（武元衡〈單于曉角〉）；「迴潮動客思」（李益〈送歸中丞使新羅冊立弔祭〉）；「舉頭望明月，低頭思故鄉」（李白〈靜夜思〉）。看來，在唐人心目中，明月、曉角、殘潮，都是牽動歸思的景色。如果說，李白的〈靜夜思〉寫了一時間勾起的鄉愁，那麼，曹松這一聯的景色，則融進了作者連年羈留南海所產生的了無終期的歸思。

歸思這樣地折磨著作者，平常時日，還可以勉強克制，可是，當新春到來時，就按捺不住了。因為新春提醒他在異鄉又滯留了一個年頭，使他歸思泉湧，百感交集。「心似百花開未得，年年爭發被春催」，形象地揭示出羈旅逢春的典型心境，把他對歸思的抒寫推向高潮。句中以含苞待放的百花比喻處於抑制狀態的歸心，進而表現每到春天他的心都受到刺激，引起歸思泛濫，那就像被春風催開的百花，競相怒放，不由自主。想像一下號稱花城的廣州，那沐浴在春風裡的鮮花的海洋，我們不禁為作者如此生動、獨到的比喻讚嘆不已。這出人意表的比喻，生動貼切，表現出歸思的紛亂、強烈，生生不已，難以遏止。寫到這裡，作者的南海歸思在幾經婉轉之後，終於得到了盡情的傾吐。

這首詩在藝術上進行了富有個性的探索，它沒有採用奇特的幻想形式，也沒有採用借景抒情為主的筆法，而是集中筆墨來傾吐自己的心聲，迂曲婉轉地揭示出複雜的心理活動和細微的思想感情，呈現出情深意曲的特色。（徐燕）

崔道融

【作者小傳】（？～約九〇七）荊州（今湖北江陵）人。曾為永嘉令，累官右補闕。與司空圖、方干等人友善。工於五絕。有《東浮集》十卷。《全唐詩》存其詩一卷。（《唐才子傳》卷九、《十國春秋》卷九五）

西施灘

崔道融

宰嚭亡吳國，西施陷惡名。
浣紗春水急，似有不平聲。

西施是春秋時代的越國人，家住浙江諸暨縣南的苧羅山。苧羅山下臨浣江，江中有浣紗石，傳說西施常在此浣紗，西施灘因而得名。這首詩不同於一般弔古傷今的登臨之作，而是針對「女人禍水」這一傳統的歷史觀念，為西施翻案。

詩立意新穎，議論形象而富有感情。上聯平平道來，旨在澄清史實。據《史記》載，越王句踐為吳王夫差戰敗後困於會稽，派大夫文種將寶器美女（西施在其中）賄通吳太宰伯嚭（音同痞），准許越國求和。越王句踐因此獲得了休養生息的機會，後終於滅掉了吳國。這就是歷史的真相。所以詩一開頭就道破問題的實質：「宰嚭亡吳國，西施陷惡名。」這個「陷」字用得十分精當，推翻了「女人禍水」論，把顛倒了的史實再顛倒過來。

議論入詩一般容易流於枯澀，而這首詩卻把議論和抒情有機地結合在一起。詩人在為西施辯誣之後，很自然地將筆鋒轉到了西施灘，用抒情的筆觸，描寫了西施灘春日的情景。春天到了，江河水漲，西施當年浣紗的灘頭那嘩嘩的江水急促奔流，好像在為她所蒙上的一層歷史的汙垢發出如泣如訴的聲音，訴說著世事的不平。但春水畢竟不具有人的思想感情，這一切只能是詩人想像，所以第四句很快補上：「似有不平聲」。這「似有」二字，選用得非常得體，真切自然，寄寓著作者深沉的慨嘆。這一聯，完全是在抒情中進行議論，在議論中滲透感情。

晚唐詩人羅隱也寫過類似的詩：「家國興亡自有時，吳人何苦怨西施。西施若解傾吳國，越國亡來又是誰？」（〈西施〉）比較起來，兩詩的立意相似，又各具特色。羅詩議論充分，能聯繫「時運」來分析國家的興亡，這比崔詩似覺深入一層；崔詩發議論，不僅訴諸理智，而且訴諸感情，將理智和感情自然地糅合在一起，這較之羅詩又有其高出一籌的地方。（劉永年）

溪上遇雨二首（其二）　崔道融

坐看黑雲銜猛雨，噴灑前山此獨晴。
忽驚雲雨在頭上，卻是山前晚照明。

唐詩中寫景通常不離抒情，而且多為抒情而設。即使純乎寫景，也滲透作者主觀感情，寫景即其心境的反光和折射；或者用著比興，別有寄託。而這首寫景詩不同於一般唐詩。它是詠夏天的驟雨，你既不能從中覓得何種寓意，又不能視為作者心境的寫照。因為他實在是為寫雨而寫雨。從一種自然現象的觀察玩味中發現某種奇特情趣，乃是宋人在詩歌「小結裹」方面的許多發明之一，南宋楊誠齋（萬里）最擅此。而這首〈溪上遇雨〉居然是早於誠齋二三百年的「誠齋體」。

再從詩的藝術手法看，它既不合唐詩通常的含蓄蘊藉的表現手法，也沒有通常寫景虛實相生較簡括的筆法。它的寫法可用八個字概盡：窮形盡相，快心露骨。

夏雨有夏雨的特點：來速疾，來勢猛，雨腳不定。這幾點都被詩人準確抓住，表現於筆下。急雨才在前山，忽焉已至溪上，叫人避之不及，其來何快！以「坐看」從容起，而用「忽驚」、「卻是」作跌宕轉折，寫出夏雨的疾驟。而一「銜」一「噴」，不但把黑雲擬人化了（它像在撒潑、頑皮），形象生動，而且寫出了雨的力度，具有一種猛烈澆注感。寫雲曰「黑」，寫雨曰「猛」，均窮極形容。一忽兒東邊日頭西邊雨，一忽兒西邊日頭東邊雨，又寫出由於雨腳轉移迅速造成的一種自然奇觀。這還不夠，詩人還透過「遇雨」者表情的變化，先是「坐看」，繼而「忽驚」，側面烘托出夏雨的瞬息變化難以意料。通篇思路敏捷靈活，用筆新鮮活跳，措語尖新，令人可喜可愕，深得夏雨之趣。

就情景的近似而論，它更易使人聯想到宋代蘇東坡〈六月二十七日望湖樓醉書五絕〉其一中的一首：「黑雲翻墨未遮山，白雨跳珠亂入船。捲地風來忽吹散，望湖樓下水如天。」比較一下倒能見出此詩結構上的一個特點。蘇詩雖一樣寫出夏雨的快速、有力、多變，可謂盡態極妍，但它是僅就一處（「望湖樓」外）落墨，寫出景色在不同時刻上的變化。而此詩則從兩處（「前山」與「溪上」）著眼，雙管齊下，既有景物在不同時間的變化，又有空間的對比。如就詩的情韻而言，蘇詩較勝；如論結構的出奇，此詩則不宜多讓。

可見，詩分唐宋是大體的區分，不能絕對看待。清人王士禛曾列舉宋絕句風調類唐人者數十首，是宋中有唐；另一方面，宋詩的不少傾向往往可以追根溯源到中晚唐，是唐中有宋。大抵唐詩經過兩度繁榮，晚唐詩人已感難乎為繼，從取材到手法便開始有所標新立異了。這個唐宋詩交替的消息，從崔道融〈溪上遇雨〉一篇是略可窺到一些的。（周嘯天）

溪居即事

崔道融

籬外誰家不繫船，春風吹入釣魚灣。

小童疑是有村客，急向柴門去卻關。

這詩寫眼前所見，信手拈來，自然成篇。所寫雖日常生活小事，卻能給人以美的熏陶。凡是有河道的地方，小船作為生產和生活必需的工具，是一點不稀奇的。但「籬外誰家不繫船」句，卻於平常中又顯出不平常來了。似乎作者於無意中注意到了生活中的這一瑣事，故以此句開首。「誰家」即不知是哪一家的。因為「不繫船」，船便被吹進「釣魚灣」。「春風」二字，不僅點時令，也道出了船的動因。春潮上漲，溪水滿溢，小船才會隨著風勢，由遠至近，悠悠蕩蕩地一直飄進釣魚灣來。「不繫船」，可能出於無心，這在春日農村是很普通的事；但經作者兩筆勾勒，溪居的那種恬靜、平和的景象便被攝入畫面；再著春風一「吹」，整個畫面都活了起來，生氣盎然，饒有詩意。

鄉村春日，人們都在田間勞作，村裡是很清靜的，除了孩子們在宅前屋後嬉戲之外，少有閒人。有一位小童正玩得痛快，突然發現有船進灣來了，以為是客人來了，撒腿就跑回去，急急忙忙地解脫柴門的扣子，打開柴門迎接客人。作者用「疑」、「急」二字，把兒童那種好奇、興奮、粗疏、急切的心理狀態，描繪得維妙維肖，十分傳神。詩人捕捉住這一刹那間極富情趣的小鏡頭，成功地攝取了一個熱情淳樸、天真可愛的農村兒童的形象。

這首詩純用白描，不做作，不塗飾，樸素自然，平淡疏野，真可謂洗盡鉛華，得天然之趣，因而詩味濃郁，意境悠遠。詩人給我們展現出一幅素淡的水鄉風景畫：臨水的村莊，掩著的柴門，疏疏落落的籬笆，碧波粼粼的溪水，飄蕩的小船，奔走的兒童……靜中寓動，動中見靜，一切都很和諧而富有詩意，使人感受到水鄉寧靜、優美的景色，濃郁的鄉村生活氣息。而透過這一切，我們還隱約可見一位翹首拈鬚、悠然自得的詩人形象，領略到他那積極樂觀的生活情趣和閒適舒坦的心情。（徐定祥）

韓偓

【作者小傳】（八四二～九二三？）字致堯（一作致光），小字冬郎，自號玉山樵人，京兆萬年（今陝西西安）人。唐昭宗龍紀進士。官翰林學士、中書舍人。天復初，隨昭宗奔鳳翔，進兵部侍郎、翰林承旨。後以不附朱溫被貶斥，南依閩王王審知而卒。其早年詩多寫豔情，詞藻華麗，有「香奩體」之稱。後期詩風轉變，不乏感時傷亂之作。有《韓內翰別集》。（《新唐書》本傳、《十國春秋》卷九五）

故都

韓偓

故都遙想草萋萋，上帝深疑亦自迷。塞雁已侵池籞宿，宮鴉猶戀女牆啼。

天涯烈士空垂涕，地下強魂必噬臍①。掩鼻計成終不覺，馮驩②無路學鳴雞。

〔註〕①噬臍：辦不到的事，喻後悔莫及，也作「噬齊」。《春秋左傳．莊公六年》：「亡鄧國者，必此人也。若不早圖，後君噬齊，其及圖之乎。」杜預註：「若齧腹齊，喻不可及。」②馮驩：戰國孟嘗君門客，《史記》載為「馮驩」，《戰國策》載為「馮諼」。

韓偓用七律寫過不少感時的篇章，大多直敘其事而結合述懷。本篇卻憑藉想像中的景物描寫來暗示政局的變化，情景交融，虛實相成，在作者的感時詩中別具一格。

「故都」，指唐京都長安。唐末，河南宣武節度使朱溫控制了朝廷。為了便於實現其奪權野心，他於天祐元年（九〇四）強迫唐昭宗由長安遷都洛陽；同年八月，弒昭宗，立哀帝。又三年，廢哀帝自立，唐朝就此滅亡。韓偓深得昭宗信用，在遷都的前一年被朱溫趕出朝廷，漂泊南下，最後定居福建。這首詩是他流離在外聽到遷都的消息後寫成的，透過遙想故都的衰敗，寄寓家國將亡的哀痛，淒切動人。

詩篇開首即從朝廷播遷後長安城的荒涼破敗景象落筆。「草萋萋」，形容雜草叢生的樣子，雖只寥寥三個字，卻點明了物態人事的巨大變化。往昔繁榮熱鬧的都城，而今滿是廢臺荒草，怎不叫人怵目驚心？長安城的衰敗是唐王朝走向滅亡的先兆，詩人對此懷有極深的感慨。這裡雖沒明說，但領頭的「遙想」一語，傾注著無限眷戀關注之情，弦外之音不難聽出。下句是說連高居天宮的上帝見此情景也會深感迷惑。這固然是為了突出都城景物變異之大，同時也烘托出詩人內心的迷惘不安。整首詩一上來就籠罩了一層淒迷悲涼的氣氛。

次聯承接首句，進一步展開故都冷落的畫面。「池籞（音同玉）」，即宮中池塘周圍的竹籬笆之類，平時上面網以繩索，禽鳥無法進出。「女牆」，宮城上的矮牆。塞外飛來的大雁已侵入池籞住宿，這就意味著宮殿殘破，無人管理；而園中烏鴉猶自傍著女牆啞啞啼鳴，更給人以物情依舊、人事全非的強烈印象。前聯總寫長安城的衰敗，取景渾融概括；本聯集中描繪宮苑廢蕪，筆觸細緻傳神。這樣將全景與特寫剪接在一起，點面結合，深切地反映了作者想像中的故都近貌。

第三聯開始，轉入正面抒情。「烈士」，古代稱呼氣節剛烈的人，這裡是詩人自稱。當時詩人儘管流寓在外，心仍縈注國事，面臨朝政的巨大變故，痛感自身無能為力，其衷懷的悲憤可想而知。「垂涕」而又加上一個「空」字，就把這種心理表達得十分真切。下句的「地下強魂」，指昭宗時宰相崔胤。他為鏟除宦官勢力，引進朱溫的兵力，結果使唐王朝陷入朱溫掌握之中，自己也遭殺戮。此句是說崔胤泉下有知，定將悔恨莫及。韓偓與崔胤原來關係密切，這裡插敘崔胤被害的事實，是為了進一步抒發自己的憤慨之情。這一聯抒情激切，筆力勁拔，接續前面的寥落景象，猶如奇峰突起，巨波掀瀾，讀來氣勢一振。清人吳汝綸評述道：「提筆挺起作大頓挫！凡小家作感憤詩，後半每不能撐起，大家氣魄所爭在此。」（高步瀛《唐宋詩舉要》引）這番議論是頗有見地的。

尾聯歸結於深沉的感喟。「掩鼻計成」，用的是《韓非子》裡的故事：楚王的夫人鄭袖忌妒一位新得寵的美人，故意關照她說，大王不喜歡妳的鼻子，見面時妳要掩住鼻子；隨後又告訴楚王說，美人掩鼻是怕聞你身上的臭氣。楚王一怒之下，把美人的鼻子割了，從此鄭袖得以專寵。這裡借指朱溫偽裝效忠唐室，用陰謀奪取天下。末句詩人以馮驩自況，慨嘆自己沒有像戰國時孟嘗君的門客馮驩那樣設計解救君主脫離困境的辦法。「學鳴雞」，指孟嘗君由秦潛逃回齊，夜間不得過函谷關，門客學雞叫始騙開關門脫險。這一聯用典較多，但用而能化，不嫌堆砌。敘述中，像「終不覺」、「無路」等字眼下得沉重，蘊含強烈的感情色彩，也是引證古事而能具有活生生感染力量的重要原因。

詩的前半寫景，後半抒情，前半悽婉，後半激越，哀感沉綿之中自有一股抑塞不平之氣，跌宕起伏，撼人心魄。前人常說，韓偓的感時詩繼承了杜甫、李商隱的傳統，沉鬱頓挫，律對精切，這是不錯的。但韓偓尤善於將感慨蒼涼的意境融入芊麗清新的詞章裡，悲而能婉，柔中帶剛，又有他個人的特色。本篇似亦可以見出其風格的一斑。（陳伯海）

自沙縣抵龍溪縣，值泉州軍過後村落皆空，因有一絕

韓偓

水自潺湲①日自斜，盡無雞犬有鳴鴉。
千村萬落如寒食②，不見人煙空見花。

〔註〕①潺湲：水慢慢流動的樣子。②寒食：指寒食節，舊俗此節禁煙火，吃冷食。

這首詩寫於唐亡後不久後梁太祖開平四年（九一〇）。詩題中的沙縣、龍溪縣、泉州均在今福建境內。詩中所描寫的「千村萬落如寒食」的荒涼景象，就是作者從沙縣到龍溪縣的沿途所見。

杜甫的名句「國破山河在，城春草木深」（〈春望〉），寫的是安史之亂時國家殘破的景象。這首詩的立意與此相仿，不過他寫的不是「國破」，而是「村破」，寫的是泉州軍洗劫農村造成人煙絕滅的荒涼蕭條景象。

過去有人評註杜甫上述兩句詩說：「『山河在』，明無餘物矣。『草木深』，明無人矣。」認為詩的可貴之處，是「意在言外，使人思而得之」（宋司馬光《溫公續詩話》）。像杜詩這樣只說「有」什麼，不說「無」什麼，確實使詩含蓄蘊藉，藝術手腕確實高明。而韓偓這首詩同時寫「有」又寫「無」，以「有」襯「無」，卻也有異曲同工之妙。詩人沿途看到的村莊「有」什麼呢？「有鳴鴉」。「無」什麼呢？「無雞犬」。能「見」到的是什麼呢？是「花」。「不見」的又是什麼呢？是「人煙」。這樣，一「有」，一「無」，一「見」，一「不見」，就把「千村萬落如寒食」的荒涼破敗的慘象，繪製成一幅具體形象的藝術畫面，活脫脫地展現在人們眼前。

襯托是個很好的手法。以醜襯美，美者更美；以動襯靜，靜者更靜；同樣，以「有」襯「無」，也可以使「無」更顯得一無所有，如果說，我們從杜詩可以看出含蓄之美，那麼，我們從韓詩則可以看出襯托之妙。

古代不少詩人愛用「自」、「空」二字，常把這兩個字用在同一聯的上下句形成對仗。例如「山鶯空曙響，隴月自秋暉」（南朝梁何遜〈行經孫氏陵〉），「過春花自落，竟曉月空明」（許渾〈旅夜懷遠客〉），「映階碧草自春色，隔葉黃鸝空好音」（杜甫〈蜀相〉），等等。韓詩也用了這兩個字，可是用法別致，另具一種韻味。他似乎覺得用一個「自」字分量還不夠，所以在首句一連用了兩個「自」字。他又並不把「自」與「空」對仗，他不是在第二句，而是在末句才用了個「空」字。「水自潺湲日自斜」這兩個「自」字，和「不見人煙空見花」的「空」字，遙相呼應，表現出當時農村的一切都是自生自滅，無人問津，空空蕩蕩，一派荒涼。這樣，既把「千村萬落如寒食」的悲慘景象展現了出來，同時也把詩人對泉州軍暴行的憤懣之情含蓄不露地表達了出來。清薛雪在《一瓢詩話》中稱讚杜甫善用「自」字，他在列舉了杜詩「村村自花柳」等一連串運用「自」字的詩句之後說：「下一『自』字，便覺其寄身離亂、感時傷事之情，掬出紙上。」我們讀韓偓這首詩中的「自」字、「空」字，也是能感受到詩人的「感時傷事之情」的，儘管它寓情於景，思想傾向含蓄不露。

韓偓愛花成癖，在他現存的詩集中，專門以花為題的就有多首，如〈梅花〉、〈惜花〉、〈哭花〉等。但是，他在寫上面這首詩時，卻全然沒有賞花的情致。因為花同人比起來，總還是人更能引起詩人的關注。「不見人煙」了，哪還有心思賞花呢？「空見花」的「空」字，就明顯地流露了他對「不見人煙」的悵惘、感傷之情。

這首詩比較深刻地揭露了軍閥的罪惡行徑，從一個側面反映了唐末動亂的黑暗現實，具有一定的社會意義。

（賈文昭）

深院 韓偓

鵝兒唼喋梔黃嘴，鳳子輕盈膩粉腰。
深院下簾人晝寢，紅薔薇架碧芭蕉。

韓偓用一支色彩濃重的畫筆寫景詠物，創作出不少別開生面的作品。〈深院〉是其中之一。由為大自然山川的渾灝的歌詠，轉入對人的居住環境更為細膩的描寫，似乎標誌寫景詩在唐末的一個重要轉機。從此以後，我們就要聽到許多「庭院深深深幾許」（宋歐陽修〈蝶戀花〉）的歌唱了。

「深院」之「深」，似乎不僅是個空間的觀念，而且攸關環境氣氛。一般說，要幽才能「深」，詩人筆下卻給我們展示了一幅鬧春的小景：庭院內，黃嘴的鵝雛在呷水嬉戲，美麗的蛺蝶在空中飛舞，紅色的薔薇花與綠色的芭蕉葉交相輝映……作者運用「梔黃」、「膩粉」、「紅」、「碧」一連串顏色字，其色彩之繁麗，為盛唐詩作中所罕見。「梔黃」（梔子提煉出的黃色）比「黃」在辨色上更加具體，「膩粉」比「白」則更能傳達一種色感（膩）。這種對形象、色彩更細膩的體味和表現，正是韓詩的一種特色。詩中遣詞用字的工妙不止於此。用兩個帶有「兒」、「子」的綴化詞——「鵝兒」（不說「鵝雛」）、「鳳子」（不說「蛺蝶」），比這些生物普通的名稱更帶親切的情感色彩，顯示出小生命的可愛。「唼喋（音同霎札）」、「輕盈」一雙疊韻字，不但有調聲作用，而且兼有象聲與形容的功用。於鵝兒寫其「嘴」，則其呷水之聲可聞；於蛺蝶寫其「腰」，則其翩躚舞姿如見。末句則將「紅薔薇」與「碧芭蕉」並置，無「映」字而有「映」意。（一本徑作「紅薔薇映碧芭蕉」，則點明矣。）詩句可能借鑑了李商隱七絕〈日射〉末句「碧鸚鵡對紅薔薇」。凡此種種，足見詩人配色選聲、鑄詞造句的匠心。

看到這幅禽蟲花卉各得自在的妙景，真不禁要問一聲「君從何處看，得此無人態」（宋蘇軾〈高郵陳直躬處士畫雁二首〉其二）了。但這境中真個「無人」？否，「深院下簾人晝寢」，人是有的，只不過未曾露面罷了。而正因為「下簾人晝寢」，才有這樣鵝兒自在，蛺蝶不驚，花卉若能解語的境界。它看起來是「無我之境」，但每字每句都帶有詩人的感情色彩，表現出他對這眼前景物的熱愛。同時，景物的熱鬧，色彩的濃烈，恰恰反襯出庭院的幽靜冷落來。而這，才是此詩經得起反覆玩味的奧妙之所在。

這種熱烈的外觀掩飾不住內在的冷落的境界，反映出衰落時代中知識分子的典型的心境。韓偓在唐末是一個有氣節操守的人，以不肯附「逆」而遭忌，在那種「桃源望斷無尋處」（宋秦觀〈踏莎行·霧失樓臺〉）的亂世，這樣的「深院」似乎也不失為一個逋逃藪。我們不當只看到那美豔而平和的景致，還要看到一顆並不平和的心。那「晝寢」的人大約是中酒而臥吧。也許，宋晏殊〈踏莎行·小徑紅稀〉的後半闋恰好是此詩的續境：「翠葉藏鶯，朱簾隔燕，爐香靜逐遊絲轉。一場愁夢酒醒時，斜陽卻照深深院。」（周嘯天）

安貧　韓偓

手風慵展八行書，眼暗休尋九局圖。窗裡日光飛野馬，案頭筠管長蒲盧。
謀身拙為安蛇足，報國危曾捋虎鬚。舉世可能無默識，未知誰擬試齊竽？

這是詩人晚年感慨身世的作品。韓偓於唐昭宗天復元年至三年（九〇一～九〇三）任職翰林學士期間，曾參與內廷密議，對朝政有所謀劃。昭宗為宦官韓全誨等劫持至鳳翔時，又扈從西行，隨侍左右，甚得親信。回京後，昭宗曾欲拜他為宰相，但受權臣朱溫忌恨，終被貶逐出朝。他輾轉南下，於天祐三年（九〇六）到達福州，投靠威武節度使王審知。後朱溫篡唐，建立梁朝（梁太祖），王審知接受梁的封號，韓偓又離開福州，流寓汀州沙縣、尤溪縣和桃林場等地，梁太祖乾化元年（九一一）定居閩南泉州的南安縣。這首詩大約就寫在他定居南安的第二年。韓偓的晚年生活相當寂寥，而又念念不忘國事，心情鬱悶。以「安貧」作詩題，有自慰自勸的意思。這裡的「貧」，不光指經濟上的困窘，同時也指政治上的失意。

詩篇從眼前貧居困頓的生活發端。「風」，指四肢風痺。「八行書」，指信札。「暗」，是形容老眼昏花，視力不明。「九局圖」，指棋譜。「手風」和「眼暗」，都寫自己病廢的身體。「慵展」和「休尋」，寫自己索寞的情懷。信懶得寫，意味著交遊屏絕；棋不願摸，意味著機心泯滅。寥寥十四個字，把那種貧病潦倒、無所事事的情味充分表達出來了，正點明詩題〈安貧〉。

次聯就室內景物略加點染，進一步烘托「安貧」的題旨。「野馬」，指浮游於空氣中的埃塵，語出《莊子．逍遙遊》。「筠管」，竹管，這裡指毛筆筒。「蒲盧」，又名蜾蠃，一種細腰蜂，每產卵於小孔穴中。兩句的意思是：閒居無聊，望著室內的埃塵在窗前日光下浮動，而案頭毛筆由於長久擱置不用，筆筒裡竟然孵化出了細腰蜂。這一聯寫景不僅刻畫入微，而且與前面所說的「慵展」、「休尋」的懶散生活正相貼合，將詩人老病頹唐的心境展示得淋漓盡致。

然則，詩人是否就真的自甘寂寞呢？第三聯轉入致貧原由的追敘。「安蛇足」，就是「畫蛇添足」，用來諷刺做事節外生枝，弄巧反拙，語出《戰國策．齊策．昭陽為楚伐魏》。「捋虎鬚」，比喻撩撥、觸犯兇惡殘暴的人。《莊子．盜跖》敘述孔子遊說盜跖而被驅趕出來後說：「丘所謂無病而自灸也。疾走料虎頭，編虎鬚，幾不免虎口哉！」按韓偓在朝時，曾向昭宗推薦趙崇為相，遭到朱溫不滿，幾乎被殺。《新唐書．韓偓傳》還記載一次侍宴時，朱溫上殿奏事，侍臣們紛紛避席起立，唯有韓偓遵守禮制端坐不動，引起朱溫的惱怒。韓偓忠於唐王室，必然要成為朱溫篡權的眼中釘。這就是詩中自謂的「安蛇足」、「捋虎鬚」，也就是詩人致貧的來由。回顧這一段往事，詩人感到自己謀身雖拙，報國則不避艱危，故表面以「安蛇足」自嘲，實際上以敢於「捋虎鬚」而自負，透露出他在頹唐外表下隱藏著的一片捨身許國的壯懷。

結末一聯則又折回眼前空虛寂寥的處境。「試齊竽」，事見《韓非子．內儲說上》：齊宣王愛聽吹竽，要三百人合奏，有位不會吹的南郭處士也混在樂隊裡裝樣子，騙取一份俸祿。後王繼立，喜歡聽人單獨演奏，南郭處士只好逃之夭夭。這裡引用來表示希望有人能像齊王聽竽那樣，將人才的賢愚臧否一一判別，合理使用。這一聯是詩人在回顧自己報國無成的經歷之後迸發出的一個質問：世界上怎會沒有人將人才問題默記於心，可又有誰準備像齊王聽竽那樣認真地選拔人才以挽救國事呢？質問中似乎帶有那麼一點微茫的希望，而更多是無可奈何的感慨：世無識者，有志難騁，不甘於安貧自處，又將如何！滿腔的憤懣終於化作一聲嘆息，情切而辭婉。

題作〈安貧〉，實質是不甘安貧，希望有所作為；但由於無可作為，又不能不歸結為自甘安貧。貫串於詩人晚年生活中的這一基本思想矛盾以及由此引起的複雜心理變化，都在這首篇幅不長的詩裡得到真切而生動的反映，顯示了高度的藝術概括力。詩歌風貌上，外形頹放而內蘊蒼勁，律對整切而用筆揮灑，也體現了詩人後期創作格調的日趨老成。前人評為「七縱八橫，頭頭是道，最能動人心脾」（邵祖平《韓偓詩旨表微》），殆非虛譽。

（陳伯海）

惜花

韓偓

皺白離情高處切，膩紅愁態靜中深。眼隨片片沿流去，恨滿枝枝被雨淋。總得苔遮猶慰意，若教泥汙更傷心。臨軒一盞悲春酒，明日池塘是綠陰。

人們都知道韓偓是寫作「香奩詩」的名家，而不很注意到他也是題詠景物的能手。他的寫景詩句，不僅刻畫精微，構思新巧，且能透過物象形貌，把握其內在神韻，藉以寄託自己的身世感慨，將詠物、抒情、感時三者融為一體，具有較強的感染力。本篇就是這方面的代表作。

詩題「惜花」，是對於春去花落的一曲輓歌。詩人的筆觸首先伸向枝頭搖搖欲墜的殘花：那高枝上的白花已經枯萎皺縮，自知飄零在即，離情十分悲切；底下的紅花尚餘粉光膩容，卻也預感到未來的命運，在沉寂中愁態轉深。用「皺白」、「膩紅」指代花朵，給人以鮮明的色彩感和形體感，並形成了相映成趣的構圖。「離情」、「愁態」寫殘花的心理，前者用「高處切」形容那種緊迫的危殆感，後者用「靜中深」傳達那種脈脈無語的愁思，都能切合各自特點，狀物而得其神。未寫落花先寫殘花，寫殘花又有將落未落之分，整個春去花落的過程就顯得細膩而有層次，自然地烘托出詩人的留連痛惜的心情。

接著，詩篇展示了雨打風吹、水流花落的情景：眼睛追隨著那一片片墜落水中的花瓣順流而去，再抬頭望見殘留枝上的花朵還在受無情的風雨摧殘，這滿目狼藉的景象，怎不教人滿懷悵恨？這裡的「片片沿流去」和

「枝枝被雨淋」，都是寫的實景，但添上了「眼隨」、「恨滿」，就起到化景語為情語的作用。「隨」，有追蹤的意思。不說「眼看」，而說「眼隨」，更深一層，把詩人那種寄情於落花的難分難捨的心意表現出來了。至於「恨滿」的「滿」，既可以指詩人惆悵滿懷，也可以理解為詩人的傷痛漫溢到每一株被雨淋濕的花枝上，於是客觀的物象又蒙上了人的主觀心境的投影。

再進一步，詩人設想花落後的遭遇。美麗的花瓣散落在地面上，設使能得到青苔遮護，還可稍稍慰藉人意；而如果一任泥土汙損，豈不更令人黯然傷神？兩句詩一放一收，波瀾頓挫，而詩人對落花命運的深切關懷與悼惜，也從中得到了體現。

末了，詩人因無計留住春光，悲不自勝，只有臨軒憑弔，對酒澆愁，遙想明日殘紅去盡，只有綠沉沉的樹蔭映入池塘，即所謂「綠肥紅瘦」。結尾一句不言花盡，而其意自明。委婉含蓄的筆法，正顯示詩人那種不願說、不忍說而又不得不說的內心矛盾。

全詩從殘花、落花、花落後的遭遇一直寫到詩人的送花、別花和想像中花落盡的情景，逐層展開，逐層推進，用筆精細入微。整個過程中，又緊緊扣住一個「惜」字，反覆渲染，反覆加深，充分展現了詩人面對春花消逝的留連哀痛心情。「流水落花春去也」（南唐李煜〈浪淘沙·簾外雨潺潺〉），這僅僅是對於大自然季節變化的悲感嗎？當然不限於此。清人吳汝綸認為其中暗寓「亡國之恨」（高步瀛《唐宋詩舉要》引），雖不能指實，但看它寫得那麼幽咽迷離、悽婉入神，交織著詩人自己的身世懷抱，殆無可疑。（陳伯海）

春盡

韓偓

惜春連日醉昏昏，醒後衣裳見酒痕。細水浮花歸別澗，斷雲含雨入孤村。
人閒易有芳時恨，地迥難招自古魂。慚愧流鶯相厚意，清晨猶為到西園。

這是韓偓晚年寓居南安之作，與〈安貧〉表現同一索寞情懷，而寫法上大不相同。〈安貧〉直抒胸臆，感慨萬端；本篇則融情入景，興寄深微。

「春盡」，顧名思義是抒寫春天消逝的感慨。韓偓的一生經歷了巨大的政治變故，晚年寄身異鄉，親朋息跡。家國淪亡之痛，年華遲暮之悲，孤身獨處之苦，有志難騁之憤，不時襲上心頭，又面臨著大好春光的逝去，內心的抑鬱煩悶自不待言。鬱悶無從排遣，唯有借酒澆愁而已。詩篇一上來，就抓住醉酒這個行為來突出「惜春」之情。不光是醉，而且是連日沉醉，醉得昏昏然，甚且醉後還要繼續喝酒，以致衣服上濺滿了斑斑酒痕。這樣反覆渲染一個「醉」字，就把作者悼惜春光的哀痛心情揭示出來了。

頷聯轉入寫景。涓細的水流載著落花漂浮而去，片斷的雲彩隨風吹灑下一陣雨點。這正是南方暮春時節具有典型特徵的景象，作者細緻地描畫出來，逼真地傳達了那種春天正在逝去的氣氛。不僅如此，在這一幅景物畫面中，詩人還自然地融入了自己的身世之感。那漂浮於水面的落花，那隨風帶雨的片雲，漂泊無定，無所歸依，不正是詩人自身淪落無告的象徵嗎？擴大開來看，流水落花，天上人間，一片大好春光就此斷送，不也可以看作詩人深心眷念的唐王朝終於被埋葬的表徵？詩句中接連使用「細」、「浮」、「別」、「斷」、「孤」這類字眼，更增添了景物的淒清色彩，烘托了詩人的悲涼情緒。這種把物境、心境與身境三者結合起來抒寫，達到融和一體、情味雋永的效果，正是韓偓詩歌寫景抒情的顯著特色。

頸聯再由寫景轉入抒情。「芳時」，指春天。「芳時恨」，就是春歸引起的悵恨。但為什麼要說「人閒易有芳時恨」呢？大凡人在忙碌的時候，是不很注意時令變化的；愈是閒空，就愈容易敏感到季節的轉換，鳥啼花落，處處都能觸動愁懷。所以這裡著力點出一個「閒」字，在刻畫心理上是很精微的。再深一層看，這個「閒」字上還寄託了作者極深的感慨。春光消去，固然可恨，尤可痛心的是春光竟然在人的閒散之中白白流過，令人眼瞪瞪望著它逝去而無力挽回。這不正是詩人自己面臨家國之變而不能有所作為的沉痛告白嗎？下句「地迥難招自古魂」，則把自己的愁思再轉進一層。「迥」，偏遠的意思。招魂，語出《楚辭·招魂》，原指祈禱死者復生的一種宗教儀式，這裡只是一般地用作招致魂魄。詩人為惜春而寄恨無窮，因想到如有親交故舊，往來相過，互訴心曲，也可稍得慰藉，怎奈孤身僻處閩南，不但見不到熟悉的今人，連古人的精靈也招請不來，豈不更叫人寂寞難堪？當然，這種寂寥之感雖託之於「地迥」，根本上還在於缺乏知音。「前不見古人，後不見來者。念天地之悠悠，獨愴然而涕下。」（陳子昂〈登幽州臺歌〉）韓偓此時的孤憤心情，同當年的陳子昂確有某種相通之處。

結尾處故意宕開一筆，借流鶯的殷勤相顧，略解自己的春愁，表面上沖淡了全詩的悲劇色調，實際上將那種世無知音的落寞感含蓄得更為深沉，表達得更耐人尋味。

通篇扣住「春盡」抒述情懷，由惜春引出身世之感、家國之悲，一層深一層地加以抒發，而又自始至終不離開春盡時的環境景物，即景即情，渾然無跡，這就是詩篇沉摯動人的力量所在。（陳伯海）

已涼 韓偓

碧闌干外繡簾垂，猩色屏風畫折枝。
八尺龍鬚方錦褥，已涼天氣未寒時。

韓偓《香奩集》裡有許多反映男女情愛的詩歌，這是最為膾炙人口的一篇。其好處全在於藝術構思精巧，筆意含蓄。

展現在我們眼前的，是一間華麗精緻的臥室。鏡頭由室外逐漸移向室內，透過門前的欄杆、當門的簾幕、門內的屏風等一道道阻障，聚影在那張鋪著龍鬚草席和織錦被褥的八尺大床上。房間結構安排所顯示出的這種「深而曲」的層次，分明告訴我們，這是一位貴家少婦的金閨繡戶。

布局以外，景物吸引我們視線的，還有它那斑駁陸離、穠豔奪目的色彩。翠綠的欄檻，猩紅的畫屏，門簾上的彩繡，被面的錦緞光澤，合組成一派旖旎溫馨的氣象，不僅增添了臥室的華貴勢派，還為主人公的閨情綺思創造了合適的氛圍。

主人公始終沒有露面，她在做什麼、想什麼也不得而知。但朱漆屏面上雕繪的折枝圖，卻不由得使人生發起「有花堪折直須折，莫待無花空折枝」（無名氏〈金縷衣〉）的意念。面對這幅畫圖，我們的主人公難道不會有感於自己的逝水流年，而將大好青春同畫中鮮花聯繫起來加以比較、思索嗎？更何況而今又到了一年當中季節轉換的時候。門前簾幕低垂，簟席上添加被褥，表明暑熱已退，秋涼方降。這樣的時刻最容易勾起人們對光陰消逝的感觸，在我們的主人公的心靈上又將激起怎樣的波瀾呢？詩篇結尾用重筆點出「已涼天氣未寒時」的時令變化，當然不會出於無意。配上床席、錦褥的暗示以及折枝圖的烘托，主人公在深閨寂寞之中渴望愛情生活的情懷，也就隱約可見了。

通篇沒有一個字涉及「情」，甚至沒有一個字觸及「人」，純然借助環境景物來點染人的情思，供讀者玩索。像這樣命意曲折、用筆委婉的情詩，在唐人詩中還是不多見的。小詩〈已涼〉之所以傳誦至今，原因或許就在於此。（陳伯海）

寒食夜 韓偓

惻惻輕寒翦翦風，小梅飄雪杏花紅①。
夜深斜搭鞦韆索，樓閣朦朧煙雨中。

〔註〕①這句詩一作「杏花飄雪小桃紅」，但參證〈偶見〉中「手挼梅子」句及另一首〈寒食夜有寄〉詩中「隔簾微雨杏花香」句，似宜定為「小梅飄雪杏花紅」。

這首詩描畫的是一個春色濃豔而又意象淒迷的細雨尖風之夜。乍看，通篇只寫景物，而景中見意，篇內有人。如果細加玩繹，它的字裡行間不僅浮現著留連悵惘之情，還似隱藏著溫馨纏綿之事。四句詩中，特別值得拈出的是第三句——「夜深斜搭鞦韆索」。這是一個點破詩題、透露全詩消息的關鍵句。清施補華《峴傭說詩》說：「七絕用意，宜在第三句。」這首詩正是如此。

詩的題目是〈寒食夜〉，這第三句中的「夜深」明點「夜」，「鞦韆」則暗點「寒食」。《佩文韻府》引《古今藝術圖》云：「北方寒食為鞦韆戲，以習輕趫。後乃以彩繩懸木立架，士女坐其上推引之。」《太平御覽》、《事物紀原》、《荊楚歲時記》等書也有相似的引載。又據《開元天寶遺事》記述，天寶年間，「宮中至寒食節，競豎鞦韆，令宮嬪輩戲笑以為宴樂」。這句詩就以鞦韆這一應景之物點出寒食這個節日。

當然，詩人之寫到鞦韆，絕不僅僅是為了點題，主要因為在周圍景物中對他最有吸引力而且最能寓託他的情意的正是鞦韆。但此時已「夜深」，又在「煙雨中」，不會有人在「為鞦韆戲」，如句中所說，只有鞦韆索空懸在那裡罷了。而詩人為什麼對空懸在那裡的鞦韆索有特殊的感情並選定它作為描寫的對象呢？這裡，不禁令人聯想到宋吳文英〈風入松．聽風聽雨過清明〉詞中「黃蜂頻撲鞦韆索，有當時，纖手香凝」兩句。看來，詩人在深夜、煙雨中還把視線投向鞦韆索，也正因為它曾為「纖手」所握，不禁想起日間打鞦韆的場面和打鞦韆的人。

韓偓《香奩集》共收一百首詩，其中寫到寒食、鞦韆的詩竟多達十首。如〈偶見〉：「鞦韆打困解羅裙，指點醍醐索一尊。見客入來和笑走，手搓梅子映中門。」又如〈想得〉：「兩重門裡玉堂前，寒食花枝月午天。想得那人垂手立，嬌羞不肯上鞦韆。」再如〈寒食日重遊李氏園亭有懷〉：「往年曾在彎橋上，見倚朱欄詠柳綿。今日獨來香徑裡，更無人跡有苔錢。傷心闊別三千里，屈指思量四五年。料得他鄉遇佳節，亦應懷抱暗凄然。」從以上這幾首詩，依稀可見詩人與一位佳人在寒食佳節、鞦韆架邊結下的一段戀情。聯繫這些詩，再回過來看這首〈寒食夜〉的第三句，可以斷定它確是一個見景思人、託物記事的句子，儘管寫得盡曲折含蓄之能事，而個中消息是仍然可以參破的。

如果從整首詩來看，這第三句又是與上、下各句互相依託、融合為一的。全詩四句，組成一個整體，詩的前兩句可以說是為第三句布景設色的。首句「惻惻輕寒翦翦風」，先使詩篇籠罩一層淒迷的氣氛；次句「小梅飄雪杏花紅」，更為詩篇塗抹一層穠豔的色彩。有了這兩層烘染，才能托出第三句中「那人」不見的空虛之感和「纖手香凝」的綺麗之思。至於詩的結句「樓閣朦朧煙雨中」，更直接從第三句生發，是第三句的延伸，是把詩人的密意溫情推向夜雨朦朧的樓閣之中，暗暗指出其人的居處所在以及詩人的心目所注，從而加深意境，宕出遠神，使人讀後感到情意隱約，餘味無窮。沒有這個結句，當然也托不出第三句。就通篇而言，應當說，這首詩既以第三句為中心，而又靠上、下烘托，才成為一首在藝術上臻於完美的作品。（陳邦炎）

效崔國輔體四首

韓偓

淡月照中庭，海棠花自落。獨立俯閒階，風動鞦韆索。
酒力滋睡眸，鹵莽聞街鼓。欲明天更寒，東風打窗雨。
雨後碧苔院，霜來紅葉樓。閒階上斜日，鸚鵡伴人愁。
羅幕生春寒，繡窗愁未眠。南湖一夜雨，應濕採蓮船。

這一組小詩題作「效崔國輔體」，在《香奩集》裡別具一格。崔國輔，盛唐詩人，開元十四年（七二六）進士，曾官許昌縣令、集賢院直學士、禮部郎中，天寶中坐事貶竟陵郡司馬。他以擅長寫五言絕句著稱，《全唐詩》錄存其詩一卷，半數以上是五絕。清管世銘《讀雪山房唐詩鈔．五絕凡例》云：「專工五言小詩自崔國輔始，篇篇有樂府遺意。」清喬億《劍溪說詩》也說：「五言絕句，工古體者自工，謝朓、何遜尚矣，唐之李白、王維、韋應物可證也。唯崔國輔自齊梁樂府中來，不當以此論列。」可見唐代五言絕句的來源有二：一是漢魏古詩，一是南朝樂府。崔國輔的五絕正是從樂府詩中〈子夜歌〉、〈讀曲歌〉等一脈承傳下來的，多寫兒女情思，風格自然清新而又宛轉多姿，柔曼可歌，形成了獨特的詩體。

韓偓的這幾首仿作，以唐人詩中習見的「閨怨」為主題，而寫來特別富於詩情畫意。

第一首寫春夜庭院的情景。淡淡的月色映照庭中，海棠花悄然謝落，春天又該過去了。女主人公孤零零地佇立在窗口，俯視著屋前的臺階，也許是盼望著有人歸來吧，可階石上一片空蕩蕩，不見人跡，只有風兒擺弄著院子裡的鞦韆索，不時傳來一陣叮咚聲響。整個畫面是那麼幽靜寂寥，末了一個鏡頭以動襯靜，更增強了詩篇的清冷氣氛；而閨中人的幽怨心理，也就在這氣氛的烘托下顯現出來了。

第二首的場景轉入黎明前的室內。主人公已經睡下了。或許是擔心夜晚失眠吧，睡覺前特地喝了一點酒，酒力滋生了睡意，終於朦朦朧朧地進入夢鄉。可是睡得並不安穩，不多久又被依稀傳來的街鼓聲驚醒了。這時已到了天將破曉的時分，身上感受到黎明前的寒意，耳中傾聽著東風吹雨敲打窗戶的聲音。和前一首略有不同的是，本篇不注重於畫面物象的組合，而更多著力於人的主觀感受的渲染，從各種感覺心理的描繪中，傳達出人物的索寞與悽苦的情懷。

第三首則一躍而到了秋日午後。剛下過一陣秋雨，院子裡長滿碧苔，經霜的紅葉散落在樓前，這一片彩色繽紛的圖景卻透露出某種荒蕪的氣息。主人公依然面對空無人跡的石階，凝望著西斜的日影漸漸爬上階來。這悠悠不絕的愁緒可怎樣排遣呀！只有庭中鸚鵡學人言語，彷彿在替人分擔憂思。因為是寫白天的景物，圖像比較明晰，色彩也很鮮麗，但仍然無損於詩篇婉曲淒清的情味。尤其「閒階上斜日」一個細節，把閨中人那種長久期待而又渺茫空虛的心理，反映得何等深刻入神！

最後一首又轉移至深夜閨中，時令大約在暮春。由於下了一夜的雨，暮春的寒氣透過簾幕傳入室內，而我們的主人公卻獨倚繡窗不能成眠。她想的是：南湖上的採蓮船該被夜晚的雨水打濕了吧。我們知道，南朝樂府民歌的一種特殊表現手法，是喜歡運用諧音雙關語來喻指愛情。「採蓮」的形象在樂府民歌中經常出現，如〈讀曲歌〉裡的一首：「種蓮長江邊，藕生黃蘗浦。必得蓮子時，流離經辛苦。」就是借有關蓮藕的雙關隱語（「蓮」

諧音「憐」，愛的意思；「藕」諧音「偶」，成雙配對的意思）來表示愛情的獲得需經過曲折辛苦的磨煉。因此，韓偓詩中的採蓮，也應該是愛情的象徵。女主人公想像採蓮船的遭遇，也就是影射自己的愛情經歷。在耿耿不寐的長夜裡，回想自己的愛情生活，該有多少話要傾訴？而詩人卻借用了樂府詩的傳統手法，把複雜的思想感情熔鑄在雨濕採蓮船這一單純的形象中，讀來別有一種簡古深永的韻趣。

四首小詩合成一組，時間由夜晚至天明再到晚上，節令由春經秋又返回暮春，結構形式上的若斷若續，正好概括反映了主人公一年四季的朝朝暮暮。不同的情景畫面，而又貫串著共同的情思，有如統一主旋律下的各種樂曲變奏，豐富了詩歌的形象。通篇語言樸素明麗，風姿天然，不像《香奩集》裡其他一些作品的注重工巧藻繪，顯示了仿效崔國輔體和樂府民歌的痕跡。但比較缺少明朗活潑的格調，而偏重於發展崔國輔詩中婉曲含蓄的一面，則又打上晚唐時代以及韓偓個人風格的烙印。（陳伯海）

吳融

【作者小傳】（?～九〇三）字子華，越州山陰（今浙江紹興）人。唐昭宗龍紀進士。歷任侍御史、左補闕，拜中書舍人，進戶部侍郎。鳳翔劫遷，客居閿鄉。後召為翰林承旨，卒。有《唐英集》三卷。《全唐詩》存其詩四卷。（《新唐書》本傳、《唐才子傳》卷九）

賣花翁　吳融

和煙和露一叢花，擔入宮城許史家。

惆悵東風無處說，不教閒地著春華。

賞花、買花以至養花，本出於人們愛美的天性。但在古代人民衣不蔽體、食不果腹的情況下，耽玩花朵又往往形成富貴人家的特殊嗜好。唐代長安城就盛行著這樣的風氣。白居易有〈秦中吟十首：買花〉詩，真切地反映了這種車馬若狂、相隨買花的社會習俗，並透過篇末「一叢深色花，十戶中人賦」的評語，對貴家豪門的奢靡生活予以揭露。吳融的這首〈賣花翁〉，觸及同樣的題材，卻能夠不蹈襲前人窠臼，自出手眼，別立新意。

「和煙和露一叢花，擔入宮城許史家。」這一聯交代賣花翁把花送入貴家的事實。「和煙和露」，形容花剛採摘下來時綴著露珠、冒著水氣的樣子，極言其新鮮可愛。許氏與史氏，漢宣帝時的外戚。「許」指宣帝許皇后家，「史」指宣帝祖母史良娣家，兩家都在宣帝時受封列侯，貴顯當世，所以後人常用來借指豪門勢家。詩中指明他們住在宮城以內，當是最有勢力的皇親國戚。

「惆悵東風無處說，不教閒地著春華。」這後一聯抒發作者的感慨。東風送暖，大地春回，鮮花開放，本該是一片爛漫風光。可如今豪門勢家把盛開的花朵都閉鎖進自己的深宅大院，剩下那白茫茫的田野，不容點綴些許春意，景象又是何等寂寥！「不教」一詞，顯示了豪富人家的霸道，也隱寓著詩人的憤怒。但詩人不把這憤怒直說出來，卻託之於東風的惆悵。東風能夠播送春光，而不能保護春光不為人攫走，這真是莫大的憾事；可就連這一點憾恨，又能到哪裡去申訴呢？權勢者炙手可熱，於此可見一斑。

詩篇由賣花引出貴族權門貪婪無厭、獨占壟斷的罪惡。他們不僅要佔有財富，佔有權勢，連春天大自然的美麗也要攫為己有。詩中蘊含的這一尖銳諷刺，比之白居易〈買花〉詩著力抨擊貴人們的豪華奢侈，在揭示剝削者本性上有了新的深度。表現形式上也不同於白居易詩那樣直敘鋪陳，而是以更精練、更委婉的筆法曲折達意，即小見大，充分體現了絕句樣式的靈活性。（陳伯海）

金橋感事

吳融

太行和雪疊晴空，二月郊原尚朔風。飲馬早聞臨渭北，射鵰今欲過山東。
百年徒有伊川嘆，五利寧無魏絳功？日暮長亭正愁絕，哀笳一曲戍煙中。

這是一篇政治抒情詩。清錢謙益、何焯《唐詩鼓吹評註》謂：此詩「指孫揆敗於沙陀之事」。沙陀，以族名代稱藩鎮李克用。唐昭宗大順元年（八九〇），李克用進據邢、洛、磁三州。昭宗不顧多數大臣的反對，採納了宰相張浚等人發兵討李的主張。由於對形勢估計不足，結果三戰三敗。張浚的副手孫揆，就在這年九月李克用破潞州（治今山西長治西南）時被殺。李克用的軍隊乘勝縱兵焚掠晉、絳、河中一帶。百姓家破人亡，赤地千里。大順二年春正月，昭宗被迫罷了張浚等人的官，二月又為李克用加官晉爵。詩人吳融時在潞州金橋，有感於此，寫了這首詩。

詩一開頭就把太行山的景色寫得雄偉壯美：皚皚白雪覆蓋著巍巍太行，重巒疊嶂，高聳在晴朗的天空。紅日、白雪、藍天，色彩鮮明，宛若浮雕。時令已是早春二月，莽莽郊原依然是北風狂舞，寒意料峭。一個「尚」字，用得極妙，寫出了詩人的心境和感觸。目之所見，體之所感，絲毫沒有春意。景色之美，氣候之寒，更襯出詩人心中的悲涼。兩句為下面的「感事」，渲染了氣氛。

頷、頸兩聯，一連串用了四個歷史典故，委婉含蓄地表達了詩人對當時政治形勢的認識和感嘆。

「飲馬」，是用《春秋左傳・宣公十二年》故事。公元前五九七年，晉楚戰爭中，楚軍驕橫狂妄，揚言「飲馬於河（黃河）而歸」。這裡比喻李克用有「飲馬於河」的軍事野心。因為李克用的軍隊，早在僖宗中和三年（八八三）與黃巢作戰時，就已打進過帝都長安，故說「飲馬早聞臨渭北」。「射雕」，用了《北史・斛律光傳》載北齊斛律光射落雕鳥的故事。「雕」是一種鷙鳥，猛健善飛，不易射得。這裡用斛律光的英勇善射，暗喻實力強大的李克用將要採取大規模軍事行動。「山東」指太行山以東地區。這句是說李軍正蓄謀打過太行山。

頸聯筆鋒一轉，由述古喻今進而抒感言懷。詩人沒有直抒胸臆，仍然是借用典故來表達。「百年」句用了《春秋左傳・僖公二十二年》周朝辛有的故事。周平王遷都洛陽時，大夫辛有在伊水附近看到一個披髮的人在野外祭祀。披髮是戎族的風俗習慣，辛有據此預言這地方必將淪為戎人居住。辛有死後，戎人果然遷居於伊水之濱。詩人在藩鎮割據的混戰中，預感到唐王朝必將滅亡。他不可能直陳其事，但又不能不說，所以用辛有的典故，巧妙地抒發了對國家命運的憂慮。辛有的預言生前無人理睬，死後卻備受讚嘆，這又有什麼用呢？肺腑之言，瀉於毫端。儘管個人不能挽狂瀾於既倒，但詩人仍希望皇上採用古時魏絳的方法，以期收到「五利」之功。據《春秋左傳・襄公四年》，魏絳是春秋時晉悼公的大夫。晉國所在地的山西，是個漢、戎雜居的地方，民族間經常發生戰爭。魏絳曾建議用「和戎」方式解決矛盾，他認為「和戎」有「五利」，晉悼公採用了魏絳的主張，因此收到「修民事，田以時」的政治效果。這句，透過肯定魏絳，婉轉地批判了唐王朝這次對李克用的用兵。

用典，是古典詩中常用的一種形象化的手法。一首詩中過多地用典，往往會弄得詩意晦澀難明。〈金橋感事〉雖連用數典，卻不覺難懂。詩人正是在曲折變化中，貼切地表達了難以直言之隱旨，把抽象的感情變得形象化、具體化了，題旨亦因之更為突出、鮮明。

尾聯「日暮長亭正愁絕，哀笳一曲戍煙中」，以情景交融之筆結束全詩。夕陽西沉，長亭遙對，哀笳一曲，戍煙四起，在這般戰亂淒涼的環境中，一位「驚時感事俱無奈」（見其〈重陽日荊州作〉）的詩人，獨自憂愁、感傷。胡笳，是一種樂器，可以表達喜怒哀樂等不同的感情。這裡用一「哀」字狀胡笳聲，不僅把客觀世界的聲音同詩人主觀世界的感情有機地結合起來，而且暗示著這次戰爭的失敗，必將給百姓帶來更大的災難。「戍煙」，戍樓的烽煙，與在太平時節的繚繞炊煙全然不同，給人一種動亂不安的感覺。二句十四字，把情、景、事，聲、色、形，熔鑄於一爐，真是極盡精練概括之能事。（鄧光禮）

子規

吳融

舉國繁華委逝川，羽毛飄蕩一年年。他山叫處花成血，舊苑春來草似煙。雨暗不離濃綠樹，月斜長弔欲明天。湘江日暮聲淒切，愁殺行人歸去船。

子規，是杜鵑鳥的別稱。古代傳說，它的前身是蜀國國王，名杜宇，號望帝，後來失國身死，魂魄化為杜鵑，悲啼不已。這可能是前人因為聽得杜鵑鳴聲悽苦，臆想出來的故事。本篇詠寫子規，就從這個故事落筆，設想杜鵑鳥離去繁華的國土，年復一年地四處飄蕩。這個悲劇性的經歷，正為下面抒寫悲慨之情作了鋪墊。

由於哀啼聲切，加上鳥嘴呈現紅色，舊時又有杜鵑泣血的傳聞。詩人借取這個傳聞發揮想像，把原野上的紅花說成杜鵑口中的鮮血染成，增強了形象的感染力。可是，這樣悲鳴又能有什麼結果呢？故國春來，依然是一片草木榮生，青蔥拂鬱，含煙吐霧，絲毫也不因子規的傷心而減損其生機。這裡借春草作反襯，把它們欣欣自如的神態視為對子規啼叫漠然無情的表現，想像之奇特更勝過前面的泣花成血。這一聯中，「他山」（指異鄉）與「舊苑」對舉，一熱一冷，映照鮮明，更突出了杜鵑鳥孤身飄蕩、哀告無門的悲慘命運。

後半篇繼續多方面地展開對子規啼聲的描繪。雨昏風冷，它藏在綠樹叢中苦苦嘶喚；月落影斜，它迎著欲曙的天空淒然長鳴。它就是這樣不停地悲啼，不停地傾訴自己內心的傷痛，從晴日至陰雨，從夜晚到天明。這一聲聲哀厲而又執著的呼叫，在江邊日暮時分傳入船上行人耳中，怎不觸動人們的旅思鄉愁和各種不堪回憶的往事，叫人黯然魂銷，傷心欲泣呢？

從詩篇末尾的「湘江」看，這首詩寫在今湖南一帶。作者吳融是越州山陰（今浙江紹興）人，唐昭宗時在朝任職，一度受牽累罷官，流寓荊南。本篇大約就寫在這個時候，反映了他仕途失意而又遠離故鄉的痛苦心情。詩歌借詠物託意，通篇扣住杜鵑鳥啼聲淒切這一特點，反覆著墨渲染，但又不陷於單調、死板地勾形摹狀，而能將所詠對象融入多樣化的情景與聯想中，正寫側寫、虛筆實筆巧妙地結合使用，達到狀物而得其神的效果。這無疑是對寫作詠物詩的有益啟示。（陳伯海）

途中見杏花

吳融

一枝紅豔出牆頭，牆外行人正獨愁。長得看來猶有恨，可堪逢處更難留！
林空色暝鶯先到，春淺香寒蝶未遊。更憶帝鄉千萬樹，淡煙籠日暗神州。

詩人漂泊在外，偶然見到一枝杏花，觸動他滿懷愁緒和聯翩浮想，寫下這首動人的詩。

「春色滿園關不住，一枝紅杏出牆來」，是宋人葉紹翁〈遊園不值〉詩中的名句。杏花開在農曆二月，正是春天到來的時候，那嬌豔的紅色就彷彿青春和生命的象徵。經歷過嚴冬漫長蟄居生活的人，早春季節走出戶外，忽然望見鄰家牆頭上伸出一枝俏麗的花朵，想到春回大地，心情該是多麼欣喜激動！葉紹翁的詩句就反映了這樣的心理。可是吳融對此卻別有衷懷。他正獨自奔波於茫茫的旅途中，各種憂思盤結胸間，那枝昭示著青春與生命的杏花映入眼簾，卻在他心頭留下異樣的苦澀滋味。

他並不是不愛鮮花，不愛春天，但他想到，花開易落，青春即逝，就是永遠守著這枝鮮花觀賞，又能看得幾時？想到這裡，不免牽惹起無名的惆悵情緒。更何況自己行色匆匆，難以駐留，等不及花朵開盡，即刻就要離去。緣分如此短淺，怎不令人倍覺難堪？

由於節候尚早，未到百花吐豔春意濃的時分，一般樹木枝梢上還是空疏疏的，空氣裡的花香仍夾帶著料峭的寒意，蝴蝶不見飛來採蜜，只有歸巢的黃鶯聊相陪伴。在這種情景下獨自盛開的杏花，難道不感到有幾分孤

吳融〈途中見杏花〉——明刊本《唐詩畫譜》

獨寂寞嗎？這裡顯然融入詩人的身世之感，而杏花的形象也就由報春使者，轉化為詩人的自我寫照。

想像進一步馳騁，從眼前的鮮花更聯想及往年在京城長安看到的千萬樹紅杏。那一片濛濛的煙霞，輝映著陽光，彌漫、覆蓋在神州大地上，景象是何等絢麗奪目呀！浮現於腦海的這幅長安杏花圖，實際上代表著他深心憶念的長安生活。詩人被迫離開朝廷，到處飄零，心思仍然縈注於朝中。末尾這一聯想的飛躍，恰恰洩漏了他內心的祕密，點出了他的愁懷所在。

詩篇借杏花託興，展開多方面的聯想，把自己的惜春之情、流離之感、身世之悲、故國之思，一層深一層地抒寫出來，筆法特別委婉細膩。晚唐詩人中，吳融作為溫（庭筠）、李（商隱）詩風的追隨者，其最大特色則在於將溫、李的縟麗溫馨引向了淒冷清疏的一路。本篇可以視為這方面的代表作。（陳伯海）

張蠙

【作者小傳】字象文，池州（今屬安徽）人。唐昭宗乾寧進士，曾官校書郎、櫟陽尉、犀浦令。王建立蜀，任膳部員外郎、金堂令等職。早年曾遊塞外，寫了不少邊塞詩。《全唐詩》存其詩一卷。（《唐詩紀事》卷七十、《郡齋讀書志》卷十八中）

登單于臺

張蠙

邊兵春盡回，獨上單于臺。白日地中出，黃河天外來。
沙翻痕似浪，風急響疑雷。欲向陰關度，陰關曉不開。

張蠙早年曾遊塞外，寫了不少邊塞詩。單于臺，在今內蒙古自治區呼和浩特市西，相傳漢武帝曾率兵登臨此臺。這首詩，描寫邊塞風光，語句渾樸，境界開闊，雖出於晚唐詩人之手，卻很有些「盛唐氣象」。

首聯是全詩總領。「春」字和「獨」字，看似出於無心，實則十分著力。春日兵回，邊關平靜無事，乃有登臺覽物之逸興；雖曰春日，下文卻了無春色，更顯出塞外「無花只有寒」（李白〈塞下曲六首〉其一）的荒涼。獨上高臺，凝思注目，突出詩人超然獨立的形象。

「白日地中出，黃河天外來。」一輪白日，躍出平地，寫它噴薄而上的動態；千里黃河，天外飛來，寫它源遠流長的形象；「白日」、「黃河」對舉，又在寥廓蒼茫之中給人以壯麗多彩的感覺。白日出於地中而非山頂，黃河來自天外而非天上，一切都落在視平線下，皆因身在高臺之上的緣故。

頸聯繼續寫景。兩句比喻，牢牢把握住居高臨下的特點：居高，所以風急，所以風如雷響，驚心動魄；臨下，才見沙痕，才見沙似浪翻，歷歷在目。不說「如雷」而說「疑雷」，傳神地寫出詩人細辨風聲的驚喜情態。而白日、黃河、沙浪、風聲，從遠到近，自下而上，構成一幅有色彩、有動態、有音響的立體圖畫，把邊塞風光，寫得勢闊聲宏，莽莽蒼蒼之至。尤其是「白日地中出，黃河天外來」一聯，語句渾樸，境界遼闊，學盛唐而能造出新境，很為後人激賞。

尾聯寫詩人從單于臺上向北眺望陰山，那是漢代防禦匈奴的天然屏障。詩人很想到陰山那邊去看看，但見那起伏連綿的陰山，雄關似鐵，雖然天已大亮，門戶卻緊閉不開，無法通行啊！

詩人分明看到橫斷前路的不可逾越的阻障，於是，激越慷慨的高吟大唱，一變而為徒喚奈何的頹唐之音。詩到晚唐，縱使歌詠壯闊雄奇的塞外風物，也難得有盛唐時代那蓬蓬勃勃的朝氣了。（趙慶培）

夏日題老將林亭

張蠙

百戰功成翻愛靜，侯門漸欲似仙家。牆頭雨細垂纖草，水面風回聚落花。
井放轆轤閒浸酒，籠開鸚鵡報煎茶。幾人圖在凌煙閣，曾不交鋒向塞沙？

這首詩因頷聯兩句飲譽詩壇。據載，張蠙在唐末中進士，做過櫟陽尉，後避亂於蜀。前蜀時，做金堂令。一日，後主王衍與徐太后遊成都東門內的大慈寺，見壁上題有「牆頭雨細垂纖草，水面風回聚落花」，欣賞良久，詢問寺僧，知是張蠙所作。於是賜霞光箋，並將召掌制誥。權臣宋光嗣以其「輕傲駙馬」，遂止。（見《唐才子傳》卷十、《唐詩紀事》卷七十）

據新舊《五代史》載，前蜀先主王建晚年多內寵，及病危，把持朝政的宦官、重臣，密謀「盡去建故將」。《資治通鑑》亦載：王建「多忌好殺，諸將有功名者，多因事誅之」。後主王衍即位後，其舊勛故老，皆棄而不任。由此看來，詩中「老將」的退隱是有其政治原因的。

首聯「百戰功成翻愛靜，侯門漸欲似仙家」，概括點出老將心境的寂寞及其門第的冷落。一個「翻」字，甚妙。老將有別於隱士，不應「愛靜」，卻「翻愛靜」；「侯門」與仙人的洞府有異，不應相似，偏「漸欲似」，這就把這位老將不同於一般的性格揭示出來。

頷聯、頸聯四句，具體刻畫了「牆頭雨細垂纖草」，「侯門」的圍牆，經斜風細雨侵蝕，無人問津，年久失修，已是「纖草」叢生，斑駁陸離。狀「纖草」著一「垂」字，見毫無生氣的樣子，荒涼冷落之意，自在言外。「水面風回聚落花」，寫園內湖面上，陣陣輕微的旋風，打著圈兒，把那零零落落浮在水面上的花瓣，捲聚在一起。這裡只用了七個字，卻勾畫出一幅風自吹拂、花自飄零、湖面淒清、寂寞蕭條的景象。園林冷落如許，主人心境可知。這是詩人寓情於物之筆。

「井放轆轤閒浸酒」，轆轤是汲取井水的裝置。老將取井水之涼，使酒清涼爽口，寫其閒適生活。「籠開鸚鵡報煎茶」，打開鸚鵡籠子，任其自由往來，好讓牠在有客光臨時報告主人，督請煎茶待客。這兩句從側面借助物情來反映人情，不僅使畫面的形象鮮明生動，構成一個清幽深邃的意境，而且深刻細膩地揭示出老將的生活情趣和精神狀態，手法相當高明。

尾聯「幾人圖在凌煙閣，曾不交鋒向塞沙」，用反詰的句式對老將進行規勸與慰勉，揭出詩的主旨。「凌煙閣」指唐太宗為表彰功臣，繪其畫像於凌煙閣上事。據《新五代史》載：蜀王建五年曾起壽昌殿於龍興宮，「畫建像於壁」，並且還起「扶天閣，畫諸功臣像」。這兩句是說，在凌煙閣畫像留名的人，又有誰不曾在戰場上立過功呢？功勞是不可抹殺的，感到寂寞與蕭條是大可不必的。

這詩在藝術上也很有特色。前六句鋪寫老將寂寞閒適的「仙家」生活，後二句筆鋒一轉，點明旨意，文勢波瀾曲折。本來，以「百戰」之功贏得封侯的老將，在詩人看來更應竭力報國。可「功成」反愛起「靜」來，這是出人意外的；「靜」且不說，還愈來愈欲「似仙家」，一點世事也不關心了；不唯如此，竟連自己居住的園林也懶得去經營修葺了。鋪寫老將的消沉，一層比一層深入，反過來證明規勸老將的理由越來越充分。如果說，前者是「畫龍」，那麼後者就是「點睛」；二者相輔相成，既對立又統一，使詩歌的「理」，在情景交融的畫面中表現出來，規勸之旨，體現於詩情畫意之中。（鄧光禮）

葛鴉兒

【作者小傳】女。身世不詳。《全唐詩》存其詩三首。（《又玄集》卷下、《才調集》卷十）

懷良人　葛鴉兒

蓬鬢荊釵世所稀，布裙猶是嫁時衣。
胡麻好種無人種，正是歸時底不歸①？

〔註〕①一作「不見歸」。

這首詩是一位古代婦女的怨歌。五代韋縠《才調集》、韋莊《又玄集》都說此詩作者是女子葛鴉兒。唐孟棨《本事詩》卻說是朱滔軍中一河北士子，其人奉滔命作「寄內詩」，然後代妻作答，即此詩。其說頗類小說家言，大約出於虛構。然而，可見此詩在唐時流傳甚廣。詩大約成於中晚唐之際。

詩前兩句首先讓讀者看到一位貧婦的畫像：她鬢雲散亂，頭上別著自製的荊條髮釵，身上穿著當年出嫁時所穿的布裙，足見其貧困寒儉之甚（「世所稀」）。這兒不僅是人物外貌的勾勒，字裡行間還可看出一部夫婦離散的辛酸史。《列女傳》載「梁鴻妻孟光，荊釵布裙」（《太平御覽》引）。這裡用「荊釵」、「布裙」及「嫁時衣」等字面，似暗示這一對貧賤夫婦一度是何等恩愛，然而社會的動亂把他們無情拆散了。「布裙猶是嫁時衣」，既進一步見女子之貧，又表現出她對丈夫的思念。古代征戍服役有所謂「及瓜而代」（《春秋左傳》），即有服役期限，到了期限就要輪番回家。從「正是歸時」四字透露，其丈夫大概是「呑聲行負戈」（杜甫〈前出塞九首其二〉）的征人吧，這女子是否也曾有過「羅襦不復施，對君洗紅妝」（杜甫〈新婚別〉）的誓言？那是要讀者自去玩味的。

於是，三句緊承前二句來。「胡麻好種無人種」，可以理解為賦（直賦其事）：動亂對農業造成破壞，男人被迫離開土地，「縱有健婦把鋤犁，禾生隴畝無東西」（杜甫〈兵車行〉），田園荒蕪。如聯繫末句，此句也可理解為興：蓋農時最不可誤，錯過則追悔莫及；青春時光亦如之，一旦老大，即使征人生還也會「縱使相逢應不識」（蘇軾〈江城子·乙卯正月二十日夜記夢〉）呢。以「胡麻好種無人種」興起「正是歸時底不歸」，實暗含「感此傷妾心，坐愁紅顏老」（李白〈長干行〉）意，與題面「懷良人」正合。

這還不能盡此句之妙，若按明人顧元慶的會心，則此句意味更深長。他說：「南方諺語有『長老（即僧侶）種芝麻，未見得』。余不解其意，偶閱唐詩，始悟斯言，其來遠矣……胡麻即今芝麻也，種時必夫婦兩手同種，其麻倍收。長老言僧也，必無可得之理，故云。」（《夷白齋詩話》）原來芝麻結籽的多少，與種時是否夫婦合作大有關係。詩人運用流行的民間傳說來寫「懷良人」之情，十分切貼而巧妙。「懷良人」理由正多，只託為芝麻不好種，便收到言在此而意在彼、言有盡而意無窮的效果。所以，此詩末二句兼有賦興和傳說的運用，含意豐富，詩味咀之愈出，很好表達了女子「懷良人」的真純情意。用「胡麻」入詩，這來自勞動生活的新鮮活跳的形象和語言，也使全詩生色，顯得別致。

絕句「宛轉變化，工夫全在第三句，若此轉變得好，則第四句如順流之舟矣。」（元楊載《詩法家數》）此詩末句由三句引出，正是水到渠成。「正是歸時底不歸？」語含怨望，然而良人之不歸乃出於被迫，可怨天而不可尤人。以「懷」為主，也是此詩與許多怨婦詩所不同的地方。（周嘯天）

金昌緒

【作者小傳】餘杭（今屬浙江杭州）人。唐懿宗大中以前在世。《全唐詩》存其詩一首。（《唐詩紀事》卷一五）

春怨　金昌緒

打起黃鶯兒，莫教枝上啼。
啼時驚妾夢，不得到遼西。

這首詩，語言生動活潑，具有民歌色彩，而且在章法上還有其與眾不同的特點：它通篇詞意聯屬，句句相承，環環相扣，四句詩形成了一個不可分割的整體，達到了清王夫之在《夕堂永日緒論》中為五言絕句提出的「就一意中圓淨成章」的要求。這一特點，人所共稱。明謝榛在《四溟詩話》中曾把詩的寫法分為兩種：一種是「一句一意」，「摘一句亦成詩」，如杜甫詩「日出籬東水，雲生舍北泥。竹高鳴翡翠，沙僻舞鵾雞」（〈絕句六首〉其二），屬於此類；另一種是「一篇一意」，「摘一句不成詩」，這首〈春怨〉詩就是一個典型的例子。清王世貞在《藝苑卮言》中更讚美這首詩的「篇法圓緊，中間增一字不得，著一意不得」。清沈德潛在《唐詩別裁集》中也說：「一氣蟬聯而下者，以此為法。」

但這些評論只道出了這首詩的一個的特點，還應當看到的另一特點是：它雖然通篇只說一事，四句只有一意，卻不是一語道破，一目了然，而是層次重疊，極盡曲折之妙，好似抽蕉剝筍，剝去一層，還有一層。它總共只有四句詩，卻是每一句都令人產生一個疑問，下一句解答了這個疑問，而又令人產生一個新的疑問。這在詩詞藝術手法上是所謂「掃處還生」。

詩的首句似平地奇峰，突然而起。照說，黃鶯是討人歡喜的鳥。而詩中的女主角為什麼卻要「打起黃鶯兒」呢？人們看了這句詩會茫然不知詩意所在，不能不產生疑問，不能不急於從下句尋求答案。第二句詩果然作了解釋，原來「打起黃鶯兒」的目的是「莫教枝上啼」。但鳥語與花香本都是春天的美好事物，而在鳥語中，黃鶯的啼聲又是特別清脆動聽的。人們不禁還要追問：又為什麼不讓鶯啼呢？第三句詩說明了原因是怕「啼時驚妾夢」。但黃鶯啼曉，說明本該是夢醒的時候了。那麼，詩中的女主角為什麼這樣怕驚醒她的夢呢？她做的是什麼夢呢？最後一句詩的答覆是：這位詩中人怕驚破的不是一般的夢，而是去遼西的夢，是唯恐夢中「不得到遼西」。

到此，讀者才知道，這首詩原來採用的是層層倒敘的手法。本是為怕驚夢而不教鶯啼，為不教鶯啼而要把鶯打起，而詩人卻倒過來寫，最後才揭開了謎底，說出了答案。但是，這最後的答案仍然含意未伸。這裡，還留下了一連串問號，例如：一位閨中少女為什麼做到遼西的夢？她有什麼親人在遼西？此人為什麼離鄉背井，遠去遼西？這首詩的題目是〈春怨〉，詩中人到底怨的是什麼？難道怨的只是黃鶯，只怨鶯啼驚破了她的曉夢嗎？這些，不必一一說破，而又可以不言而喻，不妨留待讀者去想像、去思索。這樣，這首小詩就不僅在篇內見曲折，而且還在篇外見深度了。

如果從思想意義去看，它看來只是一首抒寫兒女之情的小詩，卻有深刻的時代內容。它是一首懷念征人的詩，反映了當時兵役制下廣大人民所承受的痛苦。（陳邦炎）

于武陵

【作者小傳】京兆杜曲（今陝西西安）人。唐宣宗大中間進士。詩長於五律，多為贈別紀遊之作。《全唐詩》存其詩一卷。（《唐詩紀事》卷五八、《唐才子傳》卷八）

贈賣松人

于武陵

入市雖求利，憐君意獨真。欲將寒澗樹，賣與翠樓人。
瘦葉幾經雪，淡花應少春。長安重桃李，徒染六街塵！

唐代的長安是高門貴族豪華競逐的地方。買花是當時貴族社會的一種風尚。「一叢深色花，十戶中人賦」（白居易〈秦中吟十首：買花〉），利之所在，人必趨之。在待價而沽的濃香豔色中，居然連「瘦葉」、「淡花」的松樹也出現了；於是詩人產生了感慨，嘆息賣樹人這種行為的不合時宜。

詩題為「贈賣松人」，就從賣松人這一角度來著筆。賣松人把松樹作為商品送入市場，和夭桃穠李去競爭，意在求利，結果卻不能達到目的，這件事的本身就具有諷刺意味。詩人借題發揮，用婉而多諷的語言寄託了自己的情愫。

本來，松樹是耐寒的樹木，生長在深山大谷之中，蔥鬱輪囷，氣勢淩雲。人們稱讚它有崇高的品德，所謂「歲寒，然後知松柏之後凋也」（《論語．子罕》）。「草木有本心，何求美人折？」（張九齡〈感遇十二首〉其一）賣松人為了求利，才把它送到長安，希望「賣與翠樓人」。這些富貴人家看慣了寵柳嬌花，對松樹的「瘦葉」、「淡花」的外表，是不屑一顧的。這樣，松樹崇高的美學價值在這種場合之中，就不會為人們所認識。翠樓人不愛寒澗樹，賣松人的主觀願望和客觀的社會需要很不一致。即使松樹得售於翠樓人，這時，它失去了原來生長的土壤，又怎樣扎根呢？在微婉的詞句中，表明松樹是大不該被送到長安來尋求買主。

詩人慨嘆的是長安只能夠欣賞夭豔的桃李，松樹的價值當然不被認識；但是賣松人不賣春花，只賣青松，似乎是認識到松樹的美的價值了，可惜他不懂得這個社會。無怪乎所得的結果，只能使寒澗青松徒為六街塵染而已。

用意很微婉，松樹也只是一個比喻。詩人所諷諭的是：一切像松樹的正直而有才能的人，不用到長安來謀求出路，絕不會得到這個朝廷掌權的人的重視，因為他們所需要的是像桃李一樣趨時媚俗的人。這首詩對當時的社會是諷刺，對賣松樹人是曉諭，是勸告；而那種不希求榮利的心情，卻是詩人的自寓。

據元辛文房《唐才子傳》稱：「于武陵名鄴，以字行。……大中時，嘗舉進士，不稱意，攜書與琴，往來商洛、巴蜀間，或隱於卜中，存獨醒之意。」這個絕棄了長安的榮名利祿的人，因為平素有所蓄積於心，透過賣松這件事而寫出了這首別具一格的諷刺詩。（劉樹勛）

勸酒　于武陵

勸君金屈卮，滿酌不須辭。
花發多風雨，人生足別離。

這是一首祝酒歌。前兩句敬酒，後兩句祝辭。話不多，卻有味。詩人以穩重得體的態度，抒寫豪而不放的情意，在祝頌慰勉之中，道盡仕宦浮沉的甘苦。

「金屈卮」是古代一種名貴酒器，用它敬酒，以示尊重。詩人酌滿金屈卮，熱誠地邀請朋友乾杯。「不須辭」三字有情態，既顯出詩人的豪爽放達，又透露友人心情不佳，似乎難以痛飲，於是詩人殷勤地勸酒，並引出後兩句祝辭。

從後兩句看，這個宴會大約是餞飲，送別的那個朋友大概遭遇挫折，仕途不利。對此，詩人先作譬喻，大意說，你看那花兒開放，何等榮耀，但是它還要經受許多次風雨的摧折。言外之意是說，大自然為萬物安排的生長道路就是這樣曲折多磨。接著就發揮人生感慨，說人生其實也如此，就要你嘗夠種種離別的滋味，經受挫折磨煉。顯然，詩人是以過來人的體驗，慰勉他的朋友。告以實情，曉以常理，祝願他正視現實，振作精神，可謂語重心長。

于武陵一生仕途不達，沉淪下僚，遊蹤遍及天南地北，堪稱深諳「人生足別離」的況味的。這首〈勸酒〉

雖是慰勉朋友之作，實則也是自慰自勉。正因為他是冷眼看人生，熱情向朋友，辛酸人作豪放語，所以形成這詩的獨特情調和風格，豪而不放，穩重得體。後兩句「花發多風雨，人生足別離」，具有高度概括的哲理意味，近於格言諺語，遂為名句，頗得傳誦。（倪其心）

魚玄機

【作者小傳】（約八四四～八六八）字幼微，一字蕙蘭，長安（今陝西西安）人。本為李億妾，唐懿宗咸通中，出家於長安咸宜觀為女道士。因殺侍婢被處死。有《唐女郎魚玄機詩》。（《唐詩紀事》卷七八、《唐才子傳》卷八）

江陵愁望有寄　魚玄機

楓葉千枝復萬枝，江橋掩映暮帆遲。
憶君心似西江水，日夜東流無歇時。

建安詩人徐幹有著名的〈室思〉詩五章，第三章末四句是：「自君之出矣，明鏡暗不治。思君如流水，無有窮已時。」後世愛其情韻之美，多仿此作五言絕句，成為〈自君之出矣〉一體。女詩人魚玄機的這首寫給情人的詩（題一作〈江陵愁望寄子安〉，李億，字子安），無論從內容、用韻到後聯的寫法，都與徐幹〈室思〉的四句十分接近。但體裁屬七絕，可看作「自君之出矣」的一個變體。唯其有變化，故創獲也在其中了。

五絕與七絕，雖同屬絕句，二體對不同風格的適應性卻有較大差異。近人朱自清說：「論七絕的稱含蓄為

『風調』。風飄搖而有遠情，調悠揚而有遠韻，總之是餘味深長。這也配合著七絕的曼長的聲調而言，五絕字少節促，便無所謂風調。」（《唐詩三百首指導大概》）讀魚玄機這首詩，覺著它比〈自君之出矣〉多一點什麼的，正是這裡所說的「風調」。本來這首詩也很容易縮成一首五絕：「楓葉千萬枝，江橋暮帆遲。憶君似江水，日夜無歇時。」字數減少而意思不變，但我們卻感到少一點什麼的，也是這裡所說的「風調」。

試逐句玩味魚詩，看每句多出兩字是否多餘。

首句以江陵秋景興起愁情。《楚辭．招魂》：「湛湛江水兮上有楓，極目千里兮傷春心。」楓生江上，西風來時，滿林蕭蕭之聲，很容易觸動人的愁懷。「千枝復萬枝」，是以楓葉之多寫愁緒之重。它不但用「千」、「萬」數字寫楓葉之多，而且透過「枝」字的重複，從聲音上狀出枝葉之繁。而「楓葉千萬枝」字減而音促，沒有上述那層好處。

「江橋掩映暮帆遲」。極目遠眺，但見江橋掩映於楓林之中；日已垂暮，而不見那人乘船歸來。「掩映」二字寫出楓葉遮住望眼，對於傳達詩中人焦灼的表情是有幫助的。詞屬雙聲，念來上口。有此二字，形成句中排比，聲調便曼長而較「江橋暮帆遲」為好聽。

前兩句寫盼人不至，後兩句便接寫相思之情。用江水之永不停止，比相思之永無休歇，與〈室思〉之喻，機杼正同。乍看來，「西江」、「東流」頗似閒字，但減作「憶君似江水，日夜無歇時」，比較原句便覺讀起來不夠味了。劉方平〈代春怨〉末二句云：「庭前時有東風入，楊柳千條盡向西。」晚清王闓運稱讚說「以東、西二字相起，（其妙）非獨人不覺，作者也不自知也」，「不能名言，但恰入人意」（《湘綺樓說詩》）。魚玄機此詩末兩句妙處正同。細味這兩句，原來分用在兩句之中非為駢偶而設的成對的反義字（「東」、「西」），有彼此呼應，造成抑揚抗墜的情調，或擒縱之致的功用，使詩句讀來有一唱三嘆之音，亦即所謂「風調」。而刪芟這樣字面，雖意思大致不差，卻必損韻調之美。

魚玄機此詩運用句中重複、句中排比、尾聯中反義字相起等手段，造成悠揚飄搖的風調，大有助於抒情。每句多二字，卻充分發揮了它們的作用。所以比較五絕「自君之出矣」一體，藝術上正自有不可及之處。（周嘯天）

鄭谷

【作者小傳】字守愚，袁州宜春（今屬江西）人。唐僖宗光啟進士。官都官郎中，人稱鄭都官。又以〈鷓鴣〉詩得名，人稱鄭鷓鴣。約卒於梁初。其詩多寫景詠物之作，風格清新通俗。有《鄭守愚文集》。（《唐詩紀事》卷七十、《唐才子傳》卷九）

席上貽歌者　鄭谷

花月樓臺近九衢，清歌一曲倒金壺。
座中亦有江南客，莫向春風唱〈鷓鴣〉。

古代宴席上，往往要備樂，用歌唱或演奏來勸酒、助興。這首詩從題目看，當是詩人在一次宴席上贈給演唱者的。第一聯「花月樓臺近九衢，清歌一曲倒金壺」。「九衢」，是指都市中四通八達的街道。從下面兩句看，這一都市當在北方，有人以為即指唐代京城長安。「清歌」，清脆悅耳的歌聲（亦可指沒有伴奏的獨唱）。「倒」，斟酒。「金壺」，精緻名貴的酒器。這兩句詩，採用了由遠而近、由外及內、步步引入的手法。請看：天空，一輪明月；地上，萬家燈火，街市上行人車馬來來往往，展現的是一幅繁華都會的景象。接著便是一座高樓的外景，明月的清輝照著高樓，照著它周圍盛開的鮮花。畫外音，是聲聲動人心弦的歌聲。再接下去就是：酒樓上，燈紅酒綠，年輕的歌女在演唱；一曲之後，便是一番斟酒、敬酒、舉杯、言笑……這兩句把時間、地點、環境、宴席、歌者、聽者，乃至歌助酒興的歡悅氣氛都表現出來了。寫得詞簡意豐，有虛有實，既使人有身臨其境之感，又給人以想像的餘地。

不過，更精彩的還在詩的第二聯。歌，愈聽愈動情；酒，愈飲愈有興。結果，歌聲更比酒「醉」人。所以三、四兩句不言酒而單寫歌。而且，妙在詩人不是對歌者或歌聲進行描繪，也不是直接抒發對歌聲有怎樣的感受，而是說：「座中亦有江南客，莫向春風唱〈鷓鴣〉。」〈鷓鴣〉，是指當時流行的〈鷓鴣曲〉。據說鷓鴣有「飛必南翥」（《禽經》）的特性，其鳴聲像是「行不得也哥哥」。〈鷓鴣曲〉就是「效鷓鴣之聲」的，曲調哀婉清怨。為這個曲子所寫的詞，也大多抒發相思別恨。

詩人為什麼未聽〈鷓鴣〉情已怯了呢？這頗使人尋味。儘管詩人在開頭二句極力描繪了春風夜月、花前酒樓的京國之春，從後二句中自稱「江南客」，就可以見出詩人的思鄉之心，早已被歌聲撩動了。如果這位歌者再唱出他久已熟悉的那首「佳人纔唱翠眉低」的〈鷓鴣〉曲，那就難免「遊子乍聞征袖濕」（〈鷓鴣〉），終至不能自已了。因而詩人鄭重其事地向歌者請求莫唱〈鷓鴣〉了。這充分顯示了歌聲具有使人迴腸蕩氣的魅力。詩人把此詩贈給歌者，實際上是意味著聽者（詩人）乃是歌者的知音，表現了詩人在向歌者的演唱藝術獻上一顆敬佩之心；而其中又深深地透露出詩人客居異鄉的羈旅之情。當然，他也希望歌者能成為這「心聲」的知音。這就使歌者——聽者、聽者——歌者在感情上得到了交流和融合，取得了深沉感人的藝術效果。（趙其鈞）

菊

鄭谷

王孫莫把比荊蒿①，九日枝枝近鬢毛。

露濕秋香滿池岸，由來不羨瓦松高。

〔註〕①此句一作「子孫莫把比蓬蒿」。

這是一首詠物詩。作者詠菊，通篇不著一「菊」字，但句句均未離開菊：從菊的貌不驚人，寫到人們愛菊，進而寫菊花的高尚品格，點出他詠菊的主旨。很明顯，這首詠菊詩是詩人託物言志的，用的是一種象徵手法。

「王孫莫把比荊蒿」，菊，僅從其枝葉看，與荊蒿野草有某些類似之處，那些四體不勤、五穀不分的公子王孫，是很容易把菊當作荊蒿的。詩人劈頭一句，就告誡他們莫要把菊同荊蒿相提並論。這一句起得突兀，直截了當地提出問題，有高屋建瓴之勢，並透露出對王孫公子的鄙夷之情。作為首句，有提挈全篇的作用。「九日枝枝近鬢毛」，緊承首句點題。每年農曆九月九日，是人所共知的重陽節。古人在這一天，有登高和賞菊的習慣，飲菊花酒，佩茱萸囊，還採擷菊花插戴於鬢上。詩人提起這古老的傳統風習，就是暗點一個「菊」字，同時照應首句，說明人們與王孫公子不一樣，對於菊是非常喜愛尊重的。這兩句，從不同的人對菊的不同態度，初步點出菊的高潔。

三、四兩句是全詩的著重處，集中地寫了菊的高潔氣質和高尚品格。「露濕秋香滿池岸」，寥寥七字，寫秋天早晨景象：太陽初昇，叢叢秀菊，飽含露水，濕潤晶瑩，明豔可愛；縷縷幽香，飄滿池岸，令人心曠神怡。菊花獨具的神韻風采，躍然紙上。在這裡，「濕」字很有講究，讓人想見那片片花瓣綴滿露珠，分外滋潤，分外明麗。「滿」字形象貼切，表現出那清香是如何沁人心脾，不絕如縷。從中我們不僅看到了菊花特有的形象，也感受到了菊花和那特定的環境、特定的氛圍交織融合所產生的魅力。

詩人在描寫了菊的氣質以後，很自然地歸結到詠菊的主旨：「由來不羨瓦松高」。瓦松，是一種寄生在高大建築物瓦簷處的植物。初唐崇文館學士崔融曾作〈瓦松賦〉，其自序云：「崇文館瓦松者，產於屋霤之上……俗以其形似松，生必依瓦，故曰瓦松。」瓦松雖能開花吐葉，但「高不及尺，下才如寸」，沒有什麼用處，所以「桐君（醫師）莫賞，梓匠（木工）難甄」。作者以池岸邊的菊花與高屋上的瓦松作對比，意在說明菊花雖生長在沼澤低窪之地，卻高潔、清幽，毫不吝惜地把它的芳香獻給人們；而瓦松雖踞高位，實際上「在人無用，在物無成」。在這裡，菊花被人格化了，作者賦予它以不求高位、不慕榮利的思想品質。「由來」與「不羨」相應，更加重了語氣，突出了菊花的高尚氣節。這結尾一句使詩的主題在此得到了抉示，詩意得到了昇華。

詠物詩不能沒有物，但亦不能為寫物而寫物。純粹寫物，即使逼真，也不過是「襲貌遺神」，毫無生氣。此詩句句切合一「菊」字，又句句都寄寓著作者的思想感情。菊，簡直就是詩人自己的象徵。（徐定祥）

淮上與友人別 鄭谷

揚子江頭楊柳春，楊花愁殺渡江人。
數聲風笛離亭晚，君向瀟湘我向秦。

晚唐絕句自杜牧、李商隱以後，單純議論之風漸熾，抒情性、形象性和音樂性都大為減弱。而鄭谷的七絕則仍然保持了長於抒情、富於風韻的特點。

這首詩是詩人在揚州（即題中所稱「淮上」）和友人分手時所作。和通常的送行不同，這是一次各赴前程的握別：友人渡江南往瀟湘（今湖南一帶），自己則北向長安。

一、二兩句即景抒情，點醒別離，寫得瀟灑不著力，讀來別具一種天然的風韻。畫面很疏朗：揚子江頭的渡口，楊柳青青；晚風中，柳絲輕拂，楊花飄蕩。岸邊停泊著待發的小船，友人即將渡江南去。淡淡幾筆，像一幅清新秀雅的水墨畫，景中寓情，富於含蘊。依依裊裊的柳絲，牽曳著彼此依依惜別的深情，喚起一種「柳絲長，玉驄難繫」（元王實甫《西廂記》〈滾繡球〉）的傷離意緒；濛濛飄蕩的楊花，惹動著雙方繚亂不寧的離緒，勾起天涯羈旅的漂泊之感。美好的江頭柳色，宜人春光，在這裡恰恰成了離情別緒的觸媒，所以說「愁殺渡江人」。詩人用淡墨點染景色，用重筆抒寫愁緒，初看似不甚協調，細味方感到二者的和諧統一。兩句中「揚子江頭」、「楊柳春」、「楊花」等詞語同音字（「揚」、「楊」）的有意重複，構成了一種既輕爽流利，又迴環往復，

鄭谷〈淮上與友人別〉——明刊本《唐詩畫譜》

富於情韻美的風調，使人讀來既感到感情的深永，又不顯得過於沉重與傷感。次句雖單提「渡江人」，但彼此羈旅漂泊，南北乖離，「君」愁「我」亦愁，原是不言自明的。

「數聲風笛離亭晚，君向瀟湘我向秦。」三、四兩句，從江頭景色收轉到離亭別宴，正面抒寫握別時情景。驛亭宴別，酒酣情濃，席間吹奏起了淒清怨慕的笛曲。即景抒情，所奏的也許正是象徵著別離的〈折楊柳〉吧。這笛聲正傾訴出彼此的離衷，使兩位即將分手的友人耳接神馳，默默相對，思緒縈繞，隨風遠揚。離笛聲中，天色彷彿不知不覺地暗了下來，握別的時間到了。兩位朋友在沉沉暮靄中互道珍重，各奔前程——「君向瀟湘我向秦」。詩到這裡，戛然而止。

這首詩的成功，和有這個別開生面、富於情韻的結尾有密切關係。表面上看，末句只是交代各自行程的敘述語，既乏寓情於景的描寫，也無一唱三嘆的抒情；實際上，詩的深長韻味恰恰就蘊含在這貌似樸直的不結之結當中。由於前面已透過江頭春色、楊花柳絲、離亭宴餞、風笛暮靄等一系列物象情景對離情進行反覆渲染，結句的截然而止，便恰如土之障黃流，在反激與對照中愈益顯出其內涵的豐富。臨歧握別的黯然傷魂，各向天涯的無限愁緒，南北異途的深長思念，乃至漫長旅程中的無邊寂寞，都在這不言中得到充分的表達。「君」、「我」對舉，「向」字重出，更使得這句詩增添了詠嘆的情味。（劉學鍇）

鷓鴣

鄭谷

暖戲煙蕪錦翼齊，品流應得近山雞。雨昏青草湖邊過，花落黃陵廟裡啼。
遊子乍聞征袖濕，佳人纔唱翠眉低。相呼相應湘江闊，苦竹叢深春日西。

晚唐詩人鄭谷，「嘗賦鷓鴣，警絕」（元辛文房《唐才子傳》），被譽為「鄭鷓鴣」。可見這首鷓鴣詩是如何傳誦於當時了。

鷓鴣，產於中國南部，形似雌雉，體大如鳩。其鳴為「鉤輈格磔」，俗以為極似「行不得也哥哥」，故古人常借其聲以抒寫逐客流人之情。鄭谷詠鷓鴣不重形似，而著力表現其神韻，正是緊緊抓住這一點來構思落墨的。

開篇寫鷓鴣的習性、羽色和形貌。鷓鴣「性畏霜露，早晚希出」（西晉崔豹《古今注》）。「暖戲煙蕪錦翼齊」，開首著一「暖」字，便把鷓鴣的習性表現出來了。「錦翼」兩字，又點染出鷓鴣斑斕醒目的羽色。在詩人的心目中，鷓鴣可以和美麗的山雞同列。在這裡，詩人並沒有對鷓鴣的形象作工雕細鏤的描繪，而是透過寫其嬉戲活動和與山雞的比較作了畫龍點睛式的勾勒，從而啟迪人們豐富的聯想。

首聯詠其形，以下各聯詠其聲。然而詩人並不簡單地摹其聲，而是著意表現由聲而產生的哀怨淒切的情韻。「青草湖」，即巴丘湖，在洞庭湖東南；黃陵廟，在湘陰縣北洞庭湖畔。傳說帝舜南巡，死於蒼梧。二妃從征，溺於湘江，後人遂立祠於水側，是為黃陵廟。這一帶，歷史上又是屈原流落之地，因而遷客流人到此最易觸發羈旅愁懷。這樣的特殊環境，已足以使人產生幽思遐想，而詩人又蒙上了一層濃重傷感的氣氛：瀟瀟暮雨，落紅片片。荒江、野廟更著以「雨昏」、「花落」，便形成了一種淒迷幽遠的意境，渲染出一種令人魂銷腸斷的氛圍。此時此刻，畏霜露、怕風寒的鷓鴣自是不能嬉戲自如，而只能愁苦悲鳴了。然而「雨昏青草湖邊過，花落黃陵廟裡啼」，反覆吟詠，似又像遊子征人涉足淒迷荒僻之地，聆聽鷓鴣的聲聲哀鳴而黯然傷神。鷓鴣之聲和征人之情，完全交融在一起了。這二句之妙，在於寫出了鷓鴣的神韻。作者未擬其聲，未繪其形，而讀者似已聞其聲，已睹其形，並深深感受到它的神情風韻了。對此，清沈德潛讚嘆地說：「詠物詩刻露不如神韻，三、四語勝於『鉤輈格磔』也。詩家稱鄭鷓鴣以此。」（《唐詩別裁集》）正道出這兩句詩的奧祕。

五、六兩句，看來是從鷓鴣轉而寫人，其實句句不離鷓鴣之聲，承接相當巧妙。「遊子乍聞征袖濕」，是承上句「啼」字而來；「佳人纔唱翠眉低」，又是因鷓鴣聲而發。佳人唱的，無疑是〈山鷓鴣〉詞，這是仿鷓鴣之聲而作的淒苦之調。閨中少婦面對落花、暮雨，思念遠行不歸的丈夫，情思難遣，唱一曲〈山鷓鴣〉吧，可是才輕抒歌喉，便難以自持了。詩人選擇遊子聞聲而淚下，佳人纔唱而蹙眉兩個細節，又用「乍」、「纔」兩個虛詞加以強調，有力地烘托出鷓鴣啼聲之哀怨。在詩人筆下，鷓鴣的啼鳴竟成了高樓少婦相思曲、天涯遊子斷腸歌了。在這裡，人之哀情和鳥之哀啼，虛實相生，各臻其妙；而又互為補充，相得益彰。

最後一聯：「相呼相應湘江闊，苦竹叢深春日西。」詩人筆墨更為渾成。「行不得也哥哥」聲聲在浩瀚的江面上迴響，是群群鷓鴣在低迴飛鳴呢，抑或是佳人遊子一「唱」一「聞」在呼應？這是頗富想像的。「湘江闊」、「春日西」，使鷓鴣之聲越發淒唳，景象也越發幽冷。那些怕冷的鷓鴣忙於在苦竹叢中尋找暖窩，然而在江邊踽踽獨行的遊子，何時才能返回故鄉呢？終篇宕出遠神，言雖盡而意無窮，透出詩人那沉重的羈旅鄉思之愁。清代金聖歎以為末句「深得比興之遺」（《貫華堂選批唐才子詩》甲集七言律），這是很有見地的。詩人緊緊把握住人和鷓鴣在感情上的聯繫，詠鷓鴣而重在傳神韻，使人和鷓鴣融為一體，構思精妙縝密，難怪前人譽之為「警絕」了。（徐定祥）

海棠　鄭谷

春風用意勻顏色，銷得①攜觴與賦詩。穠麗最宜新著雨，嬌嬈全在欲開時。

莫愁粉黛臨窗懶，梁廣丹青點筆遲。朝醉暮吟看不足，羨他蝴蝶宿深枝。

〔註〕①銷得：值得之意。

在大自然的百花園裡，海棠花素以嬌美著稱。春風彷彿著意用一種特別鮮豔的顏色染紅她，打扮她。難怪詩人鄭谷為之傾倒，為之銷魂，以為太值得攜酒對賞，賦詩稱讚了。

大地春回，詩人放眼望去，只見微風過處，灑下一陣陣雨點；海棠新沾上晶瑩欲滴的水珠，塵垢洗盡，花色格外光潔鮮妍。此時此刻，詩人驚訝地發覺，「新著雨」的海棠別具一番風韻，顯得異常之美。人們知道，海棠未放時呈深紅色，開後現淡紅色，它最美最動人之處就在於含苞待放之時。海棠花蕾剛著雨珠而又在「欲開時」，色澤分外鮮紅豔麗，看上去有如少女含羞時的紅暈，嬌嬈而嫵媚。前人形容海棠「其花甚豐，其葉甚茂，其枝甚柔，望之綽約如處女」（明王象晉《群芳譜．花譜》），唐相賈耽著花譜，以為「花中神仙」（清《御定佩文齋廣羣芳譜》）。詩人善於捕捉海棠「新著雨」、「欲開時」那種穠麗嬌嬈的丰姿神采，著意刻畫，把花的形態和神韻浮雕般地表現出來。詩情畫意，給人以深刻的印象。

第三聯詩人又從側面對海棠進行烘托。那美麗勤勞的莫愁女為欣賞海棠的嬌豔竟懶於梳妝，善畫海棠的畫家梁廣也為海棠的嬌美所吸引而遲遲動筆，不肯輕易點染，唯恐描畫不出海棠的丰姿神韻。海棠的美麗和風韻也就可想而知。真所謂「不著一字，盡得風流」（司空圖《二十四詩品·含蓄》）。

末聯寫詩人面對海棠，飲酒賦詩，留連忘返。看不足，寫不完，甚至對蝴蝶能在海棠花上偎依、撫弄而產生了豔羡之情，簡直把詩人對海棠的讚美與傾慕之情表達得淋漓盡致。

這首詩從藝術家對海棠的審美活動中突出花之美與魅力，用的是一種推開一層、由對面寫來的旁襯手法。這種手法從虛處見實，虛實相生，空靈傳神，既歌頌了海棠的自然美，也表現出詩人對美的事物的熱愛與追求。情與物相交流，人與花相默契，真不愧是一首詠海棠的佳作。前人謂「谷詩清婉明白，不俚而切」（元辛文房《唐才子傳》卷九），正道出此詩的藝術特色。（何國治）

中年　鄭谷

漠漠秦雲淡淡天，新年景象入中年。情多最恨花無語，愁破方知酒有權。

苔色滿牆尋故第，雨聲一夜憶春田。衰遲自喜添詩學，更把前題改數聯。

這首詩寫的是作者人到中年後的一些感受。鄭谷當時寓居長安，面臨著新春的到來。漠漠秦雲（長安舊屬秦地），淡淡天色，正是西北春天的典型景象。望見這個景象，詩人自然會想到，又一個春天降臨人間。但隨即也會浮起這樣的念頭：跟著時光推移，自己的年歲不斷增添，如今是愈來愈品嘗到中年的滋味了。

中年，往往是人的一生中哀樂感受最深切的時候。青春已逝，來日幾何，瞻前顧後，百感交集。詩中不作過多的描述，只是抓住對花無語、借酒澆愁兩個細節，就把那種思緒滿懷的複雜心理狀態烘托出來了，筆墨經濟而又含蓄。

那麼，詩人究竟在想些什麼呢？底下一聯為我們略作提示。「故第」，即舊時的住宅。尋找故第，只見苔色滿牆，斑駁難認，意味著追懷平生，遺蹤恍然。「春田」，指家鄉的農田。由連夜雨聲，觸發起春田的憶念，暗示要棄官歸隱，安度餘生。上句是回顧，下句是展望，正體現了人到中年時的典型思想活動。作者借「故第」、「春田」、「苔色」、「雨聲」等事物反映出來，形象鮮明而又富於概括力。

然而，往事既不可追，來日也未必可期；現實的處境一時難以擺脫，衰遲的年華更無情地逐日而去。在這樣的矛盾交織之中，除了翻出舊詩稿來修改幾遍，琢磨一下自己作詩的技巧，還能用什麼方法來排遣心頭的煩惱呢？結末兩句表面說的「自喜」，實際是在年事虛長、無所作為情況下的自我安慰。透過外在的平靜氣氛，分明可以體會到詩人那種強自壓抑下的無聊索寞心緒。

鄭谷的詩以輕巧流利見稱，反映生活面不廣，從本篇也可以得到驗證。此詩涉及中年的苦悶，雖不無時代政治的投影，而主要仍限於個人的感興，社會意義不大。但文筆清新，思致宛轉，尤善於用簡練明白的語言表達凝蓄深沉的情思，在其作品中亦屬上乘。（陳伯海）

齊己

【作者小傳】（約八六〇～約九三七）僧人。本姓胡，名得生，長沙（今屬湖南）人。出家後長期居於道林寺，自稱衡嶽沙門。後徙居廬山東林寺。詩多為登臨題詠、酬和贈別之作，間流露出佛教出世思想。有《白蓮集》十卷。（《唐詩紀事》卷七五、《唐才子傳》卷九）

早梅　齊己

萬木凍欲折，孤根暖獨回。前村深雪裡，昨夜一枝開。
風遞幽香出，禽窺素豔來。明年如應律，先發望春臺。

這是一首詠物詩。詩人以清麗的語言，含蘊的筆觸，刻畫了梅花傲寒的品性，素豔的風韻，並以此寄託自己的意志。其狀物清潤素雅，抒情含蓄雋永。

首聯即以對比的手法，描寫梅花不畏嚴寒的秉性。「萬木凍欲折，孤根暖獨回」，是將梅花與「萬木」相對照：在嚴寒的季節裡，萬木經受不住寒氣的侵襲，簡直要枝幹摧折了，而梅樹卻像獨凝地下暖氣於根莖，回復了生意。「凍欲折」說法略帶誇張。然而正是萬木凋摧之甚，才更有力地反襯出梅花「孤根獨暖」的性格，同時又照應了詩題「早梅」。

第二聯「前村深雪裡，昨夜一枝開」，用字雖然平淡無奇，卻很耐咀嚼。詩人以山村野外一片皚皚深雪，作為孤梅獨放的背景，描摹出十分奇特的景象。「一枝開」是詩的畫龍點睛之筆：梅花開於百花之前，是謂「早」；而這「一枝」又先於眾梅，悄然「早」開，更顯出此梅不同尋常。據元辛文房《唐才子傳》記載，齊己曾以這首詩求教於鄭谷，詩的第二聯原為「前村深雪裡，昨夜數枝開」。鄭谷讀後說：「『數枝』非『早』也，未若『一枝』佳。」齊己深為佩服，便將「數枝」改為「一枝」，並稱鄭谷為「一字師」。這雖屬傳說，但仍可說明「一枝」兩字是極為精彩的一筆。此聯像是描繪了一幅十分清麗的雪中梅花圖：雪掩孤村，苔枝綴玉，那景象能給人以豐富的美感。「昨夜」二字，又透露出詩人因突然發現這奇麗景象而產生的驚喜之情；肯定地說「昨夜」開，明昨日日間猶未見到，又暗點詩人的每日關心，給讀者以強烈的感染力。

第三聯「風遞幽香出，禽窺素豔來」，側重寫梅花的姿色和風韻。此聯對仗精緻工穩。「遞」字，是說梅花內蘊幽香，隨風輕輕四溢；而「窺」字，是著眼梅花的素豔外貌，形象地描繪了禽鳥發現素雅芳潔的早梅時那種驚奇的情態。鳥猶如此，早梅給人們帶來的詫異和驚喜就益發見於言外。

以上三聯的描寫，由遠及近，由虛而實。第一聯虛擬，第二聯突出「一枝」，第三聯對「一枝」進行形象的刻畫，寫來很有層次。

末聯語義雙關，感慨深沉：「明年如應律，先發望春臺。」此聯字面意不難理解。然而詠物詩多有詩人思想感情的寄託。這裡「望春臺」既指京城，又似有「望春」的含意。齊己早年曾熱心於功名仕進，是頗有雄心抱負的。然而科舉失利，不為他人所賞識，故時有懷才不遇之慨。「前村深雪裡，昨夜一枝開」，正是這種心境的寫照。自己處於山村野外，只有「風」、「禽」作伴，但猶自「孤根獨暖」，頗有點孤芳自賞的意味。又因其內懷「幽香」，外呈「素豔」，所以，他不甘於前村深雪「寂寞開無主」（陸游〈卜算子·詠梅〉）的境遇，而是滿懷希望：明年（他年）應時（應律）而發，在望春臺上獨佔鰲頭。辭意充滿著自信。

這首詩，語言清潤平淡，毫無穠豔之氣，雕琢之痕。詩人突出了早梅不畏嚴寒、傲然獨立的個性，創造了一種高遠的境界，隱匿著自己的影子，含蘊十分豐富。通觀全篇，首聯「孤根獨暖」是「早」；頷聯「一枝獨開」是「早」；頸聯禽鳥驚奇窺視，亦是因為梅開之「早」；末聯禱祝明春先發，仍然是「早」。首尾一貫，處處扣題，很有特色。（李敬一）

杜荀鶴

【作者小傳】（八四六～九〇四）字彥之，號九華山人，池州石埭（今安徽石臺）人。四十六歲才中進士。最後任五代梁太祖（朱溫）的翰林學士，僅五日而卒。其詩語言通俗，部分作品反映唐末軍閥混戰中的社會矛盾和人民的慘痛境遇，在當時較突出。有《唐風集》。（《舊五代史》本傳、《唐才子傳》卷九）

春宮怨　杜荀鶴

早被嬋娟誤，欲妝臨鏡慵。承恩不在貌，教妾若為容？
風暖鳥聲碎，日高花影重。年年越溪女，相憶採芙蓉。

歷來寫宮怨的詩大多不著「春」字，即使是寫春宮之怨的，也沒有一首能像杜荀鶴這首那樣傳神地把「春」與「宮怨」密合無間地表現出來。

前兩句是發端。「嬋娟」，是說容貌美好。宮女之被選入宮，就因為長得好看。入宮以後，伴著她的卻只是孤苦寂寞，因而拈出一個「誤」字，慨嘆「今日在長門，從來不如醜」（于濆〈宮怨〉）。此刻，她正對著銅鏡，顧影自憐，本想梳妝打扮一番，但一想到美貌誤人，又不免遲疑起來，懶得動手了。上句一個「早」字，彷彿是從心靈深處發出的一聲深長的嘆息，說明自己被誤之久；次句用欲妝又罷的舉動展示怨情也很細膩。這兩句在平淡之中自有自然、深婉的情致。

三、四句用的是流水對，上下句文意相續，如流水直瀉，一氣貫注，進一步寫出了欲妝又罷的心思。「若為容」是「怎樣打扮」的意思，這裡實際上是說打扮沒有用。既然被皇上看中並不在於容貌的美好，那麼，我再打扮又有什麼用呢？言外之意，起決定作用的是別的方面，例如鉤心鬥角、獻媚邀寵等。

五、六句忽然蕩開，詩筆從鏡前宮女一下子轉到室外春景：春風駘蕩，鳥聲輕碎，麗日高照，花影層疊。這兩句寫景，似乎與前面描寫宮女的筆墨不相連屬，事實上，仍然是圍繞著宮女的所感（「風暖」）、所聞（「鳥聲」）與所見（「花影」）來寫的。在欲妝又罷的一刻，透過簾櫳，暖風送來了動聽的鳥聲；遊目窗外，見到了「日高花影重」的景象。臨鏡的宮女怨苦之極，無意中又發現了自然界的春天，更喚起了她心中無春的寂寞空虛之感。景中之情與前面所抒寫的感情是一脈相承的。

「風暖」這一聯設色濃豔，南宋魏慶之《詩人玉屑》卷三把它歸入「綺麗」一格。風是「暖」的；鳥聲是「碎」的——所謂「碎」，是說輕而多，唧喳不已，洋溢著生命力，剛好與死寂的境界相對立；「日高」，見出陽光的明麗；「花影重」，可以想見花開的繁茂。綺麗而妙，既寫出了盛春正午的典型景象，反襯了怨情，又承上啟下，由此引出了新的聯想。

眼前聲音、光亮、色彩交錯融合的景象，使宮女想起了入宮以前每年在家鄉溪水邊採蓮的歡樂情景：荷葉、羅裙，一色裁成，芙蓉似臉，臉似芙蓉，三人一隊，五人一群，溪聲潺潺，笑語連連……「越溪」即若耶溪，在今浙江紹興，是當年西施浣紗的地方，這裡借指宮女的家鄉。這兩句以過去對比現在，以往日的歡樂反襯出今日的愁苦，使含而不露的怨情具有更為悠遠的神韻。詩的後四句雖是客觀的寫景與敘事，然而揭開字句的帷幕，卻可以聽到宮女隱微而又極其傷痛的啜泣之聲。

從詩的意境來看，〈春宮怨〉似不只是詩人在代宮女寄怨寫恨，同時也是詩人的自況。人臣之得寵主要不是憑仗才學，這與宮女「承恩不在貌」如出一轍；宮禁鬥爭的複雜與仕途的凶險，又不免使人憧憬起民間自由自在的生活，這與宮女羡慕越溪女天真無邪的生活又並無二致。它不僅是宮女之怨情，還隱喻當時黑暗政治對人才的戕殺。

這首詩以「風暖」一聯飲譽詩壇，就全篇而論，無疑也是一首意境渾成的好詩。（陳志明）

送友遊吳越 杜荀鶴

去越從吳過，吳疆與越連。有園多種橘，無水不生蓮。
夜市橋邊火，春風寺外船。此中偏重客，君去必經年。

這是一首向友人介紹吳越美好風光的送行詩。吳越，指今蘇杭一帶。這裡田園沃饒，山川佳麗，歷來為人稱道。

開頭兩句「去越從吳過，吳疆與越連」，點明吳越接壤，也暗示以下所寫，乃兩地共有的特色。

頷聯「有園多種橘，無水不生蓮」，點明橘和蓮，別處也有，而吳越的不同，就在於「有園多種」，「無水不生」。詩人選取橘和蓮為代表，也頗為精當。橘和蓮皆吳越名產，而橘生陸上，蓮出水中，又可從而想見吳越地區水陸風光俱美。

頸聯「夜市橋邊火，春風寺外船」，則著眼於寫水鄉市鎮的繁榮。吳越水鄉，市鎮大都緊挨河港。不寫日市寫夜市，只因夜市是吳越物產豐富、商業繁榮的一大標誌；而橋邊夜市，更是水鄉特有風情。夜市的場面形形色色，獨取一「火」字，既可使人想像夜市繁榮、熱鬧的景象，而「火」與橋下的水相映照，波光粼粼，更增添詩情畫意。江南多古寺，「南朝四百八十寺，多少樓臺煙雨中」（杜牧〈江南春〉），古寺是遊人必到之處。「春風寺外船」，令人想見春風吹拂、臨水寺前遊船輻輳的景象，這是水鄉又一特色。

結尾兩句「此中偏重客，君去必經年」，一個「偏」字特別介紹了吳越人情之美。如此旖旎的風光，又如此好客的人情，他鄉遊子自然居「必經年」，樂而忘返了。

這首詩清新秀逸，像一幅色彩鮮明的風俗畫，是送別詩中別開生面之作。（何慶善）

山中寡婦

杜荀鶴

夫因兵死守蓬茅，麻苧衣衫鬢髮焦。桑柘廢來猶納稅，田園荒後尚徵苗。時挑野菜和根煮，旋斫生柴帶葉燒。任是深山更深處，也應無計避征徭。

此詩透過山中寡婦這個典型人物的悲慘命運，透視當時社會的面貌，語極沉鬱悲憤。

唐朝末年，朝廷上下，軍閥之間，連年征戰，造成「四海十年人殺盡」（〈哭貝韜〉），「山中鳥雀共民愁」（〈山中對雪有作〉）的悲慘局面，給人民帶來極大的災難。此詩的「夫因兵死守蓬茅」，就從這兵荒馬亂的時代著筆，概括地寫出了這位農家婦女的不幸遭遇：戰亂奪走了她的丈夫，迫使她孤苦一人，逃入深山破茅屋中棲身。

「麻苧衣衫鬢髮焦」一句，抓住「衣衫」、「鬢髮」這些最能揭示人物本質的細節特徵，簡潔而生動地刻畫出寡婦那貧困痛苦的形象：身著粗糙的麻布衣服，鬢髮枯黃，面容憔悴，肖其貌而傳其神。從下文「時挑野菜」、「旋斫生柴」的描寫來看，山中寡婦顯然還是青壯年婦女。照說她的鬢髮色澤該是好看的，但由於苦難的熬煎，使她鬢髮早已焦黃枯槁，顯得蒼老了。簡潔的肖像描寫，襯托出人物的內心痛苦，寫出了她那飽經憂患的身世。

然而，對這個孤苦可憐的寡婦，統治階級也並不放過對她的榨取，而且手段是那樣殘忍：「桑柘廢來猶納稅，田園荒後尚徵苗。」此處的「納稅」，指繳納絲稅；「徵苗」，指徵收青苗稅，這是代宗廣德二年（七六四）

開始增設的田賦附加稅，因在糧食未成熟前徵收，故稱。古時以農桑為本，由於戰爭的破壞，桑林伐盡了，田園荒蕪了，而官府卻不顧人民的死活，照舊逼稅和「徵苗」。殘酷的賦稅剝削，使這位孤苦貧窮的寡婦何以為生呢？

「時挑野菜和根煮，旋斫生柴帶葉燒」，只見她不時地挖來野菜，連菜根一起煮了吃；平時燒柴也很困難，燃生柴還要「帶葉燒」。這兩句是採用一種加倍強調的說法，透過這種藝術強調，渲染了山中寡婦那難以想像的困苦狀況。

最後，詩人面對民不聊生的黑暗現實，發出深沉的感慨：「任是深山更深處，也應無計避征傜。」深山有毒蛇猛獸，對人的威脅很大。寡婦不堪忍受苛斂重賦的壓榨，迫不得已逃入深山。然而，剝削的魔爪是無孔不入的，即使逃到「深山更深處」，也難以逃脫賦稅和傜役的羅網。「任是」、「也應」兩個關聯詞用得極好。可以看出，詩人的筆觸像匕首一樣揭露了當時統治者的罪惡本質。

詩歌是緣情而發，以感情來撥動讀者心弦的。〈山中寡婦〉之所以感人，正在於它富有濃厚的感情色彩。但詩並不直接抒情，而是把感情訴諸對人物命運的刻畫描寫之中。詩人把寡婦的苦難寫到了極致，造成一種濃厚的悲劇氛圍，從而使人民的苦痛，詩人的情感，都透過生活場景的描寫自然地流露出來，產生了感人的力量。最後，詩又在形象描寫的基礎上引發感慨，把讀者的視線引向一個更廣闊的境界，不但使人看到了一個山中寡婦的苦難，而且使人想像到和寡婦同命運的更多人的苦難。這就從更大的範圍、更深的程度上揭露了殘酷的剝削，深化了主題，使詩的意蘊更加深厚。（閻昭典）

自敘

杜荀鶴

酒甕琴書伴病身，熟諳時事樂於貧。寧為宇宙閒吟客，怕作乾坤竊祿人。

詩旨未能忘救物，世情奈值不容真。平生肺腑無言處，白髮吾唐一逸人。

這首七律，詩人寫自己身處暗世、有志難伸、懷才不遇、走投無路的困境和內心的煩憂。通篇夾敘夾議，評論時事，中述懷抱，滿紙韻味，生動感人。

詩的首聯概述自己的境遇和處世態度。「酒甕琴書伴病身」，開頭七字，新穎活脫，逼真地勾畫出一個當時社會中失意潦倒的知識分子形象。他只有三件東西：藉以澆愁的酒甕，藉以抒憤、寄情的琴和書，詩人是多麼貧寒、孤寂啊！可是詩人對這種貧苦生活所抱的態度，卻出人意料，他不以為苦，反以為「樂」——「熟諳時事樂於貧」。原來他「樂於貧」乃是因為對晚唐社會的昏暗社會現實非常熟悉。「熟諳」一詞，概括了詩人「年年名路謾辛勤，襟袖空多馬上塵」（〈感秋〉）的長期不幸遭遇，也暗示出上句「病身」是怎樣造成的。「樂於貧」的「樂」字，表現出詩人的正直性格和高尚情操。這樣正直、高尚的人，不能「樂於」為國施展才華，而只能「樂於貧」，這是腐朽統治造成的真正悲劇。

緊接著，詩人進一步表明「樂於貧」的心跡：「寧為宇宙閒吟客，怕作乾坤竊祿人。」意思是說，我寧願安守窮途，做天地間一個隱逸詩人；絕不願竊取俸祿，當人間的庸俗官吏。這一聯警句，上下對仗，一取一捨，涇渭分明，斬截有力，震懾人心。這種擲地作金石聲的語言，進一步表現出詩人冰清玉潔的品格。

詩人說寧願作「閒吟客」，「吟」什麼？第五句作了回答：「詩旨未能忘救物」。詩人困於蒿萊，也並未消極避世，而是始終不忘國家和人民所遭受的災難。他的詩的確是「言論關時務，篇章見國風」（〈秋日山中寄李處士〉），表現出一片救物濟世的熱忱。正因為他的詩「多主箴刺」，而不能為世所容，以致「眾怒欲殺之」（見元辛文房《唐才子傳》）。故詩的第六句深深慨嘆：「世情奈值不容真」！「真」，指敢於說真話的正直之士。「不容真」三字，深刻地揭露了人妖顛倒、是非混淆的當時的社會本質。這兩句是全詩的重點和高潮。詩人單刀直入，揭示了志士仁人和黑暗社會之間的尖銳矛盾。

詩的最後兩句，以蒼涼悲憤的語調作結：「平生肺腑無言處，白髮吾唐一逸人。」一生懷才不遇，壯志莫酬，內心的痛苦，無處訴說；「吾唐」雖大，卻沒有正直之士容身之地，我只好遁身世外，做個隱逸之人。讀到這裡，我們很自然地會聯想到〈離騷〉的卒章，屈原不是也掩淚嘆息：「已矣哉！國無人莫我知兮，又何懷乎故都！既莫足與為美政兮，吾將從彭咸之所居！」此詩結尾兩句和〈離騷〉的卒章同樣感人。我們彷彿看到白髮蒼蒼的詩人，愁容滿面，仰天長嘯，老淚縱橫。

這首詩以議論為主，但議而不空，直中見曲，議論同形象相結合，並且議論中飽和著濃郁的感情，字字句句「沛然從肺腑中流出」（北宋惠洪《冷齋夜話》），充滿著悲憤和激情。在謀篇布局上構思精巧，結構層層推演，環環相扣，步步深入：首聯「樂於貧」，帶出頷聯「寧為宇宙閒吟客，怕作乾坤竊祿人」；頷聯「閒吟客」帶出頸聯「詩旨未能忘救物，世情奈值不容真」；頸聯「不容真」，帶出尾聯「平生肺腑無言處，白髮吾唐一逸人」；尾聯「平生肺腑無言處」，又與開頭「酒甕琴書伴病身」相呼應。滿篇皆活，渾然一體。隨著層次的推進，詩人的形象越來越鮮明；詩人感情的波濤，後浪催前浪，逐步推向高峰；詩的主旨也一步一步開拓、深化。讀此詩猶如登山，轉過一盤又一盤，愈轉愈入佳境。（何慶善）

再經胡城縣①

杜荀鶴

去歲曾經此縣城，縣民無口不冤聲。
今來縣宰加朱紱②，便是生靈血染成。

〔註〕①胡城縣：唐時縣名，故址在今安徽阜陽縣西北。②朱紱（音同服）：紅色官服。

題目是「再經胡城縣」，詩人自然會由「再經」而想到「初經」。寫「初經」的見聞，只從縣民方面落墨，未提縣宰；寫「再經」的見聞，只從縣宰方面著筆，未提縣民，這就給讀者打開了馳騁想像的天地。如果聽信統治階級所謂「愛民如子」之類的自我標榜，那麼讀到「縣民無口不冤聲」，只能設想那「冤」來自別的方面，而不會與縣宰聯繫起來；至於縣宰呢，作為縣民的「父母官」，必然在為縣民申冤而奔走號呼。讀到「今來縣宰加朱紱」，也準以為「縣宰」由於為縣民申冤而得到了上司的嘉獎；然而出人意料的是，詩人在寫了「初經」與「再經」的見聞之後，卻對縣宰的「朱紱」作出了「便是生靈血染成」的判斷，這真是石破天驚，匪夷所思！

結句引滿而發，對統治者的揭露與鞭撻不留餘地，這與常見的含蓄風格迥乎不同。但就藝術表現而言，詩中卻仍然有含而不露的東西在，因而也有餘味可尋。「縣民無口不冤聲」既然是「去歲」的見聞，那麼縣民喊的是什麼冤以及喊冤的結果如何，詩人當然記憶猶新，但沒有明寫。「縣宰加朱紱」既然是「今來」的見聞，那麼這和縣民喊冤的結果有什麼聯繫，詩人當然很清楚，但也沒有明寫。而這沒有明寫的一切，又都是讀者迫切需要知道的，這就造成了懸念。最後，詩人才把縣宰的朱紱和縣民的鮮血這兩種顏色相同而性質相反的事物出人意外地結合在一起，寫出了驚心動魄的結句。那讀者迫切需要知道，但詩人沒有明寫的一切，就都見於言外，獲得了強烈的藝術效果。

縣宰未加朱紱之時，權勢還不夠大，腰桿還不夠硬，卻已經逼得「縣民無口不冤聲」；如今因屠殺冤民而贏得了上級的嘉獎，加了朱紱，嘗到了甜頭，權勢更大，腰桿更硬，他又將幹些什麼呢？詩人也沒有明寫，然而弦外有音，讀者的心怎能不為之震動？（霍松林）

溪興 杜荀鶴

山雨溪風卷釣絲，瓦甌篷底獨斟時。
醉來睡著無人喚，流到前溪也不知。

這是一首描寫隱逸生活的即興小詩。詩中描寫的是這樣一組畫面：在一條寂靜的深山小溪上，有一隻小船，船上有一個垂釣的人。風雨迷茫，他捲起釣絲，走進篷底，取出盛酒的瓦罐，對著風雨自斟自飲；直飲到爛醉，睡著了；小舟一任風推浪湧，待醒來時，才發覺船兒已從後溪飄流到前溪了。

這詩似乎是描寫溪上人閒適的心情和隱逸之樂。他置身世外，自由自在，垂釣，飲酒，醉眠，戲風弄雨，一切任其自然，隨遇而安。他以此為樂，獨樂其樂。這似乎就是詩中所要表現的這一段溪上生活的特殊興味。

然而，透過畫面的情景和氣氛，這種閒適自樂的背後，卻似乎隱藏著溪上人內心的無可奈何的情緒。深山僻水，風風雨雨，氣氛是淒清的。那垂釣者形單影隻，百無聊賴，以酒為伴。那酒器「瓦甌」——粗劣的瓦罐兒，暗示出它的主人境遇的寒苦。「醉來睡著無人喚」，讓小舟在山溪中任意飄流，看來瀟灑曠達，實在也太孤寂，有點看透世情、遊戲人生的意味。

詩人身處暗世，壯志難酬，他的〈自敘〉詩寫道：「平生肺腑無言處，白髮吾唐一逸人。」老來奔走無門，回到家鄉九華山（在今安徽青陽縣西南），過著清苦的隱逸生活。〈溪興〉中所描寫的這個遺身世外的溪上人，當是詩人的自我寫照。（何慶善）

贈質上人　杜荀鶴

枅坐雲遊出世塵，兼無瓶鉢可隨身。
逢人不說人間事，便是人間無事人。

〈贈質上人〉是一首贈送給叫做「質」的和尚的詩。「上人」，是對高僧的敬稱。

既然是送給僧人的詩歌，那麼自然要說與佛事相關的話，所以開頭便說：「枅坐雲遊出世塵」。「枅（音同聶）坐」，猶言枯坐。這句是說質上人有時打坐參禪，有時雲遊四方，行蹤無定，頗有超塵出世之概。這是寫質上人的形象。詩人抓住他的特徵，刻畫了他的不同凡俗。

第二句進一步寫質上人的形象。「瓶鉢」，是雲遊和尚喝水喫飯不可少的用具。可是質上人連應該隨身攜帶的一瓶一鉢也沒有。這就更突出了質上人超出塵世的性格，成了飄飄然來去無牽掛的大閒人了。

第三、四句：「逢人不說人間事，便是人間無事人。」這是從質上人的精神境界去刻畫他的形象。他不說一句有關人世間的話。所謂「世緣終淺道根深」（蘇軾〈軾以去歲春夏，侍立邇英，而秋冬之交，子由相繼入侍，次韻絕句四首，各述所懷〉其四），在這位質上人身上表現得相當徹底，他完全遊離於塵世之外。

詩人對質上人的最無牽掛和最清閒表示了由衷的讚賞，而於讚語之中卻含有弦外之音，寓有感慨人生的意味。杜荀鶴所生活的正是晚唐戰亂不止、民生凋敝的多事之秋。作為一個有良心、有正義感的詩人，面對這樣的現實，怎麼能緘口不語呢?他雖曾讚羨「萬般不及僧無事，共水將山過一生」(〈題道林寺〉)的生活，但無論怎樣也不能像質上人那樣口不言一句人間事。所以「逢人不說人間事，便是人間無事人」，既有對質上人的稱讚和羨慕，也有詩人自己複雜心情的流露，字面上意義雖然淺近，而詩人的感慨良深。

宋陳正敏《遯齋閒覽》中說：「唐人詩中用俗語者，惟杜荀鶴、羅隱為多。」這裡說出了杜荀鶴的詩在語言上的特點。這個特點表現在他的近體詩上尤為突出，即通俗淺近，明白曉暢。所以人們說他是把嚴於格律的近體詩通俗化了。正因為這樣，他的許多詩句便在長期流傳中成了人們口頭的熟語。〈贈質上人〉也是這樣。(張秉戍)

小松

杜荀鶴

自小刺頭深草裡，而今漸覺出蓬蒿。
時人不識凌雲木，直待凌雲始道高。

這首小詩借松寫人，託物諷諭，寓意深長。

松，樹木中的英雄、勇士。數九寒天，百草枯萎，萬木凋零，而它卻蒼翠凌雲，頂風抗雪，泰然自若。然而凌雲巨松是由剛出土的小松成長起來的，小松雖小，即已顯露出必將「凌雲」的苗頭。此詩前兩句，生動地刻畫出這一特點。

「自小刺頭深草裡」——小松剛出土，的確小得可憐，路邊野草都比它高，以致被掩沒在「深草裡」。但它雖小而並不弱，在「深草」的包圍中，它不低頭，而是「刺頭」——那長滿松針的頭，又直又硬，一個勁地向上衝刺，銳不可當。那些弱不禁風的小草是不能和它相匹敵的。「刺頭」的「刺」，一字千鈞，不但準確地勾勒出小松外形的特點，而且把小松堅強不屈的性格、勇敢戰鬥的精神，活脫脫地勾畫出來了。一個「刺」字，顯示出小松具有強大的生命力；它的「小」，只是暫時的，相對的，隨著時間的推進，它必然由小轉大。不是麼？

「而今漸覺出蓬蒿」。蓬蒿，即蓬草、蒿草，草類中長得較高者。小松原先被百草踩在腳底下，可現在它已超出蓬蒿的高度；其他的草當然更不在話下。這個「出」字用得精當，不僅顯示了小松由小轉大、發展變化的情景，而且在結構上也起了承前啟後的作用：「出」是「刺」的必然結果，也是未來「凌雲」的先兆。事物發展總是循序漸進，不可能一步登天，故小松從「刺頭深草裡」到「出蓬蒿」，只能「漸覺」。「漸覺」說得既有分寸，又很含蓄。是誰「漸覺」的呢？只有關心、愛護小松的人，時時觀察、比較，才能「漸覺」；至於那些不關心小松成長的人，視而不見，哪能談得上「漸覺」呢？

三、四兩句，作者筆鋒一轉，發出深深的慨嘆：「時人不識凌雲木，直待凌雲始道高。」這裡連說兩個「凌雲」，前一個指小松，後一個指大松。大松「凌雲」，已成事實，稱讚它高，並不說明有眼力，也無多大意義。小松尚幼小，和小草一樣貌不驚人，如能識別出它就是「凌雲木」，而加以愛護、培養，那才是有識見，才有意義。然而時俗之人所缺少的正是這個「識」字，故詩人感嘆道：眼光短淺的「時人」，是不會把小松看成是棟樑之材的，有多少小松，由於「時人不識」，而被摧殘、被砍殺啊！這些小松，和韓愈筆下「駢死於槽櫪之間」（〈雜說〉四）的千里馬，不是遭到同樣悲慘的命運嗎？

杜荀鶴出身寒微，雖然年輕時就才華畢露，但由於「帝里無相識」（〈辭九江李郎中入關〉），以致屢試不中，報國無門，一生潦倒。埋沒深草裡的「小松」，不也正是詩人的自我寫照？

由於詩人觀察敏銳，體驗深切，詩中對小松的描寫，精練傳神；描寫和議論，詩情和哲理，幽默和嚴肅，在這首詩中得到有機的統一，字裡行間，充滿理趣，耐人尋味。（何慶善）

羅虬

【作者小傳】台州（今浙江臨海）人。累舉不第。遭兵亂，依鄜州李孝恭為從事。唐懿宗咸通至僖宗乾符中以詩名，與羅隱、羅鄴合稱「三羅」。作〈比紅兒詩〉百首。（《唐詩紀事》卷六九、《唐才子傳》卷九）

比紅兒詩一百首（其二八）　羅虬

薄羅輕剪越溪紋，鴉翅低從兩鬢分。
料得相如偷見面，不應琴裡挑文君。

讓我們從另一首詩〈垂柳〉說起：「絆惹春風別有情，世間誰敢鬥輕盈？楚王江畔無端種，餓損纖腰學不成。」這是唐彥謙的詠柳詩，它從柳聯想到細腰，聯想到美人。詠柳說美人，或詠美人說柳，這是一般意義的比方。但詠柳而貶美人（如唐彥謙詩），或詠美人以貶柳，那就不是一般的比方了。這種弱彼以強此的比方，詩家謂之「尊題」（見明楊慎《升庵詩話》卷八、卷十四）。

〈比紅兒詩〉作者自序說：「『比紅』者，為雕陰（故城在今陝西富縣北）官妓杜紅兒作也。美貌年少，機智慧悟，不與群輩妓女等。余知紅者，乃擇古之美色灼然於史傳三數十輩，優劣於章句間，遂題『比紅詩』。」

既擇古之絕代佳人與紅兒作「比」，又從而「優劣」之，這也就是不折不扣的「尊題」格。詩共百首，把這種修辭法運用到了盡興盡致。選其一首，是可以嘗一臠肉而知一鼎之味的。

前兩句賦寫紅兒的美麗。「薄羅輕剪越溪紋」，是寫其服裝。古代越地絲織工藝十分著名，而越女浣紗向為詩人樂道。用「越溪紋」以形「薄羅」，就有一種特殊的、具體的美感。「輕」這個動詞也用得愜切，它表現出羅的薄而名貴，是不宜造次剪裁的。「薄」的春衫，又間接熨帖出紅兒身段的美來。不從正面落墨，而採取側面烘托，以引起讀者活躍的聯想，豐富詩歌形象。

古代少女頭梳雙髻，稱鴉髻（或鴉頭），取其色之烏黑。「鴉翅」，也就是鬢髮。不說鬢如鴉翅，而說「鴉翅低從兩鬢分」，就把對象寫活了。寫秀髮而傳達出人的手神，鴉翅低分，一個天真浪漫的少女形象宛然可見。清趙執信《談龍錄》提到一個著名比喻，言詩之可貴，在於使人從「一鱗一爪」而見到「首尾完好」的全龍。此詩前兩句側面襯托、寫點概面的手法似之。

後兩句是在賦紅兒之美的基礎上，進而引古為譬以「比紅兒」。

這裡是用西漢著名美女卓文君為比，又從而「優劣」之，說如果司馬相如偷看上紅兒一眼，就不會費心去彈琴挑逗卓文君了。司馬相如之愛文君固然以其貌美，卻並不全然為此，同時是因為文君的「知音」，這才有琴挑的韻事。說他看紅兒一眼就忘卻文君，不亦謬乎？然而看詩要用詩的眼光去看，詩人取喻，往往擷其一點，予以誇張，有時悖乎理反而更為盡情，正所謂「反常合道為趣」（宋惠洪《冷齋夜話》）。詩人唐突古人，抑卓揚紅，卻十分有味地寫出了紅兒美的魅力。

這裡我們看到，尊題的寫法對於突出主體是有積極的修辭作用的。與「紅花雖好，也要綠葉扶持」是同一個道理。此詩運用側面落筆和弱彼強此（尊題）的手法，比起正面的刻畫，不唯省辭，而且使意境輕靈可喜，在藝術上有可資借鑑處。

清代王士禛、王闓運等著名詩人兼詩評家，對「比紅兒」詩都瞧得上，並加選錄。但作為數達百首的大型組詩，其寫法多數雷同，隨舉一二：「置向漢宮圖畫裡，入胡應不數昭君」（其六）、「神仙得似紅兒貌，應免劉郎憶世間」（其八）、「阿嬌得似紅兒貌，不費長門買賦金」（其十八）……給人以重床架屋之感。所以清管世銘《讀雪山房唐詩鈔》選七絕時宣稱只「收其一，此外當付之秉炬矣」。

另有一種傳說，說是羅虬於唐僖宗廣明年間為李孝恭從事，紅兒為籍中善歌者。有一次，他請紅兒歌唱。李孝恭以紅兒為副戎屬意，不許她接受羅虬的饋贈。羅虬惱羞成怒，遂手刃紅兒。後來又深自追悔，便作比紅兒詩替她傳名。但從作者自序是看不出追悔之意的，這本事大約出於附會吧。（周嘯天）

貫休

【作者小傳】（八三二～九一二）僧人。本姓姜，字德隱，婺州蘭溪（今屬浙江）人。唐昭宗天復間入蜀，蜀主王建賜號禪月大師。有詩名，部分作品能反映當時社會現實。工書畫。有《禪月集》。（《唐詩紀事》卷七五、《唐才子傳》卷十）

春晚書山家屋壁二首　貫休

柴門寂寂黍飯馨，山家煙火春雨晴。庭花濛濛水泠泠，小兒啼索樹上鶯。

水香塘黑蒲森森，鴛鴦鸂鶒如家禽。前村後壟桑柘深，東鄰西舍無相侵。

蠶娘洗繭前溪淥，牧童吹笛和衣浴。山翁留我宿又宿，笑指西坡瓜豆熟。

貫休是晚唐詩僧，這兩首詩是他在農村為客時的題壁之作。

第一首頭兩句寫柴門內外靜悄悄的，縷縷炊煙，冉冉上升；一陣陣黃米飯的香味，撲鼻而來；一場春雨過後，不違農時的農夫自然要搶墒春耕，所以「柴門」也就顯得「寂寂」了。由此亦可見，「春雨」下得及時，天晴得及時，農夫搶墒也及時，不言喜雨，而喜雨之情自見。

後兩句寫庭院中，水氣迷濛，宛若給庭花披上了輕紗，看不分明；山野間，「泠泠」的流水，是那麼清脆悅耳；躲進巢避雨的鳥兒，又飛上枝頭，吱吱喳喳，快活地唱起歌來；一個小孩走出柴門，啼哭著要捕捉鳥兒玩耍。這一切正都是寫春雨晴後的景色和喜雨之情。且不說濛濛的花景與泠泠的水聲，單說樹上鶯尚且如此歡騰聒噪，逗得小兒啼索不休，則大田裡農夫搶耕的情景就更可想見了。

晚春是山家大忙的季節，然而詩人卻隻字不言農忙而著墨於寫寧靜，由寧靜中見農忙。晚春又是多雨的季節，春雨過後喜悅是農民普遍的心情。詩人妙在不寫人，不寫情，單寫景，由景及人，由景及情。這樣寫，既緊扣了晚春的特色，又稱得上短而精。清方東樹謂「小詩精深，短章醞藉」（《昭昧詹言》），方是好詩。這詩在藝術上的一個特色，就是它寫得短而精，淺而深，景中有情，景外有人，於「澹中藏美麗」（清薛雪《一瓢詩話》），於靜處露生機。

貫休的詩在語言上善用疊字，如「一瓶一缽垂垂老，萬水千山得得來」（〈陳情獻蜀皇帝〉），人因之稱他為「得得來和尚」。又如，「茫茫復茫茫，滿眼皆埃塵。莫言白髮多，莖莖是愁筋」（〈茫茫曲〉），「誰家少年，馬蹄蹋蹋」（〈輕薄篇二首〉其二），「木落蕭蕭，蟲鳴唧唧」（〈輕薄篇二首〉其二），等等。這詩也具有這一特色。在四句詩中，疊字凡三見：「寂寂」，寫出春雨晴後山家春耕大忙，家家無閒人的特點；「濛濛」，狀雨後庭花宛若披上輕紗，看不分明的情態；「泠泠」，描摹春水流動的聲韻。這些疊字的運用，不僅在造境、繪形、模聲、傳情上各盡其宜，而且聲韻悠揚，具有民歌的音樂美。在晚唐綺麗纖弱的詩風中，這詩給人以清新健美之感。

第二首從「山家」一家一戶的小環境擴大到周圍的大環境。前三句寫自然景色。池塘裡，蒲草森森，長得茂密繁盛，形成黑壓壓的一片；微風吹過，帶來陣陣清香；一對對鴛鴦、鸂鶒，悠悠自在，嬉戲覓食，就如岸上的家禽一樣，一點也不怕人。「前村後壟」猶言「到處」。村裡壟上，到處都是一片翠色蔥蘢的桑樹和柘樹。這三句中雖無一字讚美之詞，然而田園的秀色，豐產的景象，靜穆的生活氣息已是觸目可見，具體可辨，值得留戀。且不說桑柘的經濟價值，單說蒲，嫩時可食，成熟後可織蓆製草具，大有利於人。再說鴛鴦、鸂鶒尚且寧靜地生活著，何況乎人！這就又為第四句「東鄰西舍無相侵」作了鋪墊與烘托。而且，植物的蓬勃生長，總離不開人的辛勤培植。詩句不言村民勤勞智慧，而頌揚之意俱在言外。

在上述景色秀麗、物產豐盛、生活寧靜、村民勤勞的環境裡，「東鄰西舍」自然相安無事，過著「無相侵」的睦鄰生活。沒有強淩弱、眾暴寡、爾虞我詐、互相爭奪等社會現象。很明顯，透過農家寧靜生活的描寫，詩人作為佛門人士，也不免寄託了本人的理想和情趣。

詩的後四句，一口氣寫了包括作者在內的四種人物，在同類唐詩中，這還是不多見的。這四句從生活在這一環境中人物內心的恬靜，進一步展示出山家的可愛。瞧，一條碧波蕩漾、清澈見底的小溪，抱村而流，蠶娘在淥溪邊漂洗著白花花的蠶繭。牧童吹著笛子，聲音清脆悠揚；一時興起，又和衣進入溪水，沐浴在綠水碧波之中。山翁挽著「我」的手臂，笑容滿面，親切熱情地指著西坡那片地對「我」說，瓜和豆已經熟了，再住上幾日就可嘗新了。寥寥幾筆，把繭白、水碧、瓜香、豆熟以及笛聲悅耳的客觀景致，寫得逼真如畫；蠶娘、牧童、山翁的形象，勾勒得栩栩如生，宛然在目，呼之欲出。令人不難想見，蠶娘喜獲豐收，其內心之甜美；牧童和衣而浴，其性格之頑皮；「山翁留我宿又宿」，其情誼之深厚。加上「笑指」等詞語的渲染，更把山翁的動作、情態、聲音、笑貌及其淳樸善良、殷勤好客的性格進一步顯現出來。而詩人「我」，處在這樣的環境裡，其留連忘返的心情可想而知。更妙的是，詩在末尾用一「熟」字狀「西坡瓜豆」，繪出一片豐收在望的景象，回應上文滿塘黑壓壓的蒲與到處都是的桑柘，真叫人見了喜煞。全詩至此戛然而止，卻留下耐人回味的餘地。

比起晚唐那些典雅、雕飾、綺麗、纖弱的詩來，貫休以其作品明快、清新、樸素、康健之美，獨樹一幟。明代楊慎指出貫休詩「中多新句，超出晚唐」（《升庵詩話》）。真可謂獨具隻眼。（鄧光禮）

崔塗

【作者小傳】字禮山，江南人。唐僖宗光啟進士。家境貧寒，一生多羈旅各地。詩多羈愁別恨之作，善於借景抒情。《全唐詩》存其詩一卷。（《唐詩紀事》卷六一、《唐才子傳》卷九）

孤雁二首（其二）　崔塗

幾行歸塞盡，念爾獨何之？暮雨相呼失，寒塘欲下遲。渚雲低暗度，關月冷相隨。未必逢矰繳①，孤飛自可疑。

〔註〕①矰（音同增）：短箭。繳（音同濁）：繫箭的絲繩。

這首詩題名〈孤雁〉，全篇皆實賦孤雁，「詩眼」就是一個「孤」字。一個「孤」字將全詩的神韻、意境凝聚在一起，渾然天成。

為了突出孤雁，首先要寫出「離群」這個背景。所以詩人一開頭便說：「幾行歸塞盡，念爾獨何之？」作者本是江南人，一生中常在巴、蜀、湘、鄂、秦、隴一帶作客，多天涯羈旅之思。此刻想是站在驛樓上，極目遠望：只見天穹之下，幾行鴻雁，展翅飛行，向北而去。漸漸地，群雁不見了，只留下一隻孤雁，在低空盤旋。我們從「歸塞」二字，可以看出雁群是向北，且又是在春天；因為只有在春分以後，鴻雁才飛回塞外。這兩句中，尤應注意一個「行」字，一個「獨」字。有了「行」與「獨」作對比，孤雁就突現出來了。「念爾」二字，隱蘊詩人同情之心。古人作詩，往往託物寓志，講究寄興深微。「念爾」句寫得很妙，筆未到而氣已吞，隱隱地讓一個「孤」字映照通體，統攝全域。「獨何之」，則可見出詩人這時正羈留客地，借孤雁以寫離愁。

頷聯「暮雨相呼失，寒塘欲下遲」，是全篇的警策。「三句言其失群之由，四句言失群倉皇之態，亦復佳絕」（俞陛雲《詩境淺說》），既寫出當時的自然環境，也刻畫出孤雁的神情狀態。時間是在晚上，地點是在寒塘。暮雨蒼茫，一隻孤雁在空中嘹嘹嚦嚦，呼尋夥伴。那聲音是夠淒厲的了。它經不住風雨的侵凌，再要前進，已感無力；面前恰有一個蘆葉蕭蕭的池塘，想下來棲息，卻又影單心怯，幾度盤旋。那種欲下未下的舉動，遲疑畏懼的心理，寫得細膩入微。可以看出，作者是把自己孤淒的情感熔鑄在孤雁身上了，從而構成一個統一的藝術整體，讀來如此逼真動人。誠如俞陛雲所說：「如莊周之以身化蝶，故入情入理，猶詠鴛鴦之『暫分煙島猶回首，只渡寒塘亦並飛』（崔珏〈和友人鴛鴦之什〉），替鴛鴦著想，皆妙入毫顛也。」（《詩境淺說》）

頸聯「渚雲低暗度，關月冷相隨」，是承頷聯而來，寫孤雁穿雲隨月，振翅奮飛，然而仍是隻影無依，淒涼寂寞。「渚雲低」是說烏雲逼近洲渚，對孤雁來說，便構成了一個壓抑的、恐怖的氛圍，孤雁就在那樣慘淡的昏暗中飛行。這是多麼令人擔憂呵！這時作者是在注視並期望著孤雁穿過烏雲，脫離險境。「關月」，指關塞上的月亮。這一句寫想像中孤雁的行程，雖非目力所及，然而「望盡似猶見」（杜甫〈孤雁〉），傾注了對孤雁自始至終的關心。這兩句中特別要注意一個「低」字，一個「冷」字。月冷雲低，襯托著形單影隻，就突出了行程的艱險，心境的淒涼；而這都是緊緊地扣著一個「孤」字。唯其孤，才感到雲低的可怕；唯其只有冷月相隨，才顯得孤單淒涼。

詩篇的最後兩句，寫了詩人的良好願望和矛盾心情。「未必逢矰繳，孤飛自可疑」，是說孤雁未必會遭暗箭，但孤飛總使人易生疑懼。從語氣上看，像是安慰之詞——安慰孤雁，也安慰自己；然而實際上卻是更加擔心了。因為前面所寫的怕下寒塘、驚呼失侶，都是驚魂未定的表現，直到此處才點明驚魂未定的原因。一句話，是寫孤雁心有餘悸，怕逢矰繳。詩直到最後一句「孤飛自可疑」，才正面拈出「孤」字，「詩眼」至此顯豁通明。詩人漂泊異鄉，世路峻險，此詩以孤雁自喻，表現了他孤淒憂慮的羈旅之情。

清人劉熙載說：「五言無閒字易，有餘味難。」（《藝概．詩概》）崔塗這首〈孤雁〉，字字珠璣，沒有一處是閒筆；而且餘音嫋嫋，令人回味無窮，可稱五言律詩中的上品。（徐培均）

春夕

崔塗

水流花謝兩無情，送盡東風過楚城。蝴蝶夢中家萬里，子規枝上月三更。
故園書動經年絕，華髮春唯滿鏡生。自是不歸歸便得，五湖①煙景有誰爭？

〔註〕①五湖：春秋時越國大夫范蠡歸隱之處。這裡詩人指他的家鄉浙江桐廬一帶的大好山水。

崔塗曾久在巴、蜀、湘、鄂、秦、隴等地為客，自稱是「孤燭異鄉」之人（〈巴山道中除夜書懷〉）。〈春夕〉是他旅居湘鄂時所作。

詩一起筆，就渲染出一片暮春景色：春水遠流，春花凋謝。「流水落花春去也」（南唐李煜〈浪淘沙·簾外雨潺潺〉），詩人深深感嘆春光易逝，歲月無情。第二句「送盡東風過楚城」更加感傷。「楚城」，泛指湘鄂一帶。詩人把春光（「東風」）擬人化了，依依為她送別。這裡，不是春風送我回故鄉，而是我在異鄉送春歸。這一「送」字表達了詩人淒楚的情懷。詩人面對著落紅滿地、柳絮漫天的殘春景物，怎能不更加思念故鄉？由送春而牽動的思鄉之情，籠罩全篇。以下句句寫的是思鄉衷曲。

「蝴蝶夢中家萬里，子規枝上月三更。」頷聯進入正題，寫「春夕」，寫得極為精粹，是傳誦的名句。詩人運用了新奇的造語，對仗工整，韻律和諧，創造出一種曲折幽深的情境。上句巧寫夢境。由於遊子日有所思，夜間便結想成夢，夢見自己回到了萬里之外的家園。然而，這只不過像莊周夢見自己變成蝴蝶，翩翩飛舞於花間，雖然有趣，畢竟虛幻而短暫，醒來之後，蝴蝶還是蝴蝶，莊周還是莊周。遊子從「蝴蝶夢」中獲得片刻的回鄉之樂，但夢醒以後，發現自己依舊孤眠異鄉，家園依舊遠隔萬里，豈不更加空虛、失望，更加觸動思鄉之情！何況此時又正當「子規枝上月三更」——夜深人靜，月光如水；子規鳥（即杜鵑）在月下哀哀啼喚：「子歸！子歸！……」聽著子規啼，想著蝴蝶夢，遊子的心，該是何等地痛苦哀傷，真如李白詩句所謂「一叫一迴腸一斷」（〈宣城見杜鵑花〉）！這裡，十四個字寫出了三層意思：由思鄉而入夢，一層；夢醒而更思鄉，二層；子規啼喚，愁上加愁，三層。這三層，一層比一層深，而且互相烘托、映襯，如蝴蝶夢與家萬里，一虛一實；蝴蝶夢與子規啼，一樂一悲；子規啼與三更月，一聲一色，構成一片清冷、淒涼、愁慘的氣氛，令人觸目傷懷。這一聯以景傳情，下一聯則直接訴說思鄉之苦。

「故園書動經年絕，華髮春唯滿鏡生。」詩人長期不能回家，連家信也動不動長年斷絕，音訊杳然，他怎能不望眼欲穿，憂心如焚呢！這句中的一個「動」字，把詩人那種由期待而沮喪、而嗟怨的複雜的心理，逼真地傳達出來了。「書動經年絕」暗示當時社會動亂不安。詩人愁家憂國到什麼程度？是「華髮春唯滿鏡生」。春天萬物萌生，欣欣向榮，而詩人卻唯獨生出了白髮滿頭。一個「唯」字，更加突出了他的內心愁苦之深。如此深愁，將何以解脫？詩的最後兩句更耐人尋味。

「自是不歸歸便得，五湖煙景有誰爭？」這兩句是倒裝，意思是說，故鄉五湖美好的風光，是沒有人和我爭奪的，假如我要回去，便能夠回去。是我自己不回去呀！從暗用五湖典故看，這裡的「歸」字，還含有歸隱田園之意。詩人僕僕風塵，仕途坎坷，「自是不歸歸便得」一語，是無可奈何的傷心話，深刻地反映出詩人在政治上走投無路，欲幹不能而又欲罷難休的苦悶、徬徨的心理。

這首詩情切境深，風格沉鬱。詩的前四句透過對暮春之夕特定情景的描繪，緣情寫景，因景抒情，景物之間互相映襯、烘托，構成一片淒涼愁慘的氣氛。詩中沒有直接點出思鄉，而一片思鄉之情蕩漾紙上。後四句直抒心曲，感情真切，悽婉動人。尾聯自慰自嘲，墨中藏意，饒有情味。（何慶善）

初渡漢江 崔塗

襄陽好向峴亭看，人物蕭條值歲闌。
為報習家多置酒，夜來風雪過江寒。

這首寫風雪渡江的詩，用極古簡的筆法，繪出一幅饒有情致的圖畫。首句點出地點，詩人正「渡」的是漢江環繞襄陽（今湖北襄樊市郊）、峴山（在今湖北襄樊市襄陽城南）的一段，這同時也是寫景，淡淡勾勒出峴山的輪廓，在灰色的冬晚天空背景襯托下，峴亭的影子顯得特別惹眼和好看。次句點節令（「歲闌」），兼寫江上景色。由於歲暮天寒，故古道少行人。然而「渡口只宜寂寂，人行須是疏疏」（王維〈畫學秘訣〉），反而增添了一種詩情畫意。三句是寄語逆旅主人備酒，借此引起末句「夜來風雪過江寒」。於是讀者看到：江間風雪彌漫，峴山漸漸隱沒在雪幕之中，一葉扁舟正衝風冒雪過江而來。末二句用「為報」的寄語方式喝起，更使讀者進入角色，不僅看到一幅天生的圖畫，而且感到人在畫圖中。

說它如畫，似乎還遠不能窮盡此詩的好處。雖然詩人無一語道及自己的心情，但詩中有一股鬱結之氣入人很深，讀後經久難釋，讀者對詩人不曾言及的一切似乎又了解得很多。

襄陽這地方，不僅具有山水形勝之美，歷來更有多少令人神往的風流人物，其中最值得一提的是晉代的羊祜。史載他鎮守襄陽，務修德政，身後當地百姓為他在峴山置碑，即有名的「墮淚碑」。詩的首句說「襄陽好向峴亭看」，難道僅僅是就風光「好」而言麼？那盡人皆知的羊公碑，詩人是不會不想到的。而且，詩越往後讀，越讓人感到有一種懷古之情深蘊境中。前面提到峴山「峴亭」，緊接著就說「人物蕭條」，難道又僅僅是就江上少人行而言麼？細細含味，就感到一種「時無英雄」的感喟盤旋句中。

「習家池」乃襄陽名勝之一，為漢侍中習鬱所開。晉代名士山簡外出嬉遊，每到此池遊玩，「置酒輒醉」（《晉書·山簡傳》）。「習家」，這裡用來泛指主人，同時也恰是本地風光。第三句不言「主人」或「酒家」，而言「習家」，是十分有味的。它不僅使詩中情事具有特殊地方色彩，而且包含濃厚的懷古情緒，一種「人事有代謝，往來成古今」（孟浩然〈與諸子登峴山〉）的感慨油然而生。懷著這樣的心情，所以他「初渡漢江」就能像老相識一樣「為報習家多置酒」了。何以不光「置酒」而且要「多」？除因「夜來風雪過江寒」的緣故，而聯繫前文，還有更深一層涵義，這就是要借酒杯一澆胸中塊壘，不明說尤含蓄有味。這兩句寫得頗有情致，開口就要主人「多置酒」，於不客氣中表現出豪爽不羈的情懷。

於是，在那風雪漢江渡頭如畫的背景之上，一個人物形象（抒情主人公形象）越來越鮮明地凸顯出來。就像電影鏡頭的「疊印」，他先是隱然於畫面中的，隨著我們對畫面的凝神玩賞而漸漸顯影。這個人似乎心事重重而舉措落落大方，使人感到儘管他有一肚皮不合時宜，卻沒有儒生的酸氣，倒有幾分豪俠味兒。（周嘯天）

秦韜玉

【作者小傳】字中明，湖南人。中和間從唐僖宗幸蜀，賜進士出身，後官工部侍郎。詩以七律見長。原有集，已散佚，宋人輯有《秦韜玉詩集》。（《唐詩紀事》卷六三、《唐才子傳》卷九）

貧女

秦韜玉

蓬門未識綺羅香，擬託良媒益自傷。誰愛風流高格調，共憐時世儉梳妝①。敢將十指誇纖巧②，不把雙眉鬥畫長。苦恨年年壓金線③，為他人作嫁衣裳！

〔註〕①儉梳妝：「儉」通「險」，怪異的意思；「險梳妝」，就是奇形怪狀的穿著打扮。②一作「偏巧」。③壓金線：用金線刺繡。壓：手指按住，刺繡的一種手法。

這首詩，以語意雙關、含蘊豐富而為人傳誦。全篇都是一個未嫁貧女的獨白，傾訴她抑鬱惆悵的心情，而字裡行間卻流露出詩人懷才不遇、寄人籬下的感恨。

「蓬門未識綺羅香，擬託良媒益自傷。」主人公的獨白從姑娘們的家常——衣著談起，說自己生在蓬門陋戶，自幼粗衣布裳，從未有綾羅綢緞沾身。開口第一句，便令人感到這是一位純潔樸實的女子。因為貧窮，雖然早已是待嫁之年，卻總不見媒人前來問津。拋開女兒家的羞怯矜持，請人去作媒吧——可是每生此念頭，便不由加倍地傷感。這又是為什麼呢？

從客觀上看：「誰愛風流高格調，共憐時世儉梳妝。」如今，人們競相追求時髦的奇裝異服，有誰來欣賞我不同流俗的高尚情操？

就主觀而論：「敢將十指誇纖巧，不把雙眉鬥畫長。」我所自恃的是，憑一雙巧手針黹出眾，敢在人前誇口；絕不迎合流俗，把兩條眉毛畫得長長的去同別人爭妍鬥麗。

這樣的世態人情，這樣的操守格調，調愈高，和愈寡。縱使良媒能託，亦知佳偶難覓啊。

「苦恨年年壓金線，為他人作嫁衣裳！」個人的親事茫然無望，卻要每天壓線刺繡，不停息地為別人做出嫁的衣裳！月復一月，年復一年，一針針刺痛著自家傷痕累累的心靈！

獨白到此戛然而止，女主人公憂鬱神傷的形象默然呈現在讀者的面前。

詩人刻畫貧女形象，既沒有憑藉景物氣氛和居室陳設的襯托，也沒有進行相貌衣物和神態舉止的描摹，而是把她放在與社會環境的矛盾衝突中，透過獨白揭示她內心深處的苦痛。語言沒有典故，不用比擬，全是出自貧家女兒的又細膩又爽利、富有個性的口語，毫無遮掩地傾訴心底的衷曲。從家庭景況談到自己的親事，從社會風氣談到個人的志趣，有自傷自嘆，也有自矜自持，如春蠶吐絲，作繭自縛，一縷縷，一層層，將自己愈纏愈緊，使自己愈陷愈深，最後終於突破抑鬱和窒息的重壓，呼出那「苦恨年年壓金線，為他人作嫁衣裳」的慨嘆。這最後一呼，以其廣泛深刻的內涵，濃厚的生活哲理，使全詩蘊有更大的社會意義。

清沈德潛說這首詩「語語為貧士寫照」（《唐詩別裁集》卷十六）。近人俞陛雲指出：「此篇語語皆貧女自傷，而實為貧士不遇者寫牢愁抑塞之懷。」（《詩境淺說》）沈、俞二氏都很重視此詩的比興意義，並且說出了詩的真諦。良媒不問蓬門之女，寄託著寒士出身貧賤、舉薦無人的苦悶哀怨；誇指巧而不鬥眉長，隱喻著寒士內美修能、超凡脫俗的孤高情調；「誰愛風流高格調」，儼然是古代文人獨清獨醒的寂寞口吻；「為他人作嫁衣裳」，則令人想到那些終年為上司捉刀獻策，自己卻久屈下僚的讀書人——或許就是詩人的自嘆吧？詩情哀怨沉痛，反映了當時社會貧寒士人不為世用的憤懣和不平。（趙慶培）

景雲

【作者小傳】僧人。安史亂後在世。幼通經論，長於草書。能詩。《全唐詩》存其詩三首。（《宣和書譜》卷一九）

畫松

景雲

畫松一似真松樹，且待尋思記得無？
曾在天臺山上見，石橋南畔第三株。

好的藝術品往往具有一種褫魂奪魄的感召力，使觀者或讀者神遊其境，感到逼真。創作與鑑賞同是形象思維，而前者是由真到「畫」，後者則由「畫」見真。這位詩僧景雲（他兼擅草書）的〈畫松〉詩，就維妙維肖地抒發了藝術欣賞中的詩意感受。

一件優秀作品給人的第一印象往往就很新鮮、強烈，令人經久難忘。詩的首句似乎就是寫這種第一印象。「畫松一似真松樹」。面對「畫松」，觀者立刻為之打動，由「畫」見「真」了，這該是何等樣的妙品啊。「一似」二字表達出一種驚奇感，一種會心的喜悅，一種似曾相識的發現。

於是，觀畫者進入欣賞的第二步，開始從自己的生活體驗去聯想，去玩味，去把握那畫境。他陷入凝想沉思之中：「且待尋思記得無？」欣賞時需要全神貫注，要入乎其內才能體味出來。「且待尋思」，說明欣賞也有一個漸進過程，一定要反覆涵泳，方能猝然相逢。

當畫境從他的生活體驗中得到一種印證，當觀者把握住畫的精神與意蘊時，他得到欣賞的最大樂趣：「曾在天臺山上見，石橋南畔第三株。」

這幾乎又是一聲驚呼。說畫松似真松，乃至說它就是畫的某處某棵松樹，似乎很實在。然而未有過「天臺訪石橋」經歷的讀者，畢竟不知某松到底是什麼樣子，似乎又很虛。而細加玩味，此松之精神俱在。這是從天臺石橋的特定環境暗示出來的。「天臺山」，在今浙江省東部，是東南名山，綺秀而奇險。「石橋」是登攀必經之路。「石橋南畔第三株」的青松，其蒼勁遒媚之姿，便在不言之中。由此又間接傳達出畫松的風格。這就是所謂虛處傳神了。

詩言畫松之逼真，具體到石橋南畔「第三株」，又似乎過於指實。其實，「天臺」、「石橋」在唐詩中幾乎作為奇境勝地的同義語被廣泛運用，此詩對此未必是實寫。或者應該更為確切地說，是實事虛用而已。

作為題畫，此詩的顯著特點在於不作實在的形狀描摹，如宋人王安石詠松詩句「森森直幹百餘尋，高入青冥不附林」（〈古松〉）、「龍甲虬髯不可攀，亭亭千丈蔭南山」（〈道旁大松人取以為明〉）一類，而純從觀者的心理感受、生活體驗寫來，從虛處傳畫松之神。既寫出欣賞活動中的詩意感受，又表現出畫家的藝術造詣，它在同類詩中是獨樹一幟的。（周嘯天）

唐彥謙

【作者小傳】字茂業，并州晉陽（今山西太原）人。隱居鹿門山，自號鹿門先生。任絳州、閬州等地刺史。其詩師法李商隱，然較清淺顯豁，五言古詩樸素爽朗。有《鹿門集》。（《唐詩紀事》卷六八、《唐才子傳》卷九）

採桑女

唐彥謙

春風吹蠶細如蟻，桑芽纔努青鴉嘴。侵晨探採誰家女，手挽長條淚如雨。
去歲初眠當此時，今歲春寒葉放遲。愁聽門外催里胥，官家二月收新絲。

據宋王溥《唐會要》記載，唐憲宗元和十一年（八一六）六月的一項制命說：「諸縣夏稅折納綾、絹、絁、紬、絲、綿等。」搜刮的名目可謂繁多，但也明文規定了徵稅的時間是在夏季。因為只有夏收後，老百姓才有絲織品可交。可是到了唐末，朝廷財政入不敷出，統治者就加緊掠奪，把徵收夏稅的時間提前了：官家在二月徵收新絲。這是多麼蠻橫無理！農曆二月，春風料峭，寒氣襲人。採桑女凌晨即起採桑，可見多麼勤勞。可她卻無法使「桑芽」變成桑葉，更無法使螞蟻般大小的蠶子馬上長大吐絲結繭。而如狼似虎的里胥（里中小吏），早就逼上門來，催她二月交新絲。想到此，她手攀著柔長的桑枝，眼淚如雨一般滾下。詩人不著一字議論，而以一位勤勞善良的採桑女子在苛捐雜稅的壓榨下所遭到的痛苦，深刻揭露了唐末「苛政猛於虎」的社會現實。

先「畫龍」後「點睛」，是這詩在藝術上的一個特點。詩人先寫蠶子細小，繼寫無桑葉可採，接著透過採桑女的淚眼愁思，寫出今年蠶事不如去年。這些描寫，抓住了「有包孕」的片刻，含意豐富，暗示性很強，使人很自然地聯想到：「蠶細」可能會因「春寒」而凍死；無桑葉，蠶子可能會餓死；即使蠶子成活下來，但距離吐絲、結繭的日子還很遠。據《蠶書》記載，蠶卵孵化成蟲後九日，開始蛻皮，蛻皮期間不食不動稱「眠」；七日一眠，經過四眠，蠶蟲才吐絲結繭。這期間，不知採桑女還要花費多少的艱難辛苦。可是，就在這蠶細如蟻，初眠尚未進行，絲繭收成難卜的時候，里胥就上門催逼。這一點睛之筆，力重千鈞，點出了採桑女下淚的原因，突出了主題。全詩至此戛然而止，但餘意無窮，耐人回味和想像。

詩的另一特點是人物的動作描寫和心理刻畫相結合。「手挽長條淚如雨」，寫出了採桑女辛勤工作而又悲切愁苦的形態。「去歲初眠當此時，今歲春寒葉放遲」，點出採桑女心中的憂慮事，再加上她愁聽門外里胥催逼的聲音，詩人把形態和心理描寫融為一體，使採桑女形象感人至深。

此詩語言質樸生動。「桑芽纔努青鴉嘴」，詩人用工筆細緻地描繪出桑枝上那斑斑點點的嫩芽形狀，酷肖而生動。「青鴉嘴」比喻「桑芽」。「努」，用力冒出的意思。用「纔努」把「桑芽」與「青鴉嘴」連接起來，既說明二者之間的比喻關係，又精細地刻畫出「桑芽」在春風中正在「努」的動態。一「努」字，把桑芽寫活了，給畫面增添了情趣。（鄧光禮）

垂柳 唐彥謙

絆惹春風別有情，世間誰敢鬥輕盈？
楚王江畔無端種，餓損纖腰學不成。

這首詩詠垂柳，既沒有精工細刻柳的枝葉外貌，也沒有點染柳的色澤光彩，但體態輕盈、翩翩起舞、風姿秀出的垂柳，卻栩栩如生，現於毫端。它不僅維妙維肖地寫活了客觀外物之柳，又含蓄蘊藉地寄託了詩人憤世嫉俗之情，是一首韻味很濃的詠物詩。

「絆惹春風別有情」，起句突兀不凡。撇開垂柳的外貌不寫，徑直從動態中寫其性格、情韻。「絆惹」，撩逗的意思。像調皮的姑娘那樣，在春光明媚、芳草如茵、江水泛碧的季節，垂柳絆惹著春風，時而鬢雲欲度，時而起舞弄影，真是婀娜多姿，別具柔情。柳枝的搖曳，本是春風輕拂的結果，可詩人偏不老實道來，而要說是垂柳有意在撩逗著春風。「絆惹」二字，把垂柳寫活了，真是出神入化之筆。明楊慎《升庵詩話》舉了唐詩中用「惹」字的四例：「楊花惹暮春」（王維〈送丘為往唐州〉），「古竹老梢惹碧雲」（李賀〈昌谷北園新筍四首〉其四），「暖香惹夢鴛鴦錦」（溫庭筠〈菩薩蠻〉），「六宮眉黛惹春愁」（溫庭筠〈楊柳八首〉其四），說它們「皆絕妙」。其實，唐彥謙的「絆惹」，列入「絕妙」之中，當亦毫無愧色。

第二句：「世間誰敢鬥輕盈？」把垂柳寫得形態畢肖。「輕盈」，形容體態苗條。這裡，垂柳暗以體態輕盈的美人趙飛燕自喻，是緊承上句，以垂柳自誇的口氣寫出其纖柔飄逸之美。「誰敢鬥輕盈？」問得極妙。這一問，從反面肯定了垂柳的美是無與倫比的；這一問，也顯出了垂柳恃美而驕的神情。

詩人極寫垂柳美，自有一番心意。後二句「楚王江畔無端種，餓損纖腰學不成」，筆鋒一轉，另闢蹊徑，聯想到楚靈王「好細腰，宮中多餓死」（《後漢書·馬廖傳》）的故事，巧妙地抒發了詩人託物寄興的情懷。

五代南唐尉遲偓《中朝故事》載：唐代長安附近的曲江江畔多柳，號稱「柳衙」。「楚王」，指楚靈王，也暗指現實中的「王」。此二句是說，婆娑於江畔的垂柳，本是無心所插，卻害得楚王宮中的嬪妃們為使腰肢也像垂柳般纖細輕盈，連飯也不敢吃，而白白餓死。詩人並不在發思古之幽情，而是有感而發。試想當時晚唐朝政腐敗，大臣競相以善於窺測皇帝意向為能，極盡逢合諂媚之能事。這種邀寵取媚的伎倆不也很像「餓損纖腰」的楚王宮女嗎？「楚王江畔無端種」，「無端」二字意味深長。江畔種柳，對楚王來說，也許是隨意為之，而在爭寵鬥豔的宮女們心目中卻成了了不起的大事，她們自以為揣摩到楚王好細腰的意向了，而競相束腰以至於餓飯、餓死……詩人言在此，而意在彼，這是多麼含蓄而深刻呵。

比唐彥謙稍早的詩人曹鄴，他在《捕魚謠》中寫道：「天子好征戰，百姓不種桑；天子好年少，無人薦馮唐；天子好美女，夫婦不成雙。」矛頭直指皇帝及其為首的官僚集團，真是直陳時弊，淋漓痛快。《垂柳》所諷刺的對象，同《捕魚謠》一樣，但作者唐彥謙採取了迂迴曲折、託物寄興的手法，「用事隱僻，而諷諭悠遠」（明楊慎《升庵詩話》），於柔情中見犀利，於含蓄中露鋒芒，二者可謂殊途同歸，各盡其妙。

寫法上，唐彥謙旨在寫意，重在神似。他雖無意對垂柳進行工筆刻畫，但垂柳的嫵媚多姿，別有情韻，卻無不寫得逼似，給人以藝術的美感。明月窗道人《增補詩話總龜》引《呂氏童蒙訓》謂：「詠物詩不待分明說盡，只彷彿形容，便見妙處。」《垂柳》的妙處，正是這樣。

楊慎在評論唐彥謙〈垂柳〉時說：「詠柳而貶美人，詠美人而貶柳，唐人所謂尊題格也。」（《升庵詩話》）可惜這個評論只說對了表面現象，他只在「尊題格」上做文章，而未能看出詩人「詠柳而貶美人」的實質。（鄧光禮）

王駕

【作者小傳】字大用，自號守素先生，河中（今山西永濟）人。唐昭宗大順進士。官至禮部員外郎。有詩名，與鄭谷、司空圖為詩友。原有集，已佚。《全唐詩》存其詩六首。（《唐詩紀事》卷六三、《唐才子傳》卷九）

社日　王駕

鵝湖山下稻粱肥，豚柵雞棲半掩扉。
桑柘影斜春社散，家家扶得醉人歸。

古時的春秋季節有兩次例行的祭祀土神的日子，分別叫作春社和秋社。人民不但透過這種方式表達他們對減少自然災害、獲得豐收的良好祝願，同時也借這樣的節日開展對他們來說十分難得的娛樂活動。在社日到來時，民眾集會競技，進行各種類型的作社表演，並集體歡宴，非常熱鬧。宋代詩人楊萬里〈觀社〉有生動描寫：「作社朝祠有足觀，山農祈福更迎年。忽然簫鼓來何處？走殺兒童最可憐！虎頭豹面時自顧，野謳市舞各爭妍。王侯將相饒尊貴，不博渠儂一餉癲！」王駕這首〈社日〉寫法卻完全不同，它沒有一字正面寫作社的情景，卻也寫出了這個節日的歡樂，而且遠比楊萬里的那首詩膾炙人口。

詩一開始不寫「社日」的題面，卻從村居風光寫起。鵝湖山，在今江西鉛山縣境內，這地名本身十分誘人。湖的得名使人想到鵝鴨成群，魚蝦滿塘，一派山明水秀的南方農村風光。春社時屬仲春，「稻粱肥」，是指田裡莊稼長得很好，豐收在望。村外風光是這樣迷人，那麼村內呢？到處是一片富庶的景象，豬滿圈，雞棲塒，聯繫第一句描寫，真可以說是五穀豐登、六畜興旺。所以一、二句雖隻字未提作社的事，先就寫出了節日的喜慶氣氛。這兩句也沒有寫到村居的人，「半掩扉」三字告訴讀者，村民都不在家。「半掩」而不上鎖，可見民風淳厚，豐年富足。古人常用「夜不閉戶」表示環境的太平安寧，「半掩扉」這個細節描寫是很有表現力的。同時，它又暗示出村民家家都參加社日去了，巧妙地將詩意向後聯過渡。

後兩句寫「社日」正題。詩人沒有就作社表演熱鬧場面著筆，卻寫社散後的景象。「桑柘影斜」，夕陽西下，樹影在地越來越長，說明天色向晚。同時，村裡植有「桑柘」，可見養蠶也做得不錯。遣詞用語體現出詩人的匠心。春社散後，人聲漸稀，到處都可以看到一種情景，即一些為慶祝社日而喝得醉醺醺的村民，被家人鄰里攙扶著回家。「家家」是誇張說法，說明這種情形之普遍。不正寫社日的熱鬧與歡樂場面，卻選取高潮之後漸歸寧靜的尾聲來表現，是頗為別致的。它的暗示性很強，讀者透過這個尾聲，會自然聯想到作社、觀社的全過程。「醉人」這個細節可以使人聯想到村民觀社的興高采烈，正因為心裡高興，才不覺貪杯，而這種高興又是與豐收的喜悅分不開的。

此詩不寫正面寫側面，透過富有典型意義和形象暗示作用的生活細節寫社日景象，筆墨極省，反映的內容卻極為豐富。這種含蓄的表現手法，與絕句短小體裁極為適應，使人讀後不覺其短，回味深長。當然，在古代社會，農民的生活一般不可能像此詩所寫的那樣好，詩人顯然把田家生活作了「桃花源」式的美化。但在自然災害減少、農業豐收的情況下，農民過節時顯得快活，也是很自然的。（周嘯天）

雨晴

王駕

雨前初見花間蕊，雨後全無葉底花①。
蜂蝶紛紛過牆去②，卻疑春色在鄰家。

〔註〕①一作「兼無葉裡花」。②蜂：一作「蛺」。紛紛：一作「飛來」。

這首即興小詩，寫雨後漫步小園所見的殘春之景。詩中攝取的景物很簡單，也很平常，但平中見奇，饒有詩趣。

詩的前兩句扣住象徵春色的「花」字，以「雨前」所見和「雨後」情景相對比、映襯，吐露出一片惜春之情。雨前，春天剛剛降臨，花才吐出骨朵兒，尚未開放；而雨後，花事已了，只剩下滿樹綠葉了，說明這場雨下得多麼久，好端端的花光春色，被這一場苦雨給鬧殺了。詩人望著花落春殘的小園之景，是多麼掃興而生感喟啊！掃興的不光是詩人，還有那蜜蜂和蝴蝶。詩的下兩句由花寫到蜂蝶。被苦雨久困的蜂蝶，好不容易盼到大好的春晴天氣，它們懷著和詩人同樣高興的心情，翩翩飛到小園中來，滿以為可以在花叢中飽餐春色，不料撲了空，小園無花空有葉；它們也像詩人一樣大失所望，懊喪地紛紛飛過院牆而去。花落了，蜂蝶也紛紛離開了，小園豈不顯得更加冷落，詩人的心豈不更加悵惘！望著「紛紛過牆去」的蜂蝶，滿懷著惜春之情的詩人，剎那間產生出一種奇妙的聯想：「卻疑春色在鄰家」。院牆那邊是鄰家，詩人想得似乎真實有據；但一牆之隔的鄰家小園，自然不會得天獨厚，詩人想得又是多麼天真爛漫。畢竟牆高遮住視線，不能十分肯定，故詩人只說「疑」。「疑」字極有分寸，格外增加了真實感。這兩句詩，不僅把蜜蜂、蝴蝶追逐春色的神態寫得活靈活現，更把「春色」寫活了，似乎「陽春」真的「有腳」，她不住自家小園，偏偏跑到鄰家，她是多麼調皮，多麼會捉弄人啊！

「卻疑春色在鄰家」，可謂「神來之筆」，造語奇峰突起，令人頓時耳目一新。這一句乃是全篇精髓，起了點鐵成金的作用，經它點化，小園、蜂蝶、春色，一齊煥發出異樣神采，妙趣橫生。古人謂「詩貴活句」（清吳喬《圍爐詩話》），就是指這種最能表達詩人獨特感受的新鮮生動的詩句吧。（何慶善）

古意　王駕

夫戍邊關妾在吳，西風吹妾妾憂夫。
一行書信千行淚，寒到君邊衣到無？

這首詩中描寫的情事為寄衣，詩中抒情主人公為一少婦，屬代言體。它的顯著的特色表現在句法上。全詩四句的句法有一個共同處：每句都包含兩層相對或相關的意思，在大致相同的前提下，又有變化。

前兩句寫寄衣的緣起。「夫戍邊關——妾在吳」，這是由相對的兩層意思構成的，即所謂「當句對」的形式。這一對比，就突出了天涯暌隔之感。這個開頭是單刀直入式的，點明了題意，說明何以要寄衣。下面三句都從這裡引起。「西風吹妾——妾憂夫」，秋風吹到少婦身上，照理說應該引起她自己的寒冷感覺，但「西風吹妾」一層意思後，直接寫心理活動「妾憂夫」。前後兩層意思中有一個小小的跳躍或轉折，恰如其分表現出少婦對丈夫體貼入微的心情，十分逼真。

後兩句寫寄衣後的懸念。「一行書信——千行淚」，這句透過「一行」與「千行」的強烈對比，極言紙短情長。「千行淚」包含的感情內容既有深摯的恩愛，又有強烈的哀怨，情緒複雜。此句寫出了「寄」什麼，不提寒衣是避免與下句重複；同時，寫出了寄衣時的內心活動。「寒到君邊——衣到無？」這一句用虛擬、揣想的問話語氣，與前三句又不同，在少婦心目中彷彿嚴冬正在和寒衣賽跑，而這競賽的結果對她很關緊要，十分生動地表現出了少婦心中的焦慮。

這樣，詩中每一句中都可以劃一個破折號，都由兩層意思構成，詩的層次就大大豐富了。而同一種句式反覆運用，在運用中又略有變化，並不呆板，構成了迴環往復、一唱三嘆的語調。語調對於詩歌，比較其他體裁的文學作品具有更大意義。所謂「情動於中而形於言，言之不足故嗟嘆之，嗟嘆之不足故永歌之」（《詩經・大序》），「嗟嘆」、「永歌」都是指用聲調增加詩歌的感染力。試多詠誦幾遍，就不難領悟這種唱嘆的語調在此詩表情上的作用了。

構成此詩音韻美的另一特點是句中運用複字。近體詩一般是要避免字詞的重複。但是，有意識地運用複字，有時能使詩句念起來上口、動聽，造成音樂的美感。如此詩後三句均有複字，而在運用中又有適當變化。第二句兩個「妾」字接連出現，前一個「妾」字是第一層意思的結尾，後一個「妾」字則是第二層意思的開端。在全句中，它們是重複，但對相關的兩層意思而言，它們又形成「頂針」修辭格，念起來順溜，有「累累如貫珠」之感。這使那具有跳躍性的前後兩層意思透過和諧的音調過渡得十分自然。而三、四兩句第二、第六字重出，這不但是每句中構成「句中對」的因素，而且又是整個一聯詩句自然成對的構成因素，從而增加了詩的韻律感，有利於表達那種哀怨、纏綿的深情。

此外，內心獨白的表現手法，透過寄衣前前後後的一系列心理活動：從念夫，到秋風吹起而憂夫，寄衣時和淚修書，一直到寄衣後的懸念，生動地展現了女主人公的內心世界。詩透過人物心理活動的直接描寫來表現主題，是成功的。（周嘯天）

李洞

【作者小傳】字才江，京兆（今陝西西安）人。唐皇室遠支。唐昭宗時舉進士不第。遊蜀卒。詩師賈島，風格奇峭。《全唐詩》存其詩三卷。（《郡齋讀書志》卷十八別集類中、《唐詩紀事》卷五八、《唐才子傳》卷九）

繡嶺宮詞

李洞

春日遲遲春草綠，野棠開盡飄香玉。
繡嶺宮前鶴髮翁，猶唱開元太平曲。

李洞生活的晚唐時代社會危機日益深重，國勢處於風雨飄搖之中，而僖宗荒淫嬉戲，貪殘昏朽，更甚於玄宗。這首詩表面是寫唐玄宗的荒政誤國，實際上是針對時政而發的。元辛文房《唐才子傳》說李洞寫詩「逼真於島（賈島），新奇或過之」。此詩的新奇，就在於：詩人寫李唐的衰朽，不著一字，而以「繡嶺」小景出之。

驪山是長安著名風景區，山上有華清宮，山腳有華清池。驪山兩側，為東西繡嶺，廣栽林木花卉，並置高臺飛閣，是專供唐玄宗及其后妃遊幸玩樂之所。「春日遲遲春草綠」，「遲遲」，描寫陽春的舒緩，可知這是一個風和日麗的日子。這句寫遊繡嶺宮的季節、天氣以及滿眼新綠的景致。在一般情況下，「春草綠」該是一種宜人之色，但用於此刻的登繡嶺宮，便給人以「草遮回磴絕鳴鑾」（崔櫓〈華清宮三首〉其一）之感，寫的卻是荒草披徑的荒涼之境。如果說這句還只是透過對背景的聯想才透出了「春草綠」的時代氣息，那麼，這「野棠開盡飄香玉」的時代氣息就更其明顯了。我們知道，唐玄宗前期勵精圖治，遂成開元盛世，後期迷於聲色狗馬，倦於政事，釀成安史之亂。但這些具體過程及其前因後果是無法寫進一首小詩的，詩人便抓住了繡嶺野棠來描寫，使讀者思而得之，手法是高妙的。唐玄宗精通音律，曾在京城「梨園」培訓樂隊（「梨園」因廣栽梨樹而得名）。玄宗臨幸華清宮，樂隊居繡嶺，也曾想於此廣栽梨樹，但梨樹必須由棠梨（俗名杜梨）嫁接方成；棠梨栽後，未及嫁接，安史之亂起；這些準備嫁接的母本，此後便漫生起來，再也無人管理。「野棠」的「野」字，包含了詩人的多少感慨！「開盡」的「盡」字，又道出了多少「芳樹無人花自落」（李華〈春行即興〉）之慨！「飄香玉」的「飄」字，又蘊藏著詩人多少惋惜之情！原為御地之樹，今為無主之林；原為笙管之地，今為無人之境；弟子散盡，香玉（棠梨花瓣）驚風。「野」、「盡」、「飄」三字，寫出了多少令人慨嘆的意境！只迷聲色，不理國政，梨未成，夢已絕，君主的荒淫享樂帶來了多麼深重的國災民難！

為了申足此意，尾聯又寫出一位耄耋老人的舉動：「繡嶺宮前鶴髮翁，猶唱開元太平曲。」自玄宗的開元盛日，至僖宗的衰朽之朝，時歷一個半世紀有餘，活動在開元時代的人，自然一個也沒有了。「猶唱」二字，表面似譏老人愛翻陳年老曆，唱得不合時宜，實則感慨遙深。詩透過鶴髮老人對太平盛世的緬懷，寄寓著詩人自己對時政的深沉嘆惋。詩四句全是寫景，但字字流露出詩人對國家命運無限關切的真摯感情。這種寄真情於字背，寓深義於眼前的藝術手法，含蓄蘊藉，頗得遊刃騷雅之妙。（傅經順）

盧汝弼

【作者小傳】字子諧，范陽（今河北涿縣）人，後徙家蒲州（今山西永濟）。盧綸曾孫。唐昭宗景福進士。官祠部員外郎、知制誥。後依李克用，曾任節度副使。《全唐詩》存其詩八首。（新、舊《唐書》盧簡辭傳附）

和李秀才邊庭四時怨（其四）　盧汝弼

朔風吹雪透刀瘢①，飲馬長城窟更寒。

半夜火來知有敵，一時齊保賀蘭山。

〔註〕①瘢（音同斑）：傷痕。

這是一首寫邊庭夜警、衛戍將士奮起守土保國的小詩。全組共四首，這是第四首。描寫邊塞風光和邊地征戰生活的作品，在唐詩中是屢見不鮮的。早在盛唐時期，高適、岑參、李頎等人，就以集中地寫這一方面的題材而聞名，形成了著名的「邊塞詩派」。但這組小詩，卻能在寫同類生活和主題的作品中，做到「語意新奇，韻格超絕」（明胡應麟《詩藪·內編》卷六），不落常套，這是值得讚賞的。

「朔風吹雪透刀瘢」，北地嚴寒，多大風雪，這是許多邊塞詩都曾寫過的，所謂「九月天山風似刀」（岑參〈趙將軍歌〉），所謂「雨雪紛紛連大漠」（李頎〈古從軍行〉），再誇張些說「燕山雪花大如席」（李白〈北風行〉），「隨風滿地石亂走」（岑參〈走馬川行奉送出師西征〉），但總還沒有風吹飛雪，雪借風勢，而至於穿透刀瘢這樣的形容使人來得印象深刻。邊疆將士身經百戰，留下累累瘢痕，如王昌齡所寫：「不信沙場苦，君看刀箭瘢。」（〈代扶風主人答〉）其艱險痛苦情狀已可想見。而這首小詩卻寫負傷過的將士仍在守戍的崗位上繼續衝風冒雪，又不是單就風雪本身來描寫，而是說從已有的刀瘢處透進去，加倍寫出戍邊將士的艱苦。次句「飲馬長城窟更寒」，是由古樂府「飲馬長城窟，水寒傷馬骨」（漢末陳琳〈飲馬長城窟行〉）句化來，加一「更」字，以增其「寒」字的分量。這兩句對北地的嚴寒做了極至的形容，為下文蓄勢。

「半夜火來知有敵」，是說烽火夜燃，傳來敵人夜襲的警報。結句「一時齊保賀蘭山」，是這首小詩詩意所在。「一時」，猶言同時，無先後；「齊」，猶言共同，無例外。這一句極力形容聞警後將士們在極困難的自然條件下，團結一致、共同奮起對敵的英雄氣概。全詩格調急促高亢，寫艱苦，是為了表現將士們的不畏艱苦；題名為「怨」，而毫無邊怨哀嘆之情，正是一首歌唱英雄主義，充滿積極樂觀精神的小詩。（褚斌杰）

花蕊夫人

【作者小傳】姓費，青城（今四川都江堰市南）人。五代後蜀主孟昶之妃。昶降宋後，被擄入宋宮，為太祖所寵。舊傳《花蕊夫人宮詞》是她所作，據近人浦江清考證，應為誤傳。

述國亡詩　花蕊夫人

君王城上豎降旗，妾在深宮那得知？
十四萬人齊解甲，更無一個是男兒。

花蕊夫人以才貌雙全，得幸於後蜀主孟昶，蜀亡，被擄入宋。宋太祖久聞其人，召她陳詩，因誦此作，太祖頗為讚賞（本事據《十國春秋·後蜀三·列傳》）。

開篇直述國亡之事：「君王城上豎降旗」。史載後蜀君臣極為奢侈，荒淫誤國，宋軍壓境時，孟昶一籌莫展，屈辱投降。詩句只說「豎降旗」，遣詞含蓄。下語只三分而命意十分，耐人玩味。

次句「妾在深宮那得知」，純用口語，而意蘊微妙。大致有兩重含意：首先，歷代追咎國亡的詩文多持「女禍亡國」論，如把商亡歸咎於妲己，把吳亡歸咎於西施等等。而這句詩則像是針對「女禍亡國」而作的自我申辯。語似輕聲嘆息，然措詞微婉，而大有深意。其次，退一步說，「妾」即使得知投降的事又怎樣？還不照樣於事無補！一個弱女子哪有回天之力！不過，「那得知」云云畢竟還表示了一種廉恥之心，比起甘心作階下囚的「男兒」們終究不可同日而語。這就為下面的怒斥預留了地步。

第三句照應首句「豎降旗」，描繪出蜀軍「十四萬人齊解甲」的投降場面。史載當時破蜀宋軍僅數萬人，而後蜀則有「十四萬人」之眾。以數倍於敵的兵力，背城借一，即使面臨強敵，當無亡國之理。可是一向耽於享樂的孟蜀君臣毫無鬥志，聞風喪膽，終於演出拱手讓國的屈辱的一幕。「十四萬人」沒有一個死國的志士，沒有半點丈夫氣概，當然是語帶誇張，卻有力寫出了一個女子的羞憤：可恥不在國亡，而在於不戰而亡！

末句爆發出一句熱罵：「更無一個是男兒」！「更無一個」與「十四萬人」對比，「男兒」與「妾」對照，可謂痛快淋漓。「詩可以怨」，這裡已是「嬉笑怒罵，皆成文章」（宋黃庭堅〈東坡先生真贊〉）了。

此詩寫得很有激情，表現出亡國的沉痛和對誤國者的痛切之情。詩人以女子身份罵人枉為男兒，就罵得有力，個性鮮明。就全詩看，有前三句委婉含蓄作鋪墊，雖潑辣而不失委婉，非一味發露、缺乏情韻之作可比。

據宋吳曾《能改齋漫錄》，此詩實有所本。「前蜀王衍降後唐，王承旨作詩云：『蜀朝昏主出降時，銜璧牽羊倒繫旗。二十萬人齊拱手，更無一個是男兒。』此王承旨即王仁裕，他初仕前蜀，嘗隨侍王衍作詩，蜀亡入洛，仕後唐。此詩收入今人陳尚君輯校《全唐詩補編》，題為〈詠後主出降〉，一題〈戮後主出降詩〉。

王仁裕原詩述前蜀之亡於後蜀，本屬平平之作；而花蕊夫人信手拈來，述後蜀之亡於趙宋，卻頓成精彩。主要原因有兩點：一是原詩前二句述實而措語刻板，遠不如改為答問而措語靈動；二是原詩本文人詩，改詩易為女性語氣，以第一人稱（「妾」）述懷，末句「更無一個是男兒」雖然對原詩一字不動，卻比原作多了一重意味。——蓋以男罵男，尚屬彼此彼此，以女罵男，則「男兒」無地自容矣。故此詩實為再創作。改詩有點鐵成金者，此即一例。（周嘯天）

張泌

【作者小傳】泌一作佖。唐末至南唐間在世。亦能詞。詩多為七言近體，風格婉麗。《全唐詩》存其詩一卷。(《十國春秋》卷二五)

寄人二首①（其一）　張泌

別夢依依到謝家，小廊迴合曲闌斜。
多情只有春庭月，猶為離人照落花。

〔註〕①清人李良年《詞壇紀事》云：「張泌仕南唐為內史舍人。初與鄰女浣衣相善，作〈江神子〉詞。……後經年不復相見，張夜夢之，寫絕句云云。」即是此詩。

以詩代柬，來表達自己心裡要說的話，這是古代常有的事。這首題為〈寄人〉的詩，就是用來代替一封信的。從這詩深情宛轉的內容看來，詩人曾與一女子相愛，後來卻分手了。然而詩人對她始終沒有忘懷。在古代宗法社會的「禮教」阻隔下，既不能直截痛快地傾吐衷腸，只好借用詩的形式，曲折而又隱約地加以表達，希望她到底能夠了解自己。這是題為〈寄人〉的原因。

詩是從敘述一個夢境開始的。「謝家」，代指女子的家，蓋以東晉才女謝道韞借稱其人。大概詩人曾經在女子家裡待過，或者在她家裡和她見過面。曲徑迴廊，本來都是當年舊遊或定情的地方。因此，詩人在進入夢境以後，就覺得自己飄飄悠悠地進了她的家裡。這裡的環境是這樣熟悉：院子裡四面走廊，那是兩人曾經談過心的地方；曲折的欄杆，也像往常一樣，似乎還留著自己撫摸過的手跡。可是，眼前廊欄依舊，獨不見所思之人。他的夢魂繞遍迴廊，倚盡欄杆，他失望地徘徊著，追憶著，直到連自己也不知道怎樣脫出這種難堪的夢境。崔護〈題都城南莊〉詩：「人面不知何處去，桃花依舊笑春風。」宋周邦彥〈玉樓春．桃溪不作從容住〉詞：「當時相候赤闌橋，今日獨尋黃葉路。」一種物是人非的依戀心情，寫得同樣動人。然而，「別夢」兩句卻以夢境出之，則前此舊遊，往日歡情，別後相思，都在不言之中；而在夢裡也難尋覓所愛之人，那惆悵的情懷就加倍使人難堪了。

人是再也找不到了，那麼，還剩下些什麼呢？這時候，一輪皎月，正好把幽冷的清光灑在園子裡，地上的片片落花，反射出慘淡的顏色。花是落了，然而曾經映照過枝上芳菲的明月，依然如此多情地臨照著，似乎還沒有忘記一對愛侶在這裡結下的一段戀情呢！這後兩句詩就是詩人要告訴她的話。

這首詩是「寄人」的。前兩句寫入夢之由與夢中所見之景，是向對方表明自己思憶之深；後兩句寫出多情的明月依舊照人，那就更是對這位女子的魚沉雁杳，有點埋怨了。詩人言外之意，還是希望彼此一通音問的。

這首詩創造的藝術形象，鮮明準確，而又含蓄深厚。詩人善於透過富有典型意義的景物描寫，來表達自己深沉曲折的思想感情，運用得十分成功。他只寫小廊曲欄、庭前花月，不需要更多語言，卻比作者自己直接訴說心頭的千言萬語更有動人心弦的力量。（劉逸生）

捧劍僕

【作者小傳】咸陽（今屬陝西）富人郭氏之僕，捧劍者，姓名不詳。唐懿宗咸通以前在世。《全唐詩》存其詩三首。（《雲溪友議》卷下）

詩

捧劍僕

青鳥銜葡萄，飛上金井欄。
美人恐驚去，不敢捲簾看。

捧劍僕是咸陽郭氏之僕，大概是晚唐時人。他沒有留下姓名在人間，只流傳三首詩。作為僕人，「嘗以望水眺雲為事，遭鞭箠，終不改」（見《全唐詩》卷七三二捧劍僕小傳），確實難能可貴。據說這首詩，當時「儒士聞而競觀之，以為協律之詞」（《雲溪友議》）。

作者善於捕捉生活中的美，透過想像的加工，昇華為更高更理想的藝術美。你看：一隻青翠的鳥兒銜著一串晶瑩碧透的葡萄，飛上金碧輝煌的井欄。畫面的主體顯現出一片青翠（冷色），背景襯以井欄上耀眼的金黃（暖色），色調冷暖對照，筆墨濃淡得宜，給人以靜謐秀麗的柔美感。這一形象，優美雅麗，活潑動人，跳躍著生命的活力與歡樂，可以說象徵著一種自由幸福的生活理想。

「青鳥銜葡萄」這一奇麗的景象在現實中不容易遇到，怪不得美人一碰見，馬上偷偷地躲在簾後靜靜窺看，不敢捲起簾來盡情欣賞，唯恐驚走了牠。末二句刻畫美人天真好奇、單純活潑的性格，細緻入微，真實而生動。結句把美人的心理活動及其驚喜情態細細托出，耐人尋味。這是一種映襯手法，從對方的反應中著墨，正面寫美人凝神偷看的天真情態，從側面突出了青鳥的奇麗與迷人。上半首和下半首彼此襯托，詩裡的自然美與人的性格美交相輝映，相得益彰。

法國雕塑家羅丹說得好：「美是到處都有的。對於我們的眼睛，不是缺少美，而是缺少發現。」（《藝術論》）此詩善於發現生活中的美，並予以藝術的再現。青鳥銜葡萄的形象，新奇美麗，構思巧妙，創造出一個極其優美寧靜，富有詩情畫意的境界，含蓄地表達了人們對美好事物的熱愛及對和平幸福生活的憧憬。詩味醇美，令人喜愛。（何國治）

孟賓于

【作者小傳】字國儀，號群玉峰叟，連州（今廣東連縣）人。後晉高祖天福進士，後歸南唐為滏陽令。遷水部郎中，致仕後隱居吉州玉笥山。有《金鰲集》，不傳。《全唐詩》存其詩八首。（《馬氏南唐書》卷二三、《十國春秋》卷七五）

公子行

孟賓于

錦衣紅奪彩霞明，侵曉春遊向野庭。
不識農夫辛苦力，驕驄踏爛麥青青。

〈公子行〉，是唐代專寫紈袴子弟浮華生活的詩題。這首是揭露貴家公子在春遊中，縱馬踏壞麥苗的惡劣行為。

首二句描寫貴公子穿上比彩霞還鮮亮的錦衣，一大早就興致勃勃地騎馬去野外春遊。字裡行間明顯地透露出其人的豪華與權勢。詩人運用對比反襯的手法，以彩霞失色來反襯「錦衣」的華麗，可見其家世之貴顯，生活之豪奢了。「錦衣紅奪」，一個「奪」字，表現出錦衣色彩的鮮豔。

後兩句即緊切公子的身份來揭露其驕縱行為。「不識農夫辛苦力，驕驄踏爛麥青青。」「驕驄」，是驕縱不馴的馬。「驕」，指馬驕，亦指人驕。一個「不識」，一個「驕驄」，活畫出了愚蠢而又驕橫的權豪子弟的醜惡形象。

唐末顏仁郁的〈農家〉詩寫道：「夜半呼兒趁曉耕，羸牛無力漸艱行。時人不識農家苦，將謂田中穀自生。」「不識農家苦」的正是那些游手好閒的貴族子弟。他們過的是錦衣玉食的寄生生活，哪裡懂得農民的辛苦和稼穡的艱難，所以他們只顧在田野上縱馬狂奔，兜風賞景，全然不顧地裡的莊稼，把踩爛麥苗視作兒戲。「不識農夫辛苦力」，這句詩看似平平，其實，這正是剝削階級輕視人民的表現。詩句非常切合貴族子弟的身份特點，也很能發人深思。

唐末五代時期，統治者極其荒淫腐朽，嬌慣子女的現象極為嚴重。據說詩僧貫休曾當著蜀主王建及其大臣的面，諷刺王孫公子「稼穡艱難總不知，五帝三皇是何物！」（〈少年行〉）孟賓于的這首〈公子行〉，則是從另一個側面鞭撻了他們為害農民的行為。

在藝術方面，這首詩也有一些值得稱道的地方。踩壞麥苗，看來是尋常的事情。但這裡所反映的並不是一般無意中踩著莊稼，而是貴族子弟隨意踐踏民田的行為。詩人將「踏爛麥青青」放在權豪子弟放蕩遊樂的背景上來表現，其害民的性質就愈加昭彰，揭露也更顯得鞭辟入裡。

這詩前面以火紅的彩霞、明媚的春光描繪了一幅春景圖畫；後面勾畫的則是一片馬蹄踏過麥田，青青的麥苗被踩爛的殘破景象。前後形成鮮明的對比。在彩霞春光的映襯下，後面的殘破景象更顯得傷心慘目。這種鮮明對比所產生的效果，無形中會激起讀者對貴族少爺的憎惡和憤慨。（閻昭典）

湘驛女子

題玉泉溪 湘驛女子

紅樹醉秋色，碧溪彈夜弦。

佳期不可再，風雨杳如年。

這首詩最早錄載於《樹萱錄》。書中說：「番禺鄭僕射嘗遊湘中，宿於驛樓，夜遇女子誦詩……頃刻不見。」所誦即上詩。鄭僕射，名愚，廣東番禺人，唐文宗開成二年（八三七）進士，官至尚書右僕射，有《鄭愚集》。南宋胡仔《苕溪漁隱叢話前集》、南宋魏慶之《詩人玉屑》都轉錄了《樹萱錄》的記載。前者把它列入「鬼詩」類，後者則列為「靈異」類。

湘驛女子的姓名、身世已不傳，只能從她留下的這首詩中，窺見其生活的片斷和詩才之一斑。

詩寫一個失去了幸福的愛情生活的女子心靈上的痛苦。內容豐富，感情強烈，模聲繪色，形象鮮明，藝術概括力很強。

首句五字，用重彩抹出一幅楓葉爛漫、秋色正濃的畫面。那優美的景色，宜人的氣候，令人心醉神馳。「霜葉紅於二月花」（杜牧〈山行〉）自是狀秋色的名句，然「紅樹醉秋色」的境界，卻也別具韻味。著一「醉」字，把「紅樹」與「秋色」聯繫起來，使抽象的秋色具體可感。用字精練，以少勝多。

第二句「碧溪彈夜弦」，也寫得情韻縈繞，優美動人。白晝消逝，夜幕降臨，碧藍澄澈的溪水，潺潺流動，好像有人在輕輕撥動著琴弦。夜色如許，如何能不動人情思？這裡，「碧」是個訴諸視覺的顏色字。在一般的夜晚，是無法分辨水色的。只有憑藉天空的明月，身臨溪畔的人，才有可能見得真切，辨得清楚。「彈」字下得也很妙。它不僅寫出溪流富有音樂般的詩韻，而且以動顯靜，把一個萬籟俱寂的夜色，烘托得更加幽深。詩雖未寫月，卻自有一輪明月朗照；未寫人，卻有一個少女的倩影徘徊溪畔；未寫情，卻有一縷悲哀寂寞的情絲，從「夜弦」的曲調中輕輕流出，如泣如訴，縈迴耳際。這種虛中見實、實中見虛的寫法，筆墨經濟，含蘊豐富，讀來餘韻裊裊，饒有情趣。

接著，「佳期不可再」，陡然一轉，直言不諱地把這位徘徊於月下溪畔的女子內心的祕密，和盤托出。原來她是位失戀的女子，曾有過幸福的愛情，而現在，「佳期」卻一去不復返了。可是這位多情女子還像過去一樣熱戀著所愛的人。在楓葉如醉、碧溪夜月的環境中，她徘徊著，回憶著，盼望著，等待著，從原野來到溪邊，從白天直至深夜。可是，物是人非，再也見不到他的身影。寥寥五字，把這位滿懷希望的女子推向了絕望的深淵。今後的生活又將如何呢？回答是：「風雨杳如年」。風雨如晦，度日如年，未來的日子是渺茫、悲涼、淒楚的。如果我們把這裡的「風雨」理解為社會「風雨」的話，那麼這詩所寫的愛情悲劇，就具有更廣泛深刻的社會意義了。（鄧光禮）

安邑坊女

幽恨詩　安邑坊女

卜得上峽日，秋江風浪多。
巴陵一夜雨，腸斷木蘭歌。

明楊慎認為：「詩盛於唐，其作者往往託於傳奇小說、神仙幽怪以傳於後，故其詩大有絕妙今古一字千金者。」（《升庵詩話》卷八「唐人傳奇小詩」）隨後他「試舉一二」時，第一例就是這首〈幽恨詩〉。此詩作者姓名已佚，舊說荒誕，多謂「仙鬼」。其實依據詩作本身與有關傳說，大致可以推定，詩中主人公當是巴陵（治今湖南岳陽）一帶的女子，詩的內容是抒發「幽恨」之情，詩的情調頗類南朝小樂府中的怨婦詩。

詩開篇就寫一個占卜場面。卦象呈示的很不吉利：上峽之日，秋江必多風浪。這裡誰占卜？誰上峽？均無明確交代。但，讀者可以想像：占卜的是詩的主人公——一位幽獨的女子，而「上峽」的卻不是她自己（否則峽中風雲，無須卜而後知），應該是與她關係至為密切的另一角色。從「幽恨」二字可以推斷，這個角色或是女子的丈夫。那人大約是位「重利輕別離」的商賈，正從巴陵沿江上峽做生意去。

上水，過峽，又是多風浪的秋天，舟行多險。這位巴陵女子的憂慮，只有李白筆下的長干女可相彷彿：「十六君遠行，瞿塘灩澦堆。五月不可觸，猿聲天上哀。」（〈長干行〉）一種不祥的預感驅使她去占卜，不料得到了一個使人心驚肉跳的回答。

這兩句寫事，後兩句則重在造境。緊承上文，似乎凶卦應驗了。霪雨大作，綿綿不絕。「一夜雨」意味著女主人公一夜未眠。聽著簾外潺潺秋雨，她不禁唱出哀哀的歌聲。北朝民歌〈木蘭詩〉，本寫女子替父從軍，但前四句是：「唧唧復唧唧，木蘭當戶織。不聞機杼聲，唯聞女嘆息。」此處活用其意，是斷章取義的手法。那幽怨的女子既不能安睡，又無心織作，唯有長吁短嘆，哀歌當哭。雨聲與歌聲交織，形成分外淒涼的境界，借助這種氣氛渲染，有力傳達了巴陵女子思念、擔憂和怨恨的複雜情感。詩正寫到「斷腸」處，戛然而止，像一個沒有說完的故事，餘韻不絕。

此詩篇幅極小，容量可觀。這與詩人善於起結、剪裁得當是分不開的。（周嘯天）

無名氏

金縷衣　無名氏

勸君莫惜金縷衣，勸君須惜少年時。
有花堪折直須折，莫待無花空折枝。

這是中唐時的一首流行歌詞。據說唐憲宗元和時鎮海節度使李錡酷愛此詞，常命侍妾杜秋娘在酒宴上演唱（見杜牧〈杜秋娘詩〉及自註）。歌詞的作者已不可考。有的唐詩選本逕題為杜秋娘作或李錡作，是不正確的。

此詩含意很單純，可以用「莫負好時光」一言以蔽之。這原是一種人所共有的思想感情。可是，它使讀者感到其情感雖單純卻強烈，能長久在人心中繚繞，有一種不可思議的魅力。它每個詩句似乎都在重複那單一的意思：「莫負好時光！」而每句又都寓有微妙變化，重複而不單調，迴環而有緩急，形成優美的旋律。

一、二句式相同，都以「勸君」開始，「惜」字也兩次出現，這是二句重複的因素。但第一句說的是「勸君莫惜」，二句說的是「勸君須惜」，「莫」與「須」意正相反，又形成重複中的變化。這兩句詩意又是貫通的。「金縷衣」是華麗貴重之物，卻「勸君莫惜」，可見還有遠比它更為珍貴的東西，這就是「勸君須惜」的「少年時」了。何以如此？詩句未直說，那本是不言而喻的：「一寸光陰一寸金，寸金難買寸光陰」，貴如黃金也有再得的時候，「千金散盡還復來」（李白〈將進酒〉）；然而青春對任何人也只有一次，它一旦逝去是永不復返的。可是，世人多惑於此，愛金如命、虛擲光陰的真不少呢。一再「勸君」，用對白語氣，致意殷勤，有很濃的歌味和娓娓動人的風韻。兩句一否定，一肯定，否定前者乃是為肯定後者，似分實合，構成詩中第一次反覆和詠嘆，其旋律節奏是迂迴徐緩的。

三、四句則構成第二次反覆和詠嘆。單就詩意看，這兩句與一、二句差不多，還是「莫負好時光」那個意思。這樣，除了句與句之間的反覆，又有上聯與下聯之間的較大的迴旋反覆。但兩聯表現手法就不一樣，上聯直抒胸臆，是賦法；下聯卻用了譬喻方式，是比義。於是重複中仍有變化。三、四句沒有一、二句那樣整飭的句式，但意義上彼此是對稱得銖兩悉稱的。上句說「有花」應怎樣，下句說「無花」會怎樣；上句說「須」怎樣，下句說「莫」怎樣，也有肯定、否定的對立。二句意義又緊緊關聯：「有花堪折直須折」是從正面說「行樂須及春」（李白〈月下獨酌四首〉其二）意，「莫待無花空折枝」是從反面說「行樂須及春」意，似分實合，反覆傾訴同一情愫，是「勸君」的繼續，但語調節奏由徐緩變得峻急、熱烈。「堪折——直須折」這句中節奏短促，力度極強，「直須」比前面的「須」更加強調。這是對青春與歡愛的放膽歌唱。這裡的熱情奔放，不但真率、大膽，而且形象、優美。「花」字兩見，「折」字竟三見；「須——莫」云云與上聯「莫——須」云云，又自然構成回文式的複迭美。這一系列天然工妙的字與字的反覆，句與句的反覆，聯與聯的反覆，使詩句朗朗上口，語語可歌。除了形式美，其情緒由徐緩的迴環到熱烈的動蕩，又構成此詩內在的韻律，誦讀起來就更使人感到迴腸蕩氣了。

有一種歌詞，簡單到一兩句話，經高明作曲家配上優美的旋律，反覆重唱，尚可獲得動人的風韻；而〈金縷衣〉，其詩意單純而不單調，有往復，有變化，一中有多，多中見一，作為獨立的詩篇已搖曳多姿，更何況它在唐代是配樂演唱，難怪它那樣使人心醉而廣泛流傳了。

此詩另一顯著特色在於修辭的別致新穎。一般情況下，舊詩中比興手法往往合一，用在詩的發端；而絕句往往先景語後情語。此詩一反常例，它賦中有興，先賦後比，先情語後景語，殊屬別致。「勸君莫惜金縷衣」一句是賦，而以物起情，又有興的作用。詩的下聯是比喻，也是對上句「須惜少年時」詩意的繼續生發。不用「人生幾何」式直截的感慨，用花（青春、歡愛的象徵）來比少年好時光，用折花來比莫負大好青春，既形象又優美，因此遠遠大於「及時行樂」這一庸俗思想本身，創造出一個意象世界。這就是藝術的表現，形象思維。錯過青春便會導致無窮悔恨，這層意思，此詩本來可以用但卻沒有用「老大徒傷悲」一類成語來表達，而緊緊朝著折花的比喻伸展，繼而造出「無花空折枝」這樣聞所未聞的奇語。沒有沾一個「悔」字、「恨」字，而「空折枝」三字多耐人尋味，多有藝術說服力！（周嘯天）

水調歌　無名氏

平沙落日大荒西，隴上明星高復低。
孤山幾處看烽火，壯士連營候鼓鼙。

這首詩，《樂府詩集》收入卷七十九，作〈近代曲辭〉；《萬首唐人絕句》卷五十八作〈樂府辭〉；《全唐詩》卷二十七作〈雜曲歌辭〉，都未著作者姓名。

「水調歌」，古代樂曲名。《全唐詩》題下註：「水調，商調曲也。唐曲凡十一疊，前五疊為歌，後六疊為入破。」本篇即歌的第一疊。它是按照「水調歌」的曲譜填寫的歌詞，因此在聲韻上不大符合一般七言絕句的平仄格律。

這首詩寫的是駐守在西域邊境荒野上的連營軍士，聞警候令待戰的情景。詩的首二句，就黃昏至星夜軍營極目所見著筆，起得平緩。「平沙落日大荒西」一句，寫出地面的遼闊荒遠，描繪出落日在遙遠的地平線上緩緩西沉的景象。「隴上明星高復低」一句接寫夜景。日落而星出，一切景物都銷聲匿跡，只見隴山之上明星閃爍，則夜靜可知。「高復低」三字，又狀出星空夜轉的景象，說明時間在緩移，靜夜在加深。詩從日落寫到星出星移，在時間進程上和詩的結構、語勢上，都給人一種悠緩的感覺，並隨著時間的推移，引導讀者逐步進入詩人在這兩句詩裡著意表現的靜謐境界。

第三句陡轉，點出軍情。古代邊防地帶，隔一段距離就於高處設一烽火臺，貯狼糞於其上，一旦發現敵情，則燃火示警。「孤山幾處看烽火」，是說原野上連營駐守的軍士，突然看到幾處孤山上燃起的報警的烽火。烽火起於幽深的靜夜，劃破沉寂的夜空，已使人觸目而心驚；又曰「孤山幾處」，則又見警報由遠及近向軍營飛速遞傳而來。此句極力寫出軍情的緊急，一下子扣緊讀者的心弦。這一句在結構、語勢上，以及它所描述的情事，都恰好與前二句相反，給人以一種突兀、緊迫之感。同時，由於前二句的鋪敘及環境氣氛的渲染，更易於從悠緩寧靜中見突然、危迫與緊張。故前二句乃是欲張先弛，以收取以平顯兀、以緩顯迫、以靜顯動的效果，而成為本句的絕好襯墊。

第四句接寫敵情傳來後軍營的反應。安紮在原野上的座座軍營，連成一片，故曰「連營」，關顧首句「大荒」，也點出軍勢之盛。警報傳來，連營軍士臨危而不亂，一切準備工作都在極短的時間內從容就緒，單等軍令下達，鼙鼓擂響，即出戰迎敵。「壯士連營候鼓鼙」，「候」字下得極妙。有的選本改「候」為「聽」，不僅沒有可靠的版本依據，而且使韻味頓損。「候」者，待令以戰，動在令先，則連營將士行動之神速、戒備之森嚴、軍容之整肅可見；「聽」卻不同了，聞令而未動，則行動之遲緩、軍容之渙散可知。第三句極寫軍情的緊急，造成緊張危迫的氣氛，又正好是本句所敘寫的情事的絕好襯墊，突現出連營將士大敵當前而無所畏懼、從容以待敵的氣概和風度。

這首詩全以純客觀的筆調寫景敘事，絲毫不帶有作者的主觀感情色彩，但是由於它採用層層渲染、烘托、襯墊的藝術手法，造成環境氣氛上的有張有弛，再配以結構、語勢上的起伏跌宕，故仍能緊緊抓住讀者，扣人心弦。（張金海）

雜詩 無名氏

無定河邊暮角聲，赫連臺畔旅人情。
函關歸路千餘里，一夕秋風白髮生。

在大量的寫西北邊地羈旅鄉思的唐詩中，有些詩什麼都講清了：高原的景象多麼荒涼啊！河上的暮角聲多麼淒厲啊！我的心兒憂傷，多麼思念我的故鄉啊……等等。可你只覺得它空洞。然而，有的詩——譬如這首〈雜詩〉，似乎「辭意俱不盡」（宋姜夔《白石道人詩說》），你反而被打動了，覺得它真是充實。

「無定河邊暮角聲，赫連臺畔旅人情。」這組對起寫景的句子，其中沒有一個動詞，沒有一個形容詞。到底是什麼樣的「暮角聲」？到底是何等樣的「旅人情」？全沒個明白交代。但答案似乎全在句中，不過需要一番吟詠。「無定河」，就是那「可憐無定河邊骨，猶是春閨夢裡人」（陳陶〈隴西行四首〉其二）中的「無定河」，是黃河中游的支流，在今陝西北部，它以「潰沙急流，深淺無定」（明楊慎《丹鉛總錄》）得名。「赫連臺」，又名「髑髏臺」，為東晉末年夏國赫連勃勃所築的「京觀」（古代戰爭中積尸封土其上以表戰功的土丘）。據《晉書》及《資治通鑑》載，臺凡二，一在支陽（今甘肅境內），一在長安附近，然距無定河均甚遠。查《延安府志》，延長縣有髑髏山，為赫連勃勃所築的另一座髑髏臺，與無定河相距不遠。詩中「赫連臺」當即指此。「無定河」和「赫連臺」這兩個地名，以其所處的地域和所能喚起的對古來戰爭的聯想，就構成一個特殊境界，有助於詩句的抒情。

在那荒寒的無定河流域和古老陰森的赫連臺組成的莽莽蒼蒼的背景上，那向晚吹起的角聲，除了淒厲幽怨還能是什麼樣的呢？那流落在此間的羈旅的心境，除了悲涼哀傷還能是何等樣的呢？這是無須明說的。「暮角聲」與「旅人情」也互相映襯，相得益彰：「情」因角聲而越發悽苦，「聲」因客情而益見悲涼，不明說更顯得蘊藉耐味。

從第三句看，這位旅人故鄉必在函谷關以東。「函關歸路千餘里」，從字面看只是說回鄉之路迢遙。但路再遠再險，總是可以走盡的。這位旅人是因被迫謀生，或是兵戈阻絕，還是別的什麼原因流落在外不能歸家呢？詩中未說，但此句言外有歸不得之意卻不難領會。

暮色蒼茫，角聲哀怨，已使他生愁；加之秋風又起，「大凡時序之淒清，莫過於秋；秋景之淒清，莫過於夜」（清朱筠《古詩十九首說》），這就更添其愁，以至「一夕秋風白髮生」。李白名句「白髮三千丈」（〈秋浦歌十七首〉其十五），是用白髮生長之長來狀愁情之長；而「一夕秋風白髮生」則是用白髮生長之速來狀愁情之重，可謂異曲同工。詩人用誇張手法，不直言思鄉和愁情，卻把思鄉的愁情顯示得更為濃重。

「辭意俱不盡者，不盡之中固已深盡之矣。」（宋姜夔《白石道人詩說》）這就是詩歌藝術中的含蓄和蘊藉。詩人雖未顯露詞意，卻創造了一個具體的「意象世界」讓人沉浸其中去感受一切。全詩語言清暢，形象鮮明，舉措自然，又可見含蓄與晦澀，和賣弄絕不是同一回事。（周嘯天）

雜詩　無名氏

舊山雖在不關身，且向長安過暮春。

一樹梨花一溪月，不知今夜屬何人？

讀這首詩使人聯想到唐代名詩人常建的另一首詩：「家園好在尚留秦，恥作明時失路人。恐逢故里鶯花笑，且向長安度一春。」（〈落第長安〉）兩首詩不但字句相似，聲韻相近，連那羈旅長安、有家難回的心情也有共通之處。

然而二詩的意境及其產生的藝術效果，又有著極為明顯的不同。常建寫的是一個落第的舉子羈留帝京的心情，具體情事交代得過於落實、真切，使詩情受到一些局限。比較而言，倒是這位無名詩人的「雜詩」，由於手法靈妙，更富有感染力。

「舊山雖在不關身」，也就是常詩的「家園好在尚留秦」。常詩既說到「長安」又說「留秦」，不免有重複之累；此詩說「不關身」也是因「留秦」之故，卻多表達一層遺憾的意味，用字較洗練。「且向長安過暮春」與常詩的「且向長安度一春」，意思差不多，都是有家難回。常詩卻把那原委一股腦兒和盤托出，對家園的思念反而表現不多，使人感到他的心情主要集中在落第後的沮喪；這首〈雜詩〉作法正好相對，詩人割捨了那切實的具體情事，而把篇幅讓給那種較空靈的思想情緒的刻畫。

「一樹梨花一溪月」，那是舊山的景色、故鄉的花。故鄉的梨花，雖然沒有嬌嬈富貴之態，卻淳樸親切，在飽經世態炎涼者的心目中會得到不同尋常的珍視。雖然只是「一樹」，卻幽雅高潔，具備一種靜美。尤其在皎潔的月光之下，在潺湲小溪的伴奏之中，那一樹梨花簡直像縹緲的仙子一樣可愛。三句不僅意象美，同時具有形式美。「一樹梨花」與「一溪月」的句中排比，形成往復迴環的節律，對表達一種迴腸蕩氣的依戀懷緬之情有積極作用。從修辭角度看，寫月用「一溪」，比用「一輪」更為出奇，它不但同時寫到溪水，有一箭雙雕的效果，而且把不可攬結的月色，寫得如捧手可掬，非常生動形象。

這裡所寫的美景，只是遊子對舊山片斷的記憶，而非現實身歷之境。眼下又是暮春時節，舊山的梨花怕又開了吧？她沐浴著月光，靜聽溪水潺湲，就像亭亭玉立的仙子……然而這一切都「雖在不關身」了。「不知今夜屬何人？」總之，是不屬於「我」了。這是何等苦澀難堪的心情啊！花月本無情，詩人卻從「無情翻出有情」。這種手法也為許多唐詩人所樂用。蘇頲的「可惜東園樹，無人也作花」（〈將赴益州題小園壁〉）、岑參的「庭樹不知人去盡，春來還發舊時花」（〈山房春事二首〉其二），都是著例。此詩後聯與蘇、岑句不同者，一是非寫眼前景，乃是寫想像回憶之境，境界較空靈；一是不用陳述語氣，而出以設問，有一唱三嘆之音。

〈雜詩〉不涉及具體情事，而它所表現的情感，比常建詩更深細，更帶普遍性，更具有興發感動的力量，能在更大範圍引起共鳴。這恰如清人吳喬所說：「大抵文章實做則有盡，虛做則無窮。雅、頌多賦是實做，風、騷多比興是虛做。唐詩多宗風、騷，所以靈妙。」（《圍爐詩話》）（周嘯天）

【附錄】

詩人年表

公元	干支	帝王年號	詩壇	史事
六一八	戊寅	高祖武德元		隋宇文化及在江都殺煬帝。李淵稱帝，建立唐朝，是為唐高祖。李密投唐，不久又叛唐，被殺。
六一九	己卯	二		初定租庸調法。
六二〇	庚辰	三		
六二一	辛巳	四		李世民攻洛陽。竇建德被俘。其舊部劉黑闥在河北再起。王世充投唐。秦王李世民以天下漸平，乃開文學館延四方之士。
六二二	壬午	五		始行科舉考試。
六二三	癸未	六		劉黑闥敗死。
六二四	甲申	七		行均田租庸調法。詔州、縣、鄉皆置學。唐定江南，完成統一。突厥兵逼豳州，與唐盟而去。
六二五	乙酉	八		
六二六	丙戌	九		玄武門之變。秦王世民殺太子建成、齊王元吉。高祖傳位於世民，是為唐太宗。尊高祖為太上皇。
六二七	丁亥	太宗貞觀元	上官儀進士及第。	省并州、縣，分全國為十道。是歲山東、關中大饑，斗米值絹一匹。回紇等部抗突厥，破突厥兵；回紇始強。
六二八	戊子	二		修定唐雅樂。放宮女三千餘人。
六二九	己丑	三		玄奘西行求經。
六三〇	庚寅	四	盧照鄰生？（～六八〇後）	滅東突厥。各族君長推太宗為「天可汗」。日本第一次遣唐使來中國。是歲豐收，米斗三、四錢。
六三一	辛卯	五		
六三二	壬辰	六		

公元	干支	帝王年號	詩壇	史事
六三三	癸巳	七		魏徵為相。頒新定「五經」。
六三四	甲午	八		吐蕃贊普棄宗弄贊遣使請婚。
六三五	乙未	九		擊敗吐谷渾。敘利亞人阿羅本等至長安，傳景教（基督教聶斯脫利派）。
六三六	丙申	十		房玄齡、魏徵等修定梁、陳、齊、周、隋五代史。更定府兵制。
六三七	丁酉	十一		房玄齡等定唐律。
六三八	戊戌	十二	駱賓王生？（～？） 虞世南卒（五五八～）	高士廉等編成《氏族志》。
六三九	己亥	十三		魏徵上〈十漸不克終疏〉。
六四〇	庚子	十四		滅高昌。置安西都護府於交河城。孔穎達等撰定《五經正義》。
六四一	辛丑	十五		文成公主嫁吐蕃棄宗弄贊。
六四二	壬寅	十六		
六四三	癸卯	十七		畫二十四勛臣圖於凌煙閣。太子承乾廢為庶人。立晉王治為太子。
六四四	甲辰	十八	王績卒（五八九？～）	
六四五	乙巳	十九	杜審言生？（～七〇八）	太宗攻高麗，取遼東等地，因天寒退兵。玄奘歸至長安。
六四六	丙午	二十		鐵勒各部服從唐朝。
六四七	丁未	二十一		置燕然都護府。
六四八	戊申	二十二	蘇味道生（～七〇五）	連年攻高麗。始置安西四鎮。
六四九	己酉	二十三		太宗卒。太子治即位，是為高宗。罷遼東之役。
六五〇	庚戌	高宗永徽元	王勃生？（～六七六） 楊炯生（～六九三？）	置單于、瀚海二都護府，分護突厥之眾。
六五一	辛亥	二	劉希夷生（～六七九？）	
六五二	壬子	三		是歲，戶三百八十萬。
六五三	癸丑	四		頒《五經正義》於天下，明經科依此考試。睦州女子陳碩真起義，敗死。 日本第二次遣唐使來中國。
六五四	甲寅	五		日本第三次遣唐使來中國。

公元	干支	帝王年號	詩壇	史事
六五五	乙卯	六		廢王皇后為庶人。立武昭儀（則天）為皇后。
六五六	丙辰	顯慶元	宋之問生？（～七一三？） 沈佺期生？（～七一三） 郭震生（～七一三）	李延壽《南史》、《北史》修成。
六五七	丁巳	二		滅西突厥，於其地置濛池、崑陵二都護府，突厥人分任都護。以洛陽為東都。
六五八	戊午	三		長孫無忌等上所修新禮。徙安西都護府於龜茲。
六五九	己未	四	陳子昂生（～七〇〇） 賀知章生？（～七四四？） 楊炯舉神童。	改《氏族志》為《姓氏錄》，升后族為第一。頒行蘇敬等所修《新修本草》。日本第四次遣唐使來中國。
六六〇	庚申	五	張若虛生？（～七二〇？）	援新羅，派蘇定方等攻百濟。武后參與裁決政事。
六六一	辛酉	六 龍朔元		蘇定方等攻高麗。波斯王子卑路斯來中國。
六六二	壬戌	二		改百官名。
六六三	癸亥	三		破百濟及日本援軍。遷燕然都護府於漠北，改名瀚海；另置雲中都護府。
六六四	甲子	麟德元	上官儀卒（六〇五？～） 王勃對策高第。	武后殺宰相上官儀，擅權日甚，天下稱「二聖」。雲中都護府改稱單于大都護府。
六六五	乙丑	二		時以連年豐收，米斗五錢。日本第五次遣唐使來中國；後又多次派出遣唐使。
六六六	丙寅	乾封元	王勃為沛王府侍讀。	封禪於泰山。尊老子為太上玄元皇帝。攻高麗。
六六七	丁卯	二	張説生（～七三〇） 蘇味道進士及第。	
六六八	戊辰	三 總章元	王勃戲為〈檄英王雞〉，被逐；遊巴蜀。 盧照鄰為新都尉，秩滿去官。	京師及山東、江、淮旱饑。高麗降唐。置安東都護府。
六六九	己巳	二		瀚海都護府改稱安北都護府。裴行儉等定「銓注法」，用以選人。

公元	干支	帝王年號	詩壇	史事
六七〇	庚午	三 咸亨元	蘇頲生（～七二七） 王梵志卒？（？～） 杜審言進士及第。	吐蕃大敗唐軍。罷安西四鎮。詔復百官舊名。天下四十餘州旱饑，關中尤甚。
六七一	辛未	二		義淨由海道去印度求法。
六七二	壬申	三		遷吐谷渾於靈州；其故地盡入於吐蕃。
六七三	癸酉	四	郭震進士及第。	
六七四	甲戌	五 上元元		帝稱天皇，后稱天后。詔王公以下習《老子》，舉明經者加試《老子》。
六七五	乙亥	二	沈佺期、宋之問、劉希夷進士及第。	武后多引文學之士以分宰相之權，時人謂之「北門學士」。太子弘卒，或以為武后鴆殺。立雍王賢為太子。
六七六	丙子	三 儀鳳元	王勃赴交趾探父，渡海溺水，驚悸而卒（六五〇？～）。 楊炯制舉登科。	安東都護府遷至遼東故城。
六七七	丁丑	二		安東都護府再遷至新城。高麗舊地盡為新羅所有。
六七八	戊寅	三	張九齡生（～七四〇） 駱賓王蒙誣入獄。	唐軍敗於吐蕃。
六七九	己卯	四 調露元	駱賓王遇赦獲釋。 劉希夷卒？（六五一～）	置安南都護府於交州。
六八〇	庚辰	二 永隆元	盧照鄰卒於本年後（六三〇？～）。	文成公主在吐蕃去世。廢太子賢為庶人。立英王顯為太子。
六八一	辛巳	二 開耀元		
六八二	壬午	二 永淳元		是歲關中饑饉，米斗四百。
六八三	癸未	二 弘道元		高宗卒。太子顯即位，是為中宗。武后臨朝稱制。

公元	干支	帝王年號	詩壇	史事
六八四	甲申	中宗嗣聖元 睿宗文明元 武后光宅元	駱賓王從徐敬業討武后。 陳子昂進士及第。	武后廢中宗為廬陵王。立豫王旦為帝，是為睿宗；居別殿，政事悉決於武后。逼廢太子賢自殺。改百官名。告密之端起。徐敬業等起兵揚州，移檄聲討武后；敗死。宰相裴炎、大將程務挺先後被殺。
六八五	乙酉	垂拱元		
六八六	丙戌	二	陳子昂從軍出塞，至西北邊陲一帶。	武后命鑄銅匭受密奏，告密之風大盛。
六八七	丁亥	三	王之渙生（～七四二）	是歲大饑，山東、關內尤甚。武后欲自雅州開山擊蕃、羌，陳子昂諫之。
六八八	戊子	四	孟浩然生（～七四〇）	越王貞等起兵失敗。武后大殺唐宗室。
六八九	己丑	永昌元 載初元	蘇頲進士及第。 張説制舉登科。	大臣多人為酷吏周興所害；屢興大獄。改用周正，以十一月為載初元年正月，十二月為臘月，明年正月為一月。
六九〇	庚寅	二 （周）天授元	李頎生？（～七五一？）	武后親策貢士，殿試自此始。武后稱帝，改國號周；降睿宗為皇嗣。
六九一	辛卯	二		升釋教於道教之上。徙關內數十萬戶實洛陽。
六九二	壬辰	三 如意元 長壽元	綦毋潛生（～七四九？） 楊炯為盈川令。	宰相狄仁傑為酷吏來俊臣所誣，幾死。擊破吐蕃；復安西四鎮。
六九三	癸巳	二	楊炯卒？（六五〇～）	令宰相撰時政記，月送史館；後以為制。
六九四	甲午	三 延載元		突厥默啜自立為可汗。波斯摩尼教拂多誕來中國。
六九五	乙未	證聖元 天冊萬歲元	賀知章進士及第。	義淨歸至洛陽。
六九六	丙申	天冊萬歲二 萬歲登封元 萬歲通天元	孫逖生（～七六一） 陳子昂為武攸宜幕府參謀，隨軍出塞至東北邊陲一帶。	封禪於嵩山。契丹抗唐，陷營州，敗唐兵；不久，為默啜所敗。
六九七	丁酉	二 神功元	張九齡進士及第。 陳子昂登薊州北樓。	始置員外官數千人。契丹再攻幽州。

公元	干支	帝王年號	詩壇	史事
六九八	戊戌	聖曆元		默啜陷定州。召廬陵王還，立為太子，命為元帥擊突厥。大祚榮建渤海國。
六九九	己亥	二	祖詠生？（～七四六？）	
七〇〇	庚子	三 久視元	高適生？（～七六五） 陳子昂卒（六五九～）	吐蕃攻涼州，敗走。復以正月為十一月，一月為正月。
七〇一	辛丑	大足元 長安元	王維生於本年前（～七六一） 李白生（～七六二）	禪宗北宗開創者神秀應召至洛陽，恩遇甚隆；自是北宗盛行於兩京。
七〇二	壬寅	二		初設武舉。置北庭都護府於庭州。
七〇三	癸卯	三		
七〇四	甲辰	四		
七〇五	乙巳	中宗神龍元	蘇味道卒（六四八～） 杜審言、沈佺期、宋之問等被貶。	武則天病重。張柬之等殺武則天寵臣張易之、張昌宗等，擁太子顯（中宗）復位。復唐號。武則天卒。韋后參與政事。是歲，戶六百一十五萬，口三千七百一十四萬有奇。
七〇六	丙午	二		太平、安樂等七公主皆開府，置官屬。武三思勾結韋后，誣殺張柬之等。
七〇七	丁未	三 景龍元	儲光羲生？（～七六二？）	太子重俊發兵殺武三思等，攻宮城，敗死。以金城公主妻吐蕃贊普。
七〇八	戊申	二	杜審言卒（六四五？～）	置修文館大學士、直學士、學士等員，以善為文者充其選。婕妤上官婉兒封為昭容。
七〇九	己酉	三		宮中宴侍臣，使各為〈回波詞〉。太平、安樂公主各樹朋黨，更相譖毀。是歲關中饑，米斗百錢。
七一〇	庚戌	四 少帝唐隆元 睿宗景雲元	王翰進士及第。	金城公主入蕃。韋后與安樂公主謀殺中宗；立溫王重茂為太子，即位，是為少帝。韋后臨朝攝政。臨淄王李隆基結禁軍殺韋后、安樂公主及上官婉兒等；擁其父相王旦（睿宗）即位。立隆基為太子。劉知幾《史通》修成。
七一一	辛亥	二	張旭景雲前後在世。	詔命太子監國，政事皆取太子處分。置十道按察使。

公元	干支	帝王年號	詩壇	史事
七一二	壬子	太極元 延和元 玄宗先天元	杜甫生（～七七〇） 王灣進士及第。 蘇頲襲封許國公。	睿宗傳位於太子隆基，是為玄宗。
七一三	癸丑	二 開元元	郭震卒（六五六～） 宋之問卒？（六五六？～） 張說封燕國公。	封大祚榮為渤海郡王、忽汗州都督。太平公主謀廢帝，玄宗先誅其黨，賜公主死；以宦官高力士有功，破格升遷。宦官自此盛。
七一四	甲寅	二	沈佺期卒（六五六？～） 孫逖制舉登科。	罷太常掌俗樂，置左右教坊以司之。選樂工教曲於梨園。始設市舶使。詔沙汰僧尼，還俗者萬二千人。
七一五	乙卯	三	李華生？（～七七四） 岑參生？（～七七〇）	
七一六	丙辰	四	裴迪生（～？）	宋璟繼姚崇為相。善無畏自中印度經西域至長安，傳密教；玄宗禮為國師。吐蕃請和。
七一七	丁巳	五		訪求逸書，編校於乾元殿。日本阿倍仲麻呂（漢名晁衡）來中國。
七一八	戊午	六	賈至生（～七七二）	頒鄉飲酒禮於州縣，令每歲十二月行之。
七一九	己未	七	元結生（～七七二） 張敬忠開元前後在世。	以碎葉給西突厥十姓可汗；以焉耆補入安西四鎮。
七二〇	庚申	八	錢起生？（～七八二？） 張若虛卒？（六六〇？～） 皎然生？（～？） 李白弱冠前曾隱居岷山。	宋璟罷相。金剛智及弟子不空自南印度經海路入唐，弘揚密教；玄宗禮為國師。
七二一	辛酉	九	王維進士及第；為大樂丞；後坐伶人舞黃獅子事，貶濟州司倉參軍。	均田制弛壞，戶口多逃亡；以宇文融為勸農使，括逃戶和籍外田。命僧一行造《大衍曆》，梁令瓚造黃道游儀。《群書四部錄》修成，分經、史、子、集四部，凡書四萬八千一百六十九卷。
七二二	壬戌	十		張說因府兵多逃亡，請招募宿衛兵，許之。兵農之分自此始。命收公廨錢，以稅充百官俸；又收職田，畝給粟二斗。以黑水靺鞨首領為勃利州刺史。
七二三	癸亥	十一	崔顥進士及第。	置麗正書院，聚文學士修書、侍講。修建驪山溫泉宮。選京兆、蒲、同、華、岐等州府兵及白丁十二萬，置為「長從宿衛」，一年兩番（兩個月）。

公元	干支	帝王年號	詩壇	史事
七二四	甲子	十二	祖詠進士及第。	禪宗南宗創始者慧能弟子神會於河南滑臺大雲寺設無遮大會，立南宗宗旨。在僧一行主持下，由南宮説等實測子午線。
七二五	乙丑	十三	孟雲卿生？（～？）	改麗正書院為集賢殿書院，以宰相一人為學士知院事。「長從宿衛」更名為「彍騎」，分隸十二衛。封禪於泰山，祭孔子宅。僧一行、梁令瓚等製成水運渾天儀。於黑水靺鞨置黑水軍，明年改都督府。是歲，東都米斗十五錢，青、齊米斗五錢，粟三錢。
七二六	丙寅	十四	嚴武生（～七六五） 儲光羲、綦毋潛、崔國輔進士及第。 李白離蜀東遊。	是歲，戶七百六萬九千五百六十五，口四千一百四十一萬九千七百一十二。
七二七	丁卯	十五	蘇頲卒（六七〇～） 王昌齡、常建進士及第。	
七二八	戊辰	十六	李白成婚，定居安陸。 孟浩然遊京師，應進士試不第。	僧一行「大衍曆」修成，明年起施行。
七二九	己巳	十七	竇叔向生？（～七八〇？） 孟浩然在京與張九齡、王維等結交。	
七三〇	庚午	十八	顧況生？（～八〇六後） 張説卒（六六七～） 李白一度赴京求仕，失意而歸。 孟浩然漫遊吳、越。	復給京官職田。神會於洛陽定南北宗是非大會上，力排北宗禪；此後南宗漸盛。
七三一	辛未	十九	杜甫漫遊吳、越。	高力士譖死玄宗幸臣王毛仲；此後宦官勢益盛。
七三二	壬申	二十	戴叔倫生？（～七八九） 高適北遊薊州。	張説等上新修《開元禮》。是歲，戶七百八十六萬一千二百三十六，口四千五百四十三萬一千二百六十五。
七三三	癸酉	二十一	劉昚虛進士及第。 張九齡為相。	是歲，分天下為十五道，各置採訪使。

公元	干支	帝王年號	詩壇	史事
七三四	甲戌	二十二	王維擢為右拾遺。 李白與元丹丘同隱嵩山。 岑參獻書求仕不成，棄走京洛，後漫遊河朔。	幽州節度使張守珪擊破契丹。李林甫為相。
七三五	乙亥	二十三	李頎、李華進士及第。杜甫歸洛，應試不第。張九齡進封始興伯。	冊故蜀州司戶楊玄琰女為壽王妃。
七三六	丙子	二十四	張九齡為李林甫所譖，罷政事。 杜甫漫遊齊、趙。	張守珪使平盧討擊使安祿山擊奚、契丹，敗還；詣送京師問罪，赦之。
七三七	丁丑	二十五	韋應物生？（～七九一？） 張九齡貶為荊州長史，辟孟浩然為從事。 王維充監察御史，奉使出塞。 李白移家任城，曾與孔巢父等同隱徂徠山，號「竹溪六逸」。	令河西兵襲吐蕃，敗之。重申均田令，實際並未奏效。行和糴法於東、西畿。
七三八	戊寅	二十六		南詔王皮邏閣統一六詔，受唐冊封為雲南王。
七三九	己卯	二十七	王昌齡貶嶺南，過襄陽，會孟浩然。	追謚孔子為文宣王。
七四〇	庚辰	二十八	張九齡卒（六七八～） 王昌齡自嶺南北歸，再遊襄陽，與孟浩然相見；孟浩然食鮮疾動，卒（六八九～）。 王維知南選至襄陽，畫孟浩然像於刺史亭。	金城公主卒。吐蕃告喪，並請和，不許。是歲，戶八百四十一萬二千八百七十一，口四千八百一十四萬三千六百九。頻歲豐收，兩京米斛不滿二百。

公元	干支	帝王年號	詩壇	史事
七四一	辛巳	二十九	萬楚開元間進士。 杜甫成婚，定居首陽山下。此後數年間，王維、儲光羲曾一度隱終南山。 李頎棄官後隱潁陽東川，與王維、高適、王昌齡、綦毋潛等相過往。	制兩京、諸州各置玄元皇帝廟並崇玄學。
七四二	壬午	天寶元	王之渙卒（六八八～） 李白與道士吳筠同隱剡中；得吳筠舉薦，應詔赴京；見賀知章，稱「謫仙人」；為翰林供奉。	安祿山為平盧節度使。是歲，戶八百五十二萬五千七百六十三，口四千八百九十萬九千八百。
七四三	癸未	二	張謂、丘為進士及第。	安祿山入朝，寵待甚厚。揚州僧鑑真首次東渡，未成。
七四四	甲申	三	賀知章卒？（六五九？～） 岑參進士及第。 李白離開長安；與杜甫在洛陽會見，結下友誼；李、杜與高適同遊梁、宋。	改「年」曰「載」。安祿山兼范陽節度使。回紇強盛，盡有突厥舊地，首領骨力裴羅受唐冊封為懷仁可汗。玄宗納壽王妃楊太真。
七四五	乙酉	四	李白、杜甫在兗州分手，李南遊吳、越，杜西入長安。	冊立楊太真為貴妃。 神會入主東都菏澤寺，南宗益盛。
七四六	丙戌	五	祖詠卒？（六九九？～） 杜甫入長安，困居達十年。 元結遊淮陰。	李林甫屢興大獄。安祿山兼御史大夫。
七四七	丁亥	六	李適之卒（？～） 杜甫、元結應詔就試不第。	詔天下通一藝者詣京師就試；李林甫故艱其試，無一人及第，遂表賀「野無遺賢」。改驪山溫泉宮為華清宮。以哥舒翰為隴右節度使，高仙芝為安西四鎮節度使。

公元	干支	帝王年號	詩壇	史事
七四八	戊子	七	盧綸生（～七九九？） 李益生（～八二九？） 劉長卿天寶中進士及第。 王維營藍田輞川別墅，嘗與裴迪遊詠其間。 岑參首次出塞，入安西節度使高仙芝幕。	賜安祿山鐵券。度支郎中楊釗（後改名國忠）擢給事中，恩幸日隆。楊貴妃三姊皆封國夫人。
七四九	己丑	八	竇牟生？（～八二二） 綦毋潛卒？（六九二～） 高適制舉登科；授封丘尉。	府兵制消亡。哥舒翰攻拔吐蕃石堡城，傷亡慘重。
七五〇	庚寅	九	錢起進士及第。	安祿山封東平郡王。置廣文館於國子監，以教諸生習進士者。南詔王忿雲南太守張虔陀迫辱，起兵殺之。
七五一	辛卯	十	孟郊生（～八一四） 李頎卒？（六九〇？～） 杜甫獻三大禮賦。	安祿山兼河東節度使。劍南節度使鮮于仲通擊南詔，大敗，死六萬人。高仙芝擊大食，至怛邏斯城，大敗，死二萬人。安祿山擊契丹，大敗，死數萬人。
七五二	壬辰	十一	李白北遊幽燕，歸至梁園。 杜甫、高適、岑參、儲光羲、薛據等同登長安慈恩寺塔，各有詩作。	李林甫卒。 楊國忠為相。
七五三	癸巳	十二	陳羽生？（～？） 元結、張繼進士及第。李白遊於金陵、宣城間。高適入哥舒翰幕。 殷璠編《河嶽英靈集》。	僧鑑真自天寶二年起東渡六次，本年底始至日本九州，明年春抵平城京（即奈良）東大寺
七五四	甲午	十三	崔顥卒（？～） 韓翃進士及第。 李白遊廣陵，會魏萬，為忘年交。 岑參再度出塞，為安西北庭節度使封常清判官。	安祿山入朝，加左僕射。楊國忠進位司空。劍南留後李宓擊南詔，全軍覆沒；楊國忠隱其敗，更發兵討之，前後死者幾二十萬，天下騷然。自去歲水旱相繼，關中大饑。是歲，戶九百六萬九千一百五十四，口五千二百八十八萬四百八十八。

公元	干支	帝王年號	詩壇	史事
七五五	乙未	十四	楊巨源生（～？） 劉方平、孟雲卿天寶前後在世。 李白居宣城。 杜甫為右衛率府兵曹參軍，離京赴奉先探視家室。 高適佐哥舒翰守潼關。	安祿山於范陽叛亂，渡黃河，陷洛陽。命哥舒翰守潼關。平原太守顏真卿等起兵抗叛軍。
七五六	丙申	十五 肅宗至德元	王昌齡卒？（？～） 郎士元進士及第。 李白避難剡中，旋隱廬山。 杜甫置家室於鄜州羌村，隻身赴靈武，中途被俘，解送長安。 高適自潼關赴行在。 岑參奉命東歸勤王。 王維、儲光羲、李華等為安祿山所拘，迫受偽署。	郭子儀、李光弼率朔方軍進入河北。安祿山自稱大燕皇帝；陷潼關，擒哥舒翰；入長安。玄宗奔蜀；至馬嵬驛，軍士譁變，楊國忠被殺，楊貴妃縊死。太子亨即位於靈武，是為肅宗。尊玄宗為上皇天帝。永王璘為四道節度都使，引兵東巡，自江陵而下。
七五七	丁酉	二	顧況、嚴維進士及第。于良史至德前後在世。李白應召入永王璘幕，由是獲罪下獄。 杜甫逃離長安，至鳳翔見肅宗，授左拾遺；旋赴鄜州探親。高適拜淮南節度使。王維等下獄。	安祿山為子慶緒所殺。永王璘敗死。郭子儀等先後收復兩京。張巡、許遠守睢陽，城陷被難。
七五八	戊戌	三 乾元元	武元衡生（～八一五） 李白流放夜郎。儲光羲、李華貶逐。王維免罪復官，責授太子中允，累遷給事中。賈至、杜甫、王維、岑參早朝大明宮唱和。	立成王俶為太子，更名豫。郭子儀、李光弼等九節度將兵二十萬討安慶緒。復以「載」為「年」。

公元	干支	帝王年號	詩壇	史事
七五九	己亥	二	權德輿生（～八一八） 王維轉尚書右丞。李白流放途中遇赦東歸。杜甫回河南探視舊居；棄官，赴秦州，至同谷，入蜀。韋應物就讀太學。	九節度無統一指揮，兵潰相州。史思明殺安慶緒，攻佔洛陽；自稱大燕皇帝。
七六〇	庚子	三 上元元	李白回至豫章，旋東遊。 杜甫建草堂於成都西郊浣花溪畔。 高適為蜀州刺史，與杜甫唱和。 元結編《篋中集》。	李光弼屢敗史思明。
七六一	辛丑	二	王維卒（七〇一？～） 孫逖卒（六九六～） 李白赴臨淮投軍，中途病歸；依族叔當塗縣令李陽冰。嚴武為成都尹、劍南西川節度使。	史思明為子朝義部將所殺。是歲，江淮大饑。
七六二	壬寅	代宗寶應元	李白病卒於當塗（七〇一～）。 儲光羲卒？（七〇七？～） 嚴武入朝。 高適為成都尹。 杜甫因劍南兵馬使徐知道叛亂，流亡梓州。 岑參為雍王幕掌書記。	玄宗卒。肅宗卒。太子豫即位，是為代宗。以雍王适為天下兵馬元帥，會諸道及回紇兵討史朝義，大破之。回紇兵大掠洛陽。宰相元載嚴令追征江淮欠繳租庸，官吏公開掠奪民財。兩浙連年旱、澇、大疫。南方多處發生起義。
七六三	癸卯	二 廣德元	高適為劍南西川節度使。 元結為道州刺史。	史朝義敗死，安史之亂結束。吐蕃連年攻佔西北各州，一度攻入長安。

公元	干支	帝王年號	詩壇	史事
七六四	甲辰	二	高適遷刑部侍郎，轉左散騎常侍。嚴武復為成都尹、劍南東西川節度使。杜甫攜家自閬州折回成都，入嚴武幕。	立雍王适為太子。朔方軍大將僕固懷恩為宦官魚朝恩所譖，叛唐，引吐蕃、回紇兵來攻，為郭子儀所敗。劉晏為轉運使，疏浚汴河，運糧至關中。是歲，戶二百九十餘萬，口一千六百九十餘萬。
七六五	乙巳	永泰元	高適卒（七〇二?～） 嚴武卒（七二六～） 杜甫離蜀東下。 岑參出為嘉州刺史。	僕固懷恩再引兵攻唐，中途暴卒。郭子儀說回紇兵攻吐蕃，吐蕃撤軍。
七六六	丙午	二 大曆元	竇叔向進士及第。杜甫居夔州。岑參隨軍入蜀平亂。 戎昱入荊南節度使幕。	劉晏、第五琦分理全國財賦。
七六七	丁未	二	張籍生？（～八三〇？） 王建生？（～八三〇？） 盧綸大曆初屢試不第。 岑參赴嘉州任所。	
七六八	戊申	三	韓愈生（～八二四） 杜甫抵江陵，居公安，至岳陽。岑參罷官，客居成都。	
七六九	己酉	四	張仲素生？（～八一九） 李益進士及第。 杜甫漂泊於湖湘一帶。	
七七〇	庚戌	五	杜甫卒於湘江舟中（七一二～）。岑參卒於成都客舍（七一五?～）。 李端進士及第。	魚朝恩專典禁兵，勢傾朝野，是年被誅。
七七一	辛亥	六	柳中庸、張潮大曆前後在世。	吐蕃請和，遣使答之。

公元	干支	帝王年號	詩壇	史事
七七二	壬子	七	呂溫生（～八一一） 劉禹錫生（～八四二） 白居易生（～八四六） 李紳生（～八四六） 賈至卒（七一八～） 元結卒（七一九～） 暢當進士及第。	
七七三	癸丑	八	柳宗元生（～八一九）	
七七四	甲寅	九	李華卒（七一五？～）	命郭子儀等分統諸道邊防。
七七五	乙卯	十	姚合生？（～八四六？） 盧仝生？（～八三五） 柳中庸卒？（？～）	魏博節度使田承嗣叛亂，攻佔相、衛等州，朝廷無力討伐。
七七六	丙辰	十一		
七七七	丁巳	十二		加京官俸。定諸州兵數。定節度使以下至主簿、縣尉俸祿。
七七八	戊午	十三	張謂卒於本年後（？～）。	以劉晏為左僕射。是歲財賦所入約一千二百萬緡，鹽利居大半。
七七九	己未	十四	元稹生（～八三一） 賈島生（～八四三） 劉商大曆間進士。	代宗卒。太子适即位，是為德宗。罷梨園樂工三百餘人。以劉晏兼判度支。李希烈為淮西節度使；此後淮西割據垂四十年。
七八〇	庚申	德宗建中元	竇叔向卒（七二九？～） 嚴維卒（？～） 高仲武編《中興間氣集》。	用宰相楊炎議，廢租庸調，行兩稅法。
七八一	辛酉	二	劉長卿為隨州刺史。	魏博、淄青、成德等節度使聯兵抗命。藩鎮割據加劇。建大秦景教流行中國碑。
七八二	壬戌	三	錢起卒？（七二〇？～）	河北、山東、淮西諸鎮叛亂，李希烈、朱滔、田悅等結盟稱王。
七八三	癸亥	四	武元衡進士及第。白居易避亂於吳、越間。戎昱為辰州刺史。	涇原兵被命東征，過長安譁變，擁朱泚為帥，反。德宗出奔奉天。朱泚稱帝。

公元	干支	帝王年號	詩壇	史事
七八四	甲子	興元元	李冶卒（?～）	魏博、淄青、成德諸鎮停止抗命。復長安，德宗返京。用宦官主管神策軍。李希烈稱帝。河中節度使李懷光反。田悅、朱泚被殺。
七八五	乙丑	貞元元	張祜生?（～八五二?） 皎然、于鵠大曆、貞元間在世。韋應物為江州刺史。 張籍、王建同學詩於魏州。	朱滔病死。李懷光兵敗自殺。
七八六	丙寅	二	竇牟進士及第。	李希烈為部下所殺。
七八七	丁卯	三	李德裕生（～八五〇）	吐蕃詐與唐盟，謀擒唐將渾瑊，未遂。是歲豐收，米斗錢百五十，粟八十。
七八八	戊辰	四		令兩稅等第三年一定。回紇改稱回鶻。
七八九	己巳	五	戴叔倫卒（七三二～） 劉長卿卒?（?～） 楊巨源進士及第。 韋應物為蘇州刺史。	
七九〇	庚午	六	李賀生（～八一六）	吐蕃陷北庭都護府，安西阻絕。
七九一	辛未	七	韋應物卸任，閒居蘇州永定寺，約卒於是年（七三七?～）。 孟郊入京，結識韓愈。	
七九二	壬申	八	韓愈、王涯、陳羽進士及第。	河南、河北、江、淮等四十餘州大水，溺死二萬餘人。左神策監軍竇文場譖去統將，自是宦官專軍政。
七九三	癸酉	九	寒山卒於本年後（?～）。 柳宗元、劉禹錫進士及第。 元稹明經及第。	初稅茶，估值取什一，歲入四十萬緡。
七九四	甲戌	十		南詔與唐使盟，絕吐蕃。宰相陸贄為用人、節財等事屢建言；後為裴延齡所譖，罷相。
七九五	乙亥	十一	劉皂貞元前後在世。 王建貞元間進士及第。	自貶陸贄，百官皆德宗自選，不復任宰相。

公元	干支	帝王年號	詩壇	史事
七九六	丙子	十二	孟郊、崔護進士及第。韓愈為宣武節度使董晉判官。	以宦官為中尉，統領神策軍，成為制度。
七九七	丁丑	十三	王建從軍，北至幽州，南至荊州。	宮市盛行；以宦官為宮市使。
七九八	戊寅	十四	戎昱卒於本年後（?～）。呂溫、張仲素進士及第。張籍以孟郊薦，結識韓愈。	
七九九	己卯	十五	盧綸卒？（七四八～）張籍進士及第。韓愈為寧武節度使張建封判官。元稹初仕於河中府（蒲州）。	淮西節度使吳少誠攻襲鄰州；令諸道兵討之。
八〇〇	庚辰	十六	白居易進士及第。	吳少誠謝罪，罷兵。
八〇一	辛巳	十七		杜佑《通典》、賈耽《海內華夷圖》修成。
八〇二	壬午	十八	白居易、元稹訂交於本年前。	
八〇三	癸未	十九	杜牧生（～八五三）白居易、元稹制舉登科。韓愈、柳宗元、劉禹錫等同在朝，相過從。柳宗元、劉禹錫與呂溫等結識王叔文，意氣頗相投。韓愈請緩徵京畿百姓賦稅，貶陽山令。	翰林待詔王叔文、王伾出入東宮，為太子誦倚重。
八〇四	甲申	二十	呂溫為入蕃副使，滯留經年。	日僧空海來中國。
八〇五	乙酉	二十一 順宗永貞元	胡令能貞元、元和間在世。韓愈為江陵府法曹參軍。柳宗元貶永州司馬。劉禹錫貶朗州司馬。	正月，德宗卒。太子誦即位，是為順宗。用王叔文等進行改革；又謀奪宦官兵權，不成。八月，順宗退位。太子純即位，是為憲宗。貶二王（王叔文、王伾）八司馬（柳宗元、劉禹錫等），改革失敗。

公元	干支	帝王年號	詩壇	史事
八〇六	丙戌	憲宗元和元	趙嘏生？（～八五二） 顧況卒於本年後（？～）。 李紳進士及第。白居易、元稹對策入等，元授左拾遺，白調盩厔尉。韓愈為國子博士。 張籍為太常寺太祝。	王叔文被殺於貶所。
八〇七	丁亥	二	楊敬之進士及第。 白居易為翰林學士。 元稹為監察御史。 李賀謁韓愈於洛陽。	宰相李吉甫上《元和郡國計簿》，計天下方鎮四十八，州、府二百九十五，縣千四百五十三，戶二百四十四萬二百五十四，租稅總入三千五百一十五萬餘貫石，納稅戶僅一百四十四萬，較天寶時減四分之三，兵八十三萬餘，較天寶時增三分之一，大率二戶資一兵。
八〇八	戊子	三	李群玉生？（～八六〇？） 白居易為左拾遺。	策試賢良方正直言極諫科舉人，牛僧孺、李宗閔對策直切，宰相李吉甫惡之。或謂此即後來「牛李黨爭」之遠因。
八〇九	己丑	四	元和前期，白居易、元稹、李紳、張籍、王建等大量創作反映現實的樂府詩，後人稱之為「新樂府運動」。韓愈、皇甫湜訪李賀。	令宦官吐突承璀統軍討伐成德軍節度使王承宗。
八一〇	庚寅	五	李忱（宣宗）生（～八五九） 元稹貶江陵士曹參軍。白居易改京兆府司戶參軍。賈島入長安，謁張籍。	吐突承璀屢敗，罷兵。
八一一	辛卯	六	呂溫卒（七七二～） 李賀為奉禮郎。 賈島至洛陽，謁韓愈。	是歲豐收，米斗有值二錢者。
八一二	壬辰	七	韓愈、孟郊、賈島、李益等相酬唱。	魏博節度使田季安死，軍亂，以田弘正為節度使。魏博割據五十餘年，至此歸附朝廷。

公元	干支	帝王年號	詩壇	史事
八一三	癸巳	八	李商隱生？（～八五八？） 劉叉、徐凝、崔郊、雍裕之元和前後在世。 李賀辭官歸昌谷。	李吉甫上《元和郡縣圖志》。
八一四	甲午	九	孟郊卒（七五一～）	淮西節度使吳少陽卒，其子元濟叛亂。發十六道兵討之；淮西之役開始。
八一五	乙未	十	武元衡卒（七五八～） 白居易上書請捕刺武元衡兇手，貶江州司馬。 元稹轉通州司馬。 柳宗元返京，復出為柳州刺史。 劉禹錫返京，遊玄都觀，復出為連州刺史。	平盧節度使李師道陰助吳元濟，遣人刺死宰相武元衡，刺傷裴度。以裴度為相。
八一六	丙申	十一	李賀卒（七九〇～） 姚合進士及第。	討淮西諸軍日久無功。
八一七	丁酉	十二	韓愈從裴度征淮西。	裴度赴淮西督戰。唐、隨、鄧節度使李愬雪夜襲取蔡州，擒吳元濟。淮西平。
八一八	戊戌	十三	權德輿卒（七五九～） 韓愈為刑部侍郎。 白居易遷忠州刺史。	除平盧（淄青）外，河朔各鎮悉平。命李愬等討李師道。遣中使詣鳳翔法門寺迎佛骨。
八一九	己亥	十四	張仲素卒（七六九？～） 柳宗元卒（七七三～） 韓愈諫迎佛骨，貶潮州刺史。	佛骨迎至京師。李師道為部下所殺；淄青平。藩鎮跋扈垂六十年，至是割據局面暫告結束。
八二〇	庚子	十五	施肩吾進士及第。白居易為主客郎中。元稹為祠部郎中，遷中書舍人。	宦官謀殺憲宗；擁太子恒即位，是為穆宗。是歲，戶二百三十七萬五千四百，口一千五百七十六萬。

公元	干支	帝王年號	詩壇	史事
八二一	辛丑	穆宗長慶元	高駢生（∼八八七） 李德裕、李紳、元稹同在翰林院為學士。白居易遷中書舍人。韓愈為國子祭酒，轉兵部侍郎。劉禹錫為夔州刺史。	李德裕（吉甫子）與牛僧孺、李宗閔有隙，此後長期傾軋，史稱「牛李黨爭」。盧龍、成德軍亂。
八二二	壬寅	二	劉駕生（∼？） 竇牟卒（七四九？∼） 韓愈為吏部侍郎。元稹拜相，旋出為同州刺史。白居易為杭州刺史。 李德裕為浙西觀察使。	魏博抗命易帥。河朔三鎮復成割據之勢。唐使與吐蕃會盟於邏些（今拉薩）。
八二三	癸卯	三	韓愈為京兆尹，復為兵部、吏部侍郎。元稹改越州刺史，兼浙東觀察使；劉采春頗受其賞識。	牛僧孺為相。 吐蕃立唐蕃會盟碑。
八二四	甲辰	四	韓愈卒（七六八∼） 韓琮進士及第。 劉禹錫為和州刺史。	穆宗卒。太子湛即位，是為敬宗。染坊供人張韶等率染工數百人入宮起事，旋敗。
八二五	乙巳	敬宗寶曆元	鄭畋生（∼八八三） 白居易為蘇州刺史。	牛僧孺求出為武昌軍節度使。
八二六	丙午	二	朱慶餘進士及第。 白居易以病免蘇州刺史，劉禹錫罷和州刺史，相會於揚州，結伴北還。	宦官謀殺敬宗。皇弟江王涵即位，是為文宗。詔放宮女三千餘人，省宮中諸色冗員千二百餘人。
八二七	丁未	三 文宗大和元	白居易為祕書監。 李涉元和至大和間在世。	橫海李同捷抗命，發兵討之。
八二八	戊申	二	杜牧進士及第。 白居易為刑部侍郎。 劉禹錫重遊長安玄都觀。	劉蕡試賢良方正科，極言宦官之禍，不第，輿論譁然。成德助橫海，討之。

公元	干支	帝王年號	詩壇	史事
八二九	己酉	三	李益卒？（七四八～） 白居易以太子賓客分司東都，此後定居洛陽。李商隱入天平節度使令狐楚幕。	李同捷敗死。召李德裕入為兵部侍郎，裴度薦為相。會李宗閔得宦官之助拜相，復出李德裕為義成節度使。
八三〇	庚戌	四	張籍卒？（七六七？～） 王建卒？（七六七？～） 元稹為武昌軍節度使。	李宗閔引牛僧孺為相，二人合排李德裕之黨。「牛李黨爭」加劇。徙李德裕為西川節度使。
八三一	辛亥	五	崔護卒（？～） 元稹卒（七七九～） 劉禹錫為蘇州刺史。	文宗與宰相宋申錫等謀誅宦官，事洩，宦官反誣，貶宋申錫開州司馬。吐蕃維州副使率眾降，李德裕請遣之攻蕃；牛僧孺令悉歸之，盡為吐蕃所戮。
八三二	壬子	六	貫休生（～九一二） 薛濤卒？（？～） 許渾進士及第。 白居易與香山寺結香火社，自稱香山居士。	出牛僧孺為淮南節度使。以李德裕為兵部尚書。
八三三	癸丑	七	羅隱生（～九一〇） 杜牧在揚州，入淮南節度使牛僧孺幕。	李德裕為相，出李宗閔為山南西道節度使。用李德裕言，令進士試論議，停詩賦。
八三四	甲寅	八	雍陶進士及第。	宦官引李宗閔復為相，出李德裕為鎮海節度使。進士仍試詩賦。
八三五	乙卯	九	王涯卒（？～） 盧仝卒（七七五？～） 無可大和前後在世。白居易為太子少傅。劉禹錫為同州刺史。杜牧為監察御史。姚合編《極玄集》。	翰林侍講學士李訓、太僕卿鄭注與文宗謀誅宦官，事敗，與宰相王涯同被族。史稱「甘露之變」。
八三六	丙辰	開成元	韋莊生？（～九一〇） 劉禹錫遷太子賓客，分司東都，與白居易等相酬唱。	

公元	干支	帝王年號	詩壇	史事
八三七	丁巳	二	聶夷中生（～？） 司空圖生（～九〇八） 李商隱進士及第。	李德裕為淮南節度使。牛僧孺為東都留守。
八三八	戊午	三	皮日休生？（～八八三？） 李商隱入涇原節度使王茂元幕，並娶其女。	
八三九	己未	四	杜牧返京，任左補闕等職。	李宗閔為太子賓客，分司東都。
八四〇	庚申	五		文宗卒。宦官擁皇太弟瀍即位，是為武宗。以李德裕為相。回鶻分裂。
八四一	辛酉	武宗會昌元	薛逢進士及第。	命道士建道場於三殿，帝親受法籙。李德裕進位司空。
八四二	壬戌	二	韓偓生（～九二三？） 劉禹錫卒（七七二～） 鄭畋進士及第。 白居易致仕。 李紳自淮南節度使入為相。 杜牧出任黃州等地刺史。	
八四三	癸亥	三	賈島卒（七七九～）	
八四四	甲子	四	魚玄機生？（～八六八） 趙嘏、馬戴、項斯進士及第。白居易出資鑿龍門八節石灘，以利航行。	加李德裕太尉、趙國公。三貶牛僧孺為循州長史；李宗閔長流封州，尋卒於貶所。
八四五	乙丑	五		大規模取締佛教。
八四六	丙寅	六	杜荀鶴生（～九〇四） 白居易卒（七七二～） 李紳卒（七七二～） 姚合卒（七七五？～）	武宗卒。宦官擁皇太叔忱即位，是為宣宗。罷李德裕相，盡逐其黨。
八四七	丁卯	宣宗大中元	李商隱入桂管觀察使幕。	恢復佛教。牛僧孺被召還，不久病卒。
八四八	戊辰	二	杜牧回朝，任司勳員外郎。	四貶李德裕為崖州司戶，明年卒於貶所。

公元	干支	帝王年號	詩壇	史事
八四九	己巳	三	杜牧上《孫子兵法注》。李商隱入武寧節度使幕。	黨爭漸平。
八五〇	庚午	四	李德裕卒（七八七～）曹鄴進士及第。	
八五一	辛未	五	李商隱喪妻，入東川節度使幕。	沙州人張議潮以瓜、沙等十一州歸唐，被任為歸義軍節度使。
八五二	壬申	六	貫休生（～九一三）張祜卒？（七八五？～）杜牧為中書舍人。趙嘏卒（八〇六？～）劉駕進士及第。	
八五三	癸酉	七	杜牧卒（八〇三～）皇甫松、司馬札大中前後在世。	
八五四	甲戌	八	劉滄、李頻進士及第。李群玉上書拜官。	宰相令狐綯密陳黜宦之策，朝士與宦官交惡益深。
八五五	乙亥	九	崔珏大中年間進士。	是歲淮南饑，民多流亡。
八五六	丙子	十	李商隱為鹽鐵推官。	
八五七	丁丑	十一		容管軍亂。
八五八	戊寅	十二	李商隱卒？（八一三？～）	嶺南、湖南、江西、宣州軍相繼亂，復平。
八五九	己卯	十三	李忱（宣宗）卒（八一〇～）	武寧軍亂，旋平。宣宗卒。宦官擁鄆王溫為太子，更名漼，即位，是為懿宗。浙東裘甫起義。
八六〇	庚辰	十四 懿宗咸通元	齊己生？（～九三七？）李群玉卒？（八〇八？～）崔櫓，于武陵大中咸通前後在世。羅隱入京，困居七年，屢試不第。	裘甫起義失敗。南詔陷交趾。
八六一	辛巳	二	唐彥謙、于濆進士及第。	唐收復交趾。南詔一度攻佔邕州。

公元	干支	帝王年號	詩壇	史事
八六二	壬午	三		徐州軍亂。
八六三	癸未	四		南詔再陷交趾。張議潮復涼州。
八六四	甲申	五	高駢為安南都護、本管經略招討使。	
八六五	乙酉	六		南詔陷巂州。
八六六	丙戌	七	溫庭筠卒（?～）	安南都護高駢收復交趾。
八六七	丁亥	八	皮日休進士及第。	
八六八	戊子	九	魚玄機卒？（八四四?～）	徐、泗戍桂州兵擁龐勛起義，入湖南、浙西、淮南，攻佔徐州等地。
八六九	己丑	十	司空圖進士及第。陸龜蒙、皮日休結識。	唐借沙陀兵鎮壓起義。龐勛戰死，餘部後參加黃巢起義。沙陀首領朱邪赤心以參與鎮壓起義，命為大同軍節度使，賜姓名李國昌。
八七〇	庚寅	十一		魏博軍亂。南詔攻成都，被擊退。
八七一	辛卯	十二	聶夷中進士及第。	
八七二	壬辰	十三		歸義節度使張議潮卒。
八七三	癸巳	十四	張喬咸通年間進士及第。	遣使詣鳳翔法門寺迎佛骨，糜費甚巨。懿宗病亟，宦官立普王儼為太子。懿宗卒。太子即位，改名儇，是為僖宗。
八七四	甲午	十五 僖宗乾符元	張孜、羅虬咸通、乾符前後在世。	關東連年水旱，百姓流亡。濮州人王仙芝起義。
八七五	乙未	二		王仙芝攻佔曹、濮，自稱天補平均大將軍。曹州人黃巢起義響應。盧龍、昭義軍亂。淮南等五道大亂。
八七六	丙申	三	李頻卒（?～） 高蟾進士及第。	原州軍亂。
八七七	丁酉	四	章碣、薛媛、崔道融乾符前後在世。	起義軍屢敗官兵。南詔與唐恢復和好。
八七八	戊戌	五		王仙芝戰死。黃巢統率全軍，聚眾至十餘萬，號沖天大將軍，建元王霸，南下渡江，經浙東，入福建。沙陀李國昌反，其子克用擊破河東、昭義兵。

公元	干支	帝王年號	詩壇	史事
八七九	己亥	六		河東軍亂。黃巢入廣州，聚眾至百萬，旋率軍北伐，取江陵，沿江東下。
八八〇	庚子	廣明元	皮日休參加黃巢起義軍。 韋莊應舉長安，恰值戰亂。	黃巢軍北上，克洛陽，破潼關，入長安，稱帝，國號大齊。僖宗奔成都。
八八一	辛丑	二 中和元	陸龜蒙卒？（？～） 齊己中和前後在世。 韋莊逃離長安，居洛陽。	赦李克用，命率韃靼部入援。
八八二	壬寅	二	秦韜玉賜進士及第。	黃巢部將朱溫入據同州，降唐，封同華節度使，賜名全忠。桂州軍亂。
八八三	癸卯	三	鄭畋卒（八二五～） 花蕊夫人生？（～九二六） 皮日休卒？（八三八？～） 來鵠卒？（？～） 韋莊客居越中。	黃巢撤離長安，東進。李克用等入長安，大掠。蔡州節度使秦宗權投降起義軍。黃巢圍攻陳州。
八八四	甲辰	四	黃巢卒（？～）	黃巢引兵北上，為李克用所襲，敗走，死於泰山狼虎谷。唐末軍閥混戰開始。秦宗權大掠中原各地。朱溫謀害李克用未遂，自是結怨。
八八五	乙巳	五 光啟元		僖宗自蜀還京。秦宗權稱帝，掠洛陽。李克用於混戰中逼近長安，宦官脅僖宗奔興元。亂兵焚掠京城。
八八六	丙午	二		邠寧節度使朱玫奉襄王熅入京稱帝，旋為部下所殺；襄王奔河中，被節度使王重榮所殺。
八八七	丁未	三	高駢卒（八二一～） 鄭谷進士及第。 司空圖隱於中條山。	僖宗在鳳翔。淮南軍亂，節度使高駢被殺。楊行密攻破揚州。秦宗權部將孫儒掠淮南各地。
八八八	戊申	四 文德元	方干卒？（？～） 崔塗進士及第。	僖宗返京，病亟，宦官立壽王傑為皇太弟。僖宗卒，皇太弟即位，改名曄，是為昭宗。朱溫大破秦宗權。
八八九	己酉	昭宗龍紀元	韓偓、吳融進士及第。	朱溫晉封東平王。
八九〇	庚戌	大順元	王駕進士及第。陳玉蘭為王駕妻。	命諸道兵討李克用。
八九一	辛亥	二	杜荀鶴進士及第。	復李克用官爵。王建據成都。孫儒焚揚州，掠蘇、常。
八九二	壬子	景福元	盧汝弼景福間進士及第。	楊行密滅孫儒，返揚州，勸農桑。

公元	干支	帝王年號	詩壇	史事
八九三	癸丑	二	李洞景福前後在世。	蘇杭觀察使錢鏐發民伕二十萬及軍士築杭州羅城。王潮據有全閩。
八九四	甲寅	乾寧元	錢珝乾寧前後在世。 韋莊進士及第。	李克用陷幽州。孫儒舊部馬殷等陷潭州。
八九五	乙卯	二	張蠙進士及第。	李克用兵臨渭北，長安大亂，昭宗奔南山。李克用旋奉表問起居，用為行營都統。李克用晉封晉王。劉仁恭據盧龍。
八九六	丙辰	三		錢鏐兼鎮東軍節度使，遂有兩浙。鳳翔李茂貞攻掠長安，昭宗出奔華州。劉隱據有廣州。
八九七	丁巳	四	鄭谷為都官郎中。	韓建圍行宮，脅昭宗罷諸王兵柄，繼幽諸王。朱溫南攻楊行密，大敗。
八九八	戊午	五 光化元		朱溫攻取李克用邢、洺、磁三州。
八九九	己未	二		朱溫攻河東，為李克用所敗。
九〇〇	庚申	三	韋莊編《又玄集》。	朱溫據有河北一帶。宦官劉季述等囚昭宗，矯詔令太子嗣位。
九〇一	辛酉	四 天復元	曹松進士及第。 韋莊赴蜀，入王建幕，自是終身仕蜀。	昭宗復辟，誅劉季述等。朱溫攻李克用，連下數州；發兵西向，長安大亂。宦官劫昭宗奔鳳翔。朱溫入長安。
九〇二	壬戌	二		朱溫圍鳳翔，與李茂貞爭奪皇帝。楊行密封吳王，吳國開始（～九三七）。錢鏐封越王。
九〇三	癸亥	三	吳融卒（?～）	朱溫與李茂貞和解，擁昭宗返京，殺宦官。王建封蜀王，前蜀開始（～九二五）。
九〇四	甲子	四 哀帝天祐元	杜荀鶴卒（八四六～）	朱溫殺宰相崔胤等，毀長安為廢墟，脅昭宗遷洛陽，殺之；立輝王祚為太子，更名柷，尋即位，是為哀帝。
九〇五	乙丑	二		朱溫為諸道兵馬元帥，封相，晉魏王，加九錫；殺大批朝官；又攻淮南，遭吳軍阻擊，北撤。
九〇六	丙寅	三		
九〇七	丁卯	四	崔道融卒？（?～）	四月，朱溫稱帝，建後梁，是為梁太祖。唐亡。錢鏐為吳越王，吳越開始（～九七八）。王建稱蜀帝。耶律阿保機（遼太祖）為契丹主。

公元	干支	帝王年號	詩壇	史事
～九六〇		五代十國	張泌約九四〇年前後在世。後蜀韋穀編《才調集》。	九二三年，後唐代後梁。九三六年，後晉代後唐。九四七年，後漢代後晉。九五一年，後周代後漢。吳、南唐、吳越、楚、閩、南漢、前蜀、後蜀、荊南（南平）、北漢等十國先後並存。九六〇年，趙匡胤代後周稱帝，建立宋朝。

說明：

一．本表列唐代詩人生卒年或大致在世年代以及科舉及第時間，重要詩人酌錄其仕歷、行跡及交遊，還酌附唐代政治、經濟、軍事、文化諸方面簡要史事，供參考。

二．本表所錄詩人範圍，以詩作收入本辭典者為限，其中諸項均無考者未予列入。

三．本表資料取自《唐人選唐詩》、新舊《唐書》、《資治通鑑》、《唐詩紀事》、《唐才子傳》、《全唐詩》、《登科記考》等書；近人著作，曾參照翦伯贊等《中外歷史大事年表》、聞一多《唐詩大系》、馬茂元《晚照樓論文集》、傅璇琮《唐代詩人叢考》、《辭海》以及有關詩人年譜等而有所擇取；多用新說或成說，少數有所考訂。

四．公元與舊曆紀年對照，有十一、十二月跨年問題，本表為求簡明，未予折算。

（劉德重）

唐詩書目

【説明】

一、本書目為第二版增訂書目，收錄歷代有關唐詩的總集、合集、別集、評論及資料，一一注明書名、編撰者、卷數、版本。編撰人如屬於清以後人，不再注出時代。關於版本，不作專門考證，一般選擇較早或較通行的一種著錄。

二、第一版書目初編，收錄年限截至一九八二年，僅限收國人編撰並刊行的著作，也酌收部分未經刊行的古籍稿本或鈔本。一九四九年以後的著作，只限於大陸正式出版社刊印的書籍，臺灣和香港等地區的出版物暫缺。此次增訂，收錄年限延至二〇〇一年，並補收了今能獲知的臺灣、香港、澳門、新加坡、日本學者的相關著作。

三、唐人別集往往詩文合刊，一般均予收錄；後人編選的總集與合集，也有詩文合編或唐詩與其他朝代詩歌合編的，擇其與唐詩關係較大者著錄。唐人別集往往有不同的編集、題名和卷數，第一版書目採用不分別列目，而以又一本的形式附列的辦法。本次則改為分別列目，按實際書名、卷次、版本著錄，以便讀者得到準確了解。至於同一書的異名、所含內容、卷次差異，初編有部分反映，因無法全備，只能割棄。今人注本，一般不作卷數、冊數的説明。

四、前人詩話、筆記涉及唐詩的極多，只能酌擇若干予以著錄。今人論著只收專治唐詩者，部分論及或書名較寬泛者均不收。

五、本次書目修訂，在編次上作了較大調整，全部採用按類排列，每一類中又盡可能地分為若干小類，但不逐一標出類目，同類著作則以年代先後為序。為方便讀者和研究者檢閱起見，盡可能將相關著作置於一處。全編分為三編：甲編以唐五代詩人立目，收錄各家別集、注本、選本、傳記、研究論著及資料索引，重要作家分別作了標目，一般作家大致按此順序編列，不分別列目；乙編收各類唐詩總集，大致區分為唐詩總匯（以《全唐詩》為代表）、唐詩叢集、歷代編選唐詩（自唐至今，分為五個階段，並適當作了分類）幾部分；丙編收錄歷代研究資料及論著，包括詩話、筆記及今人論著幾部分。

六、由於資料等條件的限制，疏誤難免，特別是海外著作很難收羅全備，西文著作只能暫缺，各種圖書記錄因資料來源不一，反映方式未能完全劃一，各類著作的劃分也未盡嚴謹科學，凡此均敬希讀者鑑諒。

【甲編】

一、初唐詩人

〔唐太宗李世民〕

《唐太宗皇帝集》二卷。明銅活字《唐五十家詩集》本。

《唐太宗文皇帝集》一卷。明嘉靖間朱警輯《唐百家詩》本。

《唐太宗集》吴雲、冀宇編輯校注。陝西人民出版社一九八六年九月版。

《唐太宗傳》趙克堯、許道勛著。人民文學出版社一九八四年十一月版。

〔虞世南〕

《虞世南集》一卷。明銅活字《唐五十家詩集》本、明嘉靖間朱警輯《唐百家詩》本。

《虞祕監集》四卷。四明約園張氏一九三二年刊《四明叢書》第一集。

〔許敬宗〕

《許敬宗集》一卷。明銅活字《唐五十家詩集》本、明嘉靖間朱警輯《唐百家詩》本。

〔李百藥〕

《李百藥集》一卷。明嘉靖間朱警輯《唐百家詩》本。

〔楊師道〕

《楊師道集》一卷。明嘉靖間朱警輯《唐百家詩》本。

〔王績〕

《王無功文集》五卷。清乾隆鈔本（上海圖書館藏）、同治四年（一八六五）陳氏晚晴軒鈔本、清東武李氏研綠山房鈔本（均中國國家圖書館藏）。

《王無功文集》（五卷本會校）韓理洲校點。上海古籍出版社一九八七年十一月版。

《東皋子集》三卷。《四部叢刊續編》影印明萬曆三十七年（一六〇九）鈔本、《四庫全書》本。

《王無功文集》三卷。《叢書集成初編》據清孫星衍刻《岱南閣叢書》本排印。

《王績詩注》王國安注。上海古籍出版社一九八一年一月刊行。

《王績集編年校注》康金聲、夏連保校注。山西人民出版社一九九二年二月版。

《王績詩文集校注》金榮華著。臺北新文豐出版公司一九九八年六月版。

《王績研究》張錫厚著。臺北新文豐出版公司一九九五年十一月版。

〔王梵志〕

《王梵志詩集》敦煌寫本有約三十件寫卷，題集名的有一卷本和三卷本，一卷本有一九三五年鄭振鐸校補敦煌寫本，輯入《世界文庫》第五冊。

《王梵志詩校輯》張錫厚校輯。中華書局一九八三年十月版。

《王梵志詩校注》項楚校注。上海古籍出版社一九九一年十月版。

《王梵志詩研究》朱鳳玉著。臺北學生書局一九八七年十一月版。

《王梵志·寒山子》陳慧劍著。臺北巨流圖書公司一九八五年十一月版。

《王梵志詩研究匯錄》張錫厚輯。上海古籍出版社一九九〇年八月版。

〔魏徵〕

《魏鄭公集》四卷。《叢書集成初編》據清光緒王灝輯《畿輔叢書》本排印。

〔褚亮〕

《褚亮集》一卷。輯入《武林往哲遺著》。

〔褚遂良〕

《褚遂良集》一卷。輯入《武林往哲遺著》。

〔王勃〕

《王勃序文》一卷。唐寫本（日本奈良正倉院藏）。

《王勃集》卷第廿九、卷第卅。唐寫本（日本東京國立博物館藏本）。

《王子安集》十六卷。《四部叢刊》據明張燮輯本影印。

《王勃集》二卷。明銅活字《唐五十家詩集》本、明嘉靖間朱警輯《唐百家詩》本、清光緒間江標影刻《唐人五十家小集》本。

《王子安集注》二十卷。清蔣清翊注。清光緒九年（一八八三）吴縣蔣氏雙唐碑館刻本、上海古籍出版社一九九五年排印本。

《王子安集佚文》一卷。羅振玉輯校。一九一八年上虞羅氏仿宋鉛印本。

《王勃詩解》聶文郁編著。青海人民出版社一九八〇年二月刊行。

《重訂新校王子安集》何林天校注。山西人民出版社一九九〇年十二月版。

〔楊炯〕

《楊盈川集》十卷。《四部叢刊》影印明萬曆童佩校刻本、《四庫全書》本。

《楊盈川集》十三卷。明張燮輯《初唐四子集》本。

《楊炯集》二卷。明銅活字《唐五十家詩集》本、明嘉靖間朱警輯《唐百家詩》本、清光緒間江標影刻《唐人五十家小集》本。

《楊炯集》徐敏霞校點。中華書局一九八〇年十一月版，與《盧照鄰集》合刊。

〔盧照鄰〕

《幽憂子集》七卷。《四部叢刊》影印明張燮輯本。

《盧升之集》七卷。《四庫全書》本。

《盧照鄰集》徐敏霞校點。中華書局一九八〇年十一月版，與《楊炯集》合刊。

《盧照鄰集》二卷。明銅活字《唐五十家詩集》本、明嘉靖間朱警輯《唐百家詩》本、清光緒間江標影刻《唐人五十家小集》本。

《盧照鄰集編年箋注》任國緒箋注。黑龍江人民出版社一九八九年八月版。

《盧照鄰集箋注》祝尚書箋注。上海古籍出版社一九九四年十二月版。

《盧照鄰集校注》李雲逸校注。中華書局一九九八年十月版。

〔駱賓王〕

《駱賓王文集》十卷。南宋蜀刻本（中國國家圖書館藏），有上海古籍出版社一九九四年影印本。《四部叢刊》影印明刻本、清道光十年（一八三〇）江都秦恩復石研齋刻《唐人三家集》本。

《駱丞集》四卷。《四庫全書》本，《叢書集成初編》據清同治胡鳳丹輯《金華叢書》本排印。

《駱賓王集》二卷。明銅活字《唐五十家詩集》本、明嘉靖間朱警輯《唐百家詩》本、清光緒間江標影刻《唐人五十家小集》本。

《新刻注釋駱丞集》十卷。明孫養魁注。明林紹刻本。

《鎸太倉王氏音釋駱丞集》十卷。明王世貞注。明書林詹聖謨刻本。

《新刊駱子集集注》四卷。明陳魁士注。明萬曆七年（一五七九）劉大烈刻本。

《靈隱子注》六卷。明陳魁士注。明萬曆二十四年（一五九六）陳大科刻本。

《駱丞集注》四卷。明顏文選注。明萬曆四十三年（一六一五）宣城顏氏家刻本。

《駱侍御全集》四卷。明顏文選原注，清陳坡節刪。清道光二十九年（一八四九）滋德堂刻本。

《鼎鎸施會元評注選輯唐駱賓王狐白》三卷。明施鳳來評注。明萬曆余文傑自新齋刻本。

《類選注釋駱丞全集》四卷。明陳繼儒注。明天啟刻本。

《駱賓王集》四卷。明梅之渙釋。明刻本。

《唐駱先生集》八卷。明王衡等評。明凌毓楠刻套印本。

《駱臨海集箋注》十卷。清陳熙晉注。清咸豐三年（一八五三）松林宗祠刻本。中華書局上海編輯所一九六一年十月據以印行，上海古籍出版社一九八五年九月新版。

《駱賓王詩評注》駱祥發注。北京出版社一九八九年八月版。

《駱賓王評傳》楊柳、駱祥發著。北京出版社一九八七年十一月版。

《駱賓王研究論文集》浙江省古代文學學會編。杭州大學出版社一九九三年版。

〔初唐四傑〕

《唐四傑集》四卷。錄王勃、楊炯、盧照鄰、駱賓王四家詩，各一卷。明嘉靖二十七年（一五四八）張明刻本。

《初唐四傑詩選》任國緒選注。陝西人民出版社一九八六年版。

《初唐四傑詩選》倪木興著。人民文學出版社二〇〇一年七月版。

《初唐四傑年譜》張志烈著。巴蜀書社一九九三年四月版。

《初唐四傑研究》駱祥發著。北京東方出版社一九九三年十月版。

《全唐詩索引·王勃楊炯盧照鄰駱賓王卷》欒貴明等編撰。中華書局一九九二年八月版。

〔武則天〕

《武則天集》羅元貞點校。山西人民出版社一九八七年一月版。

《武則天評傳》趙文潤、王雙懷著。三秦出版社二〇〇〇年五月版。

〔李嶠〕

《李嶠集》三卷。明銅活字《唐五十家詩集》本、明嘉靖間朱警輯《唐百家詩》本。
《雜詠百二十首》二卷。《佚存叢書》本。
《李嶠雜詠》二卷。《叢書集成初編》據清吳省蘭輯《藝海珠塵》本排印。
《李嶠雜詠注》唐張庭芳注。敦煌寫本伯三七三八、斯五五五卷。
《日藏古抄李嶠詠物詩注》唐張庭芳注，胡志昂編。上海古籍出版社一九九八年八月版。
《蘇味道李嶠年譜》陳冠明著。中央文獻出版社二〇〇〇年六月版。

〔蘇味道〕

《蘇味道詩注》徐定祥注。上海古籍出版社一九九五年六月版。

〔杜審言〕

《杜審言詩集》一卷。宋刻本（中國國家圖書館藏）、明嘉靖間朱警輯《唐百家詩》本。
《杜審言集》二卷。明銅活字《唐五十家詩集》本。
《唐宋三大詩宗集》五卷。易大厰編。錄唐杜審言、宋趙湘、黃庶三家詩。上海民智書局一九三三年排印本。
《杜審言詩注》徐定祥注。一九八二年五月上海古籍出版社刊行。
《杜審言詩一字索引》（日）藤澤隆浩編著。崑崙書房一九八六年二月版。

〔宋之問〕

《宋考功集》十卷。清鈔本（上海圖書館藏）。
《宋之問集》二卷。《四部叢刊續編》影印明崦西精舍刻本、明嘉靖間朱警輯《唐百家詩》。
《宋學士集》九卷。明張燮輯刊本。

〔沈佺期〕

《沈雲卿文集》五卷。清東武李氏研綠山房鈔本（中國國家圖書館藏）。
《唐沈佺期詩集》七卷。明正德十三年（一五一八）王廷相刻本。
《沈佺期集》四卷。明銅活字《唐五十家詩集》本。
《沈雲卿集》二卷。明嘉靖間朱警輯《唐百家詩》本。
《沈佺期詩集校注》連波、查洪德校注。中州古籍出版社一九九一年十一月版。
《全唐詩索引·沈佺期宋之問卷》欒貴明等編著。現代出版社一九九五年八月版。

〔喬知之〕

《唐喬知之詩集》一卷。明朱警刊《唐百家詩》本。

〔陳子昂〕

《故陳子昂遺集》殘三卷。敦煌遺書伯三五九〇、斯五九六七、斯五九七一卷。
《陳伯玉文集》十卷。《四部叢刊》影印明弘治楊澄刻本。
《陳拾遺集》十卷。《四庫全書》本。
《陳子昂集》二卷。明銅活字《唐五十家詩集》本。
《陳伯玉集》二卷。明嘉靖間朱警輯《唐百家詩》本。
《陳子昂集》徐鵬校點。中華書局上海編輯所一九六〇年三月版。
《陳子昂詩注》彭慶生注釋。一九八一年二月四川人民出版社刊行。
《唐陳子昂先生伯玉年譜》羅庸著。臺灣商務印書館一九八六年版。
《陳子昂評傳》韓理洲著。西北大學出版社一九八七年版。
《合著黃金鑄詩魂·陳子昂全傳》田老泉著。長春出版社一九九九年一月版。
《陳子昂及其感遇詩研究》劉遠智著。臺北文津出版社一九八七年版。
《初唐四傑和陳子昂》沈惠樂、錢偉康著。上海古籍出版社一九八七年版。
《陳子昂研究》韓理洲著。上海古籍出版社一九八八年十二月版。
《陳子昂研究論集》中國文聯出版公司一九八九年版。
《陳子昂研究論集（二）》香港中國和世界出版公司一九九三年版。
《陳子昂論考》吳明賢著。巴蜀書社一九九五年版。

〔董思恭〕

《董思恭集》一卷。明嘉靖間朱警輯《唐百家詩》本。

〔劉希夷〕

《劉廷芝集》一卷。明嘉靖間朱警輯《唐百家詩》本。
《劉希夷詩注》陳文華注。上海古籍出版社一九九七年五月版。

〔盧僎〕

《盧僎集》一卷。明嘉靖間朱警輯《唐百家詩》本。

〔玄覺〕

《永嘉集》一卷。輯入冒廣生編《永嘉詩人祠堂叢刻》。

《永嘉證道歌》一卷。輯入冒廣生編《永嘉詩人祠堂叢刻》本。

二、盛唐詩人

〔唐玄宗李隆基〕

《唐玄宗皇帝集》二卷。明銅活字《唐五十家詩集》本、明嘉靖間朱警輯《唐百家詩》本。

《唐玄宗》閻寧誠、吳宗國著。三秦出版社一九九〇年版。

《唐明皇》田廷柱著。遼寧人民出版社一九九二年版。

《唐玄宗傳》趙克堯、許道勛著。人民出版社一九九三年版。

〔張說〕

《張說之文集》三十卷。清東武李氏研綠山房鈔本（中國國家圖書館藏）。

《張說之文集》二十五卷。《四部叢刊》影印明龍池草堂本。《叢書集初編》據清乾隆敕刊《武英殿聚珍版叢書》本排印。光緒間仁和朱氏結一廬本，另有補遺五卷，一九一八年吳興劉氏《嘉業堂叢書》據以翻刻。

《張燕公集》二十五卷。有《四庫全書》本、《武英殿聚珍版叢書》本。

《張說之集》八卷。明銅活字《唐五十家詩集》本、明嘉靖間朱警輯《唐百家詩》本。

《張說年譜》陳祖言著。香港中文大學出版社一九八四年版。

〔蘇瓌〕

《蘇許公集》一卷。清蘇廷玉編。清道光二十三年（一八四三）刻本。

〔蘇頲〕

《蘇廷碩集》二卷。明銅活字《唐五十家詩集》本、明嘉靖間朱警輯《唐百家詩》本。

《蘇許公集》十一卷。清蘇廷玉編。清道光二十三年（一八四三）刻本。

〔張九齡〕

《曲江張先生文集》二十卷。《四部叢刊》影印明成化刻本。

《曲江集》二十卷。《四庫全書》本。

《張文獻公集》十二卷本。《四部備要》據清雍正張世緯等校刻本排印。

《張九齡集》六卷。明銅活字《唐五十家詩集》本、明嘉靖間朱警輯《唐百家詩》本。

《曲江集》劉斯翰校注。廣東人民出版社一九八六年十月版。

《張九齡研究論文選集》王鏑非主編。廣東高等教育出版社一九九〇年十月版。

《全唐詩索引·張九齡卷》欒貴明等編著。現代出版社一九九五年八月版。

〔張說、張九齡〕

《二張集》四卷。明高叔嗣編。錄張說、張九齡詩各二卷。明嘉靖十六年（一五三七）刻本。

〔賀知章〕

《賀祕監集》一卷。輯入《四明叢書》第一集。

《賀知章包融張旭張若虛詩注》王啟興、張虹注。上海古籍出版社一九八六年一月版。

〔李邕〕

《李北海集》六卷。明崇禎十三年（一六四〇）無錫曹荃刻本、《四庫全書》本。

《李北海集》五卷。《湖北先正遺書》本。

《李北海全書》十卷。唐祖培編。一九六八年臺灣藝文版影印本。

〔孟浩然〕

《孟浩然詩集》三卷。宋蜀刻本（中國國家圖書館藏），上海古籍出版社一九八二年二月據以影印。

《孟浩然集》四卷。明刻本、《四庫全書》本。《四部叢刊》影印明刻本，文學古籍刊行社一九五四年十月據以重印。

《孟浩然集》三卷。明銅活字《唐五十家詩集》本、明嘉靖間朱警輯《唐百家詩》本。

《孟襄陽集》三卷。明毛晉輯《五唐人集》本。

《孟浩然詩集》二卷。宋劉辰翁、明李夢陽評。明凌蒙初刻套印本。

《孟浩然集箋注》游信利箋注。臺灣學生書局一九七五年版。

《孟浩然詩集校注》李景白校注。巴蜀書社一九八八年三月版。

《孟浩然集校注》徐鵬校注。人民文學出版社一九八九年八月版。

《孟浩然詩集箋注》曹永東箋注。天津古籍出版社一九八九年版。

《孟浩然集注》趙桂藩箋注。旅遊教育出版社一九九一年四月版。

《孟浩然詩集箋注》佟培基箋注。上海古籍出版社二〇〇〇年五月版。
《孟襄陽詩鈔》一卷。清陳明善選。清陳明善輯《唐六家詩鈔》本。
《孟浩然詩》傅東華選注。上海商務印書館一九三一年鉛印本。
《孟浩然詩選》陳貽焮選注。人民文學出版社一九八三年五月版。
《孟浩然年譜》劉文剛著。人民文學出版社一九九五年版。
《孟浩然詩説》三卷。蕭繼宗著。臺灣商務印書館一九八五年版。
《全唐詩索引·孟浩然卷》陳抗、林滄、張曉光、蔡文利編著。中華書局一九九四年五月版。

〔孟浩然、韋應物〕

《孟浩然韋應物詩選》劉逸生主編。廣東人民出版社一九八八年四月版。
《孟浩然韋應物詩選》李小松選注。臺北遠流出版社一九八八年版。

〔徐安貞〕

《徐侍郎集》二卷。明鈔本（中國國家圖書館藏）、明刻本（中國科學院藏）。

〔孫逖〕

《孫逖集》一卷。明銅活字《唐五十家詩集》本。

〔李頎〕

《唐李頎集》三卷。明正德十年（一五一五）劉成德刻本（中國國家圖書館藏）。
《李頎集》三卷。明銅活字《唐五十家詩集》本。
《李頎詩集》一卷。明嘉靖間朱警輯《唐百家詩》本。
《李頎詩評注》劉寶和注。山西教育出版社一九九〇年五月版。

〔王昌齡〕

《王昌齡詩集》三卷。明嘉靖間朱警輯《唐百家詩》本。
《王昌齡集》二卷。明銅活字《唐五十家詩集》本。
《王昌齡詩集》黃明校編。百花洲文藝出版社一九八一年九月版。
《王昌齡詩注》李雲逸注。上海古籍出版社一九八四年九月版。
《王昌齡詩校注》李國盛校注。臺北文史哲出版社一九七三年版。
《王昌齡評傳》蔣長棟著。中州古籍出版社一九九一年六月版。
《王昌齡研究》（美）李珍華著。太白文藝出版社一九九四年五月版。
《王昌齡詩索引》（日）芳村弘道編。京都朋友書店一九八三年七月版。

〔李頎、王昌齡〕

《李頎王昌齡詩合刻》佚名編。明仿宋刻本。

〔祖詠〕

《祖詠集》一卷。明銅活字《唐五十家詩集》本、明嘉靖間朱警輯《唐百家詩》本。

〔崔顥〕

《崔顥集》二卷。明銅活字《唐五十家詩集》本。
《崔顥詩集》一卷。明嘉靖間朱警輯《唐百家詩》本。
《崔顥詩注》萬競君注。上海古籍出版社一九八二年十月印行，與《崔國輔詩注》合刊。

〔崔曙〕

《崔曙集》一卷。明銅活字《唐五十家詩集》本、明嘉靖間朱警輯《唐百家詩》本。

〔崔國輔〕

《崔國輔詩注》萬競君注。上海古籍出版社一九八二年十月印行，與《崔顥詩注》合刊。

〔寒山子（附拾得）〕

《寒山子詩集》一卷。南宋紹定二年（一二二九）刻本（日本皇宮書陵部藏）、《四部叢刊》（二次印本）影印建德周氏影宋刻本。
《天臺三聖詩集》不分卷。宋釋志南編。錄寒山、豐干、拾得三家詩。明永樂十四年（一四一六）天臺僧重刊宋淳熙十六年（一一八九）釋志南編本。
《寒山詩》（日）入谷仙介注釋。東京筑摩書房一九七〇年十一月版。
《青春漂泊——寒山詩之旅》（日）松原泰道著。讀賣新聞社一九七三年版。
《寒山及其詩》黃博仁著。新文豐出版公司一九八〇年版。
《寒山子詩校注（附拾得詩）》徐光大校注。陝西人民出版社一九九一年十月版。
《寒山詩校注》錢學烈校注。廣東高教出版社一九九一年十月版。
《寒山詩注釋》郭鵬注。長春出版社一九九五年二月版。
《寒山拾得詩校評》錢學烈校評。天津古籍出版社一九九八年七月版。
《寒山詩注》項楚注。中華書局二〇〇〇年版。

《寒山子研究》陳慧劍著。華新出版公司一九七四年十月版、臺北東大出版公司一九八四年版。

《寒山拾得》（日）久須本文雄。東京講談社一九八五年十一月。

〔釋拾得〕

《拾得詩集》一卷。《天臺三聖詩集》本。

〔釋豐干〕

《豐干詩集》一卷。《天臺三聖詩集》本。

〔王維〕

《王摩詰文集》十卷。一九八二年五月上海古籍出版社影印宋蜀刻本。

《王右丞文集》十卷。南宋麻沙本（日本靜嘉堂文庫藏）。

《王摩詰集》六卷。明銅活字《唐五十家詩集》本。

《須溪先生校本唐王右丞集》六卷。宋劉辰翁評點。《四部叢刊》影印元刊本。

《李卓吾批選王摩詰集》二卷。明李贄選評。《李卓吾先生合選陶王集》本。

《唐王右丞詩集注説》六卷。明顧可久注。明嘉靖三十八年（一五五九）洞易書院刻本。

《類箋唐王右丞詩集》十卷、文集四卷、集外編一卷。明顧起經編注。明嘉靖三十五年（一五五六）錫山顧氏奇字齋刻本。

《王右丞集箋注》二十八卷。清趙殿成箋注。中華書局上海編輯所一九六一年八月據清乾隆原刻本斷句印行。上海古籍出版社一九八四年六月新一版、北京圖書館出版社一九九九年四月版。

《王維集校注》陳鐵民校注。中華書局一九九七年十月版。

《李卓吾批選王摩詰集》二卷。明李贄批選。明萬曆四十三年（一六一五）刻《李卓吾先生合選陶王集》本。

《王右丞詩鈔》一卷。清陳明善選。《唐六家詩鈔》本。

《王維詩》傅東華選注。上海商務印書館一九三〇年鉛印本。

《王維詩選》陳貽焮選注。人民文學出版社一九五九年七月刊行。

《王維詩百首》張風波選注。花山文藝出版社一九八五年三月版。

《王維詩選》王福耀選注。廣東人民出版社一九八六年二月版、臺北遠流出版社一九八八年版。

《王維詩選注》王友懷選注。陝西人民出版社一九八八年九月版。

《王維詩選》倪興木選注。人民文學出版社一九八八年十二月版。

《王維》何樂業著。上海人民美術出版社一九五九年五月印行。

《王維年譜》張清華著。上海學林出版社一九八七年版。

《王維傳》盧渝著。山西人民出版社一九八九年十一月版。

《詩佛——王摩詰傳》張清華著。河南人民出版社一九九一年十一月版。

《王維傳》畢寶魁著。遼海出版社一九九八年五月版。

《王維研究》（日）入谷仙介著。創文社一九七六年版。

《審美詩人：王維》（日）伊藤正文著。集英社一九八三年八月版。

《王維詩研究》（韓）柳晟俊著。臺北黎明文化公司一九八七年七月版。

《詩佛王維研究》楊文雄著。臺北文史哲出版社一九八八年版。

《王維新論》陳鐵民著。北京師院出版社一九九〇年九月版。

《王維詩比較研究》（韓）柳晟俊著。京華出版社一九九九年四月版。

《全唐詩索引·王維卷》陳抗、林滄、張曉光、蔡文利編著。中華書局一九九四年五月版。

〔王維、孟浩然〕

《王孟詩評》九卷（《王摩詰詩集》七卷、《孟浩然詩集》二卷）。宋劉辰翁評。清光緒五年（一八七九）巴陵方氏碧琳琅館刊朱墨印本。

《王右丞集·孟浩然集》喻岳衡點校。嶽麓書社一九九〇年七月版。

《王維孟浩然詩集》燕山出版社一九九六年十二月版。

《王維全集（附孟浩然集）》曹中孚標點。上海古籍出版社一九九七年十月版。

《王維孟浩然選集》王達津選注。上海古籍出版社一九九〇年十二月版。

《王維孟浩然詩歌精選》梁志林、焦國章選注。花山文藝出版社一九九六年一月版。

《王維孟浩然詩精選精注》胡遂選注。廣西師大出版社一九九六年三月版。

《王維與孟浩然》楊蔭深著。一九三六年上海商務印書館鉛印本。

〔儲光羲〕

《儲光羲集》五卷。明銅活字《唐五十家詩集》本。

《儲光羲詩》一卷。《四庫全書》本。

【常建】

《常建詩集》二卷。宋刻本（中國國家圖書館藏）、宋臨安府陳宅書籍鋪刻本（臺灣故宮博物院圖書館藏）、明嘉靖間朱警輯《唐百家詩》本。

《常建集》二卷。明銅活字《唐五十家詩集》本。

《常建詩集》三卷。明汲古閣刻《唐六名家集》本。

《常建詩》三卷。《四庫全書》本。

【高適】

《高常侍集》十卷。明仿宋刻十行本（臺灣中央圖書館藏）、清初影宋鈔本（中國國家圖書館藏）、明嘉靖刻本、《四庫全書》本。

《高常侍集》八集。明銅活字《唐五十家詩集》本、《四部叢刊》影印本。

《高適詩集編年箋注》劉開揚編注。一九八一年十二月中華書局印行。

《高適集校注》孫欽善校注。上海古籍出版社一九八四年二月版。

《高適詩選》劉開揚選注。一九八一年一月四川人民出版社刊行。

《高適年譜》周勛初著。一九八〇年九月上海古籍出版社刊行。

《高適傳論》左雲霖著。人民文學出版社一九八五年五月版。

《高適研究》佘正松著。巴蜀書社一九九二年八月版。

《全唐詩索引·高適卷》陳抗、林滄、張曉光、蔡文利編著。中華書局一九九四年五月版。

【岑參】

《岑嘉州詩》八卷。宋刊存四卷（中國國家圖書館藏）。

《岑嘉州集》八卷。明覆刻宋書棚本（臺灣中央圖書館藏）、明銅活字《唐五十家詩集》本、《宛委別藏》本。

《岑嘉州詩》七卷。《四部叢刊》（二次印本）影印明正德熊相、高嶼刻本。

《岑嘉州詩》四卷。《四部叢刊》（初次印本）影印明正德沈恩刻本。

《岑嘉州詩校注》阮廷瑜校注。臺北國立編譯館一九八一年一月版。

《岑參集校注》陳鐵民、侯忠義校注。一九八一年十一月上海古籍出版社印行。

《岑參詩集編年箋注》劉開揚著。巴蜀書社一九九五年十一月版。

《岑參邊塞詩選》張輝選注。一九八一年十一月人民文學出版社印行。

《岑參詩選》劉開揚選注。四川文藝出版社一九八六年十一月版。

《岑參詩傳》孫映逵著。中州古籍出版社一九八九年版。

《岑參評傳》廖立著。人民文學出版社一九九〇年八月版。

《岑參事跡著作考》廖立著。中州古籍出版社一九九七年版。

《岑參歌詩索引》（日）新免惠子編著。朋友書店一九八七年版。

《全唐詩索引·岑參卷》陳抗、林滄、張曉光、蔡文利編著。中華書局一九九四年五月版。

【高適、岑參】

《高適岑參詩選注》徐元渠選注。上海古籍出版社一九八三年八月版。

《高適岑參詩評釋》高光復編著。黑龍江人民出版社一九八四年十一月版。

《高適岑參詩選注》孫欽善等選注。人民文學出版社一九八五年八月版。

《高適岑參選集》高文、王劉純選注。上海古籍出版社一九八八年十月版。

《高適岑參詩選》王鴻蘆選注。臺北遠流出版社一九八八年版。

《高適岑參詩選》孫欽善、武青山等選注。人民文學出版社一九九七年十月版。

《高適與岑參》楊蔭深著。上海商務印書館一九三六年鉛印本。

《高適和岑參》周勛初、姚松編著。上海古籍出版社一九九四年三月版。

【嚴武】

《嚴武集》一卷。明銅活字《唐五十家詩集》本、明嘉靖間朱警輯《唐百家詩》本。

【蕭穎士】

《蕭穎士研究》潘呂棋昌著。文史哲出版社一九八三年十月版。

【張謂】

《張謂詩注》陳文華注。上海古籍出版社一九九七年三月版。

【元結】

《元次山文集》十卷、拾遺一卷。《四部叢刊》影印明正德郭勛刻本校訂印行。

《次山集》十二卷。清黃又校刻本、《四庫全書》本。

《元次山集》十卷、拾遺一卷。孫望校點。中華書局上海編輯所一九六〇年三月版。

《元結詩解》聶文郁注解。陝西人民出版社一九八四年十二月版。

《元次山年譜》孫望著。上海古典文學出版社一九五七年二月印行。

《元次山之生平及其文學》李建崑著。臺北商務印書館一九八六年五月版。

三、李白與杜甫

〔李白一：文集〕

《李太白文集》三十卷。宋蜀刻本，日本靜嘉堂文庫藏足本，有日本京都大學人文科學研究所影印本、臺灣學生書局一九六七年影印本、巴蜀書社一九八七年影印本、上海古籍出版社一九八九年十一月版（日）平岡武夫主編《唐代研究指南（九）：李白的作品》影印本；中國國家圖書館藏殘本，上海古籍出版社一九九四年影印。

《李太白文集》三十卷。清康熙五十六年（一七一七）繆曰芑刻本、《四庫全書》本。

《李翰林集》三十卷。宋咸淳刻本，江蘇廣陵古籍刻印社一九八〇年影印本。又十六卷本。清乾隆二十九年（一七六四）清廉學舍刻本。

《唐翰林李太白詩集》二十六卷。元刻本。

《李太白詩》八卷。明嘉靖許宗魯編《唐李杜詩集》本。

《李翰林分體全集》四十二卷。明劉世教編校。明萬曆四十年（一六一二）刻《李杜全集》本。

《李翰林分類詩》八卷、《賦集》一卷。明李齊芳、李茂年編。明萬曆二年（一五七四）刻本。

《唐翰林李白詩類編》十二卷。佚名編。明刻本。

《分類補註李太白詩》二十五卷。宋楊齊賢集注，元蕭士贇補注。元余氏勤有堂刻本。

《分類補註李太白詩》三十卷。郭雲鵬編校。係就楊、蕭原註本精簡注文，並附加文集而成。《四部叢刊》影印明嘉靖二十二年（一五四三）郭雲鵬寶善堂刻本。

《李詩通》二十一卷。明胡震亨評注。清順治七年（一六五〇）刻本。

《李太白詩集注》三十六卷。清王琦編注。清乾隆二十四年（一七五九）聚錦堂刻本。

《李太白全集》三十六卷。清王琦編注。中華書局一九五七年九月用《四部備要》本紙型重印。

《李白集校注》瞿蛻園、朱金城校注。上海古籍出版社一九八〇年七月刊行。

《李白詩新箋》安旗著。中州書畫社一九八三年七月版。

《李白全集編年注釋》安旗主編。巴蜀書社一九九〇年十二月版。

《李白全集校注匯釋集評》詹鍈主編。百花文藝出版社一九九七年五月版。

〔李白二：選本〕

《李律七言頗解》一卷。明王維楨解，明朱茹編。明嘉靖三十七年（一五五八）刻《杜律七言頗解》附。

《李詩選注》十三卷、《辯疑》二卷。明朱諫編撰。明隆慶六年（一五七二）朱守行刻本。

《李太白詩選》五卷。明張含編，明楊慎批點。明吳興閔氏朱墨套印本。

《李詩鈔評》四卷。明梅鼎祚評。明萬曆十七年（一五八九）刻《唐二家詩鈔評林》本。

《李詩鈔述注》十六卷。明林兆珂撰。明萬曆二十七年（一五九九）安慶刻本。

《李詩直解》六卷。清沈寅、朱昆輯解。清乾隆四十年（一七七五）朱鳳樓精刊巾箱本。

《李白詩選》高鐵郎校點。係就清曾國藩《十八家詩鈔》所選李白詩校點成書。一九二八年上海新華書局鉛印本。

《李白詩選》胡雲翼選。上海亞細亞書局一九三二年鉛印本。

《李白詩》傅東華選注。上海商務印書館一九三四年鉛印本。

《白話注解李白詩選》余研因選注。民智書局一九三四年鉛印本。

《音注李太白詩》中華書局音注。係就清沈德潛《唐詩別裁集》所選李白詩音注而成。中華書局一九三六年鉛印本。

《李白詩選》舒蕪選注。人民文學出版社一九五四年八月印行。

《李白詩選》復旦大學中文系古典文學教研組選注。人民文學出版社一九六一年八月印行，一九七七年十一月修改再版。

《李白詩選注》《李白詩選注》編選組編。上海古籍出版社一九七八年十二月刊行。

《李白詩選讀》李暉編。黑龍江人民出版社一九八〇年九月刊行。
《李白詩選》馬千里選注。廣東人民出版社一九八四年八月版。
《李詩咀華——李白詩名篇賞析》安旗等著。北京十月文藝出版社一九八四年十二月版。
《李白詩歌賞析集》裴斐編。巴蜀書社一九八八年二月版。
《李白選集》郁賢皓選注。上海古籍出版社一九九〇年十月版。
《李白詩歌精選》韓盼山選注。花山文藝出版社一九九六年一月版。
《李白詩精選精注》弘征選注。廣西師大出版社一九九六年三月版。
《李白詩選》（日）松浦友久選。東京岩波書店一九九七年版。
《李白詩選》林海東選注。山東大學出版社一九九九年一月版。

〔李白三：年譜傳記〕

《李太白傳》汪炳焜著。上海商務印書館一九三五年鉛印本。
《李太白年譜》黃錫珪著。作家出版社一九五八年二月印行。
《李白詩文繫年》詹鍈編著。作家出版社一九五八年六月印行、人民文學出版社一九八四年四月版。
《增訂李太白年譜》王伯祥編著。四川人民出版社一九八一年一月印行。
《李白年譜》安旗、薛天緯著。齊魯書社一九八二年八月印行。
《李白傳》田藝議著。臺北國際文化出版社一九八四年版。
《李白年譜》安旗著。臺北文津出版社一九八七年版。
《詩人李白》彭兆良著。民國間新教社鉛印本。
《李白》李長之著。中國圖書發行公司一九五一年印行。
《李白》王瑤著。華東人民出版社一九五四年九月印行。
《詩人李白》林庚著。上海文藝聯合出版社一九五四年十一月印行。
《李白》王運熙、李寶鈞著。上海古籍出版社一九七九年九月印行。
《李白》王兆彤、郭問群著。江蘇古籍出版社一九八九年二月版。

〔李白四：研究論著〕

《李白研究》李守章著。上海新宇宙書店一九三〇年鉛印本。
《道教徒的詩人李白及其痛苦》李長之著。重慶商務印書館一九四一年鉛印本、遼寧教育出版社一九九八年二月版。
《李白研究》戚維翰著。上海中華書局一九四八年鉛印本。
《李白詩論叢》詹鍈著。作家出版社一九五七年八月版、人民文學出版社一九八四年四月版。
《李白詩論及其他》孫殊青著。長江文藝出版社一九五七年十一月印行。
《李白研究》王運熙等著。作家出版社一九六二年六月印行。
《李白研究論文集》中華書局一九六四年編印。
《李太白研究》（日）大野實之助著。有明書房一九七一年改訂增補本。
《李白在安徽》常秀峰等著。安徽人民出版社一九八〇年九月印行。
《李太白詩述評》陳宗賢著。臺北商務印書館一九八〇年版。
《李白縱橫探》安旗著。陝西人民出版社一九八一年二月印行。一九八三年五月出版增訂本。
《李白十論》裴斐著。陝西人民出版社一九八一年二月印行。
《李白叢考》郁賢皓著。陝西人民出版社一九八二年一月版。
《李白——詩歌及其內在心象》（日）松浦友久著。張守惠譯。陝西人民出版社一九八三年四月版。
《李白詩新箋》安旗著。中州書畫社一九八三年七月版。
《飄逸詩人：李白》（日）小尾郊一著。譚繼山譯。臺北萬盛出版社一九八三年版。
《李太白研究》夏敬觀等著，徐少知編。臺北里仁書局一九八五年五月版。
《李白和他的詩歌》胥樹人著。上海古籍出版社一九八四年二月版。
《李白詩論》阮廷瑜著。臺北國立編譯館一九八六年七月版。
《李白考異錄》李從軍著。齊魯書社一九八六年版。
《李白論》喬象鐘著。齊魯書社一九八六年版。
《李白在安陸》朱宗堯著。華中師範大學出版社一九八六年版。
《李白在安徽》劉夜烽著。黃山書社一九八六年版。
《李白研究》安旗著。西北大學出版社一九八七年版。
《李白新論》劉憶萱、管士光著。山西人民出版社一九八七年十月版。
《李白故里》李戎著。四川人民出版社一九八七年版。
《李白與中國傳統文化》葛景春著。臺北群玉堂出版公司一九九一年九月版。
《李白思想藝術探驪》葛景春著。中州古籍出版社一九九一年版。
《李白在山東論叢》鄭修平著。山東友誼出版社一九九一年版。

《李白詩的藝術成就》施逢雨著。臺北大安出版社一九九二年二月版。

《李白詩歌藝術論》房日晰著。三秦出版社一九九三年八月版。

《李白論探》康懷遠著。陝西人民出版社一九九三年版。

《太白遊蹤探勝》林東海著。人民美術出版社一九九三年版。

《李白與唐代文化》葛景春著。中州古籍出版社一九九四年六月版。

《李白傳記論—客寓的詩思》（日）松浦友久著。東京研文社一九九四年版。

《李白家世之謎》張書城著。蘭州大學出版社一九九四年版。

《謝朓與李白研究》茆家培、李子龍主編。人民文學出版社一九九五年九月版。

《李白的價值重估》朱金城、朱易安著。臺北文史哲出版社一九九五年十月版。

《謝朓與李白管窺》梁森著。人民文學出版社一九九五年版。

《李白的人生哲學—詩酒人生》謝楚發著。揚智出版社一九九六年六月版。

《詩仙李白之謎》周勛初著。臺灣商務印書館一九九六年十一月版。

《李白詩歌抒情藝術研究》（日）松浦友久著，劉維治譯。上海古籍出版社一九九六年十二月版。

《李白與魏晉風度》陶新民著。中國廣播電視出版社一九九六年版。

《李白懸案揭祕》李紹先、李殿元著。四川大學出版社一九九六年十月版。

《謫仙詩魂》孟修祥著。湖北人民出版社一九九六年十月版。

《天上謫仙人的祕密—李白考論集》郁賢皓著。臺灣商務印書館一九九七年六月版。

《大氣恢宏—李白與盛唐詩新探》張瑞君著。山西古籍出版社一九九七年七月版。

《李白思想研究》楊海波著。學林出版社一九九七年三月版。

《李白求是錄》王輝斌著。江西人民出版社二〇〇〇年三月版。

《李白生平研究匡補》楊栩生著。巴蜀書社二〇〇〇年八月版。

《李白研究論叢》李白研究學會編。巴蜀書社一九八七年三月版。

《李白學刊》（一）《李白學刊》編輯部編。上海三聯書店一九八九年三月版。

《李白學刊》（二）《李白學刊》編輯部編。上海三聯書店一九八九年八月版。

《中國李白研究》（一九九〇年集上、下）《中國李白研究》編輯部編。江蘇古籍出版社一九九〇年九月版。

《中國李白研究》（一九九一年集）中國李白學會、《中國李白研究》編輯部編。江蘇古籍出版社一九九三年四月版。

《中國李白研究》（一九九八～一九九九年集）中國李白研究會等編。安徽文藝出版社二〇〇〇年十月版。

〔李白五：資料索引〕

《李白大辭典》郁賢皓主編。廣西教育出版社一九九五年版。

《李白歌詩索引》（日）平岡武夫主編。上海古籍出版社一九九一年一月版。

《李白資料匯編（金元明清部分）》裴斐、劉善良編。中華書局一九九四年七月版。

《全唐詩索引·李白卷》欒貴明等編著。現代出版社一九九五年八月版。

〔杜甫一：全集白文本〕

《宋本杜工部集》二十卷、《補遺》一卷。由兩種殘宋本組成，其一源出嘉祐四年（一〇五九）刊於蘇州的王琪本，其二源出紹興三年（一一三三）刻於建康府學的吳若本。上海商務印書館一九五七年十二月影印宋刻本，為《續古逸叢書》第四十七種。

《杜工部集》二十卷。係清鄭澐校據《錢注杜詩》，略去原書序言、略例及箋注，加以校排。清乾隆五十年（一七八五）玉勾草堂刻本。北京中華書局一九五七年九月據《四部備要》本紙型重印。

《杜少陵詩》十卷。明張潛編。明正德七年（一五一二）山西宋灝校刻本。

《杜工部詩》八卷。明許宗魯編。明嘉靖五年（一五二六）刻《唐李杜詩集》本。

《杜工部分類詩》十一卷、《賦集》一卷。明李齊芳等編。明萬曆二年（一五七四）廣陵李氏刻本。

《杜工部分體全集》六十六卷。明劉世教編校。明萬曆四十年（一六一二）劉氏合刻《分體李杜全集》本。

《杜詩分類》五卷。明傅振商編。明萬曆四十一年（一六一三）傅氏自刻本。

《杜詩分類全集》四卷。明傅振商纂輯，清張縉彥、谷應泰輯定。清順治還讀齋刻本。

《杜甫全集》高仁標點。上海古籍出版社一九九六年十一月版。

《杜甫詩集》燕山出版社一九九六年十二月版。

〔杜甫二：全集注評本〕

《杜詩趙次公先後解輯校》宋趙次公注。林繼中輯校。上海古籍出版社一九九四年十二月版。

《新刊校定集注杜詩》（即《九家集注杜詩》）三十六卷。宋郭知達編。宋淳熙刻寶慶元年（一二二五）曾噩重修本。中華書局一九八三年六月影印本、臺北故宮博物院一九八五年影印本。

《門類增廣十注杜工部詩》二十五卷。宋趙次公等注。宋刻本。

《王狀元集百家注編年杜陵詩史》三十二卷。宋魯訔編次，題宋王十朋等注。清宣統三年（一九一一）貴池劉氏玉海堂影宋刻本。江蘇廣陵古籍刻印社一九八一年十一月印行，題《影宋編年杜陵詩史》。

《分門集注杜工部詩》二十五卷。宋王洙、趙次公等注。《四部叢刊》影印宋刻本。

《黃氏補千家集注杜工部詩史》三十六卷。宋黃希、黃鶴補注。宋刻本、《四庫全書》本。

《杜工部草堂詩箋》五十卷、《外集》一卷。宋魯訔編次，宋蔡夢弼會箋。輯入清光緒十年（一八八四）黎庶昌刻《古逸叢書》。

《集千家注分類杜工部詩》二十五卷、附《文集》二卷。宋徐居仁編次，宋黃鶴補注。元皇慶元年（一三一二）余氏勤有堂刻本。

《劉須溪杜選》七卷。宋劉辰翁選。明方昇刻本。

《須溪批點選注杜工部集》二十二卷。宋劉辰翁評點，元彭鏡溪注。明正德四年（一五〇九）東川黎堯卿重刻本。

《集千家注批點杜工部詩集》二十卷。宋黃鶴補注，宋劉辰翁評點，元高楚芳編。沔陽盧氏慎始基齋一九二三年影印明嘉靖玉几山人刻本。

《讀杜詩愚得》十八卷。明單復注。明天順元年（一四五七）朱熊刻本。

《杜詩分類集注》二十三卷。明邵寶集注，明過棟箋。明萬曆二十年（一五九二）周子文刻本。

《杜詩通》四十卷。明胡震亨評注。清順治七年（一六五〇）刻《李杜詩通》本。

《杜詩編年》十八卷。清李長祥、楊大鯤編。清初刻本。

《杜工部集箋注》（習稱《錢注杜詩》）二十卷。清錢謙益注。中華書局一九五八年十月據清康熙靜思堂原刻本斷句排印。

《錢注杜詩與詩史互證方法》郝潤華著。黃山書社二〇〇〇年十二月版。

《杜詩會粹》二十四卷。清張遠注。清康熙二十四年（一六八五）焦圃刻本。

《杜工部詩集輯注》二十卷、《集外詩》一卷、《文集》二卷。清朱鶴齡輯注。清康熙金陵葉永茹萬卷樓刻本。

《杜詩論文》五十六卷。清吳見思注，清潘眉評。清康熙十一年（一六七二）吳郡寶翰樓刻本。

《杜詩闡》三十三卷。清盧元昌注。清康熙二十一年（一六八二）書林孫敬南刻本。

《杜詩說》十二卷。清黃生輯說。清康熙三十五年（一六九六）一木堂刻本。黃山書社一九九四年五月出版徐定祥點校本。

《讀書堂杜工部詩集注解》二十卷，附《文集注解》二卷。清張溍評注，清張榕端校。清康熙三十七年（一六九八）張氏讀書堂序刻本。

《朱竹垞先生杜詩評本》二十四卷。清朱彝尊評，清莊魯駉校。清道光十一年（一八三一）陽湖莊氏望雲軒刻本。

《杜少陵集詳注》（即《杜詩詳註》）二十五卷。清仇兆鰲注中華書局一九七九年十月據清康熙五十二年（一七一三）刻本校點印行。

《問齋杜意》二十卷。清陳式注。清康熙刻本。

《知本堂讀杜詩》二十四卷。清汪灝輯注。清康熙刻本。

《杜詩評點》十八卷，附《杜詩遺珠》二卷。清張雝敬評。清雍正楊岐昌鈔本。

《讀杜心解》六卷。清浦起龍解。中華書局一九六一年十月據清雍正浦氏寧我齋刻本校點印行。

《杜文貞詩增注》二十卷。清夏力恕注。清乾隆十四年（一七四九）刻本。

《杜詩評注集成》四十卷。清張甄陶輯。輯錄王士禛、仇兆鰲、李光地、何焯各家注評。清乾隆三十八年（一七七三）鈔本。

《杜詩集説》二十卷。清江浩然編。清乾隆四十三年（一七七八）嘉興江氏悖裕堂刻本。

《杜詩鏡銓》二十卷。清楊倫編注。清乾隆五十七年（一七九二）陽湖九柏山房刻本。中華書局上海編輯所一九六二年十二月校點印行。

《杜詩集評》十五卷。清劉濬輯。清嘉慶七年（一八〇二）海寧劉氏藜照堂刻本。

《杜詩注釋》二十四卷。清許寶善注。清嘉慶八年（一八〇三）自怡軒刻本。

《杜園説杜》二十卷。清梁運昌評注。清嘉慶二十五年（一八二〇）鈔本。

《杜詩説》二十八卷。清盧生甫撰。清嘉慶鈔本。

《五家評本杜工部集》二十卷。清盧坤編。輯入明王世貞、王慎中，清王士禛、宋犖、邵長蘅五家評，編次依錢謙益《箋注杜工部集》。清道光十四年（一八三四）涿州盧氏刻五色套印本。

《歲寒堂讀杜》二十卷。清範輦雲輯。清道光二十四年（一八四四）嘉興范玉琨刻本。

《杜工部詩集集解》四十卷。清周篆集解。清鈔本。

《杜詩箋》十二卷。清湯啟祚箋。舊鈔本。

《杜甫詩注》五冊。（日）吉川幸次郎注。東京筑摩書房一九七七年至一九八二年版。

《杜詩便覽》十卷。王士菁編輯。四川文藝出版社一九八六年四月版。

《杜甫詩全譯》韓成武、張志民編譯。河北人民出版社一九九七年十月版。

〔杜甫三：分體選本〕

《杜詩長古注解》二卷。明謝省注。明弘治五年（一四九二）王弼、程應韶刻本。

《杜工部七言律詩注》二卷。題元虞集注。明正統石璞刻本。

《内閣批選杜工部詩律金聲》二十四卷。題元虞集注，明李廷機評。明萬曆三十七年（一六〇九）積善堂刻本。

《杜工部七言律詩》二卷。題元虞集注，明馮惟訥刪。明萬曆四十三年（一六一五）刻本。

《虞本杜律訂注》二卷。題元虞集注，明汪慰訂。明萬曆刻本。

《虞伯生選杜律七言注》二卷。題元虞集注，清查弘道、金集補注。清刻本。

《杜工部五言律詩注》二卷。元趙汸注。明正德九年（一五一四）刻本。

《杜詩選律》六卷。題元虞集、趙汸選注，清查宏道、金集補注。係並合《虞伯生選杜律七言注》與《杜詩趙注》而成。清同治二年（一八六三）繡谷趙氏刻本。

《杜律演義》二卷。元張性撰。明嘉靖十六年（一五三七）汝南王齊刻本。

《杜律單注》十卷。明單復注，明陳明輯。係輯錄單復《讀杜詩愚得》中注律詩部分。明嘉靖十一年（一五三二）楊祐校刻本。

《杜律七言頗解》四卷。明王維楨解，明朱茹編。明嘉靖三十七年（一五五八）刻本。

《杜律注解》二卷。明黄光昇注。專選七言律。明萬曆十一年（一五八三）西蜀翻刻本。

《杜律詹言》二卷。明謝杰撰。專選七言律。明萬曆二十四年（一五九六）刻本。

《杜律五言補注》四卷。明汪瑗補注。明萬曆三十一年（一六〇三）刻本。

《杜律一得》二卷。明溫純解。明萬曆三十二年（一六〇四）刻本。

《杜律鈔述注》十六卷。明林兆珂選注。明天啟衡州林氏自刻本。

《杜工部七言律詩分類集注》二卷。明薛益集注。明崇禎刻本。

《杜子美七言律》一卷。明郭正域批點。明末烏程閔氏刻三色套印本。

《杜律選注》六卷。明范濂注，明吳炯等校。明熊氏種德堂刻本。

《杜律注例》四卷。清張篤行注。清順治十六年（一六五九）刻本。

《杜律意箋》二卷。明顏廷榘選箋。專選七言律。清康熙六年（一六六七）顏氏刻本。

《杜律測旨》二卷。明趙大綱撰。明嘉靖三十四年（一五五五）林光祖刻本。

《杜律五言集解》四卷。明邵傅集解。明萬曆刻本。

《杜律七言集解》二卷。明邵傅集解。明末刻本。

《杜注水中鹽》五卷。明楊德周撰。清初刻本。

《杜詩解意七言律》四卷。清朱瀚撰。清康熙十四年（一六七五）李燧蒼雪樓刻本。

《杜律分類全集》五卷。清張縉彥、谷應泰編。清順治十六年（一六五九）刻本。

《苦竹軒杜詩評律》二卷。清洪仲編選，清黃生訂閱。清康熙八年（一六六九）刻本。

《辟疆園杜詩注解》十七卷（五律十二卷、七律五卷）。清顧宸選注。清康熙二年（一六六三）吳門書林刻本。

《杜詩本義》二卷。清齊翀撰。專解七言律。清乾隆四十七年（一七八二）雙溪草堂刻本。

《杜少陵五言律詩百首淺説》二卷。清莊詠撰。清道光二十四年（一八四四）刻本。

《杜工部七言律詩注》五卷。清陳之壎注。清康熙二十二年（一六八三）刻本。

《杜工部七言律詩疏解》二卷。清顧施禎編。清康熙二十五年（一六八六）心耕堂刻本。

《杜詩五古選錄》一卷。清王澍選。清康熙手稿本。

《杜律注解》八卷。清紀容舒注。舊鈔本。

《杜律通解》四卷。清李文煒箋釋。清雍正三年（一七二五）刻本。

《杜律直解》五卷。清范廷謀注解。清雍正六年（一七二八）范氏稼石堂刻本。

《杜工部五言排律詩句解》二卷。清劉肇虞撰。清乾隆二十四年（一七五九）刻本。

《杜律啟蒙》十二卷。清邊連寶集注。清乾隆四十二年（一七七七）刻本。

《柏蔭軒約選杜詩五律串解》二卷。清周作淵編。清乾隆五十五年（一七九〇）刻本。

《杜詩律》七卷。清俞瑒評。清張學仁參定。清道光十六年（一八三六）懷風草閣刻本。

《藏雲山房杜律詳解》八卷。清藏雲一正主人補注，清石閭居士（陳景元）評點。清道光八年（一八二八）北京刻本。

《杜律正蒙》二卷。清潘樹棠輯注。專解七言律。清同治八年（一八六九）永康尋樂軒刻本。

《杜甫絕句注釋》熊柏畦注釋。江西人民出版社一九八二年十一月版。

〔杜甫四：一般選本〕

《杜詩趙注》三卷。元趙汸注，清查弘道、金集補注。清嘉慶十四年（一八〇九）澄江心水齋刻本。

《杜工部詩選注》七卷。元董養性選注。明刻本。

《杜詩選》六卷。明張含選，明楊慎批點。明嘉靖刻本。

《杜詩會通》七卷。明周甸撰。明隆慶五年（一五七一）海寧周氏刻本。

《批選杜工部詩》四卷。明郝敬批選。輯入明刻《山草堂集外編》。

《杜詩鈔評》四卷。明梅鼎祚選評。明萬曆十七年（一五八九）刻《唐二家詩鈔評林》本。

《杜詩胥鈔》十五卷。明盧世㴶編選。明崇禎七年（一六四三）盧氏尊水園刻本。

《錢盧兩先生讀杜合刻》五卷。明錢謙益、盧世㴶撰。輯錄錢謙益《讀杜小箋》三卷、《二箋》一卷、盧世㴶《讀杜私言》一卷。明崇禎汲古閣刻本。

《杜工部詩選》六卷。明王寅選。明閔朝山校刻本。

《杜詩釋》存一卷。佚名注。明刻本。

《唱經堂杜詩解》四卷。清金人瑞解。清順治十六年（一六五九）金昌刻《聖歎外書》本。上海古籍出版社一九八四年一月出版鐘來因整理本，題作《杜詩解》；中州古籍出版社一九八六年三月出版張國光校點本，題作《才子杜詩解》；成都古籍書店一九八三年九月版，題作《金聖歎選批杜詩—四才子書》。

《杜詩説選》二卷。佚名編。中國科學院圖書館藏鈔本。

《杜詩注解節鈔》清張溍原編，顧鶴輯錄。係節鈔張溍編《讀書堂杜工部詩集注解》而成。上海科學儀器館一九二七年影印顧氏原稿本。

《書巢箋注杜工部七言律詩》四卷。清許岩光批釋，清陳醇儒集注。清康熙六十一年（一七二二）金陵兩衡堂刻本。

《杜詩譜釋》二卷。清毛張健編。清康熙刻本。

《杜詩提要》十四卷。清吳瞻泰評選。清康熙山雨樓刻本。

《杜還》二卷（存一卷）。清張羽編。清康熙年嚮閣刻本。

《杜工部詩鈔》二卷。清宋犖選。清康熙商丘宋氏漫堂鈔本。

《杜詩偶評》四卷。清沈德潛評。清乾隆十二年（一七四七）潘承松賦閒草堂刻本。

《杜工部詩選初學讀本》八卷。清何焯、孫人龍選評，清孫文龍、孫元龍編校。清乾隆十二年（一七四七）五華書屋刻本。

《杜詩直解》六卷。清沈寅、朱昆輯解。清乾隆四十年（一七七五）朱鳳樓刻《李詩杜詩直解合刻》本。

《杜詩金針》清張汝霖編述。張氏作各體總論，注采仇兆鰲《杜詩詳註》。清乾隆張氏手鈔本。

《朱雪鴻批杜詩》二卷。清朱顥英編錄。清乾隆鈔本。

《杜詩選讀》六卷。清何化南、朱煜編選。清道光二年（一八二二）刻本。

《杜詩鈔》二卷。清許鴻盤批點。清道光五年（一八二五）鈔本。

《碧玉壺纂杜詩鈔》三卷。清金元恩編。清道光二十二年（一八四二）刻本。

《杜少陵秋興八首附偶論》清賈開宗論。清道光河南賈氏家刻本。

《劉海峰先生圈點杜詩》不分卷。清劉大櫆評點。清咸豐四年（一八五四）葉慕袁鈔本。

《杜詩百篇》二卷。清張燮承集解。清咸豐九年（一八五九）汲縣賀氏刻本。

《杜詩傳薪》一卷。清趙星海編。清同治燕海吟壇刻本。

《杜詩培風》清席樹馨編。係就楊倫《杜詩鏡銓》選編而成。清光緒元年（一八七五）四川刻本。

《杜工部詩鈔》一卷。清陳明善選。《唐六家詩鈔》本。

《杜詩附記》二十卷。清翁方綱撰。北京圖書館藏稿本。

《杜詩選注》清許翰選注。北京圖書館藏稿本。

《杜詩選讀》清王蘭選。希杜齋鈔本。

《杜詩鈔》五卷。清鄭杲選評。民國退耕堂鉛印本。

《杜少陵詩選》二卷。清吳興祚選。上海中華教育社一九二三年石印本。

《杜詩從約》六卷。古槐書屋選錄。成都杜甫草堂藏鈔本。

《少陵閒適詩選》一卷。周學熙選。輯入《周氏師古堂所編書·八家閒適詩選》。

《杜詩精華》中華書局編選。一九一五年刊行。

《杜詩精選》熊希齡選。北平香山慈幼院一九二一年鉛印本。

《少陵詩鈔》一卷。顧鄭卿選鈔。上海科學儀器館一九二七年影印顧氏原稿本。

《杜甫詩選》四卷。高劍華選注。上海群學書社一九三〇年鉛印本。

《杜甫詩》傅東華選注。上海商務印書館一九三〇年鉛印本。

《杜甫詩》金民天編選。上海光華書局一九三四年鉛印本。

《音注杜少陵詩》中華書局音注。係就清沈德潛《唐詩別裁集》所選杜詩音注而成。上海中華書局一九三六年鉛印本。

《杜甫詩選》重慶經緯書局一九四七年編印。

《杜詩講義》北平師範大學編。民國鉛印本。

《杜甫詩選》馮至編選，浦江清、吳天五注釋。作家出版社一九五六年十二月印行。

《杜甫詩選講》程雲青編著。江蘇文藝出版社一九五八年六月印行，一九六二年九月修訂再版。

《杜詩散繹》傅庚生繹釋。東風文藝出版社一九五九年三月印行。

《杜詩百首》據馮至《杜甫詩選》選編。人民文學出版社一九五九年十月刊行。

《杜詩百首》黃肅秋選，虞行輯注。人民文學出版社一九六二年十月印行。

《杜甫戲為六絕句集解》郭紹虞集解。人民文學出版社一九七八年十二月印行。與《元好問論詩三十首小箋》合一冊。

《杜甫詩選注》蕭滌非編。人民文學出版社一九七九年六月據山東人民出版社一九五九年刊《杜甫研究》下卷（詩選部分）增訂出版。

《杜甫詩選讀》周蒙、馮宇選。黑龍江人民出版社一九八〇年六月印行。

《杜甫詩選》山東大學中文系古典文學教研室選注。人民文學出版社一九八〇年八月印行。

《杜甫詩選析》金啟華、陳美林選析。江蘇人民出版社一九八一年三月印行。

《杜甫草堂詩注》李誼注釋。四川人民出版社一九八二年四月印行。

《杜甫詩選注》蕭滌非選注。上海古籍出版社一九八三年九月版。

《杜甫選集》鄧魁英、聶石樵選注。上海古籍出版社一九八三年十一月版。

《杜甫隴右詩注析》李濟阻等注。甘肅人民出版社一九八五年三月版。

《杜甫詩今譯》徐放著。人民日報出版社一九八五年十月版。

《杜甫詩選》梁鑑江選注。廣東人民出版社一九八五年十一月版。

《杜詩選注》曹慕樊選注。西南師大出版社一九八七年版。

《杜甫詩集導讀》劉開揚、劉新生著。巴蜀書社一九八八年四月版。

《杜甫詩歌精選》韓成武、南思雁選注。花山文藝出版社一九九六年一月版。

《杜甫詩精選精注》龔篤清選注。廣西師大出版社一九九六年三月版。

《杜甫選集》袁世碩等選注。人民文學出版社一九九八年十月版。

《杜甫草堂詩選》師野選注。四川文藝出版社一九九七年版。

《杜甫詩選》張健選注。臺北五南圖書公司一九九八年十一月版。

《杜甫詩選》吳庚舜等選注。山東大學出版社一九九九年一月版。

〔杜甫五：詩話札記〕

《諸家老杜詩評》五卷。宋方深道輯。明鈔本。

《杜工部草堂詩話》二卷。宋蔡夢弼輯。《歷代詩話續編》本。

《杜詩捃》四卷。明唐元竑撰。清初刻本。

《杜臆》十卷。明王嗣奭撰。中華書局上海編輯所一九六二年十二月影印原鈔本，一九六三年十月據影印本整理標點排印，上海古籍出版社一九八三年八月新版。

《杜詩説略》清盧震撰。清康熙刻本。

《漁洋杜詩話》不分卷。清王士禛撰，清翁方綱輯。清乾隆三十二年（一七六七）大興翁氏刻本。

《讀杜隨筆》四卷。清陳訏撰。清雍正十年（一七三二）刻本。

《杜詩雙聲疊韻譜括略》八卷。清周春撰。清乾隆五十六年（一七九一）刻本。

《讀杜義法》二卷。清喬億撰。清乾隆刻本。

《讀杜筆記》清夏力恕撰。輯入《環農遺書》。

《讀杜姑妄》三十六卷。清吳梯撰。清咸豐四年（一八五四）刻本。

《杜詩説膚》四卷。清萬俊撰。清嘉慶二十四年（一八一九）瘦竹山房木活字本。

《青城説杜》一卷。清吳馮栻撰。清道光三年（一八二三）寶荊堂刻本。

《杜詩瑣證》二卷。清史炳撰。清道光五年（一八二五）溧陽史氏勾儉山房刻本。

《杜工部詩話》清劉鳳誥撰。清宣統三年（一九一一）上海掃葉山房石印本。

《杜詩言志》十六卷。清佚名撰。揚州廣陵古籍刻印社一九七九年據原稿本校刊，江蘇人民出版社一九八三年七月版。

《杜少陵集叢話》佚名編。清鈔本。

《讀杜詩説》二十四卷。清施鴻保撰、張慧劍校。中華書局上海編輯所一九六二年十二月據原稿本整理標點排印。上海古籍出版社一九八三年九月版。

《讀杜札記》郭曾炘著。上海古籍出版社一九八四年三月版。

《杜集叢校》曹樹銘著。香港中華書局一九七八年二月版。

《杜詩雜説》曹慕樊著。四川人民出版社一九八一年五月印行。

《杜甫詩話校注五種》張忠綱校注。書目文獻出版社一九九四年五月版。

〔杜甫六：年譜傳記〕

《杜工部草堂詩年譜》二卷。宋趙子櫟撰。輯入清光緒黎庶昌校刊《古逸叢書》。

《少陵新譜》李春坪編。北平來熏閣一九三五年鉛印本。

《杜少陵評傳》朱偰著。重慶青年書店一九四一年鉛印本。

《杜甫傳》馮至著。人民文學出版社一九五二年十一月刊行。

《杜甫》劉開揚著。中華書局上海編輯所一九六一年十二月刊行。

《杜甫》繆鉞著。四川人民出版社一九六一年十二月印行。

《杜甫年譜》四川省文史研究館編。四川人民出版社一九五八年十二月刊行。

《杜甫作品繫年》李辰冬著。東大圖書公司一九七七年二月版。

《杜甫敘論》朱東潤著。人民文學出版社一九八一年三月印行。

《杜甫評傳（上卷）》陳貽焮著。上海古籍出版社一九八二年八月印行。

《杜甫評傳（中卷）》陳貽焮著。上海古籍出版社一九八八年五月版。

《杜甫評傳（下卷）》陳貽焮著。上海古籍出版社一九八八年五月版。

《杜甫（一）》（日）吉川幸次郎譯。筑摩書房一九八三年七月版。

《杜甫（二）》（日）吉川幸次郎譯。筑摩書房一九八三年八月版。

《杜甫》（日）黑川洋一注。東京岩波書店一九八三年十月版。

《沉鬱詩人：杜甫》（日）森野繁夫著，譚繼山譯。臺北萬盛出版社一九八三年版。
《杜甫評傳》金啟華、胡問濤著。陝西人民出版社一九八四年十月版。
《杜甫》畢萬忱著。江蘇古籍出版社一九九一年八月版。
《杜甫傳》萬曼著。河南大學出版社一九九二年四月出版。
《杜甫評傳》莫礪鋒著。南京大學出版社一九九三年十月版。
《杜甫文學遊歷——杜少陵傳》郭永榕著。文史哲出版社一九九六年八月版。
《杜甫傳》莫礪鋒、童強著。天津人民出版社二〇〇一年一月版。

〔杜甫七：研究論著〕

《杜甫詩裡的非戰思想》顧彭年著。上海商務印書館一九二八年鉛印本。
《杜甫生活》謝一葦著。上海世界書局一九二九年鉛印本。
《杜甫研究》鐘國樓著。五華文華書局一九三四年鉛印本。
《杜甫今論》易君左著。重慶獨立出版社一九四〇年鉛印本。
《杜甫論》王亞平著。重慶商務印書館一九四四年鉛印本。
《工部浣花堂考》吳鼎南編。成都新新新聞館一九四四年鉛印本。
《杜詩偽書考》程會昌著。中華書局一九四九年鉛印本。
《愛國詩人杜甫》王進珊著。上海四聯出版社一九五四年三月刊行。
《杜甫詩論》傅庚生著。上海文藝聯合出版社一九五四年十二月印行，一九五九年十一月中華書局上海編輯所修訂重版。
《杜甫研究》蕭滌非著。山東人民出版社一九五六年六月刊，齊魯書社一九八〇年十二月版。
《杜甫物語》（日）目加田誠著。社會思想社一九六九年版。
《杜甫》（日）高木正一著。中央公論社一九六九年版。
《杜甫——諷刺之旅》（日）田木繁著。創文社一九七五年版。
《杜甫私記》（日）吉川幸次郎著。筑摩書房一九八〇年版。
《杜詩論集》（日）吉川幸次郎著。筑摩書房一九八〇年版。
《杜甫的遺產——人類的實存性探求》（日）吉川利一著。春韭庵一九八五年版。
《杜甫詩史研究》李道顯著。臺灣華岡出版部一九七三年版。
《杜甫思想研究》孫陵著。臺北智燕出版社一九七三年版。
《杜甫詩的時代性與藝術性》焦毓國著。臺北學海出版社一九七六年九月版。
《杜甫詩虛字研究》黃啟源著。臺北洙泗出版社一九七七年版。
《杜甫研究》（日）黑川洋一著。創文社一九七七年十一月版。
《杜甫生平及其詩學研究》胡豈凡著。臺北文史哲出版社一九七八年版。
《杜甫研究》成偉出版社編。臺北成偉出版社一九七九年版。
《杜詩析疑》傅庚生著。陝西人民出版社一九七九年四月印行。
《杜詩注解商榷》徐仁甫著。中華書局一九七九年八月印行。
《杜詩論集》金啟華著。吉林人民出版社一九七九年九月印行。
《杜詩論叢》吳鷺山著。浙江文藝出版社一九八三年六月版。
《杜詩論稿》李汝倫著。廣東人民出版社一九八三年十月版。
《杜甫詩研究》簡明勇著。臺北學海出版社一九八四年版。
《杜甫詩論》傅庚生著。上海古籍出版社一九八五年九月版。
《杜甫詩論叢》金啟華著。上海古籍出版社一九八五年一月版。
《杜甫詩學探微》陳偉著。臺北文史哲出版社一九八五年版。
《清初杜詩學研究》簡恩定著。臺北文史哲出版社一九八六年八月版。
《杜詩注解商榷續編》徐仁甫著。四川人民出版社一九八六年九月版。
《杜詩別解》鄧紹基著。中華書局一九八七年十月版。
《杜甫〈秋興八首〉集說》葉嘉瑩著。上海古籍出版社一九八八年二月版。
《杜甫與六朝詩人》呂正惠著。臺北大安出版社一九八九年五月版。
《被開拓的詩世界》程千帆、莫礪鋒、張宏生著。上海古籍出版社一九九〇年十月版。
《杜詩縱橫探》張忠綱著。山東大學出版社一九九〇年十二月版。
《杜甫心影錄》黃珅著。江蘇古籍出版社一九九一年十二月版。
《杜詩繫詁》鄭文著。巴蜀書社一九九二年九月版。
《杜甫與杜詩》李一飛著。嶽麓書社一九九四年四月版。
《杜甫在四川》曾棗莊著。四川人民出版社一九八〇年五月印行。
《杜甫與長安》李志慧著。陝西人民出版社一九八六年八月版。
《杜甫與徽縣》呂興才主編。甘肅人民出版社一九九四年三月版。
《杜甫夔州詩析論》方瑜著。臺北幼獅文化公司一九八五年五月版。
《杜甫文學遊歷——杜少陵傳》郭永榕著。臺北文史哲出版社一九九六年八月版。

《少陵律法通論》侯孝瓊著。中州古籍出版社一九九六年九月版。

《杜甫研究》（日）安東俊六著。東京風間書房一九九六年十二月印行。

《杜詩意象論》歐麗娟著。裡仁書局一九九七年十二月版。

《杜詩修辭藝術》劉明華著。中州古籍出版社一九九一年一月版。

《杜詩研究叢稿》鐘樹梁著。天地出版社一九九八年九月版。

《杜甫研究論文集（一輯）》中華書局編。一九六二年十二月刊行。

《杜甫研究論文集（二輯）》中華書局編。一九六三年二月刊行。

《杜甫研究論文集（三輯）》中華書局編。一九六三年九月刊行。

《杜甫研究論集》中州古籍出版社一九九六年版。

〔杜甫八：資料索引〕

《古典文學研究資料匯編·杜甫卷（上編·唐宋之部）》華文軒編。中華書局一九六四年八月印行。

《杜詩引得》洪業等編纂。哈佛燕京學社引得編纂處一九四〇年出版，上海古籍出版社一九八五年三月影印。

《杜甫詩集四十種索引》黃永武主編。臺北大通書局一九七六年十月出版。

《杜詩五種索引》鐘夫、陶鈞編。上海古籍出版社一九九二年十二月版。

《杜集書錄》周采泉著。上海古籍出版社一九八六年版。

《杜集書目提要》鄭慶篤、焦裕銀編著。齊魯書社一九八六年版。

〔李白、杜甫〕

《李杜全集》八十三卷（《李翰林集》三十卷、《杜工部集》五十卷、《外集》一卷、《文集》二卷）。明鮑松編。明正德八年（一五一三）刻本。

《唐李杜詩集》十六卷（《李太白詩》八卷、《杜工部詩》八卷）。明許宗魯編。明嘉靖五年（一五二六）刻本。

《李杜合刊》四十七卷。明許自昌編。明萬曆二十一年（一五九三）許自昌霏玉齋刻本。

《合刻李杜分體全集》一百零八卷（《李詩》四十二卷、《杜詩》六十六卷）。明劉世教編校。明萬曆四十年（一六一二）刻本。

《李杜詩選》十一卷（《李詩選》五卷、《杜詩選》六卷）。明張含選編，明楊慎批點明天啟吳興閔氏朱墨套印本。

《唐二家詩鈔評林》八卷（《李詩鈔評》四卷、《杜詩鈔評》四卷）。明梅鼎祚編。明萬曆十七年（一五八九）刻本。

《李杜全集》四十二卷。宋嚴羽、劉辰翁評點，明聞啟祥編。明崇禎二年（一六二九）刻本。

《李杜詩通》六十一卷（《李詩通》二十一卷、《杜詩通》四十卷）。明胡震亨評注。清順治七年（一六五〇）刻本。

《李杜詩緯》十一卷（《李集》四卷、《杜集》七卷）。清應時刪定，清丁穀雲辯疑。清康熙四十一年（一七〇二）刻本。

《李詩杜詩直解合刻》十二卷（《李詩直解》六卷、《杜詩直解》六卷）。清沈寅、朱昆輯解。清乾隆四十年（一七七五）朱鳳樓刻本。

《李太白集·杜工部集》張式銘校點。嶽麓書社一九八九年五月版。

《李杜詩選》蘇仲翔選注。春明出版社一九五五年十二月刊行、古典文學出版社一九五七年二月新一版、浙江文藝出版社一九八三年十二月版。

《李杜研究》汪靜之著。上海商務印書館一九三七年版。

《李白杜甫寄懷長詩選》金熙編著。學苑出版社一九九六年十二月版。

《李白杜甫詩選譯》高嵩譯註。一九八〇年十二月寧夏人民出版社刊行。

《李白與杜甫》郭沫若著。人民文學出版社一九七一年十一月版。

《李白與杜甫》（日）高島俊男著。評論社一九七二年版。

《評郭沫若「李白與杜甫」》林曼叔著。九龍新源出版社一九七四年版。

《李杜論略》羅宗強著。內蒙古人民出版社一九八〇年版。

《簡論李白和杜甫》燕白著。四川人民出版社一九八一年版。

《李杜論集》鄭文著。甘肅民族出版社一九九四年十二月版。

《李杜詩中的生命情調》簡恩定著。臺北臺灣書局一九九六年十月版。

《唐代三大詩人：李白、杜甫、白居易的詩歌與生平》秦泯著。西南財經大學出版社一九九四年二月版。

《李杜詩學》楊義著。北京出版社二〇〇一年三月版。

四、中唐一：大曆貞元間詩人

〔顏真卿〕

《顏魯公文集》十五卷、《補遺》一卷。宋留元剛編。《四部叢刊》影印明嘉靖安氏館刻本、《四庫全書》本。

《文忠集》十六卷、《拾遺》四卷。有武英殿聚珍版書本，《叢書集成初編》據以排印。

《顏魯公文集》三十卷。清黃本驥編。有《三長物齋叢書》本，《四部備要》據以校刊。

《顏魯公詩集》一卷。明嘉靖間朱警輯《唐百家詩》本。

〔劉長卿〕

《劉隨州文集》十卷、《外集》一卷。《四部叢刊》影印明正德刊本。

《劉隨州集》十卷。明銅活字《唐五十家詩集》本。

《劉隨州詩集》十卷。清康熙間席氏琴川書屋刊《唐詩百名家全集》本。

《劉隨州文集》十一卷。《叢書集成初編》據《畿輔叢書》本排印。

《劉長卿詩編年箋注》儲仲君箋注。中華書局一九九六年七月版。

《劉長卿集編年校注》楊世明校注。人民文學出版社一九九九年九月版。

《全唐詩索引·劉長卿卷》欒貴明等編著。現代出版社一九九五年八月版。

〔嚴維〕

《嚴維集》二卷。明銅活字《唐五十家詩集》本。

《嚴維詩集》一卷。明嘉靖間朱警輯《唐百家詩》本、清光緒間江標影刻《唐人五十家小集》本。

《嚴正文詩集》一卷。清康熙間席氏琴川書屋刊《唐詩百名家全集》本。

〔包何〕

《包何集》一卷。明銅活字《唐五十家詩集》本。

《唐包刑侍詩集》一卷。明嘉靖間朱警輯《唐百家詩》本。

《包刑侍詩集》一卷。清康熙間席氏琴川書屋刊《唐詩百名家全集》本。

〔包佶〕

《包佶集》一卷。明銅活字《唐五十家詩集》本。

《唐包祕監詩集》一卷。明嘉靖間朱警輯《唐百家詩》本。

〔秦系〕

《唐秦隱君詩集》一卷。明嘉靖間朱警輯《唐百家詩》本。

《秦隱君集》一卷。明銅活字《唐五十家詩集》本。

《秦公緒詩集》一卷。清康熙間席氏琴川書屋刊《唐詩百名家全集》本。

〔張繼〕

《張祠部詩集》一卷。清康熙間席氏琴川書屋刊《唐詩百名家全集》本。

《張繼詩注》周義敢注。上海古籍出版社一九八七年十二月版。

〔李嘉祐〕

《李嘉祐集》五卷。明嘉靖間朱警輯《唐百家詩》本。

《李嘉祐集》二卷。明銅活字《唐五十家詩集》本。

《臺閣集》一卷。明汲古閣刻《唐人八家詩》本、清康熙間席氏琴川書屋刊《唐詩百名家全集》本。

〔錢起〕

《錢考功集》十卷。明銅活字《唐五十家詩集》本，《四部叢刊》亦影印。

《錢仲文集》十卷。《四庫全書》本。

《錢考功詩集》十卷。清康熙間席氏琴川書屋刊《唐詩百名家全集》本。

《錢起詩集校注》王定璋校注。浙江古籍出版社一九九二年八月版。

《錢起詩集校注》阮廷瑜校注。臺北新文豐出版公司一九九六年二月版。

《錢起詩索引》（日）田部井文雄編。東京汲古書院一九八六年六月版。

〔郎士元〕

《唐郎士元詩集》六卷。明江都蕭海校刊本（臺灣中央圖書館藏）。

《郎士元集》二卷。明銅活字《唐五十家詩集》本。

《郎士元詩集》二卷。明嘉靖間朱警輯《唐百家詩》本。

《郎刺史詩集》一卷。清康熙間席氏琴川書屋刊《唐詩百名家全集》本。

〔皇甫冉〕

《皇甫冉詩集》二卷。宋刻本（中國國家圖書館藏）、明嘉靖間朱警輯《唐百家詩》本、清康熙間席氏琴川書屋刊《唐詩百名家全集》本。

《皇甫冉集》三卷。明銅活字《唐五十家詩集》本。

《皇甫冉詩》六卷。明劉潤之編《二皇甫集》本、《四庫全書》本。

《唐皇甫冉詩集》七卷本、《補遺》一卷。《四部叢刊三編》影印明刊本。

〔皇甫曾〕

《皇甫曾集》二卷。明銅活字《唐五十家詩集》本。

《皇甫御史詩集》一卷。明嘉靖間朱警輯《唐百家詩》本、清康熙間席氏琴川書屋刊《唐詩百名家全集》本。

《唐皇甫曾詩集》一卷《四部叢刊三編》影印明刊本。《四庫全書》本。

〔皇甫冉、皇甫曾〕

《二皇甫集》七卷（《皇甫曾詩》一卷、《皇甫冉詩》六卷）。明劉潤之編。明正德十三年（一五一八）刻本。

《唐二皇甫詩集》八卷（《唐皇甫冉詩集》七卷、《唐皇甫曾詩集》一卷）。佚名編。明正德十三年（一五一八）劉成德刻本。

〔戎昱〕

《戎昱詩集》一卷。明嘉靖間朱警輯《唐百家詩》本、清光緒間江標影刻《唐人五十家小集》本、清康熙間席氏琴川書屋刊《唐詩百名家全集》本有《補遺》一卷。

《戎昱詩注》臧維熙注。上海古籍出版社一九八二年三月印行。

〔耿湋〕

《唐耿湋詩集》六卷。明江都蕭海校刊本（臺灣中央圖書館藏）。

《耿湋集》三卷。明銅活字《唐五十家詩集》本。

《耿湋詩集》一卷。明嘉靖間朱警輯《唐百家詩》本、清光緒間江標影刻《唐人五十家小集》本。

《耿拾遺詩集》一卷、《補遺》一卷。清康熙間席氏琴川書屋刊《唐詩百名家全集》本。

〔韓翃〕

《韓君平詩集》五卷。明鈔本（中國國家圖書館藏）。

《韓君平集》三卷。明銅活字《唐五十家詩集》本、明嘉靖間朱警輯《唐百家詩》本。

《韓君平詩集》一卷。清康熙間席氏琴川書屋刊《唐詩百名家全集》本。

《韓翃詩校注》陳玉和校注。臺北文史哲出版社一九七三年版。

〔司空曙〕

《唐司空曙詩集》七卷。明正德劉成德輯《唐大曆十子詩集》本。

《司空曙集》二卷。明銅活字《唐五十家詩集》本。

《唐司空文明詩集》二卷。清光緒間江標影刻《唐人五十家小集》本。

《唐司空文明詩集》三卷。明嘉靖間朱警輯《唐百家詩》本、清康熙間席氏琴川書屋刊《唐詩百名家全集》本。

〔崔峒〕

《唐崔補闕詩集》一卷。明蔣孝輯《廣十二家唐詩》本。

《唐崔峒詩集》四卷。明正德劉成德輯《唐大曆十子詩集》本。

〔苗發〕

《唐苗發詩集》二卷。明正德劉成德輯《唐大曆十子詩集》本。

〔吉中孚〕

《唐吉中孚詩集》一卷。明正德劉成德輯《唐大曆十子詩集》本。

〔李端〕

《李端集》四卷。明銅活字《唐五十家詩集》本。

《李端詩集》三卷。明嘉靖間朱警輯《唐百家詩》本、清光緒間江標影刻《唐人五十家小集》本。

〔楊凝〕

《楊凝詩集》一卷。清康熙間席氏琴川書屋刊《唐詩百名家全集》本。

〔獨孤及〕

《毗陵集》二十卷、《補遺》一卷。《四部叢刊》影印清乾隆五十六年（一七九一）趙懷玉亦有生齋刻本、《四庫全書》本。

《毗陵集》三卷。清康熙間席氏琴川書屋刊《唐詩百名家全集》本。

〔顧況〕

《顧華陽集》三卷。明萬曆顧端刻本、《四庫全書》本。

《顧況集》二卷。明銅活字《唐五十家詩集》本。

《華陽真逸詩》二卷。明嘉靖間朱警輯《唐百家詩》本、清光緒間江標影刻《唐人五十家小集》本。

《顧逋翁詩集》四卷。清康熙間席氏琴川書屋刊《唐詩百名家全集》本。

《顧況詩集》趙昌平校編。江西人民出版社一九八三年三月版。

〔戴叔倫〕

《戴叔倫集》二卷。明銅活字《唐五十家詩集》本、明嘉靖間朱警輯《唐百家詩》本、清光緒間江標影刻《唐人五十家小集》本。其集混入宋、元、明人詩頗多。

《戴叔倫詩集》二卷。清康熙間席氏琴川書屋刊《唐詩百名家全集》本。

《戴叔倫詩集校注》蔣寅校注。上海古籍出版社一九九三年十二月版。

〔韋應物〕

《韋蘇州集》十卷。宋乾道七年（一一七一）平江府學刻遞修本、明銅活字《唐五十家詩集》本、清康熙間席氏琴川書屋刊《唐詩百名家全集》本、《四庫全書》本。

《須溪先生校點韋蘇州集》十卷、《拾遺》一卷。宋劉辰翁等評點。明刻朱墨套印本。
《韋江州集》十卷。《四部叢刊》影印明華雲刻本。
《韋蘇州詩集》二卷。清汪立名輯《唐四家詩》本。
《韋應物集校注》陶敏、王友勝校注。上海古籍出版社一九九八年十二月版。
《韋蘇州詩鈔》一卷。清陳明善選。《唐六家詩鈔》本。
《韋蘇州詩選》清楊景雲編。北大圖書館藏鈔本。
《蘇州閒適詩選》一卷。周學熙選。輯入《周氏師古堂所編書·八家閒適詩選》。
《韋應物詩選》李小松選注。香港三聯書店一九八三年六月版、廣東人民出版社一九八五年四月版。

〔王維、韋應物〕

《王韋合刻》十六卷。明項絪編。錄王維、韋應物二家詩。清康熙中玉淵堂刻本。

〔釋皎然〕

《晝上人集》十卷。《四部叢刊》影印影宋精鈔本。
《杼山集》十卷。明汲古閣刻《唐三高僧詩》本、《四庫全書》本。
《唐皎然詩集》一卷。明嘉靖間朱警輯《唐百家詩》本、清光緒間江標影刻《唐人五十家小集》本。
《皎然年譜》賈晉華著。廈門大學出版社一九九二年八月版。

〔釋靈澈〕

《澈上人詩集》一卷。《唐四僧詩》本。

〔釋靈一〕

《唐靈一詩集》一卷。明嘉靖間朱警輯《唐百家詩》本、清光緒間江標影刻《唐人五十家小集》本。
《靈一詩集》二卷。《唐四僧詩》本。

〔釋常達〕

《常達詩集》一卷。《唐四僧詩》本。

〔李益〕

《李益集》二卷。明銅活字《唐五十家詩集》本、明嘉靖間朱警輯《唐百家詩》本。
《李君虞詩集》二卷。清康熙間席氏琴川書屋刊《唐詩百名家全集》本。
《李尚書詩集》一卷。清道光張澍輯《二酉堂叢書》本，《叢書集成初編》據以排印。
《李益詩注》范之麟注。上海古籍出版社一九八四年八月版。
《李益集注》王亦軍、裴豫敏編注。甘肅人民出版社一九八九年十二月版。
《李益詩歌輯評》郝潤華輯校。甘肅人民出版社一九九七年版。

〔盧綸〕

《盧戶部詩集》十卷。清康熙間席氏琴川書屋刊《唐詩百名家全集》本。
《盧綸集》六卷。明銅活字《唐五十家詩集》本。
《盧綸詩集校注》劉初棠校注。上海古籍出版社一九八九年九月版。

五、中唐二：元和大和間詩人

〔孟郊〕

《孟東野詩集》十卷。北宋刻本（北京大學圖書館藏），武進陶氏涉園一九三四年影印本。
《孟東野文集》十卷。南宋蜀刻本存五卷（中國國家圖書館藏），上海古籍出版社一九九四年影印。
《孟東野詩集》十卷。明弘治十二年（一四九九）楊一清、於睿刻本，《四部叢刊》據以影印。
《孟東野集》十卷。明末毛氏汲古閣刻《五唐人詩集》本、《四庫全書》本。
《孟東野詩集》十卷。宋國材、劉辰翁評。明凌蒙初刻套印本。
《孟東野詩集》十卷。華忱之校點。人民文學出版社一九五九年七月印行。
《孟東野詩注》十卷。陳延傑注。長沙商務印書館一九三九年鉛印本。
《孟郊集校注》韓泉欣校注。浙江古籍出版社一九九五年版。
《孟郊詩集校注》華忱之、喻學才校注。人民文學出版社一九九六年三月版。
《孟郊詩集校注》丘燮友、李建昆校注。臺北新文豐出版公司一九九七年十月版。

《高密李氏評選孟詩》一卷。清李憲喬評選、清董文渙訂增。清同治七年（一八六八）刻本。
《孟郊詩選注》夏敬觀選注。民國間上海商務印書館鉛印本。
《孟東野年譜》李士翹著。一九三六年上海三山齋鉛印本。
《唐孟郊年譜》華忱之撰。一九四〇年北京大學圖書館鉛印本。
《孟東野詩文繫年考證》華忱之撰。一九四一年油印本。
《孟郊研究》尤信雄著。臺北文津出版社一九八四年四月版。
《全唐詩索引·孟郊卷》欒貴明等編著。現代出版社一九九五年八月版。

〔劉商〕

《劉虞部詩集》四卷。清康熙間席氏琴川書屋刊《唐詩百名家全集》本。

〔于鵠〕

《于鵠詩集》一卷。明嘉靖間朱警輯《唐百家詩》本、清康熙間席氏琴川書屋刊《唐詩百名家全集》本。

〔羊士諤〕

《羊士諤集》二卷。明銅活字《唐五十家詩集》本。
《羊士諤詩集》一卷。明嘉靖間朱警輯《唐百家詩》本、清康熙間席氏琴川書屋刊《唐詩百名家全集》本、清光緒間江標影刻《唐人五十家小集》本。

〔武元衡〕

《武元衡集》三卷。明銅活字《唐五十家詩集》本、明嘉靖間朱警輯《唐百家詩》本。
《臨淮詩集》二卷。清康熙間席氏琴川書屋刊《唐詩百名家全集》本。

〔權德輿〕

《新刊權載之文集》五十卷。南宋蜀刻本存十九卷（中國國家圖書館藏），上海古籍出版社一九九四年影印。
《權載之文集》五十卷。《四部叢刊》影印清嘉慶十一年（一八〇六）大興朱珪翻宋刻本。
《權文公集》十卷。《四庫全書》本。
《權文公詩集》十卷。清康熙間席氏琴川書屋刊《唐詩百名家全集》本。
《權德輿集》二卷。明銅活字《唐五十家詩集》本、明嘉靖間朱警輯《唐百家詩》本、清光緒間江標影刻《唐人五十家小集》本。

〔歐陽詹〕

《歐陽行周文集》十卷。宋蜀刻本（臺灣中央圖書館藏），《四部叢刊》影印明正德刊本。
《歐陽行周集》十卷。《四庫全書》本。
《歐陽助教詩集》一卷。清康熙間席氏琴川書屋刊《唐詩百名家全集》本。

〔王建〕

《王建詩集》十卷。南宋陳解元書籍鋪刻本（中國國家圖書館、上海圖書館藏）。清康熙間席氏琴川書屋刊《唐詩百名家全集》本。中華書局上海編輯所一九五九年七月據宋本校補斷句重印。
《王司馬集》八卷。《四庫全書》本。
《王建宮詞》一卷。明萬曆二十二年（一五九四）吳氏雲棲館刻《三家宮詞》本、明楊慎評，明林志尹編《四家宮詞》本、明汲古閣刊《詩詞雜俎·三家宮詞》本，《叢書集成初編》據以排印。
《編注王司馬百首宮詞》二卷、附《唐諸家宮詞注》一卷。明顧起經注。明萬曆十四年（一五八六）顧祖美刻本。
《王建研究叢稿》遲乃鵬著。巴蜀書社一九九七年版。
《全唐詩索引·王建卷》欒貴明等編著。現代出版社一九九五年八月版。

〔張籍〕

《張司業詩集》三卷。宋臨安府陳宅書籍鋪刻本（臺灣中央圖書館存二卷），清順治十八年（一六六一）陸貽典影宋鈔本。
《張文昌文集》宋蜀刻本存四卷（中國國家圖書館藏），《續古逸叢書》影印，上海古籍出版社一九九四年影印。
《張司業詩集》八卷。《四部叢刊》影印明刊本、清康熙間席氏琴川書屋刊《唐詩百名家全集》本、《四庫全書》本。
《張司業樂府集》一卷。明嘉靖間朱警輯《唐百家詩》本、清光緒間江標影刻《唐人五十家小集》本。
《合刻兩張先生集》十六卷。明張時行編。錄唐張籍、宋張孝祥二家詩各八卷。明崇禎六年（一六三三）歷陽張氏刻本。
《張籍詩集》中華書局上海編輯所一九五九年一月據明刻本校補印行。
《張籍詩注》八卷。陳延傑注。長沙商務印書館一九三八年鉛印本。
《張籍集注》李冬生注。黃山書社一九八九年十二月版。

《張籍研究》紀作亮著。黃山書社一九八六年七月版。

〔張籍、王建〕

《張王樂府》徐澄宇注。古典文學出版社一九五七年八月刊行。

《張籍王建詩選》李樹政選注。廣東人民出版社一九八四年二月版。

〔呂溫〕

《呂和叔文集》十卷。《四部叢刊》影印述古堂精鈔本。

《呂衡州文集》十卷。《四庫全書》本。

《呂衡州詩集》一卷。明嘉靖間朱警輯《唐百家詩》本、清光緒間江標影刻《唐人五十家小集》本。

《呂衡州詩集》二卷、《補遺》一卷。清康熙間席氏琴川書屋刊《唐詩百名家全集》本。

〔劉禹錫〕

《劉夢得文集》三十卷、《外集》十卷。日本崇蘭館藏蜀大字本，一九一三年董康以珂羅版影印百部，後《四部叢刊》又據以影印。

《劉賓客文集》三十卷、《外集》十卷。宋紹興八年浙刻本（臺灣故宮博物院藏），有民國間徐鴻寶影印本。又《四庫全書》本、光緒間朱澂《結一廬剩餘叢書》本。

《劉禹錫集》上海人民出版社一九七五年十一月據清光緒朱澂《結一廬剩餘叢書》本校點。

《劉禹錫集箋證》瞿蛻園箋證。上海古籍出版社一九八九年十二月版。

《劉禹錫集》《劉禹錫集》整理組點校，卞孝萱校訂。中華書局一九九〇年三月版。

《劉禹錫詩集編年箋注》蔣維崧等箋注。山東大學出版社一九九七年版。

《劉禹錫全集》瞿蛻園校點。上海古籍出版社一九九九年版。

《劉禹錫詩文選注》湖南省劉禹錫詩文選注組編。湖南人民出版社一九七八年十月刊行。

《劉禹錫詩文選注》徐州師院中文系編。江蘇人民出版社一九八〇年九月刊行。

《劉禹錫詩詞譯釋》高志忠譯釋。黑龍江人民出版社一九八二年一月刊行。

《劉禹錫詩文選注》吳汝煜、李穎生選注。上海古籍出版社一九八七年五月版。

《劉禹錫詩選》梁守中選注。臺北遠流出版公司一九八八年版。

《劉禹錫詩文賞析集》王元明主編。巴蜀書社一九八九年二月版。

《劉禹錫選集》吳汝煜選注。齊魯書社一九八九年十一月版。

《劉禹錫年譜》卞孝萱著。一九六三年十一月中華書局印行。

《劉禹錫》卞孝萱、吳汝煜著。一九八〇年一月上海古籍出版社印行。

《劉禹錫及其作品》盧荻、朱帆著。時代文藝出版社一九八五年版。

《劉禹錫傳論》吳汝煜著。陝西人民出版社一九八八年一月版。

《劉禹錫詩文繫年》高志忠著。廣西人民出版社一九八八年版。

《劉禹錫評傳》卞孝萱、卞敏著。南京大學出版社一九九六年一月版。

《劉禹錫叢考》卞孝萱著。巴蜀書社一九八八年七月版。

《劉禹錫研究》屈守元、卞孝萱著。貴州人民出版社一九八九年四月版。

《劉禹錫詩論》肖瑞峰著。吉林教育出版社一九九五年九月版。

《全唐詩索引·劉禹錫卷》欒貴明等編撰。中華書局一九九二年八月版。

〔林蘊〕

《林邵州遺集》一卷。清嘉慶十八年（一八一三）麟後山房續刊《王氏匯刻唐人集》本。

〔楊巨源〕

《楊少尹詩集》一卷。清康熙間席氏琴川書屋刊《唐詩百名家全集》本。

〔李紳〕

《追昔遊集》三卷。明汲古閣刻《五唐人集》本、《四庫全書》本。

《追昔遊詩集》三卷。清康熙間席氏琴川書屋刊《唐詩百名家全集》本。

《李紳詩注》王旋伯注。上海古籍出版社一九八五年十一月版。

〔陳羽〕

《陳羽詩集》一卷。清康熙間席氏琴川書屋刊《唐詩百名家全集》本。

〔賈島〕

《賈浪仙長江集》十卷。《四部叢刊》影印明翻宋本、清康熙間席氏琴川書屋刊《唐詩百名家全集》本

《長江集》十卷。明末毛氏汲古閣刻《唐人八家詩》本、《四庫全書》本。

《賈島詩注》陳延傑注。上海商務印書館一九三七年鉛印本。

《長江集新校》李嘉言新校。上海古籍出版社一九八三年十一月版。

《賈島年譜》李嘉言撰。上海商務印書館一九四七年鉛印本。

〔孟郊、賈島〕

《寒瘦集》一卷。清岳端選評。錄孟郊、賈島二家詩。清康熙三十八年（一六九九）岳端紅蘭室刻套印本。

《孟郊賈島詩選》劉斯翰選注。臺北遠流出版公司一九八八年版。

〔姚合〕

《姚少監詩集》十卷。宋刻本存五卷（中國國家圖書館藏），上海古籍出版社一九九四年影印。

《姚少監詩集》十卷。《四部叢刊》影印明鈔本、清康熙間席氏琴川書屋刊《唐詩百名家全集》本、《四庫全書》本。

《姚少監詩》十卷。明末毛氏汲古閣刻《唐六名家集》本。

《姚合詩集校考》劉衍著。嶽麓書社一九九七年五月版。

〔沈亞之〕

《沈下賢集》十二卷。《四部叢刊》影印明萬曆刊本、《四庫全書》本。

《沈下賢集》十二卷。魯迅校本，人民文學出版社一九九九年出版《魯迅輯錄古籍叢稿》收入。

〔李賀一：文集〕

《李長吉文集》四卷。宋刻本（中國國家圖書館藏），《續古逸叢書》影印。

《歌詩編》四卷。《四部叢刊》影印金刊本，明毛氏汲古閣刻《唐人四集》本。

《昌谷集》四卷。《四庫全書》本。

《李長吉詩集》四卷。明天啟、崇禎間王錫袞編刻《陶李合刊》本。

《李長吉集》四卷。明嘉靖間朱警輯《唐百家詩》本。

《箋注評點李長吉歌詩》四卷、《外集》一卷。宋吳正子箋注，宋劉辰翁評點。明刻本。

《昌谷詩注》四卷、《外集》一卷。明徐渭、董懋策評注。明萬曆三十一年（一六〇三）刻本。

《李長吉昌谷集句解定本》四卷。明姚佺箋，明陳愫、丘象隨等辯證，明孫枝蔚、張恂等評。明天啟吳興茅氏刻本。

《李昌谷詩集》四卷。明余光輯解。明崇禎刻本。

《昌谷集》四卷。明曾益注。明崇禎刻本。

《李長吉集》四卷、《外集》一卷。明黃淳耀評點。清雍正九年（一七三一）金惟駿漁書樓刻本。

《李長吉集》四卷、《外集》一卷。明黃淳耀評，清黎簡批點。清光緒掃葉山房石印本。

《昌谷集注》四卷。清姚文燮注。清刻本。

《李長吉詩刪注》二卷。清劉嗣奇編。清康熙耆英堂刻本。

《昌谷集注》四卷。清李汝棟注。清康熙刻本。

《李長吉詩集批注》四卷。清方世舉批注。清乾隆十六年（一七五一）稿本。

《李長吉歌詩匯解》四卷、《外集》一卷。清王琦匯解。清乾隆二十五年（一七六〇）王琦寶笏樓刻本，輯入《四部備要》。

《協律鉤玄》四卷、《外集》一卷。清陳本禮注。清嘉慶十三年（一八〇八）邗江陳氏裛露軒刻本。

《評注李長吉詩集》四卷、《外集》一卷。清吳汝綸評。藝文書局一九二二年刊本。

《三家評注李長吉歌詩》收輯王琦《李長吉歌詩匯解》、姚文燮《昌谷集注》、方世舉《李長吉詩集批注》三種。中華書局上海編輯所一九五九年一月斷句集印。

《李賀詩歌集注》收輯王琦《李長吉歌詩匯解》、姚文燮《昌谷集注》、方世舉《李長吉詩集〈批注〉》三種。上海人民出版社一九七七年十二月校點刊行。

《李賀詩集》葉葱奇編注。人民文學出版社一九五九年一月刊行。

《李長吉歌詩集》（日）鈴木虎雄注譯。岩波書店一九八七年版。

《李賀詩集》燕山出版社一九九六年十二月版。

〔李賀二：選本〕

《李賀詩選譯》鐘琰、祖性選譯。青海人民出版社一九七九年二月刊行。

《李賀詩選析》吳企明、尤振中選注。江蘇人民出版社一九八一年十月刊行。

《李賀詩歌選注》流沙注。百花文藝出版社一九八二年十二月刊行。

《李賀詩選》劉斯翰選注。廣東人民出版社一九八四年二月版

《李賀詩選譯》馮浩菲、徐傳武選譯。巴蜀書社出版。

《李賀詩歌賞析》梁超然著。廣西教育出版社一九八七年版。

《李賀詩歌賞析集》傅經順著。巴蜀書社一九八八年九月版。

《李賀詩集譯註》徐傳武譯註。山東教育出版社一九九二年版。

〔李賀三：年譜傳記〕

《李長吉評傳》王禮錫著。上海神州國光社一九三〇年鉛印本。

《詩人李賀》周閬風著。上海商務印書館一九三〇年鉛印本。

《李賀》劉瑞蓮著。中華書局一九八一年四月刊行。

《李賀傳論》傅經順著。陝西人民出版社一九八一年六月刊行。

《李賀年譜會箋》錢仲聯著。中國社會科學出版社一九八四年《夢苕庵專著二種》收入。

《李賀詩傳》劉衍著。山西人民出版社一九八四年八月版。

《李賀》吳企明著。上海古籍出版社一九八五年十月版。

〔李賀四：研究論著〕

《李賀研究》（日）原田憲雄著。方向社一九七一年版。

《李賀論考》（日）原田憲雄著。朋友書店一九八〇年版。

《李賀詩研究》楊文雄著。臺北文史哲出版社一九八三年六月版。

《李賀研究論集》楊其群著。北岳文藝出版社一九八九年六月版。

《李賀啞謎詩歌新揭》陳倉麟著。天津出版社一九九〇年一月版。

《李賀詩校箋證異》劉衍著。湖南出版社一九九〇年九月版。

《李賀詩新探》李卓藩著。臺北文史哲出版社一九九六年六月版。

《李賀歌詩論考》周尚義著。當代世界出版社二〇〇一年五月版。

〔李賀五：資料索引〕

《李賀研究資料》陳治國編。北京師範大學出版社一九八三年三月版。

《李賀詩索引》唐文、尤振中、馬恩雯、劉翠霞編。齊魯書社一九八四年五月版。

《全唐詩索引·李賀卷》欒貴明等編撰。中華書局一九九二年三月版。

《李賀資料匯編》吳企明編。中華書局一九九四年十月版。

〔盧仝〕

《盧仝詩集》三卷。清光緒間江標影刻《唐人五十家小集》本。

《盧仝詩集》二卷、《集外詩》一卷。明嘉靖間朱警輯《唐百家詩》本。

《玉川子詩集》二卷、《集外詩》一卷。《四部叢刊》影印舊鈔本。

《玉川子詩集》五卷。清孫之騄注。一九二三年盧永祥刊本。

〔劉叉〕

《劉叉詩》三卷。明嘉靖間朱警輯《唐百家詩》本、清光緒間江標影刻《唐人五十家小集》本。

《劉節士冰箸雪車詩斠注》一卷。樊鎮斠注。南京圖書館藏寫本。

〔鮑溶〕

《鮑溶詩集》六卷。清康熙間席氏琴川書屋刊《唐詩百名家全集》本、《四庫全書》本。

《鮑溶詩》六卷、《集外詩》一卷。明末毛氏汲古閣刻《唐人六集》本。

〔令狐楚〕

《令狐楚集》尹占華、楊曉靄校箋。甘肅人民出版社一九九八年十一月版。

〔李德裕〕

《李文饒文集》二十卷、《別集》十卷、《外集》四卷。《四部叢刊》影印明刊本。

《會昌一品制集》十卷。上海圖書館藏宋刊本。

《會昌一品集》二十卷、《別集》十卷、《外集》四卷。《四庫全書》本。

《李衛公詩集》一卷。清康熙間席氏琴川書屋刊《唐詩百名家全集》本。

《李德裕文集校箋》傅璇琮、周建國校箋。河北教育出版社二〇〇〇年一月版。

《李德裕年譜》傅璇琮著。齊魯書社一九八四年十月版。

〔薛濤〕

《薛濤詩》一卷。明萬曆三十七年（一六〇九）洗墨池刻本、上海光華書局一九三一年刊傅潤華校點本。

《洪度集》一卷。清光緒三十二年（一九〇六）貴陽陳氏靈峰草堂刻本。

《薛濤詩箋》張蓬舟校箋。四川人民出版社一九八一年九月刊行。

《薛濤詩箋》張蓬舟箋。人民文學出版社一九八三年六月版。

《管領春風女校書·薛濤全傳》尹鐵錚著。長春出版社一九九九年一月版。

〔薛濤、李冶、魚玄機〕

《薛濤李冶詩集》二卷。佚名編。《三家閨闈詩錄》本。

《四婦人集》四卷。清沈綺雲編。錄唐魚玄機、薛濤、宋楊皇后、元孫淑詩各一卷。清嘉慶雲間沈氏古倪園刻本。

《唐女詩人集三種》陳文華校注。收李冶、薛濤、魚玄機三集。上海古籍出版社一九八四年三月版、臺北新宇出版社一九八五年版。

〔費冠卿〕

《費冠卿詩》一卷。輯入《貴池先哲遺書・貴池唐人集》。

〔竇常〕

《竇中行詩集》一卷。收入《四部叢刊三編》影印宋淳熙本《竇氏聯珠集》。

〔竇牟〕

《竇貽周詩集》一卷。收入《四部叢刊三編》影印宋淳熙本《竇氏聯珠集》。

〔竇群〕

《竇丹列詩集》一卷。收入《四部叢刊三編》影印宋淳熙本《竇氏聯珠集》。

〔竇庠〕

《竇胄卿詩集》一卷。收入《四部叢刊三編》影印宋淳熙本《竇氏聯珠集》。

〔竇鞏〕

《竇友封詩集》一卷。收入《四部叢刊三編》影印宋淳熙本《竇氏聯珠集》。

六、中唐三：韓柳元白

〔韓愈一：文集〕

《昌黎先生文集》四十卷、《外集》十卷。宋刻本（中國國家圖書館存兩本，其一僅存十五卷，另一存三十卷和外集十卷，南京圖書館有三十九卷，臺灣故宮博物院有浙刻巾箱本，存詩十卷，日本靜嘉堂文庫存小字本十卷）。

《昌黎先生文集》四十卷、《外集》十卷、《遺集》一卷。明嘉靖十六年（一五三七）游居敬校刻本。

《昌黎先生詩集》十卷、《外集》一卷、《遺集》一卷。清康熙間席氏琴川書屋刊《唐詩百名家全集》本。

《新刊詁訓唐昌黎先生文集》四十卷、《外集》十卷、《遺文》一卷。宋韓醇注。宋刻本。

《韓集舉正》十卷、《外集舉正》一卷。宋方崧卿撰。宋淳熙刻本、《四庫全書》本。

《新刊經進詳注昌黎先生文》四十卷、《外集》十卷、《遺文》三卷。宋文讜注、宋王儔補注。宋刻本。上海古籍出版社一九九四年影印。

《音注韓文公文集》四十卷、《外集》十二卷。宋祝充音注。宋紹熙刻本，一九三四年文錄堂影印。

《新刊五百家注音辨昌黎先生文集》四十卷、《外集》十卷。宋魏仲舉輯。宋慶元刻本。乾隆仿宋刻本、商務印書館影宋本和《四庫全書》本。

《昌黎先生集考異》十卷。宋朱熹撰。宋紹定二年（一二二九）張洽刻本，上海古籍出版社一九八一年十月線裝影印出版，一九八五年二月出版平裝本。

《朱文公校昌黎先生集》四十卷。宋朱熹考異，宋王伯大音釋。《四部叢刊》影印元刊本。

《昌黎先生集》四十卷、《外集》十卷、《遺文》一卷。宋廖瑩中校注。宋咸淳間廖氏世彩堂刻本。一九三七年蟫隱廬影印本，另《國學基本叢書》亦取廖本排印。

《東雅堂韓昌黎集注》四十卷、《外集》十卷、《遺文》一卷。明萬曆徐氏東雅堂覆宋刻本，即據廖氏世彩堂刻本。《四部備要》據以排印，附陳景雲《韓集點勘》。

《唐韓昌黎集輯注》四十卷、《外集》十卷、《遺文》一卷。明蔣之翹輯注。明崇禎六年（一六三三）蔣氏三徑草堂刻本。

《昌黎詩集注》十一卷。清顧嗣立注。清康熙三十八年（一六九九）秀野堂刻本。

《韓詩增注證訛》十一卷。清顧嗣立注，清黃鉞增注證訛，清黃中民校。清道光二十八年（一八四八）刻本。

《韓集點勘》四卷。清陳景雲撰。清乾隆刻本。

《韓昌黎詩編年箋注》十二卷。清方世舉編注。清乾隆二十三年（一七五八）方氏雅雨堂刻本。

《韓詩編年集注》八卷。清沈端蒙輯注。清乾隆五十七年（一七九二）重刻本。

《讀韓記疑》十卷。清王元啟撰。清嘉慶二十二年（一八一七）鐘洪刻本。

《韓集箋正》五卷。清方成珪撰。清道光二十一年（一八四一）瑞安陳氏湫漻齋刻本。

《注釋評點韓昌黎詩》蔣箸超評注。會文堂一九二九年排印本。

《韓昌黎詩繫年集釋》十二卷。錢仲聯集釋。古典文學出版社一九五七年十一月刊行，上海古籍出版社一九八四年三月重排新版。

《韓集校詮》童第德著。中華書局一九八六年一月版。

《韓昌黎全集》楊義、蔣業偉標點。北京燕山出版社一九九六年四月版

《韓愈全集校注》屈守元、常思春主編。四川大學出版社一九九六年七月版。

《韓愈詩集》燕山出版社一九九六年十二月版。

《韓愈全集》錢仲聯、馬茂元校點。上海古籍出版社一九九七年十月版。

〔韓愈二：選本〕

《昌黎詩鈔》二卷。清楊大鶴選，清錢湘靈評點。清康熙刻本。

《韓吏部詩鈔》一卷。清陳明善選。《唐六家詩鈔》本。

《昌黎詩鈔》八卷。清姚培謙選。《唐宋八大家詩》本。

《韓愈詩選》陳邇冬選注。人民文學出版社一九八四年一月版。

《韓愈詩選》止水選注。廣東人民出版社一九八四年六月版。

《韓愈詩選注》湯貴仁選注。上海古籍出版社一九八四年十月版。

《韓愈詩文譯釋》鄒進先編著。黑龍江人民出版社一九八五年二月版。

《韓愈詩選注》宋傳璧注。山東教育出版社一九八六年六月版。

《韓愈詩文評注》張清華注。中州古籍出版社一九九一年八月版。

《韓愈選集》孫昌武選。上海古籍出版社一九九六年版。

《韓愈詩選》王基倫選注。五南圖書出版公司二〇〇〇年八月版。

〔韓愈三：年譜傳記〕

《韓愈年譜》宋呂大防等撰，徐敏霞校輯。中華書局一九九一年五月版。

《韓愈》李長之著。重慶勝利出版社一九四五年鉛印本。

《韓愈》劉國盈著。北京出版社一九七九年版。

《韓愈》錢冬父著。中華書局一九八〇年十月刊行。

《韓愈》倪其心著。中華書局一九八五年版。

《韓愈》吳文治著。上海古籍出版社一九九一年版。

《韓愈評傳》劉國盈著。北京師範學院出版社一九九一年六月版。

《韓愈評傳—轉折點上的文化強人》成復旺著。廣西教育出版社一九九五年版。

《韓愈傳》陳新璋著。廣東高教出版社一九九六年版。

《韓愈傳》羅聯添著。臺灣國家出版社一九九八年三月印行。

《韓愈傳》鍾林斌著。遼海出版社一九九八年版。

《韓愈年譜及詩文繫年》陳克明著。巴蜀書社一九九九年八月版。

〔韓愈四：研究論著〕

《韓詩臆説》程學恂著。上海商務印書館一九三四年鉛印本。

《韓愈志》錢基博著。上海商務印書館一九三五年鉛印本，一九五八年三月增訂重版，臺北華正書局一九八五年版、北京中國書店一九八八年版。

《韓愈研究》黃天明撰。開明書局一九三九年鉛印本。

《韓愈及其古文運動》龔書熾著。上海商務印書館一九四五年鉛印本。

《韓愈及其作品》劉耕路編。吉林人民出版社一九八四年四月版。

《韓詩論稿》閻琦著。陝西人民出版社一九八四年十月版。

《韓愈述評》陳克明著。中國社會科學出版社一九八五年十二月版。

《韓愈新論》何法周著。河南大學出版社一九八八年九月版。

《韓愈研究》（增訂本）羅聯添著。臺北學生書局一九八八年七月版。

《韓愈敘論》胡守仁著。江西人民出版社一九八九年五月版。

《韓愈研究》鄧潭洲著。湖南教育出版社一九九一年三月版。

《韓愈在潮州》曾楚南著。文物出版社一九九三年版。

《韓學研究》張清華著。江蘇教育出版社一九九八年八月版。

〔韓愈五：資料索引〕

《韓愈資料匯編》吳文治編。中華書局一九八三年九月版。

《全唐詩索引·韓愈卷》陳抗、林滄、張曉光、蔡文利編撰。中華書局一九九二年十月版。

〔韓愈、孟郊〕

《音注韓昌黎孟東野詩》中華書局音注。係就清沈德潛《唐詩別裁集》所選二家詩音注而成。一九三七年上海中華書局鉛印本。

《韓孟詩派選集》王軍選注。北京師範學院出版社一九九一年版。

《韓孟詩派研究》肖占鵬著。文津出版社一九九四年十一月版、南開大學出版社一九九九年六月版。

《韓孟詩派研究》畢寶魁著。遼寧大學出版社二〇〇〇年二月版。

〔柳宗元一：文集〕

《河東先生集》四十三卷、《別集》二卷、《外集》二卷。明嘉靖十六年（一五三七）游居敬校刻本。

《唐柳先生文集》三十二卷、《外集》一卷。宋永州刻本（存十二卷，分存於日本賜蘆文庫和靜嘉堂文庫）。

《唐柳先生外集》一卷。中華書局一九八七年九月據中國國家圖書館南宋乾道元年湖南零陵刻本影印。

《柳河東詩集》二卷。清汪立名輯。《唐四家詩》本。

《柳河東先生詩集》三卷。清康熙間席氏琴川書屋刊《唐詩百名家全集》本。

《增廣注釋音辯唐柳先生集》四十三卷、《別集》二卷、《外集》二卷。宋童宗説注釋，張敦頤音辯，潘緯音義。《四部叢刊》影印元刊本。

《新刊詁訓唐柳先生文集》四十五卷、《外集》二卷、《新編外集》一卷。宋韓醇音釋。《四庫全書》本。

《新刊增廣百家詳補注唐柳先生文》四十五卷。宋童宗説、韓醇等注釋。宋蜀刻本。上海古籍出版社一九九四年影印。

《新刊五百家注音辯唐柳先生文集》四十五卷、《外集》二卷、《新編外集》一卷。宋魏仲舉輯。有宋刻殘本存二十一卷和《四庫全書》本。

《重校添注音辯唐柳先生文集》四十五卷。宋童宗説、韓醇等注釋，宋鄭定重校添注。宋嘉定鄭定刻本（存十一卷，分存於海峽兩岸四個圖書館）。

《河東先生集》四十五卷、《外集》二卷。宋廖瑩中校注。一九三七年蟫隱廬影印宋廖氏世彩堂刻本。

《唐柳河東集輯注》四十五卷、《外集》五卷、《遺文》一卷。明蔣之翹輯注。明崇禎六年（一六三三）蔣氏三徑草堂刻本，輯入《四部備要》。

《柳河東集》四十五卷、《外集》二卷。中華書局上海編輯所一九五八年十一月據蟫隱廬影印宋廖氏世彩堂刻本斷句排印。

《柳宗元集》四十五卷，補入《外集》二卷、《外集補遺》一卷。吳文治等據《新刊增廣百家詳補注唐柳先生文》校點。中華書局一九七九年十月刊。

《柳河東全集》中國書店一九九一年八月版。

《柳宗元詩箋釋》王國安箋釋。上海古籍出版社一九九三年九月版。

《柳宗元詩歌箋釋集評》溫紹坤箋釋。中國國際廣播出版社一九九四年。

《柳河東全集》朱玉麒等標點。北京燕山出版社一九九六年四月版。

《柳宗元詩集》燕山出版社一九九六年十二月版。

《柳宗元全集》曹明綱標點。上海古籍出版社一九九七年十月版。

《柳集點勘》四卷。清陳景雲撰。《邈園叢書》本。

〔柳宗元二：選本〕

《柳河東詩鈔》一卷。清陳明善選。《唐六家詩鈔》本。

《河東詩鈔》四卷。清姚培謙選。《唐宋八大家詩》本。

《山曉閣評點柳柳州全集》四卷。孫琮評。民國間上海廣益書局石印本。

《柳宗元詩文選注》湖南省柳宗元詩文選注組編。湖南人民出版社一九七九年一月刊行。

《柳宗元詩文選》貝遠辰選注。人民文學出版社一九八〇年七月刊行。

《柳宗元詩文選注》柳宗元詩文編注組選注。陝西人民出版社一九八五年三月版。

《柳宗元詩文賞析集》金濤主編。巴蜀書社一九八九年三月版。

《柳宗元詩文選注》胡士明選注。上海古籍出版社一九八九年版。

〔柳宗元三：年譜傳記〕

《柳先生年譜》一卷。宋文安禮撰。清雍正七年（一七二九）馬氏小玲瓏山館仿宋刻本。

《柳宗元年譜》施子愉著。湖北人民出版社一九五八年七月刊行。

《柳宗元》陶劍琴編寫。中華書局一九六〇年三月印行。

《柳宗元》顧易生著。中華書局上海編輯所一九六一年十二月印行。

《柳宗元評傳》吳文治著。中華書局一九六二年八月印行。

《柳宗元傳論》孫昌武著。人民文學出版社一九八二年八月印行。

《柳宗元新傳》劉光裕、楊慧文著。上海人民出版社一九八九年十月印行。

〔柳宗元四：研究論著〕

《柳宗元簡論》吳文治著。中華書局一九七九年五月印行。

《柳宗元散論》高海夫著。陝西人民出版社一九八五年版。

《柳宗元社會心理思想研究》陳雁谷著。廣西師範大學出版社一九八九年九月版。

《柳宗元新傳》劉光裕、楊慧文著。上海人民出版社一九八九年十月版。

《柳宗元研究》何書置著。嶽麓書社一九九四年二月版。

《國際柳宗元研究擷英》梁超然、謝漢強主編。廣西人民出版社一九九四年版。

《柳宗元在永州》（日）戶崎哲彥著。滋賀大學經濟學部一九九八年出版。

〔柳宗元五：資料索引〕

《古典文學研究資料匯編·柳宗元卷》吳文治編。一九六四年十月中華書局印行。

〔韓愈、柳宗元〕

《韓柳詩選》不分卷。清汪森評選。復旦大學圖書館藏稿本。

《韓愈柳宗元文學評價》黃雲眉著。一九五七年六月山東人民出版社刊行。

〔元稹〕

《新刊元微之文集》六十卷。宋蜀刻本存二十四卷（藏中國國家圖書館），有上海古籍出版社一九九四年影印本。

《元氏長慶集》六十卷（詩賦二十七卷、文三十三卷）。宋乾道洪適刻本，日本靜嘉堂文庫存殘卷。《四部叢刊》影印明嘉靖董氏刻本。明弘治元年（一四八八）楊循吉傳鈔宋本，文學古籍刊行社一九五六年一月據以影印。

《元稹集》冀勤校點本。中華書局一九八二年八月版。

《元稹年譜》卞孝萱著。齊魯書社一九八〇年六月刊行。

《元稹傳》王拾遺著。寧夏人民出版社一九八五年二月版。

《五鳳求凰：風流詩人元稹情史》姚思源著。廣西民族出版社一九九一年版。

《海內聲華並在身：元稹全傳》吳偉斌著。長春出版社一九九八年版。

《元稹研究》（日）花房英樹、前川幸雄著。匯文堂書店一九七七年版。

《元稹及其樂府詩研究》范淑芬著。臺北文津出版社一九八四年版。

《元稹論稿》王拾遺著。陝西人民出版社一九九四年一月版。

〔白居易一：文集〕

《白氏長慶集》七十一卷。文學古籍刊行社一九五五年八月據宋紹興刻本影印。附敦煌卷子本《白氏詩集》一卷

《白氏文集》七十一卷。《四部叢刊》影印日本後水尾天皇元和四年（一六一八）那波道圓銅活字覆宋印本。

《白氏文集》日本金澤文庫本，今僅存三十餘卷，所據本源出於會昌四年（八四四）的蘇州南禪院鈔本。

《白氏長慶集》七十一卷。萬曆三十四年（一六〇六）雲間馬元調刊本。

《白樂天文集》三十六卷。明正德十四年（一五一九）郭勛刻本。

《白氏諷諫》二卷。中華書局上海編輯所一九五八年十二月影印清末武進費氏覆宋刻本。

《香山詩鈔》二十卷。清楊大鶴選。清康熙四十年（一七〇一）刻本。

《白香山詩集》四十卷。清汪立名編注。清康熙四十一年至四十二年（一七〇二～一七〇三）汪氏一隅草堂刻本。文學古籍刊行社一九五四年十二月用商務印書館《萬有文庫》本紙型校訂重印。

《白居易集》顧學頡點校。中華書局一九七九年十月刊。

《白居易集箋校》朱金城箋校。上海古籍出版社一九八八年十二月版。

《白居易全集》丁如明、聶世美校點。上海古籍出版社一九九九年五月版。

《白居易集》俞岳衡點校。嶽麓書社。

《白居易詩集》燕山出版社一九九六年十二月版。

〔白居易二：選本〕

《香山詩選》六卷。清曹文植選。清光緒十七年（一八九一）金陵書局重刻本。

《香山閒適詩選》二卷。周學熙選。輯入《周氏師古堂所編書·八家閒適詩選》。

《白文公贈樊諫議詩》一卷。樊鎮輯。山陰樊氏綿絳書屋刻本。

《白居易詩》傅東華選。上海商務印書館一九三〇年鉛印本。

《白居易詩選》高劍華點注。上海群學社一九三二年鉛印本。

《白居易詩選譯》霍松林譯註。百花文藝出版社一九五九年七月刊行。

《白居易詩選》顧肇倉、周汝昌選注。作家出版社一九六二年十二月刊行。

《白居易選集》王汝弼選注。上海古籍出版社一九八〇年十月刊行。

《白居易詩譯析》霍松林譯析。黑龍江人民出版社一九八一年九月刊

行。

《白居易詩譯釋》李希南、郭炳興編譯。黑龍江人民出版社一九八三年三月版。

《白居易詩文選注》龔克昌、彭重光選注。上海古籍出版社一九八四年一月版。

《白居易詩選》顧學頡、周汝昌選注。人民文學出版社一九八六年六月版。

《白居易詩選》梁鑑江選注。廣東人民出版社一九八六年九月版。

《白居易詩譯析》霍松林著。黑龍江少兒出版社一九八六年十月版。

《白居易詩集導讀》朱金城、朱易安著。巴蜀書社一九八八年五月版。

《白居易詩歌精選》時宜之選注。花山文藝出版社一九九六年一月版。

《白居易詩精選精注》施蓉、蘇建科選注。廣西師大出版社一九九六年三月版。

《白居易詩歌賞析集》褚斌杰主編。巴蜀書社一九九六年版。

《白居易詩選》顧學頡、周汝昌選注。人民文學出版社一九九七年六月版。

《白居易詩選》張健選注。臺北五南圖書公司一九九八年四月版。

《白居易詩選》龔克昌、彭重光選注。山東大學出版社一九九九年一月版。

《白居易詩文選注》龔克昌、彭重光選注。上海古籍出版社一九八四年一月版。

〔白居易三：年譜傳記〕

《白居易評傳》郭虛中著。南京正中書局一九三六年鉛印本。

《人民詩人白居易》王進珊著。上海四聯出版社一九五四年十月印行。

《白居易傳論》蘇仲翔著。上海文藝聯合出版社一九五五年四月印行。

《白居易》範寧著。新知識出版社一九五五年八月印行。

《白居易傳》萬曼著。湖北人民出版社一九五六年十二月印行。

《白居易》王拾遺著。上海人民出版社一九五七年三月印行。

《白居易評傳》褚斌杰著。作家出版社一九五七年十二月印行，人民文學出版社一九八〇年九月修訂再版。

《白居易》陳友琴著。中華書局上海編輯所一九六一年十二月刊行。

《白居易》楚子編寫。中華書局一九六二年九月刊行。

《白居易生活繫年》王拾遺編著。寧夏人民出版社一九八一年六月刊行。

《白居易年譜》朱金城編著。上海古籍出版社一九八二年六月刊行。

《白居易家譜》顧學頡注編。中國旅遊出版社一九八三年三月版。

《白居易傳》王拾遺著。陝西人民出版社一九八三年五月版。

《白樂天年譜》羅聯添著。臺北國立編譯館一九八九年七月版。

《白居易》陳敏杰、羊達之著。江蘇古籍出版社一九九一年七月版。

《白居易評傳》褚斌杰著。北京大學出版社一九九七年版。

《白居易傳》劉劍峰著。華藝出版社一九九四年版。

《白居易傳》劉維治、焦淑清著。遼海出版社一九九八年五月版。

《文章已滿行人耳·白居易全傳》吳偉斌著。長春出版社一九九九年一月版。

〔白居易四：研究論著〕

《白氏文集的批判研究》（日）花房英樹著。京都朋友書店一九六〇年版。

《白樂天研究》（日）堤留吉著。春秋社一九六九年版。

《白居易研究》（日）花房英樹著。世界思想社一九七一年版。

《白居易〈長恨歌〉與〈琵琶行〉的研究》楊國娟著。臺中市光啟出版社一九八一年版。

《白居易與音樂》劉蘭著。上海文藝出版社一九八三年一月版。

《〈長恨歌〉箋説稿》周天著。陝西人民出版社一九八三年十一月版。

《白居易研究》楊宗瑩著。臺北文津出版社一九八五年版。

《白氏長慶集諺解》（日）森孝太郎著。大阪和泉書院一九八六年一月。

《長恨歌及其同題材詩詳解》靳極蒼著。中州古籍出版社一九八九年版。

《白居易研究》朱金城著。陝西人民出版社一九八七年版、臺北文史哲出版社一九九二年十二月版。

《白居易研究講座》（日）太田次男、神鷹德治、川合康三等編集。東京勉誠社一九九三年版。

《讀白氏文集札記》（日）下定雅弘著。東京勉誠社一九九六年十月版。

《白居易集綜論》謝思煒著。中國社會科學出版社一九九七年八月版。

《白居易—生涯和歲時記》（日）平岡武夫著。京都朋友書店一九九八年六月版。

【白居易五：資料索引】

《白居易詩評述匯編》陳友琴編。科學出版社一九五八年十月印行。

《古典文學研究資料匯編·白居易卷》陳友琴編。係就《白居易詩評述匯編》增補而成。一九六二年十一月中華書局印行。

【元稹、白居易】

《元白長慶集》一百三十七卷（《元氏長慶集》六十卷補遺六卷、《白氏長慶集》七十一卷）。明馬元調編。明萬曆三十二年至三十四年（一六〇四～一六〇六）松江馬氏刻本。

《元白詩選》蘇仲翔選注。春明出版社一九五六年刊行。中州書畫社一九八二年八月修訂出版，更名《元白詩選注》。

《元白詩箋證稿》陳寅恪著。一九五五年九月文學古籍刊行社刊行，一九五九年十一月中華書局上海編輯所增訂重版。

《元白研究》劉維治著。人民教育出版社一九九九年四月版。

七、晚唐一：會昌大中間詩人

【許渾】

《許用晦文集》二卷，《遺篇》、《拾遺》各一卷。宋蜀刻本（中國國家圖書館藏），上海古籍出版社一九九四年影印。

《增廣音注唐郢州刺史丁卯詩集》二卷、《續集》一卷。元祝德子訂正。元刻本（中國國家圖書館藏）。

《丁卯集》二卷。《四部叢刊》影印影宋寫本。《四庫全書》本、明嘉靖間朱警輯《唐百家詩》本均有《續集》一卷、《續補》一卷、《集外遺詩》一卷。

《丁卯集箋注》八卷。明雷起劍評，清許培榮箋。清乾隆二十一年（一七五六）重刻本。

《丁卯集箋證》羅時進著。江西人民出版社一九九八年八月版。

《許渾研究》李立樸著。貴州人民出版社一九九四年十二月版。

【馬戴】

《會昌進士詩集》一卷。明嘉靖間朱警輯《唐百家詩》本、清光緒間江標影刻《唐人五十家小集》本，清康熙間席氏琴川書屋刊《唐詩百名家全集》本有《補遺》一卷。

《馬戴詩選》楊軍、戈春源注。上海古籍出版社一九八七年十二月版。

【雍陶】

《雍陶詩注》周嘯天、張效民注。上海古籍出版社一九八八年六月版。

【鄭巢】

《鄭巢詩集》一卷。明嘉靖間朱警輯《唐百家詩》本。

【周賀】

《周賀詩集》一卷。宋臨安府陳宅書籍鋪刻本（中國國家圖書館藏），《四部叢刊續編》影印。明嘉靖間朱警輯《唐百家詩》本。

《清塞詩集》二卷。明末毛氏汲古閣刻《唐四僧詩》本。

【章孝標】

《章孝標詩集》一卷。清光緒間江標影刻《唐人五十家小集》本。

【顧非熊】

《顧非熊詩集》一卷。清康熙間席氏琴川書屋刊《唐詩百名家全集》本。《四庫全書》本《華陽集》附。

【釋無可】

《僧無可詩集》二卷。明嘉靖間朱警輯《唐百家詩》本、清光緒間江標影刻《唐人五十家小集》本。

【魚玄機】

《唐女郎魚玄機詩》一卷。宋臨安府陳宅書籍鋪刻本（中國國家圖書館藏），清光緒間江標影刻《唐人五十家小集》本。

【張祜】

《張承吉文集》十卷。宋蜀刻本（中國國家圖書館藏），上海古籍出版社一九七九年六月影印。

《唐張處士詩集》六卷。明葉奕鈔本。

《唐張處士詩集》五卷。明嘉靖間朱警輯《唐百家詩》本。

《張祜詩集》二卷。清康熙間席氏琴川書屋刊《唐詩百名家全集》本。

《張祜詩集》嚴壽澄校編。江西人民出版社一九八三年二月版。

【陳陶】

《陳嵩伯詩集》一卷。清康熙間席氏琴川書屋刊《唐詩百名家全集》本。

【朱慶餘】

《朱慶餘詩集》一卷。《四部叢刊續編》影印宋臨安府陳宅書籍鋪刻本。

明嘉靖間朱警輯《唐百家詩》本、清康熙間席氏琴川書屋刊《唐詩百名家全集》本、清光緒間江標影刻《唐人五十家小集》本。

〔杜牧〕

《樊川文集》二十卷、《外集》一卷、《別集》一卷。《四部叢刊》影印明翻宋刊本、清光緒間楊壽昌景蘇園影刊日本楓山官庫藏宋本。

《樊川詩集》四卷。明正德十六年（一五二一）朱承爵朱氏文房刻本。

《杜樊川集》十七卷。明朱一是等評。明崇禎丹山吳氏刻本。

《樊川集》六卷。清康熙間席氏琴川書屋刊《唐詩百名家全集》本。

《樊川文集夾注》四卷、《外集夾注》一卷。宋逸名注。有正統五年（一四四〇）朝鮮全羅道錦山刻本，中華全國圖書館文獻縮微復制中心一九九七年據遼寧圖書館藏本影印。

《樊川詩集注》四卷、《別集》一卷、《外集》一卷、《補遺》一卷。清馮集梧注。清嘉慶六年（一八〇一）裕德堂刻本。中華書局上海編輯所一九六二年九月印行。

《樊川文集》陳允吉校點。上海古籍出版社一九七八年九月版。

《杜牧全集》陳允吉標點。上海古籍出版社一九九七年十月版。

《杜牧詩選》繆鉞選注。一九五七年七月人民文學出版社刊行。

《杜牧詩文選注》朱碧蓮、王淑均選注。一九八二年六月上海古籍出版社刊行。

《杜牧詩選》周錫　選注。廣東人民出版社一九八四年二月版。

《杜牧詩歌精選》任文京選注。花山文藝出版社一九九六年一月版。

《浪漫詩人杜牧》胡雲翼著。上海亞細亞書局一九二八年鉛印本。

《杜牧傳》繆鉞著。人民文學出版社一九七七年十二月刊行。

《杜牧年譜》繆鉞著。人民文學出版社一九八〇年九月刊行。

《杜牧評傳》王西年、張田著。陝西人民出版社一九八七年版。

《杜牧全傳》吳在慶著。長春出版社一九九八年二月版。

《晚唐詩人杜牧》曹中孚著。陝西人民出版社一九八五年五月版。

《杜牧及其作品》王景霓著。時代文藝出版社一九八五年版。

《杜牧論稿》吳在慶著。廈門大學出版社一九九一年三月版。

《杜牧》馮海榮著。上海古籍出版社一九九一年版。

《杜牧研究叢稿》胡可先著。人民文學出版社一九九三年版。

《全唐詩索引·杜牧卷》欒貴明等編撰。中華書局一九九二年八月版。

〔牛僧孺〕

《牛僧孺年譜》丁鼎著。遼海出版社一九九七年五月版。

〔李商隱一：文集〕

《李義山詩集》三卷。明汲古閣刻《唐人八家詩》本、《四庫全書》本。

《唐李義山詩集》六卷。《四部叢刊》影印明嘉靖二十九年（一五五〇）毗陵蔣氏刊本。

《李商隱詩》七卷。明姜道生刊《唐三家集》本。

《李義山詩注》三卷。清朱鶴齡注。清順治十六年（一六五九）刻本。

《李義山詩刪注》二卷、《集外詩刪注》一卷。清鍾定編。清康熙刻本。

《西崑發微》三卷。清吳喬撰。《叢書集成初編》據清嘉慶張海鵬編《借月山房匯鈔》本排印。

《李義山詩集箋注》十六卷。清姚培謙箋。清乾隆四年（一七三九）華亭姚氏松桂讀書堂刻本。

《玉谿生詩意》八卷。清屈復撰。清乾隆四年（一七三九）揚州芝古堂刻本。

《重訂李義山詩集箋注》三卷、《集外詩箋注》一卷。清朱鶴齡注，清程夢星刪補。清乾隆八年（一七四三）東柯草堂校刻本。

《玉谿生詩集箋注》六卷。清馮浩箋注。清乾隆四十五年（一七八〇）德聚堂重校本。上海古籍出版社一九七九年十月校點印行。

《李義山詩集輯評》三卷。清朱鶴齡箋注，清沈厚塽輯評。輯入何焯、朱彝尊、紀昀三家評。四川人民出版社一九五七年據清同治九年（一八七〇）廣州倅署原刊本印行。

《李商隱詩集疏注》葉蔥奇疏注。人民文學出版社一九八五年十一月版。

《李義山詩辨正》張采田撰。中華書局上海編輯所一九六三年八月從張氏批本中輯錄，附刊《玉谿生年譜會箋》後。

《李商隱詩歌集解》劉學鍇、余恕誠著。中華書局一九八八年十二月版。

《李商隱詩集》燕山出版社一九九六年十二月版。

〔李商隱二：選本〕

《李義山詩解》一卷。清趙駿烈疏解。專解七律。清雍正八年（一七三〇）金陵劉晰公刻本。

《李義山詩解》清陸昆曾著。上海書店一九八五年十二月版。

《玉谿生詩説》二卷。清紀昀撰。清光緒十三年（一八八七）朱氏行素草堂刻本。
《選玉谿生詩補説》清姜炳璋選釋，郝世峰輯。南開大學出版社一九八五年四月版。
《樊南詩鈔》一卷。清延壽編選。一九二二年鉛印本。
《李義山詩選》高劍華選注。上海群學社一九三〇年鉛印本。
《李商隱詩選》安徽師範大學中文系古代文學教研組選注。人民文學出版社一九七八年八月刊行。
《李商隱詩選注》陳伯海選注。上海古籍出版社一九八二年二月刊行。
《李商隱詩選譯》許祖性選譯。青海人民出版社一九八四年一月版。
《李商隱詩選》陳永正選注。廣東人民出版社一九八四年二月版。
《李商隱選集》周振甫選注。上海古籍出版社一九八六年五月版。
《李商隱詩選》劉學鍇、余恕誠選注。人民文學出版社一九八六年十一月版。
《玉谿生詩醇》王汝弼、聶石樵箋注。齊魯書社一九八七年一月版。
《李商隱無題詩校注箋評》黃世中集箋。江西人民出版社一九八八年九月版。
《李商隱詩歌選注》顧之京等選注。花山文藝出版社一九九六年一月版。
《李商隱絕句》杜定國編注。百花文藝出版社一九九七年十月版。
《李商隱詩選譯》陳永正選譯。巴蜀書社。
《李商隱詩譯註》鄧中龍譯註。嶽麓書社二〇〇〇年版。

〔李商隱三：年譜傳記〕

《玉谿生年譜會箋》四卷。張采田撰。中華書局上海編輯所一九六三年八月據吳興劉氏《求恕齋叢書》本整理印行。
《李商隱》劉學鍇、余恕誠著。中華書局一九八〇年一月印行。
《李商隱評傳》楊柳編著。江蘇人民出版社一九八一年十一月印行。
《李商隱詩傳》鐘銘鈞著。中州書畫社一九八二年七月印行。
《李商隱傳》董乃斌著。陝西人民出版社一九八五年三月版。
《李商隱》郁賢皓、朱易安著。上海古籍出版社一九八五年四月版。
《李商隱傳》董明鈞著。臺北國際文化出版社一九八五年版。
《李商隱全傳》李慶皐、王桂芝著。長春出版社一九九五年十一月版。
《李商隱傳》畢寶魁著。遼海出版社一九九八年五月版。

〔李商隱四：研究論著〕

《李義山戀愛事跡考》蘇雪林撰。上海北新書店一九二七年鉛印本。
《李商隱研究》吳調公著。上海古籍出版社一九八二年二月印行。
《李義山詩研究》黃盛雄著。臺北文史哲出版社一九八七年版。
《玉谿詩謎正續合編》蘇雪林編。臺北商務印書館一九八八年版。
《李商隱研究論集》王蒙、劉學鍇主編。廣西師範大學出版社一九九八年一月版。
《李商隱詩歌研究》劉學鍇著。安徽大學出版社一九九八年五月版。
《李商隱抒情詩藝術透視》劉靜生著。中國華僑出版公司一九九〇年八月版。
《李商隱的心靈世界》董乃斌著。上海古籍出版社一九九二年版。
《想像的邊疆—論李商隱詩中的否定詞》林美清著。臺北文史哲出版社一九九七年四月版。

〔李商隱五：資料索引〕

《全唐詩索引·李商隱卷》欒貴明等編撰。中華書局一九九一年七月版。

〔杜牧、李商隱〕

《晚唐風韻—杜牧與李商隱》葛兆光、戴燕著。江蘇古籍出版社一九九一年十二月版。

〔溫庭筠〕

《溫庭筠詩集》七卷、《別集》一卷。清康熙間席氏琴川書屋刊《唐詩百名家全集》本、《四部叢刊》影印清述古堂精鈔本。
《溫庭筠詩集》十卷本、《補遺》一卷。明刻本（中國國家圖書館藏）。
《金荃集》七卷、《別錄》一卷。明汲古閣刻《唐人詩集》本。
《溫八叉集注》四卷。明曾益注。明末刻本、清長洲顧氏刻本。
《溫飛卿詩集箋注》九卷。明曾益注，明顧予咸補注，清顧嗣立續注。清康熙三十六年（一六九七）顧氏秀野草堂刻本。上海古籍出版社一九八〇年七月版王國安標點本。
《溫庭筠詩》吳遁生選注。上海商務印書館一九三〇年鉛印本。
《溫庭筠》黃坤堯著。臺灣國家出版社一九八四年二月版。
《溫庭筠辨析》萬文武著。陝西人民出版社一九九二年版。

〔溫庭筠、李商隱〕

《溫李二家詩集》二卷。清陳堡選。録溫庭筠、李商隱詩各一卷。清康熙四十一年（一七〇二）秀水陳氏駿惠堂刻本。

〔段成式〕

《段成式詩》一卷。清康熙間席氏琴川書屋刊《唐詩百名家全集》本。

《段成式詩文輯注》元鋒、煙照編注。濟南出版社一九九五年三月版。

〔鄭嵎〕

《唐鄭嵎詩》一卷。清康熙間席氏琴川書屋刊《唐詩百名家全集》本。

〔方干〕

《玄英先生詩集》十卷。清康熙間席氏琴川書屋刊《唐詩百名家全集》本。

《玄英集》八卷。明嘉靖方廷璽刻本、《四庫全書》本。

《方干詩選》胡才甫選注。浙江古籍出版社一九八七年十一月版。

〔李群玉〕

《李群玉詩集》三卷、《後集》五卷。宋臨安府陳宅書籍鋪刻本（臺灣中央研究院歷史語言研究所藏），《四部叢刊》影印。清康熙間席氏琴川書屋刊《唐詩百名家全集》本。

《李文山詩集》三卷。明汲古閣刻《唐人八家詩》本。

《李群玉詩集》羊春秋輯注。嶽麓書社一九八七年版。

〔喻鳧〕

《喻鳧詩集》一卷。明嘉靖間朱警輯《唐百家詩》本、清康熙間席氏琴川書屋刊《唐詩百名家全集》本、清光緒間江標影刻《唐人五十家小集》本。《晚唐劉得仁詩》一卷。《八劉唐人詩》本。

〔趙嘏〕

《渭南詩集》二卷。清康熙間席氏琴川書屋刊《唐詩百名家全集》本。

《趙嘏詩注》譚優學注。上海古籍出版社一九八五年七月版。

《讀史編年詩》敦煌殘卷斯六一九卷。見徐俊《敦煌詩集殘卷輯考》。

〔盧肇〕

《文標集》三卷、《補遺》一卷。清末胡思敬編《豫章叢書·袁州二唐人集》本。

〔姚鵠〕

《唐姚鵠詩集》一卷。明嘉靖間朱警輯《唐百家詩》本。

《姚鵠詩集》一卷。清康熙間席氏琴川書屋刊《唐詩百名家全集》本。

〔項斯〕

《項斯詩集》一卷。明嘉靖間朱警輯《唐百家詩》本、清康熙間席氏琴川書屋刊《唐詩百名家全集》本、清光緒間江標影刻《唐人五十家小集》本。

八、晚唐二：唐末詩人

〔薛能〕

《薛許昌詩集》十卷。明汲古閣刻《唐人八家詩》本。

〔劉威〕

《劉威詩集》一卷。明嘉靖間朱警輯《唐百家詩》本。

〔李遠〕

《李遠詩集》一卷。明嘉靖間朱警輯《唐百家詩》本、清康熙間席氏琴川書屋刊《唐詩百名家全集》本、清光緒間江標影刻《唐人五十家小集》本。

《李遠詩注》李之亮注。上海古籍出版社一九八九年十二月版。

〔李頻〕

《梨岳詩集》一卷、《補遺》一卷。《四部叢刊三編》影印明鈔本。

《梨岳集》一卷。清康熙間席氏琴川書屋刊《唐詩百名家全集》本、《四庫全書》本。

〔王棨〕

《麟角集》一卷。《四庫全書》本、清嘉慶麟後山房《王氏彙刻唐人集》本，《叢書集成初編》據清乾隆《天壤閣叢書》本排印。

〔劉駕〕

《劉駕詩集》一卷。明嘉靖間朱警輯《唐百家詩》本、清光緒間江標影刻《唐人五十家小集》本。

〔曹鄴〕

《曹鄴詩集》二卷、《補遺》一卷。清康熙間席氏琴川書屋刊《唐詩百名家全集》本、清光緒間江標影刻《唐人五十家小集》本。

《曹祠部集》二卷。明蔣冕刻本、《四庫全書》本。

《曹鄴詩注》梁超然、毛水清注。上海古籍出版社一九八二年三月刊行。

〔儲嗣宗〕
《儲嗣宗詩集》一卷。明嘉靖間朱警輯《唐百家詩》本、清康熙間席氏琴川書屋刊《唐詩百名家全集》本、清光緒間江標影刻《唐人五十家小集》本。
〔于武陵〕
《于武陵詩集》一卷。清光緒間江標影刻《唐人五十家小集》本。
〔劉滄〕
《劉滄詩集》一卷。明嘉靖間朱警輯《唐百家詩》本、清光緒間江標影刻《唐人五十家小集》本。
〔司馬扎〕
《司馬扎先輩詩集》一卷。清康熙間席氏琴川書屋刊《唐詩百名家全集》本。
〔于濆〕
《于濆詩集》一卷。明嘉靖間朱警輯《唐百家詩》本、清康熙間席氏琴川書屋刊《唐詩百名家全集》本、清光緒間江標影刻《唐人五十家小集》本。
《于濆詩注》梁超然、毛水清注。上海古籍出版社一九八三年一月版。
〔李昌符〕
《李昌符詩集》一卷。明嘉靖間朱警輯《唐百家詩》本、清康熙間席氏琴川書屋刊《唐詩百名家全集》本。
〔許棠〕
《文化集》一卷。清康熙間席氏琴川書屋刊《唐詩百名家全集》本。
〔邵謁〕
《邵謁詩》一卷。明嘉靖間朱警輯《唐百家詩》本。
《邵謁詩集》一卷。清康熙間席氏琴川書屋刊《唐詩百名家全集》本。
《邵謁詩注譯析》龍思謀著。江蘇教育出版社一九九一年六月版。
〔林寬〕
《林寬詩集》一卷。明嘉靖間朱警輯《唐百家詩》本、清康熙間席氏琴川書屋刊《唐詩百名家全集》本、清光緒間江標影刻《唐人五十家小集》本。
〔聶夷中〕
《聶夷中詩》中華書局上海編輯所一九五九年四月排印本。
《聶夷中詩注析》任三杰注析。山西人民出版社一九八七年九月版。
〔羅鄴〕
《羅鄴詩集》一卷。明嘉靖間朱警輯《唐百家詩》本、清康熙間席氏琴川書屋刊《唐詩百名家全集》本、清光緒間江標影刻《唐人五十家小集》本。
《羅鄴詩注》何慶善、楊應芹注。上海古籍出版社一九九〇年七月版。
〔羅虬〕
《比紅兒詩》一卷。原本《説郛》卷八十、明嘉靖間朱警輯《唐百家詩》本。
《比紅兒詩》一卷。宋方愨注。明鈔本。
《比紅兒詩注》一卷。清沈可培注。清道光刊《昭代叢書》巳集廣編、《香豔叢書》本。
〔陸龜蒙〕
《唐甫裡先生文集》二十卷。《四部叢刊》影印清黄丕烈校明鈔本。《四庫全書》本題作《甫裡集》。
《甫裡先生文集》宋景昌、王立群校點。河南大學出版社一九九六年九月版。
《笠澤叢書》四卷、《補遺》一卷。《四庫全書》本、清雍正九年（一七三一）陸鐘輝水雲漁屋刻本。
〔皮日休〕
《皮子文藪》十卷。《四部叢刊》影印明正德袁氏刊本。
《皮子文藪》中華書局上海編輯所一九五九年六月據《四部叢刊》本排印。上海古籍出版社一九八一年十月重校刊行。
《皮從事唱酬詩》八卷。明萬曆刻《陸魯望皮襲美二先生集合刻》本。
《項氏瓶笙榭新刻皮襲美詩》二卷。明項真評。明項真刻本。
《皮日休詩文選注》申寶昆注。上海古籍出版社一九九一年二月版。
《皮日休詩索引》日本東北大學文學部中國文學研究室編。名古屋採華書林一九八三年十一月本。
〔陸龜蒙、皮日休〕
《松陵集》十卷。唐陸龜蒙編。録皮日休、陸龜蒙等在蘇州時唱酬詩。明弘治十五年（一五〇二）劉濟民刻本。
《陸魯望皮襲美二先生集合刻》三十八卷。明許自昌編。萬曆三十一年

（一六〇三）長洲許氏刻本。

〔司空圖〕

《司空表聖文集》十卷。有上海古籍出版社一九九四年影印宋蜀刻本。

《司空表聖詩集》五卷。明胡震亨輯。有《四部叢刊》影印《唐音統籤》本。

《司空表聖集》十三卷。一九一四年刊《嘉業堂叢書》本。

《司空表聖詩》三卷。清康熙間席氏琴川書屋刊《唐詩百名家全集》本。

《司空圖選集注》王濟亨、高仲章注。江西人民出版社一九八九年十月版。

《司空圖新論》王潤華著。東大圖書公司一九八九年十一月版。

《司空圖詩文研究》祖保泉著。安徽教育出版社一九九八年十二月版。

〔周繇〕

《周繇詩》一卷。《貴池先哲遺書·貴池唐人集》本。

《周中丞集》一卷。《周氏師古堂所編書》本。

〔顧雲〕

《顧雲詩集》一卷、《文》一卷。《貴池先哲遺書·貴池唐人集》本。

〔張喬〕

《張喬詩集》四卷。明嘉靖間朱警輯《唐百家詩》本、清康熙間席氏琴川書屋刊《唐詩百名家全集》本。

〔胡曾〕

《胡曾詠史詩》一卷。宋胡元質注。日本靜嘉堂文庫藏寫本。

《新雕注胡曾詠史詩》三卷。陳益、米崇吉注評。清影宋鈔本。

《詠史詩》二卷。《四庫全書》本。嶽麓書社一九八八年二月出版陳新亮等點校本。

〔曹唐〕

《曹從事詩集》一卷。清康熙間席氏琴川書屋刊《唐詩百名家全集》本。《四庫全書》本《曹祠部集》附。

《曹唐詩注》陳繼明注。上海古籍出版社一九九七年四月版。

〔李山甫〕

《李山甫詩集》一卷。明嘉靖間朱警輯《唐百家詩》本、清康熙間席氏琴川書屋刊《唐詩百名家全集》本。

〔李咸用〕

《唐李推官披沙集》六卷。宋臨安府陳宅書籍鋪刻本（臺灣中央研究院歷史語言研究所藏），《四部叢刊》影印。明嘉靖間朱警輯《唐百家詩》本、清康熙間席氏琴川書屋刊《唐詩百名家全集》本、清光緒間江標影刻《唐人五十家小集》本。

〔崔致遠〕

《桂苑筆耕集》二十卷。《四部叢刊》影印高麗刊本。

《崔文昌侯全集》包括《桂苑筆耕集》二十卷、《孤雲先生文集》三卷、《孤雲先生續集》一卷。韓國成均館大學大東文化研究院編。

〔任藩〕

《唐任藩詩小集》一卷。清康熙間席氏琴川書屋刊《唐詩百名家全集》本。

〔章碣〕

《章碣詩集》一卷。明嘉靖間朱警輯《唐百家詩》本、清康熙間席氏琴川書屋刊《唐詩百名家全集》本、清光緒間江標影刻《唐人五十家小集》本。

〔許琳〕

《許琳詩集》一卷。清康熙間席氏琴川書屋刊《唐詩百名家全集》本。

〔秦韜玉〕

《秦韜玉詩集》一卷。明嘉靖間朱警輯《唐百家詩》本、清康熙間席氏琴川書屋刊《唐詩百名家全集》本、清光緒間江標影刻《唐人五十家小集》本。

〔唐彥謙〕

《鹿門詩集》三卷、《拾遺》一卷、《續補詩》一卷。清康熙間席氏琴川書屋刊《唐詩百名家全集》本。

《鹿門集》二卷。明崇禎七年（一六三四）錢謙益鈔本。其集中頗有宋元人詩誤入。

〔周樸〕

《周見素詩集》一卷。清康熙間席氏琴川書屋刊《唐詩百名家全集》本。

〔鄭谷〕

《鄭守愚文集》三卷。宋蜀刻本（中國國家圖書館藏），《四部叢刊續編》、《續古逸叢書》影印。

《雲臺編》三卷。清康熙間席氏琴川書屋刊《唐詩百名家全集》本、《四庫全書》本

《鄭谷詩集箋注》嚴壽澂等箋注。上海古籍出版社一九九一年五月版。

《鄭谷詩集編年校注》傅義校注。華東師範大學出版社一九九三年十二月版。

〔崔塗〕

《崔塗詩集》一卷。明嘉靖間朱警輯《唐百家詩》本、清光緒間江標影刻《唐人五十家小集》本。

〔吳融〕

《唐英歌詩》三卷。明汲古閣刻《唐人四集》本、清康熙間席氏琴川書屋刊《唐詩百名家全集》本、《四庫全書》本。

〔杜荀鶴〕

《杜荀鶴文集》三卷。宋蜀刻本（上海圖書館藏），上海古籍出版社一九八〇年十二月據以影印。清康熙間席氏琴川書屋刊《唐詩百名家全集》本。

《唐風集》三卷。明汲古閣刻《唐人四集》本、《四庫全書》本。

《杜荀鶴詩》中華書局上海編輯所一九五九年四月據《貴池唐人集》本排印本。

〔張蠙〕

《張蠙詩集》一卷。明嘉靖間朱警輯《唐百家詩》本、清康熙間席氏琴川書屋刊《唐詩百名家全集》本、清光緒間江標影刻《唐人五十家小集》本。

〔曹松〕

《曹松詩集》二卷。清康熙間席氏琴川書屋刊《唐詩百名家全集》本。

《曹松詩集》一卷。明嘉靖間朱警輯《唐百家詩》本。

〔蘇拯〕

《蘇拯詩集》一卷。明嘉靖間朱警輯《唐百家詩》本、清光緒間江標影刻《唐人五十家小集》本。

〔李洞〕

《李洞詩集》三卷。明嘉靖間朱警輯《唐百家詩》本。

《李才江詩集》三卷。清康熙間席氏琴川書屋刊《唐詩百名家全集》本。

〔周曇〕

《經進周曇詠史詩》三卷。臺灣中央圖書館藏影抄宋本、天津古籍書店影印周叔弢藏宋本。

〔於鄴〕

《於鄴詩集》一卷。明嘉靖間朱警輯《唐百家詩》本、清康熙間席氏琴川書屋刊《唐詩百名家全集》本。

九、五代十國詩人

〔羅隱〕

《羅昭諫集》八卷。清康熙九年（一六七〇）張瓚瑞榴堂刻本。《四庫全書》本。

《羅昭諫江東集》五卷。明萬曆屠中孚刻本。

《羅昭諫集》十四卷本。舊鈔本（南京圖書館藏）。

《甲乙集》十卷。宋臨安府陳宅書籍鋪刻本（中國國家圖書館藏），《四部叢刊》影印。

《羅隱集》雍文華輯校。中華書局一九八三年十二月版。

《羅隱集校注》潘慧惠校注。浙江古籍出版社一九九五年六月版。

《羅隱詩選》蔣祖怡選注。浙江古籍出版社一九八七年十一月版。

《羅江東外紀》《四庫全書存目叢書》影印本。

《羅江東外紀拾殘》一卷。清林用霖輯。清咸豐十一年（一八六一）刻本。

《羅隱年譜》汪德振著。上海商務印書館一九三七年鉛印本。

〔韓偓〕

《韓內翰別集》一卷、《補遺》一卷。明汲古閣刻《唐六名家集》本、《四庫全書》本。

《翰林集》四卷。有清嘉慶麟後山房《王氏彙刻唐人集》本。

《玉山樵人集》不分卷。有《四部叢刊》影印舊鈔本。

《韓翰林詩集》一卷。清康熙間席氏琴川書屋刊《唐詩百名家全集》本。

《韓翰林集》三卷、《補遺》一卷。清吳汝綸評注。一九二三年武強賀氏刻本。

《香奩集》一卷。有明汲古閣刻《五唐人集》本。

《香奩集發微》一卷。清震鈞撰。清宣統三年（一九一一）刊巾箱本。
《韓偓詩注》陳繼龍注。學林出版社二〇〇一年四月版。
《香奩集跋韓偓》閻簡弼著。燕京大學一九五〇年六月鉛印本。
《晚唐詩人韓偓》陳香編著。臺灣國家出版社一九九三年六月版。
《全唐詩索引·韓偓卷》欒貴明等編著。現代出版社一九九五年八月版。

〔唐求〕

《唐求詩集》一卷。宋刻本（中國國家圖書館藏），清光緒間江標影刻《唐人五十家小集》本。
《唐隱居詩》一卷。清康熙間席氏琴川書屋刊《唐詩百名家全集》本。

〔王貞白〕

《王貞白詩》一卷。清邵啟賢輯。武昌陶氏刊本。

〔釋齊己〕

《白蓮集》十卷。《四部叢刊》影印影明嘉靖柳大中鈔本。明汲古閣刻《唐三高僧集》本、《四庫全書》本。
《齊己詩集》一卷。明嘉靖間朱警輯《唐百家詩》本、清光緒間江標影刻《唐五十家小集》本。

〔釋貫休〕

《禪月集》二十五卷。《四部叢刊》影印明汲古閣影宋鈔本。明汲古閣刻《唐三高僧集》本、《四庫全書》本。
《禪月集》十二卷。清同治八年（一八六九）退補齋刻本。
《貫休詩集》一卷。明嘉靖間朱警輯《唐百家詩》本、清光緒間江標影刻《唐人五十家小集》本。

〔翁承贊〕

《翁拾遺詩集》一卷。清康熙間席氏琴川書屋刊《唐詩百名家全集》本。
《唐明二翁詩集》二卷。翁輝東編。錄唐翁承贊、明翁萬達詩各一卷。一九二六年潮安翁氏排印本。

〔黃滔〕

《莆陽黃御史集》二卷。清光緒王懿榮校刊《天壤閣叢書》本，《叢書集成初編》據以排印。
《唐黃御史集》八卷。《四部叢刊》影印明萬曆曹學佺刊本，清嘉慶麟後山房《王氏彙刻唐人集》本。
《黃滔詩集》二卷。清康熙間席氏琴川書屋刊《唐詩百名家全集》本。

〔殷文圭〕

《殷文圭詩集》一卷。明嘉靖間朱警輯《唐百家詩》本、清光緒間江標影刻《唐人五十家小集》本。

〔釋尚顏〕

《唐尚顏詩集》一卷。清光緒間江標影刻《唐人五十家小集》本。

〔徐夤〕

《釣磯文集》十卷。《四部叢刊三編》影印錢氏也是園舊鈔本。
《徐正字集》四卷本。清嘉慶麟後山房《王氏彙刻唐人集》本。
《徐正字詩賦》二卷。《四庫全書》本。
《徐昭夢詩集》三卷。清康熙間席氏琴川書屋刊《唐詩百名家全集》本。

〔韋莊〕

《浣花集》十卷。有《四部叢刊》影印明正德朱承爵刻本、清康熙間席氏琴川書屋刊《唐詩百名家全集》本、《四庫全書》本。
《韋莊集》向迪琮校點。人民文學出版社一九五八年三月版。
《韋端己詩校注》十二卷。江聰平注。臺灣中華書局一九六九年九月版。
《韋莊集校注》李誼校注。四川省社會科學院出版社一九八六年一月版。
《秦婦吟》一卷。一九二四年羅振玉校錄敦煌寫本，收入《敦煌零拾》。
《秦婦吟箋注》周雲青注。上海商務印書館一九三四年鉛印本。
《秦婦吟本事》徐嘉瑞著。哈佛燕京學社一九四八年鉛印本。
《〈秦婦吟〉研究匯錄》顏廷亮、趙以武輯。上海古籍出版社一九九〇年七月版。

〔花蕊夫人〕

《花蕊夫人宮詞》一卷。臨榆田氏影宋刊《十家宮詞》，中國書店一九九〇年影印。
《花蕊夫人宮詞》一卷。明萬曆二十二年（一五九四）吳氏雲棲館刻《三家宮詞》本、明楊慎評、明林志尹編《四家宮詞》本、明汲古閣刊《三家宮詞》本，《叢書集成初編》據汲古閣本排印。
《花蕊宮詞箋注》徐式文箋注。巴蜀書社一九九二年七月版。

〔和凝〕

《宮詞》一卷。臨榆田氏影宋刊《十家宮詞》，中國書店一九九〇年影印。

《宮詞》一卷。明毛晉輯《十家宮詞》本。

〔**鄭遨**〕

《逍遙先生遺詩》一卷。《滎陽雜俎》本。

〔**孟貫**〕

《孟一之詩集》一卷。清康熙間席氏琴川書屋刊《唐詩百名家全集》本。

〔**南唐中主李璟**〕

《南唐中主詩集》不分卷。輯入管效先編《南唐二主全集》（民國間商務印書館排印本）。

〔**南唐後主李煜**〕

《南唐後主詩集》不分卷。輯入管效先編《南唐二主全集》（民國間商務印書館排印本）。

《南唐二主詞詩文集譯注》劉孝嚴注譯。吉林文史出版社一九九七年一月版。

《李後主新傳》田居儉著。吉林文史出版社一九九一年八月版。

《天子詞人·李煜全傳》霍然著。長春出版社一九九九年一月版。

《李後主著作考》季灝著。上海民治出版社一九四七年鉛印本。

《南唐二主全集》不分卷。管效先編。錄李璟、李煜詩、詞、文等七種。

〔**李建勳**〕

《李丞相詩集》二卷。《四部叢刊續編》影印宋臨安府陳宅書籍鋪刻本。明嘉靖間朱警輯《唐百家詩》本、清康熙間席氏琴川書屋刊《唐詩百名家全集》本、清光緒間江標影刻《唐人五十家小集》本。

〔**伍喬**〕

《伍喬詩集》一卷。明嘉靖間朱警輯《唐百家詩》本。

〔**李中**〕

《碧雲集》三卷。《四部叢刊》影印宋臨安府陳宅書籍鋪刻本。明汲古閣刻《唐人八家集》本。

〔**徐鉉**〕

《徐公文集》三十卷（後十卷為入宋後作）有《四部叢刊》影印涵芬樓藏校鈔本。

《騎省集》三十卷。《四庫全書》本、《四部備要》本。

【乙編】

一、唐詩總匯

《全唐詩》九百卷。清彭定求等編。錄二千五百餘家詩四萬九千餘首。有清康熙四十六年（一七〇七）清揚州詩局刻本，分為十二函一百二十冊。上海古籍出版社一九八六年十月版據揚州詩局刻本影印，中華書局於一九六〇年出版排印本，均附《全唐詩逸》。中華書局一九九九年又出橫排簡體字本，增附《全唐詩補編》（增訂本）。

《唐詩紀》一百七十卷（《初唐詩紀》六十卷、《盛唐詩紀》一百十卷）。明黃德水、吳琯編。明萬曆十三年（一五八五）吳琯刻本。

《四唐匯詩·初唐》七十卷、《盛唐》一百二十四卷。明吳勉學編。明萬曆三十年（一六〇二）善刻盈齋刻本。

《唐音統籤》一千零三十三卷。明胡震亨編。分《甲》、《乙》、《丙》、《丁》等十籤，按時代先後輯錄唐五代詩。初刊行《戊》、《癸》兩集，後續刊《甲》、《乙》、《丙》、《丁》、《己》、《庚》各籤，惟中有缺卷缺頁。所缺卷頁及《辛》、《壬》兩籤均有寫本補齊。足本現藏北京故宮博物院。

《唐詩》七百十七卷。清季振宜編。清康熙鈔本。其初稿於一九七六年由臺灣聯經出版公司影印出版，題作《全唐詩稿本》。

《全唐詩逸》三卷。（日）市河世寧（舊題上毛河世寧）輯。清乾隆間《知不足齋叢書》本。中華書局本、上海古籍出版社本《全唐詩》均作附錄收入。

《全唐詩補遺初稿》七卷。著者、出版處不詳。一九三七年三月版。

《全唐詩外編》包括王重民輯《補全唐詩》、《敦煌唐人詩集殘卷》、孫望輯《全唐詩補逸》、童養年輯《全唐詩續補遺》四種。中華書局一九八二年七月刊行。

《全唐詩補編》陳尚君輯校。包括刪訂本《全唐詩外編》和陳尚君輯《全唐詩續拾》兩部分。中華書局一九九二年十月出版。中華書局一九九九年橫排簡體字本《全唐詩》附收時，有所增訂。

《補全唐詩》王重民編。輯入中華書局一九八二年七月刊《全唐詩外編》

和一九九二年十月出版《全唐詩補編》。

《敦煌唐人詩集殘卷》王重民編。輯入中華書局一九八二年七月刊《全唐詩外編》。

《補全唐詩拾遺》王重民編。在《敦煌唐人詩集殘卷》基礎上擴編而成。收入中華書局一九九二年十月出版《全唐詩補編》。

《全唐詩補逸》二十卷。孫望編。輯入中華書局一九八二年七月刊《全唐詩外編》和一九九二年十月出版《全唐詩補編》。

《全唐詩續補遺》二十一卷。童養年編。輯入中華書局一九八二年七月刊《全唐詩外編》和一九九二年十月出版《全唐詩補編》。

《全唐詩續拾》六十卷。陳尚君輯校。收入中華書局一九九二年十月出版《全唐詩補編》。陳尚君輯校包括刪訂本《全唐詩外編》和陳尚君輯《全唐詩續拾》兩部分。

《全唐詩簡編》高文、佟培基主編。上海古籍出版社一九九二年版。

《全唐詩精華》柳無忌編注，柳亞子鑑定。上海正風出版社一九四八年十二月版。

《全唐詩廣選新注集評》袁閭琨主編。遼寧人民出版社一九九七年八月版。

《全唐詩流派品匯》孫映逵主編。北岳文藝出版社一九九八年版。

《全唐詩精選譯註》楊佐義主編。長春文藝出版社二〇〇〇年一月版。

《全唐詩精華》佟培基主編。太白文藝出版社二〇〇〇年十一月版。

《校編全唐詩》王啟興主編。湖北人民出版社二〇〇一年版。

《全唐詩雜記》（日）小川昭一著。匯文堂書店一九六九年版。

《全五代詩》一百卷、《補遺》一卷。清李調元編。其中錄詩稍可補《全唐詩》之未收，錯誤亦頗多。清乾隆四十五年（一七八〇）刻本。巴蜀書社一九九二年出版何光清點校本。

《敦煌歌辭總編》任半塘編著。有大量前述各書未收的唐代歌辭。上海古籍出版社一九八七年十二月版。

《敦煌歌辭總編匡補》項楚著。臺北新文豐出版公司一九九五年一月版、巴蜀書社二〇〇〇年六月版。

《隋唐五代燕樂雜言歌辭集》任半塘、王昆吾編著。巴蜀書社一九九〇年六月版。

《敦煌詩集殘卷輯考》徐俊纂輯。有大量前述各書未收的唐代詩歌。中華書局二〇〇〇年六月版。

《詳注全唐詩》該書編寫組。大連出版社一九九七年十月版。

《全唐詩人名考》吳汝煜、胡可先著。江蘇教育出版社一九九〇年八月版。

《全唐詩重出誤收考》佟培基編撰。陝西人民教育出版社一九九六年八月版。

《全唐詩人名考證》陶敏編撰。陝西人民教育出版社一九九六年八月版。

《全唐詩作者索引》張忱石編。中華書局一九八三年八月版。

《全唐詩重編索引》河南大學唐詩研究室編。河南大學出版社一九八五年八月版。

《全唐詩索引》史成編。上海古籍出版社一九九〇年三月版。

《全唐詩作者索引（增訂簡體橫排本）》楊玉芬、柳過雲編。中華書局二〇〇〇年十二月版。

《唐代的詩篇》（日）平岡武夫等著。上海古籍出版社一九九一年一月版。

《唐代的詩人》（日）平岡武夫等著。上海古籍出版社一九九一年一月版。

二、唐詩叢集

《唐五十家詩集》一百五十九卷。明徐縉編。錄唐太宗至權德輿五十家詩。以銅活字本印行。上海古籍出版社一九八一年八月據以影印。一九八九年四月出版縮印精裝本，並附詩篇索引。

《唐五家詩》六卷。明佚名編。錄郎士元、包何、包佶、皇甫冉、皇甫曾五家詩。明正德十四年（一五一九）吳門陸氏刊本。

《唐大曆十子詩集》七卷。明劉成德編。存明正德刻本。

《唐人小集》五十八卷。明佚名編。錄唐太宗至五代王周三十四家詩。明正德刻本。

《唐百家詩》一百七十一卷。明朱警編。錄初唐二十一家、盛唐十家、中唐二十七家、晚唐四十二家詩，附明徐獻忠《唐詩品》一卷。明嘉靖十九年（一五四〇）刻本。

《唐四僧詩》六卷。明佚名編。錄靈澈、靈一、清塞（即周賀）、常達四家詩。《四庫全書》本。

《唐十子詩》十四卷。明王準編。錄常建、郎士元、嚴維、劉叉、于鵠、于濆、于武陵、邵謁、伍喬、魚玄機十家詩。明嘉靖二十六年（一五四七）王準刻本。

《十二家唐詩》二十四卷。明張遜業編。錄王勃、楊炯、盧照鄰、駱賓王、陳子昂、沈佺期、杜審言、宋之問、孟浩然、王維、高適、岑參十二家詩，各二卷。明嘉靖三十一年（一五五二）江都黄埻東壁圖書府刻本。

《唐詩二十六家》五十卷。明黄貫曾編。錄虞世南、李嶠至武元衡、權德輿二十六家詩。明嘉靖三十三年（一五五四）黄氏浮玉山房刻本。

《唐人小集》十九卷。明佚名編。錄孟浩然、司空曙、嚴維、李頎、王昌齡、張籍六家詩。明嘉靖刻本。

《廣十二家唐詩》七十九卷。明蔣孝編。錄儲光羲（附儲嗣宗）、獨孤及、劉長卿、盧綸、錢起、孫逖、崔峒、劉禹錫、張籍、王建、賈島、李商隱十二家詩。明嘉靖刻本。

《唐十二家詩》十二卷。明楊一統編。錄王勃、楊炯、盧照鄰、駱賓王、陳子昂、杜審言、沈佺期、宋之問、孟浩然、王維、高適、岑參十二家詩，各一卷。明萬曆十二年（一五八四）刻本。

《前唐十二家詩》二十四卷。明許自昌編。錄王勃、楊炯、盧照鄰、駱賓王、陳子昂、杜審言、宋之問、孟浩然、王維、高適、岑參、沈佺期十二家詩，各二卷。明萬曆三十一年（一六〇三）霏玉軒刻本。

《唐四家詩集》四卷。明佚名編。錄孫逖、儲光羲、崔峒、獨孤及四家詩。明萬曆朱之蕃刻本。

《十家唐詩》十卷。明畢效欽編。錄初盛唐間李嶠、蘇頲、張説、張九齡、李頎、王昌齡、祖詠、崔顥、儲光羲、常建十家詩。明萬曆刻本。

《初唐四子集》四十八卷。明張燮編。錄王勃、楊炯、盧照鄰、駱賓王四家詩文。明崇禎十三年（一六四〇）張燮、曹佺刻本。

《唐四名家集》十二卷。明毛晉編。錄竇常、李賀、杜荀鶴、吴融等四家詩。明汲古閣刻本。

《五唐人詩集》二十六卷。明毛晉編。錄孟浩然、孟郊、李紳、韓偓（《香奩集》）、溫庭筠五家詩。明崇禎汲古閣刻本。

《唐人六集》四十二卷。明毛晉編。錄常建、韋應物、王建、鮑溶、姚合、韓偓（《韓內翰别集》）六家詩。明崇禎汲古閣刻本。

《唐人八家詩》四十二卷。明毛晉編。錄許渾、羅隱、李中、薛能、賈島、李嘉祐、李群玉、李商隱八家詩。明崇禎十二年（一六三九）汲古閣刻本。

《唐三高僧詩集》四十七卷。明毛晉編。錄貫休、齊己、皎然三家詩。明崇禎汲古閣刻本。

《唐人四集》五卷。明佚名編。錄祖詠、崔曙、崔顥、嚴武四家詩。明刻本。

《二十家唐詩》四十卷。明佚名編。錄祖詠至李益二十家詩。明鈔本。

《唐三家集》九卷。明佚名編。錄李商隱、韓翃、韓偓三家詩。明雲陽姜道生刻本。

《唐四家詩》二十四卷。明歐陽景編。錄韓愈、柳宗元、王維、孟浩然四家詩。明王吉齋、歐陽景刻本。

《唐四家詩》八卷。明佚名編。錄孟浩然、王維、高適、岑參四家詩，各二卷。明鄭氏琅嬛齋刻本。

《唐四家詩》四卷。明佚名編。錄李賀、朱慶餘、釋皎然、釋靈一詩，各一卷。明鈔本。

《唐六家詩》六卷。明佚名編。錄馬戴、朱慶餘、于鵠、于濆、崔塗、耿湋詩，各一卷。明刻本。

《唐十八家詩》二十一卷。明佚名編。錄李嶠至章碣十八家詩。明初鈔本。

《唐四十四家詩》九十八卷。明佚名編。錄秦系、韓翃以下中晚唐四十四家詩。明鈔本。

《唐四十七家詩》一百三十一卷。明佚名編。多錄中晚唐人詩。明鈔本。

《唐十二家集》二十八卷。明佚名編。錄張説、獨孤及、劉廷芝、郎士元、耿湋、包佶、包何、盧綸、羊士諤、秦系（二集）、李嘉祐十一家詩。明刻本。

《盛唐四名家集》二十四卷。明凌蒙初刻本。錄王維、孟浩然、李賀、孟郊四家詩。

《唐六家集》二十六卷。明佚名編。錄王勃、楊炯、盧照鄰、駱賓王、高適、岑參六家詩。明嘉靖刻本。

《中唐十二家詩》十一卷。明朱一蕃編。錄儲光羲、獨孤及、孫逖、崔峒、錢起、劉長卿、劉禹錫、盧綸、張籍、王建、賈島、李商隱十二家詩。明萬曆十四年（一五八六）金陵書坊王世茂刻本。

《晚唐十二家詩集》十二卷。明朱一蕃編。錄孟郊、鄭谷、許渾、姚合、杜牧、薛能、李中、吳融、羅隱、李頻、許棠、杜荀鶴十二家詩，各一卷。明萬曆四十六年（一六一八）刻本。

《唐中晚唐名家詩集》五卷。明姜道生編。今存四卷，錄李賀、溫庭筠、韓翃、韓偓四家詩。明天啟四年（一六二四）刻本。

《唐詩百名家全集》三百二十六卷。清席啟寓編。錄劉長卿以下百家詩。清康熙四十一年（一七〇二）洞庭席氏琴川書屋刻本。

《中晚唐詩》五十四卷。清劉雲份編。錄劉長卿以下五十家詩及女唐詩、女才子詩。清康熙野香堂、貞隱堂刻本。

《十三唐人詩》十五卷。清劉雲份編。錄中晚唐姚合、周賀、戎昱、唐求、沈亞之、儲嗣宗、曹鄴、姚鵠、邵謁、韓偓、林寬、孟貫、伍喬十三家詩。清康熙劉雲份野香堂刻本。

《八劉唐人詩》八卷。清劉雲份編。錄中晚唐劉叉、劉商、劉言史、劉得仁、劉駕、劉滄、劉兼、劉威八家詩。清康熙四十二年（一七〇三）金閶寶翰樓刻本。

《唐宋八家詩》五十二卷。清姚培謙編。錄唐韓愈、柳宗元、宋歐陽修、蘇洵、蘇軾、蘇轍、王安石、曾鞏八家詩。清雍正五年（一七二七）遂安堂刻本。

《初唐四傑集》三十七卷。清項家達編。錄王勃、楊炯、盧照鄰、駱賓王四家詩文。清乾隆四十六年（一七八一）星渚項氏刻本。

《王氏彙刻唐人集》三十六卷。清王遐春編。錄歐陽詹、韓偓、王棨、黃滔、徐夤、林寬六家詩文。清嘉慶十五年（一八一〇）福鼎王氏麟後山房刻本。

《唐人三家集》二十六卷。清秦恩復編。錄駱賓王、呂溫、李觀三家詩文。清道光十年（一八三〇）江都秦氏石研齋影宋刻本。

《唐四家詩集》二十卷。清胡鳳丹編。錄王維、孟浩然、韋應物、柳宗元四家詩。清同治九年（一八七〇）退補齋刻本。

《唐人合集》二十八卷。錄孟浩然、高適、王維、岑參四家詩。清光緒十年（一八八四）上海同文書局石印本。

《唐人五十家小集》七十二卷。清江標編。錄王、楊、盧、駱以至晚唐五十家詩。清光緒二十一年（一八九五）元和江氏靈鶼閣據南宋陳道人本影刻。

《唐四家集》七卷。清佚名編。錄劉言史、張蠙、秦系、唐求四家詩。清帶經堂鈔本。

《袁州二唐人集》八卷。胡思敬編。錄鄭谷詩、盧肇詩文，各四卷。一九一七年刊入胡思敬編《豫章叢書》。

《貴池唐人集》二十卷。劉世珩編。錄有費冠卿、張祜、周繇、顧雲、張喬、杜荀鶴、殷文圭、伍喬等人詩文。輯入一九二〇年刊《貴池先哲遺書》。

三、唐五代編選唐詩集

《珠英學士集》五卷。唐崔融編。輯錄武后時修《三教珠英》學士李嶠、張說等四十七人詩二百七十六首，今存四十九首。敦煌寫本斯二七一七卷、伯三七七一卷存該集卷四、卷五的殘本，共十三人詩五十五首。《唐人選唐詩新編》收徐俊整理本。

《國秀集》三卷。唐芮挺章編。選錄初盛唐間（天寶三載以前）自李嶠至祖詠九十家詩二百二十首（實只八十五家二百十八首）。《唐人選唐詩十種》、《唐人選唐詩新編》據《四部叢刊》影印明初刻本刊行。

《河嶽英靈集》二卷。唐殷璠編。選錄唐開元二年至天寶十二載（七一四～七五三）期間常建、閻防等二十四家詩二百三十四首。中國國家圖書館有宋刊本，《唐人選唐詩新編》據以校點。《唐人選唐詩十種》據《四部叢刊》影印明翻宋刻本刊行，分為三卷，為後人所拆。

《河嶽英靈集研究》李珍華、傅璇琮著。中華書局一九九二年九月版。

《丹陽集》一卷。唐殷璠編。選取武后末至玄宗開元間潤州十八人詩作，宋以後不傳。《宗月鋤先生遺著》收清宗廷輔輯本，僅據《全唐詩》臆編。《唐人選唐詩新編》收陳尚君輯本，依據唐宋可靠文獻錄得殷璠序及評語、十八人部分詩作。

《篋中集》一卷。唐元結編。錄沈千運、王季友、於逖、孟雲卿、張彪、趙微明、元季川七家五言古詩二十四首。《唐人選唐詩十種》、《唐人選唐詩新編》據《隨庵叢書》影宋鈔本刊行。

《中興間氣集》二卷。唐高仲武編。選錄肅宗、代宗朝自錢起至張南史二十六家詩一百三十四首。中國國家圖書館有汲古閣影宋鈔本，另有清末武進費氏影宋本，《唐人選唐詩新編》據以校點。《唐人選唐詩十種》據《四部叢刊》影印明翻宋刻本刊行。

《玉臺後集》十卷。李康成編。繼徐陵《玉臺新詠》而作，錄梁陳至盛唐詩人歌詠婦女生活之作。明以後不傳。《唐人選唐詩新編》收陳尚君輯本，依據唐、宋、明可靠文獻，錄得六十一人詩八十九首。

《御覽詩》一卷。又名《元和御覽》、《唐歌詩》、《選進集》。唐令狐楚編。選錄大曆至元和間三十家詩二百八十九首（原為三百十首）。《唐人選唐詩十種》、《唐人選唐詩新編》據明毛氏汲古閣本刊行。

《極玄集》一卷。唐姚合編。選錄王維、祖詠及大曆間詩人二十一家詩一百首。上海圖書館藏毛晉汲古閣影宋寫本，各家均無小傳，較近姚書原貌。《唐人選唐詩新編》據以校點。《唐人選唐詩十種》據元至元刻本刊行，作二卷，每人下有簡傳，當出後人增改。

《又玄集》三卷。唐末韋莊編。選錄杜甫、李白等一百四十二家詩二百九十七首（序稱一百五十人，詩三百首）。有享和三年（一八〇三）江戶昌平阪學問所官板本，古典文學出版社一九五八年影印，《唐人選唐詩十種》、《唐人選唐詩新編》均據以印行。

《搜玉小集》一卷。唐佚名編。選錄魏徵以下初唐三十七家詩六十三首。有明毛晉汲古閣本。《唐人選唐詩十種》、《唐人選唐詩新編》均據以刊行。

《才調集》十卷。後蜀韋縠編。錄唐諸家詩一千首。《唐人選唐詩十種》、《唐人選唐詩新編》據《四部叢刊》影印述古堂影宋寫本刊行。

《才調集集注》十卷。清周楨集注。稿本。

《才調集補注》十卷。清殷元勛箋注，清宋邦綏補注。清乾隆五十八年（一七九三）思補堂刻本。

《才調集箋注》十卷。清吳兆宜箋注。清吳惠叔鈔本。

《二馮評點才調集》十卷。清馮舒、馮班評點。清初刻本。

《刪正二馮評閱才調集》二卷。清馮舒、馮班評，清紀昀批點。輯入紀氏《鏡煙堂十種》。

《唐寫本唐人選唐詩》錄存盛唐王昌齡等六家詩七十一首、殘篇二首。《唐人選唐詩十種》據一九一三年羅振玉編《鳴沙石室佚書》影印敦煌寫本刊行。此卷實即法藏敦煌遺書伯二五六七卷，與伯二五五二卷為同一寫卷，斷為兩片。敦煌遺書中此類寫卷甚多，故《唐人選唐詩新編》不收。

《翰林學士集》一卷。唐佚名編。錄唐太宗、許敬宗等唱和詩六十首。今人或疑為許敬宗集的殘卷。清光緒十九年（一八九三）貴陽陳氏影刻日本尾張真福寺藏唐卷子本，錯寫較多。《唐人選唐詩新編》收陳尚君整理本，校訂較多，但未及親校原卷，仍有漏校。

《翰林學士集本文和索引》日本村田正博編。和泉書院一九九二年版。

《高氏三宴詩集》三卷。題唐高正臣編。錄高氏與陳子昂、周彥暉、長孫正隱等二十一人三次會宴之詩各一卷。為後人從《古今歲時雜詠》中輯出。有《四庫全書》本、清宣統元年（一九〇九）沈氏刊《晨風閣叢書》本。

《竇氏聯珠集》五卷。唐褚藏言編。錄竇常、竇牟、竇群、竇庠、竇鞏兄弟五人詩各一卷。《四部叢刊三編》影印宋淳熙刻本。

《香山九老會詩》一卷。錄白居易等洛中唱酬詩，為後人從《白氏長慶集》中錄出。《晨風閣叢書》本《高氏三宴詩集》附。

《唐人選唐詩六種》十二卷。佚名編。包括《篋中集》、《國秀集》、《河嶽英靈集》、《中興間氣集》、《搜玉小集》、《極玄集》六種。明嘉靖刻本。

《唐人選唐詩八種》二十三卷。明毛晉編。包括《御覽詩》、《篋中集》、《國秀集》、《河嶽英靈集》、《中興間氣集》、《搜玉小集》、《極玄集》、《才調集》八種。明崇禎元年（一六二八）毛氏汲古閣刻本。

《十種唐詩選》十七卷。清王士禛編選。包括《河嶽英靈集選》、《中興間氣集選》、《國秀集選》、《篋中集選》、《搜玉集選》、《御覽詩選》、《極玄集選》、《又玄集選》、《才調集選》、《唐文粹詩選》十種。其中《又玄集選》所據為偽本。清康熙刻本。

《唐人選唐詩十種》二十七卷。包括《唐寫本唐人選唐詩》、《篋中集》、《河嶽英靈集》、《國秀集》、《御覽詩》、《中興間氣集》、《極玄集》、《又玄集》、《才調集》、《搜玉小集》十種。一九五八年十二月中華書局上海編輯所集印。

《唐人選唐詩新編》傅璇琮編。共收錄十三種，即錄《唐人選唐詩十種》

除所謂《唐寫本唐人選唐詩》以外的九種，增加了日本卷子本《翰林學士集》、敦煌殘本《珠英學士集》和陳尚君輯錄的殷璠《丹陽集》和李康成《玉臺後集》。陝西人民教育出版社一九九六年七月版、臺北文史哲出版社一九九九年版。

四、宋元編選唐詩集

《文苑英華》一千卷。宋李昉等編。錄南朝梁末至唐五代時詩文。中華書局一九六六年五月影印本，其中宋刊僅一百六十卷，餘配明刊，末附宋彭叔夏撰《文苑英華辨證》十卷及清勞格撰《文苑英華辨證拾遺》。該書有近人傅增湘匯校本，存中國國家圖書館。

《文苑英華纂要》八十四卷。宋高似孫選輯。宋刻元修本。

《唐文粹》一百卷。宋姚鉉編。選錄唐代詩文，以古雅為標準，不取近體詩、律賦和四六文。《四部叢刊》影印明嘉靖徐焴刻本。

《唐文粹補遺》二十六卷。清郭　編。清光緒十一年（一八八五）江蘇書局刻本。

《唐百家詩選》二十卷。宋王安石編。選錄一百零四家詩一千二百餘首。南宋初年撫州重刻本（上海圖書館所藏），《古逸叢書三編》據以影印，中華書局一九八七年四月出版。清康熙四十二年（一七〇三）宋犖、丘邇求刻本。

《樂府詩集》一百卷。宋郭茂倩編。錄漢魏至唐五代樂府歌詞，兼及上古至唐末謠詞。文學古籍刊行社一九五五年六月據宋本增補影印，中華書局一九七九年十一月校點印行。另有《四部叢刊》影印明汲古閣刻本。

《萬首唐人絕句》一百零一卷。宋洪邁編。文學古籍刊行社一九五五年十二月據明嘉靖本影印。

《萬首唐人絕句》四十卷本。明趙宧光、黃習遠訂正。刪去誤收二百十九首，增補作者一百零一人、詩六百五十九首。明萬曆三十五年（一六〇七）刻本。書目文獻出版社一九八三年五月出版劉卓英校點本。

《萬首唐人絕句索引》武秀珍編。書目文獻出版社一九八五年十月版。

《萬首唐人絕句校注集評》霍松林主編。陝西教育出版社一九九一年版。

《唐人萬首絕句選》七卷。清王士禛編選。清康熙四十七年（一七〇八）芸香閣刻本。

《唐人萬首絕句選校注》李永祥校注。齊魯書社一九九五年三月版。

《古今歲時雜詠》四十六卷。南宋蒲積中編。專取魏晉唐宋人歲時節日詩歌。《四庫全書》本略有刪節。中國國家圖書館存明鈔本，徐敏霞參校標點，遼寧教育出版社一九九九年出版。

《唐僧弘秀集》十卷。宋李編。選錄皎然等五十二釋子詩。明毛氏汲古閣刻本。

《眾妙集》一卷。宋趙師秀編。選錄自沈佺期至王貞白七十六家的五七言律詩（五律居十之九）。《叢書集成初編》據明汲古閣《詩詞雜俎》本刊行。

《注解章泉澗泉二先生選唐詩》五卷。宋趙蕃、韓淲選，宋謝枋得注。明宣德刻本。

《分門纂類唐宋時賢千家詩選》（習稱《後村千家詩選》）二十二卷。宋劉克莊編。上海古書流通處影印清康熙四十五年（一七〇六）揚州書局刊本。

《後村千家詩校注》胡問儂、王皓叟校注。貴州人民出版社一九八六年十二月版。

《分門纂類唐歌詩》一百卷。宋趙孟奎編。錄詩四萬多首。現僅存十一卷，中國國家圖書館存曹寅影宋寫本。《宛委別藏》本有所刪節，有一九三五年上海商務印書館影印本。

《箋注唐賢三體詩法》二十卷。宋周弼編，元釋圓至注。選錄唐人七絕、七律、五律三體詩。明刻本。

《磧砂唐詩》三卷。宋周弼編，元釋圓至注，清盛傳敏、王謙纂釋。清康熙十九年（一六八〇）刻本。

《唐三體詩》六卷。宋周弼編，元釋圓至注，清高士奇補注。清康熙三十二年（一六九三）朗潤堂校刻本。

《續唐三體詩》八卷。清高士奇編。補錄五古、七古、五言排律三體。清康熙刻《唐三體詩》本所附。

《千家詩》四卷。題宋謝枋得、明王相編選。錄唐宋近體詩二百多首。東海文藝出版社一九五七年十二月據莆陽鄭濯之刻本斷句校印。

《千家詩注》二卷。清黎恂注。《黎氏家集》本。

《續千家詩》二卷。清悔齋學人編。清同治蘇州刻本。

《千家詩新注》王啟興等編注。湖北人民出版社一九八一年八月刊行。

《千家詩新繹》陝西人民出版社一九八一年十一月編印。

《千家詩注析》湯霖、姚楓編。甘肅人民出版社一九八二年五月刊行。

《千家詩新注》趙興勤、楊俠注。四川人民出版社一九八二年六月刊行。

《唐詩鼓吹》十卷。題金元好問編。元郝天挺注。選錄九十六家七言律詩近六百首。元京兆日新堂刻本。

《唐詩鼓吹注解大全》十卷。元郝天挺注，明廖文炳補注。明萬曆七年（一五七九）刻本。

《唐詩鼓吹箋注》十卷。元郝天挺注，明廖文炳解，清錢朝鼒等參校。清順治十六年（一六五九）刻本。

《東岩草堂評訂唐詩鼓吹》十卷。清朱三錫等評訂。清康熙二十七年（一六八八）刻本。

《評點唐詩鼓吹》十六卷。清吳汝綸評點。一九二五年南宮邢氏刻本。

《瀛奎律髓》四十九卷。元方回編。錄唐宋各家律詩，分類編排。明成化三年（一四六七）紫陽書院刻本。

《瀛奎律髓刊誤》四十九卷。清紀昀批點。清嘉慶五年（一八〇〇）李光垣刻本。

《律髓輯要》七卷。清許印芳編。《雲南叢書初編》本。

《桐城吳先生評選瀛奎律髓》四十五卷。清吳汝綸評選。一九二八年邢之襄刻本。

《瀛奎律髓匯評》李慶甲匯編。上海古籍出版社一九八六年四月出版。

《唐人五言排律選》十卷。元李存編。明初刻本。

《唐音》十一卷。元楊士弘編。明初刻本。

《唐音輯注》十四卷。明張震輯注。明刻本。

《批點唐音》十五卷。明顧璘批點。明嘉靖二十年（一五四一）洛陽溫氏刻本。

五、明人編選唐詩集

《唐詩品匯》九十卷、《拾遺》十卷。明高　編。上海古籍出版社一九八二年八月據明汪宗尼校訂本影印出版。

《删正唐詩品匯》五十卷。明俞憲輯。明嘉靖三十二年（一五五三）刻本。

《唐詩品匯删》十八卷。清朱克生删輯。清康熙五年（一六六六）刻本。

《唐詩正聲》二十二卷。係約選《唐詩品匯》而成。明嘉靖何城重刻本。

《批點唐詩正聲》二十二卷。明桂天祥批點。明萬世德刻本。

《增定評注唐詩正聲》十二卷。明郭浚評點，明周明輔等參訂。明天啟刻本。

《雅音會編》十二卷。明康麟編。明嘉靖二十四年（一五四五）沈藩勉學書院刻本。

《全唐詩選》十八卷。明李默、鄒守愚編。明嘉靖二十六年（一五四七）林應亮校刻本。

《唐雅》八卷。明胡纘宗編。明嘉靖二十八年（一五四九）文門山堂刻本。

《唐音大成》十五卷。明邵天和編。明嘉靖刻本。

《唐音類選》二十四卷、《拾遺》一卷。明潘光統選。明黄佐訂明嘉靖刻本。

《唐雅》二十六卷。明張之象編。錄唐君臣唱酬詩分類編次。明嘉靖二十年（一五四一）刻本。

《唐詩選》七卷。明李攀龍選，明蔣一葵箋釋。係由李攀龍《古今詩删》三十四卷中摘取唐詩部分而成。明萬曆刻本。

《唐詩廣選》七卷。明李攀龍選、明凌宏憲集評。明萬曆刻本。

《庵重訂李於鱗唐詩選》七卷。明李攀龍選，明黄家鼎評定。明崇禎刻本。

《錢太史評注李於鱗唐詩選玉》存五卷。明李攀龍選，明錢謙益評注。明刻本。

《唐詩直解》七卷。明李攀龍選，明葉羲昂直解。清博古齋刻本。

《唐詩三集合編》七十四卷。明沈子來編。錄楊士弘《唐音》、高棅《唐詩正聲》、李攀龍《唐詩選》三種。明天啟四年（一六二四）寧遠山房刻本。

《唐詩絶句類選》三卷、《補》一卷。明敖英選評。明吳興凌氏刻朱藍墨套印本。

《十二家唐詩類選》十二卷。明何東序編。明隆慶四年（一五七〇）保州刻本。

《唐詩類鈔》八卷。明顧應祥編。明嘉靖三十一年（一五五二）顧氏自刻本。

《唐詩類苑》一百卷。明卓明卿編。明萬曆十四年（一五八六）崧齋活字印本。

《唐詩類選》六卷。明張居仁編。明萬曆二十四年（一五九六）張氏自刻本。

《精選唐詩分類評釋繩尺》存七卷。明徐用吾編。明萬曆二十五年（一五九七）刻本。

《唐詩類苑》二百卷。明張之象、趙應元編。明王徹補訂。明萬曆二十九年（一六〇一）刻本。

《唐詩類苑選》三十四卷。清戴明説選。清順治梅墅石渠閣刻本。

《唐詩所》四十七卷。明臧懋循編。明萬曆三十四年（一六〇六）雕蟲館刻本。

《唐詩歸》三十六卷。明鍾惺、譚元春編。明萬曆四十四年（一六一六）古郡方式刻本。

《全唐風雅》十二卷。明黃克纘、衛一鳳編。明萬曆四十六年（一六一八）刻本。

《詳注百家唐詩匯選》三十卷。明徐克編。明萬曆世美堂刻本。

《唐詩選注》四卷。明陳繼儒箋釋。明萬曆刻本。

《唐詩解》五十卷。明唐汝詢編釋。係綜取高　《唐詩正聲》和李攀龍《唐詩選》加以訂正及箋釋而成。明萬曆刻本。

《刪訂唐詩解》二十四卷。清吳昌祺評訂。清康熙四十年（一七〇一）刻本。

《匯編唐詩十集》四十一卷。明唐汝詢編釋，明蔣漢紀增釋。係就《唐詩解》增釋改編而成。明天啟三年（一六二三）刻本。

《唐詩豔逸品》四卷。明楊肇祉編。分為《唐詩名媛集》一卷、《唐詩香奩集》一卷、《唐詩觀妓集》一卷、《唐詩名花集》一卷。明天啟元年（一六二一）閔一栻刻套印本。

《石倉唐詩選》一百十卷。明曹學佺編。原為《石倉歷代詩選》的一部分。明崇禎刻《石倉歷代詩選》本。

《唐詩選脈會通評林》六十卷。明周敬、周珽編。明陳繼儒評點。明崇禎八年（一六三五）刻本。

《唐詩雋》四卷。明李維楨編。明蕭世熙刻本。

《批選唐詩》二卷。明郝敬批選。明刻本。

《唐詩鏡》五十四卷。明陸時雍編。明刻本，與《古詩鏡》合刊。

《唐風定》二十二卷。明邢昉編。貴陽邢氏思適齋一九三四年影明刻本。

《唐人詩》三十七卷。佚名編。錄張祜等二十四家詩。明刻本。

《唐詩緒箋》三十卷。明程元初箋，明陶望齡參訂。明刻本。

《初唐詩》三卷。明樊鵬編。明刻本。

《唐詩選紀述》六卷。明孫慎行編。明刻本。

《古唐詩選》存二卷。明眭石編。明刻本。

《唐詩援》存二卷。明李沂編。明末刻本。

《唐詩選玄集》不分卷。明萬表編。明聚好樓鈔本。

《唐雅同聲》五十卷。明朱謀垔編。清順治刻本。

《唐詩摘句》一卷。明莊元臣編。清初永言齋鈔本《莊忠甫雜著》第六冊。

《唐詩韻匯》不分卷。明施端教編。采唐人近體詩按韻部編次。清康熙二十年（一六八一）刻本。

六、清人編選唐詩集

《唐詩英華》二十二卷。清顧有孝編。清初顧氏寧遠堂刻本。

《貫華堂選批唐才子詩》八卷。清金人瑞選評。清順治貫華堂刻本。浙江古籍出版社一九八五年一月出版排印本，題作《金聖歎選批唐詩》；北京出版社一九八九年六月出版隋樹芬、施建中校訂本，題作《金聖歎選批唐詩六百首》；四川文藝出版社一九九九年一月版陳德芳校點本，題作《金聖歎評唐詩全編》。

《中晚唐詩紀》六十二卷。清龔賢編。錄張籍、李嘉祐等六十二家詩。清初貞隱堂刻本。

《唐詩擘香集》十六卷。清俞南史編。清初刻本。

《唐詩評選》四卷。清王夫之評選。民國間《船山遺書》本。文化藝術出版社一九九七年一月出版王學太泰校點本。

《唐詩快》十六卷。清黃周星選評。清康熙二十六年（一六八七）書帶草堂刻本。

《唐賢三昧集》三卷。清王士禛編。清康熙二十七年（一六八八）刻本。

《唐賢三昧集箋注》三卷。清吳煊、胡崇注。清乾隆五十二年（一七八七）聽雨齋刻本。

《廣唐賢三昧集》十卷。清文昭輯。清宣統元年（一九〇九）荊州田氏後博古堂據日本七條愷氏金屬版本影印。

《唐賢小三昧集》三卷，《續集》一卷。清史承豫編。江蘇省國學圖書館藏鈔本。

《唐賢三昧集譯註》張明非撰。上海古籍出版社二〇〇〇年十二月版。

《唐詩掞藻》八卷。清高士奇編。清康熙三十二年（一六九三）刻本。

《唐詩評選》十卷。清王熹儒編。清康熙三十四年（一六九五）刻本。

《唐詩體經》四卷。清吳廷偉選，清顧元標注。清康熙四十二年（一七〇三）刻本。

《晚唐詩鈔》二十六卷。清查克弘、林紹幹編。清康熙四十二年（一七〇三）棲鳳閣刻本。

《中晚唐詩叩彈集》十二卷、《續集》三卷。清杜詔、杜庭珠編。清康熙四十三年（一七〇四）採山亭刻本。北京市中國書店一九八四年十二月影印。

《唐音審體》二十卷。清錢良擇編。清康熙四十三年（一七〇四）昭質堂刻本。

《全唐詩錄》一百卷。清徐倬編。清康熙刻本。

《全唐詩錄補遺》一卷。清俞思謙編。輯入《銷夏錄舊五種》。

《御選唐詩》三十二卷。清聖祖愛新覺羅·玄燁選，清陳廷敬等編注。清康熙五十二年（一七一三）武英殿刻本。

《唐詩貫珠》六十卷。清胡以梅箋。清康熙五十四年（一七一五）胡氏素心堂刻本。

《唐詩玉臺新詠》十卷。清朱存孝編。清康熙五十六年（一七一七）精刻本。

《唐詩摘鈔》四卷。清黃生選評。清康熙六十年（一七二一）是亦山房刻本。

《唐詩評三種》清黃生等撰，何慶善校點。黃山書社一九九五年十二月版。

《增訂唐詩摘鈔》四卷。清朱之荊增訂。附朱之荊編《增訂古唐詩摘鈔》十卷，清乾隆十五年（一七五〇）南屏草堂刻本。

《唐詩矩》五卷。清黃生編。輯入《周氏師古堂所編書》。

《玉堂才調集》三十卷。清於朋舉編。清康熙刻本。

《唐詩定編》十四卷。清金是瀛、宋慶長編。清康熙宋氏家刻本。

《唐詩正》三十卷。清俞南史、汪森編。清康熙金閶天祿閣刻本。

《唐詩善鳴集》二卷。清陸次雲編。清康熙蓉江懷古堂刻本。

《唐宮閨詩》二卷，附《唐女校書詩》一卷、《唐女冠詩》一卷。清劉雲份編。清康熙夢香閣刻本。

《唐體膚詮》四卷。清毛張健編。清康熙刻本。

《唐體餘論》四卷。清毛張健編。清康熙刻本。

《唐詩指月》七卷。清卞之綿編。清康熙刻本。

《唐詩金粉》十卷。清沈炳震編。清雍正二年（一七二四）冬讀書齋刻本。

《古唐詩合解》十六卷（古詩四卷、唐詩十二卷）。清王堯衢編注。清雍正文英堂刻本，嶽麓書社一九八九年九月版。

《大曆詩略》六卷。清喬億編。清乾隆刻本。

《唐詩韶音箋注》五卷。清沈廷芳、陸謙選，清吳壽祺、吳元治注。清乾隆二十三年（一七五八）賜書堂刻本。

《而庵說唐詩》二十二卷。清徐增撰。清乾隆二十三年（一七五八）文茂堂重刻本。

《唐詩觀瀾集》二十四卷。清李因培選評，清凌應曾注。清乾隆二十四年（一七五九）刻本。

《全唐詩鈔》八十卷、《補遺》十六卷。清吳成儀編。清乾隆二十四年（一七五九）璜川書屋刻本。

《唐宋詩醇》四十七卷。清高宗愛新覺羅·弘歷敕編。選錄李白、杜甫、白居易、韓愈、蘇軾、陸游六大家詩。清乾隆內府刻本。

《世美堂唐詩選》八卷。清範時繹編。清乾隆刻本。

《唐詩別裁集》二十卷。清沈德潛編。錄詩一千九百餘首，分體編排。中華書局一九七三年九月據清乾隆二十八年（一七六三）教忠堂重訂本縮印。上海古籍出版社一九七九年出版富壽蓀校點本。

《唐詩别裁集引典備注》二十卷。清俞汝昌注。清道光十八年（一八三八）刻本。

《唐詩箋註》十卷。清黄叔燦編。清乾隆三十年（一七六五）刻本。

《詩法易簡録》十四卷、《録餘緒論》一卷。清李鍈編撰。係評選唐近體詩。清乾隆三十二年（一七六七）刻本。

《網師園唐詩箋》十八卷。清宋宗元選注。清乾隆三十二年（一七六七）刻本。

《聞鶴軒初盛唐近體讀本》十七卷。清盧、王溥選編。清乾隆三十五年（一七七〇）刻本。

《唐宋詩本》七十六卷。清戴第元編。清乾隆三十八年（一七七三）覽珠堂刻本。

《唐音存雅》十卷。清鄂弼編。清乾隆鄂氏竹虚齋稿本。

《唐詩成法》十二卷。清屈復選評。清乾隆弱水草堂刻本。

《唐詩箋要》八卷、後集八卷。清吴瑞榮撰。清乾隆金陵三樂齋刻本。

《唐詩選勝直解》不分卷。清吴烶編。清乾隆刻本。

《唐風采》十卷。清張揔編。清順治十七年（一六六〇）雨花草堂刻本。

《御選唐詩題解類編》二十八卷。清黄承煦編。清刻本。

《唐詩選》六卷。清吴翌鳳編選。清嘉慶十年（一八〇五）滄浪泠榭校刻本。

《讀雪山房唐詩鈔》三十卷。清管世銘編。清嘉慶十二年（一八〇七）刻本。

《讀全唐詩鈔》三十八卷。清金世綬編。清嘉慶二十四年（一八一九）刻本。

《求志居唐詩選》八十二卷。清陳世熔選編。清道光二十五年（一八四五）獨秀山莊刻本。

《唐詩三百首》六卷。清衡塘退士（孫洙）編。清咸豐二年（一八五二）小石山房刻本。

《唐詩三百首注疏》六卷。清章燮注。東海文藝出版社一九五七年十二月據永言堂木刻本斷句校印。安徽人民出版社一九八三年六月出版吴紹烈、周藝校點本，浙江文藝出版社一九八三年九月出版排印本。

《注釋唐詩三百首》六卷。清李盤根注。清咸豐十年（一八六〇）三元堂刻本。

《唐詩三百首補注》八卷。清陳婉俊補注。文學古籍刊行社一九五六年七月據清光緒十一年（一八八五）四藤吟社刻本斷句排行，中華書局一九五九年九月新一版，一九八四年七月出版呂薇芬標點本。

《唐詩三百首（言文對照白話評注）》袁韜壺譯注。上海群學社一九三一年十月版。

《（評注）唐詩三百首》媚古居士重訂，朱益明譯。上海春明書店一九三三年八月初版。

《（訂正白話注解）唐詩三百首》夢花館主譯注，上海廣益書局一九三四年五月版。

《唐詩三百首》陳伯陶注。大達圖書供應社一九三八年鉛印本。

《唐詩三百首（言文對照詳細注解）》儲菊人譯注。上海亞光書局一九四三年十月版。

《注釋作法唐詩三百首》朱麟注。國學整理社一九三六年鉛印本。

《白話注釋唐詩三百首讀本》許舜屏注。上海廣益書局一九四九年刊行。

《唐詩三百首詳析》喻守真注。中華書局一九五七年六月刊行。

《新注唐詩三百首》朱大可注。上海文化出版社一九五七年十一月刊行。

《唐詩三百首新注》金性堯注。上海古籍出版社一九八〇年九月刊行。

《唐詩三百首詳注》陶今雁注。江西人民出版社一九八〇年十二月刊行，一九八二年九月修訂再版。

《新評唐詩三百首》清陳婉俊補注，黄雨評説。廣東人民出版社一九八二年四月刊行。

《唐詩三百首注釋》陳昌渠等注。四川人民出版社一九八二年六月刊行。

《唐詩三百首鑑賞》黄永武、張高評著。臺灣黎明文化事業股份有限公司一九八六年出版。

《評注唐詩三百首》朱益明評注。臺北國家出版社一九八三年版。

《唐詩三百首評注》王啟興、毛治中評注。湖北人民出版社一九八四年二月版。

《新編唐詩三百首譯釋》張碧波、鄒尊興譯釋。黑龍江人民出版社一九八四年四月版。

《唐詩三百首集解》王進祥集解。臺北頂淵出版社一九八五年版。

《唐詩三百首譯析》李淼、李星編著。吉林文史出版社一九八六年四月版。

《唐詩三百首全譯》劉首順譯。陝西人民教育出版社一九八六年八月版。

《唐詩三百首便覽》劉建勛編著。廈門大學出版社一九九〇年七月版。

《唐詩三百首評注》續之等評注。三秦出版社一九九〇年十二月版。

《唐詩三百首精華賞析》孟慶文主編。南海出版公司一九九一年三月版。

《唐詩三百首今譯新析》弘征譯析。灕江出版社一九九一年十一月版。

《唐詩三百首新注》尚俊生、陳士校注。百花文藝出版社一九九四年二月版。

《唐詩三百首》周剛、李澤淳注。春風文藝出版社一九九五年四月版。

《唐詩三百首譯注評》朱炯遠、畢寶魁、陳崇宇著。遼寧古籍出版社一九九五年四月版。

《唐詩三百首新譯》陶文鵬等編著。北京出版社一九九六年十一月版。

《唐詩三百首譯解》張國榮編著。中國文聯出版社一九九七年一月版。

《唐詩三百首匯評》王步高編著。東南大學出版社一九九七年八月版。

《唐詩三百首》趙山林注評。黃山書社一九九八年三月版。

《唐詩三百首評注》張忠綱評注。齊魯出版社一九九八年四月版。

《唐詩三百首集注點評》馮奇編著。南海出版社一九九八年八月版。

《唐詩三百首（圖文本）》蓋國梁等注評。上海古籍出版社一九九九年版。

《名家配畫誦讀本·唐詩三百首》上海辭書出版社一九九九年九月版。

《毛澤東評點唐詩三百首》中共中央黨校出版社一九九九年版。

《唐詩三百首詞典》彭鐸編。陝西人民出版社一九八六年版。

《唐詩三百首辭典》左鈞如編。漢語大詞典出版社一九九八年十一月版。

《唐詩三百首索引》東海大學圖書館編。臺灣成文出版社一九七七年版。

《唐詩三百首續選》一卷。清于慶元編。清光緒十四年（一八八八）北京龍文閣刻《唐詩三百首注疏》附。浙江古籍出版社一九八八年一月出版蔡義江、盧炘點校本。

《十八家詩鈔》二十八卷。清曾國藩編。選錄曹植、阮籍、陶潛、謝靈運、鮑照、謝脁、王維、孟浩然、李白、杜甫、韓愈、白居易、李商隱、杜牧、蘇軾、黃庭堅、陸游、元好問十八家古近體詩六千五百九十九首，有少量評點和校注。清同治傳忠書局刻本，輯入《四部備要》。

《十八家詩鈔評點》清吳汝綸評點。京師國群鑄一社一九一四年鉛印本。

《詳注十八家詩鈔》二十八卷。陳存悔、劉鐵冷、劉堪、胡懷琛注。上海中原書局一九二六年刊本。

《全唐詩蟠根集》十六卷。清李長祥編。清同治二年（一八六三）嵐石山房稿本。

《重編唐詩初選》二卷。清吳宗麟編。清同治三年（一八六四）刻本。

《唐詩六百篇》四卷。某根居士編選。清同治十三年（一八七四）刻本。

《唐詩選》十三卷。清王闓運編選。清光緒二年（一八七六）成都尊經書局刻本。

《王闓運手批唐詩選》清王闓運編纂評點。上海古籍出版社一九八九年十一月出版。

《唐詩析類集訓》二十八卷。清曹錫彤輯注。清光緒八年（一八八二）刻本。

《唐詩啟蒙》不分卷。清吳淦編。清光緒十四年（一八八八）康勝齋刻本。

《唐詩讀本》二十卷。清鄧尉山人輯。清刻本。

《唐詩合選詳解》八卷。清劉文蔚注。上海掃葉山房一九一七年石印本。

《唐詩合選》清劉文蔚編選，楊世榮新注。廣西人民出版社一九八六年二月版。

《唐人姓氏詩匯》十六卷。清湯善征編。江蘇省國學圖書館藏鈔本。

《唐詩玉林》三十七卷。清葛震編。上海圖書館藏清遼西葛氏種松堂稿本。

《唐詩品》八十五卷。清鮑桂星編。復旦大學圖書館藏稿本。

《唐詩麗則》四卷。清王湛編。江蘇省國學圖書館藏稿本。

《唐詩錄》清王昶編。北京大學圖書館藏稿本。

《唐詩和鳴集》清佚名編。蘇州市圖書館藏鈔本。

《唐六家詩鈔》六卷。清陳明善編。錄杜甫、韓愈、王維、孟浩然、韋應物、柳宗元詩各一卷。清刻本。

《唐八家詩鈔》八卷。清陳明善編。錄李白、杜甫、王維、孟浩然、韋應物、柳宗元、李商隱、韓愈八家詩。清乾隆三十四年（一七六九）刻本。

《唐宋四家詩鈔》十八卷。清張懷溥編。清道光十二年（一八三二）抱經堂刻本。

《四家詩選》二十一卷。清余柏岩編校。錄唐韓愈、白居易、宋蘇軾、陸游四家詩。清揚州刻本。

《古詩選》三十二卷。清王士禛編。選錄漢魏至唐代五言古詩十七卷，唐宋七言古詩十五卷。清康熙刻本，輯入《四部備要》。

《古詩箋》十五卷。清王士禛選，清聞人倓箋。上海古籍出版社一九八〇年五月據清乾隆刻本印行。

《中晚唐人七言絕句》不分卷。清雍正陳法祖刻本。

《唐人五言絕句詩鈔》一卷。清姚鼐編。清影印烏程馮文蔚手寫本。

《唐人絕句詩鈔注略》二卷。清姚鼐編選，清馬沆注。清同治十二年（一八七三）夏補讀齋刻本。

《唐人千首絕句》四卷。清許人華編。清傳萬堂刻本。

《唐人七言絕句鈔》清陳廣專批點。邛州伍氏刻《陳氏叢書》本。

《唐五言六韻詩豫》四卷。清花豫樓主人編。清康熙五十四年（一七一五）刻本。

《唐律消夏錄》五卷。清顧安編。清乾隆二十七年（一七六二）何文煥刻本。

《山滿樓箋注唐詩七言律》六卷。清趙臣瑗選注。清康熙山滿樓刻本。

《唐七律選》四卷。清毛奇齡、王錫等編。清康熙刻本。

《唐近體詩永》十四卷。清吳綺選。清康熙二十八年（一六八九）林蕙堂刻本。

《唐詩真趣編》清劉宏煦、李惪舉選評。錄五七言絕句六十首。清刻本。

《唐律酌雅》七卷。清周京、王鼎等輯。清乾隆二十二年（一七五七）恭壽堂刻巾箱本。

《全唐近體詩鈔》五卷。清沈裳錦編。清道光二年（一八二二）姚文田重刻本。

《唐人小律花雨集》二卷、《續集》一卷。清薛雪編。清乾隆江都薛氏刻本。

《七言律詩鈔》十八卷。清翁方綱編。清乾隆、嘉慶間刊《蘇齋叢書》本。

《五七言今體詩鈔》十八卷。清姚鼐編。包括《五言今體詩鈔》九卷，選錄唐代五言律詩；《七言今體詩鈔》九卷，選錄唐、宋兩代七言律詩。清嘉慶三年（一七九八）歷城方氏刻本，輯入《四部備要》。

《唐詩近體》四卷。清張錫麟評選。清同治七年（一八六八）嘉陰堂刻本。

《唐詩諧律》二卷。清沈寶青編。清光緒十六年（一八九〇）溧陽沈氏刻本。

《此木軒五言七言律詩選讀本》二卷。清焦袁熹編。《此木軒全集》本。

《唐詩五言排律箋注》七卷。清牟欽元編，清牟瀜注。清康熙五十四年（一七一五）紫蘭書屋刻本。

《唐人五言長律清麗集》六卷。清徐曰璉、沈士駿編。清乾隆二十二年（一七五七）刻本。

《試體唐詩》四卷。清毛張健編。清康熙刻本。

《唐人試帖》四卷。清毛奇齡輯評。清康熙刻本。

《全唐試律類箋》十卷。清惲鶴生、錢人龍編。清乾隆刻本。

《唐詩試帖詳解》十卷。清王錫侯編。清乾隆二十三年（一七五八）九經堂刻本。

《應試唐詩類釋》十九卷。清臧岳編。清乾隆二十六年（一七六一）三樂齋重刻本。

《唐省試詩》十卷。清陳箋評。清乾隆二十三年（一七五八）刻本。

《唐人試帖纂注》四卷、補遺一卷。清黃達、範文獻、王興模編注。清寶奎堂刻本。

《唐詩應制備體》十卷。清沈葉棟編。清最古園刻本。

七、現當代編選唐詩集

《唐詩評注讀本》六卷。王文濡編。上海中華書局一九一六年鉛印本。

《八家閒適詩選》十五卷。周學淵編。選錄陶淵明、白居易、韋應物、杜甫、蘇軾、陸游、朱熹、邵雍八家閒適詩。輯入民國間至德周氏刊《周氏師古堂所編書》。

《詩式》五卷。朱寶瑩編撰，選評唐人近體詩。上海中華書局一九二一年鉛印本。

《唐宋詩舉要》八卷。高步瀛注。錄唐詩八十四家六百十九首，宋詩十七家一百九十七首。中華書局上海編輯所一九五九年據民國排印本校點出版。

《唐宋詩選》五卷。北京大學文學院編。民國間北大文學院鉛印本。

《唐歌行》民國間文學舍石印本。

《唐宋詩選注》儲皖峰編。鉛印本。

《唐詩鈔》柴門書塾選。華東師範大學圖書館藏舊鈔本。

《唐人詩鈔》一卷。余重耀編。《遁廬叢書》本。

《三唐詩品》三卷。宋育仁撰。輯入《古今文藝叢書》第一集。

《唐詩韻釋》畢志揚韻釋。上海大華書局一九三四年鉛印本。

《唐詩初箋簡編》十二卷。楊家駱編。中國圖書大辭典編輯室一九三五年鉛印本。

《唐詩宋詞選》徐聲越輯注。南京正中書局一九三六年鉛印本。

《唐詩選》吳遁生選注。上海商務印書館一九三七年鉛印本。

《評注唐詩讀本》王承治評選，張廷貴、沈熔注。上海大東書局一九三九年鉛印本。

《唐詩選》胡雲翼選。上海中華書局一九四〇年鉛印本。

《唐詩大系》聞一多選編。輯入上海開明書店一九四八年刊《聞一多全集》。

《唐詩選》徐震堮輯。上海華夏出版公司一九四八年鉛印本。

《唐詩集解》七卷。許文雨集注。南京正中書局一九四九年鉛印本。

《唐宋文學作品選講》王冥鴻等編著。浙江人民出版社一九五八年八月刊行，一九六〇年一月修訂再版。

《唐代文學作品選講》李騫等編著。遼寧人民出版社一九五八年刊行。

《新編唐詩三百首》中華書局一九五八年十二月編印。

《唐詩一百首》中華書局上海編輯所編一九五九年四月印行。

《唐詩選》馬茂元選注。選錄一百一十六家詩五百多首。人民文學出版社一九六〇年四月印行。上海古籍出版社一九九九年十月出版增訂本。

《唐宋文學作品分析》黑龍江省教育學院函授部編。黑龍江人民出版社一九六三年六月刊行。

《唐詩選之旅》（日）高木健夫著。講談社一九七二年版。

《唐詩選》中國社會科學院文學研究所選注。選錄一百三十一家詩六百三十多首。人民文學出版社一九七八年四月刊行。

《唐詩選注》中國社會科學院文學研究所古代文學室《唐詩選注》小組編。北京出版社一九七八年六月刊行，一九八二年七月修訂再版。

《唐宋詩選講》劉樹勛編著。中國少年兒童出版社一九七九年九月刊行。

《唐詩選析》張燕瑾編著。天津人民出版社一九七九年十一月刊行，一九八一年二月修訂重版。

《唐宋詩詞淺釋》林方直、陳羽雲編著。內蒙古人民出版社一九七九年十一月印行。

《唐宋詩百首淺析》周仁濟、曾令衡編。湖南人民出版社一九八〇年六月印行。

《新選唐詩三百首》武漢大學中文系古典文學教研組選注。人民文學出版社一九八〇年七月印行。

《唐代文學作品選》竇英才等選注。吉林人民出版社一九八一年十一月印行。

《唐詩百首注析》韓景陽編。內蒙古人民出版社一九八二年六月印行。

《唐詩精品》彭慶生、張仁健選編。北京燕山出版社一九九一年版。

《唐詩三百首新編》馬茂元、趙昌平選注。嶽麓書社一九八五年七月版。

《唐詩選析》張燕瑾編著。天津人民出版社一九八五年一月版。

《唐詩選注》閻簡弼選編。遼寧文學出版社一九八五年六月版。

《唐詩精選》郭明進編。臺北漢威出版社一九八七年版。

《唐詩選粹》賴麗琇選編。臺北中央圖書館一九八八年版。

《唐詩新選》（日）陳舜臣著。東京新潮社一九八九年版。
《唐詩譯析》曾兆惠選編。廣州花城出版社一九八九年四月版。
《新編唐詩三百首》何嚴等著。江蘇古籍出版社一九九一年九月版。
《中國文學寶庫·唐詩精華分卷》王洪主編。朝華出版社一九九一年十月版。
《唐詩精華》林家英選注。人民文學出版社一九九二年版。
《唐詩精選》霍松林著。江蘇古籍出版社一九九二年十二月版。
《中國古典詩歌基礎文庫·唐詩卷》葛兆光選注。浙江文藝出版社一九九四年版；一九九九年一月新版改名《唐詩選注》。
《唐代名家詩選》華鋒等編著。海南出版社一九九四年十月版。
《唐宋詩醇》艾蔭範、陳明澤注。春風文藝出版社一九九五年四月版。
《中國古典文學精華（第二卷）·唐詩卷》中國社科院文學研究所選注。北京十月文藝出版社一九九五年五月版。
《唐詩精華》繆鉞、張志烈主編。巴蜀書社一九九五年六月版。
《唐詩觀止》徐北文編著。濟南出版社一九九五年十月版。
《唐詩經典》郁賢皓主編。上海書店出版社一九九六年十一月版。
《唐宋詩髓》張夢機選。文海基金會一九九七年八月版。
《唐詩觀止》尚永亮主編。陝西教育出版社一九九八年二月版。
《新編唐詩三百首》葛曉音主編。河北大學出版社一九九八年版。
《唐詩精華二百首》傅璇琮、閻琦編著。陝西人民出版社一九九八年十月版。
《白話唐人七絕百首》浦薛鳳編選。上海中華書局一九二〇年鉛印本。
《白話唐詩五絕百首》凌善清選輯。上海中華書局一九二二年鉛印本。
《唐詩絕句補注》盧前補注。上海會文室新記書局一九三五年鉛印本。
《唐絕句選》十二卷。邵裴子編。上海商務印書館一九三六年鉛印本。
《唐代絕句選》蔡啟倫選注。山東人民出版社一九七九年十二月印行。
《唐宋絕句選注析》姚奠中主編，程秀龍、陸渾注析。山西人民出版社一九八〇年十二月印行。
《唐宋絕句選析》馬漢彥編著。廣西人民出版社一九八一年一月印行。
《唐人絕句五百首》房開江、潘中心編。貴州人民出版社一九八一年一月印行。
《唐代絕句賞析》劉學鍇等編著。安徽人民出版社一九八一年一月印行。
《唐人絕句賞析續編》劉學鍇等。安徽文藝出版社一九八五年九月版。
《唐人七絕詩淺釋》沈祖棻選析。上海古籍出版社一九八一年三月印行。
《唐人絕句精華》劉永濟編。人民文學出版社一九八一年九月印行。
《唐人絕句選》黃肅秋選，陳新注。中華書局一九八二年二月印行。
《唐人七絕選》孫琴安編。陝西人民出版社一九八二年八月印行。
《千首唐人絕句》富壽蓀選注，劉拜山、富壽春評解。上海古籍出版社一九八五年六月版。
《唐人絕句類選》周本淳選。浙江古籍出版社一九八五年十一月版。
《唐人絕句八百首》熊柏畦選注。江西人民出版社一九八六年十二月版。
《全唐絕句選釋》李長路選釋。北京出版社一九八七年版。
《唐人絕句百首譯註》張慶等編譯。江蘇教育出版社一九八八年五月版。
《唐人五絕選》毛穀風選注。陝西人民出版社一九八八年六月版。
《唐三家五絕注釋》鐘剛編注。山西人民出版社一九九〇年五月版。
《唐詩絕句新解》張俊山編著。中州古籍出版社一九九一年五月版。
《唐詩絕句精華》岳希仁選編。廣西師大出版社一九九六年九月版。
《唐宋律詩選釋》劉樹勛編著。長江文藝出版社一九八一年四月印行。
《唐宋律詩選講》趙峨、倪林選編。中國少年兒童出版社一九八二年一月印行。
《唐七律詩精評》孫琴安輯評。上海社會科學院出版社一九八九年六月版。
《唐五律詩精評》孫琴安輯評。上海社會科學院出版社一九九一年十二月版。
《新編唐人律詩三百首》姜光斗選注。江蘇古籍出版社一九九五年十一月版。
《唐代律詩賞析》楊福生著。安徽文藝出版社一九九九年四月版。
《晚唐詩選》八卷。王文濡編。上海中華書局一九二一年鉛印本。
《五代詩選》陳順烈、許佃璽選注。上海古籍出版社一九八八年三月版。
《大曆十才子詩選》焦文彬、張登第、魯安澍選。陝西人民出版社一九八八年九月版。
《唐僧詩選》皮鶴齡選。上海佛學書局一九三四年鉛印本。
《唐代名媛詩選》懶虎選。蘇州市圖書館藏鈔本。
《唐代非戰詩選》朱炳煦選。上海光華書局一九三三年鉛印本。
《唐代中日往來詩輯注》張步雲輯注。陝西人民出版社一九八四年十二月版。
《唐人對外友好詩選》楊樺選注。天津古籍出版社一九八八年一月版。
《唐人詠物詩評注》劉逸生評注。中山大學出版社一九八五年八月版。
《唐人送別詩選》王定祥編，鄭在瀛注釋。中國地質大學出版社一九八九年十月版。
《唐代應試詩注釋》陸偉然、范震威注釋。黑龍江人民出版社一九八九年十二月版。
《唐代邊塞詩選注》胡大浚主編。甘肅教育出版社一九九一年版。
《邊塞詩派選集》王軍、李曄選注。首都師大出版社一九九四年一月版。
《唐山水田園詩派選集》王新霞選注。北京師範學院出版社一九九一年版。
《敦煌文學作品選》周紹良主編。中華書局一九八七年十二月版。
《敦煌歌辭選注》吳肅森編。遼寧人民出版社一九九一年二月版。
《唐代藝術詩選》王啟興、張金海注評。中州古籍出版社一九九一年三月版。
《唐詩類選——唐代風俗及藝術詩》張素梅編。黃山書社一九九八年九月版。
《白話唐宋古體詩百首》凌善清選輯。上海中華書局一九二二年鉛印本。
《唐詩的翻譯（第一輯）》倪海曙譯。東方書店一九五四年一月刊行。
《唐詩的翻譯（第二輯）》倪海曙譯。東方書店一九五四年七月刊行。
《棄婦集（唐詩的白話改寫）》倪海曙編寫。通俗文藝出版社一九五七年十月刊行。
《唐詩今譯》徐放譯。人民日報出版社一九八三年十二月版。
《晚唐詩譯釋》尚作恩等編。黑龍江人民出版社一九八七年版。
《唐詩今譯集》人民文學出版社編輯部編。人民文學出版社一九八七年版。
《唐詩評譯》王洪著。廣西師大出版社一九九六年二月版。
《唐詩精華評譯》羊春秋著。嶽麓書社一九九七年五月版。
《唐樂府詩譯析》胡漢生編著。北京大學出版社一九九七年七月版。

【丙編】

一、歷代詩文評著作

【詩話匯編】

《詩話總龜前集》五十卷、《後集》五十卷。宋阮閱輯。輯錄近二百種詩話、筆記中的資料，分門類整理匯編。《四部叢刊》影印明嘉靖刻本，題《增修詩話總龜》，前集僅四十八卷。人民文學出版社一九八七年八月出版周本淳校點本，前集五十卷完整無缺。
《苕溪漁隱叢話前集》六十卷，《後集》四十卷。宋胡仔撰輯。輯錄多種詩話、筆記材料，按人匯編。一九六二年六月人民文學出版社據清乾隆耘經樓刻本校點印行。
《吟窗雜錄》五十卷。題宋陳應行編。中華書局一九九七年十一月影印臺灣中央圖書館藏明鈔本。
《詩人玉屑》二十卷。宋魏慶之輯。多錄南宋詩人論詩之語分類匯編。一九五八年三月古典文學出版社據清道光刻本校點印行。
《詩林廣記前集》十卷、《後集》十卷。宋蔡正孫撰。選錄晉、唐、宋五十九位詩人的詩作及有關評論、資料。一九八二年八月中華書局據明弘治十年（一四九七）張鼒刻本校印。
《竹莊詩話》二十四卷。宋何汶撰，常振國、絳雲點校。中華書局一九八四年五月版。
《歷代詩話》五十八卷。清何文煥輯。輯錄自鍾嶸《詩品》、皎然《詩式》、司空圖《二十四詩品》以至宋、元、明詩話共二十七種，末附己作《歷代詩話考索》一種。清乾隆三十五年（一七七〇）刻本，一九八一年四月中華書局校點印行。
《詩法萃編》十五卷。清許印芳撰輯。輯錄《毛詩序》以下歷代論詩著作二十八種，各附評論性跋語。清光緒二十一年（一八九五）樸學齋刻本。

《歷代詩話續編》七十六卷。丁福保編。輯錄唐孟棨《本事詩》、吳兢《樂府古題要解》、張為《詩人主客圖》、齊己《風騷旨格》及宋、金、元、明詩話共二十八種。一九一六年無錫丁氏聚珍版印本，中華書局一九八三年八月出版標點本。

《清詩話》五十一卷、附一卷。丁福保編。輯錄王夫之《薑齋詩話》以下清人詩話共四十三種，末附明王兆雲《揮麈詩話》一種。民國無錫丁氏鉛印本。中華書局上海編輯所一九六三年九月校點印行，刪去《揮麈詩話》。

《清詩話續編》郭紹虞編選、富壽蓀校點。上海古籍出版社一九八三年十二月版。

《宋詩話輯佚》郭紹虞輯。輯錄《王直方詩話》等宋人散佚的詩話共三十六種。中華書局一九八〇年九月印行。

〔唐人詩學著作〕

《詩式》五卷。唐釋皎然著。《十萬卷樓叢書》本。

《皎然詩式輯校新編》許清雲輯校。臺北文史哲出版社一九八四年版。

《詩式校注》李壯鷹校注。齊魯書社一九八六年三月出版。

《詩式校注》周維德校注。浙江古籍出版社一九九三年十月版。

《皎然詩式研究》許清雲著。臺北文史哲出版社一九八八年版。

《文鏡秘府論》六卷。日本遍照金剛（空海）著，周維德校點。人民文學出版社一九七五年五月版。

《文鏡祕府論校注》王利器校注。中國社會科學出版社一九八三年七月版。

《詩人主客圖》一卷。唐張為撰。述唐詩人流派。《歷代詩話續編》本。

《全唐五代詩格校考》張伯偉編校。陝西人民教育出版社一九九六年七月版。

〔宋詩話〕

《六一詩話》一卷。宋歐陽修撰。人民文學出版社一九六二年五月據《四部叢刊》影印元刊《歐陽文忠公文集》本校點印行，與《白石詩説》、《滹南詩話》合刊。

《冷齋夜話》十卷。宋惠洪撰，陳新點校。中華書局一九八八年七月版。

《歲寒堂詩話》二卷。宋張戒撰。《歷代詩話續編》本。

《歲寒堂詩話箋注》陳應鸞箋注。四川大學出版社一九九〇年二月版。

《韻語陽秋》二十卷。宋葛立方撰。宋乾道二年（一一六六）沈詢刻本，一九七九年十一月上海古籍出版社影印。

《溪詩話》十卷。宋黃徹撰。《歷代詩話續編》本。

《唐詩紀事》八十一卷。宋計有功撰。載錄一千一百五十位唐詩人的詩篇及有關本事和品評。中華書局上海編輯所一九六五年十一月據明嘉靖四年（一五二五）洪楩刻本校印。

《唐詩紀事校箋》王仲鏞校箋。巴蜀書社一九八九年八月版。

《全唐詩話》六卷。題宋尤袤撰，係抄綴《唐詩紀事》中的資料、評語而成。《歷代詩話》本。

《全唐詩話續編》二卷。清孫濤輯。《清詩話》本。

《誠齋詩話》一卷。宋楊萬里撰。《歷代詩話續編》本。

《晦庵詩説》一卷。宋朱熹撰。輯入《談藝珠叢》。

《臞翁詩評》一卷。宋敖陶孫撰。《叢書集成初編》據明天啟程好之校刊《天都閣藏書》本印行。

《滄浪詩話》一卷。宋嚴羽撰。附《答吳景仙書》。《歷代詩話》本。

《滄浪詩話注》五卷。清胡鑑注。清光緒廣州刻本。

《滄浪詩話校釋》郭紹虞校釋。人民文學出版社一九六一年五月刊行。

《後村詩話》十四卷。宋劉克莊撰。收入《後村先生大全集》，單行有《適園叢書》本。中華書局一九八三年十二月出版王秀梅點校本。

《對床夜語》五卷。宋范晞文撰。《歷代詩話續編》本。

《滹南詩話》三卷。金王若虛撰。人民文學出版社一九六二年五月印行，與《六一詩話》、《白石詩説》合刊。

《元好問論詩三十首小箋》金元好問撰，郭紹虞箋釋。人民文學出版社一九七八年十二月印行，與《杜甫戲為六絕句集解》合一冊。

〔明詩話〕

《升庵詩話》十四卷。明楊慎撰。《歷代詩話續編》本。

《升庵詩話箋證》王仲鏞箋證。上海古籍出版社一九八七年十二月版。

《唐詩品》一卷。明徐獻忠撰。明嘉靖十九年（一五四〇）刊《唐百家詩》附。

《四溟詩話》四卷。明謝榛撰。人民文學出版社一九六一年六月據《歷代詩話續編》本校補印行，與《薑齋詩話》合刊。

《藝苑卮言》十二卷。明王世貞撰。《歷代詩話續編》本。

《全唐詩説》一卷。明王世貞撰。係從《藝苑卮言》中摘出其評論唐詩部分而成。《叢書集成初編》據清曹溶輯《學海類編》本排印。

《藝圃擷餘》一卷。明王世懋撰。《歷代詩話》本。

《詩鏡總論》一卷。明陸時雍撰。係輯録《詩鏡》中的評論部分而成。《歷代詩話續編》本。

《詩藪》二十卷。明胡應麟撰。一九五八年十月中華書局上海編輯所用日本貞享三年（一六八六）刻本校訂斷句排印。

《詩源辨體》三十六卷、《後集》二卷。明許學夷撰。明崇禎五年（一六三二）刻本、人民文學出版社一九八七年十月出版杜維沫校點本。

《唐音癸籤》三十三卷。明胡震亨撰。原為《唐音統籤》第十集，專録有關唐詩的研究資料。一九五七年五月古典文學出版社據明末清初原刻本標點排印，一九五九年十一月中華書局上海編輯所訂正再版。上海古籍出版社一九八一年五月出版周本淳校點本。

《唐詩談叢》五卷。明胡震亨撰。係摘取《唐音癸籤》中「談叢」部分而成。《叢書集成初編》據《學海類編》本排印。

〔清詩話〕

《薑齋詩話》三卷。清王夫之撰。包括《詩繹》、《夕堂永日緒論》內外編、《南窗漫記》三種。一九六一年六月人民文學出版社據《船山遺書》本校點印行，與《四溟詩話》合刊。

《薑齋詩話箋注》戴鴻森箋注。一九八一年九月人民文學出版社印行。

《詩筏》一卷。清賀貽孫撰。清道光養雲吟榭刻本、上海古籍出版社一九八三年十二月出版《清詩話續編》本。

《唐音審體》一卷。清錢良擇撰。從總集《唐音審體》中輯録其論斷詩體之言論而成。《清詩話》本。

《詩辯坻》四卷。清毛先舒撰。清初刻本、上海古籍出版社一九八三年十二月出版《清詩話續編》本。

《唐詩五言排律詩論》三卷。清蔣鵬翮撰。清康熙五十四年（一七一五）刻本。

《原詩》四卷。清葉燮撰。人民文學出版社一九七九年九月據《清詩話》本校點印行。

《漁洋詩話》三卷。清王士禛撰。《清詩話》本。

《帶經堂詩話》三十卷。清王士禛撰，張宗柟編纂。輯録王士禛論詩言論匯編成書。人民文學出版社一九六三年十一月據藏修堂重刊本校點印行。

《五代詩話》十卷。清王士禛撰，鄭方坤刪補。輯録五代十國詩人的軼事，其中有不少唐末詩人的材料。《叢書集成初編》據清咸豐伍崇曜校刊《粵雅堂叢書》本排印。人民文學出版社一九八九年十二月出版戴鴻森校點本。書目文獻出版社一九八九年十二月出版李珍華點校本。

《圍爐詩話》六卷。清吳喬撰。《叢書集成初編》據清嘉慶張海鵬輯刊《借月山房匯鈔》本排印、上海古籍出版社一九八三年十二月出版《清詩話續編》本。

《柳亭詩話》三十卷。清宋長白撰。清康熙天茁園刻本、上海雜誌公司一九三五年排印本。

《漫堂説詩》一卷。清宋犖撰。《清詩話》本。

《載酒園詩話》五卷。清賀裳撰。清初賀氏載酒園刻本、上海古籍出版社一九八三年十二月出版《清詩話續編》本。

《載酒園詩話評》二卷。清黃生撰。一九三〇年石印本。

《歷代詩話》八十卷。清吳景旭撰。中華書局上海編輯所一九五八年十月據吳興劉氏嘉業堂刊本斷句排印、京華出版社一九九八年六月出版陳衛平、徐杰點校本。

《初白庵詩評》三卷。清查慎行撰、清張載華輯。清乾隆刻本。

《説詩晬語》二卷。清沈德潛撰。人民文學出版社一九七九年九月據《清詩話》本校點印行，與《原詩》、《一瓢詩話》合刊。

《劍溪説詩》二卷、《又編》一卷。清喬億撰。清乾隆十六年（一七五一）刻本上海古籍出版社一九八三年十二月出版《清詩話續編》本。

《齋詩談》八卷。清張謙宜撰。輯入清乾隆二十三年（一七五八）刻《家學堂遺書二種》、上海古籍出版社一九八三年十二月出版《清詩話續編》本。

《一瓢詩話》一卷。清薛雪撰。人民文學出版社一九七九年九月據《清詩話》本校點印行，與《原詩》、《説詩晬語》合刊。

《隨園詩話》十六卷、《補遺》十卷。清袁枚撰。人民文學出版社一九六〇年五月據清乾隆隨園自刻本校點印行。

《唐人試律說》一卷。清紀昀撰。《鏡煙堂十種》本。

《紀河間詩話》三卷。清紀昀撰，清邵承照輯。清光緒二十七年（一九〇一）刻本。

《甌北詩話》十卷、《續詩話》二卷。清趙翼撰。人民文學出版社一九六三年三月據壽考堂、湛貽堂等《甌北全集》本校點印行，上海古籍出版社一九八三年十二月出版《清詩話續編》本。

《中晚唐詩主客圖》二卷。清李懷民撰。清嘉慶十年（一八〇五）刻本。

《讀雪山房唐詩序例》一卷。清管世銘撰，係由《讀雪山房唐詩鈔》中摘出，輯入《粟香室叢書》。上海古籍出版社一九八三年十二月出版《清詩話續編》本。

《石洲詩話》八卷。清翁方綱撰。人民文學出版社一九八一年一月據清嘉慶廣州刻本校點印行、上海古籍出版社一九八三年十二月出版《清詩話續編》本。

《石園詩話》二卷。清余成教撰。清嘉慶十八年（一八一三）刻本、上海古籍出版社一九八三年十二月出版《清詩話續編》本。

《小清華園詩談》二卷。清王壽昌撰。清道光七年（一八二七）刻本、上海古籍出版社一九八三年十二月出版《清詩話續編》本。

《輟鍛錄》一卷。清方南堂撰。清道光十四年（一八三四）刻本、上海古籍出版社一九八三年十二月出版《清詩話續編》本。

《竹林答問》一卷。清陳僅撰。清道光二十五年（一八四五）刻本、上海古籍出版社一九八三年十二月出版《清詩話續編》本。

《北江詩話》六卷。清洪亮吉撰。《叢書集成初編》據《粵雅堂叢書》本排印。人民文學出版社一九八三年七月出版陳邇冬校點本。

《昭昧詹言》二十一卷。清方東樹撰。一九六一年十月人民文學出版社據武強賀氏刊本校點排印。

《養一齋詩話》十卷。清潘德輿撰。清光緒刻本、上海古籍出版社一九八三年十二月出版《清詩話續編》本。

《藝概》六卷。清劉熙載撰。上海古籍出版社一九七八年十二月據清同治刻本校點印行。

《筱園詩話》四卷。清朱庭珍撰。清光緒十年（一八八四）刻本、上海古籍出版社一九八三年十二月出版《清詩話續編》本。

《峴傭說詩》一卷。清施補華撰。《清詩話》本。

《三唐詩品》三卷。清宋育仁撰。清考雋堂刻本。

《石遺室詩話》三十二卷。清陳衍撰。商務印書館一九二九年鉛印本、遼寧教育出版社一九九八年十二月版。

《湘綺樓說詩》八卷。清王闓運撰，王簡輯。成都日新社一九三四年鉛印本。

二、歷代筆記小說

〔唐五代筆記小說〕

《朝野僉載》六卷。唐張鷟撰。多記武后朝軼事。有明萬曆陳繼儒輯刊《寶顏堂祕笈》本，為明人從《太平廣記》輯出。中華書局一九七九年十月出版趙守儼校點本，與《隋唐嘉話》合刊。

《教坊記》一卷。唐崔令欽撰。記述開元時有關教坊的制度、佚聞及樂曲起源。古典文學出版社一九五七年二月據明嘉靖陸楫等輯刊《古今說海》本印行，與《北里志》、《青樓集》合刊。

《教坊記箋訂》任半塘箋訂。中華書局上海編輯所一九六二年七月印行。

《封氏聞見記》十卷。唐封演撰。《叢書集成初編》據清乾隆盧見曾校刊《雅雨堂叢書》本影印。

《封氏聞見記校注》十卷。趙貞信校注。一九三三年刊行，中華書局一九五八年三月修訂再版。

《隋唐嘉話》三卷。唐劉餗撰。記隋及唐前期軼事。古典文學出版社一九五七年三月據明正德顧元慶輯刊《顧氏文房小說》本校點，中華書局一九七九年十月出版程毅中點校本。

《唐國史補》三卷。唐李肇撰。記開元至長慶間軼事。古典文學出版社一九五七年四月據清嘉慶張海鵬輯刊《學津討原》本校點印行，與《因話錄》合刊。上海古籍出版社一九七九年一月訂正重版。

《翰林志》一卷。唐李肇撰。記述唐代翰林職掌沿革。輯入清乾隆鮑廷博校刊《知不足齋叢書》。

《大唐新語》十三卷。唐劉肅撰。分門類記載唐初至大曆間士大夫的生活與著作活動。一九五七年三月古典文學出版社據明商浚刊《稗海》本校點印行，與《隋唐嘉話》合刊。中華書局一九八四年六月出版許德楠、李鼎霞點校本。

《劉賓客嘉話錄》一卷。唐韋絢撰。記劉禹錫所述當時史事及文藝掌故。《叢書集成初編》據《顧氏文房小説》本印行。通行本已為後人竄亂，《文史》第四輯有唐蘭校訂本，較可信。

《因話錄》六卷。唐趙璘撰。古典文學出版社一九五七年四月據《稗海》本校點印行，與《唐國史補》合刊。一九七九年一月上海古籍出版社訂正重版。

《羯鼓錄》一卷。唐南卓撰。上海古籍出版社一九八三年二月版，與樂府雜錄、碧雞漫志合刊。

《開天傳信記》一卷。唐鄭棨撰。記玄宗朝軼事。《叢書集成初編》據宋咸淳左圭輯刊《百川學海》本印行。收入上海古籍出版社一九八五年一月出版丁如明輯校《開元天寶遺事十種》。

《次柳氏舊聞》一卷。李德裕撰。記柳芳傳述的玄宗時逸事。收入上海古籍出版社一九八五年一月出版丁如明輯校《開元天寶遺事十種》。

《明皇雜錄》二卷、別錄一卷。唐鄭處誨撰。多記唐玄宗軼事。《叢書集成初編》據清道光錢熙祚校刊《守山閣叢書》本印行。收入上海古籍出版社一九八五年一月出版丁如明輯校《開元天寶遺事十種》。中華書局一九九四年九月出版田廷柱點校本。

《東觀奏記》三卷。唐裴庭裕撰。中華書局一九九四年九月出版田廷柱點校本。

《酉陽雜俎》二十卷、續集十卷。唐段成式撰。中華書局一九八一年十二月據明萬曆常熟趙琦美校本印行。

《北里志》一卷。唐孫棨撰。記述長安城北平康裡歌妓生活，反映文人活動的一個方面。古典文學出版社一九五七年二月據《古今説海》本印行，與《教坊記》、《青樓集》合刊。

《松窗雜錄》一卷。唐李濬撰。記玄宗朝盛衰情狀。中華書局上海編輯所一九五八年九月校點印行，與《杜陽雜編》、《桂苑叢談》合刊。

《雲溪友議》三卷。唐范攄撰。多記中唐以後雜事及詩歌史料。古典文學出版社一九五七年四月據《四部叢刊》影印明刊本校點印行。《稗海》本分作十二卷。

《杜陽雜編》三卷。唐蘇鶚撰。多記代宗至懿宗時軼事。中華書局上海編輯所一九五八年九月校點印行，與《松窗雜錄》、《桂苑叢談》合刊。

《尚書故實》一卷。唐李綽撰。記河東張尚書所述唐代遺聞。《叢書集成初編》據《寶顏堂祕笈》本印行。

《桂苑叢談》一卷。唐馮翊子、子休（其人當姓嚴）撰。記懿宗咸通以後軼事。中華書局上海編輯所一九五八年九月校點印行，與《松窗雜錄》、《杜陽雜編》合刊。

《大唐傳載》一卷。佚名撰。記文宗以前軼事。中華書局上海編輯所一九五八年十月據《守山閣叢書》本校點印行，與《幽閒鼓吹》、《中朝故事》合刊。

《幽閒鼓吹》一卷。唐張固撰。記宣宗以後軼事。中華書局上海編輯所一九五八年十月據《顧氏文房小説》本校點印行，與《大唐傳載》、《中朝故事》合刊。

《本事詩》一卷。唐孟棨撰。載錄唐詩人軼事。一九五七年九月古典文學出版社據《歷代詩話續編》本印行，與清葉申薌撰《本事詞》合刊。上海古籍出版社一九九一年五月出版李學穎標點本，與《續本事詩》、《本事詞》合刊。

《三水小牘》二卷。唐末皇甫枚撰。有《雲自在龕叢書》本。

《玉泉子》一卷。佚名撰。多記中晚唐雜事。中華書局上海編輯所一九五八年十月校點印行，上海古籍出版社一九八八年十二月版，與《金華子》合刊。

《金華子》二卷。五代劉崇遠撰。記中晚唐事。中華書局上海編輯所一九五八年十月校點印行，與《玉泉子》合刊。

《樂府雜錄》一卷。唐段安節撰。上海古籍出版社一九八三年二月版，與羯鼓錄、碧雞漫志合刊。

《唐闕史》二卷。唐末高彥休撰。《叢書集成初編》據《知不足齋叢書》本印行。

《中朝故事》一卷。五代尉遲偓撰。記宣宗後軼事。中華書局上海編輯所一九五八年十月據南陵徐氏叢書本校點印行，與《大唐傳載》、《幽閑鼓吹》合刊。

《唐摭言》十五卷。五代南漢王定保撰。記述唐代科舉制度、文士風習及有關遺聞軼事。古典文學出版社一九五七年四月據《雅雨堂叢書》本校點印行。

《劇談錄》二卷。五代吳康撰。有《學津討原》本。

《開元天寶遺事》二卷。五代王仁裕撰。多錄民間傳說中玄宗朝軼事。《叢書集成初編》據《顧氏文房小說》本印行。收入上海古籍出版社一九八五年一月出版丁如明輯校《開元天寶遺事十種》。

《鑑誡錄》十卷。五代後蜀何光遠撰。記唐五代軼事。上海圖書館藏南宋刊《足本重雕鑑誡錄》，文物出版社已影印。《叢書集成初編》據《知不足齋叢書》本印行。遼寧教育出版社二〇〇〇年出版《唐五代筆記十五種》有焦杰校點本。

〔宋以後筆記小說〕

《楊太真外傳》二卷。宋樂史撰。記楊貴妃的傳聞故事。收入上海古籍出版社一九八五年一月出版丁如明輯校《開元天寶遺事十種》。

《北夢瑣言》二十卷。宋孫光憲撰。記唐五代軼事。原書三十卷，宋以後缺後十卷。有《稗海》本、《雅雨堂叢書》本等。清末繆荃孫《雲自在龕叢書》本校勘較精，又從《太平廣記》輯出逸文四卷。中華書局上海編輯所一九六〇年一月據繆本整理印行。上海古籍出版社一九八一年十一月出版林艾園校點本。

《太平廣記》五百卷。宋太宗時李昉等人奉詔編纂。采錄漢唐說部書超過四〇〇種，其中十分之七八為唐人所作，今可見的唐人小說，多賴本書引錄而得以保存逸文。有明嘉靖四十六年（一五六六）無錫人談愷刊本，另有明許自昌刻本、明隆慶活字本、清乾隆間黃晟刻小字本等，近人汪紹楹校點本較通行，有人民文學出版社一九五九年版，中華書局一九六一年重印。

《南部新書》十卷。宋錢易撰。記唐五代掌故遺聞。中華書局上海編輯所一九五八年十一月據《學津討原》本校點印行。

《唐語林》八卷。宋王讜撰。分門記述有關唐代歷史及文學的遺聞軼事。古典文學出版社一九五七年四月據《守山閣叢書》本標點印行。

《唐語林校證》周勛初校證。中華書局一九八七年七月版。

《能改齋漫錄》十八卷。宋吳曾撰。錄存部分唐宋兩代文學史料。中華書局上海編輯所一九六〇年十一月據清乾隆刊聚珍版叢書本校點印行。

《容齋隨筆》七十四卷。宋洪邁撰。錄存部分唐宋文學史料。上海古籍出版社一九七八年七月據清光緒元年（一八七五）重校本標點印行。

《類說》六十卷。南宋初曾慥編。采輯漢至北宋二六五種說部著作以成編。採唐五代說部書多達一百十種。文學古籍刊行社一九五六年影印明天啟樂鍾秀刊本，上海圖書館藏五十卷鈔本源出宋建安堂刊本，福建人民出版社一九九六年出版王汝濤等校注本。

《紺珠集》十三卷。題南宋朱勝非編。摘鈔漢至北宋一三七種說部著作，唐五代說部書多達數十種。有《四庫全書》本。

《西溪叢語》二卷。宋姚寬撰。《叢書集成初編》據《學津討原》本印行。中華書局一九九三年十二月出版孔凡禮校點本。

《野客叢書》三十卷。宋王楙撰。《叢書集成初編》據《稗海》本印行。中華書局一九八七年七月出版王文錦校點本。

《學林》十卷。宋王觀國著。中華書局一九八八年一月出版田瑞娟校點本。

《鶴林玉露》十六卷、補遺一卷。宋羅大經撰。雜記讀書心得，有對唐宋詩文的評論。明萬曆十年（一五八二）莆田林鼎友重校本。中華書局一九八三年八月出版王瑞來校點本。

《困學紀聞》二十卷。宋王應麟撰。記讀書心得，有三卷評論詩文。輯入《四部叢刊三編》。

《翁注困學紀聞》二十卷。宋王應麟撰，清翁元圻注。輯入《四部備要》。

《說郛》一百卷。元陶宗儀摘編。摘鈔漢至元說部書逾千種，今本僅存七百多種，其中隋唐五代說部書約一百二十種。近人張宗祥校錄，有商務印書館一九二七年排印本。上海古籍出版社一九八八年影印，與宛委山堂刻本陶珽重編本《說郛》一百二十卷和《續說郛》合刊，稱《說郛三種》。

《丹鉛總錄》二十七卷。明楊慎撰。清乾隆三十年（一七六五）刻本。

《少室山房筆叢》三十二卷，《續集》十六卷。明胡應麟撰。一九五八年十月中華書局上海編輯所據明萬曆刻本校點印行。

《義門讀書記》五十八卷。清何焯撰。清乾隆三十四年（一七六九）承恩堂刻本。

〔詩人傳記〕

《唐才子傳》十卷。元辛文房撰。敘寫三百九十八名唐詩人傳略。古典文學出版社一九五七年四月據《佚存叢書》本校訂排印。黑龍江人民出版社一九八六年七月出版王大安校訂本、中州古籍出版社一九八七年七月出版舒寶璋校注本。

《唐才子傳校正》周本淳校正。江蘇古籍出版社一九八七年六月版。

《唐才子傳校注》孫映逵校注。中國社會科學出版社一九九一年版。

《唐才子傳校箋（第一冊）》傅璇琮主編。中華書局一九八七年五月版。

《唐才子傳校箋（第二冊）》傅璇琮主編。中華書局一九八九年三月版。

《唐才子傳校箋（第三冊）》傅璇琮主編。中華書局一九九〇年五月版。

《唐才子傳校箋（第四冊）》傅璇琮主編。中華書局一九九〇年九月版。

《唐才子傳校箋（第五冊）》傅璇琮主編。中華書局一九九五年十一月版。

《唐人行第錄》岑仲勉著。附《讀全唐詩札記》《讀全唐文札記》《唐集質疑》三種。一九六二年四月中華書局上海編輯所刊行。

三、現當代研究論著

〔通論〕

《唐詩研究》費有容著。大東書局一九二六年鉛印本。

《唐詩綜論》許文玉著。北京大學出版部一九二九年鉛印本。

《唐詩雜論》聞一多著。古籍出版社一九五六年六月據《聞一多全集》本刊行。上海古籍出版社一九九八年十二月新版有傅璇琮導讀。

《唐詩研究》胡雲翼著。上海商務印書館一九三〇年鉛印本。

《唐代文學》胡樸安、胡懷琛著。上海商務印書館一九三三年鉛印本。

《唐代文學概論》朱炳煦著。上海光華書局一九三三年鉛印本。

《唐詩概論》蘇雪林著。上海商務印書館一九三四年鉛印本。

《唐代詩學》楊啟高著。南京正中書局一九三五年鉛印本。

《唐詩概論》（日）小川環樹著。岩波書店一九五八年九月版。

《唐代詩歌》王士菁著。人民文學出版社一九五九年四月刊行。

《唐詩通論》劉開揚著。四川人民出版社一九八一年十一月印行。

《唐詩綜論》林庚著。人民文學出版社一九八七年版。

《唐詩比較論（增訂本）》房日晰著。三秦出版社一九九八年八月版。

《唐代詩歌》張步雲著。安徽教育出版社一九九〇年八月版。

《唐詩學引論》陳伯海著。知識出版社一九八八年十月版。

《唐詩學引論》郭揚著。廣西人民出版社一九八九年七月版。

《唐詩學探索》蔡瑜著。臺北里仁書局一九九八年四月版。

《唐詩學史述論》黃炳輝著。鷺江出版社一九九六年二月版。

《唐代詩學》喬惟德、尚永亮著。湖南人民出版社二〇〇〇年十一月版。

〔唐詩史〕

《唐代文學史》陳子展著。重慶作家書屋一九四四年鉛印本。

《唐宋文學史》陳子展著。上海作家書屋一九四七年鉛印本。

《隋唐五代文學史》周祖編著。福建人民出版社一九五八年八月刊行。

《隋唐文學批評史》羅根澤著。重慶商務印書館一九四三年鉛印本。

《晚唐五代文學批評史》羅根澤著。上海商務印書館一九四七年鉛印本。

《隋唐五代文學思想史》羅宗強著。上海古籍出版社一九八六年八月版、中華書局二〇〇〇年再版。

《唐詩小史》羅宗強著。陝西人民出版社一九八七年版。

《唐詩史》許總著。江蘇教育出版社一九九四年五月版。

《隋唐五代文學批評史》王運熙、楊明著。上海古籍出版社一九九四年十月版。

《唐代文學史略》王士菁著。湖南師大出版社出版。

《隋唐五代文學史》羅宗強、郝世峰主編。高等教育出版社一九九四年十二月版。

《唐代文學史》（上）喬象鍾、陳鐵民主編。人民文學出版社一九九五年十二月版。

《唐代文學史》（下）吳庚舜、董乃斌主編。人民文學出版社一九九五年十二月版。

《唐詩史》楊世明著。重慶出版社一九九六年十月版。

《唐宋詩風流別史》阮忠著。武漢出版社一九九七年版。

《唐五代文學編年史》傅璇琮主編。遼海出版社一九九八年十二月版。

《唐絕句史》周嘯天著。安徽大學出版社一九九九年四月版。

〔談藝〕

《詩境淺說》俞陛雲撰。上海開明書店一九三六年鉛印本。

《詩境淺說續編》俞陛雲撰。上海開明書店一九五〇年鉛印本。

《談藝錄》錢鍾書撰。上海開明書店一九四八年鉛印本。
《唐宋詩詞探勝》吳熊和等編著。浙江文藝出版社一九八三年十月版。
《唐詩風格美新探》王明居著。中國文學出版社公司一九八七年十月版。
《唐詩比較論》房日晰著。陝西教育出版社。三秦出版社一九九八年八月出版增訂本。
《唐詩的滋味》劉逸生等著。臺北天山出版社一九八八年版。
《唐詩美學詮稿》陳銘著。中州古籍出版社一九八七年版。
《唐代詩人審美心理》盧燕平著。敦煌文藝出版社一九九一年版。
《唐詩美學》李浩著。陝西人民教育出版社一九九二年版，華文出版社一九九七年版改名《大唐風度—唐代文人的心態與詩境》。
《唐詩風貌》余恕誠著。安徽大學出版社一九九七年十二月版。
《唐詩美學探索》張福慶著。華文出版社一九九九年七月版。
《唐詩風貌及其文化底蘊》余恕誠著。臺北文津出版社一九九九年八月版。
《唐詩美學意味—初盛唐詩學思想研究》陳允鋒著。北京新華出版社二〇〇〇年一月版。
《唐詩的美學闡釋》李浩著。安徽大學出版社二〇〇〇年四月版。

〔論文集〕

《唐詩研究論文集》人民文學出版社編輯部編。一九五九年二月刊行。
《唐詩論文集》劉開揚著。中華書局上海編輯所一九六一年六月刊行，上海古籍出版社一九七九年九月增訂重版。
《唐詩研究論文集》香港中國與文學社編印。一九六九年版。
《唐詩研究論集》存萃學社編。香港崇文書局一九七一年版。
《唐詩論叢》陳貽焮著。湖南人民出版社一九八〇年九月印行。
《漢魏六朝唐代文學論叢》王運熙著。上海古籍出版社一九八一年十月印行。
《蝸叟雜稿》孫望著。收唐代作家作品研究論文七篇。上海古籍出版社一九八二年三月印行。
《全國唐詩討論會論文文選》霍松林主編。陝西人民出版社一九八四年四月版。
《唐詩論文選集》呂正惠編。臺北長安出版社一九八五年四月版。
《唐詩論文集續集》劉開揚著。上海古籍出版社一九八七年版。
《唐詩論稿》劉曾遂著。杭州大學出版社出版。
《唐音質疑錄》吳企明著。上海古籍出版社一九八五年十二月版。
《唐代文史論叢》卞孝萱著。山西人民出版社一九八六年十二月版。
《唐宋詩詞論稿》劉繼才著。遼寧人民出版社一九八七年十一月版。
《唐宋詩詞論文集》南京師範大學中文系編。江蘇文藝出版社一九九一年五月版。
《唐詩新論》蔣長棟著。湖南文藝出版社一九九六年五月版。
《唐風館雜稿》郁賢皓著。遼寧大學出版社一九九九年八月版。
《唐代文學研究叢稿》戴偉華著。臺北學生書局一九九九年四月版。
《唐詩論學叢稿》傅璇琮著。黑龍江人民出版社一九九二年十二月版、文史哲出版社一九九五年九月版、京華出版社一九九九年十月版。
《唐代的詩人們》（日）前野直彬著。東京堂出版一九七一年版。有洪順隆中譯本。臺灣幼獅文化事業公司出版。
《唐代的女詩人》（日）樂恕人著。每日新聞社一九八〇年版。
《唐代詩人論》（日）鈴木修次著。鳳出社一九七三年版。東京講談社一九七九年版。
《唐代詩人叢考》傅璇琮著。中華書局一九八〇年一月印行。
《唐代詩人行年考》譚優學著。四川人民出版社一九八一年七月印行。
《唐詩人行年考（續編）》譚優學著。巴蜀書社一九八七年版。
《唐詩叢考》王達津著。上海古籍出版社一九八六年二月版。
《唐代詩文六家年譜》羅聯添著。臺北學海出版社一九八六年七月版。
《唐代文史考辨錄》陳耀東著。團結出版社一九九一年一月版。
《唐宋文學論札》羅時進著。陝西人民出版社一九九三年三月版。
《唐音論藪》張明非著。廣西師大出版社一九九三年八月版。
《唐詩論考》（韓）柳晟俊著。中國文學出版社一九九四年八月版。
《唐詩體派論》許總著。文津出版社一九九四年十月版。
《唐五代文史叢考》吳在慶著。江西人民出版社一九九五年十月版。
《唐代文學叢考》陳尚君著。中國社會科學出版社一九九七年十月版。
《唐詩新考》（日）森瀨壽三著。關西大學出版社一九九八年版。
《唐代的七言古詩》王錫九著。江蘇教育出版社一九九一年七月版。
《唐詩學史論稿》朱易安著。廣西師大出版社二〇〇〇年十月版。

《詩史之際—唐代文學發微》李浩著。商務印書館二〇〇〇年十一月版。

《美國學者論唐代文學》倪豪士編選。上海古籍出版社一九九四年十二月版。

〔時序〕

《漢唐文學的嬗變》葛曉音著。北京大學出版社一九九〇年十一月版。

《初唐詩》（美）斯蒂芬·歐文著，賈晉華譯。廣西人民出版社一九八七年十二月版。

《初唐詩歌中季節之研究》凌欣欣著。臺北文津出版社一九九七年七月版。

《初盛唐詩歌的文化闡釋》杜曉勤著。東方出版社一九九七年七月版。

《齊梁詩歌向盛唐詩歌的嬗變》杜曉勤著。臺灣商鼎文化出版社一九九六年八月版。

《盛唐詩》（美）斯蒂芬·歐文著，賈晉華譯。黑龍江人民出版社一九九二年十一月版。

《走向盛唐》尚定著。中國社會科學出版社一九九四年七月版。

《詩國高潮與盛唐文化》葛曉音著。北京大學出版社一九九八年五月版。

《盛唐文化精神與詩人人格》傅紹良著。臺北文津出版社一九九九年六月版。

《大曆詩風》蔣寅著。上海古籍出版社一九九二年版。

《大曆詩人研究》蔣寅著。中華書局一九九五年八月版。

《中唐詩文新變》吳相洲著。臺灣商鼎出版社一九九六年八月版。

《中唐政治與文學—以永貞革新為研究中心》胡可先著。安徽大學出版社二〇〇〇年十月版。

《元和五大詩人與貶謫文學考論》尚永亮著。臺北文津出版社一九九三年版。

《元和詩論》曾廣開著。遼海出版社一九九七年版。

《中唐文學的視角》（日）松本肇、川合康三編。東京創文社一九九八年二月版。

《中唐詩歌之開拓與新變》孟二冬著。北京大學出版社一九九八年九月版。

《終南山的變容：中唐文學論集》（日）川合康三著。研文出版一九九九年十月版。

《唐學與唐詩—中晚唐詩的一種文化考察》查屏球著。商務印書館二〇〇〇年五月版。

《牛李黨爭與唐代文學》傅錫壬著。臺北東大圖書公司一九八四年九月版。

《晚唐詩人考—李商隱溫庭筠杜牧的比較考察》（日）桐島薰子著。中國書店一九九八年二月版。

《晚唐詩風》任海天著。黑龍江教育出版社一九九八年三月版。

《宋代詩學中的晚唐觀》黃奕珍著。臺北文津出版社一九九八年四月版。

《五代文學》楊蔭深著。一九三五年上海商務印書館鉛印本。

《五代作家的人格與詩格》張興武著。人民文學出版社二〇〇〇年三月版。

《論唐詩繁榮與清詩演變》霍有明著。中國社會科學出版社一九九七年一月版。

《唐宋詩之爭概述》齊治平著。嶽麓書社一九八四年一月版。

《唐宋文學論》（日）船津富彥著。東京汲古書院一九八六年版。

《唐詩宋詩之爭研究》戴文和著。臺北文史哲出版社一九九七年六月版。

《唐宋詩風—詩歌的傳統與新變》鄧仕樑著。臺灣書店一九九八年十一月版。

《唐代四家詩文論集》羅聯添著。臺北學海出版社一九九八年十二月版。

〔體類〕

《唐代的勞動文藝》孫俍工著。上海亞東圖書館一九三二年鉛印本。

《唐代的戰爭文學》胡雲翼著。上海商務印書館一九二七年鉛印本。

《唐代戰爭詩研究》洪讚著。臺北文史哲出版社一九八八年版。

《唐代幕府與文學》戴偉華著。現代出版社一九九〇年二月版。

《唐代遊仙詩研究》顏進雄著。臺北文津出版社一九九六年十月版。

《唐代登臨詩研究》王隆昇著。臺北文津出版社一九九八年四月版。

《唐代游俠詩歌研究》林春伶著。臺北文津出版社一九九九年三月版。

《唐代通俗詩研究》朱炯遠著。巴蜀書社二〇〇一年三月版。

《漢唐貴族與才女詩歌研究》張修蓉著。臺北文史哲出版社一九八五年三月版。

《唐代女詩人》陸晶清著。上海神州國光社一九三一年鉛印本。

《唐代詩中所見當時婦女生活》劉開榮著。重慶商務印書館一九四三年鉛印本。

《唐詩中和親主題研究》馮藝超著。天山出版社一九九四年版。

《唐代關中士族與文學》李浩著。臺北文津出版社一九九九年六月版。

《唐代進士行卷與文學》程千帆著。上海古籍出版社一九八〇年八月印行。

《唐代使府與文學研究》戴偉華著。廣西師大出版社一九九八年五月版。

《唐代銓選與文學》王勛成著。中華書局二〇〇一年四月版。

《唐詩與科舉》陳飛著。灕江出版社一九九六年五月版。

《唐代科舉與文學》傅璇琮著。陝西人民出版社一九八六年十月版。

《唐代園林別業考論》李浩著。西北大學出版社一九九六年四月版。

《唐詩與莊園文化》林繼中著。灕江出版社一九九六年五月版。

《唐詩與繪畫》陶文鵬著。灕江出版社一九九六年五月版。

《唐詩與舞蹈》張明非著。灕江出版社一九九六年五月版。

《唐代詩論與畫論之關係研究》曹愉生著。文史哲出版社一九九七年十月版。

《唐代詩與畫的相關性研究》陳華昌著。陝西人民美術出版社一九九三年四月版。

《唐代民歌考釋及變文考論》楊公驥著。一九六二年四月吉林人民出版社刊行。

《唐聲詩》任半塘著。上海古籍出版社一九八二年十月印行。

《唐短歌》劉念茲著。四川人民出版社一九八三年版。

《樂府詩詞論藪》蕭滌非著。齊魯書社一九八五年五月版。

《中唐樂府詩研究》張修蓉著。臺北文津出版社一九八五年十月版。

《唐詩與音樂軼聞》樂維華編著。上海文藝出版社一九八七年版。

《唐代酒令藝術》王昆吾著。東方出版中心一九九五年一月版。

《唐詩與音樂》朱易安著。灕江出版社一九九六年五月版。

《隋唐五代燕樂雜言歌辭研究》王昆吾著。中華書局一九九六年十一月版。

《唐代歌詩與詩歌—論歌詩傳唱在唐詩創作中的地位和作用》吳相洲著。北京大學出版社二〇〇〇年五月版。

《唐帝國的精神文明—民俗與文學》程薔、董乃斌著。中國社會科學出版社一九九六年八月版。

《禪學與唐宋詩學》杜松柏著。臺北黎明文化事業公司一九七六年十月版。

《唐代的文學與佛教》（日）平野顯照著，張桐生譯。臺北業強出版社一九八七年版。

《唐音佛教辨思錄》陳允吉著。上海古籍出版社一九八八年九月版。

《盛唐詩與禪》姚儀敏著。高雄佛光出版社一九九一年一月版。

《佛理·唐音·古典美學》姜光斗著。南京出版社一九九一年十二月版。

《禪思與詩情》孫昌武著。中華書局一九九七年八月版。

《唐代詩歌與禪學》蕭麗華著。臺北東大圖書公司一九九七年九月版。

《唐詩與道教》黃世中著。灕江出版社一九九六年五月版。

《道教與唐代文學》孫昌武著。人民文學出版社二〇〇一年三月版。

《唐代古詩句式論》（日）村瀨一郎著。文庫一九七九年版。

《唐詩的魅力：詩語的結構主義批評》（美）高友工、梅祖麟著，李世耀譯。上海古籍出版社一九八九年十一月版。

《唐詩語言研究》蔣紹愚著。中州古籍出版社一九九〇年五月版。

《唐詩語彙意象論》（日）松浦友久著，陳植鍔、王曉平譯。中華書局一九九二年版。

《敦煌唐人詩集殘卷考釋》高嵩考釋。一九八二年七月寧夏人民出版社印行。

《敦煌的唐詩》黃永武著。臺北洪範書店一九八七年版。

《敦煌的唐詩續編》黃永武著。臺北文史哲出版社一九八九年版。

《敦煌文學叢考》項楚著。上海古籍出版社一九九一年四月版。

《敦煌詩歌導論》項楚著。新文豐出版公司一九九三年出版。

《唐五代敦煌民歌》金賢珠著。文史哲出版社一九九四年十月版。

〔鑑賞普及〕

《唐詩》詹鍈著。上海古籍出版社一九七九年四月印行。

《唐詩》（日）村上哲見著。東京講談社一九九八年十一月印行。
《唐詩》艾治平選析。花城出版社一九九九年六月版。
《唐詩逸話》王杰生著。廣西人民出版社一九八六年十一月版。
《唐詩百話》施蟄存著。上海古籍出版社一九八七年版。
《唐詩的天空》程千帆等著。臺北蘭亭出版社一九八七年版。
《百家唐宋詩新話》傅庚生、傅光編。四川文藝出版社一九八九年五月版。
《唐詩答客難》張天健編著。學苑出版社一九九〇年八月版。
《唐詩的讀法與解説》（日）近藤春雄著。武藏野書院一九七三年版。
《唐詩散策》（日）目加田誠著。時事通信社一九七九年版。
《唐詩散論》葉慶炳著。洪範書店一九七七年八月版。
《唐詩瑣語》肖文苑編。天津人民出版社一九八〇年十二月印行。
《唐詩趣話》張天健編著。學苑出版社一九九六年五月版。
《唐詩咀華》張明非著。上海古籍出版社一九九六年八月版。
《煌煌唐韻》周建國著。中華書局一九九七年三月版。
《唐詩吟誦》肖芒編。中華書局一九九八年二月版。
《登峰造極的唐詩》于漢唐等著。遼海出版社一九九八年版。
《讀唐詩學結構》吉安著。吉林教育出版社一九九九年版。
《馬茂元説唐詩》上海古籍出版社一九九九年七月版。
《唐詩淺説》張宗原著。北京東方出版中心一九九九年十二月版。
《唐詩的風采》劉開揚著。上海書店出版社二〇〇〇年六月版。
《唐詩隨筆》蕭文苑著。江西人民出版社一九八五年六月版。
《唐詩小札》劉逸生著。廣東人民出版社一九六一年六月刊行，一九六二年四月增訂再版。
《唐詩歲時記—四季和風俗》（日）植木久行著。明治書院一九八〇年版。
《唐宋詩詞賞析》鄭孟彤編著。廣東人民出版社一九八一年六月印行。
《唐宋詩詞探勝》吳熊和、蔡義江、陸堅編。浙江人民出版社一九八一年九月印行。
《唐詩鑑賞集》人民文學出版社編輯部編。一九八一年十一月印行。
《唐宋詩詞賞析》張碧波、李寶堃編著。黑龍江人民出版社一九八二年二月印行。
《讀點唐詩》楊磊著。雲南人民出版社一九八三年十二月版。
《唐宋詩文鑑賞舉隅》霍松林著。人民文學出版社一九八四年三月版。
《唐詩探勝》霍松林、林從龍主編。中州古籍出版社一九八四年四月版。
《唐宋詩詞賞析》鄭孟彤著。廣東人民出版社一九八五年六月版。
《唐詩英華》于國俊、何鷗著。山東文藝出版社一九八五年十月版。
《唐宋詠物詩鑑賞》陳新璋著。廣東人民出版社一九八六年七月版。
《唐詩明畫欣賞》江柳等著。湖北教育出版社一九八七年版。
《唐詩名篇賞析》譚敦民編。黑龍江少兒出版社一九八七年版。
《全唐詩尋幽探微》墨人著。臺北臺灣商務印書館一九八七年版。
《唐五代詩鑑賞》上海古籍出版社一九九八年十二月版。
《唐代詩人詠長安（上）》趙俊玠等編注。陝西人民出版社一九八二年七月版。
《唐代詩人詠長安（下）》趙俊玠等編注。陝西人民出版社一九八三年十月版。
《唐代詩人在湖北》王輝斌選注。湖北人民出版社一九八七年版。
《唐人故事詩》陳登元著。南京書店一九三一年鉛印本。江蘇廣陵古籍刻印社一九九八年影印。
《唐詩故事第一集》栗斯編著。地質出版社一九八一年三月印行、中國國際廣播出版社一九九〇年四月版。
《唐詩故事第二集》栗斯編著。地質出版社一九八一年八月印行、中國國際廣播出版社一九九〇年四月版。
《唐詩故事第三集》栗斯編著。地質出版社一九八一年十二月印行、中國國際廣播出版社一九九〇年四月版。
《唐詩故事第四集》栗斯編著。中國國際廣播出版社一九九〇年四月版。
《唐詩故事續集第一集：唐代邊塞詩》栗斯編著。中國國際廣播出版社一九八八年七月版。
《唐詩故事續集第二集：唐代藝術詩》栗斯編著。中國國際廣播出版社一九九〇年四月版。
《唐詩故事續集第三集：唐代生活詩》栗斯編著。中國國際廣播出版社一九九〇年四月版。
《唐詩故事續集第四集：唐代黃河流域詩》栗斯編著。中國國際廣播出版社一九九〇年四月版。
《説唐詩（愛國情思）》陳華勝編撰。浙江人民出版社一九九七年六月版。
《説唐詩（思親懷鄉）》張滌雲編撰。浙江人民出版社一九九七年六月版。
《説唐詩（修身勵志）》梁一群編撰。浙江人民出版社一九九七年六月版。
《説唐詩（詠史懷古）》黎陽編撰。浙江人民出版社一九九七年六月版。
《唐詩故事三六五》華而實等著。國際文化出版公司一九九二年版。
《唐詩演義》薛浩著。臺灣一九八六年二月版。
《唐詩故事集》王一林著。中國文聯出版公司二〇〇〇年版。
《新編唐詩故事集：黄河長江親情篇》王曙著。北京工業大學出版社二〇〇一年版。
《新編唐詩故事集：長安勝跡史事篇》王曙著。北京工業大學出版社二〇〇一年版。
《新編唐詩故事集：風俗習慣民情篇》王曙著。北京工業大學出版社二〇〇一年版。
《新編唐詩故事集：邊塞風光藝術篇》王曙著。北京工業大學出版社二〇〇一年版。

〔辭典〕

《唐詩鑑賞辭典》（日）前野直彬著。東京堂出版一九七〇年版。
《唐詩鑑賞辭典》蕭滌非等撰寫。上海辭書出版社一九八三年十二月版。
《唐詩鑑賞辭典補編》周嘯天主編。四川文藝出版社一九九〇年六月版。
《唐宋詩詞評析詞典》吴熊和主編。浙江人民出版社一九九〇年十一月版。
《唐詩名篇鑑賞辭典》霍松林、程千帆等編著。中國三峽出版社一九九六年十二月版。
《全唐詩鑑賞辭典》賀新輝主編。中國婦女出版社一九九六年十二月版。
《唐詩鑑賞辭典》孫育華編著。北京燕山出版社一九九七年六月版。
《休閒唐詩鑑賞辭典》李敬一主編。湖北辭書出版社一九九七年九月版。
《三李詩鑑賞辭典》宋緒連、初旭編。黑龍江人民出版社。
《唐詩百科大辭典》王洪主編。光明日報出版社一九九〇年十月版。
《唐詩大辭典》周勛初主編。江蘇古籍出版社一九九〇年十一月版。
《中國文學家大辭典·唐五代卷》周祖主編。中華書局一九九二年九月版。
《唐詩分類大辭典》馬東田著。四川辭書出版社一九八八年版。
《唐詩宋詞分類描寫辭典》關瀅等主編。遼寧人民出版社一九八九年三月版。
《全唐詩精華分類鑑賞集成》潘百齊編著。河南大學出版社一九八九年八月版。
《唐詩實用分類圖典》商韜、商慧綿選注。遠東出版社二〇〇〇年。
《全唐詩佳句精編》潘天宇、謝鈞祥編。中州古籍出版社一九九〇年十二月版。
《全唐詩佳句類典》競鴻、陸力主編。南海出版公司一九九二年五月版。
《唐詩藝術技巧分類辭典》宋緒連等主編。中國人民大學出版社一九九七年九月版。
《全唐詩典故辭典》范之麟、吴庚舜主編。湖北辭書出版社一九八九年一月版。
《唐詩典故辭典》李文學撰。陝西人民出版社一九八九年十一月版。
《唐代詩詞語詞典故大詞典》顧國瑞等編著。社科文獻出版社一九九八年十二月版。
《唐宋詩詞常用語詞典》盧潤祥編著。湖南出版社一九九一年一月版。
《實用全唐詩辭典》江藍生、陸尊梧主編。山東教育出版社一九九四年三月版。
《全唐詩大辭典》張滌華主編。山西人民出版社一九九五年二月出版。
《全唐詩大辭典》張忠綱主編。語文出版社二〇〇〇年九月出版。

〔綜述〕

《中國唐代文學研究年鑑》自一九八三年至一九九九年，已出十四冊，分別由陝西人民出版社（一九八三～一九八六）、陝西師範大學出版社（一九八七）、廣西師範大學出版社（一九八八～一九九九）出版。

《中國新時期唐詩研究述評》張忠綱、吳懷東、趙睿才、綦維著。安徽大學出版社二〇〇〇年一月版。

〔索引及資料匯編〕

《唐宋名詩索引》孫公望、勞柏林編。湖南人民出版社一九八五年二月版。

《唐五代人交往詩索引》吳汝煜編著。上海古籍出版社一九九三年版。

《唐詩匯評》陳伯海編。浙江教育出版社一九九五年五月版。

《唐詩論評類編》陳伯海主編。山東教育出版社一九九三年一月版。

《唐人軼事匯編》周勛初主編。上海古籍出版社一九九五年十二月版。

《唐集敘錄》萬曼著。中華書局一九八〇年十一月版。

《唐詩選本六百種提要》孫琴安著。陝西人民教育出版社一九八七年版。

《唐詩書錄》陳伯海、朱易安編撰。齊魯書社一九八八年十二月版。

（第一版書目由陳伯海編寫，第二版書目由陳尚君、黃清發、金程宇增訂新編）

詩體詩律詞語簡釋

【樂府】本指古代音樂官署。「樂府」一名，始於西漢，惠帝時已有「樂府令」。至武帝始建立樂府，掌管朝會宴饗、道路遊行時所用的音樂，兼採民間詩歌和樂曲。樂府作為一種詩體，初指樂府官署所採集、創作的樂歌，後用以稱魏晉至唐代可以入樂的詩歌和後人仿效樂府古題的作品。宋元以後的詞、散曲和劇曲，因配合音樂，有時也稱樂府。

【歌行】古代詩歌的一體。漢魏以下的樂府詩，題名為「歌」和「行」的頗多，二者雖名稱不同，其實並無嚴格的區別。後遂有「歌行」一體。其音節、格律，一般比較自由，形式採用五言、七言、雜言的古體，富於變化。「行」是樂曲的意思，見《史記·司馬相如列傳》司馬貞《史記索隱》。

【賦得】凡摘取古人成句為題之詩，題首多冠以「賦得」二字。南朝梁元帝蕭繹即已有〈賦得蘭澤多芳草〉一詩。科舉時代之試帖詩，因詩題多取成句，故題前均冠以「賦得」二字。同樣也應用於應制之作及詩人集會分題。後遂將「賦得」視為一種詩體，即景賦詩者亦往往以「賦得」為題。

【口號】古體詩之題名。「曰口號者，或四句，或八句，草成速就，達意宣情而已也。」（王昌會《詩話類編》卷一）「貴明白條暢」（馬上巘《詩法火傳》卷十五），不在雕琢。以口號為題的詩六朝已多見，如鮑照〈還都口號〉、梁簡文帝蕭綱〈仰和衛尉新渝侯巡城口號〉等，唐時更多。宋時皇帝當春秋節日與生日，常舉行宴會，樂工致辭，然後獻詩一章以歌功頌德，亦稱口號（見《宋史·樂志》一七〈教坊〉）。

【口占】舊時作詩方式之一。指詩人作詩，不擬草稿，略加思索便隨口吟成。

【聯句】舊時作詩方式之一。又稱「連句」。兩人或多人共作一詩，相聯成篇。傳始於漢武帝時〈柏梁臺詩〉（疑係後人偽託）。初無定式，有一人一句一韻、兩句一韻乃至兩句以上者，依次而下。後來習用一人出上句，續者須對成一聯，再出上句，輪流相繼。舊時多用於上層宴飲及朋友間酬應，絕少佳作。

【限韻】舊時作詩方式之一。指限定用某一韻部之字作詩，古代科舉考試或詩人集會唱和時常用。分為兩類，一是限韻不限字，一是限韻兼限字。後者又可分為兩類，一是全詩韻腳均先規定；一是限定一字，其餘韻腳可在限定的韻部中任選。

【集句】舊時作詩方式之一。又稱「四體」。截取前人一代、一家或數家的詩句，拼集而成一詩。現存最早的集句，為西晉傅咸的〈七經詩〉。

【古風】詩體名。即「古詩」、「古體詩」。唐人好將時人效法前代之詩而作的作品稱為古風。風即歌的意思，由《詩經》「國風」引申而來。李白有〈古風五十九首〉，明胡震亨謂其內容「非指言時事，即感傷己遭」，中有不少名篇。

【古體詩】亦稱「古詩」、「古風」。詩體名，和近體詩相對。產生較早。每篇句數不拘。有四言、五言、六言、七言、雜言諸體。後世使用五、七言者較多。不求對仗，平仄和用韻也比較自由。

【新樂府】由中唐白居易提出並積極創作而確立的一種詩體。因在精神上繼承漢樂府「感於哀樂，緣事而發」（《漢書·藝文志》）的傳統，而又用新題寫時事，不依譜，不入樂，體制上相對於古樂府有所不同，故稱。此體詩中多有反映現實、關心民生的佳作，但有時不免徑切直露，缺乏情韻。

【四言詩】詩體名。全篇每句四字或以四字句為主。是中國古代詩歌中最早形成的詩體。初見於上古歌謠及《周易》韻語，春秋以前的詩歌，如《詩經》，大都為四言。漢代以後，格調稍變。自南朝宋齊以後，作者漸少。

【五言詩】詩體名。由五字句所構成的詩篇。起於漢代民謠，現存最早文人五言詩當推東漢班固之〈詠史〉。魏晉以後，歷六朝隋唐，大為發展，成為古典詩歌主要形式之一，有五言古詩、五言律詩、五言絕句。

【六言詩】詩體名。全篇每句六字。相傳始於西漢谷永，一說東方朔已有「六言」（見《文選·左思〈詠史〉李善注》）。其詩均不傳。今所見以漢末孔融的六言詩為最早。唐以後更有古體近體之分。但均不甚流行。

【七言詩】詩體名。全篇每句七字或以七字為主，當起於漢代民間歌謠。舊說則謂始於〈柏梁臺詩〉（見「柏梁體」），恐不可信。魏曹丕〈燕歌行〉，為現存較早的純粹七言詩。到了唐代，大為發展。有七言古詩、七言律詩、七言絕句。與五言詩同為古典詩歌中的主要形式。

【三五七言詩】詩體名。指一篇中三、五、七言依次排列，各為兩句，共六句。宋嚴羽《滄浪詩話·詩體》與明胡震亨《唐音癸籤》卷一謂此體起於隋人鄭世翼，也有以為起於唐李白的「秋風清，秋月明。落葉聚還散，寒鴉棲復驚。相思相見知何日，此時此夜難為情。」因體近小詞，非詩中正體。

【雜言詩】詩體名。古體詩的一種，最初出於樂府。詩中句子字數長短間雜，無一定標準，最短僅一字，長句有達九、十字以上者，以三、四、五、七字相間雜者為多。

【近體詩】亦稱「今體詩」。詩體名。唐代形成的律詩和絕句的通稱，同古體詩相對而言。句數、字數和平仄、用韻等都有嚴格規定。

【律詩】詩體名。近體詩的一種。格律嚴密，故名。起源於南北朝，成熟於唐初。八句，四韻或五韻。中間兩聯必須對仗。第二、四、六、八句押韻，首句可押可不押，通常押平聲。分五言、七言兩體。簡稱五律、七律。亦有六律。其有每首十句以上者，則為「排律」。偶有六句三韻，稱為「三韻律」或「小律」。律詩中，凡兩句相配，稱為一「聯」。五律、七律的第一聯（一、二兩句）稱「首聯」，第二聯（三、四兩句）稱「頷聯」，第三聯（五、六兩句）稱「頸聯」，第四聯（七、八兩句）稱「尾聯」。每聯的上句稱「出句」，下句稱「對句」。

【格律詩】詩歌的一種。形式有一定規格，音韻有一定規律，倘有變化，需按一定規則。中國古典格律詩中常見的形式有五言、七言的絕句和律詩。詞、曲每調的字數、句式、押韻都有一定的規格，也可稱為格律詩。

【排律】又稱「長律」。詩體名。律詩的一種。就律詩定格加以鋪排延長，故名。每首至少十句，有多至百韻者。除首、末兩聯外，上下句都需對仗。也有隔句相對的，稱為「扇對」。

【絕句】即「絕詩」。亦稱「截句」、「斷句」。詩體名。截、斷、絕均有短截義，因定格僅為四句，故名。以五言、七言為主，簡稱五絕、七絕。也有六言絕句。唐代通行者為近體，平仄和押韻都有一定的規定。有人說絕詩是截取律詩的一半而成。但在唐代律詩形成以前，已有絕句，雖亦押韻而平仄較自由，如《玉臺新詠》即載有〈古絕句〉。後人即用「古絕句」以別於近體絕句。

【應制詩】封建時代臣僚奉皇帝命所作、所和的詩。唐以後大都為五言六韻或八韻的排律。內容多為歌功頌德，少數也陳述一些對皇帝的期望。

【試帖詩】詩體名。也稱「應試詩」、「賦得體」。起源於唐代，由「帖經」、「試帖」影響而產生，為科舉考試所採用。大都為五言六韻或八韻的排律，以古人詩句或成語為題，冠以「賦得」二字，並限韻腳，內容必須切題。清代限制尤嚴。

【雜體詩】詩體名。指從字形、句法、聲律或押韻等方面別出心裁的那一類作品。名目頗多，據明徐師曾《文體明辯》附錄卷之一謂：「按詩有雜體，一曰拗體，二曰蜂腰體，三曰斷絃體，四曰隔句體，五曰偷春體，六曰首尾吟體，七曰盤中體，八曰迴文體，九曰仄句體，十曰疊字體，十一曰句用字體，十二曰藁砧體，十三曰兩頭纖纖體，十四曰三婦豔體，十五曰五雜俎體，十六曰五仄體，十七曰四聲體，十八曰雙聲疊韻體，十九曰問答體，皆詩之變體也。」他如藏頭詩、神智體等亦屬此類。此體多為漢魏六朝文人創制，唐人間有試作。因帶有文字遊戲性質，故少佳什。

【詩韻】指作詩所押的韻或所依據的韻書。隋時陸法言著《切韻》，共分二〇六韻部，分部太細，不便押韻。唐初規定相近的韻可以同用。南宋時，平水人劉淵編《壬子新刊禮部韻略》，把同用的韻合併為一〇七韻，是為「平水韻」。清人又減為一〇六韻，改稱為「佩文詩韻」，這便是沿用至今的詩韻。唐代實際所用韻部，和平水韻所編大致相同。

【押韻】亦作「壓韻」。作詩歌時於句末或聯末用韻之稱。舊時押韻，例須韻部相同或相通，但也有少數變格。詩歌押韻既便於吟誦和記憶，又使作品具有節奏、聲調之美。

【近體詩押韻】近體詩押韻要求嚴格。不論絕句、律詩、排律，都必須用平聲韻，且一韻到底，不許鄰韻通押。

【古體詩押韻】古體詩押韻較寬。可轉韻，或鄰韻通押；可押平聲韻，也可押仄聲韻。仄聲韻中，要區別上、去、入聲，不同聲調一般不相押，只有上聲韻和去聲韻偶然可以相押。

【叶韻】叶（音同協），又作「諧韻」、「協韻」、「協句」。詩韻術語。謂有些韻字如讀本音，便與同詩其他韻腳不和，須改讀某音，以協調聲韻，故稱。南北朝有些學者按當時語音讀《詩經》，感到好多詩句韻不和諧，便將作品中某些字臨時改讀某音。明陳第始用語音演變的原理，認為所謂叶韻的音是古代本音，讀古音就能諧韻，不應隨意改讀。

【通韻】詩韻術語。指兩個或兩個以上的韻部可以相通，或其中一部分相通。作詩時通韻可以互押。如「平水韻」中「一東」與「二冬」、「四支」與「五微」、「十四寒」與「十五刪」等可通押。古體詩通韻較寬，近體詩則受嚴格的限制。

【換韻】亦稱「轉韻」。詩韻術語。指一首詩中可押兩個或兩個以上韻。除律詩、絕句不得換韻外，古體詩尤其是長篇古體詩，換韻較自由，既不限平聲韻、仄聲韻，也不限於鄰韻。轉韻時往往在換韻那一聯的出句先轉，接著聯末韻腳跟著轉。例如岑參

〈白雪歌送武判官歸京〉：

北風捲地白草折△，（九屑）
胡天八月即飛雪△。（九屑）
忽如一夜春風來△，（十灰）
千樹萬樹梨花開△。（十灰）
散入珠簾濕羅幕△，（十藥）
狐裘不暖錦衾薄△。（十藥）
將軍角弓不得控，
都護鐵衣冷難著△。（十藥）
瀚海闌干百丈冰△，（十蒸）
愁雲黲淡萬里凝△。（十蒸）
中軍置酒飲歸客△，（十一陌）
胡琴琵琶與羌笛△。（十二錫）
紛紛暮雪下轅門△，（十三元）
風掣紅旗凍不翻△。（十三元）
輪臺東門送君去△，（六御）
去時雪滿天山路△。（七遇）
山迴路轉不見君，
雪上空留馬行處△。（六御）

以上「陌」與「錫」通韻，故「客」、「笛」在一聯中同押；「御」與「遇」通韻，故「去」、「處」與「路」可通押。詩中「灰」、「蒸」、「元」為平聲韻，「御」、「遇」為去聲韻，「屑」、「藥」、「陌」、「錫」為入聲韻，平、去、入三聲換用。

【險韻】又稱「僻韻」。詩韻術語。指詩句用艱僻字押韻，或從包含字數不多的韻部中選取韻腳，人覺其驚警險峻而又能化艱僻為平妥，無湊韻之弊。唐宋詩人中也有故意押險韻以炫奇的。唐韓愈喜用險韻。宋蘇軾曾用「尖叉」二字為韻，舊時推為險韻中的名作。

【出韻】又稱「失韻」、「落韻」、「走韻」。指作詩押韻違反格律，用了非同韻部的字。因近體詩首句可用鄰韻，故凡在其他幾句用鄰韻，便是出韻。為作近體詩之大忌，唐人絕少犯之。但也有故意為之的，如李商隱〈少年〉詩第二句用「二冬」韻，就與全詩押「一東」韻不合，是謂用通韻，未可一概以出韻論。

【唱和】亦作「唱酬」、「酬唱」。謂作詩與別人相酬和。大致有以下幾種方式：①和詩，只作詩酬和，不用被和詩原韻；②依韻，亦稱同韻，和詩與被和詩同屬一韻，但不必用其原字；③用韻，即用原詩韻的字而不必順其次序；④次韻，亦稱步韻，即用其原韻原字，且先後次序都須相同。後三者與「和詩」相對應，通稱「和韻」。

【分韻】舊時作詩方式之一。指作詩時先規定若干字為韻，各人分拈韻字，依韻作詩，叫作「分韻」，一稱「賦韻」。古代詩人聯句時多用之，後來並不限於聯句。白居易〈花樓望雪命宴賦詩〉：「素壁聯題分韻句，紅爐巡飲暖寒杯。」

【分題】舊時作詩方式之一。若干人相聚，分找題目以賦詩，稱分題，亦稱「探題」。大抵以各物為題，共賦一事。宋嚴羽《滄浪詩話．詩體》：「古人分題，或各賦一物，如云送某人分題得某物也。」分題有時分韻，但不限制。

【進退格】亦稱「進退韻」。詩韻術語。鄰韻通押特殊格式的一種。宋嚴羽《滄浪詩話．詩體》：「有轆轤韻者，雙出雙入。有進退韻者，一進一退。」魏慶之《詩人玉屑》引《湘素雜記》說，唐代鄭谷與僧齊己、黃損等共定今體詩格云：「凡詩用韻有數格：一曰葫蘆，一曰轆轤，一曰進退。」進退格是兩韻間押，即第二、第六句用甲韻，第四、第八句則用與甲韻可通的乙韻，如「寒」、「刪」或「魚」、「虞」等，一進一退，相間押韻，故稱。

【轆轤格】亦稱「轆轤韻」。詩韻術語。與進退格同為用韻的一格，詳見「進退格」。轆轤韻者，雙出雙入。即律詩第二、第四句用甲韻，第六、第八句用與甲韻可通的乙韻，如先用「七虞」，後用「六魚」等，雙出雙入，此起彼落，有似轆轤，故稱。

【葫蘆格】亦稱「葫蘆韻」。詩韻術語。與進退格同為用韻的一格。依鄭谷、齊己與黃損所定詩格，葫蘆韻者，先二後四。如「東」、「冬」通押，先二韻「東」，後四韻「冬」。先小後大，有似葫蘆，故稱。

【蜂腰格】律詩對仗變格之一。指「頷聯亦無對偶，然是十字敘一事，而意貫上二句，及頸聯方對偶分明，謂之蜂腰格，言若已斷而復續也。」（宋魏慶之《詩人玉屑》卷二引《西清詩話》）用此格寫成的詩稱為「蜂腰體」。如張九齡〈望月懷遠〉、賈島〈下第〉等。

【偷春格】律詩對仗變格之一。「其法頷聯雖不拘對偶，疑非聲律，然破題已的對矣，謂之偷春格，言如梅花偷春色而先開也。」（宋魏慶之《詩人玉屑》卷二引《西清詩話》）指首聯以對仗起，頷聯反而不對。用此格寫成的詩稱為「偷春體」。如杜甫〈一百五日夜對月〉。

【平仄】聲律專名。古代漢語聲調分平、上、去、入四聲。平指四聲中的平聲，包括陰平、陽平二聲；仄指四聲中的仄聲，包括上、去、入三聲。舊詩賦及駢文中所用的字音，平聲與仄聲相互調節，使聲調諧協，謂之調平仄。

【一三五不論】格律詩平仄格式的通俗口訣。為「一三五不論，二四六分明」的略稱。謂七言詩句第一、三、五字平仄可以不拘，第二、四、六字必須依照格式，平仄相間，不能變動。由此類推，五言詩句則為一、三不論，二、四分明。這個口訣簡潔明快，但不全面、不準確，對有些句型便不適用。

【對與黏】詩律術語。對，取相對之義，指同一聯內對句與出句平仄必須相反相對，即仄對平，平對仄。如

(本聯出句)　平平仄仄平平仄
　　　　　　　｜　｜　｜　　七言相反相對
(本聯對句)　仄仄平平仄仄平

黏，取黏連、黏附之義，指後聯出句與前聯對句平仄必須相同相黏，即平黏平，仄黏仄。如：

(前聯對句)　仄仄平平仄仄平
　　　　　　　｜　｜　｜　　七言相同相黏
(後聯出句)　仄仄平平平仄仄

對、黏的標誌主要看五言第二、四字，七言第二、四、六字平仄是否有誤，最關鍵位置的五言第二字，七言第二、四字平仄務必分明。

【失黏】 作舊體詩術語。寫作律詩、絕詩時平仄失誤，聲韻不相黏貼之謂。即應用平聲而誤用仄聲，或應用仄聲而誤用平聲。又據宋陳鵠《耆舊續聞》，表啟之類的駢儷文字，若平仄失調，在當時也叫失黏。

【五絕】 五言絕句的省稱。指五言律絕。四句二韻或三韻。平仄定格凡四式：

(一) 首句仄起不入韻式（仄⃝仄平平仄，平平仄仄平̣。平⃝平平仄仄，仄⃝仄仄平平̣。）
(二) 首句仄起入韻式（仄⃝仄仄平平̣，平平仄仄平̣。平⃝平平仄仄，仄⃝仄仄平平̣。）
(三) 首句平起不入韻式（平⃝平平仄仄，仄⃝仄仄平平̣。仄⃝仄平平仄，平平仄仄平̣。）
(四) 首句平起入韻式（平平仄仄平̣，仄⃝仄仄平平̣。仄⃝仄平平仄，平平仄仄平̣。）
註：仄起式，指首句第二字為仄聲；平起式，指首句第二字為平聲。仄⃝表示可平，平⃝表示可仄，「．」表示韻腳。

【五律】 五言律詩的省稱。八句四韻或五韻。平仄定格凡四式：

(一) 首句仄起不入韻式（仄⃝仄平平仄，平平仄仄平̣。平⃝平平仄仄，仄⃝仄仄平平̣。仄⃝仄平平仄，平平仄仄平̣。平⃝平平仄仄，仄⃝仄仄平平̣。）
(二) 首句仄起入韻式（仄⃝仄仄平平̣，平平仄仄平̣。平⃝平平仄仄，仄⃝仄仄平平̣。平⃝仄平平仄，平平仄仄平̣。平⃝平平仄仄，仄⃝仄仄平平̣。）
(三) 首句平起不入韻式（平⃝平平仄仄，仄⃝仄仄平平̣。仄⃝仄平平仄，平平仄仄平̣。平⃝平平仄仄，仄⃝仄仄平平̣。仄⃝仄平平仄，平平仄仄平̣。）
(四) 首句平起入韻式（平平仄仄平̣，仄⃝仄仄平平̣。仄⃝仄平平仄，平平仄仄平̣。平⃝平平仄仄，仄⃝仄仄平平̣。仄⃝仄平平仄，平平仄仄平̣。）
註：參見「五絕」。

【七絕】 七言絕句的省稱。指七言律絕。四句二韻或三韻。平仄定格凡四式。

（一）首句平起入韻式（平⃝平仄⃝仄仄平平，仄⃝仄平平仄仄平。仄⃝仄平⃝平平仄仄，平⃝平仄⃝仄仄平平。）

（二）首句平起不入韻式（平⃝平仄⃝仄平平仄，仄⃝仄平平仄仄平。仄⃝仄平⃝平平仄仄，平⃝平仄⃝仄仄平平。）

（三）首句仄起入韻式（仄⃝仄平平仄仄平，平⃝平仄⃝仄仄平平。平⃝平仄⃝仄平平仄，仄⃝仄平平仄仄平。）

（四）首句仄起不入韻式（仄⃝仄平⃝平平仄仄，平⃝平仄⃝仄仄平平。平⃝平仄⃝仄平平仄，仄⃝仄平平仄仄平。）

註：參見「五絕」。

【七律】七言律詩的省稱。八句四韻或五韻。平仄定格凡四式。

（一）首句平起入韻式（平⃝平仄⃝仄仄平平，仄⃝仄平平仄仄平。仄⃝仄平⃝平平仄仄，平⃝平仄⃝仄仄平平。平⃝平仄⃝仄平平仄，仄⃝仄平平仄仄平。仄⃝仄平⃝平平仄仄，平⃝平仄⃝仄仄平平。）

（二）首句平起不入韻式（平⃝平仄⃝仄平平仄，仄⃝仄平平仄仄平。仄⃝仄平⃝平平仄仄，平⃝平仄⃝仄仄平平。平⃝平仄⃝仄平平仄，仄⃝仄平平仄仄平。仄⃝仄平⃝平平仄仄，平⃝平仄⃝仄仄平平。）

（三）首句仄起入韻式（仄⃝仄平平仄仄平；平⃝平仄⃝仄仄平平。平⃝平仄⃝仄平平仄，仄⃝仄平平仄仄平。仄⃝仄平⃝平平仄仄，平⃝平仄⃝仄仄平平。平⃝平仄⃝仄平平仄，仄⃝仄平平仄仄平。）

（四）首句仄起不入韻式（仄⃝仄平⃝平平仄仄，平⃝平仄⃝仄仄平平。平⃝平仄⃝仄平平仄，仄⃝仄平平仄仄平。仄⃝仄平⃝平平仄仄；平⃝平仄⃝仄仄平平。平⃝平仄⃝仄平平仄，仄⃝仄平平仄仄平。）

註：參見「五絕」。

【三平調】詩律術語。又稱「三平切腳」、「下三連」。指詩句末連用三個平聲。為近體詩的大忌，又是古體詩的典型特徵之一。如李白〈下終南山過斛斯山人宿置酒〉詩中：「長歌吟松風（平平平），曲盡河星稀（平平平）」兩句，末三字均為平聲。

【孤平】詩律術語。律詩大忌。指五言「平平仄仄平」句型第一字用了仄聲，七言「仄仄平平仄仄平」句型第三字用了仄聲，全句除韻腳外只剩下一個平聲，故稱。唐人律詩最忌「孤平」。倘在上述句型五言第一字或七言第三字位置上遇到必須用仄聲字，絕對無法換平聲字時，則要採取「拗救」的辦法。

【拗體】律、絕詩每句平仄都有規定，誤用者謂之「失黏」。不依常格而加以變換者為「拗體」。前人所謂「拗」，除有時變換第二、四、六字外，著重在五言的第三字和七言的第五字。兩聯都拗的稱「拗句格」，通首全拗的稱為「拗律」。詩人中有故意為之者。如清王軒《聲調譜序》云：「韓（愈）、孟（郊）崛起，力仿李（白）、杜（甫）拗體，以矯當代圓熟之弊。」

【拗救】詩律術語。在格律詩中，凡不合平仄格式的字稱「拗」。凡「拗」須用「救」，有拗有救，才不為病，如上句該平的用仄，下句則該仄的用平，平拗仄救，仄拗平救，以調節音調，使其和諧，稱為「拗救」。拗救大致可分為兩類：（一）本句自救，即孤平拗救。在格律詩中，五言「平平仄仄平」句型因第一字用了仄聲，七言「仄仄平平仄仄平」句型因第三字用了仄聲而「犯孤平」時，則在五言第三字、七言第五字用個平聲字作為補償。（二）對句相救。①大拗必救。指出句五言「仄⃝仄平平仄」句型第四字拗，七言「平⃝平仄⃝仄平平仄」句型第六字拗時，必須在對句五言第三字、七言第五字用一個平聲字作為補償。②

小拗可救可不救。指出句五言「仄仄平平仄」句型第三字拗，七言「平平仄仄平平仄」句型第五字拗時，可在對句五言第三字、七言第五字用一個平聲字作為補償，也可以不救。本句自救和對句相救往往同時並用。

【古絕】詩體名。見於南朝陳徐陵所編《玉臺新詠》。此書收有五言四句小詩四首，題為「古絕句」，後遂用為對不講平仄的古體絕句的通稱。相對今體詩中「律絕」而言。古絕多用拗句，可押平韻也可押仄韻。有些絕句用的是仄韻，但全詩用律句，或用律詩容許的變格和拗救。

【入律古風】對使用近體詩平仄格式的古體詩的通稱。特點為：（一）全用律句或基本上用律句；（二）換韻，且多為平仄韻交替；（三）通常是七言，四句一換韻，換韻後第一句入韻，全詩似多首「七絕」的組合。

【八病】古代關於詩歌聲律的術語。為南朝梁沈約所提出，謂作詩應當避忌的八項弊病，即平頭、上尾、蜂腰、鶴膝、大韻、小韻、旁紐、正紐。據日僧空海《文鏡秘府論》所述：平頭指五言詩第一字、第二字不得與第六字、第七字同聲（同平、上、去、入）。上尾指第五字不得與第十字同聲（連韻者可不論）。蜂腰指五言詩第二字不得與第五字同聲，言兩頭粗，中央細，有似蜂腰。鶴膝指第五字不得與第十五字同聲，言兩頭細，中央粗，有似鶴膝。（近人從宋蔡寬夫說，以為五字中首尾皆濁音而中一字清者為蜂腰，首尾皆清音而中一字濁者為鶴膝。）大韻指五言詩如以「新」為韻，上九字中不得更安「人」、「津」、「鄰」、「身」、「陳」等字（即與韻相犯）。小韻指除韻以外而有迭相犯者（即九字之間互犯）。旁紐一名大紐，即五字句中有「月」字，不得更安「魚」、「元」、「阮」、「願」等與「月」字同聲紐之字。正紐一名小紐，即以「壬」、「衽」、「任」、「入」為一紐，五言一句中已有「壬」字，不得更安「衽」、「任」、「入」字，致犯四聲相紐之病。沈約此說，在當時就受到鍾嶸等人的批評。宋嚴羽《滄浪詩話．詩體》也說：「作詩正不必拘此，弊法不足據也。」

【失對】律詩術語。作律詩和絕句，凡一聯內上下兩句平仄違反相對相反之規定，造成聲韻重複雷同，謂之失對。唐人作五言律、絕，失對情況很少，七言律、絕中就更為罕見了。

【當句對】律詩術語。又稱「就句對」。「唐人詩文，或於一句中自成對偶，謂之當句對。」（宋洪邁《容齋續筆》卷三）如杜甫〈白帝〉有「戎馬不如歸馬逸，千家今有百家存」聯，其中「戎馬」對「歸馬」，「千家」對「百家」，前後兩句各自句中成對。唐人還有全詩皆用此成對的，如白居易之〈寄韜光禪師〉，唯不常見。

【隔句對】律詩術語。又稱「扇對」、「扇面對」。指律詩第三句與第一句、第四句與第二句分別相對。如白居易〈夜聞箏中彈瀟湘送神曲感舊〉：「縹緲巫山女，歸來七八年。殷勤湘水曲，留在十三弦」。

【交股對】律詩術語。又稱「蹉對」、「錯綜對」、「犄角對」。指上下兩句相對之字（或詞）顛倒錯綜，不在相當的位置上。如李群玉〈杜丞相悰筵中贈美人〉：「裙拖六幅湘江水，鬢聳巫山一段雲」，「六幅」與「一段」、「湘江」與「巫山」交叉錯綜，構成對仗。

【互文對】律詩術語。指兩句意思交互通用而成對。如杜甫〈客至〉詩中「花徑不曾緣客掃，蓬門今始為君開」一聯，謂花徑不曾緣客掃，而今為君掃；蓬門不曾為人開，而今為君開，互文見義，是為互文對。

【巧對】律詩術語。律詩對仗因運思精妙而使詩義折進一層，謂之巧對。如杜甫〈秦州雜詩二十首〉其一中「水落魚龍夜，山空鳥鼠秋」一聯，以「水落」對「山空」，「魚龍」對「鳥鼠」，「夜」對「秋」，均極穩帖，已稱工對。而作者更於此聯中，隱括魚龍川、鳥鼠谷兩處秦州地名，遂使全詩更加切合題意，其意義亦更折進一層，是為巧對。

【對仗】詩律術語。指詩歌中詞句的對偶。可以兩句相對，也可以句中自對。對仗一般用同類句型和詞性。作為格律要求，律詩中間兩聯須對仗，首尾兩聯不用對仗。但也有變例，或頸聯不對仗，或尾聯用對仗；首聯對仗的較少見。絕句不用對仗，但時有作偶句者。

【工對】詩律術語。對仗須用同類詞性，如名詞對名詞，代詞對代詞，形容詞對形容詞，副詞對副詞，虛詞對虛詞。舊時把名詞又分成天文、時令、地理、器物、衣飾、飲食、文具、文學、草木、鳥獸蟲魚、形體、人事、人倫等門類。好的對仗，詞性、詞類都要相對，稱之工對，又稱「嚴對」。如李白〈渡荊門送別〉：「月下飛天鏡，雲生結海樓。」「月」和「雲」既是名詞，又是天文類詞對天文類詞。又如李商隱〈無題〉：「曉鏡但愁雲鬢改，夜吟應覺月光寒。」「曉」和「夜」是名詞中的時令類詞對時令類詞。

【寬對】詩律術語。與工對相對而言。寬對只要詞性相同，便可相對。如元稹〈早歸〉：「飲馬魚驚水，穿花露滴衣。」「馬」、「魚」、「水」和「花」、「露」、「衣」，名詞對名詞，可稱寬對。

【借對】詩律術語。一個詞有兩個以上的意義，詩人在詩中用的是甲義，同時又借用乙義或丙義構成工對，又稱「假對」。如「岐王宅裡尋常見，崔九堂前幾度聞」（杜甫〈江南逢李龜年〉）。「尋常」是平常的意思；古代八尺為尋，兩尋為常，故借來對數目。除了借義，還有一種借對是借音。如「滄海月明珠有淚，藍田日暖玉生煙」（李商隱〈錦瑟〉）。借「滄」為「蒼」，與「藍」相對，是為「聲對」。

【流水對】詩律術語。指一聯中相對的兩句關係不是對立的，且單句意思不完整，合起來才構成一個意思，似水順流而下，故稱。如白居易〈賦得古原草送別〉：「野火燒不盡，春風吹又生。」

【合掌】詩病的一種。指對仗中意義相同的現象。一聯中對仗，出句和對句完全同義或基本同義，稱為合掌。此為詩家大忌。

（馬君驊、周海、杜超、汪涌豪編寫）

名句索引

【一畫】

【二畫】

人生只合揚州死，禪智山光好墓田。 1960
人生何處不離群？世路干戈惜暫分。 2301
人生足別離。 2660
人生得意須盡歡，莫使金樽空對月。 455
人生達命豈暇愁，且飲美酒登高樓。 520
人在木蘭舟。 2233
人行明鏡中，鳥度屏風裡。 549
人事有代謝，往來成古今。 200
人面不知何處去，桃花依舊笑春風。 1456
人面桃花相映紅。 1456
人閒易有芳時恨，地迥難招自古魂。 2629
人間重晚晴。 2385
人跡板橋霜。 2212
人歌人哭水聲中。 2122
八尺龍鬚方錦褥，已涼天氣未寒時。 2631
十年一覺揚州夢，贏得青樓薄倖名。 2166
十年磨一劍，霜刃未曾試。 1923

【三畫】

丈夫不作兒女別，臨岐涕淚沾衣巾。 760
丈夫非無淚，不灑離別間。 2533
三山半落青天外，一水中分白鷺洲。 643
三分割據紆籌策，萬古雲霄一羽毛。 1143
三百年間同曉夢，鍾山何處有龍盤？ 2335
三年笛裡關山月，萬國兵前草木風。 963
三春白雪歸青冢，萬里黃河繞黑山。 1320
三峽星河影動搖。 1145
三邊曙色動危旌。 2822
三顧頻煩天下計，兩朝開濟老臣心。 1012
上窮碧落下黃泉，兩處茫茫皆不見。 1680
下國臥龍空寤主，中原得鹿不由人。 2194
下筆如有神。 871
千山鳥飛絕，萬徑人蹤滅。 1798
千村萬落如寒食，不見人煙空見花。 2620
千里鶯啼綠映紅，水村山郭酒旗風。 2120
千呼萬喚始出來，猶抱琵琶半遮面。 1687
千金散盡還復來。 455
千秋萬歲名，寂寞身後事。 995
千首詩輕萬戶侯！ 2126
千尋鐵鎖沉江底，一片降幡出石頭。 1591
千載琵琶作胡語，分明怨恨曲中論。 1139
千樹萬樹梨花開。 1185
夕陽明滅亂流中。 1328
夕陽無限好，只是近黃昏。 2256
大江茫茫去不還。 577
大弦嘈嘈如急雨，小弦切切如私語。 1687
大珠小珠落玉盤。 1687
大略駕群才。 412
大雪滿弓刀。 1361
大道如青天，我獨不得出。 464
大漠沙如雪，燕山月似鉤。 2030
大漠孤煙直，長河落日圓。 335
大漠風塵日色昏，紅旗半卷出轅門。 252
女媧鍊石補天處，石破天驚逗秋雨。 1980
子規枝上月三更。 2708

小桃花樹滿商山。 1832
小憐玉體橫陳夜，已報周師入晉陽。 2275
山山黃葉飛。 81
山川空地形。 1583
山中一夜雨，樹杪百重泉。 317
山月照彈琴。 315
山月臨窗近，天河入戶低。 105
山光悅鳥性，潭影空人心。 793
山色有無中。 333
山形依舊枕寒流。 1591
山空松子落，幽人應未眠。 1343
山花如繡頰，江火似流螢。 656
山雨欲來風滿樓。 2083
山青花欲燃。 1095
山城過雨百花盡，榕葉滿庭鶯亂啼。 1780
山迴路轉不見君，雪上空留馬行處。 1185
山將落日去，水與晴空宜。 581
山從人面起，雲傍馬頭生。 614
山將別恨和心斷，水帶離聲入夢流。 2518
山圍故國周遭在，潮打空城寂寞回。 1635
山路元無雨，空翠濕人衣。 386
山翠拂人衣。 1227
山銜好月來。 647
山隨平野盡，江入大荒流。 593
已涼天氣未寒時。 2631

【四畫】

不才明主棄，多病故人疏。 212
不用憑欄苦回首，故鄉七十五長亭。 2135
不改清陰待我歸。 1251
不見年年遼海上，文章何處哭秋風？ 2017
不見鄉書傳雁足，唯看新月吐蛾眉。 1569
不夜月臨關。 999
不知何處吹蘆管，一夜征人盡望鄉。 1407
不知近水花先發，疑是經冬雪未銷。 746
不知秋思落誰家？ 1500
不知細葉誰裁出，二月春風似剪刀。 132
不知腐鼠成滋味，猜意鵷雛竟未休。 2388
不破樓蘭終不還。 250
不問蒼生問鬼神。 2418
不教胡馬度陰山。 254
不須看盡魚龍戲，終遣君王怒偃師。 2357
不須浪飲丁都護，世上英雄本無主。 2003
不盡長江滾滾來。 1155
不廢江河萬古流。 1070
不薄今人愛古人，清詞麗句必為鄰。 1070
不識農夫辛苦力，驕驄踏爛麥青青。 2739
不覺前賢畏後生。 1070
中天月色好誰看？ 1103
中原得鹿不由人。 2194
丹青不知老將至，富貴於我如浮雲。 1099
五更鼓角聲悲壯，三峽星河影動搖。 1145
五嶽尋仙不辭遠，一生好入名山遊。 577

今人不見古時月，今月曾經照古人。 633
今人嗤點流傳賦，不覺前賢畏後生。 1070
今日山川對垂淚，傷心不獨為悲秋。 1403
今日聽君歌一曲，暫憑杯酒長精神。 1594
今月曾經照古人。 633
今古一相接，長歌懷舊遊。 672
今來縣宰加朱紱，便是生靈血染成。 2691
今夜月明人盡望，不知秋思落誰家？ 1500
今夜偏知春氣暖，蟲聲新透綠窗紗。 1220
今春看又過，何日是歸年？ 1095
今為羌笛出塞聲，使我三軍淚如雨。 233
今朝有酒今朝醉，明日愁來明日愁。 2508
仍憐故鄉水，萬里送行舟。 593
內庫燒為錦繡灰，天街踏盡公卿骨。 2565
公子王孫莫來好，嶺花多是斷腸枝。 2072
分明怨恨曲中論。 1139
升堂坐階新雨足，芭蕉葉大梔子肥。 1512
天上碧桃和露種，日邊紅杏倚雲栽。 2543
天下三分明月夜，二分無賴是揚州。 1947
天下誰人不識君？ 768
天平山上白雲泉，雲自無心水自閒。 1766
天生我材必有用，千金散盡還復來。 455
天地一沙鷗。 1114
天地終無情！ 968
天河入戶低。 105
天河夜轉漂迴星，銀浦流雲學水聲。 2000
天長地久有時盡，此恨綿綿無絕期。 1680
天門中斷楚江開，碧水東流至此回。 652
天若有情天亦老。 2023
天香雲外飄。 98
天荒地變心雖折，若比傷春意未多。 2429
天涯共此時。 167
天涯共明月。 1425
天涯若比鄰。 76
天涯烈士空垂涕，地下強魂必噬臍。 2617
天涯靜處無征戰，兵氣銷為日月光。 798
天街小雨潤如酥，草色遙看近卻無。 1560
天街踏盡公卿骨。 2565
天階夜色涼如水，坐看牽牛織女星。 2173
天意憐幽草，人間重晚晴。 2385
天邊樹若薺，江畔洲如月。 179
少小雖非投筆吏，論功還欲請長纓。 282
少小離鄉老大回，鄉音無改鬢毛衰。 134
少年心事當拏雲，誰念幽寒坐嗚呃。 2041
少孤為客早，多難識君遲。 1365
尤工遠勢古莫比，咫尺應須論萬里。 1015
巴陵無限酒，醉殺洞庭秋。 636
心曲千萬端，悲來卻難說。 1425
心有靈犀一點通。 2307
心似百花開未得，年年爭發被春催。 2609
心憂炭賤願天寒！ 1674
文章何處哭秋風？ 2017
文章憎命達，魑魅喜人過。 1002
斗酒相逢須醉倒。 1199
日高花影重。 2682
日暮東風怨啼鳥，落花猶似墜樓人。 2175

日暮長亭正愁絕，哀笳一曲戍煙中。 2640
日暮酒醒人已遠，滿天風雨下西樓。 2090
日暮漢宮傳蠟燭，輕煙散入五侯家。 1268
日暮數峰青似染，商人說是汝州山。 1498
日邊紅杏倚雲栽。 2543
月下沉吟久不歸，古來相接眼中稀。 528
月中霜裡鬥嬋娟。 2248
月光如水水如天。 2228
月兔空擣藥，扶桑已成薪。 690
月是故鄉明。 1004
月傍九霄多。 945
月湧大江流。 1114
月照一孤舟。 193
月落烏啼霜滿天，江楓漁火對愁眠。 1243
水仙欲上鯉魚去，一夜芙蓉紅淚多。 2370
水村山郭酒旗風。 2120
水流心不競，雲在意俱遲。 1048
水流無限月明多。 1607
水流無限似儂愁。 1616
水面風回聚落花。 2650
水帶離聲入夢流。 2518
水與晴空宜。 581
水聲東去市朝變，山勢北來宮殿高。 2081
水覆難再收。 485
片雲天共遠，永夜月同孤。 1166
王母桃花千遍紅，彭祖巫咸幾回死？ 2003

【五畫】

且就洞庭賒月色，將船買酒白雲邊。 638
且飲美酒登高樓。 520
世人不識東方朔，大隱金門是謫仙。 517
世人結交須黃金，黃金不多交不深。 783
世上英雄本無主。 2003
世事茫茫難自料，春愁黯黯獨成眠。 1337
世無洗耳翁，誰知堯與跖！ 420
世間行樂亦如此，古來萬事東流水。 583
世路干戈惜暫分。 2301
乍見翻疑夢，相悲各問年。 1273
他生未卜此生休。 2349
他年我若為青帝，報與桃花一處開。 2576
他時不用逃名姓，世上如今半是君。 1808
仙掌月明孤影過，長門燈暗數聲來。 2139
以色事他人，能得幾時好？ 485
出山泉水濁。 992
出師未捷身先死，長使英雄淚滿襟。 1012
功名祇向馬上取，真是英雄一丈夫。 1197
功名富貴若長在，漢水亦應西北流。 514
半江瑟瑟半江紅。 1746
去年花裡逢君別，今日花開已一年。 1337
去似朝雲無覓處。 1693
去來固無跡，動息如有情。 67
去時里正與裹頭，歸來頭白還戍邊。 880
古木無人徑，深山何處鐘。 319
古來征戰幾人回。 733

古來相接眼中稀。	528
古來聖賢皆寂寞，唯有飲者留其名。	455
古來萬事東流水。	583
古調雖自愛，今人多不彈。	804
只在此山中，雲深不知處。	1938
只有空床敵素秋。	2319
只是近黃昏。	2256
祇將詩思入涼州。	1387
只愁歌舞散，化作彩雲飛。	491
可笑不自量。	1537
可憐九月初三夜，露似真珠月似弓。	1746
可憐日暮嫣香落，嫁與春風不用媒。	2013
可憐身上衣正單，心憂炭賤願天寒！	1674
可憐夜半虛前席，不問蒼生問鬼神。	2418
可憐金谷墜樓人！	2151
可憐飛燕倚新妝。	493
可憐閨裡月，長在漢家營。	102
平生不解藏人善，到處逢人說項斯。	1850
平生風義兼師友，不敢同君哭寢門。	2293
平陽歌舞新承寵，簾外春寒賜錦袍。	259
未知歌舞能多少，虛減宮廚為細腰。	2288
未諳姑食性，先遣小姑嘗。	1492
本以高難飽，徒勞恨費聲。	2250
正是江南好風景，落花時節又逢君。	1179
永夜月同孤。	1166
永夜角聲悲自語，中天月色好誰看？	1103
永結無情遊，相期邈雲漢。	677
永憶江湖歸白髮，欲回天地入扁舟。	2388
玉人何處教吹簫？	2156
玉山自倒非人推。	511
玉戶簾中卷不去，擣衣砧上拂還來。	139
玉容寂寞淚闌干，梨花一枝春帶雨。	1680
玉壘浮雲變古今。	1090
玉顏不及寒鴉色，猶帶昭陽日影來。	265
玉露凋傷楓樹林，巫山巫峽氣蕭森。	1127
生女猶得嫁比鄰，生男埋沒隨百草！	880
生者為過客，死者為歸人。	690
生涯在鏡中。	1374
田園寥落干戈後，骨肉流離道路中。	1701
甲光向日金鱗開。	1990
白日不照吾精誠，杞國無事憂天傾。	441
白日地中出，黃河天外來。	2648
白日依山盡，黃河入海流。	172
白水暮東流，青山猶哭聲。	968
白首放歌須縱酒，青春作伴好還鄉。	1077
白首臥松雲。	554
白雪卻嫌春色晚，故穿庭樹作飛花。	1547
白雲千載空悠悠。	716
白雲映水搖空城，白露垂珠滴秋月。	528
白雲迴望合，青靄入看無。	327
白雲猶似漢時秋？	1206
白雲愁色滿蒼梧。	706
白雲還自散，明月落誰家？	688
白銀盤裡一青螺。	1644
白髮三千丈，緣愁似箇長。	536
白髮丹心盡漢臣。	2097

【六畫】

此情可待成追憶，只是當時已惘然。 2239
江入大荒流。 593
江上晴雲雜雨雲。 2301
江上數峰青。 1246
江山如有待，花柳自無私。 1037
江山故宅空文藻，雲雨荒臺豈夢思。 1136
江山留勝跡，我輩復登臨。 200
江天一色無纖塵，皎皎空中孤月輪。 139
江火似流螢。 656
江東子弟多才俊，卷土重來未可知。 2154
江南江北送君歸。 401
江城五月落梅花。 682
江春入舊年。 713
江流天地外，山色有無中。 333
江流曲似九迴腸。 1777
江畔洲如月。 179
江清月近人。 219
江間波浪兼天湧，塞上風雲接地陰。 1127
江楓漁火對愁眠。 1243
江漢思歸客，乾坤一腐儒。 1166
江碧鳥逾白，山青花欲燃。 1095
江聲走白沙。 1111
江闊惟回首，天高但撫膺。 2296
百年多病獨登臺。 1155
百年歌自苦，未見有知音。 1171
竹死桐枯鳳不來。 2466
竹徑通幽處，禪房花木深。 793
竹喧歸浣女，蓮動下漁舟。 321

竹葉於人既無分，菊花從此不須開。 1153
竹露滴清響。 182
老去不知花有態，亂來唯覺酒多情。 2560
老年花似霧中看。 1170
老妻畫紙為棋局，稚子敲針作釣鉤。 1026
自去自來梁上燕，相親相近水中鷗。 1026
自古逢秋悲寂寥，我言秋日勝春朝。 1614
自在嬌鶯恰恰啼。 1067
自把玉釵敲砌竹，清歌一曲月如霜。 775
自是不歸歸便得，五湖煙景有誰爭？ 2708
自是桃花貪結子，錯教人恨五更風。 1503
自家夫婿無消息，卻恨橋頭賣卜人。 1812
至竟息亡緣底事？可憐金谷墜樓人！ 2151
色靜深松裡。 292
行人刁斗風沙暗，公主琵琶幽怨多。 225
行人莫上長堤望，風起楊花愁殺人。 1382
行人莫聽宮前水，流盡年光是此聲。 2070
行到中庭數花朵，蜻蜓飛上玉搔頭。 1642
行到水窮處，坐看雲起時。 323
行宮見月傷心色，夜雨聞鈴腸斷聲。 1680
行雲飛去明星稀。 1420
行盡江南數千里。 1216
西出陽關無故人。 398
西施宜笑復宜顰，醜女效之徒累身。 517
西施若解傾吳國，越國亡來又是誰？ 2506

【七畫】

我願君王心，化作光明燭。
不照綺羅筵，只照逃亡屋。 2582
把酒看花想諸弟，杜陵寒食草青青。 1341
把酒話桑麻。 206
更上一層樓。 172
更吹羌笛關山月，無那金閨萬里愁。 246
更把玉鞭雲外指，斷腸春色在江南。 2562
更待菊黃家醞熟，共君一醉一陶然。 1760
更持紅燭賞殘花。 2425
村園門巷多相似，處處春風枳殼花。 2184
杞國無事憂天傾。 441
每逢佳節倍思親。 395
沉舟側畔千帆過，病樹前頭萬木春。 1594
沙暖睡鴛鴦。 1093
狂風吹我心，西掛咸陽樹。 599
狂風落盡深紅色，綠葉成陰子滿枝。 2168
男兒生不成名身已老，三年飢走荒山道。 1007
男兒何不帶吳鉤，收取關山五十州？ 2015
見買若耶溪水劍，明朝歸去事猿公。 2019
身多疾病思田里，邑有流亡愧俸錢。 1337
身無彩鳳雙飛翼，心有靈犀一點通。 2307
邑有流亡愧俸錢。 1337

【八畫】

佳期不可再，風雨杳如年。 2741
來日綺窗前，寒梅著花未？ 380
來如春夢幾多時？去似朝雲無覓處。 1693
侍臣最有相如渴，不賜金莖露一杯。 2347
依舊煙籠十里堤。 2557
兒童相見不相識，笑問客從何處來。 1344
兩三星火是瓜洲。 1958
兩小無嫌猜。 480
兩岸青山相對出，孤帆一片日邊來。 652
兩岸猿聲啼不住，輕舟已過萬重山。 658
兩紙京書臨水讀，小桃花樹滿商山。 1832
兩箇黃鸝鳴翠柳，一行白鷺上青天。 1097
函關歸路千餘里，一夕秋風白髮生。 2750
到門不敢題凡鳥，看竹何須問主人。 352
到處逢人説項斯。 1850
刻意傷春復傷別，人間唯有杜司勛。 2298
卷土重來未可知。 2154
卷幔五湖秋。 725
取次花叢懶回顧，半緣修道半緣君。 1848
夜半醒來紅蠟短，一枝寒淚作珊瑚。 2529
夜半鐘聲到客船。 1243
夜市橋邊火，春風寺外船。 2685
夜來風雨聲，花落知多少？ 214
夜雨聞鈴腸斷聲。 1680
夜雨翦春韭，新炊間黃粱。 959
夜闌更秉燭，相對如夢寐。 937
妻孥怪我在，驚定還拭淚。 937
妾夢不離江上水，人傳郎在鳳凰山。 1313
始憐幽竹山窗下，不改清陰待我歸。 1251
姑蘇城外寒山寺，夜半鐘聲到客船。 1243
孤山幾處看烽火，壯士連營候鼓鼙。 2748

孤月浪中翻。 1122
孤帆一片日邊來。 652
孤帆遠影碧空盡，唯見長江天際流。 591
孤舟一繫故園心。 1127
孤舟蓑笠翁，獨釣寒江雪。 1798
孤雲獨去閒。 684
孤燈落碎花。 744
居高聲自遠，非是借秋風。 34
屈平詞賦懸日月，楚王臺榭空山丘。 514
岸花飛送客，檣燕語留人。 1173
往來成古今。 200
念天地之悠悠，獨愴然而涕下！ 123
忽如一夜春風來，千樹萬樹梨花開。 1185
忽見陌頭楊柳色，悔教夫婿覓封侯。 271
怕作乾坤竊祿人。 2689
怪來醒後旁人泣，醉裡時時錯問君！ 1825
怪禽啼曠野，落日恐行人。 1932
承恩不在貌，教妾若為容？ 2682
披衣更向門前望，不忿朝來鵲喜聲！ 1290
抽刀斷水水更流，舉杯銷愁愁更愁。 617
於今腐草無螢火，終古垂楊有暮鴉。 2339
明月不歸沉碧海，白雲愁色滿蒼梧。 706
明月好同三徑夜，綠楊宜作兩家春。 1714
明月自來還自去，更無人倚玉闌干。 2477
明月何曾是兩鄉。 280
明月松間照，清泉石上流。 321
明月逐人來。 65
明月落誰家？ 688
明年誰此憑欄杆？ 2137
明朝有意抱琴來。 680
明朝望鄉處，應見隴頭梅。 93
明斷自天啟，大略駕群才。 412
昔人已乘黃鶴去，此地空餘黃鶴樓。 716
昔日戲言身後意，今朝都到眼前來。 1818
東風不為吹愁去，春日偏能惹恨長。 1256
東風不與周郎便，銅雀春深鎖二喬。 2144
東風無力百花殘。 2329
東邊日出西邊雨，道是無晴還有晴。 1605
松風吹解帶，山月照彈琴。 315
枕上片時春夢中，行盡江南數千里。 1216
林表明霽色，城中增暮寒。 285
況屬高風晚，山山黃葉飛。 81
波撼岳陽城。 189
泥融飛燕子，沙暖睡鴛鴦。 1093
炙手可熱勢絕倫，慎莫近前丞相嗔！ 894
牧羊驅馬雖戎服，白髮丹心盡漢臣。 2097
牧馬群嘶邊草綠。 1385
牧童遙指杏花村。 2177
物換星移幾度秋。 69
直待凌雲始道高。 2696
直掛雲帆濟滄海！ 461
知音世所稀。 198
社稷依明主，安危托婦人。 742
空山不見人，但聞人語響。 361
空將漢月出宮門，憶君清淚如鉛水。 2023
空翠濕人衣。 386

【九畫】

洛陽訪才子，江嶺作流人。 217
洛陽親友如相問，一片冰心在玉壺。 2278
洞庭春盡水如天。 1782
流水十年間。 1326
流血塗野草，豺狼盡冠纓。 418
流傳天下樂閒人。 2097
流落人間者，太山一毫芒。 1537
為他人作嫁衣裳！ 2713
為君談笑靜胡沙。 542
為客五更愁。 781
為問寒沙新到雁，來時還下杜陵無？ 2149
為誰辛苦為誰甜？ 2520
相見時難別亦難，東風無力百花殘。 2329
相看兩不厭，只有敬亭山。 684
相逢何必曾相識！ 1687
相逢畏相失，並著木蘭舟。 729
相逢意氣為君飲，繫馬高樓垂柳邊。 392
相悲各問年。 1273
相期邈雲漢。 677
相對如夢寐。 937
相親相近水中鷗。 1026
看竹何須問主人。 352
看花滿眼淚，不共楚王言。 357
砌下梨花一堆雪，明年誰此憑欄杆？ 2137
秋山春雨閒吟處，倚遍江南寺寺樓。 2103
秋日平原好射雕。 350
秋雨梧桐葉落時。 1680
秋風不相待，先至洛陽城。 145
秋風生渭水，落葉滿長安。 1928
秋風吹不盡，總是玉關情。 504
秋風卷入〈小單于〉。 1391
秋草獨尋人去後，寒林空見日斜時。 818
秋陰不散霜飛晚，留得枯荷聽雨聲。 2282
秋墳鬼唱鮑家詩，恨血千年土中碧！ 2007
穿花蛺蝶深深見，點水蜻蜓款款飛。 947
紅豆生南國，春來發幾枝？ 382
紅袖織綾誇柿蒂，青旗沽酒趁梨花。 1755
紅旗半卷出轅門。 252
紅樓隔雨相望冷，珠箔飄燈獨自歸。 2380
紅樹醉秋色，碧溪彈夜弦。 2741
紅顏未老恩先斷，斜倚熏籠坐到明。 1740
紅顏棄軒冕，白首臥松雲。 554
紈袴不餓死，儒冠多誤身。 871
美人如花隔雲端。 507
美人首飾侯王印，盡是沙中浪底來。 1625
胡人半解彈琵琶。 1199
致君堯舜上，再使風俗淳。 871
苟能制侵陵，豈在多殺傷？ 892
若箇書生萬戶侯？ 2015
苦恨年年壓金線，為他人作嫁衣裳！ 2713
郎騎竹馬來，遶床弄青梅。 480
重衾幽夢他年斷，別樹羈雌昨夜驚。 2373
風正一帆懸。 713
風多響易沉。 55
風含翠篠娟娟淨，雨裛紅蕖冉冉香。 1023
風雨杳如年。 2741

風急天高猿嘯哀，渚清沙白鳥飛回。 1155
風流儒雅亦吾師。 1136
風起楊花愁殺人。 1382
風雪夜歸人。 801
風掣紅旗凍不翻。 1185
風暖鳥聲碎，日高花影重。 2682
風塵荏苒音書絕，關塞蕭條行路難。 1103
風鳴兩岸葉，月照一孤舟。 193
風飄萬點正愁人。 947
飛入尋常百姓家。 1637
飛流直下三千尺，疑是銀河落九天。 645
香稻啄餘鸚鵡粒，碧梧棲老鳳凰枝。 1127
香銷南國美人盡，怨入東風芳草多。 2460
香霧雲鬟濕，清輝玉臂寒。 915

【十畫】

俱懷逸興壯思飛，欲上青天攬明月。 617
倚遍江南寺寺樓。 2103
借問酒家何處有，牧童遙指杏花村。 2177
借問漢宮誰得似？可憐飛燕倚新妝。 493
剔開紅焰救飛蛾。 1954
娉娉裊裊十三餘，荳蔻梢頭二月初。 2160
家家扶得醉人歸。 2723
家書抵萬金。 922
射人先射馬，擒賊先擒王。 892
峨眉山月半輪秋，影入平羌江水流。 547
峭風梳骨寒。 1429
座中亦有江南客，莫向春風唱〈鷓鴣〉。 2665
座中醉客延醒客，江上晴雲雜雨雲。 2301
庭樹不知人去盡，春來還發舊時花。 1208
恩怨相爾汝。 1533
悔教夫婿覓封侯。 271
扇裁月魄羞難掩，車走雷聲語未通。 2413
挽弓當挽強，用箭當用長。 892
旁人錯比揚雄宅，懶惰無心作〈解嘲〉。 1018
旅館誰相問？寒燈獨可親。 1322
時人不識凌雲木，直待凌雲始道高。 2696
晉代衣冠成古丘。 643
書被催成墨未濃。 2310
柴門聞犬吠，風雪夜歸人。 801
桂子月中落，天香雲外飄。 98
桂嶺瘴來雲似墨，洞庭春盡水如天。 1782
桃花依舊笑春風。 1456
桃花流水窅然去，別有天地非人間。 622
桃花細逐楊花落，黃鳥時兼白鳥飛。 952
桃花亂落如紅雨。 2061
桃花潭水深千尺，不及汪倫送我情！ 562
桃葉傳情竹枝怨，水流無限月明多。 1607
桐花萬里丹山路，雛鳳清於老鳳聲。 2368
桑田碧海須臾改。 48
桑柘影斜春社散，家家扶得醉人歸。 2723
氣蒸雲夢澤，波撼岳陽城。 189
浮世本來多聚散，紅蕖何事亦離披？ 2402
浮雲一別後，流水十年間。 1326
浮雲遊子意，落日故人情。 612

海上生明月，天涯共此時。 1677
海上明月共潮生。 1399
海內存知己，天涯若比鄰。 76
海日生殘夜，江春入舊年。 713
海外徒聞更九州，他生未卜此生休。 2349
海畔尖山似劍鋩，秋來處處割愁腸。 1771
珠箔飄燈獨自歸。 2380
珠簾暮捲西山雨。 69
留得枯荷聽雨聲。 2282
留連戲蝶時時舞，自在嬌鶯恰恰啼。 1067
病樹前頭萬木春。 1594
神女生涯原是夢，小姑居處本無郎。 2413
秦時明月漢時關，萬里長征人未還。 254
笑倩旁人為正冠。 955
紛紛暮雪下轅門，風掣紅旗凍不翻。 1185
耿耿殘燈背壁影，蕭蕭暗雨打窗聲。 1662
草不謝榮於春風，木不怨落於秋天。 467
草木有本心，何求美人折？ 158
草色遙看近卻無。 1560
草枯鷹眼疾，雪盡馬蹄輕。 330
草螢有耀終非火，荷露雖團豈是珠。 1727
荒庭垂橘柚，古屋畫龍蛇。 1117
蚍蜉撼大樹，可笑不自量。 1537
豈知書劍老風塵。 754
酒債尋常行處有，人生七十古來稀。 947
除卻巫山不是雲。 1848
馬上相逢無紙筆，憑君傳語報平安。 1210
馬思邊草拳毛動，雕眄青雲睡眼開。 1588
馬鳴風蕭蕭。 906
骨肉流離道路中。 1701
高山安可仰，徒此揖清芬。 554
鬼燈如漆點松花。 2036

【十一畫】

乾坤一腐儒。 1166
乾坤日夜浮。 1169
剪取吳淞半江水。 1015
動如參與商。 959
唯有門前鏡湖水，春風不改舊時波。 134
唯有相思似春色，江南江北送君歸。 401
唯有涼州歌舞曲，流傳天下樂閒人。 2097
唯有飲者留其名。 455
唯見月寒日暖，來煎人壽。 2057
唯見長江天際流。 591
唯看新月吐蛾眉。 1569
唯將終夜長開眼，報答平生未展眉。 1818
商女不知亡國恨，隔江猶唱〈後庭花〉。 2147
問姓驚初見，稱名憶舊容。 1369
國破山河在，城春草木深。 922
寂寂寥寥揚子居，年年歲歲一床書。 48
寂寞身後事。 995
寂寞空庭春欲晚，梨花滿地不開門。 1222
密雨斜侵薜荔牆。 1777
將軍欲以巧伏人，盤馬彎弓惜不發。 1517
將船買酒白雲邊。 638

崑山玉碎鳳凰叫，芙蓉泣露香蘭笑。 1980
得成比目何辭死，願作鴛鴦不羨仙。 48
得寵憂移失寵愁。 2360
從此無心愛良夜，任他明月下西樓。 1405
從此靜窗聞細韻，琴聲長伴讀書人。 2453
悠悠生死別經年，魂魄不曾來入夢。 1680
悠揚歸夢惟燈見，濩落生涯獨酒知。 2402
悵望千秋一灑淚，蕭條異代不同時。 1136
情多最恨花無語，愁破方知酒有權。 2677
採得百花成蜜後，為誰辛苦為誰甜？ 2520
掩淚悲千古。 496
掩鼻計成終不覺，馮驩無路學鳴雞。 2617
掬水月在手，弄花香滿衣。 1315
斜拔玉釵燈影畔，剔開紅焰救飛蛾。 1954
斜倚熏籠坐到明。 1740
晚年唯好靜，萬事不關心。 315
望帝春心託杜鵑。 2239
梅柳渡江春。 60
梨花一枝春帶雨。 1680
梨花滿地不開門。 1222
棄我去者昨日之日不可留。 617
欲上青天攬明月。 617
欲回天地入扁舟。 2388
欲把一麾江海去，樂遊原上望昭陵。 2114
欲為聖明除弊事，肯將衰朽惜殘年！ 1556
欲剪湘中一尺天，吳娥莫道吳刀澀。 2038
欲將輕騎逐，大雪滿弓刀。 1361
欲得周郎顧，時時誤拂弦。 1288
欲就麻姑買滄海，一杯春露冷如冰。 2421
欲渡黃河冰塞川，將登太行雪滿山。 461
欲窮千里目，更上一層樓。 172
欸乃一聲山水綠。 1801
涼州七里十萬家，胡人半解彈琵琶。 1199
淚痕不學君恩斷，拭卻千行更萬行。 1962
淚眼描將易，愁腸寫出難。 2605
深山何處鐘。 319
深秋簾幕千家雨，落日樓臺一笛風。 2122
淺草纔能沒馬蹄。 1750
清夜沉沉動春酌，燈前細雨檐花落。 902
清明時節雨紛紛，路上行人欲斷魂。 2177
清泉石上流。 321
清風明月苦相思。 403
清風朗月不用一錢買，玉山自倒非人推。 511
清時有味是無能，閒愛孤雲靜愛僧。 2114
清歌一曲月如霜。 775
清輝玉臂寒。 915
渚清沙白鳥飛回。 1155
烹龍炮鳳玉脂泣，羅幃繡幕圍香風。 2061
烽火連三月，家書抵萬金。 922
烽火然不息，征戰無已時！ 451
焉得并州快剪刀，剪取吳淞半江水。 1015
疏雨過中條。 2077
皎皎空中孤月輪。 139
眼枯即見骨，天地終無情！ 968
眾中不敢分明語，暗擲金錢卜遠人。 1411
眾鳥高飛盡，孤雲獨去閒。 684

【十二畫】

提籠忘採葉，昨夜夢漁陽。 1562
斯人獨憔悴！ 995
晴川歷歷漢陽樹，芳草萋萋鸚鵡洲。 716
晴空一鶴排雲上，便引詩情到碧霄。 1614
曾苦傷春不忍聽，鳳城何處有花枝？ 2399
曾經滄海難為水，除卻巫山不是雲。 1848
最是一年春好處，絕勝煙柳滿皇都。 1560
最愛湖東行不足，綠楊陰裡白沙堤。 1750
朝如青絲暮成雪。 455
殘杯與冷炙，到處潛悲辛。 871
殘星幾點雁橫塞，長笛一聲人倚樓。 2223
殘雲歸太華，疏雨過中條。 2077
殘鐘廣陵樹。 1330
渡頭餘落日，墟里上孤煙。 312
渭北春天樹，江東日暮雲。 889
無那金閨萬里愁。 246
無奈宮中妒殺人！ 517
無物結同心，煙花不堪剪。 1993
無限塞鴻飛不度，秋風卷入〈小單于〉。 1391
無風雲出塞，不夜月臨關。 999
無情有恨何人見？露壓煙啼千萬枝。 2047
無情有恨何人覺，月曉風清欲墮時。 2537
無情最是臺城柳，依舊煙籠十里堤。 2557
無端更渡桑乾水，卻望并州是故鄉。 1964
無端嫁得金龜婿，辜負香衾事早朝。 2264
無邊落木蕭蕭下，不盡長江滾滾來。 1155
猶抱琵琶半遮面。 1687
琴聲長伴讀書人。 2453
琵琶起舞換新聲，總是關山舊別情。 2480
畫眉深淺入時無？ 1970
畫棟朝飛南浦雲，珠簾暮捲西山雨。 69
畫圖省識春風面，環珮空歸月夜魂。 1139
登高壯觀天地間，大江茫茫去不還。 577
窗含西嶺千秋雪，門泊東吳萬里船。 1097
童子開門雪滿松。 2409
等閒平地起波瀾。 1618
紫蝶黃蜂俱有情。 2322
紫豔半開籬菊靜，紅衣落盡渚蓮愁。 2223
菊花須插滿頭歸。 2128
虛負凌雲萬丈才，一生襟抱未曾開。 2466
詞客有靈應識我，霸才無主始憐君。 2191
象床寶帳無言語，從此譙周是老臣。 2194
辜負香衾事早朝。 2264
鄉心正無限，一雁度南樓。 2226
鄉音無改鬢毛衰。 134
開門落葉深。 1940
開軒面場圃，把酒話桑麻。 206
閒花落地聽無聲。 823
閒雲潭影日悠悠，物換星移幾度秋。 69
閒愛孤雲靜愛僧。 2114
雁引愁心去，山銜好月來。 647
雁聲遠過瀟湘去，十二樓中月自明。 2202
雄雞一聲天下白。 2041
雲光侵履跡，山翠拂人衣。 1227
雲在意俱遲。 1048
雲自無心水自閒。 1766

雲雨巫山枉斷腸。 4933
雲氣噓青壁，江聲走白沙。 11111
雲深不知處。 1938
雲傍馬頭生。 614
雲想衣裳花想容，春風拂檻露華濃。 493
雲裡帝城雙鳳闕，雨中春樹萬人家。 343
雲橫秦嶺家何在?雪擁藍關馬不前。 1556
雲霞出海曙，梅柳渡江春。 60
雲邊雁斷胡天月，隴上羊歸塞草煙。 2217
黃沙百戰穿金甲，不破樓蘭終不還。 2500
黃河入海流。 172
黃河天外來。 2648
黃河捧土尚可塞，北風雨雪恨難裁！ 471
黃河遠上白雲間，一片孤城萬仞山。 175
黃金白璧買歌笑，一醉累月輕王侯。 569
黃陵別後春濤隔，湓浦書來秋雨翻。 2293
黃鳥時兼白鳥飛。 952
黃葉仍風雨，青樓自管絃。 2285
黃塵清水三山下，更變千年如走馬。 1997
黃鶴一去不復返，白雲千載空悠悠。 716
黃鶴樓中吹玉笛，江城五月落梅花。 682
黑雲壓城城欲摧，甲光向日金鱗開。 1990

【十三畫】

亂我心者今日之日多煩憂。 617
亂來唯覺酒多情。 2560
亂花漸欲迷人眼，淺草纔能沒馬蹄。 1750
傳語風光共流轉，暫時相賞莫相違。 947
傷心不獨為悲秋。 1403
塞上風雲接地陰。 1127
嫁與春風不用媒。 2013
微雨夜來過，不知春草生。 1350
微風燕子斜。 1052
微陽下喬木，遠燒入秋山。 2230
想得家中夜深坐，還應説著遠行人。 1696
愁衝毒霧逢蛇草，畏落沙蟲避燕泥。 1976
愁來飲酒二千石，寒灰重暖生陽春。 556
愁破方知酒有權。 2677
愁雲黲淡萬里凝。 1185
愁腸正遇斷猿時。 1596
愁腸寫出難。 2605
愁聽清猿夢裡長。 276
感時花濺淚，恨別鳥驚心。 922
慈母手中線，遊子身上衣。 1416
搖落深知宋玉悲，風流儒雅亦吾師。 1136
新松恨不高千尺，惡竹應須斬萬竿！ 1088
新炊間黃粱。 959
新豐美酒斗十千，咸陽游俠多少年。 392
暗風吹雨入寒窗。 1834
暗塵隨馬去，明月逐人來。 65
會當凌絕頂，一覽眾山小。 860
楊花榆莢無才思，惟解漫天作雪飛。 1549
楚天長短黃昏雨，宋玉無愁亦自愁。 2364
楚王臺榭空山丘。 514
楚國蒼山古，幽州白日寒。 808

榆柳蕭疏樓閣閑，月明直見嵩山雪。 1434
歲華盡搖落，芳意竟何成！ 115
歲歲年年人不同。 87
歲歲金河復玉關，朝朝馬策與刀環。 1320
滄海月明珠有淚，藍田日暖玉生煙。 2239
煙花不堪剪。 1993
煙花三月下揚州。 591
煙銷日出不見人，欸乃一聲山水綠。 1801
煙爐銷盡寒燈晦，童子開門雪滿松。 2409
猿啼洞庭樹，人在木蘭舟。 2233
當君懷歸日，是妾斷腸時。 502
當路誰相假？知音世所稀。 198
睫在眼前長不見，道非身外更何求？ 2126
節物風光不相待，桑田碧海須臾改。 48
聖朝無闕事，自覺諫書稀。 1202
萬戶千門成野草，只緣一曲〈後庭花〉。 1640
萬方多難此登臨。 1090
萬古用一夫。 977
萬古雲霄一羽毛。 1143
萬言不值一杯水。 624
萬里未歸人。 1322
萬里長征人未還。 254
萬里送行舟。 593
萬里寒光生積雪，三邊曙色動危旌。 282
萬里悲秋常作客，百年多病獨登臺。 1155
萬事不關心。 315
萬事銷身外，生涯在鏡中。 1374
萬物興歇皆自然。 467
萬徑人蹤滅。 1798
萬國衣冠拜冕旒。 346
萬壑樹參天，千山響杜鵑。 317
落日心猶壯，秋風病欲蘇。 1166
落日故人情。 612
落日恐行人。 1932
落日照大旗，馬鳴風蕭蕭。 906
落日樓臺一笛風。 2122
落月滿屋梁，猶疑照顏色。 995
落花如有意，來去逐輕舟。 779
落花時節又逢君。 1179
落花猶似墜樓人。 2175
落葉他鄉樹，寒燈獨夜人。 2235
落葉滿空山，何處尋行跡？ 1339
落葉滿長安。 1928
葡萄美酒夜光杯，欲飲琵琶馬上催。 733
蜀道之難難於上青天！ 436
蜂蝶紛紛過牆去，卻疑春色在鄰家。 2725
解釋春風無限恨，沉香亭北倚闌干。 493
試玉要燒三日滿，辨材須待七年期。 1730
詩成笑傲凌滄洲。 514
詩家清景在新春，綠柳才黃半未勻。 1442
誠知此恨人人有，貧賤夫妻百事哀。 1818
賈氏窺簾韓掾少，宓妃留枕魏王才。 2313
路有凍死骨。 908
遂令天下父母心，不重生男重生女。 1680
遊子身上衣。 1416
道是無晴還有晴。 1605

【十四畫】

【十七畫】

【十八畫】

【十九畫】

【二十畫】

詩人筆畫索引

說明：本索引收錄本書中有姓名的全部詩人，詩人下邊的數字表示該詩人所在的頁碼。

【每日讀詩詞】
唐詩鑑賞辭典
第三卷：此情可待成追憶

作　　者　程千帆等
裝幀設計　黃子欽
內頁排版　藍天圖物宣字社
業務發行　王綬晨、邱紹溢、劉文雅
編輯協力　汪佳穎、賴宜萱
副總編輯　王辰元
總 編 輯　趙啟麟
發 行 人　蘇拾平

出　　版　啟動文化
Email：onbooks@andbooks.com.tw

發　　行　大雁出版基地
新北市新店區北新路三段207-3號5樓
電話：(02)8913-1005 傳真：(02)8913-1056
Email：andbooks@andbooks.com.tw
劃撥帳號：19983379
戶名：大雁文化事業股份有限公司

初版二刷　2024 年 02 月
定　　價　950 元
I S B N　978-986-493-101-9

國家圖書館出版品預行編目（CIP）資料

每日讀詩詞：唐詩鑑賞辭典．第三卷，此情可待成追憶 / 程千帆等著．-- 初版．-- 臺北市：啟動文化出版：大雁文化發行，2018.11
面；　公分
ISBN 978-986-493-101-9（平裝）

1. 唐詩 2. 詩評

831.4　　108000652

圖書許可發行核准字號：文化部部版臺陸字第 107080 號
出版說明：本書係由簡體版圖書《唐詩鑑賞辭典》以正體字在臺灣重製發行，期能藉引進華文好書以饗台灣讀者。

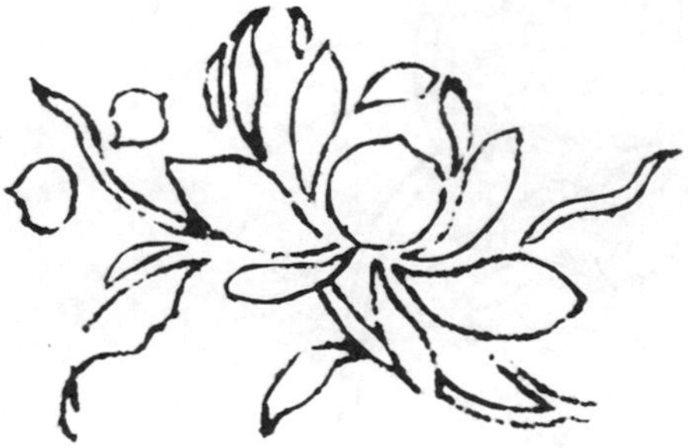

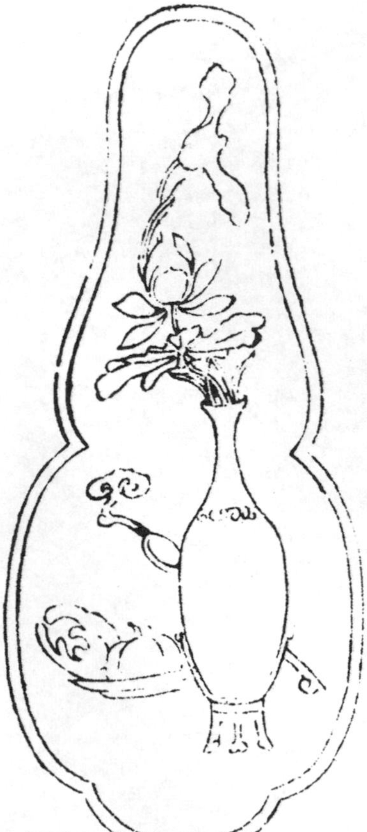